魔山

上册

[德] 托马斯·曼 著

吴学颖 译

陕西师范大学出版总社

图书代号　　WX23N1745

图书在版编目（CIP）数据

魔山：全二册 ／（德）托马斯·曼著；吴学颖译 . —西安：
陕西师范大学出版总社有限公司，2023.11（2024.8 重印）

ISBN 978-7-5695-2437-6

Ⅰ.①魔…　Ⅱ.①托…　②吴…　Ⅲ.①长篇小说－德国－
现代　Ⅳ.① I516.45

中国版本图书馆 CIP 数据核字（2021）第 1756€1 号

魔山（全二册）
MO SHAN（QUAN ER CE）

［德］托马斯·曼　著　吴学颖　译

出　版　人　刘东风
特约编辑　赵玮婧
责任编辑　高　歌
责任校对　宋媛媛
封面设计　吴黛君
出版发行　陕西师范大学出版总社

（西安市长安南路 199 号　邮编 710062）

网　　址　http://www.snupg.com
印　　刷　小森印刷霸州有限公司
开　　本　620 mm×889 mm　1/16
印　　张　53
字　　数　740 千
版　　次　2023 年 11 月第 1 版
印　　次　2024 年 8 月第 2 次印刷
书　　号　ISBN 978-7-5695-2437-6
定　　价　99.00 元（全二册）

目　录

第一章

到达 / 002

三十四号房间 / 010

第二章

关于洗礼盆和双重性格的祖父 / 020

在蒂恩纳佩尔家以及卡斯托普的品德 / 030

第三章

神秘的面纱 / 042

早餐 / 046

取笑·旅行用品·欢乐受挫 / 054

魔鬼 / 064

心理的磨炼 / 076

多余的话 / 083

当然，是一个女人！ / 088

阿尔宾先生 / 094

魔鬼提出不光彩的建议 / 098

第四章

必要的采购 / 112

关于时间的附记 / 123

他练习法语 / 127

政治上可疑 / 133

希佩 / 139

分析 / 150

怀疑和揣测 / 158

餐桌上的谈话 / 162

疑虑重重：关于两个祖父和黄昏的舟游 / 170

体温表 / 193

第五章

一成不变的汤 / 220

顿悟 / 245

自由 / 264

水银之奇想 / 272

百科全书 / 284

关于人体的知识 / 302

探索 / 322

死亡之舞 / 343

沃普尔吉斯之夜 / 385

第六章

改变 / 412

新来的那个人 / 439

关于上帝之城以及恶魔的释放 / 464

愤怒以及更糟糕的事 / 495

进攻与击退 / 510

精神磨炼 / 527

雪 / 559

勇敢的战士 / 592

第七章

穿过时间的海洋 / 642

皮佩尔科尔恩先生 / 650

二十一点 / 659

皮佩尔科尔恩先生（续）/ 681

皮佩尔科尔恩先生（完）/ 725

不近人情 / 739

悦耳的小调 / 751

疑云重重 / 771

狂热的激情 / 802

晴天霹雳 / 829

第一章

Der Zauberberg

到 达

那是盛夏，一位朴实的青年从家乡汉堡出发，到格劳宾登州的达沃斯高地旅行，打算做一个为期三周的访问。和短暂的逗留相比，从汉堡到达沃斯这段漫长的旅程，确实显得太长。一路上不知要经过几个国家，翻过几座山岭，从德国南边的平原一直往下到康士坦茨湖的湖岸，还要穿过翻腾的海浪，跨越那些我们曾以为深不见底的沼泽。

这本是一条宽阔而笔直的道路，到这里却中断了，时不时地要停下来，或是绕道前行。到了瑞士境内的罗尔沙赫，倒是又可以乘坐火车，却也只能到兰德夸特。这是阿尔卑斯山旁的一个小火车站，人们只能在这里换乘火车。山风呼啸着，在一段冗长无聊的等待之后，你才能登上一列狭小的火车；而当火车体积虽小但异常有力的发动机启动之后，这段旅程最让人心惊胆战的部分才刚开始。火车沿着陡峭的山坡一路往上攀去，似乎永远不想停歇。兰德夸特火车站地势不高，铁轨奋力前伸，一路朝着阿尔卑斯荒原上的石子路绵延而去。

青年的名字是汉斯·卡斯托普，他独自坐在铺着灰色小坐垫的车厢里，还带了一个鳄鱼皮手提包，这是他的叔叔兼养父蒂恩纳佩尔参议员——这里我们先简单介绍一下他的名字——送的礼物。他还带了他的行李毯，还有挂在钩子上的过冬外套。车窗已经立下来，这个午后渐渐显出寒意，这位娇生惯养的青年把那件时髦的丝质夏季外套的领子竖了起来。在他旁边的桌子上，放着一本叫《远洋轮船》的杂志；旅程刚开始的时候，他就把这本杂志来回翻阅了数遍，现在却无心再看。任凭它静静地躺在那里。火车引擎喘着粗气，轰隆隆地往前行驶，书的封面沾了不少灰尘。

这个年轻人少不更事，两天的旅程把他与之前的世界完全隔离开来。所有所谓的责任、志趣、纷扰、前途等，都被他置之脑后。这样的感觉，比他坐着马车前往火车站的时候更为强烈。旅程在他自己与那片纯粹的故土之间盘旋出一片空间，这空间里存在着我们通常认为的时间的力量。和时间的作用一样，空间每时每刻都能引起他内心的变化，从某种程度上来说，空间起到的作用更大。它和时间一样，会让人忘记某些事情，但只有脱离了周围环境的控制，回到无拘无束的原始状态，才能做到。没错，它甚至会让书呆子或市侩庸人转眼间变成流氓。有人说，时间就是一条忘川，到别处去换换空气也像是在忘川里饮了一瓢水，虽然作用没那么彻底，却能让人忘得更快。

汉斯·卡斯托普现在正是这种感觉。对他来说，这次旅行他并没有太过看重，甚至，他还想草草略过。虽然这是一次不得不动身的旅行，但他只想怎么开始便怎么结束，等一切了结，再重新拾起中断的生活。就在昨天，他还一直回忆着发生的种种，一面想着刚刚过去的考试，一面又想着马上去通德尔·维尔姆斯公司工作的事。这是一家兼管造船、机械制造以及冶炼的公司。他似乎对什么事情都很不耐烦似的，所以对于未来的三周，他压根没有在意。但现在，他好像必须要对目前所处的环境全神贯注，绝对不能掉以轻心。

火车把他带到了一个全新的、他从未涉足过的地方，他知道，这里的生活条件不如往常，甚至可以说是非常艰苦的。他却变得兴奋起来，甚至有些许忐忑。家乡以及以前的生活被他全部抛开，落在他脚底下几百米深的地方，不仅如此，他甚至还在往上前行。他在过去以及不可知的未来之间犹豫不定，在心中自问未来的路应该怎么去走。这对他来说也许不够明智。自打出生之后，他就生活在海拔只有几米的地方，而今突然来到这荒无人烟的高地，而且这一路无论到哪个地方都没有停留一两天。他忽然希望旅程已经结束，这样他就可以象在别处一样开始他的生活，不用再回想这整个旅程，回想坐着火车、不停地爬着山路的荒唐情景。

他望向窗外，火车沿着又窄又弯的轨道前进，他看到前面的几节车厢，看到机车费力吐出的灰色、黑色和绿色的烟，烟雾随风弥漫开来。水流在右边的深谷里呼啸，左边的巨岩是耸入云霄的暗黑色枞树。火车穿梭在一个又一个黑不见头的隧道里，出了洞口，迎面便是宽广的峡谷，峡谷两面是错落的村庄。接着峡谷又不见了，出现的是另一处狭小的山谷，在山谷的裂口和裂缝处还能看到皑皑白雪。火车有时候在寒碜的小火车站，有时候在一些大的火车站停下来，然后朝着相反的方向驶去，让人一下子分不清东南西北。这些高耸入云的山峰在眼前慢慢展开，变幻莫测，景色壮丽，令人肃然起敬。山上的小道相继出现，然后又渐渐从眼前消失。汉斯·卡斯托普想，草木繁盛的地带应该已经过去了，可能再也看不到莺啼燕语；这甚至让他感到生命是那么贫乏。他感到一阵轻微的眩晕和恶心，不由得用手盖住眼睛，过了几秒才恢复过来。他感觉到火车不再往上爬，已经过了山谷的顶峰。这个时候，火车正在山脚下的平原平稳前行。

此时已近八点钟，但天色尚未暗下来，远处还可以看到一川湖水。湖水是灰色的，湖岸是一片暗黑色的枞树林，枞树林一直延伸到周围的高地上。越高的地方植物越是稀疏，最后只剩下隐匿在山雾中的光秃秃的岩石。火车在一个小车站停了下来，汉斯·卡斯托普听到有人喊道："达沃斯到了。"这段旅程即将结束。忽然，他耳边响起了他表哥约阿希姆·齐姆森的声音，是亲切而熟悉的汉堡口音："嘿，你到了！现在可以出来啦！"汉斯往外一看，正是表哥本人，他站在下面的月台上，穿了一件棕色的外套，没戴帽子，看起来比以前更加壮实。他笑了，又说道："快出来，别磨蹭啦！"

"可是我还没到呢！"汉斯·卡斯托普惊慌地说道，仍旧坐着不动。

"噢，不，你已经到了。正是这个村子。这儿离疗养院很近，我已经叫了一辆车。把你的东西给我吧。"

于是汉斯·卡斯托普在一阵到达与重逢的欢笑声中，在心潮澎湃中，把他的手提包、外套以及一个装着手杖和雨伞的行李包交给表哥，最后把那本《远洋轮船》也递了出去。然后他沿着狭窄的通道走出去，跳到月台上，向他的表哥问候。他们重逢的问候并没有十分热烈，那些性格沉稳的人往往保有这样的习惯。说来奇怪，这对表兄弟从不称呼彼此的名字，只为了不使内心真情流露。他们也不叫对方的姓，互相之间只用"你"来称呼，这已经成了两人不变的习惯。

当他们急匆匆而不无尴尬地握手时，一个身穿号衣、头戴编织帽的人站在旁边看着。年轻的齐姆森笔直地站着，脚跟并在一起。这时候旁边的那个人走过来，跟汉斯·卡斯托普要他的行李票；他是山庄国际疗养院的门房，当这两位绅士驱车直接前去用晚餐的时候，他愿意为这位在车站下车的客人取那只大大的行李箱。那个人走起来一瘸一拐的，非常显眼；汉斯·卡斯托普问他表哥的第一句话便是："他是退伍军人吗？怎么瘸得这么严重？"

"退伍军人！当然不是！"约阿希姆语气有些刻薄，"他膝盖有问题，或者说，以前得过病，膝盖骨被切去了。"

汉斯·卡斯托普在脑中迅速地想了一下，说："原来如此。"他说，一边走一边回头朝那人瞥了一眼。"不过我还是无法相信你的身体有什么问题，你还是以前那个样子！你看起来像刚参加完军事训练回来一样！"他斜眼看了一眼表哥。

约阿希姆的个头比他高，肩膀比他宽，看起来年轻力壮，似乎生来就适合当军人。他的肤色原本就有些发黑，晒过之后几乎变成了古铜色。在这个金发碧眼的种族里，他这副模样并不常见。他的眼睛又大又黑，嘴唇也很漂亮，上唇蓄着一抹又细又黑的胡须。要不是长了一对招风耳，他完全称得上是美男子。这对耳朵一度成为生活中唯一令他遗憾的事情。

不过现在他又有其他烦心事了。 汉斯·卡斯托普继续说：

"你要跟我一起回家乡去吧？ 我看没理由不回去。"

"跟你回家？"表哥用那双大眼睛直直地盯着他。 这双眼睛一向很温柔，但这五个月来，却显出有些倦怠，甚至忧伤的神色。"什么时候？"

"怎么了，三周后吧。"

"哦，对，你已经想好要回家了。"约阿希姆回答，"哎，等等，你这才刚到呢。 三周对我们这里的人来说可不算什么。 不过对你这个来这儿探访且只打算待三周的人来说，确实够多了。 你得先适应这里的水土，这并不容易，你以后会知道的。 不过，对我们来说，气候不算是唯一奇怪的，你会看到很多你想都没想过的事情，慢慢看吧。 事情远没有你想得那么顺利，你说三周后就回家，这只是乡下人的想法。 至于我，没错，我确实是黑了，这大部分是雪反射的结果。 这没什么，贝伦斯也经常这么说；上次大家定期检查身体时，他说我还得在这里待上半年，毫无疑问。"

"半年？ 你疯了吗？"汉斯·卡斯托普叫道。 在这个像草棚一样破旧的车站前面，有条石子路，他们爬上石子路旁空地上停着的一辆黄色篷车。 当两匹棕色的马儿起步的时候，汉斯·卡斯托普坐在硬垫子上愤愤地责怪起来："半年啊！ 你已经在山上待了半年了！ 谁有这么多时间。"

"哦，时间——"约阿希姆说着频频点头，对表弟那副义愤填膺的样子不以为意。

"这儿的人根本没把时间当回事。 你应该不会相信。 对他们来说，三周就好比一天。 你早晚会知道这些的。"他说着，又加了一句："人的想法都是会变的。"

汉斯·卡斯托普一路都在认真地打量着他。

"不过我看你身体恢复得挺不错的。"他摇头晃脑地说。

"你真的是这么想的吗？"约阿希姆回答，"我想我是恢复得差不多了。"他在垫子上坐直了身子，接着又放松下来。"没错，我好多了。"他解释道，"但还没有完全恢复。左肺叶还有啰音，现在听起来有些粗，但也不是很严重；不过下肺叶的啰音就非常粗，第二肋间还有些杂音。"

"你都懂这么多了。"汉斯·卡斯托普说。

"知道的还真不少啊！天晓得，也就是生病之后才慢慢知道的。"约阿希姆回答，"不过我还有痰。"他说着耸了耸肩，既有些漠不关心，又有些激动，这副神情与生病的他有些不搭调。他从外套侧面的口袋里掏出一样东西给旁边的表弟看，刚掏出一半又马上塞了回去。

这是一只扁圆形的蓝色小玻璃瓶，扣着一只金属制的瓶盖。"这儿的很多人都有一只这样的瓶子。"他说着把它胡乱塞了回去，"我甚至还给它取了一个好听的名字，他们老是拿这个来开玩笑。你在看风景吗？"

汉斯·卡斯托普确实在看风景。"太美了！"他说。

"你是这么想的吗？"约阿希姆问道。

他们已经在那条崎岖不平、沿着山谷走向蜿蜒的山路上驱车好一阵子了。虽然这条路有些曲折，但好在与火车轨道平行。紧接着马车向左拐，穿过了一条小道和一条水路，然后开始在公路上奔驰，这条公路一直往上延伸到树木繁茂的山坡上。现在，呈现在他们眼前的是一片有些突出的草原，草原的西南方向矗立着一座长条形的建筑物，圆顶，有着数不清的长廊，远远看去像海绵一般，满是小孔。暮色很快降临了，建筑物里的灯逐渐亮起。天色渐暗，方才染红了天空的最后一抹晚霞也已慢慢退出天际，周围陷入一片朦胧又安静的氛围中，夜晚就要降临。人口稠密、绵延不绝的山谷已是万家灯火，平地和坡地上到处是房屋。特别是右边的山坡，那里的房屋都呈梯田式排布的。左边的几条小径往上延伸，穿过斜坡上的草地，然后消失在松林间的暮霭中。山谷在入口处渐渐变得狭窄，远处的山在它面前显出一片凄清的灰蓝色。一阵风吹来，使人感到夜晚的寒意。

"不，坦白说，这儿也并没有那么让人敬畏。"汉斯·卡斯托普说，"冰川、雪山和高山在哪儿呢？在我看来，这些山不算很高。"

"不，它们高着呢！"约阿希姆说，"到处都可以看到参天大树，这些树轮廓清晰。枞树停止了生长，其他的树木也不生长了，只剩下光秃秃的岩石。在那座施瓦茨山的右边，有一座尖尖的高峰，你能看到蓝色的那一片吗？虽然不算很大，不过那毕竟就是冰川，名字叫斯卡莱塔。峡谷中间是皮茨·米歇尔峰和廷岑峰。虽然你在这儿看不到，但那里一年到头都是积雪。"

"永远积着雪。"汉斯·卡斯托普说。

"只要你想，它就永远积着雪。是啊，那些地方都很高，不过我们所处的地方本身也非常高，海拔已经到一千六百米了，所以那些山峰看起来才不是那么高。"

"没错，爬得可真高啊！我可以告诉你，我担心得要死。一千六百米。我算了一下，大概有五千英尺高。我长这么大还没爬过这么高的地方。"汉斯·卡斯托普尝试性地深深呼吸了一下这块陌生地方的空气。空气很新鲜，仅此而已。它没有香气，没有尘土，没有潮气。他轻而易举吸了进去，却并不觉得惬意。

"空气很新鲜。"出于礼貌，他评价了一句。

"没错，这里的空气很出名。不过今晚的景致不是很好。比这美的时候多了，特别是下雪的时候。不过你看多了也会厌烦。你能想到的，这里的人都已经腻了。"约阿希姆说，他的嘴角扭曲，表情显得有些厌恶，不像之前的耸肩，他看起来有些焦躁，和那容貌极为不搭。

"你说话的方式有些奇怪。"汉斯·卡斯托普说。

"是吗？"约阿希姆若有所思，把脸转向他的表弟……

"啊，不是，我只是刚才那一瞬间有这种感觉。"汉斯·卡斯托普急着表明意思。不过他指的是"我们山上这些人"，这样的字眼儿表哥已经用了好几次，他听起来有些不顺耳，有些反感。

"我们疗养院地势比你看到的那个村子还要高。"约阿希姆继续说道，"海拔比它高了五十米。在旅行简介里说的是一百米，不过事实上只有五十米。最高的疗养院是沙茨阿尔卑，你在这儿看不到。冬天的时候，他们要用雪橇把尸体运下山去，因为路都被阻断了。"

"尸体？噢，我明白了，想想那幅情景！"汉斯·卡斯托普说。他突然忍不住哈哈大笑，笑得很大声，无法自持，身体都笑得抖了起来，那张被风吹得冻僵的脸也笑得扭曲了，甚至有些疼痛："噢，用雪橇！你跟我说这件事的时候居然如此平静！这五个月你确实变得愤世嫉俗了。"

"根本没有。"约阿希姆说着又耸了耸肩，"为什么不可以呢？对尸体来说本来也没什么区别，不是吗？不过兴许我们确实在这里变得愤世嫉俗了。贝伦斯一直就是个愤世嫉俗的人。但不管怎样，他不是普通人，以前曾是学生会会员，又是一名优秀的医师。你会喜欢他的。那位叫克罗科夫斯基的是他的助手，非常聪慧。那本宣传册里还特别提到了他的贡献。他能为病人做精神分析。"

"他能干什么？精神分析！真叫人恶心！"汉斯·卡斯托普大声说道；此时他的神经振奋起来，无法自持。精神分析真的让他笑了出来，笑得如此厉害，甚至眼泪都出来了，泪水沿着脸颊流下来；他用手蒙住脸，双手也被带着抖个不停。约阿希姆也大笑着。这对他来说是好事。两人情绪高涨地从马车上爬出来，这个时候马车已经缓缓登上了迂回曲折的陡峭车道，把他们带到了山庄国际疗养院的门前。

三十四号房间

他们从右边的门房进去，门房处在疗养院大门和玄关之间。一位有着法国风味的侍者向他们走过来，他原本正坐在电话旁看报，身上穿着和车站那个人一样的灰色号衣。他带二人走过灯火通明的大厅，大厅的左边是会客室。经过会客室的时候汉斯·卡斯托普往里面看了几眼，那里空无一人。他问客人都在哪里，他的表哥答道："他们都在静卧治疗，我今晚要不是出去接你，也会像平时一样在晚饭后去阳台躺着。"

汉斯·卡斯托普差点又要笑出来。"什么！你晚上居然都在阳台上躺着，躺在这么潮湿的地方吗？"他问道，声音都在发颤。

"对，这是规定。从八点至十点。不过现在先去看看你的房间，洗洗手吧。"

他们走进一部法国侍者开的电梯里。电梯升上去的时候，汉斯·卡斯托普在擦他的眼睛。

"我笑得没力气了。"他说着吸了一口气，"你跟我讲了这么多不可思议的事情。精神分析那事是我记得最清楚的。我想我这旅途的劳累也缓解了不少。脚有些冷，你的脚冷吗？我的脸又很热，不太舒服。我们要吃饭了吗？我有点儿饿了，这山上的饭应该还不错吧？"

他们踩着狭窄的走道上用椰子皮编成的地毯，安静地往前走。天花板上白色玻璃灯罩里的电灯照下来，墙上反射出乳白色的光。

他们看到一位戴着白帽子的女护士，鼻子上架着一副眼镜，拴眼镜的带子系到耳后，看起来像一个新教徒。可以说，她对自己的工作并没那么用心，有些焦躁不安，懒懒散散的。他们在走廊里走的时候，汉斯·卡斯托普看到她在两间用白漆标了号的门中间放了几个很大的、鼓鼓的短颈球形容器。他有些好奇这些是什么东西，只是当时忘了问。

"你住这儿。"约阿希姆说，"我住你右边那间。你左边那间住着一对俄罗斯夫妇；他们有些吵闹，很讨人厌，但是也没办法。嘿，你觉得怎样？"

房间有里外两重门，两扇门的中间有挂衣钩。约阿希姆打开屋顶上的灯，闪烁的灯光让房间顿时有了生气。屋里摆着一些实用的白色家具，墙纸也是白色的，可以刷洗。地上铺了干净的油毯，窗上挂着时髦的亚麻刺绣窗帘。阳台的门还开着，从屋里可以看到山谷里的灯，甚至还能听到远处传来的舞曲声。好心的约阿希姆还在橱柜上的一只花瓶里插上了花，其中有风信子和欧蓍草；这些都是他亲自在山坡上采的。

"你想得真周到。"汉斯·卡斯托普说，"房间真漂亮！我可以在这里好好待上几周了。"

"前天这屋子死了一个美国女人。"约阿希姆说，"贝伦斯说过，你来之前就得让她直接搬出去，这样你才有房间住。她的未婚夫和她在一起，是一个英国海军军官，但他不太安分，老是跑到走廊里去哭，像个孩子似的，还往脸上涂抹冷霜，胡子本来刮得很干净，全被眼泪摧残了。前一晚美国女人狂吐了两次血，然后就没声了。但是他们昨天早上才把她抬走，之后用福尔马林把房间通通消了一遍毒，用这东西来消毒很有效。"

汉斯·卡斯托普并没有认真听，他有些心烦意乱。他挽起袖子，站到一只大洗手盆前，水龙头在电灯照射下闪着白光。他回过头，面无表情地看了一眼冷冰冰的床以及床上干净的床单。

"烟熏消毒，哈？真是厉害。"他讽刺地说，洗完了手，等手风干。"当然，用甲醛的话什么细菌都能杀死，不管它多厉害。不过味道太大了。当然啦，良好的卫生是最基本的。"他说话的时候还带着比表哥更重的汉堡口音，表哥在上学的时候已经改掉了乡音。汉斯·卡斯托普滔滔不绝地继续道："不过我想说什么来着，也许那个海军军官用的是安全剃刀，这种刀比锋利的刀片更容易刮伤脸。总之，这是我的经验，这两样我都是轮流用。还有，盐水自然会刺激到刚刮过的皮肤，怪不得他要用冷霜。这一点对我来讲倒不足为奇……"他还在喋喋不休，说他箱子里带了两百支马利亚·曼契尼牌雪茄烟，海关的官员非常客气，家乡的很多人让他向表哥问好，等等。"这里有暖气吗？"他突然问道，同时伸手去碰暖气片。

"房间一直这么凉。"约阿希姆说，"到了八月份通暖气的时候，跟现在就大不一样啦。"

"八月，八月！"汉斯·卡斯托普说，"可是我觉得冷！冷得不行；我是说我的身体，因为脸滚烫滚烫的。你摸摸看！"

这种让别人摸摸脸的请求，跟这个男人的性格完全不搭调，他自己说出来后也觉得挺不自在。约阿希姆没理他，只说道：

"这边的空气就是这样，根本不算什么；贝伦斯自己的脸也是整天红得发紫。有的人没能习惯罢了。走吧，不然我们就没东西吃了。"

在外面他们又看到那位护士，她用她近视的双眼好奇地盯着他们。到了一楼，汉斯·卡斯托普突然站住，他听到离走廊不远的拐角处传来一阵恐怖的声音。声音不大，却令人毛骨悚然。汉斯·卡斯托普的脸都绿了，瞪大眼睛瞅着他的表哥。很明显，这是咳嗽声。一个男人在咳嗽，但不同于汉斯·卡斯托普以往听到的咳嗽声。相比之下，以往的那些声音是健康而富有生命力的；而这是一种近似奄奄一息的咳嗽声，它很是突然，像某种黏稠物质一下子涌上来，叫人一阵嫌恶。

"对。"约阿希姆说，"这人病得不轻，知道吗，他是个奥地利的贵族，非常体面。他生来就像是一位马术师，一位高贵的马术师，现在却落得如此田地。不过他现在还能走动。"

他们继续向前走，汉斯·卡斯托普还在不厌其烦地谈论着那位奥地利贵族的咳嗽。"你得知道，"他说，"我以前从未听到过这样的咳嗽声，对我来说这是第一次听到，印象太深了。咳嗽可以分为两种，一种是干的，一种是带痰的。一般来讲，带痰的比那种像狗吠一样的干的好。我以前有过哮喘，在我年轻的时候（他居然用了'在我年轻的时候'），我咳起来就像狼嚎，我现在都还记得，后来咳嗽变成带痰的之后，所有人都很开心。但是像这样的咳嗽声，我还真没有听到过，这根本不是人的声音。它不是干的，也不是带痰的，简直找不到一个词来形容。听到这样的声音，让人只想凑过去看看，他到底长什么样子，感觉也是黏糊糊的一样。"

"噢，"约阿希姆说，"这声音我每天都能听到，你没必要来给我形容。"但是汉斯·卡斯托普一直没忘记刚才听到的咳嗽声。他一直表示恨不得去看看那位马术师；当他们走进餐厅，他因旅途奔波而劳累的双眼瞬间发出了光芒。

餐厅里灯火通明，优雅又漂亮。餐厅在大厅的右边，正对着会客室。约阿希姆说，这个餐厅主要给那些新到的人或者没有按时饮食的客人用，或是作娱乐用。有时候会在这里举办生日宴会或送别会，甚至病人定期检查的结果良好时，也要来这里庆祝。"有时餐厅里非常热闹，"约阿希姆说，"他们甚至还会喝起香槟酒来。"此时餐厅里没有别的人，只有一个三十岁左右的妇人独自坐在那儿，嘴里哼着曲子，左手的中指一直轻轻地敲着台布。两个年轻人坐下后，她换了个位置，背对他们。约阿希姆低声说，这个女人很害羞，在餐厅里用餐时经常带着一本书。据说她刚来疗养院的时候还是个年轻的姑娘，那之后从未在外面生活过。

"那么说，你刚来了五个月，跟她一比，资历低多了。即便你再待上一年，也还是不如她资历高。"汉斯·卡斯托普对他的表哥说。而约阿希姆则又照着他新学来的那一套，耸了耸肩，拿起菜单看。他们坐在窗边一张支起的餐桌旁，这是餐厅里最舒服的位置；两个人面对面坐在桌子两侧，紧靠着奶油色的窗帘，桌子上的红灯映照着他们的面庞。汉斯·卡斯托普把刚洗过的双手交叉在一起，心情愉悦又有些期待地摩擦着。这是他吃饭前的习惯，也许是他的祖先会在饭前做祈祷。一个身着黑色长袍、头戴白色头巾的女郎给他们端上了菜，态度客气，声音有些沙哑。她的脸很大，非常健康。汉斯·卡斯托普得知餐厅里的女侍者被称为"餐厅女郎"时觉得挺有趣的。他们点了一瓶格鲁奥德·拉罗斯酒，让女侍者拿去温了温。食物都很美味——芦笋汤、填馅儿的番茄、有许多配菜的烤肉、可口的甜食、乳酪以及水果。汉斯·卡斯托普大口大口地吃着，虽然他的胃口没有他预想的那么大。不过他一向吃得不少，即便不饿时也是如此，这不过是单纯为了满足他的自尊心。

约阿希姆对这些菜不屑一顾，他说，自己已经看腻了这里的菜；山上的人都是这样，人们对食物的抱怨已是常态，毕竟你得在这里坐上一整天或者一辈子……不过他们还是兴致勃勃地开怀畅饮，尽量避免说些太过热情的话，同时再三表示自己的欢快，总算有个人能陪着自己说说心里话了。

"没错，你能来真是太好了。"他说，平静的声音显得有些激动，"我不得不说，这对我简直是一件大事。这确实是一个变化，不管怎样，在漫长而单调的生活里是一个突破。"

"可是住在这儿，时间肯定会过得很快。"汉斯·卡斯托普发表自己的看法。

"时间快或慢，你怎么说都行。"约阿希姆说，"时间压根没有在走，我可以告诉你，你不能把这叫作时间。这甚至不是生活！"他摇摇头，然后又拿起酒杯。

汉斯·卡斯托普也拿起杯子喝酒，即便脸已经喝得通红。虽然他的身子还是很冷，他的四肢却有些飘飘忽忽的，既兴奋异常，又有点儿难受。他说话有些快，常常语无伦次，说完还不屑地挥一下手。约阿希姆情绪也高了起来，当那个哼着曲子、轻轻敲打桌面的女人离开餐厅后，他们的谈话更加自由而欢快了。他们一边吃，一边挥舞着刀叉做手势，频频点头，耸耸肩膀，连嘴里的食物都来不及咽下去。约阿希姆想听听汉堡的情况，所以把话题转到了易北河。"这是划时代的建设，"汉斯·卡斯托普说，"对我们的造船业来说是划时代的。这样的说法并不过分，我们打算投入一千五百万预算费，你要相信，我们知道该怎么做。"

即便他对易北河的治理十分重视，还是把话题岔开了，让约阿希姆多讲讲"这山上"的事以及来客们的生活状况。约阿希姆马上给他讲了起来，为自己能直抒胸臆而感到很高兴。他重复了尸体以及用雪橇搬运尸体的事，并声明这些都是事实。汉斯·卡斯托普再次哈哈大笑起来，他的表哥也笑了，感到满心的愉悦，接着又说了点其他的高兴事来助兴。这时他们桌子上坐下了另外一个女人，她叫斯特尔夫人，是坎斯塔特一位音乐家的妻子；她病得很严重，他们从未见过这么无知的女人，她连"疾病"的发音都不准，还叫克罗科夫斯基做助理，总是叫人暗笑。她常常喋喋不休——这山上的人大都如此。还老说什么那位叫伊尔蒂斯的太太，身上带着一把短刀——"她把这个叫作'短刀'，这可真是无价之宝！"他们懒洋洋地靠在椅子上，大声地笑着，全身都抖了起来；接着两人几乎同时打了个嗝儿。

这时候约阿希姆的表情不免有些失落，他想起了自己的命运。

"唔，我们坐在这儿大笑……"他神色黯淡，说出的话不时被膈的一呼一吸打断，"我们坐在这儿大笑，可我也不知道什么时候可以离开。贝伦斯说还要半年，不过你得做好要在这里多待上一阵子的心理准备。日子不容易，不是吗？你倒是跟我说说，我很不好受。我本来已经获得准许，下个月就可以参加军官考试。但现在又不得不叼着一支体温表到处晃荡，还要听这个无知的斯特尔夫人絮絮叨叨，看着时间一点一点过去。一年时间对我们来说是多么宝贵啊，在这一年里，山下的生活有了这么多变化，这么多发展。而我却在这山上停滞不前，像一潭污浊的死水一样一动不动；这样的比喻并不夸张。"

奇怪的是，汉斯·卡斯托普唯一的回应却是提出一个问题，就是在这里能不能喊到一名服务员。约阿希姆有些诧异地看了下他，发现他已经快要睡着了。确实，他已经昏昏欲睡了。

"你快睡着了！"约阿希姆说，"走吧，我们该去睡觉了。"

"还没到时间呢。"汉斯·卡斯托普含糊不清地说。但他还是弓着背，僵着腿，跟表哥一起走，像个太过困倦而弓着身子、快要倒地的人。

但是，在灯光昏暗的走廊里，他猛地清醒了过来，因为他听到表哥说道："克罗科夫斯基坐在那边，我应该赶快把你介绍给他。"

克罗科夫斯基大夫坐在会客室灯火明亮、靠近折门的地方。他正在看报纸，两个年轻人走近的时候抬起头来。约阿希姆端端正正地站着，双脚并拢，说道："大夫，我给您介绍我这位从汉堡过来的表弟。他刚到这里。"

克罗科夫斯基大夫热情爽朗地问候这位新来客，好像想表明跟他在一起不必太客气，互相之间完全可以坦诚相待。他大概三十五岁，肩膀很宽，胖胖的，比面前的两人都矮了一截，所以不得不仰起头来，才能看到他们的脸。他的脸色异常苍白，白得有些透明，甚至泛出磷光般的青色。他的黑眼睛闪着光，眉毛黑黑的，还蓄着两抹又黑又浓的胡子，其中几根已经变白，这让他的脸看起来更加苍白。他穿着一件很旧的双排扣外套，脚上穿的是一双黑色镂空的凉鞋和一双灰色的羊毛袜，外套的翻领下系着一条软领带。这种领带，汉斯·卡斯托普过去只在但泽的摄影师那里见过。但是说实话，克罗科夫斯基大夫的着装确实有些摄影师的样子。他热情地笑着，从胡子间露出一口黄牙。他握着年轻人的手，用一口外国腔调的男中音慢悠悠地说：

"欢迎来到我们这儿，卡斯托普先生！愿您早日习惯这里的生活，过得舒心。恕我冒昧，请问您是生病来这里疗养的吗？"

卡斯托普已经睡意蒙眬，却想显得彬彬有礼，这副样子看着不免叫人感动，也叫他无比懊恼，凭借年轻人的直觉，他从助理医师的热情问候里听出一些嘲弄的意味。他回答只住三周，还说了自己考试的事情。结束时还补充道，感谢上帝，他的身体很健康。

"是吗？"克罗科夫斯基歪着脑袋，嘲讽地问道。他笑得愈加大声："看来您值得好好研究一番。我这辈子还没见过身体一点儿毛病都没有的人。我可以问，您刚通过的考试是什么吗？"

"大夫，我是工程师。"汉斯·卡斯托普谦虚又不失尊严地回答。

"哈，工程师！"克罗科夫斯基大夫一下子收敛了笑容，没了刚才的热忱，"真是一份体面的工作。所以您在这里不需要任何生理或心理方面的治疗了吗？"

"噢，不需要了，非常感谢您。"汉斯·卡斯托普说着退后了一步。

听到这里，克罗科夫斯基得意地笑起来；他再次握了握年轻人的手，大声说道："行，好好睡一觉，卡斯托普先生，尽情享受您那无懈可击的健康吧。好好休息，再会！"他打发了这对年轻人，继续坐下看报。

电梯已经停了，他们只得爬上楼梯；两人一路无语，还在想着刚才与克罗科夫斯基大夫会面的情景。约阿希姆跟着表弟一同来到三十四号房间，那个跛足的服务生已经把行李放好了。他们又聊了一刻钟，汉斯·卡斯托普一面整理夜间用具和盥洗用具，一面点了一支很粗、味道却很柔和的烟。今晚他竟只抽了一支烟，这让他感到惊奇。

"他看上去不是一般人。"他一面说，一面吐着烟圈，"他的脸白得像蜡一般。可是天啊，他脚上穿的东西可真难看！灰色羊毛袜，还有那双凉鞋！你说，我们是不是冒犯了他？"

"他一向敏感。"约阿希姆承认，"你不该这么唐突地拒绝他的治疗要求，至少心理治疗可以接受。他最不喜欢别人拒绝接受这种治疗。我们俩也不投缘，因为我不太信任他。但是我也时不时地跟他说说我做的梦，这样他也可以分析分析。"

"那我刚才真的是冒犯他了。"汉斯·卡斯托普急着说道，因为冒犯别人会让他很懊恼。想到这些，他感到更加疲倦。

"晚安。"他说，"我要累垮了。"

"明早八点我会过来叫你吃早餐。"约阿希姆说完便走了。

汉斯·卡斯托普睡前匆匆洗漱了一番，睡意向他袭来；但他又忽地起身，想起这张床上还死过人。"反正也不是第一次了。"他自言自语道，想让自己心安一些，"这不过是一张死人睡过的床，一张普通的死人的床。"说完他便睡着了。

他睡着后没多久，就开始做梦，一直不停地做到次日清晨。在梦里他看到了他的表哥约阿希姆·齐姆森，七零八碎，样子奇怪地躺在一副雪橇上，沿着深不见底的斜坡滑下去。他的脸像克罗科夫斯基一样，苍白且发着磷光。在他前面坐着的是那位马术师。他的脸模糊不清，像个只听过咳嗽声却没见过面的男人。

"这山上的人都是这副模样。"散了架的约阿希姆说道。这时，那个带着浓痰、咳嗽得可怕的人不再是那位马术师，而成了约阿希姆。汉斯·卡斯托普不由得放声痛哭，他觉得自己应当到药房去，买些冷霜回来。但是尖鼻子的伊尔蒂斯太太正坐在路边，手里拿着什么东西，估计是她的"短刀"，但事实上却是一把安全剃刀。这让汉斯·卡斯托普破涕为笑。就这样，他被困在这反反复复的梦境里，一直到晨曦从半开的落地窗透进来，把他叫醒。

第二章

Der Zauberberg

关于洗礼盆和双重性格的祖父

汉斯·卡斯托普对他父母住的老家的记忆已经有些模糊，他对双亲的印象也所剩不多。他们在他五岁至六岁的这段时间里相继去世。先走的是他的母亲，死得非常突然，在分娩的前夕，因为神经炎发作后引起神经阻塞——海德金德大夫称之为血栓——而心脏骤停。她那时正坐在床上笑，看起来好像是因为大笑过度才猝死的，但事实是可怜的母亲已经失去生命。他的父亲汉斯·赫尔曼·卡斯托普，难以接受这一打击，因为他对妻子有着非常深厚的感情，他并没有那么坚强，始终无法从失去爱妻的痛苦中解脱出来。自此他一直郁郁寡欢，精神每况愈下，变得恍恍惚惚，事业也遭受阻力，卡斯托普父子公司受到巨大的财产损失。第二年春天，他在吹着大风的码头上视察仓库时，得了肺炎。他那颗早已悲痛破碎的心经不起高烧的折磨，因此尽管海德金德大夫细心治疗，他还是在五天后离开了人世。一大群市民来送葬，他跟随妻子进入了卡斯托普家族的墓地，那个地方在圣凯塞琳墓园，在那里可以眺望植物园的景色。

他那位参议员父亲比他活得久，但也没有久多少；之后同样因患肺炎去世。不过他临死时很痛苦，不像他的儿子，因为汉斯·洛伦茨·卡斯托普是个生命力很旺盛的人，不会轻易倒下。在他死前的这一年半里，孤零零的汉斯·卡斯托普一直住在祖父家，这是上世纪初在广场旁一块狭小的地皮上建的一幢北方古典风格的房子。因为风雨侵蚀，房子变得老旧且阴森，门口两侧都有半露柱，房前有五级石阶。底楼有落地窗和铁栏，上面还有两层楼房。

一楼主要是会客室，还有一间光线充足、用灰泥粉刷过的餐厅。餐厅内有三扇窗，挂着酒红色的窗帘，从这里可以看到外面的后花园。祖孙二人每天四点都在这里用餐，这样的生活一直持续了十八个月。侍奉他们的是老菲爱特；他戴着耳环，衣服上是银质的纽扣。和主人一样，他衣服上也挂着用细棉布做的领子，可以把剃得干干净净的下巴埋进领子里。祖父和孙子说话时以"你"相称，用的是方言。这倒不是为了幽默，他原本就不是幽默的人，而是一本正经的。而且他和一般人——例如仓库管理员、邮差、车夫和仆人——说话的时候也是如此。

汉斯·卡斯托普喜欢听祖父说方言，也喜欢听菲爱特用方言回答他。他总是弯下腰，凑在主人的左耳边说话，因为这位参议员的左耳听力比右耳好。老议员往往听完后点点头，接着继续用餐；他笔直地坐在餐桌和桃木椅背之间，几乎不怎么俯下身去吃碟子里的菜。这时候孙子坐在对面，默不作声、全神贯注地看着祖父用那双上了年纪、漂亮、洁白又瘦长的手灵活地挥舞刀叉。祖父右手的食指上戴着镶有绿宝石的戒指。他用叉子叉起肉、青菜或是土豆，接着微微低头，把它们送到嘴边。汉斯·卡斯托普看看自己的手，琢磨着以后也要像祖父那样使用刀叉。

还有一点，他想知道自己是否也可以像祖父一样，把下巴埋进领子里——衣领的尖端刚好到祖父的脸颊。他有些怀疑，因为他必须要像祖父一样长寿才行；那个时候，远近各地只有老议员和老菲爱特才穿这种衣服，佩戴这样的衣领。这很可惜，因为小汉斯·卡斯托普喜欢看祖父把脸放进高高的洁白衣领里。长大之后，他对这件事还记忆犹新。回想起来，他多少还对这件事抱有喜爱之情。

他们吃完饭，把餐巾叠起来放在银盘子里——汉斯·卡斯托普对这件事还不太熟练，因为餐巾简直跟小台布一样大。接着议员从椅子上站起来，把菲爱特留在后面，自顾自地走回他的"办公室"去，点起一支雪茄。小汉斯·卡斯托普有时候也跟进去。

办公室是根据一楼的特殊情况设计出来的，换句话说，餐厅原本要开三扇窗，而非两扇，贯穿整个房子，只留下两间房的空间，而不是平常的三间。其中一间与餐厅成直角，仅有一扇临街的窗子，房间的长宽比例极不协调。因此，差不多四分之一的长度被隔开，面积刚好可以用来当办公室。这是一个小房间，上面开了天窗，光线微弱，陈设简单。有个书架，上面摆着议员的雪茄烟盒；一张牌桌，桌子抽屉里放着一些小东西——惠斯特牌、筹码、小尺、能向上翻开的小记分板、一块石板和一些石笔、纸质雪茄烟嘴以及其他玩意儿；最后，在角落里有一只檀木做的洛可可箱子，箱子的玻璃门后面挂着黄色的丝绸帘子。

"爷爷，"小汉斯·卡斯托普踮起脚尖，对着老人的耳朵说道，"请您把洗礼盆拿给我看看吧。"

祖父这时候已经把他羊毛长衫的下摆撩了起来，从裤子口袋里掏出一串钥匙，打开箱子的玻璃门。一股腐旧而奇怪的味道飘进孩子的鼻子。箱子里有许多很久不用的东西，琳琅满目——一对银质烛台；一只装了损坏的气压表的木匣，上面刻有颇具寓意的图形；一本银版摄影的相册；一个杉木做的盛酒容器；还有一个身披飘逸绸衣的、滑稽的小土耳其娃娃，它体内有机械装置，以前，只需发条一开，它就会在桌面上跳来跳去，但现在机械装置已经失灵许久了；此外还有一个奇特的轮船模型，模型底部有一个捕鼠夹。祖父从中间的一层取出一个已经失去光泽的银质圆盆，盆上面还有一个银盘。他把这两件东西分别拿给孩子看，一边讲述他以前常讲的故事，一边把它们放在手里转来转去。

小汉斯·卡斯托普又听到祖父在说，你可以看到，盘和盆原先不是放在一起的；但是，它们放在一起使用已经有整整一百年的历史，换句话说，从洗礼盆刚制成开始就这样了。盆子很漂亮，设计简约而典雅，正是十九世纪初严肃传统的风格。它朴素而结实，盆身放在一个圆形底盘上，里面镀了金，但金层因岁月而褪去了光泽。盆上唯一的装饰，便是一个圣洁的玫瑰花花环，花环上面是一些锯齿形的叶子。至于那个盘子，年代更久远了，从它内壁就可以看得出来——那里刻着几个夺目的字眼：一六五〇年。字周围是各式各样、线条弯弯扭扭的雕饰图案，它们是按照当时的现代派风格雕刻的，有一半像星星、一半像花朵的阿拉伯式花纹，花式华丽大胆。背面则刻着这些代代相传持有者的名字，总共有七个人，还清楚地记载着每一任承袭时的具体日期。祖父用戴戒指的那根手指一个一个地指给孙子看，这儿是汉斯·卡斯托普父亲的名字，那儿是祖父本人的名字，这儿是曾祖，那儿又是高祖，再往上一代二代……祖父滔滔不绝地说着；孩子把脑袋歪向一旁，专注地倾听着，时而若有所思，时而心不在焉，嘴角露出一半敬畏、一半又昏昏欲睡的神色。

耳畔只是响起了"曾——曾——曾——"——祖父在谈论祖辈业绩，故如此称呼——的声音。这种声音让人想起消逝的岁月，但是又显示出现在、他本人的生命以及过去之间虔诚的关系和深远的影响，这些东西在他的脸上都可以看到。听着祖父讲述父辈们的事，他仿佛呼吸到圣凯德林教堂或圣米迦勒教堂地下阴冷的空气，也似乎闻到了那些地方的气息。在那里，人们脱下帽子，弓着身子，踮起脚尖，左右摇摆地走着；他似乎还听到了回音之处遥远而空灵的声音。宗教的感情、对死亡的思考以及祖父用阴郁的声调讲述着的家史，全都汇合在了一起。他感到一种无法名状的欣喜。确实，也许正是因为想再次听到这样的声音，他才要求看洗礼盆的吧。

祖父把容器放回盘子上，让孙子看看盘子镀着一层金的光滑内壁；天窗的光投映下来，它闪闪发光。

"唔，"他说，"我们那时候把你放在受洗盆里，让圣水滴在你的身上，转眼就快八年了。圣雅各布教堂的拉森司事先把圣水注到我们的好牧师布根哈根的手上，再让它从你的头顶流过去，滴到盆里。我们还把水温了温，免得你受惊了以后大哭，但你居然没哭，只是仪式还未开始的时候，你倒哭得厉害，导致布根哈根司事都不能开始仪式，水滴在你的小脑袋上时，你马上停止了哭泣。我们想，你这是出于对圣礼的尊敬。再过几天，就是你有福的父亲受洗四十四周年了，当年，圣水也是那样从他的小脑袋上滴到受洗盆里去的。他也是在这所房子里出生的，就在餐厅中间的那扇窗前，那时候老牧师赫泽基尔还在世。他年轻时差点被法国人枪杀了，因为他传教时反对烧杀抢掠。现在他也去世好些年了。唔，七十五年前，我自己也是在这里受洗的，也是在餐厅里，牧师念着和你和你父亲那时一样的洗礼致辞，那清澈温暖的圣水也是那样从我的头上滴到这个镀金的洗礼盆里去的。那时候，我头上的头发稀稀疏疏，不如现在的多。"

小汉斯·卡斯托普抬起头，望着祖父灰色的小脑袋。祖父又垂着头看向洗礼盆，仿佛他讲述的情景那样。孩子突然感到一种无比熟悉的感觉，这是一种奇幻的、错综复杂的感觉，让人感到时间的流逝，又感到这无止无尽的延续性。这种感觉以前也有过，现在他又期待着，渴望着，每当这些祖祖辈辈留下的遗物展示出来时，他都会有这种感觉。

当他长成了青年，回想过去的事，发觉祖父给他留下的印象竟比双亲留下的更深，对他的影响也更大。这可能是因为祖孙俩相依为命，体格上也极为相似。孙子很像祖父，从他发育时长出的胡子来看，就有几分神似七十来岁、头发花白的祖父。不过，真正的原因无疑是祖父是家里的重要人物，是与众不同的角色。

早在汉斯·洛伦茨·卡斯托普离世之前，他的处世观念已经远远跟不上那个时代的步伐了。他是个典型的基督教徒，信奉新教，思想极为保守，顽固地认为只有贵族才拥有统治的权力，仿佛活在十四世纪的社会里。那时候，工人阶级开始与旧的贵族阶级抗争，试图在城市议会中争得席位和发言权。他很少接触新的事物。在他活动的年代，恰恰是动荡不安、不断革新的十年，也是飞速发展的十年。那个年代倡导的是公众的自主能力以及献身精神。显然，老卡斯托普并不接受当时辉煌灿烂的时代精神。这不是他的错误，旧观念和老制度在他的心里根深蒂固，他对扩建港口的大胆规划以及兴建大城市这种把上帝置之不顾的行为不屑一提。只要一有可能，他就加以制止；倘若都能如他所愿，现今的市政管理估计还保持着他那个时代的老式田园风格，就跟他的办公室一样。

这便是这位老人留给别人的印象；由于年幼的汉斯·卡斯托普对当时的政事一无所知，所以他对祖父的印象也是如此。这是一种无形的、不加批判的感受，但又是生动难忘的。在那之后，这些感受作为有意识的印象被他完整地保存在脑海中。它们不能被具体地表达或是分析，却又如此深刻。前面已经说过，这也是祖孙两人患难与共的缘故，他们血缘相近，相依相伴。这样的祖孙关系屡见不鲜。

卡斯托普议员又高又瘦，岁月已经让他的后背和脖颈缩了起来，但他一直试图用其他方面来弥补这些不足：他神情威严地把嘴角往下拉着，即便他的嘴唇已经皱缩，空剩下牙龈——因为牙齿早就掉光了，现在只能靠着一副假牙来咀嚼。这样一来，他原本有些摇晃的脑袋就能稳定下来，看上去也就不失尊严。此外，下巴也可以托在衣领上，这副样子让年幼的汉斯·卡斯托普很是喜爱。

祖父喜欢他的鼻烟盒——这是一只狭长的、内侧镀过金的龟壳盒子。抽烟的时候他习惯用一块红手帕，手帕的一角总是从他外套一侧的口袋垂下来。倘若说这有损于他的仪表的话，那么给人的感觉也只是因年老而显得不修边幅或是洒脱不拘。日子一长，就故意或乐意为之了，或者其实他自己都未曾察觉。要说这是缺点，那也是他唯一的缺点了。在小汉斯·卡斯托普锐利的目光里，这无疑是祖父外表上唯一的缺憾。但无论是七岁孩子所看到的，还是他日后所记起来的祖父的日常外貌，其实都并非他原来的样子。他原来的样子与这些记忆截然不同，是更漂亮、更真实的——从一幅画上就可以看出来。这是一幅与老人的真实身材比例差不多的肖像画，曾经悬挂在汉斯·卡斯托普双亲的房子里。父母去世后，这幅画随着他一起搬去了祖父那儿，挂在会客室的红缎子大沙发上面。

在这幅画里，汉斯·洛伦茨·卡斯托普穿着当议员时的官服；这是上世纪有些朴素而不失庄严的市民着装，有趾高气扬、敢做敢闯的共和政体的遗风。只有在重要场合他才会穿上这身衣服，不免让人有时过境迁、物是人非之感，也显现出世间万物的紧密联系，而祖父的办事风格也总是稳稳当当，叫人放心。这是一幅透视画，在画里面，卡斯托普议员笔直地站在一根圆柱和拱门之间，地板上铺着红砖。他的下巴向下垂，嘴巴也往下拉着，那双蓝色的、沉思的眼睛眺望着远方，眼睛下面是突出的泪囊。他穿着一件剪裁得像长袍的黑色外套，长度已经长过了膝盖，边缘部分是宽大的皮毛；上袖同样很宽，隆了起来，袖口也装饰有皮毛；下袖窄些，用粗布制成，花边袖口很长，直接盖住了手腕。上了年纪的瘦弱双腿裹在黑色的丝质长袜里；鞋子上有银质的搭扣。他脖子上戴着宽大浆硬的领饰，前面压平，两边则隆起来。在下面的马甲上还另外有褶起的胸饰。他手里提着一顶锥形的老式宽边帽。

这是某个名家的一幅画作，它主题鲜明，颇有古代大师的神韵，使人联想起中世纪晚期西班牙、荷兰的各类作品。年幼的汉斯·卡斯托普时常注视这幅画。当然，并非他懂得艺术，而是因为他怀着一种更广泛的甚至更深切的理解心情。即便他只见过一次——而且只是一个瞬间，当时祖父正向议院走去——他还是笃信这幅画里的祖父，才是他真真实实的样子，而他每天看到的祖父，只是临时呈现出来的祖父，不是他原本的样子。因为显而易见，那幅不同于他日常外貌的、极其特别的画像，是以一种带着偏差的，甚至可以说是不成功的摹拓为基础的，尽管依旧能看出祖父的样子。他戴的衣领是老式的，不过这样的叫法，显然不适用于这种叫人艳羡的衣饰。这些衣饰也只是临时性的。祖父戴的那种异乎寻常的拱形礼帽，与画中的那顶宽边帽极其柜似，而那件带褶的厚重的大外套，在小汉斯·卡斯托普看来，只是一件有花边纹饰和皮毛的外袍而已。

因此，当他最后一次见到祖父的时候，祖父的遗体完好，还保持着原来谨小慎微的样子，他感到非常欣慰。他就在原先祖孙俩面对面用餐的大厅里。汉斯·洛伦茨·卡斯托普躺在大厅中央一口镀银的灵柩内，灵柩放在柩架上，四周摆满了花圈。祖父跟肺炎做了一番抗争，这是一场漫长而坚决的抗争，虽然他的适应能力很强，带病的这段时间也并未表现得太过明显。没有人知道他是否在这场生死搏斗中获胜，但无论如何，最后他还是倒下了。祖父脸上的表情非常安详。病痛让他变了样，鼻子又尖又瘦；他的下半身埋在床单里，上面搁着一根棕榈枝；脑袋枕在高高的丝质枕头上，这样，他的下巴刚好漂亮地搭在皱领前面的凹部。他的双手一半遮在花边袖口里，明显冰冷而僵硬的手指被人为安排得富有生气，手里还捏着一个象牙十字架。看起来，他似乎垂着眼睑，正低头出神地看着它。

在祖父刚患病的时候，汉斯·卡斯托普还见过他几次，但临终时却未能见他一面。家人不让他看到祖父挣扎的样子，这些挣扎往往是在夜晚的时候；他只能从家中沉郁的气氛，老菲爱特红肿的眼睛，以及来回忙碌的大夫那里感觉出来。而今他站在大厅里，得出这样的结论——最终，祖父临时性的形象正式消失，恢复了他原本的、真实的样子。尽管老菲爱特失声痛哭，不住地摇着他的头，而汉斯·卡斯托普自己也放声大哭，就像当初还是小孩子的他看到母亲突然离世，还有父亲在不久之后也一动不动、像个陌生人一样躺在自己面前一样；但毕竟现在的情景要让人欣慰得多。

在这么短的时间内，死神已经三次在他的神经和感官上留下阴影了。特别是在感官上，对这个年幼的孩子来说，死亡已经不再陌生，可以说非常熟悉了。所以后来面对死亡时，他已经可以泰然处之，他的神经丝毫不会受到影响，仅仅会感到有些悲伤罢了。他尚未意识到别人的离去会对他的生活造成什么样的影响，甚至摆出天真的漠然态度；他想，反正会有人来照顾他，因此在灵柩面前也是一副漠不关心的样子，甚至更加冷静地观察着一切。这已经是第三次了，他的感情和表情里甚至带着一丝奇怪而老练的观赏意味，他原本会因为哀伤或是别人的感染而流下眼泪，而今，眼泪已经不再是他的一种自然反应了。在父亲去世三四个月后，他已经忘记了死亡；但现在他又记了起来，而且当时的景象，如今又清晰、直接而深刻地以一种无法描述的陌生的形式在他的脑海里重现。

以上这些若是归纳为文字，大致可以表达为——死亡，一方面是神圣的、令人深思的、哀婉动人的，是精神方面的事；而另一方面，它又是实实在在的，是肉体和物质的消逝，而非精神的存在，完全不能称之为神圣的、令人深思的、美丽的，甚至也称不上是哀伤的。庄严神圣的那一面，从遗体的盛葬中，从棕榈叶子中，还有那些繁茂的鲜花中体现出来，这一切象征着天国的宁静。除此之外，祖父僵硬的手指还捏着一个象牙十字架，灵柩顶端放着托瓦尔森[1]的耶稣基督胸像，两侧摆着高高的烛台。在这样的场合下，所有这些都散发着浓浓的宗教气息。所有这些安排，无疑都在表明一个事实，就是祖父已经离开人世，原先的那个真实而完好的他将永远消失。此外，它们还有一些其他的世俗意义，小小的汉斯·卡斯托普心里非常清楚这一点，只是不说出来罢了。所有的这些东西，特别是这些花以及其中尤为突出的晚香玉，都在试图减轻死亡的另一面，因为死亡既不是美丽的，严格地说也不是哀伤的，而是一种在某种程度上来说不体面的、涉及肉身的事。这种事应该被遗忘，不应时时记起。

正是死亡的这一面才让祖父变得如此奇怪，甚至完全不像祖父本人，而像一尊被死神替换过的、没有血肉的蜡像，这些神圣而庄严的仪式全是为这蜡像而置办的。躺在那里的祖父——或者更准确地说，是躺在那里的那个人——已经完全不是祖父本人，而是一具躯壳。汉斯·卡斯托普知道，这不是用蜡做成的，而是祖父自己的躯体，是他本人的躯体。

---

[1] 丹麦雕塑家。

这不太体面，却没有什么值得哀伤的——因为这不是与肉体，或者是仅仅与肉体相关的物质。年幼的汉斯·卡斯托普仔细看着那具蜡黄的、光滑得如同奶酪般的尸体，大小和真人一样，面容以及双手正是祖父生前的样子。一只苍蝇飞下来，停在祖父一动不动的前额上，上下活动它的口器。老菲爱特小心翼翼地把它赶跑了，留神尽量不碰到祖父的前额。他脸上的神情虔诚而严肃，似乎不想也不愿意回想起自己刚才做了什么。这些都只因为，如今的祖父已经是一具没有生命的躯体。但是苍蝇飞了一圈之后，又落在了祖父手上靠近象牙十字架的位置。看着这一切，汉斯·卡斯托普闻到了一丝熟悉的气味，这股气味虽然很淡，却比以前闻到的更浓烈、更奇怪。这让他羞愧地想起，过去的一位同学身上也有过同样的味道，因为他身上的这股臭味，大家都回避他。晚香玉放在那儿正是为了驱散这种气味的，但即便它芳香浓烈，还是掩不住那股臭味。

他已经多次站在祖父的灵柩旁了。第一次是和老菲爱特，第二次是和他的舅公蒂恩纳佩尔——舅公是个酒商，和他的两个儿子詹姆斯和彼得一起。现在已经是第三次了，也是最后一次，一群穿着周日礼服的码头工人来给卡斯托普父子公司的这位创始人送葬。接下来葬礼便开始了。大厅里站满了人，由圣米歇尔教堂的布根哈根牧师致悼词，他正是给小汉斯·卡斯托普做洗礼的牧师。后来他们一同驾着车去墓地，紧随其后的是一列列的马车。一路上他对小汉斯·卡斯托普非常和气。这一时期的生活就算结束了，那之后汉斯·卡斯托普搬到了新的地方，换了一个新的环境。在他年轻的生命里，这已经是第二次搬家了。

在蒂恩纳佩尔家以及卡斯托普的品德

这一变化并未对他造成什么损失；因为他住进了蒂恩纳佩尔参议员的家，他是受托来监护汉斯的。在这里他不会缺少什么，而关于保护他今后的切身利益——他对此一无所知——他也无须操心。因为蒂恩纳佩尔参议员是他母亲的舅舅，经管卡斯托普家族的整个产业——他把不动产卖掉，清理卡斯托普父子进出口公司的业务。最终盈余约四十万马克，这就是年轻的汉斯·卡斯托普可以得到的遗产。蒂恩纳佩尔把这笔钱转为信托基金，每季度初从中获取百分之二的利息，这无损于亲戚间的情谊。

蒂恩纳佩尔的房子坐落在哈费斯特胡德街花园的后面，凭窗眺望，外面是一片草地，草地上一根杂草也没有，远处是玫瑰花坛，再过去则是一条河。为了活动一下筋骨，蒂恩纳佩尔每天清晨都步行到老城去办公，因为他脑中偶尔会出现瘀血——虽然他有一辆上好的马车。他傍晚五点才回家，一家人规规矩矩地围坐在桌旁吃饭。他是个德高望重的人，总是穿着最考究的英国服装；他清澈的蓝眼睛在金边眼镜后面凸着，鼻子红红的，留着方方正正的花白胡子；左手粗糙的手指上戴着一枚闪闪发光的戒指。他的妻子去世很久了；他有两个儿子，彼得和詹姆斯，其中一个是一名海员，常年不在家，另一个和父亲一样也是酒商，以后会继承家业。多年来，家务一直是由一位阿尔托纳[1]的金匠的女儿主管，

---

[1] 德国北部的旧港市，一九三七年之后成为汉堡的一部分。

她叫沙勒恩，浑圆的手腕上饰着浆硬的白色褶纹。她最关心的，是早餐和晚餐都应当有丰盛的冷食，以及蟹、鲑鱼、鳗鱼、熏过的鹅胸、烤牛肉用的番茄沙司等。每当蒂恩纳佩尔参议设宴招待客人时，她总是警觉地监视着雇来的仆人。而对于年幼的汉斯·卡斯托普，她也尽一己之力像一个母亲那样去照顾。

可以说，汉斯·卡斯托普既是在狂风暴雨、漫天灰尘中成长的，也是在黄色的胶布雨衣下长大的。总之，他终于长大了。他以前有些血气不足，按照海德金德大夫的建议，每日放学后的第三餐结束时都要喝一杯黑啤酒。大家知道，这是一种营养丰富的饮料。海德金德大夫认为，这种酒可以增加血气。而汉斯·卡斯托普却觉得这对他的精神能起些镇静作用，还可以让他达到舅公蒂恩纳佩尔所说的那种"昏昏欲睡"的感觉——他的下颌耷拉着，脑子什么都不想，眼神空洞地坐在那里。但他总体上还算健康，打网球和划船都有一手，不过他不大爱划桨，而是喜欢夏夜在乌伦霍尔斯特[1]摆渡房的露台上坐着听听音乐，好好地喝上一杯茶，望着灯火通明的小船和在波光粼粼的水面上游荡的天鹅。只要你听他用沉静的、理智的，同时又有些低沉、单调且带着当地方言的口音说话，只要你看到他那标准的金发碧眼，修剪得整整齐齐、带有一些古典风味的头发，还有从他沉稳的、慢悠悠的性格中流露出的遗传下来的某种他自己也完全觉察不到的自负，你就决不会怀疑年轻的汉斯·卡斯托普是地地道道在这块乡土成长起来的，他能在这儿逍遥自在，即使扪心自问，他对这点也不会有一丝一毫的怀疑。

海滨城市的空气，世界各地零零散散聚集于此的商业，以及这儿优裕的生活，都让他感到极为满足。他闻着先辈们曾经呼吸过的空气，空气中夹杂着海水、煤炭、柏油的味道以及殖民地堆积成山的货物中发出的刺鼻臭味。码头上，巨大的蒸汽起重机像大象一样在工作着，沉

---

[1] 德国下萨克森州市镇。

静、聪慧，又力大无穷。它们把一袋袋、一捆捆、一箱箱、一桶桶以及一瓶瓶重达数吨的货物从远洋轮船的肚子里吊上来，卸到停着的火车及仓库里去。商人们像他一样穿着黄色的胶皮外套，在中午时分汇集到波尔斯；他知道那儿非常忙碌热闹，每个人都能轻而易举发出邀请客人赴宴的请柬，他的信用也很快得到了提升。他看到船坞那边人山人海——那之后，这儿成了他特别感兴趣的地方；也看到了停在船坞里亚洲与非洲的巨轮，龙骨和螺旋桨都露在外面，支撑在树枝般粗的柱子上，它像怪兽般无助地躺在地上，下面挤满了侏儒般的人，工人们擦洗着，粉刷着，捶打着。他又看到，在盖着屋顶的烟雾缭绕的船台上，船舶被高高地架起来，工程师们手持设计图纸来回走着，向造船工人们发号施令。

所有这些，汉斯·卡斯托普从青年时代起就十分熟悉，在之后的许多年里，他总能从这里找到异常亲切的归属感。每当周日上午，他和詹姆斯·蒂恩纳佩尔或表哥齐姆森——约阿希姆·齐姆森——总会坐在阿尔斯特河畔的亭子里享用早餐，吃着温热的面包和熏肉，喝一杯陈年葡萄酒，用完早餐再靠在椅子上抽一支烟。他甚至觉得自己找到了生活的最高享受；因为有一点是千真万确的，那就是他喜爱悠闲舒服的生活，尽管他有些贫血，看上去文质彬彬，但他性子里还是追求吃吃喝喝的享乐生活，像个贪恋母亲乳房的婴儿一般。

这个商业城市的上层统治阶级将高度文明赐给它的孩子们，而汉斯·卡斯托普则悠闲而又不失尊严地将这种文明承载了下来。他身子干净得像一个婴儿，叫裁缝做的衣服都跟他那个圈子里的青年人一样时髦。他的内衣都做了标记，放在那个英式的衣柜里，庄沙勒恩小心翼翼地照管着。汉斯·卡斯托普外出求学时，一直定期把衣服寄回家来洗涤修补——用他的话说就是，帝国之内除了汉堡，没有别的地方懂得熨衣之术。只要他那考究的衬衫袖上有些皱，他就觉得很不舒服。他的手看上去虽不是特别娇贵，却保养得很好，皮肤十分光洁。手上戴着一只链式白金戒指和祖父传给他的印章戒指。他的牙齿不够坚实，时常出些毛病，还用金子镶过。

无论是站着还是走路时，他的肚子总稍稍有些隆起，很不雅观；但他就餐时的姿势无可挑剔。和同桌的人聊天时，他总是挺直了上身——声音沉稳，而且带些乡土方言。当他用刀叉切开一片家禽肉，或用专门的餐具熟练地扒下壳中淡红色的虾肉时，会把胳膊肘轻轻放在桌上。他饭后首先需要的，是那只装有香水的洗手盆，其次需要一支俄国香烟，这烟不必付税，是他想办法偷运回来的。过后再抽一支雪茄，这种雪茄产自不来梅[1]，牌子叫作马利亚·曼契尼，在后面我们还会提到。这种烟既有香味，又有毒性，吸时可以配着咖啡。汉斯·卡斯托普把贮备的烟草保存在地窖里，以免被热蒸汽熏坏。他每天早晨都要到地窖去，在烟盒里装满当天需要的量。他吃奶酪时不喜欢厨师把它切成一块块的，也不喜欢切成凹球状的。

可以看出，我们这里说的全都是偏祖汉斯·卡斯托普的话，但这并未言过其实。我们对他的描写既不会比实际好，也不会比实际坏。汉斯·卡斯托普既非天才，也非蠢人；我们避而不用"普普通通"这个词来形容他，原因与他的智商无关，跟他纯朴的个性也几乎没有任何关系，而是出于对他命运的尊重。对于他的命运，我们想赋予某种超乎个人因素的意义。他的头脑用来应付实验中学[2]的课程绰绰有余，他也并不为学业感到担忧；不论处在哪种环境下，也不论出于什么目的，他都不愿让自己处于紧张状态，他认为这样做丝毫没有理由，或者确切些说，没有理由非做不可。这也许是我们不愿说他"普普通通"的缘故，因为他在某种程度上意识到自己没有理由紧张。

一个人不仅仅是以个人的身份生活，而是不知不觉地与他所处的那

---

[1] 德国西北部城市。

[2] 当时德国实行的一种九年制学校，教授拉丁语、现代语言、科学和数学。

个时代以及那个时代的人融合在一起。一个人可能把他那普普通通、非个人的生活看作已经固定下来的、理所当然的，从未抱过任何批判的态度，就像汉斯·卡斯托普一样；但还有一点也不可否认，即人们多少都意识到时代的弊端，发现个人很难达到标准的道德高度。个人各式各样的目的、目标、希望、憧憬都出现在眼前，这些东西给他前进和奋斗的动力。而今，如果他周围的生活——不管外表看上去多么富有活力，鼓舞人心——骨子里无比空虚，毫无希望，如果他私下认为生活是没有希望、没有前景、毫无盼头的，对人们有意无意提出的问题——在一定程度上，这些问题是人们费尽心机，在最终的、超乎个人的绝对意义上提出的——报以沉默，那么，人的秉性只会更加堕落，对一个正直的人来说，这更加不可避免。开始时这些只表现在他的精神上和道德上，后来就一直扩展到他的生理和机体部分。在一个不能满意地解答出"人生目的"的时代里，凡是才能出众的人，不是道德上德高望重——这一点很少见，而且颇具英雄本色——就是生命力极其旺盛。上述无论哪一种品质，汉斯·卡斯托普都不具备，所以他算是个"普普通通"的人，尽管这话我们完全是从尊敬他的角度说的。

我们这里所说的，不仅仅指这个年轻人在求学期间的内在素质，也是指他在选定职业后那些年里的素质。在求学的这段时间，他反反复复地努力学习。但他的出身、他良好的教养以及他在数学方面的天赋——他对这些不大在意——都有助于他的进步；当他收到初中的结业证书时，便下定决心继续留在学校读下去，这主要是因为他想在这里延续那种他已经习惯了的生活，以便借此好好想想今后的出路，目前他对未来还一片茫然。他要在这里待到他下定决心的那一刻——这一点对汉斯·卡斯托普来说显然有些遥远。说实话，他对此一直懵懵懂懂，此事悬而未决。

但有一点必须承认，他对船舶很感兴趣。当他还是个孩子时，就很喜欢在本子上画一些渔船、五桅船以及运菜的小帆船之类。十五岁时，他曾坐在靠前的位置上亲眼观看布罗姆·沃斯公司新式双螺旋桨油轮"汉萨号"的下水仪式，事后他就用水彩画把这艘精致优雅的船栩栩如生地描绘了出来。参议蒂恩纳佩尔把它挂在私人办公室内。有人对蒂恩纳佩尔说过，这是一个天才，今后肯定可以成为一个优秀的海洋画家。参议把这番话轻描淡写地复述给他监护的孩子听，汉斯·卡斯托普只是淡淡一笑，压根没把这种连肚子都填不饱的奇怪职业当回事。

"你拥有的东西并不多，"蒂恩纳佩尔舅公偶尔会对他说，"我的财产以后大部分会留给詹姆斯和彼得，也就是说，业务不再拓展，彼得也只能分得其中的利息。属于你的东西我已经替你好好保存着，以后到你手中还是完好无损的。但是，这年头靠利息生活可不是说着玩的，除非你的钱比现在多五倍。如果你想在这个城市里有一番作为，生活水平达到你过去那样，你就要好好努力了。孩子，你得记住我说的话。"

汉斯·卡斯托普记住了这点。同时他也在谋求一份在他自己和别人眼里都比较体面的工作。这份工作是通德尔·维尔姆斯公司的维尔姆斯老头在某个周六打惠斯特牌时偶然提起的，他向蒂恩纳佩尔说，汉斯·卡斯托普应当学习造船。这个主意不错，将来可以到他公司去工作，他会好好照顾这位年轻人的。虽然这份工作既复杂又艰苦，但也是一份不失体面、比较稳定且重要的工作；既然决定好了，汉斯·卡斯托普必然会好好干一番。他生性喜静，这份工作无论如何都比他表哥齐姆森的好多了。约阿希姆·齐姆森一心想当一名军官，他是汉斯·卡斯托普母亲异父姐妹的儿子。他胸部有些毛病，若是有一份能经常让他在室外活动，精神压力不算大且不会太过耗费体力的工作，对他来说倒是很适合——汉斯·卡斯托普有些轻蔑地想。他自己对工作非常尊重，虽然工作也很容易让他感到劳累。

我们又要回到上面提出的问题上来，也就是假设个人生活中因时代而带来的不利因素将会影响到自己的身体素质。汉斯·卡斯托普为什么不尊重工作呢？人理所当然应该尊重工作。对每个人来说，工作都是最珍贵的东西；可以说，生活中除了工作，甚至没有其他更重要的东西了。它关系到一个人的成败，在时间上具有绝对性的意义，也可以说，它完全是由个人来决定的。因此，汉斯·卡斯托普对工作是极为虔诚的，而且据他个人所知，这是毋庸置疑的。但另一个问题是他是否热爱工作。尽管他非常忠于它，却无法爱它，理由非常简单——工作不适合他，他感到非常吃力，并常常神经紧张，很容易就精疲力尽。老实说，他宁愿悠闲一些，也不愿被工作压得喘不过气来；他不愿咬紧牙关去克服面前的一道道难关。说真的，在对工作的态度上他确实有些矛盾，应该调和一下。要是他能不知不觉地从灵魂深处把工作的价值看得更积极些，看成一种能提升自我的准则，那么他的身体和精神——首先是精神，其次是身体——在投入工作时是否可能更加愉快、更加坚定？这里又涉及汉斯·卡斯托普的"普普通通"或者比"普普通通稍胜一筹"的问题，我们对此还不能做出明确的回答。因为我们不是为这个年轻人歌功颂德的人，还是留给后人来猜测吧——他所谓的工作，无非是和无忧无虑地享用一支马利亚·曼契尼雪茄烟差不多的意思罢了。

他从未考虑过从军一事。他一向对此很反感，因此千方百计避免这事。这也许还因为参谋部军医埃伯丁某次去哈费斯特胡德街时，曾在交谈期间从蒂恩纳佩尔参议口中听说，年轻的卡斯托普正离家在外学习技术，他认为弃文从武显然会阻碍他现在的学习。

他工作的时候缓慢而谨慎——汉斯·卡斯托普在外时，一直保持早餐喝黑啤酒的习惯，他认为这能起到镇静作用——脑子里满是解析几何、微积分、力学、投影学及流体静力学；要计算满载排水量与空载排水量、稳定性、纵倾力矩及定倾中心等，有时他对此也感到很厌烦。他的技术制图、框架草稿和设计图、纵倾力矩投影图及纵向投影图虽然不及那幅

"汉萨号"漂浮在海上的水彩画，但在需要用感官来衬托理智的时候，以及描画阴影线和绘制色彩鲜明的一些截面图时，汉斯·卡斯托普的手法比大多数人都要纯熟。

当回家休假时，他总是穿戴讲究，打扮得十分整洁，蓄着一抹浅红色的胡子，年轻而高贵的脸上显出昏昏欲睡的神情。显然，他已经踏上平步青云的道路。那些一心想了解社会事件和个人与家庭关系的人，也就是他的同乡，都仔细观察着他——在每个自治的城市里，大多数居民都是如此——在心里暗自思忖，这位年轻的卡斯托普日后将在社会上扮演怎样的角色。卡斯托普家族久负盛名，人们总是猜测着，有朝一日，他会成为政治上的重要人物。那时他或许坐在市政厅里或者参议会上制定法律，或者担任什么要职，在维护主权方面尽自己的一份力。那时他可能是某个行政部门、财政部门或建筑管理部门的要员，他的看法和提议也会被人细细研究。人们都乐于猜测他到时候会选择哪一个党派。光从外表判断并不一定正确。从表面来看，他完全不像是民主主义者会喜欢的人物，他跟他祖父有许多相似之处，这一点绝不会错。也许他也像祖父一样，将来会是个墨守成规的人，一个保守派？这倒是有可能，但也可能截然相反，因为他毕竟是个正在学习造船的工程师，并且是个精通技术、能与世界各地的商务圈打交道的人。

他也许会成为一个激进派，一个一味蛮干的家伙，他会亵渎神明，把传统建筑和秀丽的风景全毁掉。他也许会像犹太人一样放荡不羁，也许会像美国人一样傲慢无礼；他宁愿彻彻底底地与传统文化决裂，宁愿毫无节制地利用自然资源，宁愿把国家的命运孤注一掷——这都是有可能的。他的家族曾在参议会中占有两个席位，他是否也保持着先人们明察秋毫的能力，会不会站在支持反对派的一方？从他淡红色眉毛下的蓝眼睛里，人们察觉不到一点儿蛛丝马迹。而汉斯·卡斯托普自己也并不知晓，他还只是一张尚未被沾染的白纸。

当他开始故事开篇时提及的旅程时，他刚刚二十三岁。在但泽工业专科学校读完了四个学期之后，又在不伦瑞克[1]和卡尔斯鲁厄[2]工业大学度过了四个学期。那时他刚刚通过了他的初次大考，成绩虽说不上非常喜人，却也算得上体面。现在他正准备进通德尔·维尔姆斯公司当义务见习工程师，在船厂里接受实际的训练。但就在这个节骨眼儿上，他的生活道路来到了转折点。

为了通过考试，他不得不坚持不懈地努力学习，导致回家时显得极其憔悴，他的肤色不再像原本那样白皙而红润。海德金德大夫都开始责备他了，要求汉斯出去换换空气，也就是说彻底换个环境，像之前那样到弗尔岛上的诺德奈和维克去住一阵子都于事无补。如果征求他的意见，他认为汉斯·卡斯托普在进造船厂之前应当到高山上去住几周。

参议蒂恩纳佩尔对他的外孙兼被监护人说，这倒是个好主意。不过这样一来，今年夏天他们就要分开了，因为蒂恩纳佩尔参议是不可能上山的。那里不适合他，他需要的是适宜的气压，不然他会生病的。汉斯·卡斯托普还是好好地自个儿上山吧，还可以顺道去探望一下表哥约阿希姆·齐姆森。

这是个合情合理的建议，约阿希姆·齐姆森病了。不过他的病不像汉斯·卡斯托普那样，他是真的生病了，而且病得很严重，家里人都为此惊慌失措。他常常发烧感冒，有一天竟吐出血来，所以才赶紧前往达沃斯去休养。这让他苦恼不堪，因为他最大的愿望即将实现。之前的几个学期，他一直遵照家人的意愿攻读法律，后来为了顺应自己内心的召唤，他毅然决然换了专业，申报军官学校，现在申请已经通过。而目前，他已经在山庄国际疗养院——疗养院由顾问大夫贝伦斯管理——待了五个多月；他在寄回家的明信片上说，山上的日子无聊得简直要了他半条命。因此，汉斯·卡斯托普如果打算在到通德尔·维尔姆斯公司就职之

---

[1] 德国城市。

[2] 德国西南部城市。

前放松一下，那么去一趟达沃斯，跟他可怜的表哥做做伴是再好不过的了，这样双方都能称心了。

他决定出发时正是盛夏时节，那时已经到了七月。

他动身上山去做三周的旅行。

第三章

Der Zauberberg

神秘的面纱

　　他本来担心自己会因为太过困倦睡过头，不料起得竟比平时还早。这便空出了许多时间来好好梳洗一番，这是他平日里的习惯。一只胶质洗脸盆，一只放着绿色薰衣草香皂的木皂盒，还有附带的一只小刷子——这些都是梳洗时的主要工具。除了梳洗之外，他甚至还有足够的时间把行李打开，搬到屋里去。当他拿起镀银的安全剃刀，准备在涂满香皂泡沫的脸上起刮时，突然想起夜里做的那些叫他困惑的梦，无奈地摇了摇头，紧接着露出在阳光之下修理胡子的人的扬扬自得。他还没有完全安下心，只是因感觉到黎明的清新而愉悦。他脸上扑着粉，穿着苏格兰式衬裤和红色的软皮拖鞋，走到阳台上，把手晾干。阳台和屋子里相通，不透明的玻璃隔板把屋子里分成几个小间，这些玻璃隔板和栏杆间还留有一定的空间。

　　这个早晨凉爽多云。层层浓雾挂在两侧的高山前，远处的山峦上笼罩着低垂的白色及灰色的云层，间或露出一小块蓝天。阳光从云中倾泻下来，洒在山谷下面的村庄上，显出一片片银白色，和山坡上一片片暗黑色枞树林相映成趣。奏乐的声音不知道从哪里传了出来，兴许是昨晚开音乐会的那个旅馆里发出的。那儿传来低沉柔和的赞美诗的和声，停了一会儿又奏起一支进行曲。汉斯·卡斯托普极度热爱音乐，音乐在他身上产生的效果就像早餐时饮的黑啤酒一样，那是一种强烈的镇静和麻醉作用，让他昏昏欲睡。他高兴地倾听着音乐，脑袋歪向一边，嘴巴微微张开，眼睛有些泛红。

他看到山下有一条路蜿蜒而上，一直通到疗养院，这正是他前一晚来时走的那条路。在山坡上滴着晨露的草丛里，长着短茎的龙胆，形状像星星。有处平坦的地方被篱笆围成了一个小园子，那儿有花坛和碎石小径；在一株庄严挺拔的白冷杉下，还有个人工开凿的山洞。这里有一个朝南的大厅，里面放着几把靠背椅，屋顶则盖着铁皮。大厅旁边竖着一根红褐色的旗杆，用绳索牵着的旗子时不时迎风招展。旗子绿白相间，极为鲜艳，中间有二蛇盘绕，这是医术的标志。

花园里有个女人走来走去，她看起来已经上了年纪，神情有些郁郁寡欢，甚至是悲伤。她穿着一身黑色衣服，蓬乱的银发上裹着一块黑色纱巾，面色焦虑，一双黑眼睛黯淡无神，皮肤松弛。她局促不安地在花园里踱着步子，膝盖有些弯曲，胳膊僵硬地向下垂着，两眼直勾勾望着前面。她有一张衰老的、南方人一般苍白的脸，变形的嘴巴垂向一边。这个女人让汉斯·卡斯托普想起以前曾经见过的一幅某个著名悲剧女演员的画像。她穿着一身黑衣服，缓缓地踏着阴郁的步子，步调竟与山下传来的进行曲的调子合上了，看上去有些诡异。

他若有所思，同情地看着楼下的那个女人，那个浑身散发着哀伤气息的幽灵般的女人似乎把这清晨的阳光也染上一层暗雾一样。但同时他又察觉到了另外一件事，那是他听到的——声音是从他左边那间房里传出来的；据约阿希姆说，这间房住着一对俄国夫妇。这种声音跟清晨明朗清新的气氛以及院子里那个阴郁的女人都不相符，甚至黏糊糊的，把这黎明的空气玷污了。这让他感到有些不适。汉斯·卡斯托普想起昨晚似乎也听到了类似的声音，虽然因为自己当时太过疲劳，没有多加注意；这声音中带着挣扎声、喘气声，还有咯咯的笑声，对汉斯·卡斯托普来说，虽然他出于好心，没有把这当成伤风败俗的声音，但它那令人作呕的本质将隐藏不了太久。对于这种好心，我们兴许可以用其他词来形容，比如心地纯洁，但这么说显然有些无聊；或者称之为圣洁，这个称呼既庄严又漂亮；也可以贬低为伪善或者不敢正视现实，甚至可以称之为神秘的敬畏及虔诚。汉斯·卡斯托普听到这种动静时，上述的各种心理活动或多或少都能从他的神态上显现出来。他脸色一本正经，看起来似乎不想知道他所听到的一切，仿佛在告诫自己不应该知道这些东西，或者说压根不愿意听到。他这种道貌岸然的神气并非天生的，只是他在某些场合下表现出来的而已。

他阴着脸离开阳台，回到屋里，不愿再听到下面的过程。但那隐隐约约的咯咯声还是传进了房里，他知道，这绝不是两人在讲笑话，而且这阵势简直让人怒不可遏。进了房间后，声音竟然更清晰了，他似乎听到两人在追逐，一把椅子倒了下来，两个人追着打打闹闹，其中一个捉住了对方；接着便是亲吻的声音。这个时候，远处的音乐变成了华尔兹舞曲，是一支过时而又婉转动听的曲子，似乎在为他们的这场欢爱伴奏。

汉斯·卡斯托普手里抓着一块毛巾，站在那里听着，有点儿不知所措。他扑了粉的脸颊上突然火辣辣地红了起来，因为他早就看清的、料想到的事情真的发生了。天啊！他一边想着，一边转头走到洗手间里，弄出很大的声响。目前来看，他们至少应该是一对夫妻，但光天化日之下，这未免也太厚脸皮了！我敢保证，昨天晚上他们肯定也不安分。但既然他们住在这里，那他们就是病人，或者至少其中的一个是，所以理应不该那么肆无忌惮。但更令人不齿的是，这房子的墙壁居然这么薄，什么声音都听得清清楚楚，简直让人无法忍受。工人建这房子的时候肯定偷工减料了，而且居然偷工减料得这么可耻。要是以后他自己见到这两个人，或者有人把这两个人介绍给他的时候，该如何是好？总之他是绝对不能忍受的！

汉斯·卡斯托普惊讶地发现，他扑了粉的脸上的红晕居然迟迟没有退去，热辣辣的感觉也没有消失。这种热辣的感觉似乎长在了脸上，同前一晚的感觉一模一样。本来睡了一觉已经退去，不曾想醒来后这种感觉又回来了。他本就看不惯隔壁这对夫妇，这下子更有些讨厌了。他噘着嘴，喃喃地数落了他们几句。然后他再次用冷水洗了洗脸，想让皮肤清凉些，殊不知反而热得更加厉害了。这让他有些抓狂，因此，当他表哥敲着墙壁叫他时，他回答的声音有些颤抖。约阿希姆进门时，汉斯·卡斯托普看上去并不像是一个一觉醒来后精神焕发的人。

早 餐

"早安!"约阿希姆说,"唔,这可是你在这里过的第一夜,感觉怎样?"

他正准备到户外去,穿着一身运动装,脚上踩着一双结实的靴子,胳膊上还挎着一件厚大衣。衣服口袋里装着一只瓶子,隐约能看到轮廓。和昨天一样,他没戴帽子。

"谢谢!"汉斯·卡斯托普回答,"我现在不想多加评价。昨晚做了一堆乱七八糟的梦。这房子隔音太差了,隔壁的声响听得一清二楚,挺烦人的。园子里那个一脸阴郁的女人是谁?"

约阿希姆一下子反应过来他指的是谁。

"噢,"他说,"是那个'两口人',我们都这么叫她,这个人只会说这一句话。你知道的,她是墨西哥人,德语是一点儿也不懂,法语也只懂一点儿,一知半解的。她和她的长子来这儿已经五周了,儿子的病已经无力回天,看上去活不了太久了。他身上到处都有病,可以说,结核菌已经渗透到他体内了。贝伦斯说这病最后会像伤寒一样,每个人多少都会受到威胁。唔,两周前她的二儿子也上山来了,探望病重的哥哥。二儿子长得很漂亮,两个儿子都很俊俏,眼睛清澈黑亮,可以说,女人见了都要动心。弟弟在山下时有点儿咳嗽,但还算生机勃勃。可是你看,他一到这里竟开始发起烧来,烧到了三十九度五,躺在床上。贝伦斯说,他要是再不卧床休养,那就凶多吉少了。不过他来得正是时候,贝伦斯这么说的。唔,自那以后,只要不在儿子身边,做母亲的就会出门踱来蹿去。不管谁跟她说话，她都只会回答'两口人'。除此之外，她就什么都不会了，因为到目前为止，山上没有其他会讲西班牙语的人[1]。"

"原来如此。"汉斯·卡斯托普说，"如果我认识她，在我跟她说话的时候，她会不会也跟我说同样的话呢？我是说，这简直又荒唐又诡异。"他的眼睛看上去还和昨天一样，热辣辣的，眼皮有些肿，好像刚哭过似的，同时眼神里又闪出一丝光芒；前一日，当他听到那个奥地利贵族奇怪的咳嗽声时，眼里也出现过这种亮光。自从醒来后，他就感觉昨天的一切已经和现在没有任何干系，但此刻，表哥的这个眼神似乎把现在的他和昨天又联系在了一起。他一边告诉表哥自己准备好了，一边在手帕上滴了几滴薰衣草香水，在眉毛处以及眼睛下方也滴了一些。"如果你愿意，咱们'两口人'一起去吃早餐吧。"他毫无顾忌地打趣道。约阿希姆温柔地看了看他，神秘地笑了笑，笑容里带着些许忧郁和自嘲。只有他自己知道这个笑里包含着什么意思。

汉斯·卡斯托普检查了一下有没有带雪茄烟，然后拎起衣服和手杖，还极不情愿地戴上了帽子。他的生活习惯已经定型了，不想因为来这里住仅仅三周，就培养新的习惯。他们走出门，沿着楼梯下去。在走廊里的时候，约阿希姆时不时指着各个房间，简单地给他介绍里面的住户，以及住户大概的病情。其中包括德国人，也有其他各国人的名字。路上他们还遇到已经用完早餐回房的人，约阿希姆打招呼的时候，汉斯·卡斯托普也彬彬有礼地摘下帽子，点头致敬。他像正在被介绍给许多陌生人的小伙子一样，显得有些拘谨和紧张。他清楚地意识到他的眼睛沉甸甸的，脸很红——这么说也不完全正确，因为他的脸很苍白。

"差点忘了！"汉斯·卡斯托普突然说道，"如果你愿意，你可以把我介绍给园子里的那个女人，我是说，如果你要介绍，我是不反对的。她可能会对我说'两口人'，我早就有准备了，知道这是什么意思，所以

---

[1] 墨西哥人通用西班牙语。

倒是不在意，也知道怎么去应付。但是这对俄国夫妻，我不想去结识，你听到了吗？我不想认识他们。这些人真是没有教养，现在我要在他们隔壁住上三周，而且想不出什么其他办法了。但至少我完全不想结识他们。这是我的权利，我坚决谢绝你的介绍。"

"很好。"约阿希姆说，"他们打扰你了吗？没错，这些人确实非常粗鲁，我也跟你说过，他们没有素质。那个男的每次来吃饭都穿着一件皮夹克，无比寒酸，我早就想叫贝伦斯出面干涉此事了。女的虽然戴着一顶羽毛帽子，但也没那么干净。你尽管安心，他们坐在"下等"俄国人坐的桌子上，离我们远着呢。看到没，那边还有专门为"上等"俄国人设的餐桌，即便你想，你也几乎没什么机会跟他们打交道。想在这儿跟人结识并不容易，这儿的外国人太多了。就我而言，来了这么久，认识的人也没几个。"

"那对夫妻到底谁病了？"汉斯·卡斯托普说道，"男的还是女的？"

"我想是那个男的吧。对，只有他病了。"约阿希姆心不在焉地答道。他们从餐厅前的一排衣帽架旁边走过，进入一间明亮的低拱顶厅堂，厅堂里声音嘈杂，碗碟叮当作响，女侍者端着热气腾腾的水壶走来走去。

餐厅里有七张桌子，其中两张横摆着。这些都是大号桌，每张可以坐十个人，不过此刻没有全部坐满。只需斜着往厅里走几步，两人便来到了自己的餐桌旁。汉斯·卡斯托普坐在前面那张桌子的一端，正好在两张横放的桌子中间，他直挺挺地靠在椅子上，约阿希姆把同桌的人一一正式介绍给他，他只得僵硬又客气地欠了欠身子，不过对他们的脸几乎看都没看一眼，更别谈把这些名字铭记于心了。他只记住了一个人的姓名——斯特尔夫人，她的脸红扑扑的，顶着油光滑亮的浅灰色金发。一看到她，你就会完全相信她是一个缺乏教养的女人，约阿希姆说得没错。她的样子看上去愚蠢无知，有些傻气。他在椅子上坐下来，看着这里的人正儿八经地吃早餐。

早餐有几碟柠檬果酱和蜂蜜，几碗奶粥和燕麦粥，几盆冷肉和炒蛋。

黄油供应充足，还有瑞士格鲁耶尔乳酪，上面的玻璃盖被揭开后，乳酪有些湿，桌子中央还摆着一碗新鲜的干果。这时，一位穿着黑白相间衣服的女侍者向汉斯·卡斯托普走过来，问他要不要喝些什么，要可可、咖啡还是茶。她身材矮小得像个小女孩一样，一张脸长长的，显得很苍老。他发现她是个侏儒，不禁愣了一下。他瞧了表哥一眼，但约阿希姆只是挑了挑眉毛，冷漠地耸耸肩，好像在说："好吧，这又怎么了？"所以他只能尽量调整心态，从被一个侏儒侍奉的别扭情绪里缓和过来。他客气地点了一杯茶，点完便吃起拌有肉桂和糖的奶粥来。他扫视了一下桌上其他的食物，这些食物看着很是让人垂涎三尺；他又环顾了另外六张桌子上的人，这些都是约阿希姆的病友，他们坐在那儿普普通通地吃着早餐，但其实身体内部都承受着病痛的折磨。

餐厅装饰得十分时髦，恰到好处地体现出它简朴而独特的风格。与宽度相比，餐厅的进深不算大，外面围着一条游廊，游廊里面摆着餐具柜，游廊上设有拱门通向内厅。柱子的下半截用类似檀香木的木材制成，上半截涂着白漆，跟天花板和墙壁上半部分一样。柱子上雕刻有一系列色彩明亮的线条状图案，样式简洁又活泼，在拱顶的横梁上，仍可以看到这些图案。餐厅里还挂着几盏枝形吊灯，都是用色泽明亮的黄铜制成的电灯。这些灯的形状是三个叠在一起的环，环是由精致的编织物扎在一起的；最下方的一个环上装有乳白色玻璃制成的一种球状物，像一个个小月亮。餐厅有四扇玻璃门，其中两扇开在对面的那面墙上，通往前面的游廊；第三扇开在左前方，一直通往前厅；最后一扇就是汉斯·卡斯托普通过游廊走进餐厅的地方，但昨晚约阿希姆却是带他从另一处的楼梯下楼的。

汉斯·卡斯托普右边坐着一个身穿黑色衣服、样貌普通的女人，面颊上有一层黯淡的红晕，皮肤有些毛茸茸的，和一般的上了年纪的女人一样。她看上去像一个缝纫女工或家庭女裁缝。也许是因为她早餐时只吃了黄油面包和咖啡。他从来就认为女裁缝都只吃黄油面包和咖啡。他的左边是一位英国女人，也已经一把年纪，长得很丑，手指僵硬而干瘪。她正坐在那儿读一封字迹工整的家书，喝着一杯血红色的茶。她旁边坐的便是约阿希姆，再过去就是穿苏格兰格子羊毛衫的斯特尔夫人。她吃东西的时候把左胳膊高高地抬起来，说话时又把上唇放下来，盖住她一口又长又窄、参差不齐的牙齿，自以为是地想给人留下高素质、有教养的高雅形象。在她身边坐着的是一个蓄着薄薄的胡须的年轻人，看他的表情，好像嘴里塞着的东西实在难以下咽，他一直默不作声地吃着。汉斯·卡斯托普入座后他方才进来，下巴低低地垂在胸前，直到现在都保持着这一姿势，甚至都未曾抬头跟同桌的人打声招呼，看样子似乎毫无兴趣认识一下面前这位新来的客人。他或许由于病得太严重而忽视了外表，或者说他压根儿不在意，甚至对周围的一切都毫不在乎。他对面是一个身材苗条、肤色白皙的姑娘，用一把长勺喝光了摆在盘子上的一瓶酸奶，然后匆匆离开了。

餐桌上的气氛并没有那么热闹。约阿希姆客气地跟斯特尔夫人聊着天，亲切地询问她的病情，听完后又不失礼节地安慰了几句。她说自己很放松："我毫无压力。"她拉长了音调，做作而又不太礼貌地回答道。她早晨刚起床时候的体温大概是三十七度三，下午的时候又会到多少呢？女裁缝表示自己的体温也差不多，但相反，她感到兴奋异常、焦躁不安甚至非常紧张，好像有什么重要事情将要发生那样，但她的反应显然不是因为这个；这种兴奋感纯粹是生理上的，是没有任何情绪作用的。汉斯·卡斯托普暗自思忖，她肯定不是一个裁缝；她的用词非常准确，甚至有些卖弄学问的味道。他看到了她所说的兴奋，或者说她脸上兴奋的神情，这种表情出现在这么一个温和而毫不起眼的人脸上，多多少少让人有些不舒服甚至反感。他分别问了这个女人和斯特尔太太来此多久了，前者待了五个月，后者则待了七个月。接着汉斯·卡斯托普又用蹩脚的英语问那位坐在他右边的邻居，她喝的是什么茶——茶是用玫瑰花泡的——喝起来味道怎样，她兴高采烈地回答了他，连声叫好。汉斯·卡斯托普看着这屋里来来去去的人，这是他在山上吃的第一顿早餐。严格地说，这顿早餐和往常是不一样的。

　　他起初担心看到让人不忍目睹的景象，但最后发现自己多虑了。餐厅里气氛很热闹，丝毫不会让人觉得这是一个病人用的餐厅。几个皮肤黝黑的男女哼着调子走了进来，向女侍者要了几份食物，便津津有味地用起了早餐。餐厅里有老人，有已婚夫妻，有说着俄语、带着孩子的一家子，还有刚刚开始发育的毛头小子。妇女大多穿着羊毛或是丝质的贴身上衣，也就是我们说的针织套衫，衣服都有翻领设计，白色的或其他各种颜色的都有，衣侧还有口袋。女人们把两手插在深深的口袋里，站着闲聊，看起来真是赏心悦目。有些桌子上还有人在传阅照片，毋庸置疑，并不是什么专业的摄影作品。另一张桌子上的人正在交换邮票。人们谈论的无非是天气如何，昨晚睡得怎样，或者"口腔温度"怎么又变高了。每个人看上去都精神焕发，也许没有什么地方比这里更热闹、更能让人体会到这么热烈的关怀吧。这儿那儿都有人用手托着脑袋发呆，看到他望过来，也并没有什么反应。

　　突然，汉斯·卡斯托普的身子猛地震了一下，他生气了，因为不知道谁把左边那扇通往大厅的门嘭地关上了，那人出去的时候不但没让门好好关上，甚至还故意加大力度，狠狠地带上门。这是汉斯·卡斯托普最憎恶的，他完全无法忍受这点。不管是出于自己良好的教养，还是天生的特殊癖好，他无论如何都不能忍受这种行为，恨不得抓住那个人狠狠揍一顿。那扇门的上半部分本来就装着小小的窗格玻璃，这下子乒乒乓乓地震颤着，更叫人心烦了。

　　"哦，天啊！"他怒不可遏，暗想道，"这人到底是有多大意？"但这时那个女裁缝叫了他一声，他也没时间去找出那个罪魁祸首了，他转向坐在旁边的女裁缝的时候，金色的眉毛紧紧地皱着，脸上表情扭曲。

　　约阿希姆问大夫有没有来过。有人表示他们来过一次，这对表兄弟进来的时候他们刚刚离开。既然如此，那便不宜在此久留了，约阿希姆想，反正早晚都要把表弟介绍给他们。到门口的时候，他们竟差点撞到贝伦斯。顾问大夫那时正匆匆走进房间，后面跟着克罗科夫斯基大夫。

"嗨——你们好啊！小心点，先生们！你们这样可真有点儿粗鲁啊！"他说话的时候带着浓浓的撒克逊口音，嘴巴张得很大。

"哦，是你啊！"约阿希姆两脚并拢，把汉斯·卡斯托普介绍给他，他打着招呼回应："唔，很高兴见到你。"他伸出铲子一般的大手跟年轻人握了握。他看上去比克罗科夫斯基大夫高出了三个头，身形瘦弱，头发花白，探出长长的脖子，瞪着大大的充血的蓝眼睛，眼里满是泪水，鼻子短而翘，认真修剪过的胡须因为上唇歪向一边而变成了一条曲线，一端还翘起来。这副面容正如约阿希姆所说的那样，阴森森的；他的脑袋竖在他穿的那件考究的白大褂上方，衣服长得过了膝盖，下面穿着一条带条纹的裤子，脚上是一双已经磨旧的、带着花边的黄色靴子。克罗科夫斯基大夫也穿着一件制服，不过他的黑色衣服亮闪闪的，裁剪得像一件衬衫，袖口处是松紧的设计，衣服与他惨白的肤色形成了鲜明的对比。他的态度表明了他目前只是一名助理，因此并未过来跟汉斯·卡斯托普打招呼，但嘴角的表情暴露了他对助理这个职位的不满意。

"表兄弟？"顾问大夫贝伦斯指指这个，又指指那个，用充血的眼睛看着这两个年轻人。"他要步你的后尘吗？"他问约阿希姆，忽而又转向汉斯·卡斯托普："上帝不会允许的，哈？我见到你的时候就想说了。"他这次是直接对着这个年轻人说了："你和我们不同，你是个文雅人，不像我们这些粗人，我敢打赌，你肯定是个比他守规矩的病人。你知道，我只需看看，就能知道谁会成为合格的病人；这种东西需要天分，什么事都要天分。现在这名战士显然就不具备这点。也许在阅兵场上，他是一把好手，无所不知；但在这里，他什么都不是。你早晚会相信这点的。他总是急不可耐地想要离开！总是缠着我，迫不及待地想要下山，不过每次都被我狠狠回绝了。真是性急！只需给我们一年半载的时间！这儿是相当漂亮的，要说不是，我宁愿把这儿奉送给你。齐姆森，什么？……

唔，你表弟会感谢我们的，即便你不会，他肯定会在这里过得很愉快。这儿也不缺女人，漂亮女人都在这儿，至少，有几个在外面都算得上人间尤物。但是你知道，如果想讨好异性，也应当把自己好好打扮一番。就像诗里说的，'金色的生命之树是常青的'，但这种颜色可不是皮肤该有的颜色，可以说，看起来像贫血似的。"

他停下话头，忽而用食指和中指拉了拉汉斯·卡斯托普的下眼睑。"没错！正如我所说，这就是贫血。你们都知道，离开家乡汉堡来此待一段时间并不是坏主意。汉堡是个好地方——湿气重，每年都要给我们派发一大批来疗养的人。不过若我能有幸发表一己之见，那我斗胆建议——不收钱，你知道的，完全免费——既然你已经上山来了，你可以效仿你表哥。现在耍花招没用，装出有肺结核的样子，稍微长点肉好了。这山上的人蛋白质的代谢情况都有待观察，即便代谢水平已经有所提高，但身体还是在长胖。唔，齐姆森，昨晚睡得可好啊，什么？……不错！那就继续户外锻炼，不过别超过半小时，听清楚了没？锻炼完之后把那水银雪茄贴在脸上，啊！弄好以后把数字记下来。齐姆森！这是个认真的小伙儿！周六我会过来看你的记录。你表弟最好也测一下。测这些东西对谁都没害处，先生们，好好享受吧——早安——早安——！"

他往大厅内走去。克罗科夫斯基也跟着走了，手心向外地左右挥了挥手，问年轻人睡得是否还好，两人表示还不错。

取笑・旅行用品・欢乐受挫

"这个人不错。"当他们穿过门房，友好地对着那个跛足的守门人打过招呼后——那时他正在低头读报——汉斯·卡斯托普说道。 这座建筑被刷得粉白，大门在屋子的东南面，中间的那座房子比两侧的高出一层，顶端是一个盖着蓝灰色铁皮的钟楼。 从这里出去后，不是走到围着篱笆的花园里，而是直接到了野外，前面就是长满野草的陡峭的斜坡，上面稀稀疏疏地长着不算太高的枞树和矮小弯曲的松树。他们走的这条路——除了往下通向山谷的那条公路外，这是他们唯一能走的路——带着他们从疗养院后斜着翻过厨房和办事处，向左面凸起，那里装有栅栏，栅栏旁还放着几个大大的垃圾桶。 向右再拐一个大弯，就到了一个林木稀疏的山坡，山坡十分陡峭。 这是一条险峻而湿润的山路，土壤带着些许红色，山路两旁处处是巨大的石块。 在路上散步的不只有这对表兄弟，有些客人一吃完早餐，也立刻走了出来；还有一大批人正返回疗养院，因山路陡峭，他们每一步都小心翼翼。

"那个人不错。"汉斯·卡斯托普又重复了一遍，"他说话挺有意思，用'水银雪茄'比喻体温表，我一下子就知道他说的是什么了。 不过我现在迫不及待想抽一支烟了。"他停了一下，"我再也忍不了了。 昨晚吃过晚饭后，我就没有好好抽过一支烟。 请让我抽一会儿吧。"于是他打开刻着银字的皮盒，取出一支马利亚·曼契尼雪茄烟。 这是放在最上层的漂亮的样烟，他把一端压平——他特别喜欢把香烟压成这样——然后用系在表链上的一把小刀切断烟的尖头，再拿出袖珍打火机点着火，鼓起嘴，在一端粗钝的长烟上狠狠地吸了几口，烟燃了起来。"好了！"他说，"我想还是继续散步吧。你不抽烟，当然是因为你顽固不化。"

"我从来不抽烟。"约阿希姆答道，"为何要在这山上抽呢？"

"我不理解。"汉斯·卡斯托普说，"我一向不理解为什么居然有人不抽烟。可以说，不抽烟，生活中最好的一部分就缺失了。至少，抽烟是乐趣无穷的。当我在清晨醒来的时候，一想到能抽烟就喜不自胜；吃完饭以后，也要抽上一根烟。可以说，我吃饭的目的正是吃完饭可以抽根烟。这么说也许或多或少有些夸张的成分。但是，就我而言，一天之中若是没有烟草陪伴，该是多么沉闷无聊、多么枯燥无味啊！要是跟我说'明天没有烟抽'，第二天我连起床的勇气都没有了。说实话，我也想赖在床上。但是想想，嘴里抽着一支好烟——当然这种烟不应该有难闻的气味，烟卷得也要好，否则真让人恼火——嘴里抽着一支好烟，一个人也就能感觉平静如水、事事顺心了。这就好比你躺在沙滩上，你不是在海滩上躺过吗？那时候你什么都不想，既不想工作，也不想娱乐。谢天谢地，全世界都在抽烟呢。就我所知，世界上没有哪个地方不沾染上这种习惯的，哪怕是南北极探险家，烟草也准备得很充足，这样才能坚持工作。当我读到这类消息，我就情不自禁感到同情。一个人总会遇到挫折，就拿我来说吧，过去也遇到过不如意的时候，但是只要有一支烟，我就能够安全度过。"

"无论如何，"约阿希姆说，"你这么依赖烟，意志也太不坚定了。贝伦斯说得没错，你是个文雅人，他说的也不过是一番恭维的话，不过说真的，你确实是一个无药可救的文雅人。不仅如此，你是个健康的人，想干什么就能干什么。"他说道，眼神中有些许倦意。"唔，除了贫血外，我还算是个健康人。"汉斯·卡斯托普说，"他说我脸色发青，真是毫不避讳。不过他说的倒是事实，我自己也注意到，跟这山上的人相比，我的脸色确实青得厉害，虽然在家时我没留意过。他表示完全免费并尽其所能地给我提建议，他真是一个好心人。我很乐意按照他的话去做，让我的生活方式跟你的完全一样。既然到了这山上，我还能再干些什么呢？要是能看在上帝的名义上多长出一些肉来，对我来说也没有什么损失；虽然你得承认，'长肉'这个词听起来挺恶心的。"在散步过程中，约阿希姆轻轻咳了几次；看得出来，他上山非常吃力。第三次咳嗽的时候，他皱起眉头，停了下来。"你先走吧。"他说。汉斯·卡斯托普头也不回地急急忙忙向前走去。过了一会儿，他放慢脚步，最后几乎停住了，因为他感觉自己已经远远地把约阿希姆甩在了后面。不过他没有回头。

　　一群有男有女的客人迎面向他走来。之前他就看到他们沿着平坦的山坡爬上半山腰，现在他们正在下坡，大步朝他走来。有六七个人，年龄不一，有些正当年少，有些已经上了年纪。他低头斜着眼瞅了他们半天，一心只想着约阿希姆。他们的脸黑黝黝的，不戴帽子，女人穿的是针织套衫，男人大多不穿大衣，也不带手杖，这副样子，倒很像那些到外面随意溜达的人。因为是下坡，所以不太费力，只要站稳脚跟，别打滑，冲下去的时候不要摔跤就行了。实际上，这无异于一种自由下滑运动；他们步态轻盈，表情和身体都是轻飘飘的，让别人见了也恨不能加入他们的行列。

　　此刻他们就在他身边，他们的脸被汉斯·卡斯托普看得一清二楚。他们并不是所有人都被晒黑了，其中两个女人苍白得极为明显，一个骨瘦如柴，脸白得跟象牙一样；另一个则又矮又胖，满脸雀斑，把容貌都毁了。她们都定眼看他，对着他毫不客气地笑。有一个穿绿色针织套衫的姑娘掠过汉斯·卡斯托普身旁，胳膊几乎擦着他的身体。她头发蓬乱，神情呆钝，两眼半睁半闭，一边走，一边吹着口哨。噢，简直太嚣张了！不但如此，她竟然不是用嘴吹的口哨，吹时嘴唇不仅没有翘起来，反而闭得紧紧的。她一边吹，一边用呆滞的、半睁半闭的眼睛瞅着他。这声音真叫人不舒服，尖厉又刺耳，无比沉闷，声音被拖长，尾音处又急转直下。这种声音叫人想起集市上售卖的一种橡皮小猪玩具的叫声——当小猪肚子里的空气被放出来后，就会发出这种哀鸣。口哨声是从她胸口某处不可思议之地发出来的；吹完后，她跟着那群人继续往下走去。

汉斯·卡斯托普呆呆地站着，凝视远方。没过一会儿，他又匆匆向四周扫视了一圈，刚才那叫人反感的口哨声想必只是个玩笑，是一出预先安排好的闹剧——他能想到的只是这些，因为当他回头看到那些人的肩膀的时候，发现他们正在大笑。一个身材粗壮的厚嘴唇小伙子，不雅观地把外套下摆向上翻起，双手插入裤袋，歪着脑袋，哈哈大笑着。这时约阿希姆走过来了。他像往常一样，彬彬有礼地站直身板向那伙人问好，甚至停下来向他们鞠躬。接着他愉快地向表弟走来。

"你怎么板着脸？"他问。

"那女的冲我吹口哨，"汉斯·卡斯托普说道，"她路过我的时候，肚子里发出了口哨声。你跟我解释一下，这是为什么？"

"哦！"约阿希姆不屑地笑了一下，说道，"胡说，她的声音不是从肚子里面发出来的。她叫克莱费尔特，全名黑米尔内·克莱费尔特。这声音是她的气胸发出的。"

"从她的哪里？"汉斯·卡斯托普问道。不知为何，他情绪十分激动，哭笑不得，接着说道："你别指望我能听懂你的那些术语。"

"哦，我慢慢道来！"约阿希姆说，"可以一边走一边谈。你怎么像生了根似的站在那里！刚才说的是一种外科手术，是这里常做的一种手术，贝伦斯很擅长。你知道的，要是一只肺感染得厉害，另一只比较健康，那么就得让那只坏掉的肺停止工作一段时间，让它休息一下。也就是说，他们在这里切了一下，在身体侧面什么地方切一下，具体是什么部位我也不太清楚，贝伦斯是干这个的一把好手。之后再往身体里注入气体——氮气之类，你知道的，这么一来，那只像乳酪一样的坏肺就不再运作了。这种气体待在里面的时间当然不会很长，每过两周又得注入新的，把原来的换掉，就像充气一样。像这样，过一两年，如果一切良好，坏肺就通过休息痊愈了。但是，这当然是一项冒险的尝试，未必所有人都能治好。不过据说他们已经用气胸疗法取得了不错的效果。你刚才看到的那些人都做过气胸手术。伊尔蒂斯太太也是，正是那个一脸雀斑的女人。还有一位是莱维小姐，脸色很是憔悴，你应该记得，她躺在床上已经很久了。他们已经成了个组织——当然是因为气胸，这些人才聚在一起——自称'半肺协会'，这些人因这个名字而出名。而黑米尔内·克莱费尔特是这个协会的骄傲，她能用气胸吹出口哨声。这是她特有的才能，断然不是每个人都能做到的。至于她是怎么做到的，我不清楚，连她本人也说不出个所以然来。不过她走得飞快的时候，身体内部就会发出口哨声；自然，她用这个来吓唬别人，特别是那些新来的病人。除此之外，我相信她发声时要消耗氮气，因为她每隔一周就得重新充一次气胸。"

这时汉斯·卡斯托普笑了。听着约阿希姆的话，汉斯的激动已经变成了欢乐，甚至笑出了眼泪。他一边走，一边捂着眼睛，弯着身子，因为不停地咯咯笑，肩膀也跟着抽动起来。

"他们成立组织了吗？"他挣扎许久才问出这句话。他竭力忍住笑，故而声音听起来有些有气无力，甚至略带悲切。"他们有章程吗？可惜你不是其中一员，否则就能邀我做贵宾，让我入会，成为——'半肺协会'的会员。你应当要求贝伦斯让你的一只肺也休息一下，也许你的胸口也能发出口哨声，这种东西应该可以学得会。这是我生平听过的最有趣的事！"说罢他深深叹了一口气，"请原谅我说了这番话，但你这些打过气胸的朋友，看起来心情不错。瞧他们走过来时的那个样子，同时你得想想，居然有'半肺协会'这种组织。她还'嘘——嘘——'地从我身边擦过去，这女人肯定是疯了！他们可真兴高采烈！你能不能告诉我，他们为什么这么兴高采烈？"

约阿希姆寻思着答案。"天啊，"他说，"他们这么自由自在，我是指，他们都还如此年轻，时间对他们来说压根不算什么，可能不久后他们也要死去。何况，为什么要整天苦着一张脸呢？有时我想，生病和死亡其实不算什么大事，无非是混日子的方式而已；只有山下的人才一本正经地生活。你在这里待上一段时间，以后就会懂的。"

"没错，正是如此。"汉斯·卡斯托普说，"我想我肯定会了解的。我对你们这些山上的人已经很感兴趣了。一个人只要产生了兴趣，自然就什么事都能理解了。不过我的问题只是——这个东西的味道不大对劲儿。"说着，他把雪茄烟从嘴里拿出来，一动不动地盯着它看，"这段时间我一直在想，到底哪儿不对劲儿，现在看来，原来是马利亚雪茄的问题。我可以向你保证，它抽起来有些像 papier-mâché（法语，意为：混凝纸）[1]。我实在搞不懂，我早餐确实比平时吃得多，但这不能成为理由，因为要是吃得很饱，抽起烟来味道应该特别好。你会说这是因为我一夜没有睡好吧？也许这是我不舒服的原因。不，这烟我实在抽不下去了！"他又尝了一口后说道："我每吸一口，都失望透顶，硬抽下去根本没意思。"他又迟疑了一会儿，就把雪茄扔到了山坡下潮湿的松林间。"现在你可知道，我身体不舒服跟什么有关系了吧？"他说，"照我说，准是跟脸上这该死的发烧有关系，它一直都没退去，我一起床，脸上就是这个感觉。我感到自己的脸好像因为害羞而涨得通红，真见鬼！你刚来的时候可曾有过同样的感觉？"

"有啊。"约阿希姆说，"开始时我也感觉不太自在。你无须太在意。我之前也说过，要适应这山上的生活并非易事，再过一阵子就好了。瞧，这条长椅倒是不错，咱们可以坐一会儿再回去。我还得接受治疗呢。"

道路变得平坦起来。它现在正向着达沃斯高地延展，这里的高度是整座山的三分之一上下。透过一片挺拔、稀疏、在风中摇摇摆摆的松林，可以俯瞰山下的村落，村庄在阳光下正闪着银白色的光辉。他们坐的长椅紧靠着山崖的峭壁，在他们旁边，一股泉水循着水渠潺潺地往下流入山谷。

约阿希姆打算把阿尔卑斯山环绕南面峡谷的一系列云雾缭绕的山峰

---

[1] 消化不良时抽烟会有这种味道。

一一介绍给表弟听，举起登山的手杖给他一个一个指点。但汉斯·卡斯托普只是瞟了几眼。他坐在长椅上，弯着腰，用他那根带着城市味道的镀银手杖的金属套环在地上画画。他还想知道一些别的东西。

"我想问你的是，"他开始说了，"我房间里前几天刚死过人的那件事，你来之后，这里死过不少人吧？"

"是死了一些。"约阿希姆回答，"不过他们处理得很小心，你知道的；你压根听不到任何消息，或者过后才碰巧听到一些。这是为了病人着想，特别是女病人，她们容易惊慌失措，所以有人死去的时候他们都严格保守秘密。即便是隔壁的人死了，你也压根察觉不到。他们一大早就把棺材抬过去了，那时候你可能还在睡觉。他们会选择合适的时机抬出尸体，比如你正在用餐的时候。"

"嗯。"汉斯·卡斯托普继续在地上画着，"我知道，这些事情都做得神不知鬼不觉。"

"没错，大多是这样的。不过最近——让我想想，给我一点儿时间让我想想，大约在八周之前——"

"这你就不能称作'最近'了吧。"汉斯·卡斯托普毫不客气地打断道。

"什么？唔，既然你这么认真，那就不算'最近'吧。我只是估测罢了，唔，那么，也就是不久之前，我窥探到了幕后的东西——这真的纯属巧合。现在想起来还历历在目，好似发生在昨日。小胡尤斯——巴巴拉·胡尤斯——一个天主教徒，那时候我亲眼看到他们把最后的圣餐放在她面前，你知道，那正是临终圣餐，也就是临终涂油礼。我刚来这儿时，她还活蹦乱跳的，经常咯咯地笑，像小孩子那样。但没过多久，她的病情恶化，之后她就只能卧病在床，再也起不来床。她的房间和我的隔了三间，那天她的爸爸妈妈来了，接着神父也赶到了。那时正是下午，大家都在喝下午茶，走廊上一个人都没有。但是那天我午休时竟然睡过了头，没听到鸣锣声，晚起了一刻钟。在这关键时刻，我没有和大家在一起，就像你说的那样窥见了内幕；当我跑到走廊上时，他们正好迎面走来，穿着花边长袍，前面有人端着一个十字架，那是一个带着提灯的金十字架，这让我想起土耳其近卫军胸前的月牙棒。"

"你这是什么比喻？"汉斯·卡斯托普面无表情道。

"在我看来就是那个样子，我忍不住想到那东西。不过你先听我讲，他们向我走来，大踏步朝我走来，走得很快，如果没记错的话，他们一共有三个人。前面是拿十字架的人，接着是戴着眼镜的神父，后面还有一个拿着香炉的青年。神父把临终圣餐捧在胸口，拿什么东西盖着。他歪着脑袋，看上去很是谦恭。这自然是他们最神圣的事。"

"没错。"汉斯·卡斯托普说道，"正因如此，我才奇怪你怎么想起了月牙棒。"

"是啊，不过等会儿，要是当时你也在，你事后想起来时肯定不知道该是什么表情。这种事真会叫人做噩梦呢。"

"怎么这么说？"

"当时我想，这种时候应该如何是好？我又没戴帽子，不然还可以脱下帽子致意。"

"是吧，你也知道啊？"汉斯·卡斯托普再次打断道，"现在知道了吧，你应该戴一顶帽子。我早就注意到这山上的人都不戴帽子了；但是你应该戴，需要的时候可以脱帽致意。唔，接下来呢？"

"我当时靠墙站着。"约阿希姆继续说，"非常严肃，他们走过去的时候我鞠躬致意。当时我们正好在小胡尤斯住的病室外，二十八号房间。神父看到我欠身致意，似乎挺高兴，他很有礼貌地致谢，把帽子脱下。但同时他们也停了下来，那位端着香炉的年轻人敲了一下门，门打开了，他们让神父先进房间。你想象得到我当时的感觉吧，那真是太恐怖了！神父的脚一跨过门槛，里面就发出一阵尖叫声，这种声音你从来没有听到过。叫声持续了三四下，那之后便是连续不断、声嘶力竭的'啊——啊——啊'的哀叫声，声音里满是惊恐、反抗以及痛苦，简直无法形容。

叫声中还夹杂着哀求声，让人毛骨悚然。接着，声音一下子变得低沉而无力，仿佛它已经沉入地底，又像是从地窖里发出来的。"

汉斯·卡斯托普猛地回过头看着他的表哥。"那是胡尤斯的声音吗？"他激动地问道，"你说声音是从地窖里传出来的，怎么回事？"

"她钻进被子里去了。"约阿希姆说，"想想我当时的感受！神父站在门槛那儿说着安慰的话，我现在都还能想起他说话的时候探出脑袋又缩回去的样子。手持十字架的那位，还有端着香炉的助手在门口犹豫不决，也不能进去。我能从他们之间看到房间里的样子，那间房跟你我的都一样，床铺挨着房门右边的那面墙。床头围着一些人，自然是她的父母和亲戚，他们也都说着些劝慰的话。床上的那团东西已经完全看不出形状了，她又是恳求，又是带着惶恐反抗，还蹬着腿。"

"你说她蹬着腿？"

"她可是拼着命呢，但这也没用，她必须领受临终圣餐啊。神父靠近她，门外那两位也走了进去，门关上了。先前我还看到胡尤斯的脑袋出现了一下，浅色的金发散乱地披着，睁大了的眼睛看着神父，眼球里一点儿血色也没有，之后她又惨叫一声，钻到了被子里。"

"现在跟我讲的这些，你还是第一次说出口吧？"汉斯·卡斯托普顿了一下，说道，"我想不通为什么你昨天晚上没说这事。可是，天啊，她那时候挣扎着自卫，按理说应该还有力气啊，自卫可是非常需要力气的。在她筋疲力尽之前，他们不该把神父请过来。"

"她确实无比虚弱。"约阿希姆回答道，"哦，要说的东西可不少呢，只是不知道从何说起。她当时已经筋疲力尽了！至于为何有那么大的力气，全是出于恐惧后的挣扎。当她发现自己即将死去的时候，感到极度惊恐；无论如何，她还是个这么年轻的姑娘呢，一切都可以被原谅。但有的时候，成年人的反应也是如此，理所当然会感到绝望无力。贝伦斯倒是懂得怎么去应付他们，在这样的场合下，他说话的口气恰到好处。"

"什么口气？"汉斯·卡斯托普皱着眉头问道。

"他会说'请您别这样'。"约阿希姆回答，"至少他最近是这么跟别人说的，我们是从女护士长那儿听来的。她当时也在现场帮忙控制住那个临死的病人。这个病人死前一直不肯屈服，一点儿也不想死。这时贝伦斯把他拉起来，对着他说：'请您给个面子，别这样吧！'病人马上安静下来，不声不响地死去了。"

汉斯·卡斯托普用手拍了拍自己的腿，往后靠在长椅上，仰头望着天空。

"我说，这也太残忍了吧！"他叫道，"这样抓着他，还对他说'别这样吧！'对一个垂死的病人说这种话！再怎么说，一个将死的人或多或少也应该得到尊重，我们不能对他这么冷酷。我想说，临死的人简直是神圣的！"

"我不否认。"约阿希姆说，"可是当他已经虚弱到那个地步……"

"不。"汉斯·卡斯托普坚持道，激动程度跟他所处的立场丝毫不相称，"我坚持认为，一个垂死的人比那些到处游荡、嬉皮笑脸、为生计四处奔波的人强多了，这样可不太好。"他的声音在颤抖，"对一个垂死的人这样无情，这可不太好……"话到这里突然中断，转而爆发出一阵笑声。他和昨天一样，笑得富含深意又毫无节制，他的身子甚至都在发抖；他闭上眼睛，眼泪从眼角慢慢流出来。

"嘘！"约阿希姆突然止住他，"别出声。"他轻声说道，同时用手肘碰了碰情绪失控的表弟的腰部。汉斯·卡斯托普睁开眼泪汪汪的眼睛。

一个陌生人从左侧的路上朝着他们走来。这是一位皮肤黝黑、风度翩翩的先生，蓄着翘起的黑色小胡子，下面穿着一条浅色格子长裤。他走近后跟约阿希姆相互道了早安，发音精确又悦耳动听。他双腿交叉，挂着手杖，神态自若地站在他俩面前。

魔 鬼

　　他的年龄有些难猜，在三十至四十岁之间。 尽管他看上去十分年轻，但两鬓已经花白，头顶也有些秃了；脑袋有些狭窄，头顶的头发稀稀落落，使前额看上去更高了。 至于他的衣着，则是淡黄色宽大的格子长裤和两排纽扣的粗呢外衣。 外衣很长，还有很大的翻领，远远算不上高雅，衣服上那弯成圆形的竖领，由于经常洗涤，领边已经有些起毛。 他的黑领带已经很旧，衣服没装袖口；从他手腕那儿松松垮垮的样子来看，汉斯·卡斯托普就知道这衣服是没有袖口的。 即便这样，他仍可以看出，站在他面前的是一位绅士；陌生人那种泰然自若甚至称得上漂亮的神态，以及颇有教养的举止，足以说明他正是这样的人。 他既寒酸又优雅，眼睛黑黑的，小胡子微微翘着，这让汉斯·卡斯托普突然想起圣诞节时在家乡汉堡的院子里卖艺的某些外国乐师，他们骨碌碌地转着天鹅绒般的眼珠，摆出手上的软帽，等着人家从窗口把硬币投下去。

　　"他是那种手摇风琴师。"他想。 因此，当约阿希姆从长椅上站起来，带着几分窘迫的神情给他介绍来人的姓名时，他毫不惊奇。

　　约阿希姆说道："这是我表弟卡斯托普——塞塔布里尼先生。"

　　汉斯·卡斯托普也几乎同时站了起来，刚才的喜悦之情尚在脸上，还未退去。 但这位意大利人却谦谦有礼地表示不想惊扰二位，请他俩坐下，他自己则继续神态自若地站着。 他微笑着打量这对表兄弟，特别是汉斯·卡斯托普；微笑时，在他那翘起的漂亮丰满的小胡子下面，嘴角的纹路显得更皱更深，神情中带着一丝嘲弄意味，这种笑在表兄弟身上起了一种奇特的作用，使他们精神一振；神魂颠倒的汉斯·卡斯托普一下子清醒过来，感到有些难为情。塞塔布里尼说：

"两位挺有兴致嘛，当然也情有可原，情有可原。早晨多美啊！蓝澄澄的天，太阳也在微笑。"他一面说，一面灵活而优雅地挥着手臂，向天空扬起一只有些发黄的手，两眼亮晶晶地看着天空。

"甚至叫人忘了自己身处何地。"

他说话时没有外国口音，只是发音时咬字太准，使人听着感觉是外国人。他说话时，嘴唇动得挺奇特，听他说话挺有意思。

"我猜，您上这儿来一路还算顺利吧？"他转向汉斯·卡斯托普说，"您对自己的命运是不是已经了解？我是说，那种气氛阴沉哀伤的'初次检查'仪式有没有举行过？"这种时候，假如他真的想叫对方回答，他理应稍停一下，因为他提出了问题，而汉斯·卡斯托普也正准备回答他。但他接着问下去："仪式进展得还算顺利吧？从您的笑声中，我想——"说到这里他顿了一下，嘴角的皱纹变得更深且清晰了，"可以得出几个不同的结论。咱们的迈诺斯[1]和拉达曼提斯[2]给您判处了几个月啊？"——"判处"一词从他嘴里吐出来，显得有些滑稽——"我可以猜一下吗？六个月，还是九个月？您知道，时间在这里根本算不上一回事……"

汉斯·卡斯托普惊诧地笑了起来，同时思索着迈诺斯和拉达曼提斯究竟是何方神圣。他回答道：

"不，不，您真的搞错了。塞普塔先生……"

"塞塔布里尼。"意大利人纠正道，发音明确而着重，同时又幽默地鞠了一躬。

"塞塔布里尼先生，请原谅。不，您误会了，实际上我一点儿病也

---

[1] 希腊神话中宙斯和欧罗巴之子，克里特岛国王，据说死后为冥府三判官之一。

[2] 希腊神话中宙斯之子，迈诺斯的兄弟，死后与迈诺斯同为冥府判官。

没有。我只是来看看我表哥齐姆森，在此住上几周，也趁此稍稍休养一阵子……"

"真是的！您竟不是我们中的一员？您身体健康，只是到这儿做客，像冥府里的奥德修斯[1]一样？您居然屈身降到这个行尸走肉神游晃荡的深渊里，真是勇气可嘉啊！"

"塞塔布里尼先生，怎么说降到深渊里？这一点我不敢苟同。我可是登上五千英尺左右的高山到你们这儿的呢。"

"这只是表面的东西罢了！依我看，这纯属错觉。"意大利人做了一个坚决果断的手势，说，"我们都是深陷于此地的人，难道不是吗，少尉？"说着他转向约阿希姆。约阿希姆对他这种称呼方式颇为满意，但又不想表现出来，沉思着回答道：

"咱们把这个问题看得太片面了。但是咱们以后倒是可以同心协力，站在同一阵线上。"

"嗯，这一点我相信您，您是一个正派人。"塞塔布里尼说，"是，是，是。"他连着说了三次，把"S"发成了清音[2]；接着又转向汉斯·卡斯托普，舌头舔着上颌，嘴巴咂咂有声，"懂，懂，懂。"他又说了三次，和之前一样把"S"发成了清音。他打量着新来的客人，目不转睛地看着对方的脸，接着又兴高采烈地继续道：

"那么，您是完全自愿上山来跟我们这些堕落的人为伍，赏脸跟我们共同度过一阵子啦？听着真让人高兴。您估摸着准备在这里待上多长时间？我只是想问问大致的期限。既然这个期限是您自己决定的，而不是拉达曼提斯规定的，那我倒是想知道您打算待多久。"

"三周。"汉斯·卡斯托普有些扬扬自得，因为他看得出来，对方对

<hr>

[1] 古希腊荷马史诗《奥赛德》中的主人公，伊塞卡国王，特洛伊战争中曾献木马计，让希腊军大获全胜。

[2] 该单词首字母为 S，在德语中发浊音，而在意大利语中发清音。

他很是羡慕。

"噢，天哪！就三周！少尉，您听到了没有？'我到这儿住三周，之后要动身回去'，这种话您听着不觉得有点儿无礼吗？尊敬的先生，如果允许我冒昧地来教导您的话，咱们这儿的日子可不是这么算的，最小的时间单位也是月。在这儿算起日子来可没那么小气，这是我们这些幽灵的特权。除此之外，还有另外一种特权，性质也差不太多。恕我冒昧，能否请问一下，您从事的是哪一门行业？或者更准确地说，您准备从事哪一门行业？您可以看得出来，我们的好奇心是没有止境的，好奇心也是我们这些幽灵的特权之一呢。"

"这没什么。"汉斯·卡斯托普说着，然后回答了他的问题。

"原来是造船师！这可了不起啊！"塞塔布里尼大声说道，"我向您保证，我认为这是一份了不起的工作，不过我的能力表现在别的方面。"

"塞塔布里尼先生是一位文学家。"约阿希姆解释道，看上去有些尴尬，"他在德国报纸上写过追悼卡尔杜齐[1]的文章。你知道卡尔杜齐的。"这时他看起来更尴尬了，因为表弟正惊异地盯着他，似乎在说："卡尔杜齐？你对卡尔杜齐知道些什么？我敢打赌，你懂得的不比我多。"

"是啊。"意大利人点点头说，"我有幸能在卡尔杜齐生命终止时，为贵国同胞介绍这位伟大的诗人兼自由思想家的生平。我认识他，可以说我还是他的学生呢。在博洛尼亚[2]时，我曾聆听过他的教诲。我要感谢他，因为他把文化和生活的欢乐传授给了我。不过咱们还在谈您的事情呢。一位造船师！您可知道，您在我心目中的形象突然高大起来了吗？在我看来，您简直就是辛勤劳动和真才实学的化身。"

"塞塔布里尼先生，我现在还只是个学生，一切才刚刚开始呢。"

---

[1] 意大利诗人、文艺批评家。主要作品有诗集《青春诗》、长诗《撒旦颂》、专著《意大利民族文学的发展》等。一九〇六年凭作品《青春诗》荣获诺贝尔文学奖。

[2] 意大利城市。

"没错，万事开头难。不过，所有名副其实的工作都不容易，难道不是吗？"

"确实如此，上帝知道，或者说，鬼才知道。"

汉斯·卡斯托普说道。这倒是他的心里话。

塞塔布里尼的眉毛忽而竖了起来。

"噢，"他说，"您竟然叫魔鬼来证明这点？把撒旦本人叫来？您可知道，我伟大的老师曾写过一篇赞美诗给他[1]吗？"

"不好意思，"汉斯·卡斯托普说，"您说有一首献给魔鬼的赞美诗？"

"正是献给魔鬼本人。在我的国家，每逢节日，人们常常颂唱这首诗。'噢，健康，噢，撒旦，噢，反抗，噢，理性的复仇力量……'这是一首美妙的诗歌，不过卡尔杜齐所指的这个魔鬼跟您刚才所说的魔鬼不一样；他对辛勤工作是全面赞颂的，是颂扬备至的。而您所指的魔鬼呢，却厌恶工作，唯恐避之不及，很可能就是人们连小指也不敢向他伸出的那种魔鬼。"

这一切在我们善良的汉斯·卡斯托普听来却很奇怪。他不懂意大利语，其余听得懂的部分也很别扭，虽然塞塔布里尼用一种漫不经心甚至有些诙谐的语调随口说了出来，但像是说教一样，这让他想起了主日的讲道。他看看表哥，表哥正垂着眼看地面。于是他说道：

"噢，塞塔布里尼先生，您把我的话理解得太生硬了。我说的魔鬼只是口头禅而已，我可以向您保证。"

"有的人倒是颇有智慧啊！"塞塔布里尼说，神情忧郁地凝望着前方，然后又打起精神来，巧妙地回到原来的话题上来，继续愉快地说道：

"无论如何，从您的话中我足以得出结论，那就是您已经选择了一种既辛苦又光荣的职业。我本人是一个人文主义者，尽管我对您的职业怀

---

[1] "老师"指卡尔杜齐，"赞美诗"指卡尔杜齐发表于一八六五年的长诗《撒旦颂》。

着由衷的尊敬，但我对此一无所知。不过我很能理解，若想掌握这份工作的原理，就需要清醒而敏捷的头脑，而投入实践又需要付出毕生的精力。我说得对吗？"

"确实如此，您的话我完全同意。"汉斯·卡斯托普回答，说话间，他总是不自觉地卖弄自己的口才，"当今的世道对我们的要求确实非常高，正因为要求太高，所以还是别把话说得太清楚为妙，免得叫人灰心丧气，这可不是开玩笑的。如果您不是身体最好的……我只是在这儿做客，身体也不算很结实；假如我自己说这项工作非常适合我，那必然不是真话。我倒不如直接承认，这工作我简直受够了。只有当我什么也不干时，我才感到舒服自在。"

"比如说现在？"

"现在？噢，我刚到这儿，很多东西都还没搞清楚，您知道的。"

"哎，还不清楚。"

"没错，之前也没睡好，这顿早餐又太丰盛了。我平常吃的早餐都很一般，按照别人的说法，这里的早餐对我来说丰盛得太过头了。总之，我感到有些压抑。还有，不知为何，今早我的雪茄烟抽起来味儿挺不对劲儿，这种情况以前从未有过，或者说，只有在我极度烦躁的时候才会出现。今天这味道简直像是皮革烧焦的感觉。我就把烟扔了，硬着头皮把它抽完是没有任何好处的。冒昧问一下，您抽烟吗？不抽？那您是不会了解对我这种人来讲，这种事是有多恼火、多叫人失望了。我从少年时期便开始抽烟，并且一直以此为乐趣。"

"我对这些事没有经验。"塞塔布里尼回答，"不过我倒认为，对这种事情没有经验并不是什么坏事。许多高雅而善于自律的人士对抽烟都深恶痛绝。卡尔杜齐也不喜欢。不过您跟我们的拉达曼提斯倒是意气相投。他很支持您的这一恶习。"

"恶习，塞塔布里尼先生……"

"怎么不是恶习呢？咱们得按照事物的本质来命名，这样生活才更加丰富有趣。 我当然也有我的恶习。"

"顾问大夫贝伦斯倒能鉴别出烟的好坏。 他是一个挺有意思的人。"

"您是这么认为的吗? 原来您已经认识他啦?"

"是啊, 刚刚出来的时候才跟他认识的。 当时我好像特意过来看病一样, 不过是免费的。 您知道, 他一下子就看出来我贫血严重。 之后他劝我生活作息要跟我表哥一样, 要多去阳台上躺着, 还说我也得量量体温。"

"真的吗?"塞塔布里尼高声说, "太好了!"他仰天大笑, "怎么说来着, 你们那位大师的歌剧里面的? '看啊, 我这一个捕鸟人, 时常笑得如此欢快!' [1] 这话可真有趣! 您会遵从他的劝告吗? 毋庸置疑, 为什么不听他的呢? 拉达曼提斯真是个魔鬼。'时常笑得如此欢快'这一点倒是真的, 虽然有时候并非发自内心。'心里经常很有劲儿'也是句真话, 不过有时些勉强。 您知道, 他很容易悲伤。 抽烟这一恶习对他没什么好处——当然, 否则就不称其为恶习了——抽烟会让他悲伤。 正因为如此, 我们可敬的女护士长才把他的存货都收起来, 每天只给他一点儿。 有时他无法抵挡诱惑, 竟然去偷, 于是他便又悲伤起来了。 总之, 他是个麻烦鬼。 您认识女护士长吗? 不认识? 这可不应该。 还不认识? 这不对头! 您应该一早就知道她了。 先生, 她出身于冯·米伦东克家族, 她跟梅迪奇的维纳斯 [2] 不同的地方在于, 女神胸部丰满, 而护士长却经常佩戴一个十字架……"

"哈, 哈哈! 太妙了!"汉斯·卡斯托普大笑起来。

"她的教名是阿德里亚蒂卡。"

"阿德里亚蒂卡!"汉斯·卡斯托普嚷道, "简直无与伦比! 阿德里

---

[1] 奥地利作曲家莫扎特的歌剧《魔笛》里的片段。

[2] 罗马神话中爱和美的女神。 梅迪奇是文艺复兴时期意大利佛罗伦萨的望族, 对佛罗伦萨艺术与文化的繁荣颇有贡献。 此处指的是以希腊神话中爱与美的女神阿芙罗狄忒为原型雕刻而成的维纳斯雕像。

亚蒂卡·冯·米伦东克！如此动人！从名字听来，仿佛她是死去多年的人了，像中世纪的人一样。"

"尊敬的先生，"塞塔布里尼答道，"这儿有许多人正像您说的那样富有中世纪的遗风，有'中古时期的风味'。就我本人看来，我认为拉达曼提斯纯粹是在某种艺术灵感的驱使下，才让这个活化石般的女人来监护这座恐怖之城[1]的。您要知道，他确确实实是一个艺术家，他画过油画。可不是吗？谁都无法阻止这点，每个人都有选择的自由。阿德里亚蒂卡夫人总是对别人说这样的话——当然，不包括那些不愿意听的：在米伦东克家族中，有一位是十三世纪中叶莱茵河畔波恩一带一所修道院的女院长。她本人去世的时间就在那之后没多久吧……"

"哈哈！哎，塞塔布里尼先生，我发现您真幽默啊！"

"幽默？您这是说我不怀好意吗？唔，没错，兴许我是有一点儿不怀好意。"塞塔布里尼说，"最让我苦恼的是，我注定只能把这种恶意发泄在微不足道的事情上面。工程师，我希望您不反对这种恶意。在我心里，它是理智用来对抗黑暗与丑恶的最有力的武器。先生，恶意是批判的灵魂，而批判则是进步和启蒙的源泉。"他一下子又转到了彼特拉克[2]身上来，他称彼特拉克是"现代精神之父"。

"我想，"约阿希姆若有所思地说，"我们该躺一会儿了。"

那位文学家说话时总是伴着优雅的手势，他现在又对着约阿希姆做了一个手势，说道：

"咱们的少尉要赶任务去了，咱们走吧。我和你们走的是同一条路——'一路向右走，通往那雄伟的宫殿'，啊，维吉尔[3]，维吉尔！没有人能够超越他。当然了，先生们，我相信人类一直都在进步，但在修辞

---

[1] 指疗养院。

[2] 文艺复兴时期意大利著名思想家、学者、诗人、伦理家，被誉为"人文主义之父"。代表作为《歌集》。

[3] 古罗马诗人，著有长篇史诗《伊尼特》。

方面，近代没有一个人能比得上维吉尔……"在他们回去的路上，他开始用意大利腔背起拉丁语诗歌来，不过当他看到一个迎面而来的姑娘时，他停了下来。这看上去是一位农村姑娘，样貌不算出众。他谄媚地对着姑娘笑，一面暗送秋波，一边哼着"噢，来，来，可爱的，可爱的，可爱的'特尔，特尔，特尔'，他的嘴巴吱吱地叫，'美丽的，美丽的，美丽的人儿！'你可愿走近，来亲吻我的脸庞，带着蜜意，带着柔情！"他不知道从哪里引用了这么一句，然后向着姑娘狼狈离去的背影抛了一个飞吻。

"他还真自以为是。"汉斯·卡斯托普想。在意大利人一时兴起地向少女献过殷勤，然后转而开始嘲笑别人时，他仍抱有这种想法。塞塔布里尼的矛头主要针对顾问大夫贝伦斯，他嘲笑贝伦斯的大脚，还嘲笑那个患脑结核的亲王赐给他的头衔。至于那位亲王生活上的丑闻，这里的人现在依旧议论纷纷，不过拉达曼提斯睁开眼睛后——当然，两只眼睛都睁开了——却对此佯装看不见，举止之中果然不失顾问大人的本色。难道先生们不知道夏季疗养是顾问大人发明的吗？没错，正是他。他可是当之无愧的。以前的时候，只有最不开窍的人才在这个山谷里度过夏天。可是"咱们的幽默家"用他那准确无误的目光看出，这仅仅是偏见造成的结果。他还总结出这样一套论调：到目前为止，至少就他自己的疗养院而言，相比冬季疗养，夏季疗养不仅值得推荐，甚至特别有效，简直必不可少。他懂得如何去推广这一理论，还专门为此撰写文章，发表在报刊上。自那以后，疗养院在夏天的生意就跟冬天一样兴旺。

"天才！"塞塔布里尼说，"真是痴人说梦！"于是他批判起这一带高地上其他的疗养院来，用讽刺的语气称赞疗养院的主管们懂得生财之道。比如其中有一位卡夫卡教授……每年到了积雪初融的关键时刻，当许多病人纷纷要求离院时，卡夫卡教授就突然表示自己不得不外出一周，同时承诺一回来就答应他们的要求。接着他便在外边逗留六周，可怜的病人们就这样等着；结果，他们该付的账也越来越多了。有一次，人家请这位卡夫卡教授到阜姆[1]去会诊，但是在不能保证可以赚到五千瑞士法郎之前，他是不会动身的。就这样，两周的时间在讨价还价中过去了。最后他终于去了，不过等这位大人物到达后才一天光景，病人就死了。扎尔茨曼大夫曾指责卡夫卡教授，说他的注射针头不干净，导致病人相互感染。扎尔茨曼还说，他穿的是橡胶鞋，这样他走路的时候，他的病人就听不到了。卡夫卡又反过来指出扎尔茨曼给病人们饮用了过量的葡萄酒——当然也是为了多捞几个钱——导致病人们像苍蝇一样相继死去，他们并非死于肺结核，而是死于肝硬化。

他继续滔滔不绝地讲着。对于他这些巧舌如簧的讽刺，汉斯·卡斯托普好脾气地笑着听下去。眼前这人正夸夸其谈，说起话来口齿清楚，发音准确，没有任何方言。他吐出来的每个字都圆润清晰，好像都是他两片灵活的嘴唇创造的新产物；他对自己恰到好处、机灵且尖刻的用词颇为自得，一直沉浸在自我陶醉中；看起来，他头脑非常清晰，说话时一点儿错误都没有——德语的名词变格与动词变位比较复杂，外国人讲话时往往说错。

"您讲得可真幽默，塞塔布里尼先生，"汉斯·卡斯托普说，"又这样生动。我简直不知道怎么形容才好。"

"形象化，是吗？"意大利人回答。他用手帕往身上扇了几下，虽然天气压根没那么热。"这也许就是您想说的话。您是指，我说起话来很形象化，是这样吗？"他大声说，"我看到的是什么呢？咱们的地狱判官在这儿呢！这是怎样一幅景象呀！"

三人已走完了一段弯弯曲曲的山路。不知是因为塞塔布里尼的自说自话，还是因为正在下山的缘故呢，再或是因为实际上这儿离疗养院并不像汉斯·卡斯托普想象的那么远——我们第一次走陌生的路时总是觉得很远，但在原路返回时又会感觉比去时近许多——他们很快就回到了

---

[1] 南斯拉夫西北部港市里耶卡的旧称。

院里。塞塔布里尼说得对，在疗养院后面的空地上，两位大夫正在散步，走在前面的是穿白大褂的顾问大夫，他的脖子直直地向前伸，双手像船桨般摆动着，后面跟着的是穿黑衬衫的克罗科夫斯基大夫。他看上去比之前更不自在——两人一起去查病房时，按照礼数，他应该跟在上司后面——这让他更加别扭起来。

"哎，克罗科夫斯基！"塞塔布里尼高声叫道，"他在那儿。这山上女人们的所有秘密，他全都知道。请注意他衣服上富含深意的象征。他穿的是黑衣服，表示他的研究领域是夜间。这个人脑子里只有一个想法，而这个想法是肮脏淫秽的。工程师，为什么咱们刚才居然一点儿也没有谈到他？您认识他吗？"

汉斯·卡斯托普表示认识。

"哦？我开始觉得您对他的印象还不错。"

"我也说不好，塞塔布里尼先生。我也只是偶尔见到他罢了。再者，我也不善于很快就做出判断。我更喜欢观察别人，然后会暗自想：'原来你是这样的啊？那不错。'"

"您态度也太冷淡了。"意大利人答道，"您应该评判一下。正是为了这个，我们才拥有眼睛和理解力。您或许感到我刚才说话不怀好意；假若真是如此，那也许是因为我原本就打算要说教。我们人文主义者都有些乐于说教。人文主义者和教师之间存在着历史性的关系，这主要表现在心理方面。从人文主义者那儿是享受不到教育的光辉的，没错，从他那儿压根得不到，因为那里只有人类传统的美和尊敬。那些曾在混乱且毫无人道的时代冒充青年人领袖的牧师，他们已经完全被推翻了。从那时起，先生们，就再也没出现过什么特别的教师了。人文主义学府——工程师，您大可说我反动，不过从理论上说，还需请您谅解，我依旧信奉人文主义……"在电梯里，他还是围绕着这一话题喋喋不休，直至到了三楼，这对表兄弟走出电梯时，他才停下来，自己又继续乘到了四楼。据约阿希姆说，他住在四楼角落的一个小房间里。

"我想，他大概是没什么钱吧？"汉斯·卡斯托普说，跟在约阿希姆后面走进了他的房间，这个房间跟汉斯·卡斯托普自己的完全一样。

"嗯，我猜他没什么钱。"约阿希姆回答，"也许那些钱刚够支付住院费吧，他的父亲也是文人，没准他爷爷也是。"

"是，当然了。"汉斯·卡斯托普说道，"他病得严重吗？"

"据我所知，这种病不是很严重，算不上致命，不过非常顽固，常常复发。他得这病已经好几年了，时不时地会回家去住，但是过不久又不得不回来。"

"可怜的家伙！看起来他对工作倒是颇为尽心，而且非常健谈，能天南海北地侃上一通。至于对刚才的那个姑娘的态度，有点儿让人厌恶，当时我都觉得挺别扭。不过后来他谈到人类的尊严时，说得好极了，简直像一场演说。你经常跟他在一块儿吗？"

心理的磨炼

　　约阿希姆回答得断断续续且含糊不清。他从桌子上一只衬有天鹅绒的红色皮盒子里取出一支小小的体温表，将注有水银的一端插进嘴里，搁在舌下偏左处，这样，体温表就从嘴里斜着向上翘起来。接着他换上室内服，穿好鞋子和军装般的针织上衣，拿起桌上的一张打印表格和铅笔，再捡起一本俄语语法书。他之前一直在学习俄语，因为他认为这会对工作有些帮助。他拿着这些走到外边阳台上，在卧椅上躺下来，然后把一条骆驼毛毛毯往上轻轻一抛，盖在了脚上。

　　其实并没有必要盖毛毯。不过一刻钟的时光，云层变得越来越薄，太阳穿透云层，发出和盛夏时节一样炽热而刺眼的光。约阿希姆不得已，拉起系在卧椅扶手上的一块白色亚麻遮光罩把脑袋保护好。遮光罩可按照阳光的照射方向上下调节。汉斯·卡斯托普对这一设计称赞不已。他一边等着表哥体温测量的结果，同时又在观察周围的环境。他还仔细看了看靠在阳台一角的毛皮睡袋，这是约阿希姆在天冷时用的。然后他把胳膊肘支在栏杆上，低头看着下面的花园。这时候，公共休息室里已经挤满了病人，他们斜靠在椅子上，有的在看书，有的在写字，有的在聊天。他只能看到一部分室内的光景，望过去有四五把椅子。

　　"你要量多久体温？"汉斯·卡斯托普转过身问道。

　　约阿希姆竖起了七根手指。

　　"七分钟？时间应该到了啊！"

　　约阿希姆摇摇头，过了一会儿，他从嘴里取出体温表，看了看，说道:"是啊,当你看着它的时候,会发觉时间走得真慢。我很喜欢测体温,每天要测四次,那时候你才真正知道实际上一分钟,或者七分钟一下子过去了是什么感觉。在这儿,一周七天一晃就过去了,时间过得飞快。"

"你说'实际上',"汉斯·卡斯托普答道,他坐下来,把一条腿搁在栏杆上,眼睛看上去布满了血丝,"可是无论如何,时间终究是'不实际'的。如果在你看来它是漫长的,那么它就是漫长的;如果在你看来它是短暂的,那么它就是短暂的。但是它实际上究竟有多长或者多短,无人能知晓。"他平常并不习惯将哲理挂在嘴边,此时却忍不住了。

约阿希姆反驳他:"那也未必吧,我们还是可以计算的,我们有钟表和日历来计时。如果一个月过去了,那么它就是过去了;对你如此,对我如此,对大家都是如此。"

"等等,"汉斯·卡斯托普一边说,一边把食指按到满是倦意的眼睛边,"这么说,一分钟的长短全凭你计算时的感觉来决定?"

"一分钟的时长……刚好等于手表秒针走完一圈所需的时间。"

"不过从咱们的感觉来说,所需时间的长短完全不同!实际上……我是说,从实际上来看,"他重复道,说的时候用食指狠狠摁着鼻子,把鼻尖都弄弯了,"这是一种运动,一种空间运动,不是吗?等等!这也就是说,咱们是用空间来计算时间的。这就像咱们用时间来计算空间一样,只有那些不懂科学的人才这么干。从汉堡到达沃斯,乘火车要花二十小时,但步行要多久呢?在脑子里想想,又要多久呢?只需一秒钟便到了。"

"我说,"约阿希姆说道,"你这是怎么了?我看你是在这里变得不太对劲了吧!"

"住嘴!我今天头脑十分清醒。那么,时间是什么呢?"汉斯·卡斯托普问,他用力扭着鼻子,鼻子一下子变得苍白而毫无血色,"这个问题你可以回答我吗?我们凭借感官来觉察到空间的存在,也就是说,凭着视觉和触觉。好。可是我们感知时间的器官是什么呢?如果知道,你可以跟我说说。 瞧，你也被难住了。 可是对于我们一无所知，甚至连特性也说不上来的东西，我们又怎么能够计算呢？我们说，时间飞逝。 很好，那就让它流逝吧。 但是为了计算它……且慢！为了让时间能够测量，它必须均匀地流逝，可是这种事是否存在呢？就我们的意识来说，它并不是这样的，我们只是为了方便起见才假定这样。 我们的计量单位纯粹是我们自己规定的，完完全全是一种习惯……"

"很好。"约阿希姆说，"难道说我这个体温表上显示高了五格，也纯粹是一种习惯吗？但是，因为多的这些刻度，我才不得不在此闲荡，不能去服役，这简直叫人作呕。"

"你体温有三十七点五度吗？"

"这已经降下来了。"说完，约阿希姆把温度记在表格里，"昨天晚上大约到了三十八度，这是因为你上山才这样。 每每有人来探访，我总是出现这种情况。 不过这倒也不失为一件好事，不要紧。"

"我现在也得走了。"汉斯·卡斯托普说，"对于时间，我有满脑子的想法——可以说，简直是一团糟。 可是我现在还不想刺激你，你的体温太高了。 我想先把这些保留一下，以后咱们再谈，也许就在早餐之后。 到了早餐时间，你来喊我一下。 现在我想躺下休息，感谢上帝，这样我才不会如此难受。"说完他穿过玻璃隔窗到了自己房里，那儿也摆着他自己的卧椅和小桌子。 他拿起那本《远洋轮船》，从打理得井井有条的房间里取出漂亮柔软、暗红色与绿色相间的方格花纹毯子，躺了下来。

他也不得不马上支起了遮阳罩，因为刚一躺下，灼热的阳光就晒得他无法忍受。 然而汉斯·卡斯托普忽而发觉这样躺着十分舒服，这让他心满意足；在他的记忆中，他从来没有在这样舒适的躺椅上待过。 躺椅的样式有些过时，却别有一番风味，因为椅子显然是新的，用表面光滑的赤褐色木材制成；躺椅上铺有席子，上面还有一层棉花一般毛茸茸的东西，但实际上，这并非棉花，而是三个厚厚的垫子，从脚下一直铺到了椅背上方。此外，这种硬中带软、用刺绣的亚麻布套着的圆形靠垫，是用绳子紧紧系在椅子上的，往上一靠，会让脖颈感到异常舒适。汉斯·卡斯托普把一只胳膊搁在又宽又光滑的扶手上，眯着眼睛休息。从阳台的拱门望出去，外面草木稀疏，阳光灿烂的景色映在眼前，宛如一幅静止的图画。汉斯·卡斯托普观赏着眼前的这幅画，若有所思；忽而他想起了什么，于是打破寂静，大声地问道：

"早餐时候，招待咱们的不是有个矮个子的姑娘吗？"

"嘘——"约阿希姆止住他，"小声点。没错，是有一个矮个子姑娘，怎么了？"

"没什么。咱们还没有谈论过她呢。"

于是他又坐着出神。他躺下的时候是十点钟，此时已经过去了一个小时。这只是普普通通的一个小时，不算太长，也不算很短。一个小时刚过去，远处便响起了钟声，飘荡在疗养院和花园的上方，它由远及近，继而又远去了。

"吃早餐啦。"是约阿希姆的声音，还可以听到他已经起来了。

汉斯·卡斯托普也结束了他的静卧疗法，走进屋里稍稍打扮了一番。表兄弟在走廊里碰头，接着一同走下楼梯。汉斯·卡斯托普说：

"唔，在这儿躺着可真舒服啊！这种椅子究竟是怎么做成的？要是在这儿能买到，我倒想带一把回汉堡去，躺在上面真像是在天堂一样。这是不是根据贝伦斯的设计做出来的？"

约阿希姆也不甚了解。他们走入餐厅，那儿，人们又在尽情地吃着。

每个座位上都摆着一只大玻璃杯，杯里盛了满满的半升牛奶。餐厅里处处闪着牛奶色的白光。

"我不用了。"汉斯·卡斯托普说，他再一次在女裁缝和英国女人之间坐下来，慢慢摊开餐巾，虽然此时肚子还被第一次早餐填得很饱。

"我不想吃。"他说，"不，上帝保佑，我压根儿不能喝牛奶，现在更是一点儿也不想喝。那边的也许是黑啤酒吧？"他谦谦有礼地问那个矮个子的女侍者。只可惜没有黑啤酒。不过她答应去拿库尔姆巴赫[1]啤酒，最后还真给拿来了。这种酒又浓又黑，泛着棕色泡沫，用来代替黑啤酒再好不过了。汉斯·卡斯托普用一只半升的玻璃杯贪婪地喝着，还吃了几片冷肉和烤面包。侍者又端来了燕麦粥，还有大量黄油和水果。他只是眼睁睁地看着这些东西，再也吃不下了。他同时也瞅着那些食客。人们也禁不住停下来看着他，个别的几个尤其如此。

他的那张餐桌上已经基本坐满了人，只有首席座位仍旧空着；有人告诉他，这是大夫的座位，只要工作时间允许，大夫也跟病人一起用餐，七张桌子轮流坐，不过每张餐桌的首席座位都是留给大夫的。此时两个大夫一个也没有来，二人正在做手术。蓄小胡子的青年又走进餐厅，他仍垂着脑袋，有些垂头丧气地坐了下来，下巴靠近胸口，一言不发。淡金色头发的苗条姑娘在原位坐下，用调羹舀着酸奶，仿佛这是她唯一的食物。这次她身边坐了一个矮小的、神采奕奕的老太太，老太太用俄语跟那个沉默寡言的青年搭起讪来。对方只是心神不安地看着她，频频点头，未曾答话。从他脸上的表情看，仿佛嘴里有什么难以下咽的东西似的。在他对面，老太太的另一侧，坐着一个年轻姑娘，模样很是俊俏，精神抖擞，胸部高高耸起，有着一头卷成波浪状的栗色长发，孩子般的棕色眼睛圆溜溜的，白嫩的手上戴着一只精致的红宝石戒指。她常常大笑着，讲的也是俄语，而且只讲俄语。汉斯·卡斯托普听到她的名字叫玛鲁莎。他又无意中注意到，当她说说笑笑时，约阿希姆垂下眼盯着餐盘，一脸严肃的样子。

这时塞塔布里尼从侧门走进来，翘起小胡子大步走向自己的座位。他的位子在餐桌末席，与汉斯·卡斯托普坐的地方正好形成一条对角线。他坐下时，同桌的人都忍不住大笑，也许是他说了些什么刻薄的话。汉斯·卡斯托普也认出了"半肺俱乐部"的成员们。黑米尔内·克莱费尔

---

[1] 德国巴伐利亚州市镇，以产啤酒闻名。

特从走廊旁的门前溜向餐桌，眼神里满是倦意。她向厚嘴唇的青年打了招呼，那青年正是之前穿着一件不合时宜的外衣而引起汉斯·卡斯托普注意的人。那个脸白得同象牙一样的莱维坐在长着雀斑的胖女人伊尔蒂斯旁边，她们并排坐在汉斯·卡斯托普右侧横摆的桌子前，桌子周围的其他人他都不认识。

"你的邻居就在那边。"约阿希姆弯下身子悄声对表弟说。这对夫妻正好从汉斯·卡斯托普身边走过，到右边最后一张餐桌去，也就是去那张"下等"俄国人餐桌前，那儿已经坐了带着孩子的一对夫妻，那个长相极其丑陋的孩子正在狼吞虎咽地喝粥。那个俄国男人身材极其单薄，面如死灰，两颊深深地凹陷进去。他穿着一件棕色皮夹克，脚上穿一双有鞋扣的厚重的毡皮靴。他妻子也长得颇为瘦小，穿着小小的俄罗斯高跟皮鞋，走起路来蹦蹦跳跳的，连帽子上的羽毛也会摇摆起来。她脖子上披着一条脏兮兮的羽毛围巾。汉斯·卡斯托普冷漠地盯着这一对夫妻，他鲜少用这样的目光看人，连他自己也觉得太过无情；但同时他又在享受这种奇特的快感。他眼睛里满是疲惫，却又咄咄逼人。

正当这个时候，左面的玻璃门又嘭的一声关上了，玻璃震得咯咯作响。这下他不再像早晨时那样震惊，只是懒洋洋地露出嫌恶的神情；他想回头往那边看，却感到身子懒懒的，不想动弹，觉得为此费上一番力气很不值得。因此，他这回也不知道那个莽撞地关门的家伙究竟是谁。

原本，汉斯·卡斯托普早餐时喝啤酒并不会迷迷糊糊，可今天这个年轻人却完全醉倒了，昏昏沉沉的。他恍惚觉得脑门上被谁揍了一拳似的。他的眼皮像铅块般沉重，当他出于礼貌，想跟那位英国女人聊天时，他的舌头不听使唤，说话含混不清，甚至脑袋想换个方向都无力完成。除此之外，他脸上又如同昨日一样，泛起火辣辣的、让人抓狂的感觉。两颊胀鼓鼓的，呼吸困难，心也在怦怦地跳，好像一只包着布的锤子在敲打着。假如说所有这些并未使他感到特别难受，那只是因为他脑子里感觉好像已经数次吸入了氯仿。克罗科夫斯基大夫来到这桌，坐在他对面，他只是模模糊糊感觉到他在那儿，好似做梦一般，尽管他跟右边的女人讲俄语时，大夫曾多次直直地盯着他。大夫说话的时候，那些年轻的姑娘——妙龄女郎玛鲁莎和喝酸奶的苗条姑娘——谦卑地垂着眼睛。当然，汉斯·卡斯托普的反应也很有礼貌。他不声不响——因为他的舌头已不听指挥——只是一本正经地挥动着刀叉。当表哥向他点头，示意要他离开时，他便站了起来，迷迷糊糊地向在座的人鞠了一躬，继而一瘸一拐地跟着约阿希姆走了出去。

"咱们什么时候再躺下来休息啊？"当他们走出餐厅后，他问道，"要我说，这是这儿最美的事儿了。我想回到我那个舒舒服服的卧椅上躺着。我们还要散步很久吗？"

多余的话

"不会的。"约阿希姆回答,"我不被允许走得太远。 这阵子, 我空闲的时候常常下山稍稍走动, 穿过村庄, 有时一直走到高地上去。 那边有店铺, 人也多, 可以买一些需要的东西。 放心吧, 吃饭以前咱们还可以再躺上一小时, 之后一直可躺到四点钟。 你放心吧。"

他们在阳光下沿着车道下山, 穿过小溪和羊肠小道, 西边山脊上的各个山峰出现在眼前——什么赤霞峰啦, 绿塔峰啦, 村山啦, 约阿希姆都能说出它们的名字。 那边高高隆起的地方, 是达沃斯村筑有围墙的一片不大的墓地, 约阿希姆用手杖指给他看。 这时他们走上了大路, 大路比谷底高出一层楼房的高度, 沿着梯田式的山坡一直向前伸展。

至于这个村庄, 倒没有什么值得说的, 只是徒有其名罢了。 疗养院把这里的土地都吞并了, 一直延伸到了山谷的入口处, 而那个被称为"村庄"的居住区域已经不知不觉地与这块名为"高地"的土地合为一体。 大路两侧有饭店和提供食宿的公寓, 这些建筑都配备有遮阳的游廊、阳台和卧房, 还有对外出租的私人住宅。 附近四处都有新的建筑物, 也有不少开阔的空地, 在那里可以看到山谷里的一片片草地。

汉斯·卡斯托普为了他日常爱好的那熟悉的感觉, 又点了一支雪茄烟。 也许是他刚才喝过啤酒的缘故, 这次他居然又能闻到渴望已久的雪茄烟香气了, 他感到说不出的喜悦。 不过, 他只能断断续续地闻到这香气, 香味也没有那么浓。 只有当他神经振奋的时候, 才能感知到这种久违的香气, 而可恶的皮革气味却迟迟没有散去。 他感到疲倦无力, 无法再享受这份感觉。这种感觉始终只是若隐若现，可以说可望而不可即。最终，他满心疲惫而厌恶地把烟扔向一边。尽管他有些迷迷糊糊，却仍感到出于礼貌应该和表哥找些话题聊聊，这就又让他想起了刚才和约阿希姆就"时间"这一话题的一番精彩的谈话。不过，他们把原来的那一堆问题已经忘得一干二净，关于"时间"这一话题的想法也已经全抛之脑后。于是，他们开始谈论日常的事物，以及身体——这些话题从他的嘴里吐出来有些古怪。

"你什么时候再量体温？"汉斯·卡斯托普问道，"吃完饭之后吗？唔，这个时间倒是很好。那正是身体机能运作得最好的时候，肯定没错。贝伦斯叫我也去量量体温，这准是在开玩笑。因为这个，塞塔布里尼简直笑得喘不过气来，真是太无聊了。我连一支体温表也没有。"

"哦，"约阿希姆说，"这倒不要紧，你去买一支就行了。这儿到处都可以买到体温表，几乎每家店里都卖。"

"我为什么要买呢？我宁愿舒舒服服地躺着休息。静卧我倒是愿意做；不过对一个客人来说，量体温实在太过分了，还是留给你们这些待在这里的人去做吧。要是我能知道，"汉斯·卡斯托普继续说，说话时像一个恋爱中的人那样用双手按住胸口，"我的心为何一直跳个不停，那就好了。这真叫人不安，我一直在思考这个问题。因为你知道，一般情况下，人们在情绪极其激动的时候，比如在期待什么高兴的事，或者受到惊吓的时候，他的心就会怦怦跳个不停。不过要是一个人的心莫名其妙地，或者说，完全不由自主地跳起来，你知道，这可真是不可思议，好似身体自己走自己的路，丝毫不受制于灵魂，像一个没有生命的死尸，当然，只是它没有真的死去罢了。但是实际上，身体还是按照它自己的规律往前发展，照样长毛发，长指甲，而且，就像别人说的那样，在化学和物理维度上都异常活跃。"

"你这是什么话？"约阿希姆严肃地责备道，"异常活跃！"他想起早上他的话曾受到对方的责备，因而现在他也算报复了一下。

"但事实确实如此！就是异常活跃！你为什么这么反感呢？"汉斯·卡斯托普问，"我只是顺便讲一句罢了。我只想说——当你感到身体脱离了灵魂，而且这现象又出现得这么突然——就像这种莫名其妙的心悸——你真的会感到惶惶不安，烦恼苦闷。你说这到底是怎么回事？我真想找出答案。我想弄清楚情绪上的激动是怎么产生的，是喜悦还是恐惧引起的。至少对我来说是这样，我只能谈一下自己的感受。"

"对，对。"约阿希姆叹了口气说，"要我说，这倒跟发烧时一样。用你的话来说，这时身体里确实有一种'异常活跃'的感觉。咱们需要好好探究一下，为何这种异常活跃的感觉会让人情绪激动……可是咱们讨论的话题太让人不愉快了。"他用略微颤抖的声音说道，说完了便不再作声。汉斯·卡斯托普只是耸了耸肩膀，这副样子就跟约阿希姆昨晚看到时的一样。

他们默不作声地走了一会儿，一直到约阿希姆问道："唔，你喜欢山上的这些人吗？我指的是和咱们同桌吃饭的那些人。"汉斯·卡斯托普的神情突然变得一本正经起来。

"天啊！"他说，"我看他们并不怎么让人喜欢。另一张桌子上坐的那些人倒是好一些，不过也只是表面现象。斯特尔夫人应当好好洗洗头发，看着太油腻了。那位马祖卡，反正不管她叫什么名字，在我看来有些傻乎乎的，她咯咯笑个不停，老是把手帕往嘴里塞。"

听到表弟说错了人名，约阿希姆不由得哈哈大笑。

"'马祖卡'倒是挺不错！"他说，"要是你乐意的话。她叫玛鲁莎，相当于咱们的玛丽。不错，她确实太没修养了。"他说，"她确实该正经些，因为她的病一点儿也不轻啊。"

"这还真想不到。"汉斯·卡斯托普说，"她看起来挺健康啊。只是想不到她胸部居然有问题。"他匆匆瞟了表哥一眼，但当他发现表哥那被阳光晒得黝黑发亮的脸上长了一颗颗雀斑——当那被阳光晒得黝黑的脸上血液不足时，往往就会这样——嘴角也可怜地歪向一边时，年轻的汉斯·卡斯托普顿时生出一种莫名的恐惧和凉意。 于是他连忙换了话题，询问同桌其他人的情况。 他只想尽快地把玛鲁莎和约阿希姆的脸忘得干干净净。 结果他真的忘了。

喝玫瑰花茶的英国女人叫罗宾逊小姐。 而女裁缝其实不是裁缝，而是柯尼斯堡一所国立高等院校的女教师，正因为如此，她说话时候的用词才如此精准。 她叫恩格尔哈特小姐。 至于那个神采奕奕的瘦小老太太，连已经在山上住了这么久的约阿希姆也不知道她是谁。 不过他知道她是喝酸奶那位姑娘的姨婆，一直陪着姑娘住在疗养院里。 但同桌的人病得最严重的，是布卢门科尔博士。 他是从敖德萨来的，全名是莱奥·布卢门科尔，也就是那位蓄有小胡子的，心事重重、沉默寡言的年轻人。 他住在这儿已有好几年了。

此刻他们在镇子的人行道上散着步，显然，这是国际疗养院的主要街道。 他们遇到不少在路上闲逛的病友们，大多是年轻人，有穿着运动装、不戴帽子的时髦小伙子，也有身穿白裙、不戴帽子的女人。 这些人讲俄语和英语。 街道两旁都是商店，橱窗里陈列着琳琅满目的商品。 汉斯·卡斯托普的好奇心与他极度的疲乏搏斗着。 他振作起精神来四处观望，在一家男式时装店前逗留了许久，看这些陈列品是否够得上标准。

他们来到一个由带顶走廊环绕着的圆形大厅，那儿正有一支乐队在开音乐会。 这里便是疗养所了。 网球场里，几个面容整洁、双腿修长的小伙子正在同姑娘们打球。 小伙子们身穿紧身法兰绒裤，脚上是橡皮球鞋，袖子一直卷到了胳膊肘处； 姑娘们则是一身白色衣裳，脸被晒得黑黑的。 她们在阳光下伸展双臂，健步如飞，在空中狠狠地击打着那只白色网球。 网球场保养得很好，球场上散落着点点白灰。 表兄弟二人在一条空着的长椅上坐下，一边看着他们比赛，一边讨论。

"你不来这儿打球吗？"汉斯·卡斯托普问。

"院方不允许我来。"约阿希姆回答，"我们必须躺着休息，除了躺着，其余的都不能干。 塞塔布里尼说，我们是卧着生活的，他把我们称作

'仰卧家'。这也算是他的一个烂笑话了。那边打球的都是健康人，如果是病人，那么这样做就是犯戒了。不过他们打得并不认真，与其说是打球，倒不如说是为了炫耀衣服。至于说犯戒，那么除了打网球，这儿违禁的事情多着呢，例如打扑克，还有这家或那家旅馆里玩的'小马'[1]。我们这儿有告示，说这个对身体害处最大。即便如此，还是有很多人在晚上查完房后偷偷溜到那儿去赌博。据说，那个赐给贝伦斯头衔的亲王也常常去玩那东西。"

汉斯·卡斯托普几乎没有认真听。他的嘴巴张得很大，因为他不能直接用鼻子呼吸。他感觉沉闷又难受，心跳得像被锤子敲着一样。当约阿希姆劝他回家时，他竟在恍恍惚惚、复杂矛盾的感觉中打起瞌睡来。

他们在回家的路上几乎一言不发。汉斯·卡斯托普有一两次差点在平坦的街道上摔倒，他自嘲地笑了笑，摇摇头。那个跛足的男人开动电梯，把他们送上楼。他们在三十四号房间门前简短地说了声"再见"，便各自回房了。汉斯·卡斯托普跌跌撞撞地穿过房间来到阳台上，还没有站稳，就全身瘫倒在了卧椅上。他来不及换一个更舒服的姿势，就在一阵阵急剧而不安的心跳中昏昏沉沉地进入了梦乡。

---

[1] 一种当时流行的赌博游戏。

当然，是一个女人！

　　他也不知睡了多久。时间一到，锣声就响了起来。不过汉斯·卡斯托普知道，这回还不是就餐的锣声，只是叫人们更衣罢了，因此他依然躺着，直到这金属声再次响起，接着又渐渐远去，他方才起来。约阿希姆走进房间来找他的时候，汉斯·卡斯托普还想换件衣服，但约阿希姆不允许。他不喜欢甚至很是鄙视不守时间。他说，假如连吃饭都这么不守时间，那又何谈向前发展，奋发向上，献身于公务呢？当然，他的话说得有道理；汉斯·卡斯托普只能说，他压根没有病，只是昏昏欲睡罢了。他只是洗了洗手，然后两人一起下楼，第三次走进餐厅。

　　食客们从两道正门拥了进来，也有人从长廊上的那两扇门走进来。人们很快地在七张餐桌旁坐了下来，仿佛并未离过席一样。这至少是汉斯·卡斯托普的印象——当然这种印象十分莫名其妙，像在做梦一样。可是他昏昏沉沉的头脑却无论如何都无法摆脱这种幻觉，这种状态甚至还让他感到有些满足。在吃饭过程中，他多次试图唤起这一幻象，它便一次又一次完好无损地重现。

　　这时，那位欢乐的老太太又同坐在斜对面的布卢门科尔博士搭起话来，她说话时有些口齿不清。她那位瘦削的侄女终于吃起了酸奶以外的食物，这回她吃的是大麦奶油浓汤，是女侍者盛在汤碗里端来的。不过她只舀了几口，剩下的没有再动。漂亮的玛鲁莎一边咯咯地笑着，一边用手帕掩着嘴，手帕散发出橙子的香气。罗宾逊小姐还在读那些圆形字体的信，这些信她早上已经看过了。显然，她一个德语单词也不认识，她也不想认识。约阿希姆献殷勤地用英语跟她谈起了天气，她却只是用单音节的字作答，说话时还嚼着食物，说完又陷入沉默。

而那位穿羊毛衫的斯特尔夫人，向桌子上的人说起她今早又去检查身体，跟大家说的时候很是装模作样，上唇向后咧开，露出老鼠般的牙齿。她说自己的右肺上部还能听到啰音，左肩胛下面的呼吸音也还很急促，"老头儿"说她还得再待上五个月。大家对于她把顾问大夫贝伦斯称为"老头儿"已经习以为常。接着她又幽怨地说，"老头儿"今天没有跟她同过席。按理说，"老头儿"应当"轮"到她那儿了——她把"轮"字念作"晃"——结果却又坐到隔壁那张桌子去了。确实，贝伦斯大夫坐在了那边，他的大手交叠着放在盘子面前。当然啦，那边坐着萨洛蒙太太，那个来自阿姆斯特丹的胖太太萨洛蒙，她每天都穿着袒胸露背的衣服，"老头儿"显然乐于看到这样一幅景象，但斯特尔夫人本人无法理解这点，因为每次检查时，他都可以把萨洛蒙太太任意看个遍。

接着，她激动地悄声说，昨天晚上，最顶上的公共休息大厅里的灯不知被谁熄灭了，无非是为了"透明"的效果——正像斯特尔夫人说的那样。"老头儿"知道后，大发雷霆，整个屋子都能听得到。当然，至于肇事者，他目前还没有找到。你无须大学教育，也可以猜到这是布加勒斯特的米克洛希奇上尉干的；对他来说，混在女人堆里，日子再怎样也不会太过黑暗。那是一个毫无教养的人，穿着一件紧身胸衣。他本性上简直就是一头野兽——没错，就是一头野兽，斯特尔夫人压低了声音重复道，脑门和上唇都汗涔涔的。他和维也纳总领事维尔姆布兰特的夫人关系如何，村子里和高地上已经是人尽皆知，谈不上是什么秘密了。比如大清早，当总领事夫人还躺在床上时，上尉就会跑进她的房间，她的整个梳洗过程，他未离开过半步。不止如此，上周四，他一直待在总领事夫人的房里，直到清晨四时方才离开。这是看护住在十九号房间的年轻的弗朗茨的护士说的。最近，弗朗茨的气胸手术没有成功，这时那位护士正好撞见了他，尴尬之下，竟走错了门，不小心闯进了来自多德蒙德的帕拉范特律师的房间里。最后，斯特尔夫人又开始喋喋不休地谈起了山下那家"应有尽有的百货店"，她在那儿买到了漱口水。约阿希姆只是垂着眼睛，呆呆地盯着自己的盘子。

午餐不仅准备得很周全，而且极其丰盛。连同那碗浓汤在内，加起来总共不少于六道菜。吃了鱼以后，侍者又上了一盘带配菜的美味可口的烤肉，接着是丰富的蔬菜，然后又是一盆烤禽，一个布丁，跟昨晚比起来毫不逊色，最后是乳酪和水果。每道菜都上了两次，而且侍者的服务都没有白费；七张餐桌上的人们都盛满了盘子，狼吞虎咽地吃着；这副贪婪的景象看了真叫人欢喜，可惜有些地方令人不太舒服，甚至有些厌恶。不但轻松愉快的人尽情吃着，一边谈笑，一边把一片片面包扔来扔去，连沉默阴郁的人也吃得极为尽兴——他们在每道菜上菜的间歇用手支着脑袋，呆呆地出神。左边一张餐桌上有个尚未完全发育的少年，从年龄上看还是一个学生；衣服的袖子很短，手腕从袖口露了出来，戴一副又厚又圆的眼镜。他把盘子里堆积如山的食物捣成了糊状，然后埋着头大吃起来，时不时把餐巾放到眼镜后面，擦擦眼睛。也不知道他在擦些什么，是汗水还是眼泪。

午餐期间发生了两个小插曲，引起了汉斯·卡斯托普的注意，他坐的那个位置，也只能观察到这些。首先，大家正在吃鱼的时候，玻璃门又嘭的一声关上了。汉斯·卡斯托普生气地耸了耸肩，然后怒气冲冲地决定，这回他一定要搞清楚肇事者究竟是何人。他不只是在心里想想，甚至说出了口："我一定要找出来。"声音很轻，但又充满愤怒。罗宾逊小姐和女教师都惊讶地瞅着他。他整个上身都转向了左边，那双充满血丝的蓝眼睛睁得大大的。

这时候一个女人穿过餐厅，与其说是妇女，倒不如说是一个姑娘。她中等身材，穿着白色毛衣和花色裙子，一头淡红色的金发扎成两条辫子，随意地垂了下来。汉斯·卡斯托普只是匆匆瞥到了她的轮廓。她走路不声不响，与刚才进门时乒乒乓乓的撞门声形成了鲜明的对比。她垂着脑袋，蹑手蹑脚地走向左侧角落的一张餐桌。这张餐桌与走廊门刚好成直角，也就是"上等"俄国人的餐桌。走路时，她把一只手插在贴身羊毛衫的口袋里，另一只手托着脑袋，把辫子放到后脑勺处。汉斯·卡斯托普看着她那双手——这已经成了他的习惯，他对别人的手自有一番鉴别能力；每次新结识一个人，注意力总是会先集中在那个人的手上。她身上没有那种贵妇人特有的风韵，托着头发的那只手并不像汉斯·卡斯托普在和女人们交际时所常见的那么高贵娇嫩。她的手掌很宽，手指很短，有些粗陋而稚气，有几分像女学生的手。她的指甲也很普通，没有染过，修剪得简单且粗糙，也像女学生的一样。指甲旁的皮肤不太光滑，似乎是因为常咬指甲而留下的。不过由于距离太远，汉斯·卡斯托普看得不太清楚，只是隐约感觉是这样而已。这个姗姗来迟的人向同席的人们点了点头，然后在桌子内侧坐了下来，挨着坐在首席的克罗科夫斯基，背对着餐厅。坐下后，她开始左顾右盼，看着餐厅里的人们，手还放在头发上。汉斯·卡斯托普趁机瞟了她一眼，注意到她颧骨很宽，眼睛又细又长……这个时候，某些模模糊糊的记忆从他脑海间掠过，他似乎隐隐约约记起了什么。

"当然，是一个女人！"汉斯·卡斯托普心里想，甚至嘴里也呢喃着。因此女教师恩格尔哈特小姐听清了他的话。这个可怜的老处女会心地笑了笑。

"这是肖夏太太。"她说，"她总是丢三落四的，不过颇有魅力。"这时恩格尔哈特小姐柔和的、带着红晕的脸颊罩上了一层阴影。每次说话时，她总是这样。

"她是法国人吗？"汉斯·卡斯托普一本正经地问。

"不，是俄国人。"对方回答道，"她丈夫或许是法国人或法国人的后代，我也说不准。"

汉斯·卡斯托普还是有些心急气躁，他指着那边坐的一位先生，问是不是她的丈夫。那位肩膀下垂的绅士正坐在"上等"俄国人餐桌旁。

"不，她的丈夫不在这儿。"女教师回答，"他压根儿没有来过这儿，没有人认识他。"

"她应该知道怎么关门！"汉斯·卡斯托普说，"她总是嘭的一声使劲儿地关门，这简直是没有教养。"

女教师温顺地接受了这一番谴责，仿佛她本人就是应当接受责备的人。接下来他们就不再谈肖夏太太的事了。

另一个插曲，就是布卢门科尔博士暂时离开餐厅——别的就没有什么了。他脸上原本就一直是郁郁寡欢的表情，此刻突然变得更加阴郁了。他心事重重地凝视前方，然后轻轻地把椅子往后推了一下，走了出去。这时，斯特尔夫人的缺乏教养完全暴露了出来。也许她因为自己的病情比布卢门科尔轻而扬扬自得，她用怜悯又带挖苦的口气送他走出餐厅。"可怜的家伙。"她说，"他几乎已经在弥留之际了。他又得去跟他的'蓝色东西'[1]讲话了。"她总是毫不犹豫又面无表情地把"蓝色东西"这个词挂在嘴上。每次汉斯·卡斯托普听她说完，总感到哭笑不得。没过多久，布卢门科尔博士又走回来，姿态仍和出去时一样谦卑，他再次坐下来，继续用餐。他吃得很多，每盘菜都要吃两份，吃的时候仍然一言不发，一副心事重重的样子。

于是午餐结束了。由于服务周到——给他们那一桌端菜的矮个子女侍者动作机敏——午餐只花了一小时。汉斯·卡斯托普喘着粗气，不知怎么的就上了楼，躺在了他阳台上那张舒适的卧椅上；午餐之后，要一直躺着休息到喝茶的时间。这是一天中最重要的时刻，而且必须严格遵守时间。这些不透明的玻璃墙一面把汉斯·卡斯托普和约阿希姆隔开，一面又把他跟那对俄国夫妇隔开。他就躺在这些隔墙中间，懒懒散散的，半睡半醒，心脏怦怦跳个不停，用嘴巴呼吸着。在他拿出手帕的时候，在上面竟发现了鲜红的血，但他没有精力去思考原因，尽管他确实有些

---

[1] 指吐痰用的蓝瓶子。

担忧自己的身体，而且生性也总是疑神疑鬼。他又点了一支马利亚·曼契尼雪茄烟，这回他一口气抽完了，也不管它的味道如何。他感到头晕胸闷，恍恍惚惚地想着，他离家上山之后发生的一系列事情是多么荒谬。想到那个无知的斯特尔夫人在说话时用的一些可怕的字眼儿，他有两三次禁不住从心底笑出声来，笑得胸部都在抖。

阿尔宾先生

　　在下面的花园里，绘有奇形怪状的二蛇盘绕图样的旗帜在风中摇摆着。天空再次布满了云，太阳躲在云里，天气毫无征兆地又凉了下来。公共休息室里似乎挤满了人，传来一片欢声笑语。

　　"阿尔宾先生，我求求您，把您的刀子收起来吧，把它放进口袋里，不然会出事的！"一个人用游移不定的语调高声恳求道，"亲爱的阿尔宾先生，看在上帝的分儿上，让我们的神经放松些吧，别再让我们看到这个杀人凶器！"另一个声音也附和着。这时，那个坐在外面的卧椅上、嘴里叼着一根香烟的金发年轻人，有些不屑地回答道：

　　"怎么能这么想呢！不要想到这上面去吧！太太们也该允许我玩玩我的小刀啊！这把刀是我从加尔各答[1]一位瞎眼的魔术师那儿买来的。他会吞下这把刀，接着他的跟班从离他五十步远的地方把它挖出来……你们看一看——它比剃刀快得多。你只要摸一摸刀口，它就会划破你的皮肤，就像切奶油那样。你们等一会儿，我要给你们好好展示一下。"说着阿尔宾先生站了起来，周围尖叫四起。"或者，"他说，"我去拿我的左轮手枪来，这个更有意思。这真是个要命的小东西，所有东西都能被它射穿——我现在去把它拿来。"

　　"不，阿尔宾先生，拜托您了，千万别这样！"好几道声音在大叫大嚷。可是阿尔宾先生已经起身离开休息室，上楼到自己房里去了。这是

　　———————

　　[1] 印度东部城市。

一个十分年轻、高高瘦瘦的小伙子，脸色像孩子般红润，细细的连鬓胡子一直长到耳边。

"阿尔宾先生，"一个女人高声喊道，"还是把您的厚大衣带来吧，把它穿上，看在我的面子上穿起来吧！您因肺炎卧床已有六周了，而现在您却连大衣也不穿就坐在这儿，身上一件厚衣服都没有，还抽起烟来！阿尔宾先生，要我说，您这是在跟上帝较劲呢！"

"这叫作向上帝挑战！"

阿尔宾先生只是不屑地笑笑，走了出去。没多久，他就拿着一把左轮手枪回来了。那些愚蠢的叫声比之前更甚，听得出来，已经有人想从卧椅上跳起来，裹着毯子逃出去了。

"你们看，这把枪又小又亮。"阿尔宾先生说，"不过我只需在这儿按一下，它就会要了你的命。"这时又是一阵混乱的叫声。"当然，里面装有子弹，枪筒里总共——"阿尔宾先生继续说，"有六发子弹，每发射一次，它就向前转一格。我可不是在开玩笑。"这时他看出人们已经稍稍平静下来了，于是他把手枪放到胸前的口袋里，重新坐下来，跷起二郎腿，接着又点起了一支香烟。"我绝对不是说着玩的。"他又重复了一次，然后紧紧闭着嘴唇。"干吗这样？你要干吗呢？"几个人齐声问他，声音都在发颤。"多可怕呀！"突然有人高声叫道。阿尔宾先生点点头。

"我看出你们已开始明白我的意思了。"他说，"实际上，你们想的没错，我存着这把枪正是为了这个。"他继续轻描淡写地说。尽管他最近刚患了肺炎，但还是抽了一大口烟，然后又慢慢地把它吐出来。"我拿着它，是为了将来的某天，如果我再也无法忍受这种荒谬的日子，就能光荣地一枪结束自己的性命。这其实很简单，我已经好好研究过一番，很清楚怎样完成这件事。"当他说到"完成"这个字眼儿时，有人尖叫了一声。"心脏不是我的目标，这个地方不太方便，我倒想让自己立刻失去意识，要这样，只要我把外国带来的这个小玩意儿抵住这个有意思的部位——"说着，阿尔宾先生用食指指着自己剪得短短的金发脑袋，"把枪对准这里，"他又从口袋里掏出那把镀镍的左轮手枪，用枪口在自己的太阳穴上敲了一下，"正好在动脉上面，就是这儿。即便没有镜子，这事情干起来也很简单。"

周围响起大家带着恳求的抗议声，甚至有人已经泣不成声。

"阿尔宾先生，阿尔宾先生，把手枪拿开，别把它对着您的太阳穴了。这样看着真叫人害怕！阿尔宾先生，您还年轻，您身体会好起来的，您很快就能正常生活，大家都会敬爱您的！把大衣披上，躺下来，多穿点，继续治疗吧。下次浴室里的师傅用酒精给您擦身体时，您别再把他赶跑了！今后也不要抽烟了，阿尔宾先生，我们求求您，请务必爱惜您年轻又宝贵的生命！"

可是阿尔宾先生无动于衷。

"不，不！"他说，"别管我，我很好，多谢你们。太太们的要求我从未拒绝过，可是你们也看得出来，违抗命运的安排是没有用的。这已经是我住在这里的第三个年头——我真的受够了，这种日子我再也忍不了啦。你们要因为这个责怪我吗？太太们，我的病好不了啦。你们看我坐在这儿，可我这病已经无可救药啦，现在连贝伦斯大夫也管不了那么多，基本不避讳这个事实了。请你们赐给我从这一事实中找到出路的一点儿自由吧。这就像在中学里一样，学校决定让你留级，你就得留下来，没有人会来过问你任何问题，你也不用再干什么。现在的我就是这样，终于到了这一令人欣喜的境地。我不用再做什么，我什么都不在意，对于一切我都可以一笑了之。你们想吃点巧克力吗？请用吧！哎，你们不用抢，我房间里的巧克力都堆成山了，总共有八盒，五块加拉彼得和四磅林特。这都是我得肺炎以后，疗养院的太太们送给我的……"

不知从哪儿传来一阵低沉的男性声音，要求大家安静下来。阿尔宾先生干笑一声，笑得断断续续而又勉强。于是休息室里恢复一片静寂，静得像是梦灵和游魂飘过一般。人们刚才的话语在这一片沉寂中怪声怪气地回荡起来。汉斯·卡斯托普听着，直到一切回归沉寂。虽然他不知道阿尔宾先生是不是一个集万千宠爱于一身的花花公子，但他不禁有些艳羡。学校生活的比喻，给他的印象尤其深刻，他自己在中学六年级[1]时曾留过级。他还能想起当时受羞辱的境地，不过其中也有些可笑之处，尤其是在第四季度时，他竟完全放弃了备考，对一切都不以为意，甚至嗤之以鼻——想到这些，他倒觉得心情愉快起来。但由于此刻他思绪纷乱，难以说清楚这愉快之情到底是为何。

总之在他看来，虽然荣誉能给人带来许多好处，但羞辱给人带来的好处也是无穷无尽的。他设身处地地为阿尔宾先生着想，设想当一个人最终摆脱了荣誉的光环和包袱，终日习惯于无穷无尽的羞辱时，他的感受将会是怎样。想到这里，这位年轻人的心头竟涌起一股甜蜜而亲切的感觉，心脏也跳得越来越快了。

---

[1] 当时德国中学系九年制。

魔鬼提出不光彩的建议

过了一会儿，他失去了知觉。他被左侧玻璃墙后的声音吵醒时，手表显示正好三点半。克罗科夫斯基大夫正在查病房，他和那对不懂礼仪的夫妻用俄语交谈着，询问那位丈夫身体可好，似乎还看了看他的体温表。不过他继续往前走时并没有经过阳台，而是绕过汉斯·卡斯托普的房间，然后又返回走廊，推开房门进了约阿希姆的房间。汉斯·卡斯托普看到他兜了这么一个大圈子，故意避开自己，心中颇不高兴，尽管他压根不想跟克罗科夫斯基打交道。当然，他身体健康，不是病人中的一员；他想起山上总是这样，身体健康的人往往无人理睬，无人关心。这让年轻的卡斯托普有些闷闷不乐起来。

克罗科夫斯基大夫在约阿希姆那儿待了两三分钟，又沿阳台往前走去。汉斯·卡斯托普听到他表哥说，现在该起身，准备去喝茶了。

"好。"他说着也站起身。可是躺的时间太久，不禁有些头晕目眩。他睡得迷迷糊糊，很不舒服，因此脸上又烧了起来，身体感到一阵阵寒意，也许是他睡的时候盖得不够厚。

他洗洗眼睛和手，理了理头发和衣服，接着在走廊上和约阿希姆碰头。"你听说过阿尔宾先生的事吗？"当他们下楼时，汉斯·卡斯托普问道。"当然听说过。"表哥回答，"这人应当被好好管教一下。大家休息的时候，他总是喋喋不休，太太们也老是被他弄得一惊一乍，好几周才恢复过来。他是一个不服管教的人。可是谁愿意责备他呢？相反，许多人对他的话还颇为津津乐道呢。"

汉斯·卡斯托普问："你说他是不是能说到做到呢？用他自己的话，也就是'一颗子弹就了结，很简单的事'。"

"噢，"约阿希姆答道，"倒是也有这个可能，这样就更可惜了。这山上确实发生过这种事。我来这儿的两个月之前，一个长期住在这里的学生在一次例行身体检查后，在树林里上吊了。我刚来的时候，人们还对此事议论纷纷呢。"汉斯·卡斯托普听得目瞪口呆。

"唔，"他说，"我住在你们这儿总感觉不大舒服，十分别扭。我担心自己在这里待不下去，我得走了。你会怪我吗？"

"你要走？你怎么啦？"约阿希姆叫道，"胡说八道！你到这儿才一天，怎么可以轻易下结论呢？"

"天啊，这还只是第一天吗？我感觉已经在山上待了很久，简直度日如年。"

"别再拿哲学理论来探讨时间了。"约阿希姆说，"今天早晨你真把我搞糊涂了。"

"不，别担心，这一切我都忘了。"汉斯·卡斯托普说，"那些错综复杂的问题都忘了。现在我头脑一点儿也不清醒，那些东西都忘了。啊，现在该喝茶了吧。"

"嗯，喝过茶后，咱们再走到早上那条长椅上去坐坐。"

"可以。不过希望咱们别再碰见塞塔布里尼了。我今天不想再听他的高谈阔论了，我预先声明。"

餐厅里，侍者端来了各种此时可以弄到的饮料，简直应有尽有。罗宾逊小姐又在喝她的玫瑰花茶，她的侄孙女则在呷酸奶。除此之外，还有牛奶、茶、咖啡和巧克力饮料，甚至还有肉汤。人们在丰盛的午餐后已休息过两小时，此刻竟又忙着在大块葡萄干蛋糕上涂起黄油来。

汉斯·卡斯托普要了茶，把干面包片浸在里面，另外也尝了些果酱。他认真地看了看葡萄干蛋糕，不过说到吃，他却是一点儿胃口都没有。他再次坐在了这个摆着七张桌子、陈设简单、带着拱顶的餐厅里，坐的还是原来的位置——这已是第四次了。过一会儿，到了七点钟时，他又将第五次坐在这里，那时就该用晚餐了。在这短而微不足道的间隙里，表兄弟两人又一路走到了悬崖旁小溪边的那条长椅那儿，这时山路上病人很多，汉斯·卡斯托普不得不频频地向他们脱帽致意。接着两人又在阳台上无聊地躺了一个半小时。

他在晚餐之前认真地打扮了一番，然后坐在罗宾逊小姐和女教师中间，喝了碗菜丝汤，吃了烤肉和配菜，以及两块蛋糕。蛋糕里放了杏仁、黄油、巧克力、果酱和软糖，此外还有优质的涂有乳酪的裸麦面包。他还像以前一样要了一瓶库尔姆巴赫啤酒，不过他刚用高脚杯喝了半杯，就恨不得马上躺到床上去。他脑袋里嗡嗡作响，眼皮像铅块般沉甸甸的，心跳得像是铜鼓在不停敲击一样。同时，他自寻烦恼地想象出了这样一幅情景——漂亮的玛鲁莎在餐盘前俯下身子，用那只戴红宝石戒指的手捂着脸，对着他大笑——虽然他尽力让别人找不到取笑自己的机会。

他听到远处的斯特尔夫人在谈论什么。在他听来，简直是胡话连篇，以至于他意识模糊地怀疑起来，究竟是他听得不正确，抑或是斯特尔夫人的话一钻入他混乱的大脑后就变成了废话。她声称自己能调制出二十八种不同的烹鱼酱汁，这一点她敢拿人格担保，尽管她丈夫告诫她别这样说。"别这么说。"他告诉过她，"没有人会相信你的。即便有人相信，他们也只会取笑你！"然而她还是说了，而且坚决表示自己确实能调制二十八种烹鱼酱汁。这些话在我们好心的汉斯·卡斯托普听来，简直是异想天开。他怔怔地用手摸着前额，完全忘记了自己嘴里还有一块涂有柴郡[1]干酪的裸麦面包尚未咀嚼吞咽下去。他离席时，嘴里还含着这块面包。

用完餐的人们从左面的玻璃门走了出去，也就是那扇经常嘭嘭作响、让人抓狂的门，它一直通往前厅。几乎所有客人都走这条路，因为在晚

---

[1] 英国郡名。

餐过后，客厅和隔壁几间沙龙室会成为人们聚会交流的地方。大多数病人三两成群地在一起谈天说地。在两张绿色的折叠桌上，人们在玩牌，一张桌上在玩多米诺骨牌，另一张在玩桥牌；玩牌的都是年轻人，黑米尔内·克莱费尔特和阿尔宾先生也在其中。第一间沙龙室里还有些光学方面的玩意儿：一只立体窥视镜箱，从镜头上可以看到里面的照片，比如可以窥见一个栩栩如生、面无血色的威尼斯平底船船夫形象；还有一个万花筒，只要把眼睛贴近镜头，轻轻转动手轮，就能显示出各式各样、五颜六色的星状图案和阿拉伯式纹饰，光彩夺目又变幻无穷；最后还有一个可以转动的圆筒，里面放了一卷电影胶片，从转动的窗口望进去，可以看到一个磨坊主在跟扫烟囱的人打斗，一个老师在惩罚小男生，还有一个人在跳绳，一对农民夫妇在跳民间舞蹈。

　　汉斯·卡斯托普把冷冰冰的双手放在膝上，每样玩意儿都看了好久。他在玩桥牌的桌子上也逗留了好一会儿，病入膏肓的阿尔宾先生也在那里玩牌。他嘴角下垂，举手投足间显出一种目中无人、玩世不恭的姿态。克罗科夫斯基大夫坐在一个角落里，正在兴致盎然、热诚亲切地和几个女人谈话；在他周围，女人们围成了一个半圆形，其中有斯特尔夫人、伊尔蒂斯夫人和莱维小姐。"上等"俄国人餐桌上的人们已退入隔壁一间小的沙龙室里。那儿也形成了一个小圈子，一条门帘把这间沙龙室同客厅隔开。除了肖夏太太外，还有一位懒散的、蓄着金色胡子的年轻人，他胸腔凹陷，眼珠突出；还有一个黝黑的姑娘，神态滑稽，素面朝天，耳朵上戴一副金环，毛茸茸的头发乱蓬蓬的。布卢门科尔博士也在这个小圈子里，另外还有两位肩膀下垂的年轻人。肖夏太太穿的是一件花边白色领口的蓝色上衣，她坐在房间里侧、圆桌后面的沙发上，正位于一圈人的中心位置，她的脸朝向玩牌室。汉斯·卡斯托普不无反感地观察着这个不懂礼仪的女人，暗自想："她使我想起了什么，可究竟是什么，我却说不准。"

　　这时有个三十岁上下、头发稀疏的颀长男子在一架棕色的小钢琴前坐下，连奏了三遍《仲夏夜之梦》[1]里的婚礼进行曲。应几位太太的请求，他深情而无言地凝视这几个女人进行致意，然后第四遍奏起这支悠扬的曲子来。

"工程师，我可以打听一下您的身体状况吗？"塞塔布里尼问。他两手插在裤袋里，在客人之间来回溜达，现在他朝汉斯·卡斯托普走了过来。他依旧穿着粗呢外衣和格纹裤，说话时面带微笑，嘴唇弯成优美的弧度，嘴角略带着嘲讽，黑黑的小胡子微微翘起。汉斯·卡斯托普一见到这副神态，忽而又感到明朗起来。他呆呆地看着这位嘴角松弛、眼睛充血的意大利人。

"噢，原来是您！"他说，"您就是我们早上散步时在山上长椅边——小溪旁遇到的那位先生。当然，我一下子就认出您来了。您相信吗？"他继续说，尽管他意识到这样说显得有些嘴拙，"知道吗，第一眼看到您，我还以为您是一位手摇风琴师呢……这当然是我乱猜的。"他又添了一句，因为他看出塞塔布里尼脸上的表情变得冷冰冰的，带上了审视的意味。

"我真是个十足的傻瓜。我完全搞不懂，我竟然……"

"别在意，没关系。"塞塔布里尼富含深意地在青年人脸上打量着，说，"唔，今天是您来到这块乐土的第一天。这一天您是怎么过的？"

"多谢您，我过得规规矩矩。"汉斯·卡斯托普答道，"用您爱说的那个词来说，主要是'卧式'。"

塞塔布里尼笑了笑："这个词偶尔也会用到我身上的。对了，您觉得这样的生活方式有趣吗？"

"有趣还是枯燥，要看您想怎么说了。"汉斯·卡斯托普回答，"您知道，这种事有时很难定论。到目前为止，我倒还没有感到枯燥——你们这山上的生活还是挺热闹的。有许多新奇的东西，我都还没听，还没看

---

[1] 德国著名作曲家门德尔松的作品。

呢……不过，我又感觉自己来这儿待了不是仅仅一天，而是好长一段时间了。说实话，到这儿以后我仿佛变得更老成，也更聪明了，这就是我的感受。"

"也变得更聪明了？"塞塔布里尼说时，扬起了眉毛，"恕我冒昧，请问您多大了？"

啊，汉斯·卡斯托普居然答不上来！他一时想不清自己究竟几岁，即便苦思冥想。为了争取时间，他把问题重复了一遍，接着回答道：

"我？我多大了？我当然是二十四岁。我马上二十四岁了。请原谅，我现在觉得很疲惫。"他说，"但对现在的我来说，'疲惫'一词压根不能形容我的情况。您应该知道那种感觉吧，自己在做梦，想醒过来可又醒不过来。现在我就有这种感觉。我一定在发烧，否则根本无法解释。您可以想象吗，我现在感觉冷冰冰的，从脚一直冷到膝盖。尽管膝盖不属于脚，如果可以这么说的话——请原谅我，我现在脑子里乱七八糟的。不过，只要一大清早就领教过……领教过气胸的嘘嘘声，下午再听过阿尔宾先生的那番高谈阔论，加上什么'卧式'之类的，那么一切也就不足为奇了。我想我是再也不相信自己的五感了，可以说这比两脚冰冷、脸上发热更叫人难受。请老实告诉我，斯特尔夫人自称可以调制出二十八种烹鱼酱汁，您认为可能吗？我不是说她实际上是否能做得到——毋庸置疑这是办不到的——而是说她刚才在餐桌上有没有讲过这些话，或者这些话其实只是我想象出来的。我只想知道这些。"

塞塔布里尼看着他，似乎没有在听。他的眼睛定定地注视着他，像今天早上那样连说了三声"是，是，是"和"懂，懂，懂"，语调中带着嘲笑和深思熟虑的意味，发"S"的时候用的是清音。

"二十四种？"过了一会儿，他问道。

"不，二十八种。"汉斯·卡斯托普说，"二十八种烹鱼酱汁。这不是一般的酱汁，而是特别的烹鱼酱汁，真是耸人听闻啊。"

"工程师！"塞塔布里尼怒气冲冲地尖声说，"振作起来，不要再说这些令人不快的废话了。您说的这些我完全不了解，也不想去了解。您不是说您二十四岁吗？嗯，如果您愿意，请允许我再提一个问题，或者说一个建议。既然您住在这儿没什么好处，既然您的身体和心灵——如果我没弄错的话——都感到不自在，那么您还是放弃在这里养老的打算吧。总之，我看您还是今晚收拾收拾，明儿早起乘车，尽快逃离这里吧。"

"您的意思是说我应该离开这儿？"汉斯·卡斯托普问，"我刚到这里就要回去？不！这才第一天，怎么就能马上做出判断呢？"他一边说，一边不经意地向隔壁房间瞟了一眼，看到了肖夏太太的正脸，看到她细细的眼睛和宽宽的颧骨。"她究竟让我想起了什么，想起了谁？"他暗暗想着。但尽管他努力思索，那疲惫的脑子依旧想不出一个答案。

"当然，"他接着说，"要叫我习惯你们这儿的水土也没那么简单，不过我还要再看看。要是仅仅因为头几日头脑有些混乱或全身发热，就马上败下阵来，溜之大吉，我会感到害臊的，好像自己是个懦夫一般。而且这么做也不够理性，您不是这么说过吗？"

他突然变得执拗起来，肩膀兴奋地抖动着。看上去他似乎要意大利人正式撤回他的建议。

"我尊重理性，"塞塔布里尼回答，"我也尊重勇气。您说的话听来很有道理。用充分的理由来驳倒您几乎不太可能。我自己也目睹过某些人后来适应得很好的例子，比如去年那个克奈弗小姐。她全名是奥蒂丽·克奈弗，出身名门，父亲是政府高级官员。她在这儿住了一年半左右，已经习惯了山上的生活，因此当她恢复健康时——有时，山上也会有几个恢复健康的人——倒舍不得离开了。她恳求贝伦斯大夫让她住下去，她不能也不愿回家；这里就是她的家，她在这里生活得很幸福。可是山上病人很多，需要腾出她的房间来，因此她白白费了一番功夫，他们以她已经痊愈为由硬是叫她离开了。于是奥蒂丽竟发起了高烧，她的体温曲线急剧上升。不过有人揭穿了她，还把她的那支'哑巴护士'拿走了，换上了普通的体温表。您还不清楚这是什么玩意儿吧，这是一种没有刻度的体温表，大夫按照特殊的规则去量，能自动记下温度曲线。先生，奥蒂丽的体温只有三十六度九，完全正常。于是她到湖里去洗澡，那时正是五月初，夜间还有霜冻；湖水还没有冷到结冰的程度，也就是说水温还在零度以上。她在水里泡了好些时候，企图让自己患上什么病。结果，她没有生病，而且一直很健康。最后她带着痛苦和绝望的心情离开了这里，父母说的安慰话，她一句都听不进去。'下山后我怎么办呢？'她一直大嚷着，'这儿就是我的家！'从那之后，我便再未听说过有关她的消息了……不过工程师，您似乎没有在听我说。如果我没有搞错，你这样站着也很费力呢！少尉，"这时他转向约阿希姆说，"把您的表弟带去睡个觉吧，他兼具勇气和理性，只不过今天晚上似乎有些虚弱。"

"不，说真的，您说的我都明白。"汉斯·卡斯托普抗议道，"所谓'哑巴护士'，不过是一支没有刻度的水银体温表罢了。您瞧，您说的我都知道。"但他还是和约阿希姆及其他几个病人一起登上了电梯。今晚的宴会到此也已经结束了，人们纷纷散开，到休息室和阳台去，开始晚间的治疗。

汉斯·卡斯托普走进表哥的房间。经过走廊时，铺着椰子皮地毯的窄窄的地面一起一伏，他倒并无不适之感。他在约阿希姆那把有花纹的大卧椅上坐下——他自己房里也有这么一把椅子。他又点起了马利亚·曼契尼雪茄烟。它的味道像胶水，像煤炭，也像其他别的什么，却独独不像这烟原本的味道。尽管如此，他还是一边继续吸着，一边看着约阿希姆准备他的静卧疗法——他先穿上了居家的上衣，再套上旧大衣，然后抱起夜灯和俄语初级读本，走到阳台上；他把灯点亮后，便在卧椅上躺下来，嘴里衔着一支体温表，然后把盖在椅子上的两条驼毛毯子极其熟练地裹在自己身上。看到约阿希姆灵巧的动作，汉斯·卡斯托普由衷地感到钦佩。约阿希姆把毯子一一盖上，先从左面拉起来，盖到肩头，再向下裹住双脚，接着从右面盖上去，就形成了一个裹得严严实实而光洁的包裹，只有脑袋、肩膀和胳膊露在外面。"你干起这个来真是麻利！"汉斯·卡斯托普说。

"练久了就熟能生巧了。"约阿希姆一边紧紧咬住体温表，一边回答他，"你也得学会这个。明天我一定得给你弄几条毯子来，以后回家了也可以用。这东西在山上是必不可少的，特别是你又没有睡袋。"

"我可不愿夜里睡在阳台上。"汉斯·卡斯托普声明，"我现在就跟你说，在我看来，这么做可真奇怪。无论什么都有它的限度。某些地方我得跟你们划清界限，因为我是来山上做客的。我要在这儿坐一下，像往常那样抽一支雪茄烟。它的味道真呛，可我知道这烟是好的，今天这样也就差不多了。现在快九点钟了，可惜还不到九点。如果已到九点半钟，那么可能来不及睡个舒服觉了。"

这时候他打了个寒战，凉意一阵阵袭来。汉斯·卡斯托普一跃而起，跑过去看墙上挂的温度计，像去捉拿犯人一样。水银温度计显示，此时室内温度是九度。他摸了下暖气管，发觉它一片冰冷，暖气并没有开着。他喃喃地说了几句抱怨的话，大致是说即使现在是八月，不开暖气也真是不可思议。问题不在于这是什么月份，而在于温度的高低。寒气让他像狗一样直哆嗦，但他的脸却火辣辣地烧着。他坐下后又站起身来，嘟囔着要去拿约阿希姆的被子，然后把被子裹在身上，在卧椅上坐了下来。他就这样坐着，一会儿热，一会儿又冷，雪茄烟令人作呕的味道让他受不了。他忽而感到一阵悲凉，这样凄清的境地他在生活中似乎还从未经历过。

"真是折磨人。"他喃喃地说。但这时他又忽而感到一种奇特而荒谬的喜悦与期待，他呆呆地坐着，等待这种感觉再次出现。可是这种感觉没有再来，他只感到一阵凄凉。他终于站了起来，把约阿希姆的被子往床上一扔，嘴唇哆嗦着，模糊不清地说了些"晚安""别着凉""早上再过来叫我"之类的话，然后跟跟跄跄地穿过走廊，走回了自己的房间。

脱衣服时他哼起了歌儿，当然不是因为心情愉快。他机械而马马虎虎地做完了晚间梳洗的例行动作：倒出粉红色的漱口水，小心翼翼地漱口，用柔和的优质紫罗兰香皂洗洗手，然后穿上细软的亚麻长衬衫——衬衫胸前的口袋上绣有 H. C. [1] 字样。接着他躺下，关了灯，热辣辣的、思绪纷乱的脑袋倒在了那美国女人临死时睡过的枕头上。

他本以为倒下后就能很快入睡，但他错了。他的眼皮本来困得张不开，现在却压根儿不想合上；他一想闭上，它们就反抗地颤动着张开。他在心里想，他平常睡的时间还没有到，何况白天已经睡了那么久。外面似乎有人在拍打地毯，不过又不大可能，而实际上也根本没有这回事。因为这其实是他的心脏在跳，甚至连离他很远的地方都能听到，声音就像有人用柳条做的拍子在拍打地毯。

房间里还没有全黑下来，阳台的小灯的灯光，以及约阿希姆和那对俄国夫妻房里的灯光，从敞开的阳台门透进来。汉斯·卡斯托普平躺在床上，眨巴着眼睛，白天里的一些印象，抑或是他观察到的东西，此刻又浮现在他的脑海里。他感到一阵恐惧，心情有些微妙，想极力把这些东西忘得一干二净。那是当他和约阿希姆谈起玛鲁莎和她的身体特征时约阿希姆脸上的表情——约阿希姆的脸变得扭曲，露出古怪而悲苦的表情，黝黑的面颊唰地白了，点点雀斑清晰可见。汉斯·卡斯托普看到的时候，心里便很清楚这是怎么回事；对此他看得新奇而深入，自有一番敏感的洞察力，以致那柳条击拍地毯的声音，无论在速度还是力度上都加快了一倍，几乎把山下高地上传来的小夜曲声淹没了。山下的那个旅馆像之前一样，又在开着音乐会。一曲节奏均匀、旋律普通的曲子从一片昏暗中传来，汉斯·卡斯托普吹起口哨，悄声应和着——人们甚至还可以悄声吹口哨——用盖在毛绒被下面的两只冰冷的脚打着拍子。

当然，这不能帮助人马上入睡。此刻汉斯·卡斯托普一点儿睡意也没有。自从他明确而深刻地懂得约阿希姆忽而变了脸色的原因以来，他

---

[1] 即汉斯·卡斯托普（Hans Castorp）的缩写。

感到整个世界都变了，刚才那种荒唐的喜悦与期望在他的心里复发。此外他还在期待些什么，这他倒不打算确认。不过当他听到左右两边的邻人都已结束了晚间疗法回到房里，用室内的"卧式"静养代替了室外的"卧式"疗养时，他突然笃信，至少今晚，这对粗野的俄国夫妇该平静下来了。"我可以安心睡个好觉了，他们总该规规矩矩了吧。"他想。然而他们并没有太太平平的，汉斯·卡斯托普对此也并未抱有太大信心。老实说，对汉斯·卡斯托普来讲，即便他们没有安安静静的，他也根本懂不了什么。尽管如此，他对听到的一切还是震惊无比，在心里暗自叫唤着："真是闻所未闻。"他悄声说："简直不可思议，谁会相信居然有这种事呢？"在汉斯·卡斯托普暗自感叹的时候，山下又不断传来那平淡无奇的曲子。

后来他终于睡着了。但一睡着就被卷入了无边的梦境中，这些梦比第一夜的还要复杂。他常常被这些噩梦惊醒，或是苦苦寻求这些毫无头绪的梦境。他梦中似乎看到顾问大夫贝伦斯弯曲着腿，两只胳膊直挺挺地垂在身子前面，走在花园的小径上。他迈着大大的步子，脚步中透着几许孤独，与远处的进行曲合上了拍子。当贝伦斯大夫在汉斯·卡斯托普面前站停时，汉斯看到对方戴了一副镜片又厚又圆的眼镜，嘴里在胡言乱语着。

"当然是一个平民百姓。"贝伦斯说，也没征得对方同意，便用他巨大的手掌的中指和食指把汉斯·卡斯托普的眼皮往下翻，"我一眼就看出，您是一位可敬的人。不过也并非没有才能。只要提起精神来，才能便可发挥出来啦。您可别吝惜光阴，就在这儿跟我们待上短短的一年，好好待上一年吧！哎，哎，先生们！出去锻炼锻炼吧！"他一边高声叫着，一边把两只无比粗大的食指伸进嘴里，朝着两个相反的方向吹起了无比欢快的口哨。听到口哨声，罗宾逊小姐和女教师从空中飞了过来，她们的身体比实际要小，她们落在贝伦斯左右两边的肩上，正像她们在餐厅里一左一右地坐在汉斯·卡斯托普身边一样。于是顾问大夫一蹦一跳地走了，还用一块餐巾在眼镜后面擦着眼睛，不知道他擦的是汗水还是泪水。

接着，做梦的人看到自己似乎在学校的园子里，多年来，他曾在那儿度过了多少的课余时间。肖夏太太似乎也在场，他正打算问她借一支铅笔。她给了他一支半长的、用银色笔套套着的红铅笔，并用沙哑而柔和的声音告诫说，下课后一定得还给她。当她用宽宽的颧骨上细长的蓝灰色眼睛盯着他时，他猛地从梦中挣扎出来，因为现在他终于明白了一切，想把这个发现紧紧抓住——肖夏太太究竟让他想起了什么事和什么人，这些东西又是如此栩栩如生。他急于把这一幕铭记在心，这样就算到明天也忘不了啦。睡意和梦魇再一次向他袭来。在梦里，克罗科夫斯基大夫飘到他面前，等着给他做心理分析，他想逃开，可是双脚却沉沉的，难以迈步；他穿过玻璃隔墙，穿过阳台，走进了花园里，在走投无路的时候，他往赤褐色的旗杆上攀爬，当追逐者一把抓住他的裤脚时，他一身冷汗地惊醒了。在他惊魂未定之时，竟又睡着了。不过这次他梦里的内容却又全变了个样——塞塔布里尼站在他前面微笑，笑容诡秘，带着些嘲讽意味，嘴唇上还有一抹浓密而稍稍翘起的小胡子，汉斯·卡斯托普尽力地试图用肩膀把他推开。正是这个笑容，使汉斯·卡斯托普不知道如何是好。

"您真讨厌！"他清楚地听到自己说。"走开！您只是一个手摇风琴师，在这儿干吗！"可是塞塔布里尼无动于衷，而汉斯·卡斯托普也仍然站在原处，心中想着应该做些什么。出乎他意料的是，这时他有机会探究一下时间的实质，结果却发现，它不过是一支"哑巴护士"而已，也就是有些人用来作弊的那种没有刻度的水银体温表。他醒来后，在心里盘算着明天一定要把这个发现说给约阿希姆听听。

这一夜就在一阵惊险和一系列奇遇的梦境中过去了。黑米尔内·克莱费尔特、阿尔宾先生和米克洛希奇上尉在他梦里扮演着奇奇怪怪的角色。最后米克洛希奇上尉在盛怒下把斯特尔夫人赶走了，而他自己却被帕拉范特律师用长矛刺穿身体。其中有一个梦，汉斯·卡斯托普在这一夜甚至做了两次，情节完全相同，做第二次时天已经快亮了。他坐在摆着七张桌子的餐厅里，在几声巨响下，通往走廊的玻璃门嘭地开了，肖夏太太走了进来，穿着一件白色毛衣，一手插在袋里，另一只手托着后脑勺。但这个没有教养的女人这回却没坐到"上等"俄国人餐桌上去，而是悄声溜到汉斯·卡斯托普身边，同时默默地朝他伸出手来，让他去吻。不过她伸出的不是手背，而是手心。汉斯·卡斯托普开始吻起她的手。这是一只不算娇嫩、手背宽阔、指头粗短的手，指甲旁的皮肤非常粗糙。这时，一股令人心慌意乱的甜蜜的暖流再次流过他的全身。以前，当他企图摆脱荣耀的束缚，享受羞辱感带来的无限喜悦时，他曾第一次尝到过这种滋味。而今，他再次在梦境中体验到了这种感觉，而且强烈得多。

第四章

Der Zauberberg

必要的采购

"现在你们的夏天结束了吗？"第三天的时候，汉斯·卡斯托普挖苦地问表哥。

近几日，天气剧烈变化。

他住在山上的第二天，整天都是风和日丽的夏日感觉。在枞树长矛形的树梢之上，蔚蓝色的天空阳光闪烁，山谷里的村落在炎热的日光照射下闪着炫目的白光。母牛哞哞的叫声在空气中回荡着，听上去又快乐又忧伤；它们在山坡上闲逛着，在被阳光晒得炙热的草地里啃着秃短的杂草。太太们在早餐时穿上了漂亮的上衣，有的甚至穿起了带着开式袖子的衣服，不过并非每个人都能穿得合身。尤其是斯特尔夫人，穿起来就极不适合，她胳膊上毛孔粗大，跟这样的装束十分不相称。男士们在这样的好天气里也打扮起来，穿起了马海毛外套和亚麻布衫，而约阿希姆·齐姆森则穿起白色的法兰绒长裤和蓝色外衣。这样的一套装束使他看上去更添了几分军人气概。至于塞塔布里尼，他曾不止一次地表示要换一套衣服。"天啊，太阳可真晒！"当午餐后他和这对表兄弟一起散步到山下的村落里时，他曾这么说过，"我看我不得不穿得薄一些了。"可是尽管他信誓旦旦地说了这番话，却还像以前一样穿着一条格纹长裤和一件宽翻领的粗呢外套，也许他衣柜里撑得了台面的衣服就只有这些了。

可是第三天，老天爷似乎遭遇了一场突然的变故，一切颠倒过来了，变得乱糟糟的，汉斯·卡斯托普简直不敢相信自己的眼睛。事情发生在用完午餐的二十分钟后，大家都在阳台上躺着午休。这时太阳忽然隐匿了起来，丑陋的乌黑云块笼罩在东南方的山脊上，一阵冷入骨髓的寒风不知从什么地方突然冒出，席卷了山谷，好似从哪个冰天雪地的地方吹来。接着温度骤降，一切都变了。

"下雪了。"玻璃隔墙后面传来了约阿希姆的声音。

"你说的'下雪'是什么意思？"汉斯·卡斯托普问，"你该不是说现在就要下雪了吧？"

"肯定要下了。"约阿希姆回答，"这样的风我们是知道的。这阵风一来，也就意味着人们可以滑雪橇了。"

"胡说！"汉斯·卡斯托普说，"要是我没有记错，现在还是八月初呢。"

不过约阿希姆对这一带的情况了如指掌，他说的没错。没过几分钟，伴着隆隆的雷声，暴风雪来临了。雪下得很大，整个山上都像是罩上了白色的烟雾，村子里和山谷里，几乎什么也看不清。暴风雪刮了一整个下午。暖气开了。约阿希姆又用上了他的毛皮睡袋，照旧做他的"卧式"疗法，而汉斯·卡斯托普则躲到房间里去，把一张椅子搬到了暖气管旁，坐在那里眺望窗外一片片朦胧的雪景，不时地摇摇头。到了次日清晨，暴风雪停止了。温度虽在零上几度，但雪已经积了一英尺深，雪地在一脸惊讶的汉斯·卡斯托普面前展开，全然一幅冬日景象。疗养院里的暖气又关上了。这时的室温是零上六度。

"你们的夏天现在结束了吗？"汉斯·卡斯托普刻薄地挖苦他的表哥。

"这个说不准。"约阿希姆实事求是地说，"以后还可能有些晴朗的夏日呢，哪怕在九月里，也很有可能。实际上，这儿一年四季的差别并不太大，可以说，它们时常混杂在一起，不能凭日历来算。冬天时，太阳光往往很强，人们散步时还会出汗，得把外衣脱下来。而夏天呢，唔，你如今已经亲目目睹了，有时候会下起雪来，常常叫人措手不及。一月份会下雪，五月份的雪也下得不小，甚至八月份也会下雪，这个你也看到了。总之，可以说没有哪个月不下雪，这已经是常规了。简单说，这儿虽有冬日和夏日，春天和秋天，但说到正规的四季，我们这山上倒是没有。"

"这真是含混不清啊。"汉斯·卡斯托普说。他穿上厚外套和胶鞋，跟表哥一起到山下的村子里去，打算给自己采购"卧式"疗法用的毛毯。因为在这样的天气下，他穿的方格花呢外套显然不够暖和。眼下他甚至在权衡着要不要再买一个毛皮睡袋，但最后还是放弃了这个想法。事实上，一想到这一打算，他的心里就有几分恐惧。

"不，不！"他说，"咱们只买毯子就行了！将来下山后我还能用得上，谁都需要一块毯子。这不是什么奇怪或是令人惊讶的东西。不过毛皮睡袋却十分特别！要是我也买上一个，那么看起来我像是要在这里定居下来似的，好像我也是你们中的一员，你懂我的意思吗？不说了，我现在不想再多说啦。仅仅为了在山上住几周就去买一个毛皮睡袋，真是一点儿也不值得。"

约阿希姆表示同意，接着他们便在一家漂亮而存货充足的英国商店里买了两条同约阿希姆一样的驼毛毯子。毯子是自然的驼色，又长又宽，十分柔软而舒适。他们叫店里立刻将这些毯子送到山庄国际疗养院的三十四号房间。

当日午后，汉斯·卡斯托普便打算第一次使用它。

他们自然是在第二次早餐以后才去买的毯子，否则根据作息安排，他们也没有其他时间下山到高地上去采买。这时下起雨来，街上的积雪已冻成冰碴儿，踩上后便往四周溅开。他们在回去的途中赶上了塞塔布里尼，他正拿着一把雨伞走在通往疗养院的路上，没戴帽子。意大利人面如土色，情绪似乎有些阴郁。他用词恰到好处地埋怨这天气又冷又湿，他在这样的天气里真是被折磨得够呛。要是屋里有暖气该多好啊！可是雪一停，小气的管理部便把暖气关上，这种规章制度真是无比愚蠢，简直是对人类智慧的侮辱！汉斯·卡斯托普反驳他，认为适当的室温是疗养的条件之一，院方这么做，显然是为了使病人不至于太过娇气，但塞塔布里尼回答时狠狠地将他挖苦了一番。噢，静卧治疗！这些神圣不可侵犯的原则！汉斯·卡斯托普谈起这些原则时的确显得很有道理，他甚至屏住了呼吸。可惜有一点让人注意——尽管叫人感到十分喜悦：那些让人顶礼膜拜的规章制度，恰好与掌权者的经济利益相吻合；反之，与利益关系不大的那些制度，他们就睁只眼闭只眼了……表兄弟听完这些话便笑了起来，塞塔布里尼却又谈起他去世的父亲；在谈到暖气时，他不由得联想起父亲来。

"我的父亲，"他慢条斯理地带着景仰的口气说，"他是一个卓尔不群的人，无论身体还是心灵都极其敏感。冬天时，他多爱自己的那间温暖的小书房啊！室内的火炉烧得通红，因此室温能保持在列氏二十度。有时天气又湿又冷，外面吹着干冷的刺骨寒风，这时候倘若从走廊进入这间书房，准能感到十分温暖，好似披了一条披肩似的。眼睛里会充满幸福的泪水。小书房里堆满了各种各样的书籍和手稿，有的价值连城。他穿着蓝色法兰绒睡衣站在窄窄的小桌旁，然后开始投入地工作起来。他身材小巧，你们想一想，他竟比我矮了一头！他的两鬓上有一绺绺浓密而花白的头发，鼻子又长又挺！朋友们！他对古罗马文化的研究多么深啊！在他那个时代里，他是屈指可数的佼佼者之一，很少有人能同他一样精通本国语言。他的拉丁语也是自成一派，可以说无人能及。他称得上薄伽丘[1]理想中的骚人墨客啊。许多学者不远千里而来和他交谈，有的来自哈帕兰达[2]，有的来自克拉科夫[3]。他们来到我们帕多瓦城[4]，只为来向他致敬。他则友好而不失尊严地接待来客们。他也是一位杰出的诗人，闲暇时还用优美的托斯卡纳[5]方言进行创作，他不失为一位语言大师。"

---

[1] 文艺复兴时期意大利著名诗人、作家，代表作有《十日谈》等。

[2] 瑞典城市。

[3] 波兰城市。

[4] 意大利东北部城市。

[5] 意大利中部大区。

塞塔布里尼扬扬自得地说着，用家乡方言慢慢卷起舌头，一边左右摇晃着脑袋。

"他效仿维吉尔布置自己的小花园。"他继续说，"他说的话不仅明智，还很动听。可是他小书房里必须足够温暖，否则他会冷得发抖；要是让他冻着，他肯定会气得掉眼泪。现在您想想，工程师，您倒是想想，还有您，少尉，这位父亲的儿子竟然不得不在这块野蛮的该死的地方受苦，即便是盛夏季节，身子还冷得直发抖，而在这种令人屈辱的景象前面，精神上也会受到折磨！唉，真是活受罪！咱们周围都是一些什么人啊！顾问大夫、克罗科夫斯基这些发疯的魔鬼……"说到这里，塞塔布里尼佯作欲言又止，"克罗科夫斯基，这个听人忏悔的神父，他恨我，因为我过分维护人类的尊严，不愿意听他那些神神道道的东西……在我的餐桌上……我不得不与之同席就餐的是怎样一群人啊！我右面坐的是一个哈雷[1]的啤酒商，名字叫马格纳斯，他蓄着一抹小胡子，看起来像一束干草似的。'不要跟我谈论文学。'他说，'文学顶什么用？只是些漂亮的文字罢了！漂亮的文字与我何干？我是一个实际的人，这东西在现实生活中几乎不存在！'这就是他对文学的看法——'漂亮的文字'！圣母啊！他的妻子就坐在他对面，身上的肉越来越少，脑子也越来越笨了。这真卑鄙得让人不齿……"

约阿希姆和汉斯·卡斯托普一致默认了他的这一番话。他们觉得他的话既幽怨，又煽情，因为在他的语调中尝出了辛辣而反叛的意味，因此听了也颇感有趣，甚至有些受启发。听到他说"胡子像一束干草"以及"漂亮的文字"之类的话，汉斯·卡斯托普感到很是好笑，便笑出声来。与其说汉斯·卡斯托普笑他，倒不如说是笑塞塔布里尼自己讲这些话时一脸滑稽、灰心丧气的神情。接下来他说：

"老天爷，果然啊，社会上的人就是这样混合在一起的。就餐时和

---

[1] 德国东部城市。

谁同席，大家是无法自己选择的，只有老天才知道。我们桌上也坐着这么一位太太……斯特尔夫人，我想你们也认识她吧。我可以说，她真是愚昧无知。有时，当她自己开始喋喋不休时，大家的眼睛简直都不知往哪儿看才好。可是她老是抱怨气候不好，说这气候让她总是懒懒散散的，我怕她的病情倒是不轻。这一点在我看来很是奇怪——又有病，又愚笨，我不知道这样说是否适合。不过我总有一种奇特的想法——要是一个人不仅很笨，而且还有病，那这无疑是世上最令人悲伤的事了。别人都不知道怎么面对这种人才好，是啊，对病人多少也要尊重些。无论如何，人们对于病人总有几分敬意，如果你们不介意我这么说的话。不过，要是一个人傻得连'宇宙商店'和'化妆品商店'[1]都分不清，老犯这种低级错误的话，真让人啼笑皆非，而人们的情绪也会陷入某种困境。这种情况真是可悲，我简直无法描述。我是说，这是不协调的，彼此毫不相干，别人并不习惯于这样的想法。人们往往觉得，愚笨的人必定健康而平凡，而疾病则能使人变得高雅又聪明，变得超凡脱俗。这是人们的定势思维，或许我也不太清楚，可能我说的话已超出我该说的范围了。"他最后说，"这只是因为咱们偶然谈起这一话题……"他结束了讲话，感到一阵惆怅。

约阿希姆感到很不自在。塞塔布里尼扬起眉毛一言不发，似乎是出于礼貌，在等待谈话结束。实际上，他故意停下来，只想把汉斯·卡斯托普搞得晕头转向，但接着他又说：

"哎哟，工程师！您显示了出人意料的哲学才能！从您的理论来看，您的身体肯定没有外表看上去那么健康，显然您富含激情。不过请恕我冒昧——您的推论我不敢苟同，我否定它，我的立场跟您的完全相反。您可以看出，对理智方面的事我是不能屈就的，我宁愿被斥为迂腐，也不愿附和您那些压根站不住脚的观点。"

---

[1] 原文中两词拼法相近。

"不过，塞塔布里尼先生……"

"请宽恕我，我明白您想说什么。您想说，您的意思并不一定是自己的，您似乎只是从空中飘浮的各种观点里随手抓一个说了试试，而不用负任何责任。像您这样的年龄，这样做倒是再合适不过，您并没有成年人身上那种墨守成规的观念。您可以先用各种各样的观点尝试一番。好好试试。"他说，用意大利腔发出了"C"的音。"这是个不错的说法。不过使我感到困惑的，却是您的试验将会正好朝着这个方向进行。我怀疑这是否纯属偶然。我怕会出现这样一种普遍的倾向，如果不对其迎头痛击，那么这种倾向会有根深蒂固的危险。因此，我感到有责任来纠正您。您说疾病和愚蠢结合在一起，是世界上最令人悲伤的事。这一点我同意。我宁愿做一个聪慧的病人，也不做一个患肺结核的傻瓜。可是您把疾病和愚蠢合起来看作美学上的不协调，自然品味的一种差错，或者像您爱说的'使人们的情绪陷入困境'，那我就有异议了。您把疾病看作某种高雅的事，怎么说来着？某种多少值得尊敬的事，它和愚蠢毫不相干。这也是您说过的话。我不认同！疾病一点儿也不高雅，一点儿也不值得尊敬。这种观点本身就是病态的，或者至少有病态的倾向。要是我告诉您这种想法是多么陈腐和丑恶，兴许会引起您对它的怀疑。它起源于过去人类崇尚迷信的时代，那时候人类的道德水平低下、思想愚笨。那是一个异常可怕的时代，人们把和谐与健康看作可疑的、邪恶的东西，而病弱则是一张去往天国的通行证。可是后来，理性和启蒙教育把这些占据人类心灵的阴影驱散了，但是还不彻底，如今我们仍在和它们抗争。先生，这种抗争也就是工作，为人世间、为荣誉、为人类的利益而奋斗，人们在这种抗争中每天重新经受锤炼，最终理性和启蒙的力量将使人类完全解放，并把人类带到进步和文明的道路上，让他们看到更明亮、更温和、更纯洁的光芒。"

"上帝啊！"汉斯·卡斯托普又惊又羞地想，"他简直是在说教！我想知道，刚才这些话究竟是怎样引出来的？不得不说，我感觉很是枯燥。

他为何一直在谈论工作？总觉得，他老是重复这一话题，但又说不到点子上。"他大声说道："您说得很动听，塞塔布里尼先生。您说的话都值得一听。要我说，别人说起来可不会……不会像您那样头头是道。"

"倒退，"塞塔布里尼一边继续说，一边挥着雨伞，雨伞从一位路人的脑袋上掠过去，"精神上倒退到那个黑暗而充满磨难的时代。工程师，请相信我，这就是一种疾病，人们已经彻彻底底研究过它，甚至还赋予了它各式各样的名称——美学和心理学给它取了一个专业名称，政治学又给它取了另一个。这些都是学术名词，文不对题，不说也罢。可是在精神生活中，一切都息息相关，一件事能引申出另一件来。人们不会向魔鬼伸出小指头，生怕魔鬼把整只手掌以及整个身子抓了去；而另一方面，不管人们的出发点是什么，健全的原理总能产生全面的结果。因此疾病远远不是一种高雅的、值得敬畏的事，也并非伴着愚蠢，而是人类的屈辱；没错，这正是令人类痛苦而难堪的屈辱，这在个别场合下还可以同情，不过对它表示敬意，那简直太荒谬了！您应当记住我的话！这是误入歧途，也是智力混乱的开始。

"您刚才提起的那个女人——我不记得她的大名了，您别介意，哦，谢谢，原来是斯特尔夫人——真是个荒唐的女人；依我看，难道她不正像您所说的，让人们的情绪陷入了困境吗？她又病又笨，简直不可救药。总之，事情很简单，人们对这样的人只能表示同情，耸耸肩罢了。先生，当自然界如此残酷无情，以致人们的人格产生分裂，或者破坏了人体的和谐，使人们高贵热情的心灵无法承受生活的压力，那时困境，也就是悲剧，便开始了。工程师，还有您，少尉，二位可知道莱奥帕尔迪[1]？这是我国一位不幸的诗人，双足残疾，体弱多病，生来就具有崇高的灵魂，又因身体上的缺陷经常受人羞辱嘲弄，他的遭遇真叫人痛彻心扉。"

---

[1] 意大利著名浪漫主义诗人，出身于家道中落的贵族家庭，一生坎坷，著有《致意大利》《但丁纪念碑》等诗歌名篇。

于是塞塔布里尼开始用意大利语背诵什么，一个个漂亮的音节从他的舌尖缓缓流出，背时一边摇头晃脑，一边还闭着眼睛。哪怕他的倾听者完全听不懂，他也满不在乎。他这样做的目的，显然是想在两人面前卖弄一下自己的记忆力和发音。

"不过你们也不懂。你们虽然在听，却不能理解其中悲痛的含义。先生们，我跟你们说，残废的莱奥帕尔迪注定缺少的，是女人的爱，主要因为这一点，他才更加无法抑制内心的痛苦。你们能理解这样的痛楚吗？荣誉和道德只会给他蒙上阴影，自然界对他来说也是邪恶的——它确实邪恶，简直又邪恶又愚蠢，这点我倒是同意——他灰心丧气，说来也叫人很不好受，他甚至对科学和进步也绝望了！工程师，真正的悲剧正是这点。您所说的'人们情绪的困境'就是这个，而那边那个可悲的女人却全然不同，至于她的大名，我就不想再费神提起了。看在上帝的面子上，请别再跟我谈什么生病后可以让道德更上一层楼了！一个没有身体的灵魂，如同一个没有灵魂的身体一样毫无人性，一样可怕，不过前一种情况是例外，而后一种却是屡见不鲜的。一般说，身体能繁荣生长，把一切重要的东西都吸引过来，而且能灵活地摆脱灵魂。凡是一身疾病地活着的人，都只是一个存活得既不人性又备受屈辱的躯体而已。在大多数情况下，都不过是行尸走肉罢了……"

"挺有趣。"约阿希姆说，他躬身向前，直直盯着表弟——此刻他正走在塞塔布里尼身边——"有的话和你最近说的差不多。"

"是吗？"汉斯·卡斯托普说，"没错，我脑子里大概也有过类似的想法。"

他们继续向前走了几步，塞塔布里尼一声不吭，接着他又说："这样更好，如果真是这样，那就更好。我一点儿也不想向你们宣扬什么特别的哲学，这又不是我的职责。要是我们的工程师在这里和我的观点相同，那只能证实我的假设——到目前为止，他在知识方面的造诣还不够深。他像其他有才能的青年一样，对各种观点还处在试验阶段。有才能的青年并不是一张白纸，他倒更像一张用富含同情心的墨水涂画过的纸，这上面既写了'善'，也写了'恶'，而教育者的职责，就是弘扬'善'，把'恶'通过教育手段清除掉。两位刚才在买些什么呢？"他用一种轻快的语调问道。

"没有，"汉斯·卡斯托普说，"没有什么，只是……"

"我们只是为表弟置办两条毛毯。"约阿希姆冷冷地回答。

"下午静卧疗养时用的……天气冷得要命……我到了这山上，也得入乡随俗啊。"汉斯·卡斯托普笑着说，眼睛看着地面。

"啊哈，毛毯，静卧疗法……"塞塔布里尼说，"对，对。事实上，试试也不错。"他用意大利腔又说了一遍这句拉丁语，然后告辞，因为他们一边谈话一边已经走到了疗养院的大门口。他们向门卫室里跛足的门房打了个招呼。到了大厅，塞塔布里尼转身走进了一间休息室，表示午餐前要看看报。显然，他打算逃掉第二次静卧疗法。

"谢天谢地！"和约阿希姆一起上了电梯后，汉斯·卡斯托普说道，"他真是一位老学究啊！他自己也说过，觉得自己颇有几分老学究的气派。跟他打交道得万分小心，话不能说得太多，免得他东扯西扯地训你一顿。但是不管怎样，他的话倒是值得一听，听起来颇有几分道理，从他嘴里吐出来的每句话，不仅顺畅，而且还挺吸引人。当我听他讲话时，感觉心里似乎有一只新鲜的面包滚了出来。"

约阿希姆哈哈大笑："你最好别跟他说这种话。我可以确定，要是他听到你在想象中把他的话看成了面包，他准要发作的。"

"你认为会这样吗？我说不准。他给我的印象是，他的目的并非仅仅是宣扬他那番大道理，也许那是他的次要目的；我感觉，他的主要目的在于说话本身，让别人听每个字是怎样从他口中滚出来的，知道他的话是多么富有弹性，简直像橡皮球一样！当人家注意到这点时，他是非常高兴的。那个叫马格纳斯的啤酒商说什么'漂亮的文字'，纵然有些愚蠢，但我怀疑塞塔布里尼也说过一些什么文学在生活中的实际意义之类的话。我不想提什么问题，担心自己说错话，我在这方面孤陋寡闻，这还是我第一次和一位文学家打交道。可是，要是他们指的不是漂亮的字体，显然也是漂亮的文字，这是我在塞塔布里尼那个圈子里获得的印象。他用的是怎样的一套词汇啊！他说起'道德'这个词来，没有丝毫的尴尬。谁又知道呢？我有生以来，嘴上从未说过这个词，就是在学校里，当书本中出现'道德'这个词时，我们也干脆说成'勇敢'或者其他类似的词。听到他这么说，我心里很不自在。我听到他大骂天气怎么冷，大骂贝伦斯，大骂马格纳斯太太怎么体重减轻了。他对什么都大骂一番，我感到很不舒服。他生来就是一个反叛者，我一眼就能看得出来，他对一切现存的制度都看不顺眼，我不禁觉得，他是一个毫无顾忌的人。"

"你可以这么说。"约阿希姆细细一想，回答道，"可是他身上也有某种骄傲之气，给人一种完全不一样的印象。这个人对自己和全人类倒是颇为尊重，这一点我很欣赏，在我看来，这是个优点。"

"你说的不错，正是如此。"汉斯·卡斯托普说，"他甚至有些严厉，叫人有些不大自在，唔，这样往往就会使人——我该怎么说好呢——感到很拘谨，这样的表达方式倒不坏。我老是感到，他对我买静卧用的毛毯似乎有些不快，很不赞成我买，老是在这个问题上纠结不清，你有同样的感觉吗？"

"没有啊。"约阿希姆沉思了一会儿，稍显惊讶地说，"这怎么可能呢？我不认为是这么回事。"于是他衔着体温表，抱着大包小袋去卧床休息了。汉斯·卡斯托普也马上开始梳洗，为午餐做准备，反正离午餐还有近一小时的时间。

关于时间的附记

当他们饭后上楼时，毛毯的包裹已经搁在汉斯·卡斯托普房内的椅子上了。当天下午他第一次用起了这种毯子。约阿希姆是过来人，他向表弟传授将毛毯裹在身上的各种技巧，就像上次做的那样。这山上的人都精通此术，每个新来者也必须学会。先要把毛毯一条条铺开，盖在椅子上，尾部要垂下一部分拖到椅子脚。然后坐下来，开始用里面那条毯子裹住身子：先纵向地把毯子从两边拉到肩头，然后把下面的两只脚盖住；坐着的时候得弯下身子，先抓住折叠的那端，然后抓住另一端，要保证伸直身子后毯子也能包得平整而严实。接着再重复相同步骤，裹上外面的那条毯子，不过干起来难度要大些。我们这位新手曲着身子，伸出胳膊，照着表哥教他的动作做，口中毫无怨言。约阿希姆说，只有少数老手才能用三个动作就把两条毛毯一起裹上，不过这种技能是罕见且叫人艳羡的，不仅要练上好些年，而且还要掌握某种窍门。

汉斯·卡斯托普听了这话忍不住大笑，他腰酸背痛地躺在椅子上；约阿希姆一下子弄不懂究竟哪一点叫他觉得好笑，用犹疑不定的目光看着他，最后自己也笑了。

"好了。"表哥说。这时，汉斯·卡斯托普已经把四肢盖住了，他身子裹得像圆筒似的躺在椅子上，后颈靠在一只圆垫子上，刚才那番耗费体力的动作已把他搞得精疲力竭。"好了，这样就没问题了，即便现在冷到列氏零下十度，你也能受得了的。"

约阿希姆说罢就走到玻璃隔墙后面，也用毛毯裹起了自己的身子。

汉斯·卡斯托普对冷到零下十度也能受得了的说法有些怀疑，因为他现在已经冷得要命；当他躺在那里，数次通过木拱门望向窗外的一片原野，看着大雪将至的景色时，他不禁全身颤抖起来。奇怪的是尽管空气很潮湿，他脸上还是干干热热的，仿佛他坐在一个温度过高的房间里似的。刚才盖毛毯已经让他累得够呛，当他拾起那本《远洋轮船》阅读时，他的手都哆嗦起来了。看来他身体不怎么健康——正像顾问大夫说的，他贫血严重，因此在这儿他才这么怕冷。但现在躺的姿势让他感到非常舒适，他便把这种不快的情绪抵消了。卧椅特有的这种不可名状的舒适感，以及它近乎神秘莫测的特性，汉斯·卡斯托普在第一次便已体会到，现在再次躺下，他感觉到它确实能让人大喜过望。不知是因为垫子的优良质地，还是因为靠背处的倾斜度或是扶手处的高度和宽度都恰到好处，抑或仅仅是因为颈后的圆枕软硬适当，总之若是伸展四肢躺着休息，再没有比这种出色的卧椅更舒适的了。汉斯·卡斯托普暗自高兴的是，他还有两个小时来享受这种安静，这两个小时是规定的静卧疗养时间。虽然他只是上山做客，却对这样的安排感到非常满意。

他生性好静，可以长时间无所事事地坐着；我们都知道，他喜爱空余时间，不希望让无聊的活动将时间消耗掉，浪费掉，吞噬掉。四点时，他吃了午后茶点的蛋糕和果酱，接着到外面走动了一会儿，然后再回来休息，接下去又是晚餐时间了。晚餐和其他各次用餐一样，各式各样的食物映入眼帘，同时这场面又颇能长长知识，气氛有些紧张。饭后再看看什么万花筒、立体照相机或电影放映机等各种光学的玩意儿……如果说汉斯·卡斯托普已经像人们说的那样对这里的生活习惯了，倒还不至于，不过他终究已经能很好地适应这里的日常生活了。

这毕竟是使自己习惯于新环境的某种奇特的方式。不过要适应它、习惯它却是相当费力的，这么做无非是为了他本人的需要，但同时也怀有另一番目的，那就是一旦完成这一任务，或者在完成后不久，便可以把它抛弃，恢复到先前的状态。人们把这当作生活中的主要趣味的一段插曲，目的也无非是消遣而已，使肌体得到放松，尝尝新鲜的东西；日常生活已经足够单调而无趣，这会让人变得松散而颓废。但当一个人长时间重复做着同一件事情，到底为何会有这种萎靡不振的感觉呢？原因倒不在体力上和精神上的疲劳甚或衰竭，因为假如是这样，休息一下就能恢复；这其实是心理上的某种原因造成的，也就是说，人们对时间的概念，往往因它的无限延长而变得淡薄，同时它又和对生活的感受息息相关，一个被削弱后，另一个也跟着减弱。

关于这种冗长无趣的性质，人们持有许多错误的概念。一般认为，时间内容中的趣味和新奇之处，就是让它自己"流逝"，也就是说，使时光变短，而单调和空虚则会约束和抑制时间的消逝。这种说法不太正确。空虚和单调无聊纵然会使每一分钟、每一小时延长，让人度日如年，但它们也能将巨大和极大的时间单位缩小，使它们流逝，甚至让它们化为乌有。但是反之，一个充实而有趣的时间内容，能使一小时甚至一天的光阴飞逝而去。它赋予了时间进程以重量、宽度和坚实性，因而多事之秋与那些平平淡淡、风平浪静的年代比起来，流逝起来就慢得多。

因此，我们所说的冗长乏味，其实只是一种由单调引起的在时间上的反常的缩短感觉。生活一直这么毫无新意地流过去，时间似乎缩成了一团，不免令人毛骨悚然。倘若一天的情况和其他的每一天一模一样，那么它们之间也便不分彼此。这种千篇一律的生活让长寿的人感到时光飞逝，似乎它在不知不觉中就消逝了。而对生活的习惯，其实也就是对时间的麻木甚至疲惫，这也是为何年轻时的日子会过得慢，而晚年的岁月却消逝得越来越快。

我们都明白，给生活增添一些插曲或换些新东西，是维持我们生命力，使我们对时间保持新鲜感，不会对时间感到漫长、枯燥和麻木的唯一方式，从而让我们对生活有一种新的认知。我们变换环境，疗养时换空气，还到温泉浴场去，都是为了这个目的，环境的更换和生活中的插曲都有疗养作用。到了一个陌生的地方以后，头几天会觉得很新鲜，也就是说让人心旷神怡——能保持六天到八天上下。接着，随着你"习惯了"这个地方，渐渐便会觉察到日子在缩减。谁依恋着生命，或者更确切地说，谁留恋着生命，谁就会惊恐地觉察到，光阴的脚步越来越轻盈，像落叶般悄无声息地溜走，而最后的几周，大概四周，简直快得叫人战栗。相反，当生活的插曲结束后，时间过得飞快的感受也便消失了；但在一切恢复正常以后，它会再次出现。就像在外面休假后再回家，头几天会过得生机勃勃，但仅限前几天而已，因为人们对这种惯常的生活，适应起来比一些例外情况更快。如果说对时间的感受会随着年龄的增长而减弱，或者这种感受原本就不是很强烈——这是生命力弱的征兆——那么一个人很快就会迷迷糊糊地回到原来的生活，二十四小时之后，就会感觉似乎从未出过门一样，之前的旅行就像夜里做了一场梦。

这么说只是因为年轻的汉斯·卡斯托普在这方面曾有过类似的感受。在山上住了几日后，他曾用充血的眼睛定定地看着表哥，说道："我总是很奇怪地觉得，到了一个陌生的地方，时间过得可真慢。我的意思是……这自然不是说我感到厌倦，恰恰相反，我可以说自己过得很快活。但是你知道，当我回顾以前，也就是反观以前的时候，我觉得在这山上不知已经待了多久，也不知道上山多久了，简直不相信自己此刻居然会在山上，而你又对我说，'现在就离开这里吧！'你还记得吗？这根本就很莫名其妙，和时间的计量也毫无关系，纯粹只是感觉上的。当然，这样的话简直是胡说八道：'我感觉在这山上已经住了两个月'——这么说真是愚蠢至极。我只能说：'时间很长。'"

"是啊，"约阿希姆回答，体温表还衔在嘴里，"你这番话也让我受益匪浅。你来这山上后，某些地方我还得仰仗你呢。"

汉斯·卡斯托普听了约阿希姆这么直白的话后，哈哈大笑起来。

他练习法语

不，他还一点儿都没有适应周围的环境。他既不熟悉山上生活的各种特点，机体方面也不适应山上那种奇怪的气氛。山上生活的种种特点，区区几日是根本无法熟悉的，他之前也意识到了这点，而且还跟约阿希姆说过。他认为在山上逗留三周也无法适应，对他来说，这种适应很艰难，确实很不容易，就好像他永远也适应不了一样。

这儿的日常生活被安排得既细致，又井井有条；如果你想顺应这里的生活节奏，你很快就能跟上，而且适应它。但是一周之后，或者过了更长的时间，生活会渐渐出现有规律的变化，先是第一个，接着是第二个，而且第二个往往在第一个重复几次之后才出现。但即使是日常生活中的少数现象，汉斯·卡斯托普仍要学习。对于那些细小的事物，他也要留心观察并铭记在心，而对于那些新奇的东西，则要用青年人的接受能力去吸取。

例如那些短脖子、大容量的容器，在过道上某些病房的门口放着它们，他来到疗养院的那天晚上就注意到了。那里面装着氧气，汉斯问过约阿希姆，他如此解释。里面是纯氧，氧气瓶价值六法郎。这是一种给垂危的病人补充体力的气体，也就是为临终的人提供的氧气，让他们增强气力。病人用一根软管吸入这种气体。在放置这种氧气瓶的病房门后，躺着濒死的病人，或者像顾问大夫贝伦斯所说的"奄奄一息的人"。那次汉斯·卡斯托普在二楼遇见他的时候，听到他是这么称呼的。

当时他穿着白大褂，脸色发青，沿着走廊悠悠地走着，后来他们一起下楼。"唔，还好吗，您这个冷漠的旁观者？"贝伦斯说，"您以为您这样监视我们，就能赢得我们的喜爱吗？十分感谢。唔，我们这里的夏季倒是不坏，值得一过。为了让它变得更好，我也花了一些代价。不过遗憾的是，您不准备在这儿过冬，听说您只打算待八周，是吗？啊，三周？那可真是走马观花！您连帽子都不用费心脱下来。唔，随您怎么想吧。只可惜您不在这儿过冬，因为那时候只有名门贵族们才来。"他戏谑道。"在下面的那块高地上，各国贵族只有到了冬天才来，您得看看他们，可以长长见识。他们每年都来。您可以看到他们滑着雪橇跳跃起来，还有那些太太们！天啊，太太们！我可以跟您说，她们像天堂里的鸟一样，经常出去冒险。唔，现在我得去看看我那位奄奄一息的病人了，他住在二十七号病房。您知道，已经是晚期了，肺的中心也溃烂了。昨天和今天他总共吸了五袋氧气，吸得不少了！不过中午时分，他怕是就该见他的先人们去了。哎，我亲爱的罗特先生，"他进门的时候说，"您说什么——咱们再敲碎一只氧气瓶的脖子怎么样？"他把门关了，声音也慢慢消失在门后。不过关门之前汉斯·卡斯托普还是瞥见了房间的里面，看到一个面色蜡黄的年轻人，脑袋靠在枕头上，下巴留有一抹小胡子，大大的眼珠慢慢地转向打开的房门口。

这还是汉斯·卡斯托普第一次面对临终的人。因为无论是他的双亲还是祖父去世时，他都不在场。那个胡子微微翘起的年轻人，脑袋靠在枕头上，显得多庄重啊！他那双大得出奇的眼睛缓缓向房门口转动时，目光又是如此富含深意啊！汉斯·卡斯托普沉浸在刚才的匆匆一瞥中，他情不自禁地学着那个临终的病人，把眼睛睁得大大的，意味深长地凝视着前方。这时他正好上楼，他就这样看着从他后面一扇门里出来的女人，两人在楼梯口碰上了。他没有马上认出这是肖夏夫人。而她呢，看到他这副样子，对着他笑了笑，然后用手抓住后脑勺的辫子，从他身前走过，下了楼，脚步悄无声息而又柔顺，脑袋稍稍往前倾着。

最初的几天里，他几乎没有结识什么人，之后很长时间也还是这样。

他对这里的日常生活并无好感。汉斯·卡斯托普生性好静，正如顾问大夫贝伦斯所说，他感觉自己只是一个"冷漠的旁观者"，有表哥约阿希姆同他聊天，跟他在一起，他基本上已经满足了。

走廊上那位护士自然又是伸长了脖子盯着他们，后来约阿希姆终于把表弟简单地介绍给她；在这以前，他曾好几次同她聊过天。她把夹鼻眼镜的带子放在耳后，说起话来矫揉造作。好好观察一下，就会发现她似乎一直遭受空虚无聊的折磨。要摆脱她是很困难的。谈话快结束时，她会显得焦躁不安，每当这对表兄弟表现出要离开的样子，她就急急忙忙继续说些什么话，而且可怜兮兮地笑着，对他俩暗送秋波，这样他们就会出于怜悯而不忍心离开。

她漫无边际地谈了起来，说自己的父亲是一位法学家，还说起自己有一位做外科医生的堂哥，显然是为了给自己的形象添砖加瓦，以表明自己出身于有文化的家庭。她说，她现在看护的是科堡[1]玩偶制造商的儿子，名叫洛特拜因，最近这个年纪轻轻的德国人的肠子生了病。亲友们都有些无法接受，先生们对此的反应是不难想象的，特别是对出身于文化家庭的人来说，他们的感情都像上流社会的人一样细腻，无法接受这样的意外。前阵子她到外边去了一下，只是去买些牙粉，回来时却发现病人正在床上，喝着一杯黑啤酒，而且吃起了一条意大利香肠，一片厚厚的黑麦面包和一条黄瓜！这些奇特的土特产，都是他家里人送来的，说吃了可以长些力气。但第二天，他的病自然加剧了，疼得死去活来的，他亲手把自己推向了生命的终点。不过对他来说，这只意味着对自己的救赎，对自己的解脱，而对她贝尔塔小姐（实际上她的姓名是阿弗丽达·席尔德克内希特）来说倒不算什么，因为她还得接着看护其他病人，他们的病或轻或重，可能在这儿，也可能在别的疗养院。这就是展现在她眼前的情况，仅此而已。

---

[1] 德国城市。

不错，汉斯·卡斯托普说，她的任务确实很艰巨，不过他觉得倒也称心如意。她表示她也这么想，的确是称心，却也非常艰巨。

唔，那么请代我们向病人问个好吧——这对表兄弟说完这话，便想离开了。

但她又花言巧语地缠着他们。看到她这样煞费苦心，只为了让他们再多逗留一会儿，两人便不得不答应再陪她一会儿，否则未免太残忍了。

"他还睡着呢。"她说，"他现在还不需要我。我只是出来在走廊里待几分钟罢了。"于是她开始抱怨起顾问大夫贝伦斯来，表示他跟她说话的方式太随便了，对于她这样出身的人来说，他真不该这样。说起来，克罗科夫斯基大夫比他好多了，她觉得他挺有人情味的。然后她的话题又回到了她的父亲和堂哥上面，她头脑里储存的东西也说得差不多了。她还拼命想挽留这对表兄弟一会儿，这次却只是徒劳。一看到他们要走，她立刻提高了嗓门儿，简直要尖叫起来了。他们终于摆脱了她，逃之夭夭了。可是这位护士还弯着身子，贪恋地盯着他们的背影看了好一会儿，恨不得用那双眼睛把他们吸回来。接着她长长地叹了一口气，回到房里去看护她的病人了。

这些日子，汉斯·卡斯托普只结识了一个面色苍白、穿着一身黑衣服的女人，就是上次他在花园里见到的绰号叫"两口人"的墨西哥女人。他真的如传闻一般，从她嘴里听到了那些令人悲伤的话。但他事前已有准备，因而应对得倒也得体，事后也感觉自己不失礼貌。这对表兄弟在前门遇到了她，这时他们正按照惯例，进行早餐后散步。她在那里不安地踱着步，屈着腿，身上裹了一条黑色开司米披肩。她蓬乱的白发上罩着一方黑纱，黑纱下端在下颌处扎住；她面容衰老，有一张大大的干瘪的嘴巴，忧伤的脸上泛出阵阵惨白的光。约阿希姆照例没戴帽子，向她鞠躬致敬，她也慢条斯理地还礼，眼睛看着他时，窄窄的额头上的皱纹显得更深了。接着，她看到一张陌生的面孔，于是停下步来等待，当两人走近时，她缓缓地点头示意。显然，她认为有必要弄清陌生人是否知晓她的悲惨命运，也想知道他是怎么看的。约阿希姆把表弟介绍给她。她从披肩里向他伸出手，这是一只露着青筋的、瘦骨嶙峋而枯黄的手，上面戴着许多戒指。她继续盯着这位陌生人，最后她终于说话了：

"先生，两口人，"她说，"您知道，两口人。"

"Je le sais, madame（法语，意为：我知道，夫人），"汉斯·卡斯托普轻声回答，"Et je le regrette beaucoup（法语，意为：我为您难过）。"

她黑黑的眼睛下面是松弛的眼袋，他从未见过这样又大又呆板的眼睛。她身上散发出一种凋谢的花儿似的气味。汉斯心头不由泛起一种柔和而又沉重的感觉。

"谢谢。"她发出松弛而沙哑的声音，奇怪的音调像极了她那残破的外貌。她有着宽大的嘴巴，嘴角悲伤地往下耷拉着。接着她把手缩回披肩里，低下头，转身走了。

他们继续往前走，汉斯·卡斯托普说道："你也看到了，我压根不介意，和她相处得挺好的；我跟这样的人都能处得来，我生来就懂得如何跟他们打交道，你不觉得吗？我甚至认为，我跟忧郁的人相处得比跟快乐的人更好些，天晓得这是怎么回事。也许因为我是个孤儿，很早就失去了双亲。见到人们严肃而悲伤地面对着死亡，我既不会垂头丧气，也不会不知所措，反而有一种自由自在的感觉。但是愉快的生活场景反倒会让我感到闷闷不乐。我最近在想：这里的女人们真是愚蠢，无一例外，一谈到死亡以及和死亡有关的东西，就吓得不行，而且吃饭时还把临终圣餐也带去，诸如此类。这些人真是怕死。你想看一看棺材的样子吗？我挺爱看。我觉得棺材是一种很棒的家具，即便它是空的；而一旦有人躺在里面，在我眼里，它就变得极其庄重。葬礼很有启发性，我时常想，要是有人想获得某些启示，那么他应该去参加一次葬礼，而不是去教堂。人们都穿着黑衣服，脱下帽子，没有人会像平时那样乱说话，这种方式可以让人们变得严肃起来。有时我扪心自问：我是否应该成为一位牧师？从某一方面看，这个职业对我来说倒是挺适合……我刚才说的法语没有什么错误吧？"

"没有错。"约阿希姆说，"'Je le regrette beaucoup'这句法语用得很恰当。"

政治上可疑

日常生活开始变得规律起来。首先是周日，常常会有一支乐队在露台上表演，每十四天演奏一次。汉斯·卡斯托普是在这个时期的后半段来到这里的。他到的那天是周二，因此那一周的周日便是他来的第五天。前几日下着大雪，仿佛一下子又回到了冬天；而那一天温暖如春，柔和清新，浅蓝色的天空上飘着朵朵洁白的云朵，和煦的阳光照在山谷里和山坡上，又呈现出一幅郁郁葱葱的景象。最近的这场雪已注定要融化了。

显然，每逢周日，大家都煞费苦心地营造出不同于平日的气氛，使它像节日一样。无论院方还是病人，都在尽自己的一份力。早点供应有香饼，每个座位前面都摆着一只小花瓶，里面插了几枝花，有野石竹，甚至有阿尔卑斯玫瑰。男士们把这种花插在纽孔里，来自多德蒙德的帕拉范特律师还穿起了黑色礼服和带着花纹的背心；而女士们的装束则更是各式各样，喜气洋洋。早餐时，肖夏太太穿着一件轻飘飘的开袖花边晨装出现在餐厅。她走进来，玻璃门在她身后嘭的一声关上了，接着她蹑手蹑脚走到自己的餐桌前，对着大家站定，似乎要向整个餐厅展示自己有多优雅。她穿的这一身，让坐在汉斯·卡斯托普身边的那个女人——但泽的女教师——也不禁连声称赞。即使是"下等"俄国人餐桌上那对粗野的夫妇，也注意到了今天的特殊。男人本来穿着皮夹克，现在换上了短外套，毡靴也换成了皮鞋；而女人，虽然依旧戴着那条脏兮兮的羽毛围巾，却换了一件带着折领的绿色丝质衬衫。汉斯·卡斯托普一看到这对夫妻就皱起眉头，脸色也变了——到这儿以后，他似乎很容易就脸红。

第二次早餐一过，露台上便开起了音乐会；铜管和木管乐器应有尽有，音乐声时而轻快，时而舒缓，一直到午餐时间才停。开音乐会时，并非一定要卧床休息。有些人倒是一边在阳台上躺着，一边大饱耳福，也有几个人坐在花园的休息厅里的椅子上，但大多数人坐在平台上小小的白桌子旁，那里搭着凉棚。还有些特别活跃的人，觉得坐在椅子上太过严肃，于是在通往花园的石阶上扎营，在那里尽情享乐。

这些都是年轻的病人，男女都有，汉斯·卡斯托普现在叫得出他们当中大多数的名字，脸也能认得出来。黑米尔内·克莱费尔特也在其中，还有阿尔宾先生——他带了一大盒巧克力，分发给客人们享用，自己却一块也不吃，只是老气横秋地吸着一支金黄色过滤嘴的香烟。还有"半肺协会"那位厚嘴唇的青年，以及那位瘦瘦的白如象牙的莱维小姐；再过去是一位顶着金灰色头发的青年，大家叫他"拉斯穆森"，因为手腕关节软，他的双手只能举到胸口，就像鱼鳍一样。还有一位来自阿姆斯特丹[1]的萨洛蒙太太，身材有些胖，穿了一件红色连衣裙，她一直混在年轻人的圈子里；她后面的石阶上还坐着一位青年，他身材颀长，头发稀疏，正是那个弹奏《仲夏夜之梦》的人，他用胳膊抱住骨瘦如柴的膝盖，正定定地盯着萨洛蒙太太黝黑的后颈。此外还有一位红头发的希腊姑娘，一个来历不明、长得像一只獏的人，以及那个戴着一副厚眼镜的贪吃的小伙子。还有一位十五六岁的少年，他戴着一副平片眼镜，咳嗽时会用小小的手指掩住嘴，指甲修剪得像盐匙一样圆，一看便知是个十足的傻瓜。除此之外，还有很多其他的人。

约阿希姆悄声告诉表弟，那个留长指甲的少年刚来时病情很轻，没有发烧，他父亲是个外科医生，为了预防病情加重才把他送到山上。大夫说他只需住三个月左右。现在已经过了三个月，他的体温反而升到了

---

[1] 荷兰城市。

三十七度八至三十八度，烧得不轻，病得也很严重。不过他活得这么浑浑噩噩，真该打一耳光才好。

汉斯·卡斯托普一边抽烟一边喝起了黑啤酒——啤酒是他早餐后带出来的，于是表兄弟两人占了一张桌子，和别人隔开来。这次，他觉得雪茄烟抽着还算够劲儿。但啤酒和音乐像往常一样，让他昏昏沉沉；他半张着嘴，脑袋歪向一边，观察着周围一派欢乐而悠闲的景象。这时他丝毫不觉得有什么在妨碍他，相反，他觉得一切都别有风味，而且还感受到某种精神上的趣味——这些人的内心被一种几乎无法抗拒的腐朽侵蚀了，大部分人还发着烧。他们坐在小桌旁喝着冒起气泡的柠檬水，一群人在台阶上互相拍照，还有人在交换邮票。红发的希腊姑娘支起一块画板，为拉斯穆森先生画像，但画好后不给他看，扭着身子躲来躲去，张着一张大嘴，露出满口牙齿大笑着，牙缝很大——他好久之后才从她那儿抢到画板。黑米尔内·克莱费尔特半闭着眼睛坐在台阶上，一边听音乐，一边拿报纸卷打着拍子。她应允阿尔宾先生将一束野花插在她的衣襟上。至于那位厚嘴唇的小伙子，则坐在萨洛蒙太太的脚边，仰起头来跟她聊天，而那位头发稀疏的钢琴家依然目不转睛地看着她的后颈。

大夫们来了，同疗养的病人们混在一起。顾问大夫贝伦斯穿着白大褂，克罗科夫斯基大夫则穿着黑色的西服。两人一前一后走过一张张桌子，顾问大夫几乎在每张桌子边都要说上几句令人愉快的话，他走到哪里，哪里的气氛就会变得欢乐活泼。接着他们走下台阶，到年轻人的圈子里来。太太们马上哄地一下围过来，把克罗科夫斯基大夫团团包住，而顾问大夫呢，则用一只系着鞋带的鞋子向男士们表演精彩的技艺，以此为这个安息日增添气氛。他把巨大的脚搁在一级台阶上，把鞋带解开，用一只手纯熟地将它们抓在手里，同时不借助另一只手，马上打了一个横结，动作敏捷，一气呵成，让旁观的人目瞪口呆。有几人想模仿他，结果只是白费力气。

晚些时候，塞塔布里尼在露台上出现了。他从餐厅里出来，手里拿着手杖。 如往常一样，今天他仍穿着粗呢外套和黄色条纹裤，露出精明的神情，同时又不失优雅。 他向表兄弟坐的桌子走了过来。"多好啊！" 他说着，征询二位自己是否可以同坐，"啤酒、烟草和音乐。"他继续说，"看啊，这就是你们祖国的特色！工程师，我很高兴看到你们都自得其乐，都有一股爱国的热情。 请允许我也一同分享一下你们的幸福吧！" 汉斯·卡斯托普沉下脸来。 每次看到这个意大利人他就如此。 他说道："您若来听音乐会可就迟了，塞塔布里尼先生，演奏差不多结束了。 你不大热爱音乐吧？"

"若硬是让我听，我就不爱听。"塞塔布里尼回答，"那种每周例行排出来的音乐会，我不爱听。 院方那种充满药味的、为病人健康而安排的节目，叫我去听，我也不爱听。 我宁愿自由自在，保持尊严地满足我自己的喜好。 在这些事情上，我只是一个客人，正像您也是这儿的客人一样。 我来这儿待上一刻钟，之后再离开——这倒给了我某种独立自主的错觉……我并非说它强过错觉，可是只要错觉能够让我满意，我也不要求其他的了。 不过对您表哥来说，那就另当别论了。 对他来说，这是工作的一部分。 少尉，您不是已经把它看成工作的一部分了吗？哦，我知道了，即便处在被压迫的境地中，你们也知道能保持骄傲的把戏。 这是一种叫人迷糊的把戏。 在欧洲，并非每个人都能识破它。 音乐？ 您是在让我坦白自己只是一个业余音乐爱好者吗？

"嗯，您说'业余爱好者'（其实汉斯·卡斯托普不记得自己是否说过这样的话），用词倒是不错，让人听着有些飘飘然的感觉。 没错，说得好，我确实是一个业余音乐爱好者，也就是说，我对音乐并不是特别在意。 我对这种说法既尊敬又喜爱，对这个所谓的'精神的支柱、进步的工具和其光辉的犁铧'……音乐？……这是种模糊不清的艺术，让人捉摸不定，不负责任，又超凡脱俗。 可能您会反驳我，说有时它也清楚明确。 可是在自然界，就算是一条小溪，有时不也是如此吗？这对我们有什么好处呢？ 其实它不是真正的清楚，这种清楚中还带着一丝梦游般的模糊，带着无法表达以及不负责任的成分。这种清楚没有结果，因此也是危险的，因为它会使人逆来顺受……让音乐执行它崇高的使命吧。它固然可以点燃起我们的激情，可是我们需要做的却是唤醒理智。音乐显然就是运动本身，但即便如此，我对它的清静无为还是感到怀疑。我可以略带夸张地说——我反对音乐还有政治上的原因。"

汉斯·卡斯托普禁不住拍了拍自己的膝盖，同时高声说，他出生以来还从未听到过这种说法。

"尽管如此，您也应该继续享受它。"塞塔布里尼微笑道，"作为一种有效的兴奋剂，一种使人奋发向上的力量，音乐的价值是无法估计的——这是它的使命。但它必须有文学的引导，仅靠音乐不能使世界前进。只有音乐的话是危险的，工程师，对您个人来说，它毫无疑问是危险的。我刚才走过来时，从您的表情上看出了这一点。"

汉斯·卡斯托普笑了。

"噢，塞塔布里尼先生，您不该看我的脸的。您可能不信，这山上的空气在往我的脸上火上浇油呢。这儿的水土比我想象的更难适应。"

"我怕您不是这么想的吧。"

"怎么会呢？天晓得，我一直是多么累，脸上又是多么热啊！"

"我倒认为，咱们应当感谢院方安排的这场音乐会。"约阿希姆若有所思地说，"塞塔布里尼先生，您从一个更高的视角来看待问题，也就是说，站在作家的立场上看问题，这点我毫无异议。不过我觉得能稍稍品鉴些音乐，也值得感谢。我对音乐没有什么特殊的爱好，而且说实在的，他们演奏的音乐也不算很厉害，既不是古典的，也不是现代的，只是普普通通的乐队音乐。不过这也是一种可喜的调剂品。它大大方方地占据了我们几个小时的时间，我是说，把每小时分成小段，然后又逐一填满，这样总还是有些意思，而不是让每小时、每天甚至每周都在无所事事中溜走。您瞧，现在这首曲子大概要用掉七分钟时间，可不是吗？但这七分钟时间多少有些含量，它有始有终，又不同于平日，不会平淡无奇而又单调乏味，从而被白白浪费掉。此外，它们又由曲子的旋律分成不同的章节，之后再细分为节拍，因而从未停止，每个瞬间都有人们所能抓住的某种意义，但是通常……我不知道我这样说是否清楚……"

"妙极了！"塞塔布里尼高声叫道，"妙极了，少尉！毫无疑问，您很好地阐述了音乐性质方面的道德价值，也就是说，它那种特殊的、生机勃勃的时间计量方式，能使人精神振奋，受益匪浅。音乐激发时间，它激发我们去很好地享用时间，它激发……在这个角度上，它在道德上有价值。艺术只要有激发作用，它就具有道德的价值。但假若它起的作用恰好相反，又将如何呢？要是可以麻痹我们，使我们昏昏入睡，妨碍我们的活动和进步，那又如何呢？音乐也可以是这样的，从根本上说，它也能像鸦片那样起到麻醉作用。先生们，这种如同鸦片一样的作用是魔鬼赐予的，它会使人昏昏欲睡，懒懒散散，无所作为，呆滞迟钝……音乐有某些可疑的地方。先生们，我坚持认为，音乐的性质是模棱两可的。我就是说它在政治上可疑也不为过。"

他就这一话题继续讲了下去，汉斯·卡斯托普还在听着，但听得不太真切，首先是因为他疲倦了，其次也因为那些在石阶上活动的轻佻的青年使他分了神。他看到的是否真实？那位长着一张貘脸的姑娘，此刻正忙着为那个戴单片眼镜的青年缝灯笼裤膝盖处的扣子呢！她呼吸急促，气喘吁吁，而青年则一边咳嗽，一边把长着盐匙般指甲的小指头伸向嘴里。他们两个人自然都有病，但也正显出这山上的年轻人有自己独特的交际习惯。这时，乐队奏起了一支波尔卡……

希 佩

周日就这样过去了。下午的特色活动，则是病人分成几个组驾车出游。茶点以后，有时会有几辆双驾马车沿着弯弯曲曲的山路驶上来，在疗养院大门前停下，把预先订好车的客人们送走——主要是俄国人，且大多数是俄国女人。

"俄国人很爱乘车出去。"约阿希姆对汉斯·卡斯托普说。这时两人正一起站在大门口，目送马车离开，自娱自乐着。

"这次他们要到克拉瓦德尔或湖边去，或者到弗鲁拉谷地，没准还会一直往前到克罗洛斯特斯去。目的地无非也就这些地方。趁着你还在这儿的时候，咱们也该乘车去兜兜风——如果你愿意的话。不过我想你目前还得多费费心去适应环境，暂时还不能分神。"汉斯·卡斯托普表示同意。

他嘴里叼着一支香烟，两手插在裤兜里。他就这样站在那儿，看着那个活泼矮小的俄国女人——她正带着她清瘦的侄孙女和其他两个女人一起坐上马车。这两个女人就是玛鲁莎和肖夏太太。肖夏太太穿了件薄薄的防尘罩衫，背上系了一根带子，但没戴帽子；她坐在马车后座，老妇人的身边，而两个姑娘则坐在对面。四个人都兴高采烈，卷着柔软的舌头喋喋不休地说个不停。她们谈起马车的车顶，说她们挤在车顶下着实不舒服，还谈起了老妇人带来路上吃的俄国糖果，这些糖果都装在一只小木匣里，里面塞着棉花和花边纸，现在已经都分给大家吃了……

汉斯·卡斯托普饶有兴致地听着，发现肖夏太太的嗓子有些沙哑。

当这位大大咧咧的女人像往常一样在他面前出现时，他更加坚信这个女人跟他某时见到的那个朦朦胧胧的形象极为相似，后来这一形象又在梦中出现过。但玛鲁莎的笑容，和她用那圆圆的褐色眼睛看人时的表情，还有她拿小手帕捂着嘴，稚气地凝视周围的样子，以及那内部病得不轻的丰满高耸的胸脯——这一切都使他回想起了另一些事。这些事情突然在他心上重击了一下，因而他小心翼翼地瞥了一眼约阿希姆，脑袋连动也不敢动一下。谢天谢地，约阿希姆脸上不像过去那样斑斑点点的，他的嘴唇现在也没有用力地抿着。他只是凝视着玛鲁莎，他的姿态和眼神，不得不说，确实不够有军人气派，那种专注而渴慕的神态，看着分明是一个风度翩翩的文人。不过很快他又察觉到了，飞快地扫了汉斯·卡斯托普一眼，这时汉斯正好避开眼神，朝着天空的某处望去。这时，他感到心忽地怦怦乱跳起来——莫名其妙而又不由自主地跳着，就像上次在山上那样。

周日余下的时间里并没有什么特别的安排，除了饭菜方面，虽然很难比平时更丰盛，但至少菜肴方面显得更加精致。午餐供应有鸡肉冻，配菜有小龙虾和去核樱桃，冷饮之后又端上了酥皮糕点，盛在用糖丝编织成的篮子里，除此之外，还有新鲜的菠萝。到了晚上，汉斯·卡斯托普喝完啤酒后，又觉得四肢比前几日更加疲倦，更加冷冰冰、沉甸甸的。快到九点钟的时候，他就跟表哥说了声晚安，急急上床，拉起他的羽绒被盖到下巴，然后昏沉沉地睡去了。

但第二天，也就是这位客人上山后的第一个周一，日子周而复始，又循规蹈矩地恢复了原来的样子——每隔一周的周一早晨，克罗科夫斯基大夫会到餐厅里去，向疗养院的全体成年人做一番报告，除去那些不懂德语的，或者"奄奄一息"的病人，所有人都须到场。汉斯·卡斯托普从他表哥处获悉，报告的主题包括一系列大众科学内容，总标题是《爱情是一种致病的力量》。这种启迪性的演说在第二次早餐后举行，正如约阿希姆一再嘱咐的那样，缺席的话，至少会引起医生的不快。还有那个胆大包天的塞塔布里尼，尽管他的德语语言天赋比任何人都强，可他不但从未在这种场合露面，甚至还对这种演讲嗤之以鼻。至于汉斯·卡斯托普不假思索前去听演讲的原因，主要是出于礼节，其次是他对内容抱着毫不掩饰的好奇心。然而，报告开始前，他做了一件极为反常、考虑不周的事：他独自出门做了一次长时间的散步，导致他的情绪坏得超出了预料。

"你现在听我说，"那天早晨，当约阿希姆走进他房内时，汉斯开头就是这么一句，"我现在明白，这样的日子我再也无法熬下去了。我已经受够了这种横躺着的日子，血液都昏昏欲睡。但对你来说自然不一样，你是病人，我无意把你引到我的想法上来。要是你不介意的话，我打算吃完早餐后就到外面散步，随意走走，走一两个小时的样子。我准备在兜里放些什么当第二次早餐，这样我就自由了。咱们倒要看看，散步回来后我是不是会完全变个样子。"

约阿希姆热烈地表示赞同，因为他看出，表弟是真真切切、胸有成竹的。"可是我劝你别太过分。"他说，"山上毕竟和家里不同，散步后要保证准时回来听报告。"

实际上，年轻的汉斯·卡斯托普做这样的决定除了身体上的原因外，还有别的因素。他热辣辣的脑袋，嘴里常有的那股难闻的苦味，总是怦怦乱跳的心脏，这一切固然叫他难受，但让他更难以适应环境的，却是其他的原因，比如隔壁那对俄国夫妻的行为，又病又蠢的斯特尔夫人在餐桌上的喋喋不休，每天在走廊上听到的那个奥地利贵族绅士黏腻的咳嗽，阿尔宾先生的言辞，周围的年轻病人们的种种交际习俗给他留下的印象，约阿希姆凝视玛鲁莎时脸上的表情，以及其他的种种。这些都让他感觉，暂时摆脱一下山庄疗养院的环境，深深呼吸一下野外的空气，适当地锻炼锻炼，应该大有好处。这样，当晚上感到疲劳时，他至少就能知道原因。

约阿希姆在早餐后照例还要到小溪边长椅处去散散步，于是汉斯·卡斯托普信心满满地告别了表哥，挂着手杖，大摇大摆地沿着公路往山下走去。这是一个寒冷而阴云密布的早晨，还是九点钟的光景。汉斯·卡斯托普深深呼吸着早晨纯净的空气，空气十分清新，呼吸起来非常舒畅，里面没有掺杂任何湿气和杂质。他穿过小溪，经过羊肠小道，来到建筑物零零散散的街上；但没一会儿又离开了，走到一块草坪内的小径上，草坪只有一小块在平地上，从右边一直往高处延展，这部分坡度很大。上坡使汉斯·卡斯托普满心欢喜，他敞开胸膛，用手杖的弯柄把倾向前额的帽子挑到后面。他站在高高的地方回头眺望，远处是刚才经过的那个湖，湖水清澈如明镜。于是他哼起歌来。

他唱起所有他还能唱出来的歌曲，记得起的那些曲调，唱那些大学生歌集和通俗歌集中各种各样情调感伤的民谣，其中一首有这样几行歌词：

> 诗人赞扬爱情和美酒，
> 但也常常称颂道德。

开始时他只是轻声哼着，接着就引吭高歌起来。他的男中音本不够圆润，但现在自己却觉得唱得不错，他越唱越兴奋。开唱时起的调子太高了，就改用假音来唱，尽管这样，他还是觉得非常高兴。当他忽而想不起某些旋律时，就借助突然想到的音节或歌词，也不顾太多，像歌剧歌手那样噘起嘴唇发出卷舌的 R 音。他甚至还伴着夸张的动作，即兴创作出一些歌词和曲调来。因为一边上坡，一边唱歌，汉斯·卡斯托普感到十分吃力，不久呼吸就越来越急促。但由于心愿实现了，而且唱得颇为尽兴，他还是鼓足了力气继续唱，没多久便气喘吁吁，有些上气不接下气，头晕目眩，脉搏也跳得越来越快，他不得不在一棵粗大的松树边坐下来。他原本兴致很高，现在突然就沮丧起来，没精打采，感到颓然。

当他重新打起精神，撑着双腿站起来，准备继续散步时，他忽而发觉脖子一直在哆嗦。尽管他还年轻，他的脑袋却像他的祖父汉斯·洛伦茨·卡斯托普当年那样摇起来。这个情况不禁使他清晰地回想起去世的祖父，他对这种状态非但没有反感，反而很开心，因为他终于也能像祖父那样不失尊严地托着下巴，以此来控制脑袋的摆动，年幼的汉斯·卡斯托普内心一直对此感到颇为羡慕。

他沿着曲曲折折的山路爬得更高了。母牛的颈铃发出的声音吸引着他，他最终找到了牛群；它们在一间茅屋附近吃草，茅屋屋顶堆满了石头。两个长着胡子的人向他走来，肩上扛着斧头。在离他不远的地方，两人分别了。

"衷心感谢，上帝保佑您！"一个一面用低沉的嗓音对另一个说，一面把斧头换到另一边的肩膀上，噼噼啪啪地穿过松林向山谷走去。在这沉寂的山林里，这句话听起来有些怪异，疲惫而麻木的汉斯·卡斯托普感到自己仿若置身梦境一般。他轻声重复了一遍山里人低沉而朴拙的土话。这时他已登上了比茅屋地势更高的地方。他本来打算走到树林的尽头，但看了一眼手表后，就放弃了这个念头。

他循着左面的一条小径朝村子的方向走去。小径起初很平坦，到了后一段路又向下拐，两旁都是参天的松树。穿过松林的时候，他竟又哼起歌来，但这次他小心翼翼起来。下坡时，他的腿抖得比上坡时还要厉害。当他走出松林，看到眼前那一幅幽静而壮丽的迷人景色时，他不禁惊住了。

一条山涧从右面的山坡上潺潺流下，流到浅浅的、满是石块的河床上。它倾泻到层层叠叠的岩石上时，泛起泡沫，然后缓缓流向山谷。那儿架着一座美丽如画的小桥，栏杆用圆木制成。地上到处长着一种灌木，灌木丛中开着朵朵钟形的花。匀称而魁梧的冷杉在山谷里、高地上矗立着。其中一棵歪歪地立在山谷里，树根深深地扎在湍急的溪流边，看起来有些突兀。在这个荒僻而又美丽的地方，只能听到潺潺的流水声。汉斯·卡斯托普看到小溪对岸有一把长椅。

他走过小桥坐了下来，望着湍急的水流和水里的泡沫自娱自乐，听着富有田园风味的单调而又变化多端的音调。汉斯·卡斯托普爱听这潺潺的流水声，正像爱听音乐一样，甚至比音乐更爱听。可是他刚坐下来，就发觉自己流起了鼻血。鼻血来得那么突然，他甚至来不及把衣服拉开，结果上面也沾上了血迹。血流得很厉害，而且一直流个不停。把血止住要花上半小时左右的时间。他在小溪和长椅间来回忙碌，把手帕浸湿，搭在鼻子上，然后仰面平躺在长椅上。他就这样躺着，一直到把血止住为止。他把双腿支起来，两手交叉托在脑袋后面，闭上眼睛，耳朵只听到淙淙的水声。他并未感到不适，流了血反倒让他感到极为舒畅，觉得自己的身体异常轻松。当他呼气时，他感到不需要再吸入新的空气了，只是一动不动地躺着，让他怦怦乱跳的心休息片刻，之后再缓缓地、轻轻地吸气。

他突然感到自己一下子回到了很久以前的过去。前几天夜里他总是做梦，梦境都是由他最近现实生活里的印象组成的，而今这些场景再次浮现出来。他沉醉在过去的回忆里，那么强烈，无法阻挡，以至于他甚至忘记了时间和空间。我们甚至可以说，在这溪边的长椅上躺着的，只是一个没有生命的肉体，而真正的汉斯·卡斯托普已回到了遥远的过去，回到了从前生活过的地方——当时的境况对他来说固然显得很稚气，但却充满冒险精神，叫他精神振奋。

那时他还是个十三岁的少年，是九年制中学的三年级学生，穿着及膝短裤，站在校园里跟年龄相仿的高年级同学聊天。谈话是汉斯·卡斯托普随意引发的，因为涉及的主题范围很窄，而且就事论事，所以没有谈很久，不过这场谈话让他感到特别高兴。那时正好是最后两节课之间的休息时间，汉斯·卡斯托普的班级刚刚上完历史课，下一节是绘画课。孩子们有的在校园里游来荡去，有的成群站着，有的斜靠在教学楼墙上光滑而突出的地方。校园里到处是喧闹声，院子里铺着红砖，靠一道围墙和外面的街道隔开，墙头盖着木瓦，中间开了两扇出入的大门。一个戴着宽边帽子的教师注视着学生，他嘴里嚼着一块火腿三明治。

那个正在跟汉斯·卡斯托普聊天的孩子，姓希佩，名叫普里比斯拉夫。一个奇怪的特点是当人们叫他的名字时，总像叫成了"普希比斯拉夫"。这个奇特的名字跟他的外表倒是十分相称，他的长相也颇有几分异国情调。希佩的父亲是一位历史学家兼教师，他本人则是一个十分出名的模范学生，虽然年纪和汉斯·卡斯托普相仿，却比他高一个年级。他是梅克伦堡州人，显然是各个古老种族的混血的后代——在日耳曼人的血液中掺入斯拉夫人的血液，或者在斯拉夫人的血液中掺入日耳曼人的血液。他的头发固然是金色的，剪得短短的，盖在圆圆的脑袋上，但他的眼睛却是蓝灰色或者说灰蓝色的。这是一种朦朦胧胧、暧昧不清的颜色，仿佛是远处山峦的色调。那对眼睛古怪而细小，或者更确切地说，他有些斜视，眼睛下面的颧骨高高凸耸。尽管他长了这样一张脸，但看起来不但一点儿也不丑，反而颇招人喜欢，因此同学们给他起了个绰号，叫他"吉尔吉斯人"。希佩穿的是一条有背带的长裤和一件蓝色高领夹克衫，衣领上常常落着一些白色的头皮屑。

事实上，汉斯·卡斯托普早已看上了普里比斯拉夫，在校园里这一堆认识或者不认识的人中选中了他，对他产生了兴趣，眼睛一刻不停地看着他。我们可以说汉斯倾慕他吗？无论如何，他怀着特别的同情心注视着他。哪怕是在上学的路上，他也饶有兴致地看着从人群中离开的他，看着他和别人说说笑笑。他能辨别出他的声音，那声音听起来那么悦耳，同时又有些沙哑。应当承认的是，汉斯对他的偏爱并没有充分的理由，除非他那异教徒般的名字和模范学生的身份——这当然不是问题的关键——让他喜爱，或者他那对吉尔吉斯人般的眼睛对汉斯有某种吸引力。这对灰蓝色的眼睛偶尔有意无意地斜睨时，眼神里就会蒙上一层神秘的黑暗。或者还有其他的原因。

汉斯·卡斯托普从未问过自己产生这种感情的原因，也没想过应该怎样恰当地称呼这种感情。这还算不上什么友谊，因为他对希佩一点儿也不"了解"。不过首先，给这种感情起一个名字毫无必要，反正它永远也不可能成为讨论的话题；这种话题是不合时宜的，他也并不奢求。其次，为它起名就意味着即使不是下判断，至少也是在下定义，也就是说，把它列入熟悉的和习惯的这一分类里面去；可是汉斯·卡斯托普的内心却浸透了一种无意识的信念——像这一类内在的善良是不需要定义和分类的。

不过，无论这种感情是好是坏，或者压根不可能成为谈论的话题，甚至是完全无法触及的，但是在汉斯·卡斯托普的心里，它却有着强大的生命力；这一年左右，它在汉斯·卡斯托普的心里默默地疯长。至于说一年左右，是因为我们甚至不清楚它是何时开始的。如果考虑到在那个年代，一年的时间有多么长，那么汉斯·卡斯托普将这种感情默默地藏了一年，这足以说明他的忠贞不渝。但很可惜，在为这一类性格下定义时，往往包含了道德上的判断，要么是赞扬，要么是诟病，哪怕每种性格都有其两面性。而汉斯·卡斯托普的"忠贞"——在这点上，他并未引以为傲——未免有些鲁莽、迟钝及执着；同时，他对这种感情的持久性和稳定性十分尊重，而且持续的时间越长，就越尊重。他也很愿相信，他目前所处的特殊状态和状况是永恒的，因而对它极其珍惜，恨不得不要改变。

因此，他已经习惯了和普里比斯拉夫·希佩之间的那种缄默而疏远的关系，把它看成生活中常规不变、不可或缺的东西。他喜爱思绪联翩，也喜欢某天是否会遇到希佩的那种悬而未决的心情，还有希佩会不会与他擦身而过，会不会看自己一眼的未知和紧张。他也喜爱内心的秘密给他带来的那种无法言表而微妙的满足感，甚至还依恋那些由此引起的失落。当普里比斯拉夫不去学校时，就是他最为失望的时候。每到那时，他都会感到校园里一片凄凉，那一天失去了所有的光彩，但他却依然隐隐怀着希望。

就这样持续了一年，这种无畏的情感发展到了顶峰；由于汉斯·卡斯托普的忠贞不渝，这种感情便又持续了一年，接着就无疾而终了。联系汉斯和普里比斯拉夫关系的纽带，现在已松散开来，甚至慢慢消失，但对于这点，汉斯不像关系刚建立时看得那么清楚。不仅如此，由于普里比斯拉夫的父亲调动工作，他也离开了学校和那个城市，但汉斯·卡斯托普对此不以为意，在他离开之前，汉斯·卡斯托普便已经把他忘了。我们可以说，这个吉尔吉斯人的形象是悄无声息地从一阵云雾中走入了他的生活，后来慢慢变得越来越清晰，变得可以触摸，直到在校园里和他走得越来越近，变得生动具体；他像近景中的人物一样清晰地出现了一会儿，然后又慢慢退去，接着再次融进云雾中，分别时也毫无痛苦。

但是汉斯·卡斯托普发现，这么多年一直浮现在自己脑海里的是这样一个大胆而冒险的时刻，也就是与普里比斯拉夫·希佩的那次谈话。当时的情况是这样的，下一节是绘画课，汉斯·卡斯托普发觉自己没有带铅笔。他的同班同学自己都要用，不过其他班里的学生他也熟识几个，可以向他们借一支。但是他发现普里比斯拉夫离自己最近，而且也默默地觉得不如先试一番。于是他兴奋地鼓足了勇气，决定好好把握这个机会——他把这称作"机会"——向普里比斯拉夫借一支铅笔。这种做法是相当奇怪的，因为实际上他压根不认识希佩。不过由于他的大胆鲁莽，他并未意识到这点，或者说他压根不想去理会。于是，在铺着红砖的熙熙攘攘的校园里，他站在普里比斯拉夫·希佩面前，对他说：

"打扰一下，你能借我一支铅笔吗？"

普里比斯拉夫用突出的颧骨上面那双吉尔吉斯人般的眼睛看着他，用那沙哑而悦耳的嗓音回答。他毫不惊讶，或者说丝毫没露出讶异的神色。

"当然可以。"他说，"不过下课后你得还给我。"说完他从口袋里掏出了铅笔。这是一支镀银的铅笔，笔的末端有一个环，只要往上拧开，红色的笔头就会露出来。希佩把这简单的构造演示给他看，两人俯下身子来看，脑袋凑在了一块儿。

"小心别把它折断了！"他又加了一句。

他怎么这么说呢？好像汉斯·卡斯托普存心拿走这支笔，过后也不准备还他似的。两个人相视笑了笑，再也没有什么别的好说的，于是他们背转过身，分别了。

这就是当时的经过。但汉斯·卡斯托普有生以来，从没有过像那节绘画课般的心满意足，因为他用的是普里比斯拉夫·希佩的铅笔，下课后要亲手把铅笔物归原主——还时仍要像借的时候那样，镇定自若。他擅自把铅笔稍稍削尖了，削下来的红色小木片中，他保存起来三片，而且在书桌的内层抽屉里放了差不多有一年，凡是看到过的人，都猜不出它们究竟有什么意义。还铅笔的方式也非常简单，完全合乎汉斯·卡斯托普的心意。确实，他真有些得意扬扬，对于自己和希佩的亲密关系有些飘飘然。

"还给你。"他说，"非常感谢。"

普里比斯拉夫也没说什么，只是匆匆地试了试笔帽，就把铅笔塞到了自己的口袋里……

自此之后他们再没有谈过话。全因为汉斯·卡斯托普的大胆，那时他俩才能说上话。

他努力睁开眼睛，为刚才的恍恍惚惚感到茫然而惊愕。"我刚做了一场梦吧。"他想，"是的，那是普里比斯拉夫，已经好久没有想起他了。而今铅笔上削下来的小木片也不知在何处。我的书桌放在我舅舅蒂恩纳佩尔的阁楼上，想必铅笔屑现在还在书桌后面内层的那个小抽屉里。我从来没把它们取出来过，甚至从来没想过把它们扔掉！刚才那个人肯定是普里比斯拉夫，就是他本人。我真的想不到还会如此清晰地回忆起他。他看起来多么像她啊——多么像山上的这个女人啊！难道正是因此，我才对她如此感兴趣？或者说我对他感兴趣，也是这个缘故？简直是胡说八道！无论如何，我得起身了，而且要走快些才是。"但他依然躺着，沉思了一会儿，仍然回忆着，然后他站了起来。"非常感谢，上帝保佑！"

他喃喃道，眼里不禁泛起了泪花，但同时在微笑。

他本打算就此离开，但忽又坐了下来，手里拿着帽子和手杖。他这才发现，他的膝盖直不起来。"唉，"他想，"这可不行！我本该在十一点钟准时回餐厅听报告的。到这儿散散步倒是挺不错，不过也有难处。唉，唉，我可不能待在这儿，躺太久了，身子才有些发麻吧，兴许站起来走走就好了。"他再次试着起身，费了好大劲儿才终于站了起来。

他出来时情绪高昂，但在回疗养院的路上却垂头丧气。他不得不三番五次地在路边休息，因为他感到脸上忽而没有了血色，脑门上直冒冷汗，心头怦怦乱跳，呼吸也很困难。他费了好大力气才沿着蜿蜒曲折的山路走下来，但当他走到疗养院附近的山脚时，他清楚地感到体力不支，怕是无法把这儿和山庄疗养院之间的路走完了，而这一带又没有电车或出租马车。这时他正好看到一个人驾着一辆载着空箱子的马车驶向达沃斯村，于是他把车拦下来，请求他让自己上车。他和驱车人背靠着背坐着，两条腿从车后面垂下来。由于马车的颠簸，加上原本的疲惫，他的身子摇来晃去，脑袋上下摆动着。路人都怀着好奇和同情的目光打量着他。他搭车到铁轨交叉处后便下了车，付钱后，急匆匆地一个劲儿往疗养院赶，也没注意付了多少。

"先生，快一点儿。"那个法国门房对他说，"克罗科夫斯基大夫的演讲刚刚开始。"汉斯·卡斯托普忙将帽子和手杖挂在衣帽架上，咬紧牙关，匆忙而小心地穿过半开的玻璃门，走进餐厅。这时病人们已成排地坐在椅子上，而在餐厅右面，克罗科夫斯基穿着礼服，正站在一张桌子后面演讲，桌子上面盖着一块台布，放着一瓶水。

分　析

　　幸亏在门口附近的角落里有一个空位。 汉斯·卡斯托普悄悄溜到这个位子上, 装出一副一开始就坐在那儿的样子。 听众们全神贯注地盯着克罗科夫斯基大夫的嘴, 对他却并没怎么注意。 这倒也好, 因为他的脸色看起来非常糟糕。 他的脸白得像一张棉布, 衣服血迹斑斑, 好像刚刚杀了人逃出来一般。

　　当他坐下来时, 前面一个女人转过了头, 用细小的眼睛打量了他一下。 他认出这是肖夏太太, 心里有些懊恼。 真该死! 难道他连片刻的安宁也无法拥有吗? 他本以为到达目的地后, 能安安静静地坐下休息一会儿, 但眼下却要坐在这个女人的眼皮子底下。 若是在其他场合, 她离他这么近, 他倒有可能感到高兴, 但此刻他已筋疲力尽, 心里极不耐烦, 她对他来说又算什么呢? 这只能让他心里的压力更大, 在整个演讲过程中连气都透不过来。 她正是用普里比斯拉夫那样的眼睛盯着他, 瞅着他外套上的斑斑血迹。 她的目光大胆而咄咄逼人, 和她随手嘭地关上门的样子很是相称。

　　她这人多么粗鲁啊! 她一点儿也不像汉斯·卡斯托普在家乡交往过的那些女人, 她们就餐时挺着身子, 坐得端端正正, 左顾右盼地看着男士们, 说话时一字一句, 清清楚楚。 肖夏太太则懒洋洋地坐着, 肩膀垂下来, 背部弯得圆圆的, 甚至连脑袋也往前伸, 后颈的脊椎骨也从白衬衣后背处的开衩中凸显出来。 普里比斯拉夫正像她这样支着脑袋, 不过他是一个模范学生, 深受大家的尊敬——尽管汉斯·卡斯托普向他借铅笔并非出于这个原因——不过肖夏太太明显是一个懒懒散散的人，她嘭的一声随手关门，毫不忌讳地盯着人看，这一切可能跟她生理上的疾病有关。没错，这种不拘小节的风格固然不值得尊敬，但它也有道不完的好处，年轻的阿尔宾先生对此还津津乐道呢。

汉斯·卡斯托普望着肖夏太太弯曲的脊背出神，思绪纷纷，模糊不清。现在他头脑里已没什么思想，而像陷入了一片梦境，只听见克罗科夫斯基大夫慢条斯理的男中音，R 音似乎从某些遥远的地方传过来。餐厅里一片静寂，听众们都全神贯注地听着，这让他的意识苏醒过来。他环顾四周，在他附近坐着的是那个毛发稀疏的钢琴师，歪着脑袋，双臂交叉抱胸，张着嘴在听演讲。坐在稍远处的是恩格尔哈特小姐，她的目光如此狂热，两颊泛起阵阵红晕。汉斯·卡斯托普在别的女人脸上也发现过类似的红晕，比如在萨洛蒙太太那儿看到过，也在体重不时减轻的啤酒商妻子马格纳斯太太那儿看到过。斯特尔夫人坐在后面一点儿的地方，她脸上显出愚昧无知的神情，叫人看着感到难过。肤色白得恰似象牙的莱维小姐却斜靠在椅背上，半闭着眼睛，两手在膝上摊开，要不是她的胸部还在那么强烈又有节奏地一起一伏，她看上去简直像具死尸。这不禁让汉斯·卡斯托普想起曾看到的一尊呆板的蜡像。许多听众曲着手放在耳后，有的人甚至让手停在耳边，仿佛因为太过投入，手的动作进行到一半便止住了。帕拉范特律师肤色黝黑，看起来力大如牛，他甚至用食指轻轻弹着一只耳朵，以便听得更清楚些，然后又竖起耳朵倾听起克罗科夫斯基大夫滔滔不绝的演讲。

克罗科夫斯基大夫究竟在讲些什么？他的思路到底往哪里发展？汉斯·卡斯托普费尽心思打算听出点什么来，但一时半会儿也没弄清，因为开始那部分他就没听到，之后又在出神地盯着肖夏太太弓起的后背，不免错过了讲话的内容。他讲的是某种力量，那样一种力量……总之他讲的是有关爱情的力量。没错，自然啦，这一主题早已经在讲座的大题目中告知大家了，这是克罗科夫斯基大夫的专业领域，不然除此之外，他还有什么可讲的呢？以前，汉斯·卡斯托普听的都是造船业中的机械装置一类的课程，现在突然听起有关爱情的演讲来，不免有些奇怪。是啊，在大庭广众、光天化日之下，在这些男男女女的听众面前，居然谈起这个微妙而又有些私密的主题来，这到底是怎么回事？

克罗科夫斯基大夫谈的时候满口术语，既富于诗意，又高深莫测，极为科学严谨，又不失婉转动听，在年轻的汉斯·卡斯托普听来，有些不合时宜，不过也正因为如此，太太们才满脸红晕，而男人们则侧耳倾听，专心致志。特别是当演讲人用到"爱"这个字时，意义多少有些模糊不清，以至听众都不清楚他到底指的是什么，究竟是贞节还是情欲，这就难免会让人产生轻微的晕船般的感觉。有生以来，汉斯·卡斯托普从没像现在这样，反复地从别人口中听到这个字眼儿。他回想了一下，似乎过去他自己从未讲过这个词，也从未在陌生人那儿听到过这个词。也许是他记错了，但不管怎么说，他觉得三番五次地重复这个字，并没什么好处。相反，这个用滑软的舌音和唇音发出的，中间带着软绵绵元音的单音节词，让他不免反感。这让他想起了掺水的牛奶那样灰白色的淡而无味的东西，特别是跟克罗科夫斯基大夫富有激情的表演相比，更是如此。因为很显然，只要一开头就谈论这样的话题，之后什么样的话也都能说得出来，而不会把周围的人吓跑。他说了一些人人都知道，但大家又都无法说出口的事，讲的时候一直在暗示，很富于策略性，但他并不满足于此。他摧毁了人们的幻想，无情地揭露事实，毫不留情地击破白发老人的尊严以及幼儿的天真无邪，粉碎了人们的信念。此外，他仍穿着礼服，系了一条不起眼的领带，还有灰色的袜子，一双凉鞋，这副装束给人一种超凡脱俗的印象，年轻的汉斯·卡斯托普也不免有些吃惊。

演讲时，克罗科夫斯基大夫举了不少生动的例子，讲了不少趣闻，甚至还引用了几次诗句；他面前的桌子上放着几本书和一些活页纸。他还讲了一些有关爱情的令人惊诧的现象，谈到了某些非凡的、痛苦的、神秘莫测的爱情现象以及它们巨大的威力。他说，在所有的人类本能中，性爱是最不稳定、最不可靠的，就其本质来说最容易让人误入歧途，堕落消沉。这也是不足为奇的。因为这种强烈的力量并不仅仅是冲动，就其性质来说，它由许多部分组成，虽然在整体上来说是正当的，但每个组成部分却都无比荒谬。

但是，克罗科夫斯基大夫继续说，既然我们不愿因为各个组成部分荒谬，而得出整体也是荒谬的结论——这是正当的，那么我们就必须要求整体中至少有一部分——即使不是全部——是正当的，包括其中那些荒谬的组成部分。这是逻辑的必然结果，克罗科夫斯基大夫要求听讲的人都尽快牢记这点。有某些心理上的纠正方法以及相反的应对办法，某些相应而常规的本能——他几乎要说它们是属于布尔乔亚范围内的——在它们的影响下，那些荒谬的成分融合成一个正当合法而稳定的整体。

这是一种经常性的、可喜的结果，但克罗科夫斯基大夫接着又轻蔑地加上一句：最后会怎样，这可跟大夫和思想家毫不相干。但是在另一方面，也就是说还有另一种情况，这种结果无法获得，也不能或不应获得。这时克罗科夫斯基大夫问：谁敢否认这种情况实际上或许更为高尚，而且也更高贵？在这种场合下，有两种相对的本能：一种是对情欲的渴望；另一种则刚好是与之相对的一些冲动，其中特别值得一提的是羞耻心和憎恨，根据普通的布尔乔亚标准来衡量，它们都显得异乎寻常地热烈。它们在灵魂深处发生冲突，这样就使犯错误的本能找到安全的庇护之所，用文明来加以掩饰，从而为爱情生活扫去那些困难，让它变得更加和谐美满。贞洁与情欲这两种力量之间的冲突——他演讲的主题无非就是这个——结果又如何呢？显然，最后贞洁胜利了。黑暗、枷锁、恐惧、传统、淡漠、一心追求纯洁——这一切都压制着情欲，也不允许乱七八糟的欲望在各种各样的情形下被唤醒或发泄出来。不过贞洁的胜利，只是表面上的、得不偿失的胜利，因为情欲是束缚不住的，即便使用强制手段也无法奏效。强压下去的欲火是不会熄灭的，它继续燃烧着，依旧藏在内心深处最隐蔽的角落里，等待着出头之彐。它会打破贞洁的屏障，然后再次出现——哪怕它面目全非，乃至无法辨认。

可是这种被禁止、被压抑的情欲是以怎样的形式，戴着何种面具再次出现的呢？克罗科夫斯基大夫提出了这个问题，同时向所有人扫视了一圈，似乎在一本正经地期待有人回答。不过还是让他自己来讲好了——既然他已经讲得这么多了。除了他自己之外，谁也不知道，而且他显然是知道答案的。

确实，他的眼睛好似燃着的烈火，黑黑的胡子从像蜡一样苍白的脸上拂下来，再加上那双僧侣穿的凉鞋和灰色的羊毛袜，他看上去简直就是他自己讲的那种贞洁与情欲之间的冲突的化身。至少汉斯·卡斯托普是这么想的。汉斯像大家一样，紧张地等着答案，想知道这种被压制的情欲究竟会以什么样的形态重新出现。太太们屏住了呼吸。帕拉范特律师又竖起了耳朵，这样在关键处他就能听得清楚些。于是克罗科夫斯基大夫说出了答案：它是以疾病的形态重新出现的，疾病的症状，是情欲乔装起来的样子，而所有的疾病都是变相的情欲。

现在他们明白了，即使并非每个人都能完全领会大夫说的内容。大厅里响起一阵阵叹息声。在克罗科夫斯基大夫继续沿着这一主题发挥时，帕拉范特律师重重地点头表示赞同。汉斯·卡斯托普却低垂着脑袋，他在回味刚才听到的话，而且在思量自己是否理解。但他还不习惯做这样的思考，因为他刚才经历了一次不算顺心的散步，精神有些不振。他的注意力很快又被肖夏太太的后背吸引过去了——光洁如玉的后背旁耷拉着两只纤细的胳膊。这时她抬起一只手臂，掠过汉斯·卡斯托普的眼前，接着她把手伸向脑后，托住头上的辫子。

她的手离他的眼睛如此近，让他感到很不自在。不管愿不愿意，他不得不仔细观察起这双手，研究这手上的种种人性和缺点，好像在放大镜下观察一般。唔，这压根儿不是贵族的手，而是一只女学生般粗短的手。指甲修剪得不太讲究，他甚至不敢确定指尖是否干净，指甲旁的皮肤明显有被咬过的痕迹。汉斯·卡斯托普做了个鬼脸，但眼睛依旧盯着肖夏太太的后背，而刚才克罗科夫斯基大夫说的布尔乔亚式的相对作用起身对抗情欲的一番话，依旧模模糊糊地在他脑中盘旋。她的手臂比手要漂亮些。它稍稍弯向脑后，几乎裸露在外面，衣袖的料子比衬衫的要薄，是用最薄的纱布制成的，看起来若隐若现，又给手臂增了几分动人之色。她的手臂又丰满又修长，很可能是凉凉的。嗯，面对她的手臂，所谓对情欲的布尔乔亚式的反抗作用就压根谈不上了。

汉斯·卡斯托普还在出神，眼睛依然盯着肖夏太太的手臂。这女人是怎么穿的衣服啊！她们露着脖子和胸脯，在手臂上罩着一层若隐若现的薄纱，这样做无非是为了唤起我们的情欲。天啊，生活真美好啊！这正是因为女人们穿得这么花枝招展是天经地义的——这不但是天经地义的，而且是大众普遍认可的——人们几乎没有意识到这点，只是默默地享受着。

不过汉斯·卡斯托普暗自想，人们应当好好思考一下，应该意识到这是多大的恩赐，而且简直是不可思议的。当然，我们允许女人们打扮得美艳动人，是怀有一定目的的；我们为的是下一代，为的是人类的延续。但要是女人身患疾病，不宜做母亲，那又怎么样？要是她袖口罩一层薄纱只是为了吸引男人，使他们对她的肉体产生兴趣，但身体却是有病的，那又有什么意义？这显然没有任何意义，而且这种行为应当被认为是不道德的，也是不被允许的。要是一个男人对身患疾病的女人产生兴趣，那他必定不够理智……唔，就像过去汉斯·卡斯托普对普里比斯拉夫·希佩怀有好感那样。这样的比喻很是愚蠢，它又勾起了汉斯原本应该忘掉的回忆。可是他是不由自主地想起来的，它来势汹汹。

但此时他忽然从沉思中被唤醒了，这主要是因为他被克罗科夫斯基大夫的声音吸引过去了，大夫突然提高了嗓音。他张开胳膊、歪着脑袋站在桌子后面，即使穿着大礼服，看上去还是像钉在十字架上的耶稣基督。

看来是克罗科夫斯基大夫的演讲即将结束，他正宣传精神分析的好处，并且张开双臂，召集大家到他那儿去。"上我这儿来。"他虚情假意地说，"凡是疲劳的、心事重重的人，都到我这里来吧。"在场的所有人都是疲劳的、心事重重的，他对此深信不疑。他谈起隐秘的痛苦、羞耻和忧伤，谈起精神分析的拯救效力。他提倡对人们的潜意识进行分析，解释如何将疾病转化为有意识的情感；他鼓励人们要有信心，而且声称必定能得到解脱。接着他垂下胳膊，抬起了头，收起一沓笔记，像教师那样挟着一袋文件，然后昂首挺胸地从游廊走了出去。

他的听众们也站起身，把椅子往后一推，开始慢慢朝着大夫离开的那一扇门挪动脚步。他们迟疑不决地从四面八方向门口拥去，身不由己，熙熙攘攘的人群好像跟在捕鼠者[1]后面似的。汉斯·卡斯托普在人流中一动不动地站着，一只手撑在椅背上。我只是到这儿来的客人而已，他想，谢天谢地，我是健康的，这事跟我毫不相干，下次他演讲时，我就已经不在这儿了。他看到肖夏太太出去了，便跟在她身后悄悄溜出去，脑袋微微往前伸。不知道她做过精神分析了没，他暗想，接着心脏开始怦怦跳了起来……他竟没有注意到，约阿希姆正穿过一排排椅子向他走来，直到表哥对他说话，他方才意识到。他神经质地怔了一下。

"你直到最后一刻才回来听演讲。"约阿希姆说，"你刚才跑得很远吗？感觉怎么样？"

"哦，很好。"汉斯·卡斯托普回答，"没错，我跑了很远一段路。不过我得承认，这次散步给我带来的好处，比我预想的要少。我暂时不

---

[1] 典故取自《哈默林的花衣吹笛人》。相传古时候，德国某城鼠灾严重，一人自告奋勇，称能吹笛驱鼠，该城允诺事成之后必定重谢。捕鼠人吹起长笛，全城老鼠便闻声而去，直至淹入河中，但灭鼠后百姓却背弃诺言。次年，捕鼠人再次来到此地吹起长笛，听闻笛声，城里儿童便着魔般蜂拥而去。

打算再去了。"

　　汉斯·卡斯托普是否喜欢这次演讲，约阿希姆没有问，汉斯也没有发表意见。后来，两人对这次演讲也闭口不谈，好像互相都有默契似的。

怀疑和揣测

到周二那天，我们的主人公在这山上已经住了整整一周了。当他早晨散步回来时，他在房间里发现一张账单。这是一张简洁明了、有条有理的清单，装在一个绿色的信封里，信封顶端是一幅山庄疗养院的图画，账单左下方的一个小栏里写着疗养院的简介，里面还引人注目地用斜体印着"使用最先进的方法进行心理治疗"几个字。账单明细是手写的，总计一百八十法郎，其中食宿和医疗费每天十二法郎，房费每天八法郎，住院费二十法郎，房间消毒费十法郎，其余一些零碎账目则是洗衣服、啤酒以及第一夜来时的夜宵等费用。

汉斯·卡斯托普跟约阿希姆仔细核算了一下，账目毫无问题。"自然，我压根没有接受什么治疗。"他说，"不过这是我自己的事。它包括在食宿费内，我不能要求他们扣除，更何况他们怎么会扣除呢？不过说到消毒费，他们是赚了，因为根本用不了十法郎的福尔马林就能把美国女人的毒气熏走。不过总的来说，从他们开出的价钱来看，我感觉还是便宜的，不算贵。"于是在第二次早餐开始前，他们就到管理部把汉斯·卡斯托普欠的账付清了。

管理部在底楼。穿过大厅，经过衣帽间、厨房和后勤室，再穿过一道走廊，就可以看到一扇挂着陶瓷门牌的大门。汉斯·卡斯托普对这所疗养机构的财务中心进行了一番饶有兴致的观察。这是一间整洁的小办公室，一个女打字员正忙着在机器上打字，另外三个职员坐在写字台旁埋头工作，而邻室一个看起来像领导或主管模样的男人，则坐在办公室中央的桌子旁工作。他抬起头，斜着眼，透过眼镜向表兄弟两人冷冰冰地、打探式地打量了一眼。他们在柜台口办好了手续——换零钱，收款，开发票。整个过程中，这对表兄弟安静客气、彬彬有礼，显得十分温良。他们像普通的德国青年那样，对政府机构十分尊重，因而对各类办公场所以及要签署盖章的公事也都肃然起敬。在他们回去吃早餐的路上，以及那天晚些的时候，他们谈到了山庄疗养院的管理。约阿希姆是知情者，所以一一回答了表弟提出的问题。

其实，顾问大夫贝伦斯根本不是疗养院的主管人和所有者——虽然人们会有这样的印象。在他的上面和幕后，还有某些看不见的势力，刚才他俩去的办公室，从某种程度上说就是这种势力隐藏的地方。他们是一个管理阶层，一个股份公司，能够入股倒是不坏的，因为股东每年分到的红利还是相当可观的。因此，顾问大夫并不是一个独立自主的掌权者，他不过是一个代理人，一个小官，那些更强大的势力的亲信。他当然是疗养院影响力颇大的人物，整个疗养院的灵魂，对管理阶层来说也是如此。不过既然他是指导大夫，对院内经营管理等事自然不必过问。

贝伦斯来自德国西北地区，所有人都知道，他几年前被迫开始从事这份工作，这与他原本的目标和抱负背道而驰。他上这儿来是为了他的妻子，她的遗骸埋在村子旁的墓地里，正是那个风景如画的达沃斯村的墓地；墓地坐落在右面高高的山坡上，在山谷入口处不远的地方。他妻子生前是个很迷人的妇人，长得很美，只是从照片上看眼睛过大了些，显得有些病恹恹的。顾问大夫的住所里挂满了她的照片，甚至还有这位业余画家亲自为她画的油画。

她为他生过两个孩子，一儿一女。后来弱不禁风的她开始发烧，就被送到这里来。被打发到这块地方没过几个月，她的生命便消逝了。据说贝伦斯非常爱她，她的死让他一蹶不振，变得非常怪异，整天郁郁寡欢。人们曾看到他在街上手舞足蹈，呵呵傻笑，还自言自语，十分引人瞩目。之后他没再回到原先生活的地方去，而是留在了当地，其中一部分原因毫无疑问是他舍不得离开妻子的坟墓，但另外还有不算太伤感的原因，那就是他的身体状况也不太乐观，从他本人的专业角度看，他终归是属于这个疗养院的。于是他留了下来，成为疗养院医师中的一员；他们不仅要看护病人，还和他们同病相怜。他们并非跟疾病毫无干系，把自己保持在安全距离之外，而是自身也已经打上了疾病的标记——这种情况虽有些古怪，但也绝不是少数现象，它既有优点，也有问题。医师与病人能患难与共自然是好事，且有种说法是：只有被疾病折磨的人，才能引导和治疗病人。然而，要是他本人就是疾病的奴隶，又有什么能力去左右病人呢？一个自身受了束缚的人，又怎能让他人获得自由呢？有病的医师在大众心目中的形象是非常矛盾的，让人迷惑不解。他的科学知识会不会因为对疾病的亲身体验而黯然失色，变得没那么丰富，而且在道德上也没那么崇高？他不会用纯粹敌视的眼光来犀利地看待疾病，他本就心存成见，他的位置也是模棱两可的。一个患病的人究竟能否像一个完全健康的人那样医治或关心别人，这个问题还有待观察。

　　和约阿希姆闲聊着山庄疗养院和疗养院的那位专家首脑时，汉斯·卡斯托普发表了自己的怀疑和推测。可是约阿希姆表示，没人知道顾问大夫贝伦斯现在是否还是个病人，也许他早已康复了。他在这儿已经好多年了。开始时他自己开诊所，不但听诊方面十分内行，而且主刀时也是一把好手，当时名声大噪。后来山庄疗养院聘请了他，他和疗养院的亲密合作也快十年了……他的私人住所在疗养院西北角侧厅的尽头处，离克罗科夫斯基大夫的住处不远。贝伦斯的家务都是由那位出身高贵的女人，也就是那位女护士长一手操办的，塞塔布里尼常常拿她来取乐，而汉斯·卡斯托普到目前为止也只偶尔见到她。此外，顾问大夫自己一个人住，他的儿子在大学里念书，而女儿已经结婚——嫁给了法国行政区的一位律师。贝伦斯的儿子偶尔在假期时来探望父亲，约阿希姆上山后他也来过一次。约阿希姆说，这里的女人们看到他都很兴奋，连体温也升高了。大家相互嫉妒，在休息室里吵吵嚷嚷的，于是在克罗科夫斯基大夫的问诊时间去找他的女人更多了。

这位助理医师有自己的问诊时间，还有一间私人的办公室，它像大检查室、实验室、手术室和 X 射线室那样，在疗养院照明充足的地下室里。我们把它称作地下室，是因为楼房底层有通下去的石阶，便给人留下这样的印象。不过这只是一种错觉，这不仅是因为楼房底层的地势很高，还因为整个建筑是依山而建的，一部分楼体沿着山坡向上延伸。而所谓地下室的那些房间，全都朝着前面，可以眺望花园和山谷；因为有几级石阶通向下面，地形的情况就被掩盖了。人们走下去后，仍恍惚觉得自己还在上一层，或者只是到了略低一点儿的地方。有一天下午，因约阿希姆要去称体重，汉斯·卡斯托普便陪表哥到地下室去找沐浴的师傅，当时他就沉醉在了这种幻觉里。

那儿有一种医务室特有的明净感，整个屋子非常干净整洁，所有东西都是白的，门上也涂着白漆，闪着光。那扇通往克罗科夫斯基大夫接待室的房门亦是如此。大夫的接待名片钉在上面。只要再下两级台阶，便可到达那间接待室，这就显得这间藏在后面的房间宽敞而隐蔽。这扇门在走廊的尽头，阶梯的右侧。当汉斯·卡斯托普在那里走来走去等待约阿希姆时，他便一直在注意着这扇门。他看到有人走出来，是一个刚到山上的女人，他还不知道她叫什么。这是一个身材娇小、高贵典雅的女人，前额垂着一绺卷曲的头发，戴一副金耳环。她走上阶梯时俯着身，一只手撩起裙角，另一只手则用手绢掩着嘴，弯着腰，大大的蓝眼睛凝望着前方出神。她踏着小步急匆匆地上楼，裙子发出沙沙的声音，半路忽然又停住，仿佛想起了什么，接着又急急地往前走，依旧俯着身子，用手绢掩着嘴。当她打开办公室的那扇门时，汉斯·卡斯托普发现，房间里竟比白色的走廊里要暗得多。

显然，这个地势低低的地方纵然有耀眼的灯光，也并未能传得很远，医疗室的那种明净感并没有传到房间里。汉斯·卡斯托普注意到，克罗科夫斯基大夫的精神分析室里一片昏暗，笼罩着沉沉的神秘氛围。

餐桌上的谈话

在餐厅用餐时，年轻的汉斯·卡斯托普感到很窘迫，因为自从他不明智地做了那次散步后，脑袋就一直像祖父那样抖个不停，就在此刻，这个规律性的症状又发作了。他的脑袋在抖着，而且无法遏制，难以掩饰。因为不能一直托着脑袋，他还想了各种各样的方法来掩饰这个弱点。他在谈话时脑袋一会儿向右转，一会儿向左转，或者在往嘴里送汤匙时把前臂紧紧抵在桌上，以维持平衡。在歇息时，他甚至干脆把胳膊肘支在桌上，用手托着下巴。不过在他自己看来，这种姿势显得很没有教养，在任何讲究礼节的场合中都是不得体的。可是他浑身虚弱无力，没有劲儿，饭也吃得毫无兴致，情绪不免十分恶劣。他本来还以为吃饭这段时间是其乐无穷的，但事实上——汉斯·卡斯托普对这点也很清楚——他一直在竭力克制的那种丢脸的脑袋抖动的症状，并不仅仅是他的身体引起的，也不能全都归因于这山上的空气和身体系统适应水土的努力，而是体现出了他内心的激动，这和席间的这些事以及他自己情绪的发泄有直接关系。

肖夏太太来吃饭时每每都会迟到。她来之前，汉斯·卡斯托普总是坐立不安，忧心忡忡地等着听玻璃门的嘭嘭声。他知道自己听到这声音会吓一大跳，接着脸色便沉下来，这已经成了常规。以前遇到这种情况，他总是生气地转过头去，怒气冲冲地看着这个肇事者坐到"上等"俄国人餐桌那里去，有时他甚至在牙缝里低低地迸出几句骂人的话来，发出愤愤的抗议声。但现在他只是在盘子上方垂着头，咬紧嘴唇，或者故意把脑袋转向别处。看上去他的怒气似乎平息了，不但如此，他还隐隐约约地感到，别人对她的斥责中也有他的一部分责任。总之，他感到害臊。要说他是在为肖夏太太感到害臊，那是不对的，因为他只是自己觉得挺不好意思。但其实他多虑了，因为在餐厅里，没有人在意肖夏太太的陋习和汉斯·卡斯托普对此事的敏感。也许只有坐在汉斯·卡斯托普右边的女教师恩格尔哈特小姐是个例外。

这个可怜的人已经看出，由于对嘭嘭的关门声显得太过敏感，坐在她旁边的这个年轻人似乎对那个俄国女人产生了某种特殊的感情。他那个样子只是一瞬间的事，跟实际情况比根本不值一提，再说他又假装漠不关心——汉斯·卡斯托普没什么表演天赋，又未受过什么训练，因此在佯装方面很不擅长——不过这并非意味着他对她毫无兴趣，恰恰相反，这说明他对她的感情已经发展到了更高的阶段。恩格尔哈特小姐自己倒是没什么追求，也没有自命不凡，反而对肖夏太太极力称赞。结果很反常的是，汉斯·卡斯托普虽不是立刻，但最后也看出来她有意在中间撮合，他对此有些反感，但是又心甘情愿被她摆布。

"嘭——嘭！"那位老处女说，"正是她。不用抬头看就知道是谁来了。当然啦，她过来了，活像一只小猫跑向牛奶盆，走路的姿势多美呀！我真希望咱俩换换位子，这样您就可以尽情地把她看个够了。我知道您当然不想老是转过头来瞅她——她要是知道了，准得心花怒放。现在她在跟同桌的人打招呼了——您应当看看，她这副模样真是赏心悦目！她像现在这样谈笑风生的时候，脸颊上就会生出一个酒窝来，但酒窝并非时时都有，全看她心情了。多么可人的姑娘啊，她因为自幼娇生惯养，所以才这么不拘小节。这样的人，任谁都会喜欢，不管他愿不愿意。咳，真是一个如花似玉的姑娘，但她娇生惯养，所以才这么随便。这样的人儿谁都会爱上的，尽管她们的肆无忌惮让你烦恼，但正因为如此，你才会越来越喜欢她们。你会因为能照顾她们而不由自主地感到高兴。"

她就这样在汉斯身边低声耳语着，这个老女人的脸上泛起一阵红晕，看得出她的体温已经升高，她这些暗示性的语言说到了汉斯·卡斯托普的心里。这个年轻人并不是一个很有主见的人，他需要从别人那里证实肖夏太太是个迷人的女人，又希望自己的感情能被外界煽风点火，因为他的理智和良心都遇到了瓶颈。

不过恩格尔哈特小姐所说的话并没多大用处，因为她对肖夏太太的了解程度跟院里其他人差不多。所以汉斯与她的谈话并没有多少实质性内容，她甚至尚未跟她谈论的那个女人结识过，也不敢夸口说两人相识。唯一有用的一点，就是她曾在柯尼斯堡住过，那地方离俄国边境不是很远，而且她还懂得一点儿零星的俄语。但这也没什么大用处，汉斯·卡斯托普原本还想从她们的私交中打探下肖夏太太的私生活。

"我看她不戴戒指。"他说，"不戴结婚戒指，这是怎么回事？我想您跟我说过，她是个结过婚的女人吧？"

女教师显得很是尴尬，这下可把她问住了。她想说点什么为自己开脱，而且觉得应该对肖夏太太负责。

"这件事情您别太在意。"她终于说，"我可以肯定她结过婚，这一点毋庸置疑。当然，我知道有些外国人为了表示尊敬，对一些年纪稍微大些的女人用'太太'来称呼，但是在这儿可不一样。大家都知道她确实在俄国的什么地方有一个丈夫。她出嫁前的姓是一个俄国人的姓，而不是法国人的，叫什么'阿诺夫'或'乌可夫'的。我本来是知道的，不过现在忘了。您要是想知道的话，我去给您打听打听，这儿不少人应该都知道。她不戴戒指，我自己曾经注意过。老天爷，也许她认为戴戒指后手指看起来会显得比较宽，也许她认为戴结婚戒指太过市侩而俗气，戴着这么一只结婚金戒指……她应该戴一只'钥匙筐'，没错，她戴这个确实大气多了——俄国女人都有些无拘无束，讲究气派。还有，结婚戒指真是平淡无奇，简直让人讨厌！它只是象征着女人是男人的附属品罢了，意味着别的男人要避嫌，把每一个女人变成圣洁的修女。要是肖夏太太的想法和我一样，我也不会感到意外。她这样迷人的女人，还正处

164

于如花的年纪。凭什么每次当她伸出手，让别的男人亲吻的时候，就要告诉对方自己已经被婚姻绑住了呢？"

"老天爷！"汉斯·卡斯托普暗自想，"她可真能说啊！"他用警觉的目光盯着她看，目光交错时，她的眼睛里有些惊慌失措和讶异。接着两人沉默了一会儿，想重新打起精神来。汉斯·卡斯托普一边吃，一边托着脑袋。最后他说：

"她的丈夫呢？他难道一点儿也不关心她吗？他是不是从来没有上山来看过她？你知道他是干什么的吗？"

"官员，在一个偏僻省份当政府官员。你知道的，叫达吉斯坦，在高加索东面很远的地方，他是奉命到那里去的。我可以告诉您，没有人见他来过这山上。她这次上山又快三个月了。"

"那么她以前就来过这儿了？"

"这已是第三次了。其间，她还去过别的地方，也就是别的疗养院。不过她有时候倒是会去看他，不常去，一年一次，时间也不长。据说他们分居。"

"唉，当然啊，她生着病呢……"

"是啊，当然了，不过病得不怎么严重，没有严重到要常住在疗养院里，和丈夫分居。这事一定还有别的原因，这山上的人都这么认为。也许她不喜欢在高加索另一边的达吉斯坦那个地方住——这倒是不奇怪，毕竟那是一个荒凉又偏远的地方。不过那个男人肯定也有些问题，有什么使她无法忍受的原因。他有一个法国人的姓，但又是一个俄国官员，这种人都很粗鲁，我可以跟您保证。我曾见过这么一位，蓄着又硬又灰的胡子，脸红通通的……这些人腐败得厉害，很爱喝伏特加，您知道的。为了做足表面功夫，他们还要吃些食物，比方说腌蘑菇，再配些鱼子酱，然后痛痛快快喝起酒来，没有节制。他们把这称作'小吃'。"

"您把一切责任都推到那个男人的身上，"汉斯·卡斯托普说，"但咱们也不知道，他们不住在一起，是否也有她的责任。大家应该公正地判

165

断。从她随手关门时的粗野样子，我可以跟您保证，她不是一个天使，请原谅我这么说。我一点儿也不相信她，可是您在偏袒她，因为个人的喜爱而盲目地袒护她。"

有时他就是这么说话的。他凭着与他天性格格不入的那一份狡黠，想说明女教师针对肖夏太太所发表的那一番胡言乱语，跟他知道的状况并不一致，只是一些可笑的现象，是她个人的见解。对于这一点，无所顾忌的汉斯·卡斯托普用漠不关心的语气悠然地取笑这位老处女。他确信不管自己的脸色多难看，对方对他所说的内容也一定能够领会，因此没什么风险。

"早上好！"他问候道，"您晚上睡得可好？梦见您那位漂亮的姑娘了吧？玛丽小姐……还是叫什么别的名字，管他呢，不过怎么我一提起她，您就脸红啦！您完全被她迷倒了，别否认这个。"

女教师的脸真的红了。她垂下头盯着杯子，从左边嘴角喃喃地道出几句话："您倒不害臊，卡斯托普先生！您这样说叫我好不尴尬，这可不好。大家都看得出来咱们在讨论她，但您竟说出一些让我脸红的话来。"

餐桌上，这两个人倒是玩得不亦乐乎。两个人都知道，他们说谎了，说的是彻彻底底的谎话。汉斯·卡斯托普嘲笑女教师，无非是为了由此谈到肖夏太太而已。不过他在跟恩格尔哈特小姐打趣的过程中找到了某种病态的、过渡式的乐趣，而对方也欣然接受。首先是因为她正撮合着这两人；其次是因为她想讨好汉斯·卡斯托普，自己也有点儿要拜倒在肖夏太太的石榴裙下；最后是因为尽管她被对方嘲笑得两颊通红，但在悲哀的同时又感到甜滋滋的。这一点他们都明白，同时清楚对方也心里有数，都知道这种情况模棱两可，甚至非常可疑。汉斯·卡斯托普对这种事情一向反感，眼下这种情况也不例外。不过他还是浑水摸鱼，安慰自己只是到山上来做客，不久就会离开。他以行家的口气对这位太太评头论足起来，说她"邋遢"，说她从正面看比从侧面看起来要更年轻美丽，她两只眼睛之间的距离太大，她的魅力叫人无限神往，她的手臂既漂亮又柔嫩。他说这些话的时候，感觉到自己的脑袋在摆动，他极力控制着，但他不但觉察到女教师已经看出了他的努力掩饰，而且让他无比反感的是，女教师自己的头也在摇摆！他继续说，把肖夏太太称为"玛丽小姐"，是为了避免直呼其名，因此他问道："我想她的名字压根不是什么玛丽吧，您知道她叫什么吗？我是说她的名字，您这么喜欢她，肯定会知道！"

女教师沉思着。"请稍等。"她说，"我过去倒是知道。是不是塔蒂阿娜？——不，也不是娜塔莎。娜塔莎·肖夏？不，不是这个。等等，我想起来了，她叫阿夫多佳，或者跟这个差不多。反正肯定不是卡金卡或尼诺奇卡。我暂时记不起来了。不过要是您想知道，我肯定会搞清楚的。"

第二天，她果真打听到了她的名字。当玻璃门嘭嘭关上时，她说了出来，肖夏太太叫克拉芙迪亚。

汉斯·卡斯托普开始还没能反应过来。在理解之前，他让她把这个名字反复读了几遍，甚至还拼了几次。接着他又读了两三次，同时用布满血丝的眼睛瞟了一下肖夏太太，想把这个名字跟她对应起来。

"克拉芙迪亚。"他说，"唔，也许这就是她的名字，挺适合她的。"

因为对她的隐私了解得这么清楚，他掩饰不住一阵开心；现在每当他说起肖夏太太，就用"克拉芙迪亚"代替。

"您的克拉芙迪亚居然把面包捏成一个个小球，我认为这很不雅观。"

"这也要看是谁在捏。"女教师回答，"克拉芙迪亚的话就无伤大雅。"

是的，在摆有七张餐桌的餐厅里用餐的时间，无疑对汉斯·卡斯托普有很大的吸引力。每次用餐结束时他都感到惋惜，但一想到两三小时后又能回到这里，又感到很欣慰。当他坐在那儿的时候，就感觉自己好像从未起身似的。那么在中间的这段时间呢？根本不算什么。到溪边或者高地上去散一会儿步，或者在阳台上休息片刻。这算不上什么沉重的负担，也算不上严肃的休息。这倒不是说他非得去为寻找有趣的东西付出努力，这些东西在心灵上不会那么快、那么简单地消逝。但在山庄疗养院井井有条的生活中却不是这样的。 在这个循规蹈矩的山庄疗养院，努力并不是生活规则。

汉斯·卡斯托普用餐完毕，站起身，为着不久之后又可以用餐而暗自高兴——要是这个词能充分地表达出他迫不及待与患病的肖夏太太再次会面的那种心情的话。 毕竟这种会面并不容易，既愉快又真实。 读者也许会认为只有这些形容词才可以用来形容汉斯·卡斯托普的个性和情绪。 可是我们应该记住，作为一个有理智和良知的青年，每当肖夏太太走近，他的感觉绝非"高兴"而已；我们必须知道，而且可以说，要是有人把这些话说给他听，他必定会矢口否认。 是的，他对某些事的表达方式就是不屑一顾，这是一个很小的细节，但仍值得一提。 他走来走去，脸颊又干又红，还哼起了曲子，因为他心里情不自禁地想唱出来。 他哼着不知道从哪里听来的小调，似乎是从什么公司聚会或者慈善募捐音乐会中听来的，那是一首女高音曲子，旋律柔和，内容空洞。 现在它突然浮现在他的大脑里，歌词是这样的：

> 那句话从你甜美的唇边吐出来，
> 它奇怪地撞击着我的心怀。

他还想继续唱下去：

> 它滑落下来，
> 在我的心头盛开。

但他突然停了下来，自嘲地耸了耸肩："可笑！"他一下子觉得这支轻柔的小调淡而无味，空无一物，甚至还多愁善感。 他忽而显出了男子汉气概，甚至后悔唱了这首歌，因此不再唱下去。 对于这种歌，只有那些青年人一心一意地、合法地、满怀期待地向平原里某只健康的小鹅"献出自己的心"——我们常常这么说——时，才唱得出来，他们可以沉迷在这种循规蹈矩而又满怀希望的喜悦中。但是对他以及他和肖夏太太的关系来说——"关系"一词是汉斯·卡斯托普选择的，我们不负任何责任——这种曲调不太适合。"愚蠢！"他只是不屑地说了这么一句。当他用审美的眼光说完这一句后，便沉默地坐在躺椅上，想不出来应该唱什么歌才合适。

不过有一件事让他很开心，那就是躺着听自己的心跳。在主要的卧床休息时间内，山庄疗养院照例肃静无声，在这片午餐后的沉寂中，他的心跳不但很快，而且如此清晰。自他上山以后就几乎总是这样，但现在汉斯·卡斯托普对此不像以前那样心烦意乱了。因为现在他无须再认为心脏跳动是不由自主的，而与他自己的精神状态毫无干系。不难看出，它和汉斯的精神状态是联系在一起的——他觉察到每当自己情绪激动时，心跳就会加速。汉斯·卡斯托普想的只是肖夏太太，他确实一直想着她，因而心跳加速便是理所当然的了。

疑虑重重：关于两个祖父和黄昏的舟游

天气坏透了。就天气方面说，汉斯·卡斯托普在这次短暂逗留期间的运气并不好。虽然没有下雪，但连日下着倾盆大雨，甚是恼人。山谷里笼罩着浓重的迷雾，电闪雷鸣，叫人惊异而措手不及。因为天气太冷，餐厅里已经开起了暖气。雷声阵阵，轰隆隆地在山谷里回荡。

"真讨厌。"约阿希姆说，"我本来打算咱们吃完早餐后去沙茨阿尔卑一趟，或是干点别的，但看来是不可能了。但愿下周天气能好些。"

但汉斯·卡斯托普却回答道："别管它。我现在并不急着到处乱跑。我的第一次外出不是很顺利。我倒是觉得就这么平平淡淡地过日子挺好的，不用玩什么新花样。那些新鲜东西还是给在山上住了好几年的人去试吧。我只在这里待三周，何必费其他心思呢？"

他确实感觉到在这里过得很充实。要是他怀有希望的话，那么不管是什么希望，或许都会在这里开花结果——也或许不能——而不是在什么沙茨阿尔卑。他不觉得时间很难熬，反倒觉得离开的日子近在眼前。第二周过去了，他在这里的日子就要过去三分之二，第三周很快也要到来，到时候他就要整理行装离开。汉斯·卡斯托普对时间的新鲜感，早已成为过去。光阴似箭，是的，日子就这么过着，甚至一天天变得更长，被心底的秘密和恐惧充斥着的日子就这样都过去了。是啊，时间真是一种难以捉摸的东西，要定义它的本质很不容易！

我们是否应该详述一下汉斯·卡斯托普曾经的那些又沉重又轻快的生活经历呢？其实我们都知道这就是人们通常感受到的那种空虚无聊。

虽然这些经历没什么特别的，就像那支他曾以审美眼光评判过的愚蠢的曲子一样。

肖夏太太不可能没注意到，她和某张餐桌之间已有了某种联系。确实，汉斯·卡斯托普当然巴不得她意识到一点儿什么，而且最好了解得更多一些。我们说"巴不得"，是因为他很清楚，他这种情况是理智无法控制的。不过要是其他人处在汉斯·卡斯托普的状态——或者他即将开始的状态——他也必然希望自己神往的对象能够了解他的心意，而完全忽略理智和常识。人都是这样的。

因此，肖夏太太有两次或三次偶然地受到吸引，回过头朝着汉斯·卡斯托普的餐桌张望，每次都发现汉斯·卡斯托普正呆呆地看着她。她又第四次向他有意识地看了一眼，这次又正好遇上他的目光。但第五次时她没有再遇上，汉斯·卡斯托普当时未留意到她的目光。但他顿时感觉到对方在看着他，于是他转过头，深情地回望她，对方便微笑着把脸转向一旁。看到这个笑，他既犹疑不定，又欣喜若狂。她是不是把他看作一个孩子了？要是这样，那就等着瞧吧。他应当把自己打扮得更得体些。第六次，当他预感到她的眼睛快要瞟过来时，他假装正在厌恶地端详着那个淡金色头发的苗条姑娘，这个姑娘正在跟她的姨婆聊天。他就这样撑了两三分钟，直到确定那对吉尔吉斯人式的眼睛已经不再看他。这场戏演得真好，肖夏太太不但看得到，而且应该看得清清楚楚，她肯定会被汉斯·卡斯托普的精明和自制力折服。

接着发生了下面一段插曲。在用餐的空当儿，肖夏太太漫不经心地四处张望，打量着这个餐厅。汉斯·卡斯托普一直关注着她，于是两人的目光又碰上了。她的眼神游移不定，带着一丝嘲弄意味，而他则定定地看着对方，甚至咬紧了牙关。他们就这样对视着。这时肖夏太太的餐巾滑下来，眼看就要从膝上落到地上，她紧张地伸手去抓，而汉斯·卡斯托普也跟着动了起来，从椅子上半站起身来，想越过七米多的距离，越过这张桌子去帮她，好像只要餐巾掉到地上就会大祸临头似的。

餐巾在落地前被她抓住了。她俯着身子，握着餐巾的一角，皱着眉头，显然对刚才的那场小意外十分恼火。而且在她看来，他应该对此负责，于是她再次回头看了他一眼，却看到他扬起的眉毛和那副蓄势待发的架势，于是又微笑着掉过头去。

这件事让汉斯·卡斯托普心花怒放。确实，他应当为此负责——他为此付出了两天的时间。因为整整两天，也就是在十次的用餐时间内，肖夏太太在餐厅里压根儿不东张西望，在进门时也不像往日那样习惯地停下来，在大伙儿面前展现一番了。这真叫人难受，不过这副样子无疑是故意做给他看的，因此他们之间还保持着某种关系，虽然比较消极，但总比没有好。

约阿希姆曾经说过，除了同桌的餐友外，想在这儿结识其他的人很不容易，汉斯现在发现这话说得没错。在晚饭后的短短一小时里，人们时常三五成群地在一起交流，不过时间时常缩短到二十来分钟。肖夏太太亦是如此，不管时间长短，她都和同桌的人待在一起，其中有那个胸膛凹陷的男人，头发毛毛茸茸、古灵精怪的小姑娘，沉默寡言的布卢门科尔以及那个肩膀下垂的年轻人，他们待在小客厅里。这间小客厅似乎是留给"上等"俄国人用的。而约阿希姆总是迫不及待地想早些离开，说是为了让晚上的静卧疗养时间充足些——不过或许还有一些生活作息上的原因。这一点是汉斯自己猜的，并对它表示尊重。

我们曾经责备汉斯·卡斯托普"随心所欲"，不过当然啦，不管他的意愿如何，他的目标始终是跟肖夏太太结识。一般来说，他对环境总是逆来顺受。他和那位年轻的俄国女人之间通过眉目传情建立起的紧张又脆弱的关系并不算社交关系，不用为这种关系负什么责任，也根本没什么责任可言。也许正因为此，他才不喜欢社交。这个年轻人一心只想着克拉芙迪亚，心一直怦怦跳个不停。但另一方面，这点远不足以动摇汉斯·洛伦茨·卡斯托普的孙子内心的信念，那个女人嘭嘭关门，咬手指，把面包捏成小球，而且不戴结婚戒指，与丈夫分居，在各个疗养院里混日子，这些都让他坚信她是个没有教养的女人。除了那些暧昧关系外，他很清楚自己和这个外国女人并不适合深交。他们之间隔着一条深深的鸿沟，他感觉得到这条鸿沟，并且深知，在任何社会权威势力面前，他都无法护卫她。

汉斯·卡斯托普不是个生性傲慢的人，但某种世俗的、传统的骄傲却明显流露于他的眉宇间和倦怠的眼神里，这种骄傲便使他产生了一种优越感。凭着这种优越感，他审察肖夏太太的为人，这种感觉他不想摆脱，也不能摆脱。奇怪的是，当某天听到肖夏太太讲德语时，他才第一次意识到自己这种优越感是多么强烈。她当时吃完了饭在餐厅里站着，双手插在毛衣袋里，正在努力地以婉转动听的语调跟另一位病人用德语交流——也许他们是在休息厅里认识的。汉斯·卡斯托普骤然涌起一种前所未有的自豪感——以前他从未对自己的母语感到如此自豪过。但同时又有一种完全不同的感受，也就是要把这种自豪感抛开，让自己沉浸在听她结结巴巴、断断续续地说起好听的德语来的那种欣喜当中。

总之，汉斯·卡斯托普把自己和山上这个没心没肺的女人之间的那种暧昧关系，看作假期中的一次艳遇。在理智——也可以说是良知或是常识——的审判席上，这样的情感是不被允许的；当然，不管怎么说、怎么做，原则上来说，肖夏太太是个病人，虚弱无力，还发着烧，身体内部已经被感染，这很大程度上跟她的生活方式有关系。因此汉斯·卡斯托普本能地跟她保持着若即若离的关系。不，他一点儿也不打算跟她深交，至于以后会怎样，是好或是坏，他都不在乎，反正他再过十天就要到通德尔·维尔姆斯公司去实习，也就无从得知了。

不过目前，他已经开始生活在这个漂亮的女病人引起的情绪变化里了，他的心情上下起伏，时而紧张焦虑，时而满心喜悦，时而灰心失望，就是这样一种状态。他把这些感受看作这次逗留的真正意义和内容，想痛痛快快地体验一下。他的心情完全受他们之间的这种关系牵动，而这山上的环境也有助于这种关系的发展。因为他们的日常生活都一成不变，两个人时常会碰见彼此。没错，尽管肖夏太太住的楼层和他的不一样，而且据女教师说，肖夏太太是在公共休息室里静卧治疗的，也就是米克洛希奇上尉最近熄过灯的那间屋顶休息室——但他们每天要吃五顿饭，除此之外，他们在平日里会常常见面，而且实际上也不得不见。这样一来，汉斯·卡斯托普也就无忧无虑了。在不和肖夏太太见面的时候，他除了想想两个人之间的关系之外，几乎无事可做。确实，他有时又感到有些透不过气来，无法逃脱。

不过他还想努力一把，千方百计让自己变得更好。他的梦中情人在用餐时总是姗姗来迟，于是他也故意迟到，以便在路上遇到她。他梳洗时故意磨磨蹭蹭，约阿希姆敲门进来时他还没弄完，便叫表哥先去，自己马上就到。他凭着对这事的某种直觉，总是等待自认为适当的某个时机，然后匆匆跑下楼；不是从自己房间旁的楼梯直接下去，而是跑到走廊的另一头，从那边下去。接着他会经过一个房闾，也就是二楼七号房。在走廊上的每一秒，下楼时迈出的每一步，都是一个机会，那扇门随时都有可能打开——事实也是如此。肖夏太太悄无声息地溜出来，门在她身后关上，接着她再轻轻地走下楼梯。有时她走在他前面，抬起手托着脑后的辫子；有时又是他走在前面，走的时候能感觉到背后她凝视的目光。于是他浑身战栗，好像有蚂蚁在他的背上爬。当然，他会装作根本没注意到她的存在，只有自己单独在这儿，自由自在。他两手插在衣袋里，大摇大摆地走着，有时用力干咳几声，有时在胸口上捶几拳——这些无疑都在表明他压根不在乎她。

有两次他表演得更甚。在餐桌旁坐下后，汉斯两手在身上一阵乱摸，然后懊恼地说："哎，我把手帕给忘了！现在还得回去拿。"说完他果真回去了，然后在走廊尽头处与她相遇，这种相遇比他俩一前一后地走着显得刺激多了。他第一次尝试这么做的时候，她在很远的地方就开始打量他，毫无顾忌、丝毫不害臊，走近时又冷冷地别过脸去，然后从他身边走过去。因此，这次会面没有多大价值。第二次她还是沉着脸，直直地盯着他，甚至当两人擦肩而过时，她还把头转向另一侧，这简直像一把刀子划过我们可怜的汉斯·卡斯托普的心头。

不过我们用不着可怜汉斯，这不是他自作自受吗？但这次会面真是动人心弦，事后更是如此。因为只有当一切都过去时，他才能弄清刚才发生了什么。

他从没有这么近距离地、清清楚楚地端详过肖夏太太的脸。他甚至能数得出她盘在脑后的辫子上冒出来的一根根头发，发丝闪着金属般淡淡的红色。他和她的脸相隔仅仅一只手掌的距离，她脸上的每一点特征都好像是他许久以来所熟悉的那样。对他来说，这副模样简直绝世无双，这是一张极为特别的、富有特征的脸，因为在我们看来，只有陌生的人才有特征——带有北国那种神秘而奇特的味道。她那匀称而颇有特征的脸，不免会引起别人无限的遐想。最突出的一点，也许是她那高高凸起的瘦骨嶙峋的颧骨，颧骨几乎把眼睛都压下去了，两只眼睛离得异常远，在颧骨的挤压下，它们甚至有些倾斜。

也正是这个原因，她的脸有些凹陷，这样一来，又让她略略噘起的嘴唇显得特别丰满。在汉斯·卡斯托普看来，特别让他着迷的是她那双眼睛，那是一对细长的吉尔吉斯人式的眼睛，它们像远处的山峦那样，呈灰蓝色或蓝灰色，有时只是随意斜睨一眼，就一下子罩上了一层神秘的色调，变得昏暗朦胧。这就是克拉芙迪亚的眼睛，无论是形状、神情还是颜色，都酷似普里比斯拉夫·希佩的眼睛，这让他感到毛骨悚然。用"酷似"这个词其实不太确切，这两双眼睛简直一模一样。还有她脸的上半部分的宽度，塌塌的鼻子，甚至白里透红的皮肤，脸上健康的色泽——在肖夏太太身上，这种健康不过是一种假象而已，山上的其他人也是如此，这无非是室外空气疗法的表面成效罢了。总之，所有样貌特征都和普里比斯拉夫完全一致。以前，汉斯·卡斯托普屡次同他在校园里擦身而过时，普里比斯拉夫就是用这样的目光看他的。

这简直不可思议。汉斯·卡斯托普对这样的相逢感到欣喜万分，但同时那种惶惶不安的感觉却与日俱增，就和她站在面前时，他感觉到的一样。已被他遗忘许久的普里比斯拉夫·希佩，如今却附到肖夏太太身上，用那双吉尔吉斯人式的眼睛瞅着他——这是不可避免的，无法逃脱，注定会发生。这让他的心情极为复杂。它让人充满希望，但同时又不寒而栗。年轻的汉斯·卡斯托普感到需要向人寻求帮助，他内心一阵迷茫，想要有人帮他出出主意。

他一下子想起了许多人，却不知谁能助他一臂之力。

他想起了善良正直的约阿希姆，他对自己一直不离不弃。但是这几个月来，他的眼里时常显出忧郁的神色，过去他从不曾耸肩膀，可现在却常常这样。约阿希姆的衣袋里时常带着那只"蓝色的彼得"——斯特尔夫人喜欢这样称呼那只瓶子。每当汉斯·卡斯托普想到他那张僵硬紧绷的脸，就不寒而栗。是的，就是约阿希姆，那个时不时恳求顾问大夫贝伦斯让他出院，到"平地"上去生活的约阿希姆——"平地"一词是山上的人对外面健康正常的世界的称呼，语气中明显带着一些蔑视。约阿希姆一心一意地疗养，只为节约时间，迅速达到他的目的——这山上的人都在毫无节制地浪费着时间。他的目的当然是早日康复，但汉斯·卡斯托普好像觉察到，约阿希姆有时也只是为了疗养而疗养。总之，疗养和别的事情一样，不管怎样，它终究是一项义务，无论如何都需要履行。

约阿希姆只和大伙儿在客厅里待上了一刻钟，便急急忙忙地上楼去了。他这种遵守纪律的军事作风对汉斯·卡斯托普懒散的市民作风颇有影响，否则他很可能会一直在楼下无所事事地跟大伙儿混在一起，同时不忘时时留意俄国人聚会的小客厅里的动静。不过汉斯·卡斯托普坚信，约阿希姆这么急着回去，还有另一个无法公开的理由。自从他注意到约阿希姆长着雀斑的脸变得苍白起来，还有他悲伤时噘起的嘴，他就完全明白了。因为晚上玛鲁莎很可能也在那边——玛鲁莎漂亮的手指上戴着一枚小小的红宝石戒指，始终嘻嘻笑着，手绢散发出橙子的香气，双乳高耸着，可内部已经被病菌侵蚀了。汉斯·卡斯托普知道正是她的存在才让约阿希姆离开，准确地说，因为她对约阿希姆有一种强烈而恐怖的吸引力。难道约阿希姆也"深陷情网"了吗——甚至比他自己陷得更深？因为约阿希姆每天有五次能和玛鲁莎坐在同一张餐桌上，还能闻到她手帕上的橙子香味。不管怎样，显然约阿希姆自己已经有事缠身了，至于表弟需要的精神支持，他恐怕爱莫能助。他每天晚上偷偷溜走固然显得很得体，但汉斯·卡斯托普对此感到某种不安，他现在甚至开始觉得约阿希姆这一虔诚地履行疗养义务的好榜样和自己从中获得的影响和经验，又有消极的一面。

汉斯·卡斯托普上山来还不到三周，但他感觉度过的时间似乎还要长些。约阿希姆虔诚地遵守着山上一成不变的生活规律，在汉斯看来，这甚至已经变得神圣不可侵犯。因此，从这山上的人的角度看，汉斯认为山下的生活似乎有些古怪和反常。当在寒冷的天气中躺在阳台上做静卧疗法时，他已经能熟练地把毯子裹在身上，把自己捆得活像一具木乃伊，敏捷程度丝毫不亚于约阿希姆。但山下的那些人对这种做法竟然一窍不通！真是奇怪，他想，但同时又不知自己为何会对这点感到惊讶。于是他内心又升起了渴望他人的指点和支持的不安情绪。

他不由得想起了顾问大夫贝伦斯，想起他"免费"提出的忠告，叫他既然已经在山上，就要像别的病人那样生活，甚至还要量体温。他还想到了塞塔布里尼，想到他听了同样的劝告后怎么哈哈大笑，而且还引用《魔笛》里的一些句子。这两个人会不会给他一点儿帮助呢？顾问大夫贝伦斯已是一个白发苍苍的人了，甚至都够做汉斯·卡斯托普的父亲，何况他又是这个机构的当权人物，是这里的最高权威。正因为这种父亲般的权威，年轻的汉斯·卡斯托普才感到需要他，但同时内心又有些忐忑。他并没有依靠顾问大夫的稚气想法。这位医师在这山上埋葬了他的妻子，当时他悲痛欲绝，失魂落魄，后来在这里定居下来，以便离妻子的坟墓近一些。而后他自己又染上了病。他是否还会恢复健康，能不能一心一意地治疗病人，让他们痊愈后回到山下工作？他的脸色经常发青，看来确实在发烧。

也许他不过是受了这里空气的影响。汉斯·卡斯托普自己的脸上每天也是又干又烧，不用测体温，就能判断出自己其实并没有发烧。当然，人们听顾问大夫说话时，很容易就能看得出他发了烧。他说话时总有些不大对劲儿，听起来固然活泼热情，但总有些刻意，特别是联想到他泛紫的脸和泪汪汪的眼睛，这种感觉更明显。那双眼睛似乎仍旧在为妻子恸哭。汉斯·卡斯托普还记得塞塔布里尼对顾问大夫的评价，说他道德败坏、性格阴郁。这么说未免太过恶毒，纯粹胡扯，但他又对向顾问大夫求助并没有太大的信心。

当然，这里还有塞塔布里尼本人。他是一个对什么都看不顺眼，都要喋喋不休的人，爱吹牛，而且标榜自己是一个"人文主义者"。在汉斯·卡斯托普看来，他巧舌如簧，长篇大论，把疾病和愚蠢混为一谈，还把它们称作"人类智慧的困境"。他怎么样，他能不能帮忙呢？汉斯·卡斯托普还记得，他在山上时做了好几个异常生动鲜明的梦，对意大利人稍稍立起的卷曲的小胡子下那干巴巴又诡秘的微笑非常厌恶，辱骂他是手摇风琴师，企图把他赶走，因为他在这里打扰了自己。不过这只是做梦，汉斯·卡斯托普醒着的时候和这判若两人，不像梦里那样肆无忌惮。总之，体验一下这种小说式的生活方式或许也不坏，试试看这种意大利人的挑剔和精明，尽管他们吹毛求疵又絮絮叨叨。最后，塞塔布里尼还称自己是一位学究，显然他想对别人施加影响。汉斯·卡斯托普自己倒希望被别人影响。当然受影响的程度不能太严重，他还不至于打算整理行装提前离院——像意大利人一本正经地建议他的那样。

"Placet experiri（拉丁语，意为：可以试一试）。"他暗想道，不禁笑了笑。尽管他懂得这么多拉丁语，但还谈不上是一个人文主义者。于是，他把希望寄托在塞塔布里尼身上，他总是热情地聆听对方的演说，思考其内容。他们时常见面，有时按规定到山腰上的长椅旁散步，有时到山下的高地上溜达，利用各种各样的机会碰面。例如塞塔布里尼常常第一个结束用餐，站起身来。他穿着格纹裤，嘴里衔着一支牙签，大模大样地在餐厅的七张桌子间闲来荡去。或者，他会搬一把椅子，坐到汉斯·卡斯托普与女教师之间，或汉斯·卡斯托普与罗宾逊小姐间的角落里，看着其他人吃布丁，看来他自己并不打算吃了。

"可以允许我加入你们这个高雅的团体吗？"他一面说，一面跟这对表兄弟握手问候，同时对桌上其他人欠身致意，"那边的那个啤酒商，可真是的……更不用说啤酒商老婆那绝望的眼神了！可这位马格纳斯先生，刚才他对老百姓的心理发表了一番演说。要我告诉你们他说了什么吗？'咱们的祖国德国是一个大兵营，这点是千真万确的，不过骨子里却坚实而精明。我不希望大家变得那样彬彬有礼，要是我被彻彻底底地欺骗，又何必保持礼貌呢？'他说的都是这类话，我实在没耐心听下去了。坐在我对面的是个可怜的人儿——一个特兰西瓦尼亚地区的老处女，她的脸颊红得像是墓地里的玫瑰。她老是滔滔不绝地谈她的小叔子，而这个人我们谁都不认识，也不想认识。我实在受不了，便一溜烟跑了出来。"

"您抓起旗子，溜之大吉。"斯特尔夫人说，"这个我想象得到。"

"完全没错。"塞塔布里尼嚷道，"我抓着我的旗子溜之大吉！啊，这个词用得多漂亮！我想我是来对地方了！这里还没有人能用词用得这么准确……我可以问一下您的健康状况吗，斯特尔夫人？"斯特尔一副矫揉造作的样子，真让人浑身战栗。"老天爷！"她说，"身体还是老样子，您自己也知道，进两步，退三步。您在这儿坐上五个月，老头儿又来了，说还要再待上半年。唉，真像坦塔罗斯[1]受罚一样，不停地受苦，还以为马上就要熬出头了……"

"哦，您说得真妙，给可怜的坦塔罗斯一个新任务，让他把大石翻

---

[1] 希腊神话中，坦塔罗斯为宙斯之子，因蔑视神祇，被罚入地狱，永远受着三重惩罚。后以此表示忍受永无休止的折磨的人。

个底朝天，改变一切！可以换换环境！我称之为大慈大悲。不过，斯特尔太太，您说的那些秘闻究竟是怎么回事？都是些神神鬼鬼的故事……到现在为止，我还无法相信。不过说实话，最近的这件事却让我很是迷惑……"

"我看您是拿我打趣呢。"

"我丝毫没这么想。对于您生活中的某些阴暗面，请先让我安心，之后再打趣也不迟。昨夜九点钟到十点钟光景，我在花园里稍作活动，那时候我抬头往阳台那边张望，只见您房里的灯在黑暗中闪闪发光，看来您在做静卧疗法——这是尽义务，倒也合情合理。'啊，'我当时想，'咱们漂亮的女病人躺在那儿，为了早日回到等候她的丈夫的怀抱，她严格遵照着医嘱。'——但是后来我听到的是什么呢？有人说，正好在那个时候看到您在治疗室里看电影（'电影'一词，塞塔布里尼先生用意大利语发音，重音落在第四个音节上），一边喝着酒，一边吃着吻糖，而且……"斯特尔夫人抖着肩膀，用餐巾捂住嘴巴咯咯笑起来，同时用胳膊肘轻轻推了推阿希姆和沉默不语的布卢门科尔的腰，扭捏而又亲昵地眨着眼睛，显出一副呆傻而又自得的神情。她习惯打开阳台的灯，给人们造成她在房间里的错觉，然后偷偷溜走，到下面的英国区寻欢作乐。她丈夫还在坎斯塔特期盼着她回去。玩这种把戏的病人，其实不只她一个。

"而且，"塞塔布里尼继续说，"那些吻糖，您是跟谁一起吃的呢？原来是跟布加勒斯特的米克洛希奇上尉！有人说他当时穿着女人的紧身胸衣……这倒不是重点。夫人，我请求您告诉我！您当时是分身了吗？您的肉身在阳台上做静卧疗法，灵魂却跑到下面，跟米克洛希奇上尉逍遥去了，还吃着他的吻糖，是吗？"

斯特尔夫人扭动着身体，仿佛有谁在挠她痒痒。

"您扪心自问，假若颠倒过来岂不是更好？"塞塔布里尼说，"那就是您独自享受吻糖，独自寻欢作乐，而跟米克洛希奇上尉一起做静卧疗法……"

"嘻嘻！"斯特尔夫人哧哧笑道。

"先生太太们，各位知道最新的消息吗？"接着，意大利人一个劲儿地说下去，"有人被接走了——被魔鬼接走了。或者，准确地说，是被他的母亲接走了。她是一个说一不二的女人，深得我心。走的正是年轻的谢尔曼，安东·谢尔曼，总是坐在克莱费尔特小姐那张桌子上的。你们瞧，他的位置已经空出来了。很快就会有人补上去的，我对此倒不担心。不过一眨眼工夫，安东就神不知鬼不觉地消失了。他才十六岁呢，到这儿待了有一年半，本来还要再住上半年。可是如今发生了什么呢？有谁知道吗？也许是有人跟谢尔曼太太透露了什么。总之，她听闻了儿子的近况，说他抽烟什么的。于是她毫无预兆地来了，她比我还高了三个头，头发花白，一副火冒三丈的样子；她一把抓住安东先生，打了他好几个耳光，还拉住他的衣领，把他扯到了火车上。'要是你想下地狱，'她说，'现在就下去吧。'他们就这样走了。"

听到这番讲述的人都哈哈大笑起来，因为塞塔布里尼先生说得很滑稽。尽管他对山上的人们抱着不屑一顾的态度，不过对各种事都一清二楚。关于每一个病人，他都能说得出他们的名字和情况。他能说出哪个病人在肋骨上开过刀，而且他从最权威的来源处获悉，秋天以后，疗养院将不会再接纳体温超过三十八度五的病人。他还说，昨天夜里，从米蒂利尼来的卡帕特乌里斯太太的一只小狗踩到了女主人床头柜上的电铃按钮，大伙儿从四处跑来，乱作一团，特别是人们发现卡帕特乌里斯太太的房间里不止一个人，她与来自腓特烈斯哈根的估价员多德蒙德在一起。听了这些事，连布卢门科尔博士也不禁笑了起来。漂亮的玛鲁莎用她橙子味的手帕捂住了嘴，咯咯笑着。斯特尔夫人则尖声笑了出来，还用两手捂着胸口。

不过在这对表兄弟面前，洛多维科·塞塔布里尼也会谈谈他本人和他早年的生活，有时在他们一同散步的时候，有时在晚餐后的聚会上，有时在餐厅内或者用餐后。那时候大多数病人都已经离开，只有他们三人仍坐在餐桌一端；女侍者在收拾餐桌，而汉斯·卡斯托普则点起他那支马利亚·曼契尼雪茄烟来。上山后的第三周，他才又稍稍尝到烟的香味。他认真听意大利人讲着，常常觉得跟不上，但还是细细品味着意大利人的话，因为对方的讲述为他展开了一个新鲜而奇特的世界。

塞塔布里尼谈起自己的祖父，他是米兰的一个律师，但更是一位爱国者，在某种程度上也是一个政治煽动家、演说家和新闻工作者。他像他的孙子一样，对什么事都嗤之以鼻，但是跟孙子洛多维科相比，他更是一位能力强大而富有魄力的人。洛多维科也不无愤慨地自嘲道，他本人能做的，只是对国际山庄疗养院里人们的愚蠢和懦弱冷嘲热讽一番，同时以自由快乐的人道主义名义对这一切进行评判。但祖父却能在政府系统中插上一手。他密谋反对奥地利和神圣同盟[1]，由于欧洲各国间的矛盾及民族革命运动的发展，一八三〇年法国七月革命[2]后的法国实际上已经瓦解，神圣同盟使当时他那已经分裂的祖国受尽屈辱与奴役。他是意大利某个秘密党派的积极分子，也就是烧炭党[3]党员，当时该党成员已遍布整个意大利。塞塔布里尼解释道，并且突然压低了嗓门，仿佛现在提到这个词还很危险似的。

实际上，根据孙子的描述，两位旁听者心中的这位祖父，是一个阴郁的、历尽风雨的人物，一个领导者，一个政治煽动人物，一个阴谋家。

---

[1] 一八一五年九月拿破仑帝国崩溃后，奥地利、普鲁士和俄罗斯三国君主组成反革命同盟，即神圣同盟，旨在维护君主政体。

[2] 一八三〇年七月，法国资产阶级革命爆发。七月二十七日至二十九日，巴黎市民举行起义，推翻以查理十世为首的波旁王朝。后拥戴路易·菲利浦登上王位，建立了七月王朝。

[3] 意大利秘密革命组织，成立于十九世纪初，因成员在那不勒斯山林避难时曾扮作烧炭工人而得名。烧炭党旨在推翻法国（后为奥地利）对意大利的奴役，解放意大利。成员大多为资产阶级、自由贵族、先进知识分子和军人等。先后领导几次起义，均未能得到大众支持，以失败告终。

尽管他们努力控制自己，但那种不信任甚至反感的神色仍然无法掩饰。确实，当时的环境也很特殊，他们听到的都是很久以前的事了，已经过去了几乎一百年，已经成了历史。他们在历史中，在古代的历史中认识了那些痛恨暴政的人、那些解放者——就像现在他们所听到的这位一样。但两人从未想过居然能如此直接地接触到这样的人。

他们又听塞塔布里尼说，他祖父这种密谋的激情是和对祖国的热爱融为一体的，他期待祖国早日实现自由和统一。是的，正因为他把这两者自然而然地融为一体，令人尊敬地合二为一，他才会从事革命活动。在表兄弟两人看来，将反叛精神与爱国主义融为一体简直不可思议！因为在他们心中，只有遵纪守法才能与爱国相提并论。不过他们私下不得不承认，在那种时候，根据当时的情况，可以说反叛才是公民的道德，而遵纪守法则是对公众利益漠不关心。

但塞塔布里尼的祖父朱塞佩不仅是意大利的一位爱国者，他还和渴望自由的各国人民站在一起，和他们一同斗争。本来有人计划在都灵[1]发动叛乱，意图推翻主管军事和民意的政府，结果失败了。这次活动他也积极参与了，在紧要关头费尽艰辛才终于逃离了梅特涅[2]密探们的魔掌。在流亡期间，他身体力行，顽强奋斗，先为西班牙立宪政体效力，后来又在希腊为希腊人民的独立进行流血抗争。塞塔布里尼的父亲就是在希腊诞生的，并且见证了这一切——也许正因为如此，他才成为一个人文主义者和古典传统的爱好者。而他的母亲则属于德国血统，因为老塞塔布里尼在瑞士与她结婚，之后带着她一起，在自己的事业道路上经历了风风雨雨。在外过了十年的流亡生活后，他才得以重返祖国，在米兰再度从事律师职业，但他一刻也没有停止努力，用演讲和文字、散文

---

[1] 意大利城市。

[2] 十九世纪奥地利外交家、政治家，曾任奥地利帝国外交大臣，后被任命为首相。神圣同盟的组织者之一。一八四八年自由革命爆发后被迫下台，亡命英国，一八五九年卒于维也纳。

和诗歌号召人们为建立一个统一的共和国而斗争，还满腔热情地拟订颠覆政府的计划，用清晰明了的文体宣称解放了的人民团结一致，号召大家共同努力获得幸福。在老塞塔布里尼的孙子的故事中，其中一个细节给汉斯·卡斯托普留下了特别深刻的印象——他的祖父朱塞佩一生只穿黑色的衣服，他说这是为了哀悼祖国，这个国家一直在奴役和屈辱中苦苦挣扎。

　　汉斯·卡斯托普听了这话，不由得想起自己的祖父来。以前，在听塞塔布里尼讲话的时候，他也曾想起祖父。在孙子汉斯眼里，自己的祖父也时常是一身黑衣服，但原因却完全不同。汉斯·洛伦茨·卡斯托普穿的一直是富有古味的老式衣服，这只会让人觉得他是一个生活在过去那个时代的人，与当下的生活格格不入。他到死都一直保持着这样一身装束，戴着他浆硬的轮状皱领，保持着原原本本、完完整整的形象。这两位祖父是截然不同的两种人。汉斯·卡斯托普陷入了沉思，两眼直直地盯着地面，又小心翼翼地摇摇头，仿佛对朱佩塞·塞塔布里尼满怀钦佩，同时却也有些不以为然。他不会对自己不太了解的东西妄下判断，只是在心里默默地斟酌一番，仅此而已。

　　他仿佛又看到老态龙钟的汉斯·洛伦茨俯下瘦削的脑袋，在客厅里对着洗礼盆淡黄色的边缘沉思。洗礼盘是世代流传、恒久不变的象征，是家族在沧海桑田中的延续。那时候祖父张着嘴巴，汉斯·卡斯托普知道他的嘴里又要发出"曾——曾——曾——"的声音了。这音节总能让他想起那个地方，那里的人们弓着身子，走起路来庄严而虔诚。接着他似乎看到了朱塞佩·塞塔布里尼，胳膊上缠着三色旗[1]，挥动着宝剑，阴郁的眼神投向天际，率领捍卫自由的战士们浴血奋战，誓与暴政的奴隶们决一死战。

　　汉斯想，这两个人各自都有辉煌的一面，他尽力让自己公正地对两

---

[1] 指由蓝、白、红三种颜色组成的法国国旗。

人做出评价，因为他知道自己有些私心，出于个人喜恶多少有些偏袒。塞塔布里尼的祖父固然为获取政治权利而抗争，但汉斯的祖父，或者说他的祖先，本来就拥有一切权利，而在几个世纪的波折中，这一切被无赖分子敲诈抢夺，洗劫一空。因此两个祖父都穿着黑衣服，虽一个在北，一个在南，却怀着同样的理念，他们都要和黑暗的现实划清界限。不过一位是对自己的过去的虔敬纪念和对死亡的尊重，另一位却只是出于反叛心理，为了让社会进步，敌视落后的过去。没错，这是两个不同的世界。当塞塔布里尼先生在讲述的时候，汉斯·卡斯托普似乎就站在他们之间，用审视的目光一会儿看看这个，一会儿又看看那个，在他的潜意识里，自己似乎一度经历过这些事。

他记得那是一个夏日的傍晚，太阳已经西沉，他独自驾着一叶扁舟，漂在荷尔斯泰因的湖面上。在灌木丛生的湖岸边，一轮满月慢慢升起。他在静静的湖面上慢慢划着船桨，周围一片迷离，恍若梦境一般。西边还是一幅白天的景象，阳光明晃晃地照着，不过放眼朝东边望去，却是月色皎洁，风景如画，雾气朦胧缭绕，叫他目眩神迷。这幅壮丽的景象仅仅持续了一刻钟，之后夜晚袭来，天空只剩下一轮明月。景色变幻，汉斯·卡斯托普只觉得眼花缭乱，白天变成了黑夜，之后黑夜又回到了白天。

这个时候他脑袋里却又冒出了这样一个想法——老塞塔布里尼虽身为律师，但从他的生涯及他参与过的广泛的活动中看，恐怕算不上一位有才能的法学家。不过他的孙子塞塔布里尼却笃信，他祖父从孩提时代一直到寿终正寝，生活中一直贯彻着公平正义的基本原则。汉斯·卡斯托普表示这一点还算可信。不过眼下我们的主人公脑子昏昏沉沉的，吃了山庄疗养院包含六道菜的午饭后感到腹胀难受。听到塞塔布里尼把这种原则称作"自由和进步的源泉"，他不免费了好大的劲去思索。在汉斯·卡斯托普心目中，这类东西就是十九世纪出现的起重机和起重滑车之类。他看得出塞塔布里尼并没有低估这类事物的重要性。当然，他的祖父何尝不是如此。意大利人对这两位倾听者的祖国做了一番赞扬，因为这里发明出把封建主义的铠甲炸成一堆废渣的火药，而且德国还发明了印刷机，它使民主的思想得到传播，或者说，发扬了民主思想，两种说法意义相同。他赞扬了德国的这些发明，但仅仅赞美它的过去，而对自己的祖国意大利，他大加褒奖。因为当别的国家尚处于蒙昧状态、受人奴役时，他的祖国第一个举起了自由与启蒙的旗帜。

他对商业和科技——这些都属于汉斯·卡斯托普的个人工作范围——固然十分尊敬，这一点他在与表兄弟相遇于溪边的长椅旁时就说过。不过显然，塞塔布里尼并不是尊敬它们本身的力量，而仅仅是考虑到它们对提高人类道德水平的意义。因为他说过，他很乐意把这一意义归功于它们。他说，只要可以利用各种科技手段逐渐征服自然，让各国互相沟通，比如兴建道路、发展电报事业、减少气候方面的差异，那么事实就能表明，它是促进各国人民相互结合、彼此了解、消除偏见，实现世界大同的最可靠的方式了。人类原本处于一个充满恐怖、黑暗和仇恨的时代，但后来一路崛起和发展，朝着最终目标前进，这个目标就是人们相互理解、思想光明、善良幸福。他说，在这条道路上，工业技术是推动社会取得进步的最强大的工具。可是对于他说的这些话，汉斯·卡斯托普却是一知半解。塞塔布里尼此时一并而谈的内容，是过去这个年轻人一向认为南辕北辙的，就比如技术和道德。后来他又断言，正是基督教第一个倡导平等和团结的原则，而印刷机则将这种教义传播开来，最后，法国大革命把它上升到了法律！这些都使年轻的汉斯·卡斯托普摸不着头脑，他也不知道是何缘故。不过他确实听得迷迷糊糊，尽管塞塔布里尼先生的表达清晰明确。

意大利人接着说，在他祖父还是青年的时候，曾一度感到自己极其幸福，那正是巴黎七月大革命爆发的时候，当时他向众人慷慨陈词，说巴黎人民起义的三天创下的丰功伟绩，足以与上帝创造世界的六天相提并论。这时，汉斯·卡斯托普不由得拍了一下桌面，心里震惊不已。

一八三〇年夏季巴黎人民颁布新宪法的三天，竟能与上帝开天辟地的六天相提并论，这在他看来未免太异想天开了——毕竟在这六天中，上帝把陆地与海洋分开来，把天国的光芒洒向大地，还把花鸟鱼虫等各种生命一一创造了出来。这之后他跟约阿希姆·齐姆森在一起时，又把这事拿出来说了一遍，明确地发表了一通自己的看法。在汉斯·卡斯托普看来，这种说法委实太过分了，而且有些亵渎神明。

不过他还是愿意听塞塔布里尼说这些，至少对于这一体验，他是乐在其中的。因此他极力控制自己，不对塞塔布里尼的一己之见提出异议，努力不再用自己的信条去判断他。他眼中的英勇其实只是叛乱，而他认为是低俗的东西，在过去某个时期、某个环境里，却代表着高尚的情趣。例如，塞塔布里尼的祖父把街垒称为"人民的皇冠"，还表示应当"把市民的长矛奉献给人类的祭坛"。

汉斯·卡斯托普知道自己为何喜欢倾听塞塔布里尼先生的谈话，尽管他并没有明说，心里却很清楚。其中一部分原因是责任感，另外，他还抱着那种姑且听之的漫不经心的心态，反正没几天他又会张开翅膀回到原来的正常生活中去。没错，他知道是良心在驱使他倾听，说得准确些，是一颗不安的良心在叫他聆听。意大利人说话的时候，他一边听一边跷起腿，嘴里还叼着他的马利亚·曼契尼雪茄烟。有时，当三个人一起从英国区往山上爬的时候，他也是这副样子。

根据塞塔布里尼所谓的宇宙进化论，世界上有两种原则一直处于抗衡状态，那就是权力和正义，暴虐和自由，迷信和智识，一成不变的原则和不断变动的原则即一直进步的原则。人们把前者称为亚洲人的原则，把后者称为欧洲人的原则，因为欧洲滋生反叛、批判和变革，而东方则倡导清静无为、一成不变的理念。两种力量究竟哪方胜出，这是毫无悬念的。只有启蒙的力量，才能让人类合情合理地取得进步和发展，因为在人类辉煌的历史中，它一直可以带动更多的人一起向前进。欧洲已经征服了越来越多的国家，开始向亚洲的土地推进。尽管他们已经前进了不少，已经收获光明，但大业未完，仍需努力，直到那些并未经受十八世纪启蒙之光和一七八九年大革命[1]洗礼的国家也把专政和陈腐的宗教推翻为止。不过这一天终会到来，塞塔布里尼胸有成竹地微笑说，即使不是由鸽子衔来，也将乘着雄鹰的翅膀飞来，那时黎明之光将普照欧洲大陆，那就是世界大同的曙光，它代表着公正、科学和正义。它会给欧洲人民带来一个全新的民主的神圣同盟，这一同盟与之前那个由王公和内阁组成的臭名昭著的同盟截然不同，后者是塞塔布里尼的祖父本人深恶痛绝的。总之，它将带来一个共和国的世界！不过在这之前，必须正中要害地摧垮那种亚洲式的原则，换句话说，应当把维也纳、把奥地利击败，彻底打垮它，这样既可为过去报仇雪耻，又能给世界上的人民带来新的正义之光。

对于塞塔布里尼后面这些冠冕堂皇、滔滔不绝的言论，汉斯·卡斯托普毫无兴趣。他对这些话深表怀疑，因为听得多了会厌烦，像是他自己在抱怨，又像是在发表对国家的憎恶。当那位意大利人喋喋不休地沉浸在自己的想法里时，约阿希姆·齐姆森只是沉着脸，掉过头去，有时还插嘴表示静卧疗养时间到了，以此来岔开话题。当他脱离主题高谈阔论时，就连汉斯·卡斯托普也听不下去了。显然，这些话远远超出良心驱使他去听的范围，然而良心的督促声如此清晰，以至于和塞塔布里尼先生同行时，他总是不失时机地要求塞塔布里尼先生发表自己的见解。

塞塔布里尼说，这些见解、理想和志向，是他家里的传统，他继承了这些传统。他们祖孙三代都把整个生命和全部精力奉献在这上面，只是方式不尽相同。他父亲的献身精神丝毫不亚于祖父朱佩塞。虽然他的父亲并不是政治煽动家或积极争取自由的战士，而是一个沉默敏感的学者，一个伏案创作的人文主义者，可是除了热爱人类，人文主义还有什么呢？在政治上，他对诋毁和贬低人类尊严的一切观念，也都是持反抗

---

[1] 指法国大革命。

态度的。有人责备他太过于注重形式。但他这样注重形式，也正是为了维护人类的尊严；这与中古时代形成了鲜明的对比，那时，人们不但迷信蒙昧，反对人性，而且恬不知耻地不讲究形式。他从一开始就维护人类的权利和他们在尘世间的利益，他捍卫思想的自由和生活的乐趣，坚持认为上帝自会做出决定。普罗米修斯[1] 也许是最早的人文主义者，难道他与卡尔杜齐诗中所称颂的撒旦有什么区别吗？唉，要是这对表兄弟能听到博洛尼亚的这位教会的死敌在反对浪漫主义者基督式的感伤主义时那些极尽挖苦的言论，那该多好！他讽刺曼佐尼[2] 的诗歌！他还反对浪漫主义那种描写树影与月光的诗歌，把它比作"苍白的月亮，天上的修女"。真是的，这话倒颇为有趣！他们也应当听听，卡尔杜齐是怎样诠释但丁[3] 的。他把但丁誉为大城市里的公民。但丁挺身而出反对禁欲主义和对生活的消极态度，竭力捍卫对世界的改善和革新。诗人所称颂的，并不是那个病弱而神秘的形象，那个被他描述为"Donna gentile a pietosa"（意大利语，意为：温柔而富有同情心的女人）的贝雅特丽齐[4]，而是他的妻子，诗歌中的她体现了实际而世俗的原则。

就这样，汉斯·卡斯托普也算是对但丁的情况有了一些了解，而且是从权威人士的口中听到的。不过对于塞塔布里尼所说的，他倒并未选择全部相信，觉得大部分都是在夸夸其谈。但对方说但丁是大城市里一个觉醒的公民，汉斯觉得这个说法挺有意思。塞塔布里尼继续讲他自己的事。他先宣告先辈的各种风度都集中到了他的身上，因此他既有祖父

---

[1] 希腊神话中，普罗米修斯是泰坦族的后裔，为了人类的幸福不惜牺牲自己，与宙斯抗衡。

[2] 意大利作家、诗人、剧作家。早期作品以诗歌为主，歌颂法国资产阶级革命，鞭笞教会和专政。著有历史小说《约婚夫妇》，是意大利最重要的浪漫主义作品之一。

[3] 文艺复兴时期意大利最伟大的诗人，代表作《神曲》。

[4]《神曲》中的女主角。但丁在九岁时遇见了她，从此便念念不忘。但丁对她的爱是一种纯粹的精神之爱，可以说，《神曲》就是为她而写。

的政治家气派，又有父亲的人文主义思想，加上他自己是个作家，一个自由自在的文人。因为说到底文学只是人文主义和政治的结合而已，他所说的结合比"人文主义本身就是政治，而政治就是人文主义"更直接。汉斯·卡斯托普认真聆听，想领会其中的含义，想弄清酒商马格纳斯的愚钝无知究竟是怎么回事，还想搞明白文学是否仅仅是一种"漂亮的文字"。这时塞塔布里尼问这两位听众是否听说过布鲁内托·拉蒂尼[1]，他是佛罗伦萨的一位公证员，一二五〇年前后曾写过一本有关善与恶的书。正是这位官员使佛罗伦萨人变得敏锐聪慧，将语言的艺术传授给他们，而且教他们如何根据政治的原则管理国家。

"懂了吧，先生们，你们应该清楚了吧！"塞塔布里尼提高嗓门，热情地叫道，"现在你们该清楚了！"接着他又谈起了"文字"，谈起辩论的艺术——他把这称为人类天赋的胜利，因为文字是人类的辉煌，只有它才能赋予生命尊严。

和文字以及文学有关的不只是人文主义，还有人道本身，人类固有的尊严，对人的尊敬——"你曾听到过的，对吧，"汉斯·卡斯托普后来对他的表哥说，"你听到他说过吧！什么文学就是漂亮的辞藻之类！我一下子就注意到了。"——都和文字分不开，因此政治也和文字息息相关。倒不如说，它遵循着人道主义和文学结合的原则，因为漂亮的文字能培养出壮丽的事业。"二百年以前，"塞塔布里尼说，"贵国有一位诗人，他是一位伟大的、爱喋喋不休的老人，很重视书法，因为他认为漂亮的字能创作出漂亮的文体。他甚至还进一步表示，漂亮的文体可以培养出漂亮的事业。"塞塔布里尼补充道。因为字写得漂亮，也几乎相当于想得漂亮，想得好也就会做得好了。所有的道德规则和道德的完善都来自文学的灵魂，人类尊严的灵魂，它同时又是人道和政治的精神。不错，它

---

[1] 意大利哲学家、学者、政治家。著有《宝库》一书，是意大利第一部百科全书式的作品。

们都是一回事，都是同一种力量，同一个概念，可以用同一个词来定义它们。是什么词呢？嗯，这个词大家早已熟知了，不过对这对表兄弟来说，他们过去对它的意义的领悟肯定没有现在这么透彻，这个词就是——文明！塞塔布里尼说这话时，他那又小又黄的右手在空中挥动了一下，仿佛在敬酒。

唔，年轻的汉斯·卡斯托普觉得这些话值得一听，虽然准确地说，并不是非听不可，只是随便听听罢了，但毕竟还是值得一听。后来他把这些想法跟约阿希姆·齐姆森说了，但当时约阿希姆嘴里衔着一支体温表，没办法回答他；之后他虽然量完了温度，但还忙着读上面的度数，再在表单里记录下来，因此也没空搭理他。不过汉斯·卡斯托普乐于聆听意大利人的见解，并在自己心里再进行一番斟酌。自我审查之后，他大概总结出这样一点——清醒的人总比昏昏沉沉做梦的人好些。当汉斯·卡斯托普昏昏沉沉做梦时，他曾不止一次把塞塔布里尼斥责为手摇风琴师，不遗余力地把他赶走，因为他觉得对方只会干扰到自己；但当他头脑清醒时，却会全神贯注地听对方讲话，极力把对这位导师的见解和观点的挥之不去的反感压下去。因为不可否认的是，他始终对他抱有某种反感情绪，这种感觉其实一开始就存在，后来在某些特定的时候、特定的环境中又冒了出来，还有一部分是由他和山上这些人只可意会、不可言传的接触间接引起的。

人是怎样的一种生物，他的良知又是多么善于欺骗他自己啊！即便在充满责任感的声音中，他还是听到了对情欲的默许。汉斯·卡斯托普出于责任心和正义感求得内心的平静，为了体会塞塔布里尼对共和国、理性以及美丽的文体的见解而倾听他的谈话，并且乐于接受他的想法。可是越到后来，汉斯越发觉得自己的思绪朝着截然相反的方向驰骋。确实，假若我们把自己的内心所想都说出来，那么他倾听塞塔布里尼先生说话便只是出于一个目的，那就是为了能够随心所欲，这一点在过去从未有过。但究竟是什么，或者说是谁，站在了爱国主义、美丽的文学以及人类尊严的对立面，在他内心占据了更重的分量？那就是……克拉芙迪亚·肖夏，那有着一双吉尔吉斯人式的眼睛、神态永远慵懒、体内满是病灶的女人。当他想起她时——不过"想"这个字，远不足以表达他内心的渴慕和思念——他仿佛又回到了荷尔斯泰因湖的小船上，用恍惚的双眼看着西边湖畔闪烁的霞光，又不时回头看看东方天空迷雾漫漫、一片朦胧的月色。

体温表

汉斯·卡斯托普在山上的日子，是以周二为一周的开始进行计算的，因为他上山那天正好是周二。两三天以前，他到下面的办公室去付清了第二周的账单，这一周的账不算多，一百六十法郎左右，已经足够便宜了，何况山上的生活又使他受益颇多，而这些无价的收获都没有算在内。此外还有一些没有入账的内容，比如两周一次的音乐会和克罗科夫斯基大夫的演讲，这些按说是可以算在内的。其实一百六十法郎，仅仅是山庄疗养院从汉斯·卡斯托普身上所收的住院费用罢了，毕竟住宿环境十分舒适，每日还有可口丰盛的餐饭。

"不算贵，应当说相当便宜。"新来的客人对那位久居的老病人说，"实在不该抱怨山上收费贵，吃住方面，你每月只需花上六百五十法郎左右，连医疗费用也包括在内了。要是你想大方些，喜欢讨好别人，那便假定你每月多付三十法郎的小费，加起来也不过六百八十法郎。对，我当然知道还会有一些其他固定费用，一些杂七杂八的花销，比如洗漱用品、烟草、驾车、远足等，时不时还要添些衣服鞋子。不过不管怎么花，到底也不会超出一千法郎，八百法郎都不到，一年最多也不过一万法郎，绝不会再多。这就是你的生活开支。"

"你的心算本领挺强。"约阿希姆说，"我从来不知道你在算数方面有这一手。你竟然按年来计算，未免气度太大了。你在山上确实学到不少东西，不过还是算多了。我从来不抽烟，衣服的话，在这山上也压根不打算买。谢谢。"

"这么算也不是很多。"汉斯·卡斯托普有些恍惚。他怎么把雪茄烟和新衣服都算在表哥的开支里了,只能说是一时糊涂。不过他出色的心算本领还是十分明显地展示给了表哥,和在这里一样,他在其他地方所表现出来的这种能力也都并非一日练就的,而是靠日积月累的努力。就像有一天晚上,他正在阳台上——因为他甚至也已经开始在露天的地方做静卧疗养了,跟其他人一样——脑中忽然闪过什么想法,随即从舒适的卧榻上一跃而起,去取了铅笔和纸张。简单计算一番之后,他得出一个结论:他的表哥,或者简单地说,山庄疗养院里一位普通的病人,每年的花费总共是一万二千法郎;因此汉斯·卡斯托普自娱自乐地琢磨着——要是他本人的话,支付在这山上的花销倒是绰绰有余,因为他每年大约有一万八千至一万九千法郎的收入。

之前已经提到,他在三天前付清了第二周的账单。这样一来,他在山上逗留的第三周时间竟已经过去一半,这也是他待在这里的最后一周了。马上到来的这个周日能听到每两周一次的音乐会,而周一那天,还能再听一次克罗科夫斯基的演讲。他像在自言自语,又似乎在跟表哥说话。而到了周二或周三,他就得动身离开,把约阿希姆一个人留在山上。可怜的约阿希姆,不知拉达曼提斯还要判他住几个月呢。

谈起汉斯·卡斯托普启程的日子即将到来,约阿希姆那双温柔漆黑的眼睛就罩上一层阴影。天啊,假期都去了哪里呢?它已飞快地流逝,悄悄远去了,无人知道它是怎样流逝的。不过他们毕竟在一起度过了三周,度过了二十一天,这是一段很漫长的时光,至少一开始,它像是无限延长的。如今却恍然间只剩下寥寥三四天了,根本不值一提。

确实,他们应该知道,这些常规的日程中还夹杂着演讲和音乐会这两项周期性的活动,这些日子都不可小视,只愿过得慢一些才好。另外,还得收拾行李,和人们一一告别。山上的三周转瞬即逝,人们开始都这么对他说。对他们来说,计算时间的最小单位都是月,塞塔布里尼就这么说过。汉斯·卡斯托普住的时间连一个月都没到,因此根本算不上什么。 就像顾问大夫贝伦斯说的那样，无非就是一次"周末的拜访"罢了。在山上的时间转瞬即逝，是否生命也快速燃烧了呢？但不管怎么说，这对约阿希姆接下来的五个月倒是一个慰藉——要是他只住五个月就能出院的话。 不过汉斯·卡斯托普觉得，在这三周里，他们真应该在时间上面多注意些，好好观察时间，就像约阿希姆每日量体温时那样认真。 那时，七分钟竟显得无限漫长。 汉斯·卡斯托普为表哥感到难过，从对方的眼神里，他能读出那种即将分别的悲伤。

一想到可怜的表哥不得不继续待在这里，而他自己却下山到平地上去生活，投身促进各国人民的贸易和交流的事业，他不禁对表哥感到强烈的同情。 这种同情心就像火一样，有时强烈得让他感觉心都在燃烧。他甚至不禁怀疑，等到把约阿希姆独自留在这山上的那一日终于到来的时候，他能否经受得住。 也许正是因此，他越来越少地跟约阿希姆提起自己即将离开。 还是约阿希姆自己提起了这个话题，而汉斯·卡斯托普呢，凭他那天生的机智和体贴细致，似乎到最后一刻也不愿提及这件事。"至少，"这些日子约阿希姆不止一次这么说过，"我们希望你已经在山上养好了身子，回家后能健康无恙。"

"我会记得代你向大家问好的。"汉斯·卡斯托普回答，"并且告诉他们，你最多再过五个月就要回家了。 养好身子？我在山上待了这些天就能养好身子吗？我想答案是肯定的。 虽然这段时间很短暂，我的身体状况倒多少有了点起色。 我也见识到了不少新鲜事物，这里的方方面面都很新奇，叫人兴奋。 不过无论是从生理上还是心理上来说，这段时间我都极度紧张，总觉得自己始终无法适应——可身体变好的前提就是适应环境。 谢天谢地，最近几天我终于能尝出这支雪茄的香味了。 可是我的手帕上依旧时常沾有血迹。 至于脸上该死的燥热和这愚蠢至极的心跳，我看是到死也不会恢复正常了。 不，看来我根本谈不上已经适应了环境，在这么短的时间内，怎么能够适应呢？想要克服气候变化，适应这里非比寻常的环境的话，还需要更多的时间，那时我才谈得上恢复健康，才能增加体重。实在太糟糕了。当然，我不多在这里待上几天真是个错误，要是我愿意，我还可以住得更久一些。我真想在山上休息后，再回到家，继续睡上三周，好好休息一下。有时我真感到疲惫不堪，而如今，真是雪上加霜，我竟然染上了感冒……"

看来，汉斯·卡斯托普似乎打算带着重感冒回家了。也许他是在静卧疗养时，而且大概是晚上疗养时受了寒。他在阳台上静卧已经有差不多一周了，尽管这种又冷又湿的天气已经持续了很长一段时间，他依旧坚持参加。不过他也知道，这样的天气并不算坏。天气恶劣的概念，在这山上几乎不存在，不管天气多么糟糕，人们都置若罔闻，毫不担忧。像一般青年人那样，汉斯·卡斯托普对各式各样的环境已经适应自如，因此对这种天气也不大关心了。

即使下了一场倾盆大雨，空气也不会因此变得潮湿些。汉斯无论如何都感受不到这种湿润，因为他脸上的燥热一直持续不退，好像刚刚喝过酒，或者在干热难耐的屋里待过。天气冷的时候，到房间里去避寒也无济于事，因为屋里的暖气只有下雪天时才会开。因此，与其躲进房里，倒不如按照这里的规矩裹着大外套，围着两条优质驼毛毯子，在考究的卧椅上躺着，这样还更舒服些。汉斯·卡斯托普用理性的头脑判断，相比之前经历过的各式各样的生活，相比他所能记起来的回忆，这里的生活状态显然更有吸引力些。

尽管什么烧炭党和作家都曾不怀好意地揶揄说这里的生活是"仰卧式"的，但汉斯的想法从来没有动摇过。他尤其喜欢在晚上这样躺着，那时他身边的小台灯闪着光，嘴里叼着一支香味回归正常的马利亚雪茄烟，躺在卧椅上享受着这妙不可言的惬意。确实，这时他的鼻尖已经冻僵了，手里还拿着一本书——他还在读那本《远洋轮船》——两手冻得通红。他透过拱形的阳台，望向天色越来越暗的山谷，有几处灯光密密麻麻，有几处却稀稀落落。几乎每天晚上，山谷那边都会传来一阵悠扬的音乐声，持续一小时左右，那正是山下的音乐会。他能听得出，那是大家所熟知的歌剧的片段，例如《卡门》[1]《行吟诗人》[2] 或《自由射手》[3] 中的插曲。接着他听到的是优美而舒畅的华尔兹，还有进行曲，听得他非常激动，他的脑袋情不自禁地摇摆起来。他还听到了欢快的马祖卡舞曲。

马祖卡？不，那个戴红宝石戒指的娇小的女人叫玛鲁莎。在隔壁的阳台上，在厚厚的乳白色玻璃隔墙后面，躺着约阿希姆。汉斯·卡斯托普不时悄声地同他交谈，生怕打扰到其他人静卧疗养。约阿希姆躺在自己房间的阳台上，跟汉斯·卡斯托普一样，也感到无比惬意，虽然他压根没什么音乐细胞，并不像汉斯那样能体味到音乐中的乐趣。真是遗憾！他倒宁愿拿起他的那本俄语初级读本来研读。汉斯·卡斯托普把《远洋轮船》搁在毯子上，一心倾听起了音乐，他怀着满心的喜悦窥探着透明而又深邃的音乐世界，体会着音乐的独特魅力。这时，他想到了塞塔布里尼对音乐发表的那番见解，禁不住反感无比，甚至怒不可遏。他竟然说什么从政治视角来看，音乐是最糟糕的东西，这并不比祖父朱塞佩对七月革命和创世纪六天的说法好多少。

虽然约阿希姆不能体会到音乐的乐趣，马利亚雪茄浓郁的香味也不属于他，但他也能像表弟一样在卧椅上悠然自得地躺着。白昼已经到了尽头，这个时候一切都已经结束，今天不会再有什么振奋人心的事，心脏也不会太紧张了。有一点可以确定，那就是到了明天，这一切就会恢复原状。这是由受限的环境和舒适的生活决定的。这里既安全，又稳定，生活极其安逸，此外还能听听音乐，马利亚雪茄烟的香味又回来了，这些对年轻的汉斯·卡斯托普晚间的静卧疗养来说，简直是福气。不过这一切，都没能使这位新住客在静卧疗养时——或是在别的什么场合——

---

[1] 法国作曲家乔治·比才的作品。

[2] 意大利作曲家威尔第的作品。

[3] 德国作曲家韦伯的作品。

免于感冒。他感觉头脑昏沉，扁桃体也在肿痛。他不能自然而顺畅地呼吸，出气时感觉凉飕飕的，很是吃力，喉咙也痛，忍不住咳嗽。过了一夜，他的声音变了，低而沙哑，好像喝过烈酒似的。按照他的说法，他整夜没有合过眼，喉咙干得不行，他不得不时不时从床上爬起来。

"这挺恼人的。"约阿希姆说，"而且倒霉透顶。你知道，感冒在这山上根本不算什么，我们都不当回事。官方压根儿不承认它的存在，他们表示山上的空气那么干燥，根本不会有感冒。如果哪个病人到贝伦斯那儿说自己感冒了，那么保准会碰一鼻子灰。可是你作为客人，就不太一样，你毕竟有那个权利。要是咱们能遏制这种感冒，那就好了。在山下，还能做点治疗，可是这儿——我简直怀疑他们对这东西是否有足够的兴趣。最好别在这儿生病，不会有人因此来关心你的。虽然这算是旧调重提，但你得好好听我说完。当我刚到山上时，有一位太太整整一周都在抱怨自己的耳朵有问题，把自己的痛苦告诉了每个人。最后贝伦斯终于去看了。'您大可放心，太太。'他说，'这不是结核。'此事到此便结束了！唔，我们得看看你这病要怎么处理。等明天早上浴室师傅上我房里来时，我得跟他说说。这也是按规则办事，也许会有成果。"

约阿希姆果真说到做到，照章办事倒是也有了成效。周五那天，汉斯·卡斯托普早上外出活动后刚一回到房里，就听到有人敲他的房门。这次他有幸亲自结识米伦东克小姐，也就是人们称为女护士长的那个女人。在这之前，他只是远远地看到这个忙得团团转的人，她从一个病房里出来，又穿过走廊到对面另一间病房里去，有时她也匆匆在饭厅里露一面，他能辨别出她那粗哑的嗓音。不过现在她竟亲自登门来看他了，是他的感冒把她唤来的。她在房门上敲了一下，没等他回答就一脚踏进门，接着又扭着身子朝门后看了看，检查房间的号码是否正确。

"三十四号。"她轻快地低声叫道，"没弄错。唔，小伙子，on me dit, que vous a vez pris froid（法语，与下一句同义），听说您感冒了，看来您感冒了[1]？您说什么语言？噢，我知道了，是德语，您是来探望年轻的齐姆森的。我得上手术室去，那儿还有一位病人要用氯仿麻醉，刚才他还吃过豆子沙拉呢，我这双眼睛哪儿都得照顾到。嘿，小伙子，所以您是真的感冒了吧？"

汉斯·卡斯托普对这样的称呼不由得一惊，这个出身于贵族世家的女人居然这么称呼他。她一边口齿不清地快速说着话，一边有些焦躁不安地晃着脑袋，鼻子高高翘起，在嗅着什么——动作像极了被关在笼子里的野兽。她的右手满是雀斑，手指轻轻地缩成拳状，大拇指往上翘起，拇指跟手腕一起晃动着，好像在说："快一点儿，快一点儿，别听我在说什么，您想说什么就说吧，说完我就得走了！"她年纪约莫四十岁，身材瘦小，不算标致，穿的是一件系有腰带的白大褂，胸口悬着一枚石榴色十字架。白色的护士帽下，露出了稀稀疏疏的红头发。她的蓝眼睛水汪汪的，眼皮有些红肿，一侧的眼角处还多余地长了一颗已经到晚期的麦粒肿。她的目光游移不定，鼻子高而笔挺，嘴巴长得像青蛙似的，下唇突出，而且还有些扭曲，说话时会像铲子那样一张一合。汉斯·卡斯托普看着她，眼神里满是谦逊、信任和友好。

"您患的是哪一种感冒啊？"护士长又一次问，两只眼睛直直地瞅着他，好像要把他看透似的，但目光又一下子溜到一边去了。

"我们不大关心这种感冒。您常常感冒吗？您表哥也时常感冒，是吧？您多大年纪了？二十四吧？没错，差不多这个年纪。所以您现在上山后，就这么感冒了，这种事只有山下的人才会胡扯出来。"她说出"胡扯"一词的时候，下唇看着怪可怕的。"很明显，您患上了漂亮的气管炎，"她又奇怪地、直愣愣地盯着汉斯，企图把对方看透，不过再次失败了，"不过气管炎可不是感冒引起的，而是感染的结果，人们很容易染上这种炎症。所以现在的问题是，我们面对的究竟是一次无害的感染，还

---

[1] 原文中，此处使用了并不规范的俄语。

是更严重的疾病，除此之外的都是胡扯。您这次感染很可能没什么害处。"她一边说着，一边又用她那只麦粒肿晚期的眼睛瞅着他，他不知道这究竟是为何。"我这儿先简单给您一些抗菌剂，也许对您有些用处。"于是她从腰带间悬着的皮袋里掏出一个小袋子，这是多聚甲醛消毒药。

"可是您双颊通红，好像患了发烧。"她又用那种眼光定定地盯着他看，但眼神总是忍不住斜向一边。"您量过体温吗？"他回答说没量过。

"为什么不量呢？"她问。说话的时候，那片扭曲的下唇似乎悬浮在空中。

他没回答。这个可怜的年轻人还太过年轻，还保持着学生时期的青涩。他坐在长椅上，根本答不出来这个问题，因此只能默不作声。

"那么您从来没有量过？"

"不，护士长夫人，我量过的，以前发烧的时候量过。"

"孩子，量体温首先是为了确认自己是否真的发烧。照现在这么看，您是没有发烧吧？"

"这个我可说不准，护士长夫人。自己有没有发烧，说实话我几乎辨别不出来。我上山以后，总感觉时冷时热。"

"啊哈！那么您的体温表在哪儿？"

"我手上没有体温表，护士长夫人。我为何要用它？我身上又没病，上这儿只是来探望别人的。"

"说什么胡话！因为您没有病，所以才叫我来看您吗？"

"不。"他礼貌地笑了笑，"只是因为我有点儿……"

"感冒吧。这种感冒在山上司空见惯。这儿，小伙子！"她一边说，一边又在口袋里掏着什么，然后摸出两只稍长的皮盒子，一只红色的，一只黑色的。她把它们搁在桌上："这个值三法郎零五十，另一个值五法郎。那只五法郎的质量当然好一些，要是妥善使用，可够您用一辈子的。"

他笑着从桌上拿起那只红色的盒子，把它打开。盒子里那支玻璃器具好像珠宝一样，端端正正地搁在红色天鹅绒衬垫的凹槽里。刻度都用红色做了标记，整数刻度就用黑线标出来。数字是红色的，底下尖细的那端则注满了亮晶晶的水银。水银柱冷冰冰的，显示的温度远在体温之下。汉斯·卡斯托普很清楚自己这种身份，应该选哪支。

"我买这只。"他说，对另一只连看都没看一眼，"也就是那只五法郎的，我应该……"

"那就这么定了！"女护士长尖声说道，"购买这些重要的东西，我看您是不该吝啬的。不用急着付钱，这些都会记在您的账单里。您把体温表还给我，咱们再把度数调低些。"她从汉斯手里把体温表拿过去，朝空中甩了甩，直到水银柱降到三十五度以下。

"它很快又会升上去的！"她说道，"这回您又懂了一个新知识。您知道在山上我们都是怎么用这玩意儿的吗？只需把它放在您的舌头下面，等七分钟，每日四次，您要用嘴巴紧紧把它衔住。唔，小伙子，我得走了。祝您好运吧！"说完她便走出门去。

汉斯·卡斯托普鞠躬把她送出门，站在桌子旁，呆呆望着她消失在房门后，又看看她留下的体温表。"她就是这个样子。"他暗想，"米伦东克护士长就是这么一个人，难怪塞塔布里尼不大待见她，她有些地方确实让人喜欢不起来。那麦粒肿可真看不下去，不过所幸她不是一直长着这东西。可她为什么老是叫我'小伙子'，还带一个不必要的咝音？在我看来，这么叫未免太粗鲁、太随便了。而且她还卖给我一支体温表——我想她袋子里肯定经常放着一两支。这东西在这里到处都有卖的，约阿希姆是这么说过，哪怕在你意想不到的地方都有。不过我倒不用费心去买这东西，它自己送上门了。"

他把那玩意儿从盒子里拿出来，细细观察了一番，接着在房里踱来踱去，显得心神不宁。他的心怦怦乱跳着。他向敞开着的阳台门张望，然后向房门走去，琢磨着去问问约阿希姆的想法，不过很快又打消了这个念头，回到桌子边。他清了清喉咙，想听听自己的声音是不是变了，接着他又咳了起来。"没错。"他说，"我现在必须看看自己是不是真的因为感冒而发了烧。"说完他迅速地把体温表放到嘴里，有水银的那端搁在舌头下面，这样，体温表就从他的两唇间斜着往上翘起。他紧紧地闭上嘴，这样外界的冷空气就进不去了。接着他看看手表，彼时正是九点半过六分。他静静等着七分钟的时间过去。

"时间既不要多一秒。"他想，"也不要少一秒。不管是山上的人还是山下的人，他们都应当相信我。他们不必给我一支'哑巴护士'，像塞塔布里尼所说的奥蒂丽·克奈弗那样。"他在房间里走来走去，用舌头紧压着体温表。

时间悄悄流逝，却似乎漫长得没有尽头。他看了看手表，刚刚过去两分半，他起初还担心七分钟早就过去了。他做了各种各样的事情：把房里的物什一会儿拿起来，一会儿又放下，又走到阳台上去，留心不让表哥注意到自己；他望着高高的山谷里的景色，他对这些景色可谓十分熟悉，不论是这里的山峰、山顶和峭壁，还是远处的布雷门布尔——它的山脊陡峭，侧面则长满了参差不齐的矮树丛。山谷右边是绵延的群山，它们的名字汉斯也都了如指掌。除此之外，还有阿尔泰因峭壁，从这里看去，它仿佛从南面把整个山谷围住了。他往下眺望花园里的花坛、小径、山洞以及银色的枞树，倾听从休息室里传来的低语，然后回到房里，把舌头下的体温表调整好。他又甩了甩胳膊，把手腕上的袖子甩开，抬起前臂看了看手表，发现他东磨西蹭、拖拖拉拉地居然才打发了六分钟。于是他站在房间里，打算这么耗掉最后一分钟。不过这个时候，他却有些神游其外，甚至昏昏欲睡，因此余下的六十秒竟一晃眼就过去了。当他睁开眼看表时，发现第八分钟已经过去了四分之一。

"目前来看，结果怎样都不要紧。"他一边想，一边把体温表从嘴里取出来，有些茫然地盯着它看。

体温的测量结果到底如何，他一时间无法确认。亮晶晶的水银和玻璃柱上反射的亮光重合在一起，闪烁不定，他压根读不出水银柱到底上升了多少，里面的水银到底有多长。上面的刻度飘忽不定，时隐时现。他想把体温表拿来细看，急急放在手上研究，但无论如何都看不清。事实上，就像女护士长说的那样，水银又升上来了，而且升得很快，已经高过正常体温好几格。结果是，汉斯·卡斯托普的体温是三十七点六度。

大白天的，在早上十点到十点半之间，人的体温居然有三十七点六度，这确实太高了，算是有点儿"发烧"了。这是感染引起的发烧，他的身体很容易受到这样的感染。现在的问题是，究竟是什么样的感染呢？三十七点六度，怎么会呢，约阿希姆的体温不会比这高，这山上的其他人也不会有谁有这么高的体温，除非是那些奄奄一息、被禁止起床的病人。不论是打气胸的克莱费尔特小姐，还是……还是肖夏太太，体温都不会高成这样。当然，他的情况跟别人不一样，他只是山下的人说的"感冒发烧"。不过也很难把两者区别开来。汉斯·卡斯托普怀疑这发烧是因受凉感冒引起的。他刚上山时，顾问大夫就建议他用体温表量体温，此刻他后悔没有听大夫的话。现在可以看出，大夫的建议合情合理，而塞塔布里尼对此嗤之以鼻的态度倒是不大妥当。塞塔布里尼的话题总脱离不了共和国以及优美的文体。汉斯·卡斯托普带着对共和国和优美的文体一样的反感，站在那儿研究那支体温表。但表上的刻度总时不时变得模糊不清，他不得不来回转动体温表，才能再次看到。没错，还是三十七点六度，而且还是在大早上！

他感到烦躁不安，在房间里来回踱了两三次。手里平握着体温表，免得刻度因为摇晃发生改变。接着他小心翼翼地把体温表放到盥洗台上，带着外套和毛毯到阳台上去静卧疗养。他坐下来，熟练地把毯子披在身上，先裹上一侧，再拉起另一侧的毛毯，把整个身子裹住，然后安安静静地躺下来，等着约阿希姆在第二次早餐时间过来叫他一起去用餐。他时不时微笑起来，准确地说，似乎在对着某个人微笑。呼吸时，他的胸部一起一伏，又因为支气管发炎带来的不适，止不住一阵阵咳嗽。

十一点钟时，约阿希姆听到提醒第二次用餐的钟声，走到汉斯房里，却看到他还在躺着。

"怎么啦?"他走到表弟的卧椅边,诧异地问道。

汉斯·卡斯托普一声不吭。过了一会儿,他坐了起来,盯着约阿希姆的脸,片刻之后方才答道:"唔,最新消息,我有点儿发烧。"

"你这话是什么意思?"约阿希姆问,"你感觉发烧了吗?"汉斯·卡斯托普再次沉默了一会儿,然后轻描淡写地说道:"发烧啊,亲爱的,我早就感觉到了,事实上,上山后就一直这样了。不过目前这不仅是主观的感受,还是客观事实。我已经量过体温了。"

"你量过体温了?用什么量的?"约阿希姆惊叫起来。

"自然是用体温表了。"汉斯·卡斯托普用不无挖苦的刻薄口气回答,"女护士长卖了一支给我。为什么她要叫我'小伙子',我实在想不通,这很不恰当。可是她不失时机地卖了我一支优质的体温表。要是你想确认一下,那么请吧,体温表就在盥洗台上,只是读数有一点儿高。"

约阿希姆转身走进房间里,他回来时语气有些犹豫:"没错,三十七点五度。"

"那么它已退了一些!"汉斯·卡斯托普急不可耐地回答,"刚才是三十七点六度。"

"不过这可不算是轻微发烧。"约阿希姆说,"对于清晨来说,明显不是,这真有点儿尴尬。"说着他就站到表弟身边,好像站在一个无比尴尬的人面前似的,两手叉腰,低垂着脑袋。"你得上床去睡觉了。"

汉斯·卡斯托普早已准备好回答他的话。

"我不明白,"他说,"为什么我只有三十七点六度就得卧床,而你们的温度都低不到哪去,却可以自由自在到处乱跑?"

"这事不可一概而论。"约阿希姆说,"你这是急性发烧,不过没什么害处,这是感冒引起的发烧。"

"首先,"汉斯·卡斯托普回答,这回他说话时竟一本正经地分起类来,"我不明白,为什么发这种无害处的烧时非得躺在床上——我暂且先假定有这种发烧存在——而发其他严重的烧却不必躺在床上。其次，我可以告诉你，我这次发烧的温度并不比以前高。我的立场是，三十七度六就是三十七度六。要是你们这么高的体温都可以随处乱跑，那我也可以。"

"可是我刚上山时，卧床了四周呢。"约阿希姆反驳他，"直到后来证实即便卧床休息热度仍不退，他们才允许我起床。"

汉斯·卡斯托普笑了笑。

"唔，怎么回事？"他问，"我的情况跟你不同。看来，你简直是自相矛盾，起先你说咱俩情况不一样，后来又说差不多。可真是糊涂。"

约阿希姆向后转了一圈。当他又回过身来时，可以看到，他那黑黝黝的脸上的阴影又加深了。

"不。"他说，"我并没有说情况相同，是你把它们混为一谈了。我只是说你的感冒很严重，从你的嗓音就能听得出来。简单地说，如果你还打算下周回家的话，你应当卧床休息。不过要是你不想——我的意思是说，要是你不想卧床休息，那就请便了。我不会给你定什么规矩。不管怎样，咱们还是去吃早餐吧。快一点儿，咱俩要迟到了。"

"快走吧！"汉斯·卡斯托普说着，把毯子甩开。他走入房内，用梳子梳理了下头发。约阿希姆又拿起盥洗台上的体温表看了看，汉斯·卡斯托普则瞅着他。然后他们便走下楼，一路无言，直到又坐在了餐厅里。此时餐厅仍和往常一样，闪耀着奶白色的光。

当那个矮个子的女侍者习惯性地给汉斯·卡斯托普端上库尔姆巴赫啤酒时，他沉着脸摆了摆手，拒绝了。他今天不想喝啤酒，什么东西都不想喝，顶多喝一口水就够了。这不禁引起了周围的注意，对于他如此反常的举动，大家都疑惑不解。汉斯·卡斯托普忍不住脱口而出，表示自己不过有点儿发烧，体温是三十七点六度。

他们的神情看起来十分可笑，个个伸出食指嘲笑他，不怀好意地眨巴着眼睛，歪着脑袋，食指在耳朵边不老实地摆来摆去，似乎发现了这个长久以来一直扮出一副忠厚老实的样子的人有什么见不得人的事。

"啊哈,"女教师说话了,略显老气的脸颊上泛起一阵红晕,"又有什么好玩的新闻啦?""啊哈,啊哈,"斯特尔夫人也笑起来,把又粗又短的手指放在鼻头上,"所以我们这位尊敬的客人也发烧啦!您现在跟我们竟是同病相怜啊!"

听到这消息,即便是坐在桌子最边上的那位姨婆也朝他挤眉弄眼,给了他一个意味深长的笑。至于漂亮的玛鲁莎,她之前基本没理会过汉斯,此时也弯了弯身子,用那双圆溜溜的棕色的眼睛盯着他看,用手绢掩着嘴,手指也在那里摆来摆去。斯特尔对着布卢门科尔博士耳语了几句解释情况,他听了这消息,也禁不住跟大伙儿一起闹起来,不过眼睛没往汉斯·卡斯托普这儿瞟。只有罗宾逊小姐像往常一样,对周围的动静无动于衷。约阿希姆则只是盯着台布看。

汉斯·卡斯托普发觉这么多人都在盯着他,不禁有些受宠若惊,不过他觉得还是制止他们这样的行为显得谦虚。"不,没什么。"他说,"各位有所误会,我这几分热度压根不碍事。我不过患了感冒,眼睛总是不大舒服,胸部也不顺畅,一到半夜就咳嗽,这还真是不大舒服啊。"可是人们根本没听他解释,只是朝着他哈哈大笑,同时拍着双手。"废话!别辩解了,不过是感冒嘛,咱们都明白,您可别想糊弄我们!"接着他们一致要求汉斯·卡斯托普马上去检查一下。他们听到这个消息后都极其兴奋,在七张桌子中,这儿的气氛最为活跃。尤其是斯特尔夫人,她那张埋在饰有褶边的领子里的脸因激动涨得通红,还能看到面颊上细小的青筋。她开口了,竟表示咳嗽的滋味是多么奇妙,要是你胸口深处痒痒的,而且越来越痒,简直无法忍受,这真是极大的乐趣。打喷嚏的感觉也相差不大,你张着嘴酝酿喷嚏,看起来有些晕乎乎的,终于在呼吸几次之后打出了一个喷嚏,这下子真是幸福无比,把原来的一切都忘了。有时还会接连打两三个,这是生活中不用花钱就能享受到的乐趣。还有一个例子,你患的冻疮在春天痒得厉害时,抓起来就会感到无比舒服,你一边抓一边能享受到这种至高的乐趣，直到把它抓出血才罢休。这时你要是无意间照到镜子，肯定会被里面自己那张瘆人的脸吓得不轻。

这个俗不可耐的女人生动地讲起了这些叫人反感的细节，因此这次早餐时间虽短，倒是叫人印象深刻。用完餐，这对表兄弟下山到高地上去，约阿希姆一路上显得心事重重，汉斯·卡斯托普则是因为鼻塞非常痛苦，时不时清清喉咙。

回去的路上，约阿希姆说："我向你提个建议。明天午餐后，我要做每个月的常规检查。这次并不是全身的检查，贝伦斯只是来给我听诊罢了，再让克罗科夫斯基做一些记录。到时候你可以与我同去，也让他们给你看看。说来有些可笑，要是在家里，你肯定会请海德金德上门看病，而在这儿，虽有两位专家在，你却到处乱跑，也不清楚自己身体怎样，病情有多严重，也不知道到床上躺着是否会好一些。"

"也好，"汉斯·卡斯托普说，"你这个提议不错，就这么办吧。参加一次检查，想来也挺有趣。"事情就这么定了下来。他们在疗养院门口，恰好碰见了顾问大夫本人，于是趁此机会向他提出了这一请求。

贝伦斯从门廊里走了出来。他身材高大，脖子细长，头上戴着一顶圆礼帽，嘴里衔一支雪茄，脸颊发青，眼睛水汪汪的。据他所说，他一直在手术室忙碌，刚刚出来，现在正打算到村子里去出诊。

"早上好，先生们，早上好！"他说，"你们一直在蹦蹦跳跳啊，嗯？这大千世界怎么样？我刚挥舞锯刀和手术刀进行了一场搏斗——你们知道，切除肋骨这件事可不容易。以前的失败概率有百分之五十，现在虽然这个比例变小了，但还是可能造成死亡。小伙子们肯定能理解我这几句笑话了……也就一分钟左右的事，见鬼，人的胸膛一下子变得不成样子，软组织变成了浆状，你们知道，完全支撑不住，变得一塌糊涂。唔，对了，你们身体可还好？上帝保佑，代谢功能可还正常？是不是有人陪着，散步也更舒心了？齐姆森，您这个老病号，可还好吧？还有这位过来观光的客人，您怎么哭了？"他忽然转向汉斯·卡斯托普，说道："在这儿，按规定是不准在公共场合哭的，不然大伙儿都会跑过来看！"

"只是感冒罢了，顾问大夫先生。"汉斯·卡斯托普回答道，"我不知道怎么患上的，不过只是感冒罢了，可炎症有点儿严重，还老是咳嗽，胸部着实难受。"

"还真是！"贝伦斯说，"您应当去请教一位信得过的大夫。"

两个青年人都笑了出来，约阿希姆以立正的姿势回答道：

"我们正打算找大夫呢，顾问大夫先生。明天我该进行检查了，不知您能否赏脸顺便也给我表弟检查一下。现在问题是，不知道到了周二，他的身体是否能好些，是否可以回家。"

"可以啊。"贝伦斯说，"当然愿意为您效劳，真是荣幸之至。我早就应该给您检查了。您刚上山时，就该来查查了！当然啦，谁都不想太急。这样，那就明天两点钟吧，两位用餐后可以直接过来。"

"我还有些发烧。"汉斯·卡斯托普又补充一句。

"不是吧！"贝伦斯嚷道，"您是要告诉我新消息吗？难道您以为我脑袋上不长眼睛吗？"说着他用那巨大的食指朝着自己两只鼓鼓的、充血的、泪汪汪的眼睛指了指。"唔，有多少度？"汉斯·卡斯托普谨慎地报出了数字。

"上午？嗯，还不算太坏。对一个乳臭未干的小子来说，还不算糟糕。好吧，明天两点钟你们一块儿来吧。唔，对我来说真是十分荣幸。两位请便吧！"说完他便朝着山下走了，走路时膝盖曲着，双臂一摇一摆，像在划桨一样，身后飘起一阵雪茄的烟雾，久久不散。

"唔，看来事情如你所愿了。"汉斯·卡斯托普说，"咱们的运气再好不过了，我这也是恰逢其时。当然，他除了给我开一些止咳糖浆和咳嗽糖之外，也不能再多做些什么了。不过如果是你，得到大夫一言半语鼓励的话，也会像我一样感到高兴的。看在上帝的面子上，他为什么总是喋喋不休？开始听时还觉得有几分意思，到后面实在不敢恭维了。什么'新陈代谢正常'，这种胡言乱语简直是无稽之谈！我可不懂什么'新陈代谢'，只知道它是生理上的用语，而至于这个'代谢正常'，听着真像挖苦。他抽烟时的那副样子，我看着也不大舒服。因为我知道抽烟对他不好，而且让他郁郁寡欢。塞塔布里尼曾经说过，他那都是强颜欢笑。塞塔布里尼是个有主见的人，谁都知道他的话有几分道理，这一点不可否认。也许我自己也应当有些主意，就像他说的，别什么东西都觉得理所应当——那是我的风格。不过某些时候我又觉得他话里面全是正义的愤慨之类的，跟判断和批评毫无关系，跟严苛的道义也完全不搭边，那共和国和优美的文体的话题又着实让人反感……"

他不知所云地说了一通，至于究竟在说什么，连他自己都不清楚。他的表哥斜瞟了他一眼后转身离开，留下一声"再见"。两人各自回房，到自己的阳台上去了。

"多少度了？"过了一会儿，约阿希姆轻声问道，尽管他注意到汉斯·卡斯托普压根没有在看体温表。

汉斯·卡斯托普漫不经心地回答："还是老样子。"

他刚回房间，就把今天早上弄到的那支体温表从盥洗台上拿起来。他把体温表在空中来回甩了几下，让水银柱不再停留在清早的刻度上。他像一个老资历的病人那样，嘴里衔着这支"玻璃雪茄烟"走到阳台上去。不过结果倒不像他胡思乱想的那样，水银柱并不比以前上升得更高，尽管为了测量得更精确，他把体温表放在舌头下面足有八分钟。不过温度仍然是三十七度六。他确实发烧了，虽然温度并没有超过清晨。下午的时候，这支一闪一闪的玻璃柱升到了三十七点七度，不过到了晚上，又降到了三十七点五度，这时候病人兴奋了一天，已经感到全身疲惫。第二天一大早，他的体温竟只有三十七度，但到了中午，又上升到了昨日的温度。就这样，正餐的时间到了，用完餐他便要去做身体检查。

事后汉斯·卡斯托普回忆起来，只记得那一天肖夏太太穿的是一件金黄色的毛衣，毛衣上的纽扣很大，口袋边缘饰有刺绣花纹。这件毛衣她还是第一次穿，至少汉斯·卡斯托普从来没有看她穿过。她仍像往常一样姗姗来迟，在餐厅门口露面时停了一会儿，那副样子正是他所熟悉的。接着她溜到自己的餐桌边，轻轻地坐下来，一边用餐，一边和同桌的餐友们聊天。这样的情况每天都会发生五次。汉斯·卡斯托普也一如既往地观察着她，或者说这次比往常更甚，他越过塞塔布里尼的后背——塞塔布里尼坐在中间的位置——目光扫向"上等"俄国人餐桌。他看到肖夏太太的背影，他看到她圆润的脖颈，稍稍曲着的后背。肖夏太太用餐时，并没有转过头来。

用完点心之后，大厅里"下等"俄国人餐桌上方墙壁上挂着的时钟进行了两点钟的报时。让汉斯·卡斯托普感到惊喜和奇异的是，当时钟正好"一、二"敲了两下时，那位漂亮的女病人微微扭动身子，转过头来，目光越过自己的肩膀，毫不顾忌地向汉斯·卡斯托普所在的餐桌投过来。她不是在看那张餐桌，没错，她就是在专门盯着他看，丝毫没有错，他本人也能看得出来。她抿着双唇，微微笑了笑，那双细长的眼睛跟普里比斯拉夫一模一样，似乎在说："唔，时间到了，你想走吗？"

只有通过这双眼睛和他对话时，她才会以"你"相称，即便本人的嘴里连"您"都未曾说过。这一插曲使汉斯·卡斯托普不由得心神荡漾，他简直不敢相信自己的感觉。他先是欣喜若狂地凝视着肖夏太太的脸，然后抬起眼睛，越过她的头顶，望向一片虚空。兴许她知道他会在两点钟时去检查身体？看来似乎是这样的，但这又是不可能的，正如她不会知道一分钟前他头脑中的想法一样。他之前还在想是否可以叫约阿希姆带个话给顾问大夫，说自己的感冒已经好了些，无须再做检查。这个想法本来已经在内心萌发了，但看到那个女人的笑容，这个想法竟缩了回去。他转而认为这么做一点儿好处都没有，只会让人感到厌倦和无聊。随即，约阿希姆把他那卷起的餐巾放在餐碟旁，扬起眉毛向表弟示意，同时站起身向桌上的各位欠了欠身准备告辞。汉斯·卡斯托普内心踌躇不决，踏着看起来坚定无比的步伐，在仿佛跟随在他背后的肖夏太太的目光和微笑下，和表哥一起离开了餐厅。

昨天早晨以来，他们没有再谈起过今天的会面，即便是现在，他们一起走在走廊上，还是一路无言。约阿希姆加快了步伐，因为现在已经过了约定的时间，而顾问大夫贝伦斯一向是要求人们准时的。他们走过管理部，沿着明净的、铺有地毯的楼梯向下走，一直到了那间"地下室"。约阿希姆对着那扇门敲了敲，门上挂着一块瓷质的牌匾，上面写有"问诊室"字样。

"请进。"贝伦斯回应道，第一个字说得特别重。他站在诊室中央，身上穿着白大褂，手上握着黑色的听诊器，他正用听诊器拍着大腿。

"速度，速度！"他一面说，一面抬起那双鼓鼓的眼睛向墙上的摆钟望了一下，"Un poco più presto, signori（意大利语，意为：稍稍快一些，先生们），我们这儿可不是专为你们这两位贵宾服务的。"

克罗科夫斯基大夫坐在窗子旁边的双面写字台旁。他像往常一样身穿一件黑色羊驼毛衬衫，脸色显得更加苍白，胳膊肘搁在桌面上，一只手握着钢笔，另一只手则捋着胡子，面前摆着各式各样的文件，上面记录了病人的情况。表兄弟两人进来的时候，他看了看他们，不过仅仅是以助理人员的身份，懒洋洋地瞟了他们一眼。

"唔，把病历拿过来。"顾问大夫听完约阿希姆的道歉后答了一句，把他手上那张有体温记录的卡片拿了过来，仔细查看。这时候病人急忙把上身的衣服脱下，挂在门边的衣架上。没有人理会汉斯·卡斯托普。他站着东张西望了一会儿，然后自顾自地坐到一把老式的安乐椅上，椅子的扶手上饰有流苏，旁边还有一张小桌子，桌上放了一只玻璃水瓶。墙边有几排书柜，尽是一些厚厚的医书和病历。房里除了一把铺有油布的可调节高度的长椅外，别无其他家具，长椅的靠枕上铺了一张餐巾。

"点七，点九，点八。"贝伦斯一面翻阅病历，一面说着。在这张病历卡上面，约阿希姆把一天五次的体温都记录了下来。"您还是有点儿发烧呢，亲爱的齐姆森。还不能说您最近变得健康些了。（他说的'最近'，是指过去的四周。）您还没有痊愈。"他说，"唔，这可不是一两天

211

就能恢复的，我们又不是魔术师。"约阿希姆点点头，耸了耸他那赤裸的肩膀。他原本想说自己上山也不是一天两天的事了，不过最后还是把话咽了回去。

"您右肺门刺过针的地方现在怎么样了？那儿发出的声音总是很尖，好些了吗？嗯？唔，您到这边来，让我来给您叩几下看看。"说着他便开始听诊了。

顾问大夫贝伦斯身子向后仰，双腿叉开，听诊器夹在胳膊下，把右手那根有力的中指作为锤子，左手则支撑着右手，从约阿希姆的腰部一路敲上去。开始时先从背后敲击右边的肩胛骨，上上下下来回敲。约阿希姆则熟练地抬起胳膊，让大夫叩打腋下。之后又在左侧重复同样的动作，再之后顾问大夫命令道："转身！"于是开始敲约阿希姆的胸部。从脖子下方的锁骨处开始，在胸部从上到下来回叩击，先是右侧，后到左侧。

当叩诊圆满结束以后，他便开始听诊，把听诊器一端放在约阿希姆的胸部和背后，听筒一端挂在自己的耳朵上。约阿希姆需要按要求一会儿深呼吸，一会儿咳嗽。这使他十分紧张，上气不接下气，眼里盈满了泪水。顾问大夫贝伦斯把所有在病人身上听到的情况，用简短的术语说给坐在写字台旁的助手听，这使汉斯·卡斯托普不由得想起裁缝店：一位衣冠楚楚的先生会帮你量一下衣服尺寸，他一边遵照传统程序用尺子在顾客的躯干和四肢到处测量，一边把量得的数据报给助手，让对方一一记下来。"弱。""减弱。"顾问大夫贝伦斯在口授。"肺泡音。"他说，后来又说了一次："肺泡音（显然，这是好的）。""粗糙。"他说，脸色沉了下来，"异常粗糙。""啰音。"克罗科夫斯基大夫把这一切都记了下来，像是在扮演裁缝的助手。

汉斯·卡斯托普把脑袋歪向一边，视线紧紧地跟随着这些动作。他细细看着约阿希姆的上身，陷入沉思。在约阿希姆深呼吸时，他的肋骨——谢天谢地，它们还是健全的——在绷紧的皮肤下面高高耸起，而腹部却凹陷进去。汉斯·卡斯托普看着这个年轻的躯体，身形瘦长，皮肤黄里带黑，胸口还有一小撮毛，两只胳膊则结实有力。他一只手的手腕处戴了一只金链镯。"这是运动员的胳膊。"汉斯·卡斯托普暗自想，"他一向热爱体育锻炼，我却不大爱，这爱好也跟他想当兵有些关系。他比我更会关心自己的身体，或者说关注的方式跟我不太一样。我始终是一个文人，想的更多的是洗热水澡、吃得好喝得好这方面的事，而他呢，关心的则是男子汉气概的培养。可现在呢，他的身体在另一个方面却显得突出了，相比其他部位，这方面变得独立而重要。但这却是疾病引起的。他的身体内部在'燃烧'，疾病还未痊愈，身体还是病恹恹的——不管可怜的约阿希姆多么想下山去当一名军人。除了胸口的那撮毛外，他发育得很好，像书里描述的一样，看上去简直就像贝尔维德尔的阿波罗雕像 [1]，可是他身体内部患了病，外部又发着烧，疾病让人变了个样儿，除了一具空壳，什么都不剩。"想到这里，他暗自感到震惊，于是用探寻的目光匆忙瞥了一眼约阿希姆，目光从他裸露着的上半身一直扫到那双大大的温柔的黑眼睛。因为强行呼吸和咳嗽，约阿希姆的眼睛里满是泪水。那双眼睛带着忧伤，凝视着前面的一片虚空。

顾问大夫贝伦斯终于结束了他的工作。

"非常棒，齐姆森。"他说，"到目前为止，一切都还正常。下一次（他指的是四周以后），情况肯定还会好不少。"

"那么顾问大夫先生，您看还得多久……"

"您又要催我了吗？您还在发烧，怎么能下去跟您那伙人瞎混呢？我告诉过您还得要半年，您就按这个算吧，不过得把这看作最短的期限。您总得懂一点儿礼节嘛！不管怎样，这山上的生活倒也不算差，我们这儿又不是监狱，也没有把您流放到西伯利亚去！或者您竟认为这和监狱

---

[1] 梵蒂冈宫殿内的雕像，为雕刻家莱奥卡雷斯的作品。希腊神话中，阿波罗是主神宙斯的儿子，主管光明、青春、音乐和诗歌等，是光明与预言之神。古希腊人非常崇拜阿波罗，将他作为理想化英雄的典型形象。

或是流放没什么区别吗？很好，齐姆森，动身吧！下一个！快过来！"他伸出胳膊，把听诊器递给克罗科夫斯基大夫。克罗科夫斯基站起身，又在约阿希姆身上叩了叩，进行复查。这时汉斯·卡斯托普站了起来，他直直地盯着顾问大夫，大夫又开两腿站着，张大嘴巴，陷入了沉思。汉斯开始急急忙忙做准备，他太过急躁，因此脱掉衬衫时显得有些手忙脚乱。终于，这个满头金发、皮肤白皙、身形瘦削的年轻人光着上半身，站到了顾问大夫贝伦斯面前。与约阿希姆相比，他显得文绉绉的。顾问大夫只是让他站在那里，自己还在暗自沉思。这时克罗科夫斯基大夫复查完毕，又坐了下来，约阿希姆也穿好了衣服。贝伦斯终于决定把注意力转向面前的这个人。

"哦嗬，"他说，"现在轮到您了，是吗？"说着他用他那硕大的手抓住汉斯·卡斯托普的上臂，接着又把他推开，眼神犀利地打量着他。贝伦斯不像一般打量别人那样望着对方的脸，而是盯着他的身体，他像转动一个没有生命的物体那样把汉斯·卡斯托普的身子转过来，接着盯着汉斯的背部。"嗯哼，"他说，"唔，让咱们瞧瞧您的身体怎样。"于是，他像之前那样开始敲敲打打。

他像刚才对约阿希姆那样，在汉斯身上到处叩打，而且在有些地方来回叩了好几次。其间，为了进行比较，他先叩了叩左侧靠近锁骨的地方，接着稍稍往下敲了敲。

"听到了吗？"他问克罗科夫斯基大夫。克罗科夫斯基大夫坐在离他五步远的写字台旁，朝他点了点头，表示已经听到对方的话。他表情严肃，下巴垂到胸前，胡子尖向上翘起。

"深呼吸！咳嗽！"顾问大夫一边命令道，一边又拿起听诊器。汉斯·卡斯托普努力配合了八到十分钟之久，顾问大夫则不停地听着。他一言不发，只是拿着听诊器这儿放放、那儿放放，在刚才反复叩击过的地方细细听着。听完后，他把听诊器夹在胳膊下，双手放在背后，低头看着他和汉斯·卡斯托普之间的地面。

"嗯，卡斯托普，"他说，这是他第一次只称呼这个青年人的姓氏，"情况跟我预想的差不多，我本来就有些怀疑，现在我可以向您坦白了——从我有幸和您结识的那时候起，我就很有把握地猜测过，您会是我们其中的一员，而且您早晚会像那些上山时只想在这里寻欢作乐、翘着鼻子嗅来嗅去的人那样认识到，在这儿多逗留一段时间是有好处的——您得记住，这不仅仅是有好处那么简单——而逗留的目的自然不是观赏风景。"

汉斯·卡斯托普的脸一下子变了色，约阿希姆原本正在扣背带，这时停下了动作，站在那儿听着。

"您还有一位好心肠的、富有同情心的表哥在这儿呢。"顾问大夫继续说，同时朝约阿希姆的方向摆了摆脑袋，稳了稳晃悠悠的身体，好不容易才站定脚跟，"我们希望，很快就可以断定他之前就患过病，或者说根据我们的检查，推测出这一结果。而且事实上，就像哲人说的，一种priori（拉丁语，意为：先验性的）现象对您产生了影响，我亲爱的卡斯托普。"

"可他不是我的嫡亲表哥啊，顾问大夫先生。"

"啧啧！您总不能否认他是您表哥吧？即便不是嫡亲表哥，总是有血缘关系的啊。是父亲还是母亲方面的表哥？"

"母亲，顾问大夫先生，他的母亲和我的母亲是异……"

"令堂还健在吗？"

"不，她已经去世了。我很小的时候她就不在了。"

"怎么去世的？"

"血栓，顾问大夫先生。"

"血栓，嗯？唔，那是很久以前的事了。令尊呢？"

"他是因为肺炎死的。"汉斯·卡斯托普说，接着又加了一句，"我的祖父也是……"

"他们俩都这样吗？唔，您的祖先都是这样，现在就您而论，您贫血得厉害，不是吗？可是在进行体力和脑力劳动时，您是不是一点儿也不会感到疲倦，还是很容易疲倦？您是不是时常心悸？最近才发现的？行。还有，您很容易染上呼吸道炎症和支气管炎吧？您可知道，您已经染上了病？"

"我？"

"对，就是您，我已经了然于心了。您能听出有什么区别吗？"于是顾问大夫轮流叩击他左胸的地方，先是上部，接着是下部。

"那边的声音听起来比这边的混浊些。"汉斯·卡斯托普说。

"太好了，您应该当一名专家。唔，这就是浊音，浊音往往由陈旧的病灶引起，同时伴有钙化现象的发生。您知道的，这些都是旧病灶。您可染病很久了，卡斯托普，可是您不知道自己有病，我们也不能怪罪任何人。早期诊断比较困难，对山下的那些同行来说尤其如此。我并不是想说我们的耳朵比他们好使，不过干这行多少也得有些能耐。您要知道，山上的空气对我们有帮助，有利于我们听诊——您应当知道，我指的是这山上稀薄而干燥的空气。"

"当然啦，确实如此。"汉斯·卡斯托普说。

"很好，卡斯托普。小伙子，现在您且听着，恕我奉上几句金玉良言。如果困扰您的只有这些，就是说，除了浊音和钙化之类，没什么其他的事，我就会把您送回老家去，不用再为您操心。可是事实摆在这儿，自从您上山后，通过观察，我们有了新的发现。所以呢，您下山去实在没什么好处，因为过不了多久还得再上山来。"

汉斯·卡斯托普感到血液涌上心头，他的心怦怦乱跳。约阿希姆还站在那里，双手按在背后的纽扣上，两眼望着地面。

"因为除了浊音之外，"顾问大夫继续说道，"您左上侧呼吸音有些粗，差不多是呼吸道问题，这无疑是新患的病引发的。我现在还不敢断言它就是浸润性病灶，但显然它有些浸润。要是您现在打道回府，任其发展，您的整个肺叶很快就没救了，到时候可来不及啦。"

汉斯·卡斯托普一动不动地站着，他的嘴角扭曲得很厉害，可以看出，他的心脏正顶着肋骨怦怦狂跳。他转过头去看约阿希姆，却看不到对方的眼睛，于是又望向顾问大夫的脸，那是一张发青的脸，蓝蓝的眼睛鼓起来，小胡子向上翘着。

"还有一点也可以证明，"贝伦斯继续说，"我们有您的体温记录，上午十点钟三十七点六度，这与听诊的结果恰恰相符。"

"我以为，"汉斯·卡斯托普说，"发烧是感冒引起的。"

"至于感冒，"顾问大夫反驳道，"感冒是从哪里来的？听好了，卡斯托普，请让我跟您交代几句，我说的您要记住。据我所知，您的想法迂回曲折，错综复杂。而今，我们这儿的空气对疾病有好处，我是指，对治疗疾病有好处，您知道的。难道您不这么认为吗？唔，这是事实。不过呢，这儿的空气也对疾病的滋生有好处，它会促进疾病的发展，让整个身体发生一次变革。它能促使潜在的疾病苏醒，从而爆发。不幸的是，您的感冒就是这样一种疾病的爆发。我不知道您在山下是否也有发烧症状出现，不过要我看，您显然是在上山的第一天就发着烧，绝不是感冒之后才有的。"

"没错。"汉斯·卡斯托普说，"我想也是这样。"

"照我说，您很可能一发烧，整个人就迷迷糊糊的。"顾问大夫证实了他的看法，"这是细菌的可溶性毒素引起的。它就像麻醉剂那样把您的中枢神经系统麻醉，因此您的脸颊就会泛红。您现在还是先在床上躺着为好，卡斯托普，我们得看看您卧床休息一两周以后，头脑会不会清醒些，其余的日后再说。我们要给您好好做一下 X 射线透视检查，能看到自己身体内部的情况，会让您很高兴的。不过请恕我直言，像您这样的病，一两天是好不了的。那些广告上吹嘘的神丹妙药压根儿没什么作用。我见到您的第一眼就看得出来，跟您表哥比起来，您应该是一个更合格的病人。在对待疾病方面，您看上去也比这位将军强些。每当热度退下几分，他就急不可耐地想溜之大吉。看来'静卧'这个口令远没有

'立正'那么对他的胃口！安静是市民的首要职责，而不耐烦则毫无好处。现在，卡斯托普，我请您千万别让我失望，不要用谎言来应付我！现在走吧，到你们的小房间里去。齐步走！"

顾问大夫贝伦斯就这样结束了这次会面，坐回写字台前。这位忙得抽不开身的人开始趁着这段时间写着什么，等待下一位要检查的病人。克罗科夫斯基大夫则从座位上站了起来，大踏步朝汉斯·卡斯托普走去。他斜仰着脑袋，一只手搭在年轻人的肩膀上，亲切地微笑着，胡须中间露出一排黄牙，他热情地握了握汉斯的手。

第五章

Der Zauberberg

一成不变的汤

在这里我们将会看到一个现象，作者本人对此已经详细描述过，免得读者云里雾里。汉斯·卡斯托普上山后已经过了三周，也就是二十一个炎热的夏日，就像大家都知道的那样，他逗留的时间仅限于这些日子。如果说这部分叙述花去了这么多时间和篇幅是在我们意料之中的话，那么对接下来的三周，我们将不会再花那么多精力、时间和篇幅去讲述，不会把每一天的活动都如数记录下来。我们相信，随后的这三周很快就会过去，一转眼便消失在我们的视线里。

或许这么做会让读者有些惊讶，但是，这都是正常的，也符合讲述故事的规律和听众的习惯。我们之所以这么说，是因为对我们来讲，不管时间是长还是短，是被拉长的还是被缩短的，都并不在于我们的讲述，而在于我们这位年轻的汉斯·卡斯托普的经历，这位被突如其来的命运掌控的主人公的经历。鉴于时间的神秘性，如果我们还要继续探索主人公的交际圈，那么现在便应该开始让读者做好准备迎接随之而来的奇幻现象了。

眼下，我们需要记住的仅仅是一个人卧病在床期间，时间会以飞快的速度消逝这点罢了——虽然这是一段无比冗长的日子。每一天都重复着一样的事情，没什么新鲜花样；既然每天都相同，在这里用"重复"这个字眼儿就不够确切，倒不如"一成不变的现在""千篇一律"或者"永恒"表达得更为准确。它们像是午餐时为你端来的肉汤，这汤好像和昨天端过来的一样，明天亦会端来这样一碗汤，这种感觉向你袭来，可是你却无从得知它是什么时候来的，又是怎么来的。看到这些肉汤被人端上来，你不禁感到头晕目眩。这些时间掺和在一起，接着又一起消失，让你感到迷糊不清。它们在你面前展现出了时间的真正含义，把你带入一个没有量纲的世界，在这个世界里，人们永远为你端来肉汤。不过这样一来，我们一边谈论着时间的永恒性，一边又在说时间过得太慢，这不免自相矛盾起来。这种自相矛盾，我们应当避免，而我们这位主人公更应当避免。

因此，汉斯·卡斯托普从周六下午便开始卧床休息，这都是遵照这个小世界里的最高权威，也就是顾问大夫贝伦斯的医嘱执行的。他穿着睡衣躺在干净洁白的床上，睡衣的袖口绣有花押字。这张床是那个美国女人临终时躺过的地方，也许还躺过其他各种各样的死人。他那天真无邪的、因感冒而变得有些无神的蓝眼睛望着天花板，沉思起自己奇特的命运来。这倒并不是说，要是没有感冒，他的眼睛会更加清澈明亮，更加认真专一。不，当然不是，毕竟他的内心原本便是如此。他虽然单纯，但也是心事重重、神色不安又满腹猜忌，并非纯粹的天真。他就那么躺着，时而因为心底涌上来的那种疯狂的、得意扬扬的胜利之感而震惊，心脏停滞；时而因为某种从未经历过的奢侈的期望而隐隐作痛；时而又因为恐惧而战栗，脸色发白。这是他的良心在作祟，而他的心脏则顶着肋骨怦怦乱跳。

第一天，约阿希姆留他自己静心休息，对以后的事避而不谈。出于礼节，他到病房里来探视过两三次，对着病号点点头，询问对方是否需要自己做些什么。对于汉斯·卡斯托普的难以启齿，他自然能够理解，并且表示尊重。他了解得越多，越是感觉自己的处境比汉斯更加尴尬。

可是周日上午，当他早上一个人散步回来后，便无论如何不想再拖延下去了，他得跟汉斯一起商讨商讨下一步应该怎么做。他在床边坐下来，叹了口气，说道："是啊，这么下去不是办法，咱们得采取行动了。家里人都盼着你回去呢。"

"时间还没到呢。"汉斯·卡斯托普回应道。

"话虽如此，不过也就是这几天的事了，不是周三就是周四。"

"哎，他们不会这么精准地选定某一天盼着我回去。"汉斯·卡斯托普说，"比起数着日子等我回去，他们还有别的事情可干呢。我一回去，蒂恩纳佩尔舅公准会说：'噢，你又回来啦！'詹姆斯舅舅会说：'唔，过得还好吗？'要是我不回去，他们还会惦记我一段时间，这一点你得相信。当然啦，过一阵子咱们肯定得通知一下他们。"

"你可以看到，这些事对我来说可不好办。"约阿希姆说着又叹了口气，"现在这算怎么回事？我觉得这事儿我多少也有责任。你上这儿是来探望我的，可是我却把你留了下来。你现在躺在这儿，谁知道你何时可以离开这个地方，回到山下去过正常的生活呢！你应该明白我有多难受。"

"别急。"汉斯·卡斯托普说，双手依旧托着后脑勺，"你的心烦意乱简直毫无道理。我不正是上山来探望你的吗？对，正是这样，但是不管怎么说，我终究是听从海德金德大夫的医嘱来这儿休养身心的。哎，事实表明，我现在需要比他和咱们中任何一个人所预想的更多的休养。好在也有人像我一样，本只打算来此地匆匆地探望亲友一番，但最后却发现事情变了样。你还记得'两口人'的那个二儿子吧，他到这里之后，命运变得截然不同。我都不知道他现在是否还活着，或许当我们坐在餐厅里用餐的时候，他们已经把他带走了。而我竟染上了病，这对我来说自然是个噩耗，不过我也只能把自己当作这儿的病人，当作你们其中的一员，而不再是来访的客人，我得慢慢习惯这点。但是说真的，我也并不会大惊小怪，我一直不觉得自己的身体有多健康，加上父母在我幼年时又都去世了，我的身体自然不会有多健壮！你也有些疾病，这一点不可否认，虽然很快就会痊愈。这或许涉及家族遗传问题，贝伦斯大夫就这么说过。

"不管怎么说，我从昨天开始就一直躺在这儿，来回思考这些事，考虑着，你知道，以怎样的态度对待生活。我骨子里是个一本正经的人，对聒噪喧嚣的场合总有些反感；前不久我们讨论过这一点，我当时还说过，我有时候有点儿想去从事神职工作，因为我对这些悲恸的、有启迪性的东西颇感兴趣——一块黑布，你知道，上面还有一个银质的十字架或者 R. I. P. 字样，也就是 Requiescat in pace（拉丁语，意为：愿逝者安息）。在我看来，这是最动人的话，远比'他是一个知足常乐的人'更得我心，后面这句简直是瞎凑热闹。我想这一切只是我生了病的缘故，我常常对疾病毫不在意——现在也是这样。不过事情既然如此，我认为能上山来做一番检查倒是挺幸运的。你完全没必要责怪自己。你不是也听到了他说的吗，要是我打道回府，任病灶发展，我的整个肺叶就彻底没救了，到时候就来不及啦。"

"这个也说不准。"约阿希姆说，"这事恐怕大家都说不准。他们说你先前就患过病，这一点又有谁在意呢。那些病灶早已痊愈，他们现在只能在给你听诊时听到几声无关紧要的浊音罢了。要不是你到这山上来，恐怕在他们口中的那些浸润性病灶也会自然痊愈。这可说不准。"

"没错，这确实说不准。可是正因为这样，我们没有理由往最坏的一面想。就比如说，我应该在这儿待上多久。你说没有人知道我何时可以健康地到船厂去，但是你这么说太悲观了，这结论下得还为时过早，因为我们也不知道会变成什么样。贝伦斯还没宣告期限，他是个考虑周全的人，并不像算命卜卦那样。再说了，我还没照过 X 射线，只有做了透视检查，才能发现事实的真相。谁知道他们又会有什么新说法呢，而且没准我在检查之前就已经退热，就能跟你们道别了呢。时候未到，我们动静还是别太大，也不必大哭大嚷地跟家里人汇报。目前看来，咱们只需写一封信，告知他们我患了重感冒，并且有些发烧，需要卧床休息，暂时还不能动身下山，这样即可。其余的就随它去吧。"

"好，"约阿希姆说，"眼下我们可以先这么办。至于其他的，再等着看看吧。"

"其他的什么？"

"别这么没头没脑的！你只是来这儿住三周，仅仅带了一只旅行用的扁行李箱。你要买内衣裤和床单，还有过冬用的衣物，鞋子也需再买几双。总之，你现在是要破费一番了。"

"假如，"汉斯·卡斯托普说，"假如我需要这些东西的话。"

"那好吧，咱们先等着瞧好了。我们不该——"约阿希姆一面说，一面在房里踱来踱去，"咱们应该面对现实啊。我自己在这儿待了好些日子了，对山下的生活已经不大了解。既然贝伦斯说你的肺有些地方听起来粗糙，几乎是啰音了——唔，当然了，咱们先等等看吧。"

事情就这么定了下来。山上的日子倒是老样子，每周一次、每两周一次的活动照常举行。虽然汉斯·卡斯托普目前处于卧床的状态，不过这些例会他照常要去，即便有时不能亲自去，也能通过约阿希姆的报告知晓一二。约阿希姆经常过来，坐在床边跟他聊个一刻钟。

山庄里的侍者把周日的早餐装在盘子里端进来，盘子上面还装饰了一只花瓶。他们当然没忘了给汉斯送上周日特供的酥皮糕点。用餐完毕后，山下显得热闹起来，小号和单簧管的奏鸣声传来，每两周一次的音乐会开始了。这时约阿希姆进来了，在敞开的阳台门旁边坐下来，汉斯则从床上半撑起身子，把脑袋歪向一边，倾听着那悠扬的乐曲，眼里熠熠发光，一副十分虔诚的样子。一想到塞塔布里尼乱扯的那套音乐"政治上可疑"的论调，他不由不屑地耸了耸肩膀。

此外，就像我们已经交代过的那样，约阿希姆会向他汇报疗养院最近的生活状态。汉斯·卡斯托普问他，大伙儿有没有穿节日的盛装，是否有谁穿着饰有花边的晨服——不过天气还有些冷，穿带花边的晨服还不大合适。他还问起有没有人驾车出游——果真不出所料，确实有人出游了，其中就有"半肺"协会的成员，他们集体出动，到克拉瓦德尔去。次日，也就是周一，约阿希姆刚从演讲会上回来，汉斯就让他把克罗科夫斯基大夫的整个演讲内容都讲给他听，于是约阿希姆趁着到阳台去做静卧疗养的时间，顺便过去跟表弟聊了聊。他不大想开口，不太愿意跟汉斯汇报演讲会的内容，就像上次演讲会结束后那样缄默不语。但是汉斯死缠烂打，非要他说说演讲会的具体内容。

"我只是这么躺着，"他说，"可是什么费用都要付。我总得知道这儿的动态吧。"这时候他又想起两周之前的那个周一，他独自进行的散步，那次散步并没有给他带来什么好处，不过证实了他的猜测。也许正是那次出行使得他的机体发生了病变，潜伏的疾病在他身体内部爆发。"不过，这儿的人说起话来真够严肃的，一本正经。"他说，"我是指那些普通人，听上去简直像朗诵诗歌一样。'非常感激，上帝保佑您。'"他又念了一次，模仿着樵夫的语气。"我是在山上的树林里听到这话的，我将终生难忘。你知道，当你把某件事情跟其他的回忆以及某些印象联系在一起的时候，你将到死也不会忘记。唔，克罗科夫斯基大夫又提到'爱情'这个话题了吗？关于这点，他今天都说了什么？"

"噢，没什么值得一提的。你上次也去听过，知道他都讲了什么。"

"不过他有没有讲什么新内容？"

"和上次毫无区别。噢，对了，今天他讲的纯粹是化学。"约阿希姆终于放下架子，不大情愿地给表弟讲了起来，"这似乎是某种中毒现象和机体的自我感染，克罗科夫斯基大夫是这么说的，这是由一种我们尚未了解的、在人体内大量存在的物质的分解引起的，分解之后生成的物质像麻醉剂一样，会对脊髓中的神经中枢起麻醉作用。和某些注射式的毒物一样，比如吗啡或可卡因。"

"正因如此，你的脸上才会泛红啊！"汉斯·卡斯托普说，"不过，这倒是值得一听，他真是无所不知，不过也有可能只是在讲些歪门邪道。且慢，有朝一日他还将发现那种在人体内大量存在的物质，从中分解出可溶性毒素，对神经系统进行麻醉，这样一来，他就会把我们弄得更加迷糊不清。也许过去他们研究过这个东西。听他说话的时候，我总是忍不住想起迷幻药一类的药物来……你想走了吗？"

"是啊，"约阿希姆说，"我得去躺着了。从昨天起，我的体温曲线又升高了。你这些事也影响到了我。"

周日和周一就这么过去了。夜尽昼来，一转眼这已经是汉斯·卡斯托普待在"小屋"的第三日了。这也是一周之中平凡的一天，没有什么特别之处，不过是个周二。不过周二也是他到山上来的日子，如今他已经在这儿待了整整三周；时间紧迫，他得早些给家里写一封信，把自己现在的状况告知舅公，考虑到他们心里的感受，多少得轻描淡写一点儿。

他把鸭绒被垫在背后，在疗养院提供的信笺上动起笔来，说他动身回家的日子要延期了，因为发了烧，现在正卧床休养；而贝伦斯大夫——也许他确实是这么想的——对这病十分重视，认为它跟汉斯·卡斯托普的身体健康有直接的联系。这位大夫第一次见他时，一眼便看出来他患有贫血。简而言之，这儿的权威人士最初给他规定的养病日期不算太长。以后只要他有机会，还会及时写信的。这样就差不多了，汉斯·卡斯托普暗自想，说得不多也不少，不管怎样，总之可以先稳住他们一段时间了。他把这封信交给了疗养院的侍者，并且嘱咐他别像往常似的直接投在内部信箱里，而是直接到火车站去，赶最早的那班火车把信寄出去，这样能快些把信送到。

把这些都处理好之后，我们这位冒险家心中的石头终于落了地。虽然咳嗽老是找他的麻烦，而感冒又让他的脑袋昏昏沉沉的。现在他开始顺其自然地过着每一天。日子依旧一成不变，只是被分成了一个个小段，每一天都千篇一律，既不能说时间过得太快，也不能说太过冗长沉闷。

早上的时候，浴室师傅会伴着重重的敲门声走进来。他是一个叫塔恩黑尔的神经质的男人，习惯把袖子卷起来，露出青筋凸起的手臂，说话时咕噜咕噜的，不太流畅。他对汉斯·卡斯托普和对其他病人一样，用他的病房号码称呼他，然后拿酒精给他擦拭身体。浴室师傅走后不久，约阿希姆便穿戴整齐地来了，问候了一句之后，询问他早晨七点的体温，接着讲了讲自己的情况。约阿希姆在下面的餐厅里用早餐的时候，汉斯·卡斯托普也在楼上用餐，虽然换了个环境，但他食欲不减，大口大口地吃着。

两位大夫例行公事地走进房内时，他泰然自若。这二人匆匆地穿过餐厅，在卧床的病人以及重症病患房间巡视了一番，此时来到了汉斯这里。汉斯·卡斯托普嘴里还满是果酱，抬头向两人表示自己睡得"很好"，视线穿过杯子的边缘，扫到顾问大夫的身上。他曲着身体，双手握拳，胳膊支在房间中间的那张桌子上，迅速地扫了一眼体温记录表。两位大夫离开房间时都跟他道了早安，他则用拖长的音调漫不经心地回应。

接着他点起一支雪茄烟，看到结束了早间散步的约阿希姆刚好回来，他几乎没意识到他们刚刚道过别。两人天南地北地胡侃起来，约阿希姆也去躺了下来，一直到第二次早餐时间方才起身，这次间隔太短，因此即便是一个头脑简单的人，也不会感到无聊。而汉斯·卡斯托普呢，对过去三周的事态已经了解得很清楚，而且印象深刻，但他也需好好思考目前的处境和今后的发展。因此，床头柜上那两卷从山庄图书馆借来的厚厚的连环画还是被他搁置，他没有精力去翻阅。

约阿希姆到高地上去散步的这段短短的时间内，情况也没什么两样。散步结束后，他回到汉斯·卡斯托普那儿去，分享途中的各种见闻。在他回到自己的阳台上做午间休息之前，总要在汉斯的病床前待一会儿，站着或是坐着，跟他聊上几分钟。午休的这段时间究竟有多长呢？仅是短短一小时罢了。汉斯·卡斯托普双手抱着后脑勺，眼睛直勾勾地盯着天花板，似乎陷入了沉思。低沉的锣鼓声又响了起来，通知病人们做好准备，正餐就要开始了。

约阿希姆走下楼去，"中午的肉汤"也端上来了。"肉汤"其实并非真正的肉汤，只是一个象征性的名词罢了。汉斯·卡斯托普吃的不是病号饭。他确实躺在床上，但是可付了全部的费用，在这个惯例的午餐时间，端上来的绝不是什么肉汤，而是富有山庄疗养院特色的六道菜肴，菜色齐全，应有尽有。山庄里周一到周六每一天的菜肴都十分丰盛，而周日呢，简直是节日的盛宴，各色菜肴都由疗养院一位在欧洲高级饭店的厨房受过训练的特级厨师准备。而女侍者的任务则是照料卧床的病人，她把那些盛着各色菜品的考究小锅放在一张小桌子上，一起推到病人那儿去，锅上盖着镀镍的盖子。这个可以移动的小桌子是女侍者自创的，只有一只桌脚，可以通过调节架到病人的床上去。汉斯·卡斯托普像童话中裁缝的儿子那样，狼吞虎咽地吃起来 [1]。

他刚刚吃完，约阿希姆就回来了，他回到自己房间的阳台上去，这时已是下午两点半了。人们都在午休，整个山庄疗养院陷入一片寂静。或者这么说还不大确切，准确地说，到了差不多两点三刻的时候，整个疗养院才安静下来。但这里总是在马马虎虎地计算时间——就像旅行时长时间乘坐火车的时候，或者你完全神游的时候，只希望时间能快点过去——时间单位都是以整数计算的，这一刻钟的零星时间根本不必计在内，会被他们不经意略过。两点一刻可以看作两点半，或者既然理论上已经过了两点，那你甚至可以把它看作三点钟。三十分钟可以当作三点到四点这整段时间的开始点，暗地里无须计算入内。这么算的话，午休的这段时间也不过一个小时罢了，结尾的一段甚至被省略掉了，是的，加了一个省略号，而这个省略号指的就是克罗科夫斯基大夫。

没错，现在克罗科夫斯基大夫独自查房的时候，不再回避汉斯·卡斯托普的病房了；我们这位年轻人不再是一个可有可无的存在，他现在也是一位病人，要得到和其他病人同等的重视，他应该被嘘寒问暖，而不是无人问津。过去那么长一段时间他都处于被忽略的状态，不禁暗自感到有些苦恼。周一那天，克罗科夫斯基大夫第一次在他的房里出现——我们说"出现"，是因为只有这个词才能准确地描述当时汉斯那种奇特的、有些不知所措的状态。当时他刚躺了半个小时或者一刻钟，昏

---

[1] 详见《格林童话》。

昏欲睡，迷迷糊糊中意识到这位助理医师就在他的身边。他不是走的房门，而是从外面进来的。这次他查房并不是沿着走廊，而是沿着阳台进行的，他从阳台的那扇门走进来，好像从天而降一般。助理医师就这样站在汉斯·卡斯托普的身边，黑黑的脸没有一点儿血色，肩膀既宽阔又壮实。他的胡须向两边分开，当他富有男子汉气概地笑起来的时候，胡须中间露出一排黄牙……

"您似乎没想到我会来，卡斯托普先生。"他拖长了语调，用柔和的男中音说，语调无疑有些做作。发 R 音时有些外国人的腭音，并未卷舌，只是让舌头碰了一下上门牙。"不过我只是在履行我愉快的义务，我现在应该是有权利来拜访您的吧。您和我们之间的关系现在已经进入了一个新阶段，一夜之间从客人变成同志。"听到"同志"一词，汉斯·卡斯托普不禁感到一阵仓皇失措。"这事谁又能想得到呢？"克罗科夫斯基大夫友好地打趣说，"当我有幸跟您结识的时候，谁又会想到这些事呢，您当时面对我错误的猜想——您当时认为是错误的——尽力辩解说您自己身体健康、全然无恙。我承认当时我表现出了怀疑，但我跟您保证，当时我只是随口说说罢了。我不想再自以为是，以为自己能看透一切。当时我并没有想到什么浸润性病灶。我那时谈的仅仅是普遍性的哲学问题，也就是'人'和'身体健康'这两个概念是否完全相符。即便是现在，对您的诊察结束后，我和我那位上司仍然存在分歧，我认为浸润性病灶并不是您的病情中最重要的因素。对我来说，它只是一个次要的现象——有机体原本就是次要的——"

汉斯·卡斯托普急促地吸了一口气。

"……而至于您的感冒呢，依我看啊，则是第三种现象。"克罗科夫斯基大夫又加了一句，声音极为轻柔，"现在可还好？在这方面，卧床休息肯定很快就奏效。您今天体温是多少度？"

从那时候起，这位助理医师的检查便只是普通的病房巡查了，在接下来的几天甚或几周中都是如此。克罗科夫斯基大夫会在三点一刻或者更早些的时候从阳台门走进来，爽快而大方地跟这位病人打招呼，问问他的病情，其中兴许会夹杂一些私人方面的闲聊，开一两句无伤大雅的玩笑。如果说在这一点上有些猜忌的意味，那么到后来他们对这些猜忌也都习以为常了，只要保持在一定的限度内就可以。不久之后，汉斯·卡斯托普便不再像开始时那样对克罗科夫斯基大夫的出现抱有反感。这已经成了汉斯日常生活中的一部分，成了他午休时候的"省略号"。

大概四点钟的光景，助理医师离开他的房间，回到阳台上去，此时已接近傍晚。没错，在他还完全没有意识到的时候，傍晚就要到了，天色渐渐暗了下来，黄昏已然降临。在下面的餐厅里，人们还在喝茶，时间则已经接近五点钟。等到约阿希姆第三次例行散步回来，去探望他表弟的时候，已经差不多是六点了。如果我们用整数计算的话，要是再做一次休息，这段时间也只有一个小时左右。如果脑子里思想活络，或是床头柜上有一整套百科全书的话，要打发这段时间并不算难。

这时约阿希姆前来和他道别，下去用晚餐。汉斯·卡斯托普的饭菜也端上来了。在他用餐的时候，山谷里已经罩上了一层阴影。吃完后，他便裹着羽绒被斜靠在床上，面前的餐食已经被他一扫而光，外面是一片愈加暗沉的暮色。今夜的暮色和昨日一样，甚至和上周比起都毫无两样。早晨刚刚过去，夜晚便已降临。日子被分成了一小段一小段的，被人为地缩短了，在他手里成了碎片，化为一片虚无。他一开始发觉这一点时，感到有些诧异。或者说，不管怎么样，他至少真的察觉到了这一点，这么多年来，他从未有过如此陌生的感觉，好像从一开始他就躺在这儿，一直这么凝视着时间的奥秘。

某一天，大概是汉斯·卡斯托普卧床休息的第十天或者第十二天，他正卧在床上，突然响起了敲门声。当时约阿希姆还没有回来，他还在参加晚餐后的社交活动。在汉斯·卡斯托普说了一声"请进"后，门打开了，洛多维科·塞塔布里尼出现在门口。门被打开的当儿，屋里亮起了耀眼的灯光。原来客人踏进门槛后的第一个动作，便是把屋里的电灯打开。顷刻间灯光从屋顶照下来，顶灯的光照在白色的天花板和家具上，把房间里映照得一片光明。

这些日子汉斯·卡斯托普特意向表哥提起过的唯一一位病人，便是这位意大利人。约阿希姆每每来看望时，都要在表弟的病床前站或坐上十分钟到一刻钟，每天会来上十次。他把疗养院里的一些逸闻趣事以及日常生活的某些变化一一道给表弟听，汉斯·卡斯托普则向他提出问题，都是一些泛泛的问题，并不会专门针对某个人。这位离群独居的病人总想打探一下情况，看看是否有新病人上山来，或者有没有哪个熟悉的病人离开。令他高兴的是，只有新病人进来，倒是没有人离开。有一位刚来的病人，是个双颊深陷、脸色泛青的年轻人，吃饭时他和脸色白得跟象牙一样的莱维小姐以及伊尔蒂斯太太同桌，正好在表兄弟那张餐桌的右边。那么没有人想要离开吗？约阿希姆每次都用简短的一个"不"字回答这个问题，到最后他被搞得有些不耐烦，想把事情说清楚，一了百了。据他所知，没有人打算离开。事实上，压根没那么容易知道有谁想要下山。

不过汉斯·卡斯托普会指名道姓地专门提起塞塔布里尼，想听听他对这事"怎么看的"。什么事呢？"嗯，我在这儿躺着，已经算是病倒了。"塞塔布里尼似乎之前对这事发表过看法，虽然只是一笔带过罢了。汉斯·卡斯托普去向不明的那天，塞塔布里尼曾向约阿希姆打听过他的消息，显然想听到客人已经离院下山的消息，但是知道真实情况后，他只说了两个意大利单词作为回答——第一个是"Ecco！"第二个是"Poveretto！"意思是"原来如此"和"可怜的小伙子"。这对表兄弟对意大利语的理解能力比任何人都强，要理解这两个词的意思自然不在话下。"他干吗说'可怜的小伙子'呢？"汉斯·卡斯托普问道，"他不也住在这山上吗？他满口都是那由政治和人文主义组成的文学，这对生活几乎起不到什么积极作用。他没必要高高在上地垂怜于我，我总会下山的，而且比他早得多。"

而今，塞塔布里尼先生站在这灯火通明的房间里。汉斯·卡斯托普用胳膊支起身子，眨巴着眼睛朝门口张望，认出是他后一下子脸红了。和往常一样，塞塔布里尼穿着一件宽边翻领的厚大衣，还有一条格纹裤，外翻的领子已经有些磨旧了。他刚用完晚餐，习惯性地叼着一根牙签。他的嘴角在那漂亮的翘起的小胡子下面弯成了一个弧度，又现出往日那抹诡异的、冷冷的、带着些讽刺的笑。

　　"晚上好啊，工程师！您允许我来探望您吗？要是可以，我需要亮光。还请原谅我自己打开了电灯。"说着他抬起瘦小的手朝天花板的灯泡挥了挥，"看来您在冥思苦想啊，我真不该过来打扰您。处在这样一种境况下，您当然要冥思苦想啦。要是您想找人说说话，还有您的表哥呢，您瞧，我真感觉自己是个多余的人了。不过即便如此，咱们共同生活在这个小空间里，之间难免会生出些同情心，精神契合，情绪相通……大伙儿已经整整一周没有见到您了，连我都开始在想，或许您真的已经下山了，因为我看到斋堂里您那个位置都空出来了。少尉纠正了我的想法，甚至有点儿教育我的意思，如果这么说并不失礼的话……唔，您怎么样啦？感觉还好吗？我想，不会太过灰心丧气吧？"

　　"啊，是您啊，塞塔布里尼先生！您真是太客气了！斋堂啊……噢，我说呢，还好啊，你又在打趣了吧！快请坐，您一点儿也没有打扰我。我刚才躺在床上沉思呢，不对，说沉思有些过头了。我只是懒得把灯打开罢了。谢天谢地，我主观上感觉良好，跟平常一样，卧床休息后，感冒也好了不少。不过这只是次要的现象，就像大家都对我说的那样。我的体温还是和往常没两样，三十七度五到三十七度七之间，毫无变化。"

　　"您经常量体温吗？"

　　"是啊，每天量六次，跟你们所有人一样。请原谅我，一想到您把咱们的餐厅称作'斋堂'，我就忍不住想笑。'斋堂'是修道院用的词，不是吗？不过说真的，这儿的餐厅还真有点儿这个味道，虽然我从没去过修道院，不过可以想象到它们应该大同小异。我对'规章制度'已了如指掌，而且严格遵守。"

"像一位忠实的信徒一样虔诚。咱们可以说，您的见习期已满，可以正式上岗了。我真诚地向您道贺。您甚至还说了'咱们'的餐厅。但是，虽然我无意冒犯您男子汉的尊严，但是在我看来，您更像是一个年轻的修女，而不是一个年轻的修士。这个修女刚削过发，是一个天真无邪的耶稣基督新娘，两只大大的眼睛里写满了献身的精神。我之前在世界各处见过这样的羔羊，总是不失……不失感伤意味。没错，您的这些事我已经从您的表哥那里听过了。听说您不久前还做过身体检查了。"

"因为我发了烧，塞塔布里尼先生。要怎么办呢？要是在家里，我肯定要请一位医师来诊治。可是在这儿，可以说近水楼台，问诊室里还有两位专家……说起来真有些诡异。"

"当然啦，当然啦。而且在他们安排之前，您已经自己量起体温啦，不过他们老早就提议您量了。体温表是米伦东克小姐偷偷塞给您的吗？"

"塞给我的？当时是情势所需，我从她那儿买的。"

"我懂得。这笔交易真是天衣无缝。顾问大夫决定让您住几个月？老天爷，这个我以前就问过您啦！还记得吗？那时候您刚刚上山，信誓旦旦地回答我……"

"我当然记得。上山之后我又经历了不少新的事情，不过现在想起来，就犹如发生在昨日一般。您当时可真有趣，把贝伦斯称作阴间的判官，什么拉达曼提斯，是这么叫的吗？不，且慢，还是别的什么？"

"拉达曼提斯？对，我可能这么叫过他。我一时兴起说的词，现在可不见得能记起来了。"

"拉达曼提斯，当然啦，迈诺斯和拉达曼提斯。您那时候还跟我谈起过卡尔杜齐呢……"

"很抱歉！亲爱的朋友，要是您不介意，就把这些事撇一边吧。现在，这些名字从您的嘴里说出来，感觉甚是怪异。"

"那也不赖嘛。"汉斯·卡斯托普笑了起来，"不过我倒是从您那儿了解了不少关于他的情况。当然，那时候我还一无所知，回答您说我只在这儿住三周，其他的毫不了解。那个叫克莱费尔特的女孩还从人工气胸里朝我发出口哨声呢，那时候我真不知道自己身在何处。不过即使在刚来时，我也感觉有些发烧，因为这儿的空气不仅对疾病的治疗有好处，对疾病的发展也有好处，有时会促使疾病滋生。为了更好地治疗疾病，这一步倒是必不可少的。"

"这个假想挺吸引人。不知道贝伦斯是否跟您说过去年住在这儿的那个德国女人——不对，是前年，那个女人在这儿住了五个月。他没说过？应该跟您说说的。那是个挺有魅力的女人，拥有俄国和德国血统，已经结过婚，是位年轻的母亲。她来自波罗的海周围的某个省，患了淋巴结炎和贫血症，可能还有其他什么严重的病。他们告诉她要有些耐心。住了一个月之后，她长吁短叹，表示自己每况愈下。大家告诉她只有大夫的检查能说明她的病情是好是坏，她这只是自己的主观感觉，根本无关紧要。大夫们认为她的肺部没什么问题。很好，她之后也没再说什么，继续疗养，一周之后体重降了下去。第四个月，在检查的时候她突然昏厥了。贝伦斯表示这没什么，她的肺部很健康。不过到了第五个月，她已经不能四处走动了，只能躺在床上，于是她写信给住在波罗的海的丈夫。贝伦斯收到过他的一封信，上面写着'亲启'和'火急'的字样，字迹苍劲有力。我本人也亲眼见过这封信。

"'没错。'贝伦斯耸着肩膀说，'现在看来，显然是她自己无法适应这里的气候了。'听了这话，女人歇斯底里地爆发了，大叫着说，大夫应该早点告诉她，她一开始就感觉到这一点了，现在他们彻底把她毁了。我们只希望她能回到丈夫的怀抱，精力能得到恢复。"

"噢，妙极了，真是太棒了！您讲得十分生动，塞塔布里尼先生，每一个词都这么触动人。您之前还讲过那位在河里洗澡的姑娘，您说别人给了她一支'哑巴护士'来量体温——每每想到这里，我都忍不住要笑出来。嗯，什么奇怪的事都有可能发生，活到老学到老，不过我自己的情况还不明朗。顾问大夫已经在我的身上找出了一些无关紧要的小毛病，这些地方很久以前就患过病，他给我叩叩打打的时候，我自己也能听得出来，而今他找出了一些新的病症——这个时候用'新'这个字眼儿来形容，听起来有些可笑。不过目前还只处于听诊的阶段，只有待我从床上起来，拍了 X 射线，做过透视检查之后，才能得出一个确切的诊断结果。那时候我就知道自己情况到底如何了。"

"您是这么想的吗？要知道，拍片后的透视板上面有时会显示出一些斑点，人们认为这是肺里的空洞，而其实不过是些阴影，肺里什么事都没有。有的时候，肺里分明有毛病，可是在透视板上却什么也显示不出来。圣母马利亚啊——就是这样的透视板！之前这儿有一位年轻的钱币收藏家，他发烧了，我们在透视板上明显地看到了斑点，大夫们甚至声称听出了这些空洞，就把这当作肺结核治疗，导致他就那么死了。过后从尸检报告看，他肺里并没什么毛病，是因为什么球菌一类的而一命呜呼的。"

"嘿，拜托，塞塔布里尼先生，您竟然谈起尸检报告来了。说实话，我有点儿不大明白呢。"

"工程师，您可真会开玩笑啊。"

"您真是一位彻头彻尾的评论家和怀疑者，我不得不这么说。您甚至连科学都不相信了。那么您自己的透视板上面有没有斑点呢，塞塔布里尼先生？"

"有，能看到一些斑点。"

"这么看您果真病了？"

"是啊，很不幸，我病得厉害。"塞塔布里尼回答道，脑袋耷拉下来，他顿了顿，咳了一声。汉斯·卡斯托普就这么躺着面对他的客人，竟然把他说得哑口无言。这么看来，两个简单的问题，就能反驳塞塔布里尼全部的观点，甚至否定了那些关于共和国和优美文体的言论。汉斯并不打算拯救这次冷场。过了一会儿，塞塔布里尼重新抬起头，直直地看着他，露出了一抹笑容。

"跟我说说，工程师，"他说，"您家里人听到您的情况，都作何反应？"

"您说的情况是指什么？是说我延期下山吗？噢，我家里嘛，您知道的，都是母亲那边的人，总共有三位，一位舅公和他的两个儿子，我和他们的关系要超过普通的表亲。除了他们，我就没什么亲戚了，我很小的时候双亲就已经去世。这些亲戚听说了我的病情又会怎么想呢？他们了解到的，并不比我本人多多少。开始的时候，我在不得不卧床休息那阵子，就给他们写信了，告诉他们我患了严重的风寒，不能动身。昨天，我眼看自己还得在这儿待上好一段时间，于是又写了一封信，告诉他们，贝伦斯大夫看我的病情还没有好转，于是开始注意起我的肺部来了，并且嘱咐我一定要再多留一阵子，把病情查清楚再说。您可以放心，他们知道后也会很冷静，我这点病还不至于让他们担心。"

"那您的工作呢？您之前说过您的工作，您本来就打算参加实习工作。"

"没错，我自愿去当一名见习生。我已经告诉他们我暂且不能去了，请他们原谅。您可别以为我的缺席会让他们失望，他们少了一个帮手也照样能长期维持下去。"

"很好嘛，照这么看，一切都很顺利啊。在这整个事情中，您都可以泰然处之。贵国的人遇事都很冷静，镇定自若，但是又精力充沛，说得没错吧？"

"噢，没错，精力十分充沛。"汉斯·卡斯托普说道。他在心里对故国人民的气质做了一番分析，感觉对方的评价十分中肯："理智冷静，但同时又精力充沛，没错，他们正是这样。"

"我想，"塞塔布里尼先生继续道，"要是您住的时间足够长，山上的人或许有机会跟您家里的亲戚结识——我是指您的舅公，是吧？他必定会上来探望您，毋庸置疑。"

"怎么可能，"汉斯·卡斯托普叫道，"他是绝对不会来的。 四匹马也不能把他拉上山来。 我舅公很容易中风，要知道，他胖得几乎看不出脖子。 他需要合适的气压，要是他上山来，那么准会比从波罗的海某个省来的那位太太更糟糕，他会病得更严重的。"

"真是让人失望。 很容易中风？ 精力和理智在这种情况下倒是没什么用。 我想，您那位舅公应该很富有吧？ 您府上的人都很有钱吧？"

对于塞塔布里尼这种文学式的一概而论，汉斯·卡斯托普只是笑了笑。 他躺在床上，若有所思地望向远处，内心又回到了遥远的故乡。 家乡的记忆又被唤醒了，他尽量公正客观地对那里的人进行评价，正因为距离遥远，他才能下定决心，讲起了自己的故乡。

"有钱，还是没有钱呢，我不大清楚。 不过如果没有钱的话，那就更糟糕了。 我自己并不是家财万贯的人，不过我拥有一定的财产作为保障，这笔钱足够我过活，让我能够独立自主。 不过先撇开我不谈，唔，要是您说一个人一定得有钱，我也表示同意。 要是您没有钱，或者由富转贫，那日子就不好过了。'噢，这个人啊？'他们肯定会这么评论，'他身无分文，不是吗？'他们就是这么说的，显出那样一副嘴脸，我过去时常听到这样的话，现在看来，它们给我留下了很深的印象。 当时我一定感到颇为奇怪，不然也不会留下这样深的印象。 不知道您怎样看？不，我想着像您这样一位 homo humanus（拉丁语，意为：人文主义者），要是像我们这样在山下生活的话，肯定不大自在。 即便是我自己，现在回看当时，也感到生活得非常不自在，即便那是我土生土长的地方，我是其中的一员，也从没受过什么苦。 要是谁在就餐时不用最上等、最珍贵的酒招待客人，谁在交际上做得不到位，那么他的女儿就压根儿嫁不出去。 他们就是这个样子。 就算我现在躺在这儿，远远地看着他们，还是觉得这些人俗不可耐。 您用了什么词来形容啊，理智、冷静，还有精力充沛，这些词固然不错，不过背后真正的意思又是什么？ 那就是生硬和冷漠。 而生硬和冷漠又意味着什么呢？ 意味着冷酷。 山下的气氛就是冷酷无情的。当您躺在这儿，远远地看着下面的这一切，您就会不寒而栗。"

塞塔布里尼一面听着，一面点头，等到汉斯·卡斯托普结束了这番演说，回归沉默之后，他还在频频点头。

接着他深吸了一口气，说道："对于您家中常规生活所体现出来的那种残酷的具体形式，我不想加以淡化。这还不算什么，不过责骂他们冷酷，倒颇有些感情用事。要是您生活在他们的圈子里，为避免被人嘲笑，您就不会这么说了。那些浑浑噩噩度日子的人说出这样的话，倒也无伤大雅。不过现在您居然这么说，不免让我觉得您跟家里关系有些疏远，我不愿看到这种情况越来越严重。因为谁要是这样，谁就会与生活脱节，对自己从小的生活环境感到无所适从。您知道吗，工程师，您能领会我话里的'与生活脱节'是什么意思吗？我知道，而且每天都能在这儿看到。人们上山六个月之后，我是说这些年轻人——到这儿来的大都是年轻人——脑子里除了调情和量体温之外，什么念头都没有。住上一年之后，人们甚至互相之间都不能理解了，会觉得别人都是'冷酷无情'的，或者说得更确切些，认为别人都是愚昧无知的，怎么样都不满意。

"您喜欢听故事，那我就来给您讲个故事吧。我要讲的是我认识的一位年轻人，家有妻室，还有一位母亲。他在山上住了十一个月，年纪应该比您大一些，没错，是比您大一些。他身体好了一些后，院里允许他回到山下的家里去，不是到舅公家去，您知道，而是回到妻子和母亲的怀抱里去。回家后他整日叼着一支体温表躺在床上，对其他事情毫无兴趣。'你们不懂。'他说，'没在山上生活过的人都不懂，山下的人连这些最基本的概念都没有。'最后还是那位母亲决定的。'你还是回去吧。'她说，'你留在这儿也没什么意义了。'他回来了，回到了这个'家'。您知道的，一旦人们在山上生活过之后，他们就都把这里称作他们的'家'，是吧？于是他跟年轻的妻子彻底疏离了，她缺乏最基本的疗养概念，也压根不想理解这种概念。她看得出，他将会在这山上找到一位懂得这一概念的伴侣，永远留在这里。"

汉斯·卡斯托普似乎并没有认真听，他依然呆呆地望着白色房间里四溢的耀眼的灯光，似乎在凝视远方。过了一会儿他才笑了笑，说："他竟然把这儿称作'家'？正像您说的，这倒是有点儿感情用事。您知道的故事真是讲也讲不完。我还在想着刚才咱们谈论的生硬和冷漠呢，最近这几天，我脑子里无数次掠过这一类的想法。您瞧，山下人的思考和说话方式，就像说什么'他有几分钱'，还有说这些话时的那副嘴脸，要是谁竟然认为这些是理所当然，那人的脸皮也是够厚的。对我来说，这从来就是不可理喻的，虽然我不是一个人文主义者。现在回想起来，我还是能看得出来这些对我的冲击颇大。也许这跟我容易生病有关，虽然当时我还不清楚自己身上有病，那天叩诊时才听说我身上有老病灶，而贝伦斯又发现了一处新病症。不得不说，这对我来说无疑是晴天霹雳。不过其实，我还没有感到多奇怪。我从来不觉得自己的身体能像石头那样结实，更何况我的双亲去世得那么早——因此我从小就是孤儿，您知道的……"

塞塔布里尼先生挥着双手，摇着脑袋，耸了耸肩，全身做出一个动作，兴致勃勃又彬彬有礼地问道："唔，然后呢？"

"您是一位作家，"汉斯·卡斯托普说，"是一位文人，要理解这样一件事应该不难，您肯定清楚在这样一种境况下，一个人不会那么粗俗，不会认为人们的冷酷无情是理所当然的——您得知道，我指的是那些普通的人，那些笑笑闹闹、跑来跑去、四处挣钱以填饱肚子的人。"

塞塔布里尼欠了欠身子。"您是说，"他解释道，"因为您早年跟死亡频繁地打交道，因此对俗世中那种生硬和冷酷的态度极为敏感，或者说，您对这种浮华世界中的愤世嫉俗十分反感。"

"正是如此！"汉斯·卡斯托普激动地高声答道，"您说得分毫不差，塞塔布里尼先生。跟死亡打交道！我确定，您作为一个文人……"

塞塔布里尼伸出一只手，把脑袋歪向一边，闭上了眼睛。这是一个柔和而漂亮的姿势，示意对方安静下来，听他继续讲。这样的姿势他保持了有几秒钟，即便汉斯·卡斯托普已经不再说话，有点儿尴尬地等待着他开口。很久之后他才睁开眼睛——那双手摇风琴师的眼睛——接着说下去："请原谅我，请您原谅我，工程师，请允许我把心里的话跟您说说。看待死亡唯一理智的、高尚的，并且——恕我再多强调一句——虔诚的方式，就是带着理解和感情把它当成生活中的一部分，一个神圣不可侵犯的条件。如果恰恰相反，把它跟生活分离开来了，那么它就会完全跟所谓的理智、高尚、公道或者虔诚背道而驰了。古人用生命和生殖的标志来装饰石棺，甚至会用一些淫秽的形象。就古代的宗教来看，圣洁的事物往往和淫秽的事物紧密地联系在一起，他们深谙向死亡致敬之道。死亡，作为新生的起点，是值得人们尊敬的。如果把死亡与生命隔离开来，它就会变成鬼怪一样的东西，变得扭曲且不堪入目。因为死亡是一种独立自由的力量，还是一种贪得无厌的力量，它那邪恶的部分无疑是非常强烈的。而被死亡吸引，对它感到同情，无疑意味着人类的灵魂走上了可怕的歧途。"

塞塔布里尼先生说到这儿便不再出声。他终于结束了这场泛泛的演说，最后倒是做了一个明确的总结。他表示自己是在一本正经地谈论这些，绝非闲聊而已。他甚至没有给汉斯·卡斯托普插嘴的机会，而只是在结束时压低声音，为这次演说打上了句号。如今他沉默地坐在那儿，双手交叉放在膝盖上，穿着格纹裤的腿搭了起来，那只悬着的脚轻轻地摇晃着，他神情严肃地盯着那只悬在空中的脚。

汉斯·卡斯托普也默不作声。他披着鸭绒被靠在床上，脑袋转过去对着墙壁，指尖敲着被单。他感觉自己好像被训斥了一顿，对方似乎在纠正他的错误，在他的沉默中，含有很多幼稚的不服气意味。这样的冷场持续了很长一段时间。

过了一会儿，塞塔布里尼抬起头来，笑了笑，说道：

"工程师，也许您还记得吧，咱们之前也有过类似的讨论，或者说讨论的是相同的话题，是有关疾病和死亡的。当时咱们应该正在散步，您出于对疾病的敬意，认为把两者结合在一起是一种很矛盾的、似是而非的观点。而我把您这种尊敬看成是阴郁的幻想，玷污了人类的思想，但我发现您对我的观点并不反感，因而无比欣喜。我们还谈到了年轻人的犹疑不定和优柔寡断，谈到了他们的自由选择，谈到他们每当发现新观点便打算占为己用，但是又说起我们不应该也没必要把这种选择看作最终的、最认真的选择。您是否允许我……"塞塔布里尼先生微笑着在椅子上坐了下来，身子向前倾了倾，两只脚并拢着放在地上，双手搭在两膝之间，脑袋向前伸着，微微歪向一边。"能否允许我……"他说着，声音有一些颤抖，"以后当您在学习和工作的时候，待在您身边，并且在您受到毁灭性的伤害时，让我对您施加影响，为您纠正错误？"

"啊，当然可以了，塞塔布里尼先生。"汉斯·卡斯托普急忙把方才强硬急躁的态度抛开，手指不再在被单上敲打，转而对客人表现得极其友好，甚至有些悔恨之意，"您真是太客气了……我得自问是否真的……我是说，是否有这个资格……"

"当然啦，Sine pecunia（拉丁语，意为：免费）。"塞塔布里尼用拉丁语说道，从座位上站了起来，"可没有人像我这么大方了！"说完两个人都笑起来。这时候外面的门传来了动静，接着，里面的那扇门也吱呀一声开了，原来是约阿希姆从"交际会"上回来了。当他看到意大利人时，也像汉斯·卡斯托普一样，脸刷地红了，他的脸原本是古铜色的，而今在灯光阴影之下更显得有些暗沉。

"噢，原来你有客人。"他说，"你可真是幸运啊！我被他们留住了，他们硬是拉着我一起玩桥牌。"他一边说着，一边摇摇头，"不过毕竟他们是外行，或者还有些什么其他的原因，我竟赢了五马克。"

"这对你来说，倒谈不上是什么邪恶之事。"汉斯·卡斯托普笑了笑，说道，"哈哈，刚才塞塔布里尼先生跟我一起消磨时光，不，这么说不大正确，这话用在你们所谓的桥牌上倒是恰当。塞塔布里尼先生填补了我的空白时光，让它充实起来。当这所谓的桥牌在咱们这儿风行起来时，一个正正经经的人就应该想尽办法让自己从中脱身。不过我没想到会有机会常听塞塔布里尼先生的演说，接受他的忠告，我恨不得我那发烧永远不要终止，就这么跟你在山上一直待着。到时候他们还得给我一支'哑巴护士'，给我留着量体温用。"

"工程师，我得再说一遍，您可真会开玩笑。"意大利人说道。他文质彬彬地告辞，房间里只剩汉斯·卡斯托普和表哥，汉斯不由叹了口气。

"瞧，可真是一位学究！"约阿希姆说，"当然了，他是一位人文主义学究。他总是不停地纠正你，不是用那些你们从未谈论过的话题，就是用那些你甚至都无法理解的事情来说服你。要是我在山下遇见他，"他补充了一句，"我恐怕也不能理解他。"

在这种时候，约阿希姆往往会跟他待上一会儿——牺牲掉晚间静卧疗养的半个小时或者三刻钟的时间。有时候他们会在汉斯·卡斯托普那张可以活动的餐桌上下棋，这副棋是约阿希姆从下面拿上来的。之后，约阿希姆带着毯子等物什走到阳台上去，嘴里叼着体温表。这时候汉斯也要进行一天之中的最后一次体温测量了，耳边是从深深的山谷里传上来的曲调声，悠扬婉转，时近时远。晚间静卧疗养在十点钟结束，他听到约阿希姆从阳台回到室内的声音，也听到那对"下等"俄国人夫妻发出的声音，他侧身躺下来，等待着入睡。

夜晚的时光显然比白天难熬，因为汉斯·卡斯托普常常中途醒来，而且往往是没睡上几个小时便醒了。兴许是因为他的体温不大正常，夜晚的时候他的脑子一直很清醒，又或者是因为他习惯了静卧疗养的生活方式，导致他失去了入眠的那种兴致和欲望。为了让夜间的时间过得快一些，他做起各式各样、生动鲜明的梦，即便中途醒来还能细细回味。如果说白天因为被分成了许多小小的阶段而变得短暂，那么当夜间的每一个小时在他眼前模模糊糊而单调地流逝时，他感到时间的漫长。待到黎明将近，他兴致勃勃地看着暗沉的天色慢慢变亮，整个房间慢慢从黑暗中摆脱出来，房间里的物什也像揭开了面纱般显露出来。看到外面阴沉沉的天色被明亮的朝霞点燃，他感到欣喜至极。他还沉浸在喜悦之中，浴室师傅便又叩响了房门，提示着汉斯·卡斯托普这一天的日程开始了。

他来度假时并没有随身带着日历，因此对具体日期往往不大确定。他也会时不时地问问表哥，不过对方也不甚清楚。只有周日的时候，也就是举办每两周一次的音乐会的周日——上山以来，汉斯·卡斯托普从没错过两周一次的音乐会——他才对日期有些眉目。而至此他才意识到，时间已经到了九月，而且差不多已经是九月中旬了。自从他卧床休息以来，阴冷而乌云密布的天气已经发生了变化，转而迎来了数个连续的风和日丽的晴天。这样的日子里，约阿希姆早晨出现在表弟面前时，总是穿着一条白色法兰绒裤子。汉斯·卡斯托普因为不能享受到这样阳光灿烂的日子，内心不由升起一阵遗憾，不仅心里感到蠢蠢欲动，就连身上那年轻的肌肉也是痒痒的。他甚至喃喃自语，说这简直是"一种耻辱"，但马上又加了一句聊以自慰——要是他能够从床上起来，可以随处走动，那他也不晓得要怎样好好利用这些时间，因为根据经验，他是不可以过分活动的。除此之外，那扇敞开的宽大阳台门也为他带来了屋外阳光的温暖。

可是在给他指定的休息期限将满时，天气又变了。一夜之间雾气笼罩，温度也降了下来，山谷里阴冷潮湿，大雪纷飞，房间里弥漫起暖气管带来的干燥的热气。也正是这一天，当大夫清晨过来巡房的时候，汉斯·卡斯托普提醒对方，他已经在床上躺了三周，请求允许他起床。

"真是见鬼，您这是在说什么！"贝伦斯说道，"这么说，时间到啦？让咱们瞧瞧，没错，您说得很对。天啊，一个人老得多快啊！不过眼下，您身上还没什么大变化。昨天体温正常吗？没错，我是说一直到下午六点钟。唔，卡斯托普，我不能再阻止您回到您原来的交际圈里去啦。起来吧，小伙子，随便走动走动，不过要在规定的范围内才行，当然啦。我们会给您的身体内部拍一张照片，这可得记下来。"他说完便走了出去，一边竖起他那只硕大的拇指，朝背后的汉斯·卡斯托普的肩膀指了指，同时用他那双充血的、泪汪汪的蓝眼睛朝面色苍白的助理医师瞅了一眼。汉斯·卡斯托普随后也离开了那间"小屋"。

汉斯穿着胶鞋，身着一件高高翻领的外套，又一次陪着表哥散步到了小溪旁的长椅那儿，然后又一起散步回去。在路上他向表哥提了一个问题：如果他不曾提醒贝伦斯自己卧床的时间已到，贝伦斯还会让他在病榻上躺多久。而约阿希姆则神情凝重，张着嘴，好像要吐出一个"唉"，最后却只是做了一个手势，没有作声。

顿 悟

一周后，汉斯·卡斯托普才接到护士长冯·米伦东克要他去 X 射线室检查的通知。他一向不喜欢行事匆匆。山庄疗养院是个忙忙碌碌的地方，大夫和助理们整日都忙个不停。最近又来了几位新病人，其中有两位俄国大学生，他们头发非常浓密，穿着毫无光泽的黑色高领紧身上衣。还有一对荷兰夫妇，他们用餐时被安排坐在塞塔布里尼那一桌。除此之外，还有一位弓着背的墨西哥人，他的哮喘频频发作，让同桌的人受惊不小。每当发作时，他会伸出像铁钳子一样的手紧紧抓住旁边的人，也不管对方是男是女，吓得对方在绝望中哭天抢地地挣扎求救。

餐厅里总是座无虚席，虽然冬季要到十月份才真正开始。汉斯·卡斯托普的病情不算太严重，尚且没有资格要求疗养院对他特别关心。而斯特尔夫人虽然愚蠢无知、缺乏教养，但病情无疑比他重些，布卢门科尔博士就更不必说了。而对汉斯来说，要让他不再瞻前顾后、畏手畏脚，需要人与人之间不再存在歧视——特别是在疗养院里，这种歧视现象非常严重。那些病情较轻的病人不怎么受到重视，这一点他常有耳闻。他们谈起这一类病人的时候总是轻描淡写、不屑一顾，不但病势较重和非常严重的病人这么看，就连病情较轻的病人互相之间也是如此。因此，他们久而久之也不由得开始轻视起自己来。不过只要他们不再随波逐流，还是能挽回自尊心的。

"噢，"他们会谈起某一个病人，"他身体没什么毛病，没什么资格在这儿待下去，他的肺连一个空洞都没有。"这儿的气氛就是如此，多少有些专断。但汉斯·卡斯托普一直以来严格遵循各种规章制度，因此也就非常顺从。恪守规则在他看来是极其自然的事，就像常言所说的"入乡随俗"。如果旅行者对异乡的种种风俗习惯和辉煌成就嗤之以鼻，那么就会显得很没有教养了。即便是对约阿希姆，汉斯·卡斯托普也敬让几分，不仅因为他是这里的老住客，是自己在这个新环境里的领路人和向导，更因为他的病情无疑比汉斯更严重些。既然如此，也就可以理解为什么这里得病的人会极尽所能地把自己的病说得严重些，甚至不惜进行夸大，好像自己的病情越重，就越高人一等。因此，当有人在饭桌上问起汉斯·卡斯托普的病情时，他也会将自己的体温多报一点儿。当桌上的人纷纷朝着他竖起指头，夸他是个狡猾的家伙时，他竟不由得感到受宠若惊。但即便他设法粉饰自己，他终究还是属于下层圈子的人，因此低调忍让的态度无疑是正确且合适的。

最开始三周的生活，他都是跟约阿希姆待在一起的，过得自在、规律而又井井有条，这种生活看上去好像从来没有间断过似的。实际上，这次间断并无很大意义，当他身体恢复后，重新在餐桌上入座时便清楚地认识到了这一点。那时约阿希姆还煞费苦心地准备了两三朵花作为点缀。不过其他病人对他的问候并不算热烈隆重，间隔三周的问候与间隔三个小时的问候并无区别。这倒不是因为他们对纯朴而富于同情心的汉斯态度冷漠，也不是因为他们只顾得上关心自己的身体状况，这仅仅是因为他们压根没有留意到这三周的间隔。汉斯·卡斯托普欣然顺应着他们，他坐到桌子一端自己的位置上，在女教师和罗宾逊小姐之间，好像他上一次入座此位就是昨天的事一样。

要是说汉斯重返餐厅在本桌上并未引起什么震动，那么在餐厅里的其他地方还会引起注意吗？准确地说，除了塞塔布里尼，餐厅里的其他人都没有注意到这一点。用餐完毕后，塞塔布里尼向汉斯走过来，兴高采烈地问东问西。当然，汉斯·卡斯托普心里还保留着某种感觉，这一点不无理由。他笃信克拉芙迪亚·肖夏对他病愈重返是留心在意的，当她像往常一样姗姗来迟地走进餐厅，玻璃门在她身后嘭的一声关上时，她眯起眼睛看着他，而他的目光也正好与她相遇。即便当她坐定后，她还是转过头，越过自己的肩膀朝着他望过来，微笑着看他，就像三周之前他去检查身体的那一天一样。她的这一举动毫无掩饰，那么肆无忌惮，全然没有避讳汉斯本人以及餐厅里的其他客人。因此汉斯不知道应该欣喜若狂，还是应该把这看成是轻蔑，因而生她的气。不管怎么说，被她看了一眼之后，他的心头抽紧了。本来他以为自己和这位漂亮的女病人没什么社交关系，但现在她这一眼改变了他的想法，让他神魂颠倒起来。以前，当玻璃门嘭的一响时，他的心便会抽紧；现在，他正期待这个时刻，就连呼吸也变得急促起来。

不得不说一句，在汉斯·卡斯托普卧床休息期间，他内心对那位"上等"俄国女人的好感又明显地加深了。而他纯朴的心灵中对这位中等身材、步态轻盈、有着一双吉尔吉斯人式的眼睛的女人的感情也与日俱增。总之，这种感觉就像是他与这个女人谈起了"恋爱"。虽然严格地讲，"恋爱"这个词是"山下人"才会说的，也就是平原上的人们说的话，但这种感觉总能唤起他的错觉，就像那首柔情的小曲开头唱的那样，"那句话从你甜美的唇边吐出来，它奇怪地撞击着我的心怀"。这歌词用来描述他的心情简直恰如其分。当他清晨醒过来，躺在床上看着晨曦揭开面纱，或者在晚上看着夜色渐浓的时候，她的形象便在他眼前浮现。当那天晚上塞塔布里尼突然闯进他的房里、点亮了屋里的电灯时，他也清晰地看到了她的样子，这也就是他在这位人文主义者的面前红了脸颊的缘故。

在那被分割成无数个小段的日子里，他无时无刻不想着她的嘴，她高高的颧骨，她那双眸的颜色、形状，这些在他心里占据了重要的位置；他还想着她曲起的背部，脑袋的姿势，衣服领子处的脖颈，还有被那薄薄的轻纱映衬得更加光洁的手臂。就是在这些念头中，他打发掉了卧床休息的日子。我们避讳这一事实，乃是出于对汉斯激动的内心的同情。

在他心中，这种激动中还混着他这些幻想所唤起的极度的幸福感。没错，他感受到的是惊恐与犹疑，这是一种朦胧不清、不着边际、狂妄无比的奢望，是一种无法名状的痛苦和喜悦。有时候它会压迫着这个年轻男人的心，这时候他就会把手放在胸口，另一只手抚着眉头，像在眼前竖起了一道屏障。他喃喃地说：

"噢，老天爷啊！"

在他的眉头下面，隐藏着他的万千思绪、那些犹疑未决的想法，它们赋予了这些幻想惊心动魄的甜蜜感。这些思绪和想法，不仅和肖夏太太的肆无忌惮与放荡不羁有关，也与她那显露出病态的身体和面容有关。根据大夫的判定，汉斯·卡斯托普本人也要感受疾病的厉害了。不过他也清楚，肖夏太太无拘无束，即便和汉斯之间从未有过什么社交关系，甚至连招呼都未曾打过，她依旧向他转过头来，毫无顾忌地冲他微笑，仿佛两个人都不属于这个社交体系，甚至根本没必要交谈似的。恰恰是这一点让汉斯·卡斯托普感到惊恐，就像以前他在检查室惴惴不安地扫视约阿希姆裸露的身体、猛地看到他的眼睛时一样，但那次的惊恐是出于同情和关心，而这次却包含着另外一种全然不同的意味。

而现在，山庄疗养院那精彩纷呈而又井然有序的生活，又在这狭窄的舞台上如火如荼地展开了。汉斯·卡斯托普一面等待着他的 X 射线透视检查，一面继续跟他善良的表哥约阿希姆享受着这里的时光，他跟着他，效仿他的行动，每个小时都是如此。毋庸置疑，跟表哥做伴让这个年轻人受益匪浅。因为尽管约阿希姆也是一个病人，但他身上一贯有军人的气质，因此他便不知不觉地把山上的疗养生活看成一种乐趣和满足，就像是山下工作以及履行临时的职责一样。汉斯·卡斯托普并不笨，这些东西他全都看在眼里，不过同时也发觉了表哥对他的市民气质所起的抑制和纠正作用。或许因为他与表哥做伴，而对方的军人习性既可以作为他的榜样，又能对他起到监督的作用，才让他不会做出越轨行为，也不会轻举妄动。他看得出，约阿希姆每天都在忍受橘子香味对他的侵袭，那是一双棕色的眼睛，一只小小的红宝石戒指，数次无缘无故爆发的大笑，以及丰满优美的胸脯。自尊以及足够的理智让约阿希姆从这种气氛中脱出身来，这多少也影响到了汉斯·卡斯托普，让他循规蹈矩起来，不至于去跟那个眼睛细长的女人"借一支铅笔"。我们了解汉斯的为人，因此要不是表哥在这里，他很可能会这么做。

约阿希姆从未说起纵情大笑的玛鲁莎，因此汉斯·卡斯托普也缄口不提克拉芙迪亚·肖夏。为弥补这一损失，他便与同桌的那位女教师交谈起来，肆意地跟这位老处女谈着八卦，说着那位迷人的女病人，害得女教师的双颊红霞乱飞。跟她聊天的时候，汉斯·卡斯托普像祖父那样，用手支撑起了脑袋。

他迫不及待地跟她打听肖夏太太那些新鲜而有趣的私生活，问起她的家世、她的丈夫、她的年纪，以及她最近的病情。他还想了解肖夏太太是否育有孩子。噢，她一个孩子都没有，像她这样的一个女人为什么要生养孩子呢？或许她是不允许自己有孩子的，即便过去有过，那又会是什么样的孩子呢？汉斯·卡斯托普对女教师的想法不大赞同。他客观地判断，现在生孩子或许已经为时过晚了吧。肖夏太太的面部轮廓，有时候在他眼里显得有些尖锐。她应该有三十出头了吧。恩格尔哈特小姐不屑地反驳：三十岁？她顶多也就二十八岁吧。看看克拉芙迪亚的侧面，她的邻座还是免开尊口为好。从侧面看上去，克拉芙迪亚娇嫩甜美、青春勃发，跟那些整日只吃面包黄油的健壮女人可不一样。为了惩罚汉斯，恩格尔哈特继续滔滔不绝地说下去——她知道，肖夏太太经常接待一位来访的男客，这是她一位住在高地上的同乡，她常常在下午的时候在自己的房间里接待他。

这些话正中要害，虽然汉斯·卡斯托普极力掩饰，但还是不由变了脸色。他嘴里说着什么"你别胡说！"之类的话，企图反驳对方，但他的脸还是拉紧了。现在有这么一位同乡陪着肖夏太太，他可不能掉以轻心。他的样子有些紧张，一想起这件事嘴唇就开始抽搐。一个年轻男人？女教师回答说，听大家描述，他年纪轻轻，且长相标致，问起她本人的观感，她倒没有回应。他有病吗？——顶多是个病情很轻的病人。"但愿如此。"汉斯·卡斯托普轻蔑地回答道，"只希望他能比'下等'俄国人桌上的那两位举止更文雅些。"恩格尔哈特小姐还想再惩罚他，因此表示这一点她可以担保。他败下阵来，同时承认这件事不可小视。因此他急切地请求她尽力帮忙打听打听这个和肖夏太太有来往的年轻男人的消息。几日之后她带来了一个叫人大为一惊的新消息——虽然不是关于那个男人的。

她听说有人在为克拉芙迪亚·肖夏画肖像，女教师问汉斯·卡斯托普是否听说过这事。这个消息的来源绝对是权威的。她曾有好一阵子坐在某个人的面前，让他帮自己画肖像画，这个人就是——那位顾问大夫！没错，不是别人，正是顾问大夫贝伦斯先生，因为这样他就可以每天在自己的私人诊室里见到她了。

这个消息比前一个消息更令汉斯·卡斯托普震惊，于是他就这事开了很多生硬牵强的玩笑。是啊，当然啦，大家都知道顾问大夫会画油画。这又怎样？画画又不会犯罪，每个人都可以自由地画。难道真的在那位鳏夫的房里画不成？即便如此，他还是希望，至少那位米伦东克小姐也在场。但这个女教师却说那阵子米伦东克小姐很可能因为忙碌并不在场。再怎么忙，总不能忙过顾问大夫吧，汉斯·卡斯托普板起脸孔说道。他说这话有些斩钉截铁的味道，可仍继续揪着这个话题不放，好像还要说上好一会儿。汉斯继续追根究底——关于这幅画，它的尺寸到底有多大？是头像还是半身像？肖夏太太在那儿到底坐了几个小时？但是恩格尔哈特小姐答不上来这些问题，只是表示等打听到了再告诉他。

这次谈话之后，汉斯·卡斯托普的体温一下子升到了三十七度七。肖夏太太去贝伦斯房里做肖像画模特这事深深刺激了他，而她在自己屋里接待客人的事却并没让他这么惴惴不安。肖夏太太的私生活本身已经引起了汉斯的痛苦和不安，而今他听到了具体的内容，本身就疑问重重的他，更心神不宁起来。一般来说，她和那位俄国的来访者之间的关系应是正派、得体、无伤大雅的，但汉斯·卡斯托普不知何时起开始觉得这种说法纯粹是"胡说八道"。另外，在他看来，画油画的行为也只是这个花言巧语的鳏夫和那位眼睛细长、步态轻盈的年轻女人之间的一种勾搭手段。顾问大夫选择模特时展现出的品位跟汉斯·卡斯托普的也太一致了，因此他笃信这件事压根儿谈不上什么正派得体。想到顾问大夫发青的双颊和那双充血的眼睛，他更是对此深信不疑。

这些日子里，他偶然观察到了一件他自己已深有体会的事。它证实了他的品位，但又在他身上产生了完全不一样的影响。在萨洛蒙太太以及那个戴着眼镜、狼吞虎咽的学生之间，也就是在表哥左边、靠近门边的位置，坐着一位病人。汉斯·卡斯托普听别人说他是曼海姆[1]人。他看上去三十岁光景，头发稀稀疏疏的，一口龋齿，说话时畏畏缩缩的。在晚间弹琴的正是这个人，弹的常常是《仲夏夜之梦》中的那首婚礼进行曲。听说他是个虔诚的基督信徒——这山上的人大多都是这样。每到周日，他总会到疗养院下面的高地上去做礼拜，在卧病疗养之余，则读读封面上画有圣杯以及棕榈枝的圣书。有一天，汉斯·卡斯托普发觉这人的眼睛竟跟他一样，朝着同一个地方扫过去。他的眼睛直直地瞅着优雅的肖夏太太，眼神有些怯生生的，又像一条贪婪的狗。汉斯·卡斯托普一发现这一点，便忍不住一次又一次地观察，想要加以证实。

一天晚上，汉斯·卡斯托普看到他站在棋牌室一群病友之间，呆呆地看着那个可爱而身患疾病的女人出神。那时候她正坐在小客厅里的沙发上，跟那个精灵古怪、头发毛茸茸的塔玛拉，布卢门科尔博士以及同桌那位双颊深陷、佝偻着背的年轻人聊天。汉斯看到他背过身去，接着又转过头来，眼神哀怨地抿着上唇，悄悄朝着背后肖夏太太的方向望过去。他还发现，每当餐厅的玻璃门嘭的一声打开，肖夏太太轻盈地飘向

---

[1] 德国城市。

她的座位时，他就脸色一变，眼睛不敢往上抬。过了一会儿，他又热切地盯着她看起来。用餐完毕后，汉斯不止一次地看到这个可怜虫待在"上等"俄国人餐桌和餐厅出口的中间位置，以求她离开的时候能从他身边擦过，但她几乎看都没看他一眼，从没留意过这一号人。他就在离她这么近的地方，深情地凝视着对方，眼中充满了忧伤。

这一新发现，也对年轻的汉斯·卡斯托普造成了不小的影响，虽然这个忧伤的、含情脉脉的曼海姆男人老是凝视着肖夏太太，但这在汉斯身上引起的不安与她和贝伦斯之间的私人交际关系不可相提并论。不管是从年龄、身份还是职位上看，贝伦斯都在汉斯之上。克拉芙迪亚对这个曼海姆男人毫无兴趣可言，即便有，那也逃不过汉斯·卡斯托普的眼睛。在这种情况下，他的心灵深处并未感觉到嫉妒的烈焰在燃烧。但他确确实实经历了由迷醉和激情所引起的种种感情，这些感情在外部世界也表现出来了，它们构成了一种奇妙的混合物，其中不仅有厌恶，还有亲昵。若要探寻和解剖他的这些感情，我们的故事将无法走得太远。不管怎么说，汉斯·卡斯托普对曼海姆人进行观察之后，感觉自己简直受够了。

汉斯接受 X 射线透视检查之前的一周就这么过去了。他起初竟全然不觉这段时间如此之长，但是某一天的第一次早餐后，他接到了护士长的邀请——护士长的眼睑上又长出一颗麦粒肿，这当然无伤大雅，只不过让她的脸变得难看——护士长叫他当日下午到检查室去一趟。收到这份邀请的时候他才发觉，已经又过去了一周。汉斯需同表哥一道前去，时间是午茶前的半小时，约阿希姆也应当趁此机会再做一次 X 射线检查，上次的已经时间太久，没有参考价值了。

因此他们的午休时间便缩短了半个小时。三点半的钟声敲响的时候，他们走下台阶，来到了那个所谓的地下室，在接待室里坐了下来。接待室隔开了问诊室和监察室，约阿希姆对此已经习以为常，因此不以为意，而汉斯·卡斯托普则惴惴不安地满心期待着。有生以来，他还从未做过身体内部的检查。屋里不止他们两人，他们进去的时候，已经有好几位病人坐在那儿等待诊察了，他们的膝盖上都放着破破烂烂的插图杂志。他们也坐在那儿等待。这群人中有一位瑞典年轻人，他身材健壮魁梧，坐在塞塔布里尼那张餐桌上，听别人说，他四月份来到疗养院的时候病得很严重，院方几乎不愿意接收，可是如今他的体重竟增加了八十多磅，即将康复出院。还有一位母亲，她是坐在"下等"俄国人餐桌上的，病情十分严重，她有个鼻子很长、长相丑陋的儿子，名叫萨沙，儿子的病比母亲更为严重。这三人比这对表兄弟来得早，因此按顺序理应先进去检查。不过现在看，检查室里明显出了什么问题，他们只能在这儿干等着。

检查室里非常忙碌，顾问大夫指导工作的声音清晰可闻。三点半多一点儿的时候，检查室的门打开了，是一位助理医师开的，这位十分走运的瑞典人雄赳赳地走了进去。显然，比他早检查的那些病人是从另一扇门进去的。现在，检查的节奏明显更快了，不消十分钟，他们便听到那位斯堪的纳维亚人昂首阔步地沿着走廊离去，他雄赳赳气昂昂的步伐正是对疗养院的肯定。接着那位俄国母亲携她的儿子萨沙走进检查室。在门关上的瞬间，汉斯·卡斯托普瞥见了X射线检查室内半明半暗的样子，那儿被人为地弄得一片朦胧，就像克罗科夫斯基大夫的诊室一样。窗帘拉了下来，挡住了外面的日光，两盏电灯在屋里熠熠发光。不过正当汉斯·卡斯托普盯着进去的萨沙母子时，走廊的门被打开了，接着又有一位病人走进了候诊室。由于诊察室的工作耽搁了，这位病人显然来早了。这人正是肖夏太太。

克拉芙迪亚·肖夏就这么突然地出现在这个小屋子里。汉斯·卡斯托普认出她来的时候睁大了眼睛，感觉脸上的血液都退去了，他的下巴耷拉下来，似乎想张口说点什么。她来得那么偶然、那么出人意料，她从未来过这个地方，而今却突然地出现了，与这对表兄弟一起挤在这个狭小的房间里。约阿希姆飞快地瞥了一眼汉斯·卡斯托普，接着垂下眼睛，拿起他搁在一边的插图杂志，埋头翻阅起来；但汉斯可没能一下子回过神来，他的脸先前还是一阵惨白，此刻又变得红彤彤的，心怦怦乱跳。

肖夏太太在检查室门口的一把圆圆的小型安乐椅上坐下来，椅子的扶手像臂膀一般把她环在里面。她斜靠在椅子上，跷起二郎腿，呆呆地望着面前的虚空。她发觉有人在打量自己，于是有些紧张地把目光转向了一边，几乎有点儿斜视了。她身上穿着一件白色的毛衣，以及一条蓝色的裙子，膝盖上还放着一本从图书馆借来的书。她用脚掌轻轻地叩打着地面。

过了一分半钟，她换了个姿势。她左顾右盼地站起身来，似乎不知道自己身在何处，又要去往何处，于是开口说起话来。她问了一个什么问题，问的是约阿希姆，约阿希姆似乎在聚精会神地看他的杂志，而汉斯·卡斯托普则在一边什么也不做。从她的唇形看，似乎是想说些什么，接着声音从她白皙的喉头吐了出来；她的声音不算低沉，轻飘飘的，有些许沙哑，正是汉斯·卡斯托普所熟悉的——很久以来所熟悉的，而最近又模模糊糊听到过一次："可以，不过你下课的时候一定要还给我。"当时的那句话说得十分干净利落，而今听到的却是犹豫不决、断断续续的。这声音仿佛不是说话的人自己的，而是向别人借来的，就像汉斯·卡斯托普以前听到过的那样。听到这样的声音，他欣喜万分，同时又听出其中夹杂着一种莫名的优越感。肖夏太太一手插在毛衣的口袋里，另一只手托住后脑勺，问道：

"请问，您两位约定的是几点？"

约阿希姆飞快地瞥了表弟一眼，然后并拢双脚，回答："三点半。"

她接着又说："我约的是三点三刻，怎么，现在都快到四点钟了。里面还有人，不是吗？"

"对，有两位进去了，他们排在我们前面。里面似乎因什么事耽搁了，大概推迟了半个小时。"

"可真烦人。"她说着，又烦躁不安地弄了弄头发。

"说的倒也是。"约阿希姆回答，"我们差不多已经等了半个小时。"

他们就这样聊了起来，卡斯托普听着，好像置身于梦境一般。表哥跟肖夏太太谈话，让他感觉好像自己也在跟肖夏太太谈着话似的——但又是那么不一样！那一句"说的倒也是"激恼了他，在目前的情境下这话听起来古古怪怪的，显得有些唐突。但毕竟约阿希姆这话让谈话顺利进行了下去！他应该在为自己那句恰到好处的"说的倒也是"扬扬自得。这就像过去他和约阿希姆或是塞塔布里尼谈话时，回应自己打算在这儿待多久的问题的"三周"一样。她问的是约阿希姆，尽管他当时正在埋头看报纸。她向他问问题，也许是因为他在疗养院待的时间比较久，对这里的人也比较熟悉；不过也可能还有其他原因，因为他们可以合乎礼节、平淡无奇地随意交谈，并没有什么狂野而深不可测、神神秘秘而又惊心动魄的东西在控制着他们。要是那位棕色眼睛、戴着红宝石戒指、身上散发橙子香味的人跟他们一同坐在这儿等候，那么汉斯·卡斯托普就该是那个说"说的倒也是"的人了，而且说的时候理所当然不动声色。"是啊，小姐，简直是烦透了。"他兴许还会这么说，甚至还挥一挥手，从胸前的口袋里掏出一块手帕去擤鼻涕。"请耐心些吧，我们的处境也不比您好到哪儿去。"约阿希姆有些惊讶于自己的脱口而出，但又不希望自己一本正经地处于汉斯·卡斯托普那样的立场。不，对约阿希姆能跟肖夏太太搭上话这点，汉斯·卡斯托普一点儿也不嫉妒。刚才她竟向这对表兄弟搭话，汉斯感到很满意，这也表明她能意识到他们的处境——他的心狂跳起来。

当约阿希姆泰然自若地把肖夏太太应付过去后，这位叫克拉芙迪亚的女人便站起来，想在房间随意走走。但这个房间太狭小，因此她也拿起一份插图杂志，回到那把扶手有些残缺的安乐椅上。汉斯·卡斯托普隐隐觉得表哥对这位漂亮的女病人有些许敌意，因此尽管情况复杂，但他还是感到忍俊不禁。汉斯·卡斯托普模仿祖父的样子，把下巴抵在衣服领子上，呆呆地看着她——这副样子活像一个老头儿，看起来有些可笑。

肖夏太太再次跷起二郎腿，因此不仅膝盖露了出来，就连藏在蓝色裙子里修长大腿的线条也若隐若现。她身材仅属于中等水平，但在汉斯·卡斯托普看来，这样的身材刚刚好，和身高也搭配得恰到好处。不足的是她的腿相对来说过长，臀部也不够丰满。她就这么坐着，身体微微向前倾，双臂交合支撑在膝盖上，肩膀垂下来，背后弓成了圆弧形状，因此可以清晰地看到后颈上突出的颈骨，甚至透过身上那件贴身的毛衣，整个脊柱的轮廓都显现出来了。她的胸部小而紧收，像小姑娘似的，不像玛鲁莎那样丰满撩人。汉斯·卡斯托普这才突然意识到，她也是在这儿等候 X 射线透视检查的。顾问大夫会给她画肖像画，用油彩和颜料在画板上把她再现出来。可如今，在这暮色朦胧的屋子里，他会直接将 X 射线照在她的身上，把她的身体内部看个精光。这个想法来得很是突然，汉斯·卡斯托普转过头，表情变得一本正经，此时此刻，在这种想法下，只有这样一副道貌岸然的样子才合适。

他们一起待在候诊室里的时间并不长。没过多久，萨沙母子便检查完毕。刚才耽搁了不少时间，大夫们都在尽力补救。穿着白大褂的医师再次打开了门，约阿希姆站起身，把报纸扔回桌上，而汉斯·卡斯托普虽然内心有些犹豫，还是紧跟着站了起来，走到检查室门边。他有些蠢蠢欲动，既怀着骑士般的殷勤，又想不失礼仪地跟肖夏太太谈话，并让她先去检查。如果可能的话，他还可以同她用法语交谈。想到这里，他已经迫不及待地在脑海里搜寻措辞，但是他又不确定这么做是否合乎礼节，也许成规比骑士风度更重要。汉斯·卡斯托普已用眼神示意自己要向这个女人献殷勤，约阿希姆自然了解他的意思，但依旧不为所动，完全没有让肖夏太太先进去的意思，汉斯只得跟着表哥从肖夏太太身边走过去。当他们穿过门口、走进检查室的时候，肖夏太太依旧曲着身子，只是抬起头扫了他们一眼。

刚刚发生的事还萦绕在汉斯·卡斯托普的心头，因此虽然他的身体已经走进了 X 射线检查室，心却还飘在外面。在这间人工照明的房间里，他什么都分辨不出，或者说眼前一片朦胧不清。他依稀还能听到外面肖夏太太动人的声音："怎么回事啊？……刚刚已经有人进去啦……可真讨厌……"这声音现在仍然在汉斯的背后甜滋滋地颤响。他仿佛看到她布裙子下面若隐若现的膝盖，还有她的后颈，披散着的红金色的秀发。想到这些，他又感到一阵战栗。然后他看到了顾问大夫贝伦斯，他背对着他们站在镶嵌式橱柜面前，呆望着一块黑漆漆的板子，接着他举起板子，把这块板子对在屋顶的灯光下面细细观察。他们从他身边走过去，进到房间内部，助理医师跟在两人后面，开始为他们的检查做准备工作。屋里散发着一阵奇怪的味道，是残留在空气中的臭氧的味道。镶嵌式橱柜夹在两扇挂着黑色窗帘的窗子中间，凸了出来。汉斯·卡斯托普看到一些物理仪器，凹透镜、开关板、高高立起的测量仪器，在圆柱形的台子上还放着一只类似照相机的盒子，墙壁上一排排地放着透明的照片正片。这儿到底是摄影工作室的暗房，还是发明家的工作室，抑或巫师的魔术房，这可很难说得准。

约阿希姆很快就脱掉了上衣，露出上身。助理医师是个身材壮实、面色红润的年轻人。他是本地人，身上穿着一件白大褂，示意汉斯·卡斯托普也把上衣脱下来。检查很快，不多久就要轮到他了。当汉斯·卡斯托普脱下背心时，贝伦斯从小屋里走出来，走到了汉斯所在的较为宽敞的那间屋子里。

"您好啊！"他说，"两位可真是双生子啊，一位是我们的波吕克斯 [1]，另一位是卡斯托尔。要是您想发脾气，请先忍忍吧。您先稍等一会儿，我们马上就要给您两位检查啦。汉斯·卡斯托普，您的身体内部

<hr>

[1] 相传为宙斯和斯巴达王后丽达所生的孪生子之一，另一位则是卡斯托尔，与主人公卡斯托普名字发音相近。

就要暴露在我们的透视光下面了，我想您该有些紧张吧？您别担心，这是无伤大雅的。看这儿，您参观过我的画廊吗？"说着他抓起汉斯的手臂，拉着他走到了墙上摆着的一排排黑色板子前面，把板子后面的灯光打开了。灯光亮起后，汉斯·卡斯托普看到了板子上展现出来的身体的各个部分——两手、两脚、膝盖骨、大腿骨以及小腿骨，还有双臂和骨盆。但是人类的软组织在这些图画里面却显得影影绰绰、朦胧不清，周围似乎罩着一层白雾，中间的核心——骨架——则清晰可见。

"很有意思。"汉斯·卡斯托普说。

"确实很有意思。"顾问大夫回答，"对年轻人来说是非常有用的实物教学课程。您知道，X射线透视解剖学，是时代的一大胜利。您瞧，这是一只女人的胳膊，从它纤细灵巧的形状就能辨别出来。您得知道，在你们亲热的时候，拥抱您的就是这样一双纤弱的胳膊。"说完他哈哈大笑起来，笑的时候上唇那一抹粗短的胡子往上翘了起来，歪向一边。那些图画又暗了下来。汉斯·卡斯托普把注意力转向约阿希姆做X射线检查之前的准备工作上来。

检查是在隔壁那间小屋进行的。约阿希姆在鞋匠用的那种板凳上坐下来，面前放着一块板子，他双手抱着那块板子，把胸部紧紧贴在上面；那位助手在一边纠正他的姿势，摩挲他的背部，把他的双肩扳向前面。接着，助手走到了摄影机的后面，像摄影师那样双腿分开地站着，朝着机器里面张望。他对约阿希姆的姿势表示非常满意，接着又站回到他身边，叫他深呼一口气，屏住气息，直到检查结束为止。约阿希姆的背部鼓了起来，且一直屏息保持着这个姿势。助手走到开关板那儿，拉动了手柄。仅仅两秒钟，威力巨大的可怕射线便发挥了作用。汉斯·卡斯托普记得，穿过固态的物体大概要耗费几千甚至几万伏的电流。电流穿过的时候，有一部分从仪器里泄出来，在检查室里噼啪作响，几个人往一边躲开。就像手枪射击的时候那样，蓝色火花从测量仪向四处迸溅，甚至还像闪电般在墙壁上噼噼啪啪地闪烁了好长一段时间。房间里不知什么地方亮起了一盏红灯，就像一只令人毛骨悚然的眼睛，约阿希姆背后还有一只小灯，正发出绿幽幽的光。接着房间里回归一片沉寂，刚才的奇异现象消失了，约阿希姆终于长出了一口气，叹了一声。于是检查结束了。

"下面那位坏家伙上去。"顾问大夫说着，用手肘轻轻推了推汉斯·卡斯托普。

"别装模作样，您可以免费得到一份复制品呢，卡斯托普，您胸部的秘密将会在这堵墙上显示出来，以后您的子子孙孙都可以前来观赏。"

约阿希姆走下来，医师换上了一块新的板子。顾问大夫贝伦斯过来亲自教授面前的这位新手应该怎么坐好，怎样摆正姿态。

"张开双臂环住它。"他说，"抱着那块板子……您就当它是别的什么东西吧，如果您乐意。把您的胸紧贴在上面，就像是欣喜若狂那样，就像那个样子。深呼吸，屏住气！"他命令道，"拜托您，坚持住！"汉斯·卡斯托普眨巴着眼睛等候着，肺部因充气而膨胀。他背后电闪雷鸣——噼里啪啦，闪电又亮了起来，然后爆发出一阵阵响声——最后终于静下来。透视镜里已经记录下了他身体内部的情况。

他走了下来，感到头昏脑涨，尽管电流穿过他的身体时，他并没有感到任何不适。

"好家伙！"顾问大夫说，"现在咱们来瞅瞅。"这时有经验的约阿希姆已经挪到了门口处，在一块台子那儿就位。他背后是一架高高耸立的仪器，台子上有一支注了水的柱形仪器，水只注到容器的一半，另外还有一只蒸馏管。在他面前齐胸高的地方，悬着一块带有框架的荧屏，荧屏上面设置了滑轮。他的左边，在开关板和仪表盘之间还放着一只红色的圆形灯。顾问大夫张开双腿，跨坐在荧屏前面的一张板凳上，打开了这只灯。这时屋顶上的灯熄灭了，只有红色的灯光辉映着屋里的景物。之后大夫飞快地把这盏红灯也熄灭了，检查室里一下子一片漆黑。

"我们首先要让眼睛适应。"只听见顾问大夫在黑暗中说道，"要把瞳孔放大，就像猫一样，才能看清我们想看的东西。你们懂的，就凭咱们平日里的视力，是不足以看清目标的。咱们得把灯光抛开，并把那些真实的图画抛在脑后。"

"那是自然的。"汉斯·卡斯托普说。他站在离顾问大夫不远的位置，闭起眼睛，毕竟不管他的双眼睁开还是闭合，眼前都只是一片漆黑。"咱们首先得让黑暗把眼睛净化一下，这样才可以看到想看的东西，这一点很明显。事实上，眼下我想咱们确实应当打起精神来，这样才合情合理——再做一下祈祷，这是应该的。我现在就闭着眼睛站在这儿，有些昏昏欲睡，挺舒服的。不过这是什么味道？"

"氧气。"顾问大夫说道，"您在空气中闻到的是氧气。是这小屋里的暴风雨的产物，您知道的。睁开眼睛！"他发号施令，"魔法就要显灵啦。"汉斯·卡斯托普急忙听命。

他听到拧动手柄的声音。一台马达发动了，它狂震怒吼起来，一声比一声高，但拧开另一把手柄后，它又停了下来。地面均匀地震颤着，右边那盏与屋顶成直角的红色小圆灯咄咄逼人地看着他们。这时不知从哪里劈出一道闪电，黑暗中亮起一束奶白色的光，一扇窗子显现在亮光中，原来是悬着的那块方形荧屏。顾问大夫贝伦斯依旧跨坐在荧幕面前的板凳上，他两腿张开，拳头撑在膝盖上，粗短的鼻子贴到荧屏前，以便更清楚地看清人体的内部结构。

"看到了吗，年轻人？"他问道。汉斯·卡斯托普向着顾问大夫的肩膀曲下身子，接着抬起头，在黑暗中朝着约阿希姆望着的方向看过去，这个方向是他假想出来的。约阿希姆的神情依旧像刚才检查时那样，温柔而忧伤。"我可以看看吗？"他问道。

"当然。"约阿希姆在黑暗中大方地表示道。在地板的震颤声中，在电闪雷鸣的喧嚣声中，汉斯·卡斯托普从亮起的荧幕上窥见了约阿希姆·齐姆森的骨架。胸骨和脊柱连在了一起，并成一条黑黑的柱子。前面的肋骨和后面与脊柱相连的肋骨相互遮掩，看上去有些模糊。再往上，锁骨向两边张开，而肩胛骨和尺骨的前端在软绵绵的皮肉遮掩下显得十分尖利。胸腔非常明亮，可以看到血管、黑色的斑点和灰黑色的阴影。

"图像可真清晰。"顾问大夫说，"虽然瘦骨嶙峋，不过倒很体面，这才是咱们年轻的军人。我还看过一些人臃肿的肚子，不过因为射线没有穿透，所以里面的东西几乎无法辨别。只有射线从这些脂肪层穿过去，我们才能看到里面。这工作很是干净利落。您能看到横膈膜吗？"他一边问，一边竖起指头指着小窗里上下起伏的黑色弧线。"您能看到左边这儿鼓起来的部分吗？这是他十五岁时患过胸膜炎的地方。深呼吸——"他又命令道，"再深一点儿，深呼吸，照我说的做！"于是约阿希姆的横膈膜又抖抖颤颤地升了起来，两肺的上部已经清晰可见，但顾问大夫还不大满意。"还不够。"他说，"您能看到肺门的淋巴结吗？能看到粘连吗？看看这儿的空洞，毒性物质就是从这儿出来的，这种物质能让人头晕目眩。"

但是汉斯·卡斯托普的吸引力却被某个口袋状的东西吸引过去了，它像一个丑陋怪异的动物，被肋骨遮在后面，旁观者看来或许偏右一些，黑乎乎的，形状十分清晰。它有规律地一张一合，看上去像极了一只正在游动的水母。"看看他的心脏。"顾问大夫再次把他那硕大无比的手从大腿上抬了起来，用食指指了指怦怦跳动的阴影部分。天啊，原来汉斯·卡斯托普看到的就是心脏，是约阿希姆那颗珍贵的心脏。

"我看到你的心脏了。"他压低声音说道。"没事，看吧。"约阿希姆回答道，也许他还在黑暗中抬起头朝他微笑了。不过顾问大夫叫他们安静，别再受感情驱使。接着贝伦斯研究起了约阿希姆胸腔内部的斑点、线条以及那些黑黑的纹理。汉斯·卡斯托普则毫无倦意地细细看着约阿希姆死尸一样的躯干以及干枯的腿骨，这些没有皮肉支撑的骨架是死亡的象征。"没错，没错！我看到啦，看到啦！"他重复了好几遍，"天啊，我看到了！"

这句话他以前曾在一个女人那儿听到过，那是蒂恩纳佩尔一位早已死去的亲戚。她拥有一种神赐的能力，能够看到临死的人的骨架，这让她痛苦不堪。而现在善良的约阿希姆的骨架却显现在汉斯·卡斯托普面前，但这借助了物理仪器，而且得到了约阿希姆本人的允许，因此是合情合理的，他也不觉得骇人。但是想起那位拥有千里眼的亲戚可悲的命运，他不禁感到悲哀。现在看到的这些——或者准确地说，是他看到的约阿希姆身体内部的景象——让他十分激动，但又萌起一丝怀疑和不安，不知道自己站在这儿看着这些是否被允许，或者是否合理。他一方面想无所顾忌地继续看下去，另一方面又感到有些不安，心中还带着虔诚的情感。

可是几分钟后，他本人便站在了耻辱柱[1]旁边，置身于电闪雷鸣之中，而约阿希姆则穿起衣服来。顾问大夫又透过奶白色的玻璃板往里细细查看，这次看的则是汉斯·卡斯托普的身体内部结构。他不时自言自语，断断续续地发出咒骂的声音，年轻的汉斯猜测情况可能跟大夫预想的一样。在年轻人的请求下，他甚至大发慈悲地允许病人透过荧幕观察自己的手。这时，汉斯·卡斯托普看到了在他预料之内的东西——不过一般人很难看到这个，他也没曾想过自己居然可以看到——他看到的是自己的坟墓。借助射线的力量，他预先看到了自己日后腐化的过程，现在这一身鲜活的皮肉会慢慢分解、消失，溶解在一片朦胧中。在荧幕中，他看到手部细细的骨骼，上面还戴着那只祖父遗留给他的纹印戒指，黑黑的戒指松垮垮地套在无名指的关节处。这是一种坚硬的实物，人们用它来装饰自己的肉身。它注定会从这具肉体上脱落，接着再传递给其他的肉体，那具肉体就又能戴一阵子。他用蒂恩纳佩尔先辈妇女们所特有的洞穿一切的眼睛瞅着自己身上这熟悉的部分，他有生以来第一次意识到自己也会死去。想到这一点，他的表情突然变成每次听音乐时的样子——有些呆滞，昏昏欲睡，又带着些许虔诚，嘴巴半开半闭，脑袋耷

---

[1] 西方国家惩罚罪犯的一种行刑工具。

拉着垂向肩膀。

顾问大夫说道:"您说什么,像幽灵一样? 没错,它的确有些像幽灵。"

他拉上电闸,地面停止了震颤,闪烁的电光消失了,那扇神奇的窗户也回归于黑暗之中。 顶灯亮了起来。 汉斯·卡斯托普往身上套衣服的时候,顾问大夫把检查结果拿给两位年轻人,考虑到他们的接受能力,他没有用专业术语。 对汉斯·卡斯托普来说,这一测试与叩诊结果相符,确实算得上科学的一大进步。 顾问大夫不仅看到了老病灶,还看到了新病灶——一条条从支气管延伸到各个器官的细线,线上面还带着小结节。过后汉斯·卡斯托普可以自己看看透视后的底片,他们会把它交给汉斯本人。 大夫交代的事有——保持安静、耐心、自我约束、量体温、吃饭、卧床、喝茶。 听完他们便离开了,汉斯·卡斯托普走在约阿希姆后面,盯着他的肩膀。 引路的医师又走了进来,肖夏太太跟在他后面走进检查室。

自　由

　　现在我们的汉斯·卡斯托普究竟是什么感觉呢？难道他在山上实打实地与这里的人度过的七周，看起来只有七天吗？还是恰恰相反，这段日子在他眼里比实际的情况要漫长得多？他一面扪心自问，一面也向约阿希姆寻求答案，却没有得出什么结果。也许两个答案都没有错——当他回顾过去时，这段时间显得异常漫长，又异常短暂，并不像实际上那么长。当然，在这里我们把时间看作一种自然现象，能够同现实的概念联系起来。

　　无论如何，十月已经近在眼前，就快到来了。在计算时间方面，汉斯·卡斯托普很在行，从病友们的谈话中他也能略知一二。"您可知道，再过五天就又是一号啦？"他听到黑米尔内·克莱费尔特对协会里的两个人说。其中一个是叫拉斯穆森的大学生，还有一个是厚嘴唇的年轻人，名字是庚瑟。午餐时间已过，客人们还在满是食物气味的餐厅里逗留，聊着天，迟迟不肯前去午休。"现在是十月一号啦，我在办公室的日历上看到的。在旅游胜地度过这么愉快的假期，这对我来说已经是第二次了。唔，假如说夏天曾存在过的话，现在也结束了。夏天就这么莫名其妙地过去了，就像人生一样！"说着，她摇了摇头，从半片肺里叹出一口气，抬起头，迟钝而呆滞地看着天花板。

　　"开心一点儿，拉斯穆森！"她在同伴下垂的肩膀上拍了一下，"给我讲几个笑话吧！"

　　"我知道的笑话可不多啊！"他回答道，两只手像鱼鳍一样在胸前张开，"知道的笑话也讲不出来，一天到晚已经够累的啦。"

"'哪怕是一条狗'，"庚瑟从牙缝中蹦出几个字，"'也撑不下去了'——如果它过的是这种日子的话。"

于是他们耸耸肩膀，笑了起来。

塞塔布里尼已经在旁边站着了，嘴里还叼着一根牙签。这群人出去后，他对汉斯·卡斯托普说道："千万别相信他们，工程师，您可别相信他们这些胡言乱语啊。他们就是这副样子，毫无例外，这些人也太放肆了。他们整日过得懒懒散散、浑浑噩噩的，认为自己很可怜、需要同情，还觉得那些挖苦讽刺、玩世不恭的态度是合情合理的。'旅游胜地'，她还这么说。唔，这可不就是一块旅游胜地吗？恕我愚见，我认为它正是，不过意义又有些模棱两可。她说生活就这么'莫名其妙'地在这块旅游胜地上打发过去了！不过要是让他们回到山下去过活，毋庸置疑，下面的生活方式迟早要把他们逼回来的。还真是讽刺！工程师，您得提防着点，这一类的讽刺在山上是很盛行的，您自己小心，尤其要防备他们的精神状态！既然讽刺不是一种直截了当、合乎传统的表达方式——头脑健全的人绝不会把这看成是模棱两可的——那么它就是堕落的，是社会文明的弊端，同反叛、道德败坏以及物质主义这些力量不干不净地扯在一起了。我们生活的环境明显有利于这些乌烟瘴气的东西繁荣生长，我希望——或者说我担心——您能懂我的意思。"

确实，要是放在几周之前，他还在平地上的时候，汉斯·卡斯托普绝对只把意大利人的这一番话当成耳边风了。但现在他已经在山上待了一阵子，感觉这些话是可以接受的。所谓的可以接受，是指他从中有所领会——虽然心中或许没有同情，假使他表示同情，那么其意义就更进一步了。不管发生过什么，塞塔布里尼还是一如既往地跟他谈话，诚勉他，引导他，甚至还想对他施加影响。他心底固然对此感到高兴，但是他自己的理解力已经足够对意大利人的谈话发表评论了，同时可以对对方的意见持保留态度。"看啊……"他暗自想，"他谈起讽刺来就像谈论

265

音乐时一样，没准很快就会告诉我们这东西在政治上是可疑的，也就是说，从那时候起讽刺便不再是'直截了当、合乎传统'的了。不过说到讽刺绝不是模棱两可的，我倒要斗胆问一句，如果是这样，那么还何谈讽刺呢？简直迂腐至极！"这位青年翅膀长硬之后，是多么忘恩负义啊！人家赠予了他这些东西，他倒回过头反咬一口。

虽然汉斯对此颇有微词，但是将其说出来还是有些冒险。他只是就塞塔布里尼先生对黑米尔内·克莱费尔特的那一套说辞表示非议，他认为这种说法未免显得有些心胸狭窄，或者说，他有理由这么想。

"可那位小姐生着病呢！"他说，"病得很严重，这是毫无疑问的，她感到灰心丧气也是有理由的。您还指望她怎样呢？"

"疾病和灰心丧气，"塞塔布里尼说，"往往只是堕落的形态。"

"那么莱奥帕尔迪呢，"汉斯·卡斯托普想，"他也毫无掩饰地对科学和进步表示灰心失望吗？"这位学究本人呢？他也患有疾病，时不时地要回到这山上来，卡尔杜齐也会觉得他多少有些可笑。

于是他大声地说道："您倒是……真好啊！怎么说，那位小姐随时可能一病不起，您却说这是堕落！这话您得好好说清楚。如果您说疾病有时候会由堕落引起，这多少还有些说得过去。"

"确实很有道理！"塞塔布里尼插嘴道，"那我就这么说吧！所以如果我说到这份儿上，您总该满意了吧？"

"或者您是说疾病可以作为放荡的借口——这么说也正确。"

"真是谢谢您！"

"可是疾病本身是堕落的一种形式吗？也就是说，疾病不是由堕落引起的，它本身就是一种堕落？我认为这种说法自相矛盾。"

"拜托您了，工程师，请别歪曲我的意思。我看不起这些自相矛盾的说法，我痛恨它们。我跟您说的那些关于讽刺的观点，您就把它们说成自相矛盾吧，或者可以更过分一点儿！自相矛盾，是清静无为的有毒之花，是腐蚀的灵魂放射出的彩虹，是万物之中最大的堕落！此外，我发现您又一次为疾病辩护了……"

"不，我对您说的东西很感兴趣，它让我想起了克罗科夫斯基大夫每周一演讲的一些内容。他同样把机体的疾病解释为一种次要的现象。"

"他绝不是一位纯正的理想主义者。"

"您对他有什么看不顺眼的吗？"

"就是这点。"

"看不惯他的心理分析？"

"也不常常是……有时候支持，有时候又反对，这两种想法是交替的。"

"这话怎么说？"

"心理分析作为一种启迪文明的工具倒是好的，这是因为它可以摧毁荒谬的信仰，消除天然的歧视，削弱权威的力量；换句话说，它之所以好，是因为它能提倡自由，提高人们的素质，让人类更加开化，也能让受奴役的人们站起来，为自由而抗争。但它又是坏的，非常糟糕。说它坏呢，是因为它妨碍行动，摧残生命力，阻碍人们的生活。心理分析简直让人倒胃口，就像死亡一样，实际上它和死亡同属于一个范畴，就像坟墓以及令人作呕的解剖一样。"

"吼得好凶啊，这头狮子。"汉斯·卡斯托普禁不住这么想。每次听到塞塔布里尼先生发表一些言传身教的演说时，他就会这么想。他提高了嗓门说道：

"最近几天，我们都在做 X 射线透视解剖，就在下面那一层。每次给我做 X 射线检查时，贝伦斯都是这么说的。"

"哟，所以你们也做了检查啦？情况怎样？"

"我看到了我手上的骨骼。"汉斯·卡斯托普一边说，一边回忆着当时看到那幅情景时的感受，"您之前要求过他们让您看看自己的手吗？"

"没有，我对我的骨架毫无兴趣。不过大夫的结论如何？"

"他看到了一些细线，线上面还有小结节。"

"这个下流货！"

"我之前也听您这么叫过顾问大夫贝伦斯，塞塔布里尼先生，您为什么这么叫他呢？"

"您要相信，这个称号是我十分公正地为他选的。"

"不，塞塔布里尼先生，在这一点上我认为您不够公正。我承认贝伦斯这个人身上的确有不足之处，这么久以来我也发现他说话的方式叫人不大舒服，语气有些粗暴，当想起他曾在这山上失去了妻子的时候，这种感觉更加明显，但他毕竟是个劳苦功高、值得尊敬的人，为减轻人们的病痛付出了不少！我最近还见到了他，那时候他刚从手术台上下来，刚刚结束了一场肋骨切除手术，让病人起死回生，您知道的。我看着他作为一位内行完成了这样一份严谨而又伟大的工作，留下了无比深刻的印象。当时他还没完全从手术中缓过神来，于是点起一支雪茄烟，算是给自己的酬劳。我那时真羡慕他。"

"您可真厉害。唔，那么对您的判决如何呢？"

"他没给我规定具体的期限。"

"那倒也好。现在咱们去做静卧疗养吧！工程师，让我们各就各位。"

于是他们在三十四号房门前分开了。

"您要到房顶上去吗，塞塔布里尼先生？跟大伙儿一块躺着比一个人躺着有意思多吧。你们聊天吗？那些人都还挺有意思的吧？"

"唉，这些人不过都是帕提亚[1]人和西徐亚[2]人罢了。"

"你是说俄国男人？"

"是俄国人，不论男女。"塞塔布里尼撇了撇嘴角，说道，"再见吧，工程师。"

他的话里不怀好意，这是毋庸置疑的。汉斯·卡斯托普疑惑不解地

---

[1] 古代伊朗东北部的奴隶制王国。

[2] 黑海北岸的古国，又称斯基泰王国。

走进自己的房间里。 难道塞塔布里尼觉察到了他的情况? 极有可能, 他这样一个学究式的人物, 很可能在背后监视他, 把他的一举一动都看在眼里。 汉斯·卡斯托普感到对意大利人有些恼火, 同时又生起了自己的气, 因为缺乏自制力, 自己现在是引火烧身了。 他把书写用具收拾出来, 准备带到阳台上去给家里写信——不能再犹豫了, 无论如何也要写第三封信了。 这个时候的汉斯余怒尚未消散, 嘴里还在喃喃自语, 怪这个夸夸其谈、喜爱争辩的意大利人多管闲事, 自己却在街上叽叽喳喳地对姑娘们献殷勤。 他实在没有心思写东西了, 这位手摇风琴师说起话来含沙射影, 简直坏了他的好心情。 但无论他感觉如何, 总得备够过冬的衣物、鞋袜还有钱。 简单说, 他要是早知道自己上山来待的时间不是大夏天里短短的三周, 而是一个不确定的期限, 或许一直到冬天来临, 那么他就会把所有东西都带来了。 考虑到这山上对时间的概念, 他很可能要住上一整个冬天了。 他得尽可能让家里人知晓这一消息, 把这件事情跟他们说清楚, 而不能再欺人欺己, 用各种借口搪塞过去了。

带着这样的心情, 他写起了信, 写的时候按照他多次在约阿希姆那儿看到的技巧——仰卧在躺椅上, 手里握着自来水笔, 文件夹就放在曲起的膝盖上。 他用的是疗养院的信笺, 抽屉里放了一大沓这样的信笺。 收信人是詹姆斯·蒂恩纳佩尔, 在舅舅家三位亲戚中, 他与汉斯的关系最为亲密——汉斯叫他把消息转达给参议先生。 他在信上说起自己的不幸遭遇, 他原来就有些怀疑自己生病了, 如今这点已经被大夫证实, 大夫还嘱咐他最好留在这儿疗养, 他也许会待上一整个冬天。 跟那些一开始就非常严重的疾病比起来, 这种病更加顽固, 因此在患病之后要全面治疗, 尽早根治。 他认为从这个角度上看, 此刻他偶然上山, 还因劝诫去检查一番, 倒是极为幸运的, 不然他便要蒙在鼓里好长一段时间了, 等到以后知道情况的时候, 病情也许会变得更严重。 至于在这儿疗养的大概时间, 反正冬天结束之前, 他是回不去的, 他们不必大惊小怪。 而且, 他未必会比约阿希姆早下山。 山上的人对时间的概念不同, 这可不像待在海滨浴场或者普通疗养院里那样。这么说吧，这儿最小的时间单位是月份，单单一个月根本算不上什么。

天气很冷，他披着大衣坐在那儿，还裹着一条毛毯，两手依旧冻僵了。信上都是一些合情合理又明智的句子，有时候他会从信笺上抬起头来眺望。他眼前是一片熟悉的景色——那是一片绵延的山谷，山谷入口处的层峦叠嶂如今显得苍白而明净；下面是明晃晃的、人口稠密的平原，在阳光照射下熠熠发光；山坡上有的地方是茂密的树林，有的地方则是草地，从那里传来母牛的颈铃声。他越写越觉得轻松，搞不懂自己之前为什么那么害怕写信。他觉得自己的表述比任何人都要流畅清晰，家里人必然也都能看得懂。像他这种地位和家庭背景的年轻人，办起事来当然非常明智，善于把握面前的所有有力手段。所以这么做也恰到好处。要是他动身回家，考虑到他的病情，家里人必定会再把他送回来的。他要求家人寄一些必需品来，最后还让他们寄些钱上来，每个月八百马克便足以应付各方面的花销了。

他在信的末尾签了名，信也就写完了。第三封信写得特别长，把该交代的事情都交代了，花费了大量的时间，这并不是根据山下的时间概念，而是山上的概念，这封信宣布汉斯·卡斯托普已经获得了自由。这是他在心里想的词，并未在信中有所表示，这个字的音节刚刚在他心里成形而已。不过他已经理解了这个词的全部意义。在山上逗留的这段时间里，他已经学会了怎样理解它，这种意义与塞塔布里尼口中的意义毫不搭边。他心里涌起了一种过去也曾出现过的浪潮，这让他激动不已，胸膛不禁震颤起来。

写信的时候，一股热血直冲他的脑袋，脸上也火辣辣地烧了起来。于是他从灯台上拿起体温表量起了体温，好像要抓住这个好机会似的。体温飙到了三十七度八。

"看看吧！"他暗自想着，又在信末加上了一句附言："无论如何，我写这封信可费了不少劲。现在我的体温已经是三十七度八了，我明白，眼下我不得不保持冷静了。假若我没有常常来信，切莫见怪。"接着他往后一躺，伸出一只手举向天空，手心向外，就像之前他举起双手对着荧幕时那样。但是自然的日光无法穿透人的身体，显出它们的内部形象；相反，在明晃晃的日光照射下，它们显得更加黯淡模糊了，只是外缘显出一圈淡淡的红色。这是他活生生的手，是他过去所看到、所清洗、所使用的手，而不是那副在荧屏里显示出来的神秘莫测的骨架。当时他还能看到那座分析出来的坟墓，现在已经看不到了。

水银之奇想

十月像一年中每一个月那样降临了，它在不知不觉中到来，悄无声息，毫无征兆；也可以说，它是偷偷地溜过来的，如果你不留心，根本察觉不到。时间的流逝并不会有明确的界限，每一个月或是每一年开始的时候，不会响起雷鸣或者胜利的号角声；即便当新世纪到来的时候，也只有人类会自行鸣钟或射枪来表示庆贺。

对汉斯·卡斯托普来说，十月的第一天就像九月的最后一天一样，是冷冰冰而极其不舒服的，接下来的那几天也是如此。人们在静卧疗养的时候，都习惯披着一件大衣和两条驼毛毯子，不仅仅是在夜晚，连白天静卧时也一样。不管脸颊有多热，捧着书本的手都是硬邦邦、冷冰冰的。约阿希姆恨不得穿起那件皮大衣，不过一想到这么早就穿未免有些娇纵自己，他便还是作罢。

可是过了几日，大约在月初到月中的那一阵子，天气又变了样——姗姗来迟的夏日降临了，而且格外绚丽多彩。汉斯·卡斯托普常听人对山上的十月夏景赞不绝口，现在他觉得的确名不虚传。大约两个半礼拜，山谷和山峰上的景色灿烂动人，天空一天比一天蔚蓝，一天比一天明净。太阳火辣辣地射下来，强烈的阳光叫人无法忍受，因此人们不得不又拾起早已搁在一边的薄纱裙子和亚麻裤子等轻薄的衣服。甚至连没有伞柄的帆布阳伞也被拿出来了，通过一个带孔眼的木桩，人们可以把伞固定在躺椅的扶手上。但即便如此，依旧挡不住正午的酷热。

"还能在这里见到这样的天气，我感觉挺好的。"汉斯·卡斯托普对表哥说，"天气通常都很糟糕，但现在呢，冬天好像被我们远远地抛在了后面，好天气就要到来啦。"他说得没错。从日历上看，现在已经是十月了，但没有多少足以证明这一点的特征，即便有，也模糊得难以辨认。在高地上有几棵橡树，它们早已无精打采地抖落了身上的叶子，苦苦挣扎着。除此之外，再也没有什么能够为这一片山野添些秋色的阔叶树了。只有杂交的阿尔卑斯赤树，抽出柔软的像树叶一样的针叶，姑且为山区添上一分萧瑟的秋意。而这里的其他树木，不管是高高耸起的还是低低矮矮的，都是一些常青的松杉类植物，能抵挡得住严冬的侵袭。每年冬天一到，暴风雪便要来了，它将飞遍山区里的每一处，积雪兴许一整年都不会融化。虽然烈日炎炎，但从森林里那片暗沉沉的锈红色里，还能嗅出一丝岁末的味道。如果仔细观察，还能看到山上的一些野花，它们也在轻声细语地跟你传达着这样的讯息。草地上的红门兰和楼斗菜已经不再开花，只剩下龙胆和低矮的秋番红花，见证着这表面虽炎热无比，实则冷到骨髓的秋日天气，这种感觉就像发热时打冷战似的。

汉斯·卡斯托普不像那些喜欢计较时间的人那样时刻注意着时间的流逝，把它分成一段一段，命名并贴上标签。他压根没有注意到第十个月的来临，只是被困在了感官上的痛苦中，头顶是灼人的阳光，空气却冷入骨髓。他在过去从未有过这样的感觉，这让他想起了约阿希姆拿食物打的比喻，说"冰煎蛋"上面热得冒泡，下面却全是冰。他常常说起这一类奇妙的话，说得又快又流利，就像患了发烧的人打了一个冷战一样，但他有时候也会沉默寡言。我们不能说他只想着自己的事，因为他的注意力一直是向着外界的，只是固定在某一个点上而已，其余的一切，不管是动的还是静的，都在一片迷雾中飘浮。这片迷雾是汉斯自己幻想出来的，对此顾问大夫贝伦斯和克罗科夫斯基大夫无疑会解释为水溶性毒素的产物，连神思恍惚的汉斯本人也这么认为。他没有能力从这种状态中摆脱出来，也丝毫不想摆脱出来。

当一个人陷入这种醉醺醺的状态时，就会憎恶清醒。但凡是会削弱这种感觉的力量，他都不允许存在，并且极力反对，试图将其排除。肖夏太太的外表并不算太美，年纪也不小了，而且面部轮廓有些尖锐。汉斯·卡斯托普早已意识到这些，而且曾一度说了出来。那么结果呢？他避而不看她的外表，有时候无意中瞥见或者远远地看到，还会严肃地闭上眼睛，这让他感到痛苦。这是什么缘故呢？他的理智不正应该把握这样的有利时机，发挥自己的作用吗？可是谁需要他如此呢？当克拉芙迪亚在第二次早餐时穿着那件白色花边的晨服出现在餐厅里时，她的样子在衣服的衬托下显得格外迷人，他又欣喜若狂起来，甚至连脸都白了。她还是像往日那样姗姗来迟，伴着玻璃门嘭嘭的巨大响声，一高一低地抬起双臂，微笑着出现在餐厅里，然后轻悄悄地溜到自己的座位上。他目眩神迷的原因倒不只是她妩媚的身段，在这迷人外表的刺激下，他心里那种甜丝丝的、中毒一样的感觉更加强烈了。他很乐意享受这种醉醺醺的感觉，用这种感觉滋养自己，并且对此心安理得。

凡是对洛多维科·塞塔布里尼的思维方式非常了解的人，看到汉斯的这种状态，无疑会认为这就是一种放荡，或者说是"放荡的一种形式"。有时，汉斯·卡斯托普会回想起意大利人对疾病和灰心丧气发表的那一番文学性的评论，他觉得这些话无法理解，或者至少他要故意装作不懂。他盯着克拉芙迪亚·肖夏，她的背部软绵绵的，脑袋歪向一边；她已经习惯了每日姗姗来迟，既没有原因，也没有借口，仅仅是因为不守秩序以及缺乏教养。凡是每一扇她走过的门，都被她撞得啪啪作响，这一点也体现了她的不懂礼仪。此外，她在用餐的时候把面包捏成小球，还啃手指；他有些怀疑——虽然没有说出来，就是她如果有病的话——当然，她的确有病，而且很可能治不好了，要不然她也不会这么频繁而长期地住到山上来，但这行为举止多半是属于道德上的问题。就像塞塔布里尼说的，懒散既不是患病的原因，也不是结果，而是疾病本身。

他又想起这位人文主义者谈起自己在静卧疗养的时候不得不与"帕提亚人和西徐亚人"做伴时，不屑一顾地把手一挥的那副姿态。这种轻蔑的姿态不但合情合理，而且十分自然，简直就是条件反射式的不屑。汉斯·卡斯托普很能理解这种感觉。过去当他笔直地坐在餐桌旁，听到嘭嘭的撞门声时，他也会极尽鄙视和厌恶。不过他从来不想咬手指，因为他有马利亚雪茄烟作为替代品。过去，他对于肖夏太太这种无礼的行为也会恨之入骨，而当这个眼睛细长的女人讲起他的母语的时候，他内心却掩不住升起一种优越感来。

　　不过，就他目前的状态来说，他也无意去想这些事了；让他恼火的反倒是意大利人，他竟愚蠢地把俄国人称为帕提亚人和西徐亚人。他指的倒不是坐在"下等"俄国人餐桌上的那几位，那是几个头发蓬乱、不穿衬衫的大学生，他们坐在那儿，用怪里怪气的家乡话喋喋不休地争论着什么，显然他们只会这一种语言。他们那种软绵绵、没有骨气的性格，让汉斯·卡斯托普想起了失去肋骨的胸腔，这是顾问大夫贝伦斯之前跟他说过的。确实，这些人的举止和习惯让那位人文主义者不无反感。他们吃东西的时候喜欢用小刀，还会把衣服弄脏，说起来怪害臊的。塞塔布里尼还说过，这群人中有一位学医的学生，对拉丁语一窍不通，就连"真空"这个词是什么意思都说不出来。斯特尔还提起住在三十二号病房里的那对夫妇，当浴室师傅早晨上门给他们擦身子的时候，两个人还一并躺在床上，根据汉斯·卡斯托普每日的经历看，这一点很可能不假。

　　以上所说的这些可能都是真实的。但是归根结底，"上等"和"下等"俄国人之间还是有区别的，这么区分不无道理。汉斯·卡斯托普坚决认为，那位整日傲慢又冷冰冰——虽然这个人还发着烧，烧得迷迷糊糊的，但周身的气息依旧是冷冰冰的——大谈特谈共和国以及所谓的优美文体的意大利人，居然把这两张桌子上的人统称为帕提亚人和西徐亚人，简直叫人嗤之以鼻。至于意大利人的所指，汉斯·卡斯托普再清楚不过，同时他也认识到了肖夏太太的"懒散"和疾病之间的关系。然而事实就像他跟约阿希姆说的那样——一个人刚开始的时候会对某事感到义愤填膺、反感至极，接着突然"插入了某件异乎寻常的事情"，这件事

275

"和道德评判毫无关系"，那么对他再怎么严苛都无济于事；到时候，学究式的劝导——无论是大谈共和国主义，还是其他苦口婆心的劝诫——对他都起不到任何作用了。

但我们也许会像洛多维科·塞塔布里尼那样，不得不问：这种模棱两可的经验究竟是什么，它麻痹了人们的判断力，剥夺了人们的这一权利，甚至让他们自愿放弃这种权利和经验。我们不会问这种经验的名字，因为每个人都清楚。我们更应该问问它的道德性质。坦白说，我们不指望得到一个有把握的答复。就拿汉斯·卡斯托普来说，它的影响已经达到了这样的程度——他不仅不会对自己的经验做出判断，而且还会投身其中，身体力行效仿肖夏太太的行为。比如，坐在餐桌旁时，他曾试着放松身子靠在椅背上，这时候他感到臀部肌肉变得放松了。有一天，他关某一扇门时，不再像以往那样小心翼翼，而是彭的一声重重地关上了它，这些都让他感到舒适惬意。就像当初约阿希姆在车站迎接他的时候耸耸肩膀的动作那样，这山上的人都有这样的习惯。

简单说，我们这位旅客现在已经完全倾心于克拉芙迪亚·肖夏了。我们之所以这样说，是因为不想在这件事上引起任何可能的误会。我们明白，汉斯的感情性质就跟那首我们经常提起的轻柔伤感的小调所表达的柔情蜜意一样，它是一种狂放不羁的痴心，其中掺杂着冰与火，就像发了烧的病人，也像这山上的十月天气。事实上，他真正所缺少的，只是联系这两种极端情感的媒介。一方面，由于感情直接的刺激，这个年轻人脸色苍白，他呆呆地望着肖夏太太的膝盖，望着她大腿的线条，她的背部，她的颈椎，还有压在她小小的胸脯上的双臂——一句话，他望着她的身体，她那慵懒、线条清晰、因为疾病显得有些扭曲夸张的身体。另一方面，这是一种飘忽不定而又无比脆弱的感情，它是一种意念，不，是一个梦境，是年轻人的可怕而又清晰诱人的梦境，对于提出的无法言表甚至是无意识的问题，他得到的只是一片空无一物的沉默。对于这个故事，我们就像接下来要说的那位相关人物一样，有独立思考的权利；

我们也可以大胆地说，假使有人能令人满意而合情合理地给汉斯讲讲人生的意义和目标，让他那颗纯朴的心灵能从时间的深度上对此加以领悟，那么他也许就不会一直在山上逗留了。

此外，他的爱恋之情又给他带来种种喜悦和痛苦，这种感情对世界上的每一个人来说都是如此。这种痛苦叫人忧心忡忡，就像其他的痛苦一样，叫人感到屈辱；它震碎了神经系统，让人喘不过气来，甚至能叫一个成年人伤心落泪。至于欢愉呢，公正地说，它也是多方面的，其纠结程度丝毫不亚于痛苦，尽管它的诱因相对来说有些微不足道。山庄疗养院里的日子，几乎每时每刻都能给他带来欢愉。就像进入餐厅的时候，汉斯·卡斯托普感觉到他朝思暮想的那个人正走在身后——接下来会发生什么自然在预料之内，他不禁喜出望外，甚至要流出泪来。近在咫尺的两双眼睛遇上了，他的眼睛与对方灰绿色的眼睛相遇。她的眼睛，不论是形状还是大小，都带了些东方人的风采，这让他目眩神迷起来。他脑中一片混乱，迷迷糊糊地退开一步，让她先通过那扇门。她淡淡一笑，轻轻地说了声"谢谢"，接受了他这种礼节上的谦让，从他身边走过去，进了餐厅。他站在那儿，沉醉在她经过时留下的味道里，对于这次邂逅还有从她口中吐出来的那句"谢谢"，他高兴得有些发傻。

他跟在她后面，摇摇晃晃地朝着自己的桌子走过去。坐到椅子上的时候，他注意到克拉芙迪亚也恰好坐了下来，还回过头来看了他一眼。从表情上看，他觉得对方也在回味刚才的相遇。噢，简直是一次不可置信的奇遇！噢，他怎能不欢喜，不狂喜，不喜出望外呢！啊，要是汉斯在平地上时就发现了某只健康的小鹅，理性地、合情合理地、理所当然地"倾心"于对方，并像小调中吟唱的那样，全心全意把自己的柔情蜜意献给对方，那么他将再也体会不到这种如痴如醉的感觉了。他兴高采烈地跟女教师打了招呼，女教师早已把一切都看在眼里，脸上泛起一阵阵红晕。汉斯又叽里呱啦地对着罗宾逊小姐说了一通英语，讲得莫名其妙。这个女人有些被汉斯这副心花怒放的样子吓到了，于是缩着脑袋，疑惑地打量着他。

还有一次，那时候他们在用晚餐，夕阳柔和的光线投下来，照射在"上等"俄国人的餐桌上。窗台和走廊的门上的帘子都拉上了，但不知哪个地方还有条缝隙，红色的光线灵巧地溜了进来，虽然不热，但还是有些刺眼。这道光直直地照在肖夏太太的脸上，她一边同坐在右边那位胸部凹陷的男人说话，一边抬起手来挡光。这光亮虽然影响不算严重，但总归有些烦人，只是没人留意到这点，甚至连那位漂亮的人儿自己也没感到有什么不适。汉斯·卡斯托普向餐厅扫视时，发现了这点。他跟其他人一样瞟了一眼，接着环顾四周，开始检查整个房间，努力找出这道光究竟是从何处进来的。他发现光的来源正是右边角落的那扇凸窗，窗子处在走廊门和"下等"俄国人的餐桌之间，离肖夏太太很远，离汉斯·卡斯托普也有着差不多一样的距离。他一言不发地站起身，手里拿着餐巾，穿过几张桌子，朝凸窗所在的那个角落走去。他把两块奶白色的窗帘扯了扯，把它们搭在一起，再回过头去看看光线是否还能进来，还会不会照到肖夏太太，确定不会后，他才故作镇定地回到自己的桌子上。

真是个殷勤的小伙子，他做了一件合乎礼节的事，而别人却忽略掉了。不过还是有几位病人注意到了他的这一举动，肖夏太太感到浑身轻松，她举目四望，看见汉斯·卡斯托普在自己的位置上坐了下来。汉斯一坐下后，便抬头望向她，而肖夏太太则带着友好而惊讶的神情笑了笑，向他点头致谢。说是点头，其实只是身子微微向前倾了倾。他也欠身致意。他的心脏好像一时间停止了跳动，直到一切都过去之后，它才又怦怦跳起来。这时候他才注意到，约阿希姆一直盯着他的餐盘。除此之外，他还发觉斯特尔夫人用手肘在布卢门科尔博士的腰间推了推，然后抬头朝其他桌子上扫了一眼，想看看有没有其他人注意到了这件事。

以上所说的都是最不起眼的日常琐事，不过日常琐事在特殊的土壤中滋长，也就变得不平凡了。他们之间的关系，有时紧张，有时又舒缓——也许称不上是两人之间关系紧张，没准只是汉斯·卡斯托普自己一厢情愿的遐想而已，至于肖夏太太动了几分心，那就不得而知了。

在这些阳光明媚的日子里，午餐后，大多数的客人都会到游廊上，三五成群地聚在一起，晒上一刻钟左右的太阳，这番景象恰似每两周一次的周日午后的音乐会。这些年轻人游手好闲，懒懒散散，被肉和甜食喂饱了肚子，他们都有点儿发烧；这些人有的聊天，有的大笑，有的打闹，有的挤眉弄眼。来自阿姆斯特丹的萨洛蒙太太则会倚在围栏上，右边紧挨着厚嘴唇的庚瑟，两人的膝盖挤在一起，左边还站着那个一脸谄媚的瑞典人。瑞典人虽然已经完全康复，但还得在山上休养一段时间才能回家。伊尔蒂斯太太显然是一位寡妇，她最近才接见过她那位"未婚夫"，那个人看上去郁郁寡欢，其貌不扬。即便他在场，伊尔蒂斯太太还是照旧接受米克洛希奇上尉献上的殷勤，上尉是个有着鹰钩鼻、眼神犀利、胡子坚硬、胸部凸起的男人。还出现了一些新面孔——在从公共疗养室出来的人中，有不同国籍的女人，其中包括十月一日刚到的新病人，这些人的名字汉斯·卡斯托普几乎都叫不出来。

除此之外，还有一些像阿尔宾先生那样骑士风度十足的人，有个戴单片眼镜的十七岁小伙子，还有一个年轻的荷兰人，也戴着一副眼镜，此人酷爱集邮。甚至还有几个希腊人，头发上涂了发蜡，眼睛像杏仁一样，喜欢在餐桌上胡闹。其中有两个花花公子式的人物，被人起了绰号，一个叫马克斯，另一个叫莫里茨，也很喜欢调皮捣蛋。另外还有那个驼背的墨西哥人，他对山上人说的几种语言一无所知，因此脸上总是一副困惑的表情。他只会不停地拍照，扛着他的三脚架从一个地方拍到另一个地方。有时候顾问大夫也会出现在这群人中间，表演他系鞋带的拿手绝活。还有一个人也会抖抖颤颤地潜藏在人群中，正是曼海姆那个狂热的信徒。每次看到这人用那双悲伤的眼睛躲躲闪闪地瞅着别人，汉斯·卡斯托普就感到一阵恶心。

但现在我们再来举几个例子，回顾一下汉斯·卡斯托普那种紧张的心情。 这个时候，年轻的汉斯正坐在花园里一把新刷过漆的椅子上，跟表哥聊天——表哥本不愿意出来，是被他强行拉出来的；而在他面前，肖夏太太正站在栏杆旁，和她同桌的餐友在一起。 他说着话，又抽起烟来，全是为了引起她的注意。 她回过头来了。 和表哥谈话并不足以展现自己，他还得和其他人交谈——是谁呢？ 无非就是黑米尔内·克莱费尔特了。 他便随意地跟这位年轻的女人搭起话来，先是自报家门，又把表哥的名字一并介绍给她。 他为她拉过一把椅子，以便把对话继续下去。他问她知不知道，他俩第一次相遇的时候，她把他吓得不轻，那时候她竟然吹着口哨欢迎他的到来。 他不得不承认，她的目的达到了；当时他可是挨了当头一棒，不信可以问问他的表哥！ 他那时当真气愤，她用人工气胸吹口哨的行为可真的让这无辜的陌生人吓了一跳！

说了一阵后，约阿希姆已经完全意识到自己只是表弟的工具，于是两眼盯着地面，有些呆滞地坐在那儿；克莱费尔特小姐也从汉斯·卡斯托普焦躁不安、犹疑不定的目光中，逐渐察觉到了她自己也是对方利用的一个工具而已，故而有些不悦。 但这个可怜的年轻人依旧假情假意地笑着，一边花言巧语，一边特意发出动听的声音。 最后，肖夏太太终于转过头来看他。 但这只是一瞬间的事，她那双像普里比斯拉夫一样的眼睛飞快地扫了一眼坐在那儿跷着二郎腿的汉斯，在他黄色的靴子上停了一会儿，接着便漫不经心地收回了目光，也许她的心里在暗笑。

这无疑是一个沉重的打击。 汉斯·卡斯托普又兴高采烈地说了一会儿，当他意识到那个停在他靴子上的眼神的含义时，便突兀地停下了口中的话，陷入了深深的挫败感中。 克莱费尔特小姐感到烦躁和不悦，于是自顾自地走了，而约阿希姆则有些厌烦地表示，现在他们应该去做静卧疗养了。 心碎的汉斯有气无力地回答说，他们确实该去了。

这件事让汉斯·卡斯托普痛苦了整整两天，在这期间，没有什么能抚慰他那颗受伤的心。 她为什么要那样看他？ 究竟为什么那么轻蔑地盯着他看呢？ 难道她只是把他看成了平地上一个健康的凡夫俗子，乐于接受一切，并且毫无害处吗？或者说，他只是一个普普通通、老实憨厚的小伙子，到处乱跑，嘻嘻哈哈，整日为生计、为填饱肚子奔波？还是说，他是那种学校里的模范学生，除了追求虚无缥缈的荣誉，其余一窍不通？他不禁自问，难道他是一个毫无计划，只打算在山上住三周的旅客？难道他不是已经被大夫判定长了浸润性病灶，要足足在山上住上两个月，而且昨天水银柱已经升到了三十七度八的人吗？唉，没错，这正是他痛苦的地方——水银柱竟然不再上升了！这几日汉斯·卡斯托普都显得郁郁寡欢，这倒使他变得冷静理智，没那么紧张了。他的体温已经降了下来，比正常温度高不了多少了，这让他感到失望懊恼。这一残忍的事实之所以会让他感到痛苦和沮丧，只因为这会拉长他和克拉芙迪亚之间的距离。

第三天，他幸运地解放了。这是十月一个秋高气爽的早晨，阳光灿烂，空气清新，草地覆上了一层银灰色的霜。太阳和残月一起挂在明净的空中。表兄弟两人起得比平时早些，想趁此大好天气在外面多散会儿步。他们越过小溪，朝着森林的方向走去。约阿希姆最近的温度曲线也可喜地有所下降，因此打算打破常规，调节一下，汉斯·卡斯托普也没反对。"咱们的身体似乎已经恢复了。"他说，"烧退了，也不生病了，又像山下的人那样精神焕发啦。咱们还有什么好顾忌的呢？"于是他们拿起手杖，没戴帽子就出门了。自从"入行"以来，汉斯·卡斯托普就融入了这里的风气，即便他以前认为这些都违背他的习惯。

不过，他们刚刚踏上那条红棕色的小径不久，刚到汉斯初来时碰到气胸患者们的那个地方，他就看到了不远处的肖夏太太——她一身白色，白色的线衫，白色的法兰绒裙子，甚至连鞋子也是白色的。她那红金色的头发在晨曦的照耀下闪闪发光。准确地说，只有汉斯·卡斯托普看到了她。直到表弟拉拉扯扯地叫约阿希姆看时，他才注意到肖夏太太的存在，但他有些闷闷不乐。他不高兴的原因是，表弟原本慢悠悠地走着，现在却突然加快了脚步。约阿希姆因为被他推搡着，所以极为恼火，导致呼吸变得急促，最后竟咳了起来。但汉斯·卡斯托普一心只顾他的目标，呼吸极为顺畅，也没空留意表哥这边的情况。约阿希姆把一切都看在眼里，皱了皱眉，但还是在后边一步步跟着，因为没有理由丢下表弟，让他自己在前面跑。

阳光明媚的早晨让汉斯·卡斯托普感觉神清气爽，他本来沉重阴郁的心情现在算是慢慢变好了些。他认为打破屏障的时刻已经到了，于是大步前进，把气喘吁吁、不情不愿的约阿希姆甩在后面。在小径变得平坦，朝着右边郁郁葱葱的小山丘延伸而去的地方，他们差一点儿赶上肖夏太太。这时年轻的汉斯放慢了步伐，调整气息，以防自己因为有所企图而变得呼吸急促，丑态毕露。在小径弯曲的地方，在森林与悬崖交叉的地方，在被从树枝中泻下的阳光映照成铁锈色的红杉之间，奇迹的一幕发生了——走在约阿希姆左边的汉斯·卡斯托普终于追上了那个漂亮娇弱的女病人。他雄赳赳地走上去，当他终于站到她右边的那一刻，他低下了脑袋，绅士而尊敬地轻声向她道了一声"早安"，她也友好地欠了欠身，回道"早安"，语气里丝毫没有惊讶意味。她用汉斯·卡斯托普的母语说出那句问候，说的时候眼睛里还带着笑意。这一次的眼神是迥然不同的，和上次她盯着他的靴子看时的眼神不一样，实在叫人可喜。这回他运气实在太好，这情况实在出乎意料，简直叫人欣喜若狂，他终于解脱了。

因为肖夏太太的那句早安的问候和微笑，汉斯·卡斯托普不禁有些得意忘形，脚上像长了翅膀似的，还催着旁边的约阿希姆走快一些。约阿希姆一言不发，只是望着深深的山谷。在约阿希姆的眼里，这种行为太过固执，而且有些背叛亲人的意味，这一点，汉斯·卡斯托普心里自然也清楚。不过这和向一个完全陌生的人借一支铅笔比起来，是截然不同的。假若你跟一个女人在同一个屋檐下共处了好几个月，见面时却不搭不理的，那才是没有教养了。而且在候诊室的时候，他们甚至还同她聊过几句呢。正因如此，约阿希姆保持着沉默。在汉斯·卡斯托普为自己成功的恶作剧而乐不可支时，他也清楚可亲可敬的约阿希姆闷声不响的原因。平原上那些青年对健康而普通的小鹅"倾诉衷肠"时，不管多么顺利，取得了多么大的成就，也绝不会有一个人能像汉斯现在这样幸福，不，连他的一半幸福都不及。汉斯·卡斯托普依旧喜不自胜，他刚才可是抓住了千载难逢的时机……因此他由衷地拍了拍表哥的肩膀，说道：

"喂，你怎么啦？今天不开心吗？等会儿咱们回疗养院去吧，没准那儿在举办音乐会呢。说不好还会有人弹奏《卡门》里面的曲子……这是怎么啦？你心里不高兴吗？"

"没有。"约阿希姆回答，"不过你看起来好像很激动，我担心你的体温曲线又会上升。"

汉斯·卡斯托普的体温确实上升了。同克拉芙迪亚·肖夏太太打过招呼后，他心中的郁结和自卑终于消失了，可以说，正因为意识到了这一点，汉斯·卡斯托普的心才彻底放下了。没错，确实，约阿希姆说得很对，水银柱又上升了。他们散步回来后，汉斯测量了一下，他的体温竟已经升到了三十八度。

百科全书

如果说塞塔布里尼先生含沙射影的那一番话确实激怒了汉斯·卡斯托普，汉斯也没理由闷闷不乐，同时也不该责怪这位学究老是在他背后盯着他的动向。哪怕是一个瞎子，也能看出来这位年轻人心里在想什么，他本人对自己的事也不加掩饰，只是那天真而又简单的性格作祟，因此不说出来罢了。他一向不喜欢外露感情，他的竞争对手，那个一厢情愿的曼海姆人则完全不同，他头发稀疏，行为鬼鬼祟祟。要是你愿意的话，可以就此认为汉斯比他强了不少。但是，我们需要再次强调一点——普通人假如处在汉斯·卡斯托普那样的境地，出于本性，常常恨不得把自己的心思告知天下，盲目地自我陶醉，希望所有人都能知晓自己的感情。在理智的旁观者眼里，事情越是不理智，越是莫名其妙，越是没有希望，就越叫人看不顺眼。

这些人究竟如何吐露自己的心事，这一点难下定论，但是看来，对于这一类事情，他们似乎觉得不吐不快。在山庄疗养院这样一个小社会里，这一点尤为明显。就像那位吹毛求疵的塞塔布里尼先生说的那样，这山上的人心里只会想两件事——第一件是体温，第二件呢，还是体温。比如说，维也纳武尔姆布兰德总领事的太太对米克洛希奇感到厌倦，又另觅新欢——可能是那位年轻的瑞典人，也可能是来自多德蒙德的律师帕拉范特，或者两个人都是。所有人都清楚，那位律师和来自阿姆斯特丹的萨洛蒙太太之间究竟是怎样的关系。二人的关系已经维持了好几个月，现在双方已经商定不再往来，而萨洛蒙太太则顺应自己的年龄，开始打起年轻的小伙子们的主意来。目前看来，那个跟黑米尔内·克莱费尔特同桌用餐的厚嘴唇的庚瑟已经被她套上了。对此，斯特尔太太曾用官方般的口吻不失明确地表示过——他如今已经被她"永远享有"了。至于那位律师帕拉范特呢，为了总领事夫人，与瑞典人格斗也好，和平相处也罢，都是他的自由，一切尽随他意。

这一类事情——尤其是当人们倚在玻璃隔板间外阳台的过道上百无聊赖时——在山庄疗养院这个小社会里，分量不小，在那些发了烧的年轻人群体中更是如此。人们心里想的全是这一类的事儿，这便是山上生活的明显特征。即便如此，我们还是很难明确地定义人们所处的这种状态。在这件事上，汉斯·卡斯托普有一种奇特的感觉，那就是生活中存在着这样一种基本现象，它被全世界看得十分重要，所有人都或严肃或打趣地讨论这一话题。不过这种基本的现象却在这山上显出了另外一种截然不同的意味。它很有分量，这种分量又带来了新奇感，它有自己的价值和意义。因此当它以这崭新的面貌出现时，便变得可怕起来。

到目前为止，每当我们谈起山庄疗养院里那些暧昧不清的事情时，总会用轻松而戏谑的语气。这倒不是因为我们对这类事情心存偏见，或者看不起这类风流韵事。否则，这样做无非就是为了让别人也来迎合这种模糊不清的观点了。但事实上，这种事并不像在别处时那么普通。

汉斯·卡斯托普一直认为，自己对这些人们津津乐道的"生活中的现象"已经了如指掌。他这么想也许不无道理。但如今他却发现，自己在山下学到的那些知识，在这儿完全不够用，可以说他对这些现象简直一窍不通。他本人在山上的这些切身感受——对于它们的性质，我们已经花了大力气为读者介绍过数次了——有时太过强烈，甚至使他不由得喊出"噢，天啊！"这一类的话来。这打开了他的眼界，让他感知并理解了山上这些闻所未闻、荒诞不经且极度夸张的事情。这倒不是说，在这山上，人们甚至连玩笑都不说一句。不过和山下相比，这儿的玩笑听起来多少有失分寸，它们会让人牙齿打冷战，呼吸困难，像一块薄而透明的遮羞布，把人们的原本面目以及那些极端的激情想法掩饰起来，但是却又欲盖弥彰。

汉斯·卡斯托普清楚地记得，当他第一次用山下那种天真的口吻富有深意地说起玛鲁莎姣好的身材时，约阿希姆的脸色顿时一片煞白，脸上的斑斑点点清晰可见。他也记得在自己拉下窗帘，以免阳光照在肖夏太太的脸上时，表哥的脸凉得褪了血色。他还知道，他也曾在其他陌生人的脸上看到过同样的神情。他曾同时在两个人的脸上见到这种神色，比如萨洛蒙太太和那个年轻的庚瑟。他们两人关系刚开始的时候正是这副样子，斯特尔夫人曾兴高采烈地描述过这一点。我们说，汉斯·卡斯托普想起了这一切，意识到在这种环境之下，对自己的事避而不谈不但非常困难，而且不值得为此大费脑筋。换句话说，这种对情感的表达不但显得高贵大气，让人尊敬，而且也是此地的氛围所鼓动的。汉斯·卡斯托普不打算强压自己的情感，憋着心事不说。

我们知道，约阿希姆早就说过，在山上想结识别人并不容易。事实上，这首先是因为表兄弟两人组成了自己的一个小团体，同其他疗养的病人隔离开来；其次，这也是因为约阿希姆一心想着早日康复，原则上不愿意跟其他病人接触过多、关系太过密切。否则，汉斯·卡斯托普就可以更随心所欲地向大家吐露他的心事了。即便如此，汉斯终究是个热衷于交际的人。有一天晚上，约阿希姆看到表弟坐在一群人中间，人群中有黑米尔内·克莱费尔特、庚瑟、拉斯穆森，以及那个戴单片眼镜、留着长指甲的男孩子。那时汉斯正兴致勃勃地大谈特谈肖夏太太那特别的、富有异国情调的面部特征。他声音发颤，眼睛亮晶晶的，听众们则悄悄交换眼神，用胳膊肘互相推了推，咻咻地笑着。

看到这幅画面，约阿希姆感到颇不自在，但是大家引以为乐的那一位对自己吐露心事的行为却不以为然，他倒是认为，假如对自己的事情避而不谈，那么以后就难有提及的权利了。不过他认为，一般来说，总有人会对这种事幸灾乐祸，这倒也是理所当然的。每当餐厅的玻璃门嘭地响起时，不仅仅他桌上的人，甚至邻桌的那些人，都会饶有兴致地看着他忽而红云密布、忽而刷地惨白的脸。这反倒让他感到满足，他把这看作外界对他那狂热的感情的认可和赞赏。这样也就能把这件事往前推进，激起他那模糊不清而又不算明智的希望。这让他喜出望外。

到了后来，人们甚至三五成群地围在一起，看着这个如痴如醉的年轻人。有时候是在用餐完毕后，他们聚在草坪上，或者是在周日的午后，他们站在门卫室前面，等着门卫派发信件，因为这一天门卫不会亲自把信送到各个病房去。大家都很清楚，这个年轻人醉态毕露，不管别人怎么看，他都不在意。斯特尔夫人、恩格尔哈特小姐、黑米尔内·克莱费尔特，还有她那位长了一张獴脸的女伴，除此之外，还有阿尔宾先生、那个留着长指甲的男孩，以及其他一些病人。这些人往往会站在一块儿盯着他看，嘴角往下撇着，脸上带着讥笑。而汉斯这个可怜的怪人呢，他的脸上还是一如既往的红热，睁着一双亮闪闪的眼睛，这眼睛像极了那个咳嗽的奥地利贵族。他一脸落寞，失魂落魄地笑了笑，目光凝视着固定的一个方向。

这时候塞塔布里尼表现得倒是很友好，在这种情况下，他还是朝着汉斯·卡斯托普走了过去，跟他搭起话来，询问他过得可好。但年轻人是否懂得感激对方毫无成见的善意，倒是值得怀疑。某一个周日的午后，病人们熙熙攘攘地聚在门卫室旁边，伸出手去取信件，约阿希姆也挤在人群里面，但汉斯·卡斯托普却站在人群之外，神态和我们刚刚描述过的一模一样，他只盼望克拉芙迪亚·肖夏看他一眼。她就在附近不远的地方，和同桌的那一群人聚在一起，想等着门卫室前面不再那么拥挤了再走上去。这是病人们云集的时刻，是一个充满了机会的时刻，正是因为如此，年轻的汉斯才喜欢这个时刻。一周之前，他就站在这窗口前，而肖夏太太则近在咫尺，事实上她甚至不慎撞了他一下。于是她欠了欠身子，说了一句"抱歉"。而他呢，虽然心里一阵狂热，但好歹头脑还算清醒，好不容易回答了一句："Pas de quoi, madame（法语，意为：没关系，太太）。"

真是天助我也，他暗想道，每周日的下午人们都要出去收取信件。可以说，他每周就是在等待收信的周日到来中度过的。等待也意味着期盼日子快速地往前奔去，而眼下的时间早已不是恩惠，反而成了一种阻碍；时间真正的内涵也变得一文不值，他甚至觉得应当在心灵上超越它。人们常说，等待是漫长的，然而等待也能成为一种消遣。或者更准确地说，如果我们只是把大段大段的时间消耗过去，而不是用来生活，或者加以利用，那么它就是短暂的。我们也可以把这样的人比作一个正在等待的饕餮之徒，他的消化系统摄取了大量的食物，但这些食物并未转化成养分或者其他有价值的东西。我们甚至可以说，就像不消化的食物无法让人变得更强壮一样，在等待中度过的时间也无法让人变得成熟。当然，纯粹的、毫无目的的等待是不存在的。

唔，一周就这样囫囵吞枣地过去了，周日下午取信件的时间又到来了。看上去这一切似乎永远都不会改变。它又一次为汉斯提供了令人激动的机会，让他又有了同肖夏太太交流的机会！想到这些，年轻的汉斯·卡斯托普的心就怦怦乱跳起来，可他又没有什么实际行动。他不行动的原因，一部分是军人性质的，另一部分则是市民性质的。换句话说，这一方面是因为约阿希姆就在身边，让他对自己的品德产生了忧虑。另一方面，他在心里认为，自己和肖夏太太的这种合乎礼仪的社交关系，也就是互相点点头，礼貌地以"您"相称呼，尽可能地用法语交流，这些压根不是他想要的，没有必要，也没什么好处。他站在那儿，看着她和别人谈笑，那副样子与曾在校园里看到的普里比斯拉夫·希佩的一谈一笑完全一样。她的嘴张得很大，那双灰绿色的眼睛斜向一边，在颧骨上面眯成了两条缝。这副模样丝毫称不上"美"，但是当一个人陷入情网时，往往不会从美学的角度，而是更多的从感情方面进行评价。

"您也在等公函吗，工程师？"

只有一个人才会这么说话，就是那位扰乱汉斯·卡斯托普安宁的人。年轻人愣了一下，转过头去瞅着塞塔布里尼先生，而这个人只是站在那儿笑着看他。他的笑容温和而充满了人情味，他们在小溪边的长椅旁第一次见面时，他也是以这样的笑容跟刚上山的汉斯打招呼。那时候的汉斯感到局促不安，这时也是如此。我们都清楚，他不止一次把这个手摇风琴师从他的梦中赶走，因为这个人扰乱了他的清净，但是清醒的人总是比沉睡的人要理智一些。如今看到这样的笑容，汉斯冷静了下来，有些羞愧，还满怀感激，感觉对方出现得正是时候。

"您说什么公函啊？塞塔布里尼先生，天啊，我可不是大使！倒是可能会收到明信片，我的表哥正在那儿等着呢。"

"那个挂着拐杖的老鬼头已经把我的东西交给我了。"塞塔布里尼先生一边说，一边把手伸进他那件短粗呢上衣的口袋里掏了掏。他总穿着这件衣服。"我得说，这件事可真有意思，不仅有文学价值，而且还有社会意义。这是百科全书的出版工作，承蒙相关机构的认可，我也受邀参与其中。简单说，这是件美差——"塞塔布里尼先生说了一半便转移话题了，"您过得可好？"他问，"近来情况如何？就比如说，对这儿的环境适应得怎样？您跟我们一起待的时间还不够长，现在问这些可能还早了些。"

"谢谢，塞塔布里尼先生。我适应起来还有些困难，可能一辈子都适应不了。刚来的时候，表哥就告诉过我，有的人在山上住到最后也无法适应。不过即便是不习惯的事，也总会习惯的。"

"这是一个复杂的过程。"意大利人大笑道，"想适应一个地方需要特别的方式。不过当然啦，年轻人总是能对付任何情况。尽管适应谈不上容易，想扎根也不算难。"

"可是，这里毕竟不像西伯利亚啊。"

"没错。噢，您总爱拿这里跟东方比，这倒也合情合理。亚洲就在我们周围，不管您朝哪个方向看，都可以看到鞑靼人 [1] 的地盘。"说到这里，塞塔布里尼先生小心翼翼地转过头去。"成吉思汗，"他说，"还有草原上的野狼、雪原、烧酒、马鞭、施吕瑟尔堡 [2]，以及俄罗斯基督教。他们真应该在门厅那儿为智慧女神雅典娜竖立一个祭坛，用来驱邪。您看，那边有位伊凡·伊凡诺维奇 [3] 式的人物，他连一件胸衣也没穿，正跟帕拉范特律师争论什么呢。两个人都想挤在前面，以便早点拿到信件。我说不好两人中哪一位有道理，不过依我看，受到上帝护佑的应是帕拉范特律师。当然，他是个蠢货，不过好歹还懂些拉丁语。"

汉斯·卡斯托普笑了起来。塞塔布里尼先生可从未这样笑过，也难以想象他放声大笑的样子，他顶多也只是文雅又干巴巴地撇撇嘴笑笑。看着这个大笑的年轻人，他只是说道："您的片子拿到了吗？"

"已经拿到了。"汉斯·卡斯托普认真地说，"隔一天就拿到了，现在正带着呢。"说着，他掏了掏胸前的口袋。

"啊，您把它放在钱包里啊，看上去倒像是一张身份证，不过原本也是一张身份证——类似于会员证的东西。很好，给我看看。"说着塞塔布里尼先生拿起它，对着阳光观察。片子很小，镶着黑色的纸质边框。他把片子夹在左手的食指和大拇指之间，这样的姿势在山上很常见，常常可以看到人们这样夹着什么东西。当他用那双杏仁状的黑黑的眼睛研究着这张片子的时候，脸上显出一丝奇怪的神色，这是因为他看的时候过分认真，还是出于其他的原因，我们也说不准。

"嗯，对。"过了一会儿，他开口道，"现在您也有身份证了。多谢。"说着他扭过身，把片子交回到汉斯的手上，看也没看他一眼。

"您看到这一条条的线了吗？"汉斯·卡斯托普问道，"还有这些

---

[1] 突厥语民族的一支，由古代保加尔人、钦察人发展而来，主要分布于俄罗斯境内，少数散居于西伯利亚等地。

[2] 位于圣彼得堡东面，是拉多加湖上的一处要塞。

[3] 俄罗斯人的常用名，伊凡为人名，伊凡诺维奇为父名。

结节？"

"您知道，"塞塔布里尼先生慢条斯理地回答，"我对这些检查结果有什么样的看法。您自己也清楚，这些结节和阴影大都是生理上的东西。这类图片我看了有一百来张，看上去跟您的这张都差不多；但是这些东西能否作为您的疾病的佐证，这还得依靠顾问大夫那些人的主观判断来决定。我只是以一个患病多年的外行人的身份来说这番话的。"

"您自己的片子看起来比我的更严重吗？"

"严重多了。不过我发现，这些大人物也不会只根据这些玩意儿就做出诊断。所以您这是准备留下来陪我们过冬喽？"

"是啊，天晓得……我现在已经开始习惯这么想了，没准我要跟表哥一起下山。"

"也就是说，您本来不习惯的事，最后还是习惯了……您这话说得真有趣啊。我希望您已经收到家里给您的补给了，过冬的衣物，还有结实的鞋子？"

"都收到了，一切已经安排得妥妥当当。我已经告知过管家，他把所有需要的东西都用加急邮递给我送来了。现在过冬是没什么问题了。"

"那我就放心了。不过且慢——您还需要一个睡袋，一个毛皮睡袋！咱们该想到的！这夏末的天气可是捉摸不定的，没准过一个小时就直接进入冬天啦。您得在这山上度过最冷的几个月了。"

"没错，需要一个睡袋。"汉斯·卡斯托普说道，"我想，这是必需的。我也曾动过这个念头，打算这些天抓紧到山下的高地上去买一件回来。以后自然是用不到啦，不过在这儿用上五六个月，倒是也值得了。"

"没错，正是如此……工程师，"塞塔布里尼先生走近汉斯，用低沉的声音说道，"您知不知道，您上山之后的这几个月是多么可怕？说它可怕，是因为这样浪费时间是不自然的，它违背了您的天性，只是因为您年纪尚轻才察觉不出来。哎，正是因为这要命的年轻纯良啊！它让老师灰心失望，因为年轻人最容易误入歧途。我拜托您，我年轻的朋友，千万别学那些人的做派，还是好好说您那欧洲式的母语吧。这山上大多是亚洲人，莫斯科式的蒙古人到处都是，没什么劲。这些人啊——"塞塔布里尼先生努了努嘴巴，扭过头去——"您千万别向他们看齐，更别受他们的观念影响，您应当保持自己的意见，发扬您的本性，您可比他们高上一等啊。不管是从天性还是血脉上来说，您都是高贵神圣的，是神一样的西方人的子孙，是文明的后代。我们就从时间上来说吧。这种挥霍光阴的粗野行为，正是亚洲人的风格，这也就是为何那些东方人能在这山上活得自由自在。不知道您是否留意过，俄国人口中的'四个小时'就是我们所指的'一个小时'？不难看出，这些人浪费时间的粗野行为和他们广阔的土地有关系。地域辽阔，时间充裕，这是他们说的，他们那个国家有的是时间，足可以等待。而我们欧洲人呢，是不可以的。我们可没那么多时间，我们伟大而高雅的欧洲大陆可没那么多空闲，分分秒秒都要精打细算、好好利用啊，工程师！就拿咱们那些大城市来说吧，它们是文明的聚集地，是思想的熔炉！土地越来越珍贵，时间也变得越来越宝贵，因此，请珍惜时间吧。'Carpe diem！'（拉丁语，意为：及时行乐）大城市的人这么说道。时间是上帝赐予我们的礼物，只会送给懂得利用它的人——工程师，为了人类的进步，好好利用它吧！"

不管塞塔布里尼先生那地中海式的舌头在说话时费了多大劲，他的话听起来还是清晰悦耳，简直可以说婉转悠扬、娓娓动听。汉斯·卡斯托普没有答话，只是像小学生受了训斥一样，局促不安地微微低了低头。他要说点什么呢？塞塔布里尼先生的这一番话，几乎是凑在他的耳边说完的，可以说是背着屋里的其他人偷偷告诉他的；这些话在性质上来讲倒是十分客观，只是有些见不得人，有些难以说出口，因此想要表示赞同也要费上一番心思。人们总不能对着自己的教授直言"您说得真好"。汉斯和他初识的时候，倒是这么说过一两次，不过也只是本能地表达自己和对方的社交地位是平等的。但此次，这位人文主义者却比以往任何时候都要辛辣尖锐，汉斯只能对他的告诫照单全收，就像一个被老师说教的不知所措的小学生。不只如此，我们还能从塞塔布里尼先生的神色中看出，他还沉浸在自己的一片思绪中。他依旧站在汉斯·卡斯托普的身边，他的眼睛就直直地盯着对方的脸，年轻人不由得往后退了退。

"您不舒服吧，工程师！"他继续道，"您很苦恼吧——这一点谁看不出来呢？可是您苦恼的方式也应当是欧洲式的，可别像东方人那样，这些人弱不禁风，一生病就上这儿来了。东方人对待病痛的态度，就是同情和无尽的忍耐。这是不行的，咱们可不能这样，您也一样！……瞧，咱们刚才还谈着寄过来的邮件呢。我想跟您透露一些消息。请跟我来！"说完，他便拉着汉斯·卡斯托普离开了那儿。两人进了右边离门廊最近的一间小客厅里，里面空无一人。从客厅的布置上看，这里既可以作为阅览室，也可以作为写字室。房间的墙是用橡树做的，房顶上悬着一盏灯，天花板是拱形的，房间内摆着书橱，中间则是一张桌子，桌子上放着用夹子夹住的报纸，周围有几把椅子，书写用具则放在窗台上。塞塔布里尼先生一直走到一扇窗的旁边方才停下，汉斯·卡斯托普跟在他后面，门并没有关上。

意大利人在他那件粗短呢外套一侧的口袋里掏了掏，扯出一大沓文件和一只已经开了口的信封。这些大都是印刷品，其中有一张是手写的，他逐张翻给汉斯·卡斯托普看。

"这些文件，"他说，"上面盖有印章，写的是法语的'国际进步组织同盟会'。这些东西是他们从卢加诺[1]寄给我的，那儿有他们的一处分会。您要问我他们的原则是什么，宗旨又是什么吧？我可以三言两语就把这些给您解释清楚。进步组织同盟会从达尔文的进化论中得出了这样一个哲学性观点——自我完善是人类的本性，由此又进一步推出——谁若想实现自我完善，就要为人类的进步出一份力。许多人响应了这一号召，在法国、意大利、西班牙、土耳其以及德国都有为数不少的会员。

---

[1] 瑞士南部城市。

我本人也有幸参与其中。目前同盟会拟定了一项全面、综合且有科学依据的项目，内容涵盖了现今所有关于改良人类的可能实行的项目。现在人们还在研究种族的健康问题，以及对抗退化的种种方法，这些退化是工业化加速发展令人遗憾的副作用。除了这些，同盟会还设法为各国兴办大学，通过各种社会改良措施消除阶级斗争，最后消除各民族之间的冲突，通过制定国际法来消除战争。您看，同盟会努力的方向是宏伟的，范围也是非常广泛的。好几家国际性报刊业已为这些活动做了证明，还有几家月刊杂志用三四种语言就人类文明的进步和革新发表了评论。某些国家里也有不少地方组织，通过夜间讨论会以及周日例会等方法，对人们进行教育，启迪思想。同盟会最主要的工作是利用已有的材料尽力协助各种进步政党。您听得懂我的话吗，工程师？"

"没有问题。"汉斯·卡斯托普果断地答道。说这句话的时候他产生了这样一种感觉，仿佛自己险些滑了一跤，但是后来又站稳了脚跟。

塞塔布里尼先生显出得意的神色。

"我猜想这些对您来说都是新鲜而出乎意料的吧？"

"对啊，坦白说，我还是第一次听到这些……尝试。"

"哈，"塞塔布里尼咕哝道，"哈，要是您早些听到该多好啊！不过现在听也还不算太迟。这些传单——您想知道上面都写了什么吗？听我跟您说。刚刚过去的春天，同盟会在巴塞罗那[1]召开了一次正式的会议。您知道，这个城市因为与政治进步思想关系密切而闻名。会议持续了一周，期间举办了各种宴会庆典。我当时想去——我的天啊，我特别想去那儿，去参加这次商讨会——可是顾问大夫这个卑鄙的无赖用死亡威胁我，不让我去，所以……唔，我担心自己会一去不返，所以没有去。您可以想象吧，我当时对那居心巨测的病痛实在感到灰心失望。没有什么比我们因机体上或者肉身上患有病痛而不能为人类的理想服务更痛苦的

---

[1] 西班牙城市。

了。因此，收到卢加诺寄过来的信件时，我欣喜若狂。

"您应该很想知道信里都写了什么吧？我能想象得到。不过，这上面也只是一些简单的说明：'鉴于进步组织同盟会的目标是促进人类的幸福，换言之，利用有效的社会手段与人类的痛苦做斗争，另一方面，又鉴于这一崇高的任务只有借助社会学的辅助才能完成，达到最终彻底消除人类痛苦、建立尽善尽美的国家的目的，在巴塞罗那的会议中，本组织决定出版一部多卷本丛书——《苦难之社会学》。编写该丛书的目的是根据等级和种类的不同，对人类的痛苦进行系统而详尽的区分。'

"您会问，将这些分类进行系统化整理究竟有什么用呢？我可以这样回答——归纳与分类是精通某一门学科的基本要求，真正的敌人是愚昧无知。我们应该引导人类摆脱畏缩和忍耐的原始状态，使他们自觉地参与各类活动。我们应该从两个方面来启示他们——一方面，一个人若是先明确了自己的目的，而后又放弃行动，即便先天条件足够，也是不会有结果的；另一方面，每个人的痛苦几乎都是社会机构的弊病引起的。没错，这就是社会病理学的宗旨。这本书的编撰规模将在二十卷上下，其中会记录人类所有的苦难种类，小到个人和私人的疾病，大到阶级和民族之间的痛苦斗争。总之，书中会列举各种化学元素，这些元素的各种混合物和化合物导致了人类的各类苦难。全书以人类的尊严和幸福为标准，从各个方面整理出应对措施以及补救方法。一批欧洲学术界的著名专家、医师、心理学家以及经济学家会参与到'苦难'这套百科全书的编撰工作中来，卢加诺的编辑总部则将各地寄来的书稿进行汇总。

"从您眼中可以看出，您想知道我是以一个怎样的角色参与其中的，请听我说完。这部巨作涉及人类的苦难，因此自然不会少了文人的参与。其中的一卷会对各国文学中描写各类冲突的名作进行汇编，辅以简单的分析，以此来安慰并引导那些受苦的人。嗯，承蒙协会的信任，这份工作交到了他们这位卑微的仆人手里，您所看到的这封信里写的正是这事。"

"是这样啊，塞塔布里尼先生！我衷心地为您祝福！这是一项了不起的任务，而且在我看来，正适合您。难怪同盟会会想到您呢！能为消除人类的痛苦贡献自己的力量，您一定很高兴吧！"

"这项工作涉及的范围非常广。"塞塔布里尼先生若有所思地说。"需要谨慎思考，博览群书。特别是，"他又加了一句，似乎正望着这项巨大的任务出神，"因为文学常常以苦难为主题，甚至是二流或三流的作品中，也会以种种形式来体现这一主题，这又怎么样呢？这样倒更好了！不管这份工作多么艰巨，我也会尽力在这个该死的地方完成它的。不过我还是不希望在这儿待太久，我可不想真的在这儿结束这项工作。至于这种情况，"他压低嗓门，靠近汉斯，近乎耳语地说道，"至于这种情况嘛，说不上是什么自然赋予的任务，工程师！这就是我想跟您说的话，也是我想警示您的话。您知道，我多么艳羡您的工作。但那是一份实际的工作，不是脑力方面的，所以您的情况跟我不一样，您只能到山下去干。只有在那儿，您才能成为真正的欧洲人，也只有如此，您才能用自己的方式去积极主动地对抗苦痛，获得事业的进步，不至于虚度光阴。刚刚我跟您说起落到我肩上的这个任务，只是为了警醒您，让您认清自己的目标，并且纠正您的某些观念。因为很显然，您已经被这山上的氛围侵袭了。我奉劝您：要挺直身板，保持您的尊严，千万别被那些愚昧无知的人影响。可要小心，别陷入邪恶的泥潭里，这里是女巫喀耳刻 [1] 的岛屿，但您可不是可以在这儿安全地立足的奥德修斯 [2]，您要面对自己的生活。而今您已经匍匐前进，前肢已然要落地，不久就会暗自嘀咕——我要小心！"

人文主义者悄声提出这些告诫时，脑袋夸张地摇来摇去。说完后他便垂着眼，直直地盯着地面。汉斯·卡斯托普意识到自己不能再像过去

---

[1] 希腊神话中住在艾尤岛上的女巫，能用魔法把人变成动物。

[2] 古希腊诗人荷马的著名史诗《奥赛罗》中的人物，在海上历经艰险，漂泊十年，终于重返故乡。

296

那样搪塞过去，或是打趣地回答他。年轻人还得权衡一下轻重，他垂下眼皮站在那儿，沉思半刻，接着耸了耸肩，同样低声问道：

"那么我应当如何是好呢？"

"我已经跟您说过了。"

"您是说……我应当下山？"

塞塔布里尼先生不再作声。

"您想说的就是，我应当回家去吗？"

"您刚上山来的那一晚，我就劝过您了，工程师。"

"对……那时候我还有这样的机会，当时我的内心还不太坚定，一感到山上的空气不大对劲，就打算打道回府。不过现在完全不是一回事了，我已经做过检查，顾问大夫也跟我交代了很多，现在回家去毫无好处，我总归还得回来的；而且要是还在山下待着，我的整个肺叶就要完蛋了，到时候后悔就来不及了。"

"我知道，您口袋里还放着那份身份证呢。"

"您这是讽刺我吗……不过倒是讽刺得没错，任何时候都不会引起误解。这是一种直率而古典的修辞，您瞧，我还记得您说过的东西呢。不过您已经看了我的图像，看了我的 X 射线检查结果，知道了顾问大夫的诊断，您还会建议我回家吗？"

塞塔布里尼犹豫了片刻，然后他站直身子，睁大那双黑黑的眼睛，直直地盯着汉斯·卡斯托普的脸，用有些夸张的强调语气回答道："是的，工程师，我还是这么想的。"

汉斯·卡斯托普不由得僵住了。他的脚跟紧紧并在一起，眼睛直直地盯着塞塔布里尼先生。一次双方拉锯战开始了，汉斯坚持自己的意见，另外，附近的某些影响还强化了他的"力量"。对面是这位学究，那边还有一位眼睛细长的女人。他并没有为自己的发言感到歉疚，也没有向塞塔布里尼先生屈服。他只是答道："那么您可真是只顾自己，不为别人考虑啊。您不也只因为大夫的一句禁令，就放弃前往巴塞罗那，想来您也是贪生怕死之人，所以仍待在这里。"

塞塔布里尼先生的身体为之一震，不过还是挤出一丝笑意，说道：

"我知道，您这样有理有据的回答应当得到尊重，哪怕您的这番逻辑无疑是诡辩。这里的人常常争执，这实在叫我反感，我也不想把自己卷入其中。我也可以直白地说，我的病情要比您严重，严重得多。事实上，现在也只是靠着这里的治疗和看护才有幸多活上几日。我还希望有朝一日能离开此地到山下去，看看外面的世界。一旦知道这不过是种奢望，我便会果断转身离开疗养院，到山谷下面某个私人宅院里独自度过余生。这将会叫人悲痛不已，但是我的工作非常自由，也毫无物质性可言，这一生活方式的变化无法阻挡疾病的侵蚀，自然也不能阻挡我为人类事业奋斗至最后一天。在这一点上，我已经向您明确过我们之间的区别。工程师，您的才能根本无法在这样的环境中发挥，第一次见您的时候我就看出来了。您指责我没有前往巴塞罗那，我在禁令下屈服了，只因我不想过早地摧毁自己。但我这样做是非常无奈的，我的内心始终顽强、傲慢而又痛苦地与我那病残的身体抗争，抗拒着身体的约束。当您顺应着这儿的戒律时，您的内心是否也在抗争？还是就这么服服帖帖地听从肉体以及这些邪恶癖好的控制……"

"您对肉体有什么反感的吗？"汉斯·卡斯托普突然打断他的话，他睁大了那双蓝色的眼睛，眼白处布满了血丝。这回复有些鲁莽，倒让他自己感到头昏目眩起来。塞塔布里尼也注意到了这一点。"我刚才说了什么？"他暗想，"这可不是我应该说的话。不过，我是不会服输的，既然已经宣战，那就坚决不能让他占了上风。当然，无论如何他都会说服我的，不过也不要紧，我会据理力争的。"于是他咄咄逼人道：

"不过您可是一位人文主义者！您怎么能诋毁肉体呢？"

塞塔布里尼这下又笑了，这次笑得不像原来那般勉强，反倒充满了自信。

"那您为何会反感'心理分析'呢？"他歪着头，引用起汉斯之前的

298

话，"'您在诋毁心理分析吗？'您会发现我早已做好回答的准备了，工程师，"说着，他欠了欠身，一只手向下挥了一下，"尤其在您精神饱满的时候，您的反应倒是不失优雅。人文主义者——没错，当然啦，我就是一名人文主义者。您可不能给我扣上禁欲主义的帽子。我肯定肉体，尊敬并且热爱它，正像我对形式、美丽、自由、欢乐以及享受生活同样也持有肯定、尊敬且热爱的态度。我主张入世，支持生活乐趣，反对敏感地逃避和否定，支持古典主义，反对浪漫主义。我想我的立场是非常明确的。可是有一种力量，一种原则，它让我最为赞赏，最为忠诚，最为热爱，这种力量及原则便是精神。我很反感人们把月光下的幽灵以及薄纱一类称为'灵'，并且认为它们是在肉体之上的行为。但是说到肉体和灵魂，在肉体上体现出来的是邪恶凶残的原则，因为肉体是自然而生的，而自然又是和精神以及理智相对立的，在此我再说一遍——肉体是邪恶的，既神秘又邪恶。'您是人文主义者！'对于这一点，我当之无愧，因为我是人类之友，就像普罗米修斯一样，我热爱人类以及人类的高尚情操。这种高尚融合在精神里，因此，您要是责备我宣扬基督教式的蒙昧主义，那就不对了……"

汉斯·卡斯托普依旧不依不饶，想要继续这场论争。

"您呀，"塞塔布里尼先生没打算停下来，"这么斥责我是白费力气的，总有一天高傲的人文主义者会认识到把精神跟肉体和自然绑在一起，不仅毫无价值，而且叫人不齿。不知您可否听说过，伟大的普罗提诺[1]就以自己有一副肉身为耻？"塞塔布里尼问，急不可耐地等着对方回答。汉斯·卡斯托普不得不承认，他还是第一回听说这件事。

"这是他的学生波菲利[2]说的。这些话很荒唐，您或许这样认为。不过荒唐的事情在理性上是值得尊敬的，没有什么比把某件事斥责为荒

---

[1] 罗马帝国时代最伟大的哲学家，新柏拉图主义奠基人。

[2] 古罗马唯心主义哲学家，新柏拉图主义者，曾跟随普罗提诺学习五年。

唐更令人遗憾了。人们说的荒唐，其实只是精神力求有尊严地与自然抗争，不向自然屈服罢了……您听说过里斯本[1]的地震吗，工程师？"

"地震？没听说过。我在这儿也不看报纸……"

"您误解我的意思了。顺便说一句，您竟然不看报纸，这真叫人遗憾，不过这也是山上人的惯常做派。您误解了，我说的这起自然界的大震动，并不是最近发生的，而是发生在差不多一百五十年以前……"

"原来如此。噢，且慢，我想起来了。我在书里读过，那一晚歌德[2]跟他的仆人说起……"

"不，我说的不是那次大地震。"塞塔布里尼打断他，接着闭上了眼睛，在空中挥了挥他那只病黄色的瘦小的手，"而且，您把这两次大灾难混为一谈了。您说的是墨西拿[3]地震，而我说的则是一七五五年发生在里斯本的那次地震。"

"抱歉。"

"唔，伏尔泰[4]非常愤怒。"

"愤怒？这……您何出此言？"

"是的，他反抗了。他无法接受这一残酷的现实。他的内心坚决不向自然投降，以理性及精神的名义反抗大自然这种粗暴的行径，它让千千万万人失去了生命，一座繁荣的城市中四分之三的人都消失了。您很震惊吧？您在笑吗？震惊是可以理解的，可是您居然在笑，恕我直言，这就太不合适了。伏尔泰的态度表明他不愧为高卢人[5]的后裔，他的祖

[1] 葡萄牙首都。一七五五年发生大地震，六至十万人因此丧生。

[2] 德国著名思想家、作家，代表作品有《少年维特的烦恼》《浮士德》等。

[3] 意大利城市，位于西西里岛东北部。一七八三年发生大地震，一九〇八年又发生大地震，死亡人数不少于八万。对欧洲而言，一九〇八年地震造成的损失仅次于一七五五年的里斯本大地震。

[4] 法国启蒙思想家、哲学家、文学家，十八世纪法国资产阶级启蒙运动的泰斗。

[5] 高卢指现今西欧的法国、德国、比利时等一带，高卢人指的是古代欧洲地区使用高卢语的人。

先曾将万箭射向天空。工程师，您看，这便是理性违抗自然的表现，它骄傲得不信任自然，并且坚持认为自己有权利去抨击自然那邪恶而毫无理性的威力。大自然是一种力量，对它俯首帖耳，在它面前屈服，是软弱的……此处所说的俯首帖耳，是一种发自内心的屈服。还有人文主义，如果它看到的是对抗性的、邪恶的原则，那么它丝毫不会陷入矛盾中去，也不会陷进基督教的伪善之中。您能想到的那种矛盾，实际上也是一样的性质。您为什么反感心理分析呢？只要它为启迪、自由以及进步服务，那么我一点儿也不反对。但假若它渲染坟墓般阴沉沉的氛围，那我便坚决反对。对肉身来说也是如此。如果肉身关联到解放、美丽、思想自由、欢乐以及幸福，那么我们应该尊重并支持它。但如果它坚持的是阴沉而散漫的原则，阻碍人们走向光明，那么我们必定要加以鄙视。如果它代表的是疾病和死亡的原则，如果它的本质只是刚愎自用、堕落腐朽、纵欲无度以及恬不知耻，那么我们就应该唾弃它。"

这最后几句话，是塞塔布里尼紧贴在汉斯身边说的，他说得太快，声音又太轻，似乎想尽早把话说完。这时候正好有人来为年轻人解围了——约阿希姆走进了阅览室，手里还拿着两张明信片。意大利人的演说顿时停了下来，语调一转，又变得像平常那样轻松且得体，这在他这位学生的心里留下了深刻的印象——如果可以把汉斯·卡斯托普称作他的学生的话。

"您来啦，少尉！是在找您的表弟吧？实在抱歉，我们刚才正在谈话呢，要是没说错的话，刚刚还发生了一场小小的争执。他是一位不错的辩手，要是认真起来，恐怕是一位有力的对手呢。"

关于人体的知识

用餐完毕后，汉斯·卡斯托普和约阿希姆·齐姆森穿着白裤子和蓝上衣，坐在花园里。这是备受赞赏的十月份的一天，天气虽热，但不算闷。头顶是南国般的蔚蓝天空，山坡上是片片草地，小径纵横交错，到处是盎然的绿色。从那高低不平的山坡上，传来母牛的颈铃声，声音在稀薄而寂寥的空气里飘荡，显得朴素而又悦耳动听，给这高地添上了一分庄重。

这对表兄弟坐在花园一角的长椅上，眼前是枞树组成的半圆形花坛。这是一处并不算大的露天花园，坐落在台地的东北角，台地高出山谷大约有五十米，山庄疗养院便是以此为基建立起来的。两人都默默无言。汉斯·卡斯托普抽着烟，他内心对约阿希姆有些不满，对方总是在午饭后硬拉着自己到这个死气沉沉、与世隔绝的花园里来待上一阵子，然后再回到房间做静卧疗养。约阿希姆太专断了。他们两人可不是暹罗双胎[1]，假如两人的志趣不同，那么很可能分道扬镳。汉斯·卡斯托普上山来并不是给约阿希姆做伴的，他自己也是病人。但他还是迁就着对方，忍受着这样的局面，难道是因为他有马利亚雪茄烟吗？

他坐在那儿，双手插在夹克衫的口袋里，脚上是一双棕色的鞋子，两腿往前伸出去，那支长长的浅灰色的雪茄叼在两唇间，微微垂下。烟

---

[1] 诞生于泰国的一对连体兄弟，当时的医学水平不足以为两人解体，因此二人顽强地在一起生活了一生。之后"暹罗双胎"便成了连体婴儿的代名词。

刚点燃不久，钝钝的烟头处还留有烟灰。饱餐一顿之后，他又享受起这支雪茄的香气。也许可以说，适应山上的生活就是适应他之前未曾适应的生活。至于他消化系统的化学机理，以及他那干燥脆弱、容易出血的黏膜神经，看起来最后还是适应了。在山上度过的六十五或七十天里，由于烟草这种优质的植物兴奋剂和麻醉剂，他的精力已经渐渐恢复过来了。他为此大感高兴，因为精神焕发，身体便也变好了。在卧床的这段时间里，他已经省下了两百支雪茄烟，这些都是他上山时随身带过来的，现在还剩下一些。另外，他的冬衣以及五百支不来梅雪茄烟从山下寄上来了，这些烟是从沙勒恩订购的，以备不时之需。它们装在刷过油漆的漂亮的小匣子里，匣子上画着地球仪、几块勋章以及一个飘着旗子的建筑物形象，而且都镀着金。

他们坐在那里，看到顾问大夫贝伦斯走进花园，朝他们的方向走过来。他今天的午餐是在餐厅里用的，跟萨洛蒙太太同桌，伸出那双硕大的手用餐。之后他也许到露台上待一阵子，跟人们闲聊几句，很可能还为那些新来的客人表演了他那项系鞋带的绝活。此刻他正沿着花园中的石子路走过来，身上不是往常的那件白大褂，而是一件方格燕尾服，脑袋上戴着一顶圆顶硬礼帽，嘴里叼着一支烟。这支烟是深黑色的，他正大口大口吸着白色的烟气。他的脑袋、脸颊——那过热的泛紫的脸颊、塌鼻子、泪汪汪的双眼、翘起的胡子，还有那瘦削且略显佝偻的身子，同他那硕大的手脚相比，显得瘦小许多。他有些神经质，看到这对表兄弟的时候明显愣了一下，看起来有些尴尬，因为他无论如何都得经过两人身边。不过他还是像往常那样热情洋溢、大大方方地跟两人打了招呼："瞧，瞧，提谟休斯[1]！"接着问起了他们的身体代谢情况。两人想起身向他致敬，他却示意两人坐着。

"请坐，请坐下，对于我这么一个无足挂齿的人物，用不着这番客气，

---

[1] 古希腊政治家、军事家。

这可不大适合，毕竟两位都是我的病人。没必要这么客套。不过谈谈身体情况如何，我倒是不反对的。"

他站到二人面前，用硕大的右手的食指和中指捏着一支雪茄烟。

"您那烟叶怎么样？卡斯托普，让我瞧瞧，我可是个内行呢，烟灰倒是不错。您手上这位棕色的美人儿是哪儿产的？"

"马利亚·曼契尼，是波斯特尔·德·邦凯特出产的，在不来梅，顾问大夫先生，其价钱不算贵，也可以说非常便宜。真货每支只需十九芬尼[1]便可，不过这样的价格未必总能撞上。它有一股葡萄酒的芳香，用的包装纸是苏门答腊 - 哈瓦那的，您也能看得出来。我已经对这东西欲罢不能了。它里面的杂质不算多，香气很浓郁，吸起来舌头上凉丝丝的。我习惯让烟灰留在上面而不去弹。当然啦，马利亚烟也有奇怪的时候，抽的时候要多加小心才是。不过这烟的性子变化不大，抽起来安安稳稳的。可以请您抽一支吗？"

"谢谢，咱俩可以换着抽。"说着两人便各自掏出烟盒来。

"这烟的性子极好。"顾问大夫一边把玩着自己的烟盒，一边说道，"您该知道，它有它自己的气质，吸起来特别够味儿，有它特别的味道。这是巴西的圣·菲利克斯牌，我一直偏爱这一种。吸上这种烟之后，一切烦恼便烟消云散了。吸起来的时候像烧酒一般辣，快吸完的时候，整个人简直就像着了火似的。不过您得多加小心才是，我总不能在您的烟头那儿点上我的烟，这点您清楚的，这事一般人都难以办到。不过，轻轻嘬上多少口，都没有好好吸上一大口那么惬意。"

他们把互换的烟夹在指间转来转去，细细赏玩着瘦长的烟身，或者可以说，观赏着烟身上的各个生命器官。隆起处是一条条斜向平行的肋骨，到处都是孔隙，还有一些似乎正在搏动的青筋，皮肤凹凸不平，光线照在烟身上，看上去有如活物一般。

---

[1] 德国货币单位。

汉斯·卡斯托普不禁表示:"这样的雪茄烟是有生命的,它还会呼吸。曾有一回,我那时候还在家,突然一时兴起,把一支马利亚烟放在紧密的盒子里,免得受潮。可是您相信吗,它竟然死掉了!不到一周的时间,它就烂掉了,只留下一副死后的空皮囊。"

两人开始交流经验,探讨着雪茄烟怎样吸才最够味儿,尤其是进口的雪茄。顾问大夫钟爱进口烟,他恨不得只吸这些味道浓烈的哈瓦那烟,只是这不大适合。他告诉汉斯·卡斯托普,他有一次夜晚在外聚会,吸了两支小小的亨利·克雷斯牌的雪茄,便爱上了这种味道,不过险些送了命。"我抽烟的时候,喜欢配着咖啡。"他说,"也没顾虑太多,但是过了一会儿我突然感觉不对劲,不知道怎么描述才好,那种感觉我从未经历过。好不容易回到家,刚一进门,哎,我心里直思索,老天爷,这回可坏了。我的双腿双脚一片冰凉,您知道,直冒冷汗,脸色发白,心脏也不对劲,脉搏一会儿细弱无比,一会儿又怦怦狂跳,可脑子却异常兴奋。我当时真要手舞足蹈起来——没错,我能想到的就是'跳舞'这个词,因为那个时候我真感到欢乐无比,但同时我也感到害怕,我当时被吓得不轻。或者准确说,吓得心惊胆战。不过,每个人都知道,恐惧和欢乐并不是互相排斥的。就像小伙子头一回跟姑娘欢爱,心里是害怕的,姑娘也怕,但最后两人还是在欢愉中融为一体。我当时也快要融化了,心中汹涌澎湃,真想要跳起舞来,不过多亏了一旁的米伦东克小姐。她又是给我注射樟脑,又是敷冰块,又是给我按摩,这样才终于保住了我的性命。"

说这些话的时候,顾问大夫那双大大的、圆鼓鼓的蓝眼睛又盈满了泪水。汉斯·卡斯托普则以病人身份规规矩矩地坐着,抬起头看着贝伦斯,眼中思绪万千。

"您有时候也画画吧,顾问大夫先生?"他突然问道。

顾问大夫假装吓了一跳:"哎呀!小伙子,您把我看成什么人啦?"

"还请原谅。我偶然听别人这样说过,刚才只是突然想起罢了。"

"唔，原来如此，这点我倒是没什么可撒谎的。我们都是可怜虫。画画嘛，我承认确实有这回事。Anch'io sono pittore（意大利语，意为：我也是个画家），就像西班牙人常说的那样。"

"风景画？"汉斯·卡斯托普简洁地问道，想表现得像个内行。

"您怎么想都可以。"顾问大夫回答，语气甚是自信，"风景画、静物、动物——我堂堂男子汉，干什么都可以。"

"不画肖像画？"

"偶尔也画。您是需要我给您画几张吗？"

"哈哈！那倒没有，要是能有机会见识一下您的作品，那是再好不过了。"

约阿希姆惊愕地看着表弟，也连忙帮腔，表示要是能欣赏一下，自然是太好了。

贝伦斯简直受宠若惊，他高兴得满脸通红，这一回，眼泪似乎真的要掉出来了。

"真是荣幸之至。"他高声说道，"要是两位愿意，现在就可以去看。来，跟我一块儿去吧，去我房里，我给两位烧一壶土耳其咖啡。"说着他便抓住两个年轻人的胳膊，把他们从长椅上拉起来，然后挽着两人的胳膊，走在他们中间，沿着细石子小径一路往自己的住所走去，他们都知道，贝伦斯的私人住所就在山庄疗养院的西北角处。

"我在这方面也略有涉足。"汉斯·卡斯托普表示。

"您不早说！油画方面，您挺有一手的吧？"

"不，不，我也就画画水彩画，其余的不曾尝试过。我也就画过船舶、大海什么的，手法并不娴熟。不过我颇喜爱油画，因此有些冒昧……"

直到听了这一番解释，约阿希姆对表弟这番好奇心的惊愕之情方才消失，他恍然大悟。他们来到贝伦斯住所的门口，大门极其简陋，不像车道那边的大门那般华丽，令人印象深刻。门的两边都挂着灯笼，几级半圆形石阶通向橡木大门的门口。贝伦斯从随身带着的一大串钥匙中选出一把，打开门上的大锁。他的手有些哆嗦，显然是由于紧张。三人走进摆着衣帽架的前厅，贝伦斯把他那顶圆礼帽挂在衣帽钩上。他们继续前行，穿过一条短短的走廊，走廊与主厅之间隔着一扇玻璃门，走廊两边是几间较小的房间。贝伦斯叫来一个女仆，吩咐了些事。接着他一边兴高采烈地跟客人聊天，一边引领他们进了右边的一扇门。

里面是两间摆设充满世俗气息的房间，房间的窗户面向山谷而开，两房之间互通，只以一张门帘隔开。其中一间是富有德国古典风格的餐厅，另外一间则是起居室兼工作室。后一间的地板上铺着羊毛地毯，还设有书架、一张沙发和一张白色书桌，书桌上摆着一对交叉着的宝剑，还有一顶学生帽，深处还有一间土耳其式的吸烟室。墙壁上挂着不少油画，都是贝伦斯本人的作品。客人刚进门便注意到这些画了，打算出于礼貌，说一些赞扬的话。墙上有好几幅他那位过世妻子的肖像画，也都是油画，写字台上还摆着几张她的照片。她是一个面容消瘦、看上去有些神秘莫测的女人，一头金黄色的头发，穿着一身轻飘飘的衣裳，两手的指尖轻轻勾在一起，搭在左肩上，双眼不是往天上看，便是低头朝着地面看，这就更显出了她那浓密的、长长的睫毛来。这些画像中，这个已经过世的女人从来没有正眼看着面前的人。

其他的便是一些风景画了，有皑皑白雪中或是夏日郁郁葱葱的山林，有云雾缭绕的群山，还有蓝天之下轮廓分明的山峰，画中明显体现出塞甘蒂尼[1]的风格。此外，有一幅画描绘了牧羊人的茅屋，牛儿鼓着肚皮，在阳光普照的草地上或卧或站。另一幅画中则是一只拔了毛的鸡，它那被扭断了的脖子从桌上一大片蔬菜的缝隙中露出，垂在托盘上。除此之外，还有一些描绘山村居民的图画。这些画显然并非出自行家手笔，色彩上有些粗枝大叶，看上去似乎是从颜料管里直接挤到画布上面的，

---

[1] 意大利画家，作品大多表现诗情画意的田园风光。

要经过很长时间才能晾干，不过这倒是可以很好地掩盖住手法上的其他缺陷。

他们在房子主人的陪同下，欣赏墙上的各幅展品，主人偶尔点明某幅画的主题，但大多时候都默不作声，以艺术家的那种清高而拘谨的态度，同客人一起默默欣赏自己的画作。起居室窗旁的墙壁上，挂着克拉芙迪亚·肖夏的肖像画——进门时汉斯·卡斯托普一眼便注意到了，尽管画中人的形象与肖夏太太本人相去甚远。他有意避开这个地方，便刻意不往那儿走。在餐厅里，他佯装欣赏塞尔维亚山谷里那片葱葱郁郁的景色以及山谷背后冰蓝色的冰川。接着他自顾自地走进土耳其式的吸烟室，观赏着墙上的画，时不时发出称赞声，然后他再回到起居室门口，凝视着面前的那面墙，像是在等待约阿希姆的赞同。最后他转过身，深思熟虑后以有些惊奇的语气开口道："这张脸似乎在哪儿见过啊！"

"您认识她？"顾问大夫想了解对方的情况。

"也有可能是我弄错了。这是那位'上等'俄国人餐桌上的女士，姓是法国人的……"

"没错！她叫肖夏。您认为画得像她，真让人高兴。"

"正是如此。"汉斯·卡斯托普撒了谎。这倒不是因为虚伪，而是考虑到现在的情况，他还是装作不认识肖夏好一些。要是换作约阿希姆，他肯定不会这么做。好心的约阿希姆，早在汉斯·卡斯托普第一次耍花招的时候便认清了事实，如今已经完全了解了情况。他嘴里一边轻声附和，一边凑过来一起看那幅画。之前在表哥影响下缺席的晚餐后交际时间，现在汉斯可算全补回来了。

这是一幅半身画像，和真人相比要小一些。画像镶在宽边斜角的黑色画框里，画框周围镀了一圈金色的边。画中的肖夏太太肩上披着一条薄纱，脖颈和胸脯若隐若现，画中的那张脸看起来比实际年龄老了十来岁，这一情况在业余画家手下常常会出现。脸上的红色涂抹得有一些浓重，鼻子画得非常糟糕，头发的颜色也不大到位，反倒像稻草的颜色，嘴巴有些歪曲。人物的独特魅力没有在画中体现出来，或者说被这些夸张的局部描画毁掉了。整幅画可以说非常糟糕，跟模特的原样也相去甚远。不过汉斯·卡斯托普对画作的相似度倒并不重视，这块画布跟肖夏太太本人之间存在某种关系，这反而叫他十分在意。这幅画本就是要画她的，她就坐在这间屋子里，让别人以她为模特画画。这便是他想知道的。于是他又激动地说了一句："画得和她本人简直一模一样！"

"噢，谈不上。"顾问大夫否认道，"这幅画作非常粗陋，我不会自吹自擂地表示把她画得很好，尽管我已经画了二十来次了。面对这么一张古里古怪的脸，还能怎么办呢？您也许会认为这张脸的特征很容易掌握，她有爱斯基摩人的颧骨，双眼像面包上的裂缝。没错，她身上确实有这样的明显特征。如果细节把握好了，那么整个形象就会变得混乱。这真是一项让人头痛的任务。您认识她吗？也许凭着记忆把她画出来更好些，而不是叫她坐在面前。您说您认识她？"

"不，算不上认识，只是面熟而已，就像山上的人互相之间那个程度。"

"唔，我倒是了解她皮下的结构，身体内部组织，您懂的，也就是她的动脉血压、神经组织、淋巴循环这一类的东西，这些我十分清楚。不过表面上的东西却不好掌握。您可曾注意过她走路的姿势？她走起来轻手轻脚的，还东张西望。就比如她那双眼睛，便是如此，肤色就更不用说了，也非常古怪。这里我谈的倒不是它们的颜色，而是形状，还有在脸上的位置。您会说，她的眼眶像是被切开过的，而且斜视，但这只是表面现象罢了。这是一种叫作'内眦赘皮'的情况，它只出现在一些特殊的民族身上，这实际上是一种赘皮，从鼻梁向上延伸，经过眼睑处，一直到眼睛内部的某一个角落里。如果扯住鼻根的皮肤，然后拉紧，眼睛就不会斜视了，会变得跟正常人的眼睛并无二致。斜视看起来有些躲躲闪闪的意味，不过事实上，内眦赘皮是一种隔代遗传现象，是一种发育障碍。"

"原来如此。"汉斯·卡斯托普说，"我从未听说过这一点，不过倒是一直想知道斜视究竟是怎么一回事。"

"没什么意思。"顾问大夫说道，"无非是自寻烦恼。您如果把这双眼睛单纯地画成斜视，那就不对了，要根据人的生理结构把斜视描画出来才可行，要在错觉中再加上错觉。因此，您需要了解有关内眦赘皮的知识，多了解一些总会派上用场的。现在您再看看她的皮肤，也就是她的表皮。在您看来，我是把她画得很逼真，还是不够逼真？"

"简直一模一样。"汉斯·卡斯托普说，"画得栩栩如生。我从未看到有谁能把皮肤画得这么逼真，甚至毛孔都能看得一清二楚。"

说着，他便用手轻轻地触摸画中袒露的脖颈和肩膀部分。在脸上那块夸张的红色映衬下，身上的皮肤显得格外光洁，好像鲜少晒到太阳似的。不过不管是不是画家有意为之，效果都不够好。

尽管如此，汉斯·卡斯托普的称赞还是有理有据的。她那柔软的、不算瘦削的胸部被涂成了奶白色，与轻纱的蓝色冴影交相辉映，显得十分自然。显然，在描画这一部分的时候，画家是投入了感情的，表现出了几分甜美之色，与此同时，艺术家还不忘赋予它一种科学的真实感以及精确性。画家灵巧地利用了画布的粗糙特点，借助颜料的涂抹体现出了皮肤表面不光滑的自然状态，这一点在精致的锁骨附近体现得尤为明显。胸部左下方有一颗小痣，而贝伦斯还特意在双乳之间画上了细细的青色血管。看画的人见到如此景象，浑身难免因为迸发而出的感情而战栗起来。人们似乎还能看到她身上的香汗，感受到散发而出的无形的生命气息，叫人恨不得把嘴唇贴上去，只希望自己感受到的不是颜料的气味，而是画中人的香气。我们把汉斯·卡斯托普的感受复述了出来。他对这幅画有着特殊的感知力，既然如此，可以说，肖夏太太的画像是这间屋子里最勾人魂魄的一幅了。

顾问大夫贝伦斯双手插在裤袋里，站在那里活动了一下脚腕，看着这一对正在观赏的表兄弟。

"我很高兴。"他说，"很高兴竟然能找到志同道合之人。要是有人对表皮下的结构组织略知一二，换句话来说，要是对于自然，除了抒情式的艺术关系之外，还能从其他关系中有所了解，那就太好了，这毕竟也没什么坏处。一个艺术家如果同时又是医师、心理学家、解剖学家，而且能从自己的角度来看待人体皮下结构——这早晚能用得到——那么肯定能占据优势，随您怎么说都行。这身出生便有的外衣是科学严谨的，在有机结构上是准确无误的，这一点您可以用显微镜观测得到。您不但能看到表皮的角质层和黏液，还能看到表皮下的真皮层，那儿有皮脂腺、汗腺、血管以及小小的乳头。下面还有脂肪层，全是衬垫式的脂肪，您知道，女人优美的身姿正是由此造就的。绘画的时候，脑子里的知识和思考都会对您施加影响。这些东西并非实际存在，但不管怎么说，正是受这些无形的存在影响，才会创作出一幅栩栩如生的画。"

这番话刺激着汉斯·卡斯托普的心。他的额头涨得通红，眼睛里闪烁着光芒。他想开口说话，却不知从何说起。首先，他在心里打定主意，应当把肖夏太太的画像从阴暗的窗旁墙壁上撤下来，放到其他更适合的地方去；其次，他急于弄懂顾问大夫对于皮下组织的那一通讲述，因为他对此颇感兴趣；最后，他想对这些问题发表一下自己的观点，对这一点他也同样很有热情。他双手搁在画上，想把它取下来，同时急匆匆地开腔说道：

"对，对，的确，这些都非常重要。我想说的是……我是指，顾问大夫先生，要是我没理解错的话，您说的是'还有另外一种关系'，您说如果除了抒情式的艺术关系之外，还有其他关系，那也是很不错的。或者简而言之，如果人们能从另外一种视角来理解事物，比如从医学方面，那就好了。这些想法都十分正确，请原谅，顾问大夫，我的意思是说这些都千真万确。因为归根结底，关系和视角的差异都不算是原则上的分歧，说到底它们是同一种东西，或者说，这些都是大众普遍感兴趣的同一种事物的不同变种，而艺术只是其中的一种，或者说只是其中的一种表现形式罢了——如果我可以这么说的话。嗯，请原谅，我是想把这幅画取下来，这里一点儿亮光都没有，我打算拿到沙发那边去，看看它是否会完全变个样……

"我的意思是说——医学的研究对象是什么？我对此一无所知，当然了……不过它们都是为人类服务的。而法律、立法和司法呢，主要目的也是造福人类。另外，常常跟教育活动绑在一起的语言学呢？神学、宗教信仰以及神职人员呢？这些都与人类有关联。它们都同样重要，同样具有根本性的意义，这种意义是建立在以人为本的基础上的。换句话说，它们都是有关人类的职业，如果您想对此深入研究，进行相应的专业性训练，那么您首先需要研习古代语言。我这样说也许会让您感到惊讶，我不过是一个理性的人、一个技术人员。不过最近，我在静卧疗养的时候也开始思考这些问题。我发觉形式、形式的概念以及美的形式，是从事各种人文事业的基础，我发现这一点非常奇妙，而且弥足珍贵。它赋予了事物本身高贵的特质，在我看来，也赋予了人类无欲无求的特点，以及万千情感……除此之外，还有……对礼仪的尊崇和践行……会让人变得富有勇往直前的冒险精神。

"换句话说——我希望您能理解我的表达——您也可以看得出来，精神和美是结合在一起的，它们往往是同一个东西。也可以说，科学和艺术便是如此。作为第五种学科，艺术也属于这一范畴，因为艺术活动同样是人文性的，它体现了人类的兴趣，而且自始至终，它都以人类为主要的课题以及研究对象。这一点您是会同意的。年轻时候我在这一领域有所尝试，当然，只是画画船只和大海。尽管如此，我一直都觉得，绘画中最有意思的莫过于画肖像画了，因为它可以直接以人为创作对象……所以我之前才会问您，您是否在这一领域内显过身手……这幅画挂在这儿是不是好多啦？"

一旁的贝伦斯和约阿希姆都震惊地瞅着他。他本人是否对这一番一时兴起、让人摸不着头脑的谈话感到羞愧呢？那倒没有，他一心忙着手

312

头的事。他把那幅肖夏太太的肖像画抵在沙发后面的墙壁上，问这样看着是不是明亮了许多。这时候女仆端着一只盘子走过来，盘子上放着水、酒精灯以及几只咖啡杯。

贝伦斯一面示意客人到吸烟室去，一面说道："这么说来，您在雕刻方面的兴趣倒该比在绘画方面大。对，当然，这幅画摆在这儿是显得明亮了不少，只要您认为它经受得住这么强的光线照射。至于您的兴趣嘛，我倒真是这么认为的，因为雕刻与人类形体有着纯粹的、独一无二的关系。我们可别让水烧干啦。"

"说得没错，雕刻艺术。"他们一边走，汉斯·卡斯托普一边说道，他忘了把手上这幅画挂起来或是在哪放下，而是带着它走进了吸烟室里。"确实，希腊的维纳斯或者大力士倒是更具人文气质，这么说起来，可能在所有的艺术中，雕塑才是人文性质最浓的。"

"唔，说起这位瘦小的肖夏，她还是更适合做绘画的模特，而不是雕塑。不论是菲狄亚斯[1]，还是名字结尾类似的其他雕塑家，看到她这副怪里怪气的面容，都会皱起眉头的……喂，您打算怎么处理您拖来的这只火腿？"

"抱歉，我暂且这样把它靠在椅脚上，没什么大碍。希腊的雕像家都不大注重头部，他们的兴趣主要在身体之上，我想这就是他们的人文主义吧。这个女人的身段怎样，还算丰满吧？"

"确实丰满。"顾问大夫斩钉截铁地说。他打开壁橱，从里面取出几样烧咖啡的用具，有圆筒形的土耳其式研磨机、一只长柄壶，还有盛着砂糖和咖啡豆的双层容器，这些都是黄铜制的。"软脂酸，硬脂酸，油酸。"他一面说，一面把咖啡豆从锡盒子倒进研磨机里，接着摇起手柄开始磨起了咖啡。

"看，我一向是亲自动手的，这样做出的咖啡味道极好……二位不觉

---

[1] 古希腊雕刻家、建筑设计师，被公认为最伟大的古典雕刻家。

得这是仙丹妙药吗？”

"不，当然我也懂一些。只是听您这么说，感觉有些新奇罢了。"汉斯·卡斯托普说。

他们坐在房门和窗子之间的角落里。这里放着一张竹藤桌，桌上放了一只东方式的黄铜托盘，盘子里有一些吸烟用具，还有一台咖啡机。贝伦斯和约阿希姆坐在软凳上，汉斯·卡斯托普则坐在一只带脚轮的皮制扶手椅上，扶手椅旁靠着肖夏太太的画像。他们脚下铺着一张颜色亮丽的地毯。顾问大夫把咖啡和砂糖舀进那只长柄壶，加了点水，把调好的混合物拿到酒精灯上烧了起来。倒进咖啡杯后，煮好的咖啡泛起棕色的泡沫，尝起来香浓可口。

"您自己也一样。"贝伦斯说，"您自己的造型，如果称得上是造型的话，也够丰满的，虽然体内的脂肪量比不上那些女人。我们男人的脂肪只占体重的二十分之一，而女人呢，则占了十六分之一。如果没有这些皮下的组织结构，我们的外表就跟干蘑菇没什么两样了。随着时间的推移，我们体内的脂肪也会越来越少，这些不雅观的皱纹也就慢慢出现了。而女人的胸部、腹部以及大腿前侧部分，也就是让人最为动心的那些部位，有着最厚的脂肪层。脚底的脂肪也厚，不过比较怕痒。"

汉斯·卡斯托普拿起圆筒形的咖啡研磨机把玩，在手中转来转去。包括研磨机在内，整套用具产自印度或是波斯，并非土耳其。从上面的装饰风格以及那表面闪闪发光、背面略显昏暗的特征，就足以看出这一点。他又仔细瞧了瞧上面的纹饰，终于理解了纹饰表达的内容，双颊不知不觉变得一片通红。

"没错，这套东西是给单身汉用的。"贝伦斯说，"我总会好好锁起来，您瞧，要是被这里的女厨师看到，岂不是毁了她的眼了。不过男人看看倒无伤大雅。这套咖啡用具是一位女病人送给我的，那是一位埃及的公主，过去竟曾赏脸到这儿住了一年左右。两位瞧，这图案在整套物件上反复出现，怪有意思的，是吧？"

"确实，它的确独具匠心。"汉斯·卡斯托普回答，"哈哈！不过，我倒是不觉得尴尬。实际上，咱们完全可以把它看作严肃庄重的东西——不过出现在咖啡机上确实不大适合。据说古人也会在石棺上雕刻这样的画面。对他们来说，神圣与淫秽的东西往往是一样的。"

"说起来，那位公主不止一次给我送过礼物。"贝伦斯说，"她还送了我一些上等香烟，都是特级品，您知道，只有在招待贵宾的时候才拿出来的那种。"说着他从橱柜中拿出一只装饰花哨的小匣子，把里面的香烟拿给客人品尝。约阿希姆并起脚后跟，严肃地婉拒了，而汉斯·卡斯托普则接过烟，抽了起来。这种烟又长又粗，上面绘有金色的狮身人面像。正如贝伦斯所言，这烟味道非常好。

"多跟我们讲讲皮肤方面的知识吧。"他向贝伦斯请求道，"如果您愿意赏光的话。"说着他把肖夏太太的画像拿起来，放到膝上，细细端详着它，他靠在椅背上，唇间还叼着香烟。"别再说脂肪层啦，我们现在已经明白了。就随便谈谈人类的皮肤吧，您画皮肤可真有一手。"

"皮肤方面啊，您对生理学感兴趣吗？"

"很有兴趣，我一直对它抱有很高的兴趣。人类的身体……没错，我一直认为它有着非凡的意义。我偶尔会扪心自问，我是否该去当一名医师。从某一方面看，这么想也未尝不可。因为如果一个人对肉体有兴趣，那么必然也会对疾病产生兴趣……难道不是吗？但是这么说也没什么意思，我原本可以从事各种各样的职业……比如说，当一名牧师。"

"真的吗？"

"是的，我有时候会冒出这样的念头来，当初我应该坚决地听从兴趣的指引。"

"那么您怎么后来又当起工程师啦？"

"这纯属偶然……这或多或少是由外界的因素决定的。"

"唔，那么说到皮肤，对于您这层负责感觉的表皮，您想听我说些什么呢？您知道的，不是吗，这是您的外脑，从个体发育的角度来看，它和您头盖骨里所谓的高级神经中枢一样。中枢神经系统无非只是外部表皮的变种罢了，在低等动物界，中枢神经系统和外围的神经系统几乎不存在差异，它们用表皮嗅闻和品味，皮肤是它们仅有的感觉器官。要是您也处在它们那样的情况，感觉肯定非常舒适。另一方面，对您和我这样细胞高度分化的生命体来说，皮肤的功能已经没有那么高级了，它如今只能感觉到痛痒。也就是说，人类的皮肤仅仅只是一种起保护作用并传递信息的器官，一旦有什么东西接近，它就会处于高度戒备的状态。它甚至还会伸出触角，也就是皮肤上的毛发，它们是一种角质结构，如果有什么东西靠近，即使还未接触到皮肤，它们都能感知到。这只是咱俩私底下的交流，皮肤的保护和防卫功能极可能超出了生理范围。您知道自己的脸为何一会儿红、一会儿白吗？"

"不大清楚。"

"唔，老实说，我们也尚未弄清楚，至少我们还没弄明白人为何会脸红。因为据推测，在血管中尚未判明在神经作用下进行运动的肌肉的存在。雄鸡的鸡冠为何会膨胀，类似的其他众所周知的现象究竟原因为何，这些目前都还是谜，特别是各种情绪所引起的现象。我们假定大脑皮质和延髓心血管中枢间有某种联系。就以受到某些刺激时的反应为例，当您羞愧难当时，这种联系就体现了出来，脸上的血管在神经的控制下，开始扩张、膨胀，您会感觉到自己就像一只火鸡一样，满脸充血，什么都看不见。但要是情况相反，比如当您提心吊胆地担心什么时，或许是什么惊心动魄的事情，总之您的血管就会收缩，皮肤变得惨白、冰冷，皱缩起来，看起来就像一具死尸，眼窝蒙上一层铅灰色，变白的鼻子高高翘起来。不过交感神经系统还会努力使您的那颗心像一个正常人一样跳动。"

"原来如此。"汉斯·卡斯托普说。

"差不多就是这样。您知道，这就是反应。反应和反射都是出于某种目的的，我们生理学家就此推测，伴随着情绪变化发生的这些现象，实际上只是防卫的手段，也就是身体系统的防御性反射，就像鸡皮疙瘩那样。您知道自己为何会起鸡皮疙瘩吗？"

"我恐怕不大清楚。"

"这是皮脂腺的影响，它能分泌皮脂，是一种含蛋白的脂肪类物质，能保持皮肤光滑柔软，让皮肤摸起来十分舒服。虽然它没有什么味道，但是如果少了这一物质，皮肤就会因为萎缩而变得干裂。如果没有这些胆固醇酯，很难想象人的皮肤摸上去会是怎样的感觉。皮脂腺里有很小的竖立肌，可以使腺体竖起，当它们带动腺体做出反应后，您就会像那个被公主泼了一桶泥鳅在身上的小伙子[1]那样，皮肤变得像锉刀一样粗糙；剧烈的刺激会使毛发竖立，您的头发以及身上的汗毛全都会立起来，就像一只焦躁不安的豪猪身上的刺……您将会体会到什么叫作毛骨悚然。"

"噢，"汉斯·卡斯托普说道，"我已经数次体会过这样的感觉了，我很容易因各种刺激而毛发倒竖。唯一让我想不通的是，为何这些腺体在不同原因的刺激下都会竖起来。听到粉笔在玻璃上划过的声音，我会起鸡皮疙瘩，不过有时候突然听到某些美妙的音乐，我也会如此。而在第一次行坚信礼和领圣餐的时候，我的毛发也竖了起来，又痛又痒，这种感觉持续不停，似乎不会停下来。这些小肌肉竟会因为不同的原因而直立起来！"

"噢，"贝伦斯说，"痒就是痒嘛。身体是不会在意刺激的内容的，不管是泥鳅，还是圣灵，这些腺体都会竖起来的。"

汉斯·卡斯托普一边说，一边瞅着膝盖那儿的画像。

"顾问大夫先生，"他说，"我想回到刚才的话题中去，比如什么淋巴循环之类的事情。您跟我讲讲吧……特别是与淋巴系统有关的，我对此抱有极大的兴趣。"

---

[1] 详见《格林童话》。

"这一点我相信。"贝伦斯回答，"淋巴是一种最精细、最微妙的物质，是人体体液中最为关键的一种，我敢说，对于这一点，您在问这个问题的时候便有些概念了。人们常常谈论血液以及构成上的神秘性，称它为一种特殊的液体。而淋巴其实是体液中的体液，您知道，它非常重要，它是灵液，是血乳，是一种极其珍贵的液体。事实上，在摄取脂肪性的物质之后，它看上去确实像牛奶。"

于是他兴致勃勃、天南海北地谈了起来，以满足汉斯·卡斯托普的愿望。他首先谈到血液的特征，说它就像歌剧中的幕布一样，颜色鲜红，由脂肪、蛋白、铁、糖以及盐组成，与呼吸和消化密切相关，里面包含各种气体和废弃物；其温度约为三十八度，从心脏开始，通过血管传输到身体其他部分，维持身体的新陈代谢和温度——简单说，就是让生命得以维系。不过，他又表示，血液并不与身体细胞进行直接的接触，而是在压力下释放出一种奶白色的淋巴液，这种液体穿过血管壁，流到各个组织内。这种液体注满了每一处细小的空隙和裂缝，使有弹性的细胞膜膨胀。淋巴液清洗细胞并与其进行物质交换后，又被扩张膨大的组织压回到淋巴管中，之后再流回血液中，每日一次，流动量为一升半。他又谈起了淋巴管这一管状组织中的吸收管，谈到了胸导管，它能够集中双腿、腹部、左臂、左胸部和左头颈部分泌的淋巴液。后来又讲到了淋巴系统中某些结构极其精细的过滤器官，也就是所谓的淋巴结，它们分布在脖子、臂窝、肘关节、膝盖凹处以及其他隐秘而精细的部位。

"这些地方会出现淋巴腺肿大。"贝伦斯解释道，"这么说吧，膝盖凹处以及手臂关节处的淋巴结会发生硬化，很多地方会产生水肿状的淋巴瘤。我们可以从这些地方判断疾病类型。出现这一类情况，我们可以推测出现了结核性淋巴管堵塞。"

汉斯·卡斯托普沉默了片刻。

"对。"过了一会儿他轻声说道，"确实如此，我真应该当一名医师。血乳的流动、腿上的淋巴，这些都是我非常感兴趣的。那么什么是身体呢？"他兴高采烈地提高了嗓门说，"什么是肉体？人的身体究竟为何物？它是由什么组成的呢？今天下午就跟我们谈谈这些吧，顾问大夫先生，把这些全都仔仔细细地给我们讲讲，让我们也了解了解。"

"是由水组成的。"贝伦斯回答，"您对有机化学也感兴趣吗？人身体中的大部分都是水分，没错，水分的含量不多也不少，您没必要在意它的具体分量。固体成分所占的比例是百分之二十五，其中百分之二十是普通的蛋白，说得文雅些，也就是蛋白质。除此之外，还有少量脂肪以及盐分，全部物质就是这些。"

"不过蛋白……这是什么东西？"

"它包含各种各样基础的物质，比如氢、氮、氧、硫，有时候还有磷。您还真是颇有科学探索精神。有些蛋白和碳水化合物，也就是我们所说的葡萄糖和淀粉产生关联。人上了年纪之后，皮肉会变得粗糙，这是因为结缔组织中的胶原增多，您知道，它们是骨骼和软骨中最重要的组成部分。其他的还有什么应该告诉您的呢？在肌肉中还有一种蛋白成分，我们称之为纤维蛋白，人死后它便凝固在肌肉组织中，因此尸体是僵硬的。"

"好，我明白了，死后僵硬。"汉斯·卡斯托普爽朗地说，"很好。那么接下来我们说说分解……也就是坟墓的解剖学吧。"

"嗯，当然可以。不过您说得可真讲究！没错，这一过程还在继续，身体全都溶解了——您记得吧，身体里面可都是水分啊！余下的物质极其不稳定，没有了生命，这些物质便会腐烂，从而变成简单的化合物，变成了无机物。"

"溶解，腐烂。"汉斯·卡斯托普说，"这跟燃烧是同一个道理——它们会与氧结合——我说得对吗？"

"非常正确，氧化。"

"那么生命呢？"

"也会氧化，都是一样的。是啊，年轻人，生命本身也主要是细胞蛋白的氧化作用，那可爱的体温正是由它赋予的。有时候体内温度会高于我们所需要的。啧，生就是死，这一点无须避讳——une destruction organique（法语，意为：有机体的破坏），某位法国人就这么轻浮地说过。生命确实有这么一股意味。如果不这么想，我们的判断力就被摧毁了。"

"如果有人对生命产生兴趣，那么必定也会对死亡抱有特别的兴趣，不是吗？"

"噢，唔，总的来说，两者之间还是有些区别的。生命就是生命，是靠物质的交替而维持它的形式的。"

"为何要维持形式呢？"汉斯·卡斯托普问。

"为何？年轻人，您现在说的这番话离人文主义可是相去甚远啊。"

"形式只是一种无用的附体。"

"唔，您还真是现今一位伟大的人物，您的思想很是先进，是我落伍了。"顾问大夫说道，"我突然有些伤感了。"他抬起他的大手，覆在眼睛上，"您瞧，我能感觉到这种情绪向我袭来，刚才我还同您一起喝咖啡，咖啡味道不错，我也很是愉快。可是突然间，我竟觉得无比伤感。两位还请见谅。这谈话是不平常的，我始终乐在其中……"

这对表兄弟赶紧站起来，他们责怪自己不该打扰顾问大夫这么久，贝伦斯客气地表示并非如此。汉斯·卡斯托普急匆匆地把肖夏太太的画像拿回隔壁那间屋里，再次把它在墙上挂好。他们回到自己的屋子里时，不必再经过花园。贝伦斯在屋里给两人指点回去的路径，而且把他们送到那扇玻璃门口。在刚才那种忧伤情绪的影响下，他眨巴起那双圆鼓鼓的眼睛，后颈部颈骨更明显地凸了出来，上唇处翘起来的胡子往一边弯着，表情有些可怜。

当他们沿着走廊往外走时，汉斯·卡斯托普对表哥说道：

"你要承认，我刚才可出了一个好主意。"

"这至少算是一种调剂。"约阿希姆回答，"你确实趁此机会把自己对不少事情的看法都说了出来，这些对我来说有些复杂。现在正是做静卧疗养的时候，在用茶点之前咱们至少还可以休息二十分钟。你也许认为这毫无用处，无须太过注重，现在你可真是变得'时髦'了，但不管怎么说，你不像我那么需要休养。"

探　索

汉斯·卡斯托普从未想过会亲自体验到的事，现在却发生了，这也是必然会发生的事——山上的冬天来临了。约阿希姆对此并不陌生，他刚到山上的时候，正赶上这里的冬天。汉斯·卡斯托普虽然已经准备好了过冬的装备，不过还是有些担心。约阿希姆劝他安心。

"你可别把它想得太过严重，"他说，"这儿毕竟不是北极。因为空气干燥，也没什么风，你不会感到太冷。在大雾弥漫的山地上，气温往往是这样的，地势越高的地方，越是暖和些，这事我以前可是闻所未闻。下雨的时候倒是要冷一些。不过你只需裹好睡袋，感觉太冷的时候，可以打开暖气。"

事实上，冬天并不是来势汹汹、毫无征兆的，它来的时候还算温和，开始几天跟夏日没有多大区别。先是吹上两日的南风，太阳低低地照着，山谷似乎收缩了，山口处的峭壁光秃秃的，远处约阿尔卑斯山清晰可见。不久，天上便布满了云，从皮茨·米歇尔峰和廷岑峰朝着东北方向飘过去。接着便下起了大雨，雨下过后，一切就都变了味儿，天空一片灰白，雪花也飘了下来，很快，空中便满是雪花。山谷中大雪纷飞，久久不停，气温也急剧下降，因此积雪并不会融化，而是覆盖在山谷中，给山谷披上一件潮湿破旧的白色衣裳。在白雪的映衬下，山坡上的松树显得黑黑的。餐厅里的暖气已经开了。

这是十一月初，临近万灵节[1]的日子，因此下雪并不算什么怪事。

---

[1] 天主教纪念已去世的教徒的节日，一般在十一月二日。天主教相信，在世教徒的祷告可以帮助炼狱中的基督教徒亡灵涤罪。

八月份的时候就已经下起了雪，现在人们已经不把下雪和冬天联系在一起了。每次暴风雨之后，在山谷入口处守卫般的雷蒂肯山上，嶙峋山石间随处可见白色的残雪。向南望去，最远的那座巍峨的山峰也是一片雪白。暴雪还在下着，温度也没停止下降。灰白色的天空低低地压在山谷上方，雪花无声无息、无休无止地飘着，让人有些不安。

天气一个小时冷过一个小时。某一天早晨，汉斯·卡斯托普房里的气温是七度，第二天早晨便降到了五度。天气寒冷，温度虽然还在一定范围内，但寒冷的天气没日没夜地持续着。原本只有夜里才会结冰，而今白天也结起了冰，从早到晚一直如此。雪下个不停，第四天、第五天和第六天，雪依旧下着，只偶尔停一会儿。雪积得很厚，几乎堵塞了道路，让人无可奈何。人们一路扫雪，一直到小溪边的长椅那里，还清扫了那条往山下去的车道上的雪，不过扫出来的道路还是略显狭窄，只能单人通行，假若在路上碰到人，还要退到一旁，踏进及膝深的雪里让开道路。疗养院下面的公路上，一驾马拉的石制扫雪机整天扫着雪，一个男人拉着马的缰绳。此外，还经常能见到一辆黄色的马车在村庄和疗养院间的那条路上来回奔忙，看上去像极了那种老式的邮车。马车后面还拖着一架扫雪机，把白白的雪堆扫向两边。

山上这个狭小、独立而又与外界隔绝的小世界，此时似乎铺上了一层厚厚的软垫——没有一根树桩或柱子没有戴上白色的帽子，通往山庄疗养院大门的石阶也埋进了雪里，变成一面斜坡。冷杉的树枝上，随处悬着形状滑稽的雪垫子，时不时会有雪块从树上掉下，散成白色的雪粉。周围的高山也都覆盖在白雪中，树木难以生长的山峰上软软地铺着一层雪。天空昏沉沉的，迷雾中透下太阳惨白的光芒。雪地则反射出柔和的光线，奶白色的光映照着整个山林，人们也变成了一片奶白色，他们虽然戴着白色和彩色的羊绒帽子，鼻子还是冻得通红。

在餐厅里，冬天——这个地方的主要季节——的来临已经成了这七张餐桌上的热门话题。据说这段时间，不少旅行家和运动员都会到这儿来，在达沃斯村或高地上的旅馆里落脚。积雪厚度估计有六十厘米，且长久不化，可谓滑雪的理想之地。人们正在热心地开辟雪橇滑道，这条滑道从沙茨阿尔卑东北角的山坡一直通到了谷底，只要积雪不突然融化，在接下来的几日里就可以开通。每个人都迫不及待地想看这些从山下来运动和比赛的健康人。虽然院方明令禁止，还是有一些病人趁着休息时间偷偷溜到疗养院外面观看。汉斯·卡斯托普听说这些人要进行一种发源自斯堪的纳维亚的新型运动项目，叫"司基卓林"[1]。在这种滑雪竞赛中，参赛者踩着雪橇板，在马儿拉动下往前滑行。病人们偷偷溜出来，正是为了看这一项目。除此之外，圣诞节也是众人谈话的主题。

圣诞节！汉斯·卡斯托普从未想过这回事。说起来，为了身体健康，大夫曾交代他多待一阵子，这就意味他要跟约阿希姆一道在山上度过圣诞节了。当初在写给家里的信中提到这一点的时候，汉斯是无忧无虑的。可是现在，想到要在山上过圣诞节，他不无震惊。因为过去，他都是在家的怀抱里度过这个节日（虽然也不全是因为这点）。哎，他也只能在这儿凑合着过了，他已经不再是一个小孩子了。不过约阿希姆似乎不大在意，或许是已经习惯了，他毫无怨言地接受了这件事。算了，汉斯安慰自己道，不管怎样，人们都是要过圣诞节的！

不过在万灵节到来之前就谈圣诞节，未免为时过早，还得等上六周呢！确实，在餐厅里的人们看来，这段时间一眨眼就过去了。上山以后，汉斯·卡斯托普已经学会了像老资历的病人们那样大大方方地计算时间，虽说他对此还是不太适应。同一年中的其他节日一样，圣诞节只是他们眼里跨越一段时间的支点和跳板。他们都发着烧，新陈代谢加速，身体活动旺盛而频繁——这也许和他们在山上的这种度日习惯密切相关。假如他们忽视了圣诞节，转眼说起元旦以及狂欢节，他恐怕也并不会惊讶。不过在山庄疗养院的餐厅里，人们可不会这么反复无常、出人意料。圣

---

[1] 原文为 skikjöring，一种滑雪运动。

诞节一方面能让他们停下来歇口气，另一方面又给他们带来了无尽的烦恼。

在圣诞节前夜给贝伦斯送一件礼物已经成了习俗，如今病人们又聚在一起集体商讨了。礼物必须经过精挑细选。据老病人说，去年他们送了一只行李箱，今年呢，大家在合计送给他一架新的手术台、一架画架、一件皮大衣、一把摇椅，或者一个镶有装饰物的象牙制听诊器。有人问起塞塔布里尼的意见，他主张送一本正在编撰中的百科全书，书名正是《苦难之社会学》，对这一意见只有一个人表示赞同，就是那个与黑米尔内·克莱费尔特同桌的书商。简而言之，他们还未商定出最终结果。那边俄国餐桌上的客人们的意见很难达成一致，互相之间总有些分歧。几个莫斯科人表示他们要单独给大夫送礼物。斯特尔夫人则一直在愤愤地唠叨，说有一次开会时，自己把十法郎借给了伊尔蒂斯太太，这之后对方"忘记"了把这笔钱还给她。她就这么"忘记"了——斯特尔夫人总是特意加重语调，意味深长地说出这句话，但总而言之，她极度怀疑伊尔蒂斯记忆力不佳。从蛛丝马迹中便可以得知，伊尔蒂斯太太确实会做出这么一套来。斯特尔夫人自己也承认，在这方面，这个女人确实有一手。有好几次，斯特尔夫人甚至无奈地表示，那笔钱就算她送给伊尔蒂斯太太的好了。

"就算是我把我和她的账目都付了好了。"她说，"这样我面子上就过得去啦！"但到了后来，她又琢磨出另一个主意来，并把这一想法分享给同桌的餐友们，引得席上的人全都乐了——她到管理部那儿，让那边的人给了她十法郎，再把这笔钱记在伊尔蒂斯太太的名下，由她偿还。就这样，那位迟迟不愿还钱的欠债者付出了相应的代价，此事总算解决了。

雪已经停了，天空变得一片洁净。蓝灰色的云层总算散开，从中透下几缕阳光，给山林抹上一层淡蓝色。没过多久，天便完全晴朗起来。明净凛冽的寒气在空中弥漫开来，正是十一月中旬的冬景。从拱形的阳台向外望去，山间景色尽收眼底。远处的森林还覆着一层雪，山谷也披上了柔软的白色外衣，山垫中一片阳光明媚，抬头便是一片澄蓝的天空。到了晚上，一轮明月在空中高悬，月色迷人，景致如画。月光照耀下，到处闪着水晶和钻石般的光芒，和阴暗的山林相映成趣。明月映衬下，周围的天空显得有些明亮，夜幕中还缀着点点星光。房屋、树木以及电线杆的影子投映在闪烁的雪地上，显得清晰而逼真，乍一看恰如实物一般，甚至比原物更显真实。太阳下山后不过两三个小时，温度竟然降到了零下十度左右。整个世界似乎陶醉在这一片明净的冰天雪地中，地上的污垢也没了踪影，大地似乎被施了魔法，迷迷糊糊地陷入了死尸一样的寂静中。

汉斯·卡斯托普在阳台上观赏这迷人的冬景，一直待到了三更半夜。约阿希姆在阳台上待的时间比他短得多，在十点钟或者更晚一些的时候便回去了。他把那张带着靠枕的精致摇椅拉过来，挪到栏杆旁边，栏杆上面已经铺上了厚厚的白雪。椅子旁边摆着那张白色的桌子，桌上放着一盏夜灯、一摞书，还有一杯乳白色的牛奶，这是疗养院每晚九点钟送到每位客人房里的夜间牛奶。汉斯·卡斯托普在牛奶里加了一点儿白兰地，把味道调得更可口些。他把所有御寒的工具都用上了，真可谓是全副武装。他用睡袋把自己从脚底一直裹到了胸口，裹得严严实实的。睡袋是在高地上的一家百货商店买的，按照山上人的惯例，睡袋外面还裹了两条驼毛毯子。此外，他在冬大衣外面还加了一件皮夹克，头上戴一顶绒毛帽子，脚上穿着毡鞋，还套了一双带有衬里的厚实手套，但即便如此，他的手指还是免不住冻僵了。

他往往能在这儿待很久，甚至一直待到深夜，那时候那对"下等"俄国夫妻已经离开阳台，回了房间。他能在这个地方待上这么久，其中一部分原因是这冬夜里的景色太过迷人，十一点钟之后，山下还会传来悠扬婉转的小曲；不过更多的是因为，他性子有些慵懒，加上那个时候的他又处于兴奋状态，两者结合起来，使他不仅懒洋洋地不想动身，心里还阵阵兴奋着。 这位年轻人的大脑总是被一些新奇的、吸引人的话题占据着，从来没有安静过。 天气也对他起了影响，寒冷对他的肌体造成了刺激，他吃得非常多，山庄疗养院丰盛的食物填满他的肚子，吃完烤鹅后，是紧接着端上的烤牛肉，还有山庄疗养院的常规配菜。 到了冬天，这里的病人们的食量总比夏天大一些。 不仅如此，他还异常嗜睡，不论是在大白天还是明月高悬的晚上，他翻阅着书本，没几分钟便不知不觉地睡着了，不久后又会醒来继续手头的阅读。 他总是富有激情地说着话，但和以前不同，他如今说起话来变得更快、更无所顾忌，甚至有些鲁莽了。 和约阿希姆在雪地上一边散步一边聊天时，他会突然感到一阵头晕目眩，全身颤抖，甚至有些醉意朦胧，而且头脑昏沉，血气上涌。

入冬后，他的温度曲线又升高了。 顾问大夫给他注射了一种药，这是只有体温居高不下的病人才会用到的，包括约阿希姆在内，大约三分之二的病人都会注射这种药。 不过汉斯·卡斯托普笃信他的高体温和心理活动以及兴奋情绪有关，因此他才在阳台的躺椅上一直待到半夜，观赏着闪闪发光而又冷入骨髓的冬夜。 他爱不释手、一直研读至深夜的那本书正好可以为此做证。

在国际山庄疗养院的休息厅以及每一间病房的阳台上，有不少人在阅读书本，看书的大部分是新来山庄或者只是短期在此居住的病人。 至于那些住上几个月甚至几年的病人，他们早就掌握了打发时间的诀窍，既不必开动脑筋拼命思考，也不用特意分心找点事消遣，而是靠某种精湛的技艺在这里打发时间。 他们认为那些初来者死啃书本的行为不仅死板，而且笨拙，只要在旁边的小桌上放上一本书便已经足够。 疗养院的藏书非常丰富，有各种语言的书籍，书中的插图也很丰富，这些书放在牙医的候诊室里，全都可以免费借阅。

高地上还有一家图书馆，客人们从那里借来书后常常互相传阅，即便是那些高傲的老病人们，也不禁向书本伸出双手，脸上难掩急切之色。眼下正在传阅的是阿尔宾先生借来的一本印刷简陋的小说，名为《诱惑的艺术》，是从法语逐字逐句译过来的，甚至连句法也原封不动地照搬，只为保留原著中的优雅用词。书中阐述的无非是爱欲与享乐，用异教徒式的笔调描写了世俗纵欲之道。斯特尔夫人早前便看完了，表示此书让人无法自拔。马格纳斯太太，也就是那个体重变轻了的女人，也直言不讳地表示完全赞同。她那个啤酒商丈夫也得以一饱眼福，从中获益。不过让他遗憾的是，自己的太太读过了这本书，因为在他看来，这种读物会玷污女人们的心灵，让她们变得不再忠贞。这一番评论丝毫没有影响人们的热情。

下面的疗养厅里，两个女人甚至为此争了起来，其中一位是雷迪斯太太，波兰一位实业家的妻子，另一位是来自柏林的寡妇赫森费尔德太太。两人都是十月份上山的，都声称是自己先借阅的此书，因此餐后便发生了非常令人不快的事情，准确说是非常激烈的争执，甚至连待在阳台上的汉斯·卡斯托普都听到了。这场戏以其中一个女人歇斯底里的号叫收场，有可能是雷迪斯太太，也有可能是赫森费尔德太太，总之那个女人暴跳如雷地回到自己房里去了。疗养院里的年轻人先于老病人们拿到了那本书，晚餐后，年轻人三五成群地聚在各个房间里，讨论着书中的内容。汉斯·卡斯托普亲眼看到，在餐厅里，那个留着长指甲的年轻人把书递给一个叫弗兰茨辛·奥博但克的姑娘，她刚入院不久，病势较轻，是个长着一头亚麻色头发的年轻姑娘，这阵子才由母亲送上山。

不过可能还是有特例的，也有一些人确实把疗养时间用于学术研究，目的无非是了解山下的动态，不至于虚度光阴。除了塞塔布里尼先生之外，还有一位这样的人，这就是约阿希姆。前者热心地投身于对人类痛苦的研究，后者则一心研读俄语初级课本。除了他们之外，也许还有这一类的人，不过这些人不是卧病在床就是病得很严重，餐厅里恐怕见不到。汉斯·卡斯托普倾向于这种情况的存在。而他本人呢，那本《远洋轮船》已经读完了，他曾叫家里人把几本和他专业有关的书籍连同过冬衣物一起寄过来，比如科学工程和造船科技之类的书籍。

不过现在这些书已经被搁置在一边，眼下他爱上了其他领域的书籍，年轻的汉斯对它们怀有非常浓厚的兴趣。这些书涉及解剖学、心理学以及生物学，是用不同语言写的，有德语、法语以及英语。这些书是村庄那儿的书商寄到山庄疗养院来的，之前汉斯·卡斯托普在那里订购了这几本书。这还是上次汉斯趁着约阿希姆在院里进行每周一次的注射或称体重时，独自下山散步，偷偷跑去订购的。看到表弟手里的这一摞书，约阿希姆极为惊讶。这些书都很昂贵，科学方面的书籍常常如此。书的价格写在封里或是封底。约阿希姆询问汉斯，假若想读这些书，为何不从顾问大夫那儿借，他的诊室里摆满了这类书。年轻人回答说，自己买的书，读起来味道大为不同，因为他喜欢用铅笔在书页上做记号，或是画线标记，或是写下批注。之后一连好几个小时，约阿希姆都能听到表弟用剪纸刀裁剪书页的声音。

这些书很重，用手拿着极其不便。汉斯·卡斯托普躺着的时候，便把书抵在胸口或是肚子上，支起书来翻阅。书虽然沉，但他毫不在意。他就这么躺在那儿，半张着嘴，眼睛掠过一页页讲述着深奥知识的书页。旁边小桌上的夜灯亮着，在纸上投下红色的灯影。实际上夜灯也没什么必要，用月光来照明已是绰绰有余。他一行行地往下看，脑袋也跟着动，到了书页的最后，下巴便耷拉下来，抵在胸前。每到此时，这位读者会保持着这样的姿势，停下来沉思一会儿，又像是打着盹儿，一副昏昏欲睡的样子。片刻之后他又抬起眼，翻开下一页。他埋头阅读，沉浸在书中，进行深入的探索。月亮循着自己的轨迹爬上晶莹壮丽的山谷上空。他读到了有机物，读到了原生质的特性，这种物质在合成和分解这些奇妙的变化中依旧维持着自己的形态，从原始时期一路走到今天。他兴致勃勃地阅读着这些有关生命，有关它那神圣而肮脏的特质的内容。

生命是什么？没有人知道。在生命形成的瞬间，它自身无疑是有意识的，但它自己也不知道自己是什么。感知刺激的那种意识，从某种程度上来说，在生命最初的阶段，在尚未发育之时便多多少少存在了，这是毫无疑问的。但是意识究竟何时出现，具体到个体或种类的发展史上的哪个时间，以及意识是否是神经系统的一部分，这些我们就无从确定了。最低级的生命形态是没有神经系统的，更不用说大脑了，但它们可以对刺激做出反应，这一点没有人会否认。人们可以将一个生命暂时麻醉，麻醉它的感觉器官以及神经，甚至将整个生命麻醉掉。人可以让植物界或动物界中任何一种生命的感知能力暂时麻痹，还可以用氯仿、水合氯醛或吗啡麻醉卵子和精子。因此，意识仅仅是构成生命的物质所具备的一种功能而已。当这种功能高度活跃时，又会反过来作用于自身，努力探索和阐明它所呈现的生命现象——这是生命对自我认知的一种充满希望的探索，也是一种对自然的探求，不过结果却只是徒劳，因为它的自我探寻无法形成知识，更难以一下子认清生命的真谛。

生命是什么呢？无人知晓。没有人知道生命在什么时间突然出现，是从哪一个节点上燃烧起来的。在生命史上，没有什么是无缘无故、迷糊不清地突然出现的，但生命的出现似乎就是没有原因的。如果坚持说其中有什么原因，也只能如此解释——生命的构造必然是十分高级的，类似的构造是无机环境中根本不存在的。变形虫和脊椎动物之间的差异是十分微小的，同最简单的生命有机体和自然——我们不能称它是死亡的，因为它只是无机的——之间的关系相比，简直微不足道。死亡仅仅是从逻辑上对生命进行否定，不过生命和无机的自然界之间存在着一条鸿沟，无论怎么努力都无法跨越。人们试图用理论进行弥补，但只是囫囵吞枣式地圈定了范围，其中的奥妙却依旧没有理解。为了在有机界和无机界之间建立起联系，他们竟提出了一个荒谬的假设，就是存在着没有生命结构的有机物质，即无机的有机体，这些物质在蛋白环境中自然凝结，就像母液中析出的结晶一样。

不过有机分化仍然是一切生命的先决条件和表现形态，人们还未发现可以不依靠两性生殖而出现的生命。人们曾从深海中打捞出一种所谓原生的黏液，为此欢呼雀跃，但最后这不过成了个笑话。因为事实证明，他们误把石膏沉淀物当成了原生质。不过接下来，为了避免奇迹的发生——因为如果有机物那样由一种物质组成、最终又分解成该种物质的生命在无机物中一样存在，这可以说是一种奇迹——他们不得不提出生命的自然发生学说，也就是，有机物是从无机物中产生的。可这也是一个奇迹。人们就这么继续探索着，希望找出有机界和无机界之间的某些中间阶段和过渡阶段。他们假定存在一种比现有的所有生物更低等的生物，它的前身就应是最原始的生命。人们从未亲眼见过生命的原始形态，显微镜也从未捕捉到它的身影，于是人们进行了新的假设：生命的出现或许是蛋白质合成的结果。

　　生命到底是什么呢？它是一种热，是在形态变化过程中产生的一种热，是由物质产生的热，是伴随着不断的分解和再生而产生的。在这一过程中，蛋白分子的结构变得愈加精巧、复杂难解。这种东西实际上并不可能存在，它是在分解和再生的有限发热过程中出现的，在这一时刻勉强维持着平衡。它既不是物质，也不是精神，而是介于两者之间的一种东西，一种通过物质传递出来的现象，它像瀑布下的长虹，也像火焰。它尽管是物质性的，却能感知到自己渴望什么，憎恶什么，它可以感知到自己的恬不知耻，是物质丑陋的形态。宇宙间万物皆宁静贞洁，而它却鬼鬼祟祟、焦躁不安。它肉欲横流，吸收并分泌，排出碳酸以及其他来源和成分不明的有害物质。在它的影响下，水分、蛋白质、盐分以及脂肪组成的某种东西逐渐生长、成形，这便是肉体，不过只有控制了它的不稳定性，并且遵循它内部的生长规则，肉体方才可以形成。它获得了肉体的形式，拥有了美丽而崇高的形象，但本质上还是一种性感和肉欲。因为这种形态和美感既不像诗歌和音乐那样是精神的产物，也不像雕像那样是一种中性的、受精神影响的物质，只是纯粹地将美传达给感官。倒不如说，它产生于某种以某种未知方式唤起肉欲的物质，这种物质就是有机物，一种时而存在、时而消失的物质，也就是散发着气味的肉体。

汉斯躺在那儿，眺望下面闪闪发亮的山谷，他裹着皮衣和毛毯，因此身体十分暖和。这寒冷的冬夜被远处那没有生命的星星点亮了。生命的形象在年轻的汉斯·卡斯托普眼前显现，它就在他眼前的某个地方盘旋着，无法触碰，却又感觉近在咫尺。这副躯体，这副不透明的白色形体，散出气，潮湿干冷，皮肤上满是天然的污染和杂质，布满污点、丘疹、色斑和皱纹，有些地方还有角质，皮肤上面有柔和的线条和纹理，还长着细嫩的茸毛。它懒洋洋地站立在那里，抵御着这无机世界里的一片死寂和寒冷，在自己的一片天地里冒着热气。它的脑袋上长着些凉凉的、角质的、天然带有颜色的东西，这些是从皮肤里长出来的。两只手在颈后交叉。它垂下眼睑朝下面望着，两眼似乎有些斜视，嘴唇看上去有些异国风情，双唇半开半闭，甚至微微翘起。它仅以一条腿支撑着身体，髋骨的轮廓通过皮肉凸显出来，另一条腿则搭了上来，膝盖微微抵着这条腿的内侧，脚尖点着地。它就那么躺着，双眼含笑，两只光滑的胳膊环在腰间，匀称的四肢搭配着苗条的身躯，显得格外婀娜。腋窝内散发着浓郁气味的阴影，跟那块神秘的三角地带的阴影相呼应，就像那双眼睛和由上皮细胞组成的红红的嘴唇，还有胸部那两朵红花和纵向伸长的肚脐的呼应一样。

在躯干中的器官和脊髓里的运动神经的作用下，胸部和腹部运作起来，时而膨胀，时而收缩。呼吸的时候，肺部气泡中的氧气和肺部血液中的血红蛋白结合，进行气体交换，呼出的气体中带有代谢废物，还因经过呼吸管黏膜而有些温暖潮湿。汉斯·卡斯托普明白，这副活生生的躯体保持着神秘的平衡，整个结构由血液供养，全身布满了神经、血管和淋巴管，再往里便是骨骼，有充斥着髓质的管状骨，还有肩胛骨、椎骨和骨盆。这些骨骼是由凝胶组织发展而成的石灰质，支撑着身体的重量。除此之外，关节处还有空腔、滑膜、韧带和软骨，体内有着两百块以上的肌肉以及负责营养、呼吸、记录和传输刺激信号的各个器官。另外还有起保护作用的膜、充满体液的腔、分泌物丰富的腺体，在通过身体孔隙联系外界的复杂的内表面上，分布着各类管道及裂隙。

汉斯清楚"自我"是一个高级的生命单元，与那些用整个体表呼吸、吸收养分甚至思考的极其简单的生命形态相去甚远。他清楚"自我"由这些细小的组织组成，它们来源一致，之后通过不断的分裂而繁衍，分化出不同的用处和功能，再由此分开，形成不同的形态，发挥不同的功能。这也就是它们成长的条件和结果了。

因此，在他眼前出现的这副躯体是由复数个体组成的活生生的"自我"，是一个能够呼吸、自主吸收营养的复合体。其中的一个个有机个体为满足某些特殊目的形成了具有不同功能的一系列基本个体，其独立的自由及生命便就此失去了，转而变成了解剖学中的要素，其中某些要素只具备对光、声、触以及热的感知能力；另外一些要素只具备通过收缩来改变形态或分泌液体的能力；还有一些要素发挥保护、支撑躯体，运输体液和繁衍后代的功能。这些有机结构经过改变，形成了另一个更高的"自我"：这许许多多低等的个体可能会通过未知的方式分解开，形成另一个更加高级的生命单元。我们这位学生埋头研究着细胞群落现象，他读起了有关"半有机体"海藻的书籍。海藻的每一个细胞都包裹着一层胶质，各个细胞之间相隔很远，不过又可以说是由多个细胞组成。因此，要是有人问起来，是应该把它看作单细胞个体的群体，还是一个多细胞的个体，究竟是要把它称作"我"还是"我们"，简直让人犹豫不决，不知该作何回答。

这里，自然界在无数个基本个体组成的、包含组织和器官的高级的"自我"，和这些自由存在着的、简单的个体之间，准备了一个中间的阶段。多细胞有机体只是循环演变、繁殖延续中的一个阶段，是生命本身的一个阶段。受精行为——也就是两个细胞体之间的性结合——在每个多细胞个体形成的初期都会发生。原始的单细胞生物在每一代的开始也同样存在，而且会反复出现。交配行为在许多物种中都会出现，这就使得生命不必通过增殖的方式来繁殖。单细胞生物的繁殖过程不断循环延续，直到无性生殖产生的后代进化出两性结合的功能，使这一循环结束为止。这些是由双亲细胞的结合产生的多细胞的生命王国，同时也是无性生殖产生的不同世代的细胞单元共同作用的结果。它的生长便意味着它的繁殖。当生殖细胞，这一专门用于繁殖的要素在体内形成，找到一条通往创造新生命的道路之后，生殖循环便结束了。

我们这位年轻的探索家把一本胚胎学方面的书籍支在肚子上，研究起了有机体的发展。他从精子和卵子结合的瞬间开始研究。在许许多多的精子中间，其中有一个精子通过尾部鞭毛的颤抖运动往前推进，将头部撞入卵子的胶质薄膜，当精子靠近时，卵子外侧的原生质会呼应着弯成拱形，接着精子便穿入卵子内部的原生浆中。自然界并未对这一固定的过程进行改变，而是为这个过程的准备工作提供了一些荒唐可笑的戏码。某些动物的雄性寄生在雌性的体内；还有一些动物，雄性把手臂伸入雌性的口腔内，在那儿排出精子后，手臂会被雌性咬下并吐出来，而这手臂则只凭借几根手指摇摆着离开了。这一点一直是科学家们所疑惑不解的。科学家很早以前便用拉丁语给这断臂起了一个学名，并且认为这是一种独立存在的物种。

汉斯·卡斯托普还读起了关于卵源论者和精源论者两派之争的书籍。前者认为卵子本身便可以形成一个完整的生命，不论是蛙、狗还是人类，而精子只是促进了它的成长；另外一派则认为精子有头、手臂以及腿，已经具备了生物发展的完整形态，而卵子只是它的培养基而已。最后两派达成了一致意见：无论如何，卵子和精子都是由原先并未有什么区别的生殖细胞而来的，它们的价值同样重要。汉斯还读到了受精卵这一单细胞有机体是如何通过分裂和分化从而转变为多细胞有机体的。他读到了细胞体融合成黏膜，胚囊闭合形成一个杯状或盆状的胚腔，开始发挥接受和消化食物的功能。这便是原肠胚，是所有动物性生物的原始形态，也是肉体美的原始形态。它有两层上皮细胞，一外一内，分别为外胚层和内胚层，这些都是原始器官，在它们卷曲和隆起的地方，形成了腺体、组织、感觉器官以及构成身体的其他部分。外胚层表面有一条加厚的部分，向内折叠成沟槽状，之后会闭合成为一条神经管，发育成脊柱和脑。

汉斯在书中读到，当胎膜黏液凝结成纤维状结缔组织，形成软骨，而胶质细胞开始分泌出胶质而非蛋白质时，结缔组织细胞从浆液中吸收石灰盐和脂肪，并开始形成骨骼。人类胚胎蜷缩在母体内，带着尾部，和猪的胚胎并无区别，连着长长的脐带，手足尚未成形，脸部则伏在肿胀的腹部上。胚胎的成长是一门严肃而直率的学科，就像粗略的动物生长史。某一时期胎儿的腮囊看起来像一只蟑螂。考虑到胎儿生长发育的各个阶段，似乎能够——或者说难免会——想到原始时代，人类已趋成熟时的某些特征。他的皮肤下有痉挛性肌肉，以抵御蚊虫叮咬；皮肤表面长着浓密的毛发，嗅黏膜也有了很大程度的发展；两耳凸出，可以活动，能随面部表情的变化而变化，听觉功能也远强于现今人类。过去，人类的双眼由垂下的第三眼睑保护，眼睑位于头的侧面。除了第三眼睑外，还有接近退化的松果体，这种腺体可以使人向上抬眼，从而发现空中的威胁。原始人的肠道很长，有更多臼齿，喉部有方便叫喊的声囊，男性的性腺体则在肠腔内。

解剖学将人类的四肢清楚明了地展现在我们这位探索者面前。他了解到它们的表面以及内部的肌肉、肌腱和韧带：腿上的、脚上的，特别是双臂上的，包括上臂和下臂。他学到了不少拉丁语学名，作为人文学科的分支的医学赋予了它们动听的名字。解剖学带领他进一步研究骨骼，为他打开了新的眼界——从这一点上可以清楚地看出，人的身体是一个统一的整体，每一门学科之间都是紧密相连的。奇怪的是，这时他突然想起了自己的专业领域，或者应该称作他之前的专业领域。

在他刚上山，向克罗科夫斯基大夫以及塞塔布里尼先生做自我介绍的时候，他已经提到过这门学科。为了学习某些东西——且不管是什么东西——他在技校已经学习过静力学，这是一门关于力的平衡、负载以及教导如何有效利用机械材料的结构学的学科。如果认为工程学和力学法则适用于有机的自然界，未免太过幼稚；同样，我们也不能说这一法则是从有机自然界衍生出来的。这仅仅是一种在自然界中被一再重复及论证的力学规律而已。空心圆筒的原理在管状骨的结构中体现出来，它以最少量的固体物质承受了最大的静负荷。过去汉斯·卡斯托普曾在书上了解到，凡是符合张力和压力要求的、由力学上能够使用的材料构成的物体，都能承载和同一材料制成的实心体相同的负荷。随着表面固体的形成，内部在力学上未发挥作用的部分便会变成脂肪性组织，也就是骨髓。大腿骨就像起重机，人们设计起重机时便从这种有机自然界的结构中获得启发，起重机的张力曲线和支力曲线与大腿骨几乎是一致的。汉斯·卡斯托普过去也曾绘制过这样的力学图示。每次想到这一点，他便喜从中来。他感到自己与大腿骨，或者说与一般的有机自然界存在着三种联系——一是抒情的，二是医学的，三则是技术的。在他看来，这三种都具有人文性质，都是人们迫切关注的，都是人文主义的学科。

尽管如此，原生质的作用还是无法解释——生命似乎不允许这一问题得到解答。许许多多的生物化学现象尚未为人们所知，它们的本质更是无从谈起。人们对于这个被称为细胞的生命单元的结构和组成几乎一无所知。既然这些有生命的东西也无法用化学检测出来，那么研究那些毫无生命的肌肉的组成又有什么用呢？死后僵直的尸体上发生的各种变化，足以说明所有的研究都毫无价值。没有人了解新陈代谢，没有人明白神经系统功能的实质。辨味细胞凭借什么来辨别味道？某些感觉神经在芳香物质影响下兴奋，究竟是什么原因？嗅觉的性质到底是什么？人和动物之所以能够散发出某种具体的气味，是因为某种不知名的物质在蒸发。关于这种名为汗的分泌物，人们也还不大了解它的成分。分泌汗液的这些腺体，对哺乳动物来说，无疑是一个非常重要的部分，但说到它们对人类的意义，我们尚且无法解释。身体上某些重要的部分在生理方面的意义，我们也一无所知。盲肠就不用提了，它就是一个谜；兔子的盲肠内部常常充满一种黏稠状的物质，至于这种物质是怎样产生、怎样更新的，我们也说不出所以然来。

此外，组成髓质的白色和灰色物质是什么？视丘是什么？脑桥的灰质层又是什么？脑和骨髓中的物质极易分解，想要查明其构造看来是没有希望的。熟睡时，是什么让皮层停止活动，又是什么阻碍胃部自我消化——尸体上有时就会发生这一现象？人们也许会说，因为生命，因为有生命的原生质有一种特殊的抵抗能力。不过，这种解释只会带来神秘性。对于发烧这类平常现象，人们也未能在理论上形成定论。代谢的增高导致温度升高，那为何热量的消耗不会同步增长呢？汗液停止分泌的原因是否是皮肤的收缩？但是只有在同时感到寒冷的情况下，皮肤才会收缩，否则，若只是发热，皮肤只会感到火辣辣的。发热的起因是中枢神经系统所引发的旺盛的代谢，而皮肤在此影响下也发生了反常的状况，因此人们不知该如何定义。

虽然人们对此愚昧无知，但是这跟人的记忆现象，或者人在更为意外、更为长久的记忆"获得性遗传"现象面前的茫然无助相比，又算得了什么呢？对于细胞物质的这一特征，力学无法给出答案。精子将父本方面无数复杂的个体及物种的特征传递给卵子，只有在显微镜下，我们才能看到这些特征。但即便是最强大的显微镜，展示出来的无非也只是一种均质体，无法确认其来源，因为在显微镜下，每种动物的精子看起来跟其他动物的都毫无二致。这些因素让人们不得不做出这样一种假设——细胞和它所组成的高级形态没有区别，它本身已经是一种高级形态，由各个更小的生命单元组成。因此人们从所谓的最小的单元向更小的单元进发，迫不及待地把基本的单元分解为更小的要素。毫无疑问，就像动物界由各种各样的动物组成，而人类与动物这样的有机体由动物界中的各种细胞组成一样，细胞有机体也是由一系列全新的、更为简单的基本单位组成，这些基本单位的尺寸远在显微镜所能观测到的范围之外，它遵循自身的法则自行生长，自行繁殖，并且根据分工原则，共同为更高级的生命单元服务。

这便是基因、原生体以及生源体。汉斯·卡斯托普躺在寒夜中，为熟知这些名词而感到兴奋。不过正在兴味颇浓的时候，他又扪心自问，虽然对于这些问题的描述已经十分详尽，但它们的原始特性到底是怎样确定的呢？如果它们有生命，那么必定也是有机的，因为生命就是有机的；但假若它们是有机的，那么就不可能是原始的，因为有机体并非单一个体，而是一个群体，它们是比细胞更小的生命单元。但如果这么说，那么不管它们多小，它们也是根据自身存在的法则形成的，是由某种小单元有机地构成的。因为从定义上来说，一个有生命的单元就是由更小的从属单元组成的，也就是说，较低级的生命单元相对地组成一个更高的形态。只要分裂所产生的有机单元拥有生命特质——同化和繁殖——它们便会继续分裂下去。只要人们将其称作"生命单元"，那么它就谈不上是"基本单元"了，因为"单元"永远是指从属的构成部分，所以并不存在什么原始的生命，或者说根本没有什么原始的同时又有生命的东西。

不过，即便逻辑上说不通，它毕竟还是现实存在的东西，因为原始生殖的概念，也就是从非生命中产生生命这一概念是不能被忽视的。生命以及非生命之间存在着一条鸿沟，人们无法从外部的自然界寻找到跨越的方法，而应当从自然的有机存在内部寻找将其跨越或填充的途径。分裂迟早会导致"单元"的出现，尽管它们并非有机的组成物，是介于有机和无机之间的分子群，代表有生命的组织与单纯的化学之间的过渡。而谈到分子，人们又站在了另一个深渊的边缘，它比有机和无机，即物质与非物质之间的问题更为神秘莫测。因为分子是由原子组成的，而原子依然称不上是最小的东西。它只是一种微小的早期能量聚集形式，可以说是一种非物质的小块，因为从能量方面看，它称不上是物质，但又与物质相似。因此我们不可能——或者以前有可能，而今不再可能——

338

将其称为物质。与其称之为物质，倒不如说它是一种介于物质与非物质之间的东西。

此处又出现了有关原始生殖的另外一个比有机物更为广泛、更为神秘的问题——物质出自非物质的原始生殖问题。事实上，物质性和非物质性的鸿沟也急需填充，就好比有机和无机之间的鸿沟，而且更为迫切。想来存在一种非物质的化学原理，一种非实质性的化合物，物质就是由此产生的。原子或许可以代表物质的原生动物，在性质上是物质的，同时又不是物质的。然而谈到"不能再小"这一点，其测量方式是在我们的规定之外的，因为"不能再小"的意义好比"无比巨大"，而要把原子研究到这一步，可以毫不夸张地说难乎其难。因为当人们谈到物质的最终分裂，把它分到尽可能小的单位时，出现在视野里的会是整个宇宙！

原子是一个满载能量的宇宙系统，在这里，天体围绕像太阳一样的中心在旋转，而彗星则以光的速度在此空间中穿行，中心的吸引力将它们保持在自己的偏心轨道中。这不只是一个比喻，就像人们将多细胞有机体称作一个"细胞王国"那样。根据分工原则建立起来的城市、国家以及社会，就好比有机的生命，实际上重现了其形成过程。因此，这闪闪发光的星空宇宙形成于自然界内部的深处，就像有一面映照出宏观宇宙的无边无界的镜子一样。它们聚在一起，或星星点点，或三五成群，在明亮的月光下显得有些苍白，悬挂在这熠熠发亮的冰冻的山谷上方，悬挂在我们这位沉思的研究者上方。这样一种想法是否太过大胆，也就是在原子的太阳系中的某些星球——构成太阳系的无数物质和银河——一个或者多个天体，是否也能像地球一样，成为生命的住所？

对于这个昏昏沉沉、皮肤有些反常、对不正当的勾当尚且毫无经验的年轻人来说，这只是一种猜测，虽然只是猜测，但不仅谈不上荒谬，反倒十分清晰，从逻辑上来说富有合理性。原子的天体世界的"微小"

跟这一假设毫不相关，因为当人们发现了"最小"微粒的宇宙性质后，便不再有"大"与"小"这些概念，与此同时，"外部"以及"内部"的概念也站不住脚了。原子世界是一个"外部"的世界，而我们居住的这个星球，从有机的角度看，极有可能是一个深入的"内部"世界。不是有一位研究员对于"银河动物"说过一番大胆而富于想象力的话吗？他说银河动物是宇宙的一种怪物，它们的肉、骨以及大脑都是由太阳系构建而成的。不过，汉斯·卡斯托普暗自想，这样的话，那么当一个人自认为到了终点的那一瞬间，一切又从头开始了！因此，在他本性的最深处，以及最深处的深处，也许那儿才是他自己，才是汉斯·卡斯托普他本人。身上裹得严严实实、脸颊烧得发烫、手指僵硬的汉斯躺在阳台上，望向寒夜中月光皎洁的高地，怀着对人文主义和医学的兴致，他陷入了对生命和身体的沉思中！

他拿起一本病理解剖学，对着桌灯的红色灯光研读起它的内容来。他读到遭寄生的细胞结合成的传染性肿瘤，这是一种组织形态，拥有非常强的繁殖能力，它们是由异种细胞通过一种或各种方式——可以说是一种强制性的方式——侵入机体中某种具备接受力的组织时产生的，这一组织给它们的繁衍提供了有利的条件。这倒不是说这些寄生者从周围组织吸取营养，它们会像任何其他的细胞的新陈代谢一样，在宿主细胞内产生一种有机的化合物，这种物质毒性很强，其具备的毒性是毁灭性的。

人们曾想办法把这种毒性物质从微生物中分离出来，并进行浓缩。让人惊异的是，如果把这种蛋白质毒素注入动物体内，不管剂量多小，都会造成严重的中毒症状，迅速引起死亡。中毒的外部特征就是组织肿大，病理学上称之为肿瘤，这是细胞对异种杆状菌的刺激所做出的反应。皮肤上会形成一种粟粒大小的结节，它们由黏膜状的细胞组成，杆状菌便寄生在它们内部或者它们之间。其中有些杆状菌细胞能产生极其丰富的原生质，体积极大，充斥着核。不过，好景不长，它们很快就死亡了，这些巨大的细胞开始破裂，细胞内的原生质凝结并分解，附近的组织也会受到影响。随之出现的便是红肿症状，邻近的血管也会感染上炎症。白细胞集中到出问题的部分，与此同时，细胞的破裂和溶解持续发生，而细菌释放出的水溶性毒素已经影响到神经中枢，导致整个机体处在一个高度发热的状态，呼吸急促困难，生命走向崩溃。

这便是病理学，也就是有关疾病的理论、有关生理痛苦的学科，不过，在生理痛苦加深的同时，欲念也加强了。疾病是生命放荡而反常的形态。那么生命本身呢？也许它只是物质的一种传染性疾病？人们称为物质的原始生殖的那种东西，那种在非实质性的病态的刺激下产生的成长，也只是一种疾病吧？准确来说，通往邪恶、欲望以及死亡的第一步，就是在这一时刻开始的。这个时候，由于某种未知的渗透物的刺激，精神上出现病态的变异性增生，它一部分是快乐的，一部分是一种自我防卫的表现。这是物质的原始阶段，是从非物质性转向物质性的过渡阶段。这是一种"下降"。第二个创造，也就是由无机物生成有机物，是肉体走向意识的另一个关键阶段，就像机体中的疾病只是一种中毒现象，是肉体中一种增强的、不受束缚的享乐一样。而生命呢，它只是在变得不大光彩的险象环生的精神道路上更进了一步，唤起了物质对于羞耻的感知和反应能力，物质本身则乐于接受唤醒这些能力的对象。

大量的书堆在桌子上，还有一本搁在躺椅旁边的席子上，而汉斯正支在肚子上看的这一本，压得他喘不过气来。但是他的大脑皮层没有把这一信息传达到肌肉上，因此他并没有把书拿开。他读完了这一页，下巴已经低垂到胸前，那天真无邪的蓝眼睛也闭了起来。他看到自己心目中的生命形象，看到她的结构，她的血肉之躯，还有她活泼可爱的样子。她把双手从颈后拿开，张开了双臂。她双臂的内侧，特别是手肘关节下面柔软的肌肤处，蓝幽幽的静脉血管清晰可见。她的手臂有一种说不出来的柔美，她向他弯下身来，越来越近，就在他的上方，他感觉到了她身体的芳香以及怦怦的心跳。某种温暖柔嫩的东西环住他的脖颈，他的心中掺杂着欲念和惊慌。 他伸出双手，抚摸着她上臂的肌肤，他感觉到她三头肌处细腻的皮肤传来一丝令人迷醉的凉意。 这时候，他感觉她湿润的亲吻覆上他的双唇。

死亡之舞

　　圣诞节过后没多久，那位奥地利贵族便去世了……节日在此之前降临，加起来有两天，如果把圣诞节前夕也算在内的话，那便是三天。汉斯·卡斯托普怀着期盼和恐惧等待着这个节日的到来，一边思索着山上的人们究竟是怎么过节的。事实上，这几天的早晨、下午以及晚上都和平常没什么区别，只有那变幻无常的天气起了些变化——因天气转暖，雪慢慢融化了——不过跟其他日子比起来，也并没有什么太大变化。在汉斯·卡斯托普怀着恐惧与期盼的等待下，它终于来了。表面上看，人们多多少少做了些装饰和准备，不过实际上，这些节日只是在人们的头脑中留下了一些特别的印象，让人们感觉这日子和平常不大一样，之后它便慢慢被人们抛之脑后，转而成为遥远的过去。

　　顾问大夫那位叫史努特的儿子趁着休假，上山来探望父亲，并与他同住。这是一个长相俊美的年轻人，颈椎有些凸出。他的到来很快引起人们的注意，人们感觉年轻的贝伦斯似乎就在身边——太太们见到他总要弯着身子哈哈笑，吵吵嚷嚷个不停，还总是惺惺作态的。她们总是宣称在花园里，在林子里，或者在英国区那儿遇到了史努特，还跟他聊天了呢。他本人也要接待客人——他邀请了几位同学到这山上来，有六七个人，他们虽然住在村庄里，不过会和顾问大夫同桌进餐，这些同校的伙伴们通常混在一起，在疗养院附近游荡。

　　汉斯·卡斯托普总是避开这几个人。他和约阿希姆就算遇见了他们，也会跟他们保持一定的距离。这些唱着歌儿，挥着手杖到处乱晃的年轻人显然跟山上的人们处于两个世界。汉斯既不愿意见到他们，也不愿听到任何关于他们的消息。这些人中的大部分看上去像是北方人，也许其中还有人来自汉斯的故乡汉堡。汉斯·卡斯托普并不想见到自己的同乡，他对此感到厌恶。他过去便常常揣摩着，是否会有人从家乡到这山庄疗养院来——贝伦斯不是说过经常有那里的人上这儿来疗养吗？也许在那些卧床休养的病人以及重症病人里面有来自汉堡的，不过能见到的只是一个两颊深陷的商人，据说来自库克斯港[1]，过去曾和伊尔蒂斯太太同桌两周。汉斯·卡斯托普见过他，但在知道山上的客人鲜少与不和自己同桌用餐的人打交道之后，心里暗自高兴，何况他的家乡范围那么大。此外，那位来自库克斯港的人对什么都无所谓的态度也让汉斯对于其他汉堡人的到来不再那么惊慌了。

圣诞节前夕一天天逼近，终于到来了。第一次谈到这个节日——对此汉斯·卡斯托普很是震惊——是六周之前的事情。按照原先的安排，这便是他在山上逗留的时间，卧床休养的那段时间也一并算在其中。不过现在回想起来，开始的六周，特别是前半段看起来似乎很漫长，但在现在的他眼中，同样长度的六周并没什么意义。其他的病人也并没把这段时间放在眼里，在他们看来，六周就像一周那样；不过考虑到一周也不过是从周一到周日，之后再次从周一开始的循环，一周就也不算什么了。人们需要知道的是，即便把小单位的时间集合在一起，其所形成的一个单元也算不了什么。这一个整体的作用仅仅是将这些小时间单位浓缩起来，使之慢慢变小，变得模糊不清，直至消失。

那么一天又是什么呢？难道就是从人们坐下开始午餐的一刻开始，到二十四小时之后再重复同样动作的一刻结束？准确说，它就是二十四个小时，但同时又是一片虚无的集合。那么一个小时呢，这一个小时拿来做静卧疗养，花在餐桌上，或者用来做每日的散步——这便是一个小

[1] 德国城市。

时了？仍然什么都不是。不过如果把这些"什么都不是"结合起来，在性质上严格说来也依旧什么都不是。真正要重视的是那些最小的单元，也就是每日七次循环的六十秒钟，这七分钟里人们叼着一支体温表，以便把温度曲线记录下来。确实，这几分钟倒是极为重要且富有生命力的，它们延伸到小小的永恒，在时间内部组成密集的小单元，时间便也像影子一般流逝了。

这些节日对山庄疗养院里人们的日常生活并没多少影响。餐厅右侧的墙边有一棵枝叶茂盛的枞树，已经放了好些天，枞树正对着"下等"俄国人的餐桌。有时候，枞树的香气穿过重重的菜肴味，传到就餐的人们的鼻子里。闻到这香气之后，七张餐桌上的有些人的眼中会露出一丝沉思的神情。十二月二十四日晚餐时，枞树上已经装饰上了华丽的金箔饰片、小小的玻璃球、镀金的松树球果、装在网兜里的小苹果，还有多种多样的糖果。就餐期间以及晚餐之后，树上五光十色的蜡烛一直闪着火光。在每一位卧病在床的病人以及重症病人的房里，也都放着锥形的小圣诞树，和大厅里的一样闪闪发着光。

临近节日的那几天，送到山上的包裹特别多。约阿希姆·齐姆森和汉斯·卡斯托普也收到了从遥远的家里寄来的包装精致的包裹，两人拿到房里一一打开——有精心挑选的领带和衣物，有昂贵的皮制品和镍制品，还有不少的圣诞糕点、坚果、苹果以及杏仁软糖——表兄弟俩满眼怀疑地看着这些食物，心里揣摩着何时才能用到。汉斯·卡斯托普知道，这些东西都是沙勒恩包装好寄来的，而且还是同舅舅们商量好才去采购的。包裹里还有一封詹姆斯·蒂恩纳佩尔写来的信，信纸很厚，信上的字显然是打印的。在信中，他代表自己以及舅公向汉斯致以节日问候，祝他早日康复，且另外祝福他在接下来的新的一年里过得快乐。汉斯·卡斯托普理所当然地给舅公回了一封信，在信中表示了节日问候，同时把自己的诊断报告也一并寄去了。

餐厅里那棵树上的蜡烛燃烧着，发出噼噼啪啪的响声，还散发出阵阵香气，唤醒了人们对节日的意识。客人们盛装打扮起来，男人们穿着晚装，女人们戴着珠宝，也许是挚爱的丈夫从山下送过来的礼物。克拉芙迪亚·肖夏本来穿的是此地正流行的毛线衫，现在则换上了一件花哨的上装，这件衣服有些民族特色——带些俄国乡村或巴尔干人的风情，又或许是保加利亚那边的服饰。这是一件束有腰带的浅色衣服，衣服上面有刺绣以及一些华丽的小装饰。这样一件飘逸的衣服，使肖夏太太的身段显得异常柔软和丰满，跟她那塞塔布里尼口中"鞑靼人"似的脸，尤其跟那双"草原狼"式的眼睛搭配得恰到好处。

"上等"俄国人餐桌上一片欢腾。那儿率先响起了开香槟酒的嘭嘭声，之后其他几桌也跟着喝了起来。在表兄弟的那张餐桌上，那位姨婆开始为外孙女和玛鲁莎斟起酒来，之后也为别人一一倒上。菜肴都是精心挑选的，最后端上来的是乳酪蛋糕和糖果，饮料则是咖啡和利口酒。宴会中，枞树上有时会有一根枝条突然燃起来，大伙儿花上好一番功夫才把它扑灭，于是女士们陷入一阵惊慌，尖叫声四起。

宴会临近结束时，塞塔布里尼到表兄弟餐桌旁坐了一会儿，他穿的衣服依旧和往常一样，嘴里叼着一根牙签。他对斯特尔夫人冷嘲热讽一番，接着又断断续续地说起了木匠的儿子和人类的法师[1]，感慨现在人们还在幻想着庆祝他的生日。塞塔布里尼说，这个人是否真的存在，这可说不准，不过他在那个时代开创了一个新思想，这一思想——每个人都应该保持尊严，每个人都是平等的——一直延续到了今天，总之，他们为自由民主而庆祝，当人们给他敬酒时，他也应该干杯庆贺。斯特尔表示他的话"模棱两可，冷酷无情"，因此站起来以示抗议。这时候其余桌上的人纷纷离席，这桌上的人们也站起来，跟着大伙儿一起朝客厅外走去。

顾问大夫贝伦斯带着史努特和米伦东克小姐跟大伙儿待了半个小时，

---

[1] 指耶稣。

这正是向疗养院的院长送礼物的好机会，于是人们在那间放着光学用品的房间里把礼物送给大夫。俄国人先拿出了礼物，是一只又大又圆的银盘，中间印刻着贝伦斯大夫名字的首字母印花，很显然，大伙儿都知道这东西没什么实际用处。其余人送的是一把座椅，虽然没有罩子和枕垫，上面仅仅盖着一块布，不过他至少可以在上面躺着。椅子顶部可以调节，贝伦斯将整个身子伸展开来，胳膊下面夹着那只银盘，闭上眼睛，像一架锯木机一样发出鼾声，那副样子看上去真像护宝的法夫纳[1]。大伙儿看到这个情景都笑着拍起手来，肖夏太太也忍不住大笑起来，眼睛眯成了两条缝，乐得合不拢嘴。汉斯·卡斯托普注意到，她笑的时候简直跟普里比斯拉夫·希佩一模一样。

顾问大夫刚走，客人们便玩起牌来。俄国人依旧和往常一样聚集在小客厅里。有些客人还站在圣诞树的周围，一边看着小管里的蜡烛慢慢熄灭，一边品尝着悬挂在树枝上的糖果。在那几张已经准备好第一次早餐的餐桌上，坐着几位病人，他们两手托着腮，仿佛陷入一阵沉思。

圣诞日这一天空气中一片潮湿，雾蒙蒙的。贝伦斯称，弥漫在这儿的只是云罢了，因为这山上不会有雾气。不过且不管是云还是雾，这阵湿气还是可以感觉得到的。地表的积雪开始慢慢融化，松软的雪地中出现一个个孔隙。在静卧疗养的时候，人们的脸和双手都冻僵了，这可比晴朗而寒冷的天气更叫人难以忍受。

这天晚上举行了一场音乐会，这为节日增色不少。这是一次真正的音乐会，会场摆好了一排排座椅，作为主办方的山庄疗养院还把节目单打印出来，分发给客人们。音乐会节目中还有演唱环节，演唱者是一位长期居住在此并且在这儿授课的专业歌唱家。她胸前别着一朵作装饰用的胸花，花的两边挂了两枚奖章，她的双臂像竹竿一样干瘦，声音单调而别具特色，歌声在高地上飘荡，带着她那淡淡的忧伤。她唱着：

---

[1] 北欧神话中，法夫纳是护宝的龙形巨人。

我的情意，

随着曲儿飘扬而去。

为她伴奏的也是当地人。肖夏太太坐在第一排，不过趁着休息的间隙离开了座位，这让汉斯·卡斯托普可以安静而自由地欣赏音乐了——不管怎么说，这可是真正的音乐——除此之外，还可以对照着看节目单上的歌词。塞塔布里尼在汉斯身边坐了一会儿，对那位歌手乏味的"美声唱法"发表了几句形象而不着边际的评价，还讽刺地表示自己对这次演唱会十分满意，感受到大家聚在一起的亲密氛围。表演真是太棒了，他说，他们沉浸在自己的世界里。说完这些话，他也离开了。说句老实话，汉斯·卡斯托普看着两人——那个眼睛细长的女人，以及那位学究——离开，并不感到遗憾，他反倒可以更加自由地听歌。接着他又想到，在世界上的每一个地方，即便是在某些特殊的情况下，比如在南北极探险时，人们仍然可以听到音乐——想到这些，他感觉更加舒心了。

圣诞节过后那天，人们感到有些许不同的地方，多多少少因为些什么，它变得与平常的周日和工作日不同起来。然后这一天就那样结束了，整个节日也成为过去。或者说，它又成了遥远的未来，距今还有一年的时间——再过十二个月，它又将到来，这也就比汉斯·卡斯托普在这儿度过的时间多了七个月。

圣诞过后没多久，那位奥地利贵族，弗里茨·洛特拜因先生便去世了，那时新年还未到来。关于这一消息，表兄弟俩是从他的护理人阿弗丽达·席尔德克内希那儿获悉的，大家称她伯塔护士。当时他们在走廊上相遇，她谨慎地跟两人谈起了这件叫人悲伤的事情。汉斯·卡斯托普对此事十分重视，一部分是因为这位奥地利贵族发出的咳嗽声是他刚上山时对疗养院最初的印象之一，而且似乎正是因为这件事，他的脸上出现红热，自那以后长期未退去，另一部分是出于人道主义关怀，或者说是出于精神方面的考虑。

他把约阿希姆拦下了很长时间，一个劲儿跟这位女护士长谈论这事，她对这次交谈也表现出了极大的兴趣。她表示，这位先生竟然能活过圣诞节，简直是一个奇迹。长期以来他一直表现出顽强的骑士精神，不过在生命最后那段时期，他是靠什么呼吸的，无人知晓。他靠着无以计数的氧气熬过了一天又一天。就昨天一天，他就消耗了四十袋氧气，每一袋得花上六法郎。这样算起来，那位先生自己也清楚大概要耗上多少钱，他是在妻子怀里离世的，没能留给她一分一毫。

　　约阿希姆不赞成这样的行为。既然病人已经病入膏肓，为何还要花上这么一大笔钱，去故意折磨他呢？人们不应该责备那位盲目地消耗宝贵的氧气的病人，因为这是院方强制他做出的选择。疗养院的管理部在寻求解决问题的方法的时候应该理智些，让他顺其自然地走上那条必走之路，不该考虑其他的条件。不过就算是考虑到其他的条件，也不应该这么做。但是汉斯·卡斯托普坚决反对表哥的意见，不管怎么说，每个生命都有自己的权利，汉斯表示，表哥说的这一套同塞塔布里尼的简直一样，对他人的病痛毫无关心尊重之意。那位先生最后还是死了，一切也便随之结束，再想表示关心也不可能了，但对死者的关怀本就是理所应当的。这便是汉斯·卡斯托普的想法。他只希望顾问大夫没有在那个可怜的男人临终前苛责辱骂他。席尔德克内希特小姐说，根本不用辱骂他，病人只是做了一次小小的、有些荒谬的挣扎，想从床上爬起来——只需暗示他这么做是徒劳无益的，就足够让他完全放弃了。

　　汉斯·卡斯托普去看了那位奥地利贵族的遗体。他这样做，是想表示对院里封锁病人死亡消息这一规定的蔑视。院方为了自身利益，关于此事竟然什么都不让人听到，也什么都不让人看到。此外，他还想用实际行动来反对旁人坐视不管的做法——在餐桌上，他就曾试着引出这一话题，但同桌的人冷冰冰而无情地打断了他，这让汉斯感到无比恼火，面子上也有些过意不去。斯特尔太太甚至非常粗鲁地斥责他，问他提起这个话题是什么意思，到底受的是什么样的教育。院方的规定保护着病人们，不让他们听到这些事情；现在你这么一个不知轻重的毛头小子居然在餐桌上公然说起这种话来，而且还是布卢门科尔在场的时候，他可随时都有可能遭遇同样的命运——最后这句话是她悄悄说的——如果这种事真的再次出现，她会去投诉的。这些责骂倒让汉斯·卡斯托普下定了决心，他当场宣布了自己的决定——他要去看看这位已离开人世的病友，为他默哀，对他的遗体致以最后的敬意。他说服了约阿希姆同他一起去。

伯塔护士的安排使他们能到那位先生的房里去。房间在二楼，刚好在他们房间的下面。接待两人的是他的妻子——女人身材瘦小，蓬头垢面，一头的金发，因为连日整夜守在丈夫床边而变得无比憔悴。她的鼻子红通通的，用手绢掩着嘴，身上穿了一件格子斗篷，领子竖着，因为房间里很冷。屋中暖气已经关了，不过阳台门开着。两位年轻人恭敬地轻声说了些合时宜的话，女人悲伤地摆了摆手，让两人进屋。表兄弟两人小心翼翼、毕恭毕敬地踮着脚尖走到病床前。两人站在死者面前，摆出不同的姿态——约阿希姆带有军人风度，两脚并拢，半倾着身子致哀；汉斯·卡斯托普却懒懒散散的，他愁眉苦脸地站着，双臂抱在胸前，脑袋歪向一边，就像在听音乐一样。

这位奥地利贵族就躺在那儿，脑袋被枕头垫得高高的，双脚从床单下露出来，整个身体看上去十分平坦，甚至像一张板子似的。经过生命一系列复杂的过程，这副瘦长的身体才得以形成。他的膝盖上放着一只花圈，花圈上的一片棕榈叶伸出来，触到他那双枯黄的、瘦骨嶙峋的双手。他的手交叉放在凹陷的胸口上，脸上一片蜡黄，皮肤干枯，头顶早已秃掉，鹰钩鼻子，颧骨突出，卷曲的淡红色胡子中掺着黄色，使得那灰蒙蒙而深陷的脸颊看上去更显蜡黄。他双眼闭着，闭得很紧，有些不大自然——汉斯·卡斯托普暗自想道，它们肯定是被别人合上去的，而不是自然闭合的。这也就是所谓的最后的行善，但是这种善意更应该表达给一个活着的人，而不是死者。而且这一工作是要人死后即刻进行的，因为一旦肌肉中产生肌凝蛋白，死者的眼皮便再也无法被合上，一切就太迟了，那时候就只能让他瞪着眼躺在那儿，也就不能营造一种假寐的错觉了。

汉斯·卡斯托普站到死者旁边，显出十分习惯这样的场面，他带着一种比尊敬更为严肃的情绪，也许可以说是虔诚。"他似乎睡着了。"他满怀同情地说道，虽然事实上并非如此。接着，他按常情压低声音跟那位女性交谈起来，从对方口中打探病人的患病情况，以及他的最后几天、最后几个小时是怎样度过的，除此之外，他还问到她打算如何把遗体运送回卡林西亚[1]去。交谈的时候，汉斯像个教导人员，又像虔诚的牧师，语气中透着同情。那位寡妇则拖长了音，用带着鼻音的奥地利口音和他说着话，时不时啜泣起来。这两位年轻人对陌生人的痛苦竟这样关心，这让她感到实在非常难得。汉斯·卡斯托普表示，自己和表哥都染着病，而且他本人在幼时便经历了亲人的逝去，父母双双早逝，可以说，他对死亡早已不感到陌生。她问到汉斯的职业，他回答，自己"原本"是一名工程师。

"原本是？"她的语气中带着疑惑。

"对，原本是。"他重复道，表示他在山上逗留期间突然染上了病，正式工作之前还得在这儿待上一阵子，至于待多久，他还说不准。这段漫长的时间可能成为他事业的一个转折点，这些他都不确定。这时候约阿希姆暗示性地看了他一眼。而自己这位表哥呢，他是一位军人，他当时在山下作为候补军官接受训练。"啊，"她说，"军人是一个非常严肃的职业，随时都会跟死亡近距离接触，因此也要让自己习惯死亡的场景。"说完她把两位年轻人送出门，连声道谢，态度友善亲切。想到她现在可怜而困难的处境，丈夫死后还得为他支付那笔昂贵的氧气费，他们不由得感到难过起来。

---

[1] 奥地利州名。

他们回到了自己住的那层楼，汉斯·卡斯托普对这次探访十分满意，除此之外，从此次拜访中他还受到了很大的启发。

"Requiescat in pace。"他说，"Sit tibi terra levis. Requiem aternam dona ei，Domine（拉丁语，意为：主啊，愿他常驻光明，永世安眠）。你瞧，当死亡发生的时候，或是人们谈到死亡的时候，拉丁语就能发挥作用了，也可以说，拉丁语是谈论死亡的官方语言。因此，你可以看到，死亡与其他事情是不一样的。但是用拉丁语来表示对死亡的尊敬，并非出于人道主义精神，而且谈论死亡时的拉丁语也不是我们在学校里学到的那种，它在这里意义不同，或者可以说并不高雅。这是基督教徒们用的拉丁语，是中世纪的一种宗教语言，是一种呆板单调而又上不了台面的语言。塞塔布里尼就不会喜欢它，人文主义者、共和主义者和他那样的导师们从不用这些语言。这是具有完全不同的精神状态的另外一种人才会说的。我发觉，就这一点，可以将人们区分为两种倾向，或者更确切地说，两种心理——一种是虔诚信仰宗教的，另外一种是崇尚思想自由的。这两种倾向各有各的优点，我反对塞塔布里尼那一派崇尚思想自由的人，因为他似乎觉得只有自己这一类人才理解人类的尊严。我想这未免太过夸张，因为另外那一派也有解读人类尊严的方式，他们努力让人变得温文儒雅、注重礼节。实际上，他们在这方面做得比那些思想自由的人更为得体，即便他们尤为重视人类的软弱以及盲目跟风的特点，而死亡和堕落的思想在其中又占了很大的比重。

"你是否在歌剧院看过《唐·卡洛斯》[1]？还记得西班牙宫廷中的那一幕吗？当时菲利普国王走了进来，穿着一身黑衣，戴着勋章，披着金羊毛，他将帽子摘下，那帽子很漂亮，就像我们的圆顶礼帽一样——他将帽子举过头顶，说'诸位贵族先生，请戴上帽子'，或者一些别的类似的

---

[1] 德国著名诗人、剧作家席勒的名剧。剧中描写的是十六世纪西班牙宫廷故事，讲述了王子卡洛斯与被国王夺去的未婚妻（后成为继母）的悲惨爱情故事，抨击了封建专制制度。

话? 在我看来, 国王的举动十分得体, 无论如何不能说这有失体统! 但王后却说道:'在我们法国, 可不能如此一概而论! ' 当然, 她这未免要求太高, 过分苛刻了, 理应更通情达理, 更人道一些。 但什么是人道? 任何事情都可以称作是人道的。 我倒是觉得, 西班牙那种一丝不苟、严肃认真、敬畏神明的做派, 确是一种人道精神的体现, 值得尊敬。 但另一方面, '人道'一词会被用来掩饰'懒散'以及'不修边幅'——这一点你也知道。"

"我确实明白。"约阿希姆说, "自然, 懒散以及不修边幅也不是我能接受的。 一定要有纪律。"

"没错, 你是以一个军人的身份说这些话的, 我必须承认, 军人自然是清楚这些事情的。 那位女性说得对, 军人这一职位极为庄严, 你们是在跟死神抗争。 军人们穿着修身的制服, 干净整洁, 领子也笔挺地竖起来, 看起来风度不凡。 此外, 你们讲究等级制度, 遵守纪律, 彼此坦诚相见, 颇有西班牙人的风度。 对于这一点, 我从心底里表示尊敬。 我们这些普通市民也应当表现出礼貌待人、温文尔雅的做派来, 我想这样才更好些, 而且也比较得体。 我想, 我们都应当身穿黑衣, 戴浆硬的衣领, 而非这种立领; 此外, 在和他人交往时, 应当穿戴整齐, 彬彬有礼, 心里时刻做好面对死亡的准备。 在我看来, 这样才是恰当的、合乎道德的。 除此之外, 塞塔布里尼还有高傲自大的问题, 让我跟你讲一讲吧。 他总认为只有他才懂得社会道德, 懂得人类的尊严, 还一味说什么'生命实践活动', 还有以'进步'之名搞的那一套周日活动, 就好像人们在周日的时候, 除了进步, 就没有其他需要考虑的了。 另外, 他还说起过'系统消除人类的苦难', 你肯定没有听说过这些, 不过他之前已经教导过我一次了。 他表示要编撰一本百科全书, 从而系统地消除人类的苦难。 要我说, 这些都是不符合道德准则的——可是这又有何意义呢? 我当然没有跟他坦言这一点。 你知道, 他絮絮叨叨地跟我说了一大堆, 像往常一样花言巧语地对我说道:'我警告您, 工程师! ' 不过每个人怎样想, 都是他本人的自由，这是起码的权利，因此他继续道：'先生，请让我自由地思想吧。'我还有些事情要告诉你呢！"

汉斯没停下话头——如今两人已经走到了约阿希姆的房间里，约阿希姆打算去做静卧疗养——他继续道："我要把心里的打算跟你说说。咱们住在这山上，与将死之人为邻，身负苦难与折磨，还要装出一副对别人的事无能为力的样子，严格保密，处处小心，以免在餐桌上提起这些事来，或者亲眼看到相关场景。在咱们吃早餐或喝茶的时间，他们会把那位奥地利贵族的尸体搬走，在我看来，这是不人道的做法。斯特尔夫人正是因为我提起他去世的事情才大发雷霆的，这件事同样荒唐无比。尽管她确实是一个愚蠢无知的女人，竟然认为'轻轻，轻轻地，虔诚地祈祷'出自《唐怀瑟》[1]。不过即便如此，她毕竟还有些人情味，其他人也一样。

"唔，我已经下决心，以后要多关心那些病情严重或是性命垂危的病人，这对我有好处——刚才的探访让我受益匪浅。二十七号房里那个可怜的小伙子罗伊特可能很久以前就离世了，刚来的时候我曾透过门缝看见他躺在床上的样子，如今他大抵是去见他的祖先们了，他就这么悄无声息地消失了。那个时候，他的眼睛也是那么大。但是他那间房间里很快就又住上了人，病房已经满员，但还是有人源源不断上山来。阿弗丽达护士或者那位护士长，甚至是贝伦斯本人，也极可能乐意让咱们和那些病人建立起联系。比如说哪位重症病人的生日到了，我们听说了这一消息——这消息倒是很容易传播出来。好，那么咱们就可以到病人的屋里去，给他或她带上一束花，以两位病友的关心之名送给对方，不需自报家门，只需真诚地祝福病人早日康复，这么说总会显得很有礼貌。接着，当然啦，这以后当他或她认出咱们来，便会透过门缝亲切地点头

---

[1] 全名为《唐怀瑟与瓦特堡歌唱大赛》，德国作曲家理查·瓦格纳的歌剧作品。

致意，即便身体还很衰弱，或许还会邀请我们进去闲聊几句，趁他还在世的时候，我们还能说上几句富有人情味的话。我是这么想的，你同意吗？就我自己来说，我已经打定主意了。"

约阿希姆没能想出什么反驳这一计划的理由。

"这违反了院方的规定。"他说，"从某一方面来讲，这就是对他们的一种挑衅。不过如果你要真打算这样做，我想，贝伦斯也许会破例允许。你应当阐述一下自己在医学方面的兴趣。"

"嗯，我会找机会说的。"汉斯·卡斯托普回道。因为事实上他这种想法的动机很是复杂，他对院方利己主义的反抗只是这些动机中的一个。除此之外，他心里还有一个强烈的愿望，也就是希望自己能严肃地看待苦难和死亡，并且对其表示尊重。他希望通过同这些饱受病痛或是濒临死亡的人的接触，自己会在精神上更加振作，不至于为平日里每时每刻的烦恼担忧。在被塞塔布里尼指责之后，他的这种感觉更强烈了。

这类例子不胜枚举——假若有人问起汉斯·卡斯托普来，他很可能就会提到山上的一些人，这些人病情不算严重，甚至称不上患了病，却以轻微患病的名义住在这里寻欢作乐，因为这儿的生活正适合他们。就像我们之前提过的那个叫赫森费尔德的寡妇。她是个非常活跃的女人，喜爱打赌，什么事情都要跟男人们赌上一番——天气怎样，上什么菜肴，每月一次的身体检查结果，某位病人的规定逗留期限。除此之外，她还会赌雪橇比赛、滑雪比赛、双人雪橇比赛等滑雪竞赛的结果，打赌病人之间的恋爱关系。她赌的东西七七八八，即便是最微不足道、最无关紧要的事情，她都要赌上一番。她会以巧克力、香槟、鱼子酱之类作为赌注，这些都算得上珍稀物，有时候还赌钱，赌电影票，甚至是赌吻，亲吻别人或是被人亲吻。总之，她这种兴高采烈的打赌活动倒确实给餐厅增添了不少热闹气氛，不过汉斯·卡斯托普对她这一套始终看不上眼，甚至认为她的存在本身就已经有损疗养院的尊严了。

长期以来，他一心想要卫护这种尊严，即便现在也是如此。他已经在山上住了差不多半年，更深刻地意识到这需要付出一定的代价。这些人的生活状态和活动都被他看在眼里，并且越来越使他感到不大顺眼。就比如我们之前提到过的那两个身材瘦弱、穿着讲究的年轻人，他们一个十七岁，一个十八岁，被人们起了绰号，分别是马克斯和莫里茨。这两人常常在夜里从窗户爬出去，不是去玩扑克牌，就是下山跟女人们厮混在一起，因而成了疗养院谈论的焦点。最近，也就是新年后大约一周——我们必须要记住，在我们讲故事的时候，时间一直在悄无声息、马不停蹄地流逝——山上流传起这样一件事：某天早晨，浴室师傅走进房间，刚好看到他们穿着睡服躺在床上，衣服皱巴巴的一团糟。汉斯·卡斯托普听闻也大笑起来。

不过，跟另一件事比起来，这件让人面红耳赤的事也就算不得什么了。故事的主角是来自特博格 [1] 的一位律师，名叫艾因胡夫，年纪大约四十岁，留着尖尖的胡子，手上毛发浓密，他跟塞塔布里尼先生同桌，坐在之前那个瑞典人的座位上。据说他每晚酩酊而归，最近甚至有次醉得根本回不来，被人发现躺在外面的草地上。他是个浪荡子，曾有人看到一个女人从他的房间里出来，斯特尔夫人甚至可以指出来那女人是谁。那女人在山下已经跟人订婚了，当时身上只裹了一件长款的皮衣，除此之外，似乎就没再穿什么。这真是一件丢脸的事，对一般人来说如此，汉斯·卡斯托普本人更是无法接受，这对他的心灵简直是一种侮辱。

情况甚至发展到了这样的境地——每当他想到艾因胡夫律师，就不免想起那个有着一头柔顺的金发的小姑娘，也就是弗兰茨辛·奥博但克，她母亲是某个地方的一位贵妇，几周前把她送到山庄疗养院来。弗兰茨辛在刚上山时病情较轻，检查之后也没什么变化。但也许因为疗养没效用，又或许是因为山上的空气对这一类病不仅没什么好处，反而是有害的，又或许那小姑娘有什么心事，或者是情绪太过激动，因此身体变得

---

[1] 德国勃兰登堡州市镇。

非常差。上山几周后，她做了第二次检查，检查过后她到了餐厅里，举着她的小手袋在空中摇来摇去，用明晰而年轻的嗓音嚷道："哈哈，太好啦！我还得住上一年！"听完这话，整个餐厅里的人就像《荷马史诗》里的人们一样大笑起来。不过两周过后，一个新消息不胫而走，传言艾因胡夫律师对弗兰茨辛·奥博但克耍流氓。这种用词是我们的说法，或者倒不如说是汉斯·卡斯托普的，因为人们对这一类的事情已经见怪不怪了，无须用这么强烈的说辞。他们只是耸耸肩，表示这种事情是你情我愿的把戏，只要任何一方不情愿，这种事就不可能会发生。至少，这是斯特尔夫人的想法，她对这种颇有问题的事情也抱着同样的伦理观。

卡洛琳·斯特尔是个让人感到惊惧的女人。要是说有什么东西让年轻的汉斯·卡斯托普分了神，让他内心的努力无法发挥，那么正是因为这个女人的存在。她说话的时候总是滥用词汇，十分可笑，这已经叫人够受的了。她要说某人无礼，往往用 insolvent[1] 来形容，而说到天文学的日食现象时，她往往胡说一通。有一天，她甚至让塞塔布里尼先生吓了一大跳，她说自己正在读一本从图书馆借来的书，他必定会感兴趣，是席勒翻译的《本尼带托·切利尼自传》[2]。她总是喜欢用这些陈词滥调，这让汉斯·卡斯托普感到非常不痛快。比如说，她喜欢说"真是美到最厉害啦！"或者"可不是意料不到了嘛！"长久以来，人们都用"无比出色"（blendend）这个时髦的词来表达"光彩夺目"（glänzend）以及"非常优秀"（vorzüglich）这些意思。不过现在已经不是了，它们已经失去了原来的意义，而且显得有些过时。此外，斯特尔夫人总是热衷于用一些时下最流行的词汇，不管是嘲讽还是一本正经，都只会用"令人震惊"这个词来形容，不论是说双人雪橇、晚餐的甜点，还是她本人的体

---

[1] 应为 insolent，意为"欠债不还的"。

[2] 此处指的是意大利雕刻家本韦努托·切利尼（Benvenuto Cellini），斯特尔夫人误用为 Benedetto Cenelli。

温，这些话从她嘴里说出来总让人听着有些刺耳。她总是孜孜不倦地窥探各种八卦，某一天她还说出这样的话来：萨洛蒙太太为了给例行的身体检查做准备，还穿了昂贵的蕾丝内衣，想打扮一番出现在大夫们面前。

这些话倒也并非凭空捏造。汉斯·卡斯托普自己就有这么一种印象，太太们似乎非常乐于接受身体检查，但不怎么在乎检查结果，只是想趁此机会把自己包装一番而已。不过斯特尔夫人又断言，那个来自波兹南[1]、怕是患了脊椎结核的雷迪斯太太，竟然每周都要在贝伦斯大夫的面前一丝不挂地来回走上十来分钟。这种事情几乎不大可能，而且令人嫌恶，但斯特尔夫人却振振有词地表示这事千真万确。这个可怜的女人为何在说起这些事情时这么激动，这么有干劲同时又这么武断，这一点本来就令人难以理解，而且她的病情本身也不算轻。有时候她突然犯病，便会惊慌失措地哭哭啼啼起来，因为她似乎越来越感到疲倦，又或者是因为她的温度曲线一直在升高。有时候她呜咽着走到餐桌上，柔嫩的双颊上满是眼泪，她用手帕掩面，不停哭泣。贝伦斯想要让她卧床休息，但她又想知道大夫在她的背后会说些什么话，她想从别人的表情中看到事情的真相。有一天，她突然极度惊慌起来，因为她房里的床脚竟然朝着门边，发现这一点的时候，她全身都在战栗。很难理解她为何会如此愤怒，如此惊惧。汉斯·卡斯托普一时间没反应过来她想要表达什么，于是问道："嗯？这又怎样呢？床这样摆放有什么问题？"看在上帝的分儿上，他竟然还不理解吗？床脚在前面啊！她绝望地大声叫嚷起来，接着马上把床的位置调换过来，导致她的脸朝着阳光的那一面，睡眠也受到了影响。

不过这件事还算不得什么，它尚且未能满足汉斯·卡斯托普的精神需求。这两天的用餐时间，突然发生了一件非常可怕的事情，这件事给汉斯·卡斯托普留下的印象十分深刻。在新来的病人中有一位名叫波波

---

[1] 波兰城市。

夫的男教师，瘦骨嶙峋且沉默寡言，他妻子同样也瘦弱而少语。 他们坐在"上等"俄国人的餐桌上。 有一天，大家正认真地吃着晚餐，男人突然发起严重的癫痫来，就像我们常常描述的恶魔附身般地尖声大叫，倒在地上，躺在自己的椅子边，双手双腿不住地痉挛，看上去非常可怕。 更糟糕的是，刚才端上来的那道菜是一盘鱼，这便使得大家都担心波波夫会因为痉挛而导致鱼刺卡在喉咙里。 乱作一团的景象简直无法描述。 那些太太们姿态各异，带头的是斯特尔夫人，包括萨洛蒙、雷迪斯、赫森费尔德、马格纳斯、伊尔蒂斯、莱维等太太小姐，都吓得不轻，有些甚至和波波夫一样严重。 尖叫声四起，女人们眼皮翻白，嘴巴也张开着，甚至有人不发一言便昏厥过去。 事情发生的时候，有几个人尚在吞咽食物，不由得哽住了。 很多就餐的客人甚至寻找着出口的地方逃了出去，也不管外面那又湿又冷的天气了。

整个事件过程中，演员们都表演得非常离奇，加上还有人把这件事跟克罗科夫斯基大夫最近的那次演讲联系起来，因此与其说它让人恐惧，倒不如说叫人反感无比。 大夫在演讲中指出，爱情是一种让人犯病的力量，从心理分析的角度看，它容易叫人昏倒在地。 他说，在心理分析说出现以前，人们有时候把这种力量看成一个神圣的东西，甚至一种预言的能力，但有时候又把它看成魔鬼附身。 大夫有时带着诗意，有时以理智的科学术语说，这种力量无非爱情与大脑亢奋的结合体。 简单地说，大夫对疾病一直抱着怀疑的态度。 因此，听过他演讲的人，现在看到波波夫发病必然就会觉得，这便是演讲内容的生动解析，这不仅是一个可怕的现象，还是一桩神秘的丑事。 也因此，太太们才禁不住难为情起来，掩着脸逃开。

吃饭的时候，顾问大夫本人也在场，他和米伦东克小姐，以及另外一两个健壮的客人把这个痉挛的男人抬出了餐厅。 当时病人脸色发青，神情僵硬，脸上已经扭曲，口中吐出白沫来。 他们把病人抬到大厅里，在那儿，医生们、护士长，还有其他人围着这个失去意识的人忙了一阵子，然后叫人用担架把他抬走了。不过没过多久，人们便看到波波夫先生泰然自若、高高兴兴地回到了"上等"俄国人餐桌上，还带着他那位同样泰然自若且一脸高兴的妻子，在桌上用完了餐，好像什么都没发生过似的。

汉斯·卡斯托普亲眼看见了这一场面，他虽然表面上对这事十分关心，但心底并不以为意。上帝在帮助他！确实，波波夫本来也许已经被那一口鱼肉哽住了，不过事实上并没有。也许，在他神志不清的当儿，其实也在有意识地叫自己别晕过去。现在他就坐在那儿，无忧无虑地吃着东西，好像刚才自己并未像一个醉汉那样发狂——也可能对于这件事，他已经全然不记得了。不过即便如此，由于他这个人本身的原因，他的遭遇还是无法叫汉斯·卡斯托普对他更为尊重；而他妻子的那一套，同样也叫汉斯看不顺眼，只会让他更加觉得轻浮。山上的人大都轻浮，因此汉斯才想结交疗养院里受着苦难、濒临死亡的病人，以此来抵消他对其余人的这种坏印象。

在表兄弟住的那层楼，且离他们不远的地方住着一位年轻的姑娘，名叫雷拉·根格罗斯。据伯塔护士说，这姑娘活不久了。十天里她已经狂吐了四次血，姑娘的父母也来这儿了，希望能趁着她还在世把她带回家去。但这是不可能办到的，顾问大夫说，可怜的小根格罗斯绝对无法承受这段旅程。她年纪在十六七岁。汉斯·卡斯托普看到实施计划的机会来了，他可以买上一束花，并且送上早日康复的祝福。确实，她的庆生宴会是办不成了，因为大家都知道，可怜的雷拉是活不到生日的那一天的。汉斯·卡斯托普得知，她的生日得到开春时节，但他觉得这也不至于影响他为对方送上一份尊重和同情。当他和表哥清晨下山散步时，他走进了疗养院附近的一家花店里，店里弥漫着舒适的、混着泥土湿润气息的芬芳。汉斯呼吸着这样的空气，精心挑选了一盆漂亮的紫阳花，附上一张卡片，卡片上没有署名，只写了"祝您早日康复——两病友赠"。接着，他叫花店将花送到那位生病的小姑娘的房里去。对汉斯·卡斯托普来说，这真是一件细心体贴的事，他呼吸着植物的芳香，外面很冷，店里则是柔和温暖的气氛，他的眼睛不由充满了泪水。他感到自己遵循内心的谦逊，此外，他还悄悄给这件事附上了象征性的意义。

雷拉·根格罗斯没有私人的看护，一直由米伦东克小姐以及大夫们直接照料。伯塔护士也会进出她的房间，再把她的病情说给两位年轻人听。那位小姑娘清楚自己的病情，对陌生人的问候显出一些稚气的喜悦。花就摆在她的窗边，姑娘用手轻轻抚摸着，温柔地看着它，看着别人给它浇水，即便在咳嗽最为严重的时候，她依旧用饱受折磨的目光凝视着它。她的父母——退伍的少校根格罗斯先生及妻子——对此也非常感动和惊喜，却不知送花者为何人。席尔德克内希特小姐忍不住——她最终坦白了——透露说花是表兄弟两人送的。她向两人转达了那一家人希望二位前去，以便当面对礼物一事表示谢意。因此，隔了一天，在女护士长的带领下，两人蹑手蹑脚地来到了雷拉的房里。

濒死的人是一位漂亮的金发姑娘，眼睛蓝得像勿忘我。虽然她失了很多血，仅靠着未受感染的肺部组织尽力呼吸，看上去十分娇弱，不过也还不算太过凄惨。她对两人表达了谢意，轻声地交谈了几句，说话时脸上泛起了一丝丝红晕，一直没有退去。汉斯·卡斯托普先是恰到好处地道歉，说不该冒昧打扰，他的声音低沉而有些激动，语调中带着些温情和尊重。他没多加考虑，便冲动地在她床边单膝跪下，握着病人那只发烫的纤长的手，这只手上湿漉漉的，因为姑娘出汗太多。这样大量排汗，要是不饮用大量的柠檬水作为补给，恐怕她的皮肉也会变得萎缩，盛满水的玻璃瓶就放在她床边的桌子上。

她的父母固然十分伤心，不过还是不失礼貌地跟两人寒暄了几句，问起了两人的健康状况，又说了些其他的。少校是个肩膀宽阔的男人，胡子粗硬，身体健壮有力，显然，女儿的体弱多病跟他无关。姑娘倒是遗传了母亲的特点。母亲是个身材瘦小且易患肺结核的女人，知道女儿遗传了她这些致命的特点，心里感到非常愧疚。谈了大约十分钟，雷拉显得有些疲劳，或者说过度兴奋了，她脸上的红晕也变得更深了些，那双勿忘我似的眼睛不安地闪着光。护士向两人示意，他们便起身告辞了。那位可怜的母亲一直把他们送到走廊里，并突然责备起自己来，这让汉斯·卡斯托普不无触动，心里也难过起来。她懊悔万分地说都是因为她，都是因为她，说了一遍又一遍。她的丈夫和这病毫无关系。她说，自己年轻的时候也患过一样的病，但那是暂时的，病情不重，而且是表面上的。后来她已经完全摆脱了病痛，她甚至跟两人担保说自己确已痊愈。因为她那时候一心想要结婚，强烈地希望结婚，并活下去，最后她做到了，不仅治好了病，还嫁给了她这位亲爱的身体健壮的先生。丈夫身体很健康，因此并未把这病放在心上。但即便他健康壮实，却没能阻止这一切，结果那可怕的、早已被埋藏和遗忘的东西又落在了孩子的头上。它还未结束，还要毁掉那个孩子，而母亲呢，她自己已经逃出了苦难，健康地进入晚年。只是那可怜可爱的宝贝女儿将会死去，大夫们早已不抱希望。该怪罪的只有她一个人，是她那早已埋藏的过去造成的。

两位年轻人安慰她，说事情也许会有转机的。但少校夫人依旧泣不成声，又一次感谢他们送来了紫阳花，感谢他们的来访。他们给女儿带来的快乐，让她也稍稍从病痛中解脱片刻。可怜的小家伙，其他的年轻姑娘正享受着生命的快乐，可以和倾心的年轻小伙子们一同跳舞，而她呢，却一个人躺在床上，承受着这些病痛。不过疾病也不能扼杀她想要跳舞的欲望。两位年轻人给她带来了一丝阳光——天啊，这可能是最后一次了。紫阳花也正像舞厅中的一支舞，能同两位温文尔雅的绅士聊上几句，也算是一次小小的调情了。她，作为母亲，早已看在心里了。

这些都使汉斯·卡斯托普极为感动，而且更加难过了。少校夫人用法语发"调情"这个词发得不大准确，这比那个词本身更叫他难受。他不是风度翩翩的绅士，只是来探望小雷拉，以此来抗议院方自私自利的规章制度而已。他这次只是以医师和牧师的身份来这里的。如今事情变成了这个样子，那位母亲竟把这理解为调情，这让他感到有些窝火。不过另一方面，因为自己的计划已经实现，汉斯心中又暗自高兴起来。整件事情中，尤其让他回味无穷的有两样，首先是花店芳香的泥土气味，还有便是雷拉湿润的小手了。这两样已经深深地印在了他的脑海和内心深处。既然已经开了头，他接下来计划在这一天再同阿弗丽达小姐去探望另一位病人——弗里茨·洛特拜因。他如今已经非常厌烦自己的看护人，虽然小伙子余下的时间也不多了——如果所有症状没问题的话。

好心的约阿希姆对此毫无办法，只得跟着汉斯·卡斯托普一起去。汉斯行善的冲动比表哥的不情愿更为强烈，约阿希姆只能一言不发，将目光转开，以此来表达自己的不满，因为他没什么理由反对，除非虚伪地表明自己缺乏基督教的精神。汉斯·卡斯托普对这一切看得非常清楚，而且加以利用。从军人的立场上来考虑，这确实会让人不满；不过假若他自己因为做了这些事而感到心情愉悦，让他变得更好，那么只能把约阿希姆沉默的反抗搁在一边。他同表哥商量是否要给年轻的弗里茨·洛特拜因也寄去一盆花，或者带过去，虽然这次的病人是一位男性。他想这么做，觉得这种场合下，花是非常适合的，而且之前那盆漂亮且形状可人的紫阳花让他十分满意。因此他最后决定，对这位濒临终日的弗里茨·洛特拜因来说，已经不必有性别之分；此外，也没必要只有在生日时才送礼物，对于那些将死的人，他们过的每一天都是生日。这么想过之后，汉斯再次同表哥一起去了那家温暖的、充满着泥土芳香的花店，买回一束滴着露水、还带着香气的花，花束由玫瑰花、丁香花、康乃馨扎成。在阿弗丽达·席尔德克内希特的引领下，汉斯带着花去了洛特拜因先生的病室。

病人不过二十岁光景，头发却已经花白，头顶还秃了一些。他看上去面色蜡黄而憔悴，手和鼻子大大的，耳朵也很大。汉斯的造访可以让他放松一下，因此来人的善行让他十分高兴，眼里涌出泪水。在招呼汉斯并接过花束的时候，因为精神上的脆弱，他竟哭了出来。过了些许时候，他便开始说起话来，谈起欧洲日渐兴旺的花卉市场——说的几句话都近乎耳语。此外，他又提到了尼斯[1]和戛纳[2]大量花卉出口的情况，谈起了这些花卉都是如何从欧洲各地通过船只和火车运送出去的，还有巴黎和柏林的批发市场，以及俄罗斯的供应量等。因为他是一名商人，只要他还活着，谈论的就永远是商业的话题。

他悄声告诉他们，他父亲是科堡的玩偶制造商人，以前把他送到英国区受教育，不想却染上了病。他们以为他的发热是因为伤寒，因此一直据此来对他进行治疗，让他吃流食，他一下子瘦了下来，体重也减了不少。后来到了山上，这里的大夫让他吃，他也便吃了；他坐在床上，汗流浃背，本想设法多吃一些，给自己补补身体，却不想已经太迟，肠道已经受了感染。家里给他寄了猪舌和烤制鳗鱼，却也已经于事无补，他根本无法消化。贝伦斯亲自给他父亲发了电报，叫他速来，而今父亲已经从科堡出发，正赶在路上；因为大夫要对他做决定性的治疗了，也就是对他做肋骨切除手术，虽然成功的可能性日渐减小，但无论如何他们总要努力一下。洛特拜因低声而实事求是地说完了这些话。对于手术，他甚至也从商业角度考虑，因此，只要他还活着，他就会这么做。至于花销，他耳语道，总共一千法郎，也包括了脊髓麻醉。实际上，整个胸腔都要动手术，需要切除六至八根肋骨，问题是是否值得付出这笔钱。贝伦斯劝他做手术，大夫把这件事看得非常简单，但是他自己似乎有些犹豫不决，他完全不清楚，如果让自己安安静静、肋骨完整无缺地死去是否更好些。

帮他出主意并不是件容易的事。表兄弟两人认为，顾问大夫是一位杰出的外科医师，名声在外，这一点也应当考虑在内。后来他们达成一致：还是让那位很快就要到来的老洛特拜因先生来决定吧。两人离开的

---

[1] 法国港口城市。

[2] 法国港口城市。

时候，年轻的弗里茨又低声哭了起来，完全不同于刚才谈话时的理智和冷静。他再次请求两位先生时常过来探望他，两人自然满口答应了，只是自此过后没再去过。当天晚上，那位玩偶制造商人便到达了，次日早晨动的手术。手术过后，年轻的弗里茨便不再接待客人了。过了两日，汉斯·卡斯托普和约阿希姆经过弗里茨的房间，看到里面已经收拾得干干净净。阿弗丽达护士也已经收拾好小小的箱子，离开了山庄疗养院，到另一个疗养院照料垂危的病人去了。临走时她叹了口气，眼镜上的丝带缠在耳后。她只能到那儿去，对她来说，前景也就是这样罢了。

　　一个空荡荡的房间，一个清理过的房间，里面的家具摆得乱七八糟，大门敞开着，每一个散步回来或是用过餐回房的人路过时都能看到里面的情景。这幅景象意味深长，只是大家多少都已经习惯了，因此并没有特别在意，要是人们有机会住进这样一间清理过的房间里，感觉倒也十分舒服自在。有时候你了解到之前住在里面的人的情况，也会思绪万千。一周之后，当汉斯·卡斯托普走过雷拉·根格罗斯的房间时，看到同样的景象，他心中颇为反感。他停下来，站在那儿往里面看，感到既疑惑不解又非常震惊。这时候顾问大夫走过来，汉斯说道：

　　"我看这儿已经清理过了。早上好，顾问大夫先生。小雷拉——"

　　"嗯，"贝伦斯耸了耸肩，他停顿了一下，确认对方领会了这一动作的含义之后，他继续道，"在这间房门关上之前，您已经正式跟她献过殷勤了吧？身体这么健康的您，竟对我那位肺结核病人动了情，这可真是难得啊。这是一种美德，不，不，您别不好意思，确实是一种美德。我再给您介绍几位，怎么样？只要您想见，我这儿的笼子里还留着好多这样的病人呢。比如说现在，我正打算去见见我那位'肺气过多'的病人，一同过去吗？介绍的时候，我就说您是一位富有同情心的病友。"

　　汉斯·卡斯托普表示大夫把他的词给抢去了，他问对方说这些话是什么意思。大夫允许他同去，他是十分感激的，不过那位"肺气过多"

的女人究竟是谁？而且顾问大夫给病人起的这么一个绰号，应该怎么理解呢？

"完全是字面上的意思。"顾问大夫说，"非常准确，没有什么隐喻之意。让她自己来跟您说吧。"没走几步，两人已经到了病人的房门前。大夫走进去，命令他的同伴在外面等着。

两重门打开了，门外这位拜访者听到一阵清晰悦耳的笑声，但声音有些短促，好像喘不过气来一样，接着便停下来了。但没过几分钟，他又听到里面女人说说笑笑的声音。过了几分钟，他被允许进去了。贝伦斯把汉斯介绍给躺在床上的金发女人，对方睁着那双蓝蓝的眼睛，好奇地看着他。她半坐半躺着，身后垫着枕头，看上去有些局促不安。她不停地大声笑起来，笑声如银铃般，笑的时候大口喘着气，好像这种难受的姿势竟叫她兴奋起来。贝伦斯介绍客人的方式，倒像是也让她很开心似的。大夫离开后，她不住地道谢和告别，对着他的背影摇着手，同时又悲伤地叹息一声，还带着银铃般的笑声，用手按住起伏的胸部。她穿着一件上等亚麻布睡衣，两条腿不安分地摇来摇去。

那女人叫齐默尔曼夫人。汉斯·卡斯托普一眼就认出了她，过去好几周，她一直与萨洛蒙太太以及那个狼吞虎咽的年轻人同桌，之后却不见了，为此汉斯还一直有些疑惑，以为她早就下山了。而今她又现身了，带着一个"肺气过多"的名号，对此他还等着一个解释呢。

"哈哈，"她欢快地高声笑起来，一边按住起伏的胸部，"贝伦斯啊，简直滑稽可笑至极，太有意思了，真是叫人笑得不行。不过，请坐下吧，卡斯滕先生，还是卡尔斯滕先生，或者不管您叫什么都行。您这名字还真滑稽呀，哈哈！请您见谅，在我脚边那张椅子上坐下吧，还请您不要介意我的腿，我总忍不住——"

她称得上漂亮，轮廓分明，脸蛋儿很是可人，还有一个小小的双下巴。她的嘴唇有些泛青，鼻尖也是如此，或许是缺乏空气引起的。她有一双细长的手，十分叫人心动，睡衣的花边裁剪合适，袖口中露出的双手也不停摇晃着。她的脖颈像姑娘的一样，细腻的锁骨上面还有湿疹，睡衣下的胸部因大笑和急促的呼吸而起伏不停，看上去十分妩媚、青春焕发。汉斯·卡斯托普决定也送或者带给她一束花，同样是一束来自尼斯或者戛纳的花，上面还会滴着露水，香气四溢。女人气喘吁吁地纵情大笑，这叫他有点儿担忧，同时，那热情也让他受了些感染。

"所以您是四处走动，去看看发热的病友们喽？"她问道，"可真叫人高兴，您可真友善啊！不过我并未发烧，也可以说，从一开始……直到发生这事儿之后……我一点儿热度也没有，您倒是说说，这是不是您听过的最滑稽的事儿！"于是她开始大口喘气，在颤抖的笑声中向他讲起自己的故事来。

她刚来时病势很轻——当然还是生了病的，否则也不会上山来，可能病得不是太严重，比那些重症病人轻很多。人工气胸在她身上起了成效，这是一门新兴的外科技术，取得了很大的成功，而且很快盛行起来。她的身体状况已经取得了可喜的进步，情况也叫人十分满意，她丈夫——她已经结婚，虽然还没有孩子——满心以为她在山上住三四个月就可以回家。因此作为消遣，她去苏黎世做了一次旅行，到那儿去只是为了娱乐而已，最后确实玩得很是尽兴。不过后来她突然觉得有必要再打一次气胸，于是让当地的一位医师为她办了此事。医师是一位漂亮的年轻男人，但结果呢？——说到这里她忍不住笑得缓不过来——医师在她胸腔里打的气太多了！简直没有别的词可以形容，"肺气过多"本身便指明了这个意思。那位医师本来也是一片好心，可能对这项技术还不是很熟练，但是气打得太多了以后，她就总是喘不过气来，胸口非常闷。因此她又回到了山上——哈哈！贝伦斯大发雷霆，为了惩罚她，便命令她一直卧床休息。就这样，她的病变得严重起来，虽然也还没有发多高的烧，但是没戏了，完蛋了，简直就是一团糟——噢，这是怎样的一张脸，多滑稽啊，哈哈哈！她指着汉斯笑起来，笑得太用力，连眉头都发青了。不过最为滑稽的莫过于贝伦斯发怒和大骂时的样子，她说——刚知道肺气打得太多的时候，她便大笑不止。"您的生命危在旦夕。"他当时就这么大声地对着她吼道，毫无避讳。

"那简直是一头熊，哈哈！请您千万见谅！"

顾问大夫的话为何让她发笑，到现在还搞不清，是因为他的话太过唐突，叫她不肯相信，还是因为她已经确信无疑——看上去，她确实已经相信了这一番话——并且也发觉事实正是如此，她已经"危在旦夕"，不过这种话听起来实在非常可笑。汉斯·卡斯托普则更认同第二种可能。她纵情大笑，笑声像铃声一般，只是因为她孩子般的任性，那小鸟一样的脑子什么都不了解。他对此不以为意，还是给她送去了花，只是那次之后便没再见过那位爱笑的齐默尔曼夫人。她靠着氧气又熬了几天，最后在急急赶来的丈夫怀抱里死去了。"她像一只大鹅一样。"顾问大夫将她的死讯告诉汉斯·卡斯托普时，说了这么一句。

此后，年轻人在顾问大夫和护士们的帮助下，又见了几位重症病人，每次去拜访时，约阿希姆也不得不陪同。他们去看望了"两口人"的儿子，她的第二个儿子还在，大儿子的房间在很久之前便已经被清空，且用甲醛消过毒了。此外，还去看了一个叫泰迪的男孩，他之前在下面一所叫弗里德里希阿努姆的学校学习，因为病情发展严重，才被送上山来。他们还去看了一位名叫安东·卡洛维奇·菲尔戈的保险商人，他是俄国人和德国人的混血，脾气非常好，从未抱怨自己的病情。还有一位凡·马琳克罗特太太，她也接受了汉斯的花，而且不止一次叫汉斯给她喂东西吃，而当时约阿希姆就在一旁。这对表兄弟渐渐获得了"好心的撒马利亚人 [1]"以及"慈善兄弟会 [2]"的称号。有一天，塞塔布里尼也跟汉斯·卡斯托普谈到了他们的慈善活动。

"天晓得，工程师！我听说您活动不断，您也投身到慈善事业来啦？

---

[1] 犹太人的一支，据称，撒马利亚人乐善好施。

[2] 文艺复兴时期意大利兴起的一个团体，主要进行宗教活动以及社会慈善活动。

您想通过做善事来为自己辩护吗？"

"这事不值一提，塞塔布里尼先生，没什么可大惊小怪的。我表哥和我——"

"可别跟我提您的表哥。当大家说起你们二位时，主要说的可是您呢。您的表哥是个心地善良、淳朴简单的人，是最值得尊敬的，他在智力上没什么问题，不会叫老师们担心。您可别想让我相信他是个摇摆不定的人。不，您才是想法多的人，性格也更外露。恕我直言，您是生活中需要照料的孩子，别人还得为您操心。此外，您已经允许我为您担忧了。"

"没错，塞塔布里尼先生，您一向如此，您深怀好意。'生活中需要照料的孩子'，这话说得多漂亮啊——只有作家才能说出这样的话来。我不知道获得如此美名是不是该感到受宠若惊，不过我得说，这名号起码听上去挺顺耳的。对，我确实一直忙着探访那些'死神的孩子'，假若他们就是您刚才所说的那种人。只要有时间，我就会在重症病人以及那些垂死的病人之间跑来跑去，对静卧疗养也不在意了。我所探望的那些人，他们在这儿不是为了寻欢作乐，不是为了浑浑噩噩混日子，而是等待死亡。"

"可是书上写着：'让死者埋葬死者。'"意大利人说。

汉斯·卡斯托普举起手来，仿佛在说书上的东西虽然多，正反两方面都有，却很难决定哪一面是正确的。当然，这位手摇风琴师发表了一通条理混乱的观点，这是预料之中的。汉斯·卡斯托普已经做好准备，打算像往常那样对塞塔布里尼的一番教导洗耳恭听。不过这只是一种教学法上的尝试，汉斯丝毫没有打算放弃自己的事业，尽管根格罗斯太太说什么"小小的调情"，尽管年轻的洛特拜因无精打采，尽管那个肺气过多的女人纵情大笑，他依旧隐隐约约地觉得自己的这项事业是有用的，并且意义重大。

"两口人"的儿子名叫劳洛，他也收到了一束花，是散发着泥土气息、从尼斯买进来的紫罗兰。"两位颇富同情心的病友赠——祝您早日康复",而今卡片上不署名纯属装模作样,因为每个人都知道这些花是谁送的。当"两口人"在走廊上恰巧碰到这对表兄弟时,她当面表示了谢意。这个脸色苍白、皮肤黝黑的墨西哥女人结结巴巴地说了几个词,用满带悲伤的手势邀请他们去看望她的儿子,并当面接受他本人的谢意——因为这已经是她最后的、唯一的儿子了,而今他也将要死去。他们即刻动身前去。劳洛是一位长相非常俊美的小伙子,大大的眼睛闪闪发光,鹰钩鼻微微颤动,嘴唇也很漂亮,唇上还长了黑色细密的胡须。不过他的举止颇富戏剧性,大大咧咧的,因此约阿希姆也好,汉斯·卡斯托普也好,在关上病室的门离开之后,都感到心情非常愉悦。

在房间里,"两口人"披着黑色的羊绒披肩,黑色的面纱在下巴下面打了个结。她曲着膝盖,悲伤地在屋里走来走去。她的额头上布满了皱纹,乌黑的眼珠下挂着两个大大的眼袋,嘴巴很大,一边嘴角忧伤地垂下来。她时不时走近坐在床边的这对表兄弟,鹦鹉学舌般地一再重复她的话:"只有两个儿子,两位可曾知道,先生们——以前走了一个,现在这个也要走了。"俊俏的劳洛也滔滔不绝地讲起法语,声音激昂,夸夸其谈。讲的是他知道怎样像一个英雄一样死去,并且自己正打算这么做——像西班牙的英雄那样,跟他那高傲的弟弟一样,他的弟弟费尔南多正是像西班牙英雄那样离开的。他一边说一边打着手势,同时把衬衫的领口扯开,露出黄色的胸膛,这是命运给他印上的颜色。他一直不停地说着,直到一阵咳嗽突然而来,一丝红色的泡沫从他的嘴唇间渗出,这才止住了他的长篇大论,两兄弟也趁机轻手轻脚地走出了病室。

探望劳洛一事,此后两人再未提起,对于劳洛的举止,他们也闷在心里,不做任何评价。不过去看望来自圣彼得堡的安东·卡洛维奇·菲尔戈后,两人都很高兴。这个男人躺在床上,满嘴的大胡子,看起来脾气很好,大大的喉结看起来也颇叫人舒心。他也打过人工气胸,只不过没有成功,后来才慢慢恢复过来。气胸手术差点让菲尔戈先生送了命,手术时他严重休克，也就是胸膜休克。在这种时兴的手术中，这是一种常见的意外事件。但是菲尔戈先生的这次休克尤其严重，身体虚脱，整个人昏迷不醒，正因为此，手术不得不中断，暂时搁置下来，日后再说。

当谈起那次手术的时候，菲尔戈先生那双灰色的好脾气的眼睛一下子睁得又大又圆，面如死灰，可见那确实是一次极其恐怖的回忆。"没有完全麻醉，先生们。这种手术不能全部麻醉，人们在这种情况下是有知觉的，能感觉得到当时发生了什么。但是局部麻醉效用并不大，只有表层皮肤没有知觉。躺在那儿的时候能感觉到胸腔被打开了，就像被拧掐和挤压一样。我的整个脸都被盖住了，躺在手术台上，这样就什么都看不到了。助理医师在一边按着我，护士长也把我另一边紧紧按住。我只感觉到身子被什么东西一面捅来捅去，一面又紧紧压着，好像钉子在皮肉上使劲戳一样。我听到顾问大夫说了一句'很好'。接着，他又用某种很钝的器具来刺穿我的胸膜，那东西确实很钝，要不然也不会那么久还不能把它刺穿。大夫在胸腔上找了个位置，然后穿孔，以便将气体注入里面。所以当后来他拿着各种工具在我的胸腔周围动来动去的时候，噢，天啊，噢！当时我感觉自己准是完蛋了！这种感觉真的无法描述出来。

"先生们，胸腔这东西是万万碰不得的，它不想让人碰，而且也不能被人碰，这是一种禁忌，上面覆着皮肉，一辈子也碰不得，不管是什么人或是什么东西。而今他们却把胸腔剖开，在上面动来动去。天啊，当时我真是痛不欲生。这种感觉太可怕、太惊悚了，我长这么大，从未想过居然会有这样一种令人作呕的感觉，只有地狱才会有。我当时昏过去了，一连昏迷了三次，一次看到眼前是绿色，一次是褐色，另外一次是紫色。除此之外，还有一阵恶臭味，随着胸腔的震荡，我闻到了这么一股气味，是一种极其难闻的硫化氢的气味，好像也是从地狱里发出来的。另外，我还听到了自己的笑声——并不像一个人能发出来的——那是我听过的最有失体面、最为恐怖的笑声。因为当他们那样检测您的胸腔的时候，感觉就像有人在逗您发笑，而且是那种令人作呕的恐怖的逗乐。这便是胸膜休克，简直如身处地狱一般痛苦，只愿上帝保佑两位，不用尝到这种痛楚。"

安东·卡洛维奇·菲尔戈先生在谈起这些恐怖的经历时，即便只是回忆，却似再次经历一般，脸色往往变得惨白，而且常常不寒而栗。他一开始就把自己当作一个很普通的人，生命中那些"高尚"的东西，远远超出了他的既定范围。在理性和情绪需求方面，他表示人们不应该对他提出太高的要求，而他自己，也不会对别人提出这样的要求。只要这些条件都能满足，那么再谈起过去的时候，他又变得兴味十足了。由于疾病，他脱离了原来的生活。他原本是一个火灾保险公司的职员，常常到各地出差，曾从圣彼得堡出发，去往俄罗斯各地，访问一些已经上过保险的公司，调查那些财政上可疑的厂家。因为根据数据统计，很大一部分火灾都发生在那些经营不善的厂家里。也正是这个原因，他才被派到一家公司里进行勘察，再将情况汇报给自己的公司，以便通过增额再保险或是分配保险的方法避免可能的巨额损失。

他谈起自己在俄罗斯辽阔的土地上的冬季旅行，谈起在寒冷的夜里的奔波。那时候他躺在雪橇上，身上盖着一层羊皮毯，当他睁开眼睛时，看到冬夜里野狼的眼睛像星星一样闪着光。他随身带在匣子里的东西，包括菜汤和白面包，全都冻住了。每到一个驿站，趁着换马车的当儿，他就把这些东西拿出来解冻，顿时又变得和刚做出来的时候一般新鲜。不过如果中途天气突然变得晴朗，那么这些大块大块冰冻的菜汤就会融化，然后从匣子里漏出来。

就这样，菲尔戈先生时不时叹着气地讲述这些事情，并且表示，只要不再给他做气胸手术，日子还是非常美好的。他所讲述的东西跟"高尚"丝毫搭不上边，却实事求是，听起来也颇有意思。他谈起在俄罗斯经历过的事情，谈起俄罗斯人民的生活，谈起茶饮和独木舟，谈起哥萨

克人 [1] 和木制的教堂——顶部呈圆球状，因此看上去就像一个个蘑菇似的——汉斯·卡斯托普听着他的讲述，感到趣味十足。汉斯让菲尔戈先生谈谈那儿的人民，那些陌生的富有异国情调的北方种族，他们的亚洲血统，以及突出的颧骨，还有那一半像芬兰人一半像蒙古人的斜眼。他怀着对人类学的兴趣倾听着对方的讲述。

在汉斯提出请求之后，菲尔戈先生还讲起了德语，只听见这种怪异而柔软的语言如流水般从他好脾气的胡须下的喉结中倾泻而出。汉斯·卡斯托普像少年时一样，听得入了迷。从教育学上看，他正在品尝着禁果。

汉斯和约阿希姆常常到安东·卡洛维奇的房里待上一刻钟。此外，他们也去拜访了那个从弗里德里希阿努姆来的名叫泰迪的男孩。男孩十四岁，长相极为清秀，有着一头金发，举止优雅。泰迪由一位私人护理看护，他们去的时候他正穿着一件白色丝质的灯芯绒睡衣。据他所述，他是一个孤儿，不过家境十分富裕。现在他正在等大夫为他做一次很大的手术，将身体内感染的部分都切除掉。有时候他感觉身体状况良好，便会从床上起来，穿上整洁的运动衫，到下面的人群里待上一个小时。太太们都喜欢跟他打趣，他则会听她们闲聊，比如有关艾因胡夫律师与那位只穿着一件外套的年轻女人，以及与弗兰茨辛·奥博但克之间的韵事，之后他又回到床上休息。小伙子泰迪过的就是这样悠闲而优雅的生活，很显然，除了这样打发生活，以及等着大夫的手术之外，他也没什么可期待了。

五十号病室住着马琳克罗特太太，她的名字是纳塔利，这女人有一双乌黑发亮的眼睛，耳朵上还戴着金环。这是个喜欢卖弄风情和穿衣打扮的女人，是女人中彻头彻尾的拉撒路 [2] 和约伯 [3]。上帝赐予了她各

---

[1] "哥萨克"一词源于突厥语，这一民族生活在乌克兰以及俄国南部等地区，以骁勇善战著称。

[2]《圣经》中的人物，死后被耶稣从坟墓中唤醒。

[3]《圣经》中的人物，以忠诚和忍耐著称。

种各样的疾病，看上去她的整个机体都已经受了感染，这些病有时候同时发作，有时候又轮番袭来。让人怜悯的是，她的皮肤也受了感染，上面长满了又痒又痛的湿疹，嘴唇也未能幸免，就连吃东西都非常困难。在她的身体内部，胸膜、肾、肺、骨膜以及大脑都患有炎症，因此她非常容易陷入昏迷。持续不断的疼痛和发热造成了心脏衰弱，让她非常痛苦，有时候食物甚至会哽在喉咙里。

这女人确实很是可怜，她在世上也是孑然一身。过去她曾为了情人抛弃丈夫和孩子，那情人还只是个毛头小子，最后也抛弃了她。这些都是她亲口告诉约阿希姆的。而今她虽然无家可归，但尚且还不用忧愁生计，因为丈夫不想看到她受苦。她接受了丈夫的好心，或者说接受了他正直的、至死不渝的爱情。她觉得自己是个不光彩的、有罪的女人，因此她用约伯式的惊人的忍耐力，以及女人所固有的那股反抗力，忍受一切苦痛，与那可怜的黄褐色皮肤的身体中的病痛战斗。到最后，那圈围在脑袋上的纱布甚至成了她喜爱的个人装饰品。她每日都要换好几次纱布上的饰物，清晨佩戴珊瑚，晚上又是珍珠。

汉斯·卡斯托普送了她一束花，这让她非常高兴，显然把这当成了献殷勤，而非对她的同情。她把表兄弟两人邀请进屋里用茶。她手里拿着一只可以卧着喝茶的小茶壶，十指关节处套着蛋白石、紫水晶、祖母绿等各种珠宝。没过一会儿，她便向两位客人讲起了她的故事，说话的时候耳朵上的金环摇来摇去。她谈起了她那有身份又让人厌烦的丈夫，还有同样身份尊贵同时也让她厌烦的孩子，孩子们都像他们的父亲，但她自己对这些孩子却并没有什么特殊的感情。但当她说起那个还不能称为男人的年轻小子时，心里却满满的柔情蜜意，怎么也说不倦。但他的家人却动用手段将他们强行拆散了，也或许是他因为她生了病，所以心生厌恶，之后就突然狠心地离开了她。又也许，那位先生——她卖弄着风情说道——对她那股天生的，甚至连脸上的湿疹也打不败的女人味感到嫌恶了吧。

汉斯·卡斯托普对那位抛弃她的情人嗤之以鼻，耸耸肩表示不屑，但那位诗性的少年的变心，倒成了他对自己的鞭笞。之后每当去看望这位不幸的太太时，他都会找机会给她做些护理。说是护理，其实算不得上技术性的工作，就比如，中午他自己用完餐之后，去给她喂喂肉汤；当她喉咙被食物塞住时，给她喂几口水喝；或是帮她换换卧床的姿势——因为她身上还有一处手术之后留下的创口，躺下来十分不易。每次他去餐厅的时候，或是散步回来，总要上她的病房里去探望一番。他会让约阿希姆先行一步，说自己要到五十号病室去一趟，照看一下病人。他感受到了行善之后的愉悦，并且确信自己的这些举动不仅有用，且具有更深层的意义。此外他还体会到了一种基督教式的高深莫测的满足感，这是无可指摘的。很显然，无论是从军人的角度，还是从人文主义者的角度，抑或是从教育家的角度来看，这都不该受到严肃的批判。

　　过后一阵子，他们又去探访卡伦·卡尔施泰特。汉斯·卡斯托普和约阿希姆两人对她格外热心。她是顾问大夫的门诊病人，大夫请求表兄弟两人对她行行善。这姑娘上山来已经有四年，她自己并没有任何经济来源，只能靠着她那些冷酷无情的亲戚度日。曾有一次，亲戚们认定她必死无疑，便将她接下山去，最后还是顾问大夫极力求情，他们才又把她送上山来。她就住在山庄里，靠着微薄的赡养费过活。卡伦年方十九，身子非常瘦小，头发油乎乎的，眼神躲躲闪闪的，露出些怯意，脸上因发热而泛出红晕。她声音沙哑，颇有特色，但又婉转动听。她几乎止不住地咳嗽，手指上的脓包还流着脓液，因此指头处都贴上了膏药。

　　顾问大夫代卡伦请求这对表兄弟。他们本就是好心肠的小伙子，这下便格外地热情起来，开始时给她带去了花，过后又到村庄里去，到卡伦的小阳台上去探访这个可怜的姑娘。三人时常出门参加各种各样的活动，有时去看滑冰比赛，有时又去看双人雪橇赛。这个时候，冬季运动会正如火如荼地进行着，娱乐活动接连而至。表兄弟两人之前鲜少关注这些冬季活动。约阿希姆对这里的娱乐活动非常反感，他上山来不是为了消遣，不是为了寻欢作乐。他不会因为过得舒服自在，娱乐设施丰富，就心甘情愿地在这儿住下去。他的目的仅仅是早日康复，以便下山去服役，从事真正的工作，而不是做什么静卧疗养。静卧疗养只是一种替代，但他也不愿意白白浪费静卧的时间。大夫禁止他去参加那些运动，他自己也不喜欢只是站在一边瞪着眼睛看着。而至于汉斯·卡斯托普，他把这事儿看得非常认真，严肃地认为这是分内的事，他应该亲眼一睹山上的人的动态，看看那些已经把山谷当成自己的体育场的人们。

但现在，他对可怜的卡尔施泰特小姐怀有仁慈之心，因此看法多少有了些改变。约阿希姆也没有异议，否则便是缺乏基督精神了。两人把姑娘从她寒碜的屋子里接了出来，那一天阳光明媚，还带着寒冬的气息，他们护着她从有英国旅馆之称的英国区经过，沿着那条大街一直往前走，街道两旁是繁华的店铺，来往的雪橇发出叮叮当当的响声。这儿聚集了来自世界各地的无所事事、游手好闲的富人，还有疗养所以及其他旅馆里的人。这些人都不戴帽子，穿着最贵重的运动装，一直暴露在冬日的太阳光下，加上雪辐射，因此皮肤被晒成了古铜色。所有人，包括这对表兄弟以及二人照料的这位姑娘，都加入了滑雪场的冒险中。滑雪场就在离疗养院不远的山谷里。夏天的时候，山坡上是一片草地，用作足球场。山谷里响起了音乐声，那是疗养所里的乐队，他们在四方形的溜冰场一侧的木制阁楼的走廊里弹奏着。楼阁后面便是山林，上面覆盖着厚厚的积雪，山林上方是深蓝色的天空。

汉斯几人从入口走进去，穿过拥挤的人群，来到三面环绕的梯形座位上，找空位置坐了下来，观看比赛。职业滑冰运动员穿着紧身的黑色运动装，饰有编织带的毛皮夹克衫将他们的身形很好地衬托出来。运动员们一会儿滑行，一会儿跳跃，一会儿旋转，其中有一对技艺精湛的专业男女运动员正表演着稀世罕见的高难度动作，获得了满场热烈的掌声，乐队也奏起了号角声。六个来自不同国家的年轻男人正在进行竞速，他们弯着腰，双手放在背后，有的还用手帕捂住了嘴，在四方形赛道上滑了六圈。音乐声中突然混入一阵钟声，人群中爆发出阵阵喝彩声和掌声。

这对表兄弟和他们护送的那位病人姑娘一起，三人其乐融融地坐在那儿，看着场上的表演。旁边还有戴着苏格兰帽子、牙齿洁白的英国人，这几人正在用法语同那群香味刺鼻、从头到脚穿得光鲜亮丽的女人搭话，其中甚至还有人穿着灯芯绒裤。还有一些脑袋很小、头发梳得油光滑亮的美国人，嘴里叼着烟斗，身上披着粗短皮毛的翻领大衣。另外，还有蓄着胡须、举止优雅的俄国人，看上去极为粗野、马来血统的荷兰人，他们都坐在德国人和瑞士人之间。除此之外，还零星可见其他国籍的人，这些人都说法语，或许是巴尔干人或黎凡特[1]人。汉斯·卡斯托普对这些近乎野蛮的人甚是喜爱，但约阿希姆觉得这些人粗野卑鄙，问题重重，因此不屑一顾。

比赛的间隙，孩童们纷纷上前嬉闹，摇摇晃晃地滑着雪，一只脚穿雪鞋，另一只则套着溜冰鞋。有的男孩搀着前面的姑娘一起滑，手上还拿了一把铁铲。还有人拿着一支点燃的小蜡烛，竞赛者须在蜡烛熄灭前到达终点。他们需要跨越路上的障碍物，或是用锡制的小勺子将土豆捡起来，将其投进装了水的盆子里。每个人都兴高采烈。人们将家境富裕、出身名门且长相漂亮的孩子都指出来，其中便有荷兰千万富翁的千金，普鲁士王子的爱子，还有一个十二岁的孩子，名字竟与一家举世闻名的香槟公司的名字相同。可怜的卡伦和其余人一样兴奋起来，笑的时候咳嗽不断，她高兴地拍着两只瘦弱的手，指尖上还长着脓包，内心满怀对陪她前来的表兄弟的感激之情。

---

[1] 指中东托鲁斯山脉以南、地中海东岸、阿拉伯沙漠以北和美索不达米亚以西的区域，相当于现在的东地中海地区。

表兄弟两人又带她去看双人雪橇竞赛。比赛的地方离卡伦的住处和山庄疗养院都不算远，因为赛道从沙茨阿尔卑往下延伸，一直通往山坡西面隐在密林积雪下的达沃斯村。那儿建起来一座棚屋，每一趟车出发时，山上便会用电话发来通知。之后，低矮的雪橇便沿白色的弧形雪道一一滑下来，雪橇之间隔开很长的距离，雪道发出金属般闪亮的白光。雪橇上是穿着羊毛衫的男男女女，身上还挂着五颜六色的各国国徽和绶带。竞赛者们神采奕奕，脸上都红通通的，滑下来的时候溅起来的雪扑到他们的脸上。雪橇有时候会被撞翻，将竞赛者一下子甩进雪里。这时候观看比赛的人们便会拍起照来，乐队也会应景地奏起音乐。观众们坐在小小的看台上，也有人挤在铲过雪的狭窄的走道里。看台上还架起了木桥，桥上挤着不少观众，有时候能听到雪橇从桥下面嗖的一声穿过。汉斯·卡斯托普暗自想道，这或许也是从疗养院把尸体运走的过道吧，载着尸体的雪橇滑下来，穿过桥下这些弧形的雪道，再往下滑去，一直滑到底下的山谷里。他把这想法同另外二人说了。

　　一天下午，他们甚至把卡伦带去了高地上一家会放映电影的老式戏院，这姑娘很是喜爱这个地方。只是这里的空气着实污浊，让三人极为不满，因为他们过去呼吸的一直是山上纯净的空气。他们感到胸口很闷，脑袋也昏昏沉沉起来。生活的情节在荧幕上展现出来，从他们刺痛的眼前一一掠过，生活就这样被剪成了小小的片段，伴随着闪烁不定的镜头，在幕布上一闪而过。时不时响起的音乐声把人们带回往日的情景中去。仅仅一张荧幕，便将整个庄严华丽的画面以及七情六欲缓缓展现出来。这是一部关于爱情和死亡的惊心动魄的戏剧，剧情无声地在他们眼前慢慢展开。故事发生在一个东方暴君的宫廷里，剧中场景华丽高贵，甚至还有裸体，但会很快地一掠而过。剧中人有的热衷于追逐权力，有的盲目信教而毫无主见，到处充斥着残酷、欲望以及色情的场景，最后镜头还变为慢速，集中在刽子手双臂的肌肉上。整部戏构思严谨，总的来说，符合了各国人民内心深处的愿望。汉斯·卡斯托普不由得想，身为评判家的塞塔布里尼，毋庸置疑，对这种违背人道主义的场景深恶痛绝，而且必定会以惯常的讽刺口吻大加抨击一番，指摘电影滥用科技，竟不惜为如此粗鄙的场景造势。斯特尔夫人则与他截然不同，她坐在离三人不远的位置，看上去极为投入，那无知的面颊因为兴奋而涨红，变得扭曲起来。

不过，他们在周围其他人的脸上也看到了一样的表情。但当最后一张图片闪过，灯光渐渐消失，观众席上的灯亮起来时，在观众面前只剩下一张空白的幕布，甚至连一点儿掌声都没有。幕布中的人已然消失，观众无从喝彩，不知该向谁赞赏幕中人演技之精。方才人们在幕布中看到的演员，此刻却无影无踪。刚才看到的只是他们的影子罢了，那些动作被分成了无以计数的照片，每一张照片都将一个微小的情景收纳其中，以便日后能通过整理，将各片段重新展现于观众面前。影片结束后，人群陷入一片沉默，沉默中掺杂着某种无力感。他们揉揉眼睛，呆呆地望着前面的虚空，两眼放出渴望的光芒，只愿再回到方才的黑暗里去，观赏那些配着俗气音乐的生动情节。

暴君在刺刀下发出无声的尖叫，死去了。接着是世界各地的景象：头戴礼帽、胸前佩戴绒带的法兰西共和国总统坐在四轮马车上，回应欢迎的群众，印度总督参加王侯婚礼，德国王储巡视波茨坦[1]驻军基地；此外，还能看到新梅克伦堡的村庄，波罗洲[2]的斗鸡，一丝不挂的野人吹奏鼻笛，捕捉大象，暹罗国王宫廷里举行的仪式，日本的某条妓院街，艺伎们在木篱笆后面坐着；还有身上裹着毛皮的萨莫耶德人，驾着由驯鹿拉着的雪橇在西伯利亚的雪原上疾驰，俄国的朝圣者正在哈利勒[3]做祷告，一个波斯人正在被鞭笞。这些情景相继出现，在一片音乐声中，

---

[1] 德国北部城市。

[2] 马来群岛岛屿名。

[3] 又称希布伦，巴勒斯坦中部城市。

时间和空间变得一片混乱，过去的时间和空间都变成了现在。一个年轻的摩洛哥女人一身条纹丝绸的装束，套着手镯、戒指等各式各样圈状的饰物，丰满的乳房半露出来。这时候镜头突然拉近，里面的人物更显栩栩如生。人们可以看到她的鼻孔张开，眼里满是兽性，脸上神态非常。她笑了起来，露出满口的白牙。那女人把一只手抬起来，遮在眼睛上，指甲格外光洁，另一只手则朝着观众挥动致意。人们大为震惊，呆呆地看着这个神态迷人的幽灵。她若隐若现，人们的视线无法捕捉到她的身影，她的音容笑貌并非此时此刻的，而是过去的。因而对此做出回应并不容易，而且也是毫无意义的。之后，幽灵便也消失了。荧幕上一片空白，继而出现"剧终"的字样。于是此次娱乐节目也到此结束，人们默不作声地走出戏院，另一批观众又拥进来，渴望那些情景也能够在他们的眼前出现。

斯特尔夫人和他们一起出了门，还怂恿三人一道去疗养地的咖啡厅坐上一会儿，卡伦感激而兴奋地拍着双手。咖啡厅有一支小小的管弦乐队，穿着红色制服，在一位不知是波希米亚还是匈牙利的第一小提琴手领衔下，奏着音乐。这位第一小提琴手并未同乐手们在一起，而是独自站在一对对伴舞的舞者之间，一边演奏，一边疯狂地摆动着身体。咖啡厅里高雅贵气，人们把一杯杯昂贵的饮料在桌上传来传去。表兄弟点了橘子水，想让他们自己以及护送的人清爽些。斯特尔夫人则点了一杯加糖的白兰地酒。屋子里很热，灰尘也很多。斯特尔夫人说，这个时候，咖啡厅生意还不算最火，到晚上的时候，疗养院里的人以及疗养地内散居的客人都会下来，到此地寻欢，跳舞的人会更多一些，气氛也会比现在更为热闹。有些重症病人在这儿跳着跳着便一命呜呼了，将杯中的生命之水打翻，之后，in dulcí jubilo（拉丁语，拼法不大正确，意为：甜蜜的狂欢），最后吐出一大口血来。这一句 dulcí jubilo，从她胸无点墨的嘴里说出来，让人格外反感。第一个词她念作"dolce"（意大利语，意为：柔和），借用了她那个意大利丈夫的音乐词汇，但第二个词却叫人想起庆

380

典，或是约德尔唱法[1]，又或者不管是什么词。

当听到她用拉丁语说出这句话的时候，表兄弟两人只是埋着头，咬着玻璃杯中的麦秆。但斯特尔夫人不以为意，露出兔子般的牙齿来，含沙射影地说起了面前这三人之间的关系。对可怜的卡伦来说，斯特尔夫人说，很明显啦，偶尔出行的时候有这两位风度翩翩的绅士护送，自然是很好的。但对两位绅士呢，这倒是说不准了。不过，虽然斯特尔夫人愚蠢无知，但凭借女人的直觉，她能看得出事实真相，即便只是一部分，并没有完全看透。因为她看得出来——而且也冷嘲热讽地将其说了出来——真正扮演骑士角色的其实是汉斯·卡斯托普，年轻的齐姆森只是陪他罢了。不仅如此，斯特尔夫人还明白汉斯·卡斯托普对肖夏太太的感情，他之所以对可怜的卡尔施泰特小姐大献殷勤，只因他不知如何才可以接近那一位罢了。这仅仅是一个猜测，毫无根据，而且此事的真相也不全是这样。总之，这仅是斯特尔夫人一家之言。因此，当她直截了当地说出这一番话时，汉斯只是淡淡一笑，意味深长地看了对方一眼，甚至没有回答。

不过，有一点没错，可怜的卡伦可以作为一个替代品，就像汉斯其他的善行一样，至少能带给他实实在在的鼓励。但同时，行善本身也是一种目的。不管是给痛苦的马琳克罗特太太喂汤，或是不止一次听菲尔戈先生讲述胸部休克的事情，又或是看可怜的卡伦怀着感激和喜悦拍打着那双叫人心疼的长了脓包的手，他总能从内心感到一种满足感。这种感觉是间接的、复杂的，但同时又是直接的、纯粹的。它源于一种与作为学究的塞塔布里尼先生所代表的观点完全相反的传统观念。不过在年轻的汉斯·卡斯托普看来，将 placet experiri 的思想应用到这方面来，似乎也是值得的。

---

[1] 源于瑞士阿尔卑斯山区牧民呼唤羊群、牛群的喊叫声，是流行于古代瑞士和奥地利山民之间的一种山歌。

卡伦·卡尔施泰特住的那间小屋，离铁轨以及那条小溪很近，因此表兄弟两人每日早餐后散步的时候顺路将她接出来，倒是十分方便。倘若他们朝着村庄出发，走上那条主街道，他们面前会出现赤霞峰，还有右边的另外三座名为绿塔的山峰，它们此时也全覆上了白雪，在阳光照射下闪闪发亮。往右更远的地方，是达沃斯村的圆顶，在离山顶四分之一高的地方，可见达沃斯村的墓地。墓地四周竖着围墙，从那里，外面的景色可以一览无余，或许还能眺望远处的山湖，因此成了人们喜爱的散步的地方。

某个风和日丽的早晨，他们便去了那里。确实，最近每一天的天气都算是怡人的，晴空万里，云淡风轻，还掺杂着丝丝寒气，积雪闪耀着白色的光芒。表兄弟中一人脸色发红，另一人皮肤则显出古铜之色；年轻的齐姆森穿了一身短款运动装，脚上一双胶套鞋，汉斯·卡斯托普穿了同样的鞋子，不过腿上是一条长裤，因为他总觉得短裤有些不够得体。两人都未随身携带大衣，这样的阳光下，大衣只会成为累赘。这已经是新的一年，正是二月中旬的时候。没错，汉斯·卡斯托普上山后，日历上年份的最后一位数字已经有所变化，又进了一位数，时钟上的分针又向前大大地推了一步，不过这并不是一世纪或是十年的跨度。标记年份的指针已经向前推进了一小步，虽然汉斯·卡斯托普在山上的时间还不及一年，只过了半年多。就像每五分钟走一步的时钟一样，这指针在走了一步之后，停下来一动不动，过一段时间又向前猛走一步。不过在走下一步之前，标记着月份的指针还得再走上十个单元方可，这比汉斯上山以来走完的还要多上几个。二月份不能计算在内，毕竟这个月早已开始，如今已经快要结束了，就像人们兑换成的零钱就要花完一样。

那日，三人一同走到了达沃斯村山坡上的墓地，咱们就再次提起这次短途旅行，把它说得更为详尽些吧。这是汉斯·卡斯托普的主意，约阿希姆考虑到可怜的卡伦的身体状况，先前还有些顾虑，不过最后还是同意了。因为他们不必对卡伦隐瞒，不用像面对胆小的斯特尔夫人那样，避免在卡伦·卡尔施泰特面前提起任何能让她联想到自己生命即将终结的事情来。她对自己的病情十分清楚，也明白手指上的脓包是怎么回事。她更是知道自己家那些残酷冷漠的亲戚是不会花上那么大一笔钱，在她死后将她的身体运送回家的。也许命运会在她死后给她安排一个容身之地。总之，到墓地去走上一圈，相比其他的活动，比如什么观看电影或者双人雪橇赛等，可以说对她而言还是比较适合的。只要把这当作一次普通的散步，而不是去旅游胜地参观一番就好。

他们一个跟着一个，慢慢踱步在雪地里铲出的小径上，沿着它一直往上走去，连最高的别墅也被他们抛在了身后。这一路上，他们眺望着熟悉的冬景，景色依旧绚丽夺目，只是角度稍稍有些变化。在山谷东北角的入口处，他们所盼望的湖景也映入眼帘。湖面已经冻结，上面还覆着一层白雪，湖周围树木环绕。远处的山坡似乎与眼前的地面融为了一体，山坡后面，一些不知名的山峰矗立在蓝天之下，山顶上也积满了白雪。三个年轻人站在墓地入口处的石板门前，踏着白雪眺望眼前的景色，然后通过嵌在门板上的铁栅栏进入墓地，门只是虚掩着。

这些坟丘被划分成群，周围筑着铁栅栏，其间以一条条小径相连。每一处坟丘的表面都铺满了白雪，顶部高高耸起，上面竖着石头或金属制成的十字架，此外，还有雕刻着圆框形浮雕和碑文的小小纪念碑。这儿没有其他人，也听不到人声，这种寂静平和、神秘而又无法被打破。在某处灌木丛中，立着一位小小的石雕天使，或者是丘比特，脑袋上戴着一顶雪帽，手指放在唇边，或许是这儿的神灵，说是沉默之神也不为过，而他所守护的这种沉默也是耐人寻味的。此情此景，假若我们这两位男士戴着帽子的话，脱帽致敬也许再适合不过，只是两人竟都没有戴帽子，甚至连汉斯·卡斯托普都光着脑袋。两人毕恭毕敬地踮着脚尖走着，向左右两侧的坟丘微微鞠躬。卡伦·卡尔施泰特在前面引路，表兄弟两人则跟在她后面。

墓园的形状非常不规则，起初朝南延伸成矩形，之后再向两边扩张。

显然，墓园曾多次扩展面积，后来又将附近的田地一同并入。 即便如此，园内的墓穴看起来还是非常拥挤，就连墙边以及内部较为偏僻的地带也都安置了墓穴，几乎找不到地方放进新冢。 三个人小心翼翼地走在小径上，沿着一排排的墓穴漫步，时不时停下来辨认墓碑上的姓名以及生卒日期。 墓碑和十字架有些粗简，看来花费不多。 碑文上刻着的名字来自世界各国，有英国人、俄国人，还有斯拉夫人，也有德国人、葡萄牙人，除此之外，还有一些其他国家的人。 墓碑上的日期着实叫人悲哀，因为逝者的生命历程都不算长，从出生到去世也都不过二十年罢了。 这地方就被这样的年轻人们占据了，他们叛逆乖张、涉世还未深，却从世界各地汇集到了这里，在这里躺下来，长眠于地下。

在墓园深处靠近中央的某个地方，有一块小而扁平的空地，长度跟人体差不多，正好处在两处坟冢之间，坟上挂着金属制花圈。 三个人不禁在这处坟墓前停了下来，年轻的姑娘站在前面，先读起了上面的悼念碑文。 汉斯·卡斯托普懒懒散散地站着，两手抱臂，嘴唇微张，神情有些困倦。 年轻的齐姆森则镇定自若，身体站得笔直，甚至微微向后仰着。 表兄弟俩偷偷看了一眼卡伦，姑娘站在那儿，意识到两人的视线，神情中显出谦逊和害羞之色，脑袋耷拉下来，眨巴着眼睛，局促地笑了笑。

沃普尔吉斯之夜 [1]

再过几日，汉斯·卡斯托普在山上待的日子便要满七个月了。他刚来的时候，约阿希姆已经在这儿待了五个月，现在马上就要待满十二个月了，也就是说，就要整整一年了。整整一年，说实话，是一个天文学上的概念。自从那架力量强大的小火车把他带到这里之后，地球已经绕着太阳转了一圈儿，而今又回到了开始的地方。狂欢节马上也要到来，汉斯·卡斯托普向资历老的病人们打听以往在山庄疗养院是如何庆祝这个节日的。"非常隆重。"表兄弟两人晨间散步时遇到了塞塔布里尼，他如此表示。"华丽非凡。"他说，"就像普拉特公园 [2] 那般热闹。您等着瞧吧，工程师，'情郎们欢歌载舞，向姑娘们大献殷勤'。"他一面用嘲讽的语气打趣着，一面摇晃身子，胳膊、肩膀和脑袋都跟着摆动。"您指望什么呢？哪怕在 maison de santé（法语，意为：精神病院），也会为呆子和傻子举行舞会，书上这么写的，为何这里不可呢？节目包括各种各样的 danses macabres（法语，意为：死亡之舞），您可以想象。不幸的是，前一年来的部分病人今年不会再出现，因为舞会九点半就会结束……"

"您是指……哦，天啊！"汉斯·卡斯托普大笑起来，"塞塔布里尼先生，您可真会说笑！九点半——我说，你明白吗？"他转向表哥问道。

[1] 每年四月三十日到五月一日间的一夜为沃普尔吉斯之夜，主要流行于中欧和北欧地区。沃普尔吉斯原本是英国女传教士之名，每到此节，人们便载歌载舞以示庆祝。

[2] 维也纳著名游乐场所。

"塞塔布里尼先生说，对去年的一部分病人来讲，这个时间算是太早了。哈哈，真可怕！他指的是那些已经告别肉体的人。我倒是异常兴奋。"他说道，"我想，节日的时候就应该好好庆祝一番，总得跟往日不大一样才是。要是搞得平淡乏味，一点儿调剂都没有，倒是有些奇怪了。圣诞节过后新年便到了，现在则是狂欢节，之后是棕枝全日 [1] 和圣周 [2]，再过去就是复活节，再过六周，又是圣灵降临节，那时候差不多也到了盛夏时节，然后秋天也就来了……"

"住口，住口，住口！"塞塔布里尼先生大声叫道，同时将脸朝向天空，双手手掌按住太阳穴，"安静，我可不允许您这样胡扯一通！"

"原谅我，我说的意思正好相反。贝伦斯最后或许会决定给我打针，以此驱出我体内的毒气。毕竟我的体温总是在三十七度以上，甚至到了三十七度七。我是生活中需要照料的孩子，以后依旧是这样。我不是老资历病人，拉达曼提斯倒是没有给我规定要待上几个月，不过他又说，我在山上都待了这么久了，也就是说已经花了这么多时间，现在突然中断治疗就简直是胡闹了。即便他给我定一个期限，对我来说又有何用？就比如说，给我定半年，这也是很短的时间了，一般来说还要更久。看看我表哥吧，他原本月初就可以出院，完全康复后出院，但贝伦斯见到他之后，却坚持说他还得再待上四个月才能彻底康复。唔，这么说来，那咱们呢？哎，刚才说到夏至就快到了——我这样说丝毫没有冒犯您的意思——之后冬天也不远了。唔，眼下咱们要迎接的是狂欢节，要我说，我倒是觉得就按平日里那样，照着日历上的顺序采庆祝就差不多了。斯特尔夫人跟我说，门房那儿可以买到锡制的号角，您知道吗？"

事实上也正是如此。人们还来不及准备，狂欢节便来了。一大早，餐厅里就响起了各种各样的乐器声，有的声如雷鸣，有的尖细刺耳。从

---

[1] 指复活节前的周日。

[2] 指复活节前一周。

庚瑟、拉斯穆森以及克莱费尔特的桌上飞出来一条条纸蛇，有的人戴上了纸帽子，圆眼睛的玛鲁莎也是其中之一。这些纸帽子都是从门房那儿买来的。不过到了晚上……呃，没错，晚上的时候舞厅和会客厅里都有活动——我们已经知道汉斯·卡斯托普的参与精神，狂欢节的活动自然会在他的推动下如火如荼地进行。不过即便我们清楚他的想法，暂时也还不想透露出来。我们应该让时间来安排，不必慌张行事。不，我们也许会把故事拉长，只因我们和年轻的汉斯·卡斯托普一样，内心太过顾忌，迟迟不愿投入其中。

下午，人们都下山到高地去观看街上的狂欢节胜景。有很多人一身叮叮当当的装饰，有戴着面具的小丑和女巫。雪橇也被人装饰过了，人们滑着雪橇碰来碰去，纸屑漫天飞舞。七张桌子上，前来用晚餐的客人兴致都很高，人们都想把外面的热闹气氛引入室内。门房那儿，纸屑和纸帽生意非常红火。帕拉范特率先把自己打扮得不伦不类的，他穿上了日本女人的和服，还从武尔姆布兰德总领事太太那儿讨了一根假辫子，把它扎在脑后。他还用火钳把两道小胡子夹弯，让它们微微往下翘着，看上去像极了中国人。见到他的装扮，餐厅里掌声连连响起。院方也参与其中，他们在每张桌上放了一只纸灯笼，里面点着蜡烛，就像一只只五光十色的月亮。塞塔布里尼走了进来，经过汉斯·卡斯托普身边的时候，吟咏着：

> 你瞧，那绚丽的火焰，
> 欢乐之宴如愿开启。

说这些话时，他优雅而又干巴巴地笑了起来，接着慢慢回到自己的座位上。在那儿，迎面向他飞来一只小小的"弹药"，小球撞在他身上，破裂开，接着喷发出一股香气。确实，节日气氛从一开始便非常浓厚，人群中发出一阵阵欢声笑语。枝形吊灯上悬着纸蛇，纸蛇来来回回晃个不停，五彩纸屑在酱汁上飘着。很快，那个矮个子的女侍者便把第一只冰桶和第一瓶香槟酒端上来了。在艾因胡夫律师的怂恿下，大家把香槟跟红葡萄酒掺在一起喝了起来。餐宴即将结束的时候，人们把屋顶的灯关掉，只剩下五彩缤纷的纸灯笼辉映着整个餐厅，看上去犹如夜晚的意大利。这景象将夜晚的气氛推向了最高潮。塞塔布里尼给了玛鲁莎一张字条，叫她传给汉斯·卡斯托普。玛鲁莎就坐在汉斯的身边，脑袋上戴着一顶绿色的纸质骑士帽子。纸条上用铅笔写着：

> 但请记住，
> 今夜山林被施了魔法，
> 您要跟着魔鬼前去，
> 那么一定要多加小心，
> 千万莫入了歧途。

收到这张纸条后，汉斯兴致大起。不过布卢门科尔博士似乎有些不悦，喃喃地说着什么。博士的病情已经恶化，脸上的表情有些扭曲，或者倒不如说是嘴上的表情。他似乎想问问便条上写的是什么。汉斯·卡斯托普觉得应该写一张回复的便条，且自觉有义务这么做——虽然也不一定非得答复。他在口袋里掏了掏，想找一支铅笔，却没有找到，约阿希姆和女教师两人也没带笔。汉斯抬起充血的双眼朝着东边——餐厅左手边远处的角落——张望，意欲寻求帮助。可以看出来，他原本只是一时兴起，如今却浮想联翩起来。他的脸微微有些苍白，全然忘了当初的目的。

让汉斯脸色煞白的原因其实还有另外一个。肖夏太太穿了一件新衣裳，至少是我们的主人公从未见她穿过的。衣服薄薄的，由暗色丝绸制成，偶尔闪过黄棕色光芒。颈项处是一个小小的圆领口，看上去像女学生的装扮，领口的大小刚好能让整个颈部和锁骨露出来，后颈处的骨头也微微凸出来，脖颈后散落着几缕柔软的碎发。克拉芙迪亚的手臂也裸露在外面，肌肤柔嫩而丰满，看上去十分清爽，在外衣的衬托下，更是白得叫人心醉。汉斯·卡斯托普不由闭上眼睛，喃喃地自言自语道："我的天啊！"他之前从未见过这样的衣服。舞会上的衣服他都见识过，那些衣服全都庄严而正规，式样甚至比这一件更加袒露，却不如眼前这一件那样叫人蠢蠢欲动。可怜的汉斯·卡斯托普！他第一眼看到这件衣服，看到若隐若现的薄纱下的玉臂时，想到了一个词，那就是"幻觉"。这样的双臂简直难以描述，还有莫名其妙的诱惑意味。荒唐！这双闪着光、叫人目眩神迷的玉臂，这双长在一个患了病的女人身上的美艳动人的玉臂，比先前见到的那些更是叫他如痴如醉。年轻人什么办法也没有，只能耷拉着脑袋，再次悄声说了一句："天啊！"

后来，另一张纸条传了过来，上面写道：

> 令人难忘的宴会啊，
>
> 这儿的都将是他们的新娘，
>
> 快活的小伙儿们，
>
> 沉醉其中，充满希望。

"好极了，真妙啊！"人们叫嚷道。这时候他们喝起了咖啡，咖啡装在小小的陶瓷壶里，另外一些人喝着利口酒，比如一向很喜欢喝甜酒的斯特尔夫人。没多久，桌上的人站起身来，四处走动，到别的桌子上去搭话。有些人走到了会客室里，其余的仍坐在座位上，喝着混合酒。塞塔布里尼拿着一只咖啡杯，嘴里叼着牙签，优哉游哉地走过来，在汉斯·卡斯托普和女教师之间的座位上坐下来。

"哈尔茨山[1]，"他说，"离希尔特和艾伦特山[2]很近。我是不是说得

---

[1] 位于今天的德国中部。

[2] 这两个地方都是《浮士德》故事的背景地。

太多了，工程师？对您来说是胡言乱语，不过且慢，我的笑话可还没讲完呢，还远着呢，现在尚未讲到高潮部分。听说等会儿还有化装舞会，有些人已经离开了餐厅。不管有什么，咱们肯定能看到的。"

在塞塔布里尼说话的当儿，已经有一些戴面具的人走进了餐厅。女人们穿着男装，脸上还用烧焦的软木塞涂了胡子，看上去完全变了一个样，神似歌剧里的人物。而男人呢，则穿着女人的衣服，裙摆拖到了脚底。其中就有那个叫拉斯穆森的男孩子，穿着一件缀着美玉的黑色晚礼服，袒胸露肩，露出的皮肤斑斑点点的。他拿着一把纸扇子，一会儿扇扇前面，一会儿又扇扇背后。有一个穿着白色内衣的小丑走了出来，戴着一顶女人用的毡帽，脸上抹着白粉，眼神颇不自然，嘴巴涂着鲜红的口红——正是那个蓄着长指甲的男人。这时候一个双腿修长，穿着紧身裤和短上衣，身佩一把宝剑的希腊人从"下等"俄国人餐桌上昂首阔步地走出来，他扮演的是童话中的王子，抑或是一位西班牙贵族。这些装扮都是大家餐后临时准备的。斯特尔夫人再也坐不住了，于是她也从餐厅里消失了，回来的时候已是一身清洁女工的装束。她把裙子下摆系起来，再卷起袖子，把纸帽的带子在下巴处系好，还带了桶和一把刷子。接着她把刷子伸进桌子底下，在那些仍然站着的人脚边刷来刷去。

"保婆老母[1] 要赶路了。"

塞塔布里尼刚一看到她便说道，声音清脆悦耳。她回敬对方为"火鸡"，把这种下流的笑话又还给了塞塔布里尼。因为当晚自由的气氛，她称对方为"你"。塞塔布里尼还想回敬几句，但餐厅里突然骚动起来，笑声连连，一下子打断了他。大厅里的人都抬起头，想看看发生了什么。

两个特殊人物在一群人的簇拥下走了进来。那个女人穿着护士服，黑色的制服从头到脚都缝上了白色的条纹，条纹之间的间隔很近，每隔一段距离还会出现一条更大的条纹，就像体温表的刻度。女人把一只手

---

[1] 指《浮士德》中的人物，原文中是"骑着老母猪的保婆"。

指放在苍白的嘴唇上,,另一只手则拿着温度记录曲线表。她的同伴则满身蓝色,嘴唇涂成了蓝色,眉毛、喉头、脸颊以及下巴也全都是蓝的,还戴着一顶蓝色的麻布帽子,帽子盖住了一只耳朵,身上是一件蓝色光滑的大外套,在脚踝处系了起来,中间的部分被塞得鼓鼓的。他们是伊尔蒂斯太太和阿尔宾先生,两人身上都挂着纸牌子,上面分别写着"哑巴护士"和"蓝色彼得",他们侧着身子溜进餐厅。

人们高声喝彩起来!斯特尔夫人将扫帚夹在胳膊下,两手撑着膝盖,哈哈大笑起来,像极了她所扮演的清洁女工。只有塞塔布里尼不为所动,他瞥了一眼这两个乔装得非常成功的人物,嘴角抿着,嘴唇在微微卷曲的胡子下面形成一条优雅的细线。

在蜂拥进入餐厅的人当中,除了"哑巴护士"和"蓝色彼得"之外,还有克拉芙迪亚·肖夏,另外还有头发毛茸茸的塔玛拉,以及那个胸部凹陷的人。此人名叫布尔金,此时穿着件晚礼服。克拉芙迪亚穿着那身新衣裳从汉斯·卡斯托普身边掠过,穿过屋子,一直朝着年轻的庚瑟以及克莱费尔特坐着的地方走过去。随她同来的伙伴们已经跟着那两个戴面具的人走出餐厅,她却仍然站在那儿,双手放在背后,眯着眼睛和人们说说笑笑。她也戴着一顶帽子,帽子并非买的,仅仅是用白纸折叠成的,是那种给小孩子戴的三角形帽子。叫人惊异的是,这顶帽子套在她的脑袋上竟刚好合适。她的双足从暗沉的黄棕色丝质衣裳下面露出来,裙子上有些褶皱。至于她的玉臂,不用再多说了,直到肩膀处都完全裸露出来。

"好好观察她。"汉斯·卡斯托普只听见塞塔布里尼先生说道,声音像是从远处传来似的。没多久他便看到她离开了餐厅。

"那个漂亮的女人,快看!她是莉莉斯[1]。"

"谁?"汉斯·卡斯托普问道。

---

[1] 原文为 Lilith,希伯来语。文学记载中,她被认为是亚当的第一任妻子。

文学家塞塔布里尼一下子高兴起来，答道：

"她就是亚当的第一任妻子。"

餐桌上除了他们两人外，另一端还坐着布卢门科尔博士。其余所有人，包括约阿希姆，都在会客室里。汉斯·卡斯托普同其他人一样，也以"你"称之，对他说道：

"你今天诗兴大发，可把我弄迷糊了，这个莉莉斯又是什么意思呢？难道说亚当娶了两任妻子吗？我可不太懂。"

"根据希伯来的传说，莉莉斯后来变成了夜间的女妖，变成了一个危害不小的美丽存在。尤其是对那些年轻人来说，那一头秀发可真要命。"

"见鬼！一个妖怪居然有一头秀发！你可不能这么说吧！之后你来了，打开电灯，把年轻人引回正轨上来。你就是这样做的，对吗？"汉斯·卡斯托普异想天开地说着。他确实喝了不少香槟和红葡萄酒掺成的混合酒。

"您听着，工程师，注意我说的话——"塞塔布里尼皱着眉头说，"恕我斗胆建议一下，请您用有教养的西方国家的正式的方式称呼我，用第三人称复数'您'[1]。"

"为什么？今天不是狂欢节吗？今晚称'你'也是可以接受的啊。"

"是的，确实如此，不合乎礼节也正是这种节日的魅力所在。外国人都以'你'相称，这是违背礼节的，叫人生厌。这是自古以来的一种放纵的游戏，我嫌恶它，谴责它，因为从根本上来说，它与我们的文明以及我们开明的人性是背道而驰的。不过，我方才也没有用'你'来称呼您，而仅仅是引用了贵国文学名著中的诗句罢了。这仅仅是诗句……"

"我也一样，我刚才也只是引用了书中诗句，因为此情此景似乎也正适合，所以才这样做。以'你'来称呼您，对我来说也并不是理所当然、轻而易举的，恰恰相反，我挣扎了许久才终于说出来。但我愿意这样挣

---

[1] 此处为德语中的情况。

392

扎，也非常乐意，我这么做是心甘情愿的。"

"您心甘情愿？"

"没错，我是真心实意的。咱们在这山上待了也有些日子了——你可曾意识到已经过了七个月？按照山上的计算习惯来说，这或许还不算久，但从一般的角度来看，无论如何，也是一段颇为冗长的时间了。哎，咱们待在一块儿，生活让咱们聚在了一起。咱们差不多每日都会见面，谈话也非常愉快，某些话题对山下的人来说压根无法理解，但是在这山上，对咱们来说，却是极为真实且休戚相关的。跟你说话的时候，我始终非常认真。或者说，你给我解释一些事情，就比如解释 homo humanus 的时候。当然，我因为缺乏经验，所以并未发表意见，但无论如何，你所说的都是非常值得一听的。通过你，我了解了这么多事情，知道卡尔杜齐还是其中最基础的一件事。另外，我明白了共和国和优美文体之间的关系，时间与人类进步之间的联系，清楚了没有时间，便不会有人类的进步，世界只会像一汪不动的死水，一池腐臭的水坑。如果没有你，我怎么会了解这些东西呢？我以'你'来称呼您，只因把你当成了一位亲密的老友，请你原谅，我也不清楚应该用什么方式来表达。你坐在这儿，而我对你用这样的称呼，这也是必要的。因为对我来说，你不仅仅是一个有姓有名的普通人，塞塔布里尼先生，对这个地方以及对我来说，你就是一位大使。没错，这正是你。"汉斯·卡斯托普坦言道，用手掌拍着桌面，"所以，现在我要向你致谢。"

他继续说着，把自己那杯香槟和红葡萄酒的混合酒向塞塔布里尼先生的咖啡杯的方向推过去，似乎要给他敬酒，"感谢这几个月来你费心的照顾，我自己像一头初出茅庐的驴子，什么都没有经历过，而你却好心地对我进行教导——当然，而且完全免费——有时候讲故事，有时候又用抽象的概念进行讲解。我感觉现在该向你致以谢意了，感谢你为我做的这一切，也请你原谅，我一直是一个叫人担忧的学生，对，就是一个'生活中需要照料的孩子'，就像你说的。你这样说，叫我异常感动，每每想起，我都会被触动。对你这位教师来说，我确实是一个需要照料的孩子。你可否记得，咱们第一次见面的时候，你就是这么说的。当然，这也是你教会我的一点，让我明白了人文主义与教学之间的关系。今后我还会想起更多你教会我的事情来，到时候请您一定要原谅我，到时候你千万别以为我有恶意。我祝您身体健康，塞塔布里尼先生。为了你在文学上的贡献，为了你为消除人类痛苦做出的努力，我敬您一杯。"说完他举起杯子，身子往后仰，将杯中的混合酒一饮而尽，还打了两个嗝儿，然后站起身来说："咱们一起去狂欢吧。"

"哎，工程师，您怎么啦？"意大利人讶异地问道，也跟着站了起来，"听起来像是在告别。"

"告别？不，为什么会是告别呢？"汉斯·卡斯托普回避着，不仅仅是在话里回避，实际上行为也是如此，因为他一边说一边已经转了过去，上半身画了一个圆弧，在恩格尔哈特小姐面前停住了。她是来找这两人的，她过来通知说，院方为狂欢节准备了鸡尾酒，是顾问大夫亲自调制的，倘若两人想尝上一杯，现在就得过去了。于是他们一起走了。

贝伦斯坐在一张盖着白布的圆形小桌后面，四周围着一堆病友，每人都拿着一只装饮品的杯子，调酒师贝伦斯用长柄勺从冒着热气的盛酒器里舀酒。顾问大夫身上也带上了狂欢节的这种气氛，只是依旧穿着他那件白大褂，因为今天还要给病人诊病；不过他倒是戴了一顶深红色的、货真价实的土耳其帽，帽子上黑色的流苏在他耳边摇来摇去。他的装扮本身便引人注目，加上这些，更是显得有些怪异。那身长长的白大褂将他的身高拉长了，假若他把身子站直，脖子伸长，看上去会比实际身高更为高大。他的脑袋很小，使这身装扮看起来颇为怪异。贝伦斯的这副怪样子，还有他那滑稽无比的脑袋，这之前汉斯·卡斯托普从未见过。他的鼻子扁平而粗短，脸色红里透青，淡黄色的眉毛下是圆鼓鼓、泪汪汪的眼睛，噘成弧形的嘴上蓄着一抹修剪得很短的微微翘起的金色胡须。他把长柄勺高高抬起来，将甜烧酒倒入人们的玻璃酒杯中，棕色的酒在空中冒着热气。每倒一杯酒，他都要说上一句古里古怪的术语。

"魔鬼先生在上面坐下来了。"塞塔布里尼挥了挥手，悄声说道。克罗科夫斯基大夫也来了，这是个矮小而结实的男人，黑色的羊驼衬衫紧紧包在肩膀上，看上去像罩了一件外衣，两只袖子来回摇晃。他把酒杯举到与眼睛持平的高度，上身转过去，同一群戴着面具的客人说说笑笑。音乐响了起来，那个长着一张獏脸的姑娘正在用小提琴弹奏亨德尔[1]的《广板》，曼海姆人用钢琴给那位姑娘伴奏。之后又响起了一支格里格[2]的奏鸣曲，曲子富有北国风情。一曲终了，人们热情地鼓起了掌，连两旁桥牌桌上的人也喝起彩来。桥牌桌上的人都戴着面具，旁边摆着几只冰桶，酒瓶就放在里面。客厅门都开着，也有人站在大厅里。

圆桌旁还围着些人，大夫贝伦斯正在那里摆弄一种新的玩意儿。他朝桌子弯下身子，双眼紧闭，信心十足地用有力的手在一张参观卡的背面描画出了一只小猪的轮廓。小猪比真实的更为可爱，虽然从轮廓上看，让人怀疑它是否是小猪，不过在这样艰难的条件下，又未有视力的帮助，画成这样已经实属不易。这是一种本领，他竟能完成。那双细小的眼睛画得恰到好处，两只尖尖的耳朵也不赖，四条小小的腿刚好画在圆鼓鼓的肚子下面，背部的弧线画到卷起的尾巴处便止住了。大夫画完后，人群中发出"啊！"的一声。人们兴致大起，纷纷效仿，只不过都画得不三不四，位置乱七八糟，有的没把眼睛画在头部，有的把四条腿画在肚子上面，轮廓线并不连贯，尾巴也完全错位，跟身体毫无联系，像一个独立的阿拉伯装饰纹样。人群中爆发出一阵阵笑声。越来越多的人挤过来，纸牌桌上的人也被吸引过来，好奇地站起身，拿着排成扇形的纸牌走过来。站在一旁的人监督画画的人不要睁开眼睛，有的人看到别人离谱的画作，忍不住哈哈大笑，画的人最后睁开眼睛，看着自己荒唐的作

---

[1] 英籍德国作曲家。

[2] 挪威作曲家。

品，也不由得笑了起来。

过分的自信驱使着每个人都去画上几笔。那张纸虽然大，但正反两面已经填满了乱糟糟的图画。贝伦斯从公文包里掏出第二张纸，帕拉范特律师思索片刻后，拿起笔试图一气呵成画出一只小猪，但依旧以失败告终，比以前的画更滑稽——纸上的画不仅不像猪，甚至不像世上的任何一种生物。人们都大声欢呼起来。有人甚至把餐厅里的菜单也拿过来了，这样就可以好几个人同时在纸上画，每个人还都有自己的监督者和旁观者，排在后面的人则等着他们画完。铅笔只有三支，人们从画完的人那儿争抢着拿过来。顾问大夫成功引进了这种游戏，眼看气氛也很是热闹，于是带着助手离开了。

汉斯·卡斯托普站在拥挤不通的人群中，越过约阿希姆的肩膀看里面的绘画竞赛。他一只手放在约阿希姆的肩膀上，五指撑着下巴，另一只手则放在臀部。汉斯说说笑笑，有些跃跃欲试，不时问问两边人可否借笔一试，最后传到他手上的是一截短短的铅笔头，用拇指和食指好不容易夹住。接着汉斯闭上双眼，脸朝着天花板，开始画画。画的时候汉斯一直抱怨着铅笔，时而又骂起纸来，最后竟把纸戳破了，于是把纸扔在台布上。"这不作数！"他朝着观看的人高声嚷道，人们哈哈大笑起来，"用这样一支笔怎么能画呢，真见鬼！"说着，他把那支恼人的铅笔头一下扔进了盛酒器里。"谁有一支好点的铅笔吗？可否借给我一用？我得再试一次。铅笔，铅笔，谁有一支铅笔？"他左手撑在桌上，身子倾着，提高了音量吼道。没人回答他，于是他转过身，穿过大厅，径直朝克拉芙迪亚·肖夏走过去。他清楚，此时她正站在离小客厅门口不远的地方，微笑着看着那一大群围在酒桌前的人。

他听到有人在背后叫他，说的是外语，声音悦耳动听。

"Eh, Ingegnere！Aspetti！Che cosa fa, Ingegnere！Un po' di ragione sa！Ma è matto questo ragazzo！（意大利语，意为：哎，工程师！等一下！您做什么呢，工程师！理智一点儿！这家伙真是疯了！）不过汉斯

自己的声音更高。塞塔布里尼先生用力抬起胳膊，挥舞了一下。这个姿势在他自己的国家极为常见，其中代表的意义却很难说清。他从狂欢的人群中抽出身来，一边挥臂一边拖长了声音叫着"哎——！"汉斯·卡斯托普自己却仿若置身于学校那个铺有瓷砖的院子中，近旁站着一个蓝灰色眼睛、有着内眦赘皮的人，正盯着他看，那人还有高高的凸出的颧骨。他问道：

"你有一支铅笔吗？"

他的脸色极为苍白，就像上次散步回来，满身血迹地听大夫的演讲会时那样。神经控制着血管为他的脸提供血液，因此它才能正常运作，而今皮肤却把血液全吸走了，脸上冷冷的，鼻子看起来非常尖利，空洞的眼睛里一片铅灰色，犹如死尸一般。由于交感神经系统的作用，汉斯·卡斯托普的心脏怦怦直跳，这让他几乎喘不过气来。在皮脂腺的运作下，他全身战栗，同时毛发也都竖起来了。

她戴着纸帽子站在那儿，含着笑意上下打量他，看到他双眉紧皱、失魂落魄的样子，丝毫不为所动。女人碰到这样的情况，往往不会生出恻隐之心来。因为女人对这种强烈的情感，往往比男人更为熟悉，而男人对此却全然是陌生的。女人见到男人不知所措的样子，总爱冷嘲热讽，而且幸灾乐祸，至于说同情之心，当然完全没有。

汉斯方才用"你"来称呼对方。她回答道："我吗？兴许我有，让我瞧瞧。"她的语气和笑容中透出一些兴奋，还有某种特殊的意识，就像当两个人暗地里维持了一段长期关系之后，第一次开口说话时那样。这是一种模糊不清的意识，它将整个过去都汇集到了这个时刻。"你可真急啊，这么雄心勃勃的。"她继续嘲弄着他，发元音时嘴巴张得很大，而且 R 音还带着外国腔调，重音落在了第二个音节上，声音模糊，有些沙哑，但又悦耳动听，富有异域情调。她在皮包里掏了一阵子，先是拿出一块手绢来，接着便是一支小小的银色铅笔，铅笔很细，看上去似乎易断，这支漂亮的装饰品几乎不会被拿来用。而第一支，刚才的那一支，才是实际使用的。

"Voilà（法语，意为：在这儿）。"她说着，把铅笔的笔尖夹在拇指和食指间，在他面前轻轻来回晃。

因为她没有把铅笔递给他，只是一直夹在手里，所以汉斯根本接不到笔，也就是说，他伸出手去，已经做好准备接那支笔，却压根碰不到。他铅灰色的眼睛瞪得圆圆的，一会儿盯着那支小东西，一会儿又看着克拉芙迪亚那张鞑靼人似的脸。他那毫无血色的嘴张开了，最后却只说道：

"你瞧，我就知道你这儿有一支铅笔。"

"Prenez garde, il est un peu fragile（法语，意为：当心，铅笔有些脆弱）。"她说，"C'est à visser, tu sais（法语，意为：你知道，这得拧开来用）。"

两人垂着脑袋，凑在一起盯着这支铅笔。她给他讲解如何使用这支铅笔——方法很普通，无非就是把那支硬螺丝拧开，里面的铅笔芯就会露出来。也许这根铅笔芯压根一文不值。

他们就那么站着，彼此离得很近。汉斯因为穿着晚礼服，衣服上有硬领，可以支撑他的下巴。

"这真是小而精致。"他低头对着铅笔说，和她额头对着额头，说的时候嘴唇没有翕动，几乎听不出唇音。

"哈，你可真有趣。"她干笑了一声，回答道。接着她站直身子，将铅笔交给汉斯。为何会说他有趣，这一点可搞不清楚，因为在他的脑子里，已经一滴血液都不存在了。"唔，你去吧，去画一画，好好画。"她这话倒是挺有趣的，听起来似乎想把他赶走。

"但是你还没有画呢，你也应当画画。"他说的时候没有把"m"的音发出来。说着，他便邀请似的退后一步。

"我？"她惊讶地重复着这个词，看上去似乎要答应汉斯的邀请了。她微笑着站了一会儿，有些犹疑不决，之后似乎被吸引似的，跟着汉斯朝酒桌走了几步。

不过酒桌上的人已兴致大减。有些人仍旧在画，只是已经没有了旁观者。菜单上已被画得乱七八糟，而今人们又被吸引到了另一处。大夫们刚一离开，便有人提议跳舞。桌子已经被挪往一旁了，还有人在客厅、写字厅以及音乐厅的门口望风，只要"老头儿"——克罗科夫斯基大夫或者贝伦斯一来，就会通知大伙。一位斯拉夫青年表情丰富地在一架核桃木小钢琴上弹奏起来，第一批舞者已经在桌椅间的不规则圆形舞池中跳起了舞，旁观者们坐在椅子上观看。

汉斯·卡斯托普挥了挥手，同酒桌上的人告别。他看到隐蔽处的一扇门帘附近有几张空着的桌子，于是朝着那里努了努嘴。也许是因为音乐声过大，他没有说话。他从刚才示意过的那个角落里拉出一把椅子给肖夏太太坐，这是一把躺椅，上面放了带有绒毛的软垫，接着再为自己拉了一把嘎吱作响的摇椅，椅子的扶手已经弯了。他手上拿着那支铅笔，双脚缩在椅子底下。她则把头埋在软垫上，脚高高地抬起来。即便是这个姿势，她依旧跷起腿，一只脚在空中摇来摇去。她穿了一双黑色皮鞋，脚上是一双白袜子，袜子一直拉到脚踝处。他们面前，人们来来往往，有的站在那儿准备跳舞，有的在椅子上坐下来休息。

"你穿了一件新衣服。"他这样说道，好像为了找借口看看她，只听她回答道："新的？你对我的穿着很熟悉吗？"

"我说得对吗？"

"没错，衣服是我新近在山下村庄里的卢卡契克那儿做的。他一直为山上的几位太太做衣服。你很喜欢吗？"

"非常不错。"他说着，再次在她身上扫了一眼，之后便垂下了眼睛。

"想跳跳舞吗？"他又问了一句。

"你想跳吗？"她挑着眉毛笑着问道。

他回答："如果你愿意，我当然去。"

"你可不像我想象的那么勇敢啊！"她说，看到他不以为意地大笑起来后，她继续道："你的表哥已经走了。"

"没错，他是我表哥。"他毫无必要地证实了一句，"我注意到他已经离开了，也许他现在要去疗养了吧。"

"这是一个古板又中规中矩的年轻人，典型的德国人。"

"古板？规矩？"他重复道，"我对法语的理解比我的法语口语好些。你是说他有些迂腐，觉得我们二人——我们德国人都有些学究气……"

"我们谈的是你表哥。不过确实，你们二位都有些小市民气息。你们爱秩序胜过爱自由，全欧洲的人都明白这一点。"

"爱，爱——什么是爱？这一句定义不够明确。有则爱之——我们的俗语是这样说的。"汉斯·卡斯托普表示。"最近，"他继续说，"我一直在思考自由。因为，我们总是频繁听到这个词，我不禁开始思考起来了。至于我想了些什么，让我用法语来给你说说吧。所有欧洲人称为自由的东西，同我们所说的秩序相比，可能极其迂腐，包含小市民气息——就是这样！"

"谁知道呢！可真有意思。这种奇怪的话，只是针对你的表哥吗？"

"不，他是个正经人，为人很单纯，不用叫别人担心。不过他并非小市民，他是军人。"

"不用叫人担心？"她吃力地重复了一遍，"你的意思是说，他非常健康，充满自信？可是你那可怜的表哥病得很重啊。"

"谁告诉你的？"

"这山上的人互相之间都非常清楚。"

"是顾问大夫贝伦斯说的吗？"

"也许是叫我去看那些图片时说的。"

"也就是说，在给你画肖像画的时候？"

"可不是嘛！我那幅肖像画，你觉得画得成功吗？"

"是的，非常成功。贝伦斯把你的皮肤画得非常逼真，噢，简直惟妙惟肖。我也很想当一名肖像画家，这样就能有机会好好研究你的皮肤。"

"请你讲德语吧！"

"噢，我说的是德语，偶尔也会掺一些法语。这是艺术和医学上的一种研究，总之，它说的是人文科学方面的东西，你应该懂的。刚才说什么来着，咱们要不要跳跳舞？"

"噢，不，跳舞太幼稚了，而且还是背着大夫他们跳！贝伦斯很快就会回来，于是大家又急急忙忙地坐到椅子上去，简直太可笑了。"

"你一直这么尊重他吗？"

"尊重谁？"她问的时候语气生硬，还有些陌生。

"贝伦斯。"

"去你的贝伦斯！不过这儿不适合跳舞，太过拥挤了，何况这里都是地毯。咱们还是看别人跳吧。"

"好，那就这样吧。"他说道。他的脸色惨白，用那双如同祖父一样沉思着的蓝眼睛凝视着她身后的小客厅以及写字厅。那里，那些戴着假面具的病人正在狂欢。可以看到"哑巴护士"和"蓝色彼得"在一起嬉闹着跳舞，还有俨然一副舞会主人样子的萨洛蒙太太，她穿着一件燕尾服和一件白色马甲，衬衫在胸前凸耸出来，还戴着一副单片眼镜，脸上画着一抹小小的胡须。她踩着一双黑色的高跟皮鞋在那儿旋转，皮鞋不时从黑色长裤下古怪地露出来。跟她一起跳舞的是那个小丑，涂得血红的嘴巴在那张白如死尸的脸的映衬下显得更为突兀，眼睛亦是像患了白化病的兔子一般。希腊人双腿上裹着一条薰衣草色的紧身裤，和旁边那个皮肤黑得发亮、穿着短上衣的拉斯穆森，以及年轻的庚瑟一起，手挽着手跳起舞来。而斯特尔太太，则把扫帚抱在胸前，抚弄着扫帚上的粗毛，好像抚弄着一个男人的头发。

"好，那就这样吧。"汉斯·卡斯托普机械地重复了一句。他们的声音很轻，音乐声盖住了他们的谈话声。"咱们就坐在这儿看他们跳舞吧，就像在梦里一样，因为对我来说，这真的恰似一场梦，咱们竟然像这样坐着，这就像一场深不可测的梦，因为只有沉睡时才会做这个样子的梦。

401

我的意思是，这是一场大家都熟知的梦，一场无论何时都渴求的梦，既漫长，又永恒。是的，就像现在这样，坐在你的身边，这就是永恒。"

"诗人，"她说道，"小市民、人文主义者以及诗人，这便是地地道道的德国人。"

"我担心，我们可不是地地道道的德国人。"他回答，"不管怎么看都算不上。我们可能是生活中需要照料的孩子，仅此而已。"

"你可真会说，那么请你告诉我，做这么多梦，应该挺困难的吧。这位先生现在向我这忠诚的女仆说起这些，似乎太晚了些。"

"为什么要说话？"他说道，"为何要说话呢？说话、讨论，这是共和主义者的事。我承认，但是我也怀疑，这同样富有诗意。这儿还有一位病人，可以说我们也算是朋友，他就是塞塔布里尼先生——"

"他刚刚说了几句话。"

"嗯，他是一位伟大的演说家，这是毫无疑问的，甚至喜欢朗诵美丽的诗句。可那个男人，他是一位诗人吗？"

"我一直未能有幸认识这位绅士，真是非常遗憾。"

"我相信是这样。"

"啊，你这么觉得吗？"

"你说呢？我方才只是随口一说罢了。你知道，我不大说法语。不过，跟你说话的时候，我倒喜欢说我的母语。因为在我看来，说法语可以胡说一通，随便说什么都可以，不用负什么责任，就像讲梦话一般。你懂得我的意思吗？"

"大约懂一些。"

"这就够了——谈话，"汉斯·卡斯托普继续道，"是一件难事！在永恒中，我们并不说话。永恒，你知道，人们在那里就像画小猪一样，脑袋向后仰着，且闭上眼睛。"

"说得倒是不坏！你置身于永恒中，毫无疑问，你对这些知道得清清楚楚，我得承认，你是一位富有好奇心的梦想家。"

"另外，"汉斯·卡斯托普说，"如果在此之前我能跟你说上话，那就不得不称呼为'您'了。"

"那么，你想一直将我称呼为'你'吗？"

"是的，今后我将永远用这个称呼来叫你。"

"你说得有些过分了。不过今后你怕是也没什么机会再如此称呼我了，我就要离开了。"

这些话用了很长时间才渗透到他的意识中。接着他突然跳起来，恍若由梦中惊醒一般，茫然地看着这一切。谈话进行得非常缓慢，汉斯·卡斯托普讲起法语时总感觉有些吃力。钢琴声停了一会儿，如今又响了起来，弹琴的是那个曼海姆人，他接替了那个斯拉夫年轻人，将乐谱放在钢琴前。恩格尔哈特小姐坐在他身边，一页页翻阅着乐谱。舞会上的人越来越少，不少病人大概已经回去做静卧疗养了。他们坐着的地方已经没有其他人了，不过写字厅里仍有些人坐在牌桌上打牌。

"你打算去哪儿？"汉斯·卡斯托普有些莽撞地问道。

"我要离开了。"她对他的狼狈故作震惊，笑着回答。

"不可能。"他说，"你在开玩笑。"

"没有。我很认真。我是要离开了。"

"什么时候？"

"明天，Après dîner（法语，意为：晚餐后）。"

他突然觉得经受不住了。他问："去哪儿？"

"一个非常远的地方。"

"达吉斯坦吗？"

"你倒是挺清楚的。也许，目前——"

"那么，你的病治好了吗？"

"至于这点——还没有。不过贝伦斯说，目前来讲，待在这儿的意义不大。因此，我才想冒一下险，到别处去换换空气。"

"那么你还会回来的！"

"这个说不准。 或者说，问题是什么时候回来。 至于我，你知道的，我热爱自由胜过一切，尤其是选择住所的自由。 你应该很难理解这一点，我非常热爱独立。 这也许是我们民族的特点。"

"你在达吉斯坦的丈夫给你这样的自由吗？"

"是疾病促使我这样的。 这已经是我第三次到这里来了，如今，我已经在山上度过了一年的时间。 或许我还会回来，但那时候您早已离开了。"

"你是这么想的吗，克拉芙迪亚？"

"你竟也知道我的名字！原来您对狂欢节的风俗也看得如此认真！"

"那么你也知道我的病情了吧？"

"知道——不知道——山上的人总是这样的。 你身上有一个浸润性病灶，而且轻微发热，对吗？"

"下午时也许是三十七度八或者三十七度九。"汉斯·卡斯托普说，"你呢？"

"噢，你知道，我的情况有些复杂——一点儿也不简单。"

"人文学中有一个叫医学的分科。"汉斯·卡斯托普说，"在那里，人们称之为结核性淋巴管堵塞。"

"啊！你在做暗探，亲爱的，这一点很清楚。"

"你——请原谅我！请你允许我问一个问题，我要迫切地问你，六个月前，当我离开餐桌，前去做身体检查的时候，你东张西望地找我——可否还记得？"

"你说什么啊！六个月前！"

"你知道当时我要去哪儿吗？"

"确实，这完全是偶然。"

"贝伦斯跟你讲过？"

"老是提贝伦斯！"

"噢，他把你的皮肤画得如此逼真！此外，他还是一个脸颊发热的鳏夫，还有一套上等的咖啡用具。我想，他对你身体的了解不仅仅是作为一位大夫的，还有作为另一个人文学科的专家的。"

"你说得很有道理，不过那是在讲梦话吧，我的朋友。"

"随便你怎么说吧。你要出发的消息就像钟声，将我从睡梦中惊醒，那么就让我再做一次梦吧。七个月前，我知道了你，而今刚与你真正结识，你却说自己要走了！"

"我再跟你说一遍，咱们真应该早些谈起这些。"

"你是这么想的吗？"

"我吗？你别总是避开我，我的小伙子。这是你的原因，你总是羞于见那个此时你正向她说梦话的女人。或者，是有别的人拦着你吗？"

"我已对你说过，我不想称呼你为'您'。"

"可真逗！回答我——那位爱说漂亮话的人，那位中途离席的意大利人——他对你说了什么？"

"我什么都没听进去。当我的眼睛看到你的时候，就不大把那位先生放在心上。但是你忘了，在这个圈子里，想跟你结识并不容易哟。还有我的表哥，他不太喜欢在这儿寻欢作乐。他不大在意这些事情，一心只想回到平原上去当一名军人。"

"可怜的家伙！确实，他的病比自己了解的更为严重。你那位意大利朋友也病得不轻。"

"他自己是这么说过。但是我的表哥——这是真的吗？你吓了我一跳。"

"如果他想到平原上去服役，很可能会死掉。"

"他会死的，会送命，这些话真可怕，不是吗？但是很奇怪，这些话今天却没有触动我。刚才我说'你吓了我一跳'，这只是一种传统的说法。死亡的概念并不会叫我害怕，我已能冷静地对待它。听到他也许会死去，我既不怜悯那可怜的约阿希姆，也不怜悯自己。如果这是真的，那么他的处境和我相似，我并不觉得这有什么特别的。他会死掉，而我呢，则陷入了情网，很好！——在 X 射线室的候诊室里，你曾和我表哥聊过几句，你应该还记得。"

"记得一点儿。"

"所以那天贝伦斯大夫给你做了透视检查！"

"是的。"

"天啊，照片在你这儿吗？"

"不，在我的房间里。"

"啊，你放在房间里了。至于我的那张，我一直放在钱包里，要我给你看看吗？"

"非常感谢，我的好奇心也不是那么强烈的。这是很单纯的一样东西。"

"我呢，已经看到了你外在的形象，可我更想看看你内在的样子呢，不过你把它放在房间里了。请允许我问问别的东西吧！有时候，一位来自城里的俄国绅士会来看你，这个人是谁？他来的目的又是什么呢？"

"我承认，你的暗探工作做得非常漂亮。那我来回答你吧。没错，他是我的同乡，也是我的朋友，我们在一个度假胜地相识，那已经是几年前的事了。我们的关系吗？关系就是这样的——在一起喝喝茶，抽上两三支卷烟，也会在一起聊天，聊聊哲学。我们谈到了人，谈到了上帝，谈到了生活，谈到了道德，还有其他杂七杂八的事情。这就是我的汇报，你满意了吗？"

"还谈到了道德！那么，有关道德方面，你有什么发现吗？"

"道德？你感兴趣吗？在我们看来，道德不应该在美德中寻找，也就是说，不应该从理性、纪律、德行以及诚实中去找，而是恰恰相反，我的意思是说，我们应当把自己投入危险的、对我们有害的环境里，从堕落中寻找道德。道德的沦丧似乎比保持道德更为道德些。那些伟大的道德学家们算不得是道德的，但那些邪恶歹毒的冒险家们，却教导我们臣服于苦痛。这一切应该不大让你喜欢，是吧？"

他默不作声，像之前那样坐着，双脚并在一起，往后一仰，靠在那张嘎吱作响的摇椅上。对面便是那位戴着三角形帽子的女人，他的指间还夹着她的铅笔。他用那双祖父汉斯·洛伦茨·卡斯托普式的蓝色眼睛朝里面的客厅望去。

屋里空无一人，病人们都已经四散而去。汉斯·卡斯托普和克拉芙迪亚·肖夏的谈话停下来的时候，角落里的钢琴声也恰好停了下来。弹钢琴的那个曼海姆人停下了手里的动作，坐在那儿，把手放在大腿上，而恩格尔哈特小姐则依旧翻阅着她的那本乐谱。只有这四个人留在这里，他们默默无声地坐在那儿。这一阵沉寂持续了几分钟，屋里越来越静。坐在钢琴边的那两个人垂下了脑袋，钢琴师对着钢琴，而女教师则朝着她的乐谱。但最终，两人又默契而小心翼翼地一同站了起来，故意没有去看对角处的另外两人。他们低着头，两手僵硬地垂在身子两旁，踮着脚尖穿过写字厅，一同消失了。

"人都走了。"肖夏太太说，"最后只剩咱们了。嗯，很晚了，狂欢晚会已经结束。"她抬起双手，把脑袋上的纸帽子拿下来，淡红色的辫子像一顶花冠。"你知道结果是什么的，先生。"

但汉斯·卡斯托普却表示异议。他闭上双眼，保持着原来的姿势回答道："我永远也不会，克拉芙迪亚，我永远不会称呼你为"您"，不管我活着还是死了，我永远不会，要是可以这么说——想来也是可以这么说的。用这种方式称呼人，称呼这些受过西方文化影响以及怀抱人文思想的人，在我看来，是非常俗气、非常迂腐的。归根结底，为什么要形式呢？形式本身就是迂腐的。你真的认为，你和你那些受折磨的病友们对道德的看法，会让我感到震惊吗？你把我当成傻瓜了吗？你说，你认为我是怎样的人？"

"这个问题不必多加思考。你是一位温文尔雅的绅士，出身名门，文质彬彬，是一位听话的学生，不用别人操心，不久还将回到平原上去，忘了在这里说的一堆胡话，在平地上兢兢业业地为强大的祖国效力。

这是你的内部图像，不是用照相机拍出来的。你认为这图像非常逼真，是吗？"

"还少了一些细节，但贝伦斯却发现了。"

"啊，医生对你的身体非常熟悉，总能找到些什么的。"

"你说的话真的跟塞塔布里尼先生说的一模一样。那么我的热度呢，是从哪里引起的？"

"别在意，这只是偶然发生的，没什么害处，很快就会退去。"

"不，克拉芙迪亚，你自己也知道，你对自己的话没多少信心，我敢肯定是这样。不管是我身上的热度，还是怦怦乱跳的心脏，抑或是瑟瑟发抖的全身，这些都不是偶然的，它无非是因为——"说着，他那苍白的脸和抽搐的双唇离她更近了——"无非都是因为我对你的爱慕。没错，自从上次见到你之后，或者说，自从认识你之后，我就爱上你了——很明显，正是爱情把我引到这个地方来的——"

"你真傻！"

"噢，如果说爱不是疯狂的，不是愚蠢的，不是一次邪恶的冒险的话，那它也就什么都不是了。不然，它就只是平淡无奇的、让人心情愉悦的事，只适合唱在平原上的和平小曲里。而我向你承认，承认我对你的爱慕，这是千真万确的——没错，我之前就认识了你，认识了你那美妙的斜睨的双眸，你的嘴巴，你的声音，你说话的样子。当我还是一个学生时，就向你借过一支铅笔，后来才得以与你相识，只因我疯狂地爱着你。我对你的爱是毋庸置疑的。正因为此，我身上才存留着贝伦斯发现的过去的痕迹，这表明，我过去患过病——"

他的牙齿在打战。他已经把一只脚从椅子下面抽了出来，往前移过去，一边还在说着梦话。这时候他另一边的膝盖已经着地，他跪在了她的面前，低垂着脑袋，整个身子都在颤抖。

"我爱你。"他梦呓着，"我永远爱着你，因为你是我生命中的你，我的命运，我的梦想，我永恒的希望——"

"够了，够了！"她说，"如果你的老师看到你这样——"

可是他用力地甩着头，脑袋向着地毯垂下去，回答道：

"我不在乎，我对这些卡尔杜齐一样的人物，对夸夸其谈的共和国以及现代人类的进步都不屑一顾，因为我爱你。"

她温柔地抚弄着他脑袋后面剪短的头发。

"小市民，"她说，"身上长了浸润性小斑点的漂亮的小市民，你真的这样爱我吗？"

她的抚弄让他有些不知所措。此时，他已经双膝跪下，垂着头，闭上眼睛，继续道：

"噢，爱情，你知道——肉体、爱情、死亡，这三者是一体的。肉体意味着疾病和纵欲，是它导致了死亡。没错，爱情和死亡都与肉体有关系，这也正是它们的恐怖及魅力所在！但是你知道，死亡一方面是不光彩的东西，是叫人感到羞耻的东西；但另一方面，它又是一种神圣而庄严的力量，比挣钱填饱肚子、寻欢作乐等事情高尚得多，比现代人夸夸其谈的进步事业可敬得多。因为死亡就是历史，就是高尚，就是虔诚，就是永恒，就是神圣。在它面前，我们得脱下帽子，踮起脚尖走路。但是，肉体和肉体的爱也是一样，都是不雅的、叫人烦恼的东西，它会因为恐惧和害羞而变得苍白或泛起红晕。但它同样也是伟大的、叫人尊敬的荣耀，是有机生命的神奇的图像，是圣洁的形式以及美丽的奇迹的化身。对它的爱，对人类肉体的爱，比世界上的任何教育资料的威力更为强大。

"噢，有机体的动人美丽之处，并不是由油画颜料以及石块组成的，而是由活生生的物质组成的，充满着生命以及腐烂这令人心神向往的双重秘密！看看人体那美妙的对称性，左肩和右肩，左臀和右臀，以及那对花朵般的乳房，成双成对排列的肋骨，还有柔软的腹部中间的那个肚脐眼，以及双腿间那片黑色地带。看看肩胛骨如何在柔滑的背部皮肤下活动，脊柱一路往下，最终陷入那两片丰满而柔嫩的臀部，血管和神经某些大的分支通过腋下传向四肢，双臂和双腿的结构又是如此对称。 噢，肘关节和跗关节是多么柔软，内部细腻的有机结构又是多么柔嫩。 能够爱抚身体中这些柔美的部位，可以说是死而无憾。 是的，我的天啊，让我闻闻你膝部皮肤的气息，那精巧的关节囊已经分泌出了湿滑的油。 让我的嘴唇虔诚地轻触你大腿前面的动脉，那条动脉向下分成了两条胫骨动脉。 让我闻一闻你毛孔散发的气味，触一触你身体上的体毛。 肉体是水和蛋白质的混合物，迟早要在坟墓中消融。 就让我的嘴唇贴着你的嘴唇，一同消逝吧！"

说完后他一动不动，眼睛依旧闭着，双膝跪地，脑袋低垂，手上还夹着那支银铅笔，铅笔从指间探出来。 她说道："你不愧为一位绅士，能以德国式的深情向别人献殷勤。"说着，她把那顶纸帽子戴在他的脑袋上。

"再见了，狂欢节的王子。 我预言，您今晚的温度将会升得更高。"

接着她轻巧地从椅子上站起来，沿着地毯走到门边。 在门边，她突然又停了下来，抬起一只裸露的手臂，抓住门把手，身子稍稍扭向后方。她越过自己的肩膀，柔声说道：

"别忘了把铅笔还给我。"

说罢她便离开了。

魔山

[德] 托马斯·曼 著

吴学颖 译

下册

陕西师范大学出版总社

第六章

Der Zauberberg

改　变

　　什么是时间？这是一个秘密，它是一种空洞而又威力无穷的东西，是外部世界非常重要的条件，是与空间内部的物质以及运动紧密融合的运动。难道说没有运动就没有时间，没有时间就没有运动吗？我们不禁要这样问。时间是空间作用的结果，或者说空间是时间作用的结果，再或者它们其实是一种东西？没人知道答案。时间是运作着的，可以说它是一种动态的过程，它能产生出某些东西。那么是什么东西呢？是变化！此时不是彼时，此处不同于彼处，因为两者间存在着运动。不过人们量度时间的运动是循环的，是一个完整的循环圈子，也可以称之为休息或是静止。因为这种重复在过去是频频发生的，因此彼时也就变成了此时，彼处变成了此处。此外，由于我们竭尽全力也无法想象出时间或空间的终止点来，便姑且把这两种东西看成是永恒的和无限的——我们显然希望这样可以成功地解决这一问题，至少也算是解决了。但是，永恒和无限的概念一旦成立，那么从逻辑和数学的角度上看，时间和空间上一切有限的概念不就被摧毁得荡然无存了吗？在永恒中，事物的连续性有没有可能？在无限中，物体的系列性有没有可能？距离、运动、变化，甚至宇宙间存在的各种事物的概念，这些究竟如何呢？它们是否与永恒和无限的假设相吻合？我们是否有改变？我们不得不再次如此问道，而这些问题也都需要一个答案。

　　汉斯·卡斯托普在脑海里翻来覆去地思考这些问题。自第一天上山之后，这些莫名其妙的想法就一直困扰着他。而之后呢，或许在那不怀好意而强烈的欲望得到满足后，他又开始对这些问题肆无忌惮地寻根究底起来。他向自己发问，向好心的约阿希姆提出这些问题，也曾在疗养时向空旷的长年累月积着白雪的山谷问过，但是从这些回答者那里从未收获所谓的答案，甚至连最起码的答案也没能得到。他向自己提出这些问题，正因为他并未知晓答案；至于约阿希姆呢，或许是因为约阿希姆对这些压根不感兴趣，就像某天晚上汉斯·卡斯托普用法语说的那样，他关心的除了到山下去当一名军人，别无他事。如今，他正为此而斗争着。他大脑里的这种想法时而遥不可及，时而近在眼前，仿佛嘲笑着他。这种想法变得愈加强烈起来，他甚至想干脆抛开一切，一走了事，寻得自由。没错，善良、耐心、正直的约阿希姆从来都是秉公守法、严守纪律的，而今居然生出了反抗之意，甚至还质疑加夫基氏表的权威性。加夫基氏表是一种实验室检测方法的名称，用于检测病人受感染的程度。从痰液中可以分析出，病人身上的细菌是寥寥数个独立的杆状菌，还是侵占了一整个身体的庞大家族，这样就能测出"加夫基"，所有情况以这一数值为依据。病人检测出的这个数值，能够准确无误地反映出病人康复的概率，因此大家都对此很是关注。这个数值将决定他们未来是待上几个月，还是几年，或者在此基础上再加或减，是像周末拜访那样待六个月，还是所谓的终身监禁。但是从字面上来看，这样表述时间其实根本没什么意义。

约阿希姆竟然强烈地抗议加夫基指数，并且公然质疑它的权威性。不过他还不算十分高调，并未向权威人士宣战，只是跟自己的表弟以及餐友们抱怨。"我受够了，再也不愿当一个傻瓜了。"他说，白皙的脸庞因充血而微微泛红，"两周之前，我的加夫基指数还只是二，压根算不上什么，康复的可能性也颇高。可是今天做例行检查的时候，恕我直言，竟然已经升到了九。这下可别谈什么出院了。一个人的情况怎样，只有鬼才知道！上面的沙特察尔普那儿有一位希腊的农夫，是一位代理人把他从阿卡迪亚送到这儿来的。他患的是奔马性结核，简直看不到一丝希望了，随时都可能死去，但是在他的痰液里面竟从未找到哪怕一个细菌。而那位比利时上尉呢，身体已经全部被细菌侵染，加夫基指数已经到了十，却不日便痊愈出院。他的体内明明只有一个极其微小的空洞。去他的加夫基指数！我受够了，我还是回家吧，即便这么做会杀了我！"大伙儿看到温文尔雅、年纪轻轻而又庄重严肃的约阿希姆竟如此气急败坏，都感到很难受。汉斯·卡斯托普听到表哥宣称打算抛下一切下山后，不由得想起曾在别人口中听到的用法语发表的一番看法。但他还是忍住了，没有出声，因为想在表哥面前树立起忍耐的形象，就像斯特尔夫人那样。她曾告诫过约阿希姆不要亵渎神明，应当逆来顺受，学学她。她，卡洛琳·斯特尔，就是凭着这种信念才得以在山上坚持到现在，而不是回到坎斯塔特的老家去——只为有朝一日，以一个健康的妻子的身份回归丈夫的怀抱。不，汉斯·卡斯托普说不出口。狂欢节过后，他就一直对表哥心存愧疚。他的良心告诉他，对于那件他们从未提及的事情，约阿希姆肯定已经清楚了，而且把这看作一种背信弃义的行为。这事跟一位有着一双棕色眼睛，总是无缘无故笑出声，拿着一块橙子香味的手绢的太太联系在一起。尽管约阿希姆会每日五次地浸染在这种香气下，但并未想入非非，依旧直直地盯着自己的餐盘。确实，甚至在汉斯谈起时间，提出各种问题和思索时，约阿希姆也坚持报以沉默。但即便如此，汉斯·卡斯托普认为他只是出于军人的礼仪罢了。不仅如此，当汉斯躺在那把上等的躺椅上，对着冬日里那白雪皑皑的山谷静静冥想时，山谷也只是一片沉寂。山峰、穹顶、山腰还有棕绿色的山林全都静静地伫立在那儿，人世间的时间从它们身边缓缓流过，悄无声息。有时候在碧空如洗的苍穹中闪闪发出光亮，有时候烟雾弥漫，有时候在临近落山的夕阳照耀下发出玫瑰色的光，有时候被夜晚皎洁的月光映照得如宝石一般，显出几分迷幻之色。不过，这六个月以来，山里总是覆着一层白雪，这是不可思议而又转瞬即逝的六个月。所有病人都表示自己已经厌倦了这雪色，他们对此早已感到厌烦。 从夏日开始, 他们便已经饱览了白雪, 而今还是一块块一堆堆的白雪, 铺满了整个山坡, 平地上也全是。 日日如此, 他们实在受不住了, 精神也为此受到了重压。 他们戴上了有色的眼镜——绿色、黄色、红色, 这么做与其说是为了保护眼睛, 不如说是为了心理上的慰藉。

深山幽谷在雪地里深陷了六个月, 不, 已经七个月了。 故事继续的同时, 时间也在飞速消逝, 就连过去的那些时间, 汉斯·卡斯托普与同病相怜的病友一同度过的那些时间, 也都在飞逝, 同时又带来了变化。 之前汉斯·卡斯托普在狂欢节时曾口不择言地说过一些话, 让塞塔布里尼先生大为反感, 如今这些话都已经如约应验了。 夏至还未到来, 复活节已经过去, 四月里的日子继续向前, 圣灵降临节已经在望, 春天马上就要降临, 雪也将很快融化。 不过, 并非所有的雪都会融掉, 就像南边的高地, 北边的雷提岗山脉, 都会有一些残雪。 夏季的那好几个月也还会再下雪, 虽然很难形成积雪。 岁月流转, 总会有一些变化。 狂欢节那晚, 汉斯·卡斯托普跟肖夏太太借了一支铅笔, 过后已经归还给她。 在他的要求下, 肖夏太太又送了他另外一样东西当作纪念品, 汉斯一直把这东西放在口袋里。 从那时候起, 已经过去六周了, 这比汉斯·卡斯托普原先打算在山上逗留的时间多了一倍。

没错, 自从那一晚与克拉芙迪亚·肖夏结识之后, 已经过去了六周。 自此, 汉斯每晚回到房间的时间就比循规蹈矩的约阿希姆晚了许多。 结识那晚过后, 肖夏太太便动身离开了。 她暂时离开, 到达吉斯坦去待一段时间, 这地方远在高加索山脉的东部。 她只是离开一阵子, 当然还会回来, 虽然日期还未确定下来, 但早晚会回来, 而且一定要回来。 关于这一点, 汉斯·卡斯托普已经直接从她口中得到了确认。 这倒不是之前在法语交谈中说的, 而是过后在无言的眼神交谈中知晓的。 在这段时间内, 我们暂且不再讲述故事的发展和时间的流逝, 就让时间自由而纯粹地前行吧。 没错, 年轻的汉斯·卡斯托普在回到三十四号病室以前，必然得到了肖夏太太的保证，因为接下来的那一天，他与肖夏太太未曾交流一句，也几乎没与她见面，只有两次算是远远地看到了她。第一次是她嘭的一声关上玻璃门，轻手轻脚地溜到自己的座位上时，她穿着蓝色布裙子和白色的毛衫。这个年轻小伙子的心不由得跳到了嗓子眼儿，要不是恩格尔哈特小姐提醒，他怕是要伸出双手把脸遮起来了。另外一次是下午三点钟，那时她正要动身离开，他只能隔着走廊的玻璃，远远地看着她离去的身影。

她走的时候，正像汉斯·卡斯托普在山上常常看到的那样——一辆雪橇或马车停在门口，赶车人和看门人把箱子捆绑好装到车上，友人们都聚在一边，跟即将离开的人道别，也不管那人是否已经痊愈，到平地上后能不能活下来。友人圈的外面还站着一些逃避疗养，好奇地来此观看的病人。有时候管理部那边会有几位穿着白大褂的领导者出面，偶尔大夫们自己也会前来。接下来这个小圈子便会向准备离去的病人频频致意，他们一般都会面带微笑，这时候气氛总要比往日都热闹些。今天要离开的便是肖夏太太了，陪着她的是她的同乡布里津先生，他打算陪她走上一段路程。肖夏太太穿了一件长长的、蓬松的皮质镶边旅行大衣，戴一顶很大的帽子。她满脸笑容，手臂上挂满了鲜花，似乎因为可以换换环境而格外兴奋，就像这里的其他人一样——不管他们要去的那个地方环境如何，也不管是否已经得到大夫的许可，是否因为灰心绝望而抱着破釜沉舟的心态。她双颊绯红，一刻不停地用俄语说着什么，膝上披着一条毛毯。人们给她献了不少花束，姨婆还送她一盒俄国的糖果。一大群人站在肖夏太太身边给她送行，有俄国的同胞，还有与她同桌用餐的病友。克罗科夫斯基大夫也在，他张开嘴，温和地微微笑着，胡须间露出一口黄牙。此外，在场的还有那位女教师和来自曼海姆的那个男人。男人在远处忧伤地偷偷看着她，之后又看到了站在门廊玻璃门前的汉斯，汉斯正垂眼往下看着。顾问大夫贝伦斯本人没有过来，可能在这之前，他已经私下里与肖夏道过别了。终于，马拉着雪橇动了起来，人们向她挥手道别，肖夏太太往后陷进雪橇上的枕垫里，脸上带着微笑，眼睛朝着山庄疗养院扫了一眼，目光在汉斯·卡斯托普的脸上停留了片刻。汉斯脸色苍白，急急忙忙地跑到自己的阳台上去，从那里又最后看了一眼那辆叮叮当当朝着达沃斯村驶去的雪橇。接着他一屁股坐在躺椅上，从衣兜里掏出他的纪念品来。此时此刻，这纪念品对他来说就是一件珍宝。虽然这次不是什么红棕色的木制品，只是一只薄薄的玻璃板子，对着阳光，可以看到上面的东西。这是克拉芙迪亚的 X 射线图。虽然没有脸，但她上半身的骨骼结构、胸腔内的各个器官以及周围惨白的皮肉都模模糊糊地显示出来了。

自那以后，他时常凝望着它，时常将它贴在唇上亲吻。离别之后的生活给他带来了不少变化，就比如他已经习惯了这里没有克拉芙迪亚·肖夏的事实，习惯了与她遥遥相隔的生活。无论如何，他的适应速度远比人们想象的要快。山庄疗养院这样的日程安排，不正是为了让人们快速地适应那些从前未能适应的事情吗？他已经不再期待每日五次用餐前的嘭嘭响声，也许远在他乡的某个地方，克拉芙迪亚正嘭的一声关上门吧。她兴许在那个地方依旧这么做，这不仅与她的性格相符，而且同她的病体紧密相关。也许，这一点也正是她的疾病。尽管这个小精灵离开了汉斯的视野，离开了这个地方，在这样一个时刻决意到平地上去，但汉斯依旧能感知到一种穿心而过的甜蜜感。如今她的 X 射线图正被他捧在怀里，紧紧靠着他那颗对她朝思暮想了数月的心。

那个时候，他那抽搐的嘴唇用母语和外语结结巴巴、情不自禁地说出一些不可思议的胡话来，有恳求，有祈祷，有建议，还有疯狂的企图。这些东西全都被否决了，而且理所当然会被否决。就比如，他想陪伴这个小精灵穿过高加索，一路跟随着她。不管她随心所欲地在哪里逗留，他都想在下一站等候着她，今后再也不会与她分离——他说的尽是此类轻率而不负责任的胡话。不，我们这位年轻的冒险家身上唯一的东西，就是那份他视如珍宝的模糊不清的 X 射线图。或许还有那一份可能性，肖夏太太还会回到山上来，第四次到疗养院来。 是早还是晚，都由她的病情决定。 不过，无论是早还是晚，就像她在离别时说的那样，对汉斯来说，到那时，之前的事都已经"成为过去"了。 要是人们做出预言的目的不是叫它应验，而是不让它实现，就像咒语一般，那么预言的轻蔑性更叫人难以承受。 这种类型的预言是一种对未来的嘲笑，让未来羞愧于真的走上这个方向。 在我们曾重复讲述过的谈话中，或是在别的地方，那个小精灵曾将汉斯·卡斯托普形容成一个"joli bourgeois au petit endroit humide"（法语，意为：长了小湿点的漂亮的小市民），这种说法就像塞塔布里尼将他称为"生活中需要照料的孩子"一样。 假若真是如此，那么我们不禁要问，在这个由多种因素混合而成的生命里，究竟哪一个特点更强烈一些，是小市民特质还是其他什么。 也许这个小精灵并未考虑过，汉斯·卡斯托普或许也会像她一样离开疗养院，到了适合的时候再回到这里。 虽然事实上，汉斯一直待在山上，就是为了无须回来。 也许正是因为如此，他才会像其他人一样，继续留在这儿。

不过，狂欢节那一晚，一个颇具嘲讽意味的预言倒是应验了。 汉斯·卡斯托普的体温急剧上升，他庄严地把它记录下来。 过后他的体温又降了一些，但接着又上升了，而且居高不下。 这一时期，他的体温起伏变化很小，不过比平常高了不少。 汉斯发烧了，热度很高，且持续时间很长，根据顾问大夫的说法，他的肺部有些很严重的问题。 "嗯，年轻人，您比其他人感染得更严重啊。"他说，"我得带您去打打针。 我向您保证，这准会有用的。 不消三四个月，您就又活蹦乱跳的了。"于是汉斯·卡斯托普每周两次，也就是周三和周六，做完晨间疗养之后，便马上到下面的实验室去打针。

负责打针的是两位大夫，两人工作的时候神情都很淡漠。 不过顾问大夫的动作看上去更像一位技术精湛的大师，他一把那细小的针头扎进去，就迅速地注射药水。 不过他并不在乎针扎在了哪个位置，因此注射的疼痛感十分剧烈，持续不退。注射对整个身体造成的影响十分明显，神经系统会像剧烈运动过后那样强烈地做出反应，最直接的反应就是体温升高。顾问大夫事先已经说明了这一点，因此接受注射后的人们有这样的感觉时，也没什么可抱怨的。每次注射只不过是一瞬间的事，药水迅速进入体内，有时注射在大腿上，有时注射在胳膊上。不过有一两次，顾问大夫情绪比以往高一些，并未因为没有吸烟而萎靡不振。汉斯·卡斯托普也会陪着他聊天，聊天的内容无非下面这些：

"顾问大夫先生，我现在还记得去年秋天在您那儿一边喝咖啡一边愉快交谈的场景。说起来恍若发生在昨天，或是前天，我还和我的表哥偶然提起过——"

"加夫基指数是七。"顾问大夫说，"这是上次检查的结果。那个小伙子身体里的细菌一直没有消失，可他却比过去更执着地缠着我，让我允许他下山去做一名军人。真是小孩子气！他在这儿没住上几个月，却搞得像是住了千年万载似的。他执意要离开，是否也跟您说过？您应该好好劝劝他。我跟您说，假若他提早下山，用那只虚弱的肺部呼吸山下黏湿的空气，您就看着他完蛋吧。他这样的莽夫无须考虑这些事情，可您呢，作为一位守纪律的文人，就应该跟他讲讲道理，千万别让他毁了自己。"

"我跟他谈过的，顾问大夫先生。"汉斯·卡斯托普回答，将对话的主动权夺了过来，"我确实这么做过，每每他发脾气的时候，我就会规劝他。本以为他会理智一些，却不曾想他看什么都不顺眼。常常有没经过您允许，就私自离开这里，回到平地上的病人。不过送别的场景确实非常热闹，好像他们真的可以痊愈出院似的，对那些意志不坚定的人来说，这实在是一种诱惑。就比如最近吧，谁又下山了？是坐在'上等'俄国人桌上的一位太太，就是那位叫肖夏的太太。听他们说，她要去的是达吉斯坦。唔，达吉斯坦——我也不了解那里的气候，或许总比水边强些。但不管怎么说，从我们山上人的角度来说，总归还是平地。 从地理上来讲，或许那地方都是山林，我在这方面了解得不是非常清楚。 不过，一个身体不健康的人怎么能在那儿生活呢，那地方的人缺乏常识，也没人懂卫生、疗养以及测体温等各方面的知识。 不过无论如何，她曾亲口告诉我，她终究还会回来——也是凑巧跟我提起过这事。 我们怎么谈起她来啦？没错，顾问大夫先生，咱们在花园里见面的事，我还记忆犹新，仿若就发生在昨天。 或者说，您那时遇见了我们，因为我们当时正坐在长椅上，还吸着烟。 我今天就可以带您去认认那张椅子。 那时候我们俩坐着吸烟，或者说，我吸着烟，因为我表哥并不吸，这挺奇怪的。 您也吸烟，当时我们还交换了各自的烟，这事我可还记得呢。 您的巴西货吸起来真够味。 不过吸您的烟可得小心些，不然就要出点什么事了，就像曾经的您一样。 那时候您胸口起伏不停，差点手舞足蹈起来，您知道的，不过结果却平安无事，这倒有些引人发笑。 最近，我又从不来梅订购了两三百支马利亚烟。 我对这种烟很上瘾，它各方面都很对我的胃口。 不过邮费和关税费用不低，因此总价就被抬高了。 如果您能给出什么有力的依据，顾问大夫先生，我说不定会改抽本地的牌子。 我看到商店橱窗里面摆放着几样挺诱人的烟草。 没错，上次我们还有幸一览您的油画作品，我把所有事情都记得非常清楚。 您当时给我们看了肖夏太太的肖像画，您对皮肤的处理非常出色。 我简直被您的油画技巧折服了，这是我以前从未见过的。 不得不说，您的作品让我感到无比惊艳。 不过至于那位太太本人，我当时尚未与她结识，只是见过面而已。 在她离开之前，我才终于认识了她。"

"您可别这么说！"顾问大夫说道，回答时的语气有些像汉斯·卡斯托普第一次做完身体检查后，告诉他有些发烧的时候。

"没错。"汉斯继续说下去，"我与她结识了——您知道，在这个地方，想要跟人结识并不容易。 不过肖夏太太和我在晚上十一点钟的时候交谈了几句，哎哟！"汉斯突然倒吸一口冷气，叫了一句。 针头插了进去。"您可能刚好刺到某根重要的神经了，顾问大夫先生。"他说，"我跟您说，这可真痛得要命。谢谢，稍微按摩一下就好多了……没错，那次谈话之后，我跟肖夏太太的距离就近了许多。"

"哦？是吗？"顾问大夫问道。他那副样子，似乎想听到对方赞美的话。因为从他的经验以及提问的方式来看，对方必定会说一些溢美之词。

"不过我担心自己法语太差劲。"汉斯·卡斯托普避开了正面作答，"过去也鲜少会用到它。不过在交谈的时候，想说的话总能适时浮现在脑海里，所以聊得也算顺畅。"

"我相信您。"顾问大夫说，"怎么样？"他再次问道，甚至还加上了自己的手势，"挺不错的吧，哈？"

汉斯·卡斯托普站在那儿，把四肢展开，抬起头来朝着天花板，一边按着衣服领子上的纽扣。

"无非是老一套。"他说，"在这样一个地方，两个人，或者说两个家族可以同在一个屋檐下生活上好几个月，但彼此间从未交谈一言。但是某一天他们相识了，互相也有好感，这时候其中一方居然要动身离开，我想这种事挺叫人遗憾的。这种情况下，人们至少也想通过信件一类的互相联络。但是肖夏太太……"

"啧啧，她不愿意，是吗？"顾问大夫大笑起来。

"没错，她压根不想这么做。她是否从住的地方给您写过信？"

"天晓得！"贝伦斯回答，"她肯定想都没想过。首先，她很懒，其次——她该怎么写呢？我又不认识俄语，虽然必要的时候也能凑合扯上几句，但是去读呢，却一个字都不认识了。我想，您应该也不认识吧。那只小猫呢，法语或德语倒是能喵喵呜呜地说得挺流利，但是说到书写——可没那么容易呀。想想拼法吧！不，我可怜的年轻朋友，我们只能聊以自慰地说，无论早晚，她总归还要回来的。不同的人也不一样，只是过程的问题，或者说是性格问题罢了。有些人离开了，又回来，而有些人也离开了，但因为离开得太久，也便没什么必要再回来。就比如说您的表哥吧，假若他现在就要动身，那么他再回来的时候，您还会待在这儿吗？"

"不过，顾问大夫先生，依您看，我还得待多久呢？"

"您啊？您是指您，还是您表哥呀？您表哥的话，在山下待的时间将会比在山上待的时间还短，这就是我的看法。恕我愚见，现在我告诉了您，如果您好心的话，还请将这话转达给您的表哥。"

这些就是他们谈话的内容了，虽然都是汉斯·卡斯托普机灵地引出来的话题，不过内容无外乎多次重复他自己的担忧罢了。至于他还要在这儿待多久，才能看到先于肖夏太太离开的人回来，这一点他仍不清楚。那位远去的人儿呢，更是音信全无。不，假若他们就这样被时间和空间的神秘性隔开的话，他将得不到任何她的消息。她是不会写信的，也压根不会给他写信的机会。但不写信又有何不好呢？他们之间假若非要互相通信，岂不是有些市民气息，且有些迂腐吗？他不是还曾认为他们之间其实没什么通话的必要，而且也没什么好处吗？狂欢节的晚上，他真的算是跟她谈过话吗？或者说他恍若置身梦境一般地说着外语，方式也算不上那么文明？现在为何又要用信纸或是明信片给她写信，给她汇报情况，就像平常给家人写信并汇报自己的温度曲线一样呢？克拉芙迪亚因为疾病而变得放荡不羁，因此觉得没必要写信，她这么想倒也无可厚非。而谈话和写信自然是人道主义以及共和思想的重要因素，这两者也适用于布鲁内托·拉蒂尼的行为[1]。他曾写过一本有关善与恶的书，向佛罗伦萨人传授语言的艺术，教导他们如何按照政治法则治理他们的国家。

这时，汉斯·卡斯托普突然想起了洛多维科·塞塔布里尼，顿时脸色绯红，就像当初意大利人突然闯进他的房间，并一下子打开电灯时一

---

[1] 布鲁内托·拉蒂尼曾犯过强奸罪。

样。在这个人身上，汉斯感到了说不清并且解不开的一些谜。而从这位只对尘世间的东西感兴趣的人文主义者本人身上，是找不到什么答案的。但是自狂欢夜的那晚，塞塔布里尼悻悻地从音乐室内退出去之后，由于汉斯心怀他意，而对方觉得有损于自己教育家的形象，因此两人之间的关系便有些僵了起来。此后两人一直互相回避，并未交谈一言半语。在一个一心只想从理智和美德中寻求道德的人眼里，汉斯·卡斯托普不过是一个"生活中需要照料的孩子"，塞塔布里尼先生放弃了他。而汉斯则硬着一颗心，每每两人相遇时，他总是皱着眉，撇撇嘴，而意大利人则瞪着那双又黑又大、闪闪发亮的眼睛，无声地斥责他。然而正如我们所言，几周的僵持之后，当两人再次见面时，这种气氛终于缓和下来。即便塞塔布里尼说的都是典故，话中的隐喻也只有受过西方教育的人才能理解。两人遇见的时候刚好是晚餐后，就在玻璃门那儿——那扇门如今已不再嘭嘭作响。塞塔布里尼追上这位年轻人，还想加快脚步走到他前面去。他说："唔，工程师，石榴的味道[1]怎样？"

汉斯·卡斯托普欣喜若狂而又疑惑不解地笑着。他回答道："我不大理解，塞塔布里尼先生，咱们这儿有石榴吗？我不记得自己尝过。噢，没错，之前我尝过石榴汁和石榴汽水，太甜了。"

意大利人已经走到他前面去了，他回过头来说道："上帝和我们这些凡人有时到访冥府，后来还能找到归途。但是冥府的人都知道，谁要是尝了那儿的水果，就再也无法离开了。"

他继续向前走，身上穿着那件常穿的花格条纹裤，把汉斯·卡斯托普甩在身后，或许想让对方好好品味一下他的隐喻。从某种程度上来说，汉斯确实有些摸不着头脑。但是塞塔布里尼的公然挑衅还是激怒了他。汉斯不禁喃喃自语道："什么卡尔杜齐，拉蒂尼，人文主义者，意大利面。您走吧，让我自己待一会儿。"

---

[1] 详见《圣经》。

但是冷战得以结束，还是让他感到喜出望外。因为对于那件纪念品，那件他捧在胸口的令人惊惧的礼物，他还是想听听塞塔布里尼先生的意见，对他的想法极为重视。但一想到自己会被对方抛下，汉斯不由感到害怕。这种感觉比当年在学校被众人嫌弃、奚落更叫人难受，就像阿尔宾先生那样。不过，他不敢跟那位人生导师开口搭话，直到几周之后，对方才又跟这个"需要照料的孩子"接近。

时间的海洋一直在推进，永远是单调乏味的节奏。不久，复活节又快到了。山庄疗养院的人们往往对于这些一年里的常规节日，总要费上一番心思，意在打破平常的一成不变。第一次早餐的时候，每张桌子上都摆着一束紫罗兰；到了第二次早餐，院方会给客人们供应一颗彩蛋；午餐还有野兔肉，上面装饰有糖和巧克力。

"您可曾乘坐游轮航行过，少尉？您呢，工程师？"塞塔布里尼先生问道。他又叼着一根牙签，向表兄弟俩的餐桌走过来。大部分客人都把疗养时间缩短了一刻钟，在餐厅里喝咖啡和白兰地酒。

"兔肉和彩蛋多少让我想起了在某艘游轮上度过的那些日子，放眼望去，尽是一望无际的海水，接连几周都看不到地平线。那种无法言说的心旷神怡真能叫人忘记生活中的动荡不安，但这只是表面上的，内心依旧惶惶不安。我依旧记得，船上的人们怀着虔诚的心情庆祝 terra firma（拉丁语，意为：陆地）上的节日。他们一心想的是外面的世界，而且对日历极其敏感。在陆地上，今天应该已经是复活节了，他们会这样说；或者，今日人们正在庆祝国王的诞辰，咱们也应当庆祝啊，应当好好庆祝一番，咱们也都是人类。是这样吧？"

表兄弟很是认同他的这番言论，他说得确实在理。汉斯·卡斯托普颇为感动，意大利人主动来交谈的行为触动了他的心房。因此，他大声地赞扬起塞塔布里尼先生来，说他讲得非常有道理，极其出色，不愧为一位文学家。他对塞塔布里尼先生的赞扬简直说也说不完。毫无疑问，就像塞塔布里尼先生方才极有见地地表示的那样，船上的生活确实"只是表面上的"。游轮上的生活无比舒适，能够让人们忘记环境的险恶。如果可以，恕他再冒昧地多加一句，他觉得船上的生活能叫人飘飘然，叫人忘却尘世，就像古人说的"目空一切"——为了讨好塞塔布里尼，汉斯竟用起了典故——或是生发出自己就是巴比伦国王伯沙撒[1]这样的想法来，总之，这些想法都是亵渎神明的。不过，另一方面，在游轮上航行这一奢华的经历也叫人不由升起一种胜利感，一种人类精神的自豪感。在泡沫飞溅的海面上过这种舒适而奢侈的生活，人们不禁会变得大胆而生出这种征服感来，感觉自己已经征服了大自然，能自如控制这些混沌而狂暴的自然因素。如此一想，不禁觉得人类以及人类文明已经战胜了大自然的混乱，倘若他可以这样说的话。

塞塔布里尼先生伸展开四肢，专心地听他讲着，用那支牙签优雅地整理自己的胡须。

"说得挺有道理。"他说，"一个人对某个问题发表一般意见的时候，往往不知不觉间显露出自己的性格特点，同时会以比喻的方式阐明主旨，表达自己的态度。工程师，您刚才就是这么做的，您的话中透出了您内心深处的性格特点。您富有诗意地表达出了自己的人生状态，只是这些仍旧是试验性的。"

"Placet experiri（拉丁语，意为：试试也好）。"汉斯·卡斯托普一边说，一边笑着点点头，字母 C 是按意大利语发的音。

"Sicuro（意大利语，意为：没错）。只要人们怀着崇敬之情去探索宇宙万物，而不是不顾后果、漫不经心。您说起了'目空一切'这个词，您确实说了这个词。'目空一切'是一种用来对抗黑暗势力的人类力量的表达方式，不过一旦诸神起了妒意，就会出手报复。到那时候，per esempio（意大利语，意为：例如），他们会让那艘华丽的轮船在风浪中沉入海底，这样的话，所谓荣耀便成了泡影。普罗米修斯就是犯

---

[1] 古巴比伦国的最后一位统治者，狂妄自大，亵渎神明。详见《圣经·旧约》。

了'目空一切'的罪名，在西高加索山的悬崖上受难，在我们看来，却是一种神圣的牺牲精神。但是，至于另外一种'目空一切'呢，如果我们肆意妄为，无理取闹，对人性充满敌意，这是否也是光荣的呢？Sí，o no？（意大利语，意为：是，还是不是？）"

汉斯·卡斯托普在他的咖啡杯中一个劲搅拌着，虽然里面什么都没有。

"工程师啊工程师！"意大利人摇头晃脑地说着，仿佛陷入沉思一般，那双黑黑的眼睛直愣愣地盯着某处，"地狱第二层刮起了飓风，您害怕吗？飓风将那些有罪的人，那些堕落忧伤的人，还有那些丧失了理智、臣服于欲望的人卷入其内，加以鞭笞。Gran dio（意大利语，意为：伟大的上帝）！一想到您被大风吹得团团转，上下颠倒，我就不由得因为同情您而几乎晕厥，像一具死尸一般倒下去。"

说完他们哈哈大笑起来，为这诙谐而富有诗意的谈话感到高兴。不过塞塔布里尼又加了一句："您要记住，工程师，在狂欢节晚上喝酒的时候，您竟与我告别，或者说您当时的行为差不多是在跟我道别了。唔，今天轮到我了，两位先生，现在我要向两位道别了，我打算离开山庄疗养院。"

表兄弟大吃一惊。

"不可能，您在开玩笑吧。"汉斯·卡斯托普高声嚷道。他此前也曾有过这样的经历，当时的反应简直和现在如出一辙，这次甚至更加令他感到震惊。

塞塔布里尼继续说："我没有开玩笑，就像跟两位说的那样。再说了，这个消息对两位来说算不得什么新闻。我之前就跟二位说过我的想法，一旦发现根本没有回到工作岗位上去的可能，我就离开疗养院，在山下的村庄里找一处永居之所。唔，这一刻现已到来。我无法痊愈，这是既定的事。我也只能在这山上苟延残喘。对我最后的判决，是无期徒刑。顾问大夫一向直言直语，挺好的，方便我做下一步的打算。

如今我已经找了新住所，打算带着我微薄的生活用品和写字的用具一并搬过去。那地方离这儿不远，就在下面的村庄里，咱们一定还会见面，我必定还能见到二位。不过大家同是疗养院里的病友，我很荣幸能来此跟二位道别。"

这是塞塔布里尼在复活节当日所说的话。表兄弟两人对此都感到特别难以接受。两人就他这事反复讨论了很长时间，谈到了他离开山庄疗养院后的疗养问题，还谈到了他参与的百科全书编纂工作。那本书是关于人类痛苦以及如何消除这些痛苦的。最后，他们谈到了塞塔布里尼的住宿问题。他住在一位漂亮的零售商开的零售店里，他本人是这样说的。这位零售商把上面几层租给波希米亚一位专做女性衣裳的裁缝，裁缝又把这间屋子转租了出去。但现在，所有这些事都成了过去。时间稳稳当当地向前推进，这样的改变也发生了不止一次。塞塔布里尼果真不再在山庄疗养院里待着，而是到那个叫卢卡契克的裁缝那里去住了——事实上住了几周。他离开的时候没有坐雪橇，而是徒步下山的，身上穿着一件黄色的短外套，领子和腰部还稀稀疏疏地缀着皮毛。同行的还有一个推着小推车的男人，车上装着这位人文主义者的生活用品和文学作品。他道别的时候，还用两只手指捏了捏一位餐厅女侍者的脸颊。人们看到他挥着手杖，走下山去。

就像我们已经交代过的那样，四月的前四分之三已经过去，天气却依旧像是深冬。室内的温度不到五度，室外仍然是零下九度。要是谁把墨水瓶忘在阳台上，过一夜它就会冻成一整块，就像黑色的煤球一样。但是人们都清楚，春天即将到来。偶尔有些阳光普照的日子，可以从空气中感觉到一丝细微的暖意。冬雪即将融化，山庄疗养院里也发生了一些变化。顾问大夫贝伦斯总要行使一下权威，每次在餐厅就餐时，或是到病室内探视时，抑或是身体检查的时候，他总要喋喋不休地说上一堆叫人们消除对这一季节的偏见的话。

他问大家，上山来的那些人究竟是运动员，还是病人呢？假若是后者，这冰天雪地的环境对他们到底有何好处？难道他们没有想过，融雪的季节是山上最难熬的一段时间吗？废话！不过这也是最好的时候。他可以向大家证明，往往这个时候，待在疗养院的重症病人相对都要少很多。对肺病患者来说，在外面的世界，没有哪个地方的冬日气候能与这里相媲美。人们只要稍有一些头脑，就应该在这儿坚持下去，好好利用这里的天气提供的磨炼机会。接着，只要能依大夫交代的时间在这里坚持下去，必定能够痊愈而归，之后不管在哪里，不管风吹雨打，就都能经受过去了，如此等等。但即便他说得再怎么诱人，人们对这个季节的偏见依旧没有消除。山庄疗养院慢慢空了下来。也许因为春天的到来，人们的内心也蠢蠢欲动起来，即便是那些意志最为坚定的病人也离开了。但不管怎样，擅自离院以及"疯狂"告别的情况越来越频繁。就比如，来自阿姆斯特丹的萨洛蒙太太，尽管她在例行检查时可以尽情穿着蕾丝内衣搔首弄姿，尽管她病情非但没有好转，反而每况愈下，她还是固执地离开了疗养院，未经任何人批准。她入住疗养院的时间比汉斯·卡斯托普早了许多，一年多以前就住进来了。那时候她病情很轻，本来预计只待上三个月便可出院。可四个月后，大夫告诉他，还得多待六周方可痊愈。又过了六周，压根谈不上什么康复了，她被要求再待上四个月。事情就是如此，她在这里待的时间一而再再而三地延长。当然，这个地方并不是牢狱或是西伯利亚的刑场，萨洛蒙太太可以一直待着，玩弄着她的蕾丝内衣。可近期，因为冰雪融化，她又去做了例行身体检查。结果检查出来她的左上肺里有鸣音，右下肺的啰音也确凿无疑，大夫表示还需住上六个月。这下子她突然沉不住气了，她离开疗养院，回到温和湿润的阿姆斯特丹去。她走的时候痛骂了达沃斯村庄和高地，骂这里久负盛名的气候，这里的大夫，还骂了山庄疗养院。她这么做妥当吗？顾问大夫贝伦斯耸起肩膀，抬着胳膊拍了拍大腿，发出响亮的声音。他表示，她最迟在秋天就会回来了，回来后就会永远在这儿待着。我们当然有时间来验证他的这一预言，因为我们还要在这个游乐胜地过上一段不短的尘世生活。不过像萨洛蒙太太这样的情况绝非只是例外。时间已经带来了不少的变化。时间一向会让某些东西改变，只是改变发生得比较慢，效果并未如此触目惊心罢了。

如今，餐厅中的七张餐桌上都有了空缺，不管是"上等"还是"下等"的俄国人餐桌，不管是横向摆着的还是纵向摆着的餐桌。但是仅凭这一点根本不能准确地说明这一情况，因为不但有人离开，而且总有新病人住进来，病室内总是人满为患。不过还有一点，有些病人的病情太过严重，因此不能随意活动。餐桌上的空缺有的属于那些行动不便的人，另外一些的背后却有着耐人寻味的原因。比如布卢门科尔博士，他已经去世了。生命中最后那几天，他脸上那副苦不堪言的表情一日比一日严重，简直无法言表，然后卧床不起，直至去世。没人知道他具体何时离开的，院方一如往常地谨慎处理了此事，并未走漏风声。于是餐桌上留下了一个空缺，而斯特尔夫人就坐在这个位置的旁边。因为太过心惊胆战，她移到了约阿希姆·齐姆森的另一面去坐，这个位置原本是罗宾逊小姐的，后者已经痊愈出院了。这个位置恰好在女教师的对面。女教师紧邻汉斯·卡斯托普，她一直坐在这个位置上。如今，桌子的那一角便只剩她自己了，其余的三个位置都空了出来。大学生拉斯穆森身体一天比一天消瘦，一天比一天虚弱，一直卧病在床，大概是奄奄一息了。而姨婆呢，带着她的孙女和胸部丰满的玛鲁莎出门旅行去了，之所以说"旅行"，是因为所有人都知道她们总会回来的。她们在秋天就必定会回到疗养院来，因此压根算不得是离院。圣灵降临节一过，夏至马上就来了。一年中白昼最长的季节一过，转眼间又会是冬天。这么说来，姨婆和玛鲁莎马上就要回来了，因为生性活泼的玛鲁莎几乎不可能病愈。长着一双棕色眼睛的玛鲁莎的胸部长了结核性溃疡，对于这一点，女教师胸有成竹。大夫不止一次说过，这种病没有动手术的必要。当恩格尔哈特小姐说起这事的时候，汉斯匆匆瞥了表哥约阿希姆一眼，而后者则一直目不转睛地盯着自己面前的餐盘，脸上的斑点清晰可见。

临别前，姨婆将同桌的餐友请到餐厅里去吃晚饭，其中有表兄弟俩、斯特尔夫人、恩格尔哈特小姐等。那一晚的晚餐很是丰盛，有鱼子酱、香槟和利口酒。约阿希姆一直少言寡语，只说了一两句，而且声音低得几乎听不见。老太太正在兴头上，因而想给他打打气，甚至也顾不上礼仪，直接以"你"称之。"别在意，小老爷，开心一些，尽情吃吃喝喝吧。放宽心，我们总还会回来的。"她说，"咱们都好好吃喝，开心点，把过去的事情都抛开吧，抛开烦恼！上帝总会适时地把秋天送到咱们面前来，所以还有什么可难过的呢？"次日清晨，她在餐厅摆了好些花花绿绿的盒子，把里面的点心分发给大家，之后便带着两位姑娘离开，出门旅行了。

那么约阿希姆呢？他是否感到心头轻松了下来，还是仍然怅然若失地望着餐桌那儿的空椅子？他总是气汹汹地说要擅自离院，那不同于往常的暴脾气，是否跟玛鲁莎的离开有关系？又或者他其实并未要离开，只是侧耳倾听顾问大夫关于冰雪融化的一些空话？实际上，玛鲁莎并未离开疗养院，只是出门旅行而已，兴许过了五个月，或者说过了这儿的五个时间单位，就会回到疗养院来。唉，这两方面都说得过去，它们之间是互通的。在这件事上，汉斯·卡斯托普下意识地没有跟约阿希姆交流一言半语，而约阿希姆也缄口不提另一个新近下山的女人。

这个时候，是谁坐在塞塔布里尼的座位上呢？没错，就是那位意大利人空出来的座位上。那张桌子上还坐了几位荷兰人。他们食量大得惊人，每日进餐时，还要再额外吃上三只煎蛋。现在坐在那个位子上的是安东·卡洛维奇·菲尔戈，也就是那个在气胸手术上经历了地狱般痛苦的人！没错，菲尔戈先生已经可以起身走动了。没有再打气胸，他的身体也已有所起色，白天的大部分时间都可以穿起衣服，出来走走，甚至会跟大伙儿一起用餐。他那浓密的大胡子看起来颇为亲切，突出的喉结看上去也很是和善。表兄弟偶尔也和他聊聊天，有时候在餐厅里，有时候在会客室内，他们对这位淳朴的受苦者心怀同情，因此每日例行散步时也会带上他。菲尔戈先生嘴里虽吐不出什么高雅的话，但当他们在晨雾中踏着融雪慢慢走着的时候，他却能讲起那些两人都爱听的故事。他讲起胶鞋的制造，讲起俄国的一些边远地区，比如萨马拉和乔治亚等。

如今，几乎每条路都难以通行。他们穿过小溪，在雾霭中走着。顾问大夫说这并不是雾霭，而是云雾。不过在汉斯·卡斯托普看来，这无非是一种遁词罢了。气候三番五次地重返严冬，最后春天终于挣脱了束缚，重新到来。春冬之战持续了好几个月，直到六月份方才结束。好些时候，即便是三月，阳光也是热不可当。人们穿着轻薄的衣裳，躺在阳台的躺椅上，把阳伞支起来挡着光，依旧难以抵挡这温度。太太们已经把春天过成了夏天，从早餐开始便穿上了薄纱制作的衣裳。她们这么做是可以理解的，因为山上气候非同他处，往往四季混淆，互相交错，叫人分不清楚。不过她们的这种行为实在有些目光短浅，欠缺想象力。她们的愚蠢之处还表现在一心想着变换新花样，暴露出一种时间被吞噬的焦躁和缺乏耐心。从日历上看，此时正当三月，照理应该还是春天，但是气温竟和夏天没什么区别。人们已经急不可耐地穿起了夏装，想趁着秋天还未到来之前好好装扮一番。事实也的确如此。四月到了之后，天气变得干冷潮湿，乌云密布，阴雨连绵，之后不久又是大雪纷飞。人们在阳台上，手指都冻僵了。两条驼毛毯子全派上用场，睡袋也得重新拿出来，院方把暖气也打开了。每个人都叫苦不迭，表示自己被春天欺骗了。快到四月底时，山谷里覆上了一层深深的白雪，不久气温再次上升，白雪再度融化。某些有经验的或是体质敏感的病人早就预见到这一点了，比如斯特尔夫人，皮肤白得如象牙般的莱维，还有寡妇赫森费尔德，她们在南方山峰顶部尚未出现最小的一朵云之前，就已经不约而同地预测到了。赫森费尔德太太患上了疝气，莱维小姐卧病在床，而斯特尔夫人则噘起两唇，露出兔子般的牙齿，每时每刻都在唠叨自己迷信般的恐惧，总担心什么时候就会咳出血来，因为人们都说融雪会引起咳血，或者说这种天气更易叫人咳出血来。天气热得令人难以置信。暖气已经关上，阳台的门也彻夜敞开着，早晨室内的气温依旧高达十一度。冰雪还在融化，雪变成了灰色，慢慢渗出孔隙来，积雪的面积渐渐缩小，似乎要消失到土地里面去。到处都可以听到积雪融化时的潺潺水声，融化的雪水渗入地里。树上也在滴水，大块大块的雪从上面滑落下来。街道两旁的雪障已经铲去，草地上覆着的一层层白皑皑的雪也已经消融，因为积雪太多，因而不会一下子全部融掉。这时候，山谷中突然呈现出一幅绚丽的景象，春意盎然，仿若童话般，前所未见。眼前是辽阔的草地，后面是施瓦茨山锥形的山峰，上面依旧盖着白雪，右边则是整个覆在雪里的斯卡莱塔冰川。某些牧场和草垛上也还是皑皑白雪，虽然这雪又薄又稀松，一些地方甚至已经融化，露出又黑又秃的一小块地，干枯的杂草随处蔓延。但即便如此，表兄弟还是发现，这里的雪有着别样味道！远远看去，郁郁葱葱的山坡上积雪很厚，但是走近一瞧，会发现雪是稀稀疏疏的。那片暗淡无光、一片荒芜的草地上，实际只覆着一层薄薄的白雪，只是些斑斑点点的白色。他们再走近一些，弯下腰，惊奇地发现原来那不是白雪，而是花。雪中之花，花中之雪，是一些带着短茎的花朵，有的呈白色，有的白色中带着些蓝色。无疑，这些都是藏红花。成千上万的花朵从湿漉漉的草地中长出来，长得颇为茂密，和雪混杂在一起，简直叫人看昏了头。

　　眼前这番奇异之景叫表兄弟两人乐了起来，为花儿的这一小诡计而哑然，笑这花儿的羞涩，笑它们的以假乱真之术，竟然还设法赶在其他有机生命之前，率先破土而出。他们采了几朵花，细心研究它们的结构，观察那美丽的花瓣。他们把花插在纽扣孔内，最后还带了几朵回家，插在房间内的玻璃瓶里。冬日里，整个山谷已经被冻僵了，长期以来变得死气沉沉，虽说从时间上看，其实也不算长。

　　但那些似雪的花儿上又覆上了真正的雪花，蓝色的高山钟花和黄色的报春花也遭受了同样的命运。这是一场多么惨烈的战斗啊，在春天振奋起来，取得最后的胜利之前，它还会被打倒数次。就这样，在春天最终站稳阵脚之前，形势又来来回回逆转了十来次——时不时又是严冬，寒风刺骨，白雪纷飞，屋子里又开起了暖气。到了五月初（在我们谈论藏红花的时候，时间已经悄悄地从四月走到了五月），在阳台上给山下的家人写一张明信片都是受罪，手指就像暴露在十一月刺骨的冷空气里一样，冻得生疼。高地上的四五棵阔叶树，就像一月份的山谷一样，光秃秃的。雨一直下个不停，有时候下一整周。也只有这舒适的躺椅，才能叫人忍着又湿又僵的脸，在阳台上躺上好几个小时。阳台上雾霭弥漫，但尽管如此，这雾的本质其实是春雨。不过随着时间推移，它的本质也便暴露无遗了。在春雨下，雪全部融化了。那儿不再是一片白色，到处只剩下一片脏兮兮的灰色——过了这么久，如今，草地终于开始长出了新绿！

　　在看了这么久的白色之后，突如其来的这一片绿色是多么让人振奋，看着多么舒适柔软啊！但除此之外，还有另一种绿色，在柔软上要更甚于这一片新绿，那便是这些阔叶木新长出来的嫩芽了。汉斯·卡斯托普时常忍不住用手轻抚它们，或是在散步时把脸贴上去轻蹭，它们的柔软和鲜嫩叫人无法抗拒。"我几乎要被它们诱惑去当一名植物学家了。"他对同伴说道，"看着冬天过后，万物复苏的景象，我几乎真的想要去当一名自然科学家了。你看悬崖上面，那正是龙胆，这儿呢，是一种很小的黄色紫罗兰——这个我倒是不大熟悉。这边是金凤花，看上去跟山下的没什么区别，属于毛茛属植物。这是一种很漂亮的植物，雌雄同体，你可以看到很多花粉囊和柱头，也就是说，每有一个雄蕊，就有一个雌蕊，如果我没记错的话。我真应该找几本关于植物学的旧书来，好好补补这一领域的知识。天啊，这个世界真是多姿多彩！"

"六月份的时候，这儿的风景更加壮丽。"约阿希姆说，"这块地方的花一向很是出名。但是我并不觉得自己来这儿，是为了观赏这些花。你打算研究植物学，也许是受了克罗科夫斯基大夫的影响吧？"

克罗科夫斯基？他说这话是什么意思？噢，很可能是因为克罗科夫斯基大夫最近的一次演讲中谈到了植物学。如果我们认为时间在山庄疗养院里引起了很多变化，导致克罗科夫斯基大夫连演讲都不办了，那就简直大错特错。他仍旧和以前一样，每逢隔周的周一便在餐厅里做一次演讲；他也依旧穿着那件大外套，虽然因为现在并非夏天，他不会如原先那样穿着凉鞋，但不久便又要到穿凉鞋的季节了。很久之前那次，汉斯·卡斯托普还迟到了，最后流着血进去听讲。在一年中，这位心理分析家有三个季度都在讲爱情和疾病的关联，每次谈得并不多，只说一些罢了，大概会讲半小时到三刻钟。人们不禁会有这样的印象——这一话题，大夫似乎一谈起来就没完没了，好像永远也讲不完，像是要把自己的学识全部倾吐出来一样。这种演讲就像《天方夜谭》中的故事一样，每一次的讲述都随心所欲，可以无限延长；就像谢赫拉沙德[1]所讲的那些故事一样，可以满足那位王子的好奇心，驱散他的暴怒情绪。克罗科夫斯基大夫演讲的话题有些不着边际、变幻莫测，让人不由得想起塞塔布里尼编撰的那本有关痛苦的百科全书。他最近的演讲甚至谈到了植物学，准确地说，谈的是蘑菇。不过现在，他谈的话题兴许有一丝变化。他已经谈到了爱情与死亡，这不禁让人们想起了诗情画意而又朦朦胧胧的画面，但同时在大夫冷漠残酷的科学分析面前陷入沉思。就这样，这位学识渊博的先生用他那拖长的声调、典型的东方的抑扬顿挫，以及声调柔和的 R 音谈起了植物学，也就是说，谈起了蘑菇这一话题来。这种生长于阴影之中，长势茁壮、形象奇特的有机生命体，肉质丰富，性质上与动物界的联系非常紧密。它的身

---

[1]《天方夜谭》中的叙述者。

上可以见到动物新陈代谢的产物，其中有蛋白、糖原（动物淀粉）等。克罗科夫斯基大夫继续谈起一种蘑菇来，说它自古便因为形状怪异以及功效强大而闻名于世，这是一种真菌，一种羊肚菌，拉丁语学名叫 impudicus（拉丁语，意为：淫荡的，无耻的）。这种真菌的形状让人联想到爱情，但它的气味又让人想到死亡，因为事实上，令人震惊的是，这种真菌的气味就像动物尸体腐烂后发出的气味一般。当它上面那种黏糊糊淡绿色的孢子从它钟形的顶部脱落后，便会发出这种气味。如今，仍旧有一些愚蠢无知的人，把蘑菇当作春药来用。

听完演讲后，帕拉范特律师感觉这些话对太太们来说有些过头了，但他仍旧待在这儿。听了顾问大夫的宣传之后，他便下定决心在山上熬过融雪的时间。斯特尔夫人也一样，她个性顽固，对院方的诱导丝毫不为所动，未经允许绝不离院。在饭桌上的时候，斯特尔夫人谈起克罗科夫斯基那一日的谈话，说到蘑菇的时候，内容可真是"模糊不清"。没错，她用的就是"模糊不清"这个词，这个可怜的女人，总是接二连三地闹笑话。

但是让汉斯·卡斯托普惊讶的是，他的表哥竟然谈起了克罗科夫斯基演讲时谈到的植物学来。这些心理分析的东西，就像克拉芙迪亚·肖夏以及那个玛鲁莎一样，他们之间都缄口不提。之前，他们从不提起这位大夫的名字，对于他的行为和成就也默契地绝口不谈。但如今，约阿希姆竟然谈起了这位助理大夫，虽然说的时候有些生气。此外，他也表示，自己是不会在这儿等到花开时节的。听起来，他有些闷闷不乐。善良的约阿希姆如今看起来似乎已经失去心理平衡了。因为愤怒，他说话的声音有些颤抖，往日的温文尔雅如今已经无影无踪。是否因为那橙子香味已然消失？还是因为加夫基指数欺骗了他，让他灰心失望？又或者，是因为就连他自己也不清楚究竟是该在这儿待到秋天，还是擅自出院？

事实上，约阿希姆的语气如此不满，而且有些发颤，还冷嘲热讽地说起那次植物学演讲，其实还有别的原因。但汉斯·卡斯托普对此并不清楚，或者说，他并不知道，约阿希姆其实是清楚那件事的。而他自己呢，他这个放荡不羁的人，这个生活中需要照料的孩子，这个叫导师烦恼的学生，自然是心中有数的。总之，约阿希姆已经再次看出了表弟的花招，就像狂欢节那一晚发生的事一样，这又是一次背信弃义。因为之前已经发生过一次，这次的问题便更趋尖锐起来。

时光流逝的节奏永远是单调乏味的，每一个正常的日子都由固定的日程安排分成好几个部分，每一天又是相同的，像是在重复着前一日，永远都不会变，叫人感到混淆不清，甚至扑朔迷离，根本就谈不上有什么改变。按着这一成不变的日程表，也就是在我们说的正常的日子里，大概在下午三点半到四点的时候，正是克罗科夫斯基大夫每日查房的时间。就像往日一样，他一个房间接着一个房间进行走访，或者从一个阳台穿到另一个阳台，从这一间的椅子走到那一边的躺椅边去。汉斯·卡斯托普曾对卧病在床的生活怨声连连——因为克罗科夫斯基总是绕过汉斯的躺椅，对他不予理睬——那时以来，疗养院里这惯常的日子又发生了多少变化啊！开始的客人，如今早已成了"同志"。克罗科夫斯基在查房的时候，经常这样称呼汉斯，听上去总有些突兀。R 的发音带着些异国韵味，不过他称呼的时候口气爽朗而热情，亲切而又叫人信任，因此听上去倒并不觉得刺耳。但即便如此，因为他的脸色一会儿暗沉沉的，一会儿又苍白无比，显得气氛有些怪异，令人生疑。

"唔，同志，你身体怎样了？"大夫离开了那对野蛮的俄国人的房间，朝着躺椅上的汉斯·卡斯托普走过来。而病人呢，每次听到这样的称呼，总是将双手交叉在胸前。他不大喜欢这个称呼，只是露出一丝善意的苦笑，看着大夫胡须间的那排黄牙。"睡得还不错吧？"克罗科夫斯基大夫继续说道，"温度降下来了吗？升高了，嗯？没关系，在你结婚前，身体总会好的。祝您愉快。"说完之后，大夫便走到约阿希姆的阳台上去了。因为这些日子，午后的巡视都只是过来随便走上一圈，再无其他了。

但有的时候，他在这里逗留的时间要长些。他精神抖擞地站在那里，肩膀很宽，带着男子汉的笑容，和这位同志谈天说地，谈到天气，各种各样的离别，新住进来的人，还有病人的情绪如何，是好还是坏。有时候他还会说到自己的私事，自己的出身，对今后的憧憬，等等，最后结尾都要说一句"祝您愉快"，说完便离开，到其他地方去了。这样的时候，汉斯·卡斯托普总是抬起手，抱着后脑勺，一一回答大夫的问题，脸上带着笑容。当然，他感觉对面的这人有些让人捉摸不透，不过还是进行了回答。两人交谈的时候都压低了声音，以免被约阿希姆听到。不过两间房之间有玻璃墙隔开，约阿希姆压根听不到，因此他们毫无这样做的必要。约阿希姆只听到表弟站起身，走进屋子里去，兴许是去拿他的温度曲线给大夫过目。从助理大夫走出房间的时间判断，进了房间后，两人又继续谈了一会儿。看来，大夫之后会从走廊进入约阿希姆的房间。

这两人谈了什么？约阿希姆倒没提起这个问题。但若是我们当中有人提了出来，那么答案也就呼之欲出了。两个拥有共同点的同志般的人，或者说，两个男人之间，往往有许多可以交流的东西。其中一个认为物质无疑是精神堕落的体现，它会滋长一些病态的因素，而另一个则以医师的角度，热衷于宣扬有机疾病的第二性质。确实，我们认为，如果把物质看作精神的一种不光彩的堕落表现，把生命看作对物质的无耻追求的结果，又或者把疾病看作生命的一种不纯洁的表现形式，那么以最近的那几次演讲为背景，两人的谈话便有着丰富的话题。他们可能谈到情爱这种导致疾病的力量，谈到引起疾病的各种超于感官方面的因素，谈到新病灶和老病灶，还有可溶性毒素以及春药，谈到无意识的启发，谈到精神分析的福祉，谈到各种病症的转移，等等。总之，克罗科夫斯基大夫和年轻的汉斯·卡斯托普之间聊了什么，我们又怎会知道呢。假如有人问起，那也只能是猜测罢了。

无论如何，他们没有再多谈。他们的交谈也只是持续了几周而已，之后便不再继续。最近的这段时间，助理大夫不再特意花时间跟这位特殊的病人交谈，查房时见到汉斯也只是说一些"唔，同志你好哇？""祝您愉快"之类的话。但约阿希姆发现，他的表弟对他不够坦诚。作为一位军人，他一向坦坦荡荡，从不会做这种窥探他人行动的事。事情其实很简单，有一个周三，第一次静卧疗养期间，他被召至地下室，到浴室师傅那儿去称体重。他沿着铺着干干净净的油毡毯子的台阶往下走，台阶正对着问诊室，诊室两旁都是透视室，左侧是有机透视室，而右侧台阶低一级的那一角，则是精神分析室，门上还用图钉钉着克罗科夫斯基大夫的问诊牌。约阿希姆在台阶上刚走了一半，便停下脚步，因为他看到表弟从问诊室走出来，刚才他正是去那里打了针。汉斯急匆匆地走出门，用双手将门关上，然后头也不回地朝着那扇用图钉钉着大夫的问诊牌的房间走去。他两三步便走了过去，走路时身子往前倾，一点儿声音也没发出。他敲了敲门，还把脑袋贴在门上听了听。屋内响起带有异国情调的男中音，对方说了一句："请进！"随后，约阿希姆便看到表弟消失在克罗科夫斯基大夫的私人诊室里。

新来的那个人

日子很长，或者客观地从日光照射的时间来说，这一时期的白昼是最长的。 不过从天文学的角度来说，白昼时间的长度对这些日子的流逝速度丝毫没有影响，不论就个体单元的时间来说，还是就它们单调的流逝而言，都是如此。 春分已经过去了三个月，夏至快要到来了。 山上的时令跟日历并不一致，到了最近这几日，春天才姗姗来迟。 春天没有夏日那种沉郁的气氛。 此时空气依旧稀薄，空灵明净，蔚蓝色的天空闪烁着银色的光芒，草地上长满了鲜艳的花朵，到处一片欢乐缤纷之景。

汉斯·卡斯托普在山上发现了风信子和蓍草，这正是当初他上山时，约阿希姆向他问候致意时带去的花。 如今见到这些花儿，他才意识到已经过了一年。 郁郁葱葱的草地上长满了各式各样的花朵，有的呈杯形，有的呈钟形，有的呈星形，有的形状并不规则。 这些花朵洋溢着浓郁的香气，在和暖的春日里缀满了草地。 这里有许许多多的野生三色堇和捕蝇草，有雏菊，还有红黄两色的报春花，这些花都比汉斯·卡斯托普在山下时观察到的那些更大更美。 另外，还有频频颔首的高山钟花，花朵呈小小的钟形，有玫瑰色的、紫色的，还有蓝色的，是这个地方的特色物种。

汉斯·卡斯托普把心爱的花朵每样采撷几朵，集成一束，拿回房里去。 他无意装饰，只是为了做科学研究而已。 此外，他还专门采购了一套用具——一本植物学课本，一把松土用的轻便的小铲子，一册标本集，以及一只倍数很大的放大镜。这个年轻人就这样在自己的阳台上忙了起来，还穿了一件上一年带过来的轻薄的夏服——这一点再次说明，时间真的已经过去一年了。

他的房间内摆满了新摘剪的鲜花，都放在躺椅旁边的小桌上，桌上还放着一盏夜灯。阳台的地上散落着一些已经枯萎的花朵，这些花儿已经褪了些颜色，不过尚未完全干瘪。还有一些四处散落的花枝被汉斯夹进了吸墨纸里，或是压在石头下。花被压平压干之后，汉斯便把它们粘贴进他的标本册子里面。他支起膝盖躺在那儿，跷着二郎腿，标本册搁在肚子上面，像是支起了一扇三角式屋顶。他一只手拿着嵌有厚厚的镜片的放大镜，另一只手拿着一朵花，就这样把那双认真的蓝眼睛睁得大大的，在那儿研究。至于那朵花，汉斯已经用小刀将花冠的一部分切了下来，只为了更好地研究花柱。在倍数很大的放大镜下，花托显得肉乎乎的。在花丝的末端，黄色的花粉从花粉囊里抖落出来，而花柱的柱头则从子房中高高凸起。汉斯·卡斯托普在花柱上纵向地切开一刀，看到里面有一条条细细的沟壑，而花粉粒和花粉囊正是通过这些沟渠漂浮到胚囊里的。汉斯进行了计数、观察以及比较。他对花萼和花瓣的结构及组成做了研究，同时也观察了雄雌生殖器官，并将其与书上的示意图做了对比，发现与书本上的内容一致，他对此感到极为满足。接着他继续研究起了这些不知名的植物，并借助那本林奈[1] 的著作，确定了它们的纲、目、属、种。因为他有的是时间，因此在比较形态学的基础上，他又在植物学分类方面做了些提高。他在标本册子里的每一种干枯的标本下面，工工整整地写下了这种植物的拉丁语学名，这些学名都是人文学科赐予的。此外，他还标上了每类植物的特性。之后，他把这本册子拿去给好心的约阿希姆一阅，引得对方赞叹不已。

---

[1] 瑞典自然学家，著有《自然系统》《植物种志》等。

到了晚上，他又观察起那些星星来。自他出生以来，地球已经公转了二十几周。过去他从未注意过这点，而今却突然生起浓厚的兴趣来。如果作者常常用起"春分"这一类的词语来，那也是因为我们的主人公最近脑子里想的都是这些。不管身处何处，他总是会突然吐出这些术语来。汉斯在这方面丰富的知识，也让表哥大为震惊。

"太阳，"他们一起散步的时候，他会突然开口，"将马上进入巨蟹宫。你知道这是什么意思吗？这是黄道十二宫里最初的夏宫，你知道的。接着到狮子宫和处女宫，再就是秋分，也就是昼夜平分点，再过去便到了九月末，太阳光又将直直射向赤道，就像三月份的时候，太阳进入白羊宫时那样。"

"很遗憾，我从未注意过这些。"约阿希姆有些不耐烦，"看你头头是道的，什么白羊宫，什么黄道十二宫，这些都是什么东西？"

"怎么会呢，你应该知道什么是黄道十二宫啊——这是古时候就已经存在的天宫——天蝎宫、射手宫、摩羯宫、水瓶宫，以及其他的。你怎会对它们毫无兴趣呢？至少，你得知道总共有十二宫，每个季节包含三个天宫，有上行的和下行的，太阳在这些星座间穿行。在我看来，这真是令人叹为观止。想一想，很久以前人们便发现了这一现象，这些星座被画成图饰，装饰在埃及神庙的天花板上。而且，那还是阿佛洛狄忒[1]的神庙，和底比斯[2]离得不远。迦勒底人也熟悉这些。迦勒底人是古代的巫师，他们是阿拉伯－闪族人，精通星象学和占卜，对天上的十二宫颇有研究。他们发现，行星也正是围绕着天宫转动的，还把黄道带分为十二星座，也就是十二分盘，这些一直流传至今。真是伟大的成就，不是吗？这便是人道。"

"你说起人道来，简直和塞塔布里尼如出一辙。"

---

[1] 希腊神话中爱与美的女神。

[2] 古埃及城市。

"没错，不过又不太一样。我们应该以人道本来的性质来看待它。但不管怎么说，它确实有着非凡的成就。当我躺着观察迦勒底人所熟知的星球时，我常常会想起他们来。迦勒底人非常聪明，但也并非什么都了解。但是他们不懂的东西，我自然也不明白。比如说天王星，就是最近才发现的，是用望远镜观测到的，差不多在一百二十年之前。"

"你把这称作'最近'？"

"我说'最近'，是在跟此前的三千年比较，如果你允许的话。但是当我躺下来看着这些星球的时候，这三千年也只算是'最近'而已。我开始对迦勒底人感到亲切起来，他们不仅曾经司样观测着这些星球，还为它们写诗。这些也都是人道主义。"

"我不得不说，你想得还真远啊。"

"你说'想得远'，我说'亲切'，不管怎么想，都是个人的自由。不过当太阳再次进入天秤宫的时候，那么从现在算起，就又过去了三个月，到时候白昼会变短一些，变得与黑夜差不多长。而且白昼会不断缩短，一直到圣诞节，你知道的。不过你以后可以留意一下。当太阳进入冬宫，也就是进入摩羯宫、水瓶宫以及双鱼宫的时候，白昼又慢慢变长了！没多久，春天又要来了——这是迦勒底人那时以来的第三千个春天，而白昼还会继续变长，一直到夏至。到时候，一年的循环便结束了。"

"当然了。"

"不，压根不是如此，这都是骗人的瞎话。冬天的时候，白昼就开始变长了，到了六月二十一日的时候，白昼是最长的。之后到了夏至，又开始走下坡路了，直至冬天都是如此。你方才说'当然了'，但当你忽视'当然了'这个事实的时候，这才是可怕的，你会感到惶惶不安起来，就像有什么东西悬而未决一般。如果说冬至的时候，春天便到来，而在夏至的时候，秋天便到来，这一套听起来就像是恶作剧一样。你会觉得自己被玩弄了，被带入了一个圈子里，就像你的眼睛死死盯着某个东西，最后却发现其实它是移动的，它就是圈子里那个移动不定的点。因为这个圈子里面除了这些转折点之外，便一无所有了，而这些点的曲率又是无法计算的，点的移动周期也不得而知。因为它们永远不会'笔直前进'，而是'不停旋转'着移动的。"

"拜托你，别说了。"

"到了夏至，也就是盛夏的夜晚，山上点起了火，人们在熊熊篝火旁围成圈跳起舞蹈来。我从未见过这样的景象，但据说，古代的人们正是这样庆祝夏季的第一个夜晚的。这个夜晚之后，夏日便开始了。这是一年当中的正午和顶点，此后白昼的长度就走起了下坡路。人们跳着，旋转着，欢呼雀跃着。为何这些原始人如此欢腾？你知道其中缘由吗？他们究竟在为何雀跃呢？难道是因为自此之后，世界便会陷入一片黑暗？或者是因为之前白昼的长度一路上行，现在却出现了一个转折，出现了这个稍纵即逝的转折瞬间，自此之后将不再有盛夏之夜及盛夏狂欢，不再有这掺杂着喜悦和悲戚的夜晚？我心里想到的，口中便也说出来了。正是因为悲情中带着喜悦，喜悦中又带着悲情，我们的祖先们才会围着篝火跳舞狂欢。如果你愿意的话，可以说这其实是一种纯粹的绝望，他们以此来表示对不断重复的整个循环以及永无止境的永恒性的敬意。"

"但我不愿意。"约阿希姆怒叫道，"请别把这些东西都加到我身上。晚上做静卧疗养的时候，我已经有一堆事要忙了。"

"没错，我承认，你晚上还要忙着读你的俄语语法书。哎，不久你就能炉火纯青地掌握这门语言了。到时候假若发生战争，这可大有用处。不过战争是上帝所不允许的。"

"上帝不允许？你说起话来可真是市民气息十足。战争是必须的，毛奇[1]就曾说过，没有战争，世界很快就会腐烂成碎片。"

---

[1] 德国著名军事家、军事理论家，陆军元帅，为实现德意志统一做出重大贡献。

"没错，确实会有这样的倾向，坦白说，这一点我是承认的。"汉斯·卡斯托普又开始了。他想把话题转回到迦勒底人上面去，因为他们也经历过战争，而且征服了巴比伦尼亚，尽管他们是闪族人，这几乎等于说他们是犹太人。这时候两人不约而同意识到有两个男人走在他们前面，离得并不远。那两人被他们的谈话吸引，中断了交谈，回过头来看着他们。

那时候他们正走在疗养地和贝尔维迪酒店之间的大街上，准备回到村庄里去。山谷已经披上了新装，一片春意盎然的景象，明亮艳丽，五光十色。山谷里的空气颇为清新，草地上的花朵发出芬芳的香气，夹杂在这纯净干燥而又清爽透亮的空气中。他们认出了前面那人正是洛多维科·塞塔布里尼，旁边则是一个陌生人。但塞塔布里尼似乎没认出他们来，或者说并不想见到他们，只是掉转头去，加快了脚步，重新同身边人谈起话来，还活泼地打着手势。当表兄弟从右边赶上他，兴高采烈地跟他打招呼时，他也故作惊喜地说了些"竟是没想到！"以及"哎呀，哎呀！"这一类的话，然后止住，让他们两个往前走。但表兄弟根本不知道他想干什么，或者说，压根没意识到他的目的。汉斯·卡斯托普已经有好一阵子没跟他见面，如今见到，自然是欢欣雀跃。他停下来，热情地同塞塔布里尼握手，问他最近过得如何，同时彬彬有礼并且满怀期待地看着他的同伴。于是塞塔布里尼只得做他显然不愿意做的事了，但在这种情况下，这又是很自然的事——他把同伴介绍给两人，一边让他们互相结识，一边一如既往地打着手势。于是几人走走停停，互相握手致意。

看上去，陌生人的年纪应当跟塞塔布里尼相仿。两人住在一处，他也是女装裁缝卢卡契克的租客。这对年轻人得知，陌生人名叫纳夫塔。他长得又瘦又小，胡子刮得干干净净，但容貌方面却非常丑陋，叫表兄弟两人咋舌。他的一切都是尖尖的，鹰钩鼻从那张脸上高耸出来，那张嘴抿成细细的一条线，轻巧的镜框里面装着厚厚的磨角镜片，

444

镜片后面是那双灰蒙蒙的眼睛——即便他缄默不语，但依旧看得出他一旦开口，肯定能讲得头头是道。按照当地习俗，他没有戴帽子，也未穿大衣，不过穿着颇为考究，身上是一套深蓝色带有白条的法兰绒服装。在这对表兄弟世俗的眼光里，他这样穿十分时髦，很对他们的胃口。与此同时，对面的纳夫塔也回望两人，只不过他的眼光更为迅捷、更为犀利些。假如洛多维科·塞塔布里尼不知道如何有尊严地将他破旧的短外套和格纹裤搭配起来，那么他真显得有些相形见绌。这也是因为那条格纹裤刚刚熨过，显然是出于裁缝之手，因此看起来就像新的一样，让他穿上去不至于太过寒酸。而那个面相丑陋的陌生人，他身上那套有些时尚、质地优良的衣着，让他的身份看上去与这对表兄弟更为相近些，而同塞塔布里尼一比则显得格格不入。不过他们两人的年纪倒是都比表兄弟大些，或者说，其实还有一些别的因素将他们区分开。就比如这四人的肤色，年轻些的这两人，脸被晒得黑黝黝的，而年长的那两位，则是一脸的苍白。经过这一个冬天之后，约阿希姆的脸看起来更黑了，而汉斯·卡斯托普的脸，在一头金发的映衬下，显出一些玫红之色来。至于塞塔布里尼，他那南方人特有的苍白肤色在那抹黑黑的胡须下，显得极为优雅，太阳光根本无法发挥出它的威力来。而他的那位同伴，也是一头的金发，只不过是金灰色的，从额头那儿开始，顺顺滑滑地全梳到了脑后，头发平平地贴着头顶。他的脸上也显出苍白之色。四人当中，汉斯·卡斯托普和塞塔布里尼拄着手杖，约阿希姆作为一名军人，自然是不用的，而纳夫塔呢，在互相介绍之后，便把两手放到背后去了。他的手和脚也都是细细小小的，跟他的身材倒是很搭。他患了轻微的感冒，时不时轻轻地咳一声。

塞塔布里尼方才看到这对年轻人时显得有些尴尬，或者说有些不大高兴，不过他马上优雅地克制住了。他摆出一副心情很好的样子，在介绍三人的时候，还不住地打趣。就比如，介绍纳夫塔的时候，他把对方称为 princeps scholasticorum（拉丁语，意为：经院哲学派之王）。他还引用阿莱廷诺[1] 的话，说在他自己的心里，有一个属于喜悦的光芒四射的庭院，这是春日的产物，值得他赞颂。两个年轻人都知道，他对山上的生活颇为不屑，时常加以抨击。而一切荣耀皆属于春天！春天本身可以补偿山上种种令人不满的地方。这儿的春天没有平原那种令人不安又深感不快的因素，没有翻腾的雾气，没有湿湿的空气，没有让人感到烦闷的潮气！有的只是干燥的空气和明净清朗的气氛，以及叫人惊叹的美丽。这些都是他真心感觉到的，这儿真是太舒服了。

他们几个人参差不齐地列成一队往前走，迎面有人过来的时候，走在右边的塞塔布里尼便会走到一旁去避让。或者，四人队伍会暂时分散开来，其中一个人先向后退一步让开，或者由走在人文学者及约阿希姆之间的汉斯·卡斯托普先行避让，抑或叫那位走在左边的身材瘦小的纳夫塔稍作退避。这时候纳夫塔便会干笑一声。因为感冒，他的声音有些低沉，让人想起用指节敲击盘子时发出的声音。他的脑袋往一边侧了侧，向意大利人示意，接着慢吞吞地说道：

"听一听伏尔泰主义，也就是那位理性主义者的主张吧！他赞美自然，因为自然从不会用神秘的雾气来迷惑我们——即便它有这个能力——而是保持着某种干巴巴的古典的清澈。对了，湿气在拉丁语里怎么说？"

"Humor。"塞塔布里尼转过头高声说道，"但教授的自然观察力的幽默之处，则在于他像锡耶纳[2] 的圣凯瑟琳[3] 一样，只要一看到春天的红色樱草花，便会想到基督耶稣的伤口。"

"与其说是幽默的，倒不如说是智慧的。"纳夫塔反驳道，"但不管

---

[1] 文艺复兴时期意大利作家，人文主义者。

[2] 意大利城市。

[3] 基督教圣人。

怎样，要向自然中灌输精神，这都是必要的。"

"自然。"塞塔布里尼低声说，这次他没有转头，"它并不需要你所说的什么精神，它本身就是一种精神。"

"您的一元论没有让您感到厌倦吗？"

"哎，那么您得承认，您仅仅把世界分成了两个敌对的阵营，即上帝和自然，是吗？"

"我所说的激情与精神竟被您说成是自娱自乐，对于这一点，我倒是颇感兴趣。"

"不过，您竟然用这样夸大的词来形容这些空无一物的需求。别忘了您有时候还称赞我是演说家呢。"

"您依旧坚持认为精神只代表着轻浮，不过从根本上来说，它却是二元论的。二元论、对比法，是精神上一种动态的、激情的、辩证法的原则。目睹世界分成两个敌对的部分，这便是精神。所有的一元论都是单调乏味的。Solet Aristoteles qu rere pugnam（拉丁语，意为：亚里士多德总喜欢争辩）。"

"亚里士多德？亚里士多德不是将普遍的理念的现实性置于个体内部吗？这是泛神论。"

"不是这样。假如您像亚里士多德的信徒托马斯·阿奎纳[1]和波纳文图拉[2]那样，假定个体独立性的存在，并且把事物的实质性从普遍性中抽离出来，看作一种特殊的现象，那么您便抹除了世界与最高理念之间的统一性。我亲爱的先生，这可是中世纪的古典主义。"

"请原谅，我只是恰如其分地引用古典概念罢了，也就是说，在它登峰造极之时用它。古典理念并非都是经典的。我注意到，您一般比较反感绝对性，不大喜欢广泛地应用于各种范畴的理论。您甚至不想

---

[1] 中世纪意大利经院哲学家、神学家。

[2] 中世纪意大利经院哲学家、神学家。

要绝对精神，只想要宣扬民主进步的那种精神。"

"我希望我们一致承认，无论精神如何绝对，都不会成为反对力量的动力。"

"不过您经常表示它在鼓吹自由！"

"为何您竟说'不过'？人类相爱的法则是自由，还是虚无主义和苛刻呢？"

"不管怎样，您明显很害怕这两样东西。"

塞塔布里尼扬起了胳膊，这场冲突方才停下来。约阿希姆疑惑不解地看看这个，又看看那个，汉斯·卡斯托普则扬着眉毛盯着前面的道路。纳夫塔方才说得那么犀利，那么斩钉截铁，虽然他也捍卫了自由的广义概念。他方才说"不"的时候，那副嘴唇紧闭的样子真叫人不悦。塞塔布里尼跟他对抗的时候，语气还算平静，甚至有些委婉，但当在某些基本的观点上发生争论时，也不免慷慨激昂起来。纳夫塔再次沉默不语起来。这时候，塞塔布里尼开始跟他们介绍这位新来者。因为二人刚刚争辩结束，所以显然在某些地方需要解释一番。纳夫塔倒是不大在意，由着对方说。他是腓特烈时代古典语言的教授，塞塔布里尼说出这个词的时候，还以意大利人特有的方式强调了一番。他的命运与塞塔布里尼相差无几，也曾被大夫告知需要在山上待上好一阵子，于是他后来毅然下山，寄住在女装裁缝卢卡契克那里。正如塞塔布里尼含糊其词的那样，他不仅是一位出色的拉丁语学者，还是修道院的学生，因而此地的中学特意聘请他前去任教，可以说他为这所学校增光添彩。总之，塞塔布里尼对这个容貌难看的纳夫塔极尽赞美之词，尽管两人刚刚结束一场论战，而且看上去，另一场马上又要开始。

塞塔布里尼接着又向纳夫塔先生介绍两位年轻人，但显然他之前便已经跟对方提起过这两人了。这一位呢，他说，是年轻的工程师，本来预计在山上逗留三周，但贝伦斯大夫却在他的肺里发现了浸润性病灶；另一位呢，则是普鲁士军队的希望，齐姆森少尉。他还谈起约阿希姆的反抗以及离开疗养院的打算，之后还加了一句，说如果不能理解工程师急切地想返回岗位的心情，那便是对他的一种侮辱。

纳夫塔做了一个鬼脸。

"两位先生竟有这么一位雄辩的拥护人。他是否将二位的想法和愿望准确无误地表达出来，我不做任何质疑。工作，工作——哎，他恐怕又要把我称为人类的敌人了，或者说 inimicus humanae naturae（拉丁语，意为：人性的敌人）。我斗胆提醒两位，过去曾有那样一个时代。那时，他的花言巧语根本无法达到期待的效果，同他的思想相反的观念却得到了至高的崇敬。比如圣伯尔纳铎 [1]，他对于生活等级的划分与洛多维科先生的截然不同，后者连做梦也不会想到。你们想听听他的观点究竟是什么吗？他提出的最低阶段是'磨坊'，第二阶段是'耕田'，而第三阶段呢，是最值得赞扬的——不要听，塞塔布里尼！——也就是'床笫之欢'。'磨坊'象征的是世间的生活，这么说并不算糟糕。而'耕田'，则代表世间人们的灵魂，牧师及教师便是在这一层次上进行努力的，这一阶段高于'磨坊'。但至于床笫嘛——"

"够了，我们知道，"塞塔布里尼提高嗓音说道，"先生们，现在他要开始详述'淫荡的床榻'的目的及用途。"

"我倒是不知道，洛多维科，你是否是个正经人。你盯着姑娘们看的时候，你那异教徒式的忠贞跑去哪儿了呢？我依旧认为，床榻是求爱者与被求爱者交欢的地方。象征性地说，它代表的是与世俗隔绝，与上帝交合这一目的。"

"呸！去你的！去你的！"意大利人拼命止住他的话头，几乎要哭出声来。几个人一齐哈哈大笑起来，但塞塔布里尼依旧强装大方地继续说下去："不，不，我是欧洲人，是西方人，而您所说的进步程序却

---

[1] 克勒窝修道院院长，修道院改革运动熙笃会的领袖，中世纪神秘主义之父。

是东方式的。东方人憎恶活动，老子[1]便曾教导过：无为之益，天下希及之。如果人人都无所作为，那么这世界上便会是一片安静祥和之景，到时也就能达到您所说的与上帝交合了。"

"噢，确实如此！那么西方的神秘主义呢，还有静寂主义，费纳隆[2]便是其中的一员。费纳隆宣扬这样一种观点：每一种行动都是错误的，因为行动的意愿本身就是对上帝的冒犯，而上帝是偏好自行其愿的。我引用了莫利诺斯[3]的主张。不过毋庸置疑，那种在静寂主义中寻求自我解救方法的精神倾向，在世上已广为流传。"

这时候，汉斯·卡斯托普突然插进话来。他莽莽撞撞地参与到他们的辩论中来，望着天空，说道：

"忠诚，与世隔绝，听起来倒是不错，也算是合情合理。我们这山上的人倒是十足地与世隔绝了，这一点毋庸置疑。咱们躺在这些质地精良的躺椅上，在这海拔高达五千米的地方，俯视着山下的世界，望着那里的芸芸众生，脑中会闪现出各种各样的想法。我沉思良久，更是觉得这十个月以来，这山上的'床榻'——当然，此处指的便是我的躺椅——比这么多年来山下的'磨坊'带给我的思想食粮更多。这一点是无法否认的。"

塞塔布里尼望着他，那双黑色的眼眸中有些许哀伤的神色，"工程师！"他闷闷不乐地说道。接着他挽起汉斯·卡斯托普的胳膊，把他拉到一边去，仿佛想私下里跟他说几句话，"我曾多次提醒您，一定要清晰地意识到自己的身份，再适当地思索！不管提出什么样的主张，我们西方的传统都是讲究理性、分析、行动以及进步，而不是僧侣们睡的那种懒惰的床榻！"

---

[1] 即李耳，字聃，中国古代思想家、哲学家、文学家、史学家，道家学派创始人和主要代表人物。

[2] 法国思想家、作家、神秘主义者，主张静寂主义。

[3] 西班牙神学家、神秘主义者，主张静寂主义。

纳夫塔一直在听，他转过头说道："僧侣的床！感谢僧侣，为了所有欧洲大地上的文化！德国、法国以及意大利的田地不再是森林和沼泽，转而变成了硕果累累、美酒不断的地方，这也要感谢他们。亲爱的先生，僧侣们也曾辛勤劳动过……"

"得了吧！这又怎样！"

"请先别急。这些僧侣并非为了劳动而劳动，他们的工作本身也没有什么目的，不是为了造福社会，也不是为了谋取利益，只是一种苦修，是一种拯救灵魂的赎罪方式。他们以劳动抑制肉欲，抵御感官上的需求。所以说——请允许我做出这样的结论——这种行为的性质完全是非社会的，是一种纯粹的宗教利己主义。"

"对您的教导，我深表感激。我很高兴看到，工作依旧是不受个人意志影响，造福于人类的。"

"是的，与个人意愿无关。我想叫您注意的，是利己主义以及人道主义之间的区别。"

"但是我先注意到的是，您还是把世界分成了两个敌对的因素。这让我很是气愤。"

"我使您闷闷不乐，对此我颇为难过。但是还是有必要对事物加以区分的，应当让 Homo Dei（拉丁语，意为：神之子）的概念从一堆污浊的成分中解脱出来。意大利人发明了银行和交易所，愿上帝原谅你们！但是英国人发明了社会经济学，这一点，人类的神将永远不会原谅。"

"哎，人类的神也活在那个岛国的那些伟大的经济学家心里！您想说点什么吗，工程师？"

汉斯·卡斯托普不大想说，但还是开了口。纳夫塔和塞塔布里尼都有些紧张地听着。

"从您所说的话中，纳夫塔先生，可以看出您应当对我表哥的职业深表同情，也对他想尽早回去的急切心情深表理解。至于我呢，我是个彻头彻尾的文人，我表哥经常因这一点而谴责我。我从未服过役，可以说我是和平之子，纯粹而纯朴，甚至有些时候想去当一名神职人员。您可以问问我表哥，这些话我跟他说过很多次了。不过，假若抛开我的个人爱好不说——或者，事实上并不必完全抛开——我对军队生活倒是有几分理解和同情。这份差事也有严肃得叫人痛苦不堪的一面，就像您所说的，禁欲主义。您是这么说的，不是吗？军人时常要同死神交战，神职人员也是如此。正因为这，军队中才定有纪律、礼仪以及规制等一大堆'西班牙式礼节'，如果我可以这么说的话。无论人们系的是制服衣领，抑或是浆硬的领子，都没什么两样，最主要的是您所说的动听的禁欲主义……我不知道我是否能让您明白我的思路……"

"噢，我很清楚。"纳夫塔说着，瞥了一眼塞塔布里尼，后者正旋转着手杖，抬头望向天空。

"因此，"汉斯·卡斯托普继续说下去，"想必您会对我表哥齐姆森表示深切的同情。我倒并没有思考什么教会与皇帝之类的东西，一些善意的、恪守纪律的人倒会关注这二者间的联系。我想说的只是在军队里工作——准确地说，也就是服役——并不是什么能谋取利益的职业，这也不是为了创造经济的神权社会，就像您刚才所说的那样。因此，英国的士兵人数并不算多，少数派向印度，另外一些则是用于国内检阅……"

"您这么说下去也是白费力气，工程师，"塞塔布里尼打断他，"士兵的存在——我这么说无意冒犯齐姆森少尉——理论上来说无须讨论。因为士兵的存在只是形式罢了，本身并没什么实质性的内容。步兵便是典型，他们被人雇用，打完这场战役，再打下一场。有反对西班牙宗教改革的士兵，有革命军的士兵，有拿破仑的士兵，有加里波第 [1]

---

[1] 意大利军事家、将军，意大利建国三杰之一。

的士兵，还有普鲁士的士兵。要想谈论士兵，就得先知道他们为何打仗。"

"但是他们确实打仗了。"纳夫塔再次插话，"这是军人的特性。这一点，咱们都应当同意。这也许还不足以使他们在精神上值得讨论，但即便如此，他们的世界的氛围依旧远远不是您作为一介文人，作为生活中只追求物质主义的人所能理解的。"

"您津津乐道的所谓的生活中的物质主义，"塞塔布里尼反驳道，他抿着嘴，嘴角在飘动的胡须下面耷拉着，脖子从衣领处伸出来，一下一下向前探着，样子有些滑稽，"会抓住机会，对理智和道德，对那些年轻而摇摆不定的心灵造成合法的影响。"

接下来是一阵沉默。几个年轻人有些尴尬地望向前方的虚空，目光呆滞。走了几步路后，塞塔布里尼又开口说话了，这次，他的脑袋和脖子恢复了常态。

"你们不必惊讶，这位绅士经常与我进行这样的辩论。但我们的争辩是一种友谊的体现，或者说是为了一定程度上的互相理解。"

这番话起了很好的效果，塞塔布里尼先生不愧为一位讲究人道和勇气的人。为了让大家和和平平地继续谈下去，约阿希姆便也自告奋勇地说了几句："方才我和表弟就走在二位的后面，当时我们恰巧谈起了战争。"

"我听到了。"纳夫塔回答，"听到你们的谈话，我还回过头去看了看。你们是在谈论政治，以及世界形势吗？"

"噢，那倒没有。"汉斯·卡斯托普笑了起来，"我们怎么会谈论这些话题呢？我表哥的工作使他不宜谈论政治，而我自己呢，宁愿放弃这一权利。对于这些东西，我可是一无所知，上山以来，我身边甚至一份报纸都没有呢。"

听了这番话，塞塔布里尼再次指出，这应当受到谴责。接下来，他为了显示自己对当今大事的了如指掌，就时事发表了一番见解。他觉得，到目前为止，事态的发展对文明的进步还是有利的。欧洲的主流观念是和平思想以及裁军计划，民主理念正在蓬勃发展。他还表示自己听到可靠消息，说年轻的土耳其军的革命运动已步入尾声，土耳其将成为一个民主国家，一个立宪国——这是人性伟大的胜利！

"伊斯兰教的自由化。"纳夫塔冷嘲热讽道，"说得真精彩！启蒙的狂热，噢，确实非常棒，而且与您关系密切。"说着，他转向约阿希姆，"阿卜杜勒·哈米德[1]下台的时候，你们在土耳其的影响也就结束了，到时候英国便会以保护者自居，您应当重视咱们的塞塔布里尼掌握的信息。"这话是对着表兄弟两人说的，而且听起来有些傲慢无礼，仿佛他觉得两人会对塞塔布里尼掉以轻心一样。"他对于国家和革命一类的事非常了解。在他的国家，人们与英国巴尔干委员会保持着良好的关系。但是，洛多维科，假若你们那些进步的土耳其人成功了，那么雷瓦尔[2]协议又会如何呢？到时候，爱德华七世[3]将不再让俄国人自由通过达达尼尔海峡，而如果奥地利强制推行一项积极的政策，那么——"

"噢，去你的不怀好意的预言！"塞塔布里尼想回避这一话题，"尼古拉[4]热爱和平，而关于海牙会议[5]，我们应当感谢他，此次会议是合乎道义的，值得作为重要事件载入史册。"

"俄国在东方遭遇厄运之后，必然是要休整一下。"

---

[1] 奥斯曼帝国的苏丹，一八七六至一九〇九年在位，其统治的年代被称为"暴政时期"。

[2] 苏联城市塔林的旧称。

[3] 英国国王，一九〇一至一九一〇年在位。

[4] 俄罗斯末代皇帝，一八九四至一九一七年在位。

[5] 指一八九九年和一九〇七年在荷兰的海牙召开的两次国际会议。当时各国争霸，俄国深感力不从心，俄皇尼古拉二世在海牙召开和平会议，以此缓解军力重负。参加会议的有俄国、德国、英国、法国、日本、美国、德国、意大利等二十六个国家。会议宣称其目的是限制军备及保障和平，但最后未能达成任何协议，只是在和平问题上签订了三项公约和三项宣言。

"呸！先生！人类的天性便是追求社会改良，您为何要对此加以讽刺呢？凡是阻碍这种愿望的民族，都是会受到道义上的谴责的。"

"假若政治不是为了给双方和解创造机会，那么它的目的又是什么呢？"

"您是在拥护泛日耳曼主义吗？"

纳夫塔耸了耸肩，他的肩膀不是很平，实际上，这让他的外貌看上去更显糟糕。他不愿意回答这个问题，塞塔布里尼便自顾自下了一个结论："无论如何，您说的话都是居心不善的。在实现国际性民主的这一崇高愿望里，您竟只看出了政治企图……"

"可能您希望我看到的是理想主义，或是宗教的虔诚性，但我真正能看到的却只是自我维护本能的一种最后的挣扎，这个已被判处死刑的世界体系凭此苟延残喘着。灾难性的预言还会到来，而且终将到来，无论以何种方式，在什么时候。就拿英国的政治来说吧，英国需要确保在印度的前线阵地，但结果又如何呢？同您和我一样，爱德华也非常清楚，俄国必须弥补其在满洲 [1] 的战败造成的损失，而国家之间的和平又如同面包一样不可或缺。即便如此，他——而且也只能这样做——只能朝着西部继续扩展，挑起了圣彼得堡与维也纳之间潜在的战争。"

"噢，维也纳！您对这一世界进步的阻碍倒是颇感兴趣。在这一点上，我猜想，是因为您发现，这个日渐衰落的国度正是日耳曼民族的神圣罗马帝国的木乃伊。"

"而您呢，我想，鉴于您对政教合一的制度怀有人道主义的关怀，一定是亲俄派吧。"

"我的朋友，民主这种东西，如果您寄希望于霍夫堡 [2]，倒还不如

---

[1] 中国东北的旧称。

[2] 代指意大利。

指望克里姆林宫 [1] 呢。对于路德 [2] 以及古腾堡 [3] 的国家来说，这简直是耻辱。"

"也许不仅仅是耻辱，还是一种愚蠢的行为。但即便如此，这也是一种命运的工具——"

"噢，别跟我说什么命运。人类的理智渴求的是对自身的解答，而非命运，它正致力于超越命运！"

"可人们有希望掌握的也只有命运，实行资本主义的欧洲就希望可以支配自己的命运。"

"如果人们对战争并不是十足憎恶，那么就等同于相信它早晚都会爆发。"

"如果您不以国家为出发点，那么这种憎恶在逻辑上是不成立的。"

"民族国家乃现世之原则，阁下却企图将其出卖给恶魔。当民族实现自由和平等的时候，当弱小之国得到保护、免受侵略的时候，当正义得以伸张的时候，当国家的边界得以确定的时候……"

"是的，我知道，比如布伦内罗 [4] 边界，还有奥地利的覆没。要是我能知道，您如何不借助战争而实现这些就好了！"

"我倒也想知道，我何时谴责过民族解放战争！"

"但是您又说——"

"不行，我必须为塞塔布里尼先生做证。"汉斯·卡斯托普方才一直听着他们辩论，歪着脑袋，一会儿看看这个，一会儿又看看那个，如今却也插进话来，"我表哥和我曾与他探讨过这一问题，我们也时常讨论其他类似的话题。当然了，说是探讨，不过是他发表自己的见解，而我们在一旁倾听。对此我可以做证，我表哥也可以做证，塞塔布里尼

---

[1] 代指俄国。

[2] 德国宗教改革家，欧洲宗教改革运动发起人。

[3] 德国发明家，西方活字印刷术的创始人。

[4] 意大利城市。

先生不止一次满怀激情地跟我们谈起革命原则，谈起叛乱和改革。在我看来，这倒算不上什么和平原则。另外他还谈起，在这种原则取得胜利之前，在幸福的世界共和国成立之前，还需付出极大的努力。这些都是他说过的话，当然，他的原话要动听且文雅得多。不过叫我印象最深、记得最为清楚的却是这样一番话——作为一个彻头彻尾的文人，我听后大为震惊。他说这一天终将来临，不是由鸽子衔来，便是乘着雄鹰的翅膀飞来——听到'雄鹰的翅膀'时，我大感震惊——想要实现和平及繁荣，就必须沉重打击维也纳。这样看来，我们不能笼统地说塞塔布里尼先生谴责战争。我说得对吗，塞塔布里尼先生？"

"大致如此。"意大利人简明扼要地回答了一句，扭过头去，转动着手杖。

"真糟糕！"纳夫塔不怀好意地笑了笑，"您的学生为您定了罪，表示您有好战的倾向，'Assument pennas ut aquilae'（拉丁语，意为：乘着雄鹰的翅膀飞来）……"

"伏尔泰本人也对文明对野蛮发起的战争予以肯定，并且支持腓特烈二世向土耳其开战。"

"但腓特烈并未听从这意见，最后他竟与土耳其结盟了……呵呵！还有世界共和国！我不禁要问，当和平与繁荣实现后，革命的原则究竟会变成什么样子？到那时，反抗显然变成了一种犯罪行为……"

"您了解得十分清楚，这两位年轻的先生也很明白，我们所谈论的人类进步这一话题，应该是永无止境的。"

"但是所有的运动都是周期性的。"汉斯·卡斯托普说，"在空间和时间上都是如此，从周期率和质量守恒定理上也能得出这一结论。我表哥和我最近还谈论过这一话题。在没有方向的闭合运动中，何谈进步？夜晚，我躺下来，仰望着黄道十二宫——我指的是，我们能看到的那一半——就会想起太古时候那些聪慧的人们来……"

"请别苦思冥想，白日做梦了，工程师，"塞塔布里尼打断他，"您应当相信您的年少轻狂，相信血脉中的直觉，它们促使您行动起来。您在自然科学上所受的训练，也会将您导向进步理念。您看到经过数不清的年代，生命从纤毛虫一路发展成为人类。人类还有着永无止境的发展可能性，这一点毋庸置疑。在高等数学领域之内——假若您对此有所涉猎——您会发现圆周循环运动是美好而完善的；此外，如果您了解十八世纪的人文主义思想，您会发现人怆本来便是善良的、快乐的、美好的，只因受到社会的种种弊端影响，才会变得腐坏和堕落。当我们对社会结构进行整改之后，人类又会变得善良、快乐，而且美好。"

"塞塔布里尼先生忘了补充一点，"纳夫塔插进话来，"卢梭[1]的田园牧歌式主张只是旧有的教会式的教义的一种理性主义的变种。按照旧有的教义，人类原本是自由且无辜的，没有国家的存在，也就没有罪恶。最初的人类十分接近上帝，是上帝的子民。但在尘世的一切形式解体之后，天国的重建在于天与地的交汇，以及物质与精神的融合，而救赎是超越一切概念的。至于您所说的资本主义以及世界共和国，我亲爱的博士，您居然在这里扯到'本能'，真是颇为诡异。本能完全是民族方面的事情，上帝赋予人们本能，区分不同的民族，让他们各自建立国家。而战争——"

"战争，"塞塔布里尼重复道，"战争的话，亲爱的先生，也经常需要为进步服务。不知道您是否还记得，在您最感兴趣的那个时代，曾发生过一些大事件——我指的是十字军东征。这些战争促成了各民族之间的经济联系，带动商业贸易往来，把西方人民统一到同一个理念下。"

"您对这一理念倒真是宽容啊！我倒想礼貌地提醒您一点，十字军东征只是带动了经济往来，并未促进各国之间的交流。相反，它让不

---

[1] 法国启蒙思想家、哲学家、文学家、教育家。

同的民族意识到互相之间的区别，推动了国家概念的形成。"

"没错，就国家和教会之间的问题而言，正是如此。这个时期，民族荣誉感的强化促使人们反对教会的专断。"

"您所谓的教会专断，无非指的是在精神名义下统一人类的观念罢了。"

"对于精神这一面，咱们都非常清楚，而且津津乐道。"

"很显然，您狂热的民族主义是无法容忍教会统一世界思想的设想的。即便如此，我依旧弄不明白您打算如何调和民族主义与对战争的厌恶。您对国家的崇拜会让您成为法律的坚定拥护者，如此的话——"

"噢，要是谈到法律，先生，天赋人权和理性思想的概念在国际法中已经有所体现。"

"呸，您的国际法只是卢梭的 ius divinum（拉丁语，意为：神权）的另一个变种罢了。这不管是与自然，还是与人类的理性，都毫无共通之处。它是建立在启示的基础上的……"

"咱们该关注的不是名称，教授！我称为自然及国际法则的东西，却被您自由地称作 ius divinum。现在重要的是，在民族国家的法律之上，还有一种更高的、更具普遍性的法则，那就是以仲裁法庭解决国家之间的利益冲突。"

"仲裁法庭！这可真愚蠢！通过市民的法庭，就能定生死，就能将神的旨意传授与人，就能决定历史的进程！唔，关于'鸽子的翅膀'就谈到这儿吧。现在说说'雄鹰的羽翼'，这是怎么一回事呢？"

"市民社会——"

"噢，社会并不知道它所需要的是什么。它一会儿为反对出生率下降而高声疾呼，一会儿又要求降低儿童的抚养及教育费用，但与此同时，过多的人口数量和激烈的人才竞争使得需求又发生了变化。人们都忙着抢饭碗，其残酷性远超过去的任何战争。留出空旷的场地来打造花园城市！增强人民体质！但是，假若文明和进步已经决意今后不再进行战争，那么增强体质又有何意义？战争本身能够造成一切问题，也能够解决一切问题，能够增强人民体质，也能够阻碍出生率的下降。"

"您这是在开玩笑吧。您压根儿口是心非。咱们的讨论就到此结束吧，结束得正是时候，我们已经到了。"塞塔布旦尼一边说着，一边抬起手杖，指了指前面的一座小屋。小屋位于达沃斯村村口的路旁，形制极为简朴，一个狭长的庭院将街道和屋子分隔开来。一簇野生葡萄在门边蔓延，根部裸露在外，枝叶弯弯曲曲地伸展着，沿着墙往上攀爬，一直延伸到右侧一家小商铺底楼的橱窗。这一块地呢，塞塔布里尼解释说，是属于零售商的。纳夫塔住在楼上那一层的裁缝店里，而那位女装裁缝自己则住在顶楼那间幽静的小书房。

有些出乎意料的是，纳夫塔热情地表示，希望两位以后能常来与他会面。"来我们这儿坐坐。"他说，"过来看看我吧，假若塞塔布里尼博士不打算独享二位的老朋友这一特权。两位可随时前来，无论何时，想找人聊聊的时候就请过来吧。我很高兴同年轻人交流想法，也许我尚未完全失去教学的传统。咱们共济会[1]的主席——"说着，他朝塞塔布里尼点了点头，"要是认为教育是资产阶级人道主义的一种专利，我可得严肃反对。那么，再会了！"

塞塔布里尼则表示这有些困难——困难是存在的，他说。少尉留在山上的时间已经屈指可数，工程师为了尽早下山，正加倍付出热情执行疗养任务。

两位年轻人都表示同意。他们鞠了一躬，接受纳夫塔的邀请，又对塞塔布里尼的评论予以肯定。所有的不快就这样烟消云散了。

"他方才怎么称呼塞塔布里尼的？"当他们沿着通往山庄疗养院蜿蜒曲折的道路行进的时候，约阿希姆问道。

---

[1] 一种秘密组织，但并非宗教团体，对入会者没有宗教方面的要求，其起源有各种说法。

"我听到他说的是'共济会的主席'。"汉斯·卡斯托普回答，"方才我正有些疑惑呢。他们为对方取奇怪的称呼，兴许是在开玩笑，或是别的什么。塞塔布里尼唤纳夫塔作 princeps scholasticorum，这个称呼倒不算坏。经院学者是中世纪的神学家，同时也是信奉教条的哲学家，你可以这么认为。他们多次提到中世纪，这叫我想起刚与塞塔布里尼见面时，他说这山上所有的东西都沾染了中世纪的气息。当时，我们谈起了阿德里亚蒂卡·冯·米伦东克这个名字，他便这样说了——你觉得他怎么样？"

"谁？那个个子矮小的男人吗？我不大喜欢他。不过他说的某些话倒是颇得我心。至于仲裁法庭，当然了，只是一种伪善和虚伪罢了。不过对于他这个人本身，我是不大喜欢的。即便一个人非常能说会道，但只要他是靠不住的家伙，那么这一套对我都是没用的。他是个靠不住的人，这一点你不能否认。他说的那番关于'交欢的地方'的话，显然就颇为暧昧不明，更不用提其他的了。你看到他那犹太人式的大鼻子了吗？也只有犹太人的长相才如此滑稽。难不成你真的打算以后还去拜访那个人？"

"拜访他——我们当然还会去的。"汉斯·卡斯托普表示，"你说他身材矮小，这是站在军人的角度上来评论的。至于他的鼻子，其实迦勒底人也有这样的鼻子，他们对于周围的事情十分敏锐，精力也不单单集中在一些神秘的事物上。纳夫塔倒颇有些神秘学家的味道，我对他很感兴趣。我不能说仅凭这一次的接触就完全了解了他这个人，但是，如果我们时常过去探访他，也许将来就能足够了解他。与他结识，我们多少可以学到一些东西，我想这并非没有可能。"

"噢，你这个人，在这儿不停地学习，研究生物和植物学，还有那变动不定的时间。你会变得越来越聪明的！第一天上山，你就思考起了'时间'这一哲学性问题。但我们上山来并不是为了变得更聪明，而是来寻求健康的，当我们越来越健康，直到最后完全康复，就可以重获自由，到山下过普通人的生活！"

"'那高山之上，栖居的是自由。'"汉斯·卡斯托普轻描淡写地念起了诗句。"首先，请告诉我何为自由。"他继续说下去，"纳夫塔和塞塔布里尼就这一问题争执许久，依旧未得结果。塞塔布里尼表示，自由就是人类之爱的法则。这话听起来很像他的祖父，也就是烧炭党的观点，但不管他的祖父如何勇敢，而我们的塞塔布里尼自己又是如何勇敢——"

"没错，当我们谈起人身上的勇气时，他就显得颇不自在。"

"我不免认为，那个矮个子的纳夫塔所不惧怕的东西，他倒是会害怕。他的所谓自由和勇气，多少有些名不副实。难道你真的以为他有那个勇气 de se perdre ou même de se laisser dépérir（法语，意为：放任自己，直至灰心堕落）？"

"你怎么突然说起法语来了？"

"噢，我也不知道，这里的气氛颇有国际风范。我也不清楚谁会对此更感兴趣，是宣扬资产阶级世界共和国的塞塔布里尼呢，还是支持宗教世界主义的纳夫塔。你也看得出来，我非常关心他们的争论，但即便如此，还是没能完全理解。恰恰相反，他们的谈话让我越听越糊涂了。"

"事情往往都是如此。你会发现，当人们讨论某事，并且同时发表意见的时候，时常是乱糟糟的。我要告诉你，关键不在于一个人的观点究竟是什么，而在于他是否是一个君子。最难得的是不发表任何意见，默默履行自己的职责。"

"是的，你可以这样说，只因你是一名军人，你的存在纯粹是形式上的。但我不一样，我是一个文人，多多少少要负起责任来。而且我要说，有些人一面鼓吹世界共和国，毅然决然反对战争，但另一面又泛起爱国心来，谈起什么布伦内罗边境，还想为了所谓文明而发起战争。还有那个矮个子的家伙，一面说什么民族国家就是罪恶的产物，宣扬在将来世界定会大同，但一转眼，这个人却又护卫起了民族的本能，对和平会议嗤之以鼻。这些真叫我头疼，简直乱糟糟的！但无论如何，我们还是该去看看他，并且试试能否从中看出些什么。你说我们上山来不是为了变得更聪明，而是为了变得更健康，这是事实。可是我认为这二者需要得到协调，假若你对此不以为然，那么你就是在搞二元论了。我要告诉你，这是极其严重的错误，最应当受到谴责。"

关于上帝之城以及恶魔的释放

汉斯·卡斯托普坐在阳台上研究某种植物。从天文学上来说，夏天已经开始，白昼也在缩短，到处都是一片郁郁葱葱之景。毛茛属的耧斗菜茂盛地生长着，长长的根茎上托着蓝色、紫色抑或红褐色的花骨朵，很阔的叶片张开来。这一类植物随处可见，但长势最为茂盛的地方要数他差不多一年前发现的一处阴僻的地方。那是一处树木繁茂的林间峡谷，能听到潺潺水流声，溪边有一张可供休憩的长椅。自那一次他恰不逢时地流了鼻血，最后凄凄惨惨地走了回去之后，他又时不时重游旧地。

只要不像当初那样乱闯，其实到那里的路程并不算远。如果从山庄的雪橇跑道尽头处向山上爬，沿着风景如画的山间小道行进，再跨过几座与从沙特察尔普延伸下来的雪道交叉的小木桥，只要你不走弯路，不随处闲荡，不停下来休息太久，二十分钟后就能到达那里。这段时间，约阿希姆经常需要在"家"做疗养，比如身体检查、验血、拍 X 射线透视、称重或是注射等。在天气晴朗的日子，在第二次早餐，甚或是就在第一次早餐过后，汉斯·卡斯托普便会到那边去走走。午茶和晚餐之间的那几个小时里，他也会到那个心爱之地去，之前他鼻血喷涌时，曾在那把长椅上坐下来，歪着脑袋，倾听涓涓水流声，凝视这个幽静的地方。还有一簇簇绿油油的耧斗菜，如今已经在山谷中开出了花。

他仅仅为此而来吗？不，他只是想离群独坐，在心里好好回忆一下过去的事情，梳理一下过去那好几个月的经历和印象。回忆丰富而复杂，梳理起来很是困难。它们交织在一起，相互纠缠着，难以分辨哪些是实实在在的东西，哪些是梦境或想象。但那些都是不可名状的怪异存在，从他上山第一天开始便是如此，一直在脑海里，挥之不去，每次想起，心脏都会怦怦乱跳。

又或者，其实他时常遇到这种莫名激动的情况，如今他已经在山上度过了一年左右。每当他坐在这个地方，每当他感觉心力不支的时候——就像初次来这里时那样——总能看到普里比斯拉夫·希佩的脸。而如今，这耧斗菜也再次开花了。

现在呢，他依旧坐在长椅上倾听流水，但至少不再流着鼻血。那已经成了过去。一开始，约阿希姆便说过，想要适应这里的环境并非易事。起初的那些日子，他也确实遇到了困难。但他毕竟进步了不少，如今，十一个月后的今天，他已经完全适应了，应该也不会有什么问题了。他胃部的化学机制已经调节好了，马利亚雪茄的味道也回归正常。他的黏膜神经已经恢复正常，能让他体味到各种名贵香烟的味道。每当香烟存货不多的时候，他便像往常那样从不来梅订购香烟，即便国际疗养院的玻璃橱窗里摆着各式各样诱人的烟草。在他看来，马利亚香烟是联系他与平地上的家的纽带，这种联系比那些他寄给舅公的明信片要有效得多。在习惯了山上的时间观念后，他寄明信片的间隔便越来越久。为了让收到的人高兴，他寄的明信片上大多印着风景，上面是疗养院冬日冰洁的雪景，或者夏日葱郁的图画。这些卡片面积不大不小，刚好能够让汉斯把想写的话都写完。根据大夫每月一次的例行检查结果，他写下自己的近况。不管是看上去，还是听上去，他的身体都确凿无疑地有所好转，不过尚未痊愈。他一直不退的低烧源于体内一处小小的病灶。如果耐心疗养，它一定会消失，到时候他便再也不用回到疗养院来了。他心里清楚没有写长信的必要，家人也并非舞文弄墨之辈，想来也并未期待过收到长信。他收到的回信一样是寥寥数语。生活费和信一同寄来，这些都来自他父母的遗产的利润。这些钱全都换成了瑞士钱币，非常划算，每次费用寄来的时候，他手头甚至还有结余。信本身只是几行打印的字，上面署名"詹姆斯·蒂恩纳佩尔"。信里，舅公向他问候，祝他早日康复。有时候，也会捎来还在航海的彼得的问好。

汉斯·卡斯托普还告诉家人，顾问大夫最近已经不再给他注射了。注射不适合这个年轻的病人，注射会让他头痛疲乏，食欲不振，体重减轻，体温居高不下。他的脸颊因发烧升起玫红色来，这一迹象也表明了这个孩子一直生活在平地湿润的气候中，如今到了山上，只能想办法习惯"自己并未习惯这里"这一事实了。实际上，顾问大夫本人也尚未适应这里的气候，他的脸永远都是一片青紫。"有些人不能适应这里。"约阿希姆也这样说过，似乎汉斯·卡斯托普正是如此。就比如脖子突然战栗不止，这一情况在他上山之后不久便开始出现，至今从未消失过，会在他走路抑或是谈话的时候突然发作。没错，甚至当他坐在这个开着蓝色之花的山谷里，回顾自己复杂的冒险经历时，他的脖颈依旧抖动不止。为此，汉斯·洛伦茨·卡斯托普那尊严高贵的颈托也几乎成了他的习惯之物。他常常下意识地用起这个东西来，用的时候难免又想起祖父的那顶竖领——那是轮状皱领的一种临时形式，想起受洗盆的淡金色的轮边，想起神圣庄严的"曾——曾——"的声音。这一类的事情又使他回忆起最近的生活经历。

普里比斯拉夫·希佩的形象不再像十一月之前那样生动地出现在他的面前。对于气候的适应已经结束，他也不再有什么幻想。过去，当他躺着疗养时，意识游离，神游天外，如今这些也已不再发生。这些事情都成了过去。回忆里的图像总显得那么生动清晰，假若再在汉斯面前闪现的话，他也会保持正常而清醒的样子。汉斯·卡斯托普从胸前的口袋里拿出了那块作为纪念品的玻璃板子。板子被他装在一只信封里。这是一只很小的玻璃板，当把它与地面齐平地举着时，它是黑色且不透明的；但当把它对着光亮观赏的时候，那么上面人体的结构便清晰可见——肉体形状映入眼帘，肋骨、心脏、弓形的横膈膜、如风箱一般的肺部，此外还有肩胛骨以及上臂骨。这些全都被昏暗朦胧的肉体包裹在内。在狂欢节的那晚，汉斯·卡斯托普曾为此丧失过理智。他再次细细观赏着这件纪念品，耳边是潺潺的水流声。他交叉双臂，歪着脑袋，斜靠在长椅那光滑的椅背上。在这盛开的耧斗菜花中，他的心僵住了，继而怦怦乱跳起来，过往的一切又涌上他的心头。

就像那个寒气刺骨、星光璀璨的夜晚，他专心致志地研究学习时一样，人体结构的图像以及有机生命的各个组成部分再次浮现在他的眼前。在就它们的内部问题沉思默想的时候，年轻的汉斯总能将其与各个问题以及各事物之间的区别联系起来。好心的约阿希姆对此自是无须过问，但作为文人，汉斯自己是责任重重的。诚然，在山下的平原上时，他从未思考过这类问题，也从未想过去思考。但是当他虔诚地坐在这五千米海拔的山上，俯瞰着山下的平原以及平原上的芸芸众生时，他便不由得想起这些问题来。一个人被浸润性病灶侵染，处于高度亢奋状态，脸上出现干燥发热现象的时候，也会如此。他想起了塞塔布里尼，这个一身学究做派的手摇风琴师，他的父亲出生于希腊，他把人类的爱理解为政治、雄辩以及反叛，将市民的长枪献给人性的祭坛。他想起了"同志"克罗科夫斯基，想起他们在下面那间灯光昏暗的房子里经历的事情。他想起了分析的两重性质，自问它对真理及进步的促进作用有多大，与坟墓以及令人作呕的解剖学之间的关系又有多密切。他想起了两个祖父的形象，一个叛逆不羁，另一个忠心耿耿，又由于完全相反的理由，两人都穿着黑色服装，他们相对而立，各司其职。继而，他的思路扩展开来，开始思考种种广泛的问题，比如形式与自由，肉体与精神，荣誉与耻辱，时间与永恒。但当他一想起周围的耧斗菜已遍地开花，一年的时光又将过去，就突然感到一阵短促而猛烈的眩晕。

他独自坐在这个风景如画的地方，进行严肃的思考，并赋予它一个怪异的名字——"执政"。这是儿童们在游戏时经常使用的词汇，他以此称呼自己所热爱的这一活动，虽然它会与恐怖、眩晕、悸动等现象联系起来，还叫他的脸颊烧得比以往更加厉害。此情此景，加上他紧绷的心理，叫他不得不用起祖父一度也用过的颈托来。这倒很符合他"执政"的状态，让他在对着这幅图像沉思默想，脑中掠过万千思绪的时候，能够保持体面和尊严。

"Homo dei。"丑陋的纳夫塔在批判经济社会下的英国时，曾这样评价生命这一高层次的创造物。为了不辜负"执政"的状态，同时履行社会文人的职责，汉斯·卡斯托普自然打算到那个矮个子男人那儿去拜访一番，约阿希姆也得同去。塞塔布里尼并不赞同这个想法。汉斯·卡斯托普是个狡猾、机灵并且心细的人，自然很清楚这一点。他们的第一次会面就让这位人文主义者闷闷不乐。他显然试图阻止这位学生同纳夫塔交往，虽然他私底下与纳夫塔交往甚密，且不时进行二人辩论。而他的学生，这位生活中需要照料的孩子，心里非常清楚塞塔布里尼时时都对他放心不下，只是嘴上不说罢了。他总是一副教师做派。这些教师总能随心所欲，以成年人自居，允许自己接触那些有趣的事物，对自己的学生们却要求有加，认为他们"尚未长大"。但所幸，这位手摇风琴师并未在行动上对汉斯·卡斯托普加以阻止，甚至从未想过要这样做。这个需要照料的孩子只要把那份机敏隐藏起来，装作天真无邪的样子，就没有什么可以阻止他前去赴纳夫塔的邀约。因此，在他们与纳夫塔第一次晤面之后不久，汉斯便带着约阿希姆前去拜访，也不顾约阿希姆是否愿意。时间是在一个周日的午后，那时刚过了午后疗养时间。

从山庄疗养院向山下走几分钟，便到了那个藤蔓缠绕的屋舍门口。两人走进去，没有走那家小商铺的门，径直爬上棕色的狭窄的楼梯，来到楼上房间的门口。门铃边挂着一块小小的牌子，上面写着"卢卡契克女装裁缝"的字样。开门的是一个年纪尚小的孩童，身上穿着号服，上衣带有条纹，腿上系着绑腿。他个子不高，头发剪得很短，脸颊上红扑扑的。两人没带名片，因此只得再三报上自己的姓名，说要见纳夫塔教授，以便让他在心里有个印象。门童答应前去禀报给纳夫塔先生——他只称"先生"，未加任何头衔。对面的房门敞开着，服装店内的景象依稀可见。虽然是节假日，裁缝卢卡契克依旧盘着双腿，坐在桌子上缝制衣物。这是个面色蜡黄、脑袋光秃秃的男人，他有一个很大的下垂的鼻子，鼻子下面是黑黝黝的胡子，胡子向两面分开，看上去有些粗犷。

"下午好。"汉斯·卡斯托普打了个招呼。

"您好啊。"裁缝用瑞典方言回答道，尽管这种方言听上去同他的名字和面貌都极不相称，有些古怪，也有些让人不大舒服。

"您工作这么卖力啊？"汉斯·卡斯托普点头以示回应，继续问道，"今天不是周日吗？"

"有些着急的活儿。"裁缝简短地答了一句，继续缝缝补补。

"是件漂亮衣服吧。是不是为哪一位的宴会礼服赶工？"汉斯·卡斯托普猜测着。

裁缝并未回答，只是咬了咬棉布，把线穿进针孔里去。过了一会儿方才点点头。

"衣服挺漂亮吧？"汉斯·卡斯托普还是赖着他问，"有袖子吗？"

"没错，有袖子。是给老太太做的。"卢卡契克带着一腔浓重的口音回答。这时候门童回来了，打断了两人的谈话。门童表示，纳夫塔先生邀请两人进屋，说着便为他们打开房门，虽然房门只有两三步之遥。他将门上的门帘掀起，将两人引了进去。纳夫塔先生穿着拖鞋，站在苔绿色的地毯上迎接来访的宾客。

书房里有两扇窗子，装饰十分奢华，表兄弟为之震惊不已，或者说，两人简直目瞪口呆起来。实际上，这座楼房很是简陋，楼梯和门廊看上去都极其破败，叫人对里面的陈设丝毫不抱任何期待。而纳夫塔的房内太过华美，简直像童话中一般，叫两人自感相形见绌，似乎不配站在里面。房间华贵高雅，令人惊叹，虽然房内放置有写字台及书架，但是看上去依旧不像一个男人的房间。屋里有很多丝绸，有酒红色的丝绸，也有淡紫色的丝绸，窗帘是丝绸制成的，门帘也是如此。屋内，在一张几乎盖满整面墙壁的戈布兰挂毯前，摆着一套家具，家具上的罩布也全是丝质的。

此外，屋里还有几把巴洛克式的安乐椅，椅子两侧的扶手上有小小的软垫。这几把椅子围着一张小小的镶有金属边的圆桌，圆桌一旁放着巴洛克式的沙发，沙发上放着几个天鹅绒靠垫。靠近门的那面墙的两边，排列着几架书橱。书橱连同写字台，或者倒不如说，同那张放在窗户之间带有卷盖式的书桌一样，都用红木制成。书橱玻璃门内亦衬有绿色的丝绸。在沙发左边的角落里，放置着一件艺术品。这是一座巨型的彩绘木雕，立在一架盖着红布的台子上，描绘的是圣母马利亚哀痛地抱着耶稣尸体的情景，朴素而又颇有艺术性，叫人惊叹不止。圣母马利亚戴着头巾，双眉紧锁，张着因悲恸而有些扭曲的嘴，怀里抱着受难之人。雕像的做工显得有些粗糙，并且漏洞不少，其中的人物有些比例失调，耶稣垂着戴着荆棘王冠的脑袋，脸和身上血迹斑斑，血滴从腰间和手脚的伤口上滴下来。这幅陈列品为这满是丝绸的房间增添了一丝奇异的色彩。挂在书橱里侧、开着窗的那面墙壁上的挂毯，显然是房客本人的手笔——上面有绿色的条纹，与铺在红漆木地板上的柔软的绿色毯子相映成趣。窗户上挂着奶白色的窗帘，一直垂到了地面上。只有屋顶上没有办法装饰，上面光秃秃的，裂了些口子，不过仍悬着一盏小小的威尼斯吊灯。

"我们来此拜访阁下了。"汉斯·卡斯托普说，眼睛没怎么看向这出人意料的房间的主人，倒是一个劲儿盯着那座叫人惊惧的雕像。主人对表兄弟的来访表示非常高兴。他抬起小小的右手，客气地请两人到那边的缎椅上入座。但汉斯·卡斯托普却像着了魔一般，径直走向那座木制雕像，叉起双臂，歪着脑袋，站在它前面细细地看着。

"您这儿竟有这样的东西！"他低声说道，"倒真是精致至极，它把痛苦描画得多么到位啊！应该是一件古董吧？"

"是十四世纪的古物。"纳夫塔回答，"兴许是莱茵河那一带的东西。您很喜欢吗？"

"很是心动。"汉斯·卡斯托普说，"简直情不自禁喜欢上了，而且怕是谁看了都不免震惊吧。我从未想过，世界上竟然有这么一个东西，这样一件丑与美并存的物品——请原谅我用了'丑'这个词。"

"世界上所有的艺术品，都是为了表现灵魂与情绪。"纳夫塔回答，"而且美中有丑，丑中有美。这是既定的法则。这种美不是肉体之美——肉体上的东西是单调乏味的——而是精神之美。不仅如此，肉体上的美是一种抽象的概念。"他又加了一句，"只有内在美，这种美表达了宗教之美，是真真切切的。"

"您把它们之间的区别说得有条有理，对此我们非常感谢。"汉斯·卡斯托普说。"十四世纪？"他想确认一下，"也就是说，一千三百多少年吗？没错，根据书中的记载，那时正好是中世纪。我对中世纪多少有一点儿概念，最近刚刚了解了一些。在此之前，我对中世纪一无所知，毕竟我是一个学习技术的人。自从上山以后，我已经通过各个途径学到了部分知识。显然，那时候还没有什么经济社会。那位艺术家的名字叫什么？"

纳夫塔耸了耸肩膀。"这又有什么关系呢？"他说，"在作品问世的时候，人们便未曾过问作品出自何人之手。创作者未能留下姓名，这雕像便成了匿名的、大家共同完成的作品。不过能够看出，这是中世纪后期哥特式的作品，Signum mortificationis（拉丁语，意为：禁欲的象征）。这里没有任何的掩饰和美化。在罗马时代，这些在刻画耶稣受难的图像上是必不可少的。 但在这儿，您看不到皇冠，看不到对于殉难和世界的庄严的胜利，只有对肉体的痛苦和无力的刻画。 这是悲观的，也是禁欲的——哥特式艺术便是如此。 您兴许对英诺森三世[1]的作品《论人类生存条件的悲惨性》不大熟悉吧？这是一部极具智慧的作品，写于十二世纪末，但是直到这样的雕像出现，才获得了形象的解释。"

汉斯·卡斯托普叹了一口长气。"纳夫塔先生，"他说，"您说的每一句话，我都极为感兴趣。 您还说了 Signum mortificationis，对吗？我会记住这个的。 还有'匿名的、大家共同完成的'，这一点也值得好好回味。 至于那位教皇写的书，您猜得没错，我确实未曾拜读过——英诺森三世是一位教皇吧？我想，这本书极其明智，而且宣扬禁欲主义，没错吧？我承认，我从未想过这两样东西居然可以毫不矛盾地联系到一起。 但是一旦稍加思索，我便豁然开朗——当一个人以人类苦难为题材来编写著作，也就寻得了机会在肉体上大做文章。 这本书能弄到手吗？假若我能看得懂拉丁语，倒是可以拿来一番。"

"我手上有这本书。"纳夫塔歪了歪脑袋，朝一架书橱示意，"您可以随意拿去看。 不过我们为何不坐下来呢？您可以坐在沙发上看那座圣母马利亚抱着耶稣遗体的雕像。 茶点就要端进来了。"

门童将茶点端进屋来。 此外，还一同拿来一只精致漂亮的银质篮子，里面盛着切成一块块的夹心糕点。 在他后面，有个人踏着轻快的步子，穿过敞开的房门，满面春风地走进来，嘴里还念叨着"Sapperlot（德语，意为：哎呀）！""Accidenti（意大利语，意为：意想不到）！"来人正是住在楼上的塞塔布里尼先生，来此的目的是与这几位做个伴。他说自己从窗口看到表兄弟两人来访，就急急地把正在写的那一页百科全书写完，只是为了下来邀请两人上去做客。 塞塔布里尼的出现再

---

[1] 罗马教皇，一一九八至一二一六年在位。

自然不过了——他与山庄疗养院的这两位宾客本是旧识，而他本人与纳夫塔的关系呢，虽然两人辩论时观点分歧很大，但讨论得很是热烈，二人关系密切，因此他的来访也是意料之中的事。这一切给汉斯·卡斯托普留下了两个印象：首先，塞塔布里尼先生来此的目的是阻止两人——更多的是阻止汉斯本人——与小个子的纳夫塔私下交往，以此来构建某种平衡；其次，塞塔布里尼先生不但一点儿也不反对，恰恰相反，倒很是乐意从屋顶的房间下来，到纳夫塔这个满是丝绸、装饰华美的屋子里稍作停留，再喝上一口好茶。他摩挲着那双枯黄的小手，手背小指往下长着汗毛。他拿起桌上的巧克力夹心糕点，吃得津津有味。

谈话依旧围绕着圣母马利亚抱着耶稣尸体的那座雕像，因为无论从神态还是言语上都能看出，汉斯·卡斯托普依旧抱着这个话题不放。他转向那位人文主义者，想叫对方对这一件艺术品评论一番。就塞塔布里尼转过头看着雕像时的表情来看，他的嫌恶之情清晰可辨——他背对着雕像，坐在屋子的一角。他极为客气，并未完全说出心里的话，只是表示这件作品比例失调，违背了自然之美，未能叫他产生共鸣，原因倒不在于它是一件早期的作品，做工不精，而在于创作者的居心不良——创作的基本原则是对艺术的反抗。对于后面的这一句，纳夫塔也不怀好意地表示赞同。他表示，技艺上的不精，自然是毫无疑问的。在这座雕像中，作者有意地将精神从自然中释放出来，怀着虔诚的心拒绝向自然屈服，并且对自然表示了蔑视。在这一点上，塞塔布里尼表示，对自然的藐视以及对自然研究的忽视只会叫人误入歧途。此外，他还训斥中世纪以及所有类似的时期宣扬的那种忽略形式的作风，认为这是荒谬无比的。之后他又冠冕堂皇地赞扬起了希腊和罗马的文化遗产、古典主义、形式、美、理智以及崇尚自然的乐观精神。在他看来，这些才担负着改善人类命运的责任。

这时，汉斯·卡斯托普忍不住插进话来。假若如此，那么曾以拥有肉身为耻辱的普罗提诺，还有曾以理性名义对里斯本丑恶的大地震表示抗议的伏尔泰，他们难道也是荒诞不经的吗？兴许如此吧。但是在他看来，荒诞的东西往往会被看作在精神上尊贵的东西。哥特式艺术这种对自然的荒诞的敌意，和普罗提诺以及伏尔泰一样卓越，因为这同样意味着精神已经从自然的桎梏中解放出来，带着一股不屈不挠的傲气，拒绝臣服于这种盲目的自然淫威之下……

纳夫塔爆发出一阵大笑，笑声如同碟子碎裂的声音，最后变为咳嗽声。

塞塔布里尼神情严肃地对汉斯·卡斯托普说道："您方才冒犯了我们的主人，您的发言显然对不住如此美味的糕点。我想，所谓感恩，指的是好好利用受赠之物。"

汉斯·卡斯托普看上去有些窘迫，于是塞塔布里尼继续假惺惺地说下去："我们都知道您是个爱开玩笑的人，工程师。但即便您巧舌如簧地讽刺真善美，您在根本上还是热爱这些品质的，对此我毫不怀疑。您当然知道，对于自然的反叛中，只有一种值得尊敬，即以人类之美以及人类尊严的名义的反叛。其他的反叛都会招致耻辱和堕落，即便并非有意如此。您也知道，我身后那件作品问世的那个年代是多么惨绝人寰，那扼杀人性的严重程度简直令人发指。您想一想那些叫人毛骨悚然的审判官，就比如那个嗜血成性的康拉德·冯·马尔堡[1]。他是一个暴虐无度的人，对所有超自然统治的妨碍物都抱有仇恨。您可不会将宝剑及火刑架看作人类善行的工具吧！"

"但这一套机制是服务于人类善行的。"纳夫塔反驳道，"宗教法庭利用这一套机制清除掉那些害群之马，包括火刑及逐出教会等手段，从

---

[1] 中世纪德意志神学家、审判官。

而将灵魂从永恒的诅咒中拯救出来。但倾向于斩尽杀绝的雅各宾[1]人就不一样了。请允许我说一句，任何以刑罚和痛苦为目的的司法系统，倘若不是以来世的信仰为基础，那么都是野蛮无耻的。人类的堕落以及堕落史，都同资本主义精神的发展同步。文艺复兴、启蒙运动，以及十九世纪的自然科学和社会经济，抓住一切机会教育人们贬低人类尊严，催化了这种堕落。就比如说现代的天文学，它把地球——地球是万物的中心，也是上帝与恶魔为了争夺双方垂涎很久的事物的庄严戏台——变成了一颗普普通通的小行星，因而——至少现在看来——人类在宇宙中举足轻重的地位便暂时结束了。可所有的占星学都是以这种人类的崇高地位为基础的。"

"暂时？"塞塔布里尼先生恶狠狠地问道。他说话的口气就像一个正等待罪人露出破绽，招认自己的罪行的审判官。

"当然，大约几百年吧。"纳夫塔冷冷地回应道，"如果这被证明属实，那么经院哲学还是有复兴的机会的，而这一行动也正在展开。这样一来，哥白尼[2]便会被托勒密[3]打倒。日心说已逐步遭到科学界的反对，质疑派的目的终将实现。科学将在哲学的驱迫下，将地球至高无上的地位归还给它——这一地位原本也是由教会树立起来的。"

"什么？怎么回事？科学界的反对？科学受到哲学的驱迫？您在宣扬什么唯意志论？纯粹的知识及科学何在？对于真理的自由追求又何在？真理啊，先生，它与自由密不可分，追求真理之人是自由的殉道者。您希望我们把这些殉道者看作世界上的罪人，而事实上，他们是皇冠上璀璨的明珠！"

塞塔布里尼说得头头是道。他身子坐得笔直，义正词严的质疑连

---

[1] 法国大革命时期的资产阶级激进派政治团体。

[2] 波兰天文学家、数学家，提出了日心说。

[3] 古希腊天文学家、地理学家，地心说创立者。

珠般投向矮小的纳夫塔，结尾的时候更是慷慨激昂。人们可以看出，他本人坚信，听了这一番话，他的对手只能面含愧色地坐在那儿，不吭一声。他原本用两只手夹着一块夹心蛋糕，但现在又把蛋糕放回到餐盘上。毕竟在激烈争辩的过程中，他没有什么吃蛋糕的机会。

纳夫塔显得格外冷静，他说道："亲爱的先生，其实根本不存在所谓纯粹的知识。教会对科学的态度就很合理，这一点我们可以从圣·奥古斯丁[1]的名言"我信，故我知"中悟出来。这种说法是无可置疑的。信仰是传达知识的工具，智慧次之。您所说的纯粹的科学是一种神话。它是一种信仰，一种普遍的观念，又是一种理想。总的来说，意志这种东西往往是实际存在的，科学界的任务便是对其加以阐释，并将它展示出来。任何时候都存在着这样一个问题——Quod erat demonstrandum（拉丁语，意为：这是需要证明的）。甚至'证明'这个概念本身，从心理学的角度讲，都包含着强烈的唯意志论的成分。十二、十三世纪一些伟大的经院学家认为，凡是在神学上漏洞百出的东西，在哲学上也不可能是真实的。如果您愿意，我们可以先将神学撇开不谈，但是假若人道主义不承认'哲学上不真实的东西在科学上也是错误的'这一道理，那么也不能称之为人道主义了。宗教法庭指控伽利略，就是因为他的理论从哲学上来说是荒谬的。再也没有比这更让人信服的审讯了。"

"啊哈！看起来，咱们伟大的天才的理论更为正确！不，咱们严肃些，教授！请回答我，当着这两位年轻的倾听者的面回答我：你相信真理吗？相信客观的科学的真理吗？追求这样的真理是所有道德的最高法则，它对权威的屡次胜利则是人类精神史最辉煌的篇章！"

汉斯·卡斯托普和约阿希姆——汉斯比后者更快一些——把目光从塞塔布里尼那儿转过来，双双盯着纳夫塔。

---

[1] 古罗马帝国时期基督教思想家，基督教神学、教父哲学的主要代表人物。

纳夫塔回答道:"你所说的胜利是无法获取的,因为权威的代表是人本身,是人的利益、价值,以及救赎,在这些东西上面,它是不可能和真理发生矛盾的。它们是互相调和的。"

"那么照您看,真理是……"

"对人类有利的,便是真理。人类身上集中了整个自然。人类是在整个自然中创造出来的,整个自然皆为他服务。人是所有事物的尺度,人的幸福也是真理唯一的标准。一切脱离现实,缺少造福人类思想的科学,都是毫无意义的,我们应当加以抵制。基督降生后的几个世纪以来,人们都承认这样一个事实——自然科学对人类并无启迪意义。曾被君士坦丁大帝[1]选任为太子私人教师的拉克坦修[2]曾慷慨激昂地坦白道:假若他知道尼罗河的源头,知道物理学家对着天空胡说八道的是什么,又有什么意义!如果可以,请给他一个答复吧!我们偏爱柏拉图式的哲学,胜过其他哲学家的言论,这不正是因为它阐释的是对上帝的认知,而不是对自然的认知吗?我可以向您保证,人类又会回过头来追捧这一观点。人类很快就能认清,真正的科学的任务,并非追求这种无意义的知识,而是彻底摈弃所有有害的,精神上毫无意义的东西,同时宣扬本能、尺度以及选择。也有人指摘教会卫护黑暗而摈弃光明,这种想法是幼稚的。教会只是宣告,人类那些缺少前提地追求对事物的纯粹认知的行为是非法的——这种追求无关精神,也丝毫未考虑到对人类的救赎。这是一种无条件的、非哲学的自然科学,只会将人类引向黑暗。"

"您的所谓实用主义,"塞塔布里尼回答,"只要被运用到政治上,它那些邪恶的性质就会全部露出马脚。只要对国家有利,就是真理、

---

[1] 即君士坦丁一世,罗马皇帝,三〇六至三三七年在位,也是第一位尊崇基督教的皇帝。

[2] 罗马神学家,曾担任君士坦丁大帝之子的教师。

美好以及善良，国家的利益、尊严和权力，就是衡量道德的标准。很好，这样一来，就为每一种罪恶打开了大门，而人类的真理，个人的正义，以及民主，却不知道会变成什么样子……"

"还请原谅，"纳夫塔打断他，"请允许我在这一前提下说一说逻辑性吧。我想说的是，存在这样一种可能，托勒密和经院学家说的都有道理，时间及空间是有限的，而神，则是超越自然的。上帝与人相对而立，这种对立是永恒的。人的存在是二元性的，他的灵魂问题，在于精神与物质之间的冲突，相比之下，所有的社会问题便是次要的。也只有这种个人主义，我认为，才是唯一有连贯性的。还有另一种可能，那些文艺复兴时期的天文学家说的才是真理，宇宙是无穷的。这样一来，便不存在超然的世界，也没有二元性，来世存在于现世之中，也不再有神与自然之间的对立，人不是两种对立原则的冲突舞台，而是和谐统一的。人类的矛盾只有个体与集体利益之间的冲突。这样一来，按那些异教徒的说法，国家就成了道德的准绳。这两者必有其一。"

"我抗议！"塞塔布里尼高声嚷道，并且伸长手臂，将茶杯举到了主人面前，"有人责难国家像魔鬼般对个人进行镇压，对此我提出抗议！我抗议这种企图置我们于普鲁士主义以及哥特式运动之间进退两难的境地的行为。除去以个人主义对国家专制进行修正外，民主便没有任何意义了。真理和正义是最能体现个人道德的珍宝。有时候，它们会与国家利益发生冲突，站到敌对的立场上。但即便如此，我敢说，它们却有着更高的境界，也就是精神上的福祉。文艺复兴是国家崇拜的根源——什么混账逻辑！过去的成就，先生，从字面上来说，文艺复兴和启蒙运动的成就，就是个性、自由以及人权。"

方才塞塔布里尼先生发表长篇大论的时候，两位听众一直凝神屏气。此刻他们终于长长地呼出了一口气。汉斯·卡斯托普情不自禁在桌子的边缘敲了起来："精彩极了。"他从牙缝里挤出这么一句话，约阿希姆也表示赞同，虽然塞塔布里尼先生提到了"普鲁士主义"。两人一起将头转向那位被狠狠击退的对手。汉斯·卡斯托普有些迫不及待，他不自觉地将胳膊撑在桌子上，手托着腮帮子，就像之前看别人画猪的时候那样，他紧张地盯着纳夫塔先生的脸。

纳夫塔紧绷着脸，纹丝不动地坐在那儿，瘦削的双手搁在膝盖上。他说："我想在咱们的辩论中加入一些逻辑性，您却那么慷慨激昂地以大道理回答我。文艺复兴所带来的，无非自由主义和个人主义，以及市民的人文主义观念，对此我早已了解。您所说的那个伟大的英雄般的年代已经成为过去，那个年代的理想也已经寿终正寝，或者只是苟延残喘，而置它们于死地的脚步已经等在门口。这些话让我心里冷了半截。如果我没记错的话，您把自己称为革命家。不过倘若您认为革命的结果就是自由，那就大错特错了。在过去的五百年间，自由的原则已经得到实现，并且过时。现今仍以启蒙之子自称的教育系统，把批判、自我解放、修养以及对既定生活形式的推翻当作教育方式，这样一套系统有可能在短时间内获得一定的成就，但在明事理的人眼中，其保守的特质无疑是显而易见的。所有名副其实的教育机构一向能够认识到，教育学最终且最重要的目的便是绝对命令，服从，纪律，牺牲，自我否定，以及压抑个性。最后，如果认为青年喜欢在自由中寻求乐趣，那就错了，他们最大的乐趣就是服从。"

约阿希姆直挺挺地站起身来，汉斯·卡斯托普也涨红了脸。塞塔布里尼先生激动地捋着他那漂亮的小胡子。

"不！"纳夫塔继续说，"我们这个时代最关键的并非自由或个人的发展，这些也不是这个时代的需要。它所需要的，所追求的，而且将会实现的——是恐怖。"

说最后那个词的时候，他的语调轻了许多，身体也一动不动，只有眼镜片突然闪出一丝亮光。听着的三人不禁打了个冷战，塞塔布里尼先生也不例外。不过他很快镇定下来，脸上露出笑意。

"也许有人会问，"他质问道，"究竟是谁，或者是何物，您看我，满腹疑问，真不知道怎样提问才好。是谁，是什么，引起了这个东西，或者说，就是——我不太愿意重复这个词——恐怖？"

纳夫塔纹丝不动地坐在那儿，眼镜片上闪着光。他说："我来回答您的问题。咱俩在人类的最初理想状态上的观念未有什么出入，我想这样的假设应当没有错。这是一种既没有国家，也没有权力的状态，那时候人类直接作为上帝之子，没有统治，也没有服从，没有法律，也没有刑罚，没有罪恶，没有肉体关系，没有阶级之分，没有工作，没有贫穷，有的只是平等与友爱，以及道德上的尽善尽美。"

"很好，我赞同。"塞塔布里尼说道，"除了肉体关系这一点，其余的我都同意。肉体关系无论在什么时候都是存在的，因为人类是高度发展的脊椎动物，和其他物种并无不同——"

"随便您怎么想吧。我只是阐明人类如天国般的原始状态，那种无法律的、直接与上帝联系的状态，最后却因为人类的堕落而消失了，你我二人的想法大致上还是相同的。我想，咱俩还可以肩并肩地同走一段路，因为我们都把国家看作防止人类堕落和邪恶入侵的社会契约，同时它也是统治权力的根源——"

"Benissimo（意大利语，意为：好极了）！"塞塔布里尼高声叫道，"社会契约——这就是启蒙，就是卢梭。真是没想到——"

"请让我再说几句。我们在这里就要分道扬镳了。所有的权力及统治力原本都在人民的手里，人民却将它们连同制定法律的权力全部移交了，移交给了国家和君王。但是您这一学派的人却推断出这样的一点——人民有权起来反对君王的统治。我们却正好相反——"

"我们？"汉斯·卡斯托普屏住呼吸问道，"'我们'指的是谁？等一会儿我一定要问问塞塔布里尼，'我们'是什么意思。"

"我们这一方面，"纳夫塔说，"我们的革命性或许并不比您的少。我们认为，教会的权威必定会凌驾于世俗权力之上。即便国家的世俗性质并没有明晃晃地写在额头上，但只要指出这样一个历史事实，也就是它的权威在于人民的意志，而不像教会一样在于神的认可，便可说明国家并非恶势力一手创办的机构，而是一种不完善的、暂时性的替代性机构。"

"先生，至于国家——"

"您对民族国家的看法，我非常清楚。维吉尔曾说过：'对祖国的爱以及对荣耀永无止境的渴求，远高于其他一切事物。'您用一种带有自由意味的个人主义对其进行了修正，这就是所谓的民主，但是依旧丝毫未触及国家的基础。国家的灵魂是金钱，这一点显然无可指摘，或者您想否认这一事实吗？古时候，整个社会是资本主义的，因为它信奉国家的权威。基督教的中世纪时期，人们便清楚地看出了这个世俗之国固有的资本主义性质——'金钱将统治世界'是十一世纪时的一个预言。您会否认如今这句话已经应验，而人们的生活已经彻彻底底陷入水深火热了吗？"

"亲爱的朋友，请继续说下去。我急切地想同这位伟大的陌生人，这位恐怖的缔造者结识呢。"

"您这大胆的好奇心，倒不失为一位高举自由旗帜的资产阶级代言人。但要知道，将世界拉向毁灭边缘的正是这种所谓的自由。您的目标是 democratic imperium（拉丁语，意为：民主帝国），是将民族国家的普遍原则神化到世界国家的层面上。那么世界帝国的统治者呢？您的乌托邦是可怕的，而且，在这一点上，我们多多少少有着共鸣，因为您的资本主义世界共和国具有某种超验的性质。世界国家是由世俗国家超验而来的，你我一致相信，在遥远而模糊的地平线上，是一个终极的、完美的国家，它应当与人类原始的完美境界相吻合。从圣格利高列[1]创建天国的那个时代起，教会便以指导人类皈依上帝为己

---

[1] 罗马教皇，五九〇至六〇四年在位。

任。 教皇对统治权的要求并非为了自己的利益，他所代表的专政不过是实现救赎的途径和方式，是从世俗之国转向天国的一个过渡阶段。方才您向您的学生谈起了教会的血腥行径，以及各种残忍的惩罚。 这实际上愚蠢至极。 因为一旦上帝动起怒来，自然不会是温和的。 圣格利高列本人就说过：'抽出宝剑又再收回，不敢出手的人，应当诅咒。'暴力是一种恶，这一点我们都清楚。 但是假若天国真的到来，那么善与恶、权力与精神、现世与来世的二元性就会暂时消失，变为一种将禁欲主义及统治主义统一起来的原则。 这便是我所说的恐怖的必要性。"

"但是实施者呢，实施者是谁？"

"您还要问吗？ 难道您的曼彻斯特学派[1] 未察觉到这样一种经济学的存在，它的原则恰好凌驾于经济学之上，并且与天国的原则及目标恰好相吻合？教会的教士们将'我的'及'你的'称为致命的字眼，将私有财产视为一种掠夺和盗窃。 他们一直否认私有财产，因为根据神权以及自然法则，世界为所有人类共有，土地上的果实也应当为人们共同享用。 他们教导说，贪婪是堕落的结果，财产的所有权是私有制的源头。 他们认为，所有的商业活动对人性及灵魂救赎来说都是威胁。 他们憎恶金钱及金融，认为资本主义的财富是地狱之火的燃料。 他们对价格由供需关系决定这一资本主义的基本经济原则嗤之以鼻，对不顾他人危机肆意剥削的行为进行谴责。 在他们的眼中，还有一种更恶劣的行为，那就是对时间的剥削。 当他们花去了时间，便要索取额外的报酬——或者换句话说，额外的利息——这简直无法理解。 时间是上帝对世间凡子的施予，人们竟这样滥用时间，损人利己。"

"Benissimo！"汉斯·卡斯托普激动万分，学着塞塔布里尼高声说

---

[1] 又称自由贸易派，19世纪中期主张经济自由和贸易自由的英国经济思想流派，因宣传中心设在曼彻斯特而得名。

起了这个意大利词来，"时间……上帝对凡子的施予……这太重要了！"

"非常重要。"纳夫塔说，"确实，人类的智者们对金钱会自动增加的思想厌恶不已。他们认为一切收利息以及投机取巧的行为都是重利盘剥，而且声称各类富人不是盗贼，就是盗贼的后代。他们还不满足。就像托马斯·阿奎纳那样，他们认为商业是一种纯粹的交易行为，买进卖出，坐收渔利，既没有新的创造，也没有对经济产物的加工和完善。这是一种叫人鄙夷的行业。他们对劳动本身的评价也不高，因为这是关乎伦理的，与宗教信仰毫无干系，不是为了上帝，只是为了商业及生计。既然如此，他们要求将实际的劳动作为衡量利益及高低贵贱的标准，这样一来，受尊重的就应该是劳动者和农民，而非商人或实业家。这是因为，他们偏好按需生产，对大批量制造的产品极为反感。如今，这些原则和标准在几个世纪的埋没之后，在现代共产主义运动下复苏了。两者之间毫无差别，甚至在对世界统治权的要求上也一致，他们认为，国际工业及金融业都应当由国际劳动者来统治。如今，世界无产阶级已将上帝之国奉为理想，以此与资本主义的资产阶级腐败而颓废的标准对抗。无产阶级专政，通过政治及经济上的方式拯救我们这一时代，并不是为了统治世界，也并未试图实现永久统治，而是以十字架为引导，暂时消除精神与权力之间的矛盾。也可以说，是以掌控世界的方式征服世界，这是超验的，是过渡性的，是为了这一王国而进行的统治。无产阶级将圣格利高列的任务接过手来，他们心中同样燃烧着宗教热情，同样不会'抽出宝剑又再收回，不敢出手'。他们的任务是用恐怖来治愈世界，最终实现救赎与解放，并且消灭国家及阶级之分，让人类回到初始时天国之子的状态中去。"

纳夫塔发言完毕，这一小圈人都陷入了沉默。几个年轻人都看着塞塔布里尼先生，这时候他应当出场了。因此他说道："真叫人震惊。我承认，我确实被震住了，实在未料到会有此结果。**Roma locuta**（拉丁语，意为：罗马有云），但是——这说的什么话呀！纳夫塔先生在我们面前 salto mortale（意大利语，意为：竭尽全力）地做了一番宗教式的发言，如果这一短语是矛盾的，那就让这矛盾暂时消除吧。噢，没错！我再说一遍，这一番话真叫人震惊。教授，您能设想出任意一种从首尾不一致的角度进行的批判吗？几分钟前，您还费尽心思地向我们解释什么是建立在上帝与世俗之间的二元论的基督教个人主义，还要向我们证明它优于一切政治决定的道德。现在您却让社会主义执行起独裁和恐怖主义。你要怎样将两种说法协调起来呢？"

"对立的存在。"纳夫塔说，"是可以得到调和的。只有那种中庸的、以偏概全的东西，才是荒诞可笑的。您的所谓个人主义，正如我对自由的定义那样，是偏而不全的。这是一种软弱的体现。通过一点儿基督教主义，一点儿人权，一点儿所谓的自由，它纠正了异教徒式的国家道德，这就是它的全部。相反，那种承认个人灵魂在宇宙及占星学中的重要性的个人主义，那种不是社会性而是宗教性的个人主义，对人性的设想并不在于自我与社会之间的矛盾，而在于自我与上帝之间的矛盾，是肉体与精神上的矛盾——这种货真价实的个人主义与这种最具约束性的集体是协调一致的。"

"这是无名的，又是共同的。"汉斯·卡斯托普说。

塞塔布里尼瞪着眼睛看着他。"别插嘴，工程师。"他说道，语气十分严肃，兴许是因为神经紧张，"您好好了解就是，不要妄图发表意见。这就是答案。"他一边说，一边转过头对着纳夫塔："这回答虽然不能令我信服，但毕竟也是一种回应。让我们对其引起的所有结果做一番考察吧。在否定工业之时，您的基督教式共产主义一并否定了机械、技术以及物质文明的进步。古代，您口中的商业，即金钱及金融业，是优于农业及手工业的，若是否定了它，就否定了自由。因为这是显而易见的，就像中世纪时一样，所有社会关系，公与私之间的关系，都依附于土地，甚至——这么说有些勉强——人格和灵魂也是如此。只有土地能维持生命，因此，只有对土地的占有才能够赋予自

484

由。不论农民和手工业者多么受人尊敬，假若他们并未拥有土地，也只是土地所有者们的私人财产罢了。事实上，一直到中世纪后期，大半的城镇居民仍是奴隶。在咱们谈话的过程中，您提到了人类尊严的种种幻想，可与此同时，您所维护的经济体制道德却剥夺了个人自由及尊严。"

"关于尊严和尊严的丧失，"纳夫塔回答，"我倒有很多东西要说。目前来看，如果这些关系能促使您将自由看成一个严肃的问题，而非一个美丽的姿态，那我也就满意了。您声称基督教式的道德虽然有着美丽和仁慈的假象，却是在制造奴隶。但我认为，自由的问题，或者更确切地说，城市的问题一直是一个有着高度道德标准的问题，而且在历史上一直与不人道的商业道德的堕落绑在一起，与现代工业化及投机行业，与金钱及金融那魔鬼般的统治联系甚密。"

"我必须坚持我的想法，您不应当一直模棱两可、含糊其词，而应当正大光明地展现自己的立场，您是属于最黑暗的反势力那一派的。"

"让人们克服'反动'一词所引起的内心恐慌，也许才是走向真正的自由以及人道的第一步。"

"嗯，够了！"塞塔布里尼一面用轻微颤抖的声音说道，一面将已经空空如也的茶杯和碟子推向一边，接着从缎子沙发上站了起来，"今天已经说得差不多了，我想对这一整天来说都已经够了。教授，感谢您那美味的餐点，以及这次愉快的谈话。我这两位从山庄疗养院下来的年轻朋友要回去做静卧疗养了，趁着他们还没走，我想请他们上去看看我那间小屋。走吧，先生们。Addio, Padre（意大利语，意为：再见了，神父）！"

现在，他竟用起了"神父"这一称呼，汉斯·卡斯托普注意到这一点时，不禁皱起眉头来。塞塔布里尼单方面宣告了这次谈话的结束，未询问纳夫塔是否还要继续说下去，也没有人对此提出异议。两位年轻人对主人连连致谢，接着便起身告辞。纳夫塔热情邀请两位再

485

次光临。两人跟着塞塔布里尼一道走出去，汉斯·卡斯托普拿着一本破破烂烂的纸板封皮的 *De miseria humanae conditionis*（拉丁语，意为：《论人类生存条件的悲惨性》），这是主人方才拿给他的。那个长着黑黝黝胡子的卢卡契克依旧坐在桌子边，为老妇缝制着那件带袖子的衣裳。他们经过他那扇打开的房门，沿着像梯子一样的楼梯爬向最顶层。说是顶层，其实算不上是一层楼，这只是一个小阁楼，屋顶下横着裸露的椽子及横梁，屋子里有些封闭，空气里散发出一种木料晒过的气味。不过面积倒不小，大概有两间房间那么大，这位共产主义资本家就住在这儿。对这位参与《苦难之社会学》编撰工作的文学家来说，这儿既可作书房，也可作卧室。他热情地带这两位年轻的朋友参观自己的房间，并用"幽静"及"舒适"等词来加以形容，为了给两人提供合适的称赞用词，两人也照做了。他们不约而同地称赞，这个小房子里就像他说的那般幽静且舒适。他们朝着小小的卧室看了一眼，斜面屋顶下的角落里摆着一张又小又窄的卧床，床前铺着一块小小的拼镶式地毯；他们又转向书房，这里同样陈设简陋，但布置得井井有条，只不过看上去更有些冷清之意。房门边摆着四张笨重的老式椅子，排列得极为对称，椅子上的坐垫是稻草做的。还有一张无靠背的长沙发，挨着墙面摆在屋里；屋子中间放着一张盖有绿台布的圆桌，桌上摆着一只装水的玻璃瓶，瓶口饰有花纹，看上去是为了装饰用，或者也可以说，其实是为了提神，不管怎么说，这瓶子让人感到一阵清新。书本及小册子斜放在一只小小的挂架上，开着的窗边放着一只轻薄的折叠式高脚桌，地板上铺着小而厚实的毡毯，大小刚好能站一个人。汉斯·卡斯托普站在上面体验了一下。这是塞塔布里尼工作的地方，是他为人类苦难撰写百科全书的地方。年轻人把胳膊支在倾斜的桌面上，表示这儿确实又幽静，又舒适。他猜想，塞塔布里尼先生那位鼻子又长又挺的父亲在帕多瓦工作的时候，一定也是这样曲着身子——后来他得知，这张桌子确实是那位已故的学者的遗物。不，不仅如此，屋里的那些椅子桌子，甚至那只水瓶，原本都是他父亲的物品。那些带稻草坐垫的椅子甚至是他那位烧炭党祖父遗留下来的，它们曾是祖父在米兰的律师办公室的装饰物。这给两位年轻人留下了深刻的印象，在他们眼里，这些椅子便带上了些政治性质。而约阿希姆呢，他原本毫不在意地盘着腿坐在其中一把椅子上，而今突然间站了起来，怀疑地盯着椅子看，没有再坐下去。汉斯·卡斯托普站在老塞塔布里尼留下来的那张桌子边，正在思考年轻的塞塔布里尼是怎样在上面进行写作，把祖父的政治及父亲的人文主义融合起来，交汇成他自己的文学之美的。没过多久，他们便一道离开了小屋，作家提出要送送这两位朋友。

三人默默前行了一会儿，沉默是因为纳夫塔，汉斯·卡斯托普可以再等一会儿。他确信塞塔布里尼先生一定会提起这一位住在同一个屋檐下的伙伴，而他与二人同行的目的也是这一点。汉斯想得没错。

意大利人深深呼吸了一下，仿佛要好好做一下开场白，他说道：

"朋友们，我想向二位提出警告。"

说完后他停顿了一下，汉斯·卡斯托普故作惊奇地问道："警告什么呢？"他本来可以说"要提防谁呢？"但他还是克制了一下，表现出一副自己丝毫不明白塞塔布里尼先生是什么意思的样子，就连约阿希姆都对此非常清楚。

"提防方才招待我们的那个人。"塞塔布里尼说，"我本来便不想叫你们与他相识，那次会面实属意外，您也看到了，我压根儿无法阻止。但这事我也要负责任，我因此一直惴惴不安。我的责任就是提醒你们这些年轻人，同这个人交往在精神上是危险的，还请两位把同他的交往控制在安全的限度内。他虽然看上去是一位逻辑专家，但实质上会让你的思维混乱不堪。"

他看上去确实有些怪异，不过未必如此危险，这是汉斯·卡斯托普的观点。他讲的话有时会叫人觉得颇不舒服，好像要表达太阳围绕地球转动一般。 但是话说回来, 他们又怎么会想到, 与塞塔布里尼的一位友人交往是不合适的呢? 他自己也说了, 兄弟两人是通过他才与纳夫塔结识的, 第一次见到的时候, 纳夫塔与他正结伴而行, 过后又一道喝了茶。 这意味着……

"没错, 工程师, 这是自然的。"塞塔布里尼语气中带着些柔和, 又有些颤抖, "这个问题竟把我难住了, 您居然把我问倒了。 好吧, 我应当负起这个责任来。 我同这个人住在同一个屋檐下, 会面自是无可避免, 你来我往交流过后, 结识就是自然的事情了。 纳夫塔是个非常聪明的人, 很不平凡。 他在本性上是散漫不羁的, 我亦是如此。 二位如果愿意, 请斥责我吧, 但是我要同这位势均力敌的对手交锋, 除了他, 再没有别人能跟我一比高下了。 总之, 我俩互有来访, 也一同散步, 这些都是事实。 我们互相争辩, 争得头破血流, 几乎每天都是如此。 但是说实话, 虽然我们意见相左, 他也喜欢与我作对, 但是这思想的冲突使得我俩的结识对我来说更有吸引力。 我需要与人在思想上摩擦, 人的观点如果不与人争斗较量, 那么就不会存活。 通过争辩, 我自己的观点得到了证实。 这一点您二位怎么看呢, 少尉, 或者您呢, 工程师? 二位对这种思想上的诡辩毫无防备, 你们暴露在这样的危险之下, 暴露在狂热而掺杂着恶意的影响之下, 无论在精神上还是在灵魂上都是危险的。"

这么说也许没错, 汉斯·卡斯托普回答, 他同他的表哥或许多多少少会受到这种不良影响——这跟那一套"生活中需要照料的孩子"的说法相差无几, 他非常清楚。 这里正适合引用彼特拉克那句格言, 塞塔布里尼对此一定非常熟悉。 不管怎样, 纳夫塔所说的话还是值得一听的。 应当承认的是, 纳夫塔的共产主义时期到来之后会实现平等的论述很是精彩, 还有那番关于教育的见解, 汉斯·卡斯托普从未在别人那儿听到过。

塞塔布里尼咬紧了嘴唇, 汉斯·卡斯托普急忙补充说, 就他本人来说，当然是不会偏向任何一方的，他只是喜欢纳夫塔就青年欲望发表的那番见解。"但是请您跟我解释一下吧，"他继续说，"这个人——我这样称呼他，就是为了证明我和他之间的生疏，我对他的话并非完全同意，而且还有许多保留的意见——"

"您想得非常正确，"塞塔布里尼感激地提高了声音，"他说了很多否认金钱的话，说它是国家的灵魂，并且反对财产私有，说这无异于盗窃。总而言之，他反对所谓的资本主义体制，倘若我没记错，他说过这是地狱之火的燃料，或者诸如此类的话。他对中古时期禁止人们收取利息的行为倍加称赞，但是他本人……请允许我这么说——当你们进入他的房间，看到满屋的丝绸时，应当感到震惊不已吧——"

"噢，是这样的，他这个人的品位倒是颇有特点。"

"精致漂亮的老式家具，"汉斯·卡斯托普继续说下去，"十四世纪的圣母马利亚怀抱受难的基督耶稣的雕像，威尼斯的吊灯，身穿号服的小侍童，还拿了这么多的巧克力夹层蛋糕来招待客人。我不得不认为，他自己的家境应是相当殷实的——"

"纳夫塔先生，"塞塔布里尼回答，"同我一样，算不上什么资本家。"

"可是？"汉斯·卡斯托普有些疑问，"您话里还有其他意思，塞塔布里尼先生。"

"嗯，那些人是不会让同伴们挨饿的。"

"哪些人？"

"那些神父们。"

"神父？什么神父？"

"哎呀，工程师，我指的是那些耶稣会[1]士。"

现场静默片刻，表兄弟两人震惊不已。汉斯·卡斯托普大声问道：

---

[1] 天主教会的主要修会之一，一五三四年成立，一五四〇年获得罗马教廷教宗的认可。耶稣会的任务主要是教育与传教。

"什么？天啊！您真的是这个意思吗？难道说那个人也是耶稣会士？"

"您猜得没错。"塞塔布里尼一本正经地说道。

"我有生以来从未想过这种事情。这也就是您为何称他为神父了！"

"这只是为了礼貌夸张一下罢了。"塞塔布里尼回答，"纳夫塔先生并不是神父，因为身体患病，尚未被冠以神父之名，但是他的见习期已经结束，而且已经宣过第一次誓。 他的身体状况叫他不得不放弃神学的研究。 后来，他在神学机构担任过几年教授，任年轻学生们的教师。 这倒是符合他那谆谆教导的特性，上山后也可以继续做他的本行，到腓特烈大帝学院去教授拉丁语。 他上山已经有五年了，什么时候能离开，对他来说也是个未知数。 他属于教会这个团体，虽然关系不是十分密切，但是观念不会发生变化。 我跟您说过的，他本人并不富裕，也就是说，没有什么个人财产，这是他们教会的规则。 不过教会本身坐拥无数财产，您也看到了，它把自己的成员照顾得无微不至。"

"简直像挨雷劈一样。"汉斯·卡斯托普说，"我从未想过竟有此等事情存在！一个耶稣会士！哎，哎！但是请告诉我，既然这些人对他那么关怀备至，为何他要住在这么一个——我并不是说您住的地方怎样，塞塔布里尼先生，您在卢卡契克那儿的住所很漂亮，又幽静又舒适。我只是说，如果纳夫塔的待遇果真如此丰厚，恕我用这样一个俗气的词来形容，那么为何他不另寻居处，找一间更舒适、有像样的入口、房间也更大的豪华的居所呢？他这个人真有点儿神秘莫测，就住在满是丝绸的小屋子里——"

塞塔布里尼耸了耸肩。

"他兴许考虑到世俗的眼光，为人机敏老练吧。"他说，"我假设他住在那间寒酸的房子里，而一面又反对资本主义，只是一种良心的慰藉，而且其中也包含着掩人耳目的想法。 从魔鬼那里拿到的好处无须向全世界张扬。 他表面上严谨低调，背地里却享尽荣华富贵，当着教会的公子——"

"说得太对了!"汉斯·卡斯托普说,"我得承认,您这一席话叫我颇感新奇,而且叫人震惊不已。哎,塞塔布里尼先生,对于与纳夫塔先生的结识,我们对您感激不尽。今后我们应该经常下山去拜访他,这一点是毋庸置疑的。同他交谈,人的视野都变得开阔起来——能见到一个做梦都未想过会存在的世界。一个纯纯粹粹的耶稣会士!我用'纯纯粹粹'这个词,只是因为它刚好出现在我脑中。我是指,他是一个实实在在真真切切的耶稣会士。我知道,您不会说一个背后有魔鬼撑腰的人会是一个纯纯粹粹的耶稣会士,但是我想说,作为一个耶稣会士,他是否是纯粹的呢?这便是我正在琢磨的问题。他曾对现代共产主义及无产阶级的宗教式热诚发表过一些见解,还表示无产阶级不应该'抽出宝剑又再收回,不敢出手'——您知道我想表达什么,对于这些,我不想说太多,而您那位手持市民长矛的祖父,相比之下却是一只十足的羔羊了——请原谅我这么说。纳夫塔那番话可行吗?他的上司会同意吗?这与罗马教会的教义一致吗?据我所知,世界上所有的宗教团体都应宣传罗马教会的教义——要怎么说呢,这难道不是异教徒式的,反常的,并且不正确的吗?我对纳夫塔的看法就是这些,现在很乐意听一听您的评价。"

塞塔布里尼笑了笑:"很简单,当然了,纳夫塔首先确实是一位耶稣会士,是一个彻头彻尾的耶稣会士。但同时他又是一个十分聪慧的人,要不然我也不会跟他交往了。他一直在寻找新的推论、新的关系、新的适应方法,寻找适合时代的种种新论调。您也能看到,就连我也对他的理论十分惊诧,之前他从未对我坦露过如此多的想法。我利用他在你们面前会激动这一点,故意刺激他,叫他把话都说出来。这话听起来真是滑稽可笑,也够怪异的——"

"没错,确实如此,不过您倒是说说,为何他没有成为神父呢?他年纪已经够了,不是吗?"

"之前我已经跟您说过了，因为疾病缠身。"

"嗯，可是您不觉得，首先他是一位耶稣会二，其实又是一位满腹学识的人，而且还常常寻找新的推论，那么第二个附加的特质同他的疾病有一定关系吗？"

"您这话什么意思？"

"我只是想说——也就是，他身上有一个浸润性病灶，这一点妨碍他当上神父。但是他的推论兴许也多多少少起了妨碍作用，这样一来，在某种程度上，病灶和推论就是相连的。也就是说，他也是一位需要照料的孩子，一位 joli jésuite（法语，意为：漂亮的耶稣会士），身上长着一个 petite tache humide（法语，意为：小湿点）。"

他们走到了疗养院，但并未急于分别。三人站成一小圈，又在疗养院门口交谈了一会儿。几位正好在附近溜达的病人有些好奇地看着谈话的三个人。塞塔布里尼说道："我年轻的朋友们，我再说一次，我得警告二位。既然二位已经同他结识了，那么我也无法阻挡你们受好奇心驱使与他交往。但是要把你们自己，你们的心武装起来，多加提防，以批判的精神聆听他的发言。对于这个人，我只有一句话来形容——他就是一个酒色之徒。"

这对表兄弟一脸震惊。汉斯·卡斯托普问道："一个——什么？可他是教会的人啊。我想，他们应该宣过誓，而且他身体又那么瘦弱，所以——"

"您这简直是无稽之谈啊，工程师！"塞塔布里尼打断他，"这跟身体瘦弱毫无关系，至于您说他们宣过誓，总还是有所保留的。我说的是更为广泛的、更深层面的精神上的意义，此刻我就假设您是理解的。您或许还记得我有一天曾到您房里去拜访——已经过去很久了，太久了——您当时被疗养院接纳，刚刚度过了三周的卧床疗养时间。"

"当然记得。您当时走入黑漆漆的房间，打开了电灯——如今想起，恍若昨日。"

"对。当时我们谈天说地，就像平常聊天时那样，我记得那时候我们在谈一些更高的主题。我想我们谈起了生活和死亡，谈起当死亡变成生活的条件和附属物，死亡的尊严又会怎样，还谈起了当心灵将其架设为一个独立的原则，它会变得有多荒唐可笑。年轻人，"说着，塞塔布里尼走近两个年轻人，左手的拇指和中指弯成刀叉的样子，仿佛要叫两个人集中精力，继而又支起右手的食指来警告两人，"你们要好好记住，心灵是至高无上的，意志则是自由的，它是创造伦理世界的条件。当它在二元世界里与死亡隔离，死亡将会通过意志的心理反应变成一个实实在在的存在，您理解我的意思，这是它内部的一种力量，这种力量反对生命，是一种与之敌对的原则，是巨大的诱惑，这本身就是一个肉欲的王国。您会问为何我说'肉欲'，我来回答您，因为它是一种解脱，一种拯救，但不是使人从邪恶中解脱，而是邪恶的解脱。它使道德变得松弛，它使人们不遵守纪律，不受约束，叫人们纵情享乐。我给两位提出警告，叫你们提防这个我不乐意介绍给你们认识的人，我规劝你们在与这个人交往的时候要有三倍的戒心，交谈的时候保持批判的态度，这是因为这个人的思想都是淫邪的，都处于死亡的庇佑之下——死亡是一种最为荒淫的力量，我之前跟您说过，工程师——我还记得自己说过的话，对于自己有幸发表过的一些真知灼见，我一向铭记于心。这是一种与文明、进步、劳动和生命敌对的力量。一个教育者最崇高的责任，便是保护年轻人的心灵免受这种污浊之气的污染。"

还有谁能比塞塔布里尼先生说得更漂亮动听，更清楚，更条理分明呢？汉斯·卡斯托普和约阿希姆·齐姆森对他的这一席话表示由衷感谢，然后登上了通往山庄疗养院的石阶。而塞塔布里尼则又回到了纳夫塔那满是丝绸的房间的楼上，在那张人文主义者的写字台前坐了下来。

这是表兄弟两人第一次拜访纳夫塔的经过，我们对此进行了详述。

此后，他们又去了两三次，其中一次还是在塞塔布里尼先生不在场的情况下。这几次拜访也引发了年轻的汉斯·卡斯托普新的思考，眼前又浮现出当他坐在满地蓝花的僻所里"执政"时，见到的神之子的形象。

愤怒以及更糟糕的事

八月到了。 随着八月的到来，我们的主人公上山一周年的纪念日也悄然而逝，这自是好事。 这个日子到来之时，年轻的汉斯·卡斯托普丝毫未有喜悦之意。 这就是这里的法则，纪念日不大受人欢迎。 老病人甚至都不会去想这个日子，但除此之外的各种节庆日，他们总会找借口欢庆一番。 还有那些较为私人的纪念日，比如生日、例行检查，或是离院的时候——不管是私自离院，还是经过批准——他们都会到餐馆里举杯庆祝。 但是对于入院的周年纪念日，他们却毫不在意。 他们就让它这样默默流逝，也许也是有意叫自己忘却，而且笃信其他人也不会记得。 他们恰到好处地把时间分成一段段，观察日历，留意每一年的转折点，注意它们怎样周而复始。 不过计较自己的私人时间，也就是那种跟山上的空间紧密相连的个人时间，只适用于那些新来的以及短暂居住的病人。 老病人们宁愿不去计算，就这样享受着这种永恒，以及每日千篇一律的生活，并且善于照顾别人的情绪。 假若逢人便说今天是他上山三周年的日子，未免太过残酷，而且大煞风景，但这种事永远都不会发生。 即便是有些缺乏教养的斯特尔太太，在这一点上也十分圆滑，口风严密，不会说漏嘴。 当然，她身体发热与她的愚昧无知脱不了干系。 最近，她还在餐桌上提起，自己的肺尖受了 affektation[1]；后来话题又转到了历史问题上，她表示，日期于她来讲无非是"周而复

---

[1] 该词为"做作"之意。 应为 infektion，意为"感染"。

始的"，这叫在座的人惊愕不已。但就算如此，也无法想象她会提醒年轻的齐姆森，他的周年纪念日在二月——或许她确实思考过这个问题。这个不幸的女人脑子里尽是无用的乱七八糟的东西，又喜欢在背后闲扯别人的私事，不过当地习俗约束住了她。

在汉斯·卡斯托普周年纪念日的时候也是如此。在饭桌上，她曾意味深长地朝汉斯挤眉弄眼，不过看到对方丝毫不为所动，便很快转移了目光。约阿希姆对此缄口不提，虽然心里或许还清楚地记得在达沃斯村火车站为汉斯接风的日期。约阿希姆生性寡言少语，在山下的时候，就不像表弟那般活泼。而同他所结识的那位人文主义家兼诡辩家相比，更是不可同日而语。最近这些日子，他更是沉默，从嘴里吐出的都只是单音节词，但是他的神态却似乎有千言万语要说。很显然，达沃斯车站除了叫他想起为人们接站之外，还有其他的意义。他一直与山下的人们保持频繁的通信往来，决心已经成熟，各项准备工作也接近尾声。

七月温暖明亮，但是随着八月的到来，天气又变得阴云密布、潮湿多雨起来。开始只是雨夹雪，接着实实在在下起雪来。这样的天气持续了整整一个月，期间偶尔有几个阳光灿烂的日子。起初，屋子里还带着夏日的余热，温度大约十度，还算舒服，后来就越来越冷。山谷已被积雪覆盖，看到这样的景象，人们心里颇为高兴，因为下雪后院方才会打开暖气——要是只有气温下降，他们是不会开的。开始时只有餐厅里供暖，之后病房里的暖气也开了。人们在静卧疗养结束后，裹着毛毯，伸出冻僵的手指去触碰暖气管，他们的脸因燥热而红通通的。

冬天又到了吗？人们怨声连连，声称自己受了夏天的欺骗，尽管其实是他们自己在以自然的或人为的，内部的或外部的种种方法浪费着时间。理智虽然意识到秋高气爽的天气就在后面，可能还会出现一系列晴朗明媚的天气，叫人不由冠以夏日的名义，但太阳运行的弧形变得愈加平坦起来，早早就急着下山了。冬日的美景给人精神上的影响比这些自我安慰的想法更为强烈些。 表兄弟两人走近阳台，不无嫌恶地站在那儿看着外面旋转的雪花。 约阿希姆压低声音说道：

"冬天又开始了吗？"

汉斯·卡斯托普待在他身后的房间里，回答道：

"现在时日尚早，冬天应该还没有来，但是看上去怪吓人的。 假如说冬天就是黑暗、寒冷、雪天和暖气管，那倒不可否认，这确实是冬天了。 再加上不久前还是冬天，雪花也刚刚融化——不过，看上去确实如此，似乎春天才刚结束。 这难免叫人觉得厌倦起来——我得说说我是怎么想的。 我的意思是，正常来讲，世界是按照人们的需要以及对生活乐趣的需求来进行安排的，难道不是吗？ 我倒不想小题大做，扯到整个自然秩序，例如地球的大小，地球自转以及围绕太阳公转所需的时间，白天与黑夜的分界线，以及夏天和冬天的区别。 总之，若是说整个宇宙的节奏——如果你愿意这么称呼的话——都是根据我们的需要和利益而专门估算出来的，实在是厚颜无耻，而且又幼稚无比。 这就是哲学家们所说的'目的论'。 可以说，我们的需要跟自然普遍的、基本的需要是一致的，谢天谢地——我说谢天谢地，是因为上帝是确确实实需要赞美的。 在山下的时候，因为前一个夏日或冬日过去了太久，所以当它们再次降临的时候，我们会欣喜万分。 但在这山上，这种规律及和谐已经被破坏，因为这儿四季无常，就像我刚上山时你说的那样，只有冬天和夏天，而且是混合在一起的。 除了这一点，还因为我们在山上花去的时间根本不能算作已经过去，当冬日再次到来，它丝毫不是一个新的冬日，而是之前季节的重复。 这样一说，就可以知道为何你透过窗户看着外面，脸上会是如此嫌恶的表情了。"

"多谢。"约阿希姆说，"你竟解释得头头是道，看来你对这里是满意的，甚至对此时此刻的境况也是满意的，虽然对人们来说——不！"他说道，"我已经受够了。 我厌烦透顶。 它简直冷酷无情，不可理喻，腐烂不堪，冷血无情，而我自己——"他急匆匆地走进屋里，怒气冲天地甩门而去。如果没有看错的话，他那温柔漂亮的眼睛里满是眼泪。

汉斯独自留在房里，惊慌不已。这么久以来，他对约阿希姆口头上说下定决心的行为没有太当回事。可是现在，他虽然没说什么，但表情和行动已经证明了一切。汉斯·卡斯托普吓了一大跳，因为他清楚，作为军人的表哥一向是个说到做到的人。他惊慌失措，脸渐渐变得惨白。

"Fort possible qu'il va mourir（法语，意为：他可能就要死去）。"他暗自思忖。这虽然是他从第三方得到的知识，但心里还是掺杂着某种过去就有的痛苦和惊惧，而且这种惊惧永远无法抑制。他自言自语道："他会不会将我独自留在这山上呢，可我是上山来探望他的啊。这真是疯狂又可怕，一想到这些，我的心就乱跳不止，脸也煞白。因为假若他真的丢下我——要是他离院下山，我也无法跟他同去。这样一来，我就永远不可能下山了。想到这些，我的心都僵住了。"

这些便是汉斯·卡斯托普那些可怕的想法。但就在那天下午，事情又有了新的进展。约阿希姆宣称，骰子已经掷出，没有后路可退了。

这时，九月刚刚开始。一天午茶过后，他们一起到地下室里做每月的例行检查。伴着问诊室内热烘烘的空气，他们看到坐在桌子边的克罗科夫斯基大夫，顾问大夫也在，他的脸青幽幽的，双臂交叉着靠墙而坐，拿着一只听诊器敲击着自己的肩膀，朝着天花板打了一声哈欠。"该用餐了，孩子们。"说话时他无精打采的，情绪不高，有些无奈而忧伤，兴许刚刚还抽过烟。当然，这个样子也是有原因的，表兄弟已经有所耳闻。这则桃色新闻在疗养院里已经传得沸沸扬扬。有一个叫艾美·诺尔廷的年轻姑娘，两年前的秋天进了山庄疗养院，治疗了九个月后，于八月康复出院。但是九月尚未结束，姑娘就再次回到院里，声称在家里深感"身体不适"。二月，她肺部的啰音完全绝迹，又被送回了家中。可是七月中旬，她又回来了，且与斯特尔夫人同席而餐。正是这个艾美，被发现凌晨一点跟另外一个叫波利普拉克西奥斯的病人待在她自己房里。那个男人是希腊人，在狂欢节展示过他优美的双腿，自然受人青睐。他是一位年轻的化学家，父亲在比雷埃夫斯[1]拥有一家染料厂。事情还是艾美的一位女友因嫉妒心起而揭发的。她经过的时候——同那个希腊人一样，也是走的阳台——看到屋内情状，心痛和恼火之情交织，一时惊慌失措，不由得大声嚷了起来，引得人们纷纷跑来一探究竟。丑闻就这样不胫而走。贝伦斯只得将三人打发出疗养院。此刻他正同克罗科夫斯基讲起这件丑闻的经过，克罗科夫斯基大夫曾给这两位姑娘诊过病。在给表兄弟俩检查的时候，顾问大夫还在无奈地发着牢骚；因为他在听诊方面颇有一手，能将人们的内部听得清清楚楚，所以一边为他们听诊，叫助理大夫记下来结果，一边还在扯些别的东西。

"哎，没错，先生们，"他说，"性欲可真该死。您两位自然可以从中享受乐趣，这是你们的权利——气泡音——但是站在我的立场，我跟你们说实话——这儿有浊音——要相信我。肺结核与性欲联系在一起，这难道是我的错吗？——这儿有轻微的粗糙音？我并没有这样安排，但是只要一不留神，你们就会控制不住自己的淫邪之心。左肩下有些不舒畅——我们有心理分析师，还有讲座——这可多好啊！听得越多，你们却越加沉迷于淫欲。我主张进行数学研究——这边好些，啰音已消失——告诉他们，假若他们能静心研习数学，便会发现数学是对抗肉欲最好的方法。帕拉范特律师本来病情严重，自从听了我的建议后，便一心研究圆的积分，身体已经恢复不少。但是大多数人不是太笨，就是太懒，愿上帝助他们一臂之力！——气泡音——你们看，我很明白，这儿的年轻人都很容易堕落——我曾试着帮助这些淫荡堕落之人。但后来发生了好几次这样的事——这人的表哥或那人的未婚夫当面质问我，说这些事与我何干，自此之后我便不再过问——右上

---

[1] 希腊港口城市。

肺轻微啰音。"

　　他为约阿希姆听诊完毕后，将听诊器塞进白大褂的口袋里，用那双硕大的手揉了揉眼睛。这是他的习惯了，每当情绪不佳或是忧伤的时候都会如此。因为无精打采，他不免哈欠连天，喋喋不休地劝诫起来：

　　"嗯，齐姆森，您得打起精神来，目前为止您的身体是健康的，跟生理学书上的图片不一样，几个地方还有些小问题。至于您的加夫基指数，不仅没有下滑，反而高了差不多一个点，这次是六。但是别担心，别板着一张脸，总比刚上山的时候强些，我可以给您开一份书面说明，您还得再住上五六个 manot[1]，我是说，五六个月。您可知道这是月份这个词原先的写法？我想，以后还是用 manot 这个词吧——"

　　"顾问大夫先生……"约阿希姆开口道。他光着上身站在那儿，脚尖并拢，昂首挺胸，带着毅然决然的神情，脸上斑斑点点，就像在他第一次做身体检查时汉斯·卡斯托普看到的那样。当时他脸色突然变得苍白，皮肤上的斑斑点点清晰可见。

　　贝伦斯没理会他，径自说下去："要是您再在这儿住上半年，老老实实地进行身体锻炼，您就能成为一个顶天立地的男人，就能一手征服君士坦丁堡 [2]，成为将军中的将军——"

　　约阿希姆不屈不挠地表明自己的决心，要不是他态度如此坚定，天知道大夫还会说出什么胡话来。

　　"顾问大夫先生，"年轻人说，"我想告诉您，我已经下定决心离开了，还请您原谅。"

　　"您在说什么？所以您是打算离开？我还以为您会等到痊愈之后，再下山去当一名军人呢。"

---

[1] 德语中"月份"一词为 monat。

[2] 土耳其城市。

500

"不，我现在就得离开，顾问大夫先生，一周之内我就得走，就是这样。"

"您真是这么想的吗？您想抛下武器，溜之大吉吗？您不觉得这是临阵脱逃吗？"

"不是这样，顾问大夫先生，我并未这么想。我必须回到我的队伍里去。"

"即便我告诉您未满半年不会放您出去？"

约阿希姆的姿势更加端正起来，他收起腹部，压低声音，简短地回答道：

"我在这儿已有一年半光景，顾问大夫先生，我不能再等下去了。我原本打算待三个月便走，可之后一再拖延，先是三个月，之后再六个月，就这么加来加去，可我的身体还未康复。"

"这是我的错吗？"

"不，顾问大夫先生，但是我再也等不及了。假若不是想把握时机，我还可以在山上继续疗养，等待康复。但现在我必须下山，只是尚且需要一些时间整理行装，以及做些其他安排。"

"您家里知道您的打算吗？他们可否同意？"

"我母亲的话——已经准许。一切都已安排妥当。十月一日就是我加入军营任职军官的日子。"

"您甘愿冒任何风险？"贝伦斯用那双充血的眼睛定定地盯着他，问道。

"这是应该的。"约阿希姆回答，他的嘴唇颤抖着。

"很好，齐姆森。"顾问大夫语气变了，他换了个姿势，全身都放松起来，"非常好。赶快行动吧，愿上帝与你同在。我看得出来，您很清楚自己的决定意味着什么，这一点千真万确。这是您的事，不是我的事。您要自己承担责任，也要自己冒这个风险，我对此不负责任。天啊，希望将来一切都顺顺利利。当兵是一种能够呼吸到新鲜空气的职业，也许会对您有好处，让您的身体好起来。"

"是的，顾问大夫先生。"

"嗯，那么您表弟呢，那边那位和和气气的文人什么情况？他要跟您一道离开吗？"

这回轮到汉斯·卡斯托普了，对方正等着他的回答，就像第一次检查时那样。那次检查后，他获得批准，以病人的身份留了下来。此时，他脸色苍白地站在那里，心脏像鼓槌般乱撞不止。他说道：

"我想听听您的意见，遵循您的安排，顾问大夫先生。"

"我的意见，好。"他抓住对方的胳膊，把他拉过来，在他身上一会儿敲敲，一会儿听听，并未说什么。诊察很快结束，完成后，大夫说道：

"您可以走了。"

汉斯·卡斯托普结巴起来：

"您——您是说——我已经痊愈了？"

"没错，您已经痊愈了。左肺上部那一块自然不用说了。您的热度还有一些，我不知道热度从何而来，但我想这已经无关紧要了。我认为，您可以走了。"

"可是，顾问大夫先生，我可否问一下——就是——您这话兴许说得不是很认真吧？"

"不认真？为什么？您是怎么想的？顺便，我能不能问问，您是怎么看待我的？您究竟把我当成什么人啦？您是把我当成妓院的老板了吗？"

他火冒三丈，脸上原本铁青着，此刻火气涌上来，整个脸变成了紫色。他面目狰狞，一侧的嘴唇高高翘起来，上颌的牙齿隐隐可见。他像一头公牛般伸着脑袋，水汪汪的眼里充着血。"我不会这么做的。"他咆哮道，"首先，我不是这儿的主人！我只是一名雇员，只是一名医师！我只是一名医师，我想你们应当明白我的意思。我不是一个皮条客，不是贝拉那不勒斯[1]托莱多街上的花花公子，我只是为深受苦难折磨的人类服务！假如你们对我的身份和我的人格有异议，那么你们就见鬼去吧，我祝福你们——是死是活，都随你们的便吧，祝两位旅途愉快！"

他迈着大步穿过房间，走出那扇通往 X 射线候诊厅的门，嘭的一声关门，扬长而去。

两人向克罗科夫斯基大夫投去求助的目光，助理大夫却埋着头，只顾整理文件。他们穿好衣服，走到楼梯上时，汉斯·卡斯托普说道：

"刚才太可怕了。你之前见过他这样发作吗？"

"不，没见过这个样子，不过上级们发起火来都是这个样儿。碰到这样的情况，我们要举止得体，让对方发作完便可。不过，你有没有注意到——"约阿希姆继续说，方才他打了胜仗，因此心中欣喜万分，不禁得意扬扬起来，"你看到没，在他看出我在这件事上是认真的后，便不再坚持，自愿认输了。人应该有一些勇气，不能轻易被别人打败。现在我可以离开了——方才他也说过，我或许还能摆脱病痛——我打算一周之内动身，三周后就在部队里了。"他滔滔不绝地说着自己的事，高兴得声音发颤，全然没有顾及一边的汉斯·卡斯托普。

汉斯沉默不语，他缄口不提约阿希姆的"离院许可"，对自己获准离院的事也不发一言——原本应当谈谈这些事的。他开始准备静卧疗养，把体温表衔在嘴里，裹上两条驼毛毯子，动作纯熟，山下的人对这样炉火纯青的技术一无所知。汉斯裹得像一支香肠卷，在自己那把上好的躺椅上躺了下来。空气中还带着早秋午后的寒意和潮湿。

雨云低低地悬在空中，残雪还赖在银杉的树枝上，疗养院的大旗缠在旗杆上。休息厅里传来了低低的说话声，差不多一年前的这个时候，阿尔宾先生的声音也这样跑进了汉斯·卡斯托普的耳朵里。很快，年

---

[1] 意大利城市。

轻人的脸颊和手指全都冻僵了。长期以来，汉斯已经习惯了，对这里独特的生活方式怀有感恩的心情，因为他可以裹着毛毯躺在那儿，悠闲地随意遐想。

所以事情就这么定了下来，约阿希姆即将离开。拉达曼提斯已经放他出院，不是依规行事，也不是因为他已经痊愈，而是半允许半勉强地让他走的，只因为他太过执拗。他就要下山了，先坐火车到兰德夸特，然后到罗曼斯峰，再跨过那广阔而深不见底的湖泊——根据神话故事，这里曾有骑士经过——穿过整个德国回到家中去。以后他都要住在那儿，在平原的世界里，跟那些不熟悉他的生活的人交往。那些人不知道怎样量体温，不知道裹毯子的方法，不知道毛皮睡袋，也不知道每日三次的散步——这些山下人一无所知的东西，真的不胜枚举。一想到约阿希姆，想到他在山上已住了一年半，如今却要跟山下那些不了解他生活内容的人打交道——这景象只关系到约阿希姆。对他本人——汉斯·卡斯托普而言只是个模糊的远景，他脑中一团乱麻，不由闭上眼睛，晃着脑袋，想把这些思绪都赶走，同时嘴里喃喃自语："不可能！"

既然这是不可能的，那么他就要在山上继续住下去，独自一人，不跟约阿希姆一块儿走吗？没错，看来是这样。住多久呢？直到贝伦斯宣布他已经痊愈，而且态度要认真严肃，不能像今天那个样子。他无法预见自己何时出院，就像约阿希姆之前表达的那样。此外，不可能的事情是否变得有可能了呢？恰恰相反，约阿希姆这么莽莽撞撞地下山确实——说老实话——给表弟提供了支持，而今，眼前不可能的事情变成了可能，表哥也给了他引导，给他开了先河，而这条离院之路，他自己是永远无法找到的。哎，那位人道主义学究了解这件事情后，一定会敦促他伸出双手，接受这一引导！但是塞塔布里尼先生只是一个代表——在值得倾听的事情和劝导的力量上，他确实是一个代表，但也不是唯一正确的。约阿希姆也一样，他是一名军人，现在就要离开了——

恰好在那个胸脯丰满的玛鲁莎回院的时候离开，因为我们已经知道，她会在十月份归来。而这位文人，汉斯·卡斯托普的离开则是全然不可能的，他还要等克拉芙迪亚·肖夏，只是对方一直杳无音讯，归期也尚未知晓。"我倒不这么认为。"以前拉达曼提斯谈起开小差一事时，约阿希姆如此回答——在约阿希姆看来，这只是顾问大夫不悦时的胡言乱语。但是对汉斯·卡斯托普来说，情况却有所不同——没错，当他躺在寒冷潮湿的空气中时，心里想的正是这个。对汉斯来说，如果能抓住这样的机会，得到准许——或者半准许——回到平地上去，就是一种逃避。他借此全面逃避某些责任，这些责任是在他冥思苦想某种被称为"神之子"的形象时形成的"执政"任务，于他来说，这个任务艰难且烦人，还超出了他原有的能力，但是又带给他某种无法名状的冒险般的乐趣。在这躺椅上时，在那满是蓝花的山谷里时，这都是他应尽的任务。

他把体温表从嘴里用力扯出来，力气很大，就像护士长把这个东西卖给他后，他第一次使用时那样。他怀着与当初一样的好奇心盯着体温表上的刻度。嗯，水银刻度又上升了，停在三十八度，差不多已经到三十八度一了。

汉斯·卡斯托普掀开身上的毛毯，一跃而起，大步走进房间，走到通向走廊的门之后又走回来。接着他再次躺下来，轻声呼唤约阿希姆，问他测体温的结果。"我不再量体温了。"表哥回答。

"嗯，我有些燥热。"汉斯·卡斯托普模仿斯特尔太太的口气说道。约阿希姆在玻璃隔墙的后边，未答一言。

那之后他不再吭声，也无意问及表弟心中的计划。过不了多久，一切就会水落石出，要么有所行动，要么留在疗养院什么也不做。最后，他们选择了后者。汉斯·卡斯托普似乎一直信奉"清静无为"，并且认为所有的行动无异于冒犯上帝，而上帝是偏好自己做决定的。无论如何，这位年轻人这段时间的活动，也只是去拜访了一次贝伦斯，咨询一番。约阿希姆对此有所察觉，而事情的结果他也可以准确无误地预测到。他的表弟之前就曾表示过，希望听从顾问大夫一再重复的劝导，多在山上疗养一段时间，等到身体痊愈再出院，而不要在意顾问大夫在发火的当儿意气用事地叫他离开。如今他的体温还在三十八度，尚未有资格擅自下山。只要汉斯不把顾问大夫最近说的那一番话理解为将他"驱逐出院"——他，说这话的人，并未意识到他这样讲会节外生枝——经过深思熟虑之后，他决定留在山上，等到完全康复再出院。而顾问大夫的回答却只是"Bon（法语，意为：好）！很好——没什么冒犯的"，类似这样的话，表示这一回他倒像是个懂事理的人，先前就已经看得出来，作为病人，汉斯·卡斯托普比那位火急火燎想要下山的表哥明智许多，说的都是诸如此类的话。

两人的谈话也被约阿希姆猜得八九不离十。对于汉斯·卡斯托普是否加入他的离院计划，他什么都没说。但是好心的约阿希姆已经够忙的了，自己有一堆事情需要操心。因此对于表弟的命运及去留，他已经无心考虑。暴风雨在他的内心深处狂啸。约阿希姆已经不再量体温了，就像他所说的那样，体温表已经被他扔在地上摔碎了，因为体温表上有可能是另一番结果。他激动不已，脸色一会儿暗下来，一会儿又高兴得发白。在疗养的时候，他也不再躺下来了。汉斯·卡斯托普能听出来，他一整天都在屋子里不停地走来走去。山庄疗养院规定病人每日做四次卧疗，合起来得有好几个小时，约阿希姆就这样做了一年半。而今，他终于可以离开，终于可以回到平地上，回到家里，回到他的军队去了！虽然只取得了贝伦斯一半的允许，但这事也非同小可。听着表哥在房里无休止地走来走去，汉斯·卡斯托普心里亦十分激动。十八个月，先是度过了一年，接着又过去了半年，他一直待在这个地方，已经完全融入了这里的生活，七个七十天已经过去，这里的好与坏他都已经习以为常，可如今他要下山去，跟一群陌生的、不熟悉他生活作息的人打交道。要适应下面的生活，他会面对怎样的困难呢？如果说约阿希姆在屋里焦虑不安地踱来踱去，不仅是因为内心的喜悦，也是因为离院的恐慌，这又有什么奇怪的呢？玛鲁莎便更不必提起了。

但毕竟是喜悦多一些，这份喜悦从好心的约阿希姆的内心和口中流露出来。他私事缠身，无暇顾及汉斯·卡斯托普未来的命运。对他来说，将来的生活将会是多么新奇有趣，整个生活，每一个日子，以及每一个小时都是如此。他将再一次拥有真真切切实实在在的时间，拥有漫长而充满生机的青春年月。他说起自己的母亲，也就是汉斯·卡斯托普的后舅妈齐姆森，她和儿子一样，也有一双黑黑的温柔的眼睛。这么久以来，她从未上山探望过儿子，因为她同他一样，一再拖延，先是一个月一个月地拖，接着又是半年半年地拖，最后竟一直到他疗养结束也未来看望过。他谈起即将到来的入伍宣誓——说的时候他兴高采烈的，脸上洋溢着微笑。这是一个庄严的仪式，他要对着军旗宣誓——"你说什么呢！认真的吗？"汉斯·卡斯托普问道，"向旗杆宣誓？向那块破布宣誓？"正是如此。这是象征性的，炮兵还要对着大炮宣誓。真是狂热的习俗，这位文人评论说，他认为这些习俗太过感性。约阿希姆却自豪又高兴地点点头。

他开始准备起来，同院方的管理部结清最后的账目，动身前几日就着手打包物什。他把冬天的和夏天的衣物都收拾起来，再叫一位仆人将睡袋及驼毛毯子缝进麻袋里去，在军队演习的时候兴许派得上用场。接着他又去道别，到纳夫塔和塞塔布里尼的住处去了一趟——自己去的，表弟未有同行，也未有询问塞塔布里尼对于他即将到来的离别，以及汉斯·卡斯托普即将独自留下有何看法。而塞塔布里尼说的无非也只是"是的，是的"或是"我明白，我明白"这一类的，或者都会说，也可能仅仅表示"可怜的家伙"，这些对他来说没什么区别。

动身的前夕到了。约阿希姆最后一次遵循疗养院的作息——每一次用餐，每一次疗养，每一次散步，此外还同大夫们以及护士长做了告别。破晓时分，他前去用餐，双手还是冻僵的，眼睛却冒着火，这一整夜他未曾合眼。他几乎一口都没吃，当那个矮个子女侍者前来禀告说行李已经包好时，他从椅子上站起来，与同席的餐友道别。斯特尔夫人开始哭泣，这个简单愚蠢的女人很容易流下假惺惺的眼泪；过后又在约阿希姆的背后对着女教师摇摇头，抬起手在空中比画着动作，手指张开，挤眉弄眼，对约阿希姆的离去以及他今后的命运深表怀疑。汉斯·卡斯托普正好站在一旁，举杯一饮而尽，打算跟着表哥出去，把这一幕看得一清二楚。再就是付小费了。院方代表也在前厅为他送别。前来为他送行的还是往常的那一圈人——有带着"短刀"的伊尔蒂斯太太，有皮肤白得有如象牙的莱维小姐，有放荡不羁的波波夫以及他的妻子。他们趁着马车下山时的刹那，朝着约阿希姆挥舞起了手帕。他们把玫瑰花送给约阿希姆。他戴着一顶帽子，而汉斯·卡斯托普则光着脑袋。那天早晨阳光明媚，经过了这么久的阴霾之后，太阳终于露出了脸。赤霞峰、绿塔峰以及达沃斯山峰的圆顶面对这一片蔚蓝色的明空，露出它原本的样子，未曾改变。约阿希姆目不转睛地看着这片景色。汉斯·卡斯托普说，最后的这一日天气才变得晴朗起来，颇有些遗憾，着实有些恼人；如果离别的时候留下些不悦的印象，也许离别也就变得叫人不那么难过。约阿希姆表示并不需要离别时不那么难过，而今日这样的天气对演习正好合适，在山下的话，这样的天气就能派上用场了。此外他们没再多说什么。那个跛足的门房就坐在车夫旁边的匣子上。

他们直起身子，靠在硬质坐垫上，任凭马车一路颠簸起伏。他们驶过河川，又穿过羊肠小道，再经过与铁轨平行的高低不平的街道，终于在达沃斯火车站前面铺着石子的广场上停下来，车站很小，破败不堪。汉斯·卡斯托普见此情景，不禁想起了自己初来的时候，心中震撼不已。十三个月前，他到达的时候已经暮色四起，未能目睹车站样貌。"这就是我下车的地方。"他有些无话找话，而约阿希姆只说道："正是如此。"说完将车费付给马车夫。

那个机灵的跛足门房一路打理车票及行李事宜。他们一起站在月台前，旁边便是那列小小的火车，火车上一节节车厢里都铺着灰色的软垫。约阿希姆找个地方将外衣、旅行毯以及玫瑰花都放好。"嗯，去吧，去做狂热的宣誓吧。"汉斯·卡斯托普对表哥说道。约阿希姆回答："我正打算这么做。"两人还说了些什么其他的吗？离别的嘱咐，对山下人以及山上人的祝福都已经说过。汉斯·卡斯托普用他的手杖在沥青上面胡乱画着。"请上车就座！"检票员大声宣布。汉斯·卡斯托普愣了一下，抬起头看着约阿希姆，而约阿希姆也看着他。两人伸出手握了握，汉斯·卡斯托普似笑非笑，而对面那人眼睛里满是悲伤，似乎在恳求。"汉斯！"他说道——是啊，听起来多么不可思议又叫人难过，他竟叫了表弟的名字，而不是"你""好家伙"或是"小伙子"，就像平日里那样。他打破所有的戒律，十分正式地叫出了他的名字。"汉斯！"他带着些哀求，紧紧握着他的手——表弟也意识到，接下来迎接他的将是旅途中的兴奋之情，那些不眠的夜晚，这些情绪都会叫约阿希姆的脖颈兴奋得颤抖起来，就像汉斯"执政"的时候那样。"汉斯，"他急切地说道，"早点下山！"说完便跳上了火车。火车门关上了，汽笛鸣响，各节车厢开始动起来。小小的火车头喷着黑烟，牵引着火车慢慢滑动。车上的人在窗口挥舞着帽子，而月台上的人则挥着手。火车开走后，汉斯·卡斯托普孤单地站在那儿，站了很久，独自一人。接着他循着一年多以前他第一次来时，约阿希姆带着他走的那条路回到山上。

进攻与击退

　　时间的车轮在转动，指针也在向前走。红门兰和耧斗菜已经凋谢，深蓝色形如星星的龙胆和灰白色有毒的秋水仙又在潮湿的草丛里长了出来，森林中呈现出一片淡红色。秋分业已过去，万灵节即将到来，对那些老练的混日子的人来说，基督降临节的第一个周日、冬至及圣诞节也就不远了。不过眼下也只是天气晴朗的十月天，这些日子的天气和当初他们在顾问大夫房里欣赏画作那天一样。

　　自从约阿希姆离开后，汉斯·卡斯托普便不再坐在斯特尔夫人的那张桌子上。之前坐在那里的布卢门科尔博士已经死去，那个活泼开朗的玛鲁莎也一直坐在那个地方，总是拿着一块散发出橙子香味的手帕，毫无顾忌地哈哈大笑。如今，那张桌子上已经坐上了新来的病人，都是陌生的人。这已经是他在山上的第二年，这一年又过去了两个多月，院方为他提供了一个不远处的新座位，与原来的那一张餐桌在一条对角线上，在原来那张与"上等"俄国人的餐桌之间——总之，跟塞塔布里尼同桌。没错，汉斯·卡斯托普坐在那位人文主义者已经遗弃的座位上，在桌子的末端，对着大夫的座位，这七张桌子上都设有这样的预留席位，留给大夫及助手。

　　首席座位的一侧，是那个佝偻的墨西哥人，他蹲坐在好几张摞起来的垫子上。他是一位业余的摄像师，神情专注，看上去像是一个聋子，因为他没有人可以交流。坐在他身边的是一个来自特兰瓦希尼亚的老姑娘。据塞塔布里尼说，她认为世界上所有的利益都应该属于她的那位小叔子，尽管没人了解这位小叔子究竟什么样子，而且也没人想要了解。在每一天固定的几个小时里，总能看到这位老姑娘站在阳台的栏杆边，脖子上横着一根图拉[1]出产的银色的手杖——走路的时候也会用到；此刻她正张着那平坦的胸脯，做着深呼吸。坐在她对面的是一个捷克人，每个人都叫他文策尔先生，只因他的姓太难发音。塞塔布里尼先生也曾将其中几个音节凑起来乱拼一气，这么做无异于哗众取宠，只是想打趣般开开心心地测试自己优雅的拉丁语是否有些帮助。这个捷克人胖得像一只鼹鼠，在山上也以饕餮之名为人所知。他在山上住了四年，一直宣称自己治愈无望。有些时候，他会拿起一只缀有缎带的曼陀林乱奏几首本国的歌曲，或是谈起他的甜菜种植，以及那位在那儿从事种植的漂亮姑娘。在汉斯的另一面，则坐着那对从哈雷来的马格纳斯夫妇，丈夫是一位啤酒商，一旁便是他的妻子。这两人整日郁郁寡欢，愁容满面，只因为两人都缺少对新陈代谢非常关键的东西，他缺的是糖分，而她则缺少蛋白质。他们的精神状态不佳，特别是马格纳斯太太，脸上毫无血色，每日郁郁寡欢，身上似乎散发出某种地窖发出的潮湿气味。那有失颜面的愚蠢与疾病，在她身上甚至比在斯特尔夫人身上表现得更加明显。塞塔布里尼一直对这两种东西嗤之以鼻，因此汉斯·卡斯托普对此也极不喜欢。马格纳斯先生则相对更为活跃，也更健谈些，不过他谈论的内容令意大利人无法忍受。此外他也极易动怒，常常因为政治立场等问题而与文策尔吵得不可开交。捷克人的民族主义精神叫他颇为愤怒，此外，他宣称自己支持禁酒行为，还从道德层面对酿酒业大加指责，这叫马格纳斯先生涨红了脸，他极力认为从卫生方面来讲，这是无可指摘的，而且酒精和他本人的利益也紧紧连在一起。在这样的情况下，塞塔布里尼先生之前的那一套幽默往往能将局面缓和下来，但汉斯·卡斯托普呢，发现自己的威信还不足以应付这

---

[1] 俄罗斯西部城市。

样的情况。

　　桌上几人中，同他有私交的只有两个人——一个是来自圣彼得堡的安东·卡洛维奇·菲尔戈，他是一位好脾气的病人，坐在汉斯的左边。他时常娓娓而谈，故事从他浓密的红棕色的胡须之下流出来，他讲起皮鞋制造商的故事，讲起遥远的南北极球，讲起极地永无休止的冬日。汉斯·卡斯托普有时候会跟他一起过一整天。还有另外一个人，偶尔也会加入其中，正是那个头发稀薄、牙齿烂掉的曼海姆人，他坐在桌子一角，驼背的墨西哥人旁边。他的名字是费迪南·维泽尔，是一位商人——过去他曾忧伤地盯着令人赏心悦目的肖夏太太看个不停，狂欢节过后，他却跟汉斯·卡斯托普交起了朋友。

　　他坚持不懈而谦卑地跟汉斯交往，甚至有些低三下四，这让汉斯·卡斯托普不免反感起来，明白对方心里打的什么小主意，但是又不忍拒绝对方，因此也会予以回应。汉斯对他都颇为温和，生怕自己皱一皱眉，就会叫这个感情脆弱的人畏缩不前，或是逃之夭夭。面对维泽尔那副阿谀奉承的样子，他只能忍着，而后者却不放过任何一个机会来讨好汉斯。两人一起散步的时候，维泽尔将他的衣服接过来，毕恭毕敬地拿在手上，汉斯也只能任由他去。对于这个曼海姆人的谈话，他也只能忍着。维泽尔还提出了这样的问题——要是有人倾慕一个女人，而那个女人毫无回应，那么向她求爱，或者说，毫无希望地求爱，究竟是否有意义？他的伙伴汉斯怎么看待这件事？在他看来，这种想法是好的，这样的经历也应当叫人获得无尽的快乐。向对方表达爱意虽然只会叫对方反感，也叫表白之人更加谦卑，却也能获得一时半刻与心爱之人亲密接触的机会。表露心迹的时候，也能让对方相信你的这份倾慕，即便过后什么都不能留下，但那一刻那种绝望的幸福也恰好补偿了当时的损失。因为表露心迹是力量的体现，遇到的阻力越大，心里的满足感也就愈强烈。

　　听到这儿，汉斯·卡斯托普皱起了眉头，脸色也一下子沉下来，维泽尔见状，也不再往下说。汉斯这样的表现，更多的是因为那位好脾气的菲尔戈先生也在场——因为菲尔戈曾表示过，那些不切实际的高谈阔论是他敬而远之的——而不是说我们主人公对道德上的说教已经麻木。我们无意把他说得比实际更好或者更坏。只是有一天晚上，那个可怜的维泽尔唇色惨白，看到汉斯一个人在那儿，央求他看在上帝的面子上，跟他讲讲那日狂欢节活动后发生了什么事情。好心的汉斯·卡斯托普也迁就地把事情原委都告诉了他，不过读者也可以想到，讲述的时候，汉斯并未掺进任何轻浮的东西。但不管出于何种原因，不管是在我们眼里，还是在汉斯眼中，我们加上一句——自此之后，那位曼海姆人在给汉斯拿外衣的时候，态度更加谦卑了。

对于汉斯的这位餐友，我们暂且先说这么多。他右边的座位一直是空的，只有一段时间坐了一位客人——也只是几天罢了。正如当初的他自己那般，这是一位从山下前来探望病人的亲戚，一位家里派来的使者，或者说——正是汉斯的舅舅，詹姆斯·蒂恩纳佩尔。

突然有一位家里派来的代表和使者坐在他身边，确实有些不可思议。来人穿着一件英国式上衣，浑身散发着一种老式的山下"上层社会"的气息。但是，其实总会有人上来的。很久以来，汉斯便暗暗料到会有人从下面上山来看他，甚至谁会上来，他也早已心中有数。事实上，也并不难猜出谁会上山，因为彼得正在航海，几乎不用考虑了，而蒂恩纳佩尔舅公自己呢，有一点是确凿无疑的，也就是即便是好几头牛，都无法拉动他，这儿的气压也是他最为惧怕的。因此家里人把詹姆斯派上山来探望他，这一点汉斯之前就已有预料。约阿希姆独自下山后，便跟亲戚们汇报了一通山上的情况，因此此次进攻尚算及时，倒也显得有些急迫。因此，当表哥离开两周之后，门房交给汉斯一封电报的时候，他一点儿也不意外。他很有预见性地打开电报，电报中说明詹姆斯·蒂恩纳佩尔不日便将到来，他在瑞士办些事情，借此机会上山来探望汉斯，一两天后便会到达。

"很好。"汉斯·卡斯托普心想。"太好了。"他想着，又加了一句。"别太在意了！""要是您知道就好了！"他在心中默默念着这些要对那位将至来客说的话。总之，对于马上到来的探访，他泰然处之。此外，他也通知了顾问大夫贝伦斯及院方，叫他们安排出一间屋子来——约阿希姆原先住的那间还空着。两天过后，天已经全黑了，那时正是八点，同他当初到达的时间一样，汉斯坐着马车一路颠簸下山，到达沃斯车站去迎接从山下上来一探情况的使者，坐的还是送约阿希姆离开的那一辆马车。

汉斯的脸被冻得绯红，没戴帽子，也没穿外套，坐在月台边上。当火车开进来时，他正好站在舅舅坐的那节车厢的窗下，于是他叫他下来，因为自己已经到了。蒂恩纳佩尔参议——他是副参议，又接过了父亲的头衔——走了出来，身上还裹着冬大衣，看样子冻得不轻，因为十月的夜晚已经寒气逼人，甚至冷到足以结霜，清晨时候兴许全都结冰了。他走出车厢，以他那少见的北德意志式的优雅表达了心中的惊奇及兴奋。看到汉斯脸色红润，他多次表示自己感到很是满意。他看到跛足的门房将自己的行李照管完好后，便跟着汉斯·卡斯托普一同爬上了停在外面广场上那架高高的铺着硬垫的马车。马车在繁星点点的夜空下一路前行。汉斯仰着脑袋，伸出食指指着星空，为舅舅一一讲述。他叫着各个行星的名字，说起各个星座的特征。而舅舅呢，相比宇宙来说，他更在意的是同行的外甥。他暗自思忖，刚到这里便开始谈论星星，倒是也能说得过去，事实上也算不得是有多疯狂，但眼下要说的还有其他东西呢。他问汉斯·卡斯托普，什么时候对天上的东西这么了解了，年轻人回答，这些都是春夏秋冬夜晚卧疗时学习的结果。什么？他晚上竟然躺在外面的阳台上？哦，没错。参议也会这么做的，他没有其他的事情可做。

"当然，当然啦。"詹姆斯·蒂恩纳佩尔迁就着说，却仍有些吃惊。他这位寄养的外甥说起话来平静而又单调无味。他就坐在秋夜里冷气袭人的空气中，没戴帽子，也不穿大衣。"你不冷吗？"詹姆斯问他，他裹着厚厚的乌尔斯特大衣，却依旧颤抖不止。说话的时候语速很快，而且模糊不清，牙齿都在打战。

"我们不冷。"汉斯·卡斯托普平静而简洁地说。

参议坐在汉斯的旁边，一直打量着他。汉斯·卡斯托普一一询问了亲戚好友的近况。詹姆斯也代他们问候了一番，包括约阿希姆，他已经回到军队里去，扬扬自得，兴高采烈，并且容光焕发。汉斯·卡斯托普对家人的问候只是平静地表示"多谢"，对家里的事并未过问太多。詹姆斯环顾四周，外面景色宜人，只是他隐隐有些不安，不知是因为他自己，还是因为他的外甥，抑或只是因为长途跋涉太过劳累。他深深地呼吸了一口异乡的空气，再慢慢呼出来，表示山上的空气很是新鲜。这是自然，另一人回答道，不然也不会名声在外。它有很强的性能，能够加速新陈代谢，虽然同时也会增加体重。它能治愈人身体内潜在的疾病，却也能助长各类疾病的滋生，凭借一种普遍的机体冲动，推动它们痛快地爆发——抱歉，你说痛快地爆发？——没错，想必他从未听闻过什么疾病会让人有快乐之感，并且在爆发的时候还能叫人在生理上获得满足感。"是的，当然了。"舅舅赶忙回答，下颌有些不受控制。接着他告诉汉斯，自己要在这儿待上八天，也就是一周，七天左右，也有可能是六天。他说汉斯·卡斯托普容光焕发，这都归功于这么久以来待在山上，只是时间却超出了大家的预料。因此，他希望到时候汉斯同他一块儿回家。

"噢，不行，我可不能做这么愚蠢的事。"汉斯·卡斯托普表示。詹姆斯舅舅说起话来像平地上的人一样。他该在这山上多待上几日，随处看看，好生适应一下，那时他的想法就会改变。关键在于彻底的治愈，贝伦斯最近大声宣布过，他还得再待上六个月。"你疯了吧？"舅舅问道。他把自己的外甥称作"年轻人"，质问他是否真的疯了。这次所谓的度假已经过了一年零三个月，现在还要再多加半年！真见鬼，谁有这么多时间来浪费？汉斯·卡斯托普仰头望向星空，干笑一声。时间！詹姆斯舅舅真得改变一下对时间的看法了，否则他们无法继续谈下去。蒂恩纳佩尔表示明天要就汉斯的事情，跟顾问大夫严肃地谈一谈。

"不管怎么样，"外甥表示，"你都会喜欢他的。他这个人很有趣，某种程度上有些粗暴，有时却又郁郁寡欢。"他指了指沙茨阿尔卑上面的灯光，漫不经心地跟他说起了冬天时人们用雪橇将尸体运下山的事。

汉斯·卡斯托普将客人带到他屋里，找机会让他梳洗一番之后，两位绅士一同到餐厅里用晚膳。汉斯解释说，屋子已经用福尔马林消过毒，而且处理得十分彻底，就像上一个房客并非自己离开，而是用另外一种方式从屋里搬出去一样，不是迁出，而是死亡。

舅舅询问他这话什么意思。"这是行话。"汉斯·卡斯托普说，"我们在执行这一仪式时所说的术语。约阿希姆开了小差，开小差后便回到部队去了，挺有意思，但也未尝不可。请走快一些，不然咱们都吃不上热饭了。"他们来到灯光明亮、温暖舒服的餐室，在窗边那张支起的桌子前面对面坐了下来。矮个子的女侍者动作十分机灵，詹姆斯要了一瓶勃艮第葡萄酒，侍者用一只篮子装着酒瓶子端了过来，瓶子平放其内。两个人互相碰了杯，葡萄酒在他们的血液内流动着，让他们的身体有些发烫，红光满面。

年轻人谈起了山上的生活，谈起四季的交替，还有形形色色的病人，人工气胸，顺便还提到了它的作用，描述了胸膜休克的可怕之处，并且引用好脾气的菲尔戈先生的描述，说他在做胸膜手术时，伴随着的三色休克、幻觉性臭味和忽而爆发出的魔鬼般的大笑。

汉斯付了晚餐的账目。詹姆斯仍旧像从前一般，大吃大喝了一番，因为旅途劳累，加上呼吸到了新鲜空气，此时他胃口大开。只是在吃饭的间隙，有好几次他都停了下来，食物还含在嘴里，却忘记了咀嚼，刀叉交叠着举在餐盘上面，呆呆地盯着汉斯·卡斯托普。他自己似乎未意识到自己的行为，又或者是汉斯并未表现出已经注意到的迹象。蒂恩纳佩尔参议稀稀疏疏的金发遮掩着的太阳穴处青筋暴露。

　　两人的谈话并没有涉及家里的事情，没提到家族产业抑或私事，也没提到商业及城里的事，甚至没提到兼顾造船、冶炼以及机械方面的德尔·威尔姆斯公司。这家公司还在等待汉斯回去报到，虽然很有可能因为公司太过忙碌，根本没意识到还在等待这位员工。当然，在他们驾车回院及之后的时间里，詹姆斯·蒂恩纳佩尔都曾提过一言半语。但汉斯·卡斯托普沉着、明确而又自然的淡漠就像一件盔甲，将它们全都挡在门外。而这种淡漠又像秋日里的寒气，像他那句简洁的"我们不冷"一样，因而舅舅才这样呆呆地盯着他看。他们谈起了女护士以及大夫们，谈起了克罗科夫斯基的演讲，假若詹姆斯舅舅逗留上一周的话，还能去听一次演讲。谁跟外甥说他会到场去听的呢？没有人说。他只是假设罢了，就这么平静地产生了这样一个荒谬的想法，假定他是不会去的，而詹姆斯必定也只会慌忙表示"自然，自然是不会去的"，好像急于表明自己从未有过这样的想法。正是这种力量，这种平静而强大的力量，使得蒂恩纳佩尔参议情不自禁地注视起了自己的外甥来。他看到汉斯张开了嘴巴，因为鼻腔已经堵塞，即便，据他所知，汉斯并未患有伤风。

　　他听自己的外甥谈起一种疾病，它是山上人都会谈到的话题，这里的人们都已经能够适应这种疾病；另外，汉斯·卡斯托普也说到了自己简单又复杂的病灶，谈到了球杆菌的影响，支气管内的细胞组织以及肺泡；谈起结核的形成，水溶性毒素侵入的各个症状，以及它们对人体系统的麻醉作用；谈到组织的分解及干酪化；还提出这样一个问题——这种疾病是否会因为石灰质的硬化核结疤而得到控制，还是会进一步扩大受患区域，产生更大的空洞，从而摧毁机体。这个过程"来势汹汹"，有时候甚至会使人在短短几周或几个月之内毙命。他又说起顾问大夫炉火纯青的肺部切除手术，明后天他就要动这样一次手术，患者病情极为严重，刚被送到疗养院不久。这原本是个极为漂亮的苏格兰女人，后来患了肺部坏疽，体内有一种黑绿色的毒素，需要终日吸入一种汽化的苯酚溶液，这种溶液会叫她失去理智，整个脸都变得扭曲起来。

说到这里，参议突然发出一阵大笑，连他自己也大为意外。他笑得上气不接下气，但马上便缓过神来，有些尴尬：接着他咳了一声，试图以此掩饰方才的失态。他松了一口气，但当他发现汉斯·卡斯托普对此视而不见——他肯定是注意到了，照例来说应当有些反应，但他却毫不在意——这让他感到有些不安起来，因为汉斯这种不在意并非出于体贴或是礼貌，而是纯粹的漠视，一种叫人不可思议的冷漠和忽略，仿佛很久以来，他已经习惯对事情无动于衷了。也许参议在爆发出一阵欢乐的大笑后，还想叫自己的行为看上去更为通情达理些，也许他心里还联想到了其他的事情，不管怎样，他突然结束了之前的话题，转而高谈阔论起来。他前额上青筋毕露，说起了某个卖唱女唱过的一支小调，说这是一个叫人心醉神迷的女人，在圣保利前面卖唱，家乡汉堡的男人们都为之倾倒。参议就这样不尽其详地跟汉斯谈起了这个女人，舌头有些打结，不过无关痛痒。但他发现，汉斯还是像刚才一样，依旧是那种陌生的冷漠，似乎想以此来掩饰住对方的无话找话。

但他这一路太过困顿，因此在将近十点半的时候，谈话也便结束。去拜访克罗科夫斯基大夫的时候，他已经不剩多少精力。大夫当时坐在小客厅的门边读报纸。对于大夫热情的寒暄，他只简短地以"当然，自然的"等话草草作答。之后汉斯和参议道过晚安，并约好明早八点一同用早餐。说完，汉斯便自顾自地从约阿希姆的阳台穿到自己房间去，将蒂恩纳佩尔留了下来。他终于可以躺在那位开小差的约阿希姆床上，享受睡前的一支雪茄——他就这样叼着烟，有两次差点直接睡着，幸而未引起火灾。

詹姆斯·蒂恩纳佩尔，汉斯·卡斯托普有时称呼他"詹姆斯舅舅"，有时候却只叫他"詹姆斯"。这是一个双腿修长的男人，年近四十，身上穿着考究的英国式带花麻布衫；一头淡金色的头发，稀稀疏疏的，蓝蓝的眼睛离得很近，暗红色小胡子修剪得极为整洁，指甲也认真地修剪过。他已经结婚多年，娶了一位同一阶层的女子为妻，也有了孩子，不过一直住在老参议那所坐落在哈尔维斯特胡德的宽敞的别墅里。他的妻子同他一样，受过高等教育，举止端庄优雅，说话时声音轻柔、快速而又彬彬有礼。他举止极为优雅，在家人的眼中，他一直是个精力充沛、严谨沉稳并且实事求是的生意人。但是出了家门——例如当他到南方去的时候——就变成了急于迎合别人的人，讨好般迅速地将自己的个性压制起来。这倒并不代表他对自身修养没有自信，相反，这正说明了他对自己拥有十足的把握，并且渴望修正自己贵族方面的局限。而对于那些与他过去的信念南辕北辙的新奇事物，他虽然感到不可思议，却也未有表露出来。"当然，这是自然。"他只会急急地这样表示道，这样便不会有人认为他并没有那么优雅，是个没有度量的人了。他此次上山之行乃是奉家中之命，来看看这位年轻的亲戚为何总是迟迟不回家，此外，正像他对自己说的那样，要把他"解救出来"，将他带回家。但是他意识到，他要在异乡的土地上办这件事情。刚上山短短几分钟，他便隐约感觉到，自己只是这片土地的宾客而已，这个地方对他来说太过陌生，他不再像之前那样对自己信心满满。他办事的热情同良好的教养起了冲突，这种感觉愈是强烈，他愈是感觉到自己对疗养院里的生活没有了信心。

　　当初汉斯·卡斯托普给参议回电报，说起"别太在意"时，便预料到了今日的一切。但我们不应该认为，汉斯是故意利用这个地方种种奇怪的特点来打击舅舅的。他很久之前便已经是这个地方的一部分，挫败这位侵入者自信心的并不是他，而是这个地方本身。所以，当参议第一次从外甥眼中隐约看出自己的努力将无成功的可能的时候，一切便顺其自然了，简单而又无可阻挡，一直到结束的时候。在这个过程中，汉斯·卡斯托普时不时露出悲伤而又无可奈何的微笑。

第一天早晨用餐时，汉斯向同桌的餐友们介绍了这位新来的客人。这时，顾问大夫走进了餐厅，后面跟着他那位黑黝黝的脸色苍白的助理大夫。他像往常一样，虚弱地向大家问候起来："睡得可好？"他从顾问大夫那儿得知，自己上山来与孤独的外甥做伴的想法确实不错，而且对他自己来说有些好处，因为他显然患有贫血。他，蒂恩纳佩尔，竟患了贫血？——"正是如此。"贝伦斯回答，并且用食指将詹姆斯下眼皮的眼睑往下拉了拉。"确实如此！"他又说了一遍。舅父先生应当好好到阳台上去，做几周的卧疗，以他的外甥为榜样。他该像轻度肺结核的病人那样生活，再不能做其他更过分的行为了——这种病人是很常见的。"是的，当然了。"参议急急答道。顾问大夫大摇大摆地离开了，蒂恩纳佩尔看着大夫离开，张着嘴，礼貌地目送他。他的外甥就站在他身边，神色淡漠，丝毫不为所动。

　　两人按照规定去散步，一路走到小溪边的长椅旁。回来后，詹姆斯·蒂恩纳佩尔开始做第一次静卧疗养。他自己随身带了一条格纹毯子，汉斯·卡斯托普还把自己的一条驼毛毯子借给了他；此时还是秋天，天气尚好，因此一条也就够了。汉斯一步步教他将毯子裹在身上，先是帮忙把他裹得像木乃伊一样，之后再拆开来，这样他就可以自己动手再做一遍，而汉斯·卡斯托普只需在一边助以一臂之力便可。之后这位老手再教初学者将躺椅上的阳伞支起来，将它调到挡光的角度。

　　参议兴致有些高，竟说起了玩笑话。他身上属于平地的情趣依旧很浓，早餐之后的例行散步便叫他欢欣不已。只是，当他看到外甥听完自己的玩笑话，脸上流露出的那副平静而又神秘莫测的微笑时，他感到惶恐起来，这种微笑反映出山上的人对自己有着十足的自信心。他感到害怕，他确确实实为自己的办事力度担心起来。上山后，他的锐气便减了不少，因而迫不及待地想要同贝伦斯做谈判，趁着自己体内从山下带来的信心尚在，尽早将事情解决，越快越好。他感到自己的这份自信越来越弱，他那良好的教养和山上的氛围格格不入。

不仅如此，贝伦斯以他的贫血为由叫他在山上逗留，像其他病人那样生活，这一建议实际也是多此一举，因为这本是再正常不过的事情了，除此之外，别无他法。这也许是因为外甥的冷静沉稳以及他无懈可击的自信心。但是对于他这样一个有着良好教养的人来说，这在开始时是难以分辨的。第一次卧疗结束后，是丰盛的第二次早餐，再之后又例行到高地上溜达了一圈，过后，汉斯用毯子将舅舅裹了起来——这应当是正确的用语——让他沐浴在秋日阳光里，躺在一把舒适得无以言表的躺椅上，直到提醒病人用午餐的钟声响起。

午餐极其丰盛，制作精良。午餐后的休息与其说是摆场面，倒不如说是为了人们内心的需要。詹姆斯信心十足地休息了很久。接着又是菜色丰富的晚餐，饭后，人们聚在客厅中互相交流，摆弄客厅里的各种光学工具。每天的日程都安排得如此井然有序，谁又会对此提出非议呢？即便是参议这样挑剔的人，批判能力也因为身体不适而削减不少，倒并非真的有病，只是疲惫和兴奋掺在一起的结果罢了，时而冷，时而又热，非常恼人。

参议一心想见贝伦斯，因此汉斯·卡斯托普帮他找了一个通用的方法——他将信交给浴室师傅，师傅再把它交给护士长，这样蒂恩纳佩尔参议便有机会同这位颇具个性的人物结识了。护士长出现的时候，他正躺在阳台上，裹得像一根香肠一般，她的气度着实叫他大为震惊。对方告诉他，应该再耐心等上几日。贝伦斯大夫公务繁忙，除了手术之外，还有例行检查。痛苦的人应当先行一步，这是基督教的原则，而参议看上去身体健康，所以得习惯于不当第一位，学会谦让和等候。不过，假若他想做一次检查，情况就不一样了。真要检查的话，她，阿德里亚蒂卡，也不会感到意外。当她就这样直直地看着他的时候，她看到他的眼里一片模糊，闪烁不定。不管是他躺着的样子，还是站着的样子，总之身体看起来算不上运作良好，她也不会断言他就是健康的。所以究竟是做一次检查，还是一次私人谈话？"当然是后者。"詹姆斯肯定地回答道。那么就要耐着性子好好等了，到时候她自会通知。顾问大夫可没有什么时间进行私人谈话。

总之，最后的结果跟詹姆斯预料的完全不一样，和护士长的谈话扰乱了他的平静。他是个有教养的人，自然不会粗鲁地跟外甥说，护士长可真是个叫人惊惧的女人。这么说颇为无礼，何况从汉斯·卡斯托普的一言一行中都可看出，他对山上的种种现象已经不再大惊小怪。因此詹姆斯只是敲开了外甥的房门，委婉地跟他说，米伦东克小姐确实有些奇怪。

"她有没有卖给你一支体温表？"

"我吗——倒是没有。"舅舅回答，"这是山上的习俗？"最糟糕的事情，无非是汉斯·卡斯托普即便得知护士长确实这样做了，也丝毫不感到意外——从他的表情中可以看出。他仿佛在说"我们不冷"，参议却感到一阵寒冷，寒气迟迟没有退去，即便头脑确实发热。他暗自思忖，假若护士长真的将体温表卖给他，他是一定会回绝的，这样一来却又有些不妥当，因为他自己是个教养有方的人，自然不能用外甥的体温表。

就这样，几天过去了，也许是四天，抑或是五天。这位使者的生活就这样照着原有的轨道前行——倘若偏离了这些轨道，便会变得无法想象了。参议在这期间也获得了一些印象，经历了一些事，我们且慢慢道来。

有一天，他在汉斯·卡斯托普的房间里发现了一块黑色的玻璃板，它放在抽屉上层的画架上，和汉斯为这洁净的屋子准备的一些装饰物摆在一起。他把板子对着光看了看，才发现这原来是一张照片的底片。他仔细瞧了瞧，随后问道："这是什么？"这个问题，他总归是会问的。照片上是一副不包含脑袋部分的人体骨架——人体的上半身的骨架——外面则包着朦胧不清的皮肉。他看得出来，这是一副女人的躯干。

"这个吗？噢，是一件纪念品。"外甥回答。于是舅舅一边说着"抱歉"，一边赶忙将底片放回到画架上去。这件事也只是这四五天里发生的一件罢了。他还参加了克罗科夫斯基大夫的演讲会——不去参加也有些不可思议。至于期望已久的与顾问大夫的私人谈话，到第六天才如愿进行。他是被大夫请过去的，早餐过后，他沿着楼梯一直走到地下室去，准备同大夫认真地谈一谈外甥以及自己逗留此地的事情。

从下面回来后，詹姆斯向外甥低声问道："你听过这样的谈话吗？"很显然，汉斯·卡斯托普听过。此外，还有一点也很明显——无论詹姆斯说什么，都不会让他感到"寒冷"。因而詹姆斯停了下来，没有再跟外甥说太多，只是淡淡地回答他："哦，没什么。"但是他表现出了另一种习惯，皱起眉头，抬起头，噘着嘴巴斜睨着上空，之后又忽而转过头来，朝着相反的方向继续注视着。难道顾问大夫此次的谈话跟詹姆斯的预料南辕北辙？难道谈话不单单是围绕汉斯·卡斯托普，还谈到了詹姆斯·蒂恩纳佩尔本人身上，从而失去了私人交谈的性质？汉斯不由得想入非非起来。参议兴致颇高，滔滔不绝地说了很多话，时而莫名其妙地大笑起来，还会握起拳头捶捶汉斯的腹部，大叫道："喂，小伙子！"眼睛看看这儿，再看看那儿。不过在就餐时，散步时，抑或是晚上在客厅里时，他的目光不再那么游移不定了。

之前我们曾提起过一位雷迪斯太太，她是一位波兰实业家的妻子，跟擅自离院的萨洛蒙太太，以及那个戴圆眼镜的贪吃的男生同桌。参议起初未曾注意到她，而实际上她也同其他人一样，只是餐厅中普通的一员。她是个身材短小，皮肤有些黝黑，体格丰满的女人，也并不年轻，头发甚至有些花白，但是有一个勾人的双下巴，棕色的眼睛也神采奕奕。从文化修养上来讲，她跟生活在山下的蒂恩纳佩尔参议先生自然是天差地别，这一点是确凿无疑的。但是有一个周日，用完晚餐后，参议先生从雷迪斯太太穿的那件闪闪发光的黑色衣裳里，看到她白嫩诱人的双乳，乳房紧紧挨着，乳沟清晰可见。看到这一幕，成熟稳重、举止优雅的绅士大为震惊，仿佛对他来说，这是一件无比新奇、从未想过的事情。他设法结识了雷迪斯太太，同她做了长时间的交谈，先是站着，之后坐下来。到了睡觉的时候，他竟然哼起了歌。

第二天，雷迪斯太太没再穿那件闪闪发光的衣服，胸部也遮了起来，不过参议依旧沉浸其中。散步的时候，他拦住她，之后两人肩并肩，一边走，一边聊起天来。他一味地奉承她，极为殷勤。席间，他还向她祝酒，对方则笑盈盈地回敬，笑的时候露出几颗金灿灿的牙齿来。他也跟外甥提到过她，说她真不愧为一个人间尤物——说到这里的时候，他不由得又唱起了歌。汉斯充耳不闻，不为所动，好像在说本来便是如此。但这既不能提高詹姆斯作为长辈的威望，也不能给他的使命添砖加瓦。

席间，雷迪斯太太两次举杯，向参议敬酒，一次是在端上鱼的时候，一次是在端上果汁奶冻的时候——当时顾问大夫正与汉斯·卡斯托普同席，他在七张桌子间轮流坐一坐，每张桌子都给他留了上座。他坐在那儿，张开硕大的双手，两边分别坐着维泽尔先生以及那个驼背的墨西哥人，他同墨西哥人讲起了西班牙语，因为他精通多国语言，甚至连土耳其语及匈牙利语也不在话下。他坐在那儿，小胡子往一边翘起，当蒂恩纳佩尔参议举起盛满波尔多葡萄酒的杯子同雷迪斯太太碰杯时，他睁着那双鼓出来的充血的蓝眼睛盯着他们看。后来在用餐过程中，坐在餐桌末端的詹姆斯突然向顾问大夫询问，人体腐烂的过程是怎样的，为此，顾问大夫发表了一通简短的解说。这是顾问大夫的本行，可以说他对人体知无不尽，他就是这个领域的专家，怎能不知道身体是怎么腐烂的呢？

"首先是腹部爆皮。"顾问大夫将胳膊肘支在桌子上，双手交合，佝着身子，讲了起来，"你躺在一片碎片和木屑中，整个人都肿胀起来，身体内充满了气体，身子也鼓出来，就像青蛙的肚子被淘气的小家伙们注入气体那样。那时候你会变成一个实实在在的气球，最后肚皮再也受不了气体的压力，便会爆炸。嘭的一声，你如释重负，就像犹大从树上掉下来那样，内脏全都流了出来。再之后你恢复健康，又融入社会中来，假如能请假回到你的老地方去，你可以探望你的那些老朋友，且毫无冒犯之意。你体内的臭气彻底排了出来，又会变得体面文雅，就像悬在巴勒莫[1]新门[2]外面的托钵僧僧院[3]地窖里的人那样。他们已经被风干，模样文雅，每个人见了都不由得肃然起敬。主要的是要将臭气排出去。"

"是的，当然了。"参议说道，"非常感谢。"第二日他便消失了。

他离开了，乘着第一班小火车回到平原上去——他的事情都安排就绪，我们也能料到如此。他付了账目，屋子的消毒费用也一并结清，之后便急匆匆收拾好行李，对他的这位亲戚未曾提过一言半语——也许是前一晚，也可能是在黎明时候，所有人还在熟睡的时候打包的。总之，当汉斯·卡斯托普在早餐时间进入舅舅的房间时，发现里面空空如也。

他双手叉腰，说道："哎，哎！"脸上不由泛起一抹苦笑来。"是的，没错。"他一边说一边点点头，有人溜走了。他那么迫不及待，就这么静悄悄地走了，仿佛要抓住那一刻不让它溜走似的，把东西全都收拾妥当便走了。他自己走了，没有带着他的外甥一起，他的崇高使命也未完成，自己高高兴兴地不翼而飞，这个老实人终于自己回到平地上去了。那么，祝您一路顺风吧，詹姆斯舅舅！

汉斯·卡斯托普不让任何人知晓自己对舅舅离开一事一无所知，特别是那个将舅舅送到车站去的跛足门房。詹姆斯从博登湖寄回一张明信片，在信上说自己收到一封电报，要求他本人回去处理生意上的事情，而他本人也不想再打扰外甥——真是一个礼貌的谎言——也希望他

---

[1] 意大利西西里岛首府。

[2] 巴勒莫城门。

[3] 罗马天主教圣方济各会的分支之一。

能继续开开心心地留在山庄疗养院。 他说这话是嘲笑他吗？ 假若如此，汉斯·卡斯托普认为这是一种极为虚伪的嘲笑。 因为在舅舅仓皇离开的时候，必定是没有心情开玩笑的。 不，他在心里已经意识到——每当他想到这些时，脸色都会变得惨白——即便只在山上待了一周，当他再次回到平地上去的时候，会觉得下面什么都不大对劲，而且与他格格不入。 这种感觉会持续很长一段时间，直到他再次适应山下的生活。他再也不能早餐后做一次规定的散步，之后再坐下，例行将身体裹起来，在阳台上平直地躺着，相比这些，他会觉得云办公室是一件极其别扭的事情。 这些可怕的念头都是他直接逃下山的原因。

就这样，山下的人们把迷失的汉斯·卡斯托普带回家的想法打消了。年轻的汉斯丝毫不掩饰这一点——此次大使行动的失败，意味着汉斯本人同山下人之间的关系发生了危机。 这也代表汉斯对这种关系不屑一顾，并且最终决意放弃。 至于他本人，他终于获得了自由——自此之后，他将渐渐不必再为这种事情战栗了。

精神磨炼

　　莱奥·纳夫塔出生于加利西亚与佛尔西尼亚交界处的一个地方。他父亲当年是村里的一名犹太教屠夫，或许是陈年旧事已经太过久远，他提起父亲时，总怀着善意和尊敬。与作为体力工作者和商人的异教徒式的屠夫不同，莱奥的父亲不仅是一名官员，还是一名神职人员。犹太法师对埃利亚·纳夫塔的虔诚性做过测试后，根据摩西律法及犹太法典的规定，授权他屠宰某些可供屠宰的动物。根据儿子的讲述，父亲在执行任务的时候极其虔诚，他的蓝眼睛熠熠发光，有如星星一般，充满了一种沉静稳重的热情。他屠宰动物时的严肃劲儿，叫人不由想起古时候，屠宰本就是神职人员的任务。莱奥小时候被唤作来波，每当父亲同那位健壮有力的犹太助手在院中一同屠宰动物的时候，他也获得准许，在一旁观看。同助手相比，蓄了一脸络腮胡子的埃利亚倒显得弱不禁风，甚至温文尔雅起来。小来波就在一边目睹这样一幅场景，那时候的他虽然走路都还不大稳，却依旧惊恐不已。父亲抬起有力的大刀，朝着动物的后颈挥下去，助手在一旁拿着盆子赶忙接好喷涌而出的鲜血。孩子就这样目睹杀戮的上演，他那洞穿一切的眼神由此形成，这也许多多少少有父亲那双闪闪发光的眼睛的遗传。他明白在基督教中，屠夫在屠宰动物前要先将其一棒击昏，之后再杀它，这样做也只是为了不至于太过残忍。而他父亲呢，虽然不像那些粗人，显得孱弱文雅许多，而且还有那双别人没有的闪闪发亮的眼睛，但他却按照律法的规定，在动物尚有意识的时候便挥刀而下，让它的鲜血流了出来，直到最后一动不动。 男孩来波认为那种愚蠢的异教徒式的屠宰行为乃是出于某种随便而善意的天性， 但它亵渎了神明， 倒不如庄严而冷酷无情的父亲更令人尊敬。 因而在来波心中， 神明的概念与残忍的概念便联系到了一起， 而神圣的概念及精神的概念却同喷涌而出的鲜血的形象及味道联系在一起。 或许父亲从事这样一份血腥的职业， 并非像大力的异教徒式的屠夫， 抑或是他的那位犹太助手那样， 只是为了在这种残忍行当中寻求一种满足感， 他的选择必定有某些精神上的原因， 从他那闪闪发光的眼睛中就可以看得出来。

埃利亚是个孜孜不倦、 喜欢沉思的人， 他研习《圣经》中的经文， 并且多加批注， 还会同那位犹太法师讨论《圣经》， 两人意见时常相左， 争论不休。 不仅他自己的教友， 村里的人也一致认为他是个与众不同的人。 他学识渊博， 这些学识大部分是关于经文的， 但也有些是神秘莫测的， 不管怎样， 是一些超乎常识的东西。 他有某种不平常的异教式的特征， 并且通晓神的旨意， 是美名大师 [1] 式旳人， 也是个能够创造奇迹的人。 他曾治愈了一个女人的顽疮， 还有一次治好了一个男孩的痉挛， 用的是血及咒语。 但正是这种神秘的宗教气息——当然， 他那份血腥的职业也在其中起了些作用——最后让他走向毁灭。 有两个基督教男孩神秘死亡， 这件事情引起很多抗议， 同时也引起了人们的愤怒和恐慌， 人们将他的房屋全烧毁了， 并把他钉在家门口的十字架上， 直至毙命。 他的妻子患了结核， 卧病在床， 却不得不带着来波这个孩子和其他四个弟妹， 悲恸地逃亡他乡。

因为父亲的先见之明， 他们倒还不至于身无分文。 一家人来到福拉尔贝格 [2] 的一个小镇上住下来， 纳夫塔太太在一家纺织厂里找了一份活儿， 整日早出晚归地干活， 孩子们也上了一所公立学校。 这所学校

---

[1] 即埃内斯特·布洛赫， 十八世纪犹太人教派哈西德派创始人。

[2] 奥地利州名。

在精神方面倒是能满足莱奥和四个弟妹的需求。莱奥作为长子，不仅遗传了父亲孱弱的身子，还遗传了异乎寻常的智力，这种智力一开始便同本能的志向、远大的理想以及渴望获得优质生活的目标绑在一起。他孜孜不倦地努力着，一心想摆脱自己贫贱的出身。除了学校的教科书外，这个十四五岁的少年还想尽方法弄到其他书籍加以研读，以一种出于常规的方式自学，迫不及待地想要充实自己。他的想法以及说出的话叫那位身体有恙的母亲仰起脑袋，挥舞着两手表示无可奈何。他的为人以及他在宗教课上的回答引起了当地一位法师的注意，这位虔诚的、学识渊博的男人将他纳为私人学生，教他犹太法典及古典文化，并以逻辑学和数学来满足他的求知欲。但是这个好心的男人却培养出了一个算是忘恩负义的人，时间越久，越能看得出他怀中养了一条毒蛇。就像埃利亚·纳夫塔与他的那位法师一样，莱奥与他的法师亦是这样的关系。两人互相争执，因为宗教及哲学问题而吵得面红耳赤，关系也就变得愈加恶劣。年轻的莱奥性情暴躁，吹毛求疵，时常抱有怀疑态度，而且善于诡辩，最终使得那位正直的法师再也无法忍受。不仅如此，这个毛头小子的诡辩以及他无可企及的智力又添上了一丝革命性质。他结识了奥地利参议院一位社会民主党议员的儿子，跟这位民众英雄在一起之后，他的思想转而投到了政治上面，开始将逻辑学上的热情用到社会批判这一领域上来。他所说的那一番话，叫那位犹太法典编撰者毛发直竖，而后者在政治上一直完完全全忠于自己的立场，师生之间的关系就此告吹。简而言之，莱奥最后被老师赶了出来，被禁止再跨进老师的书房一步——而正好在这个时候，母亲拉埃尔·纳夫塔卧病不起，奄奄一息。

母亲过世后不久，莱奥便结识了文特佩廷格神父。那时候，这个十六岁的少年独自坐在马加雷登高地休息区的长椅上。高地位于伊尔河畔，可以眺望莱茵河谷的美景。他坐在这里暗自沉思，忧伤而又烦闷地想起了自己的命运以及前途。这时候，突然走来一个人。来人是晨星学校的一位教师，也是耶稣会的一员。出门散步的教师在莱奥不远处坐了下来，将帽子放在长椅上，在法衣下跷起二郎腿，做了一会儿祷告后，开始同这个脸色蜡黄却活泼健谈的少年谈起话来。此番谈话对莱奥的命运起了决定性的作用。这位耶稣会士见多识广，又能洞察人心，猎获他人之意，慷慨激昂而又自信满满地教导对方，而当这个可怜的犹太小伙子用一种苛刻的语气和明确的词句回答他最初提出的几个问题时，他侧耳恭听。从少年的言谈中，他听出了一种被压抑的敏锐天赋。他又多加试探，发现对方思维敏捷，言辞犀利，这与他褴褛的衣装极为不相称，让他十分震惊。他们谈到了卡尔·马克思，莱奥曾读过普及本的《资本论》；之后又谈到了黑格尔[1]，莱奥也读过不少他的著作，足以侃侃而谈一番。但是不知出于热爱发表怪论的天性，还是出于礼貌，他称黑格尔为一位"天主教思想家"。神父哈哈大笑，询问何出此言，因为黑格尔作为普鲁士的御用哲学家，自然而然应当是一位新教教徒。少年回答道，"御用哲学家"只是强调他的职位而已，但从宗教方面来看他的特点，当然，并非从教义方面来评判，因为——莱奥很喜欢用这个词，每当说出这个词的时候，他语气中都带着一种胜利且冷酷无情的味道，而且每次有机会说到该词时，眼镜后面的那双眼睛都会闪闪发亮——政治的概念和天主教的概念从心理学上来说都是一类的，都属于包括所有客观的、可行的、实证的并且在生活中具体化的事物的范畴。而虔诚的新教教徒对此却大加反抗，其根源在于神秘主义。耶稣会，他又补充道，显然违背了天主教教义中的政治及教育这两个因素，然而耶稣会又把治国及教育当作自己的分内之事。他之后又提起了歌德，他植根于新教主义，也确确实实是一名新教教徒，但是他又注重客观事实，推崇实际行动，因此也有很浓的天主教特点。他拥护耳语忏悔，作为一个教育家，他几乎算得上是一位耶稣会士。

---

[1] 德国著名哲学家、思想家。

纳夫塔在谈话中提到这些东西，也许是因为机智，也许是作为一个贫穷人家的孩子，他明白怎样讨好对方，以达到自己的目的。神父对这番话的内在价值并不在意，他注意的是莱奥这番话展现出的智慧。他们继续谈下去，神父很快便了解到莱奥自身的处境。谈话结束的时候，神父邀请年轻人到他的学校去。

　　就这样，纳夫塔终于得以踏入晨星学校的土地。可以想象，他对这个学校的教学质量及学习风气艳羡已久，而今，时来运转，他新结识了这位教师兼资助者，这一位远远比第一位更懂得珍惜及发展他的特殊才智。这位教师头脑冷静，深谙人情世故之道，因为这个犹太小伙子急于进入他的生活圈子中去。同其他天赋异禀的犹太人一样，纳夫塔天生便是贵族，天生便是一位革命者。他是一个社会主义者，但同时梦想着唯我独尊的、优厚的、与众不同而又传统的生活。他对天主教最初发表的那番言论——神父引诱他说出来的——尽管从形式上来讲，是比较性和分析性的，但是从实质上来说，却是一篇拥护罗马教会的宣言，既是精神上的权力，又是贵族的权力，换句话说，是反对物质的权力，它既是高尚的，也是反世俗的，或者说，是革命的。他对它的尊敬是真诚的，也是深刻的，因为，正如他自己解释的那样，犹太教因为它世俗的以及物质的倾向，它的社会主义，它的政治智慧，实际上同新教更为接近。而天主教与新教在神秘的主观主义及自我牺牲主义上就不那么相似了。由此，相比新教教徒皈依罗马天主教，很明显，犹太教教徒皈依罗马天主教在精神上就不会那么痛苦。

　　莱奥脱离了原来那个卫护他的人，孤苦无依，形单影只，一心渴望能有更加自由的环境，也幻想着利用自己的天赋获得更好的生活。纳夫塔在法律上早已获得入教准许，也迫不及待地想要皈依此教派，因而他现在的那位卫护人不必多花心思，就能把他的灵魂——或者倒不如说他那非同寻常的头脑——争取到自己的宗教里来。莱奥受洗之前，在神父怂恿下，他在晨星学院找到了暂时的寄居之处，在那儿，他不仅能够得到食物的供应，还能得到精神上的满足。他之后便搬到那儿去了，在将弟弟妹妹们交由贫民救济院照料时，表现得像那些贵族出身的人一样冷酷麻木、心安理得，让他们这些低能儿受自己的命运摆布。

这个学校占地辽阔，建筑众多，足以容纳四百名学生，有树林和草地，六个运动场和农场建筑，以及能装下几头奶牛的牛棚。该学院既是寄宿制学校，也是模范农场、训练学校、学者培养基地，以及戏院——因为时常有戏剧及音乐会在此演出。这儿的生活既是寺院风格的，也是庄园味道的，这里井然有序、安静舒适、气氛欢快，它的蓬勃之气、学术氛围，以及每日多种多样的日常安排，满足了莱奥内心最深的渴望，也叫他受宠若惊、欣喜若狂。他在宽敞的食堂里享受着美味绝伦的餐食，这儿一片安静，正如走廊中一样。食堂的中央架了一座高台，上面坐着一个高年级学生，正在大声地为人们朗诵经文。莱奥对各门功课都热情似火，即便胸部患有疾病，还是竭尽全力参与游戏和运动。清晨他早早起来，虔诚地做弥撒，周日也积极地去参加做礼拜活动，这叫他的那些耶稣会教师们极为高兴。他在待人接物上也叫老师们颇为满意。节日的时候，用过糕点和美酒，他也会跟着身着灰绿色上衣、格纹裤子的学生队伍，一起到郊外散步。

像他这样出身贫贱，刚入天主教不久，又毫无个人财产的人，能受到这样的待遇，真可谓高兴异常，感激不尽。学校里无人知晓他是免费入学的。这儿的规定也帮助他隐藏了无家可归以及出身卑微的事实。学校禁止外面给学生们邮寄包裹，连食物糖果之类的包裹都明令禁止，即便有些人寄来了，大家也会分发掉，莱奥跟其他人一样，也会收到他的那份。学校也从其他地方招收学生，因此，他的民族特征也不会引起注意。除了他，还有其他异国的学生，其中便有来自南美洲的葡萄牙人，看上去比他更有犹太人特点。另外，还有一位埃塞俄比亚王子同纳夫塔同时入校，他长了一头浓密的头发，从外表看，摩尔人的特征极为明显，非常惹眼。

上课的时候，莱奥表达了想进修神学的渴望，也是为了自己做好准备，以便在将来必要的时候加入耶稣会。因此，他便从"第二学校"进入了"第一学校"。那儿的生活起居条件比原先更加优渥，他的饭菜都由使者端到餐桌上来，而他住的卧室，一端住着西里西亚贵族哈尔布瓦尔侯爵与夏玛雷伯爵，另一端则住着来自莫德纳[1]的兰戈尼-圣克罗切侯爵。他以优异的成绩通过了考试，结束了学生生涯，如愿以偿地进入蒂西斯的一所见习学校，在那儿兢兢业业地过着谦卑的、默默顺从并受制于各种宗教戒律的日子，与此同时，他也获得了早年曾狂热渴望的那种精神上的快慰。

与此同时，他的健康又受到了影响，虽然见习时要求十分严苛，但不是因为身体缺乏锻炼，而是身体内部的原因。如今学校微妙而机敏的教育几乎与他自己的性情格格不入。他白天都在锻炼自己的智力，晚上也要花上好一会儿的工夫来静心默想，暗自沉思，并多加反省。他怀着极大的热情来寻求辩论之道，结果却困难重重，自相矛盾，且争议不断。他每日都用这种气势汹汹、步步紧逼的方式来与自己的导师争论，终于叫导师忍无可忍，灰心失望起来。"Ad haec quid tu（拉丁语，意为：这个你怎么看）？"他问道，双眼在眼镜片后闪闪发光。陷入窘境中的神父只得告诫他应当安心祈祷，让灵魂得到平静。"ut in aliquem gradum quietis in anima perveniat（拉丁语，意为：以便让灵魂安静下来）。"这种平静，只有将自己的性格磨平、变得麻木不仁才能够获得，那时候人就变成一个没有生命的工具，陷入墓地般的死寂。而纳夫塔从周围那些目光呆滞空洞的脸上看出，这一点他将永远无法做到，否则他的身体将毁灭。

学院的指导者们并未因此看低他。两年见习期结束后，大主教亲自召见了他，于一番面谈之后准许他进入耶稣会。这位年轻的经院哲

---

[1] 意大利城市。

学家此后身兼四个初级职位：门前僧、侍僧、助理牧师及读僧。在做过简单的宣誓之后，他终于成为耶稣会的一员，此后又前往荷兰法尔肯伯格的法尔肯伯格神学院进修神学。

那时候他二十岁。三年过后，由于当地气候不佳，再加上持续不断的精神紧张，遗传自母亲的疾病便变本加厉起来，再多待上一些时日，必然会威胁到他的生命。有一回他咳出血来，好几周都徘徊在死亡边缘，几乎不见好转，这终于引起学院的重视，急急忙忙把他送了回来。他在原来就学的晨星学院任职，教授人类学及哲学。按照规定，他必须在耶稣会中提供数年的教学服务之后，方可回到神学院继续为期七年的进修，直至毕业。但是纳夫塔无法继续下去，他久恙不愈，因此大夫和学院都认为应当将他送回原来的地方，呼吸呼吸郊外的新鲜空气，多在农场上做一些户外运动，这样对他是最好的。他获得了第一个较高的职位，可以在周日做弥撒的时候咏诵使徒书。但是他无法行使这一权利，因为他毫无音乐才华，再加上胸部患了病，声音太弱，不适合诵读。他的职位从未升至副助祭之上，更不用说助祭了，因此神父一职也自然不用想。而后他又反复咳血，热度持续不退，最后耶稣会出钱让他到山上来进一步疗养。如今已经是第六个年头，但这已经渐渐变得不再是什么疗养，只是在这稀薄的空气里住下来罢了，再通过其他一些活动来给生活增增色，例如在为那些患轻度结核的男生们开设的达沃斯中学里教授拉丁语。

这段身世以及其中的细节，汉斯·卡斯托普都是从纳夫塔本人口中听说的。他不时去纳夫塔那个满是丝绸的房间拜访，有时单独一人，有时跟同桌餐友菲尔戈及维泽尔——汉斯介绍两人与他相识——一同前往。偶尔他出门散步过程中恰好碰见纳夫塔，也会在一同走回达沃斯村的路上倾听他的讲述。他时不时听到这些故事，虽然有时只是零零星星的片段，但也有前后连贯的故事，不仅他自己觉得新奇无比，也能让菲尔戈及维泽尔听个痛快，而两人也确实感觉如此。菲尔戈表示这些叫人惊奇无比的故事大大超乎了他的想象，并且声称自己只是个平淡无奇的人，生平最不算单调乏味的也只有胸膜手术一事而已。维泽尔则为这个开始时卑微压抑的人后来能交上好运而欣喜，不过显然不能让他一步登天，身体有恙让他再度受挫。

但就汉斯·卡斯托普而言，他为纳夫塔的命运惋惜，同时怀着骄傲及关心想起了雄心勃勃的约阿希姆，约阿希姆以他英雄般的努力，冲出了达拉曼提斯布下的那张结实的网，回到军队中去。在汉斯的想象中，他此时正在那儿对着军旗伸出三根手指做忠诚宣誓。纳夫塔也曾在自己的教会做过这样的宣誓，当他跟汉斯·卡斯托普解释这个教会的时候，也表示自己隶属于那个组织。但是因为他偏离正道，朝三暮四，因此并未如约阿希姆般忠于自己的旗帜。听着这位未来的或者说曾经的耶稣会士的讲述，自认为文人和和平之子的汉斯·卡斯托普内心的想法便愈加强烈起来——这个人和约阿希姆都欣赏对方的职业，而且认为彼此非常相似，此外两人都是军人做派，并且"军人"一词对他们来说也算得上名副其实，无论是从禁欲方面、等级观念方面、严格遵守纪律方面，还是"西班牙式礼节"方面，都是如此。最后这一点在纳夫塔的生活中起着非常重要的作用，因为教会的发祥地就在西班牙。军队的训练原先只是规定中附加的部分，之后由普鲁士的腓特烈大帝颁发，针对步兵部分，原先用西班牙语编撰，因此纳夫塔每每讲述时，总会使用一些西班牙词汇。比如，他谈起"dos banderas"，也就是"两面旗帜"，两支军队在各自的旗帜下集结，发起大战——一支是地狱的军队，一支是天国的军队。天国军队来自耶路撒冷，由所有忠诚之人的"总督"基督统领；另一支在巴比伦平原，其首领是魔鬼。

难道晨星学院不是一所军事学校，学校里的学员不是恪守着半军事半宗教的礼节吗，或者说，难道不是立领和西班牙硬领的混合物吗？等级和晋升的观念，在约阿希姆的职业里尤为重要——汉斯·卡斯托普不由想到，这些对纳夫塔也是举足轻重的，可惜的是，他的疾病阻断了晋升之路！从他的讲述里，可以听出耶稣会士都是一群野心勃勃的修士，一心想要功成名就。根据耶稣会创始人及元勋西班牙人罗耀拉[1]的教导，他们应当做得比那些单单凭借健全的理智而工作的人出色得多。因为他们还要做分外之事（拉丁语为：supererogazione），就比如说不应当抵御肉欲（拉丁语为：rebellio carnis），这是所有理智健全的人都必然会做的事，但要对所有官能上的享受、利己主义及对世俗生活的喜爱作反抗，即便这些东西并未被明令禁止。因为对敌人发起攻势（拉丁语为：agere contra），也就是说，主动进攻，相比自我防卫（拉丁语为：resistere）来讲更好，也更光荣。削弱敌人，击垮敌人——这是法典的开篇语里说的话，该法典作者罗耀拉，与约阿希姆的总督，以及普鲁士腓特烈大帝和他的那句格言"进攻，进攻！把他们打得落花流水！Attaquez donc toujours（法语，意为：不断攻击）！"的观点完全一致。

不过纳夫塔与约阿希姆的世界最突出的共同点是对于流血的看法，两人都认为不应当因鲜血而退缩。在这一问题上，他们的世界，他们的阶层，以及他们的社会地位的态度都是完全一致的。这位和平之子听着纳夫塔说起中世纪那些好战的僧侣将禁欲主义执行到力气耗尽的程度，再用权力来填充他们的身体。为了建立一个神的国家，以天国的力量统治世界，他们不惜流血牺牲。还说到了那些善战的法师，他们恨不得自己在战场上牺牲，而非在卧榻上病终。为了嫉妒而杀人或者被杀，这不是罪恶，而是无上的光荣。幸而塞塔布里尼没有再次参与辩论，不然他又会继续扮演起手摇风琴师的角色，高声赞颂和平，但如今人们发起了反对维也纳的神圣之战，对此他却没有出声，因而纳夫塔对他报以谴责和嘲讽。当意大利人慷慨激昂的时候，纳夫塔便用所有基督教的资本主义观点来加以反驳，宣称每一个国家都是他的祖国，或者没有哪一个国家是，又讽刺地引用耶稣会某个名叫尼克尔的首领的话

---

[1] 罗马天主教耶稣会创始人。

来驳斥他，说爱国只是"一场瘟疫，彻底结束了基督教的爱"。

不言而喻的是，正是纳夫塔的禁欲主义让他把爱国主义称为瘟疫，而对于这个词，以及他的禁欲主义，还有他那神之国家的概念，他也并未了解多少。对家庭和国家的依恋，还有对生活及健康的爱惜全都被他否定，此外，他还对那位高声称颂和平与幸福的人文主义者加以指摘，愤怒地斥责他贪享肉体之欢（拉丁语为: amor carnalis），喜爱肉体舒适（拉丁语为: commodorum corporis），却将健康和生命置之不理，并且当着他的面痛斥他这是市民目无宗教最糟糕的表现。

这便是他们就疾病和健康这一问题的争论。那一天，圣诞节将至，几个人从高地踏着雪往回走，谈话时观点不一。这几人中有塞塔布里尼、纳夫塔、汉斯·卡斯托普、菲尔戈及维泽尔，他们一个个都有些发热，在严寒中行走让他们昏昏欲睡，身体瑟瑟发抖，神经却极其兴奋。无论争辩的主角，例如塞塔布里尼和纳夫塔，还是旁听的或是偶尔插入一言半语的其他人，都非常兴奋，脑子有些不听使唤，一边还做着手势，把路段都堵住了。行人只能从他们围成的圈子外面绕过去，但也有人驻足倾听他们激烈的争论，露出震惊的神色。

争论是不知谁提起卡伦·卡尔施泰特而引发的，可怜的卡伦指尖都裂开了，最近刚刚过世。对于她病情突然恶化，最终离开人世的事情，汉斯·卡斯托普一无所知，不然他倒是想出于病友的关怀前去送葬，何况说老实话，他有些偏爱殡葬之事。只因院里封锁消息，他也未有耳闻，一直到最近方才知晓。卡伦戴着那顶歪斜的雪帽，终于平躺在了爱神丘比特的花园里。Requiem aeternam（拉丁语，意为: 安息吧），汉斯·卡斯托普说了一些友好的话，表示对她的怀念。但塞塔布里尼先生却打断他，对自己学生的慈悲嗤之以鼻，还嘲笑他去看望雷拉·根格罗斯、那个生意人洛特拜因、充气过多的齐默尔曼夫人、"两口人"大言不惭的儿子，以及多灾多难的马琳克罗特太太的行为。他责难汉斯·卡斯托普，说他给这些将死之人送去贵重的鲜花，简直可笑至极；汉斯回答，现在除了马琳克罗特太太及男孩泰迪还活着，收了他的花的其他人都确确实实已经死了。塞塔布里尼问他，他这么做是否会让他们更加受到尊敬。汉斯回答，在苦难面前，谈何所谓的基督教的尊敬。在塞塔布里尼反驳之前，纳夫塔插了进来，开始谈起中世纪一些虔诚的信徒所做的善行，举出了一些令人震惊的狂热奉献的例子，比如国王的女儿亲吻麻风病患者发臭的伤口，自愿染上麻风病，还把身上的溃疡称为"玫瑰花"；她们还会把清洗过脓疮的水喝掉，并声称这种水美味无比。

塞塔布里尼做出要呕吐的样子。这些东西纵然在生理上叫人感到恶心，他说，但是将人类之爱歪曲到这样可怕的程度更让人反胃。于是他站直了身子，镇定自若，一本正经地讲起了人文主义近来的进步，讲起了瘟疫疫情已经得到控制，以及卫生措施及社会改革，还把瘟疫的严重性同现代医学的业绩做了对比。

纳夫塔回答说，所有这些都是忠诚的市民阶层做出的成就，但是对之前所说的几个世纪，坏处多于优点，无论是对于患病的和受难的一方，还是对于健康而生机勃勃的一方，都是如此。健康而生机勃勃的一方对于受难痛苦的一方表示同情，并非出于怜悯之心，而是为了自己灵魂的救赎。通过成功进行社会改革，健康而生机勃勃的人便失去了重要的自我辩护的理由，痛苦且受难的人则失去了其神圣的地位。贫穷和疾病持久不消才会让双方都受益，如果纯宗教的观点合乎道理，那么这样的理解便是站得住脚的。

"简直是一个肮脏的观点。"塞塔布里尼表示道。这种观点愚蠢至极，压根儿不值得辩论。而说到那些贫穷痛苦之人的圣洁的灵魂——没错，还有工程师随声附和的对苦难表现出的基督教式的尊敬——简直是胡说八道，根本是出于一种错误的观念、错误的同情心，以及错误的心理。健康人对患病之人所怀有的同情心，其实是一种因敬畏而升起的同情，因为他们根本无法想象自己要如何承受这样的痛苦——这种同情心其实是非常夸大的，病人压根儿无福消受。事实上，这是一种思维错乱，一种幻觉。健康人将自己的思绪强加在患病之人的身上，想象病人需要承受巨大的痛苦，但实际上并非如此。因为对于那些患病之人来说，或者准确地说，对于一个患者来说，他在患病之后已经培养出了新的性格和改变了的感知。疾病可以叫病人适应这种状态，两者之间互相调和。病人的感知能力开始退去、消失，变得对别人的善意麻木不仁，他们的性格在精神和道德上都会慢慢调整，变得缓和起来。而健康人却天真地忘记把这点考虑入内。山上这一群肺结核患者便是最好的例子，他们鲁莽愚昧，放荡不羁，也未有恢复健康的欲望。总而言之，如果对病人满怀敬意的健康人自己也病了，那么他很快便会发现，疾病只是一种自行其是的状态，但绝非一种无上光荣的状态——他们之前对此的态度过于认真了。

这个时候安东·卡洛维奇·菲尔戈挺身而出，表示反抗——他为胸膜震荡鸣不平，认为不应该对其加以凌辱和蔑视。对胸膜震荡一事过于认真了？十分感谢！当然，他，菲尔戈说出这一番话是出于尊敬及感恩的，还请塞塔布里尼先生原谅！说话时他那巨大的喉结和那抹看上去好脾气的小胡子上下起伏，别人对于过去他曾遭受的苦难所表现出来的不尊敬，·是他绝对不能忍受的。他只是一介普通人，一个保险推销员，思想谈不上多高深，眼下这一番话已经超出了他的水平。但是塞塔布里尼先生竟然拿胸膜震荡来举例子，此外还谈起硫黄的恶臭以及三色眩晕，这简直叫人心里发痒。确实，菲尔戈要请塞塔布里尼先生原谅，菲尔戈的的确确应当感谢他。但是竟然说出什么胸膜震荡，这绝对不可忍受！而且还说起什么适应能力，什么"对善意麻木不仁"，这简直是普天之下最不可接受的事情，一般人连想都不会想到！

"是的，没错。"塞塔布里尼先生说道。时间过去越久，菲尔戈先生越接近崩溃，疾病好似戴在他头上的光晕。他，塞塔布里尼，对于那些患病的顾影自怜的病人并未抱有太大的敬意。他本身也是病人，病得不轻，但实际上，他对患病这一事实感到耻辱。即便如此，他这番话并非空口无凭，也不带任何个人主观色彩。而至于他所说病人及健康人在天性与适应力上的区别，只是共识罢了，先生们却以为这是精神错乱——例如精神病人的幻觉。假若我们其中的某人，比如工程师，或是维泽尔先生，在今晚暮色渐沉的时候进了房，在房间一角看到去世的父亲坐在那儿，他瞅着你，并且同你讲话——这是多么吓人的事，不是吗？这是一次叫人惊慌失措的经历，叫人心神不定，会让你忍不住飞速跑出房间，到神经科大夫那儿寻求帮助。难道不是吗？我开这个玩笑，是因为这样的事绝对不会在各位的身上上演，大家在精神方面是健康的。假若哪一位遇到了这样的事情，那只能是这个人并不健康，他患了病，面对这样的场景非但不害怕，也没有逃跑，而是淡然处之，仿佛事情都是正常的，并且开始同他交谈——事实上，这就是幻觉症患者的反应。如果我们假定幻觉症患者会像健康人那样对这样的影像感到同样的恐惧，那就错了，但健康人很容易犯这种想当然的错误。

塞塔布里尼先生的一番谈话颇显滑稽，对房间一角的父亲的描述，叫大家不由哈哈大笑起来，甚至菲尔戈先生也不例外，虽然对方拿他的胸膜震荡开玩笑叫他有些不悦。塞塔布里尼先生趁大伙正在兴头上，又高谈阔论起来，表示幻觉症患者以及各种各样的精神方面的患者不是可鄙的。他认为这些人平日里往往疯疯癫癫的，但是有能力控制自己的荒诞行为。之前他曾访问过精神病院，亲眼见到过这类事情。当大夫或陌生人出现时，病人们很可能不再疯疯癫癫、做鬼脸、来回摇手，只要感觉有人在监视着他们，便会变得老老实实起来，但过后又旧态重演。在许多情况下，精神错乱无疑是一种自我放纵的形式，是懦弱的人在巨大的压抑面前的一种逃避，是他在命运的严刑拷打之下的自我防卫，而这些是他们在头脑清醒时所无法应付的。但几乎所有人最后都会变成这样的状态，而他，塞塔布里尼，曾设法让不止一个精神病患者屈服，方法仅仅是坚定理智地盯着对方，这至少能让他们暂时保持清醒。

纳夫塔嘲讽地大笑起来，汉斯·卡斯托普则维护塞塔布里尼的观点，表示他所说的情况确实存在。事实上，他能够想象出塞塔布里尼怎样在那抹小胡子下露出微笑，坚定地看着那帮心智不健全的病人，他也能想象出那些可怜的家伙是怎样尽力振作起来，保持暂时的清醒的，即便塞塔布里尼的出现对他们来说只是一次打扰——但纳夫塔本人也曾去过疯人院。他回忆起那次看到的乱糟糟的病房，天啊，恐怕塞塔布里尼理智的目光和威慑力也帮不了忙。那儿全是但丁著作里的场景，画面极其瘆人，充满着惊悚和痛苦，有的疯子裸着身子缩在浴缸里，每一个动作都能看出其精神上巨大的苦楚；有人因绝望而陷入昏迷；有人大声尖叫；有人抬起手臂，张大嘴巴，发出地狱里才有的大笑。

"啊哈。"菲尔戈尖声叫了出来，接着急忙闭上了嘴，这声音使人想起他做胸膜手术时发出的笑声。

总而言之，塞塔布里尼先生那副势不可当的学究气在这闹哄哄的病房前荡然无存。对这个病房来说，对宗教的敬畏更符合人的反应。我们这位大学究的理性说教，对这些精神错乱者可没多少效用。

汉斯·卡斯托普没来得及琢磨纳夫塔在塞塔布里尼先生头上新加的这两个头衔，因为眼下他的精力还集中在几人的谈话上。那位人文主义者极力赞颂健康，并且对疾病大肆贬低，对此纳夫塔辛辣地表示反对。在他看来，塞塔布里尼先生的态度是一种引人注目的，甚至叫人称赞的自我否定，因为他本身就是个病人。但即便他的立场多么叫人称颂，实际上确实谬误重重，因为它是以尊重及敬畏肉体为基础的，但实际上，只有肉体处于初始时候的无罪状态，而不是如今的堕落状态（拉丁语为：statu degradationis）时，这才是成立的。因为上帝在创造人时，人的肉体是不朽的，但之后由于染上堕落及憎恶这样的原罪，本性逐渐恶化，继而肉体变得容易腐坏，不再是不朽的，成为灵魂的牢狱和惩戒所，或者正像圣·伊格纳修斯[1]所说的，只配做"唤起羞耻和困惑之心"（拉丁语为：pudoris et confusionis sensum）的工具。

汉斯·卡斯托普高声说道，人文主义者普罗提诺曾提出过同样的观点。但塞塔布里尼先生挥起双手来，命令这位年轻人不要将两种不同的观点加以混淆，应当安静地待在一边，倾听别人的观点。

纳夫塔接着说下去，他表示基督教中世纪对人体的痛苦表现出敬畏之意，主要源于其对肉体痛苦的尊敬。因为身体上的创伤不但叫人身体状况下降，也会使精神受到毒害而开始堕落，这是一种有启迪性的毒害，以情绪上和精神上的满足暗示灵魂的腐败。健康的身体却是一种让人误入歧途的假象，是对人类良心的侮辱，在孱弱的身体面前，人会表现得毕恭毕敬，这对灵魂的益处是极大的。Quis me liberabit de corpore mortis hujus（拉丁语，与下一句同义）？谁将我的灵魂从这死掉的身体中拯救出来？这便是精神的声音，它永远是人类真正的声音。

不敢苟同——这是塞塔布里尼先生的观点，他冷冰冰地说——这是来自黑暗的声音，它发自一个理性和人性的太阳尚未升起的世界。确实，他在生理上已经染上病了，但在精神上是健康的，未有丝毫污点，在身体方面足以同这位身兼神职的对手一较高下，而且在灵魂这一问题上对他加以嘲讽。他把人类的身体捧得太高，把它奉为上帝真正的神殿；纳夫塔直言不讳地说，这个血肉之躯仅仅是我们和永恒之间的一张帷幕。结果，塞塔布里尼禁止对方再用"人性"这个词。争论就这样继续下去。

他们光着脑袋，脸上也冻僵了，穿着胶鞋在寒气中走着。他们时而在松软如棉的雪地上前进，脚下嘎吱作响，时而一步步踩在水沟中堆积的雪块上。塞塔布里尼穿着一件冬外衣，领子及袖口的海狸毛皮已经脱落，显得十分寒酸，但他知道怎样将自己打扮得光鲜靓丽。纳夫

---

[1] 即圣·伊格纳修斯·罗耀拉，耶稣会创始人。

塔则穿着一件一直垂到脚边的黑色的长外套，衣领差不多盖住了耳朵，原先衣服上从头到脚缀着的皮毛现在也看不到了。两人发表观点时都带着极强的主观色彩，每次发表见解时都转头看着汉斯·卡斯托普而非对方。他们一边争论一边阐述，时不时晃着脑袋或是竖起拇指大加嘲讽对方。两人把汉斯夹在中间，他一会儿同意这个，一会儿又赞许那个，时不时停在路中央，身子微微向后仰，戴毛皮手套的那只手挥来挥去，发表自己的见解。菲尔戈和维泽尔围住他们，时而站在外面，时而站在里面，时而站了一排，直到为了给别人让路而不得不散开。

因为这两人也发表了一些观点，话题便转到了更加具体的事情上，他们开始讨论起了火葬、体罚、拷问、死刑等。体罚是费迪南·维泽尔提出来的，汉斯·卡斯托普清楚地看到，他讲得津津有味。塞塔布里尼义正词严地呼吁保持人类的尊严，坚决反对这种无论在教育上还是刑罚上都会引起毁灭性结果的行径。这一件事是在意料之中的，另一件事同样在意料中，但同时也叫人毛骨悚然——纳夫塔竟然赞成体罚。在他看来，空谈人类的尊严是荒谬的，真正的尊严并非表现在肉体上，而是精神上。人们的灵魂一直乐于吸收世俗生活中的全部乐趣，这是肉体上的乐趣，而非精神上的。因此体罚带来的这些痛苦是破坏官能享乐的最有效的方法，驱使人们从灵魂回到肉体上去，这样灵魂便也可以控制肉体。认为体罚是一种可耻的刑罚，这是极其肤浅的观念。圣·伊丽莎白曾被倾听她忏悔的神父康拉德·冯·马尔堡鞭打出血，她的灵魂脱离身体，在天际盘旋。而她本人呢，也曾用棍棒捶打过一个在忏悔时昏昏欲睡的老妇。某些宗教成员，甚至某些虔诚到狂热的宗教分子也会自行鞭笞，为了更加坚定自己的信念。难道人们会严肃地斥责这是一种野蛮而毫无人道的行径吗？固然，某些自认为文明进步的国家已经废除了体罚，但若是把这当成启蒙的代表，未免只会贻笑大方。

无论如何，汉斯·卡斯托普认为，有一点是确凿无疑的，也就是肉体和灵魂的对立中，肉体无疑体现出了邪恶的原理——"体现"一词在这里用得恰到好处，不是吗？只要肉体自然而然是属于自然的——这样说未尝不可——而自然又站在精神与理智的对立面，那么它就是邪恶的——神秘且邪恶的，如果有人想要卖弄学识，这样一来，肉体也应当得到相应的对待，也就是应当受到刑罚——假若可以称之为"神秘的邪恶"的话。就像塞塔布里尼先生，当初他因为体弱多病而未能到巴塞罗那去参加进步会议，那时若是有一位圣·伊丽莎白在就好了。

大家哈哈大笑起来，人文主义者想要开口反驳，汉斯·卡斯托普急忙讲起了之前自己挨揍的一次经历来。那是他在中学读低年级的时候，当时还在部分施行用马鞭来鞭打双手的体罚。汉斯·卡斯托普的社会地位比较高，因此教师不敢轻举妄动，便让班上一位力气大的大个子同学打了他一顿。马鞭抽打在他的大腿和仅穿了薄袜子的小腿上，他感到钻心的疼痛，满心愤怒和羞耻，不禁失声痛哭，眼泪夺眶而出，为此颜面尽失。此外，汉斯还在书上看到，监狱中一些犯人也会受到笞刑，即便是最冷酷无情的囚犯，在被严刑拷打时也会像孩子般号啕大哭。

塞塔布里尼先生用那双戴着掉了毛的皮革手套的手遮住自己的脸，纳夫塔用政治家般的冷静态度提出这样一个问题——除了严刑逼供外，是否还有其他方法可以让犯人就范——虽然对犯人来说，受笞刑也是理所应当的。一个讲究人道主义的监狱在美学上是折中的，是不伦不类的。假若塞塔布里尼先生不以为然，那么有一点可以明了——他身为一位美学家，却对美学一无所知。在纳夫塔看来，就教育而言，主张学校废除刑罚的那些人心中关于人类尊严的概念，其实根植于资本主义及人道主义时代的自由个人主义，以及启蒙性的个人专制主义。这种现象如今正在慢慢消亡，让位于一种更加严厉的社会观念，这是一种纪律和遵守的观念，一种强制和顺从的观念，实现这一点需要神圣的严厉性，但是当它实现之后，我们又应当对体罚另眼相待了。

"因此才有这样一句话——尸体也应当如此。"塞塔布里尼嘲讽道。

纳夫塔却针锋相对，表示上帝为了对我们所犯下的罪行进行惩罚，让我们的肉体受到侮辱并可怕地腐坏掉，那么对着同一具尸体进行鞭笞，也不是什么可怕的侮辱。就这样，话题忽而转到了火葬上来。

塞塔布里尼对火葬一直尊敬有加。他说，正如纳夫塔所说，身体腐烂所失去的尊严便可通过这样的方式重新获得。不管是从实际出发，还是仅仅从理想的角度考虑，人们正在致力于消除这份耻辱。他说自己正在筹备国际的火葬大会，只为推行火葬这一方式，也许大会的举办地点将在瑞典。到时候会准备一次模范火葬会，它是根据最近的调查及研究而设计的，还会准备出一个专门放置骨灰盒的大厅，他们希望能够引起人们广泛的兴趣和热情。土葬是一种多么陈旧、多么过时的做法，在这样一个现代化的社会里——地价上涨，城市扩张，墓地都被挤到了郊外！如今交通发达，因此送葬队伍愈加萧条起来，逝者的尊严也随之减少。塞塔布里尼先生一把戳破了现实的真面目，将幻想化为泡影。他描述起一个悲伤欲绝的鳏夫来，他每日都到墓地上给已经过世的爱妻上坟，同她聊聊天。他说，这样的一个人应当有一大把空闲的时间。此外，在现在这样一座巨大的墓园里面，他的悲伤情绪必定会被这乱糟糟的氛围打散。而用火将尸体分解掉——与让尸体悲惨地自行腐烂，与下等生物同化相比，这该是多么清洁，多么神圣，多么有尊严，并且带着英雄之气的事情啊！没错，这种新式方法更能满足人们情绪上的需求，也更能满足人们对永垂不朽的渴望。因为火焰所摧毁的只是肉体上更易腐坏的部分，这一部分在人尚且活着的时候也会随着新陈代谢的作用而消散。而人的一生中那些极少起变化的部分变成了骨灰，让活着的人能将逝者不灭的部分保存起来。

"噢，说得好极了。"纳夫塔说道，"噢，确实，太棒了！人的不朽部分，他的骨灰！"显然，纳夫塔的意思，是想在既定的生物事实面前将人类快速地推回到其原有的非理性的立场上去，强制性地将它保持在原始的宗教阶段，在这一阶段，死亡只是被神秘莫测的恐怖包围的幽灵，不能用理性的观点去看待。这是多么野蛮啊！因而，对于死亡的恐惧也回归到一个很低的文化境界，在这里，暴力致死是屡见不鲜的，由此引起的恐惧很容易让人们将其与普通的死亡联系在一起。但现在，随着保健学的发展和个人安全意识的增强，自然死亡成了主流趋势，暴力致死反而非常少见。在现代人看来，死亡只是力量耗尽后的休憩，不但毫不可怕，而且极为正常，甚至是人们心神向往的。因此，死亡不是幽灵，也不是什么神秘之事，它是一种简单的、可以接受的、生理上必然的现象。长时间纠结这个问题无异于剥夺生命应有的时间。因此，死亡之厅，也就是之前提起的模范葬礼及存放骨灰盒的大厅，同时又可以算作生命之厅。在大厅中，建筑、绘画、雕像、音乐以及诗歌将活着的人的思绪从死亡中拉出来，使他们不再一心对死亡进行沉思，不再沉浸在脆弱而无用的悲伤中，而是思考起生活的乐趣。

"继续吧！"纳夫塔带着嘲讽的口气说道，"别让他们在葬礼面前太过放肆，也不能让他们在死亡这样一件简单的事情面前小题大做，但如果没有死亡，就永远不会有什么建筑、绘画、雕像抑或是音乐，而诗歌和其他艺术自然也不用说。"

"他归队是无可厚非的事情。"汉斯·卡斯托普好似梦游般自言自语道。

"您说的话叫人无法理解。"塞塔布里尼回答他，"这样听起来免不了有些愚蠢可笑。死亡的经历最后也必然是生活的经历，否则它就变成了鬼怪，纯粹而简单。"

"在生命之厅里，会不会画着淫秽的符号，就像在古代石棺上画的那样？"汉斯·卡斯托普一本正经地问道。

"很有可能。"纳夫塔推波助澜，"在感官上可以算作一次盛宴了。在油画和大理石上面表现出来的人文风味印证了感官上的绚丽多彩，人类有罪的肉体也不会走向腐坏。这一点倒是不足为奇，这也是对在刑罚方面太过严苛的一种弥补。"

接着他们又谈起了拷问——这一话题是维泽尔引出的，他对此话题似乎颇感兴趣。先生们对这个问题又有何高见呢？他，费迪南，外出时喜欢拜访名胜古迹中的审讯室。在那儿，人们用拷问来探寻良心。他曾亲眼见过纽伦堡[1]和雷根斯堡[2]的拷问室，也对此做过一番研究调查，受启发不少。为了拯救灵魂，他们利用各种巧妙的方法对人的身体进行折磨。被拷问的人一声叫喊都不会发出——他们将那著名的呛梨塞到犯人的嘴里去，此时的梨已不再香甜可口。此后的严刑拷问便在一阵沉默中进行。

　　"Porcheria（意大利语，意为：肮脏）！"塞塔布里尼自言自语道。

　　菲尔戈对塞梨子这一方式表示赞许，而且对整个过程中的沉默行径也表示支持。但他认为，那个时候没有人能想出比用针刺穿胸膜更叫人作呕的事情来。

　　而这是为他的健康着想的！

　　顽固不化的灵魂在触犯了法律之后，理所应当地在短时间内得不到任何同情，而拷问则是人类理性创造出来的手段。

　　塞塔布里尼指出，说话的这人也许现在已经神志不清了。

　　不，他的头脑非常清醒。反倒是塞塔布里尼这位公认的美学家，兴许对中世纪司法的发展历史算不上有多了解。事实上，中世纪的司法历史是一个连续不断的理性化过程，在此过程中，理智代替了上帝的位置，而上帝也渐渐从司法范畴中被排挤出去了。换句话说，决斗裁判已经废止，因为事实证明，强者必胜，无论他是否合理。塞塔布里尼先生这一类人，以及那些怀疑家和批评家，经过观察终于明白，并且推出了宗教裁判这一方法，从而取代过去的审判过程。正义不再仰仗于神明的干预，而是由被告来供认真相。没有供词便不能判决——现

---

[1] 德国城市。

[2] 德国城市。

如今你可能还会听到这样的说法，因为这种想法已经根深蒂固。如果证据确凿，但是缺乏供词，那么人们隐约还是会感觉判断是不合法的。但是怎样获得供词呢？怎样从如此多的情况及疑犯中寻得真相呢？怎样窥探到疑犯的内心和大脑？而当犯人否认和隐瞒事实的时候，又该怎样呢？如果灵魂顽固不化，那么能得到的只有肉体了。拷问是理智的，也是获得必要供词的一种手段。塞塔布里尼先生要求推行这种通过逼问而得出供词的方式，是拷问手段的提倡者。

人文主义者请求其他人不要相信纳夫塔所说的这一番话，这只是不怀好意的玩笑话而已。如果这种情况如他所言那样真的发生，那也只证明了一点，也就是这种叫人惊怕的事是由人类的理智发明的，而理智是多么需要坚持和启迪。那些本能崇拜者害怕世界上受理智直接驱使的事情太多，这又是多么缺乏根据！说这话的人肯定是错的。他们所讨论的司法上的恶行并不能归因于人类的理智，因为其根源在于相信地狱的存在。我们可以在拷问室里和展览上看到刑架、钳子、螺钉和火钳等东西，这其实是一种幼稚的表现，他们笃定地狱里就是这样实施惩罚，因此加以效仿。但事实远非如此。他们还声称要帮助恶人，认为坦白后的灵魂还在挣扎，而作为邪恶原则的肉身，则依旧在反抗灵魂的欲望。这是禁欲主义者的痴狂……

"那么古代那些罗马人呢——他们是否也抱有同样的幻想？"

"罗马人？Ma che（意大利语，意为：什么话）！"

"不过他们也将拷问纳为一种审判方式。"

真是逻辑上的死胡同。汉斯·卡斯托普试图助他以一臂之力，帮他走出这一困境。他自作主张，将谈话引到了死刑上。他说，拷问业已被废除，尽管预审法官依旧能想方设法让被告人变得顺从些。即便如此，死刑却依旧存在，而且看上去也是不可缺少的，高度文明的国家大都保留着死刑这一刑罚。法国的放逐体系收效甚微。对于那些"人形动物"，除了将他们的脑袋取下来，似乎也别无他法。

他们不是什么"人形动物"，塞塔布里尼纠正他。他们也是人，就像工程师、他自己以及塞塔布里尼一样，只是在一个不完善的社会体系下变成了意志薄弱的犯人罢了。他谈起了一个罪不容诛的犯人，原告律师提起他时都是用"披着人皮的禽兽"来形容，但这个人却在牢房的墙上写满了诗，这些诗都还不坏，可以说比那些原告律师写得好得多。

这表明在诗歌艺术创作上需要某种特殊的天赋，纳夫塔反驳道，但至于其他方面，就没什么可提的了。

汉斯·卡斯托普听得出来，纳夫塔是推崇死刑的，对此他丝毫不感到震惊。在汉斯眼中，纳夫塔同塞塔布里尼一样，也是一位革命家，但这只是从保守的方向上来看——可以说，他是一位反动的革命家。

塞塔布里尼带着自信的微笑说道，世界在经历了一个毫无人道的反抗时期之后，已经恢复了正常的秩序。纳夫塔先生宁可诋毁艺术，也不愿意相信它能在一个堕落的灵魂上起到人道影响。抱着这样狂热的观念，他便不必再期待追求光明的青年一代有什么进步了。他，塞塔布里尼，有幸加入了一个新近成立的协会，该协会的宗旨是在所有文明国家里废除死刑这一刑罚。大会第一次在何处召开尚未确定，不过有一点是确凿无疑的，也就是参加会议的人将备有足够的论据来废除死刑。他提出了以下论据：首先，司法裁决有可能发生错误，将无辜的人判以死刑，这一可能性一直存在；其次，判处死刑便无法给犯人一个改过自新的机会。《圣经》禁令有言"复仇在我"，他引用了这句话，并表示从理论上来说，国家的作用并不是行使权力，而是让人类进步，不能以怨报怨。他用科学定论抨击了"罪"这一观念，从而否定了有关"罚"的整套理论。

对于这些问题纳夫塔简单地一一反驳，但对"追求光明的青年一代"这个问题却勉强容忍。他嘲笑人文主义者害怕流血，认为他对人的生命太过尊重。他说对生命的尊重只属于我们这个极其世俗的市民时代，是依附于一味纵容的时代政策而产生的。即便如此，它体现出来的这种自相矛盾显而易见。当一种超越自身安全和健康考虑的观念出现时——只有这一观念才值得人类考虑，因而从更深一层的意义上看，这也是人类正常的活动——即便个体普遍在情绪上受到压抑，依然会为这一高处的观念牺牲自我。不仅如此，个体应当完全自愿为其赴汤蹈火。他的对手所提出的博爱主义将会消除捏生命最严肃最重要的特征，它对生命进行阉割，就像它所谓的科学决定论那样。但是，犯罪的观念绝不会因为决定论而消失，它只会变本加厉。

那么，难道他就应当要求那些无法适应社会的不幸的罪犯确信自己有罪，因而相信自己正在往断头台上走？

"当然，罪犯清楚自己所犯下的罪行，正如对自己了如指掌一样。因为他就是他自己，不会也不愿意变成别人——这便是他的罪恶所在。"

纳夫塔从经验主义谈到形而上学上来。他继续说下去，表示人的行为和行动都由自然起主导作用，没有自由之说。但是对于人本身来说，他做什么都可以随心所欲，直到断气，也没有什么可以阻止他如心所愿地行动。他沉迷于杀戮，就该以命抵偿，代价不算太大。就让他死吧，因为这也是他心神向往的结果。

"心神向往？"

"是的，心神向往。"

几个人都沉默了。汉斯·卡斯托普轻声咳了几下，维泽尔歪起了下颌，菲尔戈先生叹了一口气。塞塔布里尼犀利地说道："可以看出，这显然是一个私人问题。但您是否渴望过杀人呢？"

"这与您无关。假使我杀了人，那么我在寿终正寝之前，会当着那些给我喂稀粥的无知人道主义者的面大笑一番。杀人者比被杀者活得更久，这是荒谬无比的。两者之间的关系只有他们自己知晓，其中一个行动，另一个承受，永远一起分享一个将两者联系在一起的秘密。他们是属于彼此的。"

塞塔布里尼冷冷地说，他缺乏这种思想，因此并不能理解死亡及凶杀的神秘主义，而且自认为不需要这种理解能力。纳夫塔的宗教天赋无疑远远在他之上，但他同时坦白，自己对此毫无妒意。他向来极度渴望新鲜的空气，因而一直与这种满是敬意的气氛保持距离，这里指的不单单是思虑不周的青年一代的尊敬，这种尊敬以苦难为代价，不仅是精神上的，也是身体上的。在这样一种氛围中，美德和理性以及健康显然都不值一提，而邪恶和疾病却不可思议地受到尊重。

纳夫塔表示同意。他说，事实上德行与健康并不是宗教上的，而且宗教与理智及道德也没有关系，这样一说，问题显然就清楚了。

"另外，"他又加了一句，"这与生命也是毫无关联的。生命是依靠各种条件和基础建立起来的，这些条件和基础一部分是经验的结果，另外一部分来自道德领域。前者包括时间和空间以及因果关系，后者包括道德及理智。所有这些东西与宗教的本质完全不同，甚至是敌对的关系。因为准确地说，正是这些东西组成了生活，或者说所谓正常的生活，也就是说，宗教生活站在主流的市侩意识以及极端的市民意识的绝对的对立面，而且呈现一种天性的绝对对立。"纳夫塔继续声明，自己是绝对不会否认生活氛围中天性存在的可能性的。在这种不朽的体面中有很多让人渴望的东西，另外对存在于资产阶级意识中的这种庄严的市侩主义来说，也是如此。人们不应该忘记他们站直身体、双腿叉开、反剪双手、胸膛凸出、傲视宗教的姿态。

汉斯·卡斯托普像那位教育者一样举起双手。他先表示，自己没有冒犯任意一方的意思。方才他们谈到了进步，在某种程度上，也涉及政治和雄辩的共和政体以及有教养的西方文明。在他看来，其间的差别就像纳夫塔先生坚持的那样，是生活与宗教之间的对立，它应当归因于时间与永恒的对立。因为进步仅仅存在于时间之内，而永恒之中谈不上任何进步，更不用说政治和雄辩了。就好比说，一个人仰起脑袋，靠在上帝的身上，接着闭上眼睛，这就是宗教与道德之间的区别——他意识到自己说得乱七八糟。

塞塔布里尼评论说，汉斯说话的方式确实令人讨厌，但总比他害怕冒犯别人而讨好魔鬼的倾向好些。

说到魔鬼这一话题，两人之前曾进行过讨论。

"噢，撒旦，噢，叛逆。"但如今他们要让位给怎样的魔鬼呢？是像卡尔杜齐那样，叛逆的、活动的以及批判的魔鬼，还是其他的？无论是哪一种魔鬼，都是极其危险的，我们都应当将它驱除。

纳夫塔说，塞塔布里尼看待这些事情的角度，并未把它们的实质表述到位。他的世界观的明显特点，就是把上帝和魔鬼划分成了两个截然不同的人或者原则，并认为"生活"是两者之间的主题。这种世界观同中世纪的观念毫无二致。但事实上，上帝和魔鬼是一个整体，它们都站在生命、市民主义、理智及美德的对立面。它们都代表着宗教原则。

"多么叫人讨厌的大杂烩——che guazzabuglio proprio stomachevole（意大利语，与上一句同义）！"塞塔布里尼表示。善与恶，神圣与犯罪，全部混淆起来了！毫无判断！毫无方向！卑鄙的东西却不受指责！纳夫塔先生可知道自己否认的是什么！还当着年轻人的面将上帝和魔鬼混为一谈，把两者合而为一，拒不承认伦理原则！他否认了所有价值的标准，否认了"善"！真是可怕！很好，这样一来也就无所谓善或恶，这些东西统统成了道德上乌七八糟的东西！甚至不再存在什么独具批判价值的个体，而仅仅是一个包罗万象的、平等对待所有东西的整体，个体只神秘地混在其内。

塞塔布里尼又自称一位个人主义者，真是有趣。要做到这一点，至少需要具备区分道德和幸福的区别这一能力，佴我们这位光明派信徒和一元论者对此却一窍不通。他将生活愚蠢地看成自身的目的，那么在其最终的意义及目标的社会中，占统治地位的就是种族和社会的伦理，是这种单调无趣的道德，绝不是个人主义。囙为个人主义仅仅属于宗教和神秘的范畴，属于所谓的道德上混为一谈这个范围。而至于塞塔布里尼先生所谓的道德，它究竟是什么，又是以什么为目的的呢？它同生活关系密切，而且用处不小，它不是英雄主义，也叫人怜悯。它的目的就是让人成长从而获取幸福，过上富裕舒适的生活，这是它所有的意义。塞塔布里尼的伦理系统，就是市侩主义哲学，也是工作和理性的准则。至于他，纳夫塔，却坚持表示自己的伦理系统不过是最纯粹也最可怜的市侩主义。

塞塔布里尼让对方冷静下来，他的声音因为激动有些发颤。纳夫塔说起市侩主义的那一番话叫他无法忍受，天晓得他说话时为何带着那副蔑视而傲慢的神气！好似生活的对立面——我们都清楚对立面是什么——比生活本身更加高贵！

新的呼喊和词汇！如今变成了"高贵的原则"。在一阵寒气中，汉斯·卡斯托普红着脸说起了自己的想法，但表达得有些不清不楚。脑袋也是晕乎乎的，虽然壮起了胆子，不免还是有些胆战心惊。他只听见自己吞吞吐吐地开始讲起来，说在他的想象中，死亡一直是个穿着竖领礼服的庄严形象，至于生命，则系着普通的领子。但即便在他自己听来，这话也像是胡言乱语般不着调。而且——有些人难以想象自己会死去，难道不仅仅是因为他们都太过普通吗？这便意味着，他们可以好好地生活，不适合向死神祭献。

塞塔布里尼先生笃信汉斯·卡斯托普说出这样一番话，只是为了让人加以反驳。年轻人一直想要从他那儿寻得一分支援，从而抵御就像当前这一类精神上的侵袭，打赢这场智慧上的战争。工程师说过"适合生活"这样的话，他这不是意在诋毁吗？这个意思可以用"值得生活"来代替，这两个概念在他眼里才是完美而协调的，它们自然而毫不违和地联系在一起。"值得相爱"，可能会有人认为"值得相爱"的人也必定"值得生活"，因而，这两项合起来也变成了所谓的高贵。

汉斯·卡斯托普发现这一番话妙不可言，而且非常有教导意义。塞塔布里尼能言善辩，让汉斯·卡斯托普为之折服。不管你怎么说——

有一些观点是值得一听的，比如说，疾病有它自身庄严和崇高的地方，但不管怎样，你不能否认，疾病是身体的一种亢进状态，它会使人退化回肉体，从而有损人的尊严。这样一来，疾病会把人拉到与物体相同的水平上来，因而它也是不人道的。

恰恰相反，纳夫塔迫不及待地说，疾病是非常人道的。因为人注定会生病，他从本质上来说就是不健康的，正是因为不够健康，他才能是人。但总有人想把他变得"健康"，让他回到"自然"状态中去，但事实上，人从来都不是"自然"的。如今所有那些卢梭信徒宣扬通过世世代代的经验而得出的各式疗法，比如食用冷食，呼吸新鲜空气，日光浴，等等，断定人类会由此回归到自然状态，只是在灭绝人性，让人变成野兽罢了。他们谈到人性，谈到高贵——但是真正将人与其他区别开来，与自然明显地区别开来的乃是精神，而人类自己也自觉反对自然，以及其他所有形式的生物。从精神上来说，疾病给人类带来了真正的高贵和成就，总而言之，越是多病的人，越是人道的。体弱多病的天才比健康的天才更为人道。如此一来，为何某个以人类之友自居的人竟闭起眼睛，对关于人性的这些基本事实视而不见？塞塔布里尼满口"进步"一词，但他是否意识到，所有的进步都关联到疾病，而且仅仅与疾病有关？换句话说，疾病和天才的意义是相同的。难道普通人不正是一直依靠患病之人的成就而生活的吗？有人自愿且有意让自己陷入疾病和癫狂状态，在狂热探索疾病知识之后，再回到健康人的状态中去。在获得知识并加以利用之后，这种英雄式的自愿患病的牺牲行为便随之终止。这是十字架上真正的殉难，真正的救赎。

"啊哈！"汉斯·卡斯托普想，"你这个异教徒式的耶稣会士，你竟然如此诠释那幅耶稣受难像！显然，这才是你没有成为神父的原因吧！joli jésuite à la petite tache humide（法语，意为：长有小湿点的漂亮的耶稣会士）！咆哮吧，雄狮！"他在心里念叨着塞塔布里尼先生，狮子果真咆哮了。他认为纳夫塔方才所说的话都只是吹毛求疵、诡辩和胡扯。

"您说吧！"他朝着对手大声咆哮，"你作为一位教育者，竟当着这位颇有可塑性的年轻人的面，直截了当地说，灵魂其实就是——就是疾病！您这么做，是为了煽动年轻人崇尚精神，把疾病和死亡当作高贵，而生命和死亡则是粗俗——这倒是人性初学者循规蹈矩的方式。Davvero, è criminoso（意大利语，意为：确实，这是犯罪）！"他像一位骑士那样，卫护着生命和健康的崇高性，卫护起了自然赋予灵魂的无须惧怕的崇高性来。"形态。"他说。但纳夫塔随着却浮夸地说："理念。"但汉斯对"理念"一词不作理会。

　　"理性。"他说，但那个说"理念"的人却又用"激情"一词来反驳。

　　一场混战开始了。

　　"客体。"一个大声说，另一个则以"自我"驳之。接着又是"艺术"，另一方又用"批判"来反抗。再之后又说到了"自然"和"灵魂"，谈到哪一个更为高贵，更有贵族气概。说的时候两人语无伦次，含糊不清，甚至没有了二元论和激进性的特点。两人观点自相矛盾，甚至混乱不清。他们不但反驳对方，也反驳起自己的观点来。好多次塞塔布里尼没有像过去一样赞美"批判"，宣称其为所谓的高贵的原则，却反过来鼓吹起了"艺术"，认为它也是高贵的原则。纳夫塔曾多次宣扬"本能"，塞塔布里尼则称自然是一种盲目的力量，一种"行为和命运"，在它面前，理智和人类的傲气绝不能放弃！如今纳夫塔却支持起灵魂和疾病，认为只有在这里才存在真正的高贵和人性；而塞塔布里尼则拥护自然以及健康，也不管这是否和自己"从自然中解脱"的观点相矛盾。"客体"和"自我"也混乱不清——没错，这里问题不断，每个词都变得简单起来，混乱得不可救药。因此，没有人能辨别出谁是虔诚的，谁又是自由思想者。纳夫塔严厉地禁止塞塔布里尼自称个人主义者，因为他一直否认上帝和自然之间的对立性，把人的内心冲突理解为单纯的个人与集体利益之间的冲突，虔诚地信奉唯物主义和市民的道德观，这种观念将生活看成自身的目的，局限于功利性，认为道德法则只为了国家利益而服务。他，纳夫塔，却清楚地意识到，人类内部矛盾的基础是感觉和超感觉的对峙；正是他自己而非塞塔布里尼，才是真正的神秘的个人主义的代表；也正是他，而不是塞塔布里尼，才是真正的自由思想者，他遵从自己的主观意识。

　　汉斯·卡斯托普心想，如果所说的这些属实，那么"无名与共同"又当作何解释呢，更不用说其他各种矛盾了。他与文特佩廷格神父就黑格尔的天主教倾向，天主教与政治之间的关系，以及两者联合在一起包含的客观性范畴所做的那番讨论，又该作何解释？纳夫塔所属的教团的特殊任务不正是治国之道以及文化教育吗？而这又是怎样的教育啊！塞塔布里尼先生是一位实实在在、满心热血的教育者，热血到让人觉得单调乏味。但是在美学以及自我否定的客观性方面，他与纳夫塔不可相提并论。那是绝对的权威，铁的规则，强制，服从，恐怖！所有这些东西也许有其自身的价值，但是很少顾及个体以及个人的尊严。它效仿的是普鲁士腓特烈大帝以及西班牙罗耀拉的训练规范，严肃而虔诚地吸收了其中的精华。但有一点叫人疑惑，也就是纳夫塔为何会宣扬野蛮的绝对主义，因为他自己表示从来不相信纯粹的知识或是毫无节制的研究，换句话说，他不相信真相，不相信客观的以及科学的真相，但洛多维科·塞塔布里尼却把其奉为人类道德的最高法则，并对此孜孜以求。在这一点上，塞塔布里尼严格而虔诚，纳夫塔却漫不经心地将真理追溯到人类的根本上来，并且宣称对人类有益的都是真理。纳夫塔在人类利益的基础上看待真相，难道这不是最大的市侩主义、最为功利的庸俗主义吗？这算不上什么客观性，有的只是思想自由和主观，只是纳夫塔不愿承认罢了——塞塔布里尼先生也就此进行过学究式的说教——"自由是人类之爱的法则"。显然，此处对自由的诠释正像纳夫塔对真理的理解一样，都取决于人，这并不是简单易懂的，而是正统复杂的。不过这里又有一些区别，这些区别在下定义的时候可能会消失。

哎，这个塞塔布里尼——他真不愧是一位文人，不愧是政治家的儿子、人文主义者的孙子！他对解放和批判有他自己崇高的想法，还会对着街上的姑娘们哼起小调。相反，那个苛刻而矮小的纳夫塔却被自己严格的誓言束缚住了。但是在思想上，他是一个放荡不羁的人，而塞塔布里尼却是一个愚蠢的卫道士。塞塔布里尼先生害怕"绝对的精神"，希望这种精神能同民主进步结合在一起；这位好战的对手对宗教虔诚，将上帝与魔鬼、神圣的与恶劣的行为、天才与疾病混杂在一起，但又对价值毫无概念，不讲究理性判断，并不肯定意志，这让他恼怒不已。那么，谁是虔诚的正统派，谁又是自由思想者呢？什么是人的真正地位和真实状态？人是否应当投入将一切平等看待，处于既禁欲又放纵的状态的混乱中？又或者是否应当站在"批评的主体"的那面，在那儿大言不惭地和市民式严格的道德互相对峙？哎，原则和观点往往如此。汉斯·卡斯托普作为文人，难以从文人的责任角度将这两种相对的观点区分开来，甚至难以将两者的前提加以区别，从中选择。而纳夫塔那番道德上一团糟的观点具有极大的诱惑力，叫他无法抗拒，恨不得一头栽进他的世界里。到处都是疑惑和交叠，汉斯·卡斯托普暗自思忖，如果这两个敌对的人心里不是如此压抑，那么也许在说话的时候不会如此刻薄。

这时候他们已经到了山上，来到山庄疗养院门前。住在院里的三个人又把另外两个人送回他们住的小屋，一行人在门口的雪地里站了好一会儿，塞塔布里尼和纳夫塔依旧争论不休。依汉斯·卡斯托普看，他们激动不已地争论的乃是教育上的事，是如何在颇具可塑性的年轻人身上施加影响。菲尔戈先生一再表示已经谈得不少，而维泽尔自从刑罚和体罚的话题结束后，便没多少兴趣了。汉斯·卡斯托普歪着脑袋站在那儿，手杖插在雪地里，思索着这些让人迷惑不解的问题。

他们终于道了别。这些话题聊起来没完没了，他们不可能不停地争下去。山庄疗养院里的三位病人再次踏上归途，那两位针锋相对的辩友则一同进了小屋，一个走向自己那间布满丝绸的房间，另一个进了放有一张桌子，桌上还摆着一只水瓶的充满文人气息的小室里。 汉斯·卡斯托普回到阳台上，耳边响起两支军队短兵相接的喧闹声，一支来自耶路撒冷，另一支来自巴比伦，他们挥舞着军旗，发出一片混乱的嘶喊声。

雪

　　每日要有五次，客人们不约而同对山上的冬天表示不满。他们认为它太不负责任，既不像宣传册上所描述的那样，也不像老病人所习惯的，或是新病人所期待的那样。阳光供应严重不足，而这是山上人进行疗养的必需条件，这一因素的缺失无疑会拖延康复的时日。不论塞塔布里尼持怎样的态度，病人们都渴望早日完成疗养，离开这个"家"，回到平地上去。无论如何，这是他们最终的目的。他们希望得到应得的东西，而不致浪费父母或丈夫给他们付出的费用。因而抱怨之声渐渐多了起来，不管是在餐桌上、电梯中，还是大厅里，简直不绝于耳。院方为了病人考虑，新购入了一台日光疗法设备。原本的两台已经无法满足那些想要通过电力来将皮肤晒黑的病人的需要。肤色黝黑的女人，不管是上了年纪的，还是年轻的，会变得更加迷人；而男人们虽然每日都平躺着，晒过之后也像运动员一般了。女人们虽然明知这种带着英雄气质、威风凛凛的黝黑是电力的效果，却依旧自欺欺人地为之倾心不已。

　　舒恩费德太太来自柏林，她是一个红头发红眼睛的女病人。她正眼神热切地盯着一个双腿修长、胸部内陷、风度翩翩的男子，他的名片上写着"Aviateur diplomé et Enseigne de la Marine"（法语，意为：德国海军少尉，已获得证书的飞行员），他正在做人工气胸，午餐时穿着一件黑色礼服，晚上又脱了，并称这是他们军队里的规矩。

　　"天啊，"舒恩费德太太低声说道，"这个死鬼，灯光照射后的皮肤黝黑发亮，看上去正像个十足的猎鹰者！"

"等一下，美人鱼！"进电梯的时候，他在她耳边低语，"您竟然这样瞅着我，可得付出代价！"她浑身都发颤起来。于是那个"死鬼"猎鹰者沿着阳台，穿过玻璃隔墙，溜进了美人鱼的房里。

然而人工制造的阳光远远不能弥补自然光的不足。每个月只有两三日阳光充足——灰色的厚厚云雾慢慢散开，白色的山峰后面是天鹅绒般柔和的湛蓝天空，阳光闪烁，绚丽无比，像宝石般闪闪发光，照在人们的脸上和后颈上，暖洋洋的。几周里只有两三天阳光灿烂的日子，这对病人们来说远远不够。他们命运坎坷，似乎需要更多的阳光，以满足他们额外的要求。他们自己放弃了山下喜怒哀乐的生活，转而过着山上没有生气但舒适自由的生活，这让他们忘记了时间的流逝。即便顾问大夫告诉他们，山庄疗养院里的条件是多么有利，与西伯利亚的矿山之类不同，这儿空气稀薄，几乎与宇宙中一样，没有任何杂质——不管好的还是坏的——即便没有出太阳，还是比山下的蒸气好了不少，但人们还是不听。人们闷闷不乐，有的以私自下山加以威胁，有的甚至付出了实际行动，虽然萨洛蒙太太离开后又伤心地回到了山上，但人们不以为意。萨洛蒙太太的病情虽然顽固，但还不算严重，自打她固执地私自跑到潮湿多风的阿姆斯特丹以后，就变成了不治之症。

太阳没出来，雪却下了起来，而且下得很大。汉斯·卡斯托普从未见过这么大的雪。以往的冬天雪下得也不小，但根本不能与此相提并论。今年的雪量大得惊人，无法估测，让人意识到这个地方地势险恶，古怪至极。大雪白天下着，晚上也不曾停歇。只有少数的道路还保持畅通，两边是高高堆起的雪墙，有的晶莹透亮，有的纯白如石膏，看去叫人心旷神怡。病人们在上面写写画画，有戏谑之词，也有玩笑之意，还有人在此传递信息。虽然雪道上的雪墙被堆得很高，雪道上依旧积起了厚厚的雪，甚至高过了两边的雪墙，一脚踩下去才可分辨出来地面，踩下去后，雪可能一下没到膝盖处，一不小心就会折断腿。长椅不见了，只有椅背隐隐露出来。镇上的街道也堆起了厚厚的雪，街边的商店像是变成了地下室，沿着一级级积雪阶梯走下去才能进入。

积雪还未融化，新的一场雪又下了起来，一天天悄无声息地下个不停。空气还不算特别冷，大概是零下十到十五度的样子。人们感觉到的温度比实际高一些，因为空气干燥，也没有风，因此并未有冷入骨髓之感。早晨的时候天色还是暗的，餐室内的天花板上挂了月球形的吊灯，吊灯边缘绘制着五彩斑斓的图案。外面一片荒凉，整个世界裹着灰白色的棉装，窗子上满是雪花和雾气。山林已经模糊不清了，透过雾气，只能隐隐约约看到最近处的常青树，上面覆着厚厚的雪，时不时会抖落下一些雪花，落进茫茫灰色之中。十点钟时，一抹苍白色的光从山林后面透了出来，给朦胧的山景缀上一丝生机，整个世界带上了一些暖黄的色调，即便如此，依旧掺了些微妙而诡异的味道，一眼望去依旧分不清任何东西。山峰的轮廓一片朦胧，模糊不清，渐渐消失在迷雾里。雪坡连成一片，发出惨白色的光，消融在这个世界中。接着在悬崖峭壁前飘起一朵长长的云，像烟雾一般。云朵久久地挂在那里，形状一直未变。

中午时分，太阳从云中透下来，迷雾也已经散去。它的努力没起多少作用，但还是带来了一方蓝天，即便就这一丝亮光，也足以使模糊不清的雪地发散出绚丽的光芒。这时候，雪已经不再下了，好似要停下来看看自己的成就；和那些阳光稀少、暴风雪停止的日子有些类似，太阳不停地照射着，好似要努力把新堆积起来的纯净可爱的雪面消融掉。大地仿若一下子变成了一个童话世界，既不可思议，又叫人充满幻想。树枝上堆满了厚厚的松软的雪垫子，岩石和矮树丛下藏着凸起的雪堆，雪堆很矮，看上去滑稽可笑，让人感觉恍若置身于一个侏儒的世界，一眼看去，整个世界就是一张童话插图。

观赏近景是十分困难的，只能激发人们古里古怪的想象。眺望积满白雪的阿尔卑斯山的感觉则完全不同，让人心中满是庄严和敬畏之意。

午后三四点，汉斯·卡斯托普躺在阳台上，身子裹得严严实实的，脑袋靠在不算高也不算低的软垫上。椅子十分舒适，他抬起眼，越过躺椅扶手眺望外面的山林。披着厚雪的暗绿色枞树林朝着山谷两边延伸而去，树林下积着一堆堆松软的雪垫子。树林上空是一片灰白色的天，山峰处依旧堆着雪，随处可见一块块凸起的黑色石头。雪静悄悄地下着。景色渐渐变得模糊，他的眼睛凝视着棉絮般空无一物的山岭，不由昏昏欲睡起来。正要入睡时，寒冷使他不由哆嗦了一下，然而再也没有哪个地方能像这冰天雪地一样叫人睡得踏实，既没有梦，也没有机体上的负担——即便是潜意识里的负担。他无意识地呼吸着这纯净稀薄得几乎感觉不到的空气，轻松得有如无须呼吸的死人。汉斯·卡斯托普再次醒来的时候，群山已经消失在一片雪雾之中，只有山顶或山间的石块时隐时现。这种神出鬼没的把戏可谓引人入胜，要多加留神方可观察到这变幻无常的景象背后的规律。或许刹那，一大块被雪雾笼罩的岩石便会露出原本的面目，竟是一座高耸入云的山峰。一眼望去，既看不到山顶，也看不到山脚，眼睛只消一不留神，就什么也看不到了。

之后便会下起暴风雪来，它来势汹汹。人们不能再坐在阳台上，因为雪花会吹进来，不管是地上，还是椅子上，都会覆上厚厚的一层。没错，即便是在有天然屏障的山谷，依旧会有暴风雪。稀薄的空气在喧腾，没多久人们便可以看到雪花在面前飞舞。大风呼啸，把地上的雪卷飞起来，在空气中回旋，好像在疯狂地舞蹈。不久便迎来一场暴风雪，让人目眩神迷。空气中一片灰沉沉的，一下子变成了一片荒无人烟、脱离正轨而不可思议的天地。这样的天气里，只有雪鹀还在活动，有时候它们会突然成群出现。

但汉斯·卡斯托普仍然喜爱下着雪的世界。他发现这与海滨生活并无不同之处，山上雪景和海边景致均是单调而乏味的。山上深深堆起的雪又轻又松，未沾滴水，一尘不染，与山下海边的沙砾并无不同。两者都很干净，你可以将鞋子和衣服上的雪花抖落，正如可以将沾在身上的沙砾和贝壳拍掉一样，不留一丝痕迹。走在雪地里也如同走在沙丘上一样艰难，除非它融化或结冰，在那样的光滑表面上走起来才会轻快异常，好比走在被海水冲刷过的光滑、坚固、潮湿而又富有弹性的沙滩上一样。

　　但这一年的暴雪比往年多些，外面积了厚厚的雪，人们鲜少有出门的机会，这种环境只适合滑雪。铲雪车在费力地工作着，但居住区的主街道以及几条最重要的道路依旧不能通行。只有寥寥几条短径可以行走，上面熙熙攘攘地挤满了人，有病人，也有健康人。有的是当地居民，有的是久居的病人，还有些则是旅馆里的住客。男男女女一前一后地骑着雪橇滑下去，碰碰撞撞，时不时拐到一边去，还不停地大声叫嚷着，一个个都显得扬扬得意。滑到山底后，又拉着他们的玩具爬上来继续。

　　汉斯·卡斯托普对散步已经彻底感到厌烦。他有两个愿望，一个是独自沉思默想，这个较为强烈些，而阳台就能满足他的要求。另一个同第一个有关系，也就是他被积雪的山岭深深吸引，急切地想要不受阻碍而又亲切地与它接触。但他没有装备，只能徒步行动，这样怎能实现愿望呢？他如果想从铲过雪的某条小径的尽头继续向前，只会立刻陷入及胸的积雪之中。

　　就这样，汉斯·卡斯托普在上山后的第二个冬天里的某一天决定买一双滑雪鞋，并且练习如何滑雪。就他的意图来说，稍稍学习已经绰绰有余了。他一向不爱运动，也缺乏强健的体魄，因此根本称不上运动员，也不像疗养院里的其他病人那样，打扮成一副擅长运动的样子——这正是山上的风气和时尚。就比如黑米尔内·克莱费尔特，虽然因为呼吸不畅，脸上时常是一片青色，却总喜欢在午餐时分穿着花呢短裤，用完午餐后又叉开双腿，懒洋洋地窝在摇椅上。汉斯·卡斯托普心里明白，自己的计划必定要遭到顾问大夫拒绝。在山庄疗养院以及其他的疗养地，运动都是被无条件禁止的。这儿的空气看上去似乎呼吸起来不费多少力气，但依旧会对心脏造成极大的负担。对汉斯·卡斯托普本人而言，那句"习惯于过去未曾习惯的事情"依旧符合他自己的状况。至于发烧，拉达曼提斯将其归因于他那顽固不散的浸润性病灶。他还在这儿干吗呢？他的愿望和目的同现实充满矛盾，然而我们也应当尽力正确地理解他。他没有心思去效仿那些喜欢呼吸新鲜空气的花花公子和那些时髦的运动员，就算整日坐在闷热的房间里玩纸牌，这些人也兴致勃勃。他自认为与那些观光者的小世界格格不入，他属于另外一个更为狭窄的圈子。他的见识更新，眼界也更宽广。因为内心的尊严和自控力，他有意识地不与那些人为伍，也不参与到粗鲁而又杂乱无章的滑雪活动中去。他不想做出太过出格的事情，他有节制地进行着自己的计划，假若拉达曼提斯了解他的目的，那么必定是会批准的。只是院方的规定阻止了他，因此汉斯·卡斯托普决心偷偷行动。

他找机会同塞塔布里尼先生说了自己的计划。他听到之后，兴奋得差点抱住汉斯："是的，是的，没错！去吧，就这么做吧，工程师，看在上帝的分上，去做吧！谁也不用问，去干吧！哎，您那好心的天使会在您耳边悄声指导的！趁着还在兴头上，干脆大干一场吧。我跟您一起，一块儿去商店里看看，把那些叫人欢欣鼓舞的工具买回来。我还要跟您到山里去。我会一直伴您左右，穿着长了翅膀的鞋子，就像墨丘利 [1] 一样——只是我不能这么做。不能啊！如果只是不被允许，我早就这么做了！可我确确实实不能，我已经是个残缺不全的人了——可

---

[1] 罗马神话中的商贸之神。

是您呢，这对您没什么害处，压根没影响，只要您保持理智，不胡作非为。即便——即便这样做对您有什么害处——就一丁点儿影响，您那善良的天使也会将您唤醒。我不多说了。真是个绝佳的计划啊！我来山上两年了，还从未做过这样的事呢——啊，没错，您的心脏尚是完好的，别人没必要对您灰心失望。妙哉！妙哉！可千万别让阎王老爷看出来！买了滑雪鞋以后，您送到我这儿或者卢卡契克那儿，或者楼下的杂货店老板那里。需要练习的时候，您再拿走鞋子，穿上它滑走——"

事情就这样定了下来。在塞塔布里尼严格的监督下——他可是个行家，虽然在运动方面一无所知——汉斯·卡斯托普买了一双橡木滑雪鞋，浅棕色，两端尖尖地翘起来，鞋带非常结实。鞋的滑轮很小，用铁皮制成，汉斯不想叫人送去，因此亲自把东西带到了塞塔布里尼家里。到那儿后，他拿给杂货店老板帮忙照看。之前已经看过几次别人怎么使用，如今汉斯开始自己到疗养地后面不远处的滑坡上练习，那块训练场地几乎没什么树木，也远离了那些杂乱无章地混在一起练习的初学者。就这样，他开始每日跌跌撞撞地练习起来。塞塔布里尼在不远处监督，他倚在手杖上，双腿优雅地交叠在一起，每当看到学生有了些进步，便鼓掌叫好。有一天，汉斯·卡斯托普沿着已经清理过的通往达沃斯村的通道滑行，打算把鞋子拿回到杂货店老板家里去，路上恰巧碰到了顾问大夫。虽然是大白天，而我们这位初出茅庐的滑雪者也几乎撞到了大夫身上，大夫却没有认出他来。那时顾问大夫被香烟的浓雾包裹，从他身边不以为意地大步走过。

汉斯·卡斯托普明白，一旦自己内心真正渴望去做某件事情，就能迅速有所成效。他并未奢望成为滑雪专家，他所需要的本领在几天之内便可掌握，不用费太多心力和精神。他练习将双脚整齐地并拢在一起，保持平行滑行，练习抓稳手杖不让其落下，练习越过障碍物和地上的凸起，他一边呼喊一边张开双臂，像惊涛巨浪中上下漂浮的船儿。

经过二十次尝试之后，他终于学会了。他不再摔跤，在全速滑行的时候也能刹住，甚至能正确做出弓步式转身——一只脚在前，另一边的膝盖则向下弯曲。之后他渐渐扩大自己的活动范围。有一天塞塔布里尼先生看到他一下子消失在远处的白雾中。意大利人拱起手来捂在嘴边，高声警告了一句，然后摆出一副老学究的气派，心满意足地转身回家去了。

冬天的山峦是秀丽万分的，那并不是一种柔和宁静的美，而是一种西部大风吹过北海时的狂放的美。这儿没有惊涛骇浪，有的只是死一般的寂静，令人不由肃然起敬。汉斯·卡斯托普那双又长又结实的鞋子把他带到各个地方去，有时候沿着左面的山坡滑到克拉瓦德尔山上去，有时候又从右面滑到圣母教堂和克拉里斯。在这些地方，他能看到阿姆赛尔弗洛山若隐若现，像鬼影般隐藏在迷雾之中。他有时也会滑到迪斯马山谷，或者一直爬到山庄疗养院后面林荫茂密的瞭望峰，山峰在山林尽头处高高耸起，山顶还覆盖着白雪。他也会滑到特鲁沙察大森林去，就在山林后面，从那里可以看到盖在雪里的雷蒂肯山朦胧苍白的轮廓。他甚至会拿起雪鞋，沿着缆车道走到沙茨阿尔卑去，在海拔两千米的山上随心所欲地到处溜达，观赏覆着松软白雪的闪闪发光的山坡。在天气晴朗的日子，他还可以饱览那一整个地区的壮丽景色。

他对自己的新发现沾沾自喜。他一路前行，把所有困难和障碍都排除了。他达到了自己所追求的那种极致的宁静。这个时候，他感觉自己的灵魂置于一片广袤的静寂中，远离尘世，并且有些令人恐惧。他的一侧可能有一株在陡峭的山坡上生长着的松树垂了下来，另一侧可能是凸起的奇山怪石，上面盖着雪，雪厚得惊人，堆成很大的雪块，有的呈圆形，有的呈拱形，有的鼓起，有的内陷。有时候他会停下来聆听自己的声音，却发现周围一片死寂，静得非比寻常，静得没有一丝声响，任何地方都不会有这样的沉静，没有树叶摇曳的沙沙声，没有潺潺的流水声，没有鸟叫的声音。汉斯·卡斯托普听到的，只是原始时代般的沉寂。他倚着手杖站在那儿，脑袋歪向一边，嘴巴微张。雪依旧在下，一直下个不停，似乎不会结束，静悄悄的，没有一点儿声音。

不，这个寂静的世界并未对他展现出任何好客的意思，它让来访者冒着风险，或者说并不大欢迎他的到来，对方闯入的时候，它只是不怀好意地一味容忍。它让闯入者意识到来自自然的威胁，虽称不上一种敌意，却叫人难以忘怀。文明之子生来从未感受过这种粗犷的自然力量，相比野蛮人来说，自然的一切在他面前显得更为惊心动魄。野蛮人从小便生于自然中，与它亲密地生活在一起，对一切已经习以为常。野蛮人对自然不会怀有敬畏之心，而文明之子却满怀敬意，这种敬畏深深驻扎在他的灵魂里，他对自然永远怀着这种虔诚而庄严的敬意。汉斯·卡斯托普穿着长袖驼毛背心，绑着腿，脚着质地精良的雪鞋站在那儿，听着这种远古般的静寂，冬日荒原般的死寂，突然有了一种目空一切之感。在回去的途中，透过迷雾隐约见到路边屋舍时，他感到自己心中一片明亮。这时候他才意识到，方才的几个小时，他心中满怀隐秘的敬畏和惊惧。在叙尔特岛 [1]，他身穿白色法兰绒裤站在惊涛骇浪的海边，优雅、坚定，而且毕恭毕敬，就像站在狮子的铁笼子面前，凝视着张牙舞爪、凶相毕露的野兽一般。他跳入海里，在海浪中沐浴，海面传来守卫的号角声，警告他巨浪即将袭来，万万不可超越海浪线，小心眼前的大风暴。而这一次，狂流像狮子的爪子一般抓住了他。这样的经历叫这个年轻人认识到，玩弄自然界的力量让人有一种惊惧的乐趣，但是接近它却可以招致毁灭。他没有意识到的是，究竟是什么诱惑着他走近自然，接近这种致命的力量，在惊险重重之中，最后几乎将其拥抱在怀。即便文明人的装备差强人意，但他毕竟

---

[1] 德国岛屿。

还是弱者，竟敢深入这个荒无人烟、鲜为人知的地方，而不知逃离。他面前的险阻不再是泡沫或潮水，而变成了巨浪、雄狮的爪子，以及大海。

　　总而言之，汉斯·卡斯托普在这山上表现得十分勇敢——这种勇气并非对自然的麻木不仁，而是对自然的臣服，以及因这种无法抗拒的统一性生出的对死亡的恐惧。没错，在汉斯那瘦弱的高度文明的胸膛里，怀着一种对大自然的亲切感，这种感觉与他最近滑雪时看到那些挤成一团的初学者后油然而生的优越感有关联。这让他有一种比躺在阳台上感觉到的更深、更广，但相对不那么奢侈的寂寞感，这种感觉难能可贵。他曾坐在那儿，极目远眺，目之所及是云雾缭绕的山峰和狂舞的雪花，对自己心安理得地享受着这舒适的物质生活而感到羞耻。正因为此，生性不爱进行体育锻炼的他才学习起了滑雪。如果说山林的壮观以及雪地里死一般的寂静对他来说都是神秘莫测的——对于我们这位文明之子来说，确是如此——那么这么久以来，他已经深刻体验到了这种神秘莫测的感觉，不管是精神上，还是感官上。准确说，甚至他同纳夫塔及塞塔布里尼的谈话，与神秘莫测的距离也不远，会将他引到未知和危险的路上去。如果我们说汉斯·卡斯托普对冬日高山上大自然这些狂野的力量怀有亲切之感，原因正是这样一点——尽管他对自然怀着虔诚的敬畏，但他明白大自然的这些景象是披露他内心思想的最恰当不过的剧院，此外，对一个有责任为 Homo Dei 的等级和地位进行估测但又一无所知的人来说，也是一个合适的"执政"舞台。

　　在这儿，没人会为这个莽撞的人吹起警告的号角声。除非那个人是塞塔布里尼先生，他曾对着汉斯·卡斯托普渐渐消失的背影喊叫。但是汉斯心中勇气十足，对他的呼喊不予理会——虽然狂欢节那晚，当同样的声音从背后传来时，他并未予以忽视。"Eh, Ingegnere, un po' di ragione, sa（意大利语，意为：哎，工程师，您得讲一点儿理性，您知道）！"哎，你这个满嘴理性与叛逆，又好为人师的撒旦，但我很喜欢你。虽然你是个爱说大话的手摇风琴师，但是你并不坏，与那个尖酸刻薄的耶稣会士和恐怖主义者相比，你要好不少，我更喜欢你。他为宗教和刑罚辩护，总是戴着一副圆圆的眼镜——虽然你们争论的时候，他总是占据上风，你们的辩论叫我这卑微的灵魂为之深深震撼，你们就像中世纪神话里的神和魔鬼一样，争相教育我的心灵。

他挣扎着爬上覆满白雪的山坡，双腿沾上了粉状的雪。他一直向高处走，也不知道自己要走向何处。也许高山上也弥漫着迷蒙的白雾，它与乳白色的天空融为一体，甚至分不清两者的交界处。在这儿看不到山顶，也看不到山脊，除了一片迷雾，便再无其他，汉斯·卡斯托普就在一片迷雾中奋力地走着。住着人的山谷慢慢远离了他的视线，耳边听不到任何声音。他感到无比孤单，怅然若失，而这也是他心里所渴望的，这种深深的孤独唤起了他的惊惧，而这也是勇气的第一条件。"Praeterit figura hujus mundi（拉丁语，意为：世事难料）。"他模仿纳夫塔的风格，用拉丁语对自己说道，这句话并不符合人文主义精神。他停下来，环顾四周，什么都看不到，只有一片片雪花从白色的天空飘下来，再落到白色的地面上，周围则是一种无法描述的静寂。这一片白色令他双眼昏花。由于登高，他感到心潮澎湃——他曾在 X 射线室看到这种器官的构造和一收一缩的样子，那时候他感到这是对神明的亵渎。而今在这冰天雪地里，他对自己这跳动的心脏怀着一种单纯的敬意，此外，还有对它的谜团的疑问。

他继续前行，越走越高，似乎在向着天际而行。他一边走，一边把滑雪杆戳进雪地里，之后看着一缕蓝色的光线出现在小洞里。这让他很是喜欢。他在那儿站了许久，探究这个小小的光学现象。这是一种并不常见的青绿色，有些模糊，是只有这高山深谷里才有的颜色，有如冰雪般纯净，显出一些阴影，神秘莫测而又美丽至极。他想起了某个人的眼睛，那样的眼神足以改变他的命运，塞塔布里尼从其人文主义者的角度轻蔑地称之为"鞑靼人细长的眼睛"以及"野狼般的眼睛"——那双眼睛他很久之前曾见过，而今他再次看到了，那是普里比斯拉夫·希佩和克拉芙迪亚·肖夏的眼睛。"很好！"他在万籁俱寂中大声说道，"别把它折断，C'est à visser, tu sais（法语，意为：你知道，这得拧开来用）。"他在心中听到背后有人提出警告，声音极为悦耳。

在右面不远处，出现了一处昏昏暗暗、云雾缭绕的丛林。他转过身，朝着那个地方前行，想追寻这一白色的超现实世界之外的实际的目标。他快速地往那个地方滑过去，也不管地上有没有障碍物。事实上，他压根儿看不到。在这片白色迷雾中，所有东西都在他眼前旋转，都慢慢变得模糊起来。当他意识到障碍物的时候，身体已经腾空飞起，他依旧往下滑，来不及靠肉眼测算坡度。

吸引他的那片小树林在方才他无意避开的障碍物的另一面。松松软软的白雪向下凹陷，当他逐渐靠近那个方向的时候，便看得清清楚楚。他一路向下，两边却愈加陡峭起来，像是顺着一条狭窄的小道向山谷深处滑去。汉斯的雪橇顶部又向上开进，接着倾斜而下，没过多久，两旁便不再有障碍了。就这样，汉斯·卡斯托普再次来到了无路可去的坡顶。

他看到自己身后和脚下的松树林，于是再次转过身，朝着那儿滑去，很快他便滑到了这片覆着厚厚白雪的树林前面。这些树呈楔形，一排排站着，耸立在弥漫着云雾的森林中。他在树下稍作休息，继而点起一支香烟。周围是一阵极不自然的宁静，这种空旷无边的沉寂让他感到十分压抑，但他又为自己征服了这一切而感到自豪，他竟能滑到这荒无人烟的高山里来，实在应当骄傲。

此时是午后三点钟。他是用过了午餐才出发的，计划耗过漫长的疗养和用茶时间，在天黑之前回去。汉斯在裤兜里装了几块巧克力，还有一小瓶酒，暗自思忖着回去前还有好几个小时的时间来欣赏这壮丽的景象。太阳的位置难以辨认，天空一阵昏暗，模模糊糊的。在他身后的谷口处，乌云密布，越来越浓。云层看上去好像雪雾一般，雪也慢慢变多了，像是赶去完成什么急事。似乎又要来一场暴风雪了。确实，小小的雪花已经悄无声息地快速飘落下来。

汉斯·卡斯托普伸出双臂，让雪花落在袖子上。他以喜爱大自然者那双充满智慧的眼睛观察着它们。雪花是没有固定形状的小片，但他曾不止一次用放大镜研究过它们，在镜片下，雪花呈现为各种各样小巧而规则的形状的组合，它们像珠宝，像勋章，也像搭扣——即便是技艺再精湛的珠宝商，也做不出比这更为精美的饰品来。没错，他暗自沉思，他穿着滑雪鞋踩过去的这些轻飘飘的柔软的白色粉末，这些堆积在树下的雪，它们漫山遍野地覆盖着，像极了家乡海滩上的沙子。这些粉末并不是小小的沙砾，而是由无数个小小的、形状规则而形态复杂的、凝结成水晶的水滴聚合而成，它们是组成原生质、植物以及人类肉体的无机物质的一部分。这些数目庞大、晶莹透亮的小星星，它们隐秘的壮丽是我们的肉眼所无法观测到的，而它们之间也各不相同。人们总是怀着无尽的激情去研究它们的发展以及其令人想象不到的区别，最后发现它们有一个共同的基本结构，都是正六角形。没错，每一片雪本身——对它们来说，这是神秘莫测的，非有机的，和生命完全相对的特点——都是对称的，形状极其规则。它们太规则了，适合于生命的物质从未有哪一样规则到这样的程度——生命的规律在完美精准的它面前战栗不已，并发现它是致命的，它正是死亡的精髓。汉斯·卡斯托普发现自己终于懂得，古代的建筑者们为何暗暗地故意将柱形结构弄得不那么对称规整。

他继续往前滑去，雪橇灵活地在雪地里驰骋，沿着树林边缘，一直冲向山坡下面，随后再次往上，漫无目的地在这片荒无人烟的天地里穿行。这里一片空旷，连绵起伏的山坡上只有几株干巴巴的矮小枞树，树上的累累白雪像极了沙丘上的沙。汉斯·卡斯托普站在那儿摇摇头，暗自觉得两者并无区别。他脸颊发热，四肢颤抖，但即便如此，这种夹杂着兴奋和疲惫的特别感觉叫他目眩神迷，这让他想起了海边空气那熟悉的感觉，它能像鞭子一样让人抽痛，也能叫人昏昏欲睡。他沉醉于这种自由自在的状态，好似自己已经插上了翅膀。他并未沿着某条路走，也找不到一条返回的路。这里原本设有标杆，用来给雪地里的人们指路——他故意抛开了这些路标。他想起了对着他吹号角给他指路的海岸警卫，这似乎与他对荒野的态度格格不入。

他在山石累累、白雪皑皑的高坡中奋力地左右穿行，先是沿着山坡往下俯冲，接着是一片平地，再之后便是山林——山谷里和小道上都覆着柔软的白雪，吸引着他继续向前。远处的高山上那股神秘莫测的沉寂对汉斯有着致命的诱惑力，叫他热血澎湃起来。他不禁冒着晚些回院的风险继续前行，来到更为狂野静寂，更为可怕，甚至象环生的地方。天慢慢暗下来，犹如覆上了一角面纱，他心中的不适慢慢转变成了恐惧。正是因为这种恐惧，他才意识到，自己一直有意忘却山谷和村落的方向，而这一切如今已经如了他的愿。但他知道，即便如此，假若马上掉头下山，他也能很快到达谷底——即便离山庄疗养院还有好长一段距离——而且会回去得比他预计的要早些。这个时候回去还太早，也不能充分利用时间了。另一方面，如果暴风雪突然来袭，他就很可能无论如何都找不到回院的路了。即便他对大自然的威力诚惶诚恐，但还是不想过早逃之夭夭。他和运动员的态度不同，运动员只有当认识到自己能够成为主宰时，才会与自然打交道，他们会细心留意，加以干涉，采取防御措施，进而随机应变。但汉斯·卡斯托普的心理只有一个词足以形容，那就是"挑战"。这个词也许包含责备的意味，其中还掺杂有对神明的敬畏。即便如此，有一点却甚为清楚，每个人都能理解，一个年轻人若是长期以这样的方式在此生活，那么总会有某些东西慢慢堆积，正如我们的工程师那样，这种东西在他内心深处堆积，直到某一天突然爆发，化作一声充满反感的"噢，见鬼去吧！"简而言之，这是一种对谨慎的抗拒和挑战。因此，他穿着雪鞋继续大步前行，刚滑下一座山，又越上另一座。在那儿他看到一处木屋，也许是堆干草的地方，也许是牧羊人的屋舍，屋顶上堆着扁平的石块。木屋后面山木林立，森林后面是直耸云霄的山峰，壮丽无比。面前的岩壁极其陡峭，稀稀疏疏地长着几处林木，看上去似乎要转过右边，再绕着山坡前行一段，到另一面之后方可看清那里的景色。如此，汉斯·卡斯托普便开始在这条路上探索，他先是向着木屋的方向往下行进，接着进入另一个从右往左延伸而去的幽深的峡谷。

他继续往山上爬，这时候发生了意料之中的事情——暴风雪来袭。这场暴雪长久以来一直威胁着人们，如果可以将这种盲目无知的自然界的威力称为"威胁"的话。这种威力并非有意毁灭我们——相比之下，这一点让我们有些安慰——而是在无意之中给我们带来毁灭，对我们的命运可怕地漠不关心。"好极了！"汉斯·卡斯托普纹丝不动地站在那儿，暗自想道，那时，第一阵风裹挟着满天细密的飞雪，吹在他的身上。"清风徐徐——预示着将要来临的事。"确实，寒风刺骨。事实上，寒气袭人，温度兴许在零度之上，要不是干燥，甚至会让人觉得非常温暖。但只要起风，寒气便如刀割般刺入皮肤里，如果刮的是现在这样一阵风——第一阵风只是前奏——那么穿多少层毛皮也不足以使四肢免受这冷酷的寒气的侵袭。汉斯·卡斯托普身上并未披有毛皮，只穿了一件羊毛绒背心，他自认为已经足够，在风和日丽的日子，这样一件毛背心倒显得有些累赘。不过风是从斜后方吹来的，叫人忍不住转过头去，这样风便直接扑在脸上。就这样，这个神魂颠倒的年轻人那种"无非一个挑战罢了"的态度愈加强烈起来，于是他在稀稀疏疏的树林间向前奋进，企图征服这座他正努力抵达的山林。

这不是一件闹着玩的事。在漫天飞舞的雪花中，他几乎什么也看不见。雪花在狂舞，满天都是，看上去似乎永远不会落地。寒风把他的耳朵吹得生疼，他的四肢变得僵硬，双手也已经麻木，甚至不知道手杖是否还在手上。雪花吹进他的衣领里，接着在后颈上慢慢融化。融化的冰水沿着他的后背和右侧的肩膀慢慢流下，他感觉自己就要变成一

个雪人。 手杖依旧僵硬地执在手中。 但是这样的情况相对来说还不算
艰难, 假若他掉过头, 逆着暴雪往回走, 情况则更糟糕。 回家是一件
艰巨的任务, 越是拖延, 就越是艰难。

　　最后他停下来, 愤怒地耸了耸肩, 掉转雪鞋, 往相反的方向滑去。
扑面而来的大风叫他喘不过气来, 他只能在这样的情况下再次奋力地
转过头去, 以便喘一口气, 继续对抗这个冷酷无情的敌人。 他压低脑
袋, 小心翼翼地呼吸, 艰难地往前行进, 即便如此, 他还是举步维艰。
眼睛什么东西也看不见, 加上呼吸又极为困难, 他因此有些惶恐起来。
每隔几分钟他便要停下来, 首先是因为想趁机吸一口气, 其次是因为
他是低着头前进的, 在白茫茫的雪地里什么都看不见, 需要时时注意,
别撞上树木或是因为地上的障碍物而摔跤。 一片片雪花飘向他的脸颊,
接着在脸上融化, 脸上的冰寒叫他痛苦难耐。 雪花飘进他的嘴里, 慢
慢消融了, 他尝到湿淋淋的滋味。 它们飘上他的眼皮, 他眨眨眼, 视
线便被遮挡了, 眼前模糊一片, 几乎什么也看不到。 不过周围全是白
茫茫的一片, 还有让他头晕目眩的雪光, 他原本也像被一面纱布蒙起来
一样, 几乎失去了视觉。 眼前只有一片虚无, 一个白雾茫茫、正在旋
转的虚无世界。 只是时不时会浮现一些幽灵般的影像, 一株矮枞, 一
排杉木, 甚至是他方才滑过的那间茅草屋苍白的剪影。

　　他径直往前滑去, 想循着原路找到木屋所在的那个山坡, 但是再
也找不到那条路。 在山谷里辨别方向靠的主要还是运气, 而不是努力。
虽然他能看到自己在眼前的手, 却看不到雪鞋的鞋尖。 如果仔细观察,
会发现前面还有更多的阻碍, 这让他举步维艰起来。 他脸上满是雪花,
风暴是他的敌人, 让他呼吸困难, 呼气和吸气都极不顺畅, 让他不得不
时时转过头去透一口气。 这个时候, 不管是汉斯·卡斯托普也好, 别
的比他健壮的人也好, 谁还能继续前进呢? 他停下脚步, 眨巴着眼睛,
把睫毛上的水滴抖下来, 把覆盖在身上的雪花拍落。 此情此景超出了
所有人的预料, 汉斯自是难以举步。

然而汉斯依旧继续向前迈进，也就是说，他起步了。但他前进的方向是否正确，是否在原地呆立不动才是上策，目前还很难看得出来。从理论上看，目前不宜行进，而从实践上看，他很快就发现有什么不大对劲。他脚下的这片土地完全是陌生的，并非那个他从峡谷里费力登上来后期待看到的平坦的山坡，但他又不得不越过这个地方。平坦的路程很短，他已经再次往山上攀爬。显然，从西南方向深谷里的山口处吹来的风暴来势汹汹，让他有点儿站不稳。此刻的汉斯已经精疲力尽，这一次，开头便错了。他在白茫茫一片的风雪中盲目地向前走着，雪花还在飞舞。就这样，汉斯在这个严酷无情的天地里越陷越深。

　　"不，这不算什么。"他突然从牙缝中挤出这么一句话，接着停了下来。他说这句话并未表现得多激动，虽然有一刻他感觉仿佛有一只冷冰冰的手抓向他的心，它痉挛起来，接着像上次拉达曼提斯宣布他体内存在浸润性病灶时那样，抵住他的肋骨怦怦乱跳。他知道，这一切都是他咎由自取，对于眼前的处境，他并没什么权利自怨自艾。"不坏。"他说，而后发现脸部肌肉已经不受自己的内心控制，它已经冻僵，汉斯内心的情绪压根儿不能通过表情表达出来。"下一步怎么办？沿着这座山坡滑下去，然后径直前进，我想应当这样，虽然做起来比说起来难。"他气喘吁吁地说道，实际上他此时的声音已经没了多少力度，他努力着继续往前走，"不过某些事情必然会发生，我不能坐在这儿等着，不然我必定会被这些规则的正六角形埋掉，等到塞塔布里尼吹着他的小号角过来找我的时候，会看到我在这儿缩作一团，头上歪戴着一顶雪堆成的帽子。"他意识到自己在自言自语，而且在胡说八道——他告诉自己不要这么做，可还是不自觉地不停对自己说着话。他的嘴唇已经僵硬，甚至发不出唇音，这让他想起了另外一件事来——"别出声，我先走出这个地方。"他警告自己道，接着又加了一句："看上去，你走错了路，头脑也不清醒，简直糟糕至极。"

　　但是某种程度上，他已经脱离了理智，虽然还不至于完全漠然置之。就他的肉身来说，他恨不得屈从于这一片突然袭向他的、叫他疲乏不堪的混沌。他注意到了这样一种倾向，并对此沉思了起来——"这，"他说，"这就是在暴风雪中无法出山归家的人的典型反应。"他一面前行，一面陷在这样的想法里，他气喘吁吁地自言自语着，虽然自己极力避免将这种想法更加清楚地表达出来。"以后要是有人听到了这样的事，一定会想象得很可怕。但是他忘记了，疾病——我目前所处的境况在某种程度上也是一种病——竟然能与生病的人和谐相处，如今他感觉麻木，大脑空白，心灵也不灵敏……是的，噢，没错，正是这样。不过还得同它们做斗争，因为它们是两面性的，是模棱两可的，在对其做评价的时候，一切都视观点而定。如果你不想回家，那么它就是有好处的，也是慈悲的；但假若你要回家，它就是凶神恶煞的。我想我还可以回家。只是我不想回去，现在我心潮澎湃，一点儿也不想回家……倒不如就让我自己淹没在这毫无特色的规则六角形晶体之下吧。"

实际上，他与自己迷迷糊糊的感觉狂热而混乱地斗争着。当发现自己已经在平坦的空地上时，他有些震惊——显然已经到了山坡的另一面，因为在他迎风向下滑行的时候，风是从斜方吹过来的，这样做虽然不算明智，眼下却是最舒适的方法。"没什么，"他心想，"到下面以后，我会辨明方向的。"他确实这样做了，或者自认为这样做了，也或者，老实说，他想都没想过要这样做；可怕的是，到最后他对于做与不做已经开始漠然。这种模棱两可的态度占了上风，他的抗争则稍显无力。疲惫又兴奋的状态对我们这位年轻人来说极为熟悉，我们知道，要适应环境，就要习惯那些不习惯的东西。如今疲惫和兴奋更加强烈，他难以凭借理智加以反抗。这种感觉——兴奋得神思恍惚、醉意蒙眬、头昏眼花甚至浑身战栗——不但跟塞塔布里尼及纳夫塔的谈话给他的感觉非常相似，而且更为甚之。这或许就是为何他想用缅怀最近这些复杂的理论来掩饰他跟这种麻痹做斗争的想法。即便他对自己会被规则的六角形掩埋这一想法嗤之以鼻，他的内心却在嘀咕着什么，有些是清醒的话，有些却只是胡言乱语——他告诉自己，那种督促他同阴暗的感知麻木做斗争的义务感只是纯粹的道德反应，是肮脏的资产阶级对人生的看法，是一种无神论，一种市侩主义。躺下休息的愿望变得愈加强烈起来，他悄悄地把这场风暴比作沙漠中的风暴——让阿拉伯人不得不将头巾放下，把脑袋裹好。只是他没有这种头巾，身上只有一件羊毛背心，把它拉到头上似乎又不太现实。不过他早已不是孩子，很清楚自己所处的状况，明白这种天气能将人活活冻死。汉斯很快地向下滑了一会儿，过后又到了平地，接着又是一道斜坡，山坡很陡。这倒未必是一条错误的路径，因为到山谷去也必定要先登上山坡。风向开始变化无常起来，现在是从汉斯·卡斯托普的背后吹来，在汉斯看来，这倒是一个福音。因为暴风雪，抑或是因为他眼前极速旋转的昏暗空气中柔软的白雪，他弯起了身子继续前行。不仅如此，眼前他恨不得屈服于另外的一个诱惑，而这个诱惑又是如此强烈，就像小说中典型的险情那样。它极力地表现着自己，宣称自己多么与众不同，坚持自己是个例外，在紧急关头是无与伦比的——但与此同时，它从不掩饰自己的根源和气息。可以说，无可否认的是，它来自那个身穿西班牙黑色衬带和白色领外衣的人，他代表了一切阴暗虚伪且不人道的思想和观点，并且主张刑罚与体罚，这是塞塔布里尼深恶痛绝的，但每当他提出相反的意见时，总显得十分滑稽，就像一位喜欢大谈理性的手摇风琴师。

但汉斯·卡斯托普终于还是站直了身子，没有躺下来。他什么也看不见，却依旧挣扎着往前行进。覆在身上的雪越来越厚，说不准是有意还是无意，汉斯就这么背负着沉沉的身子继续走着。眼前的山坡太陡，只能沿斜线往上攀爬，别的也管不了了。他的眼皮已经僵硬麻木，他极力睁大眼睛，试图看清眼前的一切，但依旧无济于事。他偶尔能瞥见一些东西：挤在一起的松树，一条沟渠或是溪流，它们黑色的线条在积满白雪的两岸的对比下凸现出来。如今，出于好胜心，他再次往下滑去，风吹着他的脸。在眼前不远的地方，他在狂风和迷雾中恍惚看到模糊的轮廓，原来那是居民的住宅。

看到这一景象，他心里是多么宽慰啊！他历尽万般险阻，如今终于看到人们的屋舍，这表明住着人的山谷已经近在咫尺。也许屋子里还有人，也许应该进去躲一躲已经接近尾声的风暴，如果现在天突然黑下来，他也可以到那里问路或是寻求指导。他向着迷雾中时隐时现的梦幻般的屋舍滑去，这时候还要迎着大风奋力爬上山坡才可到达。他终于走近了，这才发现，原来正是那间屋顶盖着石头的木屋，他大吃一惊，继而惊惧不已。他绕来绕去，精疲力竭，最后却回到了原来的地方。

真是见鬼。汉斯·卡斯托普在心里恨恨地诅咒道，他的嘴唇已经僵硬得发不出唇音了。他打量了一下方位，最后发现他回来的方向跟当初经过木屋时一致，也就是说，是从屋子的后方回来的。他大致估算了一下，发觉自己白费了一个小时的时间和精力。这也正如书里描述的一样，你走了一大圈，自以为走完了，而实际上只是愚蠢地绕了一个圈子，最后又回到了开始的地方而已，就像周而复始的日期一样。你到处乱晃，却始终回不了家。汉斯·卡斯托普带着某种阴冷的满足心情发现了这一传统现象——一想到这一普遍的规律发生在自己身上，他又惊恐地拍了拍自己的大腿。

那间偏僻的木屋外面设了栅栏，屋门紧锁，无法进入。汉斯·卡斯托普决定先停下来。屋顶向前突出，看起来可以藏身，他还发现小屋朝着山林的那一面确实可以挡住风雪。他的肩膀靠在锯木制成的粗糙的屋墙上，由于雪鞋很长，他的背无法倚在上面。他把雪杖扔到雪地上，斜着身子站着，两手插进衣兜里，领子高高地竖起来，让伸在外面的那条腿支撑着身体，把晕乎乎的脑袋靠在墙壁上，闭上眼睛，之后又时不时睁开，顺着肩膀看看那边的山谷。山谷那边的悬崖峭壁在迷雾中若隐若现。

他目前的处境相对来说是舒适的。"如果非做不可的话，我整晚都可以这样撑着。"他想，"双腿时不时调换，把重心放在一只脚上，偶尔也可以活动活动身子，这是必然的。现在身子一定已经是僵硬的了，但努力一下可以给内部带来一点儿热量，因此说起来倒算不上白费功夫，就这么绕来绕去来到了这儿。绕来绕去——而不是正在绕来绕去——一般人都不是这么说的，只有那些即将淹死或是冻死的人才如此表达。我现在用这样的词，只因为我脑子不大清醒。但我熬过来了，这是好事。这令人讨厌的狂风暴雪可能要持续到明天早晨，即便只下到天黑，也够叫人受不了的，因为黑天暗地里到处乱晃、绕来绕去是极其危险的，就像在风暴里绕来绕去一样危险。现在应该已近黄昏，差不多六点钟光景，可以说，我的这些时间全浪费在绕圈子上了。看看，现在多晚了？"他把僵硬的手伸进衣兜里，凭着感觉摸了好半天，方才把怀表掏出来。这是一块金色的猎表，盖子上刻着花押字，它在这个荒无人烟的地方依旧兢兢业业地工作着，发出嘀嘀嗒嗒的声音，就像汉斯·卡斯托普的心脏一样，它内部这颗动人的心脏正释放出有机的温暖。

已经四点半了，真见鬼，几乎跟暴风雪来袭前的时间差不多。他绕了这么一大圈，难道只花了一刻钟左右的时间吗？"这么绕来绕去，时间过得可真慢啊！"他说，"要不是这么绕的话，会不会就不显得这么冗长了？但事实上，大概五点或五点半的光景，天照例也应该黑下来了。要是风雪早一点儿停止，我就不会这样绕一大圈了吧？我真想喝上一口波尔多葡萄酒——可以提提神。"

他随身备了一瓶应急，装在扁平的酒瓶里，是山庄疗养院为出门远足的人们提供的——当然，不是为汉斯这种违规胡闹，到冰天雪地里去，而后找不到回去的路，只能在深山里过夜的人准备的。方才他的意识清醒一些的时候，他肯定告诉过自己，如果还想回家，那么喝酒无疑是最糟糕的事。他确实是这么说的，在他喝了几口酒之后，酒精便开始发挥作用，就像当初他刚来到山庄疗养院那一晚喝过库尔姆巴赫啤酒后一样，当时他还因为信口胡诌地说些烹鱼酱汁一类的话而触怒了塞塔布里尼——这位好为人师的洛多维科先生，仅凭眼神就能让疯子恢复理智。汉斯·卡斯托普听到耳边响起了从他的喇叭里吹出的轻柔的声音，那位演说家兼老学究肯定正在摆着大步向这里走来，来将这个给他找麻烦的、令人担忧的孩子从绝境中拯救出来，把他带回家。当然，这一切纯属胡话，因为他只是愚蠢地喝了身上的波尔多葡萄酒而已。当然，还因为塞塔布里尼压根儿没有什么小喇叭，不是吗？他只有一架手摇风琴，用一只木制腿架在人行道上，一边快活地演奏，一边抬起那双人文主义者的眼睛望着屋子里的人们。更何况，他对这里发生的一切一无所知，此时他也不再住在山庄疗养院里，而是住在裁缝卢卡契克商店里的那个放有水瓶的小阁楼里，下面正对着纳夫塔那间满是丝绸的房间。而且，他也没有权利对此进行干预，不能再像狂欢节那一晚那样了。那一晚汉斯·卡斯托普也像现在一样如痴如醉，神志不清，当时他正把铅笔——普里比斯拉夫·希佩的一支铅笔，还给那个叫克拉芙迪亚·肖夏的病人。如今这又是怎样的处境呢？他只有躺下来，就像山上那些久居的病人那样，才可以让这样的处境名副其实，而非只是隐喻。过去他不也是不管白天还是黑夜，不管下雪还是霜冻，在门外躺上好几个小时吗？当他准备躺下来的时候，脑子忽然闪过一个念头，好像有什么东西抓住了他的领子，叫他站直身子一样。所有这些乱七八糟的感觉无非因为酒精，另外也因为他躺下睡觉的急切愿望，这倒是无关乎他。这种模棱两可的说法现在让他神志不清起来。

"刚才那么想不对。"他自言自语，"可不该喝波尔多葡萄酒，这才喝了几口就已经叫我头昏脑涨。我已经应付不了，思绪混乱，满嘴胡言。我不能相信它们——不仅不能相信第一个念头，就连想纠正第一个念头的这第二个念头也不能相信。真可怜啊。Son crayon（法语，意为：他的铅笔）！在这里，意思也就是她的铅笔，而不是他的，在这里只能用'son'，因为'crayon'是阳性名词。我再这样想下去也无济于事。除此之外，还有其他很多更重要的事情等着我，比如说我的左腿现在支撑着身体，这让我想起塞塔布里尼的手摇风琴上的那条木腿，他时常在路上弯着膝盖，摆动着风琴，再走到窗户下边，伸出他的天鹅绒帽子，让楼上的姑娘们往里面抛进一些东西。但同时似乎有什么东西拉着我，好像是一双手，让我在雪地上躺下来。我唯一能做的就是四处走动走动了。我必须为波尔多葡萄酒付出代价，让我的木腿变得更柔软些。"

他挪了挪身子，让自己的肩膀不再靠着墙壁。但刚往前走了一步，冷风便像刀一般割在他脸上，他不得不回到屋墙旁边寻求栖身之所。毋庸置疑，目前的状况下他别无选择，也只能将左肩抵在墙壁上，右腿支撑着身子，再甩一甩左腿，让血液得以循环。"谁会在这样的天气离开屋子呢？"他说，"适当运动倒是不错，但是不适合冒险，而且也不能同风暴打交道。安静，安静——脑袋既然这么沉重，那么垂下来也许会好些吧。屋墙不错，似乎还有一丝温暖，从木头里发出来的暖意——也许这感觉纯粹是主观的——哎，这么多树木，这些树木啊！噢，生机勃勃的气息——闻起来真香啊！"

这是一个公园。公园位于他所在的阳台下面，很是宽阔，里面一片葱葱郁郁，有各种各样的阔叶树，如榆树、云杉、山毛榉、桦树及橡树，它们枝繁叶茂，散发出灿烂的光泽，叶子闪闪发光，婆娑作响。天空中吹着一阵和煦湿润而又带着香气的暖风。下了一场暖洋洋的骤雨，雨中依旧闪烁着阳光。抬起头，还可以看到天际缤纷模糊的雨雾。多动人啊！噢，这是故乡的味道，噢，香气扑鼻，这正是平原上的味道，许久未曾闻过的味道！空气中鸟儿啁啾，有悠长甜美的，欢乐轻快的，悠扬如笛声的，叽叽喳喳的，咕咕唧唧的，还有婉转的颤声，但见不到一只鸟儿。汉斯·卡斯托普笑了笑，怀着感恩的心情呼吸了一下。不过还有更美的风景。一道长虹横贯天空，绚丽夺目，五彩缤纷，几种颜色闪烁着光芒，融入这厚重而又熠熠夺目的绿色中。似乎还听到了音乐声，听上去是竖琴混合着长笛及小提琴的声音。蓝色和紫色交相辉映，色彩魔幻般地混合在一起，来回变换，最后以新的样子出现，竟比之前更加美丽。几年前，年轻的汉斯·卡斯托普曾有幸听过一位世界著名的意大利男高音歌唱家的演唱。他的喉咙中发出悦耳动听的声音，人们都为他的嗓音所迷倒。起先是一声优美的高音，之后一直保持，再之后声音渐渐充满了激情与和谐，逐渐铺陈开，发出动人的光彩。声音如预期般慢慢沉下去，余音也消失了，人们以为这是最后的一调，却未承想，声音继续下沉，接着响起了几乎叫人难以置信的第三声以及尾音，一道催人泪下、悦耳动人的声音在空气里震颤。人们如痴如醉，接着人群里响起低沉的惊叹声，好像在表达不满。年轻的汉斯已经在啜泣——美妙绝伦的景物展现在他眼前，变幻多彩。色彩斑斓的雨雾退去，海洋在他面前展开。这是南方的海洋，海水是蓝色的，映射出银色的光芒；还有一处美丽的海湾，一面弥漫着雾气，另一面则是群山围绕，在蓝色的天空下显现出灰白色的轮廓。海湾中间是一座岛，岛上棕榈林立，还有小小的白色房子在柏树林中闪闪发光。哎，够了，眼前这缤纷的光彩，澄澈的天空，还有波光粼粼的水面，这一切叫人感到多么快慰，又是多么惭愧不已！这样一幅景象，汉斯·卡斯托普从未亲眼见过，类似的也未曾见过。在旅行的时候，汉斯从未涉足南方，在他眼中，海洋便是没有颜色而又波涛汹涌的北方的海，对于它，他怀着一种说不出的、孩子气的热爱。但是对于地中海、那不勒斯、西西里岛，他一无所知，然而他却都记得。没错，很奇怪的是，与它们的相识让汉斯尤为动容。"是，没错，真是它们的样子。"他哭了出来，好似这样一幅辽阔明媚的景象所带给他的幸福感，一直被他珍藏在心中。一直——这里的"一直"是在遥远的过去，远得不可思议，就像左边展开的海面，远处的水面与天空相接，显出一片淡淡的紫色。

天际线很高，汉斯·卡斯托普从高处俯视着下面的一切，远处的景物似乎也升了起来。周围群山环绕，丘陵地带长着各种树木，山林一直延伸到海岸线，它们与汉斯坐着的地方形成一个半圆，并且一直往前伸展。这是树木成荫的沿海地带，汉斯就坐在阳光温暖的石阶上，前面是一块平地，平地向下通往平坦的海滨，其间是一处处矮树丛，石阶上长满了青苔，芦苇丛生的地方形成了蓝色的海湾、小岛和港口。这个阳光明媚的地方，这个宽阔的海滨高地，这个石块累累的欢乐的盆地，这块通往岛屿和船只来来往往的滨海的土地，远远近近都住满了人。这里有阳光和大海的孩子，他们四处溜达，或是坐在地上；有漂亮的年轻人，他们兴高采烈，春风满面，看到他们真叫人高兴。看到他们，汉斯·卡斯托普的整颗心都敞开了，充满了爱，却又隐隐作痛。

年轻人在逗弄着马儿，用手牵着缰绳，马儿一边嘶叫，一边摇晃着脑袋跟着奔跑。对于那些难以驯服的马儿，他们拴上长长的缰绳。有的马没有马鞍，有的马的马蹄上没有包铁皮，他们便坐到马背上，拍打它们的肋部，把它们赶到海里。骑手们背部的肌肉在阳光照射下显出古铜色，互相之间的招呼声和对马儿的吆喝声听上去魅力十足。一处伸入海里的小海湾像山间湖泊一般，映射出海滨的影子，姑娘们在那儿翩翩起舞。有一个姑娘背对汉斯坐着，头发在后颈处弄成一个发髻，看上去甜美可爱。她把脚抵在石头上，吹起了牧笛，眼睛没有看自己的手，而是望向同伴们。她们都穿着又宽又大的长袍，笑语嫣然，伸出双臂，或是独自起舞，或是依在一起翩然舞动着身姿。吹长笛的姑娘穿着一身白衣，背部颀长而苗条，弯曲的双臂显得她体态丰满。她身后还有其他的姑娘，她们有的坐着，有的聚在一起站着，一边看着舞蹈，一边悄声谈话。她们后面还有正在练习箭术的年轻小伙子。老人们在他们身后给尚不熟练的新手们演示怎么张弦，怎么瞄准目标；箭发出去后，因为张力太大，小伙子们禁不住向后倒去，老人们大笑着在背后扶住他们。看到这样一幅动人景象，人的心情都变得愉悦起来。另外有些人在钓鱼，他们趴在岸边的石头上，一条腿在空中晃来晃去，一边拉着鱼竿线让其保持在水面上，一边转过脑袋跟身边的同伴闲聊，旁边那人则向前倾着身子，把鱼饵抛入水中。有人把一只带有桅杆和帆桁的还未下过海的船拖拖拉拉地弄进海里。孩子们在浪花里嬉笑打闹。一个年轻的女人张开四肢躺着，伸出一只手将胸前的碎花袍子撩起来，另一只手高高抬起，想折下长着树叶和果实的树枝，但有另外一个健壮的男人开玩笑似的抓着树枝不放。年轻的人们坐在角落里或是石头上，有的双臂交叉抓着两肩，用脚尖点了点水，发觉水很凉之后便犹豫不决地站在水边。一对对情侣在海边漫步，小伙子贴着姑娘的耳朵，亲昵地说着知心话。一群长毛山羊在石头间跳来跳去，年轻的牧羊人站在后面的高地上看守着，脑袋上戴着一顶帽檐朝后面翘起的小帽子，帽子下是他棕色的卷发，他一只手放在臀部，另一只则拄着一根长长的手杖。

"噢，多么动人啊！"汉斯·卡斯托普低语，"他们多么欢快，多么让人欢喜，多么有活力又健康啊，看起来欢乐又聪慧！他们不仅外表动人，内心也是温文尔雅而又聪慧伶俐的。这也是让我喜欢的地方，他们身上散发出的精神吸引了我，可以这么说，这是他们生存和在一起玩耍的基础。"在这里，汉斯·卡斯托普指的是这些阳光之子相互之间的友好和礼貌，是笑容里面透露出的一种沉静以及彼此间的崇敬，因为他们情投意合，于是便微妙地表现出来了。甚至有人表现出尊敬和庄严，表面上的心情明朗只是一种不言而喻的精神作用，他们端庄严肃，行为里又透着理性，但这也不是不讲究礼节。一位年轻的母亲披着一件棕色的袒胸露背的长袍，坐在长满青苔的石头上给孩子喂奶，过往行人用各式各样的动作向她表示敬意，姿势反映着这个地方的普遍习俗。年轻小伙子走近时，正正经经地轻轻抬起双手交叉在胸前，微笑着向她鞠躬；女孩子们则像祭拜者们走过祭坛时一样小心翼翼，同时真心实意地向她点头致意，她们带着惯常的尊重，同时又带着活泼和友好，以及对母亲的一种亲切感。母亲坐在那儿，用食指捏住自己的乳房，让婴儿吸吮起来更为方便些，一面抬起头，向那些致意的行人报以微笑。汉斯·卡斯托普看到这幅景象，不由欣喜万分。看过之后尚未满足，因而又不安地扪心自问，自己这样一个普通的笨拙而又粗鄙的人，并不是这一派欢乐祥和的人群中的一员，这样做是否会受到惩罚？他简直胆大妄为。

这时他发现，有个可爱的男孩子离开同伴们，抱着双臂坐在他下面的位置。他有着一头浓密的卷发，额前的头发梳向一边。他并未露出闷闷不乐或是高傲的神情，而是非常平静。那孩子抬起头来，看见汉斯·卡斯托普，便把视线转移到了他的身上。他的视线在这位偷窥者与景物之间游移不定，来来回回。但突然间，他的目光越过汉斯·卡斯托普，望向他身后的一片虚空，人们所熟悉的那种礼貌亲切的笑容转瞬间消失了，转而变得十分严肃，就像一块冷峻的石头，面无表情，深不可测，像死神一般，这让原本惊魂未定的汉斯·卡斯托普大惊失色，还伴着一种捉摸不透的心情。

他心情沉重地站起身，沿着斜角方向走下石阶，穿过下面高耸的大门，沿着石板街往前走，这条路很快便把他带到另一座柱形大门前。他也走了进去，神殿便呈现在他的眼前，因为风化而显出灰绿色，门前的石阶有些陡峭。神殿前的门楣广阔，支撑在粗矮结实的柱子上，石柱成圆锥形。有时在接缝的凹槽处可以见到雕刻的纹饰，纹饰稍稍凸起。汉斯·卡斯托普手脚并用，奋力向上攀爬，胸口越来越闷。终于，他登上高处的石阶，来到石柱林立的地方。这个地方很宽广，他感觉好似在北方那苍白的海边的山毛榉树丛里漫步一般。他有意避开中央的地方，但还是绕了回去。此时，他面前是一组石像，高一些的台子上雕刻着两个女人，看上去是一对母女。一个坐着，年纪较大，也更为庄严，表情慈爱而温和，像女神一般，但眼窝中空无一物，毫无神采，眉宇间有些悲伤。她穿着一件飘逸的束腰外衣和一件皱裥累累的斗篷，她那端庄的眉头和波浪卷发被面纱遮了起来。另一座则是她女儿的雕像，她被母亲环抱在怀里，脸圆圆的，青春焕发，胳膊和双手藏在斗篷的皱裥里。

汉斯·卡斯托普站在那儿观察着这些石像，原本就沉重的心情变得更加沉重，同时因为恐惧和痛苦而呼吸困难。在内心的好奇驱使下，他好不容易下定决心一探真相，走到石像后面去，他从两排石柱中央穿了过去。石像后的青铜大门打开了，里面的景象让可怜的汉斯膝盖一下子软了。那是两个头发灰白、女巫一般的老妇，双乳下垂，乳头像手指那么长，两人正在熊熊燃烧的火盆间忙着什么事情，面目狰狞。她们正在肢解一个小孩儿，在一阵叫人心惊胆战的沉默中，她们徒手把小孩撕开——汉斯·卡斯托普眼看着孩子淡金色的头发沾上了鲜血——然后一口口吞食。柔嫩干脆的骨头在她们的下颌间嘎吱作响，她们扭曲的双唇往下滴着鲜血。汉斯瞬间浑身冰冷。他原本应当闭上眼逃开，但他不能。她们在干这血淋淋的勾当的时候，已经看见了他，她们挥舞着腐臭的拳头，恶声咒骂——声音很低。她们用最淫秽的话大声咒骂，那是汉斯·卡斯托普家乡汉堡的方言。他感到恶心，前所未有的恶心。他拼命想要逃脱，肩膀却撞在了石柱上面——这时候方才发现自己原来躺在木屋旁边，脑袋枕着一只胳膊，依旧穿着滑雪鞋的双脚向前伸着。他对方才的景象仍旧心有余悸，耳边隐约还响着女巫可怕的咒骂声。

他还没有完全醒过来。汉斯眨巴着眼睛，由于摆脱了咒骂的女巫，他感到一阵轻松。只是他不大清楚，自己是躺在草屋旁边，还是神殿的石柱下面。他倒也觉得无关紧要。但也可以说，他依旧在做梦，梦境不再是各种各样的情景，而是冥思，只是不再关乎冒险，不再那么魔幻。

"我觉得刚才一直是在做梦。"他喃喃道,"那个梦可爱又可怕。我从来都明白,梦境是我自己创造出来的,树木茂盛的公园,清新湿润的空气,以及其他种种,有可怕的,也有可喜的。从某种程度上来说,我早有预料。可是一个人怎么会知道这些幸福与恐惧并存的梦境,并将它描绘出来?我怎么会看到这些漂亮的有小岛的海湾,又怎会知道那个漂亮少年用目光向我示意的神殿区域?现在我明白,我们并非单凭着灵魂做梦,这些梦都是无名的,都有共同之处。我们只是其中一个伟大的灵魂之一,通过我们自己的方式做梦,梦到它所暗暗追求的东西,它的青春,它的希望,它的欢乐,它的平静……还有它血腥的付出。如今我躺在石柱旁,身体依旧能感觉到梦境里残留的实际的部分——心中是对那令人毛骨悚然的血腥的恐惧,还有内心深处的喜悦,出于看到阳光底下那些人们幸福自在的生活的喜悦。这叫人满足,也恰到好处,因而在这里,我可以说我有躺在这儿做这些梦的既定的权利。因为在山上的这些日子,我懂得了什么是理性,什么是鲁莽。我曾和纳夫塔及塞塔布里尼在高高的人世间随处溜达。我了解所有的人。我了解人类的肉和血。

"我已经把普里比斯拉夫·希佩的铅笔还给了生病的克拉芙迪亚·肖夏。谁懂得了肉体,懂得了生命,谁就能懂得死亡。这还不是全部,从教育学的观点上看,这只是开始。一个人还应该看到故事的另一面,也就是它的对立面。因为对疾病和死亡的所有兴趣,仅仅是对生命的兴趣的另一种表现形式,医学的人文主义学科就证明了这一点。它一直用拉丁语彬彬有礼地详述生命和疾病,存有分歧的只是重大且紧迫的方面,我可以满怀同情地把它们的名字一一列下来——这个人,这个生活中需要照料的孩子,他在宇宙间的状态和地位。我对他一无所知。我从山上这些人那儿学到了很多,我乘着雪橇来到这山谷里,这可怜的躯体现在连气都喘不过来。但此刻我在石柱旁的台子上,倒还可以看到下面的景象。我梦见了人类的地位,他们是一个通情达理、颇有见识的群体，在这后面却是神殿里叫人大惊失色的血腥勾当。这些阳光的孩子，他们相互间彬彬有礼，面对这样的恐怖难道会默不作声吗？他们会得出一个正确的结论。我的灵魂会紧紧拥抱他们，而不是纳夫塔，也不是塞塔布里尼。这两个喋喋不休的家伙，一个生活奢华，语气恶毒，另一个则大肆鼓吹理性，自以为能让疯子恢复理智。这都是市侩主义的道德观念，可以肯定的是，这是不符合宗教原则的。我也不喜欢那个矮小的纳夫塔以及他的宗教，它只是神与魔、善与恶的 guazzabuglio（意大利语，意为：混合），其目的是让一个单独的灵魂一头栽进去，沉沦般融入其中。两个老学究！他们的争论以及他们之间相互对立的东西，本身也是一个 guazzabuglio，是打仗时混乱的杂音，只要头脑清醒些，在心中更虔诚些，就不会被弄得晕头转向。

"他们说的都是些深奥的问题！什么死亡，什么健康！还有精神，以及自然！这些问题是相互矛盾的？我倒问问，这些算是问题吗？不，这些都不是问题，也不是他们这些贵族做派的问题。死的冒险在于生命，没有它，也就没有生命——它的中间便是 Homo Dei 的位置，介于鲁莽和理性之间，就像国家介于神秘的集体以及空洞的个人之间。我在我的石柱旁看清了这一切。在这样的状态之下，人应当是无畏的，应当自尊自爱，因为只有当他是贵族的时候，他的对立面才不值一提。人是对立面的主人，只有通过他才能看到这一面，因而人比对立面高贵。他比死亡高贵，对死亡来说，他更高贵了——这是他头脑的自由。他比生命高贵，对生命来说，他太过高贵——这是他心灵的虔诚。我的话里不仅有理智，还有节奏。我在梦里作了一首诗，一首关于人类的梦的诗。我会好好创造它。我会变成一个善良的人，我不会让死亡支配我的思想，因为善良和人类之爱依附于此，此外别无其他。死亡是一种强大的力量，人们在它面前脱下帽子，踮着脚尖走路。它穿着逝者的庄严的竖领，而人们则穿着庄重的黑服，以示尊敬。在死亡面前，理性显得幼稚可笑，因为理性只是德行，而死亡则是释放、无限、废弃以及欲望。欲望，我的梦说，是肉欲，而不是爱情。死亡和爱——不，我不能为它们作诗，它们不能结合在一起。爱情站在死亡的对立面。比死亡强的，是爱情，而不是理性。只有爱情才会让人情意绵绵，理性则不能。形式只有从爱情和甜蜜中得到——形式和文明，以及人与人之间友好开化且美好的结合——它往往对血腥默不作声。噢，没错，我确确实实在梦里看到了。我大为震惊。我要记住它。我会在心中保持对死亡的信念，同时明白对死亡以及死者忠诚是邪恶的，它们与人类背道而驰，会影响我们的思想以及行动。为了成为善良之人，我绝不能让死亡主导自己的思想——到这里，我就醒来了。因为我的梦已经到了尽头，我已寻到了我的目标。

"我一直在寻找这些字眼儿，在希佩出现在我面前的地方，在我的阳台上，在其他任意的地方。为了找到它，我来到这雪山野岭里。现在我找到了。我的梦境把它带给了我，我看得清清楚楚，我会永远记得它。是的，我心花怒放，我的身体是温暖的，我的心脏怦怦乱跳，它知道这是为何。它不仅仅是由于身体上的原因而跳动，就像尸体上的指甲还会生长一样；它跳动得富有人性，充斥着欢乐的情绪。我的梦话是一杯醇酒，它比波尔多葡萄酒以及淡色的啤酒更让人回味无穷。它像爱情和生命那样流过我的血液，把我从梦境和睡眠中拉起。我很明白，做梦对于我年轻的生命是十分危险的。醒来吧，醒来吧！睁开你的眼睛！这是你的四肢，你的双腿正在雪地里！振作起来，快起来！瞧——天气多好！"

他的双手双脚被睡梦的绳索绑住了。他奋力挣扎，感到难以摆脱，但内心挣脱的愿望更加强烈了。突然，他猛地支着胳膊站了起来。他伸了伸腿，甩了甩胳膊，晃晃悠悠地站在那儿；他跺了跺陷在雪地的穿着雪鞋的双脚，抬起双臂活动一下，又大力地转了转肩膀，同时兴奋而紧张地抬起头望着天空。天空呈淡淡的蓝色，飘着灰蓝色的云。云层已经慢慢移开，显出薄薄的、如镰刀似的月亮来。已近薄暮，雪不再下了，风暴也已经停止。另一面的山坡树木葱郁，山脊上长满了树，显得十分安宁。阴影笼罩着山坡的下半部分，上半部分则沐浴在一片淡淡的玫瑰色的光线里。这世界上的这些东西怎么了？难道已经是黎明？难道他就像书里写的那样，在雪地里躺了一晚竟没有冻死？身体并没有冰冻坏死，他在那里不停地跺脚、上摇下甩的时候，也没有听到哪个部分咔嚓的断裂声。他努力活动身体，思索着究竟是怎么回事。当然，耳朵、脚趾、指尖已经全都麻木，然而倒还不像夜晚在阳台上静卧疗养时那么厉害。他还能从兜里摸出怀表——它没有停，没有像他忘记上发条时那样不再向前走动。表上面显示的时间还没到五点钟，事实上离五点钟还要很久，差不多还有十二三分钟。真是可笑！难道他在雪地里就躺了十来分钟吗，在这段时间里，这些可怕而幸福的景象，这些冒险的想法就这样出现在他的脑中，而那些六角形晶体就如来时一样转瞬消失了吗？如果这一切是真的，那么从安全回家的角度来看，他应当谢天谢地，这已经非常幸运了。梦境和虚幻间发生了两次这样的转折，这让他兴奋起来——一次是因为恐惧，另一次则是因为喜爱。看来，生活对他这个迷失的孩子还是怀有善意的。

不管会发生什么，也不管是在清晨还是午后——毋庸置疑，此时已晚，接近黄昏，无论是环境因素还是他自己的原因，都不足以阻挡他回家的路，他就这样回去了，以最快的速度沿直线往下滑。当他抵达山谷时，已是万家灯火，这一路的白雪把路面映射得十分明亮。他沿着森林的边缘滑下布雷门布尔，五点半时到达达沃斯高地。他把雪鞋寄放在杂货商店老板那儿，再到塞塔布里尼屋里稍作休憩，跟他说起这场风暴以及所有发生在他身上的事情。这位人文主义者大为震惊，严厉地斥责他的冒险行为，并点起酒精灯，为这个精疲力竭的青年煮起了咖啡。虽然咖啡可以提神，但汉斯还是坐在那儿睡着了。

一个小时后，他回到了山庄疗养院高度文明的气氛中，对此倍感欣慰。晚餐时，他胃口大开，梦里的情景已经慢慢从他记忆里退去。他心里的种种思考——即便就在那一天晚上——已经记得不是那么清楚了。

勇敢的战士

　　起先，汉斯·卡斯托普还会频繁收到表哥的消息，比较简短，却都是令人振奋的好消息，慢慢就变少了，后来，甚至隐约透露出某些叫人伤心的事情。他寄来一系列明信片，起先汇报的是约阿希姆在军队里狂热的宣誓仪式，汉斯在回信里开玩笑，称自己也发了誓，一定会做到廉洁、慈悲，以及顺从。此外，约阿希姆还说到自己在军队的生活如鱼得水，因为领导的偏爱，加上他本人热爱这份职业，一切困难都迎刃而解。这些他都在信里简短地写了下来。约阿希姆已经完成了几个学期的学习，因此不必再进军官学校研修，也不用履行候补军官的任务。新年里，他已经晋升为中尉，还寄了一张身穿军官服的照片过来。他在军队里遵循着严格的军营制度，这不由令人肃然起敬，虽然是铁一般的纪律，但也富有人情味。显然，写下这些时，约阿希姆颇为扬扬自得。他还提到军士长的一些逸闻趣事，这是一个一身怪癖、态度狂热的士兵，是他一个易犯错误的年轻下属。可以看出，约阿希姆实际上也出入军官俱乐部。约阿希姆提起此人时，带着古怪复杂的感情。这些都非常有趣，叫人难以置信。他还提到自己已经获得准许，准备参加军官考试。到了四月初，他已经是一名少尉。

　　看来，没有人比约阿希姆更幸福，也没有人能如他一般热爱自己的职业。他有些不好意思而又幸福满满地谈起自己第一次盛装走过市议会厅的情景——警卫兵向他敬礼，他也隔着一段距离向他们点头致意。他还谈起了一些小小的烦恼及快乐，谈起同志间的友好和谐，谈起他羞涩而忠诚的勤务兵，谈起操练和授课的时候一些可笑的插曲，谈起阅兵和聚餐。除了这些，他偶尔也提起社交活动、访问、聚会和舞会等。只是对自己的健康只字不提。

一直到夏天，他终于谈起了这事。他在信中写道，自己感冒发烧，已经请了假期，卧床休息，不过是几天的事情而已。六月初，他归队了，但没到中旬，他又感到昏昏沉沉，大叫自己倒霉透顶，一心担忧着不能参加他渴望已久的八月份的大演习。胡扯！到七月份他已经又变得健壮如牛，这样持续了几周。但没多久，他的体温又忽高忽低，他不得不进行一次检查。至于检查的结果如何，汉斯·卡斯托普一无所知，也许因为他身体状况不佳，因此约阿希姆本人并没有写信。约阿希姆的母亲，也就是路易莎·齐姆森，发来了电报。她告诉汉斯，大夫认为约阿希姆有必要请上几周的病假。电报中说——即刻出发，请预订两个房间，回电已复，舅母路易莎发。

时间已经是七月底，汉斯·卡斯托普躺在他的阳台上阅读这封电报，一遍又一遍地重复。他点点头，整个身体都摇摆起来，从齿间吐出这样的词："是，是，没错。"就像塞塔布里尼先生那样。"约阿希姆就要回来啦！"他忽而感到一阵高兴。但他马上又冷静下来，心里想："嗯，这是一个坏消息！简直是一团糟。见鬼！事情发生得太快。'回家'的计划又成熟了。母亲一道过来。"汉斯·卡斯托普说的是"母亲"，而不是"路易莎舅母"，他的家庭感情已经无意识地慢慢淡化。"事情很严重，眼前他还心急火燎地要参加军事演习。嗯，这简直是一出性质恶劣的恶作剧，现在它正在可怜的约阿希姆身上上演，它与理想背道而驰。我想说的是肉体占了上风，它要求某种与灵魂不一样的东西，而且会得到成功——这对那些宣称肉体属于灵魂的人们来说，简直是当头一棒。在我看来，他们根本不知道自己所言为何物，如果他们说的是对的，那么在这种情况下，就会置灵魂于一个模棱两可的境地。Verbum Sap（拉丁语，与下一句同义）——我知道自己在说什么。我提出的问题是——说他们互相对立是否是个错误，而两者串通一气的表述更加合适。但我想知道的是，当肉体与灵魂结合在一起，那么何为荣耀？你是否能够忘记一阵芳香，一阵莫名其妙的咯咯声，一个丰满的胸脯？这些都在斯特尔夫人的餐桌上等着你呢！——他就要回来了！"他又高兴起来。"他身体坏了所以才回来，但我们又可以两个人一同行动。我不会再是形单影只的了。麦克唐纳尔德太太坐在那儿咳嗽不止，这是一种没有声音的咳嗽，她又在那儿看起了小儿子的照片，坐在桌子旁，照片就在她手上。她已经病入膏肓。如果这间房没有被别人预订，那么——眼下就还得再订一间。据我所知，二十八号房空着。我得下楼到办公室那边去一趟——还得去找贝伦斯。这是一个大新闻，一方面这是一个坏消息，但另一方面，又是一个大好消息，但不管怎样，都是一种改变。我得等一等那位'同志'，他应当马上就能够来，我倒要问问他的意思，像这样的情况，肉体还是不是第二性质的东西。"

他在茶点时间之前前往管理室。他心里已经打算好的位于同一门廊的房间空了出来，顺利安排给了约阿希姆，另外还给齐姆森太太安排了一个房间。他碰到了贝伦斯，大夫正在实验室里，手上捏着一支雪茄，另一只手则拿着一支试管，里面装着某种颜色混浊的液体。

"顾问大夫先生，怎么回事？"他开口说道，"坏事总是一大堆。"这位气胸专家答话道："这是罗森海姆的痰液，他是乌德勒支 [1] 人。"他一边说，一边用雪茄指了指试管："加夫基指数是十。那个生产商施密茨跑来跟我说，看到他在人行道上吐痰。没错，加夫基指数是十。我真想好好训斥他一番。嗯，如果我真的斥责他，他就会暴跳如雷，因为他时不时就大发脾气，而且他和家人一起占了疗养院的三个房间。要是我把他激怒了，总管理会也会如此对我——我不能意气用事。您瞧，随时都是麻烦重重，我真希望能够随心所欲，自己清清静静的。"

---

[1] 荷兰城市。

"蠢事。"汉斯·卡斯托普说道，他对那个老资历的病人了如指掌，"这两人我认识。施密茨彬彬有礼，也有上进心，而罗森海姆却非常邋遢。不过除了卫生方面，这两人应该还有其他过节。两人都跟坐在克莱费尔特桌上的那个巴塞罗那女人佩雷斯太太相好——依我看，这就是根源。如果我是您，我会提醒大家注意卫生，同时也就睁一只眼闭一只眼算了。"

"我难道不是吗？我因为睁一只眼闭一只眼，现在已经得了功能性眼睑痉挛症。不过您下来干吗？"

汉斯·卡斯托普把那个悲伤而又叫人激动的消息和盘托出。顾问大夫并不感到惊讶，他一点儿也不惊讶。因为汉斯总会一五一十地把约阿希姆的情况报告给他。汉斯说的时候，大夫有时听着，有时也问一些问题，从他嘴里，贝伦斯得知约阿希姆五月份时便已卧病在床。

"啊哈，"他说，"我跟您怎么说的？跟您两位都怎么说的？我说了不止一遍，而是已经上百遍，说得不少吧？现在您明白了。他在九个月里一直随心所欲，现在它起作用了，真叫人惋惜。他不听贝伦斯老头子的话，所以走了霉运，跟其他人一样，那些人也都不相信贝伦斯这个小老头的告诫，直至追悔莫及。他如今已经当上了少尉，不管怎样，他总算是当上了。但这又有何用？好心的上帝观察的是人的心，而不是名利地位，在上帝面前，我们一无所有，将军同普通人类没什么区别……"他胡乱地扯着，用巨大的手擦了擦眼睛，指间还捏着那支雪茄，接着他又说，汉斯·卡斯托普不应该浪费他的时间。他当然会为约阿希姆找到床榻，他一来，表弟就得赶紧催他上床，刻不容缓。至于他贝伦斯呢，他对谁都不会心怀恶意，他张开双手，随时准备迎接从外面归家的病人，就像贴心的双亲那样为他宰下一只肥壮的牛犊。

于是汉斯·卡斯托普发去了电报，让约阿希姆放心回来。他向病人们透露约阿希姆将要回院的消息，大家都为这位年轻人的回归而感到欣喜和悲伤，两种感情掺杂在一起，都是发自内心的。他为人一向磊落，又有骑士风度，因此大受欢迎，大家嘴上不说，心里却都认为约阿希姆是这山上最优秀的人。这里我们不会单指某一个人，但是在某一方面，有人因为约阿希姆放弃了军营生活回到这山上来继续静卧疗养，而且带着他那光明磊落的做派又成了这儿的一员而感到心满意足。当然，斯特尔夫人有自己的想法，现在又得到了证实，当初约阿希姆要下山时她就已经提到过，但表面上不想表现出自己说过这话。"糟糕透顶。"她这么说的。一开始她就知道，并且不希望约阿希姆固执己见，把事情弄得一团糟。她用这样的词只是因为她天生就是这么粗俗可鄙。像她这样坚持自己的态度也很好，她在山下也有自己的生活，就在坎斯塔特，有她的丈夫和两个孩子，但她能够控制住自己……电报发去后没有回音，表哥哪天的什么时候到，汉斯·卡斯托普一无所知，因此也不能到车站去接风。三天后，表哥和母亲双双到了山上。正当表弟在做夜晚疗养时，约阿希姆少尉大笑着走过来，显得异常兴奋。

　　此时，晚间治疗刚刚开始。他们乘坐的是当初汉斯·卡斯托普乘坐的那一列火车，那已经是几年前的事情了。时间不长不短，却又没有尽头，就像当初他刚来的时候那样，让人感到这是一种虚无缥缈、永恒不变的东西。到达的时间也和当初差不多——八月初的某天。约阿希姆兴高采烈地走进汉斯·卡斯托普的房间，或者说大步走到阳台上。他大声笑着，呼吸急促，有些语无伦次地跟他的表弟打招呼。他长途跋涉，经过大片的土地以及像海洋一样广阔的湖泊，在崎岖的山路上颠簸，方才来到这儿。如今，他就站在这里，好像从来没有离开过一样。躺着的表弟抬起头惊讶地看着他，大声地跟他打招呼："哎，哎，哎！"他面色红润，也许是在室外生活的缘故，也可能是因旅途兴奋而涨得通红。他没有先去自己的房间，而是径直走进表弟的房里，只为了跟这位旧时的同伴打个招呼。他母亲此刻正在屋子里梳妆打扮。他们要在十分钟之内前去用餐，当然是去餐厅。汉斯·卡斯托普还可以再多吃一些，或者喝上一瓶酒。约阿希姆把汉斯拉到二十八号房，屋里的情景让人想起很久之前汉斯·卡斯托普刚刚到来的那晚，只不过新来的人现在换成了约阿希姆。他喋喋不休，一边在闪闪发亮的洗手盆边盥洗，汉斯·卡斯托普则在旁边看着他。他惊异而又失望地看到表哥穿了一身便服，在他心里，表哥应当穿着军官制服，而如今他却穿着灰色的便服，看上去和这里的其他人并无二致。约阿希姆笑了起来，表示汉斯太过天真。当然了，制服他都放在家里。你知道，制服不是随便什么地方都能穿的。"哦，多谢提醒。"汉斯·卡斯托普说。但约阿希姆未意识到自己的话里是否含有冒犯的成分，只是自顾自继续说着，询问山庄里发生的各种事情，不但没有一丝傲气，反而对自己的归来颇为感慨。这时候齐姆森夫人从通向两间屋子的门边走进来，同外甥寒暄一番，就像人们在这样的场合都会做的那样，或者说，发现外甥在这儿以后，她既高兴，又惊讶。说话时她神色悲伤，语气温柔，一部分是因为旅途劳顿，另一部分则是担忧约阿希姆的身体状况。之后他们便走下楼去用餐。

　　路易莎·齐姆森有一双和约阿希姆一样温柔美丽的黑眼睛。她的头发原本是黑乌乌的，如今却掺了些许白发，用一个几乎看不见的网兜罩着，倒是和她的形象十分相称，简单，同时又端庄典雅，让人很是喜欢。约阿希姆依旧兴高采烈，急匆匆、喋喋不休地说着话，因此当汉斯·卡斯托普看到母亲不解的神情时，并没有感到惊讶。她大概发现，约阿希姆同他在家或是在旅途中的表现都不大一样，而且也不符合他此时的实际状况。她为他回疗养院的事而神伤，因此认为表现出难过才更合适。她怎么能体会到约阿希姆重返故地那种乱糟糟的心情呢，如今，这种感情压倒了其他所有的感情，外加他又呼吸到了山上轻薄空灵而又叫人兴奋的空气。但对她来说，这里却只是一片昏暗。"可怜的孩子。"她看着约阿希姆和表弟说说笑笑，向对方讲述一大堆趣闻，又提出一大堆的问题，回答的时候在椅子上哈哈大笑。"孩子们，孩子们！"她多次阻止他们，最后说出一些带有轻微责备意思的话，这倒让她的心情变得愉悦起来:"哎，约阿希姆，我很久没见你像现在这么高兴了。看来你应该早点上来，这样你就会像晋升那天一样开心。"没有什么话比这一句更能叫约阿希姆瞬间兴致大减的了。他的心情全毁了，变得默不作声，甜点也一口没动，尽管这是加了巧克力和鲜奶油的蛋奶酥。汉斯·卡斯托普替表哥吃了一些，虽然他在一个小时之前刚吃过一顿丰盛的晚餐。约阿希姆没再抬起头，显然是因为他的眼睛里噙满了泪水。

这自然不是齐姆森太太的本意。她确确实实是出于礼仪方面的考虑，只希望儿子更节制些，却没意识到这种中庸之道以及循规蹈矩在山上是不可能的，这里只有两个极端。她看到儿子大受打击，自己也几乎潸然泪下，所幸外甥自告奋勇出来打破这种局面，尽量让气氛再次活跃起来，她对此非常感谢。他说，约阿希姆会发现山庄疗养院的成员已经有了变化，一方面有新人进来，但另一方面，有些之前离山的老病人又回来了。比如，姨婆和姑娘们一同回来了，如今依旧跟斯特尔夫人同桌，玛鲁莎还是同过去一样肆无忌惮地哈哈大笑。

约阿希姆一言不发。这时候齐姆森太太突然记起来之前他们碰到的一个人，彼此还打了招呼，想到这事，她也要赶巧说一下。他们遇见她是在慕尼黑的一家餐馆，那时他们正在慕尼黑作为期一天两夜的旅行。那是一位太太，并非不惹人喜爱，但没人陪伴在旁。她走到约阿希姆的餐桌上来同他问好。她是山上的一位女病人，约阿希姆应当认识——

"肖夏太太。"约阿希姆轻声说。她当时正在阿尔高的疗养院里疗养，打算冬天的时候到西班牙去。她向汉斯致以问候。

汉斯·卡斯托普不再是毛头小孩，已经能够控制自己的情绪了，不会一下子满脸通红或是面无血色。他说:"噢，看来她又从高加索后面露面了，是吗？她要去西班牙？"

那女人提起了比利纽斯山脉的一个地名。她是个漂亮女人，或者至少可以说非常迷人。声音悦耳，动作优雅，但举止松散，有些慵懒。齐姆森太太心想："她同我们说话的时候好似一见如故，说了说她自己的事，也问了一些问题，不过看上去约阿希姆似乎跟她不是特别熟。这倒是非常奇怪。"

"这是她们东方的习惯，而且她还生着病，"汉斯·卡斯托普回答，"人们不会用人文主义的标准来衡量她。"他记起来，她确实有到西班牙去旅行一趟的打算。哼，西班牙，那个国家离人文主义可是很远，不讲究宽厚待人，而崇尚严厉苛刻。它不是一个不讲形式的国家，而是过于讲究形式，认为死亡不是肉体的分解，而是形式的一种伪装——黑服、雅致、血腥、宗教法庭、硬领、罗耀拉、埃斯库里亚尔[1]等——哼，没错，这可真有趣，也不知道肖夏太太对西班牙有何看法。也许在那里，她不再嘭嘭地关门，当两种人文主义的极端表现融合之后，说不定就能把她拉到人文上来。但是，一个东方人到西班牙去是一件十分恐怖、叫人毛骨悚然的事情。

汉斯既没有脸色通红，也没有面无血色，但这个消息让他的表情变了，这多多少少出卖了他。这种变化叫齐姆森太太感到困惑，有些摸不着头脑。当然，约阿希姆没有像他母亲那么惊讶，他早就知道表弟在这山上情绪一向变化无常。但齐姆森太太神色中有些不安，似乎外甥说了什么不大妥当的话。一阵难堪的沉默之后，她从桌上站起来，说了几句话糊弄过去，接着大家便散场了。他们分开之前，汉斯·卡斯托普转达了贝伦斯的命令，说约阿希姆要一直躺到第二天大夫来为他检查为止，其他的过后再说。很快亲戚三人便各自回到自己的房间躺下来，门敞开着，高山上夏日夜晚清新的空气吹进来，三人各有各的心事。汉斯·卡斯托普一心想着肖夏太太的回归，预计在六个月内她就会回来。

---

[1] 西班牙修道院，由西班牙国王菲利普二世下令修建，历经二十一年修成。

这样，年轻的约阿希姆回到这个家庭里来——进行短期补充疗养。很明显，这样的词只有山下的人才会用，最近山上也用起来了，甚至贝伦斯顾问大夫也这么说，虽然他曾告诫过约阿希姆，说他需要在房间里卧床四周，以弥补之前严重的身体损伤，重新适应这里的气候，调节自己的体温。他小心翼翼地避免明确宣布病后疗养的期限。齐姆森太太机敏而又有见识，对约阿希姆的疗养抱着极为乐观的态度，提出疗养持续到秋天或者十月份便结束。贝伦斯默许了，但也只是口头上答应，到时候是否能出院，还要看约阿希姆的情况来决定。齐姆森太太很是喜欢他，贝伦斯也很有风度，总是称呼她为"尊敬的太太"，用那双充血的眼睛谦卑地看着她。说话的时候，他都用夸张的学生口吻，因此即便齐姆森太太有些闷闷不乐，也总能开心大笑。

"我对他很放心。"她说。她在这儿待了一周以后，便动身回了汉堡，因为约阿希姆不再需要照料，再加上现在表弟又常常伴着他。

"你要振作些。"汉斯·卡斯托普坐在二十八号房的窗边，对约阿希姆说道，"到秋天就可以走了，老头儿多多少少已经准许了。你可以把这当作离院的日期，十月份就能走了。那时候有些人要去西班牙，你也可以回到你的军队里，让你的努力得到肯定……"

他每天的任务就是安慰表哥，约阿希姆因为错过了八月初的军事演习，很是失落。他一直放不下这件事，没想到在最后关头，自己的身体竟然又出了毛病。

"Rebellio carnis（拉丁语，意为：肉体在叛乱）。"汉斯·卡斯托普说，"你又能有什么办法呢？就算是最勇武的军官也无能为力啊，甚至圣·安东尼也经历过这样的挫折。老天爷，演习每年都会有，你也知道时间在这儿过得飞快。你在外面待的时间不算久，现在回来补救并不难，疗养很快就结束，到时候你就能回去了。"

约阿希姆因为在外面待了些时间，观念已经发生了变化，现在又要待在这山谷里做为期四周的疗养，这对他来说太过漫长。每个人都过来帮助他度过这段日子，这位年轻军官刚直的秉性受到大家一致的喜爱，周围的人们都前来探望。塞塔布里尼也来了，对他满怀同情，态度友好，以往一直称他少尉，而今却叫起了 Capitano（意大利语，意为：上尉）。纳夫塔也来探望过。疗养院里的那些旧相识都利用餐后的一刻钟疗养时间来探望他，听他讲讲外面的新闻。过来的女性有斯特尔夫人、莱维小姐、伊尔蒂斯太太、克莱费尔特小姐，另外还有菲尔戈先生、维泽尔先生以及其他人前来，他们甚至带了花来看他。经过四周的疗养，他不再卧病在床，热度也退了许多，并且得到了控制，可以下地随处走动。他开始到餐厅里与表弟同桌用餐，坐在汉斯和马格纳斯太太之间，对面便是啤酒商马格纳斯先生，那个位置就是之前詹姆斯舅舅坐的，齐姆森太太也曾坐过几天。

就这样，这对年轻人又像之前那样位置挨着坐在了一起。不仅如此，因为麦克唐纳尔德太太拿着儿子的照片咽下了最后一口气，她住的那间房间正好空了出来，房间挨着汉斯的屋子，用福尔马林彻底消毒过后，约阿希姆就住了进去。更确切地说，现在是约阿希姆挨着汉斯·卡斯托普住，而不是像之前那样，汉斯挨着表哥。汉斯如今已经成了老病人，表哥只是暂住一阵子而已。约阿希姆坚持把十月份定为最后的期限——虽然他的神经系统并没有表现出人文主义者的一面，而且妨碍了身体调整性的散热。

表兄弟两人还去拜访了塞塔布里尼和纳夫塔，并同这两个争论不休的对手一同散步。很多时候同去的还有菲尔戈和维泽尔二人，这样便成了六人小组。这两个思想上互相敌对的人每天不停地唇枪舌剑，在这里我们便不再赘述，免得迷失其中，陷入绝望的境地。汉斯·卡斯托普发现，自己可怜的灵魂常常成为他们辩证争论的对象。他从纳夫塔那儿得知塞塔布里尼是共济会成员，这就像当初塞塔布里尼告诉他纳夫塔是一名耶稣会士一样，让他印象极为深刻。他感到万分惊讶的是，共济会这种组织竟然还存在，因此缠着这个恐怖分子问长问短，想知道这个组织的起源及其意义。再过数年，它便创建两百周年了。塞塔布里尼常在纳夫塔的背后以警告语气谈论他的精神倾向，斥责这种信仰与魔鬼别无二致。纳夫塔则以一种淡漠轻快的语气对塞塔布里尼所代表的那个组织加以嘲讽，告诉汉斯·卡斯托普，那无非是一些有关死亡的东西，自由思想以及市侩主义不过是过去可怜的妄想，他们自欺欺人地认为依旧充满革命主义的生机，可真让人笑掉大牙。纳夫塔说：

"天啊，他的祖父曾经是一位 Carbonaro，换句话说，也就是烧炭党人。他自然从祖父那儿继承了烧炭党人的信仰，崇尚自由、人类进步，以及古典人文主义的道德意识这些糊弄人的东西。你们看，让世界陷入混乱的是精神的迅速进步与物质无比缓慢、笨拙、怠惰的发展之间的差异。我们必须承认，这种差异足以成为精神对现实不感兴趣的借口，因为从常规上来说，精神早已对引起革命的酵素感到厌倦。事实上，对那些活着的人来说，死气沉沉的精神比那些花岗岩一类没有生命的东西更叫人反感，至少花岗岩没有自诩为有生命的存在。花岗岩是精神遗留下的古代现实的残骸，年代久远，以至于根本不能同现实的概念联系起来，它继续慵懒地活着，乏味地保持着存在。我说的是普遍性的问题，你们可以把我的话应用到人文主义的自由思想里去，这种自由思想自以为仍然具备同权威和统治做斗争的英雄气概。哎，灾难啊，那些自由思想家以为凭借灾难便可以体现其活力，以为能得到姗姗来迟的伟大的胜利，并为胜利的到来做准备，以便有朝一日的欢庆！仅想到这些，有活力的精神便会厌倦得要死，它可曾知道，在这种灾难里只有自己能得到胜利。它把古老和新奇的元素融合在一起，创造了真正的革命——您表哥现在怎样了，汉斯·卡斯托普？您知道，我非常关心他。"

"谢谢您，纳夫塔先生。他是一个善良的小伙子，每个人都这么认为。塞塔布里尼先生也承认他温文尔雅，尽管他对约阿希姆职业里的某种恐怖成分表示反感。我听说塞塔布里尼竟然是一位共济会成员！

难以想象！这件事情让我想入非非。我得从一个新的角度去好好评判他的特征，要好好辨清一些事情。他是否在走路的时候让双脚与腿成直角，用特殊的握手姿势传递某种信息？我从没注意过……"

"这种幼稚的东西，我们这位虔诚的共济会朋友大概早就不做了。"纳夫塔说，"我想，为了顺应时代和可悲的市民主义，他们的仪式已经简化了不少。可能他们认为之前的那些仪式只是毫无顾忌而装模作样的形式，因而引以为耻。这倒不无道理，因为在无神论的共和主义的外面披上神秘主义的外衣，这是荒谬绝伦的。我不知道他们用了什么恐怖手段去测探塞塔布里尼的坚贞，是蒙住他的眼睛，让他走过长长的走廊，还是让他在昏暗的拱门里等待，一直到秘密会议室大厅的亮光在他眼前出现。他们也许严肃地拷问他，在一个骷髅头和三支蜡烛前，用利剑对着他裸露的胸膛，对他加以恐吓。您可以亲自问他，不过我担心不会得到满意的答案，因为尽管在进行仪式时没有这么严格，但他们肯定叫他发过誓，要守口如瓶。"

"发誓？守口如瓶？他们还有这样的规定？"

"当然。缄默和服从。"

"还有服从。但是听着，教授，现在我感觉，他似乎没有什么立场来揪着我表哥职业里的某种恐怖成分不放。缄默和服从！我简直没想过像塞塔布里尼先生这样一位自由思想者会遵守西班牙式的条件和誓言这么不可理喻的规定。我在共济会中看到了某种和军队以及耶稣会性质一样的东西。"

"您看到的完全没错。"纳夫塔回答，"您的探矿杖左右摇摆，不停敲击。共济会的观念根植于绝对主义，并且与它息息相关。因此，它是恐怖主义的，也就是说，它反对自由主义。它释放了个人良心上面的负担，以绝对主义的名义将其所采取的种种手段奉为神圣的，即便它们事实上是血腥的，甚至是犯罪的。也有人支持从前的共济会歃血为盟的规定。共济会不是纯粹沉思默想的地方，就其性质来说，是一种必须具备执政能力的组织。您是否知道，光照派[1] 有很长的一段时间几乎与共济会合二为一，而它的创始人过去却是耶稣会的成员？"

"不曾知晓。自然是第一次听说。"

"亚当·韦斯豪普特[2] 创建的这个秘密的人文主义组织，是以耶稣会为模型的。他自己是共济会的会员，也是光照派最有威望的元老之一。我说的是十八世纪下半叶的情况，塞塔布里尼会犹豫不决地称之为这个组织堕落的时代。但事实上，这是这个组织的全盛时代，所有秘密组织都欣欣向荣，共济会也达到了顶峰，但之后被所谓人文主义者一手'清除'了。如果他活在那个年代，肯定是谴责共济会的耶稣会性质以及蒙昧主义的那种人。"

"有什么谴责的理由吗？"

"当然，如果您愿意听的话，肤浅的自由思想家自然会给出理由。在那个时代，我们的神父们企图将天主教僧侣主义灌输到共济会里面去——那时在法国的克莱蒙特一带，确实有共济会的耶稣会存在。此外，当时蔷薇十字会[3] 也向共济会渗透，您会看到，它那明显的博爱主义，其实是对于政治及社会进步的理性观念，是与东方的印度和阿拉伯哲学及魔幻自然认知结合起来的。共济会组织的改革和修正是从严格服从的方面进行的，它是绝对理性、极其神秘的，像炼金一般充满魔幻色彩，它的存在源于苏格兰共济会的宣誓仪式。除了骑士阶级外，还加上了老式的军衔等级，如学徒工、满师学徒工以及师长，更高级别的头衔则带有僧侣性质，充满蔷薇十字会的神秘色彩。它又回归到存在于中世纪的某些精神及骑士性质的分级中去，比如圣殿骑士。您知道，圣殿骑士要在耶路撒冷元老的面前宣誓，下定决心做到清贫、纯洁以及

---

[1] 韦斯豪普特于一七七六年成立的秘密社团，主张自由平等。

[2] 光照派创始人。

[3] 又称玫瑰十字会，源于欧洲的秘密教团，以玫瑰和十字作为象征。

服从。甚至在今天，共济会中依旧存在着一个高级头衔，名曰'耶路撒冷大公'。"

"这些对我来说都很新奇，纳夫塔先生，但我想我看穿塞塔布里尼先生的把戏了。'耶路撒冷大公'——不错，这个头衔很好。您偶尔可以这么称呼他，开开玩笑。不过另一方面，他把您称为'天国博士'，您怎么不报仇？"

"噢，在圣殿骑士高层里还有很多类似的头衔。比如大法师、东方骑士、大祭司，位于第三十一级的被称为'皇家神秘高贵大公'。您可以看出，这些头衔都与东方神秘主义有关系。圣殿骑士的重现意味着某些观念已经渗入进来，而非理性酵素已经融入以社会进步为目标的理性观念，此外别无其他。单单这一点，就让共济会获得了新的辉煌和魅力，这也是为何那个阶段有一大批新人入会，它把那些对当时大肆鼓吹理性主义感到厌倦而追求更高的生活的人全部吸纳进来。共济会非常成功，以至于那些市侩主义者怨声连连，说它让男人们远离了家庭幸福，还破坏了男性对女性的尊重。"

"难怪塞塔布里尼先生不愿意回想起他所属组织的黄金时代。"

"是的，他不愿意回想起那个时代，那时候共济会招致很多人的怨恨，有自由思想家、无神论者、教会人员、僧侣以及中世纪的百科全书的所有编撰者——您应当听说过，共济会被指控宣扬蒙昧主义——"

"为什么？我愿闻其详。"

"让我告诉你吧。严守纪律是指组织的扩张和加深，旨在将根源追溯到神秘世界，也就是所谓的中世纪黑暗。共济会的高层都精通神秘物理学，是神秘自然科学的行家，也是主要的炼金术士。"

"我得开动脑筋好好思考，我想知道炼金术大体上是什么。炼金术，也就是把东西变成黄金，您说的炼金术——一般意义上来说，也就是将什么东西变成黄金，也就是炼制金石，aurum potabile（拉丁语，意为：内服金子）。"

"通俗地说，是这样。说得严肃些，也就是将物质提纯、精炼、变形，再变质，变成更高的状态，也就是 lapis philosophorum（拉丁语，意为：点金石），硫黄和汞的两性产物，res bina（拉丁语，意为：两性物质），两性的 prima materia（拉丁语，意为：最高物质），它们的原理正是外力作用下的向上提炼。这是魔幻中的教育学，您可以这么认为。"

汉斯·卡斯托普沉默不语，他抬起眼往上斜睨了一下，眨了眨眼。

"炼金术变形的最合适的象征，"纳夫塔说，"是坟墓。"

"坟墓？"

"没错。这是肉体腐烂的场所，它是所有炼金术的精髓，是物质变形和提炼的容器，是保存得很好的水晶蒸馏器。"

"'密封'[1]——这个词真生动，纳夫塔先生！我一直很喜欢'密封'这个词。这是一个有魔力的词，总能让我浮想联翩。请您原谅，但它让我想起了汉堡家里的那些储存罐子。我们的女管家——我们叫她沙勒恩，称呼后不带'小姐'或是'夫人'——把这些罐子一排排地摆放在她的食品存储室内。这些玻璃罐子密封得很紧，里面放满了水果、肉类等各式各样的东西。也许一年都没有人去动它们，只有需要的时候才会把罐子打开，里面的东西新鲜得像刚放进去一样，直接拿来食用便可。准确说，这不是炼金术，也不是提纯，仅仅是储存罢了，这也就是储存食物的由来。神奇的是，储存的这些东西丝毫不会受时间的影响，它与时间隔离开，时间流逝，它们却立在架子上，与时间擦肩而过。嗯，这些便是关于玻璃罐子的事了，不必再多说。请原谅，我想，您还要再开导我一番呢。"

"只要您愿意。按照我们的主题继续向下讲，学生必须有大无畏的勇气以及对知识的渴求。墓穴，也就是坟墓，往往是新人加入组织的象征。新人要想获得入会的资格，必须在恐惧面前展现无畏的勇气。

---

[1] 原文为 hermetik，有"密封""炼金术"两种含义。

组织将新人带到墓穴加以测试，让他在那里待一段时间，之后再由另外一位陌生会员带出来。因此，新入会的成员必须穿过迷宫般的通道和阴森的拱门，还有对'严格服从'的厅堂里悬挂的黑布以及棺材的顶礼膜拜，这在举行入会和启蒙会仪式时起着重要作用。在通往神秘和净化的道路上，到处都是危险，其中有死亡的痛苦，有尸体腐烂的王国。新人，也就是新入会者，本身是一群对生活中的传奇如饥似渴、幻想有魔鬼般经历的年轻人，在某些蒙面的长者引导下行走于黑暗中，而这些不过是神秘的阴影罢了。"

"非常感谢，纳夫塔教授。说得太棒了。这就是封闭的教育学，能听到这一番话，对我倒没什么害处。"

"没害处，因为这是通往对超自然的绝对认知这一最终目的的通道，也是我们的目标。在以后的几个世纪，共济会的炼金术仪式会促使那些高贵的、具有求知欲的灵魂为这一目的而奋斗——名字我便不一一列举，因为有一点逃不过您的眼睛，苏格兰仪式中的一系列等级和基督教并无差异，共济会主教的炼金术是在变化的神秘中实现的，而共济会为其弟子授予的那种隐秘的指导，也在祈祷和忏悔的仪式中有其根源，正如共济会那些象征性的装模作样的仪式，也可以在我们神圣的天主教会的礼拜和建筑中找到它的根源。"

"啊，确实如此！"

"但不仅仅是这些。我已经提到过，共济会是从那些可敬的手工行业协会发展而来，仅仅是一种历史性的扩展，而'严格服从'赋予了它更为深刻的人道基础。共济会的神秘之处，与我们教会的某些神秘特点有共同之处，另外，与上古人类仪式中的神秘以及祭典上庄严的沉默有明显的联系。就教会而言，我所指的是圣餐，即集体享受肉体和血液神圣的乐趣。至于共济会……"

"请稍等，容我插一句话。在我表哥所属的那种严格的团体里，也有这种所谓的聚餐。在给我的信里，他常常提到。在我看来，这是一种十分可敬的事——如果没有人在聚会上喝醉的话，我想它不像学生时代的聚会那么热闹——"

"但是，对于共济会来说，我要说的是对坟墓的崇拜，这一点我之前跟您提过了。不管是教会，还是共济会，都关系到一种终极的象征，还有狂热的原始宗教元素。在黑夜进行的狂野祭献仪式，只为了对消亡、转变、死亡、变化和复活表示尊敬。您应该记得，伊西斯[1]以及伊洛西斯[2]的秘密祭祀都是在夜间的洞穴里进行的。共济会里仍然有许多埃及的遗风，此外，还存在某些秘密组织，有些自称为伊洛西斯组织。共济会规定了一系列节日并相应举行仪式，比如伊洛西斯神秘祭典以及祭祀阿芙洛狄忒的活动——其中加入了女性元素，也就是所谓的蔷薇典礼，共济会成员的长袍上缝制的三朵蓝色蔷薇就象征着它。但最后往往变成狂欢作乐。"

"都是什么东西，我听到的都是什么，纳夫塔教授？这些都是共济会的事？我是否应当把这些与这位见多识广的塞塔布里尼先生关联起来？"

"那对他也太不公道了，您知道，他对此一无所知。我告诉您，像他那一类的人，已经清除了共济会里的神秘要素。他们把它变得更人道，更为现代化，谢天谢地！它不再是虚无的拜神主义，而是恢复了之前的实用、理性及进步，与王侯和长老们展开了斗争。一句话，它又回到了改良社会的道路上来。他们再次谈起了自然、道德、中庸和祖国，我想，还会谈起商业。总之，是以娱乐的形式出现的堕落的布尔乔亚主义。"

"真可惜！真是蔷薇典礼的缺憾。我倒要问问塞塔布里尼，看看他最近是否听到过有关这类事情的消息。"

---

[1] 古埃及母性与生育之神。

[2] 古希腊城市。

"尊贵的丁字尺骑士！"纳夫塔嘲讽道，"您应当知道，他能够获得准许进入人类圣殿的大门非常不容易。他穷得一塌糊涂，而他们不只是要求更高更人道的文化素养——这是显然的——同时也要求必须是资产阶级的一分子，才有资格管理数目庞大的组织经费和入会费。文化素养和资金——这便是布尔乔亚主义！自由主义的世界共和的支柱便是如此！"

"无论如何，"汉斯·卡斯托普笑起来，"我们对此已经看得一清二楚了。"

"然而，"过了一会儿，纳夫塔又加了一句，"我要奉劝您，对于这个人以及他所代表的组织，您不能掉以轻心。既然我们谈到了这个问题，那么我劝您千万要多加提防。寡淡无味并不等于就是无害的，肤浅的东西并不代表没必要对其保持防范。这些人在他们的烈酒里面掺入了水分，但那些人的共和观念非常强烈，足以承受这么多的水。它仍保留着丰富的神秘性残余，没多大疑问，共济会会在政治场上插上一手。我们在这位友好的塞塔布里尼先生身上看到的东西，不单纯是他自己。他的后面还有一股势力在支撑着他，他是这股势力的代表，也是他们的密使。"

"密使？"

"也就是说，他是一个新成员的募集者，是灵魂的引导者。"

"恕我冒昧，那么您是哪一类的密使呢？"汉斯·卡斯托普在心里想。接着他高声说道："谢谢您，纳夫塔教授。衷心感谢您的建议和警告。不知道您会怎么看，我想再往上走一级——如果还有这么一级的话——去试探一下那位乔装的共济会会员。学生必须有大无畏的勇气和强烈的求知欲，当然，也要小心为好。既然是同密使打交道，自然要谨慎些。"

他也可以无伤大雅地跟塞塔布里尼打探更多的消息，因为这位先生对纳夫塔的一番信口开河并不以为然，事实上，他从不刻意隐瞒自己属于这一和谐协会这件事。他桌上一直放着一本《意大利共济会月刊》，汉斯·卡斯托普竟从未注意到。在纳夫塔的引导下，他把话题引到了共济会的神秘活动上面，好像塞塔布里尼与此事之间有关联是毋庸置疑的，对方也侃侃而谈。但确确实实，这位文人会对某些话题避而不谈，那时候他双唇紧闭，明显是因为纳夫塔所说的那些恐怖主义誓言的约束。也就是说，汉斯·卡斯托普侵犯了这些秘密，这是那个组织的行内规则，而塞塔布里尼本人在协会内的地位也不允许他进行透露。但在其他方面，他又大谈特谈起来，口若悬河，给这个求知者描述了这个组织在世界上的壮丽的图画。他说，这个集团几乎遍布世界各地，有两万个左右的支会，以及一百五十个左右的分会，成员极其庞大，甚至渗入了像海地和利比亚黑人共和国那些地区的文化里。他还指出了一大批已故和健在的共济会成员，比如伏尔泰、拉菲德、拿破仑、富兰克林、华盛顿、马志尼、加里波第。而在那些尚且健在的人中间，有英国国王，还有一大批掌握欧洲各国大权的人，都是政府官员及国会议员。

汉斯·卡斯托普对此表示尊敬，但并无惊讶之色。他说，这和学生会并无二致。学生会终生团结一致，知道怎样让自己的成员各司其职，谁不是学生会的成员，谁就不能在仕途上和教会里有所成就。正因为此，认为塞塔布里尼先生对自己身兼数职而沾沾自喜，这是不合情理的；另一方面，倒可以认为，这些共济会会员身居要职，恰好证明了这个组织巨大的社会力量，而这些人插手政治自然不用多说，只是塞塔布里尼先生不愿承认罢了。

塞塔布里尼微微一笑，用那本一直放在手上的杂志给自己扇了扇风。难道汉斯·卡斯托普企图套出他的话，引诱他说出共济会的社会性质以及基本的社会精神吗？

"您的恶作剧没有用，工程师，我们承认政治，诚心实意、毫无保留地承认这点。某些傻瓜一听到'政治'一词便满心反感，我们对此不以为然。 这些正是贵国的人，工程师，几乎是贵国才有的特性。 人类之友不会辨认政治与非政治之间的区别，几乎没有什么是非政治的，所有东西都是政治。"

"您说得太直截了当了。"

"我知道有些人认为共济会思想原本是没有政治性质的。 但是这些人只是在玩文字游戏，他们定下了各种限制，但这些限制都是想象出来的，没有任何意义。 我首先要说，至少西班牙共济会是染有政治色彩的。"

"可以想象。"

"您很难想象，工程师。 您不要以为自己具备深刻的思想，其实您能接受并铭记的都是外来的思想。 我说这一点是为了您自己的利益，以及贵国和欧洲的利益。 我现在要给您传授另外一点，也就是第二点——共济会的思想从来就不是非政治性质的，无论何时都不是，也不可能是。 如果不相信这点，那么它自身的本质特征便是错误的。 我们是什么呢？ 是建筑者和他们的协助者。 所有人的目标只有一个，就是达成共和的基本宗旨。 这种幸福是什么，这种建筑又是什么？ 这是真正的社会结构，是人道的完善，是新的耶路撒冷。 但是请告诉我，政治性和非政治性到底是什么？ 社会问题和人类共存问题，本身就是政治，是彻头彻尾的政治，除了政治外什么都不是。 谁致力于这个问题——假若不致力于这个问题，他就不配冠以人类之名——谁就从属于政治，不论是对外的，还是对内的。 他懂得，共济会之术就是统治之术……"

"统治之术……"

"光照派的共济会就深谙执政的艺术——"

"不错，塞塔布里尼先生，统治之术，执政的艺术——这些都深得我意。 但是请您告诉我，您是基督教徒吗，共济会里的人都是吗？"

"Perché（意大利语，意为：怎么会）？"

"请原谅，我还得请教另一个问题。这个问题更简单，也更广泛——您相信上帝吗？"

"我会回答您的。不过您为何要问这个呢？"

"我刚才无意引诱您。不过《圣经》里有一个故事，有一个伪君子拿一块罗马硬币诱惑上帝，上帝告诉他，是王的东西就该给王，是上帝的东西就该给上帝。在我看来，这便是政治与非政治的区别。如果真的有上帝，那么也有这个区别。共济会会员相信上帝吗？"

"我有责任回答您。你谈起了统一的问题，这是我们一直追求的东西，但直到今天还未能实现。等到它实现的时候——我重申一句，我们都在默默地、孜孜不倦地为这项伟大的任务而努力着——那么共济会会员的宗教信条便会形成一致，也就是'Écrasez l'infâme'（法语，意为：粉碎不知廉耻的人）。"

"必须要这样吗？这很难称作宽容。"

"宽容的问题，亲爱的工程师，您尚且未有资格过问。不要忘了，宽容就是犯罪，最后会延伸为邪恶。"

"上帝也会是邪恶的吗？"

"形而上学就是邪恶，它除了麻痹我们建造社会殿堂的力量之外，别无其他目的。一个世纪之前法国的'大东方'[1]更为我们做出了榜样，他们把上帝的名字从会章里剔除。如今，我们意大利人也在效仿他们的做法。"

"颇有天主教作风！"

"你是什么意思……"

"把上帝的名字从中除去，这多么富有天主教的气派啊。"

"您想表达什么呢……"

"没什么值得一听的。塞塔布里尼先生，您别太在意我瞎扯的这些

---

[1] 法国共济会支会名。

东西。我只是发现，无神论主义似乎就是天主教性质的，除去上帝之名仿佛只是为了坚定信仰。"

塞塔布里尼先生沉思片刻，他这番沉思意味着想对对方大谈特谈地教导一番，这是显而易见的。沉默了好一会儿，他答道：

"工程师，您信奉新教，我一点儿也不想中伤您，也不想动摇您的信仰。我们方才说起了宽容，我不仅可以容忍新教，而且知道它是被知识奴役的历史的反对者，对它怀着深深的敬意，这些便不必强调了。印刷术的发明和宗教改革运动一直是，今后也会是中欧做出的两个最杰出的贡献，这是毋庸置疑的。但是听了刚才您说的话后，如果我指出这只是问题的一方面，还有另一面，那么您也能够理解吗？我对此毫不怀疑。新教主义隐藏了某些要素——这也正是贵国那些改革者所隐藏的重要特征——我思考的要素，是静思的快乐，以及催眠术的抽象，这些不是欧洲的要素，而是对于这块忙碌的土地的生命法则及统治而言完全陌生的要素。看看马丁·路德吧！仔细观察他早年和晚年的肖像，那是怎样一副头盖骨，怎样一副颧骨，眼窝深陷得又是多么特别啊！我的朋友，这是亚细亚！如果没有文德人、斯拉夫人，以及撒马利亚人的因素掺和在里面，那该是多么令人惊讶，多么不可思议啊。因此，如果这个人的巨大影响——谁会否认这一点呢——没有为贵国在危险境地维持平衡的天平的一侧带来关键的优势，没有使它偏向东方，那么直到今天，这场斗争还会持续——"

塞塔布里尼原本站在小窗边那张折叠式桌子旁，现在突然朝着他的学生走过来。汉斯·卡斯托普此时正坐在抵着墙壁的床边，胳膊肘托着下巴，撑在膝盖上。

"Caro（意大利语，意为：亲爱的）！"塞塔布里尼先生说道，"Caro amico（意大利语，意为：亲爱的朋友）！应当做出决定，应当做出对欧洲的幸福和未来都有无法言表的重要意义的决定。贵国应当做决定，在灵魂里做出这种决定。在东方和西方之间，必须做出选择，在这两种立场中自觉地做出最后的决定。您还年轻，应当参与到这件事里来，您有义务来发挥您的作用。因此，让我们感谢命运把您带到这个地方来，带到这个恐怖的山上来，这让我有机会利用我那训练有素的、并非全是老生常谈的东西来影响您那尚未定型的年轻特性，让您看清自己的责任——贵国在文明面前所负的责任……"

汉斯·卡斯托普坐着，双手撑着下巴。他透过阁楼屋顶的玻璃窗望向窗外，从他那双澄澈的蓝眼睛里可以看出某种倔强。他不发一言。

"您沉默了。"塞塔布里尼感动地说，"您和您的国家都严守缄默，似乎有所保留——这让别人怎么也看不透你们心里在想什么。你们不喜欢说话，或者不具备说话的能力，又或者太过谨慎，这就显得很不友好。而这个爱说话的世界不知道该怎么对待你们。我的朋友，这是很危险的。说话就是文明本身。言语，哪怕是不同意见的言语也能让人保持交流，而一言不发则让人感到孤独。这不禁让人怀疑，您会用实际行动来打破沉默。您将叫贾科莫表哥（塞塔布里尼为了方便起见，常常将约阿希姆称作贾科莫）在您的面前露出脸来，'他重重地敲了三下，狠狠地锤了三下，其中一个死了，另一个在他面前逃之夭夭……'"

汉斯·卡斯托普开口笑了起来，塞塔布里尼先生也微微一笑，对自己这一番有趣的话的效果感到很是满意。

"不错。"他说，"很好，让我们笑吧，您会发现我们总能喜笑颜开的。古人说过，笑是灵魂的一缕阳光。我们离题了，刚才讨论的问题是，我承认，是筹建共济会世界联盟会所遇到的困难。"塞塔布里尼先生继而谈起了世界联盟会这一问题。想法本身源于匈牙利，它所希望完成的目标，是使共济会成为世界的主要力量。他随手拿起了一封共济会统治者的来信，这是来自一位瑞士大法师的，他是属于三十三阶层的营帐员，他提出一个建议，想把"世界语"作为世界通用的官方语言。塞塔布里尼热切赞扬这一建议的政治意义，目光匹射，揣摩着前景，预计在他的祖国、西班牙以及葡萄牙将会因此爆发思想大革命。他过去一直同共济会总会的高层保持通信，时机已经成熟，决断之时就要到来，这是毫无疑问的。他表示，不远的将来，如果平原上发生什么变动，请汉斯·卡斯托普想起他。汉斯答应了。

应当指出，学生与两位导师关于共济会的谈话是在约阿希姆回来之前发生的。不过，下面的这次谈话发生在他回来之后，当时他也在场，那时候约阿希姆已经上山有九周之久，正是十月初。汉斯·卡斯托普还记得清清楚楚，他们聚在达沃斯高地的疗养所前，那时候秋高气爽，他们坐在那里，喝着清凉的饮料，并暗暗为约阿希姆的身体担忧——虽然约阿希姆只是喉咙有些沙哑，声音不大清晰，这在别人看来是很普通的事情，但在汉斯·卡斯托普眼里，却有些异乎寻常，他看到了一股奇异的光辉——或者可以说，是从约阿希姆深邃的眼睛里看到的那抹光辉。我们知道，那双眼睛在过去一直又大又温柔，但是现在，特别是在这一天，它们看上去却似乎变得更大，也更深沉了。除了刚才所说的眼里那抹光辉，还多了一丝沉思以及不祥的神情。如果说汉斯·卡斯托普不喜欢这样的一副神情，那么是错误的；他喜欢这样的神情，只是这又叫他有些担忧。简而言之，这副神情的性质是模糊不清的，叫人十分困惑。

至于这次谈话，这场争执——当然，是塞塔布里尼及纳夫塔之间的争论——开始的时候并没有什么特别之处，与之前有关共济会的讨论也没有多少关系。菲尔戈和维泽尔也在场，尽管他们对此都抱有兴趣，但对这一情况的理解又不尽相同。比如说菲尔戈先生，他对此便一窍不通。但这样的争辩像是一场生与死的争斗，又进行得文雅风趣——当然，塞塔布里尼与纳夫塔之间的争辩都是如此——这样一场争辩本身是非常值得一听的，即便有些人听得云山雾罩，也不理解其意义。甚至有陌生人在附近坐下来听他们争辩，不时交头接耳讨论一言半语，被争辩者激情满满、风趣优雅的气度吸引住了。

我们已经说过，这件事情发生的地点是疗养所的前面，那时刚好吃过茶点。山庄疗养院里的四位病人在那儿遇到塞塔布里尼，也恰好看到了纳夫塔。他们围着一张金属小桌坐下来，上面摆了各式各样的饮料，还有苏打水、茴香酒以及苦艾酒。纳夫塔是专门过来用茶点的，此刻又叫了啤酒和糕点，显然，他在回忆自己的学生时代。约阿希姆用混有苏打的鲜榨柠檬汁滋润干咳的喉咙，柠檬汁很浓，可以缓解喉咙疼痛。塞塔布里尼则用一支吸管喝着糖水，就像在品尝什么珍贵饮料一样喝得津津有味。

他打趣道："我听到了什么，工程师？到处乱飞的这些传闻是什么呢？您的碧翠丝要回来啦？您的向导可曾游览过天国的九界？我希望您不会谴责您的维吉尔向您伸出的那双友好之手。我们的神父在这儿告诉您，假如圣方济会的神秘主义并不站在反对托马斯主义的立场上，那么 medioevo（意大利语，意为：中世纪）的世界就并不是完满的。"他的玩笑话让大家都笑了起来，转而看向汉斯·卡斯托普，汉斯也笑起来，举起酒杯向他的维吉尔致意。但让人不可置信的是，在接下来的时刻里，塞塔布里尼巧舌如簧地说出的那些无伤大雅的话让纳夫塔感觉受到了挑衅，于是他选择应战，拿维吉尔这位拉丁诗人打趣起来。而这位诗人是塞塔布里尼极为崇拜的一位，塞塔布里尼甚至因崇拜之情，称他的地位高于荷马。纳夫塔曾不止一次表示对维吉尔以及拉丁诗歌嗤之以鼻，这次也抓住机会好好讥讽了一番。他表示，伟大的但丁受制于当时的礼节，竟然在自己的诗歌里如此认真地把这位平庸的诗人捧得这么高——尽管洛多维科先生将其归因于在共济会方面的意义。不仅如此，这位宫廷的桂冠诗人和裘利亚斯王朝的贵客，这个城市文学家和颂扬者，一点儿创造才能都没有，他的灵魂——如果说他有灵魂的话，也是第二流的灵魂，不是诗人之魂，而是一个奥古斯都时代头戴假发的法国人！

说话的这个人对罗马的黄金时代加以指责，自己却以拉丁语教师自居，而他竟能找到将两者加以调和的方法，塞塔布里尼对此丝毫不怀疑。然而，纳夫塔先生对那个叫人喜爱的世纪所做的评论里存在严重的矛盾，这让塞塔布里尼不得不多加留意。纳夫塔认为，人们不但没有蔑视维吉尔，反而真诚地承认他的伟大，把他当成一位先知和术士。

真是白费心机，纳夫塔回答，因为塞塔布里尼将这些远古时代的单纯性拿出来为自己辩护，表示胜利元素既保持了原有的生命力，又被赋予了政府恶魔的内在特征。但事实上，早期教会中的神父们便提醒人们要提防那些老派哲学家和诗人们的论调，尤其是不要被维吉尔的花言巧语腐蚀。今天，当一个时代没落，而另一个时代崛起时，我们再次看到了无产阶级的曙光，我们都感觉到，时机已经成熟。最后，为了回答所有问题，洛多维科先生应当确保一点，也就是他，这位说话者，他的职责是作为一位小小的市民。这一点，塞塔布里尼先生先前曾毫无保留地提醒过他，尽管他确确实实对他顺从这种古典而讲究修辞学的教育系统加以讽刺，乐观者应当搞清楚，这种教育制度还会存活几十年。

"你们已经研究过他们了。"塞塔布里尼叫出声来，"古典修辞学的学习使你们伶牙俐齿。你们研究这些古代的诗人和哲学家，你们设法将他们珍贵的遗产占为己有，就像你们用他们纪念碑上的石块来建造你们的教堂一样。因为你们很清楚，你们那无产阶级的灵魂不可能光靠自己的力量创造任何新的艺术形式，你们想用古人自己的武器来将他们击败。就这样，历史总会重演。你们这些粗野的未开化之人，应当去你们自己不屑一提且劝诫别人加以蔑视的力量那里进修一番，因为没有教养，你们无法在人群中生存下来。但教养只有一种，也就是你们称为资产阶级的东西，但事实上这种教养才是一种人道。"塞塔布里尼先生继续说。这是几十年的问题吗？这是人文教育原理的结束吗？要不是出于礼貌，塞塔布里尼真会不以为然而嘲讽地爆发出一阵大笑。一个懂得怎样珍惜自己不朽财产的欧洲，会忽略人们到处宣扬和梦想的无产阶级的启示，心平气静地把古典理性的统治地位重新提到日程上来。

关于刚才所说的提上日程一事，纳夫塔刻薄地表示，塞塔布里尼先生似乎消息不够灵通。他认为理所当然应当注意的事情，准确来说应该是这样的问题——地中海式的古典人文主义的传统是否与人道紧密相连，是否同人道息息相关，或者只是市民自由时代的精神形式和附属物，并同那个时代一起消亡。决定这一点的是历史。他奉劝塞塔布里尼先生不要过分自信，不要以为他的拉丁保守主义将会取得胜利。

矮小的纳夫塔竟然如此挖苦塞塔布里尼，周围的听众都感受到了这一点，大为惊讶。他，塞塔布里尼先生，这位为进步服务的忠实的仆人，竟然被称为一位保守主义者！他激动地将起他的小胡子，想方设法回击敌人。这反倒给了对方继续攻击的时间。纳夫塔指责教育上的古典理念，标志着整个欧洲教育系统的修辞和文学精神，以及形式和语法的偏执面，认为这些无非市民阶层至高权力感兴趣的附属物，而对人民来说，只是长期以来的笑柄罢了。在民众眼中，我们的博士头衔以及教育上衍生出来的整个官僚制度就是笑话；作为教育机构的公立学校也是如此，它也只是资产阶级进行统治的工具，我们却将它幻想成一种掺有水分的民众教育。他们早已知道，这种在人民同摇摇欲坠的市民阶级王国做斗争时所需要的训练和教育，除了从统治阶级的义务教育之外寻找，别无其他方法。总有一天，整个世界会知道，我们这种从中世纪修道院发展起来的教育系统，只是一种荒谬可笑的官僚体系，是格格不入的东西。而今，已经不再有人将自己的教育归功于学校，而是归功于自由以及公共的引导。演讲会、展览会、电影展等给他带来的启迪比学校更多。

塞塔布里尼先生说，纳夫塔方才向听众们讲起了革命和反动，但其中混杂的蒙昧主义更胜一筹，蒙昧主义的成分多得叫人反感。看到纳夫塔这番话为的是民众的启蒙，塞塔布里尼感到非常高兴，不过又担忧驱使纳夫塔这么做的目的，其实是将人民和世界引入一片文盲的黑暗中，他不禁兴致大减。

纳夫塔微微一笑，"真可怕！"他说。 塞塔布里尼先生自以为说了一句让人惊恐的话，把戈尔贡[1]的脑袋引了出来，并且笃信所有人看到这一景象必定大惊失色。 而他，纳夫塔呢，则为自己让对手大为失望而感到遗憾。 事实上，对方对文盲这事所抱的人文主义的恐惧让他感到可笑。 实际上，只有那些古典文人，那些装模作样的文人、科学家、马里诺派文学家、崇尚文化的万事通才会夸大教育在创作上的价值，并且认为，缺少知识，精神上的黑夜便会来临。 塞塔布里尼先生可曾记得，中世纪那位伟大的诗人，沃尔弗拉姆·冯·埃森巴赫[2]，就是文盲？在当时的德国，把孩子送去学校会遭人唾弃，除非他将成为一名牧师。民众和贵族对文学作品的这种苛责在根本上是灵魂的一种贵族象征，文人作为人文及市民之子，确实能读能写，贵族、士兵和民众则不能，或者鲜有这个能力——但文人自己呢，除了文学之外对大千世界上的事情一无所知，只会用拉丁语胡侃一通，他们只掌握语言，生活上的其他东西则交由合适的人去处理。 正因为此，文人常常认为政治就是空话，所谓修辞和文学，用政治上的术语来说就是激进和民主，诸如此类。

这下塞塔布里尼先生火冒三丈。 他提高嗓门儿说道，他的对手竟然如此轻率，借着对热爱文学的人加以苛责，展现自己对某些时代那种狂热的野蛮现象的推崇——没有文学，人性便不可能存在，也根本无法想象，过去不会有，将来也绝不会有！本质上的高贵？只有愤世嫉俗的人才会将文盲，将粗野的实用主义称作高贵。 我们倒不如说，高贵其实是一种尊贵的奢侈品，是宽宏大量，它在形式上表现为体现人类独立于其内容的自身的价值——对言语的狂热是一种对技艺的推崇，是希腊和罗马文化的遗产，这种遗产至少是由人文主义者，uomini letterati（意大利语，意为：骚人墨客）传给了使用罗马语的国家和地区，它是后来

---

[1] 希腊神话中的蛇头女人。

[2] 德国诗人。

各种有内涵的理想主义的源泉，甚至是政治的源泉。"没错，亲爱的阁下！至于文学和生活分离，您可以表示蔑视，但它是美之桂冠中更高的统一，至于年轻人会选择为哪一方奋斗，是文学还是野蛮，这一点我倒是毫不担心。"

汉斯·卡斯托普没太在意两人的谈话，他的思绪全都集中在了现场那位军人代表身上。不过，当塞塔布里尼先生提出"本质上的高贵"时，他的注意力有所转移，或者可以说，集中在了他眼中那种全新的表达方式上了。他悄悄瞥了一眼塞塔布里尼先生，感觉对方最后那几句话是在催促他，神情顿时变得严肃起来，就像当初塞塔布里尼先生叫他在东方和西方之间做出选择一样，严守缄默的神情中还有执拗的意味。他什么也没说。这两个人都太过激烈，好像必须有分歧，他们吵个不停，容易走极端。但即便如此，在汉斯·卡斯托普看来，在两种互不相容的立场中间，在夸夸其谈的人文主义和愚昧无知的野蛮之间，肯定还有某种可以称之为"人性"的东西。但是他没有把自己的想法说出来，担心这只会让两人更为愤怒。但是，在他不说话的时候，那两人却继续针锋相对起来，话题越扯越远。而这一切，只是由塞塔布里尼先生关于维吉尔的一个小小的玩笑引起的。

意大利人不肯让步，与纳夫塔唇枪舌剑，想要取胜。他自称文学的维护者，大谈文学记载的历史，表示那个时候，人类把文字记号刻在石头上，想要将自己的知识和情绪变成永恒。他说起了埃及的天神托特[1]，他与希腊文化里那个三倍伟大的赫耳墨斯是同一个神，赫耳墨斯作为文字的发明者、书库的守护神、一切文学贡献的奖励者而备受尊敬。他好似在这位赫耳墨斯面前屈下膝来，他是人道的赫耳墨斯，是竞技场的大师，人类因为他而获得了文学词汇的巨大天赋，以及巧舌如簧的辩论能力，这也让汉斯·卡斯托普不由发表起这样的评论来——这位埃及

---

[1] 埃及神话中的月神。

的神之前显然也是一位政治家，他的豪放做派与那位布鲁内托·拉蒂尼先生如出一辙，后者开发了佛罗伦萨人的智慧，将语言的艺术传授于他们，教导他们如何根据政治规则治理国家。纳夫塔这时候插嘴表示，塞塔布里尼言过其实，关于托特的描述缺少了很多方面。事实上，他是猿猴，是月亮以及灵魂之神，是脑袋上有一轮新月的孔雀，是名为赫耳墨斯的死亡之神和死者之神，是亡灵的管理者和引导者。到了中世纪，他变成了一位法术师，是神秘的中世纪密封炼金术的元老。

汉斯·卡斯托普脑子里一片混乱。这是一个以人文主义演说家自居，穿着蓝色外衣的死神，但当人们走近这位好为人师的文学之神和人类之友时，却发现一张猿猴的脸，额头上还有黑夜的标记。他挥舞双臂试图将其赶走，并遮住眼睛。然而当他在黑暗中尝试从这种窘境中摆脱出来时，塞塔布里尼的声音闯了进来，他还在那儿高声赞颂文学之美。他说，所有的伟人，不管是沉稳的还是活跃的，都与文学有着密切的关系，他说起了亚历山大、恺撒、拿破仑、普鲁士腓特烈大帝以及其他英雄人物，甚至还说到了拉萨尔[1]和毛奇。对于纳夫塔就中国所说的那番话，他倒不以为然。纳夫塔说，中国对文字的崇拜简直是其他地方望尘莫及的，在那里，一个人如果能掌握四万个汉字便可以当上元帅——人们以为，这种标准对一位人文主义者来说很是称心！哎，纳夫塔虽然是个可悲的嘲笑者，但他却很清楚，问题不在于象征的树立，而在于作为人类动力的精神，在于文学的精神。它就是精神本身，是分析和形式奇妙的结合体，是它唤醒了人类对所有事物的理解力，削弱了愚昧的偏见和信念，并使其消融，从而实现了文明，以及整个人类的提高和完善。在培养极端的道德敏感度和精炼度的同时，也在宣扬远非狂热的忠诚、公正以及忍耐。文学的净化和治愈功能，知识和文字导致的激情的消散，以文学作为理解、宽恕以及爱的途径，文字的拯救能

---

[1] 德国早期工人运动活动家，全德工人联合会创始人、联合会主席。

力，作为人类精神最为高贵的表现的文学精神，作为完善的人和圣人的作家——这些都是塞塔布里尼为文学辩护，歌功颂德的基调。

但他的对手并没有被打击得说不出话来，恰恰相反，他用辛辣机智的讽刺来击退那位人文主义者的颂词。他声称自己站在保守和生活的那一面，反对腐朽的精神，这种精神本身是披着天使的外衣的。塞塔布里尼用震颤的声音满怀激情地提到的神奇的结合体，无非只是一种欺骗和把戏，因为文学精神自诩为观察和分类原则相结合的形式，只是表象的、自欺欺人的形式，并非真实的、丰满的、自然的以及有生命的形式。那些所谓人类的改革家嘴里所说的净化和治愈，实际上却是阉割生命，让生命失去血液。没错，他们的理论以及叫人动容的精神实际上是在侵害生命。谁想毁灭情欲，谁想要的便只是虚无，此外别无其他——是纯粹的，至少"纯粹"一词是能用来形容"虚无"的唯一的形容词。而塞塔布里尼在这里将他自己表露出来，也就是说，他是一个推崇进步，推崇自由以及资产阶级革命的人。要知道进步是纯粹的虚无主义，崇尚自由主义的资产阶级全都是虚无和恶魔的拥护者。没错，他否定上帝，否定保守而积极的绝对主义的存在，信奉恶魔的反绝对精神，对没有生命的自由主义思想抱着十足的虔诚。他岂止是虔诚，简直是生命的叛徒，应当被送到严厉的审讯室及宗教法庭去加以审问，等等。

就这样，纳夫塔精明地对塞塔布里尼的一番话加以回击，把他的歌颂抨击为歪门邪道，却自诩为严肃捍卫爱的化身。因此无法区别哪一方是正确的，哪里是神，哪里是恶魔，哪里是死亡，哪里又是生命。我们的读者要相信我们，而对手却不肯罢休，依旧在以牙还牙，继续唇枪舌剑，简直没完没了。谈话继续进行下去，照着之前的轨道发展，但汉斯·卡斯托普不再一心倾听。约阿希姆说自己因为受凉而发了烧，现在不知如何是好，因为发烧在山上人眼里根本算不上什么。争论的两个人并没理睬他，汉斯·卡斯托普则一直在留神表哥，我们说过，汉斯的注意力一直在表哥身上，因而在争论尚在进行时，他站了起来，只希望菲尔戈和维泽尔还有足够的兴趣继续听这两位老学究的争论。

回家的路上，他和约阿希姆取得一致意见，在发烧和喉咙痛这一类事情上，最好还是通过正式的途径来处理。换句话说，他们应该先问问浴室师傅，之后再去见见护士长，这样才能够减轻病患的痛苦。这样做很好。当天晚上，晚餐过后，阿德里亚蒂卡便过来敲起了约阿希姆的房门，汉斯·卡斯托普当时也在，护士长问这位年轻的军官有什么感觉。

"喉咙痛？声音沙哑？"她又问了一遍，"您怎么了，小伙子？"她抬起眼，咄咄逼人地看着他。两人的目光没有遇上，这不是约阿希姆的错，而是她自己把目光移开了。她还想再试试继续盯着他看，但经验告诉她，这样做根本无济于事。于是她从口袋里掏出金属制的压舌板，去查看病人的扁桃体状况。汉斯·卡斯托普站在小灯一旁。女护士长踮起脚尖，检查约阿希姆的喉咙，接着说道："告诉我，小伙子，您吞咽的时候有没有什么不大对劲的？"

他该如何回答？这时候，她正给他检查喉咙，他什么也不能说，但她检查完毕后，他却怅然若失起来。自然，他在吃吃喝喝的时候，难免有时会感到不对劲儿，但每个人都是这样，他想知道她问这个问题的意图是什么。他问她为何这么说，他不记得上次吃东西不舒服是何时了。

不要紧，她说，她只是心血来潮才问的。他发了烧，她补充道。这话让表兄弟两人吃了一惊，因为发烧这种事在山上非常忌讳。不管怎样，应该让顾问大夫先生用透视镜再好好为他检查一下喉咙。走的时候她给他留了些消毒药，还有一卷古塔胶，叫他在夜间湿敷。约阿希姆两种都用了，发现症状稍有缓解。他继续这样用着，只是声音依旧沙哑，在过后几天里症状甚至有些加重了——尽管有一段时间，喉咙痛几乎已经消失。

发烧只是他的凭空想象罢了，至少体温表上面显示的温度和平日一样，但与顾问大夫的检查结果结合起来，他还需要再在山上疗养一段时间，方才可以回到部队去。十月份悄悄溜过去了，没有人提起这件事，顾问大夫从不曾说起，表兄弟两人对此也只字不提。他们就这样让它静悄悄地过去了。顾问大夫每月都会为他做例行检查，并叫那位在心理分析方面比较擅长的助理医师坐在桌旁记录下来。从检查结果以及那张 X 射线片子来看，很明显，如果他现在马上离开，可以说是铤而走险，这一次只能严守纪律，直到他的身体完全康复，再回到平地上去继续工作，在军队里进行宣誓。

这便是需要遵循的命令了，每个人都达成默契般对此只字不提。但事实是，表兄弟两人都不相信对方对此深信不疑，如果两人没有对视，那是因为两人心中都隐藏着疑虑。两人面对面时，总会在对视后迅速垂下眼睛。当然了，当他们在谈论文学这一主题时，常常遇到这样的情况。那时候，汉斯·卡斯托普第一次在约阿希姆深邃的眼里看到一种奇异的光芒，以及一丝不祥的表情。之后，这样的情况更加频繁。有一次在餐桌上，他又看到了这样的神情。那次约阿希姆突然剧烈咳嗽起来，上气不接下气。他用纸巾掩着嘴，气喘吁吁的，坐在他旁边的马格纳斯太太根据以往经验在他的背上拍了拍，这时候表兄弟两人的眼光相遇了。在汉斯·卡斯托普眼里，这次意外的眼神交汇让他看到的表哥的神情很是吓人，甚至比这件事本身更叫人惊恐。后来约阿希姆闭起眼睛，用餐巾遮着脸，离开了餐桌，到外面的花园去咳嗽了。

过了十分钟，他又满面笑容地回来了，尽管脸色还是十分苍白。他嘴上说方才打扰了大家，在此表示抱歉，接着大口大口吃起饭来。这之后没有人再特意提起这件事，甚至都不愿为此浪费一言半语。但过了一些日子，同样的事情又发生了，是在第二次早餐的时候。这一次没有人注意到他，至少表兄弟两人的眼神没再碰上，因为汉斯·卡斯托普正埋头用餐，没太留意。但用完餐后他们说起这件事情来，约阿希姆咒骂着米伦东克，说她竟然问他这些愚蠢的问题，总是想方设法诅咒他。没错，这显然只是心理作用而已，汉斯·卡斯托普表示同意，虽然挺烦人，但是倒挺有意思。约阿希姆骂了一通之后，感觉似乎能够回击那个咒语了，用餐时他也小心起来，呛着的次数不比那些不受诅咒的人频繁了。过了九或十天他才会第二次发作——这也没什么可说的了。

然而拉达曼提斯又破例把他叫去了。会面是护士长安排的，也许安排得还算合理，因为他手上已经准备了一把喉咙透视镜，用这个灵巧的小东西可以搞清楚顽固的声音沙哑以及几个小时一次的失声症状背后的原因。每当约阿希姆忘记服用让自己的喉咙保持柔软的润喉药物之后，喉咙痛便会复发。不消说，事实上，他现在也会像别人一样吃饭时呛着，但倒没有那么频繁了，这都是因为他吃饭时一直非常小心，吃得比别人慢一些。

顾问大夫把透视镜对着约阿希姆，仔细窥探他的喉咙深处，结束后，约阿希姆直接走到表弟的阳台上去跟他汇报结果。此时正是午后疗养时间，周围一片寂静，因此他压低了声音，说检查时有些痒。他说，贝伦斯一直在胡扯，说他的喉咙处于发炎状态，每天都需要敷药，并且明天就要开始，他应当先把药准备好。喉咙发炎，还会疼痛。汉斯·卡斯托普浮想联翩，想到了那个跛足的门房，那位整整一周一直掩着耳朵的女人。原本他还有不少问题，现在已经不再纠结不休。但他还想私下见见顾问大夫，只是又忍住了。他跟约阿希姆说，自己对顾问大夫亲手为他治疗感到颇为安慰。他在这方面是一位专家，约阿希姆的病应该很快就能治愈。约阿希姆只是点了点头，也没有看他，之后径自转过身，走到自己的阳台上去了。

这位热爱荣誉的约阿希姆被什么困扰着呢？最近这些日子，他的眼神变得躲躲闪闪起来，有些羞涩之意。之前米伦东克在跟约阿希姆那温和的黑眼睛对视时败下阵来，但如今如果她再次尝试，没准就能成功了。因为约阿希姆开始回避别人的注视，甚至在不得不对着别人看的时候，他也会避开，因为他的表弟常常会盯着他看。汉斯·卡斯托普还不够聪明。如今他坐在自己的阳台上，无精打采的，他迫不及待想去会见贝伦斯，但是忍住了，因为约阿希姆肯定能听到他起身，还是等一下为好，等到傍晚时分再去找贝伦斯好了。

但他一直没成功。那一晚上他似乎一直没有看到贝伦斯的踪影，不仅是那个晚上，接下来的两天也没有看到他。想不让约阿希姆注意，这并非易事，但尚不清楚拉达曼提斯为何不来巡房。汉斯·卡斯托普到处找贝伦斯，问遍了整个疗养院的人，有人说他在这儿，有人说他在那儿，说他肯定能够找到大夫，但每次他到达那个地点的时候，发现大夫已经走了。但确实，有一次用餐时贝伦斯露面了，只是他坐的位置离汉斯太远，在"下等"俄国人的那一桌上，在甜点端来之前，他已经消失了。有一两次，他已经看到他了，他站在楼梯或过道里，跟克罗科夫斯基大夫或是女护士长，或者一位病人说话，汉斯·卡斯托普以为自己已经找到他了，只需要等他谈话结束便可。但是他无意间转过头一会儿，再回过头的时候，发现他已经不见了。

在第四天的时候，他终于找到了贝伦斯。他从阳台上看到顾问大夫在下面的花园里指示着园丁。汉斯掀开毛毯，迅速跑下楼去。他看到顾问大夫正朝着自己的私宅方向漫步而去，便急匆匆追过去，甚至有些大胆地喊起他的名字来，但顾问大夫根本不予理会。最后，汉斯气喘吁吁地拦住他，终于叫他停了下来。

"您在这儿干吗？"顾问大夫瞪着眼睛呵斥道，"我是否应当再多复印一张疗养院院规给您？现在似乎是疗养的时间。据我所知，您的体温曲线和您的 X 射线检查结果都无法表明您有资格扮演一位自由自在的绅士。我真应该在这儿竖起一个稻草人，吓唬吓唬那些擅自在这种时候下楼到花园里来散步的人。"

"顾问大夫先生，我必须跟您谈一会儿。"

"我早已注意到，您一直有这个想法。您一直跟在我后面，好像我是您追求的对象。您想要说什么呢？"

"我是为了表哥，顾问大夫先生。请见谅，他正要给喉咙涂药呢……我知道事情很快会有所好转——恕我冒昧一问，问题并不严重吧？"

"您总希望事情都不怎么严重，卡斯托普——您本性如此。您总喜欢把事情看得并不严重，却忽略了它们的真实情况。您大概认为这样就能取悦上帝和别人。您有些像伪君子，卡斯托普，而且还是一个懦夫，如果您表哥把您称作文人，那他可真说得有些委婉。"

"也许您说得没错，顾问大夫先生。我性格里有缺点是毋庸置疑的。但我想说的问题是——这些弱点目前都不成问题。这三天我一直想找您问问——"

"您想让我分您些甜蜜的'混合酒'，是吗？您想缠着我，让我认可您那可恶的伪君子作风，这样您可以舒舒服服睡大觉，却让别人难以入睡。"

"但是，顾问大夫先生，您为何对我如此苛刻？我只是想——"

"没错，没错，严格不适合您，我知道。您的表哥却是另一种人，完完全全是另一种样子。他清楚，他很明白，并且保持缄默。懂吗？他不会到处扯着别人的衣服下摆，缠着别人然后逃避现实！他知道他在做什么，知道冒的是什么样的险，他是那种会咬紧牙关撑下去的人。他是一个男子汉，作为男子汉，他知道该做什么，很可惜，像您这样娇生惯养的人是做不到的。但是我警告您，卡斯托普，如果您想发泄您的文人情绪，大哭大闹一番，我只会把您赶走。我们现在要的是男子汉，您可明白？"

汉斯·卡斯托普一言不发，如今他脸色变了，脸上显出雀斑来。他的皮肤已经变成了古铜色，因此不会再变得苍白了。

最后，他嘴角抽搐着说道：

"谢谢您，顾问大夫先生。我现在明白了——如果约阿希姆的情况没那么严重，我想您跟我说话的时候也不会这么严肃。但我不喜欢大吵大闹，在这一点上您对我有偏见。如果这件事情需要保持沉默，我保证可以做到。"

"您和表哥之间有着深厚的感情，是吗，卡斯托普？"顾问大夫突然紧紧抓住年轻人的手，这样问道。他那双蓝色的眼睛圆鼓鼓的，还充着血，上面是白色的睫毛。

"我还能说什么呢，顾问大夫先生？他是我的一位近亲，而且——还是我的挚友，是在这山上陪伴我的人。"汉斯·卡斯托普有些呜咽，一只脚踮起来，脚尖顶着地面。

顾问大夫赶忙把手松开。

"那么，接下来的六到八周，您要好好照顾他。"他说，"让您那种认为什么事都不严重的观点顺其自然吧，这样对他好处不少。我也会到那儿去，把事情弄得舒舒服服的，以便衬托他那一位军官、一位绅士的身份。"

"喉头出了毛病，是吗？"汉斯·卡斯托普问道，同时歪着脑袋等待答案。"喉病，"贝伦斯表示，"破坏性很强。气管黏膜看上去也不妙，也许在军队喊口令引起了一些问题。对于这种小病变，本来我要随时做好准备进行治疗的。不过没多大希望了，小伙子，实际上，已经没有希望了，我想。当然，各种方法都要试试，要不惜一切代价。"

"那位母亲……"汉斯·卡斯托普开口道。

"以后再说，以后再说，不用急。您得谨慎处理，到时候她会明白的。现在回到您的老地方去，他会惦记您的——假若让他发觉有人在背后说他，他会不高兴的。"

约阿希姆每天都会去做喉部湿敷，那时正是秋高气爽的日子。他穿着白色法兰绒裤子和蓝色的夹克衫，到餐厅里去的时间总是因治疗偏晚，干净清爽，神采奕奕，走进去时微微欠身，礼貌而真诚地为自己的迟到请求原谅，接着坐下来用餐。他的膳食是精心准备的，因为现在有呛着的危险，不能再吃普通的食物，他吃的是剁碎的肉和菜汤。同桌的人很快便理解他的处境。他们像往常一样热心地报以问候，并以"少尉"称呼他。他不在场的时候，他们会向汉斯·卡斯托普打听他的情况，甚至其他餐桌上的人也会过来询问。斯特尔夫人搓着手，喋喋不休，长吁短叹。汉斯·卡斯托普只是用单音节词回答他们，承认表哥病情严重，但从某种程度上来说还是避重就轻，只希望不要过早将表哥的状况透露出去。

他们每日一起出门散步，每日走上三次规定的距离。如今，为了保持体力，顾问大夫先生已经限制了约阿希姆散步的距离。汉斯·卡斯托普走在表哥的左侧。之前散步的时候，他有时走在左边，有时走在右边，而今他却一直保持在表哥的左边。他们谈话不多，所谈也只是日常事务，其他的鲜少提到。两人之间的话题更是少之甚少，对两个讲究传统，有所保留，甚至互不称呼名字的人来说，经常是如此。在汉斯·卡斯托普这位文人的心中，有时候会有什么蠢蠢欲动，让他恨不得马上把内心深处的想法吐露出来，但他不能这样做，他还是把这痛苦而难以抑制的感觉压了下去，一言不发。

约阿希姆低着头走在汉斯身边，他盯着地面，好像在观察泥土。多么奇怪！他有礼有节地来到这里，像往常那样，按照惯例彬彬有礼地向大家打招呼。他不骄不躁，和常日里一样，衣冠整洁，自然大方。嗯，我们都将回归这土地，不管早或晚。可是他还这么年轻，怀着喜悦和善意从事他短暂的工作——如此年轻就要回归这片土地，真叫人痛心。但是对于走在他身边的汉斯来说，他清楚一切，却比这位就快回归土地的人更加痛苦，更加感到难以理解。约阿希姆大概也知道了些什么，只是一直保持沉默，显出学究式的得体感。事实上，一个人的离去更可以说是还活着的人的事情，而非他本人的。这正好应了下面这句格言，不管他本人是否意识到这一点——我们在，死神便不来；死神来，我们也不在。换句话说，死神和我们并没有真正的联系，它与我们并没有什么关系，只是跟世界、跟自然联系在一起。因此，所有生物都以一种沉着冷漠、事不关己、不负责任的心态来看待死神。在这几周里，汉斯·卡斯托普观察到，表哥也显露出这样的神情。他之前不了解，如今却知道表哥对此事保持沉默不是什么难事，因为他与其内部的关系，也就是说，这种关系只是理论性的。实际上，它被一种健康的合适感调解，这让他不大喜欢去谈论这件事情，正像他不乐意去谈论其他功能残缺问题一样。这些是我们都明白的，我们的生命也是建立在这些条件之上的，但它并不妨碍我们保持礼节。

他们就这样走着，对不体面的自然现象闭口不谈。对于不能参加演习以及无法参加部队操演，起先约阿希姆还会常常大声咒骂，如今也不再抱怨了。但是既然他既无怨言也不内疚，为何那温柔的眼神又变得那么哀伤而躲躲闪闪了呢？那游移不定的目光——如果护士长夫人再试试的话，现在应该已经胜利了吧——是因为他看到自己的眼睛越来越大，脸颊越来越深陷下去了吗？这几周，他比在山下的时候更加消瘦，棕红色的皮肤一日日地变得蜡黄，像皮革那样。还有他周围的环境，这样的环境会让阿尔宾先生有机会不顾羞耻地纵情享乐，但对这位年轻的军官来说，却是懊恼和自卑的来源。在什么面前，在谁的面前，他原本坦坦荡荡的眼神如今变得躲躲闪闪。一个生命溜到角落里死亡，这是多么羞耻，又是多么奇怪的事情啊。他确信，他不该期待来自外界的任何尊敬，或是对他的痛苦及死亡的重视！他这样确信是没错的——一群振翅飞翔的飞燕不仅对它们那残废的同伴不予理会，还用它们的嘴去啄它，但这只是下等动物的天性。在看到约阿希姆眼中那抹本能的羞耻感之后，汉斯·卡斯托普的胸中泛起了人道的同情和爱惜。他特意走到约阿希姆的左边，约阿希姆现在的步子已经不大稳，因此在上坡的时候，他要把他的胳膊放到约阿希姆的肩膀上，扶着他，顾不上所谓礼节；上坡后，他的胳膊还搭在约阿希姆的肩膀上，直到约阿希姆有些生气地甩开胳膊，说道：

"像什么话，这样走，看起来像喝醉了似的。"

可是后来，汉斯·卡斯托普又在约阿希姆悲伤的眼神里看到了另一丝神色。那是在约阿希姆根据大夫指示卧床休养后不久，还是十一月初，地上积了厚厚的雪。那时候他已经很难咽下碎肉和米粥，每咽下一口都觉得不大对劲儿。大夫建议把食物改为流食，还命令他卧床休养，这样可以保持体力。在他卧床的前一天晚上，也就是他还能自由走动的那一晚，汉斯·卡斯托普看到他同玛鲁莎谈话，也就是那个哈哈大笑的玛鲁莎，她的手绢上总散发着橙子的香味，丰满的胸脯吸人眼球。那时候正是用完餐的半小时社交时间，汉斯·卡斯托普从音乐室里出来，寻找表哥，突然看到约阿希姆站在壁炉旁，就在玛鲁莎的摇椅旁。约阿希姆用左臂把椅子往后一拉，让它翘了起来，这样可以让玛鲁莎以半躺的姿势抬起头看着他，她的眼睛是棕色的。约阿希姆在她上方弯下身子，温柔而又断断续续地说着话，而她时不时微微笑着，或是不屑地耸耸肩膀。

这个偷看的人赶紧退到一旁，即便他知道看到这幅景象的不止他一个人，约阿希姆只是没有注意到，或者不在意罢了。这幅景象给汉斯·卡斯托普带来的震惊，比约阿希姆这几周以来渐渐变得虚弱带给他的震动更大。约阿希姆竟找上了玛鲁莎，旁若无人地跟她谈话。他与玛鲁莎同桌许久，但从未交流过一言半语，一直冷静而礼貌地低垂着眼睛，神情严肃到让自己忽视她的存在，忽视她这个人。即便在别人提起她的时候，他的脸也会变得煞白，还会显出些雀斑来——"嗯，没错，他已经不行了。"汉斯·卡斯托普暗自想着，在音乐室的一把椅子上坐了下来，他赐予约阿希姆一点儿时间来享受他最后的放纵。

从今以后，约阿希姆便要一直卧床了。汉斯·卡斯托普坐在那把质地精良的椅子上给路易莎·齐姆森写信，除去普通的病情报告，他又把约阿希姆已经卧床的消息加了进去。虽然约阿希姆本人没说什么，但从他的眼睛里看得出来，他希望母亲过来。顾问大夫贝伦斯也表示同意。他写得很是委婉。之后，路易莎·齐姆森毫无意外地赶着最早那班火车前来探望儿子。那封充满人情味的信件发出去三天之后，她就来了。汉斯·卡斯托普乘着雪橇，冒着暴风雪到车站那儿接她。火车开进来的时候，他小心翼翼地控制自己的情绪，不让母亲一下子太过震惊，也留心不让她抱有虚幻的希望。

在这个月台上，不知道有多少人相遇。车上的人急急忙忙冲下去，等待者则神色慌张地苦苦搜索从火车上下来的人！齐姆森夫人看起来像是从汉堡步行到这里的一样。她涨红了脸，拉住汉斯·卡斯托普的手，贴在自己的胸口上，急急地提出一些隐秘的问题，然后惊恐地看着他，似乎害怕听到答案一样。汉斯对她的问题避而不答，只说很感谢她这么快就来了，她能来真是再好不过了，约阿希姆见到她肯定也会很高兴。没错，他现在卧病在床，这可真糟糕，但又不得不这样做，如今吃的也都是流食，自然体力就弱了一些。当然，如果方便，还有其他的方法，例如输送人工营养。不过她可以亲自去看看。

她看到了，她旁边的汉斯·卡斯托普也看到了。一直到这一刻，汉斯对约阿希姆这几周以来的改变并未太过在意——年轻人对这类事情不大在意。但如今，他却用这位刚到的母亲一样的眼光看他，好像这几周以来他从未见过约阿希姆，他清楚而又明显地察觉到，约阿希姆是一个行将就木的人，他知道母亲也明白这一点。他把齐姆森太太的手握在自己的手里，他的手枯黄而消瘦，正如他的脸一般。他的耳朵因为消瘦而凸了出来，显得十分不雅。但除了这个缺点之外，即便病痛折磨着他年轻的生命，即便他表情因为疾病而显得严肃，他看上去还多了一分男人的俊美——虽然他那抹黑黑的小胡须下的双唇，与凹陷的脸颊相比有些过于丰满。他眉角两侧的暗黄的皮肤上，出现了两道皱纹，他眼睛深陷，看上去比以往更大、更动人了，汉斯·卡斯托普从未见过这样的眼睛。那种痛苦而犹疑不决的神色不见了，如今的约阿希姆躺在床上，在沉静且黑暗的眼底，只能看到最初的那抹亮光——没错，依旧是那种"不祥"的眼神。他的脸上没有一丝笑容。他握着母亲的手，在她耳边轻声表示欢迎。在母亲进来的时候，他也没有笑过，他的面无表情已经说明了一切。

路易莎·齐姆森是个勇敢的女人。见到爱子这副样子，并没有表现得悲痛欲绝。她的头发上罩着几乎看不见的面纱，更显出她的泰然自若。她冷静而精力充沛地担负起照顾约阿希姆的工作来，正像家乡那些身体健康的人那样。儿子的那副样子激励着她竭尽一位母亲的全力与疾病抗争，她以为如果想要拯救爱子，她必须全心照顾、无微不至。几天之后，她同意请来一位护士，这不是为了分担压力，而只是一种形式。那便是伯塔护士，也就是阿弗丽达·席尔德克内希特，她带着黑色的小手提箱来了。但无论白天或夜晚，齐姆森太太总是积极地干了大部分的活儿，因此她便空出大把大把时间来，站在走廊上，透过眼镜东张西望。她为人淡漠，是一位新教徒。有一回，她与汉斯·卡斯托普以及病人单独待在病房里，病榻上的病人还没睡着，只是躺在床上，眼睛睁着。这时候她却说出这样的话来："我可从未想过会来照料你们二人中的一位，直至病终呢。"

汉斯·卡斯托普大惊失色，抬起拳头在她面前挥了挥，她却没能明白其中的用意。她并没有同情约阿希姆的意识，反倒怀揣一份过于现实的想法，认为不会有谁还对这种病的性质和结果抱有疑问，尤其是患者本人。"闻闻这个，"她说着，在手帕上沾了一点儿科隆香水，凑到约阿希姆的鼻子下面，"这能让您更舒服些，少尉先生，试试！"不管怎样，她是对的，这种时候再对约阿希姆抱有不切实际的想法，确实是不够理智。齐姆森太太依旧用轻快而鼓舞人心的语调谈起约阿希姆的康复，无非为了给他注入一剂滋身补药罢了。因为有两件事情是确凿无疑的——一是约阿希姆清醒地意识到自己行将就木，二是他已经默认了这种状态，内心平和冷静。只是在上周——十一月末的时候——他出现了心力衰竭的现象。他昏迷了好几个小时，毫无意识，迷迷糊糊地念叨着早日回到连队去，还说起了秋季的演习，他以为演习还在进行中。顾问大夫贝伦斯已经对他不抱任何希望，并对亲戚们表示，他也只能撑过几个时辰罢了。

这种情况合乎规律，却叫人悲痛欲绝。它会在濒临终结之时，让阳刚坚强的男子汉陷入迷惘与自我欺骗。它并非一种个人现象，而是确确实实超越了个人意识，就像一个冻僵的人不由自主地昏昏欲睡，或是一个迷路的人不自觉地兜着圈子那样。尽管汉斯·卡斯托普肝肠寸断，心如刀绞，但他依旧冷静客观地看待这一现象，并且在同纳夫塔以及塞塔布里尼谈起表哥的身体状况时，能够言辞精准地加以评论。塞塔布里尼则毫不留情地批驳他的观点。他说，如今流行一种概念——相信一切都会好起来这种想法是健康的标志，而悲观厌世却是病态的标志。这样的想法显然是错误的。假若果真如此，令人失去希望的生命最后的阶段就不会出现乐观情绪，那反常的玫瑰色彩，同先前的沉郁相比，呈现出一种顽强的生机。不过，让汉斯·卡斯托普感到欣慰的是，即便拉达曼提斯没有给他们留下任何希望，但他预言的那种绝望还不至于让人痛苦不堪，它会在柔和平静中结束，尽管约阿希姆正值青春。

"就像牧歌一样，心脏就这么停止了，亲爱的夫人啊！"贝伦斯说着，握着齐姆森太太的双手，将其放在自己那双硕大的手里，同时抬起头，用自己那双圆鼓鼓、水汪汪的充血的眼睛望着她，"这个过程让我心满意足，我非常满意，他不用再经历声门水肿这一类让人窘迫的境况了，不用再经历各种磨难。他的心脏很快就会衰竭，这对他和我们来说，都是很幸运的；我们可以尽义务给他注射樟脑一类的东西，但也只是苟延残喘。最后他会睡很长的一段时间，他会做愉快的梦，我可以向您保证这点；即便他没有马上入梦，也只会有很短的一个过渡，短到他几乎注意不到，您都不会承认它的存在。大多数都是这么回事——

我知道死亡是什么样子，我是它的老朋友，相信我，人们把它看得过高了。当然，死根本什么都不算。死前会出现各种残酷的现象，但不能把这些归到死亡身上，这是不公平的，它本身是一种生命现象。但是没有人能起死回生，没有人能从死亡中回来，告诉我们那里的情况。我们从黑暗中走来，又回到黑暗中去，这之间的过程便是人生。但是开始与结束，出生和死亡，我们没有切身体会过，它们不是主观的东西，完全属于客观范畴。就是这样。"

这就是顾问大夫独特的安慰方式。我们希望这样可以让理智的齐姆森太太感到一丝宽慰。至少，他对这件事情的判断是没错的。这些日子，约阿希姆总要睡上好些个小时，身体非常虚弱，也许做了美梦，梦到了平原，梦到了平原上的演习。当他醒过来的时候，他们会问他感觉如何，他断断续续地回答上几句，说他很好，非常快乐。虽然他已经几乎没有脉搏，注射针头时也感觉不到任何疼痛。他的身体已经没有感觉，现在即使去烧灼他的身子，去拧他，他都不会感受得到。

母亲过来之后，他的身体起了很大的变化。因为行动不便，他已经有八九天没有修剪胡子了，现在脸上积了密密的胡须。漆黑的胡子更显出他那蜡黄的脸，还有他那双温柔的眼睛。这是勇士的胡子，是战场上的战士所蓄的胡子，大家都认为他这样颇具男子气概，非常漂亮。约阿希姆从一位年轻男子一下子变成了一个成熟的老男人——或许并非只是胡须的缘故。他的生命消逝得很快，像一只转个不停的钟表，他就这样走过人生每一个阶段，没有太多时间逐一驻足，最后的二十四个小时内，他一下子成了白发苍苍的老人。心脏衰弱使他的面部浮肿起来，让他看上去非常疲惫，这给汉斯·卡斯托普这样一种感觉——从最低程度上来说，死亡必定是一件非常艰难的事，即便因为感官的失调，以及肢体的麻木，约阿希姆感觉不到这一点。他身上肿胀最为厉害的是双唇，嘴巴内部干燥而毫无知觉，因此约阿希姆说起话来像老人一样含糊不清。这让他感到非常恼怒。他嘟哝着说，如果一切都会好起来，那是最好的，可是语言问题真是见鬼的麻烦事。

他所说的"一切都会好起来"的意义并不明确——事实上，他说话时总是呈现出模棱两可的倾向，似乎确定，又含糊不清，似乎懂得，却又像一窍不通；有一次，他表示一阵很明显的毁灭感向自己袭来。他摇晃着脑袋，自怨自艾地说，他从未感到如此难受。

那之后，他变得严肃起来，抗拒一切，甚至有些粗鲁，不想听任何的甜言蜜语或是虚伪的借口，只是呆呆地瞅着前方，不做任何回答。路易莎·齐姆森请来了一位年轻的牧师，他没有戴硬领，只是戴了胸饰，这让汉斯·卡斯托普深感遗憾。他与约阿希姆一同祈祷后，病人依旧是一副冷漠的军人口吻，提出要求时简单得像是在发号施令。

晚上六时，他开始做一些奇怪的动作，用手腕上戴着手镯的右手，先是摸一摸臀部，接着在背后抬起来，前后大幅度地在床单上方摇摆着，好像要把什么东西抓起来似的。

七点钟时，他去世了。阿弗丽达·席尔德克内希特在走廊上，只有母亲和表弟陪在他身边。他陷在床上，突然命令他们让他的头枕得高一些。当齐姆森太太试图用双臂环住他的肩膀时，他忽而急切地说，他必须写一封信，申请延长他的假期，正在他说话的时候，大夫所说的"过渡阶段"到来了。汉斯·卡斯托普在红色灯罩的灯光下，虔诚地看着这一切，很快就感觉到了他的变化。他的眼神渐渐暗下去，他那种无意识的紧张特征渐渐放松下来，双唇的肿胀明显地消退了，年轻男子的美再次在约阿希姆平静的面庞上出现，于是一切就这样结束了。

路易莎·齐姆森转过头啜泣起来，汉斯·卡斯托普弯下身，眼前那副躯体一动不动，也没有了呼吸。他用无名指的指尖合上约阿希姆的双眼，把被单上的两只手交叠在一起。接着他也哭了起来，泪水滑下他的脸颊，眼泪洗刷他的脸。这些澄澈的泪水饱含着痛苦，世界上每时每刻都在流淌泪水，因而我们赋予它诗情画意。这是一种碱性的、含有盐分的腺分泌物，当我们的神经系统受到压抑，感到剧烈的疼痛时，泪水便会挤压而出。汉斯·卡斯托普知道，泪水里含有黏蛋白和其他蛋白质。

收到贝尔塔护士传来的消息后，顾问大夫便赶了过来。先前他在床边待了一个半小时，还为约阿希姆注射了一剂樟脑，只是错过了短暂的"过渡阶段"。"哎，"他简短地说，"他过去了。"说着把听筒从约阿希姆的胸膛上拾起来，然后同两个人握了握手，点点头，同他们在床边站了一会儿，看着约阿希姆一动不动的战士般的胡须。"疯狂的年轻人！"他说着，转头对着长眠的逝者致意，"疯狂的小伙子。他是被逼迫上来的，你们知道——当然，他在山下服役时都是如此，使用武力，强迫执行。他头脑发热加入了这一行，而且要誓死达到目的。这是光荣的战场，你们明白——他从我们身边溜走，到战场上去了。于他，光荣便是死亡，而死亡——嗯，你们也可以用另一种方式看待它。不管怎样，他是走了——这份光荣把他带走了。一个疯子，一个疯狂的小伙子。"说着他离开了，拖着顾长而佝偻的身子，后颈骨高高凸起来。

他们决定将约阿希姆带回家乡，山庄疗养院将一切必需的程序都安排妥当，也尽量让这样的场景看起来庄严肃穆。母亲和表弟不用亲自动手。次日，约阿希姆穿着一件丝绸礼服衬衫，身上盖着被单，被单周围铺满了鲜花。在白雪的映照下，他看起来竟比去世时更加俊美了。他脸上所有紧张的神情全都消失了，它们慢慢平静下来，十分安宁。乌黑卷曲的头发散在枯黄的额头上，看上去似乎是用某种介于蜡和大理石之间的优质而僵硬的材料做的，即便头发看上去有些僵，双唇却显得十分丰满，嘴角翘起。前来同约阿希姆道别的宾客纷纷表示，如果戴上一顶古代战士的头盔就好了。

斯特尔夫人看着这幅场景，忽而大声号哭起来："一位英雄，他是一位英雄。"她一面大哭，一面要求在他的墓前演奏"Erotika"[1]。

---

[1] 该词为"情色"之意，此处斯特尔夫人应当意指贝多芬的 Eroica，即《英雄交响曲》。

"别出声。"塞塔布里尼在她旁边，嘘了一声，他同纳夫塔以及这个女人在屋子里。他情绪太过激动，两手朝在床边旁观的人挥舞着，叫他们同他一齐默哀。"Un giovanotto tanto simpatico, tanto stimabile（意大利语，意为：这是多么年轻，多么难能可贵的小伙子）。"他重复了好几遍。

纳夫塔没看他，或者说态度有些拘谨，忍不住轻声而刻薄地说道："我很高兴看到您除了对自由和进步的热情之外，对这严肃的场合竟也有感情。"

塞塔布里尼忍住了对方的冒犯。也许他意识到，在眼下这个时候，纳夫塔占了上风，他保持着那种生动的哀悼方式，以此寻求平衡。莱奥·纳夫塔发现自己占据上风，又说教地加了一句：

"文人的错误在于他们认为只有精神才能产生高尚。事实恰好相反——没有精神的地方，才有真正的美德。"

"天啊！"汉斯·卡斯托普心想，"真是一句玄妙的评论！听了这样的话，大家都要闭起嘴来，小心翼翼地。"

那天下午，金属棺材便送了过来。运送棺材的人把约阿希姆移到这个庄严的、饰有狮子头和铃铛的容器里。接下来的环节交由殡仪馆一位身穿黑衣的负责人员。他穿一件短外套，俗气的手上戴着一枚结婚戒指，戒指几乎陷到了肉里。人们也许会认为他的外套会散发出腐臭味——当然，这纯粹是偏见而已。这位专职人员告诉大家，他的工作会在幕后进行，亲戚们只需等待结果便可。汉斯·卡斯托普对这个前来帮忙的人以及他所做的工作充满怀疑。他让齐姆森太太先回避，但他自己不打算鞠一躬便退出。他站在一旁，表示可以帮忙，接着把约阿希姆的躯体从床单和铺着流苏的枕垫上抬起来，放在肩上，帮忙把他放到棺材里去。于是约阿希姆便高高地躺在那儿，躺在一片烛台中，烛台是疗养院提供的，显得十分庄严。

但第二天，出现了一种现象，这让汉斯·卡斯托普终于下决心告别这副平静的躯体，让那个料理这事的专职守卫来照料。因为约阿希姆的神情原本庄严高贵，如今他的胡须间显出一丝微笑。汉斯·卡斯托普不想隐瞒，这种微笑意味着遗体开始腐烂，他心里明白时间紧迫。现在盖上棺盖，把盖子钉上才好，这样，不日便可下葬。汉斯·卡斯托普不顾传统的拘谨，双唇在约阿希姆冰凉的前额上轻轻吻了吻，告别过去的他；尽管他意识里依旧对那个处理后事的专员保持怀疑，却还是顺从地跟着路易莎·齐姆森走出了房间。

我们应该让最后的、唯一的幕布落下。当它沙沙地放下来时，让我们的心灵跟着汉斯·卡斯托普一同站在那落寞的高山上，跟着他一起往下望向平原那潮湿的葬地，遥望那时起时落的刀光剑影，倾听发出的命令声，还有那三声礼炮，恍若三个热情的敬礼，在约阿希姆的墓地里回响。

第七章

Der Zauberberg

穿过时间的海洋

　　谁能将时间和时间的本质及目的叙述出来？这简直是荒谬无比的事情。一则故事里说道："时间流逝，它如流水般一直向前推进。"诸如此类，但凡理智之人，便不会说出这样的话。这就好比一个人将一个单音节或和弦弹上一个小时，便将其称作音乐一样。因为叙述和音乐的共同之处在于，它填补了时间的空隙。它"填补了空隙"并"进行划分"，因而"有了什么事情"，"发生了某些事情"——我们在这儿怀着悼念和悲伤的虔诚之心引用离世的约阿希姆随口提起的话，只是他的声音早已消失。那是多久以前的事情了啊，久到我们不知道读者是否还清楚究竟过去了多久。时间是故事的媒介，是生活的媒介。这两者都与时间紧密联系在一起，就像空间和其中的两种物体的关系。同样，时间也是音乐的媒介，它可以对音乐进行测量，将其分节，使其体现出价值。因此，音乐和故事是相似的，都呈现出流动的状态，在时间上是连续不断的，是前后相关的。这两者都与造型艺术千差万别，后者是完完整整地呈现的，与时间毫无关联，但故事——音乐亦是如此——的完整形态是一种发展过程，需要依附于时间的作用展现出来。

　　这是显而易见的，但两者之间的区别同样清楚明了。音乐中的时间要素是单一的，音乐将自己倾注于人类生命的时间里，从而无可名状地实现增强和崇高化。但故事的时间因素则包括两个方面：首先，是它本身的时间，就像音乐一样，是故事再现及经过所需的实实在在的时间；其次，是故事中所含内容的时间，这只是相对的，是极端相对的，因此故事虚拟出来的时间与实际的及音乐的时间有可能吻合，也有可能相差十万八千里。一段名为"五分钟华尔兹"的曲子，持续时间为五分钟，这就是它与时间因素之间的关系，仅仅如此。但一则故事呢，假使它的内容只有五分钟，假若竭尽全力地讲述，那么这五分钟将会扩大到原来的一千倍，其虚拟的时间看似十分漫长，实则非常短暂。但另一方面，故事的时间内容可以将其实际的时间无限缩短。我们有意地从这个角度看待它，因为还有另外的一个因素，幻觉的因素？或者可以说，是病态的因素？它确实是我们所述的这一情景中的一个因素。此处指的是故事的叙述带来密闭性幻觉及暂时性透视的场合，这些场合能让我们想起实际生活中某些一反常态的超验经历。我们记录了吸食鸦片者的幻觉，他们会在短时间内产生麻醉性幻觉，这种幻觉能持续上十年、三十年、六十年，甚至超越了人们生活经历的极限——他们梦境中的时间比现实及音乐时间漫长许多，时间感缩短得令人难以置信；幻象一个接一个在沉睡者的脑中快速溜走，就像"什么类似发条的东西从钟表上被抽走"一样。大麻吸食者便是如此。

因此，在某些不吉利的梦境里，故事可以和时间一起工作，在这样的情况下，时间对故事进行处理。倘若真是如此，那么很显然，时间作为故事的媒介，可以作为客体。因此，开头那种一个人可以讲述时间的故事的说法就不是荒谬可笑的。坦白说，我们提出了时间是否可以讲述的问题，只因为某些东西与这个故事相似。假若我们谈及另一个更远的问题，也就是我们的读者是否清楚，我们这位正直的约阿希姆的这段有关音乐与时间的谈论已经过去了多久——这种说法表明他的品格中存在某种炼金术一样的提纯，但就他的善良和淳朴来说，事实并非如此——若是我们的读者对此不甚了解，我们也不会气馁。不但如此，我们还会感到满意，原因很简单，我们只想唤起读者对这位英雄的同情之心。再加上，汉斯·卡斯托普并不明白问题关键之所在，很久以来一直不大明白——这就导致这个故事变成了他在山上的个人历险记。

从各方面来说，它也是一部"时间小说"。

约阿希姆同他的表弟在山上生活了多久，从他擅自离院，到他失去生命，或是总的加起来，总共是多长时间？他离开的日子是哪一天，离开了多久，什么时候回来的？从表哥回到山上，到最后与世长辞，这期间汉斯·卡斯托普在这儿待了多久？且不说约阿希姆，肖夏太太离开了多久？她什么时候回到了山上，又是经过了多久才回来的——因为她确实回来了；肖夏太太回来后，汉斯·卡斯托普又在山庄疗养院度过了多少尘世时间？没有人向他提出所有这些问题，他本人因为害怕，也不曾提过这样的问题。假使真的有人提起，他应该也只是轻轻敲击着指尖，什么也回答不出来——就像他到这里的第一晚，塞塔布里尼问起他的年龄时，他那局促不安的样子，因为他确实回答不出来。

这些话可能听起来非常荒谬，但在某些情况下，人们确实无法计算出时间的流逝，甚至忘记了自己的年岁。我们身体内部缺乏指示时间的器官，如果没有外界的引导，我们单凭自己的计算，是绝对无法计算出时间的。有这样一个例子，一群矿工被埋在地下，与世隔绝，不知当天黑夜，获救后他们测算过黑暗里度过的时间，认为那段时而充满希望、时而满心恐惧的时间大约是三天，但实际上却是十天。有人以为在这样的情况里，时间会无比漫长，但实际上，时间却缩短到了实际情况的不到三分之一。显然，在困境中，人们很可能会因束手无策，把时间测算得短一些，而不是过长。

毫无疑问，假若汉斯·卡斯托普想要这样做，那么不必费多少心思便能将不确定的状态变得明明白白，就像读者们在遇到模棱两可的、不清不楚的、与自己健全的理智背道而驰的情况时，也会选择将其搞清楚一样。至于我们的主人公，看来他拒绝费上一些心思让自己从一片混沌中挣扎出来，让一切变得清楚明白，让自己知道自上山后时间到底过去了多久。让他心存顾虑的是他的良知，然而，可以肯定的是，最没有良知的表现，便是不把时间放在心上。

人们是否愿意原谅他的这种厌恶情绪，将其归咎于环境，我们不得而知。肖夏太太已经归来——这与汉斯·卡斯托普的预期并不相同，但她究竟是来到了这个地方——她来时，又是基督教降临节时分，是一年中白昼最短的日子，从天文学的角度来说，是初冬时分。且不说客观的时间划分方式，单凭降雪的情况和寒冷的程度，人们已经经历了一个漫长的冬日。有些时候倒也会插进来骄阳似火、碧空如洗的日子，天空湛蓝得有些泛灰，即便是冬日，这样的日子倒也像是真正的夏日般，只是多了白雪。汉斯·卡斯托普过去常常与那时尚未过世的约阿希姆谈起季节的混乱。四季颠倒，让日子变得不是短得乏味，便是乏味得短；约阿希姆确实曾经抱怨过，表示这山上压根儿没有什么时间，没有长和短之分。这种大混乱导致了大破坏，不仅如此，人们总感觉处在"今日照旧"或是"昨日重现"的困顿里，这是时间的一种可怕的特征，扑朔迷离而又万分奇异。汉斯·卡斯托普到这里的第一天，便感受到这种离经叛道的现象。那时候，他在热闹非凡、金碧辉煌的餐厅里用午餐，感受到一阵眩晕向自己袭来。相对来说，他是无辜的。

从此以后，这种感觉和心灵上的欺瞒一日比一日严重起来。不管时间在主观上削弱到何种程度，它始终是客观的事实。对于专业的思想家来说，这是一个问题——汉斯·卡斯托普凭着年轻人的自负，曾经也对其冥思苦想过——也就是说，储藏架上密封的罐子是否可以不受时间的影响。我们知道，时间甚至对"七个睡人"也会发生作用。有一位医生便引用了一个例子——一个十二岁的姑娘，有一天突然昏睡过去，一睡就睡上十三年；当然，当她醒来之后，她不再是那个十二岁的姑娘，而是长成了一个成熟的女人，睡觉的时候她也在生长。另外的例子又是如何的呢？死去的人——他已经死了，他在那个时间闭上了双眼。他拥有大把的时间，或者从个人角度来说，他是永恒的。这并不妨碍他长头发，长指甲，不——我们一点儿也不愿意重复约阿希姆这些疯狂的言论。那时候汉斯·卡斯托普刚上山，他对这些古怪的话表示不满，指出自己的头发和指甲也在生长，长得非常迅速。他常常坐在达沃斯村大街理发店里的椅子上，裹着一块白布，理发师一边语气逢迎地跟他时不时聊上几句，一边帮他修剪长到耳边的头发。说完几句谄媚的话之后，理发师便在我们的主人公头上修修剪剪起来。当他在那儿坐着，或是站在阳台的门边，从他的天鹅绒小包里取出工具修剪自己的指甲时，突然感到一阵恐惧，同时又夹杂着一阵跃跃欲试的喜悦，这让他感到一阵眩晕。这里的眩晕有双重意思：我们的主人公一方面头昏目眩，另一方面又感到混混沌沌，无法区别"现在"与"将来"，它们混合在一起，构成了没有时间的永恒。

之前我们常常说，我们不愿把汉斯想得比实际好，也不愿把他想得比实际坏。因此，虽然他总是沉湎于某种不负责任的神秘中，但他会凭着道德和努力去抵消，并从中获得救赎。他会坐在那儿，手里放着那块打开的怀表，就是那块盖子上有花押字的金表，他看着刻在表盖上黑色和红色的两圈阿拉伯数字，两根华丽精致的弧形金针不停地走着，纤细的秒针也绕着小圈子嘀嘀嗒嗒地不停转动。汉斯·卡斯托普死死地盯着秒针，好像要抓住时间的尾巴，不管它走到了哪里，它走过去，走远了，又接近了，于是再次开始。他丝毫感觉不到时间的限制、分度，以及长短。在走到"六十"的时候，它似乎停了一下，这是否是某种东西的结束以及下一个阶段开始的信号？然而，从它越过每个没有标记数字的小间隔的方式来看，数字和刻度都只是它的附属品，它还是往前走，不停地走着——汉斯·卡斯托普把这块玻璃怀表放回背心口袋里，随它去了。

如何让山下那些清醒的人理解年轻的冒险家的内心活动呢？这种眩晕只是有增无减。如果勉强一下，那么区别今天和昨天、前天和大前天应该并不难。可它们却像是同一数目的豌豆一样，现在与一个月甚至一年之前的"现在"混淆起来，而且似乎将一直混淆下去，永远不可能分清楚。但是，人们可以将依附于"依旧""再现"及"将来"上面的意识形态区分开来，却忍不住将"明天""昨天"的意义扩大，而"今天"与"过去""将来"却保持着距离。要想象那些生物的存在并不难，也许在某些比地球更小的行星上面便有它们的存在。行星上面的时间刻度很小，其短暂的跨越，就像我们的秒针嘀嘀嗒嗒地走着，而我们的时针却慢吞吞地移动一样。不过，相反，我们也可以想象存在着这样一个世界，上面的时间单位很大，因而"依旧""过了一会儿"以及"昨天""明天"之间的区别就具有了非常大的扩展的意义。因此，我们说，这些未必就是空想出来的，而且从相对容忍的精神来看，加上某句谚语所说的那样，也可以说是合法的、健康的，甚至是值得尊敬的。然而对于我们这位受到时间约束的地球之子来说，一天、一周、一个月、一个学期都有着非常重大的意义，它们带来了无以计数的改变，以及很大的进步。也许有一天他会养成恶习——或者我们也可以说，当他沉迷于欲望——那时的他是否会把"一年之前"说成"昨天"，把"明年"说成"明天"？理所当然，我们应当把他看作一个迷失于歧路之人，这样他便成了我们顾虑的对象。

在人间的生活里，有各种具体的场景——假若我们可以用"场景"这个词来进行描述的话——在这样的情况下发生的时间和空间距离的混乱和闭塞是合乎道理的，而像度假一样的暂时的沉迷也是可以理解的。对于汉斯·卡斯托普来说，他总能想起在海边散步的场景来。我们知道，那天雪地里的经历让他想起家乡的风景，想起广阔的海滩上的沙丘。在我们谈起那次神游一般的迷路时，希望读者可以凭着记忆，忍受我们的这些遐想。

你走啊，走啊——你永远不会准时回家，因为你属于时间，而时间却消失了。哦，海洋啊，我们坐在离你很远的地方，讲述着你的故事，我们向你转达我们的思念，我们的爱慕，我们大声而明确地告诉你，你应该出现在我们的故事里，过去，现在，将来，一直如此！……惨淡灰白的天空吟唱起了孤单的歌儿，空气中一片潮湿，在唇上留下了浓浓的咸味——我们在有弹性的沙地上走啊走，沙地上散落着海藻和小小的贝壳。我们耳边是阵阵海风，风虽很大，却不失柔和，它轻轻地吹过来，叫人沉醉。我们就这样走着，漫无目的，看着那巨浪卷起的泡沫舔舐我们的脚，再退回去。风浪在沸腾，一个浪头接着另一个，高高地打过来，它们呼啸着冲过来，再倒回去，像绸缎般停息在平坦的沙地上。这儿一个浪头，那儿又一个，翻滚着，拍打在沙滩上。我们的耳边是浊重的、无孔不入的、有力的海浪声，听不见世界上任何其他的声音。噢，这深不见底的海洋，这让人无法忘怀的福祉！让我们闭上眼睛，藏身于这片永恒之中！不——瞧啊，在那片泛着泡沫的灰绿色沙地与海平面神秘交接的地方，扬起了一片帆。那儿吗？那儿是哪儿？离这儿多远？你根本说不清。头脑一阵眩晕，你根本无法判断。为了知道这只帆船离海滨多近，你需要知道它所占的空间有多大。它是大而远呢，还是小而近？你的眼神越来越黯淡，无法明确，只因你的身体内部没有一个可以帮助测算时间和体积的器官。我们走啊走，走了多久，走了多远？谁能知晓？没有什么会因我们的脚步而改变，这儿什么都没变，之前和现在、和以后都一样，在无尽的空间的单调里，时间流逝了，从一点到另一点的运动不再是运动，每一点都是相同的，而当运动不再是运动，时间也便不再是时间。

中世纪学者们认为，时间只是一种幻觉，时间在前后顺序及因果关系内的流动只是某种感官上的结果，而事物的真正本质却是静止的现在。首先冒出这一想法的这位哲人，他是否在海边散步？当他走在海边时，他的唇上是否模模糊糊地感受到有关永恒的痛苦？我们需要重复一遍，我们所说的只是假日的自由，是闲暇时的幻想，品行端正的人很快就会感到厌倦，就像精力充沛的人躺在温暖的沙滩上一样。道德会因此质疑人的认知方式和能力，质疑它们的有效性，这是荒谬的、不光彩的，也是武断的，它为理性划定不可逾越的边界，敦促理性不要忽略自身的任务。我们应当感谢塞塔布里尼先生这样的人，他曾用学究式的独断论将形而上学定性为"邪恶的原则"，这是相对于我们所关心的年轻人的命运来说的，而这些年轻人则曾被他巧妙地称为"生活中需要照料的孩子"。我们非常怀念那位对我们来说十分重要的死者，我们可以明确地说，批判性原则的意义、目标及目的只有一个，且只能有一个，那就是生活的责任和定律。没错，在睿智地限定理智的界限时，它在这些界限上竖起了生活的旗帜，并声称为其服务是人们的义务。我们可不可以将这笔账算在汉斯·卡斯托普的名下，并且认为因为他已经看到了表哥的狂热——某个郁郁寡欢的饶舌者将其称为顽固不化——以丧失性命告终，所以选择在节约时间，以及不怀好意地同永恒交涉上，花费更多的精力？

皮佩尔科尔恩先生

皮佩尔科尔恩先生，一位年长的荷兰人，之前在山庄疗养院住过一段时间。这所疗养院在简章里用上"国际"一词加以修饰，倒是名副其实。皮特·皮佩尔科尔恩——这是他的名字，他也是如此称呼自己的，比如他常说"现在皮特·皮佩尔科尔恩要喝一杯荷兰杜松子酒了"——他是殖民地的荷兰人，来自爪哇，是一位咖啡种植主。他有着有色人种的民族特征，但这丝毫不能成为我们这么迟才将其列入本故事的原因。因为天晓得顾问大夫精通多少个国家的语言，又治疗过多少个民族的病人啊！之前便有一位埃及公主到山上来，送给顾问大夫一套十分奇特的咖啡用具和狮身人面像香烟。这是个引人注目的女人，头发短短的，手指被尼古丁浸染成了黄色，穿一件男士短上衣和笔挺的裤子，只有在用正餐的时候是一身巴黎式装扮；她对这里的男人全都不以为意，却对一个身材娇小的罗马尼亚犹太女人怀着热烈而浓重的情感。这个女人是兰道尔太太，其貌不扬，看起来非常普通。帕拉范特律师为了赢得公主的青睐，竟荒废了他的数学研究，一意为爱痴狂。除了与众不同的公主本人之外，在为数不多的随从里还有一个摩尔人。这个人身体虚弱，原本就有缺陷——这一点常常被斯特尔夫人加以讥讽——却比所有人都关心生活，而不是顾问大夫贝伦斯透过漆黑的外表拍摄的那张内部图像。

同这些现象相比，皮佩尔科尔恩先生就变得黯然失色了。如果我们这一节故事又像之前的某一节那样，冠上"新来的那个人"的标题，那么也确实不假。 但读者不必担心这一节里又会出现教育者之间的长篇辩论。 不，皮佩尔科尔恩先生不是那种会给大家造成逻辑混乱的人。他和别人不一样，这一点自会见分晓。 不过他却让我们的主人公惊慌不已，同时又茫然而不知所措，很快我们便会看到。

皮佩尔科尔恩先生与肖夏太太坐同一列火车，在夜晚到达达沃斯车站，再乘着同一辆雪橇车上山，来到山庄疗养院，并一同到餐厅里去用晚餐。 两人不但同时来，而且一路同行。 用餐的时候依旧如此，皮佩尔科尔恩挨在肖夏太太旁边，也在"上等"俄国人的餐桌就座，对面则是大夫的座位——这儿原本是波波夫的座位，波波夫曾在那儿上演野蛮不羁又模糊不明的戏码。 这两个人同进同出让好心的汉斯·卡斯托普感到苦恼——他从未想过事情会是这个样子。 顾问大夫早已主动向他宣布克拉芙迪亚回院的日期和时间。"哎，卡斯托普老弟，"他说，"锲而不舍的等待终究是有回报的。 明天那只小猫就要溜回来了——我已经收到一份急件。"但顾问大夫没有说她不是一个人来。 也许他那时也不知道她会和皮佩尔科尔恩一同回来，至少，当汉斯·卡斯托普在第二天跟他谈起这件事情时，他吃惊不已。

"不知道她是从哪儿把他带过来的。"他说道，"我想，两人应该是在从比利纽斯山回来的路上认识的。 好了。 唉，单相思的小可怜！啧啧，小伙子，您得忍受一下，板着一张脸可没什么用。 看上去这两人亲密无间，甚至他们的行李也是放在一起的。 听说那个男人家财万贯，是个隐退的咖啡大王，有一名马来仆人。 不过他上这儿来倒不是为了玩乐，他患有酒精中毒引发的黏膜炎——据我观察，他的健康还受到疟疾的威胁，您知道，这种疾病十分顽固，难以治愈。 您得对他耐心一点儿。"

"别这么说。"汉斯·卡斯托普回答，神情有些傲慢。"那么您呢？"他暗自想，"不知道您是什么感觉，您不会不以为意的，如果我没猜错的话。 您这个脸色铁青的鳏夫，还有一手油画技术呢。 您这个不怀好意的老头子！您不用跟我说，到目前为止，就皮佩尔科尔恩而言，咱俩可真是同病相怜呢。"——"他是个怪人。"他继续高声说，同时耸了耸肩膀，"没错，是个很古板的人。他是很瘦——不过倒还算健壮，这是他给人的印象，至少，这是在用餐时我对他的印象。瘦削，但又结实，这是形容他的词，我想这两个词通常不会被拿来形容同一个人吧。他确实身材高大，肩膀宽阔，他站立的时候两腿分开，双手插进裤兜里——据我观察，他的裤袋是纵向的，不像咱俩，或是咱们这个阶级里的大部分人一样。当他站在那儿，用一口带着喉音的荷兰语谈话时，确确实实会让人觉得他很健康。不过他的胡须非常稀疏，几乎可以数得清，眼睛很小，没有神采，暗淡无光。他一直在努力把眼睛睁大些，但只会让额头上的皱纹加深。皱纹爬上他的太阳穴，一直延伸到前额上。他的前额又高又红，上面是一缕缕长长的白发。他穿一件牧师一样的马甲，不过他的礼服却是格纹的。这些都是我今早对他的印象。"

贝伦斯回答："看得出来您已经把他的特征熟记于心了——不过倒也没错，因为在这儿您总得跟他打上交道。"

"是的，我想我们会的。"汉斯·卡斯托普说。我们只能从汉斯的描述中了解这个新来的人，不过他把这份工作完成得不错——对于这样一幅形象，我们也不能再加进去些什么。他在那儿可以看得清清楚楚，我们知道，在克拉芙迪亚离院的时候，他已经坐到离"上等"俄国人餐桌更近的位置；现在他的座位与她的平行，只是离走廊门更远了些。汉斯·卡斯托普和皮佩尔科尔恩都坐在比较靠里的稍微狭窄的一侧，也可以说，两个人的位置毗邻，汉斯·卡斯托普稍稍处于荷兰人的后方，这样十分有利于观察他的举动，也可以看到肖夏太太三分之一的侧身。对于汉斯·卡斯托普的描述，我们还是要做一些补充——荷兰人还有一个大大的肉乎乎的鼻子，嘴巴也不小，嘴唇上方没几根胡子，嘴唇的形状不大规则，好像裂开似的。他的双手很阔，指甲又长又尖，他一边摆弄着指甲一边说话，总是滔滔不绝，虽然汉斯·卡斯托普无法理解他说了什么。 说话时，他总喜欢做一些很引人注目的手势——多种多样，又十分细腻——像管弦乐队一般。 他把食指和拇指弯起来，环成一个圈，或是把手掌摊开——他的手掌很阔，指甲很尖。 他的动作时而叫人安静，时而叫人紧张，时而叫人集中注意力——接着，他用各种方式说出一些叫人难以捉摸的话语，听众们又云里雾里起来，感到非常莫名其妙。 但人们或许并未感到失望，因为这番话叫他们欣喜若狂，那些手势补充了他话里没说出的方面，单单这点便已经叫人十分满足、开心不已了。 有时候，他什么也不说，只是轻轻地把手放在身边那个年轻的保加利亚学者身上，或是放在坐在他另一面的肖夏太太的身上，接着他再斜着举起手，沉默着，欲言又止，眉头紧皱，眼角外面的皱纹越来越深，就像一副面具一般。 他垂下眼盯着邻座前面的桌布，张开厚厚的扭曲的嘴唇，似乎要说出一些意义非凡的话来。 但他再次停顿了好久，最后深深呼出一口气，放弃这番挣扎，点点头，似乎在说"稍息"，转而喝起他的咖啡，咖啡很浓，是他自己制作出来的。

喝完咖啡后，他继续下去，挥起一只手，欲言又止，像乐队指挥让调音时的混乱停歇下来，再让乐队一鼓作气开始演奏时那样，让大家安静。 他的脑袋很大，脑袋上是白色的头发，眼睛无神，前额的皱纹很深，胡须长长的，上唇处的胡须刚刚修剪过——这些无疑都昭示着他有这种掌控大局的能力。 人们不作一声，都微笑地看着他，他们满心期待着，频频点头。 于是他低声说道：

"女士们，先生们。 很好，非常好，不错，就这么定了。 不过请大家铭记在心，而且——不仅仅是这一刻，不仅是这一刻——不要看不清现实情况——到此为止，这个就不再谈了。 这是我的义务，不能谈太多——主要只有这样一点——我们有责任——在这庄严的场合——这是不可亵渎的！ 不，女士们，先生们！ 不是这样——不是这个样子——如果以为我——那就大错特错了——非常正确，女士们，先生们！ 就这么——定了！ 这个话题便到此为止。 我想我们都是互相理解的，那么现在——言归正传！"

但他其实什么都没有说。不过神态、举止以及手势看上去都十分严肃，叫人信服，甚至汉斯·卡斯托普都相信他在那一刻确实说了些什么，或者说，即便没有听到谈话的全部内容，但也没有把重要的部分遗漏掉。我们不禁想知道，聋子听了之后会作何反应。也许讲话者的神情会让他得出错误的结论，似乎他也听到了，只是因为身体的残疾得出了错误的结论。这样的人容易产生不信任感，并且感到十分痛苦。不过另一方面，坐在桌子另一端的一位年轻的中国人，对德语几乎一窍不通，也不明白他讲了什么，却认真地听着，并且观察他的表情，甚至拍起手来，大声叫着"Très bien，très bien（法语，意为：很好，非常好）。"

于是皮佩尔科尔恩先生"言归正传"。他站直了身子，挺了挺宽阔的胸膛，将牧师马甲外面的格纹外套扣紧，一头花白的头发看上去颇有帝王之色。他把女侍者叫过来，就是那个矮个儿侍者——对方虽忙得脱不开身，一听到他严肃的招呼，即刻走过去，站在他椅子边，手上还拿着牛奶罐和咖啡壶。她情不自禁地对着那张又大又老的脸露出笑容，就这样看着他。她目不转睛地注视着他额头上深深的皱纹，注视着皱纹下面苍白的双眼。他把手抬起来，拇指和食指围在一起形成一个 O 形，另外三只手指直直地竖着，指甲像矛尖一样耸立。

"孩子，"他说，"很好，非常好——很好。您个子很小——这跟我有什么关系？正好相反，我觉得这非常好。感谢上帝，这是您原本的样子。我感谢上帝，您个子小，这成了您的个人特点。我想跟您要的东西也很少，而且十分奇特。不过首先，您叫什么名字呢？"

她笑着，有些结结巴巴地说她名叫艾梅伦蒂亚。

"妙极了。"皮佩尔科尔恩高声说道，同时往身子后一仰，靠在椅子上，向她伸出胳膊，就像在说"很棒！难道一切不都是如此精彩？"一样——"我的孩子，"他继续说道，神情极其严肃，甚至有些严厉，"您超出了我的期待。艾梅伦蒂亚！您太谦虚了——没错，您发掘出了自身无限的可能性，比如说美。值得谈一谈，深入地交流一番——以便——您要懂得我的意思，我的孩子，爱称的形式——昵称。应该叫您——伦蒂亚。尽管叫艾姆琴也一样温暖而热情——总之，此时此刻我决定用艾姆琴。那么，艾姆琴，我的孩子，注意，给我一点儿面包，亲爱的。但是且慢！希望咱们之间不要引起误会——因为我从您的大脸蛋上看了出来——面包，艾姆琴，面包，但不是烤面包，这地儿的烤面包多得数不胜数，各式各样的都有。不是烤玉米，我的天使，而是已经烤焦了——换句话说，烧焦了。上帝的面包，充满着阳光气息，小小的爱称，为了让疲惫的人们提提神。但我仍心存疑虑——是否要用另一个词来代替它，叫您'亲爱的'——如果这个词没有新的危险性，不会被人们理解为一般的轻浮——就这样吧，伦蒂亚。就这么定了。就这么定了，一言为定。但考虑到降于我身上的荣誉感，您那小小的身材让我感到高兴而亲切——一杯杜松子酒，亲爱的，请快一些。一杯斯希丹酒，艾梅伦蒂亚。给我端一杯过来。"

"一杯杜松子酒，先生。"小个子侍女重复了一遍，转过身子，想找个地方把罐子放下，最后放到了汉斯·卡斯托普的桌上，离他的餐具很近，显然是不想打扰皮佩尔科尔恩先生。她健步如飞地走了，很快，皮佩尔科尔恩就拿到了他想要的东西。小小的玻璃杯斟得很满，"面包"四溢，弄湿了碟子。他用拇指和中指夹起一块烤面包，把它对着灯光。"皮特·皮佩尔科尔恩，"他说，"现在要喝上一杯荷兰酒了。"他似乎把这液体嚼了几口，然后吞了下去。"那么现在，"他说，"我用清醒的双眼看着各位。"他从桌布上抬起肖夏太太的手，放到唇边吻了吻，再把它放回去，他自己的手在肖夏太太的手上面停留了一会儿。

他是一个古怪而与众不同的人，即使行为捉摸不定。山庄疗养院里的人对他有着极大的热情。据说他原本经营殖民地企业，最近才退休，把它转成了个人资产。有人说他在海牙有一座很大的房子，在斯海弗宁恩有一座别墅。斯特尔太太把他称作"金磁铁"——这个郁郁寡欢的女人本意是"金大亨"[1]——还提到肖夏太太在回到疗养院那晚戴的那串珍珠项链。据斯特尔夫人的看法，这串珍珠不像是高加索的丈夫送给她的爱情信物，倒像从两人共同的行李里拿出来的东西。她眨眨眼，歪着脑袋看着汉斯·卡斯托普，垂下嘴角，用滑稽的动作模仿汉斯的狼狈不堪——不，疾病和痛苦再也无法让她看上去精致而体面。她不遗余力地嘲笑这个年轻男人。他依旧镇定自若，甚至风趣地纠正了她的错误。他告诉她，是大亨，而不是磁铁。金大亨。不过不管怎么说，金磁铁倒也不坏。确实，皮佩尔科尔恩先生有很多吸引人的地方。女教师恩格尔哈特小姐脸上泛起奇异的微笑，没有直视他，只是询问他对新来的病人有何看法。汉斯回答时非常冷静，说他发现皮佩尔科尔恩先生"个性模糊"，毋庸置疑的是，虽然模糊，却富有个性。他精确地说明了这个人的特征，既客观又冷静，女教师不由得打起了退堂鼓。费迪南·维泽尔也提起肖夏太太出乎意料回院的事来，汉斯·卡斯托普却只是看了他一眼，这一眼意义明确，毫不含糊，似乎在说"你这个毫无价值的卑鄙小人，可怜虫"。维泽尔明白其中意思，因此闭上嘴巴，他甚至还点了点头，露出参差不齐的牙齿。不过从那以后，每当他们与纳夫塔、塞塔布里尼及菲尔戈一同出去散步的时候，维泽尔便再也不替汉斯拿着大衣了。

不过，汉斯·卡斯托普本就可以自己拿外套，也更愿意自己拿着，只是顾及那个可怜虫的情绪，才让他帮忙拿一下。然而，这个圈子里的人无疑都明白，汉斯·卡斯托普被这种出乎意料的情况大大地打击了一番，对与狂欢节那晚他所倾慕的女人的重逢所抱的希望，如今已经全部幻灭。或者不如说，是她让他所有的希望变得毫无价值，这确确实实是一个让人感到屈辱的事实。

他的计划原本谨慎而周密，丝毫不笨拙不唐突。但他没有计划到

---

[1]"磁铁"一词为 magnet，"大亨"则是 magnate，两词相近。

车站去接她回来——他竟没想到去这么做——这是多么幸运啊！他不确定一个女人，一个因为疾病而获得了如此多的自由时间的女人，是否还会承认某个充斥着异国风情的如梦般的狂欢节夜的那些梦幻的经历。或许她愿意记住那些事情。不，没有迫切的需要，没有笨拙的要求。姑且承认，他同那位斜眼的女病人之间的关系，已经超出了西方传统原有的界限；他应该表现出极度的文明，装出已然忘记那段经历的样子——这是再恰当不过的做法。从一张桌子到另一张桌子之间可敬的问候——彼时，仅仅这一条，便别无其他了。以后有机会，便不失优雅地向她靠近，简单询问下她旅行过后的健康状况。真正的会面要选个好时候，回报他骑士般的自我克制。

　　所有这些细腻的感情，都由于汉斯·卡斯托普被剥夺了选择权，从而变得毫无意义和价值。皮佩尔科尔恩先生的出现影响很大，直接排除了所有的战术，只剩下极度的冷淡。他们回来的那天晚上，汉斯·卡斯托普从自己的房间看到雪橇沿着蜿蜒的山路驶上来。驾驶室内坐着赶车人，旁边还有那个马来仆人，这是个面黄肌瘦的矮个男人，衣服上套着毛领子，脑袋上是一顶圆顶硬礼帽。后座则坐着克拉芙迪亚，她旁边是一个陌生人，帽檐压低，盖住了眉头。汉斯·卡斯托普那晚辗转难眠。次日清晨，他打听到了那个神秘的新病人的名字，还听闻这两个人住在二楼两个相邻的套间里。早餐时他去得很早，直直地坐在自己的餐桌上，脸色惨白，等待餐厅的门嘭嘭响起——但没有听到。克拉芙迪亚进门时悄无声息，因为皮佩尔科尔恩在她后面关上了门——他身材高大，肩膀宽阔，白色的头发在温柔的眉头上闪闪发光。他亦步亦趋地跟在女伴的后面，她则轻手轻脚地走到自己的座位上，脑袋向前探着。是，她还没有变。汉斯并未按原定的计划，而是睡眼惺忪地死死盯着她看。她的金发有些发红，穿着打扮上并未比过去讲究多少，只是在后面简单地扎了辫子；那双草原狼般的眼睛依旧如故，脖颈圆润，双唇看上去比实际丰满些，因为颧骨突出，精致的面颊稍稍凹陷进去。 克拉芙迪亚！他内心激动不已。 他盯着那个不速之客，看到他那面具一般俊秀的脸庞，不由得甩了甩头；同时对自己的自命不凡嘲笑一番，无论自己的所有权多么合理，它终究已经成为过去——只因过去的某些清楚明确的事情——就像那三脚猫的油画一样。 汉斯·卡斯托普知道，这些事情总是无可非议地时不时敲击着他——甚至她在餐桌上坐下来之前，转身向大家打招呼的方式，依然如故。 皮佩尔科尔恩先生站在她的身后，也跟着小小地做了一番自我介绍，随后在克拉芙迪亚身边坐了下来。

在餐桌上，他始终没能向她致以礼貌的问候——就这样不了了之。当克拉芙迪亚向大家问候时，她的眼神穿过汉斯·卡斯托普以及他附近的区域，望向餐厅里的某个角落。 第二次用餐时，情况毫无变化。 一餐又一餐过去了，对于他的凝视，她依旧毫无回应，只是用空荡而冷漠的目光一扫而过，向她致以礼貌的问候显得更加不切实际起来。 晚餐后，同行的那两人一同坐在小客厅内的沙发上，旁边围着同桌的餐友。皮佩尔科尔恩那张堂堂正正的脸庞，在闪闪发光的白色头发和胡须的映衬下，显得更加红润起来。 他喝完了桌上那瓶红酒。 每日正餐时，他都要喝上一瓶、两瓶，或者两瓶半，"面包"更不必说，第一次早餐时他便享用了。 很显然，这个一身王者之气的男人非常需要提神的食物。除此之外，他还饮用很浓的咖啡，盛在很大的杯子里，一天要喝好几次，晚餐过后喝上一大杯——或是在用餐时，与红酒一同饮用。 汉斯·卡斯托普听他说，红酒和咖啡除了有暖胃提神的作用之外，还有退烧功能——他在上山后第二日便患上了疟疾，不得不在床上躺上好几个小时。 顾问大夫把这种病称为"三日热"，因为它每隔三日便发作一次，开始时他冷得发抖，后来开始发烧，之后便满身是汗。 因为这个原因，据说他的脾脏也发炎了。

二十一点 [1]

又过去了一段时间，按照我们的估计，大约是三四周，因为我们不能相信汉斯·卡斯托普对时间的计算。这段时间并未带来什么太大的变化。在我们的主人公身上，时间见证的只是汉斯对这种不可预见的情况的蔑视。这让汉斯一直不合时宜地保持退避三舍的态度，引起他反感的情况，名字就叫作"皮特·皮佩尔科尔恩"。喝起杜松子酒时，他便如此称呼自己——这个一身王者风范、性格模糊的男人出乎意料的出现，让汉斯·卡斯托普感到烦躁不已，这种烦躁甚至比过去那个手摇风琴师出现时更甚。汉斯的眉头刻上了两道不悦的直直的皱纹，他每日五次皱着眉头坐在那儿，端详这两个人。还有那个刚回院的女人，能够看到她还是让汉斯感到非常高兴，同时为那个强有力的人物的出现苦恼不已。他全然没想到，过去那些事情存留的微弱的光，会在自己的自命不凡上罩上阴影。

那是一天晚上晚餐后的社交时间，人们比以往活跃不少——有时没有任何理由，他们也会这样热闹一下。一位匈牙利学生用小提琴奏起了激昂的吉卜赛圆舞曲，顾问大夫贝伦斯和克罗科夫斯基大夫恰好也在场，他们待了一刻钟，还请人在钢琴的低音部弹起了《朝圣者的合唱》[2]，顾问大夫自己在一旁，用一把刷子在钢琴高音部跳跃式地动

---

[1] 一种纸牌游戏。

[2] 德国作曲家威廉·理查德·瓦格纳创作的歌剧《唐豪舍》中的一节。

来动去，诙谐地给小提琴伴奏。大家都笑起来，顾问大夫在大家的掌声中点了点头，对自己的表演非常满意，随后便离开了餐厅。欢快的气氛持续了一段时间，音乐又一次响起了，有人在桌上坐下来玩起了多米诺骨牌和桥牌，有人摆弄着光学器械，也有人三五成群地站在那儿聊着天。甚至俄国人圈子里的那些人，也混在大厅和音乐室内的人群里。皮佩尔科尔恩先生也在人群里——或者说，无论他在哪儿，他的脑袋都能从人群中露出，显得鹤立鸡群，威风凛凛。人们起初被他家财万贯的传言吸引，随后又被他的个人魅力折服，因此都围在他的身边。人们向他颔首微笑，忘记了一切，他们被他苍白的眼睛、眉头上深深的皱纹以及他用长指甲做出的优雅的动作迷倒。不仅如此，他们从未意识到他滔滔不绝的言论是含糊不清、异想天开而又毫无意义的。

如果寻找我们的朋友汉斯·卡斯托普，我们会发现他在书写室内阅览。过去他曾在这个地方经历一次有关人类进步史的重要谈话——而无论是作者、读者，还是主人公本人，都已经分不清这个"过去"是指过去的哪个时候。这儿非常安静，除了他之外，仅有两三个人躲到这里来贪享这份寂静。在一张双层斜面桌边，一个男人在灯光下写字，另外，还有个鼻子上架着一副眼镜的女人坐在书架边，正翻阅着带有插图的杂志。汉斯·卡斯托普坐的地方离那扇敞开的门不远，背对着门帘。那儿刚好放了一把椅子，椅子上披着一条文艺复兴时期风格的毛毯，椅背高且直，没有扶手。汉斯拿着一份报纸坐在这把椅子上，看上去似乎在阅读，实际上却歪着脑袋，侧耳倾听隔壁餐厅传来的断断续续的音乐声和说话声。他眉间阴沉，心思似乎并不在此处，他想起了自己希望幻灭的荆棘丛生的人生道路。年轻人一味等待，结果却落得被人欺瞒的痛苦下场。他甚至差点就想把报纸扔到椅子上，逃离空虚而欢乐的大厅，回到自己孤寂的阳台上去，与他的马利亚雪茄烟为伴。

"您的表哥呢，Monsieur（法语，意为：先生）？"突然从他身后传来一个声音。他听得出来，这声音美妙迷人，他的感官似乎明确地觉察到这沙哑的声音中夹杂的甜与涩，这声音和谐悦耳，已经达到了登峰造极的程度，那正是之前向他说起"当心，铅笔有些脆弱"的声音——就是那引人注意的致命的声音。如果他没听错，那个人方才问的是约阿希姆。

他慢慢放下报纸，脸稍稍向上抬起来，脑袋抵在椅背上。他甚至闭上眼，但又迅速睁开，直直地盯着前面的某个地方——在这个可怜的年轻人的脸上，显出了梦游症患者甚或是先知般的表情来。他希望她再问一遍，但她没有，他甚至不确定她是否站在他的身后。沉默了一会儿，他慢慢地用有气无力的声音回答道："他死了。他到山下加入军队，之后便死了。"

他意识到自己强调了"死"这个词，他还意识到，她因为不确定怎样简单明了地用他的国家的语言来表达，过分地使用了同情的词汇。她依旧站在后面，从上方对他说道：

"噢，真是灾难，天啊！太糟糕了！不知是否下葬了？什么时候的事？"

"有些时候了。他母亲上山来，把他带了回去。他还长出了胡须，战士般的胡须。他们在他的墓地前鸣响了三声礼炮。"

"他当之无愧。他是个了不起的年轻人，比很多人都要出色许多——比别人好很多。"

"是啊，他是个善良勇敢的人。拉达曼提斯时常提起他的顽强不屈，但他的身体不听使唤。Rebellio carnis，这是耶稣会士的话。他一直以最体面的方式对待自己的身体。但是，他的身体却背道而驰，让他不屈的精神功亏一篑。不过，相比生硬地留住他的身体，让它自然消亡更道德些。"

"我想，先生您在哲学上依旧一窍不通。不过拉达曼提斯？这个人是谁啊？"

"贝伦斯。塞塔布里尼这么叫他。"

"啊，塞塔布里尼，我知道这个人。是个意大利人，我不大喜欢他。他有些不近人情，太过——自负了。"说到"不近人情"一词时，她的声音如梦幻般轻飘飘的，而到了"自负"一词时，却把重音放在了最后一个音节上，"他不在这儿了吗？我真笨，竟然不知道什么拉达曼提斯。"

"这是一个人文典故。塞塔布里尼搬走了。我们最近讨论了许多哲学方面的话题，他，我，还有纳夫塔。"

"纳夫塔是谁？"

"他的对手。"

"如果是他的对手，那我倒是很乐意结识一下。我之前跟您说过，您表哥如果下山去当一名军人，肯定会丧命吧？"

"您都知道了。"他说。

"您在想些什么呢？"她问他。

接下来，是一段很长时间的沉默。他没有撤回自己的话，脑袋依旧抵着椅背，出神地望着前方，等待她的声音再次响起；他再次摸不透她是否还在那儿，生怕那断断续续的声音会掩去她离开的脚步声。声音终于又响起来："先生您没有下去参加表哥的葬礼吗？"

他回答："不，我是在这儿与他诀别的，走之前，他还从胡须间露出了笑容。他的额头很凉，您知道他的额头多凉吗？"

"又来了！对于一个不怎么熟悉的女人，您说的都是什么话啊！"

"难道我应该用人文主义者的口气，而并不是合乎人情的措辞吗？"

"Quelle blague（法语，意为：真是笑话）！您一直在这儿吗？"

"是的，一直在等待。"

"等待，等待什么呢？"

"等着您！"

662

他头顶处传来一阵笑声，然后是一句类似"疯子"的话。"等我？可真荒唐——Ils ne t'auraient pas laissé partir（法语，意为：他们也不会放你走吧）。"

"噢，不，贝伦斯有一次大发脾气时赶我离开。不过除了在学生时代留下的老病灶之外，他又发现了导致我发烧的新病灶。"

"还在发烧？"

"是的，还有一点儿低烧，或者说最近一直发烧，时有时无，间歇性的。但不是疟疾。"

"您是在影射吗？"

他沉默下来。虽然依旧如梦游般盯着前方，但眉头开始紧蹙。过了一会儿，他问道："你呢——你到哪儿去了？"

一只手在椅背上敲了一下："Toujours ce tutoyer！ Mais cést un sauvage！（法语，意为：总是如此！真是个奇怪的人！）我去了哪儿？到处都走了走。到了莫斯科（她的发音是'姆额斯科'），到过巴库，还去了德国的一些温泉，西班牙也去过。"

"噢，去了西班牙。喜欢那儿吗？"

"马马虎虎。这次旅行很糟糕，一半都是摩尔人。卡斯蒂利亚土地贫瘠，很是荒凉。克里姆林宫都比那儿山脚下的城堡和修道院更好一些——"

"是埃斯库里亚尔。"

"是的，那是菲利普的城堡，是个没有人情味的地方。我更喜欢加泰罗尼亚的民间舞蹈，也就是伴着风笛的萨达纳舞——流行于西班牙加泰罗尼亚的一种民间舞蹈。Moi, j'ai dansé aussi moi（法语，意为：我呢，也会和他们跳舞）！大家手拉着手，围成一个圈——整个广场上满是跳舞的人们。C'est charmant（法语，意为：多么迷人），多么富有人情味。我买了一顶蓝色的帽子，那儿的男人和孩子们都戴这种帽子，很像菲斯帽、波伊那帽。疗养的时候，或是平时，我都会戴它。到时候让先生评价一下，这样的帽子是否适合我。"

"什么先生？"

"坐在椅子上的这一位。"

"难道不是皮佩尔科尔恩先生吗？"

"他已经发表过评论了，说我戴着这顶帽子美极了。"

"他是这么说的吗？别人能理解他这句话吗？"

"哎！先生是否动气了？先生未免太过恶毒，太过尖酸了吧？您对于比自己优秀得多、伟大得多，以及比自己更加人道的那位来自地中海的喋喋不休的朋友，也会嘲讽一番。但我不想听——"

"您还留着我的 X 射线照片吗？"他垂头丧气地打断道。

她笑起来："我得找一找。"

"我一直带着您的照片。另外，在我的床头柜上，有一个小画架——"

他话还没说完，皮佩尔科尔恩便站到了他的面前。他过来寻找他的同行者，掀开门帘走进来，站到汉斯·卡斯托普的椅子前。他站在后面看着她与汉斯谈话，像一座巨塔般。他离得很近，汉斯不得不从神游的状态中清醒过来。汉斯意识到，这样的情况下，自己只得站起来，以显得彬彬有礼。但因为太近，他不由得往外退了一步，这样，三个人便站成一个三角形，椅子正好在三人中间。

肖夏太太按照西方的文化习惯，把两位先生互相介绍了一番，说汉斯·卡斯托普是以前在疗养院时结识的；至于皮佩尔科尔恩先生，就没必要赘述了。她说了他的名字，荷兰人低头看了年轻人一眼，目光惨白，脸上纵横交错的皱纹看上去像阿拉伯风格的艺术品；他盯着汉斯，向他伸出一只手，手背上长着雀斑。汉斯·卡斯托普暗想，撇开那长矛般的指甲不谈，他的手看上去倒像是船长的手。他第一次站在那儿，感受到皮佩尔科尔恩这个不凡人物的影响——每当提到这个男人，总能让人想到"人物"一词，人们马上会知道这是一个人物，而且越是多看他几眼，越是深信一个人物的长相理应是这个样子。年轻而又意志不坚定的汉斯在这个肩膀宽阔、脸色红润的六十岁老者面前，感受到了他的分量。他满头白发，双唇有些裂开，下巴上稀稀疏疏的长胡须一直垂到牧师马甲上。皮佩尔科尔恩的举止本身就是礼仪的代表。

"亲爱的阁下，"他说，"很高兴与您结识，这自然不在话下。我完全信任您。与您结识，让我明显感觉到——您是一位值得信赖的年轻人。我喜欢您——自不必说。阁下，就这么说好了，您很合我的意。"

汉斯·卡斯托普该如何是好？皮佩尔科尔恩的手势俨然已经下了结论。他喜欢汉斯·卡斯托普。事情"就这么定了"。他非常满意。最后皮佩尔科恩冒出了一个想法，他一面说一面做手势，把事情解释清楚。他那位漂亮的同伴也过来救场，详细地把意思说明白。

"孩子，"他说，"很好。非常好。妙极了。但是为何会这样呢？请您理解我。生命是短暂的。我们尽一己之力让生活变得公正——这是事实，孩子，也是法则，它们是无情的。总之，孩子，简而言之——"他停下来，表情丰富，一直在做着手势，好像在说他本人只是警告一番，可能会出错，但终究要别人自行判断，他对此概不负责。

显然，肖夏太太是能理解他这些意义不明确的话语的。她说：

"我们可以在这儿再待上一会儿，再聊聊，一起喝喝酒，意下如何？"她转向汉斯·卡斯托普："别犹豫了呀！您还在等什么呢？我们还得再叫几个人来，咱们三个还不够。客厅里都还有谁呢？问问谁还在，去阳台上把您的几个朋友都叫来吧。我们去请同桌的丁福博士。"

皮佩尔科尔恩搓搓手。

"好极了。"他说，"很棒。太好了。年轻人，就这么办，快一点儿吧！咱们叫上一些人，一起玩玩，一起吃吃喝喝。这件事就这么定了。年轻人，就这么办。"

汉斯·卡斯托普乘电梯到三楼，先敲开了菲尔戈的房门，菲尔戈又到下面的大休息厅，叫来躺在椅子上的维泽尔和阿尔宾先生。他们还从大厅里叫来了帕拉范特律师和马格纳斯夫妇，从小客室内找来了斯特尔夫人和克莱费尔特小姐。他们在大厅中央支起来一张大桌子，正上方是一盏枝形吊灯，桌子周围摆着椅子和放置东西的小桌。皮佩尔科尔恩先生彬彬有礼地向每一位前来的客人打了招呼。人们一一入座，总共有十二位，汉斯·卡斯托普坐在威严的东道主和克拉芙迪亚·肖夏中间。牌和筹码都放好了，大家一致同意要打"二十一点"。皮佩尔科尔恩把矮个儿侍者叫过来，点了葡萄酒——产于一九〇六年的夏布利白葡萄酒，开始先叫了三瓶——还有甜点，不管是糕点也好，干果也罢，全都叫了来。东西送来后，他兴致勃勃地搓搓双手，用一些支离破碎的话语表达了一下自己的情绪。他这颇具个人特征的表达依然卓有成效。他把双手放在身边两人的胳膊上，把留了尖而长的指甲的手指跷起来，叫大家欣赏装在大酒杯里的金黄色的葡萄酒，欣赏马拉加葡萄里提取出来的糖，以及由含有少许盐分的罂粟籽制戓的脆饼。他表示这些东西都非常美味，说时做了一个不容置疑的动作，不给别人任何反驳他这个形容词的机会。起初由他做庄，但很快便转给了阿尔宾先生，并且声明，做庄会妨碍他自由自在地享受美食。

显而易见，赌博对他来说是一件次要的事。他定的最低赌注是五十生丁 [1]，在他眼中没有多少，但对在场的大部分人来说，已经是一笔可观的数目了。帕拉范特律师和斯特尔夫人的脸一会儿白一会儿红，特别是斯特尔夫人，当别人问她是否在十八点时愿往上加牌时，她变得更加优柔寡断起来。当阿尔宾冷淡地传给她一张牌，她因为这张牌太大而导致希望全部变成泡影时，不由大声尖叫。皮佩尔科尔恩纵情大笑。

"大声尖叫吧，夫人，大声尖叫吧！"他说，"声音很尖厉，充满了生命力，像是从内心深处发出来的——喝酒吧，夫人，喝完酒，重新振作起来，好重新战斗。"他给她斟了一杯酒，又给自己以及邻座的人斟

---

[1] 瑞士货币单位，一法郎等于一百生丁。

满，之后又叫了三瓶，同维泽尔以及腹内空无一物的马格纳斯太太碰了碰杯——这两人看上去是最需要振作精神的。葡萄酒的效力果真不小，几人的脸都变得通红，只有丁福博士脸色未变，依旧很黄，眼睛乌黑发亮。他下的注很高，但运气不错，幸运地赢了不少。帕拉范特律师目光游移不定，向命运挑战一般押了十法郎，满怀希望却又小心翼翼，脸色煞白，最后却赢了双倍的钱，因为阿尔宾先生孤注一掷地在他接到的一张 A 牌上押了双倍的赌注。如此一来，不但牵涉其中的人大为震惊，整个桌上的人都目瞪口呆起来。就连曾在卡洛蒙特赌场里与收付赌注者冷静地决一雌雄的阿尔宾先生——他声称自己是那个赌场的常客——如今也抑制不住激动之情。汉斯·卡斯托普赌博的兴致上来了，斯特尔夫人和克莱费尔特亦是如此，肖夏太太也不例外。他们玩了好几局牌——有"铁路""我的姨娘你的姨娘"以及危险的"差异"。牌桌上时不时爆发出喜悦和绝望的叫声，愤怒的吼声，还有歇斯底里的大笑声——这些都是神经受娱乐刺激后产生的不正常的反应，都是严肃而真诚的。生活中的机遇和变故会引起这样的反应。

但这个小圈子里的人神经紧绷，面颊发热，眼睛睁大，气喘吁吁，几乎痛苦地专注于眼下的玩乐，主要也不仅仅是赌博和酒精的作用。这主要是因为在场的某一个"人物"的主导作用。他就是皮佩尔科尔恩先生，他那一直打着手势的手，表情丰富的面容，苍白的眼睛，刻着深深的皱纹的眉头，模糊的言语，以及引人注目的哑剧，都在主导着这一切，左右着这里的氛围。他说的话都含混不清，喝的酒越多，吐字越是模糊。但人们的眼睛离不开他的双唇，牢牢地盯着他用拇指和食指比出的一个圆圈，尖尖的指甲直直地立着；或是死死地盯着他那庄严而表情丰富的脸，他们完全屈服于这样一种感情，这种感情令他们纵情忘我，而这些人是素来不习惯于此的。因此，有些人便吃不消了——至少，马格纳斯太太就受不住了，几乎要昏厥过去，却执拗地拒绝回房，表示只要在椅子上躺一会儿就好。她在脑门上敷上湿纸巾躺下来，没多久便又回到桌上去了。

皮佩尔科尔恩认为她的昏厥是营养不良所致。他断断续续地表达了自己的观点，同时跷起了食指。他要人们懂得，他们必须要合理地摄入营养，这样才能满足生活各方面的要求。他为大伙点了各类食物，有几盘冷肉、大块肉、烤肉、猪舌、火腿、香肠等各种美味佳肴，盘子里缀有小萝卜、黄油球和香菜，宛若五彩斑斓的花坛。即便刚刚用过丰盛的晚餐，人们依旧对眼前的美食大为赞许。但皮佩尔科尔恩先生吃了几口便大骂"废物"——满口轻蔑，这足以说明这个威风凛凛的男人脾气阴晴不定。没错，如果有人胆敢为这些食物说好话，他就会大发脾气。他的脑袋因怒气而膨胀起来，用拳头砸着桌子，将这些食物斥为垃圾，认为只配扔进垃圾箱里。没有人敢冒着冒犯他的危险吭声——毕竟皮佩尔科尔恩是这次聚会的东道主和投资者，有权对他所选之物的质量进行评判。

虽然他的动气有些莫名其妙，但在汉斯·卡斯托普看来，这让他显得威严无比，这是汉斯·卡斯托普亲身感觉到的。这没有让他变得扭曲，也丝毫没有影响他高大的形象。不过这让他的话更加模糊不清，没有人敢指出这是喝了酒的缘故，人们都小心翼翼，唯唯诺诺，没人再去碰那些让他动气的美味佳肴。肖夏太太前去抚慰同伴的情绪。她抚摸着砸过桌子后放在桌布上的老船长式的手，奉承地说，可以再叫一些别的东西，如果可以说服厨师的话，或许能叫上一盘热菜。"很好，我的孩子。"皮佩尔科尔恩说，语气缓和了许多，从盛怒转为平息，却也不失尊严。他抬起肖夏的手，在上面吻了吻。他为自己和其他人点了煎蛋卷——每个人一份上等大盘野菜蛋卷，让他们能够安心打牌。点餐时，他额外给了一百法郎的票子，作为工作人员的小费。

当装点着金黄色和绿色的热气腾腾的食物端上来时，空气中弥漫着柔和的鸡蛋和黄油的气味，他的心情又变好了。众人跟着皮佩尔科尔恩津津有味地吃起来，而他则一边吃，一边主导着这场盛宴，他那些断断续续的话和引人注目的手势让每个人都热情而感激地意识到这些神赐之物的价值。除了煎蛋卷，他还为每个人点了一杯荷兰杜松子酒，透明的液体散发出谷物的清香，混合着淡淡的杜松子味儿——皮佩尔科尔恩叫大家虔诚地喝下去。

汉斯·卡斯托普抽起烟来，肖夏太太也抽，她抽的是俄国烟，用了烟嘴。烟盒就放在手边的桌子上，盒子涂了漆，盖子上绘有腾云驾雾的三驾马车。皮佩尔科尔恩并未对邻桌抽烟的行为发表异议，不过他自己并不抽烟——而且从来不抽。如果人们没有误解他的想法，那么按照他的观点，抽烟是过去讲究的娱乐方式之一，会剥夺简单生活的尊严——在这些赐予和要求面前，我们情感的力量是微乎其微的。"年轻人，"他对汉斯·卡斯托普说道，企图用苍白的眼神和含义丰富的手势征服他，"年轻人——简单，神圣。很好，您理解我。一瓶美酒，一盘热气腾腾的鸡蛋卷，一杯纯正的白酒——让我们尽情享受，吃个精光，满足它们的要求，趁着我们还没有——确实，阁下。无须赘言。我认识一些男人女人，他们吸食可卡因、大麻和吗啡——亲爱的朋友，很好，确实非常棒。很好。让他们吸去吧。我们不应该加以评判，也不该谴责。但是这些朴素的、伟大的、原始的神赐之物——首先这些东西是不尽相同的。就这么定了，我的朋友。被谴责了，被摈弃了。他们不可反抗——您的尊姓大名呢，年轻人？很好。我本来知道，但是忘记了。他们的罪恶不在于可卡因，不在于鸦片，也不在于这些邪恶的谎言。不可原谅——不可原谅——的罪恶——"

他不再说下去。高大结实的身躯俯向旁坐的汉斯，表情严肃而丰富，沉默不语。他跷起食指，刚刚修剪过胡须的上唇红而光洁，嘴唇微微张开，闪着光的前额上显出一条横着的皱纹，小而苍白的双眼空洞地盯着前方。汉斯·卡斯托普似乎从他的眼中看出了他对罪行、对重大犯罪以及不可原谅的罪恶所怀的某种恐惧。即便他的个性模糊不清，但他所有的主宰力量全部展现出来，使得这份沉默也变得十足迷人。

汉斯·卡斯托普认为这是一种客观公正的恐惧，同时又具备某种个人的因素，而且又与这个一身王者风范的人有关——这是一种恐惧，但绝非一种微不足道的恐惧，而是一种在他眼中一闪而过的严重的恐慌。汉斯·卡斯托普尽管有各种理由对肖夏太太这位庄严的友人抱有敌意，实质上却对他恭敬有加，对他眼神中的惊惧并不感到太过震惊。

汉斯垂下眼，点了点头，对邻桌的发言表示理解。

"您很正确。"他说，"沉湎于生活中太过讲究的乐趣，对那些伟大朴素而又神圣的赐予却欲求不满，这或许是一种罪恶，同时也是没有能力的表现。如果我对您的理解没错，皮佩尔科尔恩先生，那么这便是您的意思。虽然我没有考虑到这一方面，但我要说，我对您所提出来的观点表示同意。生活中这些重要而朴素的神赐之物很少能得到人们公平的对待。大部分人对他们的目标都过于漫不经心，过于不坚定，过于不负责任，过于缺乏耐心，这是我的想法。"

那位强者对此非常满意，"年轻人，"他说，"说得妙极了。请您原谅——无须再谈了。我请求您与我共饮一杯——一饮而尽——手挽着手。现在我还不能与您以兄弟般的'你'相称——不过很快就要这么做了，但现在这样做无疑有些冒失。无论如何，不久我就会这样称呼您。这是肯定的。不过，如果您坚持现在就——"

汉斯·卡斯托普对这个提议表示反对。

"妙极了，年轻人，'没有能力'——说得好。真的。好得叫人颤抖。'不负责任'——也很棒。'神赐之物'——不大好——'要求'好些。生活对男人的荣誉和精力的要求，对神圣的女性的要求——"

汉斯·卡斯托普不得不突然意识到，皮佩尔科尔恩喝醉了。但他的醉态并未让他失去尊严，而是与他天性里的高贵气质结合起来，产生出一种更加庞大的让人敬畏的效果。汉斯·卡斯托普心想，巴克斯[1]

---

[1] 罗马神话中的酒神。

本人喝醉时也曾靠他的追随者来搀扶，并未因此有损他的神性。一切都要取决于喝醉的人是谁，是一个人物呢，还是一个焊匠，这其中是有千差万别的。他甚至在心里小心翼翼地不让自己减弱对这位大人物的尊敬，而这个人的动作已经变得松松垮垮起来，说起话来结结巴巴的。

"老弟啊，"皮佩尔科尔恩说。他庞大的身躯懒洋洋地靠在椅子上，露出一副悠闲而富有帝王气派的醉态，他伸出手放到台布上，微微握紧的拳头在桌子上捶了一下，"老弟啊，就这么——定了。生活啊，年轻人，它就是个女人。一个展开四肢的女人，壮实的大腿，眼睛半闭着。她在嘲笑我们。她挑战着我们，让我们在伸开手脚的她面前展现我们的男子气概，不是站直，便是倒下。站直，或倒下。倒下，年轻人——你可知道它的含义？这是情感的挫败，是与生活对峙时的失败——也就是'没有能力'。面对它，没有慈悲，没有怜悯，而且被它嘲弄般地唾弃——就这样。年轻人！羞愧和耻辱是毁灭和破产这些恐怖而不光彩的事的婉转说法。这是各种事物的终结，是地狱般的绝望，是世界末日……"

那位荷兰人在说话时，庞大的身躯愈发往后靠去，帝王般的脑袋垂在胸前，似乎在打盹儿。但说到最后一个字时，他抬起放在桌上的手，握成拳头捶了下去，让身材瘦弱的汉斯·卡斯托普吓了一跳，惊恐地看着这个强有力的人——因为喝酒玩乐，此时的气氛奇异无比，汉斯的神经变得极度紧张。"世界末日"这个词与他多么相称！除了宗教课之外，汉斯·卡斯托普不记得在哪儿还听到过这样的说法。倒也难怪，他暗自想，除了他，还有谁会用这样的词语——或者，确切说，有谁强大到能说出这个雷霆万钧式的词语呢？或许当纳夫塔喋喋不休地愤愤不平时，也会说出这样的话——也都是一些并不得体的废话而已。但经皮佩尔科尔恩之口说出来，却十分庄严，让人感到无比震撼，就像《圣经》一样。"天啊，真是一个人物！"他千百次如此感慨。"到最后，我结识了一位真正的人物，但他却是克拉芙迪亚的友人——"此时他头脑不大清醒，一只手在桌上转动着酒杯，另一只手插在裤袋里，嘴角叼着烟，眼睛在一片烟雾缭绕中紧紧闭上。当然，他本应保持沉默。在这番如雷的话之后，他那细弱的烟管又算什么呢？但他那两位讲究民主的导师把他训练出了习惯讨论的性格——两人都讲究民主，虽然一方不愿承认——这让他有些较真地发表了一番评论。

"皮佩尔科尔恩先生，您的见解（这是什么指辞啊！难道会有人对'世界末日'发表什么见解吗？）使我想起了您刚才有关罪恶的那番谈话——包括对简单的以及您所指的神圣的（用我的话来说，则是'传统的'）生活的冒犯，也就是你我中的一人所说的'沉湎'；生活赐予了我们更为重要、更为文雅的东西，人们为这巨大的赐予之物而'献身'，并且对其尊重有加。不过这一点，在我看来似乎可以为罪恶辩解（您立当见谅，我生性偏好于辩解，虽然辩解也没什么很大的作用——这一点我非常清楚），而这目前也是'没有能力'的结果。对于'没有能力'的恐惧，您已经发表了一番非常重要的谈话，您可以看到我坐在这儿，困惑不已。不过我认为，对于您的这些恐惧，一个十恶不赦的人是无动于衷的，相反，他还会认为这是公正客观的，他对于生活的传统赠予毫无感觉，这就促使他犯罪。因此，我们不必认为罪恶是对生活的侮辱，而可以看作对生活的尊重；另一方面，如果说对生活的讲究意味着stimulantia——也就是他们说的，刺激和沉迷的手段，只要他们继续维持或再度增强感情的力量，那么生活就是其目的和意义，对情感的渴望，对情感的无能为力的追求……我是说……"

他在说些什么？在把皮佩尔科尔恩这样的人物和他自己联系在一起时，他竟然用起了"你我中的一人"这样的话，难道这还不够民主，还不够厚颜无耻吗？难道过去的某些事——那些事给眼下自命不凡的他投下了怀疑的阴影——给了他口出狂言的勇气吗？难道众神乐意摧毁他，让他在这番对"罪恶"的鲁莽的分析上加以评论？现在要想办法脱身了，因为很显然，他已经招致了严重的后果。

在汉斯·卡斯托普发表长篇大论的时候，皮佩尔科尔恩先生一直靠在椅子上，脑袋垂在胸前。这番话他是否听得进去尚不明朗。但现在，在年轻人的谈话变得越来越错综复杂时，他慢慢抬起头来，挺直了身子，威严的脸庞肿得通红，额头上的皱纹纵横交错，小眼睛睁开来，射出苍白而又咄咄逼人的光芒。显然，暴风雨正在酝酿，而之前一次只是一片乌云罢了。皮佩尔科尔恩愤怒了，下唇咬在上唇上，嘴角垂下，下巴凸起来。他慢慢抬起右臂，放在脑袋上方，握成拳头的手高高举起，准备给这个空谈民主的人最有力的一击。汉斯·卡斯托普大惊失色，但又感受到了对他有声有色的盛怒情景的好奇和喜悦。

他控制着自己想要逃跑的冲动，心平气和而又迫不及待地说道："当然，我刚才也没有解释明白。整个事情仅仅是规模的问题。如果一个东西有大小尺度，就不能称之为邪恶。邪恶是美好之物，无论是从其本质还是其文雅之处来看，都是如此。它们从来不是大规模的。不过人类从远古时代开始，就把这作为一种追求情感的高度的附加手段，这种手段属于生活所赐予的传统之物，它是附属的、朴素的、神圣的——要是我能这样说的话，它也是盛大的。就好比葡萄酒，这便是上帝赐予人类的礼物，古代也有人说过这样的话。自从某位天神发明了它，人类文明便开始了。因为我们得知，有了种植技术和压榨技术，人类才得以摆脱野蛮状态，文明才开始；即便在今天，种植葡萄的民族依旧比不种植的民族，好比西米利族人，更为文明些，这一事实值得人们去留意。事实表明，文明不是理性，不是清醒或理智的产物，它与激情和狂热以及美酒的乐趣联系得更紧密些——恕我斗胆一问，我这番话是否合您的意思？"

这个汉斯·卡斯托普可真是个狡猾的家伙，或者像塞塔布里尼先生使用的那个文绉绉的词汇那样，真是个"机灵鬼"。他冒冒失失地跟一位大人物对峙，甚至要惹来对方大发雷霆，之后又灵活地从中全身而退。

首先，他即兴为饮酒做了一番敬意十足的辩护；这之后，他转而将话题引到"文明"上——这时候，原本大动肝火的皮佩尔科尔恩先生的情绪便缓和下来；最后，他报复式地向对方提出了一个问题，尽管皮佩尔科尔恩先生的拳头依旧举在空中，气势汹汹的样子也还没变，但毕竟怎么也回答不出来。就这样，荷兰人从原本的愠怒中缓和下来，臂膀慢慢放下，拳头松开，手又放回到桌子上来，咄咄逼人的神色也不见了，暴风雨就这样在一声惊雷中过去了。这时候肖夏太太插进来，提醒她的旅伴注意，众人已经无精打采了。

"我的朋友，"她用法语说道，"您忽略了其他宾客，一心只顾着这位先生了——虽然您二位的谈话无疑非常重要，不过其他各位已经不再玩乐啦，我担心大家都已疲乏，大家可否就此散场呢？"

皮佩尔科尔恩转头看了看众人，情况确实如此，他们无精打采，昏昏欲睡，甚至眉间显出厌倦之色，客人们像在没人管理的课堂上一样，变得不受控制，有几位已经快要睡着了。皮佩尔科尔恩开始整顿纪律："女士们，先生们！"他跷起食指大声叫道——他那尖利的手指像一面挥舞的红旗，又像一把出鞘的宝刀，他的话像长官挥臂高呼、重振溃败的军队的演讲。这些话很快就起了效用。人们又清醒过来，重整旗鼓，面带微笑地看着东道主苍白的双眼和布满皱纹的眉头。他把大家都吸引住了，让他们重新沉迷于他作为大人物的威风。他跷起食指，指尖触到拇指的指尖，另外三根长着长指甲的手指则直直地立起来。他举起船长式的大手，对他们进行检阅和警告，咧开的嘴里吐出一句句话来——这些话莫名其妙，含义不明，但带有一种不可抗拒的力量。

"女士们，先生们，很好，非常好。关于肉体，女士们，先生们——就这么定了。不，请允许我说一句——它是'无力的'，《圣经》里就这么说。'无力的'。对各种要求是无法胜任的——但我要向你们呼吁——总而言之，女士们，先生们，简单说，我要呼——吁！你们会对我说,'睡觉'。好极了,女士们,先生们,很好,非常好。我喜爱睡眠,尊敬睡眠。我尊敬这种酣畅的、甜美的、让人精神抖擞的福祉。睡眠是一种——你是怎么说的来着,年轻人?——生活传统的赐予之一——它是最重要的、最高级的赐予之一,女士们,先生们。但是你们要想起,要记住——客西马尼[1],'把彼得和西庇太的两个儿子一同带去……之后再对他们说:"……你们在这里等候,与我一同守卫。"'你们还记得吗?'当他来到门徒那儿,看到他们都睡着了,于是对彼得说:"什么,你就不能与我一同守卫片刻?"'多伟大啊,我的朋友们。真是感人肺腑——令人心潮澎湃。'他进去后,再次发现他们睡着了,因为眼皮已经困倦,于是对他们说:"现在睡吧,好好休息,时间就快到了。"'女士们,先生们,真是动人心魄,感人至深——"

确实,这些话触动了他们的心,他们感到惭愧。皮佩尔科尔恩合起双手放在胸前,稀疏的胡子垂下来,脑袋侧向一边。因为吐露了那些有关死亡的寂寞痛苦的话,他的眼神黯淡下来。斯特尔夫人抽抽搭搭地哭了起来。马格纳斯太太沉重地长叹一声。帕拉范特律师认为在此形势下,他有责任作为众人的代表。他严肃地压低声音,向这位令人尊敬的东道主表示,大家都会遵从他的要求。皮佩尔科尔恩先生一定是误解了他们。他们欢快如清新的黎明,欣喜如沙滩上玩耍的孩童,他们一直都在寻求欢乐。他说,这是多么难得的一个夜晚,多么富有节日气息的一个夜晚,与平日里完全不同。这便是他们的感觉,即便睡觉是生活善意的赠予,可是谁都不想享受。关于这点,每一位客人都是如此,皮佩尔科尔恩应当深信不疑。

"妙极了,真棒。"皮佩尔科尔恩高声叫着,再次挺直了身子。他不再攥着手,而是把双手摊开,手掌向外,仿佛异教徒祈祷一般。他威严的脸上刻印着哥特式的痛苦,但神情里又带了些异教徒式的喜悦,

---

[1] 位于耶路撒冷市内,是耶稣门徒的聚集之处。

甚至能在他的脸上看到锡巴里斯[1]人式的酒窝。"时间到了。"他说着，便吩咐人把酒单拿过来。他戴起了角质架夹鼻眼镜，鼻梁架在额前高高突起；他叫了香槟酒，三瓶玛姆公司名为红胭脂的略带甜味儿的酒，此外还有锥形的花色小蛋糕，上面有彩色的糖霜，里面有巧克力和阿月浑子树奶油。斯特尔夫人尝过之后竟意犹未尽地舔起了手指头。阿尔宾先生漫不经心地解开第一瓶酒的绳子，蘑菇状的木塞一下子蹦向天花板，接着他按照惯例，用餐巾包住瓶颈，优雅地为每个人斟上酒。优雅的泡沫把桌布沾湿了。客人们叮叮当当地碰着酒杯，大家一起举杯饮尽第一杯酒，用这冰冷芬芳的液体刺激着自己的消化器官。每个人的眼睛都闪闪发亮。游戏已经结束，没人想把桌上的纸牌和赢得的钱收好。他们只是优哉游哉地聊着天，情绪高昂而又无所事事。他们原本想用一些新鲜而优美的措辞表达自己的想法，说出口的却是断断续续、结结巴巴的，有些鲁莽无礼，有些甚至是纯粹的大杂烩，清醒的人在一旁听了未免要嗤笑一番。但此时的听众不以为意，因为他们都处于放纵的状态。甚至连马格纳斯太太的耳根也红了起来，她承认自己感觉"好似生命之河流过她的全身"，马格纳斯先生听后似乎有些不悦。黑米尔内·克莱费尔特靠在阿尔宾先生的肩膀上，等着自己的酒杯被斟满。皮佩尔科尔恩疯疯癫癫地跷起长长的手指，又点了几样东西——香槟之后又叫了咖啡，"双料摩卡"，之后还有新酿造的"面包"，以及辛辣的利口酒——杏子白兰地、查特酒，还有为女士们叫的香草冰激凌及黑樱桃酒。后面又端来了腌制鱼片和啤酒，最后还有茶，有中国茶和甘菊茶，那些不想喝茶的人依旧可以喝香槟和利口酒，皮佩尔科尔恩本人就是如此，午夜过后，他同汉斯·卡斯托普以及肖夏太太喝起了瑞士葡萄酒。皮佩尔科尔恩先生像是十分口渴，喝了一杯又一杯。

---

[1] 古希腊最富有的城市，以奢侈享乐著称。

他们又待了一个小时，因为大家都醉醺醺的，身体麻木不想起身，再就是因为这样的熬夜方式无比新奇，还因为被皮佩尔科尔恩的人格深深吸引，也因为他所举的彼得和弟兄们的例子起了作用，大家羞愧难当，不愿起身。一般来说，相比男士，女士在这方面所受的束缚要少一些。男人们，不管是一脸通红还是面色蜡黄，都伸开了腿坐在那儿，脸上圆鼓鼓的。他们时不时机械地举起杯来，一副心不在焉的样子。女人倒是更活跃些，黑尔米克·克莱费尔特胳膊支在桌上，两手托着腮帮，对着咯咯乐的丁福笑着，露出洁白的门牙。斯特尔夫人下巴抵在肩膀上，搔首弄姿，尽情挑逗着帕拉范特律师。马格纳斯太太竟然坐在阿尔宾先生的大腿上，拉扯着他的耳垂——马格纳斯先生看着这一幕，脸上却显出轻松的神色。大伙儿怂恿安东·卡洛维奇·菲尔戈给他们讲讲胸膜震动的事，不过他舌头已经打了结，无法娓娓道来，宣告自己无能为力，于是大家一致起哄，让他罚酒一杯。维泽尔却因为陷入某种未知的困扰而突然痛哭流涕起来，他颤动着下巴，泪如雨下。大家给他端去咖啡和白兰地。这段插曲引起了皮佩尔科尔恩极大的兴趣，他跷起食指，僵硬的眉头往上挑了挑，让大家注意维泽尔的状态。

"这是，"他说，"哎——请允许我，这是——神圣的。把他的下巴擦干，我的孩子，把我的餐巾拿去——或者，随它去更好些。他自己擦干了。神圣，神圣的，我的朋友。无论如何，不管是基督教徒，还是异教徒。这是一个原始的现象，第一印象——第一的——不，不，也就是说——"

这几句一再重复的话无非是开场白，他随即做起手势，说实话，这些手势颇为滑稽。他跷起拇指和食指，弯成一个小圆圈放到耳后，有些扭捏地侧着脑袋，让人看了不免想起那些抓起衣服一角，在祭坛前跳舞的异教徒老牧师。但很快，他又恢复了庄严的神色，伸出双臂拍打邻座的椅背，描绘起一幅栩栩如生、引人入胜而又黑暗寒冷的冬日清晨的景象，大家都听得入了迷。他说，泛黄的夜灯透过方格窗子投影在稀稀疏疏的树枝间，树枝在寒气逼人、雾气弥漫的清晨一动不动。他描绘得如此生动，人们都认真地听着——事实上，他们都打起了寒战，特别是当他谈起在这样一个清晨，用一块大海绵蘸着冰水擦洗脖颈和肩膀的时候。他把这种令人震惊的事情称为"神圣的"。不过这些已经有些离题了，讲的无外乎是对生活的感受；这是一种不切实际的即兴曲目，他说出来，只是为了让自己那让人无法抗拒的形象和感情更加深入人心，让自己在午夜里纵情狂欢。他对女士们一视同仁，并不会特别尊重哪一位，或是歧视哪一位；他对矮个子的女侍者也是极为柔和，那个身体有些缺陷的女人过大而苍老的脸庞上露出了笑容。他对斯特尔夫人说了一番恭维话，这让那个庸俗的女人更加肆无忌惮起来，她表现极其夸张，比以往更加矫揉造作。他请求克莱费尔特小姐在他张开的厚厚的双唇上吻一吻，她便吻了一下。他甚至同孤苦寂寞的马格纳斯太太调情——这一切都无损于他对自己那位旅伴微妙的敬意，他时不时握着她的手，毫无顾忌地放到唇边。"酒——"他说，"女人，她们就是——请您见谅——客西马尼——世界末日……"

快到两点钟的时候，传来了一个消息，"老头儿"——也就是顾问大夫贝伦斯——正昂首阔步地走来。有气无力的人群陷入一阵恐慌，椅子和冰桶都倒下了，他们穿过图书馆往外四下逃散。皮佩尔科尔恩那个大人物看到盛宴被打断，顿时大发雷霆，一身王者风范的他怒气冲冲地一拳捶在桌子上，大骂这些人是"胆小如鼠的奴隶"。不过经肖夏太太和汉斯·卡斯托普劝慰一番后，他总算冷静下来。他们低声劝他，说宴会已经进行了差不多六个小时之久，总该收尾，该去享受"神圣"的睡眠恩赐了。他也听了进去，而后叫两人扶他到床上去。

"扶着我，我的孩子！还有你，年轻人，在另一边扶着我。"他说。他们两个一起把笨重的皮佩尔科尔恩从桌子上搀起来，用双臂把他架起来，他则站在两人中间，迈开大步朝外走去。他脚步跟跟跄跄，威严的脑袋一会儿靠在肖夏太太身上，一会儿又靠在汉斯身上。他这样东倒西歪地被两人扶着走路，也许只是沉湎于这种帝王般的骄奢，假若让他自己走路，也是可以走的，但他不屑于自己去努力。如果说他做过什么努力，也就是他不知羞耻地极力掩饰自己的醉态，享受这种被同伴搀扶着的深一脚浅一脚的感觉。走路时，他甚至说道："孩子们——简直是胡说。当然，我并非——此时此刻。你们总该明白——真是荒唐——"

"荒唐！确实！"汉斯·卡斯托普表示赞同，"确实如此。我们享用了生活赐予的传统礼物，并且在它们的荣耀下踉踉跄跄。我也是其中的一分子。不过我虽然已经醉眼蒙眬，却清醒地意识到，我有这份荣幸将这位伟大的人物扶到床上去。醉意并没有影响我。至于地位，我根本无法与他相比——"

"来，来，你这个喋喋不休的家伙。"皮佩尔科尔恩一边说，一边靠着汉斯一摇一摆地朝楼梯走去，肖夏太太则走在两人后面。

顾问大夫即将到来的传言只是一场虚惊。也许是小个子女侍者深感疲惫，才决意叫大家散场。皮佩尔科尔恩知道这是个错误情报后，打算回去继续喝酒。但两人百般劝说，叫他打消这个念头，他才继续往前走去。

那位马来男仆系着白色领带，穿了一双黑缎鞋，在公寓门前的走廊上等待主人。他深深地鞠了一躬，把手放在胸前。

"你们互相吻吻吧！"皮佩尔科尔恩命令道，"年轻人，吻一下这位可爱的女人，跟她道个晚安，就在额头上。"他朝着汉斯·卡斯托普说，"她不会拒绝的——为了我的健康，在我的祝福下——"但汉斯·卡斯托普拒绝了。

"不，阁下，"他说，"请原谅我，我做不到。"

皮佩尔科尔恩靠在男仆身上，脸上皱纹纵横交错，他要知道为何不可。

"因为您的同伴和我不能互相在对方额上亲吻。"汉斯·卡斯托普回答，"我希望您好好休息。不，不，无论您怎么看，这都纯属胡闹。"

这时肖夏太太已经走到了自己的房门前，皮佩尔科尔恩只得妥协，把肖夏那位不情不愿的爱慕者放走了，他又越过马来男仆的肩头目送了他一会儿。他的皱纹变得更深了，对于汉斯的放肆感到惊奇不已，他那帝王般的脾气从来就不能容忍这样的冒犯。

皮佩尔科尔恩先生（续）

皮佩尔科尔恩先生在山庄疗养院待了一整个冬天——那时候冬天还没结束——一直住到了来年的春天，因此，还有些时间同塞塔布里尼和纳夫塔一同到弗鲁拉谷地做一次难忘的短途旅行，他们到那儿去观赏瀑布。那是他留在山庄里的最后一段日子。最后？难道他不会再待下去了吗？是的。他要离开？没错——但也不全是。为何说也不全是呢？读者就不要追根究底了——到时候一切自会水落石出。我们知道齐姆森少尉已经去世，这并非就是说另一位可敬的人物也会跳起死神之舞。那么之后恶性疟疾已经把皮佩尔科尔恩带走了？不，并非如此。那为何又这样没有耐心呢？我们不能忘了生活中讲故事的条件，也就是不能让人一时间窥见所讲之事全部的过程——上帝规定的认知形式是不能违反的。至少，我们要在故事的允许范围之内，给时间足够的尊敬——这是最起码的要求。否则会显得太过仓促，什么都变得乱七八糟的，或者，假若这个字眼儿显得太过闹哄哄，让人疑惑不解，那么可以说时间像风一般飘走了。小小的时间刻度在钟表上嘀嘀嗒嗒地走过去，好像在计量着一分一秒，当它一刻不停、悄无声息地走过每一个刻度时，谁又知道这意味着什么！可以肯定的是，我们在这山上已经有好几年了。我们头昏脑涨，这像一个噩梦一般，尽管梦里没有大麻，也没有鸦片，但道德家们会因此对我们加以指责。我们要用多少明确的逻辑以及多少的理性同这朦胧状态斗争？我们花了太多时间同纳夫塔及塞塔布里尼这样聪慧的人物打交道，而不大接触性格模糊的皮佩尔科尔恩。这就不免形成了鲜明的对比，从各方面来说，连同地位上，汉斯都更偏向于这位姗姗来迟的皮佩尔科尔恩。这是他心里的想法，汉斯躺在自己的住所里，暗自评判那两位花言巧语的导师，他们自认为是他灵魂的护卫者，但在皮佩尔科尔恩面前都变成了侏儒。他宁愿像皮佩尔科尔恩威风凛凛地喝酒时称呼他那样，把这两个人叫作喋喋不休的家伙。此外，封闭式教育让他有机会同这位大名鼎鼎的人物打交道，他十分高兴。

确实，这位大人物是肖夏太太的旅伴，也是一个强大的干扰因素。但这又是另外一回事，汉斯·卡斯托普做出判断时并没有掺入偏见。他坚持对这位大人物保持真诚和敬意，此外还有过分的同情，虽然这个人曾同肖夏太太一起旅行，而他自己则从她那儿借过一支铅笔。这便是他选择的方式，即便我们已经知道，有一些人，男女都有，不能理解汉斯这种麻木不仁的态度，认为他理应憎恨皮佩尔科尔恩，对他有所回避，叫他"老糊涂""满嘴胡话的老酒鬼"。但相反，我们看到他在皮佩尔科尔恩发烧时还前去探望，坐在他的床边，同他聊天——"聊天"一词仅仅是汉斯自己的想法，在那位威严的皮佩尔科尔恩心里可不是这样——同时怀着年轻人的好奇心向他询问旅行的事情，任凭这位大人物的威力影响自己。汉斯·卡斯托普并不担心自己所做的这些会叫人想起费迪南德·维泽尔，他曾为汉斯·卡斯托普拿过衣服。这两件事不可相提并论——因为我们的主人公不是维泽尔，卑躬屈膝不是他会做的事。但他也不是"主人公"，也就是说，他与男人之间的关系并不能由女人来评判。我们要秉承这样的原则——既不能把他描述得比实际更好，也不能比实际更坏。因此，我们便能断言，他干脆拒绝——不是明确地、有意地拒绝，而是天真地拒绝自己对男性的判断受制于传奇故事的影响。面对对自己有益的经历，他也不以为意。女性不免有些动气，我们相信肖夏太太对于这些已经不由自主地懊恼起来，甚至脱口而出一些尖刻的话——我们以后自会提及。不过也正因为他的这种性格，他才不可避免成了教师们辩论的对象。

在玩纸牌及喝香槟酒的第二日，皮特·皮佩尔科尔恩不幸地病倒了——这也不足为奇。但凡参加那次冗长而耗费体力的狂欢的人，差不多都病倒了。汉斯·卡斯托普也不例外，他头痛欲裂，但这也不足以阻止他前去探望前一晚的东道主。他在走廊里遇到那位马来男仆，要求进屋拜访，男仆随即表示非常欢迎。

他穿过肖夏太太房间隔壁的一间客厅，进入荷兰人的双床卧室内。这儿比山庄疗养院大部分的病房都宽敞些，也更为奢华，里面摆有放着软垫子的扶手椅和弯脚桌。地板上铺着又厚又软的地毯，而卧榻呢，也不是山庄里普通的病床，而是十分豪华的用抛光的樱桃木制成的床，床架则是黄铜材质的。在两张床的上方悬着一角小小的华盖，没有窗帘，像一把伞罩在两张床上面。

皮特·皮佩尔科尔恩就躺在其中的一张床上，红缎被单上散落着几张纸，几本书，还有几封信件。他正戴着一副高高的有角质框架的眼镜翻阅《电讯报》。他旁边的椅子上放着一套咖啡机，床头柜上则放着还剩下一半儿的红酒，正是那一晚喝了一半的烈酒，另外还有一些药瓶。汉斯·卡斯托普感到惊讶的是，荷兰人并没有穿着白色的衬衫，而是一件长袖羊毛背心，袖口处用纽扣扣住了，衣服没有领子，领口是圆的，紧紧地套在这个强壮的老男人身上，显出宽阔的肩膀和胸膛。这样的装束，让他枕在枕头上的脑袋看上去更为亲和，也少了很多资产阶级古板的气息，既像一位普通老百姓，又像一幅画像。

"无论如何，年轻人，"他说，一面扶了扶夹鼻眼镜，"请进吧，别客气——千万别客气。"汉斯·卡斯托普在床边坐下来，掩饰着内心的惊异——因为此刻他不仅对这个人物心怀崇敬，还带着一些同情——两人亲切热情地交谈了一番，皮佩尔科尔恩则断断续续地做着手势。他看上去非常憔悴，面色发黄，难掩痛苦之色，因为高烧，天快亮时，他已经疲惫不堪，毫无疑问，这与前一晚的狂欢脱不了干系。

"我们前一晚可真愉快，您知道——真是痛快。"他说，"但您却——

好样的。 您不像我——这一把年纪，身体也不大行了——我的孩子。"
这时候肖夏太太从客厅走进来。 他温和而又一本正经地继续说道:"很
好，妙极了。 正是这样。 不过我再说一次，应当留神——"他的神色和
声音已经显出大发雷霆的倾向。 显而易见，人们可以想象到，谁若是
阻止他饮酒，就会遭到他不合理且不够理性的谴责，一场暴风雨是在所
难免的。 大人物的情绪往往如此。 肖夏太太走上前来，同已经站起身
的汉斯·卡斯托普打了招呼，倒没握手，只是笑着点了点头，说了句
"您无须拘谨"，而对皮佩尔科尔恩，则是暗暗示意"希望没有惊扰您"。
她在屋里忙前忙后，叫马来男仆把咖啡机收走，这后离开房间片刻，回
来的时候轻手轻脚地走到两人旁边，听他们聊天。 但给汉斯·卡斯托
普的印象是——她在监视他。 她带着一位大人物回到山庄疗养院来，
自然是好事。 但当这个久久等待她的爱慕者转而对大人物怀着一个男
人对另一个男人的敬意时，她却惴惴不安起来，甚至脱口而出"您无须
拘谨"这样的话来。 汉斯·卡斯托普心中窃喜，连忙低下头掩饰自己
的神色。 皮佩尔科尔恩把床头柜上的半瓶红葡萄酒拿过来，给汉斯斟
了一杯。 荷兰人认为最好把没结束的事继续下去，泛着泡沫的葡萄酒
跟苏打水一样浓烈。 他们碰了碰杯。 汉斯·卡斯托普一边喝酒，一边
望着他那斑斑点点的、指甲很长的船长般的手，羊毛背心的扣子在手腕
处扣紧。 他举起手来，把杯子放到厚厚的张开的唇边，于是他像雕像
般，或是不如说像工人一样，大口大口喝下了酒。 他还提起床头柜上
的药品，是一瓶棕色的液体，他在肖夏太太的手上服了一小匙。 他说，
这是一种解热剂，主要成分是奎宁。 皮佩尔科尔恩让客人尝尝这种颇
有特色并且刺鼻的苦涩味道，对奎宁发表了一番赞美的话，说它不仅对
杀灭细菌有奇效，而且能够滋补身体，有益于调节体温。 此外，它还
能抑制蛋白质的代谢，促进同化作用。 总之，这是一剂对人类有益的
良方，是一种高效的活力剂——当然，也是一种致醉剂，能让人变得醉
眼蒙眬。 说话时，他又像前一晚那样意味深长地跷起手指，脑袋看上

去像一个在举行仪式时手舞足蹈的异教徒牧师。

　　没错，金鸡纳是一种了不起的物质。自欧洲药理学界发现它的存在到现在，也就过了三百年而已，而作为金鸡纳提取物的活性生物碱，人们发现其化学原理并在某种程度上对其进行分析，再度加工合成，也不过一百年而已。我们的药理学还不能自诩完全掌握了奎宁的机理，因为奎宁只是一个例子，还有许多其他药物需要我们去了解。各种药物的合成方法差异甚大，但这些药物产生药效的原因则让人困惑不已。年轻人如果想研究毒素领域，那么会发现在确定毒素作用的基本性质方面，任何人都不能说出个所以然来。蛇的毒液便是一个例子，人们对这种物质所了解的只是——它属于蛋白化合物的一种，由多种蛋白酶组成，只有靠一定的组合方式——不太明确的方式——组合起来，才能发挥强大的效用。当这种蛋白进入血液循环时，它产生的效果叫人震惊不已，因为人们并不习惯把蛋白当成一种毒素。皮佩尔科尔恩从枕头上抬起头来，扬了扬额头的皱纹，两指围成一个小圆圈，其他指头直直跷起，表示实际上，物质世界里的一切都是生命与死亡的交替，既可以作药用，也含有毒素。药理学和毒物学是一样的，人们能用毒物治病，而能够治病的药物，有时转瞬就成了致人毙命的毒素。

　　谈起药物和毒素时，他变得有理有据，条理分明，汉斯·卡斯托普侧耳倾听，不时点点头，对于他说了什么并未多加留意——这些东西他都已了然于心——他更关心的是如何默默地探索这位人物非比常人的特征，说到底，他自己就像蛇的毒素一般，无法解释清楚。在物质的世界里，皮佩尔科尔恩说，所有东西都需要依靠动力学，其余的都受它影响而已。奎宁是一种药理学上的毒药，也是最强的毒药之一。仅仅服用四克便能让人失去听觉，头昏脑涨，呼吸急促；它会像阿托品那样引起视觉障碍，也像酒精一样具有致醉作用；奎宁加工厂里的工人眼睛红肿，嘴唇发炎，皮肤也会受到感染。皮佩尔科尔恩描述起金鸡纳树，即奎宁树，这种树木生长在南美安第斯山系海拔三千米的原始森林里。

它的树皮被称作秘鲁树皮或是耶稣会树皮，后来才运到西班牙来，而南美洲的土著很早就知道这种树皮的功效。他谈起爪哇国荷兰政府规模宏大的奎宁种植业，每年都有好几百万卷奎宁树皮——这些树皮微显红色，看上去有些像肉桂——走水路运送到阿姆斯特丹和伦敦去。事实上，皮佩尔科尔恩说，这种树皮，这种木质纤维，表皮和形成层也拥有特殊的动力学特征，其中包括有益的部分，也包括有害的部分。有色人种的制药知识远远超出我们。在荷兰新几内亚的某些岛屿上，年轻男人和姑娘们从树皮上提取出春药——这种树本身也许有毒，就像曼萨尼亚树，或是爪哇国致命的见血封喉树一样，能发出毒气，使周围空气受污染，使人畜倒地昏死。他们把这种树皮碾成粉末，与椰子碎屑混在一起，再将这种混合物包在一张叶子里烘烤，只要将这种粉末在性情冷淡的对象脸上撒上一点儿，对方便会面红耳赤，爱欲大发。有时是树根在起作用，比如马来群岛上生长的一种叫作马钱子的植物，当地人从这种植物里提取出了见血封喉，并在里面掺入蛇毒。把这种药物擦在箭上，射到人身上，药物进入血液循环后即刻致死——但没人能解释它是如何发挥效用的。他只知道，见血封喉与马钱子碱的性质十分相似……皮佩尔科尔恩此刻已经在床上坐直了身子，不时地用轻微颤抖的手举起酒杯，放到开裂的嘴唇边，咕噜咕噜喝着，似乎很渴。他又谈起了科罗曼德海岸[1]的马钱子树，上面生长出一种橙黄色的浆果，也就是马钱子，从中能提取出效用强大的生物碱，也就是马钱子碱。他压低声音，额头布满深深的皱纹，悄声谈着这种树上灰色的枝丫，闪闪发光的树叶，以及黄绿色的花骨朵；年轻的汉斯·卡斯托普听了后，脑子里不由得浮现出令人毛骨悚然，颜色艳俗的歇斯底里的画面——他肩膀都在颤抖。

这时肖夏太太插进话来，表示皮佩尔科尔恩先生说话太久不好，他

---

[1] 位于新西兰岛。

已经非常疲倦。她本无意惊扰二人谈话，但这一次应当就此收场，希望汉斯·卡斯托普见谅。年轻人便照着她的意思告辞了。但以后的几个月里，汉斯·卡斯托普常常来此探望这个一身王者风范的男人，每当他发烧时，汉斯便前来拜访，坐在他的床沿上；肖夏太太也在屋子里走来走去，听着两人的谈话，偶尔也插进来几句。在皮佩尔科尔恩不发烧的那些日子，三个人常在一起消磨光阴。在荷兰人不卧床的那些日子，他往往会叫上一圈人喝酒玩牌，尽情娱乐。他们聚会的地点有时候在像第一次那样的小客室内，有时候在餐厅里，汉斯·卡斯托普已经习惯坐在这位大人物和他那位懒洋洋的女伴中间。他们甚至一起外出，有时一起散步，除了他们，菲尔戈先生、维泽尔、纳夫塔以及塞塔布里尼也会加入，最后这两个人是思想上的竞争对手，很难碰在一起。汉斯·卡斯托普自感幸运，终于能让他们与皮佩尔科尔恩——甚至最后还与肖夏太太——结识了。他也不理会那两位学究式的人物是否对这样的结识满意。他笃信，为了贯彻自己的教育观念，这两个人需要一个平台，他们为了得出辩论结果，宁愿容忍一个不受欢迎的小圈子。

他这样的想法并没有错，这些混杂在一起的成员相互间至少会习惯对方的存在。在他们中间，当然也存在着陌生感和紧张感，甚至还有一种压抑在心里的敌意，但值得称赞的是，汉斯这样一个微不足道的人物竟能把他们融合在一起。汉斯为人简单而温和，能把各种各样的人——不管口味和性格相差多大——聚到自己的周围，不但将他们聚集到自己的身边来，而且和他们融为一体。

这个圈子里各式各样的成员之间的关系是多么复杂啊！我们得好好观察一下，而汉斯·卡斯托普在与他们一同散步的路上，便用他那双精明而友好的眼睛测探过了。维泽尔过去一心眷恋肖夏太太，如今已经变得郁郁不乐，他在皮佩尔科尔恩和汉斯·卡斯托普面前卑躬屈膝，前者是因为他的威严，后者则是因为过去与肖夏太太的关系。而肖夏太太本人呢，她美丽迷人，步态轻盈，对皮佩尔科尔恩尊敬有加——尽管她心中信念坚定，但看到狂欢节那晚的那位骑士如今与这位威风凛凛的王者相谈甚欢，还是有些惴惴不安，言语也变得刻薄起来。这种感觉让人想起她对塞塔布里尼心怀不悦的决定性因素。对于这位高谈阔论的人文主义者说出的话，她不敢苟同，认为他是个自负而又冷酷无情的人。她真想向汉斯·卡斯托普的这位导师请教一个问题，他那时所说的地中海方言应作何解。狂欢节那晚，当那个善良正直、出身良好的德国年轻人最终鼓起勇气走近她时，那位意大利人曾同他说了一番话。汉斯·卡斯托普像别人说的那样，已经深陷情网，这是事实，但他不能明目张胆而幸福地去爱，不能像平原上的人那样，高兴地哼起动听的小曲来。他深深地迷恋着她，卑躬屈膝，已经习惯去忍受这份苦恋，但尽管他成了感情的奴隶，却依旧保持着几分理智，因此他也明白，在那个有着一双吉尔吉斯人式的眼睛的漂亮女人面前，他的忠贞不渝会有多大的价值。他还不至于太盲目，因而从塞塔布里尼对她的态度里，就能估测出自己的卑躬屈膝到底能换来什么。意大利人在彬彬有礼的范围内显得不可亲近，他的态度明显激起了她的愤怒。在汉斯·卡斯托普的眼里，她同莱奥·纳夫塔的关系更为疏远，而她对纳夫塔的好感也更少一些。她和纳夫塔不像和塞塔布里尼先生那样，从根本上是对立的，对于纳夫塔的人品她也不加以非议。肖夏太太同那位声音尖细、个子矮小的纳夫塔之间的语言障碍也少一些，偶尔单独和他一起漫步聊天，讨论书籍，而无论是有关政治还是哲学问题，两人态度都极为激进。有时候汉斯·卡斯托普也会真心真意地参与其中。然而肖夏太太在纳夫塔的一举一动里看到他某种淡漠而高傲的特点。在肖夏太太看来，这是一种暴发户的气质——他对这个不熟悉的小圈子总保持着一种谨慎的态度。但事实上，他那西班牙式的恐怖主义与她嘭嘭关门时颇具文人气息而又放荡不羁的作风格格不入。另外，凭着肖夏太太女性的直觉，她坚信这两位学究对她都怀着一种微妙而不易察觉的憎恶，他们认为这个女人是个干扰因素，她闯入了他们这个新成立的圈子，这种徒然生出的无法名状而又原始的敌意，让他们团结在一起，两人之间长期以来剧烈的斗争此时显得没有那么重要了。

这两位雄辩家是否对皮特·皮佩尔科尔恩也抱有某种敌意呢？至少，汉斯·卡斯托普自认为他察觉到了这点，他或许心里期待如此，他也不怀好意且满意地看着那位口齿不清、一脸威严的人物同这两位"审计员"打交道——他打趣地这样称呼他们，虽然两人与此头衔大相径庭。皮佩尔科尔恩先生在室外的样子少了室内的那份威严。他戴着一顶软毡帽，帽檐拉低，盖住了额头上的白发和纵横交错的皱纹，这让他看上去不再那么威风凛凛，他又大又红的鼻子看着也没那么精神抖擞了。他站住时或许还好一些，走起来的时候，每当跨出一小步，整个身体重心便全落在迈出的那只脚上了——这是一位老人步态龙钟的样子，已经称不上器宇轩昂。他身子微微曲着，或者倒不如说有些萎缩，即便如此，他还是能俯视洛多维科先生，而对于矮小的纳夫塔，他则整整高出了一个头。他的出现让这两位政治家感觉非常压抑，这不仅仅因为身高——噢，真的非常压抑，这一点汉斯·卡斯托普早已预见到了。

是的，这两个人不由得自感相形见绌，不但旁观者能观察到这点，就连当事人——那位口齿不清的大师以及另外两位无足轻重却又巧舌如簧的辩论者——无疑也看出来了。皮佩尔科尔恩对这两人皆是礼貌有加。要不是汉斯·卡斯托普明白"讽刺"与"宽容"不可相提并论，他差点把皮佩尔科尔恩这种毕恭毕敬的态度看成"讽刺"了。王者是不知道"讽刺"的概念的——在演讲学直截了当和委婉隐晦的意义上都如此，在其余各方面的意义上便更不用说了。荷兰人对待汉斯·卡斯托普这两位友人的态度，与其说是讽刺，倒不如说是嘲讽。他无伤大雅地对两人进行嘲讽，有时候直截了当，偶尔却又义正词严。"噢，对，对……"他常常这样说，同时竖起指头朝着他们的方向做出威胁的手势，并掉过头去，嘴角带笑，"这个是——这些是——女士们，先生们，我请你们注意，cerebrum（拉丁语，意为：大脑），大脑，你们明白的！

不，不——这全然是特殊的——事实已经表明——"两人有些茫然地对视一番，无可奈何地默不作声，转而去搜寻汉斯·卡斯托普的目光，想把他也吸引过来，但汉斯不以为然。

塞塔布里尼直接对汉斯·卡斯托普进行提问，在教育学的角度上坦白了自己的疑问。

"天啊，就这么一个愚蠢的老头子！工程师，"他说，"您在他身上能看到什么呢？他能给您带来什么好处呢？我真搞不明白。我很清楚，您和他在一起，能够容忍他，无非是为了他的那位情人——尽管这么做无法得到认同。但您对他的关注明显比对那位女士多一些。我恳求您，请过来拯救一下我的理解力吧。"

汉斯·卡斯托普大笑。"无论如何，"他说，"确是如此。我是说——好极了，太好了。"说着他也模仿起皮佩尔科尔恩的手势来。"对，对，"他继续说下去，边说边笑，"您觉得这是愚蠢的，塞塔布里尼先生，我也承认它含糊不清，而且在您的眼里，可能更糟糕。愚蠢——嗯，这世上有多种多样的愚蠢，但聪明却是其中最愚蠢的一种。您瞧，我创造出了一句名言——金玉良言！您可喜欢？"

"很好，我翘首盼望您能出一本名言集。也许我还得向您提出一个请求，我们曾谈起过有关似是而非的谬论所具备的反社会的特质，这一点您可别忘了。"

"好的，塞塔布里尼先生，我一定谨记于心。我并不是想要追求这种似是而非的谬论，这一点可以向您保证。我只是想说明，要分清愚蠢和聪明之间的区别并非易事。两者之间的界限很难划分——它们含混不清。我知道您憎恶神秘的 guazzabuglio，赞成价值、判断，以及价值的判断，我认为您是正确的。但关于愚蠢和聪明——在我看来，这全然是个神秘的东西，无论如何，如果人们诚心诚意对其追根究底，那么对'神秘'加以思索则应是被允许的。但我要请教您，他比我们都要强大，这一点您能否认吗？我冒昧地提出了这个问题，但据我所知，也许您不能否认这点。他比我们都强，他用某种方式获得了取笑我们的权利，他是从哪里得到了这种权利？它从何而来？他是怎么做到的？当然，并非靠聪明才智得到的。我承认，在他身上并无聪明可言。倒不如说，他是个含混不清而感情用事的人，感情用事便是他的特点，请您原谅我的用词。不，他比我们强并非因为聪明，或者说完全不是智力方面的原因。您会反对这种说法，这种说法也站不住脚。但也并不是体力方面的原因。并不是因为他那宽阔的肩膀，或是强劲的力量，并不是因为他一挥拳就能把我们打倒。他并未意识到自己的力量，如果他意识到这点，那么只需两三句文明的话便可轻而易举打败他——因此也不是体力的原因。但这却与体力有些关系，这里说的并非臂力，而是某种不同意义的力量，它是神秘莫测的，因为一旦体力发挥作用，它就变得神秘起来，体力因素过渡到了精神因素上，反之亦然。这两者无从区别，就像聪明和愚蠢不分彼此一样。但我们看到的结果是，这里存在着动力学作用——因而他把我们打败了。对此我们仅能以一词来描述——'人物'。我们可以从更为普遍的意义上运用这个词，这样一来，每个人都是'人物'，道德上的，法律上的，或是其他各方面的'人物'。不过这与我所说的不是一回事。我指的是'人物'的神秘性，它超出了聪明和愚蠢。人们对此都应当加以关注，一方面想方设法深究其意，另一方面从它身上得到启迪。您赞成价值，但'人物'不也是一种价值吗？在我看来，它比聪明和愚蠢更有价值，并且它是积极而绝对的，犹如生命一般——总而言之，它是某种具有价值的东西，我们应当加以关注。对于您所说的有关'愚蠢'的那一番话，我回答的便是这些。"

最近，当汉斯·卡斯托普发表意见时，不会再语无伦次，含糊不清，或是在中途说不出话。他像男子汉一般把话说完，声音抑扬顿挫，即便如此，他还是涨红了脸，在心底也依旧害怕在说完话后会是一阵沉默，以便让他为自己所言感到羞愧。

塞塔布里尼让沉默持续了一会儿，继而说道：

"您否认自己在猎取似是而非的观点，但同时您却非常清楚，我热衷于这些观点，正像我热衷于神秘论一样。您把'人物'看成神秘的东西，这就陷入了偶像崇拜的危险中。您在对一副空洞的面具致敬。您在神秘化中看到神秘，在有欺骗性的形式里看到神秘，肉体的恶魔有时候喜欢用这种恶毒的形式嘲笑我们。您经常同那些演戏的人打交道吗？您难道不知道这些扮演朱利叶斯·恺撒、贝多芬还有歌德的人——这些幸运的扮演者一旦张嘴，便显出自己无非世间最可怜的蠢材吗？"

"很好，这是一出戏剧。"汉斯·卡斯托普说，"但又不只是戏剧，不仅仅是一个恶作剧。因为这些人是演员，演员是需要一定天赋的，而天赋又超越了聪明和愚蠢，归根结底是有价值的东西。皮佩尔科尔恩先生就有这样一种天赋，不管您怎么说都行，因而他才比我们强大。您让纳夫塔先生到这个房间的某个角落里，让他发表一番有关'大格利高列'和'上帝之城'的讲话——这番讲话非常值得倾听，同时让皮佩尔科尔恩先生到另一个房间去，张开他古怪的嘴巴。他的前额上布满皱纹，他说的无非'无论如何——首先——就这样定了，女士们，先生们！'您会看到人们都聚集在皮佩尔科尔恩的身边，而纳夫塔先生则带着他的聪慧和'上帝之城'孤零零地坐在那儿，虽然他头头是道，巧舌如簧，就像贝伦斯说的……"

"您只是看重成功，好不害臊。"塞塔布里尼先生告诫道，"Mundus vult decipi（拉丁语，意为：这个世界希望被欺骗）。他太过狡诈，我不喜欢他。但您扬扬自得地编造出这样一幅场景来，我倒宁愿站在他那边。您竟轻视合乎逻辑、精密准确的事情？您在轻蔑它们的同时，带着某些含沙射影的戏法和情感上的欺瞒？我想，魔鬼已经把您——"

"但我跟您说，很多时候他说起话来也是非常连贯的。"汉斯·卡斯托普说，"这种时候他也是很有趣的一个人。他有一次曾跟我谈起强有力的毒品和亚洲的毒树，内容非常有趣，几乎是神秘莫测的——有趣的事情通常都带了些神秘色彩——不过，如果不把这些同他这个'人物'联系在一起，故事也就变得没那么饶有兴味，这就让它变得有趣而又神秘莫测起来。"

"是，没错，我清楚您对亚洲的偏爱。确实，我没想到会有这样神奇的故事。"意大利人非常刻薄，汉斯·卡斯托普急于想解释，表明他的一番话和引导从另一方面来看是极有价值的，他本人从未曾想过对别人进行比较，对两方做出不公正的评价。但塞塔布里尼不以为意，对他的礼貌不屑一顾。他继续说道：

"不管怎么说，工程师，您得允许我向您的冷静客观表示钦佩。您得承认，这几乎有些不切实际了。事实已经表明，那个小丑已经把您的比阿特丽斯[1]抢走了，而您呢——这样的态度真是闻所未闻。"

"这是气质上的区别，塞塔布里尼先生。这是骑士风度和血气方刚之间的区别。您是一个南方人，或许会使用毒药和匕首，或者至少会从社会和感情角度来看待这些事情，想让我变得像一只好斗的公鸡。从社会的角度来看，这的确很有男子气概，而且还非常英勇。但在我看来却不一样。如果我把另一个男人仅仅看成情敌，那么我就丝毫没有男子气概了。也许我一点儿也没有男子气概——当然，并不是从所谓社会的角度来看，我也不知道究竟为何。我对着痛苦的内心自问一番，我是否有理由对那个人进行指责。他难道真的冒犯了我？但冒犯必然是有意而为的，否则便什么也谈不上了。至于他和我'有过节'，我应当找他算账——我没有权利这么做，而对皮佩尔科尔恩的话，我更是一点儿权利都没有了。他确是一位出众的'人物'，这一点就对女人非常有吸引力，其次他与我不同，他不是一位文人，他有些军人气质，就像我那位可怜的表哥一样，他有 point d'honneur（法语：一种荣誉），一种热爱，就像生命一样——我知道自己在胡说八道，但我想继续胡说

---

[1] 但丁的情人。

下去，把某些难以表达的东西说出来，而不是墨守成规，挑不出一点儿毛病来。也许因为我身上带了些军人特质，如果可以这么说的话——"

"您可以这么说。"塞塔布里尼默许道，"这至少是值得称道的特点。认识和表达的勇气——这便是文学的特点，是人性。"

他们就这样和气地结束了这一话题，塞塔布里尼先生把谈话引到一个和平的结局，也算是比较明智。他的立场并非无懈可击，不能把争论引入两个极端里去。对他来说，嫉妒的话题有些不好处理，但他不得不承认，作为一个教育者，从社会角度来看，他谈不上具有男子气概，也不是一只好斗的公鸡。因此，那位高高在上的皮佩尔科尔恩同纳夫塔和肖夏太太一样，给他带来了干扰。最后，意大利人不指望自己能说服他的学生对这位人物失去兴趣，从而摆脱皮佩尔科尔恩天然优势的影响，而他本人和那位大脑强有力的对手是拒不向对方臣服的。

当话题转到学术方面的讨论上时，他们的底气变得更足了些。人们被他们优雅而激昂的辩论吸引住，这些辩论是学术性的，两人的语气好像在争辩某种极其迫切或是生死攸关的问题。当然，两人讨论的拥趸者只有周围这几人。但时间一长，他们谈话的"宏大"气氛或多或少暗淡下来，因为这其中的某个满脸皱纹、喜好做手势的人物时常用一言半语对其加以一番嘲讽。仅仅如此，就足以在这番引人注目的表演上投下阴影，让其黯然失色，把它最重要的部分也剥夺了。在场的所有人都察觉到了这点，唯独皮佩尔科尔恩自己毫无知觉，或是天知道他察觉到了几分。这对双方都没有好处，双方都感到尴尬无比，这场谈话也被盖上了"废话"的标记。或者我们可以这样说——当那位"人物"在他们身边走来走去时，两人你死我活的唇枪舌剑变得含混不清起来，在他"伟大"的磁力作用下，两人的力量被削弱了。我们只能这样解释，否则便不能说明这种叫人迷惑不解的、让两位争辩家恼怒的事。我们还可以说，如果没有皮特·皮佩尔科尔恩，那么两人的争辩会更深入。例如莱奥·纳夫塔会卫护教会，认为其性质是彻头彻尾的革命性，反对塞塔布里尼学究式的断言，后者认为教会是一种强大的历史势力，它仅仅是邪恶的反动势力的守护者；然而所有为生命和未来而生，专注于改变和革新的势力都代表了启蒙的原理，科学和进步，也曾在反对势力的某段时期见证了古典文化复兴的繁荣时代。他用华美的辞藻和手势阐述了自己的信念。于是纳夫塔冷峻地努力向对方表明——条理也十分明晰——教会是宗教和禁欲观念的体现者，但与现存秩序又相差甚远，并非世俗文化及文明规则的卫护者和支持者，或者倒不如说，它历来标榜过激主义以及彻彻底底的改革。而那些小市民主义极力偏爱和珍视的东西，那些得到保守且软弱无能的民众拥护的国家、家庭、世俗艺术和科学，都自觉或不自觉地同宗教观念和教会相敌对。而教会固有的倾向和永恒的目标，是分解现存的世俗秩序，按照理想的和共产主义的上帝之城的模式，重新建立起一个社会。

接着，塞塔布里尼开口了——他很清楚如何应对这个人。他说，把耸人听闻的革命与一切邪恶势力混淆，是十分叫人遗憾的。几个世纪以来，教会一直热情地对充满生命力的思想进行诘问，加以扼杀，在火刑架的浓烟中将其掐灭。而今，它又通过它的使者宣称，它喜欢革命，并声明它的目标便是根除自由、文化以及民主，并用野蛮和暴政来加以取代。哎，确实，这是一种骇人听闻的矛盾论调，彻彻底底的矛盾……

纳夫塔开始反驳道，这种矛盾的论调在他的对手的观点中也常常出现。他自称是一位民主主义者，但他的言谈之中却并未显出主张人人平等的民主特点；相反，他表现出来的是一种应当受到谴责的贵族式的傲慢，他曾把无产阶级专政斥为暴民专政！然而，在他对教会提出诘问这一点上，他倒确确实实是一位民主主义者，因为不可否认，教会在人类历史上一向是最为高贵的势力，在最终的以及最高的即精神的意义上，显出它的高贵。因为禁欲精神——再多说一次——否定现世精神以及毁灭精神就是高贵本身，是纯粹文化的贵族原理。它绝不是大众性的，从历史上看，教会从来就不是大众性的。只要稍稍研究中世纪的历史文化，塞塔布里尼先生就能发现，民众——此处指广义上的民众——对教会的东西一向是深恶痛绝的。举个例子，有僧侣发现了民众的幻想能力，便利用马丁·路德的方式，用酒、女人以及歌咏来对抗禁欲主义思想。世俗英雄主义的所有本能，所有好战精神以及宫廷诗歌都公然反对教会思想以及等级制度。这一切就是"世俗"和"贱民"同以教会为代表的高贵性质的对抗。

塞塔布里尼感谢他的提醒。《玫瑰园》[1]中的僧侣伊尔散的所作所为，和纳夫塔大加赞颂的黑暗的贵族势力相比，实在叫人耳目一新。他，说话的人，自然不是那位德国革命家的朋友，但是对于教义中的民主个人主义，反对用任何教义式的或是封建的欲望来压制个体，他是竭尽全力加以卫护的。

"啊哈！"纳夫塔高声叫道。所以塞塔布里尼先生是想谴责教会缺乏民主思想，缺乏对人性价值的理解吗？但假若宗教法律抱有偏见，那么何来人性自由？根据罗马法律，是否拥有法律权利取决于是否拥有市民身份，而根据日耳曼法律，则取决于是否拥有个人自由以及是否属于日耳曼人。教会法以信奉正教为获得法律权利的唯一条件，摆脱了国家和社会方面的限制，主张奴隶、农奴以及战俘均享有遗嘱权和继承权。

塞塔布里尼听完后挖苦地说，有一点他要指明，即所谓的"教会份额"。教会从每份遗嘱那里抽取一定的数额，这一点人们总不能略过。他还谈到了僧侣的政治煽动性，表面上对民众表现亲和，实则对权力十分渴求，趁着上层势力不备，对下层民众进行煽动。他又断言，教会对灵魂的数量十分关心，对质量却并不重视，显然这就反映出了教会自以为在精神上十分高雅。

---

[1] 奥地利英雄史诗，伊尔散是其中的一名英雄人物。

居然说教会是低俗的？塞塔布里尼先生应当注意一下冷峻的贵族主义，即认为耻辱是一代代传承的，从民主主义方面看，罪恶会从上一代传承给无罪的后代，就比如说，私生子一辈子都是耻辱的，且不能享有任何权利。但意大利人叫他住口，首先，他的人道主义情感对纳夫塔的言语产生敌意；其次，他已经受够了纳夫塔的这一套吹毛求疵的诡辩，在对手的这番辩解中，他又看到了那种恬不知耻的魔鬼般的虚无主义。这种东西竟被人们称为精神，而人们公认深恶痛绝的禁欲原则，却又是如此正当而又神圣。

　　说到这里，纳夫塔又一次大声笑出来。说什么教会的虚无主义！什么世界上最现实的统治体制的虚无主义！这种颇具讽刺意味的人情味常常对世俗和肉体做出妥协，塞塔布里尼也一向不为所动。由于这种巧妙的让步，精神位居指导地位而不至于受到自然太大的束缚。也因此，塞塔布里尼从未知道教会对宽容的定义，而这在教会圣事之一得到了鲜明体现，即婚事。婚事不像其他圣事只为自行其善，而是为了防止人们陷入险恶，抑制对肉欲的纵容。如此一来，禁欲主义，即贞洁的理想得以伸张，同时又不必对肉体施以非政治性的惩罚。

　　当然，塞塔布里尼禁不住对"政治"这样一个恐怖的概念做出了抗议，并抗议在"精神"方面——此处且称之为"精神"——以精明邪恶的奉承做出的姿态，而精神又自认为能够反对它那对立面的虚幻的罪恶，并佯装用"政治"意义来对它进行处理，但实际上，这种有害的纵容是完全没有必要的。此外，他还抗议可憎的二元论，说它把宇宙虚幻化了——也就是说，不但指"生命"，同时也指它的反对面，即精神，因为假若生命是邪恶的，精神作为纯粹的否定，必然也是邪恶的。说到这里，他插进一段对肉欲的无罪的辩护——听他这么说，汉斯·卡斯托普不由得想起了人文主义者所居住的那间小屋，屋里的桌子，铺着草的椅子以及装水的瓶子。纳夫塔声称，肉欲从来就不是无罪的——他说，自然一向对精神于心有愧。他把教会政策的精神纵容称为"爱"——以便驳斥禁欲思想的虚无主义。声音尖厉、身材瘦小的纳夫塔说出"爱"这个词，让汉斯·卡斯托普感觉实在有些古怪。

辩论就这么继续着——我们已经知道它是如何进行的，汉斯·卡斯托普心里也清楚这点。我们和他一同倾听了一会儿，以便弄清如此逍遥的两个人在这位大人物的身边是如何进行争辩，以及这位大人物又是如何影响到两人的。皮佩尔科尔恩的在场似乎带来一股神秘的力量，熄灭了他们那跳跃的智慧火花。这让人想起一条电路断开时的毫无生机之感。是的，就是如此。两人争辩时，再也不会爆发出火花，没有闪光，没有电流。两人本想通过争辩削弱这位人物的存在感，却不承想，他的出现反倒叫这场论战没有了火花——汉斯·卡斯托普把这一切看在眼里，感到十分惊异，却又暗暗称奇。

革命与保守——他看着皮佩尔科尔恩，看到他跨着步子在走，脚步并不大，左右摇摆，帽子低低地压在眉头上；他看到他厚厚的嘴唇、咧开的嘴巴，听到他摇头晃脑地对两位辩论家打趣："对，对——cerebrum（拉丁语，意为：大脑），非常有头脑，你们知道的，事实表明——"瞧，电流被切断了！不通电了。他们试着谈起别的话题来，念起更强有力的符咒，把话题引到贵族问题上来，引到大众及高贵上来。没有火花。谈话内容听上去虽都是个人问题，但还算有趣。汉斯·卡斯托普看到克拉芙迪亚的那位旅伴躺在床上，盖着红缎子被，身着无领棉布衫，一半像年老的工人，一半像王者的胸像。论战的神经在抽搐，最后失去了生命。他们奋力而战，试图重燃火花。一方是否定与对虚无主义的狂热，另一方则是对生命的肯定与对精神的极度偏爱。但是当你看着皮佩尔科尔恩先生——出于某种吸引力，你不由自主地朝他看去——那么火花在哪儿，电流又在哪儿？总之，它们不见了——用汉斯·卡斯托普的话说，它们多多少少只是一种神秘的东西。在他的警句集里，他可以写下这样一条——人们要么用最简单的语言将"神秘"表述出来，要么便缄口不表。但假若想要将其表述出来，只需直接说出一条，即对那位有王者之相、嘴巴形状怪异扭曲的皮特·皮佩尔科尔恩而言，两者兼而有之，两种情况对他来说似乎都适用，并且在他身上互相中和，非此即彼。没错，这个愚蠢的老头儿，这个指点江山的、有影响力的人！他不像纳夫塔一样，靠混淆概念和掩人耳目来麻痹对手，不像他一样模棱两可，而是采取一条完全不同的积极的途径，这种摇摇晃晃的神秘，不仅蔑视聪明和愚蠢，对塞塔布里尼及纳夫塔为了激发别人对自己的教育目的产生兴趣而提出的反对意见也不以为意。看来，这位人物对教育并不感兴趣，但对渴求知识的青年来说，却是多大的恩赐啊！当两人将话题转到婚事和罪恶上面，谈起宽容，谈起感官之乐的有罪与无罪时，他竟显得一片茫然，这多么不可思议啊！他的脑袋靠在肩上或胸前，受伤的嘴唇懒洋洋地张开，嘴角有些悲伤地垂下，鼻孔痛苦地张大，额头的皱纹加深了，眼睛睁得更大了，目光中露出痛苦之色，一脸痛苦悲恸的表情。但一转眼，他殉道者一样的神情消失，变得明朗起来，最后竟出现了淫荡之色。他歪着脑袋，嘴唇依旧张开，意味深长地笑着，一侧脸颊上出现了色眯眯的小酒窝——他又变成了手舞足蹈的牧师，像从前那样开玩笑地歪着脑袋。当他朝两人戏谑地摇头晃脑时，他们只听见他说道：

"哎，对，对，确实如此！但不是——是否——肉欲的圣事——你们明白——"

然而，就像我们说过的，汉斯·卡斯托普那两位力量已经减弱的朋友兼导师在辩论时往往扬扬自得。当那位大人物不在场的时候，两人意气风发。关于他们在争辩时所扮演的角色，人们可以进行不同的判断。但另一方面，如果两人不再谈论学术方面的话题，转而谈到严肃的世俗和实际问题上来——那位指点江山的人物会发挥作用——那么就不会再有两种不同的观点。那时，两个人就要完蛋了，他们被阴影盖住，再也不能崭露头角，而皮佩尔科尔恩则会站出来，握着权杖，安排，裁决，最后"决定下来"。他制造出这样的局面，把两人的唇枪舌剑压倒，这又何足为奇？只要两人论战一直持续，或者持续得太久，他就会痛苦不堪，但并非因为虚荣心而感到痛苦。对此，汉斯·卡斯托普胸有成竹，因为大人物是没有虚荣心的。不，皮佩尔科尔恩对现实话题的渴求实际还有其他原因。坦白说，他感到恐惧，这种恐惧由大人物特有的不安以及汉斯·卡斯托普曾努力向塞塔布里尼先生解释过的那种敏感而热烈的荣誉心引起。汉斯把这种荣誉感称为军人气概。

"女士们，先生们，"荷兰人举起留着长指甲的船长般的大手，用恳求和训诫的语气说道，"女士们，先生们，很好。很好，禁欲主义，放纵。肉欲。无论如何，最为重要，最值得争辩。但请允许我——我想说——我怕我们会犯下一个严重的错误。我们难道不是逃避了责任吗——逃避了最为重要的责任——"他深深吸了一口气，"女士们，先生们，这种空气，这种典型的和暖的空气，呼吸起来软绵绵的，让人想起了春天的芬芳——我们不应该把它吸进去——没错，我必须恳求你们。我们不应该吸入这种空气。这是一种凌辱。我们只能用一种值得称颂的方式将其释放出来——要完完全全，彻彻底底地——就这样吧，女士们，先生们。我先暂停一下，以便纪念——"他停下来，一动不动站在那儿，身子往后仰，帽檐遮着眉头。大家都跟着他的目光一齐向上看去。"请允许我，"他说道，"我要把你们的目光引向上面——看着天空，看那儿有个黑点，它在湛蓝的、蓝得几乎发黑的天空下回旋。那是一只猛禽，如果我没看错的话，它是一只猛禽。看啊，女士们，先生们，快看啊，我的孩子！这是一只雄雕。我坚决要你们看看——瞧，这不是秃鹫，不是秃鹰，而是一只雄雕。如果你像年老的我一样远视的话——没错，我的孩子，我已经老了——我的头发已经白了。如果这样的话，你们可以像我一样，清楚地看到那双没有光泽的翅膀——是一只金雕。它在我们的头上打着圈儿，它在高空中翱翔的时候，翅膀也没有搏击一下，它眉骨下面那双高瞻远瞩而又精准犀利的眼睛窥视着地面。雄雕啊，女士们，先生们，朱庇特之鸟，是鸟中之王，是高空中的雄狮。它的双腿缠着羽毛，嘴巴如铁一般坚硬，嘴尖弯起来，爪子十分有力，钩爪弯向内侧，前爪与后面的长爪啮合在一起。瞧！"说着他伸出长长的手指做出雕爪的样子，"老头儿，你打着圈儿，窥视地面干吗呢？"说着他又向上抬起头来，"冲下来吧！冲向上帝赐予的生灵，用你那坚硬如铁的嘴巴刺进它的脑袋和眼睛里，把它的肚子也戳破——好极了！太好了，就这样！你的利爪埋入它的五脏六腑之内，让鲜血顺着你的嘴巴一滴滴淌下来……"

他兴致大起。所有人对塞塔布里尼和纳夫塔两人自相矛盾的争辩已经全无兴趣，但人们对雄雕都兴致勃勃起来——即便没再谈论它。接着由皮佩尔科尔恩先生带头，他们来到一家小酒馆里吃吃喝喝起来——尽管还要好几个小时才到用餐时间，但雄雕的事还默默存留在他们的心里，因此胃口大开。他们大吃大喝。皮佩尔科尔恩先生无论在达沃斯村还是在高地上，无论在克拉里斯还是克罗斯特斯的小酒馆里——他们可以乘小火车到那儿去——皆是如此。在他的带领下，他们品尝起"传统"的赐予——有咖啡、奶油、鲜面包、湿润的奶酪和香喷喷的阿尔卑斯牛油，还有热腾腾的烤栗子，味道一绝。他们喝的是瓦蒂琳娜红葡萄酒，十分尽兴。皮佩尔科尔恩趁着用餐时的兴致大侃特侃，偶尔叫安东·卡洛维奇·菲尔戈说上几句。这是个好脾气的病人，没有什么高深的想法，但是谈起俄国的胶鞋制造来却头头是道。他描述起进行制造时如何将橡胶物质与硫黄及其他物质混合起来，制成并上光以后，再在两百度以上的高温下做硬化处理。他谈起北极的情况，因为他曾有好几次到那儿去出差，谈起午夜的太阳以及北极一年常冬的景象——这些话都是从他浓密胡须下的凸起的咽喉中吐出来的。在那儿，他说，汽船在巨大的悬崖下和钢灰色的海面上显得极其微小。天空还会覆上黄色的光圈，也就是北极光。在安东·卡洛维奇看来，所有的东西，景色和他本人，都像幽灵一般。

这位菲尔戈先生完全是个局外人，他是唯一一个脱离了这群人这种错综复杂的关系的人。 不过谈到这种复杂的关系，我们倒要谈到里面这位没有英雄气概的主人公所做的两次重要谈话，一次是同克拉芙迪亚·肖夏，另一次是同她的那位旅伴。 同肖夏太太的谈话是在客厅里，那时正是晚上，而那位"人物"则发着烧躺在楼上；同她的旅伴之间的谈话则是在某天下午进行的，地点是皮佩尔科尔恩先生的床边。

那一晚，客厅里半明半暗。 晚间的聚会毫无生气，匆匆便结束了。客人们很早便离开了客厅，有的回去做静卧疗养，有的则到镇上去跳舞或赌博。 只有大厅天花板上的一盏灯还亮着，旁边的小客厅里则暗暗沉沉。 汉斯·卡斯托普知道，肖夏太太方才并未和她的保护人一同用餐，餐后也还没回到楼上，而是坐在写字室里. 于是他也留了下来。汉斯坐在镶着瓷砖的壁炉边，就在客厅的后面，这儿比大厅里的其他地方高出了一级台阶，由两根柱子撑着的拱门同其他房间隔开。 他坐在一把摇椅上，这把椅子就是某个晚上约阿希姆同玛鲁莎第一次也是最后一次谈话时，玛鲁莎坐着的那把椅子。 他燃起一根烟。 这个时间是允许抽烟的。

她来了。 他听到她渐渐靠近的脚步声以及衣服摩挲的声音，她手里是一封信，捏着信的一角扇起风来。 她说话了，声音同普里比斯拉夫一样：

"门房走了，请您给我一张邮票。"

今晚，她穿着一件轻飘飘的黑丝衫，领口是圆的，袖子若隐若现，左手腕处扣紧。 正是他喜欢的样式。 她戴着一串珍珠，在半明半暗的光线里发出灰白色的光泽。 他抬起头，看着她那张吉尔吉斯人的脸。

"邮票？"他重复了一遍她的话，"我一张也没有。"

"没有？ Tant pis pour vous（法语，意为：这样可不好）。 您难道不想讨女人的欢心吗？"她板起脸，耸了耸肩，"我很失望。 您应当是个严谨可靠的人。 我还猜想您的皮夹里有一小格是专放邮票的，而且各种面值都有。"

"我怎么会有呢？我从来不写信。我要给谁写信呀？即便是明信片，也很少会寄，况且明信片上已经带有邮票。我也不知道寄给谁，我和平地上的人没什么联络，跟他们渐行渐远了。有一首民谣是这么说的：'我是被世界遗弃的人。'——我就是这样。"

"嗯，那么，请至少给我一支烟，被遗弃的人。"说着，她在他对面一张有亚麻布垫子的长椅上坐下来，跷起二郎腿，向他伸出手，"至少，您是备有烟的。"他把一只银质盒子递给她，她接过来，漫不经心地抽出一根香烟，接着再顾自拿出他的打火机，打火机的火光照亮了她的脸庞。"给我一支烟。"这懒洋洋的语调，接过之后连谢也不谢一声，这个娇生惯养又高雅的女人，但即便如此，还是富有人情味，让人更亲近些。两人之间已经形成了一种无须言表的默契，这些东西不分彼此，无论拿也好，给也好，对陷入爱河的汉斯来说，都叫他感到兴奋，同时又满心柔情。他继续说道："没错，烟肯定有。我一直备有烟，这是必然的。没有烟我可怎么过呢？就像有人说的，我对它有一种热情。不过，说实话，我并不是什么热情的人，即便我有热情，也是个冷漠的人。"

"听到您说您不是个热情的人，"她吸了一口烟，吐出烟圈，"我感到非常放心。但您为什么会这样呢？您应该是退化了。热情——只是为了生活而生活。但大家都知道，您是为了经历而生活。热情——就是忘我。但你们都知道怎么去充实自我。C'est ça（法语：就是这样）。您不知道，这就是丑恶的利己主义，总有一天您会变成人类的敌人吗？"

"哎，哎！人类的敌人！克拉芙迪亚，你怎么会得出这样一个笼统的结论来？你方才说不是为了生活而生活，而是为了自我充实而生活，不知道你心里可否有什么具体的或是针对某个人的观念？女人是不会这样用抽象的道德来评判的。噢，道德，就是这个！这是纳夫塔和塞塔布里尼常常争辩的话题，这属于一个令人大惑不解的范围。一个人是为了自己而活着，还是为了生活而活着——他自己是不知道的，没有人能准确而肯定地说清楚。我是说，这种界限是灵活的。其中有利己主义的奉献，也有奉献式的利己主义。我想，总体上来说，就像在爱情中一样。当然，对于你所说的有关道德的话，我并未留心，我只是为了你我像过去某次那样坐在一起而高兴，自你回院后，我们还从未这样面对面坐着，我这样或许是不道德的。不仅如此，我还想告诉你，这漂亮的袖口和你的手腕极其相称，这件柔软而轻薄的衣服跟你的玉臂也十分相称——我很清楚，你的玉臂——"

"我要走了。"

"噢，请你不要走！我还要对环境做一番评价，还有——人物。"

"还要对一个没有热情的男人有所期待吗！"

"是的，瞧你说的——你尽管嘲笑我吧，当我——你说你要走了——"

"如果想让我理解您的意思，就请说话连贯一些吧。"

"叫你猜测我这断断续续的话是什么意思，这对我一点儿好处都没有。我得说，这是不公平的——如果我不知道这压根儿与公正无关——"

"不，公正是一种冷静的热情。相比嫉妒来说——如果冷漠的人产生嫉妒心，只会让他们变得可笑。"

"你说的——可笑。请你赐我冷静吧。我再说一遍，我怎能没有冷静呢？就好像，如果没有冷静，我怎能苦苦等待这么久呢？"

"您在等待谁呢？"

"Aussi longtemps pour toi（法语，意为：在等待你）。"

"看吧，我的朋友，您傻乎乎地要以'你'相称，我也没有多说什么。您会感到厌倦的——还有，我可不是扭扭捏捏的人，也不是个会大动肝火的传统妇女……"

"不，因为你生病了。疾病让你变得自由。它让你——且慢，我想想该用什么词——它让你变得——更加活泼！"

"关于这点，下次再说吧。我指的不是这个。我想知道的是，您不要假装您的等待——如果您真的等待过的话——和我有什么关系，不要假装是我鼓励您这么做，或者是我允许您去做的。您要明确地承认，情况恰好相反……"

"当然，克拉芙迪亚，确实如此。你从未让我等待，这是我自愿的。我很理解，你强调这一点——"

"甚至在您承认的时候也还有些冒失。您生性冒失——不仅对我是这样，平常也是如此。天知道这是为何。您低三下四的赞美，其实是一种冒失。别以为我看不出来。我压根儿不应该跟您说话，因为您竟然说等待我。您如今还待在这儿，这是不可原谅的。您应当早就下山工作，sur le chantier（法语，意为：到工地上去），或者其他任何地方。"

"你现在的话一点儿也不活泼，克拉芙迪亚——甚至是陈词滥调。不过你只是说说而已。你可不能像塞塔布里尼那样说话——别的也不行。我不会当真的。我不会像我可怜的表哥那样擅自下山，你也说过，他下山服役的话是会死的，我想，他也知道自己这么做会死，但他宁愿死去，也不想再在山上待着了。嗯，只因为他是一名军人，但我不是，我是文人。对我来说，如果也像他那样，为了平地上的进步而不顾贝伦斯的叮嘱擅自下山，这无异于开小差。这对疾病、对愉悦以及对你的爱慕，都是最大的不忠和忘恩负义。我对你的爱既有旧疤，也有新伤——而对于你的玉臂，我很了解，即便我承认我只有在梦里才了解它们，那是一个让人愉快的梦，因而你不用为我的梦境担负任何责任，也无须受到束缚，你的自由也不会受到侵犯——"

她大笑起来，嘴里还叼着烟，那双吉尔吉斯人式的眼睛眯成了一条线。她往后靠在长椅的护板上，两手搭着长椅的椅背，跷着二郎腿，穿着黑漆皮鞋的脚晃来晃去。

"Quelle générosité！Pauvre petit！Oh la la, vraiment！（法语，意为：多慷慨啊！小可怜！哦，确实如此！）——我一直在想象的正是这样一个 un homme de génie（法语，意为：天才的人）！"

"别这样，克拉芙迪亚，我不是什么天才的人——也称不上什么人

705

物。天啊,我真的不是。但后来有机会——就称之为'机会'吧——我就爬到了这样的精神高度上。而你,当然了,你不知道炼金术一般的密封教育法是什么东西,这是一种变体,从低级到高级,渐变的——如果你知道我在说什么的话。不过当然啦,适用于这种由外力作用而产生渐变的物质内部必然会有与之对应的东西。而我体内所拥有的——我很清楚——很久以前,在我还年少的时候,就对疾病和死亡非常熟悉,还曾不理智地向你借过一支铅笔,狂欢节那晚也借过一支。不过,丧失理智的爱情是智慧的,因为死亡是智慧的原则。res bina(拉丁语,意为:二元原理),lapis philosophorum(拉丁语,意为:智者之石),这也是教育原理,对它的爱引起对生命和人性的爱。我在阳台上静卧时领悟了这些,能向你讲述这番道理,我非常高兴。通往生活的道路有两条,一条是普通的,它直接而坦白,另一条是邪恶的,要通过死亡方可到达——就是那条智慧之路。"

"你是个怪异的哲学家。"她说,"我不想说,我完全理解了你那德国人的复杂想法,但听上去还不错,挺有人情味儿,你是个善良的人,一个优秀的年轻人。你的行为像一位哲学家,人们必定会这么说……"

"啊,克拉芙迪亚,对你来说,哲学家的味道太重了些吧?"

"别再说冒冒失失的话了,这些话叫人厌倦。你一直等我,这非常愚蠢,没有理由这样做。不过你生气了吗,因为白白等了我这么久?"

"即便对一个冷漠的、没有激情的人来说,克拉芙迪亚,这也会让人难受。我是挺难受,而你还同他一起回来,真是不近人情。当然,你会通过贝伦斯知道我在这山上,一直在等你。不过我也说过,我只把这当成一个梦,我承认你是自由的。而且我也没有白白等一场,因为你回来了,此刻我们坐在一起,就像过去一样。我可以听见你沁人心脾的声音,这是我多么熟悉的声音啊;在这飘逸的丝绸下面是你的玉臂,是我所熟悉的玉臂——即便楼上躺着你那位保护人,那位孔武有力的皮佩尔科尔恩,而你还戴着他送你的珍珠——"

"为了自己的利益，为了充实自己，你和这个人建立了深厚的友谊。"

"别生我的气。克拉芙迪亚，塞塔布里尼确实也因为这个责备过我。但这只是一种传统的偏见。那个男人是一个恩赐——看在上帝的分上，他是一位人物。他已经上了年纪——没错，但即便如此，我也可以理解作为一个女人的你疯狂地恋上他。你热烈地爱着他吗？"

"向你的哲学致敬，德国人。"她说着，一面轻轻抚摸着他的头发，"但我不想跟你谈起我对他的爱，这是不人道的。"

"啊，为什么不呢，克拉芙迪亚？我相信，人道是在没有天分的人们以为它离开时才开始的。我们可以心平气静地聊聊他。你热烈地爱着他吗？"

她俯下身，把烟蒂扔进壁炉里，然后交叉双臂再次坐好。

"他爱着我。"她说，"他的爱让我感到骄傲和感激，并忠诚于他。Tu peux comprendre çela（法语，意为：你要理解这一点），否则，你就不配拥有他的友谊。他的感情迫使我去追随他并为他效劳。不然我还能怎么做呢？你可以判断一下，有哪个人能对他的感情置之不理呢？"

"不可能的。"汉斯·卡斯托普斩钉截铁地说，"不，当然了，毋庸置疑。一个女人怎么能做到对他的感情置之不顾，让他承受爱慕的痛苦，把他遗弃在客西马尼呢？"

"Tu n'es pas du tout stupide（法语，意为：你不笨）。"她斜视的眼睛盯着某个地方出神，"你很明事理，'爱慕的痛苦'——"

"不必很明事理就能看出，你必须追随他，即便——或者说因为——他的爱恋里必定有某种叫人困扰的因素。"

"千真万确，确实有困扰。和他在一起总要处处留心，你知道，有很多麻烦事。"说着她抬起手，有些心不在焉。但突然间她又双眉紧蹙，抬起头问道：

"Mais dis-moi, ce if est pas un peu-ordinaire, que nous parlons de lui, comme ça（法语：但是，请告诉我，我们这样谈论他不大好吧）？"

"不，克拉芙迪亚，当然不会。远远不是这样。这是合乎人道的，你喜欢'人道'这个词，我也喜欢听你念起这个词时古雅的音调。我表哥约阿希姆因为是一位军人，所以不大喜欢这样的发音。他认为这种发音软弱无力，不够强劲，因而把这看成是放荡不羁的 guazzabuglio，说实话，我对此有所怀疑。但一旦谈到自由、善良、风趣，那么它就变得重要起来，我们可以随心所欲地在谈到皮佩尔科尔恩的话题时加以运用，此外也适用于他对你造成的困扰和痛苦。当然，这些都来自他的嗜好，来自他对情感被否定的恐惧，这让他酷爱他所谓的生活传统礼物，也就是酒神的礼物，喜欢用酒精来提神——我们满怀敬畏地说这些话，因为即便他身上有这些弱点，但毕竟还是一位器宇轩昂的人，说这番话既不会贬损他，也不会贬低我们自己。"

"问题不在于我们。"她说。这时候她又叉起了双臂："如果谁不愿意为了一个器宇轩昂的男人而忍受屈辱，背负这个人的感情和痛苦，谁就不是一个女人。"

"完全没错，克拉芙迪亚，说得很好。因为即便是屈辱也分大小，一个女人可以在屈辱的高度上俯视那些缺乏王者风范的人，对他们用那种当你跟我借邮票时的蔑视口吻说：'您应当是个严谨可靠的人！'"

"你受伤了吗？不要这样，我们先把这些感情抛到一边，让它们见鬼去吧。你同意吗？我有时候也会受伤——坦白说，从我们面对面坐在一起开始的。我曾对你的冷漠感到生气，你为了获得生活经验，和他成了好友。你对他尊敬有加，我当然很高兴，司时也非常感激。你很忠诚，即使你有一些冒失，我也会原谅你的。"

"你可真好。"

她看着他："看来，你是不可救药的。当然了，我不知道你心里有多少想法——但我知道，你是个深不可测的人，是个难以捉摸的人。嗯，很好，这也没什么，我们依旧是朋友。我们还可以做朋友，组织一个联盟，不是为了反对他，而是为了支持他组成一个联盟，可以吗？

请你伸过手来可以吗？我常常感到害怕，有时候害怕跟他在一起的那种孤独感，内心的孤独感，tu sais（法语，意为：你知道），他……有时候总叫人担忧，我害怕他会发生什么事……这让我不寒而栗——假若有个人在我身边多好。En fin（法语，意为：说到底），如果你想知道的话——也正因为这个原因我才和他一起回到这儿来的……chez toi（法语，意为：你这儿）。"

他们促膝而坐，他把摇椅往她身前挪过去，她依旧坐在长椅上。当她对着他的脸吐出最后几个字时，她按住他的手。他说：

"来到我这儿？噢，克拉芙迪亚！这些话真是美得无法言表！你跟他一起回到我这儿来？那你怎么还可以说我的等待是愚蠢的、错误的，而且毫无结果呢？如果我不懂得珍惜你对我的友谊，为了他而献出我的友谊，那我就是极其愚蠢的……"

于是她在他的唇上吻了起来。这是俄国式的吻，是那个广阔无边、充满灵性的土地上，人们在虔诚的节日里为了爱的印记的那种吻。不过，当一个声名狼藉、深不可测的年轻男人，和一位同样年轻、风情万种的女人接起这样的吻来，那么我们难免要想到克罗科夫斯基大夫那种假若算不上无可非议，至少也称得上非常独到的说法，即爱情的定义有些摇摆不定，谁也说不准他的爱是世俗的还是圣洁的，是精神的还是肉欲的。当克拉芙迪亚·肖夏和汉斯·卡斯托普做这样俄国式的吻时，我们应该怎样看待呢？不过，如果我们干脆不提这样的问题，读者会怎样想呢？如果把肉欲的爱和精神的爱泾渭分明地区分开来，这无疑是一个分析性的问题。但这样做——借汉斯·卡斯托普的话来说——是极其愚蠢的，而且非常不合乎情理。因为什么是所谓的泾渭分明？这个问题是模棱两可的，其中的界限也是灵活的。我们可以对着这个问题大胆地加以嘲笑。如果只有一个词来表达从最圣洁的爱到最贪婪的肉欲的爱，那岂不是好事？所有的模棱两可便解决了——即便最为圣洁的爱，也不能是脱离了肉体而存在的；同样，即使是最充满肉欲的爱，也并不是不圣洁的。它始终是它自己，像最精明的市侩以及最热烈的情欲一样，它是肌体的爱情。爱不能只是肉体上的，令人动容，不顾一切地拥抱注定要腐败的东西。在最疯狂、最虔诚的激情里，必定还存在着怜悯之情。其中的意义多种多样吧？看在上帝的分上，就让它这样让人看不透吧。正因为它叫人看不透，才使它富有生命力，并充满人性；如果为它的不定性担忧，那就意味着缺乏"深度"，是叫人遗憾的。

当他们年轻的嘴唇碰在一起做俄国式的亲吻时，我们把舞台的灯光调暗，再转换到另一个场景来。因为现在，我们说的不再是大厅里昏暗的灯光，取而代之的是某个光线朦胧、春天慢慢消逝、冰雪已经融化的日子。我们的主人公照例坐在皮佩尔科尔恩先生床边，正友好而敬畏地同这位大人物交谈。茶点时间一过，肖夏太太便独自到达沃斯高地上去买东西，之前三次用餐时，她也都是独来独往。肖夏太太离开后，汉斯·卡斯托普便擅自前来拜访这位荷兰人，首先是想表示自己的关切，陪他打发时间，其次是为了尊听这位大人物的教诲。总而言之，他的动机叫人捉摸不定，就像生活一样。皮佩尔科尔恩把《电讯报》扔在一边，把夹鼻眼镜取下来，放在报纸上面。他向客人伸出船长般的宽大的手，而他厚厚的裂开的嘴唇因为某种痛苦的表情而隐隐约约地一张一翕。红葡萄酒和咖啡和往常一样，伸手就能拿到。咖啡用具放在椅子上，因为刚刚用过，上面还留着褐色的痕迹。皮佩尔科尔恩先生像平常一样，已经喝过又热又浓的午后咖啡，里面放了砂糖和奶油，因而大汗淋漓，他那布满白发的头红通通的，眉头和上唇上汗珠点点。

"我出了些汗。"他说，"进来吧，年轻人。正好相反。请坐。喝过热饮料后就冒汗，这是身体虚弱的征兆。你是否愿意——没错——一条手帕。非常感谢。"他脸上的潮红已经褪去，转而变得白里透黄，自从他生了重病后便是这样的脸色。在今早时烧得尤为厉害，经历了三个阶段：发愣，发热，还有出汗。皮佩尔科尔恩的小眼睛在浓密而僵硬的眉头下无精打采地睁着。他说："这个——无论如何，年轻人。我要说——我想用这个字眼儿——值得赞许的——确实如此……您愿意来探望一个生病的老头儿，您的心地太好了——"

"没什么，皮佩尔科尔恩先生。您能让我在这儿坐上一会儿，感激的应当是我。说起感激，我比您多得多——可以跟您说，我此次前来是出于自私自利的目的。可是您怎么这样说自己啊——生病的老头儿？绝不会有人这样说您的。这完全歪曲了事情的真相。"

"很好。"皮佩尔科尔恩先生回答。他眼睛闭上了几秒钟，威严的脑袋往后靠在枕头上，下巴翘起，长着长指甲的手指在帝王般的胸膛前交叉，皮肤从针织衫下露了出来，"您说得没错，年轻人，或者说，您这是一番好意。我非常确定。昨天很愉快——没错，是昨天下午，在那个好客的地方——叫什么名字我忘了，那儿的意大利香肠和炒鸡蛋味道太棒了——还有醇香的当地美酒……"

"味道真棒。"汉斯·卡斯托普表示同意，"我们吃了好多，而山庄疗养院里的厨师见到咱们吃了这些东西会不高兴的——肯定会的，他会觉得受了屈辱。那种意大利香肠货真价实，塞塔布里尼吃得眼泪都快流出来了。他是一位爱国者，您应该知道，一位爱国的民主主义者，因此意大利香肠在布伦纳边界是征收关税的。"

"这并不重要。"皮佩尔科尔恩表示，"他是一位颇有骑士风度、说起话来温文尔雅彬彬有礼的人，是一位勇敢的绅士，尽管很显然没有常换衣服的习惯。"

"完全没有。"汉斯·卡斯托普说，"一点儿也没有！我认识他挺长时间了，关系很友好，他对我无微不至，因为他发现我是个'生活中需要照料的孩子'——这是我俩之间的用词，不大了解的话很难理解其中的意思。他千辛万苦地想要对我施加有益的影响。不过，无论冬夏，我看他都只穿了一条格纹长裤和那件破旧的双排扣大衣，从来没换过。他不失尊严地穿着这些破旧的东西，我也同意您的说法，他确实风度翩翻。 他这样穿意味着对贫穷的胜利——这样倒好些，我反倒不喜欢看到矮小的纳夫塔衣着华丽，总有些可疑——看上去不大正规，他做衣服的钱都是来历不明的，我很清楚。"

"一位像骑士一样彬彬有礼的绅士。"皮佩尔科尔恩重复道，直接略过了汉斯·卡斯托普对纳夫塔的评价，"不过——请允许我有所保留——评价时并不带什么偏见。 我的夫人，也就是我那位旅伴，认为他并没什么了不起的——您应该看得出来。 她对他也没什么好感——无疑也是因为她知道对方对她存有同样的偏见。 就这样，年轻人。 我一点儿也不想——再听到您与塞塔布里尼先生之前的亲密感情。 别再说了！从我的角度来看，我并不是想说——他在骑士风度方面，做得还不够好。亲爱的朋友——他的做法无可指摘，做得很好。 但是——他画出了一条界线——变得不可亲近，这让一向善解人意的肖夏太太感到……"

"对他有些反感。 这是自然的，也是天经地义的。 请您原谅，皮佩尔科尔恩先生，我擅自接过了您的话。 我胆敢打断您的话，是因为我以为您是不会误会我的。 当我们想到女人究竟是怎样的生物（我作为一个涉世未深的年轻人，居然如此泛泛地谈起了女人，您也许听了会笑），想到她们对男人的感情，都是以男人对她们的感情为基础的，就感到不足为怪了。 女人，如果您允许我这样表达的话，是一种被动的、不会主动采取行动的生物；他们不会主动，是无所作为的，因此也就是消极的。 我表达起来有些吃力，请允许我继续说下去。 女人，就我所观察到的而言，她们在爱情中把自己看成被爱的对象。 她让爱情向她走来，并不自由选择，而是在男人选择的基础上进行选择。 但即便如此，我要重复一遍，即便如此，她的选择也是可疑的，因为事实已存偏见，她是被选择的一方——当然，选择的男人不能太糟糕，但固然如此——天啊，我在说什么乱七八糟的话！不过，人在年轻的时候，不管看到什么东西，都觉得新鲜而惊奇。 您问一个女人：'你爱他吗？'她会眼皮往上或往下翻起，回答：'可是他多么爱我啊！'请您想象，如果这样的答案出于我们其中某个人之口——请原谅我竟然把我们扯进来——也许会有男人这样回答，但那些都是缺乏王者之气的男人——是惧内的生物，请您原谅我用这样的表达。我想知道，这样回答的女人，她们对自己的评价究竟是怎样的。难道她对男人无限忠诚，只是因为男人垂怜她那样卑微的人，把自己的喜爱赐给她吗？或者她在男人的爱里看到了一个错误的信号，让她以为自己是出类拔萃的？当我自己安静下来思考时，常常对自己提出这样的问题。"

"这问题古来有之——是传统的神秘问题。而您却只触及这些问题的表面，花言巧语地诠释我们生存的这一神圣问题。"皮佩尔科尔恩回答，"男人被他的欲望陶醉了，而女人则要求并且期待她从欲望中得到陶醉。因此我们对感情负有责任，也因此，对女人不抱感情，无力唤起女人的欲望，这是奇耻大辱。您愿意跟我喝一杯红葡萄酒吗？我很渴，想喝一点儿。今天消耗了太多的水分。"

"谢谢，皮佩尔科尔恩先生，我平常这个时候不喝东西，但我愿意为了您的健康，陪您喝一口。"

"那么您拿起酒杯来吧。酒杯只有一只，我就以水杯代之。用普通的杯子来喝，应该不会扫兴吧——"他在汉斯·卡斯托普的帮助下斟了酒，那双船长般的手有些发抖。他如饥似渴地大口喝起来，好像杯子里装的是水一样。

"这酒倒挺能提神。"他说，"您不再多喝点吗？不喝吗？请允许我再倒一杯。"说着再次斟了些酒，翻开的床单上沾了暗红色的斑点。"我重复一遍，"他跷起长矛般的手指，说道，"我重复一遍，我们对这样的情感负有责任，我们对此负有神圣的责任。感情，您知道的，是唤起生命的男性力量，而生命却在沉睡。我们要唤醒它，让它带着神圣的感情进入醉醺醺的婚姻里。因为感情，年轻人，是神圣的。人只要有感情，他就是神圣的。他是上帝的感情。上帝创造了人，是为了通过他拥有感情。人无非器官，上帝通过他与被唤醒了的沉醉的生命结合。

如果人没有感情，他就是对神的亵渎，就是上帝男性力量的失败，是宇宙性的灾难，是不可调和的恐怖——"他喝了起来。

"请允许我把您的杯子接过来。"汉斯·卡斯托普说，"我跟着您的思路，受益颇多，皮佩尔科尔恩先生。您在这里提出了一种神学理论，您对人类赋予了崇高的或许有些单方面的宗教职能。恕我直言，您的观念里有某种严苛的成分，它有令人忧虑的一面。请原谅我。所有宗教严苛性对普通人自然都有其令人忧虑的一面。我无意纠正您的观点，我只是想回到刚才您提起的某种偏见，也就是据您观察，塞塔布里尼先生对肖夏太太怀有的偏见。我认识塞塔布里尼先生已经不止一年，实际上已经有好几年了。我可以向您保证，他的偏见，如果这种偏见存在的话，绝不是微不足道的或者俗气的偏见。我这样想也许有些可笑。这只能是一种在普遍意义上，也就是非个人的，某种关系到教育原则的偏见，塞塔布里尼先生就因为这种偏见认为我是'生活中需要照料的孩子'——不过这个扯得太远了。这是一个极度复杂的话题，我不可能——"

"那么您爱夫人吗？"皮佩尔科尔恩先生突然这样问道。他那帝王般的脸突然转过来，张开的嘴巴显出痛苦的表情，皱纹纵横交错的眉头下是那对苍白的小眼睛。

汉斯·卡斯托普吃了一惊，他结结巴巴地说："我——我非常尊敬肖夏太太，当然了，非常尊敬她的为人……"

"抱歉！"皮佩尔科尔恩一边说，一边伸出手做了一个阻止的动作。"请允许我，"他以这样的方式为自己留下一番继续说下去的余地后，又说道，"让我重复一遍，我并非要责备这位意大利绅士，说他实际上违背了骑士风度。我不会这样指责任何人——不指责任何人。但是在我看来——如果您理解的话，年轻人，我会感到非常高兴。您颇让我感到欢欣。与此同时，我也告诉自己，您同肖夏太太结识得比我早，最开始的时候您就是她在山上的病友。她是个颇具魅力的女人，而我却只是个病重的老头子。您看吧——今天她就一个人下山，到村庄里去买东西，我却不能陪着一同下山——这不是什么糟糕的事情，一点儿也不是。但是毫无疑问——我不能将这归因于您刚才说的——塞塔布里尼先生的教育原则上面——希望您不要误解我的意思……"

"完全没有，皮佩尔科尔恩先生，当然不会误解您。我的行为完全是独立自主的。恰恰相反，塞塔布里尼先生有时候甚至——我很遗憾看到您的床单上沾上了酒渍，皮佩尔科尔恩，我是否应该——我们一般会趁着污渍刚刚沾上，在上面撒上一点儿盐……"

"不要紧。"皮佩尔科尔恩说，一边紧紧盯着客人的眼睛。

汉斯·卡斯托普顿时变了脸色。他假惺惺地笑着说道："这山上的所有事情都有些反常。这个地方的风气就是这个样子，和传统的习惯不一样。病人们无论男女，都拥有一种特权，而墨守成规的骑士风度却被抛之脑后。您眼下身体不适，皮佩尔科尔恩先生，严重地不适。而您的女伴相对却要健康一些。我想，当夫人不在的时候，我就代表她在这儿陪一陪您吧——如果称得上代表她的话，哈哈！……而不是代表您陪她下山到村庄里去。我怎么能在夫人的面前扮演骑士的角色呢？我没有这个资格，也无人授权于我，我必须承认，我和您之间的区别我是深谙于心的。总而言之，我自己的立场非常正确，相对泛泛的场合，以及我对您的这种崇敬之情来说都是如此，皮佩尔科尔恩先生。您向我提出了一个问题，我相信我已经做了满意的答复。"

"一个相当漂亮的答复。"皮佩尔科尔恩回答，"我带着不由自主的喜悦倾听您灵巧的回答，年轻人。您避开了各种障碍，磨平了棱角。但是否叫人满意呢——不。您的回答没让我真正感到满意——如果让您失望，那么请原谅我。您过去曾用'一本正经'来评价我的某些观点。但在您的回答里，我也看到了某些一本正经的成分，看上去有些生硬和牵强，和您的天性似乎并不符合，从您的举止中我已经从某个方面熟悉了您的性格，而现在我再次看清了。我是说在我们散步或远足时您对夫人的那种太过正式的态度——但您对圈子里的其他人却并非如此。对此您还没有给我一个解释，这是您的义务和责任。我没有误解您。这一点我已经通过多次观察加以证实，别人不可能视而不见——但不同的是，别人——甚至或许——掌握了这件事情的关键，而我却不知情。"

这个下午，虽然皮佩尔科尔恩先生因为发烧身体精疲力竭，但说起话来却异乎寻常地明确清晰，不像以往那样不着边际。他半躺在床上，宽阔的肩膀和威严的脑袋朝着客人，他的一只胳膊越过被子伸出来，带有斑斑点点的船长般的大手从羊绒袖口处笔直地立起来，形成一个精确的圆环，长矛般的手指跷起。他的嘴里"滔滔不绝"地吐出精确的话语来，正如塞塔布里尼先生本人所愿，在说到"也许"和"一本正经"这类词语时，发出卷舌的"r"音。

"您在微笑。"他继续说下去，"您看起来似乎在搜寻某些记忆，却又一无所获。但您毫无疑问明白我在讲什么。我不是说您有时候不会和那位夫人说话，或者在某些场合不回应她的招呼。但我要再说一遍，您这样做是因为受到某种明确的束缚，是一种回避，事实上，是回避某一种形式。人们会有这样的印象，就是您在单方面下赌注，就好像您和她之间有什么秘密，因此您和她说话的方式跟别人不一样。总而言之，您从来不会用第三人称来称呼她，不会用'她'来指代那位夫人。"

"但是皮佩尔科尔恩先生，这可真荒唐——您说的是怎样的赌注呢？"

"我可否提一提一个情况——这个情况您自己了然于心——也就是您刚才脸色发白，连嘴角也没有血色了。"

汉斯·卡斯托普没有抬起头来。他俯下身，看着床单上的红色污渍。"事情肯定会暴露的，我想。"他心想，"肯定会露出马脚。但似乎我又是有意为之。现在已经看到了。我真的那么苍白吗？或许吧。现在已经到了交手的时候。会发生什么呢？我还要继续撒谎吗？也许还要说，但我不愿意。现在还是一动不动地坐着，看看这些红色的污渍好了——这些红酒的污渍——床单上的这些。"两人都没说话。就这样持续了两三分钟——显然，在这样的情况下，时间的小刻度可以扩展到无限大。

先开腔的是皮佩尔科尔恩。

"有幸认识您的第一晚。"他带着唱歌般轻快的语气说起来，说到最后几个字时降低了音调，好像是一个长篇叙事的开场白，"我们举办了一个小小的欢庆会，吃吃喝喝，寻欢作乐，我们情绪高涨，放荡不羁，最后手挽着手回房睡觉。在我门口分别的时候，我突然心血来潮，要求您在夫人的额头上亲吻一下，因为您是她在山上的旧相识，关系亲密。您却直截了当地拒绝了，因为您认为这样的做法非常荒谬。您对此应当做出一个解释，到现在还欠我一个解释。现在您愿意还清这笔债务吗？"

"啊，所以他也注意到这点了。"汉斯·卡斯托普想，又俯下脑袋，近距离看着红酒渍，一边用中指在上面拨弄着，"事实上，我想要他注意到这点，要不然我也不会说出来。但现在该说些什么呢？我的心在怦怦乱跳。他会不会像帝王般对我勃然大怒？也许我最好还是留心一下他的拳头，也许现在已经向我挥过来了。当然，我现在处在一个非常难堪的境地——介于地狱和深海的境地，就是这样。"

突然，他感到自己的手腕被皮佩尔科尔恩紧紧抓住。

"喂，"他想，"我为何要像一条狗一样垂着尾巴坐在这儿？我做了什么对不起他的事吗？一点儿也没有。他先是抱怨那个吉尔吉斯人，之后是这个人或那个人，再之后才是我。他对我有什么可抱怨的呢？目前为止，什么都没有。那么为何我的心如此怦怦乱跳呢？现在我应该坐直身子，看着他那双眼睛——当然，满怀对他人格的敬意直视他。"

他这样做了。那位大人物脸色发黄，满是皱纹的眉头下是一双没有血色的眼睛，受过伤的双唇上显出痛苦的神色。他们彼此直视着对方，一个是器宇轩昂的老人，一个是微不足道的年轻人，皮佩尔科尔恩依旧抓着汉斯·卡斯托普的手腕不放。最后，他轻声说：

"您是克拉芙迪亚以前在这里的情人。"

汉斯·卡斯托普又一次垂下脑袋，过后抬起头来直视着他，深吸了一口气，开口道：

"皮佩尔科尔恩先生，向您说谎是我最不情愿的事情。我也在想方设法避免说谎，但这并非易事。如果我的回答是肯定的，那我是在自吹自擂；如果答案是否定的，那我便在说谎。让我解释一下事情是什么样子的。很久以前，在我和克拉芙迪亚认识之前，我们就一同住在这个疗养院里——请原谅，也就是和您的这位旅伴。我们之间的关系——或者说我与她的关系，一直不是社交的那种关系，我只能说，这种关系一开始就被蒙在一片黑暗里。在我看来，我对克拉芙迪亚一直以'你'相称，而不曾唤过她的名字，这是因为那个晚上，我们摆脱了所谓的教育学枷锁，我鼓起勇气走向她，而且找了一个很老的托词——这是一个狂欢节之夜，是伪装和自由之夜，一个无须负责任的夜晚。之后，'你'这个称呼便因为某种神奇的梦幻般的力量占了上风。那一晚也是克拉芙迪亚离开的前一晚。"

"占了上风……"皮佩尔科尔恩重复道，"您这话说得——确实——非常巧妙。"他放开了汉斯·卡斯托普的手，开始用自己硕大的手按摩起了两颊两侧、眼睛、脸，还有下巴。然后他交叉双手，看着沾了红酒渍的床单，脑袋歪向一边，靠在左肩上，另一面则对着客人，好像他的脸微微地转动了一样。

"我已经给出了一个尽可能准确的答案，皮佩尔科尔恩先生，我已经努力让自己说得不算太多，也不算太少。我只想让您看清楚，那天晚上——当然，您也可以将克拉芙迪亚次日离开考虑在里面，不考虑也行。那是一个特殊的日子，甚至在日历上都不会标注出来的日子，那一天是二月二十号。要是我仅仅否认您说的话，那么倒有一半儿都是说谎了。”

皮佩尔科尔恩没做回应。

“我宁愿——”汉斯·卡斯托普停了一会儿，又开始说，“宁愿跟您说实话，也不愿冒失去您的偏爱的危险，我老实承认，这对我来说将会是一个巨大的损失，一个实实在在的打击，跟肖夏太太不是独自回来而是和您一道回来的打击不相上下。我已经冒着险让这样的事情发生了，因为我一直以来都希望，希望我和您之间能够互相坦白，而我对于您，则怀着特别的敬意。对我来说，这样看起来更好一些，也更有人情味儿。您知道，‘克拉芙迪亚’这个名字读起来非常动听，她发音的时候有些沙哑，音节也拖长了——我不想沉默和掩饰。您说的这番话，让我心里的石头落地了。”

没有回答。

“还有一件事，皮佩尔科尔恩先生，”汉斯·卡斯托普继续，“还有件事我想跟您开诚布公地说清楚。这是个人的一种经历，我不大确定，但又烦扰不已。您知道的，在我和她这段关系建立之前，和克拉芙迪亚在一起的是谁——假若我对这段关系不予尊重是无比荒唐的——是谁同她度过，或者说共同经历过或是庆祝过二月二十日这一天。您现在非常清楚，但我却未曾知晓——当然，我知道任何人处于我这样的情况下都会对过去有所思虑——我指的是那些前辈们，我知道顾问大夫贝伦斯是一位业余肖像画家，有几次叫她去屋里坐着，为她作了一幅非常优秀的肖像画，皮肤勾画得栩栩如生。私底下跟您说一句，这让我非常震惊。这件事让我非常痛苦，一直是一个谜团，到现在依旧如此。”

“您还爱她吗？”皮佩尔科尔恩问道，依旧保持着原来的姿势，掉过脸去。宽大的房间越来越昏暗。

“请您原谅，皮佩尔科尔恩先生，”汉斯·卡斯托普回答，“我对您怀着最高的崇敬之情，因此我不便跟您描述我对您那位旅伴的感情。”

“那么她——”皮佩尔科尔恩降低声音问道，“是否依旧对您怀有同样的感情？"

"我没这么说。"汉斯·卡斯托普回答，"我没有说她曾对我怀有同样的感情。这是让人难以置信的。我们在下午谈到女人是一种被动的生物时，曾提起过这个问题。我没什么值得爱的，您也看到了，我不是什么大人物。有可能——二月二十日那晚的事或许只是出于女人在男人选择的基础上的反应而已。我不得不说，当我把自己称为男人时，我觉得自己是自吹自擂、枯燥无聊的那种人——但不管怎么说，克拉芙迪亚终究是个女人。"

"她回应了您的感情。"皮佩尔科尔恩咧开苦笑的双唇，喃喃地说道。

"她对您的感情更热烈些。"汉斯·卡斯托普说，"而且很可能对别人也曾如此。谁都要面对这一点，如果——"

"住口！"皮佩尔科尔恩说，脸依旧转向一边，掌心向外，对着他的对话者做了一个动作，"咱们这样谈论她，会不会太过粗俗？"

"我不这么看，皮佩尔科尔恩先生，这一点您大可放心。我们谈的是人性的问题，是自由和精神意义上的人性——请您原谅，也许我说得过于装模作样，不过最近我需要用到，而且把它变成我自己的词汇。"

"很好，继续。"皮佩尔科尔恩低声说。

汉斯·卡斯托普放低了声音，他坐在床边一张椅子的边沿上，俯身朝着那个一身帝王之气的人，两手放在膝间。

"她确实是个有才华的女人。"他说，"她丈夫在高加索那边——当然，您应该知道的，她在高加索那边有个丈夫——他给予她自由，不知道是愚蠢还是聪明，我不认识那个家伙。不过他这样做是一件好事，因为这是疾病赐予她的——谁陷入这样的境况里都会效仿他的做法，既然不会抱怨过去，也不会抱怨将来。"

"您不抱怨？"皮佩尔科尔恩问道，一边掉过脸去。暮色渐沉，他苍白而疲惫的眼睛在满是皱纹的眉头下瞪着，裂开的大嘴半闭半开，像极了悲剧演员的嘴巴。

"我并不认为这是涉及我自身的问题。"汉斯·卡斯托普谦逊地说，"我指的是，您不应该抱怨，也不要为了过去的事剥夺我对您的友谊。这是我眼下关心的问题。"

"这个姑且不谈。"皮佩尔科尔恩说，"我肯定无意间给您添了不少烦恼。"

"如果您提出这个问题，"汉斯·卡斯托普回答，"而我假若加以肯定，那么我的意思也不是说，我不懂得珍惜因跟您结识而带来的莫大的权益，这种权益是与那些烦恼密不可分的。"

"我感谢您，年轻人，我感谢您。您巧舌如簧，我很珍视。但是，先撇开我们的友谊不谈——"

"有些困难。"汉斯·卡斯托普说，"撇开不谈并不容易，我从未想过撇开这个问题不谈，以便对您的问题给出一个肯定的答复。您这样一位大人物陪同克拉芙迪亚回院比其他任何人陪她回来更让我感到痛苦。这件事很长时间以来都让我郁郁不乐，我可以跟您说，直到现在依旧如此，我不否认这点。我有意积极地看待这件事，因而对您抱着诚挚的尊敬和敬佩，而对您女伴的感情却附带着会有所减少，因为女人在看到她的爱人和解时，总是神经紧张。"

"这倒是事实。"皮佩尔科尔恩说着，抬起手捂住嘴巴和下巴，掩盖着一个微笑，好像害怕肖夏太太会看到似的。汉斯·卡斯托普也偷偷笑了——两人彼此点了点头，表示互相理解。

"这个小小的报复，"汉斯·卡斯托普继续道，"终于到来了，因为就我个人而言，有些东西和我过不去，不是克拉芙迪亚，不是您，皮佩尔科尔恩先生，而是我普通的命运，我的命数。现在我有幸得到了您的信任，而这又是一个特殊的美好的夜晚，我不如就跟您说说吧。"

"您请说吧。"皮佩尔科尔恩彬彬有礼地说，因此汉斯·卡斯托普继续说下去。

"我来山上已经很久了，皮佩尔科尔恩先生，好几年了。究竟多久，我自己已经记不清，但已经是我生命中的好几年了。起初我是来这里探望我的表哥，他是一位军人，是个正直而令人尊敬的人，但这对他没什么用——他死了，离开了我，而我自己留在了这儿。我不是军人，而是一个文人，我原先也有职业，您或许也听说过，一份不错的稳定的职业，据称这种职业能把全世界各民族联系起来——但对我没有太大的吸引力。我承认这一点，但其中缘由我也说不上来，我只能说，原因是模糊不清的，就像我对您那位女伴的感情一样朦朦胧胧的。我这样称呼她，是为了表明我从未想过去破坏现在的状况——我对克拉芙迪亚·肖夏的感情，我对她的亲密情愫，这种情愫在我和她第一次对视时便迷住了我，把我困住了，您知道的，失去了所有的理智。而至于我对她的爱，以及对塞塔布里尼先生的反抗，我遵循非理性的、疾病的精神原则，事实上，我很早就屈从于这样的原则了。我留在了这儿，再也说不准到底在这儿待了多久。我放弃了一切，与所有人和事都断绝了联系，我的亲戚，我的职业，以及所有有关生活的梦想。在克拉芙迪亚离开后，我在这儿等着她回来，因为现在我完完全全失去了在平原上的生活，在我朋友看来，我已经死了。当我说到'命运'时，指的就是这个意思。因此我多少有权对目前的状态抱怨一番。我读过一个故事——不，是在戏院里看的——一个好脾气的年轻人，也是一位像我表哥一样的军人，认识了一位富有魅力的吉卜赛女郎——她美丽动人，耳朵后面别着一朵花，是一个放荡不羁、摄人心魂的女人。他如此迷恋她，彻彻底底走上了邪路，为她牺牲所有东西，做了逃兵，走私物品，处处都丢了颜面。等他走得这么远，她已经对他感到厌烦了，跟了一个斗牛士，是个强悍的人，有好听的男中音。结果，那个小士兵脸色煞白，把衬衫拉开，在斗牛场前用刀将那个女人刺死——不管怎么说，她这是咎由自取。总而言之，这个故事跟我们的主题毫不相关，我怎么会想起来的呢？"

皮佩尔科尔恩先生听到"刀"这个词，在床上换了换姿势，很快转向另一边，脸朝着客人，犀利地注视着他的眼睛。此时他换了一个更舒服的姿势，支起胳膊来，说道：

　　"年轻人，我一直在听您说话，已经了解了事情的全貌。从我这方面来说，请允许我告诉您一点，如果我不是皓首银发，四肢因发烧而感到无力，您会看到我准备就绪，手持武器，像男子汉那样和您面对面，让您满意地解决我无意间对您造成的伤害，以及我女伴附加在您身上的伤痛——对于这点，我也应当偿还。好极了，我的朋友——您会看到我已经准备好了。但从实际情况来看，您要让我做一个全然不同的建议。建议就是——我还记得某个意气风发的时刻，那时候我们刚认识不久，您的血气方刚让我感到非常高兴，也做好了像兄弟般以'你'相称的准备，但过后发觉似乎太过仓促了。很好。今天，我再次想起了那样的时刻，我回到了过去，我声明，暂缓以'你'相称的时期已经结束。年轻人，你我就是兄弟。您以前说过'你'这个称呼是摇摆不定的，那就让我们这样摇摆不定地以'你'相称，让我们自由地享受兄弟般的情谊吧。由于上了年纪，能力有限，因此您只能采取这样的形式，以兄弟结盟的形式，但人们以往只会因反对第三方，反对世界或者其他的种种而结盟，让我们为了某个人的感情而宣誓吧。请举起您的酒杯来，年轻人，我再次以水杯代之，这次不会再煞风景了——"说着他伸出微微发抖的手去斟酒，汉斯·卡斯托普急忙伸手帮忙。

　　"拿起杯子，"皮佩尔科尔恩又重复了一遍，"喝个交杯酒吧，就这样，我们来喝一杯——好极了，年轻人，很好。我的手在这儿。您还满意吗？"

　　"当然，自不必说了，皮佩尔科尔恩先生。"汉斯·卡斯托普说。他发现杯中的酒很难一口喝干，有些溅到了膝盖上，他用手帕揩干。"我还是说一句，我非常高兴，也不知道这是怎么发生的，就像做梦一般。这对我是多么大的荣幸啊！我不知道自己是否有这个资格，我不知道，肯定是于心有愧。刚开始用这样的称呼时有些古怪，这也不足为奇，我在思虑是否应该用这样的方式——特别是当着克拉芙迪亚的面，她对这样的局面肯定不是很乐意。"

"这事我来处理吧。"皮佩尔科尔恩回答，"至于其他的，只是练习和习惯的问题罢了。现在走吧，年轻人，离开我，孩子。夜幕已经降临，我们亲爱的人儿或许马上就回来了，现在和她相遇也许并不适合。"

"再见，皮佩尔科尔恩先生。"汉斯·卡斯托普说着站起身来，"你瞧，我已经克服了恐惧，开始使用这种大胆的称谓。是的，天已经黑了。我可以想象塞塔布里尼先生突然进来打开电灯的情景，让理智和习俗占了上风——这是他的弱点。明天再见吧。我要满怀骄傲和愉悦地离开你，这是我做梦也没有想到的。祝你早日恢复健康。你至少有三天不会受发烧影响，我感觉好像是自己病好了一样高兴。兄弟，晚安吧！"

皮佩尔科尔恩先生（完）

瀑布始终是一个富有吸引力的远足目标。 汉斯·卡斯托普虽然对流动的水感到一种亲切的喜爱， 却从未观赏过弗鲁拉谷地里风景如画的瀑布， 其原因我们也不知道该做何解释。 之前因表哥恪守制度， 他一直未能上山观赏， 他那现实的态度让他们的活动仅限于山庄疗养院附近的区域。 但在那之后， 如果我们没把滑雪也算在冬游里面的话——汉斯·卡斯托普与山谷之景的关系一直保持着一种保守而单调的性质。 他这种有局限的生理条件与丰富的内心世界形成了鲜明的对比， 这种对比又让这个年轻人感到一种新奇的喜悦。 不过， 当有人提议圈子里的七个人到瀑布那儿去做一次远足旅行时， 他欣然答应了。

这是叫人感到欢欣的五月， 是平地上人们哼着小调欢庆的季节。 山上空气清新， 气温却不怎么讨好， 但至少积雪已经化了。 或许雪还会再下， 最近这几日里， 又飘起了大片大片的雪花， 却没有积雪，地上只留下湿漉漉的一片。 冬天的雪块化开后， 便消失不见了， 到处只留下残迹， 山坡上一片青绿， 通向瀑布的路就在眼前， 诱惑着他们前去漫游。

在过去的几周内， 由于这个圈子里的主脑皮特·皮佩尔科尔恩抱恙， 几人之间鲜少走动。 虽然有着这有利的空气， 以及顾问大夫贝伦斯这样出色的医师纯熟的照料， 他的发烧也不见好转。 他不得不一直躺在床上， 发烧的时候如此， 常日里也是如此。 他的肝脏和脾胃都有毛病， 贝伦斯向那些前去探望的人这样透露——他的消化功能并不那么健康——总而言之，顾问大夫丝毫不敢怠慢地指出，其中还存有慢性衰竭的危险，这一点是不容小视的。

在这几周内，皮佩尔科尔恩先生只主持过一次晚宴，而跟圈子里的人一起散步也只有短短的一次。这样的情形使汉斯·卡斯托普感到更轻松一些，先前与克拉芙迪亚·肖夏的保护人一同饮酒发誓已经让他非常难堪，让他在众人面前聊天的时候非常不自然，像对肖夏太太那样，避免用正规的称呼，就像皮佩尔科尔恩说的，好像那两人做了什么秘密的事一样。他对这种拐弯抹角或是干脆置之不顾的谈话方式应对自如，但即便如此，皮佩尔科尔恩的偏爱却让他的窘境变得更加难以应对。

不过现在，一同远足前去参观瀑布的计划已经提到日程上来了。这次远足是皮佩尔科尔恩本人安排的，他认为自己有足够的精力来应对此次的行程。自他连续发热后过了三天，他表示想好好利用这次机会。事实上，每日早些时候的餐点时他都没有出现，却也按时用膳，陪伴他的是肖夏太太，地点是屋中的小客厅里，因为两人每次的早餐都是晚些时候才用。不过汉斯·卡斯托普还是从门房那儿听到传话，用完午餐一个小时后便要做好此次出行的准备，此外，他还得将这一消息通知给菲尔戈和维泽尔，还有塞塔布里尼及纳夫塔，并定好两辆四轮马车，三点出发。

因此，三点时他们便在山庄疗养院门前会合——汉斯·卡斯托普、菲尔戈和维泽尔先到，一齐等住在高级公寓里的那两位伴侣。等的间隙，几人手掌心放着一块块砂糖，拿去逗马，等它们俯下又黑又湿的厚嘴唇去舔舐。那两人没迟到多久，很快便出现在门口，皮佩尔科尔恩帝王般的脑袋似乎变窄了些，他身穿一身长长的、有些破旧的乌尔斯特大衣，站在那儿摘下了帽子，旁边则站着肖夏太太。他的嘴唇模糊不清地向同行的几人发出普通的问候，走下石阶来与等在下面的几位绅士握了握手。之后他抬起左手拍了拍汉斯·卡斯托普的肩膀，说道：

"嗯，年轻人，还好吗？我的孩子。"

"很好，谢谢，你也还好？"年轻人回答。

阳光普照，是个晴朗绚丽的日子。他们都披上了大衣，戴上了帽子，路上肯定会冷。肖夏太太也穿了一件暖和的束腰羊毛格子外套，肩头还有一些毛皮。她下巴下面围着一条橄榄绿丝巾，这使她的帽檐往下向一侧弯曲，她显得魅力十足，在场的人看了都不由得心痛不已——唯一对她不存爱意的只有菲尔戈了。眼下他之所以漠不关心，或许是因为占了有利位置，恰好坐在第一辆四轮马车皮佩尔科尔恩先生和夫人对面的座位上。汉斯·卡斯托普和维泽尔则登上了第二辆马车，那时候他忽然瞥到肖夏太太的脸上浮现出一抹嘲讽的笑容。其余则都是帮几人看护行李的仆人。那位马来男仆也来了，随身带了一只很大的篮子，篮子上面露出两只葡萄酒酒瓶的颈子。他把篮子放在第一辆马车的后座下面，自己则坐在车夫旁边的位子上，叉着胳膊。马车启程了，车轮开了闸，沿着山路向下驶去。

维泽尔看到了肖夏太太的微笑，露出满口的蛀牙向同伴发表自己对这事的见解。

"您看到没，"他说，"看到您单独同我共驾一辆车，她是怎么笑您的？对，对，我这样的人往往是别人嘲弄的对象。您坐在我身边会不会感到很恼火？"

"振作一点儿，维泽尔，说话时可别这么低三下四的。"汉斯·卡斯托普告诫他，"女人常常喜欢微笑，不管为什么，仅仅是为了笑而笑，没什么原因。您总是这样卑躬屈膝干什么呢？您有您的优点和缺点，就像我们一样。就比如，您弹奏《仲夏夜之梦》的时候就非常棒，不是每个人都能做到。要不您现在也来弹上一曲？"

"没错，您屈尊跟我说话，就是那个样子。"那个卑微的男人回答，"可您不知道您的安慰中有多少厚颜无耻的成分，您让我变得更加卑微，尽管您有权利这么做。您现在歪着嘴角，奇怪地笑出声来，但是当您在七重天上，感受到上帝的玉臂环绕着您的脖颈——噢，上帝啊，想到这一点，我的心里便燃起了熊熊烈火。您能意识到所有您拥有的东西，当您瞧不上我以及我所受的痛苦的时候，您在心里想着，这是个多么摇尾乞怜的人啊。"

"您刚才说的话可不漂亮，维泽尔。我没必要掩饰自己的想法，您竟然说我厚颜无耻。您的说法确实让人厌恶，或许您是有意这么说的。您的做法非常惹人厌恶，而您又无时无刻不在贬低自己。您真的深爱着她吗？"

"真心实意。"维泽尔摇了摇脑袋，说道，"我无法用言语表达出我对她的炽热的爱慕。我要说，这真要了我的命。但问题是，这却让我感到生死不能。当她离开的时候，还好一些，我会慢慢在脑子里遗忘掉。但她一回来，我每日都能看到她，我不能自已——有时候咬起自己的手来，还到处乱抓一通，感到不知所措。这样的事情真不该发生，但谁都会情不自禁这样做。无论谁处在这样的境地，都难免要这样做，甚至恨不得一死了之，因为这样的事情与生活紧紧地联系在一起。死了有什么意义呢？死了以后——死了就好了。死在她的怀里也是一种福气。但在这之前死去却毫无意义，这样做简直荒谬至极，因为生命就是渴望，渴望就是生命，它是无法违抗的，是要被诅咒的。即便我说'被诅咒'，也只是说说罢了，就好像我是另外一个人，而我本人不是这个意思。痛苦有许多种，卡斯托普，谁受到痛苦的折磨，谁就渴望摆脱它，想从中解脱出来。但肉体欲望的痛苦却是唯一无法摆脱的，除非它得到满足。别的都不行，付出任何代价也不可以。事实就是这样，没有受过这种痛苦的人就不会揪着这个问题不放，但受过这种痛苦的人，就能体会到天主基督耶稣的苦楚了，他的泪水慢慢落下。上帝啊，一副肉体竟会对另一副肉体渴慕到那样的程度，只是因为这不是他自己的肉身，而是属于另一个灵魂的——这是多么奇怪啊，但只要您走近前来观察，就会发现它是多么谦和，多么友好，却又多么让人懊悔不已。或许有人会说，这几乎是他所有的渴望，看在上帝的分上，就让他拥有它吧！我想要的是什么呢，卡斯托普？我想要她的命吗？想让她满身鲜血吗？我只是想爱抚她罢了。亲爱的、好心的卡斯托普，请不要鄙视我这样发出哀鸣——但不管怎么说，她能让我随心所欲吗？还有比这更高的东西，卡斯托普，我不是禽兽，我也是一个男人。肉欲到处都是，哪里都有肉欲的存在，它不是限定的，不是固定的，因此我们称之为兽欲。不过当它固定在某一个人身上，某一张脸上的时候，那么我们则称之为爱。但我对她的倾慕不是肉体上的，她并不是一个有血有肉的玩偶，只要她的脸有哪怕一点儿异样，或许我就压根儿不会倾慕她的肉身——这就表明，我爱的是她的灵魂，以我的灵魂爱着她。因为对面容的爱也就是对灵魂的爱——"

"怎么啦，维泽尔，您怎么啦？您已经头昏脑涨，都不知道在说些什么——"

"事实就是如此。"那个不幸的男人不肯罢休，"她有一个灵魂，她是一个由肉体和灵魂组成的生物。但她的灵魂却与我毫不相干，身体亦是如此，这便是我痛苦的原因，正因为此，我的欲望蒙受耻辱，有一个肉体，我的肉身永远只能被抑制住。为什么她对我一无所知，卡斯托普，不了解我的灵魂和身体，为何我的欲望会让她憎恶？我难道不是一个男子汉吗？即便惹人讨厌，不也还是个男子汉吗？我向您发誓，我是个男子汉。我可以给她多于任何人所给的东西，只要她敞开让人幸福的怀抱，展开她的玉臂——她的玉臂是那么美，因为她的灵魂就是这样。假若我没带给她肉体上的快乐，那就不是一件光彩的事，卡斯托普，假如这仅仅与肉身而非容颜有关，如果她那该死的灵魂对我一无所知——但如果不是这样的灵魂，我对她的肉身便不会有任何渴慕。这就是让我无法脱身的、永远都走投无路的境况。"

"嘘，维泽尔，小声些，马车夫能听得见您的话。他故意不转动脑袋，但我从他的背部就可以得出来，他在偷听您的话。"

"没错，您说得对，他在偷听，也听到了。您已经明白我说的什么了，能理解是怎么一回事吧。如果我说——说到轮回或是流体静力学，他就听不懂了，也不会听，压根儿就不会有兴趣听。这些东西不是普通人能理解的。但有关肉体和灵魂的东西，却是世界上最后的、最私密的问题，但同时也是最通俗的东西——每个人都能听得懂，都会嘲笑受此痛苦的人，也就是那些白天里受肉欲折磨、黑夜里在地狱受苦的人。卡斯托普，亲爱的卡斯托普，让我再向您哭诉几句——您不知道，那些都是怎样的黑夜。每个晚上我都会梦到她，哎，至于梦到了什么，仅仅想一下就要脸红心跳！但每一个梦的结尾都一样——她扇了我一耳光，重重地扇在脸上，有时候还向我吐唾沫，脸上满是厌恶的表情，接着我便醒了过来，出了一身汗，既感到羞耻，又满怀欲念——"

"原来如此，维泽尔。我们现在得安静一会儿，在杂货店的人上车之前都得闭着嘴。这是我的愿望。我无意伤害您，也承认您的精神状况确实是个问题，并且非常糟糕。但您也知道有这样一个故事，一个女人因为某事而受到惩罚，每当她说话的时候，里面便会爬出蛇和蛤蟆来，每说一个字便分别爬出一只。故事结尾没有说她怎么解决的，但我想她最后是闭上嘴了。"

"但每个人都需要把自己的感受表达出来。"维泽尔抱怨道，"如果她也处在我这样的境况里，亲爱的卡斯托普，她需要发泄出来！"

"每个人都有表达感受的权利，如果您想这么说。但亲爱的维泽尔，在我看来，有些权利人们还是不用比较好。"

因此，照着汉斯·卡斯托普的意思，两个人都不再说话。这时候他们来到了爬着藤蔓的杂货店铺的门前，他们无须等待，纳夫塔和塞塔布里尼已经来到街头。塞塔布里尼穿着他那件破旧的毛皮外套，纳夫塔则穿着黄白色的春大衣，裁剪非常讲究，看上云近乎浮华。两个人鞠了鞠躬以示问候，随后纳夫塔坐在第一辆马车菲尔戈旁边的座位上，到目前为止，这辆马车便坐了四人；塞塔布里尼先生则登上后面那辆车，与车里另两人结伴。维泽尔从后座站起来让座，意大利人优雅而

730

懒洋洋地坐了上去，仿佛坐在游行的彩车上，心情甚好，谈笑风生。

他对乘车的乐趣大加赞赏一番，气定神闲地坐在那儿，两旁的风景不时变换，真叫人赏心悦目；他对汉斯·卡斯托普怀着父亲一样的态度，同时还抚弄起可怜的维泽尔的脸颊来，让他在观赏明朗的大千世界的同时忘记那个不讨人喜欢的自我。说的时候，意大利人大摇大摆地挥着手做起手势来，手上戴着一副破旧的皮手套。

这是一段愉快的旅程。四匹马额头斑白，膘肥体硕，皮毛油光滑亮，在平坦的山路上踏着稳健的步伐前行，没有扬起一丝灰尘。山路两旁风景变幻不定，有时是一堆堆的石头，石缝里长出野草和鲜花来，电线杆从他们眼前飞逝而过。马车在深山野林里沿着蜿蜒的山路驰骋，一路往前飞去，天空晴朗，部分积雪尚未融化的山顶上闪出熠熠光彩。他们熟悉的山谷已经远去，变换的景色让他们心旷神怡。他们在森林的边缘停下来，决定从这里步行前往目的地——那个地方并非临时决定，他们早就了然于心。他们能听到那里的声音，起初难以察觉，渐渐地，声音越来越大。所有人都听到了，在刚登上马车的时候便听到了，那是来自远处、倾泻而下的哗哗的流水声，它在远处低语着，声音如此微弱，时隐时现，需要驻足倾听方能察觉。

"现在声音还有些柔和。"过去常来此地的塞塔布里尼开口说道，"不过在这个季节，只消走近一些，就能听到呼啸而下的水声，万万不可小视——得记住我的话。"

于是他们沿着长满潮湿的针叶树的林子往前走去，皮特·皮佩尔科尔恩走在前面，挽着肖夏太太的胳膊，一顶黑色软帽低低地压在眉头上，脚步一瘸一拐；他们后面走着的是汉斯·卡斯托普，没戴帽子，像其他几位男士一样把手插在衣兜里，脑袋歪向一边，东张西望，还轻声吹起了口哨；再就是纳夫塔和塞塔布里尼；往后则是菲尔戈和维泽尔；走在最后的是马来男仆，胳膊上挽着装着点心的篮子。所有人都在谈论这片森林。

这座森林与别的林子不大一样，这里风景如画，带了一些异国情调，甚至显得有些怪异。这里长满了地衣，有的铺在地上，有的缠绕在树上，整个树木上都是。这种纵横交错的寄生植物从枝丫上悬下来，像灰白的胡须一般，因此几乎看不到针叶，看到的只是密密麻麻的地衣网。整个森林因此变得阴森森的，有些鬼魅和病态。树木也极为厌恶这些繁茂的地衣，它们好像随时都能让树木窒息而死。当一行人沿着小径向深处走去时，每个人都有这样的想法。哗哗的水流声渐渐咆哮起来，这也证实了塞塔布里尼之前的说法。

他们拐了一个弯，便能看到一座小桥和岩石累累的山沟，瀑布就是从这中间倾泻下来的。他们一看到瀑布，震耳欲聋的水流声便充斥着他们的耳朵，几个人肃然起敬——这一情景简直叫人毛骨悚然。水柱从唯一的瀑布上飞泻而下，有九或十英尺高，宽度也非常可观，水流溅起白色的泡沫，越过岩石往下奔腾。倾泻的水声中夹杂着各种各样高低不一的声音，有嘶鸣声、打雷声、咆哮声、嚎叫声、低语声、爆炸声、拍击声、轰鸣声，以及打钟声——确实，这样的声音叫人心惊胆战。参观者走近瀑布底下光滑的岩石旁，驻足观赏。水流四溅，融在一片迷雾里，耳际响着轰隆隆的水声。几个人站在那儿互相看了看，摇摇头，脸上的微笑还带着受惊后的意味。这种泡沫横飞、怒吼奔腾的景象以及有些荒谬的咆哮声让他们震耳欲聋的同时又恐慌不已，他们的听觉和视觉都迷失了方向。他们甚至从上到下、从四面八方听到了警告和哭号的声音，其中还夹杂着男人嘶哑的声音。

他们聚集在皮佩尔科尔恩先生身后，肖夏太太站在五位男士中间，几个人一起观赏着奔腾而下的水流。他们看不到荷兰人的脸，只看到他摘下了帽子，呼吸着新鲜的空气，胸部也在一起一伏。他们通过目光和手势互相沟通，因为话语已经无能为力，在这雷鸣般怒吼的瀑布底下，即便就在耳畔大吼大叫依旧徒劳。从他们的唇形能看到无声的惊叹和赞美。汉斯·卡斯托普、塞塔布里尼以及菲尔戈以点头和手势约定一同爬到深谷的上面去，从上面俯瞰瀑布这一美景。这并没太大困难，岩石上凿出了一排窄窄的石阶，一直通往上面，或者说，通往丛林深处。几个人陆陆续续爬了上去，登上那座横跨瀑布的小桥，瀑布呈拱形向下流泻，他们倚着栏杆，同下面的几人挥手致意。他们穿过小桥，吃力地往下爬到瀑布的另一侧，同等在那里的人会合。这里又架着一座桥，水流从上面奔腾而下。

有人示意该用点心了，这几个人都认为应当先撤离这个乱糟糟的地方，以便舒服自在地吃点心。这里，水声震耳欲聋得让人不知所措。但他们发现皮佩尔科尔恩意见不同。他摇摇头，用力地朝地面指了好几次。他那裂开的嘴唇卷了卷，形成了"在这里！"这样一句话。其他人还能怎样呢？在这样的情况下，他一向是发号施令的人。他这个大人物的分量有着决定性的作用，即便他今天像过去一样不是这次活动的发起人和组织者。大人物一向是暴虐而专断的，过去是这样的，现在依旧如此。皮佩尔科尔恩先生想要在瀑布底下，听着雷鸣般的水流声用点心，他执意要这样做。谁不想饿肚子，谁就要同意这样的安排。大多数的人都对此感到不满。塞塔布里尼先生眼见此次谈话的机会——互相交流意见的机会毫无疑问落空了，只得无可奈何而绝望地挥着手做了一个手势。马来男仆急忙开始执行主人的意思，照着主人的意思忙了起来。他把两把折椅靠着岩壁支起来，一把给皮佩尔科尔恩先生，一把给肖夏太太。接着他把篮子里的东西放在他们脚下铺开的一块布上，有咖啡用具、玻璃杯、热水瓶、蛋糕以及葡萄酒。其余人有的坐在巨岩上，有的靠着小桥的栏杆，手里端着热咖啡，盘子摆在膝盖上——他们在喧闹声中默默地吃着。

皮佩尔科尔恩的衣领高高翻起，帽子放在身旁的空地上，用一只刻着花押字的银杯喝起葡萄酒，接连喝了好几杯。突然他开始说起话来。真是奇怪的人！他的声音连自己都听不到，别人更是一个音节都听不清，他全然发不出声音来。他右手举起酒杯，食指跷起，把左手掌心对着水流。他们看到他帝王般的嘴在震颤，在说着话，但嘴里吐出的字句却毫无声响，好像他在没有大气的空间中说话。没有人想到他会继续说下去，看着这徒劳的动作，大家只能尴尬地笑着，以为他随时会停下来。但他继续说，一边做着一些严肃而吸引人的姿势，对着一片吞没了他的声音的喧闹高谈阔论；同时，他布满皱纹的眉头下那双睁得大大的苍白的小眼睛，一会儿看看这个同伴，一会儿看看那个，对方也只能点头致意，眼睛也睁得很大，嘴巴张开，手放在耳后，好像这样就可以让这个不可救药的境地有所改善似的。他甚至站了起来！身上穿着那件皱巴巴的大衣，几乎到了脚踝，领子立起来，脑袋上没戴帽子，杯子拿在手里，像异教徒偶像般的高高的眉头上爬满银发，好像闪烁的火焰一般。他就这样站在岩石上，一边说着话，食指和拇指在面前弯成一个圈，手指上是长矛般的长指甲，好像在用精确而吸引人的手势以及听不见的话语给人祝酒，含义模糊不清。从他的唇形和动作上，人们可以猜测出他说的无疑是惯常的那些话："就这么定了！""好极了！"他们看到他的脑袋歪向一边，唇上显出痛苦不堪的神色来，人们看到那个男人伪装之下的悲伤。但紧接着，他脸上又显出色眯眯的、享乐主义的酒窝，而且飘然拉起了衣服，好像异教徒祭司在举行不恰当的仪式。他举起酒杯，在众人面前画了三个半圆，然后喝了三次，直到喝光为止。然后他伸出手臂，把酒杯递给马来男仆，男仆顺从地接过来。于是他示意就此结束。

所有人向他欠身致意，迫不及待地执行他的命令。蹲在地上的人也马上跳起来，其余的则从栏杆上跳下来。那个戴硬帽、领子立起的爪哇人将剩余的食物收拾好。于是它们沿着来时的路往回走，穿过那片布满地衣的阴森森的林子，回到那条停着马车的高高的路上去。

这一回，汉斯·卡斯托普同皮佩尔科尔恩先生以及夫人一同登车，同谦卑的、与高深思想无缘的菲尔戈一同坐在这对伴侣对面。回疗养院的路上几乎没说几句话。皮佩尔科尔恩先生坐着，下颌下垂，两只手掌放在车内的毛毯上，掌心向上，他和夫人的膝盖同时盖在毛毯下面。车还没经过车道和水路之前，塞塔布里尼和纳夫塔便已下车离开，维泽尔一个人坐在马车上，直到马车停在山庄疗养院大门前。几人在那儿互相道别。

那天夜里，因为内心的不安，汉斯·卡斯托普睡得很轻，而且断断续续，他的灵魂对此却一无所知——因而凡是与山庄疗养院平常夜里的寂静稍有不同的地方，哪怕是最轻微的响动以及远处难以察觉的动静，都足以让他惊醒，在床上坐起身来。两点钟刚过，就有人敲门叫他，实际上，他已醒来多时。他即刻回答，声音坚定，反应迅速又洪亮有力。他听到疗养院里一位女护士的声音，声音犹疑不决，说是受肖夏太太之托，前来请他即刻去二楼一趟。他轻快地答应下来，从床上一跃而起，迅速披上衣服，用手捋了捋头发，走下楼去。他的步子不紧不慢，心里疑惑不解，不知道是怎么回事。

通往皮佩尔科尔恩客室的门以及通往他卧室的门都开着，里面灯火通明。两位大夫以及女护士长，还有肖夏太太及马来男仆都在里面，男仆的装束与以往全然不同，穿了一身具有民族特色的服装，一件衬衫式样的条纹上装，袖子很长，下面则是一条色彩明艳的裙子，头上戴了一顶用黄布做的有些怪异的锥形帽。另外，他胸前还佩戴着作为胸饰的护身符。他双臂交叉，站在床头。皮特·皮佩尔科尔恩仰躺在床上，双臂张开。汉斯·卡斯托普看到这幅景象，面色一片苍白。肖夏太太背对着他坐在床脚一把低矮的椅子上，胳膊支在床罩上，用手托着下巴，手指埋在上唇里，凝视着她那位保护人的脸。

"晚上好，孩子。"贝伦斯说。他原本站在那儿同克罗科夫斯基大夫以及米伦东克护士长轻声谈话，看到汉斯·卡斯托普，向他懊丧地点点头，上唇收起。他穿着白大褂，听诊器从袋子里露出来，还穿着一双刺绣的拖鞋，衣服没有领子。"已经没什么办法了。"他悄声地又说了一句，"彻底完了，没救了，您过来瞧瞧——用您那双富有经验的眼睛看看他——您会明白我们对此已经无能为力了。"

汉斯·卡斯托普蹑手蹑脚地走近床边。马来男仆头也不转，视线紧跟着他，直到眼睛翻白。年轻人瞥了一眼，看到肖夏太太没有注意他，于是以往常的姿势站在那儿，重心放在一条腿上，脑袋歪向一边，两手交叉放在腹部，若有所思而虔诚地望着床上的人。皮特·皮佩尔科尔恩身穿一件针织衫躺在那儿，身上盖着红缎被，就像汉斯·卡斯托普过去探望他时那样。他两手血管蓝得发黑，脸上一部分也是这样。这让他的脸大大地变了样，虽然帝王般的特征依旧保持未变。面具一般的额头上，皱纹已经变成了四五条线，与两侧太阳穴形成直角，这是他一生习以为常的表情的标志。与下垂的眼睑以及脸上的神情相比，皱纹变得尤为显著。裂开的双唇轻轻分开。他的脸上发绀，说明他的生命是突然停止的，重要机能因急性中风而骤然停止。

汉斯·卡斯托普虔诚地待了一会儿，观察着发生的一切，他一心期待能与那位"寡妇"谈一谈，于是犹豫着是否要离开。但他暂时不想打扰她，于是转过身去找其余的几人。贝伦斯朝着客室的方向点了点头，于是汉斯·卡斯托普便朝着那边望过去。

"自杀吗？"他轻声但直截了当地问道。

"是啊。"顾问大夫说着耸了耸肩，又加了一句："完全没错，正是如此。您可曾看过这类玩意儿？"他继续说着，一边从白大褂的衣兜里拿出一只形状不规则的小匣子，从里面取出一个小东西给年轻人看："我也没看过。不过这东西倒是值得一看。活到老，学到老嘛。这小东西可真奇特，而且设计精巧。我是从他手里拿过来的。小心点儿，这东西滴到您脸上的话会起泡的。"

汉斯·卡斯托普把这个神秘的东西放在手里。它是用钢、黄金、象牙以及橡胶制成的，看上去十分奇特。它有两枚弯曲的、发出钢铁光泽的叉针，针头非常尖利，中间嵌有金子的象牙部分稍呈螺旋形。叉针还可以转动，能向里面转动到一定的高度。此外还有一个半软半硬的黑胶制成的球状物，它的长度有两英尺左右。

"这是什么？"汉斯·卡斯托普问。

"这个啊，"贝伦斯回答，"是个结构精巧的皮下注射器。或者，您也可以说它是一个眼镜蛇毒的仿制器械。明白吗？看来您还不大明白。"他继续说，因为汉斯·卡斯托普还在盯着这个古怪的小工具，"这些是牙齿，它并不怎么坚实，里面是一条血管，像头发丝一样细，您可以从针尖上面清楚地看到它。在齿根处，它们也是开着的，与中间象牙部分相接的小球的排出口相通。牙齿咬紧时，它们会稍稍下陷，容器内便产生压力，将橡皮球内的液体压入血管中，因此一旦针尖刺入皮肉，里面的毒素便开始注入体内。只要您这么看，一切就非常简单了，您只需要明白这个原理即可。这也是他亲自设计的。"

"确实如此。"汉斯·卡斯托普说。

"注射量很小。"顾问大夫继续，"数量方面不够的话则代之以——"

"动力学的东西。"汉斯·卡斯托普帮他补充。

"嗯，没错。它是什么东西，我们很快就可以弄清楚。当然也知道怎样去弄清楚，我们对此怀有好奇心，也能从中学到知识。那个穿着奇特服装来守夜的外国人或许知道我们探寻的东西，不然打个赌吧？我想，这种东西是动物性及植物性混合的毒液，效力惊人，像闪电般一触即中。一切都表明他的呼吸是快速停止的，呼吸系统麻痹，您知道的，迅速窒息而死，或许没有煎熬和痛苦。"

"上帝保佑。"汉斯·卡斯托普虔诚地说。他把那个神秘的东西还给顾问大夫，转身回到卧房里去。

只有肖夏太太和马来男仆坐在那儿。这一回，当汉斯走近床边的时候，克拉芙迪亚抬起头看着他。

"您有被我召唤至此的权利。"她说。

"您心地真善良。"他回答，"而且说得没错。"他再次使用西方文化里惯常使用的"您"。"我与他以兄弟相称。我在灵魂深处对此感到耻辱，因而在别人面前才对这事加以掩饰。临终时，你在他身边吗？”

"一切结束后，仆人才来叫我。"她回答。

"他真是个器宇轩昂的大人物。"汉斯·卡斯托普又开始了，"因而他把感情的缺乏看成一种渎神以及宇宙的大灾难。因为您也知道，他把自己看成神的交合器官。这是一种非常愚蠢的行为——当一个人受到感动时，他才可以说出各种愚蠢和亵渎神的话来，不过说到底，这些话比传统教义里所允许说的话更为严肃些。"

"C'est une abdication（法语，意为：这是一种退位）。"她说，"他知道我们的傻事吗？"

"我无法阻止他知道，克拉芙迪亚。那时候我当着他的面拒绝吻你的额头，他就猜到我们的事了。这个时候，他的存在与其说是实际的，倒不如说是象征性的——不过，您现在愿意让我这么做吗？"

她把额头凑近他，轻轻点了点头，闭上眼睛。他在她的额头上印了一个吻。马来仆人看到这幅景象，那双像狗一样的棕色眼睛往一侧翻转，直到眼睛翻了白。

不近人情

　　我们再一次听到了顾问大夫贝伦斯先生的声音——让我们仔细聆听吧。因为或许这是我们最后一次听到他的声音了。这个故事迟早会结束，它已经持续了很长时间，或者说，故事"内容时间"的步调在加快，因此也不可能停下来——即使它的"音乐时间"已经结束。或许我们不会再有机会听到拉达曼提斯活泼轻快的语调了。顾问大夫对汉斯·卡斯托普说道：

　　"卡斯托普，老朋友，您看起来不大开心。小伙子，我看到您整天皱着眉头，闷闷不乐。您像一只泄了气的轮胎——假若哪天过得不如您所愿，哪天不舒适快乐，您就会板起脸来，好像在说：'哼，简直是不值一提！'我说得对还是不对？"

　　汉斯·卡斯托普不发一言——这便说明这个男人的内心充满阴郁气息。

　　"我说得没错，没错！当然了，我一向如此。"贝伦斯顾自回答，"嗯，我不能让您把这种郁郁不乐的毒素在这个小团体里扩散开来，您这个心怀不满的公民。我笃信您还没有被上帝和国民遗忘，上苍对您睁开了一只眼睛，一只不闭的眼睛，一刻不停地给您赐福。贝伦斯老头还没有离弃您呢，我的孩子。好了，现在不开玩笑了。在某些夜晚，我一直在考虑您的病情，现在心里有个想法。可以说这是一个启示——总而言之，我发誓，这个新想法非常有实现的可能——我想把您的病治好，让您不久便可以胜利地回家，我这话既不夸大也不缩小。"

"是的。"他停了一会儿，想看看对方的反应，之后又继续，"您睁开眼睛看看吧。"——汉斯·卡斯托普没有睁开眼睛，只是睡意蒙眬又有些不耐烦地眨了眨眼睛——"当然了，贝伦斯老头为何说出这样的话，您还不大明白。嗯，就是这样，您的病情有些不大对劲，这根本逃不过您的视觉。您的症状已经有了很大改善，而且很长时间都没有再感染。不过这个问题我也是昨天才考虑的。这是您最近的一次 X 射线片，您拿过去放在光下面观察。您瞧！连最悲观、最挑剔的人——就像皇帝说的那样——也挑不出多少毛病来。有几处病灶已经被吸收，病灶范围也越来越小而清晰，只需稍有些经验，您就会知道这说明您已经痊愈了。但这无法解释为何您体内还发着热，年轻人。作为大夫，就必须要找出另外的原因来。"汉斯·卡斯托普欠了欠身，礼貌地表示出对此的兴趣。

"您现在会不会想，贝伦斯老头儿必须承认在治疗上出了差错。哎，要是这样想，那就犯了大错；事情出了错，贝伦斯老头也不对了。治疗上没有错，这或许只是片面之词。但还有一种可能性，也就是您的症状不仅仅与肺结核有关，毫无疑问再也不能把它们仅仅与肺结核相提并论了。肯定还有其他的麻烦。在我看来，您身上有球菌。"

"没错。"他看到汉斯点头回应后，加重了语气，"我深信您身上有链球菌，不过您无须害怕。"

根本谈不上什么害怕。汉斯·卡斯托普的脸上显出一种近乎讥讽的承认来，不是承认同伴的敏锐，就是承认他自己做假定时表现出来的新的尊严。

"没有理由惊慌。"他改变了谈话主题，"每个人都有球菌。每头驴身上都有链球菌。您不要自负。我们最近才发现，即便血液里有链球菌，也不会发生感染现象。我的很多同僚还未认清这一点——人的血液里可以有结核菌存在，但不会引起病症。从这个概念出发，我们只需再走不到三步，就能发现，结核病其实就是一种血液病。"

汉斯·卡斯托普出于礼貌，表示他的话非常了不起。

"当我说起链球菌时，"贝伦斯又开始道，"您必然不能想到某种众人周知或是极其严重的疾病。如果这个小东西在您身体内安了家，那么血液的细菌检测能将其检验出来。但至于它是否真的是引起发烧的原因——假设确实发着烧——我们只能从链霉素的治疗效果来分析了。亲爱的朋友，办法就是这个，我能保证会有闻所未闻的结果。结核病是世界上最为旷日持久的疾病，不过这个方法的治疗效果如今见效非常快；如果您接种后反应良好，那么在六周后就能活蹦乱跳了。怎样，贝伦斯老头还算有点儿脑子的吧？"

"目前这只是假设罢了，不是吗？"汉斯·卡斯托普懒洋洋地说。

"但它是一个显而易见的假设！一个会有成效的假设！"顾问大夫回答，"当球菌开始在我们的培养基中生长时，您会看到它多么有效。明天我们会给您抽血，会按照乡村理发师的神圣仪式给您放血。只是开个玩笑，不过它会在您身上产生奇迹般的效果。"

汉斯·卡斯托普表示接受这个玩笑，并彬彬有礼地谢过顾问大夫对他的关心。他把脑袋歪向一边，目送着贝伦斯一摇一摆地离开。一点儿都没错，贝伦斯的介入正是时候，拉达曼提斯准确地预测到了汉斯·卡斯托普的气色和情绪。新的方案已经确定——而且是公然确定的，目的非常明确——旨在让汉斯度过眼下他深陷其中的困境；他的表情像极了已经离世的约阿希姆，那时他暗暗下决心，想要孤注一掷。

不仅如此，在汉斯·卡斯托普看来，好像不仅仅他达到了这样的境界，世界万物皆已达到相同的状态。他发现自己很难把"特殊"和"普通"区分开来。他与某位大人物的关系以这种夸大的方式结束了。这件事引起了疗养院很大的骚动。肖夏太太同汉斯这个与逝者切断了兄弟之情的人进行告别，这种告别伴着某种悲剧式的退位，而在这之后，紧接着又是克拉芙迪亚与山庄疗养院的离别。所有这些东西让这个年轻人感到其实生活也没有那么可怕。所有东西似乎都已经永远消失，一切变得越来越古怪，好像有一股恶魔的力量在掌控着这些——尽管这股魔力很久以来都在大展淫威，此刻却突然掌了权，让人有种神秘的惊愕以及逃匿的希望。这个恶魔的名字叫作不近人情。

当读者读到作者将不近人情和恶魔联系起来，并表示它有一种神秘且超自然的威力时，会责怪他危言耸听。但我们并非信口雌黄，因为我们严格地以我们这位朴实的主人公的个人经历为依据，他的经历在某种程度上无须深究，却让我们明白，当这个世界的所有有用之物全都变得平实、陈旧并且无利可图，那么它们实际上便拥有了恶魔的特点，并能引起这样的感情。汉斯·卡斯托普环顾四周，他看到的无一不是神秘而邪恶的东西，他知道自己看到了什么——没有时间的生活，无忧无虑、没有希望的生活，堕落的、表面忙忙碌碌实则停滞不前的生活，死气沉沉的生活。

生活确实也在忙忙碌碌，忙着进行各种各样的活动，人们时不时便会不约而同地为某种东西痴狂起来，将其余抛在一旁。老资历的病人们就经历过这种周期性发作的潮流。就比如说业余摄影，这项活动在山庄疗养院时常扮演着非常重要的角色，曾两度成为大家追捧的东西，持续时间从几周到几个月不等。随处可以见到有人全神贯注地俯着身子，把相机架在腹部，进行对光和抓拍，之后把洗印的照片在餐桌上传来传去。亲自显影成了一件光荣的事。疗养院里的暗房已经不能满足人们的需求，人们的卧室门窗都罩上了黑色的幕布，人们在红色的灯光下用化学药水进行加工，直到后来某次着了火，"上等"俄国人餐桌上几乎被烧成灰烬，某个保加利亚大学生差点丧命，院方这才明令禁止。

接下来他们又厌倦了普通的摄影，潮流忽而转向卢米埃尔 [1] 的闪光摄影以及彩色摄影。他们感到兴高采烈，这些照片里，人们因震惊而睁大双眼，在镁光灯照耀下发白的面孔有些茫然不知所措，好像被谋杀

---

[1] 法国的一对兄弟，发明了电影和电影放映机。

后被人扶起的尸体脸上的神色一般。汉斯·卡斯托普就有这样一张用相框裱起来的透明的照片，上面是他那张古铜色的脸，他的纽孔上别着一朵黄铜色的金凤花，他站在长满金凤花的绿油油的草地上，在他一旁站着穿了一件天蓝色衬衫的斯特尔夫人，另一侧则是身着一件血红色毛衣的莱维小姐。

另外还有集邮爱好。纵然无论何时都有人嗜好集邮，但某一段时间所有人都着了迷。每个人都在粘贴，讨价还价，互相交换，看集邮杂志，同国外或国内某些有特色的邮票卖家保持通信，也同团体或个人的集邮爱好者进行联络。为了得到某些珍贵的邮票，他们不惜耗费巨资，即便有些条件拮据的病人连山庄疗养院的住院费用都难以支付。

集邮的狂热结束于另一项新爱好的出现，病人们开始收集并无边无际地品尝各种各样的巧克力。每个人的嘴巴都变成了棕色，病人们不停地吃着奶油坚果巧克力、"那不勒斯侯爵"方形巧克力以及布满金色小点的"猫舌"巧克力，竟无人对山庄疗养院的厨房供应的种种美味佳肴显出兴趣。

画小猪的游戏是很久前那位大人物在狂欢节上提出来的，曾经风靡一时，之后又开始流行描画几何图形，这消耗了山庄疗养院所有病人的活力，甚至把奄奄一息的病人最后一点儿想法和精力也耗尽了。几周以来，人们热衷于在不提起笔的情况下徒手一笔画出来，更高级的玩法则是把眼睛蒙上再将其画出来。最后只有帕拉范特律师画了出来，这种智力活动的大师就数他了，虽然对称性有所欠缺，但他是唯一成功的人。

我们知道，帕拉范特律师热衷数学研究工作——这一可靠消息是从顾问大夫那儿打听到的；我们也知道，他对这门学问专心致志的缘由，是它可以冷却并且消耗肉体的欲望。如果山庄疗养院的病人们多将自己投入这样的研究中，或许便没必要实施某些强制性措施了。主要措施之一就是穿梭于阳台之间的隔门，阳台门设在与栏杆不相通的白色玻璃门的末端。进出只能通过几扇小门，夜间，浴室的师傅会将其锁起来，大家对此只是报以冷笑或窃笑。从那时候开始，二楼的卧室门就变得热闹起来，因为他们可以在越过栏杆后阳台的顶部穿越到另一个地方去。但这种违背纪律的行为对帕拉范特根本没用。他早已克服那位埃及公主的出现造成的严重冲击，她曾是挑战他男性欲望的最后一个女人。在她之后，他以双倍的热情投入明眸的数学女神的怀抱，而对于女神的这种使人心镇定的能力，顾问大夫贝伦斯在道义上曾经提及。他日日夜夜致力研究的唯一问题，是圆的求积法。在此之前，他的疗养期限曾一再延长，甚至有进入永恒的休息的风险。

这位下岗的官员在研究过程中，确信了这样一个观点——科学曾证明求积法是不可能有结果的，他认为这样的观点根本站不住脚。上苍把他帕拉范特从芸芸众生中选出来，把他带到这儿，让他把超自然的问题转到世俗的、准确的问题上来。他夜以继日地不停计算，写满了数不清的纸张，在上面涂上了图画、文字、算术式以及代数符号；他的脸黑黝黝的，明显是一个健康壮硕的男人的脸，却显出专断者那种暴躁而有远见的表情。他的谈话总是单调而千篇一律，常常提起数字 π，还有天才数学家萨查里阿斯·达斯 [1]，有一天他竟把圆周率计算到小数点以下二百位——这样做纯粹是出于兴趣，因为即便他计算到小数点后面两千位，与难以达到的准确数字相比，也根本不能起到什么作用。每个人见到这位兢兢业业的帕拉范特都像碰到瘟神一般避而远之，因为只要他抓住了谁的纽扣，那个不幸的可怜虫就要听他滔滔不绝地大谈特谈一番，那位大律师会唤起对方的情感，让他感受到这个神秘关系中绝望的非理性所引起的对精神上的玷污的耻辱。他一直用直径乘以 π 以期求得圆周长度，或是以半径的平方乘以 π 以期求得其面积，但都无果，这让帕拉范特律师时不时对这一问题充满疑虑，他怀疑从阿基米德时代

[1] 德国数学家。

开始这个问题就被复杂化了，而这个问题的解答实际上或许只是一种简单的儿戏罢了。为何圆周不能纠正，从而将每一条直线拉成一个圆呢？帕拉范特律师感觉自己有时候已经接近真相了。

人们常常看到夜深后，他坐在空无一人灯光昏暗的餐厅里，面前摊着一根线。他小心翼翼地将线摆成一个圆形，又突然把它拉成一条直线，之后他用胳膊支着脑袋，陷入冥思苦想中。有时候顾问大夫也过来，给苦恼中的人打打气，并鼓励他的古怪行为。这位百思不得其解的人有时候也会去找汉斯·卡斯托普，不仅有第一次、第二次，而且常常来跟汉斯倾诉几句，因为他认为这个年轻人为人和气、善解人意，对圆的神秘性也应有兴趣。他竭尽全力向年轻人画出他挚爱却感到绝望的圆，费尽所有努力在两个多边形之间画出了那个圆，两个多边形一个在圆内部，一个在其外部，多边形由无数个边构成，与人类能画出来的相当。而余下的部分，即圆周率，以飘然的、非物质的方式，因有计算的边界线而不至于被合理化，这个，帕拉范特律师颤抖着下巴说，便是 π。汉斯·卡斯托普虽是个易于接受各种想法的人，但是对这位对话者口中的 π 实在提不起兴趣。他说这是一种鬼把戏，并劝告帕拉范特不要过分认真；他谈到圆所包含的所有大大小小的点，从起点开始——这个点并不存在，到终点——它也不存在；他还说道，无时无刻不朝着不定的方向自行转动的永恒性是极度可悲的。他的语调平静而镇定，在帕拉范特身上产生了有益的影响。

汉斯·卡斯托普生性善良，与他推心置腹的病友不止一个，但其中某些病友的心里怀着某种“固有的成见”，或者某些人因为大部分人冷漠无情、对自己置若罔闻，内心苦恼不已。其中一位病友已经上了年纪，以前是一位雕塑家，来自奥地利某个偏僻的小地方，胡子花白，鹰钩鼻，眼睛是蓝色的；他心里有一个经济性及政治性的方案，并且已经精心撰写完毕，重要的部分用棕色的笔着重凸显出来。这一方案的主要特点便是——每一位订购报纸的人每日都应贡献出四十克重的旧报纸，每月的第一日将上月的报纸一并上交；这样一来，一年的总数应超过十四千克，二十年便不少于二百八十八千克。如果以一千克二十芬尼的价格计算，则总计五十七马克六十芬尼。如果有五百万订阅者，经计算，在二十年间献出旧报纸的价值总计可达两亿八千八百万马克，其中三分之二则可以算在新订阅的账上，这些是他们自己购买的，而另外三分之一约合一百万马克，则用于人道主义项目，例如作为为结核病人建立的免费疗养所的经费，或是鼓励某些怀才不遇的天才，诸如此类。他的计划极其细致，甚至制作了一厘米见方的价格栏，收集旧报纸的机构便可以从中看到当月的报纸价格，以及用来兑换现款的收据的印章形式。从各方面，这都是一个非常出色的计划。恣意浪费以及对新闻印刷品的毁损，由于无知而将其扔掉或烧毁，对我们的森林和我们的政治经济都是一种背叛。节约和保存纸张意味着节约纤维素，意味着对森林的保护，也是对在纤维素和纸张制造业中所消耗的原材料的保护，也就是对人类资源及资金的保护。此外，因为旧报纸很容易比包装纸以及纸板的价格高上四倍，这也是一个非常重要的经济因素，是丰富的国税及公共税来源，从而减轻了读者赋税方面的负担，总而言之，这个计划是极其出色的，这无可非议。如果这个计划带了一丝不可思议、徒劳无益的意味，甚至前景险恶，甚至有些愚蠢，那么只是因为这位曾经的艺术家怀着这种狂热去追求并支持一种经济理念，对于这种理念他却并不认真，也就不做任何努力去加以执行。汉斯·卡斯托普点点头，脑袋歪向一边，听着这个男人用热烈的话滔滔不绝地传达自己的想法；他一边听一边观察，发现自己对这个人存在着某种轻蔑和反感，这种情绪让他对那位创始人对肤浅而冷漠的世界的反抗越来越没兴趣。

有些病人还学习起世界语来，并且在就餐时也用起这种人工的术语来。汉斯·卡斯托普一脸阴郁地听着他们谈话，但他承认还有比这更为糟糕的事情。不久前院里来了一批英国病人，这些人介绍了一种猜谜游戏，游戏开始时第一个人开始提问，其中包括类似这样的问题："你可曾见过戴着睡帽的恶魔？"被问到的人必须答以"我没有见过戴着睡帽的恶魔"，接着那个人再向下一个人提出同样的问题，以此反复。这可真叫人受不了。汉斯·卡斯托普却发现有些人的无聊程度更甚。这种人在疗养院到处都是，每时每刻都可以看到他们在发牌玩着游戏。

最近人们对这种纸牌游戏的热情愈演愈烈，整个山庄疗养院都变成了罪恶的场所。汉斯·卡斯托普竟然也染上了这一恶习，这让他有充分的理由觉得这是一件非常可怕的事情——或许，他是沉迷得最为厉害的那几个之一。他沉醉其中的游戏名叫"十一"，游戏规则是把纸牌分成三列，每一列三张，再添上任意两张，总共十一张，还有三张人头牌，三张牌翻开后，再补上新的。这种玩法纯粹要靠运气。这样一种简单的游戏居然引人入胜，叫人难以自拔，实在有些不可思议——但它又确实如此。游戏中，汉斯·卡斯托普和许多人一样，常常眉头紧锁，因为这种纵情的方式绝不是什么叫人快乐的事情。他听从牌神的安排，有时候运气眷顾了，一下子便是三张人头牌，十一张已经凑好，剩余的三分之一还没有翻，游戏便已经结束。此时这种突如其来的胜利刺激着他的神经，他顿时还想再来一次。但这一次，或许他打到第九张牌或是最后一张的时候，已经没有补牌的可能性，又或者看到胜利在望，硬是要坚持到最后一刻。他随时随地、每时每刻都在玩这种游戏，在满天繁星的夜晚也好，早晨穿着睡衣时也好，有时候在餐桌上，甚至在入眠之后依旧在玩。他感到害怕，却依旧玩着。就这样，有一天塞塔布里尼先生找到了他——并且干扰了他，因为他的使命便是对汉斯进行干扰。

"Accidenti！"他说，"怎么，您玩起牌来了，工程师？"

"准确说并不算在玩牌。"汉斯·卡斯托普告诉他，"我只是把牌摊开，进行一种抽象的斗争。它那变幻无常的把戏引起了我的兴趣。它对我阿谀奉承，接着又突然跑开，不肯向我妥协。今早一起来我便打了三遍，有一次达到了两排，打破了纪录。但现在我已经打了三十二遍了，却没有一次能超过半数，您相信吗？"

塞塔布里尼先生看着他，就像过去这些年里那样，漆黑的眼睛里有一丝哀伤。

"无论如何，您倒是很忙啊。"他说，"看来我不能在这儿寻求安慰，也不能为内心的伤痛寻找一丝抚慰了。"

"伤痛？"汉斯·卡斯托普重复了一遍，又玩起牌来。

"世界局势让我迷惑不解。"这位共济会成员说道，"巴尔干联盟就要形成，工程师，我所有的情报都表明了这一点。俄国现在正积极地为之努力。这一联盟将矛头指向奥匈帝国，这个帝国不瓦解，俄国的计划就不能实现。您明白我的顾虑。奥地利，您当然也知道，我对其深恶痛绝。可是我的灵魂是否就要因此转而支持并推崇萨尔马提亚专制，而它即将把我们这个高度文明的大陆推入火坑之中？另一方面，我认为我的祖国与奥地利进行外交合作，即便并不频繁，在我看来也是不光彩的。这是良心上的问题……"

"七和四。"汉斯·卡斯托普说，"八和三，杰克，王后，国王。来了，您给我带来了好运气，塞塔布里尼先生。"

意大利人不说话。汉斯·卡斯托普感觉到那双漆黑的眼睛，那双充满理性和道德的忧伤的眼睛，此时正俯视着他。他继续玩了一会儿，接着用手托着腮帮，像顽皮的小孩子一般抬起头，用无辜而执拗的眼神看着他的老师。

"您的眼睛，"老师说道，"您想掩盖事实也没用，您知道您自己是怎么一回事。"

"Placet experiri。"汉斯·卡斯托普回答得有些粗鲁。塞塔布里尼先生转身离开，留汉斯一个人在那儿坐了很久，他那张桌子摆在白色卧房的中间，他双手托着下巴，反复思量。他看到世界万物互不相容，心中战栗不已；他如今已经在龇牙咧嘴的恶魔的掌控之下，在它们肆无忌惮的统治之下。恶魔的名字就叫"不近人情"。

这是一个不祥的、邪恶的名字，很容易引起人们在神秘氛围中的恐慌。汉斯·卡斯托普坐在那儿，用掌心摩挲着自己的额头和心窝。他感到惊恐。在他看来，"所有的这些东西"压根儿没什么用处，这是一场即将到来的灾难，长期受苦的大自然将会奋起反抗，它将在一场风暴中崛起，将所有奴役着这个世界的东西全部打倒，越过"停滞状态"，把"平淡无奇"的日子变成世界末日。他想要逃匿——我们早已看出来了。幸运的是，领导者们一直用一双"不变的眼睛"监视着他，他们知道对他察言观色，想方设法让他借助富有成效的崭新娱乐活动渡过这个难关。

领导者用学生会的语调宣称，汉斯·卡斯托普身体发热不稳定的原因，他们正在着重调查。根据他们的科学言论，查出原因并非难事，而身体彻底康复并合法地出院，回到平原上的日子指日可待。年轻人伸出手去抽血的时候，心头怦怦乱跳，感情十分复杂。当他看到自己红宝石般艳红的鲜血注入玻璃器皿里时，他眨着眼睛，面色有些苍白，对自己的鲜血称赞不已。顾问大夫亲自操作这个规模不大却极为危险的手术，而克罗科夫斯基大夫和护士则在一旁协助。在之后的几天里，汉斯·卡斯托普心头一直有一个疑问，就是他身上的血液在科学家的眼里究竟是什么样子的。

起先，顾问大夫说，当然不能期待细菌一下子就生长出来。后来，他又说，可惜到现在细菌还没有生长出来。但是某一天，他在早餐时来到汉斯·卡斯托普身边，那时年轻人正坐在"上等"俄国人餐桌上，这个位置是他那位器宇轩昂的兄弟一度坐过的。他莫名其妙地向他道喜，说细菌终于在某个培养基中生长出来了。不过现在只剩下可能性的问题——感染的症状究竟是由为数不多的结核菌所引起的，还是由同样数量很少的链球菌引起的。他，贝伦斯，必须好好想想。细菌在培养基里还没有完全生长。他叫汉斯·卡斯托普到实验室里去看那些细菌——这是一种红色的凝固的血液，其中一些灰色的小点清晰可见，这些便是球菌。 不过每头驴子都有球菌, 此外也有结核杆菌。 如果没有感染症状, 那么实验观察便没什么意义了。

对汉斯·卡斯托普体内抽取出来的血液, 人们继续用科学的眼睛观察着。 那天清早顾问大夫兴高采烈地前来宣布, 球菌不仅在第一盆培养基里面生长出来, 之后在其他培养基里也都生长出来了, 而且数量不少。 虽然还不确定它们是不是链球菌, 但是这些感染很可能就是它们引起的, 或者可以说, 它们的这一部分特点在过去尚未存在, 而今或许也尚未能完全征服结核病。 因此顾问大夫得出的结论是——注射链霉素疫苗! 而预后效果也是大有益处的, 整个过程几乎没有任何危险, 因此注射不会带来任何害处。 因为血清是从汉斯·卡斯托普自己的血液里提取出来的, 注射时不会将体内原本没有的外界细菌带入其中。 最糟糕的情况也就是效果不良——这几乎称不上是害处, 因为即便没有注射, 病人也还是病人!

汉斯·卡斯托普不愿想得那么远。 他心甘情愿地接受治疗, 即便他认为这种方法极为荒唐卑劣。 将自己的血液注射入自己的体内, 这种方式在他看来是一种乱伦行为, 不可思议, 又叫人闷闷不乐, 其本质上既没有成果, 也没有希望。 这就是他愚昧无知的忧郁症患者式的判断, 从毫无成效的角度上来看, 这种判断是正确的, 是全然正确的。 这出戏上演了好几周。 有时候它似乎是有害的——这当然不可能——有时候又是有益的, 同样, 这也是不可能的。 结果是消极的, 但大夫并未明确宣布注射无效。 贝伦斯当初的承诺自然夭折了, 而汉斯·卡斯托普则继续玩起他的纸牌来, 同时与恶魔的眼睛对视着, 它那并非肆无忌惮的统治, 预示着恐怖即将结束。

悦耳的小调

究竟是山庄疗养院里的什么新玩意儿，让我们这位在山上待了很久的朋友突然摆脱了原来的嗜好，将热情投入另一种更高尚的，即便在本质上也同样奇怪的东西里呢？这种东西极其神秘，我们满怀热情，即将对其进行叙述。

为了迎合客人的嗜好，这个出色的疗养院日夜操劳，审议各种事项，说到便做到，确实难能可贵。为此疗养院也花了一笔经费，至于数额多少我们不想去计算，但肯定是一笔非常可观的费用。他们为病人们购置了新的娱乐器具，放在山庄疗养院最大的接待室里。这是些精巧的物什，与幻灯机、万花筒及电影放映机的性质相当吧，是的——不过又不算，或者说远非如此。这不是光学器械，某天晚上人们在客室内发现它后，高兴地鼓起掌来，有的高举双手，有的俯下身子，有的拍着膝盖。这是一种声学仪器。不仅如此，它与上文提到的光学设备无可比拟——在等级、价值以及品质上都更胜一筹。这并不是小孩子玩的西洋镜那样的东西，会让客人们没多久便感到厌恶和疲倦，几周之后，甚至已经没人愿意再看一眼。从中汩汩流出的音乐令人沉浸在艺术的享受中，叫人心情愉悦。这是一架乐器，一架留声机。

我们感到忧虑的是，人们会把"留声机"一词用某种没有价值的陈腐的观念加以误解，不要把它们想成我们心里所想的那种原始的乐器，不要把这种高雅的产品当成人们孜孜不倦利用各种科技手段研究出来的原始器械。亲爱的朋友们，你们应当明白，我们所说的留声机并不是一种平淡无奇的小盒子，上面有一只手柄、转盘以及一只转轴，还有一只奇形怪状的黄铜漏斗喇叭，它放在旅店外面的桌子上，浓重的声音充斥俗子的耳朵。这是一种用有点儿暗沉的乌木制成的盒子，深度比宽度大，由一根线连接到墙上的电源插座，清高地被安置在一张专用的桌子上。它与上面提到的古董式的留声机全然不同。翻开精致的盖子，里面有一支自动撑起来的黄铜小棒，在稍稍凹陷的表面上有一张盖着绿布、边缘镀镍的转盘，中间还有一只同是镀镍的转轴，与硬质橡胶唱片的小孔正好搭配。而在右边，前方是一个调节时间的配件，上面有表盘及数字，像一只手表一样；左边是一个手柄，可以让转盘转动或停止；后面，亦是在左边的位置，是一条中空的、弯曲呈棒状的镀镍的肢臂，关节可以活动，带动末端扁圆形的音箱转动，那儿有个可以将针穿入的装置。如果你打开盒子前面的双门，看到的是一套如百叶窗式倾斜的板子，颜色同箱子一样，都是暗沉沉的——除此之外，别无其他。

"这是最新的一种留声机。"顾问大夫说，"艺术的最新成就，孩子们，哎呀，它底部用铜制成，精美绝伦，外面再没什么东西卖得比这个更好了。"——他带着鼻音，迫不及待地说了一堆话，好像一个愚蠢的推销员。"这不只是一架机器。"他继续说道，一边从桌上放着的一个花哨的金属小盒子里拿出一枚针来，把它伸进小孔旦，"它就像斯特拉迪瓦里 [1] 以及瓜奈里 [2] 的乐器一样，是振动及共振——最后，它的牌子是'波里希姆尼亚'，里面的盖子上就可以看到。德国人制造的，你们知道，这些东西我们制造得总比其他人好了许多。这是一种具有最新机械化的乐器，代表了德国时髦的灵魂，是德国的灵魂。另外，唱片都在那边。"他用脑袋往墙上的一只小匣子示意，里面装了各式各样的册子，"我把这东西交由你们使用，请便吧。但是要留心别弄坏了，现在

---

[1] 意大利小提琴制造师，被称作迄今最伟大的小提琴制作家。

[2] 意大利小提琴制造师。

大家尽情玩耍吧。 我们要不要试着放上一曲？"

病人们都恳求他这么做。 于是贝伦斯从一摞厚厚的魔书里抽出一本来，一页页翻开，从中选出一张纸信封，圆形的开口处有彩色的签名。 他把唱片放在转盘上，把它打开，等了一会儿，唱片慢慢转动，直到全速运转起来。 他小心地把纤细的针头放在磁盘旁边，接着传来一阵低沉的摩擦声。 他把盖子插上去，与此同时，从前面开着的两扇门间，从百叶窗的板条之间，或者说，从整个盒子里，传来一阵喧闹的音乐声，是一曲轻快欢乐的曲调，节奏有序。 那是奥芬巴赫序曲的第一小节。

他们侧耳倾听着，微微张开的嘴角带着微笑。 木制乐器流出来的声音如此纯净而真实，他们简直不敢相信自己的耳朵。 一段小提琴独奏拉开了具有幻想意味的序幕，可以清晰地听到拨动弓弦的声音和音域转换时候甜美的嗓音，这时候传来了一曲名叫《啊，我已经失去了她》的华尔兹舞曲。 管弦乐队和谐而轻巧地弹奏出柔美动人的乐声，并一再重复，奏出和声，让人听了心醉神迷。 当然，无论如何还是与管弦乐队的现场演奏大为不同。 即便声音不小，却始终缺少一种透视感。我们可以拿视觉与听觉做一下比较，就好像我们把戏剧的望远镜不正确的一端拿过来观赏一幅画，虽说它色彩明艳，线条清晰，但看上去又远又小。 不过曲调轻快的音乐饱满真实，充分再现了曲子本身诙谐丰满的音乐特质。 终曲热情豪迈，开始时踟蹰不前，之后却毫无顾忌地奏起了坎坎舞的节拍，于是人们把帽子抛向空中，扬起裙子，扭着膝盖，似乎胜利的欢宴永远也不会结束。 但最终，唱机自动停了下来。 一曲终了。 人们欢呼着鼓起掌来。

人们要求再来一曲，于是如愿以偿。 这时候一个男人的声音从暗沉的盒子里传出来，声音柔和有力，由管弦乐队伴奏。 这是意大利一位著名的男中音歌唱家，声音高亢洪亮，无可匹及，人们再也不能说他的声音又小又遥远了。 可以想象，如果你隔着某个房间，却看不到留声机，你会以为艺术家本人站在那个小客室内，手上拿着乐谱大声歌唱。他用意大利语唱出一曲咏叹调——Eh, U barbiere！ Di qualità, di qualità! Figaro qua, Figaro là, Figaro, Figaro, Figaro!"（意大利语，意为：哎，理发师！好极了，好极了！这里是费加罗，那里是费加罗，费加罗，费加罗，费加罗！）听到他用起了假声，浑厚的嗓音与巧舌如簧的台词对比鲜明，观众不禁捧腹大笑。音乐动听明朗，措辞清楚准确，唱歌过程中呼吸均匀，令人折服。他是无与伦比的音乐大师，是意大利音乐界无可匹敌的出色人物。在他唱到终曲的最后一个音时，终于延长声音，挥起了手臂，他还没唱完，观众便情不自禁爆发出一阵热烈的喊声，激动地鼓起掌来，这一场景叫人难以言表。

接着又放了一张唱片，圆号吹奏出旋律婉转细腻的民歌变奏曲。一个女高音歌唱家用震音和颤音唱出了一曲《茶花女》，声音甜美清新而又精准。另外，一位世界著名的小提琴家拉起了琴弦，调子像极了鲁宾斯坦的浪漫曲，还有钢琴伴奏，声音听起来有些单调，好像古式竖琴奏出的声音。从这只魔盒里流泻出各种各样的声音，有钟声，竖琴的滑音，嘹亮的号角，细密的鼓点。最后放了几张舞曲唱片，是最新进口的各式舞曲，名字叫作探戈，情调极符合海边小酒店里的风格，相比之下，维也纳圆舞曲显得厚重而古朴。这时有两对舞伴跳起了这种时髦的舞步来，贝伦斯从客室内退出来，走向前告诫一句，说这种针头只能插进去一次，整个留声机就像生鸡蛋一样脆弱，让大家多加留意。之后汉斯·卡斯托普接替他的任务，掌管起机器来。

为什么让汉斯·卡斯托普掌管呢？是这样的。顾问大夫离开后，很多人都跃跃欲试，想承担起换针换唱片以及开关电源的任务，但汉斯·卡斯托普泰然自若地表示不同意。"让我来吧。"他无伤大雅地把所有人赶到一边，说道。其余人便都退下来，首先是因为汉斯·卡斯托普摆出一副有很多年经验的样子，其次其他人也并不怎么想主动给大家制造乐趣，倒不如安安稳稳地坐在那儿好好欣赏，只要不觉得厌烦，舒舒服服的就行了。

　　汉斯·卡斯托普却不这么想。顾问大夫向客人们介绍这个新的玩具时，年轻人坐在后面，既没有笑，也没有鼓掌，只是颇有兴致地观察着操作步骤，两只手指抚弄着自己的眉毛，他时常会做出这样的动作来。有好几次他焦躁不安地站起来，甚至走到阅览室里去继续聆听；之后又走近贝伦斯，双手背在后面，脸上是一副高深莫测的表情，眼睛定定地看着那只盒子，观察着怎样简单地进行操作，内心却在喊道："坚持住！这是一个划时代的东西，现在到我手上了！"他心里充斥着一种新的激情，新的魔力，新的热爱。对于这个出生在平原上的青年，这种感觉与第一次看到爱慕的姑娘时被爱神一箭射中并无二致。嫉妒心控制着他。这不是公共财产吗？没有强烈的好奇心，就没有权利，也没有精力占有任何东西吧？"让我来吧。"他从齿间吐出这句话，而其余人对此也很满意。他们伴着他放的几首欢快的曲子跳了一会儿舞，还要叫他再放几张声乐片，或是二重唱唱片，是《霍夫曼的故事》[1]里的《船歌》，听起来非常甜美。当他把盖子盖上，所有人蜂拥而出。一时间，无论是回房休息还是做夜间疗养的客人，都在兴冲冲地谈论着这个新玩意儿。他们都离开了，屋子里的东西都放任自然，放着针头的盒子还开着，唱片到处都是，人们也和它们一样。他装作跟着众人出了屋子，但走到楼梯上时却独自悄然离开，回到客室里，把门关上，在那儿待了半个晚上，忙得团团转。

　　他让自己慢慢熟悉这个新设备，自得其乐地享受这种不被人打扰的研究，翻阅着一沓沓厚厚的唱片集。集子一共有两种开本，每种十二本。许多圆而光滑的黑色唱片两面都刻录了曲子，并不是第二面要延续第一面的内容，而是两面刻了不一样的曲目。因此，要征服这样一个唱片的世界，开始时确实是一个庞大且艰巨的任务，而且让人眼花缭

---

　　[1] 法国作曲家雅克·奥芬巴赫的歌剧作品。

乱，但这依旧是个充满各种美好的可能性的世界。他房里有二三十张唱片，为了把声音调低，不惊扰夜间的宁静，他轻轻地把一种特殊的针头插入磁盘里。但这二三十张只是所有唱片的八分之一不到，还有余下的很多等着他去慢慢品味。今晚不得不满足于将唱片的曲目匆匆翻阅一番，时不时地从中抽一张出来，放出声音。这些硬胶质唱片除了中间的彩色标签外，其余都一样，中央部分或靠近中央的地方无一例外有一个同心圆。正是在这些细微的条纹上，刻录着各式各样可以想得到的音乐以及各个艺术领域的上等佳作。

这些唱片里有很多是序曲或是交响乐中的某个章节，由著名的管弦乐队演奏，指挥家的名字刻在唱片上面。在这些长长的曲目里，有些是著名的钢琴伴奏，有些则是某些艺术家柔和而颇具新意的作品，此外，也有风格古朴的民歌，另外一些曲子则介于两者之间，既是精神艺术的产物，同时也体现了最值得尊敬的人们最深刻的情感和智慧——可以说，这是一种加工过的民歌，这里的"加工"一词并未有损于歌曲创作灵感的智慧性。其中有一首歌，汉斯·卡斯托普童年时便听过，对它一直有种特殊的喜爱，把它与许多事情联系起来。下面我们将会提到这首歌。

此外还有什么唱片，或者简单说，还有什么是这里找不到的呢？歌剧数不胜数。由著名的国际乐团——其中男女都有，在谨慎的管弦乐队伴奏下演唱，充分展现了他们过人的天赋以及训练有素的才能。演奏的曲子有咏叹调、二重奏以及合唱，曲子讲述歌剧历史上各个时期不同地区的风俗。其中有高雅轻快的南国歌剧，有古怪神秘的德国民歌，还有颇具法国特色的气势恢宏的戏剧。就是这些吗？不，远没有。接下来还有一系列的室内乐，有四重奏、三重奏，还有小提琴、大提琴、长笛的独奏曲，以及小提琴伴奏、长笛伴奏以及钢琴独奏曲，更不用说那些轻快的娱乐曲子、"散曲"，以及当下的流行音乐了，它们都由一些小型管弦乐队或其他乐器演奏，放的时候需要用一枚粗糙的针头启动。

汉斯·卡斯托普一个人忙前忙后，把唱片加以筛选和分类，并把一部分放在留声机上，让它们发出声音。他很晚才回房休息，脸上红通通的，与第一晚和皮特·皮佩尔科尔恩一起寻欢作乐的那一次盛大的宴会一样晚。夜里有两到七次梦见这只神秘的盒子。在梦里，他看到唱片绕着转轴旋转，速度快得他几乎看不清，而且悄无声息。它的运动不仅仅是圆周转动，还是一种奇特的滑向侧面的波动，它传向承载着指针的肢臂，并赋予其一种类似呼吸的、有弹性的振荡，这非常有益于再现弦乐器的颤音和滑音。不过无论是睡着，还是醒着，他的耳朵始终充斥着模模糊糊的乐曲声，他始终不明白，为何只需在盒子的空箱内放入头发丝一样纤细的针头，仅仅凭借振膜，就能再现出这样洪亮且悦耳的声音来。

次日清晨，早餐时间还未到，他便早早来到客室内，叉着双手，悠闲地坐下来聆听悠扬的男高音伴着竖琴歌唱，歌名是《我在这崇高的地方环顾四周》。竖琴的声音非常自然，伴奏的声音也没有失真，音量也未有降低，留声机发出浑厚、低沉、感情丰富的声音来，让人惊羡。世界上再也没有比汉斯下一首播放的歌曲更优美的了——这是一首意大利当代歌剧中的二重唱，朴实无华，抒发了男女主角复杂而动人的感情，男主角是世界著名的男高音，唱片集封面时常可以看到他的介绍，女主角是一位身材娇小的女高音歌手，声音清脆且甜美。当他唱起"Da mi il braccio, mia piccina"（意大利语，意为：把手臂给我吧，我的小爱人），她则用朴实甜美而婉转动听的短句作为答复，世界上再没有比这更动人的对唱了。

汉斯·卡斯托普听到身后的门被打开了，他大为吃惊，原来是顾问大夫过来了。大夫穿着白大褂，听诊器放在胸前的衣兜里，他在那儿站了一会儿，手拉着门把手，并向开着音乐的汉斯点点头。汉斯·卡斯托普转过身，也点头致意，随即那位脸颊发青、胡须向一侧翘起的首脑关上门走了。汉斯·卡斯托普转过身来，继续倾听那对看不见的、声音悦耳的爱侣唱歌。

　　自那之后，每当用过午餐及晚餐，前来倾听他播放歌曲的听众一直在变化——如果不把他当作观众，而是当成娱乐的施舍人的话。就他个人而言，他更倾向于人们把他看成娱乐的施舍者。山庄疗养院里的人们对此都表示赞同。汉斯·卡斯托普一开始就负起了看管留声机的责任，客人们都已经默许这点。实际上人们对此不大在意。他们只是对那位男高音歌唱家顶礼膜拜，沉醉于他高亢的声音，歌唱家让自己精湛的技艺以抒情歌的方式从喉间流泻而出。人们尽管尽情宣泄了自己的激情，但他们对机器并没有太过痴狂，因而无论谁看管这台机器，他们都表示同意。汉斯·卡斯托普把唱片归类好，将唱片内容写在封面的内侧，这样一来，找的时候就方便一些，并可以在留声机上播放。很快他就能灵巧熟练地干起这件事来。而其他人呢，他们会把受损的针头插进转盘里，或是将唱片散放在椅子上，耍起各种愚蠢的把戏，滥用留声机。有时候把一张高雅严肃的唱片以最高的速度和音调转动起来，或者把指示针拨到零的位置，这时候留声机会传来歇斯底里的尖叫声或是悠长的呻吟声。他们耍尽了各种玩法。他们固然是病态的，却又过于粗鲁。没过多久，汉斯·卡斯托普干脆把针头和唱片集子锁进一个小柜子，钥匙放进衣兜里，因此谁想用，都需要得到他的准许才行。

　　当晚餐后的聚会结束，人们全部离开了餐厅，这时候是汉斯的最佳时间。他留在客室内，或是出门后又偷偷溜回来，在那儿播放唱片，一直待到大半夜。他不再害怕会惊扰夜晚的宁静，因为距离越远，这悠悠的音乐声也就越来越小，靠近时震耳欲聋，稍远一些，就会像魔术一般变得越来越微弱，最后几乎完全听不到了，这有些怪诞。汉斯·卡斯托普一个人待在四面墙壁之间，房间里只有这只魔法般的、由小提琴木制成的、截短了的小魔盒，这是一只暗黑色的小庙，他坐在两扇小门前，双手交叉着放在腿上，脑袋歪向一边，嘴巴张着，让这悦耳的声音向他流泻而来。

　　他看不见自己所倾听的这些男女歌手，他们在美国、米兰、圣彼得堡，就让他们待在那儿吧！他拥有的是他们最美的部分，他们的声音。他享受这种精致而抽象的东西，这一点弥补了他不能与歌手们直接接触的缺憾，他感受着歌声所带来的官能之乐，尤其当他听到他的德国同胞的歌声时，他感觉自己与他们的距离更近了。他能听出他们的方言和发音，以及作为德国同胞的固有特点。他们的声音能透露出个人的精神特质，他们是否运用个人特色这一点也可以判断出他们的才智等级。如果他们没有运用这一点，汉斯·卡斯托普会非常不悦。当歌手的发音不正确时，他也会紧咬嘴唇；假若某一张常听的唱片刚一播放就发出尖厉的声音来——高难度的女高音尤其如此——他便会如坐针毡。即便如此，他还是忍受下来，因为爱使我们能够容忍。有的时候他弯下身，看着呼呼飞转的机器，好像在一丛丁香花面前弯下身来，一心一意沉浸在这甜蜜的声音里；或是站在开着的盒子前，品味着指挥家挥起手来，让小号声恰到好处地融入乐队歌声里时那种胜利的喜悦。在他的宝库里还有他自己喜爱的片子——有些声乐及器乐唱片，他百听不厌。

　　有一组唱片唱的是某出歌剧的终曲，歌剧十分动人，作者亦是才华横溢，是塞塔布里尼一位伟大的同乡写的。他是南方歌剧的老前辈，受某位东方王侯之托，在上世纪后半叶创作了这出歌剧，以纪念人类某项伟大科技成就的落成，这项成就把世界上各族人民都连在了一起。汉斯·卡斯托普对该剧的情节略知一二，大概了解剧中拉达梅斯、安奈瑞斯、阿伊达 [1] 的悲惨命运，唱片机中播放的这些歌曲，他大多能听懂。无与伦比的男高音，雍容华贵的在变音处如泣如诉的银铃般的女高音——虽然有些词句他尚不理解，但凭着他对剧中情景的理解，以及对人物的同情，大部分都能听懂。每一次他听着这套唱片，一种熟悉

_____

　　[1] 歌剧《阿伊达》中的人物，该剧为意大利作曲家威尔第的作品。

的同胞之情油然而生，他慢慢迷恋上了这部剧终由。

开始时是拉达梅斯与安奈瑞斯对唱，公主下令将俘虏带上来，她爱这个俘虏，为了一己之爱把他救了出来，虽然他为了一个异教徒的女奴而放弃一切——说到底是放弃了祖国和荣誉。虽然他坚持声明在灵魂深处荣誉依然存在，未受玷污。但由于他罪孽深重，即便在内心深处荣誉并未受损，已然无济于事，因为他已经被宗教法庭判了刑，而宗教法庭对人性弱点是不为所动的，如果他不在最后一刻放弃女奴，投入皇室的怀抱——这时候女歌唱家开始如泣如诉地唱起变音——法庭将会对其进行处决。女歌唱家的声音高昂伤感，犹如自己对那个男人的感情。安奈瑞斯满怀热情地同那位声音低沉流畅却带着盲目的迷恋的男高音周旋，他唱的只是"白费心思"以及"我不能"。而她却在苦苦哀求他放弃女奴，因为他已性命攸关。"我不能"……"再听我说一遍，放弃她"……"不要诡辩了，白费心思"——于是誓死不从的执拗以及热烈的爱情交织成一曲强有力而又凄美的二重唱，但无论如何还是没有任何希望。于是宗教法庭开始了令人心惊胆战的审问仪式，安奈瑞斯感到一阵绝望；他们的声音好似从地府里传上来的，而不幸的拉达梅斯却一句话也不回答。

"拉达梅斯，拉达梅斯。"主教严正地唱道，并一一指出他的叛国罪行。

"辩护吧。"全体神父以合唱要求道。

主教指出他不吭一声，于是全体神父开诚布公要求将其治罪。

"拉达梅斯，拉达梅斯，"主教再次唱道，"开战之前你就离开了军队。"

又一次合唱："辩护吧。"

"主啊，他沉默不语。"带有偏见的主教再次声明，接着众神父再次一致同意要求治以重罪。

"拉达梅斯，拉达梅斯，"那冷冰冰的声音第三次传来，"你已背叛了对祖国、对荣誉以及对国王的誓言！"——"辩护吧！"合唱又响起了。终于，在拉达梅斯依旧不发一言之后，合唱团第三次唱起来："治以重罪！"

结局已经无法挽回——合唱团宣判拉达梅斯已成罪人，他的命运将无法改变，他应当像一名叛国者那样死去，并在愤怒的神殿下被活埋。

安奈瑞斯听到宗教法庭的宣判之后是多么愤怒，自然可以想象，因为唱片到这里就放完了。汉斯·卡斯托普换了一张唱片，动作纯熟，眼睛垂着。当他重新坐下来听时，已经是情景剧的最后一场，这是拉达梅斯和阿伊达在地牢里最后的二重唱，而他们上面的神殿里，残暴而狂热的神父们正在做祭礼，他们伸开双臂，口中念念有词，嗡嗡作响。

"Tu-in questa tomba（意大利语，意为：你在这个地牢里）？"拉达梅斯用感人至深的、甜蜜的，同时又带有英雄气魄的声音唱道，语气中混杂着狂喜和恐惧。是的，她找到了通往他的路。他为了这个心爱的人，放弃了生命和荣耀，她则在这里等着他，与他共同赴死。两人的对唱被上面低沉的祭礼声打断，或是与其交织在一起，这样的声音让这位深夜独自倾听的年轻人震撼不已，既因为当时的情景，也因为这凄美的旋律。两个人的对唱犹如天国的声音，但这歌声本身就来自天国，听起来是那么甜美。这是拉达梅斯和阿伊达的独唱和二重唱形成的一条绵长的旋律线，简单而高亢，引人入胜，从主音弹到第五音，升高第八音之前的一个半音，让声音停留，之后又回到第五音上来——汉斯从未听过如此高亢、叫人欣喜若狂的声音。但若不是他对剧中情景略知梗概，让他沉醉于由此产生的甜美的音乐，他也不会迷恋这样的嗓音。阿伊达竟然找到了通往被判决的拉达梅斯的路，与他共生死，这真的太凄美了！被判处的罪人反对他牺牲宝贵的生命，这是有道理的，但他那温柔而绝望的"No，no，troppo sei bella（意大利语，意为：不，不，你太美了）！"包含着他最后与她相聚时的狂喜，他一度以为再也无缘相见。可以想象，对于拉达梅斯的狂喜和感激，汉斯·卡斯托普也深有同感。说到底，当他坐在那儿，双手交合，看着百叶窗黑色的木条，他所感受的、理解的、享受的是音乐，是艺术，是人类精神这种胜利的理想，是在现实的丑恶及恐怖上面掩饰着的高洁且不容反驳的美。理性地看，这里发生了什么呢？两个被活埋的人，他们的肺部充满了沼气，他们一块儿在这里——或者更恐怖的，一个接一个——在饥饿的痛苦中毙命，之后经历一种无法描述的腐坏过程，最后留下两副骸骨，究竟是一副还是两副，他们已经毫无知觉，而且无动于衷。这就是事情真实且客观的一面——是事实的一个方面，而事情本身的状态却截然不同，理想主义是不包含这一点的，音乐和美已经让其黯然失色。在剧中情景里，对拉达梅斯和阿伊达来说，上面这点是不存在的。他们的声音由合唱转为幸福的第八音的延长音，他们彼此相信天国之门已经打开，永恒之光在这双如饥似渴的眼睛面前倾泻下来。这种美化的慰藉力量让这位倾听者感觉颇好，因此他很是喜爱这个节目。

为了从这种恐惧和沉醉中摆脱出来，他放起了另一张唱片，它非常简单，却依旧有一股让人着迷的力量；相比第一张，这一张唱片要宁静许多，是一首田园诗，优雅动听，风格简约婉转，是用最新的艺术手法创作出来的。这是一首管弦乐作品，运用了纯正的法国器乐手法，也是一首交响乐前奏，从现代角度看，所用乐器不多，但创作者颇具匠心，让人听了之后恍若置身梦中。

汉斯·卡斯托普做的是这样一个梦——他仰躺在繁花似锦、阳光明媚的草地上，头枕着一块小丘，跷起二郎腿——但在他面前的是两条山羊的腿。他的手轻触一支小小的木笛，他只是为了一时解闷，因为这片草地太过落寞。他把木笛放在嘴边，这是一种芦苇管或是单簧管一样的东西，从里面流出悠扬的声音，流畅婉转，让人心情明朗。无忧无虑的笛声飘向湛蓝的天空，天空下面是高耸入云的梣树和白桦树，树叶在阳光下闪闪发光。然而他那轻悠悠的、恍若梦境的、优美动听的笛声不再是草地上唯一的乐章。草地上面高高地回荡着昆虫在暖和空气里的嗡嗡声，阳光本身，轻风，摇曳的树枝，以及那闪闪发亮的树叶——宁静的盛夏夜晚所有的这些震动，都为他那变幻不定且叫人惊叹的笛声伴奏起来。有时，伴奏慢慢远去，直至消失。山羊腿的汉斯依旧在吹着木笛，他那纯朴而单调的笛声将自然界五彩缤纷、一片和谐的魅力吸引过来，最后，在短暂的中止过后，大自然甜美的嗓音伴了进来。之后，越来越多、越来越高的器乐声迅速加了进来，一个接着一个，本来单调的声音变得愈加丰富，而声音也达到了前所未有的完美时刻，让人沉浸其中。年轻的农牧神在夏日的草地上心情十分愉悦。这里没有"辩护吧"，没有挣扎，没有宗教法庭对某个背叛祖国和忘却名誉的罪人进行的审判。这是一种忘我的、无忧无虑的境界，是一种忘记了时间的返璞归真。这是一种没有邪念的"放荡不羁"，是对否定西方世界行为主义的盲目追捧的神化。这张唱片里流露出来的是一种平和舒缓的气氛，使得我们这位昼伏夜出的音乐爱好者很是珍爱。

他开始放第三张，或者说，是包含很多张的一组，总共有三四张，男高音的咏叹调几乎就占去了一整张黑色胶质唱片。这也是一出法国歌剧——汉斯·卡斯托普对该剧非常熟悉，时常反复播放倾听。过去某一次，他还曾引用里面的情节做过隐喻。歌剧开场时是第二场，在西班牙一个小酒馆内，是一种老旧的摩尔人建筑，宽敞的天花板看上去像谷仓的地板。这时候卡门的声音传过来，有些唐突，却又柔和，带着一丝富有感染力的民俗特质，她说自己要在警长面前跳一支舞，于是便传来了地毯摩擦的嘎嘎声。与此同时，从远处传来刺耳的喇叭声，这是军营的号角，那位小个子警长不由得跳了起来。"等一下，停！"他大叫道，耳朵像一匹马那样竖起来。"怎么啦？这是怎么回事？"卡门问。他说道："您没听到吗？"刺入他心灵深处的声音她竟然听不到，他对此震惊不已。"卡门，是撤退的信号！"守备部队正在命令集合。"归队的时间到了。"他用戏剧性的口气说道。但吉卜赛女郎不能理解他的意思，也丝毫不想理解。于是她愚蠢又傲慢地说，她不需要响板，因为天空给他们放着伴舞的音乐，啦啦啦啦！于是他晕头转向起来。他失望不已，想要弄清楚她究竟是怎么回事，世界上任何一种情爱都不能违抗这一召唤。但她又怎会懂得这种绝对性和根本性的问题呢？"我得走了，军令在召唤我归队！"他高声说道，因为对方并不理解而感到非常失望，心头更加沉重起来。

　　现在听听卡门的话！她暴跳如雷。她的声音里满是被背叛的被伤害的爱——或者说声音听起来正是如此。"归队？军号？"那她的心呢？她那充满信仰和爱意的心是多么脆弱，没错，她承认这点，她的心是那么脆弱，她原本不就是想同他唱一首歌，跳一支舞吗？于是她愤怒地把手弯成弧形，在唇边模仿军号声吹起来："塔兰塔拉！"好了，这足以让那个傻瓜迫不及待地赶回军队去。很好，由他去吧，让他走吧！这里有头盔、军刀和吊架——让他走吧，走吧，走吧，回到军营里去！他请求对方原谅。但她还是对他大加嘲讽一番，并模仿他听到军号时慌张的样子。塔兰塔拉！军号声！哦，上帝！他也许已经太迟！让他走吧。让他离开，因为号角已经响起，他像个傻瓜一样，在她要求共舞一曲时，他就要逃走。这一次，他对她的爱意原来如此之轻。

　　他痛苦不堪。她不能理解，也不想理解，这个女人，这个吉卜赛女郎，她丝毫不想理解——在盛怒下，她的谴责超越了时间和个人因素，是对西班牙军号或者说法国号角召唤她的小士兵归队的憎恨和原始的敌意。她最深处的、与生俱来的、超越了个人的野心想获得凯旋。因此她用了这样一个极其简单的方法——她说，如果他走，那么就是不爱她——到此处，何塞再也听不下去了。他恳求她让他说几句话。她没同意。之后他只能强迫她——这是一个极其严重的时刻。管弦乐队奏出了沉郁的音乐，这是一段悲伤又黑暗的乐曲，汉斯·卡斯托普知道这一段贯穿了整个歌剧，一直到全剧高潮处为止，同时也是下一段士兵咏叹调的开始，士兵咏叹调刻在下一张唱片上。于是汉斯把第二张唱片放了进去。

　　"我把它珍藏于心。"——何塞唱得美极了！汉斯·卡斯托普把这张唱片放了一遍又一遍，全神贯注地听着。就内容而言，它离咏叹调有些远，却把情感发挥得淋漓尽致。年轻的士兵唱起了卡门在两人初识时怎样送了他一束花，那个时候他便陷入情网。他坦白道："有时候我只怪我不该遇见你，我费尽心力想要忘记，却又无能为力"——但下一秒他又为自己的亵渎后悔不已，跪在上帝面前请求再次见她一面。这时又奏起了与之前他说"去见你，卡门"时一样高昂的音乐来，这时，管弦乐器又发出迷人的乐声，描画着士兵内心深处的痛苦、憧憬、落寞的柔情以及甜蜜的绝望——这时候，她站在他面前，摄人心魄，他准确无误地感觉到自己完了，永远迷失了——唱"完了"一词时，第一个音节上有一个啜泣的全音——永远完蛋了。"你让我欣喜若狂。"他绝望地唱道，这时候又响起了管弦乐队的伴奏，从基音提高了两个音，然后又回到了热切的第五音上。"卡门，我的心已经属于你。"他满心柔情同时又单调乏味、多此一举地重复道，音节提高到第六音，他继续说："我的生命，我的灵魂已经属于你"——之后声音下降十个音，满腹激情地说："卡门，我爱你！"他颤抖而痛苦地延长着不断变化的和音，直到"你"字与上述的音节合二为一。

"对，是啊，没错。"汉斯·卡斯托普悲伤而满足地说道，把终曲放进去——到这里，人们都在为年轻的何塞庆祝，因为与军官谈判之后，退路已被截断，如今他只能离开军队，就像之前卡门让他大吃一惊地提出的那样。

> 我们来到宁静的高山上，
> 一同生活，无忧无虑。

他们一起合唱，歌词听得清清楚楚：

> 世界任我们遨游，

> 穿越那片土地那片海洋，
>
> 你我欢乐无边，无牵无挂，
>
> 自由又自在！

"是啊，是啊。"他再次说着，一边换上了第四张唱片。这是一张非常珍贵的唱片。

又是一张法国唱片，也是一张富有军队风味的片子，这不是我们的过错，也无须指责。这是一段小插曲，一段独奏，是古诺的歌剧《浮士德》中的一段"祈祷"。这是一位情感丰富的歌手，剧中名字为瓦伦汀，不过汉斯·卡斯托普却用另一个名字称呼他。这个名字更加熟悉，也更易唤起他的悲伤。当魔盒发出声音，汉斯把那个人与剧中歌手融合起来，尽管后者的嗓音比他好了很多，这是温暖而强有力的男中音。歌曲分为三个部分——第一部分包括两个与终曲紧密相连的段落，前两段诗节富有宗教气息，差不多保持了新教赞美诗的风格，中间的一节则雄赳赳气昂昂，好战而轻快，但也是虔诚的，基调是法国式的军队风格。看不见的歌手唱道：

> 如今我只能离开，
>
> 离开我那亲爱的祖国。

他一边唱，一边转向上帝，恳求在他征战期间保护他那亲爱的妹妹。他就要上战场去了。这时候旋律改变，变得轻快活泼，一扫先前的悲伤基调！他，那个看不见的歌手，渴望征战沙场，在战争最炽烈、最危险的时候奋力杀敌——以英勇的、无畏的、法国风格的方式与敌人作战。他又唱道，如果上帝把他召唤至天国，他会在那边照顾"你"——这里指他的妹妹。但汉斯·卡斯托普内心非常震动，这种情绪一直持续到洪亮的伴奏声响起——

噢，天国之神，请听听我的祈祷，

让马格丽特在您的卫护之下！

　　唱片放完了。我们一直就这几张唱片进行讲述，是因为汉斯·卡斯托普对此极其偏爱，也因为它们在过后某些极其奇怪的场合扮演着特殊的角色，因此不得不加以赘述。现在我们谈谈汉斯极其珍视的第五张唱片，也就是最后一张。这一张不再是法国歌剧，而是典型的、富有特色的德国歌曲，这首歌既是民谣，也是经典作品。它兼有两者之长，因而意义重大，是人们的一种精神寄托。我们为何要拐弯抹角呢？原来是舒伯特的《菩提树》，唱的不外乎是古老的"门前有一口井"。

　　男高音在钢琴伴奏下唱了起来。年轻的歌手是一位优雅而富有品位的人，他知道怎样运用纯熟的技艺以及细腻的音乐感觉来诠释纯朴而意味深长的音乐主题。我们都知道，儿歌和流行的民歌唱起来与高雅的歌曲大不一样。它们都比较简单，一段段直接唱出来；但在原来的艺术歌曲里，八行诗节的第二行转为短调，之后在第五行诗节里又以优美的效果转为长调，在下一节"刺骨的风"以及"暴风雨来临"的部分，旋律被戏剧性地处理了；直到第三诗节的最后四行方才重复，就这样来来回回地直至结束。真正压倒性的转折出现了三次，转调在后半部分，而第三次则出现在最后半节"开始时以及后来很多时候"的重复上。那优美动人的转调，我们现在还不敢妄自评判，转调落在短句"多么动人的话儿""恍若在召唤我"以及"曾经在我心中"上。每一次男高音用清亮动人的声音唱起来，他运用出色的呼吸技巧，声音中还带着啜泣，因而显得更加悲伤和凄美，汉斯听后受到出乎意料的震动。在唱到"我在这里找到慰藉"和"这儿一片祥和宁静"这两行诗节时，歌手知道怎样用头音提高效果。但在重复最后一行"你在这里找到宁静"时，当他唱到"你在"这一节，第一次洪亮而感怀，第二次才唱出柔情的笛声来。

歌曲的话题就到此为止。可以说，对汉斯·卡斯托普在夜间音乐节目挑选的唱片，我们已经做了详细的介绍，使读者对汉斯这种狂热的情绪有所了解。但说到最后的这一张，也就是古老的《菩提树》对于汉斯·卡斯托普的意义，就不能轻举妄动了。它需要描述细腻、抓住重点，如果没有成功，反而会坏了兴致，倒不如不说罢了。

我们姑且这样说——一种精神，它之所以重要，是因为它超过了自己，已经成为一种更为广大的事物的表达者和拥护者，是整个感情与情绪世界的代表，而这个世界或多或少在那里找到了完完整整的映射，它的重要程度便由此来衡量。不仅如此，对这种事物的爱本身就是有意义的，它体现了珍视这一作品的爱好者的性格，表明了自己与那个广阔的世界的关系，而它本身却不知不觉地与这样的世界同生死，共存亡。

难道我们认为，这位淳朴的主人公在经历了这么多年的密封式教育，饱经沧桑后，已经明白他的喜爱以及喜爱之物的重要性了吗？我们认为，并且表示，他确实明白了。于他来说，歌曲意味着整个世界，他爱着这个世界，否则他就不会如此沉迷于它的代表物和象征物了。我们不妨多说一句——或许这有些消极——如果他的性情并不那么容易受到感情的影响，如果歌曲没有深刻而神秘地以普遍性的方式表现出这么大的魅力，也许他的命运就会是另外一个样子。但事实是，恰恰是这样的命运，才使得他饱经风霜，经历各种冒险，增长了见识，学会审视自己的内心，让自己变得更为成熟，能对这个世界、这幅精美绝伦的图像以及这份喜爱进行深刻的批判。他甚至能把这三者作为内心怀疑的对象！

只有对情爱一窍不通的人才会认为这样的怀疑有损情爱。恰恰相反，怀疑为情爱增添了调味剂。这种怀疑让爱多了几分热烈，因而也可以把情爱定义为疑神疑鬼的爱。然而，对于汉斯·卡斯托普所偏爱的美妙的歌曲以及整个世界来说，他的自我审查和怀疑究竟去了哪里？而歌曲背后的世界是怎样的，他的良知似乎把它定义成禁止情爱的世界？

这就是死亡。

这是彻彻底底显而易见的疯狂！一首多么动人的歌曲！一部不可多得的杰作，从内心最深刻、最圣洁的地方发出来，一个珍贵的宝藏，是真挚的化身，它原本体现了情爱。多么卑鄙的自说自话！

对，哦，对！没错。每个人都能说出一番道理。但即便如此，在这个美妙动人的艺术创作背后是死亡。它与死亡有某些联系，人们或许会爱这些联系，不过对这种爱并非没有知觉，没有内心的审查意识，并且在这种情爱里允许某种不合法的成分。也许在它的原始形态上，并未与死亡有亲切联系，或许富于民众性，充满了生活情趣，但是精神上的亲切性无非就是死亡的亲切性。乍一看，这叫人羞愧难当，它十分虔诚，这是无可争议的，但最后是个悲惨的结局。

他怎么想的呢？他不会让你们中的任何一个人知道——悲惨的结局。荒诞的、黑暗角落里的、厌世的、受酷刑般的想法，身着西班牙黑服以及硬浆领，是情欲，但不是情爱——这是目光纯洁的情爱的结局！

汉斯·卡斯托普明白，他对塞塔布里尼先生并没有绝对的信任。他还记得，那位有见识的导师在开始他的密闭式教育时，某一次曾训导过汉斯，谈到"精神回归"一事，也就是"回归"到某个更加黑暗的时代。或许正好可以将这一点应用到当前的处境来。塞塔布里尼把这种回归称为"疾病"，这种世界观本身以及倒退回去的精神时代，从他这位教育者的角度来看似乎是病态的。即便如此，那又如何呢？汉斯·卡斯托普喜爱的那些歌曲，对这些歌曲所赋予的感情，难道都是病态的？根本不是这么回事。那是世界上最明智、最朴实的东西。然而，这是一个果实，它在这个瞬间是健康的，是绚烂的，却极易腐烂，需要在正确的时候享受，如果错过了这一时机，就会给人们腐烂和堕落。这是生命之果，生自死亡，又招致死亡。这是灵魂的一种奇迹，在没有良知的美面前，或许是至高无上的，但是那些尽职尽责地进行自我审查的热爱生命的人，却会有理有据、怀着不信任的眼光加以看待，这是良心在受到最后判决时的自我征服。

是的，自我征服——这或许是这种情爱的实质，这个恶果的魔术般的性质。汉斯·卡斯托普夜里独自坐在那个音乐盒面前，他的思想，或者说他语言性的冥想飞向高空，飞得比他的思想还高，这些是被炼金术提高过的思想。啊，灵魂的魔力！我们都是它的孩子，能在这世界上干成一番大事业，只需我们虔诚地尽心尽力。一个人无须有太大的才华，只需要更多才能；他不需要有比《菩提树》的作者更多的才华，便可以成为这样一个具有灵魂魔力的艺术家，赋予这首歌广阔无边的内容，让世界为它折服。可以在它的基础上成立王国，现世的、过于现世的王国，坚固不摧，不停进步，却一点儿也不怀旧——在这里，这首歌却堕落为电子留声机放出来的音乐。但是那位信心满满的孩子，或许就是那个在自我征服时消耗着生命，死时口中还念着"情爱"这个新颖词语却不知道如何表达的人。啊，多么值得为它去死啊，这一首多么迷人的歌曲！但他不会因此而死，实际上再也不会为它去死。因为他已经为新的东西而死，已经心里喃喃念着"爱"与"未来"这些新词而死去了，他成了一个英雄。

那么，这些便是汉斯·卡斯托普最心爱的唱片了。

疑云重重

　　这几年里，艾德兴·克罗科夫斯基大夫的演讲课题发生了出乎意料的转变。原本的课题是精神分析和人们的梦境，说起来有些地下的墓穴一般的阴沉感，但如今，它们却在人们几乎无法察觉到的时候悄悄地变成了大胆的超自然课题，每两周在客厅做一次演讲，这是疗养院吸引人的地方，也是章程中引以为傲的内容。演讲者拖长了音调，带着外国口音，穿着黑色礼服和凉鞋，站在一张铺着桌布的小桌后，面前一动不动地坐着山庄疗养院里全神贯注倾听的观众。演讲的主题不再是伪装的爱情以及将疾病转为有意识的情感，而是催眠术和梦游的特殊现象，以及心灵感应、"真梦"及第二视觉现象，另外还有歇斯底里的奇迹。通过他的详细解释，哲学视野大大开阔了，听众的眼睛中突然闪现出迷惑不解的光彩来，想要对问题进行研究，如物质与精神的关系等，是的，甚至想要了解生活的谜底本身。对于这些问题，相比健康的途径，倒不如通过神秘的甚至是病态的途径来解决或许更轻巧些。

　　我们说这些，是因为我们有责任让那些轻率的人感到羞愧难当，他们扬言，克罗科夫斯基大夫只是担心演讲会陷入无可救药的单调，才转而讲起一些神神秘秘的，即以纯粹的感情为目的的东西。他们说一些中伤的话，这种话无论在哪儿都可以听到。确实，周一的演讲会上，绅士们的耳朵比以往竖得更加卖力，莱维小姐坐得更像是一座装有动力机制的蜡像。但这些结果与头脑精明的绅士们心中所想的一样，都是合情合理的，他们可以申明这样的结果不仅是合理的，而且甚至是必然的。他研究的领域非常广，涉及人类心灵的阴暗面，人们通常称之为潜意识，或者其实称为超意识更好一些，因为从这些领域里有时候会衍生出一种超出所有意识智慧的知识，并且推断出个人心灵最神秘、最见不得光的部分与全能的灵魂之间存在着联系。潜意识的领域，根据这个词的意思来说是玄妙的，不久在其狭义方面也显示出其本身是玄妙的，并且形成了那些流泻出我们称为玄幻的现象的源泉之一。但这并非全部。但凡谁把机体疾病的特征看作被禁止的、歇斯底里的且有意识的精神活动的结果，谁就承认精神在物质世界的创造力——不得不承认这是魔法现象的第二个源泉。关于病理学的唯心主义者——且不说病理学的唯心主义者，在他本人思路刚开展不久，就面对了生存的问题，也就是说精神与物质之间的关系这一问题。唯物主义者，也就是单纯的现实力量的哲学之子，从不认为精神是物质闪着磷光的产物，而唯心主义者从创造的歇斯底里的原理出发，倾向于——而且很快便得到解决——用恰好相反的意义来回答两者谁更优先的问题。总而言之，他们争论的无非一个古已有之的问题——究竟是先有鸡还是先有蛋。这一争论不休的问题因下面两点而显得异常复杂：母鸡假若不下蛋，那么任何鸡蛋都是无法想象的；但又没有一只母鸡不是从一只假定的蛋里爬出来的。

没错，这些便是克罗科夫斯基大夫演讲的内容。他有条不紊地、合乎逻辑地、合情合理地阐释这些东西，对此我们无须多加强调。但需多说一句的是，早在艾伦·布兰德到来之前，他的演讲便已经进入经验性和实验性的阶段了。

谁是艾伦·布兰德呢？我们几乎忘了读者们还不认识她，尽管我们熟悉这个名字。她是谁？第一眼没有人能认出她来。这是个可爱的小姑娘，年方十九，是个有着亚麻色头发的丹麦人，并非哥本哈根人，而是来自菲英岛[1]上的欧登塞，她父亲在那儿经营一家黄油公司。她本人也已经工作两三年了，右臂戴着袖套，坐在那儿看着一本厚厚的书。她是某省级银行某城市分行的职员——她的体温已经升高了。她的病情很轻，或者只是疑似得病，虽然艾利[2]确实是个娇弱的姑娘，十分娇弱，且患有贫血——非常惹人怜爱，让人不由自主想要把手放在她那长着亚麻色头发的脑袋上摸一摸。每当顾问大夫在餐厅里同她说话时，就常常这么做。她有北方姑娘那种让人眼前一亮的纯净感，纯洁无瑕，身上散发出一种天真无邪的感觉，非常可爱，还有一双水汪汪圆溜溜的蓝眼睛，像孩子一般，声音尖细而温柔，说起德语时音调很高，并不大顺畅，发音有一些明显的小错误。至于她本人的性格特征，倒是没什么特别的。她下巴有些短。她与克莱费尔特同桌而餐，后者待她如母。

就是这个名叫布兰德的小姑娘，这个可爱的小艾利，这个温和的、骑着自行车的丹麦女郎，这个银行柜台小姐，现在患了病，乍一看，很难会有人相信在这个纯洁无瑕的姑娘身上会有些什么疾病。可是她上山几周后，便引起了院方的注意，而弄清她的病情，则成了克罗科夫斯基大夫的责任。

这个满腹学识的男人第一次找到蛛丝马迹还是在某个平常的晚间聚会。那时候大家正在玩着猜测的游戏，把某些物品藏起来，根据钢琴的提示音去寻找，离得近一些，钢琴声音便大一些，而假若找的方向是错误的，声音则低下来。游戏者们站在门外，一直等到别人决定让他执行哪一项任务，比如，把两个指定的人的戒指互换过来；邀请某个人共舞，舞前鞠躬三次以表邀请；把某本指定的书从书架上拿下来，并一一展示给众人；诸如此类。应当指出的是，这类游戏之前在疗养院的客人们之间一直没有人玩，究竟是谁提出开始的，没有人知道。但

[1] 丹麦岛屿。

[2] 艾伦的昵称。

可以确定的是，自从艾利来了之后，大家才开始玩这个游戏。

参与者们几乎都是我们的老相识，汉斯·卡斯托普也在其中。他们在游戏中能力有好有坏——有些人甚至是一窍不通。但艾利的才能让人震惊不已，或者说极度出色，非同小可。她找寻隐藏物品的能力叫人咋舌，人们掌声连连，笑声中满是钦佩之情。但每到玩起一整套动作的游戏时，他们简直目瞪口呆。无论人们怎么要求，她毫不犹豫，脸上温柔地笑着，也无须借助音乐的指示，一进屋便能一气呵成地完成整套动作。进门后，她把在餐厅里抓的一把盐撒在帕拉范特律师的脑袋上，用手拉着他，把他带到钢琴边，叫他用食指弹奏《苗圃小曲》的前奏，之后再把他带回座位上，拉过一把小凳子，让他在自己的脚边坐下来。人们绞尽脑汁想出来的一整套动作，她竟然分毫不差地完成了。

她在偷听吧。

她的脸红了。看到她羞愧难当，人们松了一口气，于是异口同声指责起来，但她声明脸红并非因为窃听。她没有听，或者说不是在外面听到的，也不是在门口，事实上，她真的没有窃听！

不是在外面，也不是在门口？

"噢，没有。"——她请求大伙原谅。她是在走进房里后，在房里才听到的，她不由自主。

怎会不由自主？

有什么声音在向她低语，她说。那个声音告诉她应该怎样做，声音非常轻柔，却清晰明显。

她固然是坦白了。从某种意义上来说，她意识到自己确实是坦白了，但她也欺骗了大家。既然她能悄悄听到声音，就早该告诉大家她不宜做这个游戏。如果她比其他竞争者多了某种超然的优势，那么游戏便毫无意义了。艾伦很快就被取消了游戏资格，但取消资格的理由仅仅是因为这件事让大家毛骨悚然起来。在某个人的提议下，他们叫来了克罗科夫斯基大夫，有人跑去叫他，他来了。他很快就明白发生了什么事，他站在那儿，身体非常壮实，脸上露出会心的微笑，信心满满的样子。人们气喘吁吁地把这件异常的事告诉他，说这里有一位无所不知的女郎，她能听到别人无法知晓的声音。是吗，就这样吗？他让众人冷静下来，看着便是。她天生就有此优势，当其他人脚步跟跟跄跄的时候，她却能平平稳稳地走过去。他问了些问题，众人答之。哎，她来了——过来，我的孩子，他们告诉我的是真的吗？他像其他人忍不住要做的那样，把手放在她的脑袋上。对这件事他有足够理由产生兴趣，但丝毫不用大惊小怪。他用那双棕色的异国的眼睛看着艾伦·布兰德的蓝眼睛，他的手温柔地抚摸着她，从头越过肩膀，一直到手臂。她回敬他的目光，眼神越来越温顺，脑袋缓缓垂下来，垂向肩膀和胸前。她的眼睛开始变得呆滞起来，这时候那位大师用手在她面前往外一甩，做了一个漫不经心的动作。之后他表示一切已处理妥当，并让这些惊恐不安的人回屋疗养，只是把艾伦·布兰德留了下来，表示想跟她随便聊一聊。

聊一聊。正是这样。但无论谁听到这样的话都会感到不安，这是愉快的伙伴克罗科夫斯基大夫常用的话，每个人听后都不寒而栗，汉斯·卡斯托普也是如此。当他悠闲地坐在躺椅上，依旧能记得当听到艾利非凡的成就，还有她自责的辩解时心里的感觉，好像天旋地转般，有些恶心，有一种晕船感。他从未经历过地震，但他告诉自己，这就像在地震一样，且不论天赋异禀的艾伦·布兰德在他心中引起的好奇。没错，这种好奇心夹杂着这样一个认知——这一领域在精神上是难以捉摸的，并且在他看来，这种怀疑也是没有结果的，且是有罪的。但这依旧是一种好奇心。和别人一样，汉斯·卡斯托普在生命中对自然以及超自然的神秘之事也曾有所耳闻。他曾听说过一个千里眼神婆的故事，听过关于她的一些叫人悲伤的传闻。即便如此，他从未近距离地接触过超自然的世界，尽管从理论上以及客观方面来说，他相信这是存在的，不过汉斯从未亲身体验过。他对这样的体验抱有反感态度，从情趣上反感，审美上也反感，是人类骄傲的一种反感——如果我们可以用这些夸张的字眼儿与我们这位朴实的主人公联系起来——这种反感几乎与他心中的好奇心一样大。他预先感受到，清清楚楚地感受到这样的体验，这样一个过程，无非了无生趣的并不明智的，而且从人道方面来讲也是毫无价值的，但他迫不及待地想要体验一下。他明白，"毫无结果的"以及"有罪的"作为一种选择来说，糟糕透顶，事实上根本算不了一种选择，这两者是紧密相连的，而精神上的无望，只是一种被禁止的道德以外的形式。然而"placet experiri"这一想法在汉斯·卡斯托普的心里早已根深蒂固，这一想法是一个极力谴责在这一领域里体验的人灌输给他的。渐渐地，他的道德心和好奇心互相靠近，合二为一，或许一直以来都是合二为一的；年轻人怀着自我修行的旅途中的那种纯粹的好奇心，它几乎把这个年轻人带到了一个被禁止的领域。他品尝那位人物的神秘性时，便已经离禁区不远了。此外，由于好奇心在这一领域出现时并不加以回避，可以说它还具有某种好战的特质。汉斯·卡斯托普最终决定严阵以待，不主动出击，如果艾伦·布兰德的事今后不再有其他发展的话。

克罗科夫斯基大夫颁布了一项严格的禁令，禁止任何人对布兰德小姐的特殊天赋再做其他的试探。他对那个孩子做了封闭式的科学实验，坐在地下密室里进行分析，并对她加以催眠，想尽办法唤醒并探测她沉睡的心思，深入了解她过去的生活。黑米尔内·克莱费尔特，这个像母亲般关爱照管她的女人，也做着同样的工作，因此对情况略知一二，尽管她保证守口如瓶，但还是在要求别人不要声张的情况下把信息透露了出去。因此，这些事情传遍了整个疗养院，即便是门房也了解到了。就比如她知道，在玩游戏时在她耳边把信息轻声透露给她的那个人，或者那个东西。他叫霍尔格。他是一个年轻小伙子身上游离出来的透明的灵体，与艾伦相熟，类似于她的保护神。因此在帕拉范特律师前额上撒一把盐，再弹奏一曲的步骤是他告诉她的了？没错，他的嘴唇贴近她的耳朵，告诉她应当如何去做，那么温存，让她感到发痒，使得她微笑起来。在学校里做不出功课时，会有他告诉她答案，这应当是一件很美的事吧？对此艾利不发一言，过后她说，霍尔格应该不会让她这么做的，他也不应掺和到这一严肃的事情里来，或许他自己也不知道应当如何解答。

不仅如此，艾伦从小便可以看到幻象，虽然每次间隔的时间非常长。有的看得见，有的则是无形的。那么什么叫无形的幻象呢？比如说，在她十六岁那年，某日她独自坐在父母房子的起居室里，在一张圆桌上忙着针线活，父亲那条叫弗莱娅的狗卧在离她不远处的地毯上。桌上围着一块披巾式的土耳其桌布，这是一条老妇们披在肩膀上的三角巾一样的东西。桌布对角地铺在桌上，末端垂下来。突然间，艾伦看到她身旁的桌布慢慢卷了起来，动作悄无声息，十分小心，同时又非常均匀。布块很大，因此卷成了长长的一卷；这事发生的当儿，弗莱娅突然狂躁地惊跳起来，前脚伸起，毛发直竖，后脚支撑着身体。它一边哀号，一边窜进隔壁的房间，然后蹲在沙发底下。之后整整一年，它再也没有进过那间起居室。

克莱费尔特小姐问，卷起那条桌布的是不是霍尔格？小布兰德表示她不知道。那么对这件事，小布兰德怎么看？但这是一件全然不可思议的事情，因此小艾利对此也压根儿没有什么看法。她跟父母说过吗？没有。这倒是有些奇怪。虽然这件事有些奇怪，但她明显地感觉到，在这件事以及类似的事情里面，她必须守口如瓶，愧疚地深藏心底。她对这件事非常在乎吗？没有，不是很在意。桌布卷起来又有什么奇怪的？不过还有另外一些事情，这里就举一些例子：

　　一年之前，她在父母位于欧登塞的家中。那是一个清冷的早晨，她起来了，随后习惯性地离开房间，来到一楼的餐室内，想在父母就餐前把咖啡煮好。她几乎已经要走到楼梯拐角的平台处，这时候她看到那儿站着结婚后住在美国的姐姐索菲。那正是她，她的血肉之躯，穿着一身白衣，奇怪的是，她的头上围着一圈睡莲编成的湿润的花环，双手交叉放在肩膀上，向妹妹点点头。艾伦定定地站在那儿，喜忧参半地大叫道："索菲，是你吗？"索菲再一次点点头，然后消融了。只看到她慢慢变得透明起来，像热腾腾的空气般，最后便消失不见了。这样艾伦就可以从楼梯那儿走过去了。后来艾伦得知，就在那个时候，住在新泽西的姐姐索菲因心脏病去世了。

当克莱费尔特小姐跟汉斯·卡斯托普讲述这些事时，汉斯表示这些事情里面倒是有几分道理——这儿出现幽灵，那儿有人死亡——总而言之，这两件事情是可以联系起来的。最后，他们决定背着克罗科夫斯基颇有嫉妒意味的禁令，同艾伦·布兰德在屋里召开一次唯心论会议，玩儿一下"移动玻璃杯"的游戏。汉斯也同意参加。

选定的只是一个小圈子的人，他们聚在克莱费尔特小姐的房内。除了东道主、布兰德小姐、汉斯·卡斯托普之外，还有斯特尔夫人、莱维小姐、阿尔宾先生、捷克人文策尔以及丁福博士。晚上，时钟刚刚敲过十点，他们便悄悄聚在一起，一边查看着黑米尔内提供的道具，一边窃窃私语。房里有一张中等大小的圆桌，上面并未铺有桌布，放在屋子中间，上面有一只倒置的酒杯，杯底朝向空中。在桌子边缘，每隔一定的距离就放着一只骨牌，总共有二十六个，每一个上面都用墨水笔写了一个字母。克莱费尔特小姐为大家端上茶水，众人一致道谢。虽然这是一次单纯的游戏，但斯特尔夫人和莱维小姐还是感到脚底发冷，胆战心惊。等喝完茶，神清气爽之后，他们便围着桌子坐下来。克莱费尔特小姐为了顺应游戏的氛围，把屋顶的灯关上，打开一盏罩着粉红色灯罩的桌灯，桌灯发出昏暗的玫瑰色光芒。人们轻轻地把右手手指放在玻璃杯上，这是原先预计好的方案，他们等着杯子动起来。

这很容易。 桌面本身就极为光滑，杯子边缘也非常圆滑，放在杯子上的手指又微微颤抖，因而无论力度多轻，力的分布必定不均，有的垂直施压，有的则侧向一边，最后都会使它离开原先的中间位置。 它会撞击到周围写有字母的筹码上，这些字母合在一起，形成某个含有特殊意义的词语，由此产生某种复杂的、不洁的现象，这是人们有意识或半意识，抑或是无意识的元素混杂所引起的；这是真切的欲望以及某些方面的压力造成的，不管他们是否意识到，或者是否愿意承认。 其间还有灵魂阴暗面的动力，这是导致表面奇异的事情的隐秘的力量，每个人或多或少都会参与其中，当然，小艾利的这种力量是最为强大的。这些东西他们事先就已经知道，汉斯·卡斯托普在别人坐着等待时甚至脱口而出这一类的话来。 女士们脚底发冷，心惊胆寒，男士们则强作镇定地坐着，他们知道夜间集合，无非要拿自己的天性做某种见不得人的事情，到某个恐怖的不熟悉的领域里去探测自己，等着幻想或是半真实的，我们称之为魔幻的东西出现。 这只是差不多装装样子罢了，他们想通过玻璃的移动召唤魂灵，叫游离出来的灵体同他们说说话。 阿尔宾先生自愿担任游戏的代表人，一旦魂灵出现，他可以对付——因为他过去曾参与过唯心论的会议。

二十几分钟过去了。 悄悄话已经有些枯竭，第一阵紧张状态松弛下来。 他们开始用右臂支撑起左臂来，捷克人文策尔甚至打起瞌睡来。艾伦·布兰德把手指轻轻放在杯子上，睁着那双纯净无瑕如孩子般的眼睛，目光越过旁边的东西，看着桌上玫瑰色的灯光。

突然间，玻璃杯向一侧倒下，敲到桌面上，从他们的手底下滑开，他们的手再也无法控制杯子。 它滑到桌子边缘，沿着边沿处滑了一段距离，之后倾斜着回到桌子中间附近，这时候它又跳了一下，之后便再也不动了。

所有人都震惊不已，虽然有些欣喜，却也有些担忧。 斯特尔夫人呜咽着说想停止游戏，他们却表示她早就应当这么说，而现在只需保持安静就行。事情看来有所发展。他们商定，玻璃杯在回答"是"或"否"时无须移动到筹码那边，只需跳一下或两下即可。

"神灵在吗？"阿尔宾一脸严肃，抬起头望向上面。犹豫了片刻，玻璃杯跳了一下，表示肯定。

"你叫什么名字？"阿尔宾的口气近乎粗暴，说时摇头晃脑，以此加重自己的力度。

玻璃杯动了起来。它果断地在筹码间走来走去，呈锯齿形，在回程时与桌子中央始终空出一段距离。它走到写着 H、O 及 L 的筹码边，似乎精疲力竭，之后却又振作起来，继续走到 G 和 E 处，再之后是 R。就像人们想的一样，就是霍尔格本人，就是幽灵霍尔格，他知道撒一把盐这一类的事，但对学校的功课却不插手。他就在这儿，在空气中游走，在这个小圈子的人们的脑袋上方游走。他们应该让他做点什么呢？众人都没有头绪。他们悄悄商议起来，应该向他问点什么呢？阿尔宾先生决定问问他以前是做什么的，因此，又像之前那次一样，皱着眉头，一脸严肃地问了起来，看上去好像在审讯一般。

玻璃杯沉默了一会儿，之后跌跌撞撞地走到 D 的面前，再沿着曲线返回，走到 I 处。真叫人捉摸不透，丁福博士咻咻地笑起来，说霍尔格过去肯定是个小偷。斯特尔夫人开始歇斯底里地大笑起来，玻璃杯显得有些愤怒，但并没有因此停下，继续滑向 C，滑向 H，碰到 T，最后在 R 停了下来，不再继续。不过，在拼写"诗人[1]"的过程中，它明显漏掉了一个字母。

见鬼，霍尔格居然是一位诗人？玻璃杯又动起来，骄矜地表示肯定。一位抒情诗人？克莱费尔特小姐问道。汉斯·卡斯托普无意间听到她把"抒情"一词拖长了。霍尔格不大情愿，因此也未作回答。这一次他只是快速地动起来，毫不犹豫地拼完了"诗人"一词，同时不忘

---

[1] 原词为 dichter，霍尔格在第一次拼写时漏掉了 "e"。

把先前落下的"E"补上。

好，原来是一个诗人。把现实与内心未知区域的流露结合起来是一件不容易的事，那是他们主观意识的体现，但这种意识带有幻象，还带有半现实的状态，因此它又有了某些客观的、现实的性质。霍尔格对现在的这种处境是否满意，他感到自在吗？玻璃杯神思恍惚地动来动去，拼出了"处之泰然"这个词。啊，处之泰然。这是一个人们未曾想过的词，但当玻璃杯拼出来后，大家却都觉得这个词用得恰到好处。那么霍尔格这种处之泰然的状态已经持续了多久？这一次的答案依旧出乎意料，玻璃杯再次有些恍惚地选出了那个词：弹指间。很好。这是用腹语说出来的超越尘世的诗的词。尤其是汉斯·卡斯托普，认为这个词用得非常精准。"弹指间"是霍尔格的时间单元，他当然会用箴言式的词汇予以回答，而且很可能已经忘了怎样使用尘世的语言以及确切的度量单位。莱维小姐很是好奇他长相如何，或者说，过去的长相如何，诸如此类的问题。他曾经是一个漂亮的年轻人吧？阿尔宾让她自己去问，因为他认为这种问题有损他的尊严。因此她便问起他是否有一头金色的头发。

"漂亮，棕色，棕色的卷发。"玻璃杯认真地把"棕色"一词拼了两次。人们一阵惊喜，女士们公然表示了对他的爱慕，她们朝着天花板抛出了飞吻。丁福博士哧哧笑起来，说霍尔格先生可真是个爱慕虚荣的人。

啊，这一下玻璃杯勃然大怒了！他疯狂地在桌面上乱转，漫无目的，满心怒火，最后倒了下去，掉到斯特尔夫人的腿上，吓得她张开双臂，眼睛朝下，惊恐地看着它。人们歉疚地把它送回原处，并连声责怪那个中国人。他怎敢说出这种话来呢——难道他看不出，他的鲁莽已经造成了多么严重的结果？如果玻璃杯怒气冲冲，再也不肯说一个词可怎么办！他们对玻璃瓶说了很多恭维的话。霍尔格可否为他们献诗几首？在他游移到"弹指间"之前他可说过他是一位诗人啊。哎，他们多么渴望他能作几首诗！他们会诚心喜欢的！

这时候，好心的玻璃杯答应了，表示愿意。从它跳动的姿势来看，它心情已好，谅解了他们。接着霍尔格便作起诗来，一刻不停，内容丰富而现实，丝毫没有停下来的意思，天知道这首诗多长。看上去他似乎永远也不会停下来了。这是一首多么惊心动魄的诗啊！这首默写出来的诗，让小圈子里的人们赞叹不绝——写的是一望无际的海，以及海边梦幻般的景象——沙丘起伏的海岛上，海湾蜿蜒崎岖，宁静的海岸线像一条狭长的束带，还有那高耸的沙丘。啊，远处淡绿色的眩晕隐去，消亡在永恒中。在那宽广的迷雾面纱下，泛着沉闷的胭脂红和奶白色的光芒，夏日太阳西沉。谁也无法描述如镜子般的水面，银色变幻莫测，数不清道不明，时明时暗。乳白色的月光般的颜色慢慢流泻开——多么神秘啊，那梦幻般的景象悄悄退去了。海已沉睡，夕阳最后一抹余晖未尽。直至夜深，天色渐暗，暮光鬼魅，在松林中泛出惨淡的光芒，沙滩显出一片雪样的白色。树林在冬季般的夜光里沉默，猫头鹰振翅而飞，沙沙作响。让我们在这儿待一会儿！脚下的沙子多么柔软，夜晚又是如此壮丽而温暖！大海在下面慢慢呼吸，在梦里喃喃地倾诉着冗长的故事。你还想看到海吗？那就走到那淡黄的冰川一样的沙丘上去，爬上柔软的沙土，让冷风吹进鞋子里。沙地陡峭地倾斜而下，伸入灌木丛生的林子里，一直到乱石累累的海滨，远处即将消失的地平线，闪现着最后的余晖。在这儿的沙地上躺下吧！它冷入骨髓，丝滑如绸如粉。沙子从手里滑下来，像窄窄的溪流，没有颜色，在身旁形成一个小小的沙丘。你可知道，这细腻的流泻？那是如细流般悄无声息的沙漏，是隐士茅棚里庄严而脆弱的玩物。一本翻开的书，一个颅壳，在细长的双层玻璃架子上，放着小小的沙漏，时间在这里变为永恒，它让人不安，却又如此庄严而神秘……

幽灵霍尔格就这样即兴赋起诗来。他文思泉涌，从熟悉的海边一直写到隐士的茅屋和他神秘的沉思默想。不仅如此，里面还有大胆而神游一般的词汇，既富有人性，又富有神性。小圈子里的人把词拼出来的时候，感到迷惑不解，甚至还来不及喝彩，玻璃杯沿着弯弯曲曲的路线快速地来回游移，拼出一个又一个词语。玻璃杯转得很快，一个小时过去了，依旧丝毫看不出要结束的样子。接着玻璃杯又不厌其烦地说起了出生的阵痛以及与情人的初吻来，说起王冠的痛苦以及上帝父亲般的慈爱，还深入谈到了创作的奥秘，忘情地叙述各个时代、国土以及宇宙空间，甚至还提到了迦勒底人和黄道十二宫。要不是那几位反叛者把手从玻璃杯上移开，对霍尔格大加感谢了一番，告诉他说得已经够多，内容比他们想象的精彩许多，他大概不会停下。可惜没有人将诗记下来，现在难免要忘记了，没错，哎呀，他们忘记了最重要的部分，正因为这首诗复杂而冗长，因此很难记下来，好像梦幻一般——恐怕他要说上一整夜了。下次可要请个速记员把它记下来，看看白纸黑字念起来会如何。不过眼下呢，在霍尔格回到"弹指间"之前，要是愿意再回答几个实际问题就太好了。他们尚未想好要问什么问题，不过现在他是否肯在原则上赏脸答应他们呢？

答案是"愿意"。现在他们却发现了一个大难题——不知道问什么。就像在童话故事中，当小仙女或小精灵提出一个问题，人们唯恐错过机会，却不知该说些什么。世界上有许多东西值得知晓，很多都是有关将来的，然而究竟问什么问题却难以抉择。看上去似乎没人能拿定主意，于是汉斯·卡斯托普把手指放在玻璃杯上，用拳头支着腮帮，说他想知道自己实际还要在这儿待多久，他原本只需要在这儿待三周的。

好吧，既然大家想不出更好的问题，那就让他凭着丰富的知识回答这个随意提出的问题吧。玻璃杯犹豫了一会儿，之后跳了起来。这次跳动的方式十分奇怪，人们都有些摸不着头脑。玻璃杯拼出了一个"走"字，之后又拼出了一个"倾斜"，再之后又是与汉斯·卡斯托普房间相关的词。整体意思似乎叫大家斜着穿过汉斯·卡斯托普的房间，也就是说，穿过三十四号房。这究竟是什么意思？正当他们迷惑不解地坐在那儿摇摇头时，突然传来拳头重重敲门的声音。

所有人都跳了起来。难道是突然袭击？是不是克罗科夫斯基大夫站在门外，准备中断这次被禁止的集会？他们心怀歉疚地抬起头来，等待着暴露信息的人进来。这时候桌面上突然发出一阵响声，好似第一次的敲门声不是来自门外，而是在房间内。

他们责备阿尔宾先生耍这种偷梁换柱的可鄙玩笑，但他严肃地否认，更何况即使他不这样说，屋里也必定没有人会开这样的玩笑。那么，难道是霍尔格？他们看着艾利，她沉默的样子让人不解。她靠在椅背上，手腕垂下，指尖放在桌子边沿，脑袋歪向一侧肩膀，眼睫毛翘起，小嘴儿耷拉着，这让她看上去更小了，显得有些呆傻又羞涩。她那双空洞的、像小孩子般的蓝眼睛毫无表情地盯着前方。他们叫了叫她，但她毫无反应。突然间，桌上的灯也熄灭了。

熄灭了？斯特尔夫人失控地大声尖叫起来，因为她方才听到了开关被关掉的声音。灯光并非自己熄灭，而是被一只手——或者说被一只从远处伸过来的"没见过的"手关掉的。是霍尔格的手吗？先前他一直显得温和谦卑，像诗人一般——现在却已堕落，玩起了滑稽的游戏来。谁知道那只如雷般重重地敲打房门和桌面，并耍无赖般熄灭了桌灯的手，会不会扼住哪个人的喉咙呢？有人要火柴，有人要打火机，莱维小姐大声尖叫，说有人抓住了她前额的头发。斯特尔夫人禁不住大声向上帝祈祷起来："主啊，这一次请求您原谅我吧！"她呻吟着，呜咽着请求上帝悲怜，她已经不要什么正义了，认识到自己触犯了地狱。还是丁福博士有头脑些，当即打开了顶灯，房间顿时一片通明。此时人们一致认为夜灯并非恰巧熄灭，而是被关掉的，只需拧开开关，就可以再次打开。恰在此时，汉斯·卡斯托普暗暗发现了一个特殊情况，他把这当成这股暗黑势力幼稚的反常把戏对他的特殊眷顾。他膝上放着一个轻巧的东西，那是他舅公从外甥的橱柜上取下来看时曾大吃一惊的"纪念物"——是克拉芙迪亚·肖夏的 X 射线相片。非常明确的是，他，汉斯·卡斯托普从未把它带进来过。

他不被人注意地把它放进口袋里。其他人忙着关照艾伦·布兰德，此刻她依旧心神不宁地坐在那儿，眼睛直直地盯着什么地方，脸上怪异地傻笑着。阿尔宾学着克罗科夫斯基大夫的样子，对着她的脸用手朝着上方扫了一下，这时她方才惊醒过来，控制不住地小声哭起来。他们连忙抚摸她，安慰她，吻她的额头，送她回房间去。莱维小姐表示想与斯特尔夫人一起睡，那个女人已经吓得不敢自己上床了。汉斯·卡斯托普因为爱物失而复得，并不反对一同到阿尔宾先生房里喝一杯白兰地再结束这个夜晚。他发现，这件事并未影响到他的情绪，也没有妨碍他的精神，只是胃部神经有些不舒服——这是一种反复性的影响，就像回到陆地几个小时之后还会感到眩晕的晕船症状一样。

他的好奇心得到了满足。霍尔格的诗歌写得不坏，但整个场景带着某种原先就有的空虚和俗气，显得枯燥无味，就让地狱之火闪出的这几许火花自生自灭吧。当他把自己的经历同塞塔布里尼说起时，对方让他自信一些。"这个，"他高声嚷起来，"正是我们缺乏的一切。噢，可怜，可怜！"并且斩钉截铁地断言小艾利是个彻头彻尾的骗子。对此，他的学生不置可否。他耸了耸肩膀，表示事实究竟如何，究竟是真的，还是欺骗，似乎谁也说不准。或许其中的界限是不固定的，或许，两者之间有某些过渡阶段，在自然中又存在着现实的阶段。自然原本就是无言的、不受评价的，无论在什么情况下，这种界限都极为不明显，在他看来，很大程度上是带有道德性质的。在塞塔布里尼先生看来，幻象是现实和梦境的混合物，于我们粗俗的日常思维而言，或许比自然显得陌生。生命的神秘性是没有底的。那么，有时这些幻象在我们这位主人公身上出现，作风又是温和、坦诚、闲散而飘然的，这又有何奇怪的呢。

塞塔布里尼先生对他洗脑了一番，让汉斯的良心暂时有了抵抗力，并且像承诺一样，保证今后再也不会卷入这种可憎的事情中去。"工程师，"他要求道，"您应当尊重自己人性的思想，尊重思想清晰的神赐力量，应当对头脑里这些旁门左道的东西以及精神上乌烟瘴气的事情深恶痛绝。幻象？生命的神秘性？Caro mio（意大利语，意为：我亲爱的）！当用来确定现实与衰败之间的区别的那种道德勇气衰败时，生命也就到了尽头，不管是判断，是创造，还是事物溃烂及道德败坏，都已经无济于事。"他继续说，人是衡量事物的标准。他那认知并区分善与恶、真实与欺骗的权利，是不可剥夺的，谁胆敢让他背弃这一创造性权利，谁就会倒霉，这种人应当在脖颈上拴上一块磨石，让他沉到深海里淹死。

汉斯·卡斯托普点头表示同意。实际上，他有一阵子对这类活动敬而远之。此前，克罗科夫斯基大夫曾邀请艾伦·布兰德到地下的小室做实验，还请了几人一同前去。但汉斯不以为意地婉拒了这次邀请——自然，从与会者和克罗科夫斯基本人口中也听到了实验成功的消息。这次实验像上次在克莱费尔特小姐房里那次一样，也展现出了狂躁而肆无忌惮的力量——墙上及桌面上的敲击声，被关掉的桌灯。克罗科夫斯基大夫用催眠技巧让小艾利沉睡之后，系统地、尽量保持真实地对这些现象加以记录和调查。他们发现如果放一些音乐，这件事做起来会更容易。因此这几个夜晚，留声机便被移到了地下室。看管留声机的是捷克人文策尔，他并非对音乐一窍不通，不会损坏或滥用机器，因此汉斯·卡斯托普把留声机交给他也算安心。文策尔选了一些合适的唱片集，有轻音乐、舞曲、小序曲，诸如此类。小艾利表明不需要更高级的音乐，因此这些唱片已经足够。

汉斯·卡斯托普获悉，在音乐伴奏下，一块手帕腾空而起，自己——或者说被一只隐形的手折叠起来。大夫的废纸篓升到了天花板上，钟摆在没有人触碰的时候自己停下来，之后又开始走动，桌上的一只铃被拿开后又响了起来——尽是这一类乱七八糟而毫无意义的现象。他们那位学识渊博的大师喜不自胜地给这些现象冠以一个希腊词语，该词既富有科学性，又叫人印象深刻。在演讲会及私人谈话中，他表示这些都是遥传动力现象，也就是说从远处感应，他把这一现象归类为科学上被称为物质化的现象范畴内，对于艾伦·布兰德的计划和试验也正是朝着这个方向进行的。

他谈到了生物心理潜意识预测深入客观现实的现象，他认为这是一种梦游状态，一边把中间结构转化为来源，因而可以说这是一种被客观化的梦境。自然的某些有关意念的特质，或者说力量，在一定条件下与思想产生关联，把物质拉向自己，让事物在现实中暂时展现出来。物质从中间结构中流出来，在外表上形成生物的活生生的终端器官。这些器官及代理物质完成了微不足道却让人惊奇不已的动作，这些也正是人们在克罗科夫斯基大夫的实验室里见证过的。在特定条件下，这些代理器官可以触碰，也能看得见，甚至可以用蜡和石膏把它定型下来，但有的时候却无法实现。特定条件下，人类的脑袋、脸、整个身体都会在实验者的眼前显示出来，在一定的限定范围内同他们接触。到这里，克罗科夫斯基大夫的理论开始有了神学意味，并且有些含糊不清，就像他在讲述爱的性质时那样，话中带有变幻不定、模棱两可的性质。他的谈话不再是灵媒和她被动的助手所反映出的客观的、纯粹的镜像内容。在游戏中，至少有些时候混杂着一半客观、一半超验的成分。它关乎——如果不愿意承认，那么至少可能——非生命的东西，关乎其昙花一现的存在以及神秘而短暂地回归到物质状态，并在召唤者面前显现出来的一种现象——简而言之，是召唤逝者的一种还魂术。

克罗科夫斯基与同伴们一起研究的便是这些现象。他最近投身于这项研究，脸上带着有些逢迎的笑，坚定不移地鼓励他们增强信心，而他自己则孜孜不倦地为这份叫人怀疑和诟病的工作忙碌着。对这群新接触这个领域的惴惴不安而胆小怕事的人来说，他是当之无愧的领导者。他不遗余力地引发艾伦·布兰德的特殊力量，汉斯·卡斯托普得知，他的努力卓有成效。圈子里的几人感到有一双真实的手在触碰他们。帕拉范特律师曾感到脸上挨了结结实实的一耳光，并且为这一科学发现而沾沾自喜，甚至还把另一边脸颊转了过去——即便他是一位绅士，一名法官，一名决斗组的资深会员。但如果这个耳光出自一个真人之手，那又是另一回事了。菲尔戈，这个逆来顺受的人，这个一向与高深的思想无缘的人，某天晚上感受到自己的手被幽灵的一只手握住了，根据触觉，他感到这是一只完整结实的手。手握得有礼有节，但又莫名其妙地抽走了。过了很长一段时间，大概是两个半月，在一周两次的聚会上出现了一只有血有肉的手，这是一只年轻男人的手，它伸向桌面，在罩着红纸的台灯下有些发红；大家看得清清楚楚，这只手在一只装满面粉的陶瓷盆里留下了手印。过了八天，克罗科夫斯基的工作队，包括阿尔宾先生、斯特尔夫人、马格纳斯夫妇，惴惴不安又欣喜若狂地来到汉斯·卡斯托普的阳台上。那时，汉斯正坐在半夜冰冷入骨的阳台上打盹儿。他们七嘴八舌地告诉他，他们见到了艾利的霍尔格——他在小灵媒的肩膀旁现出了脑袋部分，真真切切有一头"漂亮，棕色，棕色的卷发"。他温柔而悲伤地笑了笑，便消失了，简直叫人难以忘怀。

汉斯·卡斯托普发现他的温柔忧伤的特点与那些恶作剧，那些顽皮的粗鄙的玩笑，比如在帕拉范特以及后面几人脸上打的耳光，丝毫不相符。显然，人们不能要求他的行事风格前后连贯。也许他的性格就像儿歌里唱的那个驼背的小矮人一样，可怜地一心只想恶作剧。但霍尔格的爱慕者们倒并没想那么多，他们要做的只是说服汉斯·卡斯托普改变这个主意——没错，现在一切都那么井井有条，下一次集会他一定要出席。艾利在神游其外的时候似乎答应过，能把诸位要求的任意一位逝者的亡灵召唤回来。

任意一位逝者？汉斯·卡斯托普依旧不情愿出席。但"任意一位逝者的亡灵"几个字一直盘踞在他心头，因此，接下来的三天他便改变了主意。准确地说，用不了三天，实际只是几分钟而已，他便决定参加。 一天晚上，音乐室内空无一人，他又把自己喜爱的那张印着瓦伦汀作品的唱片放进唱机内。 他坐在那儿，听着英勇的战士奔赴战场时做的祈祷：

> 如果上帝把我带走，
> 我会看着你，保护你，
> 噢，玛格丽特！

汉斯·卡斯托普像往常一样，听到这首歌就精神振奋起来，这一次让他更加激动起来，内心深处有某种渴望。 他暗想："即便没有结果，即便是有罪的，也还是一件奇妙的美好的冒险行为！ 他，据我对他的了解，对这件事应该不会太在意的。"他想起有一次在 X 射线实验室里，他问约阿希姆可否看一看他的 X 射线片，在黑暗的实验室内，汉斯只听到他不以为意地回答"当然，没问题"。

次日早晨，他宣布参加下一次的晚间集会。 正餐过后一小时，他跟着那群已经熟悉了这种神秘的生活，正无忧无虑谈天说地的人一同走下地下室。 他们都是一些老成员，是这个圈子的元老，或者至少一直坚守着这个小组织，比如捷克人文策尔、丁福博士、菲尔戈和维泽尔、帕拉范特律师，女士们则有克莱费尔特和莱维，此外，还有那次到他阳台上来报告见到霍尔格脑袋一事的那些人。 当然，还有灵媒艾伦·布兰德。

当汉斯·卡斯托普走进那个挂着名片的房门时，那个北方的姑娘已经在大夫的照管之下。 大夫穿着一件黑色外衣，手臂慈爱地揽着她的肩膀，站在通往地下室的石阶脚下，欢迎前来的宾客，她也在一旁表示欢迎。 大家互相问候了一番，喜气洋洋，一片欢腾。 看来，大家都想抱着平常心开会，不必太过拘谨和严肃。 他们大声地、兴致勃勃地谈着话，互相击着对方的肋骨，表示自己轻松自在。 克罗科夫斯基大夫带着暖心而令人信赖的笑，一口黄牙在胡须间闪着光芒。每一个人到场后，他都会重复一遍"欢——迎"，见到汉斯·卡斯托普的时候尤其热情。汉斯不发一言，脸上有些犹疑不决。"鼓起勇气来，朋友！"克罗科夫斯基大夫一边说，一边用力而热情，甚至有些粗暴地握了握年轻人的手，"这里不需要垂头丧气的人，不需要伪君子，也不需要装模作样，只要像男子汉一样高高兴兴地投入研究工作。"但这场哑剧并未让眼下的汉斯·卡斯托普感到更舒心一些。他只是回忆起了 X 射线室内的情形，想以此缓解气氛，但这些思绪与他目前的处境毫不搭边。他甚至还想起了多年前，他与几位同学一起去圣保利的某家妓院时的情形，那时候他醉醺醺的，他记起了那种奇特而难以忘怀的感觉——它掺杂着紧张、自豪、好奇、反感还有惊惧。

所有人都到场了，克罗科夫斯基大夫选了两个人退到隔壁房里去监视灵媒的身体状况，那一晚选的是马格纳斯太太和皮肤白如象牙的莱维。汉斯·卡斯托普和其余九人留在诊室内，静待精密而富有科学性的分析结果——但这种科学分析一般是得不出什么结果的。汉斯对这间房间非常熟悉，他以前常背着约阿希姆到这里来同那位心理分析师谈话。房里有一张写字桌，一把带有扶手的椅子，左边还有一张为病人准备的安乐椅，放在靠窗的那边；另外，还有一个放有参考书籍的书架，摆在门的左右两边；远处右手边的角落里是一把贵妃椅，上面铺着一块油布，其间有一块屏风把它与桌椅隔开来。大夫放有医疗器械的玻璃橱柜也安置在角落里，另外一角则放有希波克拉蒂 [1] 的半身像，在右边放置壁炉的地方，则挂着伦勃朗 [2] 的版画《解剖课》。与其他千千万万的诊室一样，这是一间极为普通的诊室。屋子中间放着一张红木桌，正对着顶上的枝形吊灯，地面的很大一部分铺着红色的地毯，一直到左手

---

[1] 古希腊著名医师，西方医学奠基人，被尊称为"医学之父"。

[2] 荷兰画家，画作体裁广泛，被称作欧洲 17 世纪最伟大的画家之一。

边的墙壁，也就是版画下方。另外，还有一张小一些的桌子，盖有桌布，上面放着一只盖了红灯罩的台灯，不远的地方便是壁炉，壁炉烧着火，正发出干燥的热气。桌子上还有另一只台灯，除了罩着红灯罩外，外面还盖着一层黑色的薄纱。桌上放着两只引人注目的铃铛，样式不同，一只是手摇的，一只需要按住，桌上还有一只装有面粉的碟子和一只纸篮。小桌周围放着大概十二张形状各异的椅子，围着桌子呈半圆形摆放，一端是贵妃椅的椅脚，另一端则靠近房间中央，上面是顶灯。留声机正好放在最后一张桌子的近旁，离房门大概有一半的距离，轻音乐唱片集放在一旁的椅子上。这便是房间的布局。红色桌灯还未亮起，顶灯发出亮光，房间被照得如同白昼，写字台上方的窗子上挂着一块黑布，前面还悬着奶油色的网状窗帘。

十分钟后，大夫带着三位女士回来了。艾利的装扮变了，不再是惯常的衣着，而是一件有白色褶皱的长夜服，腰部用一根带子系住，修长的手臂裸露在外面。衣服下面，她那少女的胸部显得柔软而又无拘无束，很显然她穿得有些单薄。

他们欢呼起来："嗨，艾利！看上去真美啊！一个完美的仙女！太美了，我的天使！"听了人们对衣服的夸赞，她只是嫣然一笑，她知道这套衣服很合身。"初步检查，没有问题。"克罗科夫斯基宣布道，"那么开始干吧，同志们。"他继续道。汉斯·卡斯托普对他的这种说话方式极为反感。其余人都在欢呼着，尖叫着，互相拍着肩膀。汉斯正打算跟他们围着椅子坐下，这时候大夫朝他转过身来。

"我的朋友，"他说道，"您是客人，或许在我们中间算是新人，因此，我今晚想给您一个特殊而光荣的任务。我请您担任灵媒的监视人。我们的行动是这样的……"说着，他把年轻人引到圈子另一端，也就是临近贵妃椅和屏风处，艾利已经坐在一把普通的藤椅上。他自己在她面前一张同样的椅子上坐下来，握着她的双手，并紧紧地把她的双膝夹在自己的膝盖间。"就这样。"他说着，把位置让给汉斯·卡斯托普，汉斯在同样的地方坐下来。"您肯定会发现，监视是完美的。我们也会给予您协助。克莱费尔特小姐，我可以请您帮忙吗？"于是富有异国情调的女人有礼有节地过来并坐下，双手分别握着艾利娇嫩的手腕。

汉斯·卡斯托普不由得望向这个目不转睛看着他的年轻而神奇的少女的脸。他们对视着，但艾利的眼神转向一旁，自然而然地盯着自己的膝部。她不自然地笑了笑，嘴角微微翘起，脑袋歪向一边，就像当初用玻璃杯降神一样。汉斯·卡斯托普看到她这副样子，想起来当初卡伦·卡尔施泰特同表兄弟二人站在达沃斯村墓园里的墓地旁时，脸上也曾浮现出这样的笑容。

人们围成一圈坐下来。他们总共是十三个人，捷克人文策尔不算在内，他要照看留声机，因此在机器准备就绪后，便抱着一把吉他蹲在一圈人的后面。克罗科夫斯基大夫把两盏罩着红灯罩的灯都熄灭，再把中央的那盏灯也熄掉后，便在枝形吊灯下面的椅子上坐了下来。屋内一片漆黑，柔和的红光弥漫在屋子里，角落及远处一片模糊，只有小小的桌面上和它周围还罩着淡淡的玫瑰红的灯光。几分钟后，就连旁边的人也看不见了，人们让眼睛慢慢适应这片黑暗，也明白如何利用现有的灯光——壁炉架上起舞的火花也为这个屋子增添了一丝光亮。

大夫表示，昏暗的灯光只是科学研究需要，他们千万不要以为这是故意或是特意布置神话场景。非常遗憾，眼下不能有太多的光亮。他们要研究的那种力具有这样一种性质——无法在强光下进行，否则就不可能达到预期的效果。这是先决条件，大家目前只得遵照执行。汉斯·卡斯托普对此倒是十分满意。他偏爱这种黑暗的环境，它冲淡了这种情景的怪异。这时候，他回忆起他们在 X 射线室内振作精神观看荧幕的时候，还"擦了擦眼睛"，以便"观看"。

克罗科夫斯基大夫继续说下去——显然这些话是特意说给汉斯·卡斯托普听的——现在，灵媒已经不需要进行催眠了。她自己已经陷入催眠状态，一旦她开始沉睡，就由她的守护神霍尔格用她的声音说话，人们不应再同她说话，而是应当同霍尔格说话。此外，如果人们一定要把所有心思和希望寄托在预期的效果上，那也是错误的，会导致失败的结果。相反，人们应当稍微分散注意力，聊聊天，这样更好。汉斯·卡斯托普要特别留心，保护好灵媒的四肢。

"大家手拉手。"克罗科夫斯基大夫最后说道。由于在黑暗中看不见别人的手，因此他们一边做一边大笑起来。丁福博士坐在黑米尔内·克莱费尔特旁边，右手搭在她的肩膀上，而左手则搭着他后面的维泽尔先生的肩，再过去便是马格纳斯夫妇，接着是菲尔戈，如果汉斯·卡斯托普没记错的话，他右边的手搭着肌肤白如象牙的莱维——不再赘述。"放音乐吧！"大夫下令道，坐他后面的近旁的那位捷克人开起了唱机，把针头插进唱片里。"谈话！"当留声机响起米勒克[1]的一首序曲的前奏时，他们顺从地谈起话来，内容极为空洞，谈起冬天的雪，晚餐的最后一道菜，某位新来的病人，以及某人擅自或因其他原因离院，等等——他们就这样打发着时间，一半的声音都淹没在音乐里，时断时续。就这样过去了几分钟。

音乐还未停止，艾利便剧烈地战栗起来。她浑身发抖，重重地喘着气，上身前倾，额头碰上了汉斯·卡斯托普的额头，一边用手臂紧紧攥着汉斯的手，开始做起一种奇特的前后抽气动作来。

"她被催眠了。"克莱费尔特小姐说。音乐停下了，人们的谈话声也停了下来。在突如其来的沉默中，他们听到大夫拖长的男中音："霍尔格在吗？"艾利再次抖动起来，她坐在椅子上晃动着身体。这时候汉斯·卡斯托普感到一双手紧促而坚实地攥住了他。

"她攥紧了我的手。"他向众人说道。

"是他。"大夫纠正他，"他攥着您的手。他在这儿。欢——迎，霍尔格。"他装模作样地说，"欢迎你，我们的朋友和伙伴，热烈欢迎，热

---

[1] 奥地利作曲家。

烈欢——迎你的到来。 请记住一件事——上次你跟我们在一起时，"他继续说着，汉斯·卡斯托普注意到大夫没有用"您"这一尊称——"你保证过让我们这些俗世的眼睛能看到死去的人，不管是男是女，名字则由我们当中的人给出。 你愿意吗？ 你觉得可以完成自己承诺的事吗？"

艾利再次颤抖起来。 她叹了口气，浑身发抖，没有说出答案来。接着她缓缓抬起手，或者说抬起保护神的手，放在前额上稍停片刻，之后凑近汉斯·卡斯托普，在他耳边低语道："是。"

一股热气直接吹进他耳内，让他的皮肤为之战栗，民间称之为鸡皮疙瘩，关于它的性质，顾问大夫曾经给他解释过。 我们谈起这一现象，是为了辨别心理及纯物理反应之间的不同。 现在已经谈不上恐怖，我们的主人公想的应该是："嗯，她肯定是自不量力！"同时他又忽而感受到一阵同情和震惊，这种震惊是由某种叫人困惑的景象产生的，也就是这个握着他的手的年轻的生物，方才在他耳边吐出了一个"是"字。

"他说'是'。"他跟众人说，同时有些不好意思。

"很好，霍尔格。"克罗科夫斯基大夫说，"我们相信你的话，你一定会守信的。 逝去的人很快就能与你通话了。 伙伴们，"他转向众人，"说吧，就现在！ 谁怀着一个愿望？ 朋友霍尔格给我看的会是谁呢？"

接着是一阵沉默，每个人都等着别人开口。 几日来，他们一直在考虑应当把谁叫出来，他们知道自己的想法朝着哪个方向。 但召唤亡灵，或者说召唤亡灵的心愿，毕竟是一件棘手的事。 说到底或者坦白说，这种愿望是不存在的，这是一种误解，准确说是不可能的，我们很快就能看到自然是否允许这样的事情发生。 我们为逝者哀恸不已，并不是因为不能召唤他们归来，而是因为这根本是一种奢望。

人们都黯然神伤。 由于这里的问题不是实际的回归，而只是一种戏剧性的活动，在这种活动中，人们只想见一见逝者的脸，而这对活着的人来说则是不可思议的，他们害怕见到思念的那个人，因此每个人都等着其他人来发言。 汉斯·卡斯托普亦是如此，虽然耳边还回响着过去那个好心的人那一声："当然，当然！"却还是退缩了，最后已经决意还是把机会让给别人吧。但沉默的时间太过漫长，汉斯转过头来，向着领导者，带着嘶哑的嗓音说道："我想见见已逝的表哥，约阿希姆·齐姆森。"

所有人都松了一口气。在座所有人除了丁福博士、文策尔以及灵媒外，都认识他说的这个人。其余的人，如菲尔戈、维泽尔、阿尔宾先生、帕拉范特、马格纳斯夫妇、斯特尔夫人、莱维小姐以及克莱费尔特小姐，听到这话都连声叫好，非常高兴。克罗科夫斯基也点头表示满意，尽管因为约阿希姆对精神分析一直不大情愿，所以两人关系较为冷淡。

"很好。"大夫说，"霍尔格，你听到了吗？这个人你未曾听闻过。你在灵界是否认识他，是否愿意把他带到这里来呢？"

大家都等待着。沉睡的人在摇晃、叹息、战栗。她似乎在寻找，在挣扎，身子东倒西歪，一会儿同汉斯·卡斯托普耳语，一会儿又跟克莱费尔特悄声说话，说的什么两人都不明白。最后她紧紧握着他的手，表示"可以"。汉斯便向众人通告，表示他"愿意"——

"那很好。"克罗科夫斯基大夫大声说，"开工吧，霍尔格！放音乐。"

"谈话！"大夫又一次重复了一下指令，并让大家无须太过集中注意力，也不必过于紧张，等待时只需轻松自在、泰然自若便可。

接下来，年轻的主人公生命中最特别的时刻来了。是的，虽然他以后的命运尚未明晰，虽然他命中注定的某一时刻将在我们眼前消失，但我们可以肯定，这将是他最奇特的经历。

过了几个小时——准确说，是两个多小时，包括霍尔格工作中断，或者说少女艾利工作中断的这段短暂的时间在内——这项工作艰难而冗长，大家开始灰心丧气起来。此外，出于纯粹的同情心，他们想叫艾利放弃，只因这份工作无情而艰巨，并非她孱弱的力量所能承担。我们男人倘若不想推卸做人的想法，从某种情况出发，会感到这种可怜的境地无法忍受。我们会荒谬地迸出一声反抗的"够了，就这样！"但这不够，不会也不可能就够了，就这样一直到结束。读者明白，我们谈的是丈夫和父亲，以及分娩的情况。事实上，艾利的境况便是如此，这是没有错的，即便那些未经历过的人也能分辨得出，甚至是我们年轻的汉斯·卡斯托普也能明白。他没有规避生活，因此看到眼前的样子，也联想到有机体的神秘分娩过程。这是怎样的一副姿态啊！又是为了什么目的啊！在怎样的境况下才会看到在这个红灯照射下的卧室里这幅不堪的景象！依旧保持着少女身的产妇，裸露着玉臂，穿了一件轻飘飘的睡袍。另一方面，留声机还在不断地放着毫无意义的音乐，人们按照指令围成一圈，不停地谈着话，一边在为那个挣扎中的女人打气："嗨，霍尔格！鼓起勇气来，伙计！就要好了，坚持，快要来了，就这样！"我们绝不排除"丈夫"的身份和处境——如果我们把这个提出愿望的年轻人视为丈夫——他坐在那儿，双腿夹着"母亲"的膝盖，把她的双手握在手里，这双手就像过去小莱拉的手一样光滑，因此他不得不一次次抓牢，以免从他手里滑出去。

　　一圈人身后的壁炉正熊熊燃烧着，发出热气。神秘而庄严吧？不，在这片红色的灯光里，只留一片喧嚣和粗俗，人们的眼睛已经适应下来，已经能够清晰地看到整个房间内的情况。音乐和叫声就像救世军信仰复兴运动的方式，也让汉斯·卡斯托普想起了狂热的信徒举行的庆典，尽管他从未参加过。这种庆典并不带有怪诞神秘的意味，只会叫人感到庄严肃穆，不会与神神鬼鬼联系起来，而是一种自然的有机的意味——因为两者有着某种亲密的关系，这一点我们上文已经提到。艾利休息了一会儿后，又挣扎着起来了，无力地侧靠在椅子上，显出一种无法达到的境界来，克罗科夫斯基把这称为"深度催眠现象"。这会儿她又呻吟起来，身子东摇西摆，对她的监护人推推搡搡，在他们耳边悄声说着一些激动的、毫无关联的话，身子侧着，猛地往一侧歪去，似乎想从身体里吐出什么东西来。她的牙齿咯咯作响，甚至咬住了汉斯·卡斯托普的袖子。

就这样过了一个多小时，领导者发现稍作休息会比较有利。捷克人文策尔为了调节气氛，把留声机关掉，抱着放在一旁的吉他弹了起来。所有人长松一口气，圈子散了。克罗科夫斯基大夫大步走向墙边，打开了顶灯，灯光太亮，人们不禁眨巴起眼睛来。艾利的脸几乎埋到膝盖上，打着盹儿。她正做着一项怪异的活动，其余人似乎已见怪不怪，汉斯·卡斯托普却感觉颇为惊异，便观察了起来。好几分钟，她的手一直在臀部附近甩来甩去，好像把什么东西抽走，又吸回来。这时候她的身子抽搐了几下，醒了过来，她睡眼惺忪地在灯光下眨着眼睛，微笑起来。

她笑得有些不自然，又有些含蓄。事实上，方才大家对她的怜悯似乎是多余的，她看上去好像并未因刚才的工作而精疲力竭，或许她压根儿不记得发生了什么。她在那把为病人们准备的椅子上坐下来，靠着正对窗户的那张写字桌，正好在桌子和贵妃椅的屏风之间。她把椅子转过来，在桌上支着胳膊，看着屋子里。她保持着这个姿势，接受着人们同情的目光，也有人鼓励地朝她点点头，在整个十五分钟的休息期间，她都一言不发。

这次休息颇有成效，看到工作告一段落，人们带着安心的满足感。烟盒咔嚓一声打开了，男人们悠然自得地抽起烟来，三五成群地站在一起讨论着降神会的结果。人们并未对这次集会感到失望，也没有对结果太过悲观。事实表明，这些疑虑毫无必要。那些和克罗科夫斯基大夫一起坐在圈子另一端的人一致表示，感到一股凉飕飕的风拂过，每当那些现象即将出现时，一股冷风便从灵媒的方向吹过来。也有人看到了奇特的东西，是白色的亮点，游移不定的能量结成小球状，时不时出现在屏风上。简言之，不要泄气！既然已经开始，就不要再退缩。霍尔格既然已经做过承诺，他们没有理由怀疑他是否会履行。

克罗科夫斯基大夫示意会议继续。他亲自带着艾利回到那个受难室，让她坐下来，摸了摸她的头发，其余人则围成一个圈子。一切都像之前一样。汉斯·卡斯托普要求解除监视人的职务，被克罗科夫斯基大夫拒绝了。他强调说，他要通过直接的接触，表明整个过程中的任何误导操作都是不能瞒过灵媒的。因此，汉斯·卡斯托普再次坐到这个奇怪的位置上，与艾利面对面，明亮的灯光转而换成了昏沉沉的玫瑰色灯光，音乐又响起来，接着便是来回抽气的动作，这一次由汉斯·卡斯托普宣布她处于"催眠状态"。那不堪的分娩状况再次出现了。

真是一次痛苦的难产！她似乎不想分娩了——怎么分娩？简直疯了！她是怎么怀孕、怎么分娩的？她将会生出什么东西来呢？"救命，救命！"那孩子呻吟道，她似乎就要陷入妇产科大夫称之为子痫的那种危险而又无法医治的痉挛阶段了。她在阵痛间隙叫大夫前去助她一臂之力。他走过去了，对她说了一些鼓励的话。催眠——如果这也算的话——增强了她继续努力的信心。

第二个小时就这样过去了，吉他又弹了起来，留声机又放起了轻音乐，人们的眼睛也再次适应了这片昏暗。接着发生了一个小插曲，是由汉斯·卡斯托普引起的。

他提出一个刺激性意见，一个愿望，这个想法原先便在他心底徘徊，也许在此之前早该提出来的。艾利已经躺下，两手覆在脸上，进入深度催眠状态。文策尔先生方才正想换一张唱片，或是给唱片翻另一面，这时候我们的朋友却要提出自己的想法，说出自己的建议。一个建议固然不要紧，但或许——可能——有些用处。他有几张唱片——房间里唱片堆积如山，上面有几首从古诺的《浮士德》及瓦伦汀的《祈祷》里摘出的歌曲，都是管弦乐伴奏的男中音唱段，非常吸引人。他，这位发言者，认为他们或许可以一试。

"为什么单单要这张唱片？"大夫在一片黑暗中问道。

"这关乎气氛和感情的问题。"年轻人回答。那张唱片的氛围极为特别，别具一格——他建议他们试一试。这张唱片的气氛或许能缩短工作时间，这虽只是一种可能性，倒也并非就不存在。

"唱片在这里吗？"大夫询问。

不在，但汉斯·卡斯托普可以即刻取来。

"您想什么呢？"克罗科夫斯基马上否定了这一想法。什么？汉斯·卡斯托普以为想走就能走，之后再回来继续被他中断的工作吗？简直是太没有经验了。不，绝对不可能。这样一来，所有东西全毁了，一切都要从头再来。科学的准确性不允许他们随意进出。门已经锁上，钥匙在克罗科夫斯基大夫的口袋里。总之，如果唱片不在这个房间里——

他正想继续说，捷克人从留声机那儿扔过来一句话：

"唱片在这儿。"

"在这儿？"汉斯·卡斯托普问道。

"是的，在这儿，《浮士德》，还有瓦伦汀的《祈祷》。"没想到，它放在轻音乐的唱片集子里，而非绿色的咏叹调唱片那儿——原本是应当放在那儿的。完全是无意的——它错误地、粗心地、幸运地、乱糟糟地出现在这里——现在只需把它放上就行。

汉斯·卡斯托普有什么好说的呢？没有。倒是大夫说了一句："这样更好。"接着其余人也附和着。针头摩擦起来，盖子盖上了。在一阵合唱伴奏下，一个男人的声音传了出来："离别的时刻已经到来。"

没有人说话，他们都在倾听着。音乐一开始，艾利就又开始工作起来。她开始痉挛，抽着气，湿漉漉的手摸着额头。唱片依旧在放着，已经到了中间部分，节奏跳跃，是有关战争和危险的，英勇、虔诚、富有法国风味。之后便是终曲，声音洪亮，管弦乐队增强了开始部分副歌的气势。

"噢，在天之父，请听我祈祷。"

汉斯·卡斯托普还在对付着艾利。她直起身来，绵长地吸进一口气，再叹出一口长气，脑袋耷拉下去，便再也不动。他担忧地弯下腰去，这时候却听到斯特尔夫人带着哭腔大声叫道："齐姆——森——"

他没有抬起头来看，嘴里是一股苦涩的味道。他听到另一个深沉冰冷的声音说道："我早就看到他了。"

唱片放完了，管弦乐队最后的和声也消失了，但没有人把留声机关掉。针头在一片沉默中依旧咔嚓作响，唱片一圈一圈地转着。汉斯·卡斯托普抬起头来，不用到处搜寻便朝着正确的方向看过去。

房间里比以前多了一个人。在房间的角落里，在红色灯光昏暗、视线朦胧的地方，在写字桌与屏风的中间，在大夫的转椅上——之前休息时艾利普曾坐在那儿，约阿希姆就坐在那里。他面容憔悴，脸颊凹陷，是临走前的模样，有着战士般的胡须，还有丰满的、带着卷曲胡须的嘴唇。他身子靠在椅背上，跷着二郎腿。尽管有帽子遮着，依旧看得出他脸庞消瘦，显出痛苦的神色，表情严肃而庄重，这让他多了一份粗犷的美感。眉头上，两眼之间有两道皱纹交叉，两眼深陷在骨头凸出的眼眶里，这样一来皱纹便显得更深了，但那双黑黑的眼睛依旧满是温柔。他安静而亲和地注视着汉斯·卡斯托普，而且只看着他。即使戴了帽子，他过去的烦恼——那对招风耳——依旧清楚可辨，帽子很奇特，大家都看不出这是怎样的帽子。表哥约阿希姆没有穿便服，军刀似乎斜靠在腿上，他握着刀柄，人们似乎在皮带上看出了手枪套之类的东西。但他穿的不是正式的军装，颜色并不鲜明，也未挂有徽章，上面有军装式的领子和侧袋，在胸口较低的地方别着一块十字架。他的脚看上去很大，腿却很细，似乎紧紧裹着什么东西，与其说是为了打仗，倒不如说是为了运动。头上的帽子又是什么样的呢？看起来，约阿希姆好像把一只军用饭锅倒扣在脑袋上，并且用一根带子紧扣在下颌上。这倒颇有战士风度，或是说，像极了古时的步兵。

汉斯·卡斯托普的手感觉到了艾伦·布兰德的气息，在他一旁的克莱费尔特呼吸也急促起来。除了针头的摩擦声和唱片不停转动的声音外，便是一片寂静，也没有人把它关掉。他没有看周围的任何人，不想看他们做了什么，也不想听他们说了什么。他身子前倾，越过膝盖上艾伦的双手和脑袋，在昏暗的红光中注视着椅子上的客人。那一刻他的胃里似乎有什么在翻腾。他的喉咙被哽住了，有四五次想失声痛哭。

"原谅我吧。"他轻声说，于是泪水夺眶而出，他什么也看不清了。

他听见有人气喘吁吁地说："跟他说说话吧！"他听到克罗科夫斯基大夫的男中音严肃地、兴高采烈地反复叫他。他没有听从，把自己的手从艾伦那儿抽出来，站起了身。

克罗科夫斯基大夫又叫了一遍他的名字，这一回带着训诫的语气。但汉斯·卡斯托普三两步走到通入室内的门口处，迅捷地打开射出白光的电灯。

布兰德小姐瘫软下来，她倒在克莱费尔特的怀里，不住地抽搐。椅子上空空如也。

汉斯·卡斯托普朝正在表示抗议的克罗科夫斯基走过去，走近他。他想说什么，却发不出声来。他做出唐突却坚定的姿势，伸出了一只手。拿到钥匙后，他凑近大夫，威胁地朝着他点了几下头，之后转过身，离开了房间。

狂热的激情

　　岁月更迭，一种精神状态开始在山庄疗养院肆虐，恶魔的名字我们之前已经提到过，汉斯·卡斯托普这样猜想。在自我探寻的旅途中，他曾怀着无拘无束的好奇心研究这个恶魔；他曾耗费巨大的精力参与病友们的活动，同他们一起，对这个恶魔抱有极大的尊敬。这个新的恶魔，原本只处于萌芽状态，如今却渐渐蔓延开来，汉斯·卡斯托普原本从未想到自己也会沦为它的奴隶；他有些惊惧地发现，即便是他也不能幸免。这个小圈子里的人，没有谁能逃过它的魔爪。

　　那么发生了什么，是什么在蔓延？是突如其来的大发脾气，过度暴躁，莫名愤怒。大家普遍都有口出恶言的倾向，暴跳如雷，没错，甚至大打出手。纠纷不止，大声尖叫，每天都会上演个人之间的对战，或是团体与团体之间的对峙。重要的是，这些纠纷都有一个特点——旁观者非但不反感参战的人，反而同情其中的某一方，并且自己也参与其中。他们脸色苍白，浑身颤抖，眼睛闪着愤怒的光芒，嘴里谩骂不止。他们艳羡那些有机会、有理由参与对战的人，如饥似渴地想让灵魂和肉体投入其中，谁无力逃之夭夭，谁就会义无反顾地陷入混战中。他们在权威面前徒劳无益地争执，相互指责，权威者试图调解，但他们自己也陷入了这种无故的争吵中。这些在山庄疗养院里已经成了司空见惯的事。病人在离开疗养院时是心平气和的，回来后却不知道会变成什么样子。"上等"俄国人餐桌上有一位风度优雅的女士，来自明斯克，年纪尚轻，病情不重，原先预计只需住上三个月。有一天，她下山到一家法国内衣店买东西，在那里与店员激烈地争吵起来，回院后整个人变得极度兴奋，甚至咯了血，之后便再也无法治愈。丈夫被叫来后，院方告知，今后她要永远待在这里了。

她的例子正好说明了人们的普遍心态，我们不无反感地再举一些其他的例子。读者或许还记得坐在萨洛蒙太太桌上的那个贪吃的学生，他习惯把餐盘里的所有食物都切好，堆在一起，然后狼吞虎咽地吃下去，时不时拿餐巾擦一擦厚厚的镜片后的眼睛。他就坐在那儿，还是一个学生，或者说过去曾是个学生，一直以来都这样大口吞咽着食物，从未引起众人太多的注意。但现在，在某天的早餐时间，可谓晴天霹雳，他突然发作起来，从他那个角落里传出了吵闹声，大厅里的人大为吃惊。他脸色惨白，发着抖，朝站在近旁的那个矮个子女侍者大喊大叫。"您撒谎！"他大叫道，"茶是凉的，您竟然把这么凉的茶端给我。撒谎之前您也不亲自尝一尝——这分明是一碗不冷不热的水，您自己尝尝，它是热的吗，适合拿给一位体面的绅士喝吗？您怎敢给我上这么凉的茶，您怎会以为我会喝下这么一碗洗手水？我不要喝！我不喝！"他尖叫着，挥起拳头砸在桌子上，餐盘叮当作响。"我要热茶，要滚烫的茶，这是我在上帝和人类面前的权利！滚烫的热茶！这东西我死也不会喝一口——你这个可恶的矮子！"他怒吼着，好像失去了最后的自制力，暴跳如雷，发泄着自己的情绪，朝艾梅伦蒂亚挥舞着拳头，嘴里泛着泡沫。他继续重重地砸着桌子，嘴里叫喊着"我会"和"我不要"，这时候餐厅里又出现了以往的局面。伴着这个学生的愤怒，人们虎视眈眈，跃跃欲试。有些客人甚至一跃而起，双手握拳，瞪着眼睛，咬紧了牙齿，其他人则面色苍白浑身发抖地坐在那儿，眼神看着地面，直到后来学生精疲力竭地瘫软下来，面前已经换了一杯茶，他没有喝。

这究竟是怎么回事？

山庄疗养院里有个人过去从商，年龄在三十岁上下，病史很久，常年在各个疗养院间辗转。他是一个激烈的反犹太主义者，这是他的信念，也是他的运动本能。他乐此不疲地投身这一项运动，大肆鼓吹反犹太主义，并把这当作生活的骄傲和内容。他过去是商人，现在不是了，除了反犹太主义者，他在世界上已经什么都不算了。他的病很厉害，咳嗽严重，每次咳的时候，好像肺部在打喷嚏，发出急促高亢却又不可思议的响声。但他不是犹太人，这是他比较可取的一点。他名叫维德曼，这是一个基督教的名字，并未带有肮脏的犹太意味。他购置的报纸名为《雅利安的太阳》，侃侃而谈的话题无非是："我来到疗养院甲，又来到疗养院乙——当我在休息厅里的椅子上坐下来，在我右边的是谁？是赫希[1]先生！左边的呢？是沃尔夫[2]先生！当然，我离开了。"诸如此类。

维德曼带着些威胁意味瞥了他们一眼。这让他看上去好像鼻子前挂了一颗吊球，他斜起眼睛看着它，而这后面的东西却什么也看不到。他对事物的偏见让他变得疑神疑鬼，并患上了无休无止的被迫害妄想症，它让他能够嗅出所有邻居隐藏或伪装起来的卑鄙嘴脸，并对此大为指责。无论他到哪里，他总是怀疑人，耻笑人，并且大发雷霆。总而言之，但凡那些不具备他这些无可匹及的优点的人，他都会搜寻出来并加以攻击，这已经成了他的日常生活。

这种脾气在山庄疗养院大肆蔓延，就像我们之前提到的那样，维德曼的猜忌心越来越严重，甚至显得有些病态了。自然，这里并不缺少不具备他的优点的人。因此又发生了一件事，那时汉斯·卡斯托普在场，这件事也进一步体现了我们所说的主题。

因为这里还有另外一个男人。他的情况我们无须隐瞒，事情是清楚明白的。这个人的名字叫素嫩沙恩[3]，名字再肮脏不过了，因而他成

---

[1] 原文为 hirsch，意为鹿。

[2] 原文为 wolf，意为狼。

[3] 原文为 sonnenschein，意为阳光。

了维德曼鼻子前的那个吊球，维德曼眯起眼，气势汹汹地盯着它，甚至用手去拨弄，但非但没把它赶走，反倒让它摇摆起来，因此他变得更加焦躁。

素嫩沙恩同维德曼一样，曾是一位商人。他也病得很厉害，疾病让他变得十分敏感。这是个很和善的男人，脑子不笨，而且性格幽默，非常痛恨维德曼的嘲笑和中伤。有一天下午，所有人蜂拥到大厅里，原因是两个人像野兽般扭打了起来。

景象惨不忍睹。他们像小孩子一般打着，却又有大人的那股不顾一切的气势。他们在对方脸上抓挠，扼住对方的咽喉或鼻子，扭作一团，在地上滚来滚去，他们互相又吐唾沫又踢打。院方赶来，费了很大劲才将两人分开。维德曼先生鲜血直流，流着口水，脸上满是愤怒和粗野。汉斯·卡斯托普从未见过他怒发冲冠的样子，就这样，维德曼晃晃悠悠地走了。素嫩沙恩先生一只眼睛已经变得青黑，眉头上一处卷曲的黑发被扯开，伤口正在流血，他被人送到办公室里。到那儿后，他坐下来，两手掩着脸，痛苦地抽泣起来。

维德曼和素嫩沙恩的事情就是这样，即便在很久之后，目睹整个过程的人依旧心有余悸。现在我们要谈的是关于名誉的问题，它同上面的羞耻之事大不相同，让人耳目一新。这事发生在同一时期，从这件事进行时庄严肃穆的气氛来看，真可谓名副其实到可笑的程度。汉斯·卡斯托普没有目睹事情的各个阶段，只是通过相关的文件和条约以及官方声明才了解到其戏剧性的、错综复杂的面目。也就是说，这件事并非只是在疗养院内，在各个村庄、行政区以及国家之间也广为流行，甚至不胫而走，传到国外，一直到美国境内。某些人即便对此事毫无兴趣，也禁不住关心起来。

这是件牵扯到波兰人的事，是一个有损名誉的问题，事情发生在一群最近来到山庄疗养院的人中间。他们占领了"上等"俄国人餐桌，形成了一个小小的殖民地——顺便提一句，汉斯·卡斯托普已经不坐在那儿了，他移到了克莱费尔特的餐桌上，之后又坐到了萨洛蒙太太那儿去，最后到了莱维小姐的桌子上。这群波兰人十分优雅，风度翩翩，极为体面，只要皱皱眉头，大家便心领神会。其中有一对夫妻及一位未婚姑娘，姑娘与小圈子里的某位绅士关系友好，余下众人皆为男性，名字分别是冯·诸塔夫斯基、冯·奇辛斯基、冯·罗辛斯基、迈克尔·罗迪戈夫斯基、莱奥·冯·阿萨拉佩迪安等。事情是这样的——

其中某个名叫雅波尔的人与圈子中另外两个人一同在餐厅里喝香槟酒，谈起了冯·诸塔夫斯基先生的太太，还有那位与罗迪戈夫斯基关系十分密切的克莉洛夫小姐。由此发生的一系列程序和行为形成了一份文字材料，也就是流传各地的内容。汉斯·卡斯托普读了起来：

"声明，译自波兰文原文：

"一九××年三月二十七日，斯丹尼斯拉夫·冯·诸塔夫斯基向安东尼·奇辛斯基博士及斯丹芬·冯·罗辛斯基提出请求，希望他们以他的名誉与卡西米尔·雅波尔交涉，要求他对名誉侵犯一事做出答复。卡西米尔·雅波尔对斯丹尼斯拉夫·冯·诸塔夫斯基的妻子，雅德维加·冯·诸塔夫斯基女士进行诽谤和诋毁，当时在场并与其谈话的另有雅努什·泰奥菲尔·莱纳特先生及莱奥·冯·阿萨拉佩迪安先生二人。

"上述谈话发生于十一月底，冯·诸塔夫斯基先生获悉上述情况后，即刻采取行动，并证明该诽谤及诋毁一事属实。乩之前一日，即一九××年三月二十七之前一日，他通过一位直接见证人之口证实该诽谤和诋毁内容，该见证人在该场侮辱发生时曾在场。因此，斯丹尼斯拉夫·冯·诸塔夫斯基先生毫不迟疑地授权以下签名的人，委托他们向卡西米尔·雅波尔先生提出有关损毁名誉的诉讼。

"下列签名人做如下声明：

"1. 根据一九××年四月九日由希捷斯塔夫·西古尔斯基先生及塔杜斯·卡迪伊在林堡就拉迪斯拉夫·哥杜雷茨尼先生及卡西米尔·雅波尔先生之事所签署的记录，另外加上一九××年六月十八日在林堡法庭里对上述之事所做的声明，两份文件相符，皆证实卡西米尔·雅波尔先生'言论屡次与名誉原则相悖，有损绅士风度'。

"2. 下列签名者根据上列陈述得出了颇有意义的结论，并确认卡西米尔·雅波尔先生无能力给出让人满意的解释。

"3. 下列签名者认为，就他们个人而言，对一个缺乏荣誉概念的人判决有关名誉毁损之事或作为仲裁人，是无法接受的。

"鉴于上述事实，签名者告知斯丹尼斯拉夫·冯·诸塔夫斯基先生，想控告卡西米尔·雅波尔先生侵犯名誉权是徒劳无益的，建议他不如采取刑事诉讼途径，以防像卡西米尔·雅波尔先生这样不能给出满意答复的人进一步损害他人。（日期及签名）：安东尼·奇辛斯基博士，斯丹芬·冯·罗辛斯基。"

汉斯·卡斯托普继续往下读：

"协议——

"斯丹尼斯拉夫·冯·诸塔夫斯基先生及迈克尔·罗迪戈夫斯基先生之事的见证人，以及卡西米尔·雅波尔和雅努什·泰奥菲尔·莱纳特先生之事的见证人，地点在疗养地的酒吧，时间在一九××年四月二日晚七点半至七点三刻之间。

"斯丹尼斯拉夫·冯·诸塔夫斯基先生就其友人安东尼·奇辛斯基博士及斯丹芬·冯·罗辛斯基于一九××年三月二十七日就该事所做的声明，经过深思熟虑，确信对卡西米尔·雅波尔先生诽谤及诋毁其夫人雅德维加一事不能提出刑事诉讼。具体原因如下：

"1. 有足够的理由怀疑，卡西米尔·雅波尔先生不会在法庭上出席，另外，鉴于他属奥地利国籍，进一步惩戒不仅困难重重，甚至简直是不可能的。

"2. 此外，即便对卡西米尔·雅波尔先生进行法律惩戒，也无法挽回对斯丹尼斯拉夫·冯·诸塔夫斯基家族名誉的毁损和侵犯所造成的损失。

"因此，在斯丹尼斯拉夫·冯·诸塔夫斯基间接获悉卡西米尔·雅波尔先生试图在次日离开疗养院后，采取了最快捷、最彻底、最适合目前状况的方法。

"于是，在一九××年四月二日晚七点半至七点三刻之间，他在他的夫人雅德维加及迈克尔·罗迪戈夫斯基先生及伊格纳斯·冯·梅林先生面前，打了卡西米尔·雅波尔先生一个耳光，当时雅波尔正与雅努什·泰奥菲尔·莱纳特先生及另外两名不知名女士同坐在酒吧内喝酒，地点在疗养地一家美国酒吧。

"此后，迈克尔·罗迪戈夫斯基先生打了卡西米尔·雅波尔先生一个耳光，同时声称这是为了惩戒他对克莉洛夫小姐及他自己的冒犯。

"接着，迈克尔·罗迪戈夫斯基先生打了雅努什·泰奥菲尔·莱纳特先生一个耳光，以此惩戒他对冯·诸塔夫斯基先生及夫人毫无根据的伤害。

"紧接着，斯丹尼斯拉夫·冯·诸塔夫斯基先生连打了雅努什·泰奥菲尔·莱纳特先生好几个耳光，为了惩戒他对诸塔夫斯基太太和克莉洛夫小姐的诽谤。

"在上述过程中，卡西米尔·雅波尔先生及雅努什·泰奥菲尔·莱纳特先生始终没有还手。（日期及签名）：迈克尔·罗迪戈夫斯基，伊格纳斯·梅林。"

这种如雷般迅速的耳光，若在平时，肯定会引得汉斯·卡斯托普哈哈大笑，但眼下蔓延各处的精神状态让他笑不出来。相反，他读的时候感到不寒而栗。其中一方的做法无可非议，另一方卑鄙而又名誉尽失，这些在文件中都一目了然，尽管这些事实冷峻而客观，但还是深深打动了他的心。别人也有同样的感受。人们到处都在讨论波兰人的名誉毁损问题，谈时无不咬牙切齿。卡西米尔·雅波尔先生的反驳没起到什么作用。主要原因是，诸塔夫斯基先生非常清楚，林堡的某些花花公子曾表明，他，雅波尔先生，没有能力给出满意的答复。此外，他在这一过程中的所作所为无非只是装模作样罢了，他知道自己不会决斗。另外，诸塔夫斯基不想进一步控告他的唯一理由是每个人连同他在内，都清楚他的太太雅德维加有把柄在雅波尔手里，雅波尔想把这些证据找出来易如反掌，即便克莉洛夫在法庭上出面，对每个人来说也没什么好处。无论如何，这只能指责他不能决斗这件不光彩的事，却并不能针对那次谈话时在场的他的同伴。冯·诸塔夫斯基让自己躲在事实背后，以免陷入危险境地。对于冯·阿萨拉佩迪安在整件事中所起的作用，他不愿提及。但对于那次在疗养地酒吧的会面，包括他，雅波尔，虽口齿伶俐，但力量明显非常薄弱。此外，和身体健壮的诸塔夫斯基的朋友，以及力大如牛的诸塔夫斯基本人相比，他在体力上处于弱势，另外那两位与他和莱纳特做伴的年轻姑娘虽活泼俏皮，却胆小如鼠。此种情况下，为了避免格斗和当众出丑，他强迫意欲反抗的莱纳特不要轻举妄动，不作一声，看在上帝的分上，暂且忍受与诸塔夫斯基先生及罗迪戈夫斯基先生的交往，这对他们没有害处。这些在旁观者看来却是个笑柄。

因此，对雅波尔来说，自然没有什么好说的。在对方的文件中，他是一个胆小怕事的人，与此相比，他的辩护就变得卑鄙无耻起来，何况他没有对手那么多的手段。他只是把自己的辩词打印成几份。反之，对方的那些记录却也打印出来，分发给每一个人，即便是对此毫无兴趣的人也收到了。比如说，纳夫塔和塞塔布里尼，汉斯·卡斯托普看到他们手上也拿着一份复印件，他惊讶地留意到，即便是他们，也一脸痛苦、全神贯注地看着这份资料。那种主宰了整个山庄疗养院的风气蔓延得太厉害，他情绪很是低落，一点儿嘲讽和挖苦的力气也没有。他信心满满地期待从塞塔布里尼先生那里听到几句嘲讽。不，即便是那位眼神明亮的共济会成员也在这种精神状态的侵蚀下变得暗淡无光。这些都压迫着他的精神，让他笑不出来。那次激烈而极富挑衅意味的打耳光事件让他大为触动。不仅如此，我们的主人公的健康也每况愈下。他身体会康复的希望只是假象，实际上已经在慢慢恶化。他鄙视疾病，也蔑视自己，他如今已经衰弱到时不时就要卧床数日。

住在同一个屋檐下的对手情况也不见得更好些。他以机体的疾病为原因——或者说借口——早就结束了在教会内的工作，而先前山上的高海拔环境和稀薄的空气都没能让他放下手头的工作。纳夫塔也时常卧病在床，原先的破锣嗓子现在更为明显。高烧越发严重，他的话也多了起来，而且比之前更为恶毒。塞塔布里尼先生对疾病和死亡抱着坚决的反抗态度，即便如此，却在自然巨大的威力面前宣布失败，这让他感到痛苦。但矮小的纳夫塔对此不以为意。他对身体恶化的态度并非悲伤和反感，而是轻率地嘲讽，反常地渴望与之决斗，他对这一决斗抱着一种反常的嘲笑，狂热地对学术表示怀疑和否定，并把其当作一种消遣。这对塞塔布里尼的郁郁寡言是一个严重的刺激，因而两人每日的学术争辩日益激烈。当然，汉斯·卡斯托普也只能说说他在场时两人的争论，不过可以肯定的是，他没有错过每场争论。他是主要受教育的人，因此为了引起他们的学术争辩，他有必要在场。如果他要不遗余力地说服塞塔布里尼先生同意纳夫塔的冷嘲热讽值得一听，他不得不承认纳夫塔的话已经说得过了头，并且大大超出了神志清晰的范畴。

这个病人并没有力量或意志去超越疾病，却通过各种信号和图像看到整个世界。纳夫塔表示，物质是非常糟糕的，精神不可能在其中实现。说这话时，战战兢兢又满腹愤恨的塞塔布里尼先生在场，他恨不得马上让自己的学生离开房间，或是把耳朵捂住。在这方面做努力简直是愚蠢透顶，除了扭曲和愚蠢，还有什么呢！人们大加赞颂的法国大革命，不也只是资本主义的布尔乔亚国家吗？结果糟糕透了！人们总希望社会能获得进步，结果却到处造成恐怖！一个世界性的共和国！无疑，这会给人们带来幸福。进步？这也是那些常常变换身体姿势，以为身体能够有所改善的病人的呼声。人们未表露心迹，暗暗渴望这场战争，这也是这种精神状态的另一个标志。战争终究会来，这是好事，尽管结果不会像发动战争的人所期待的那样。纳夫塔对这个布尔乔亚国家的安全大加嘲讽。某个秋日，他们走在大街上，这时候突然下起雨来，突然间好像有人下了命令一样，整个世界都撑起了雨伞，纳夫塔对此十分不屑。他表示，这正是怯懦和庸俗的软弱的象征，而这也正是文明生活的产物。"泰坦尼克号"沉船事件像是注定中的事，它让人们回到远古时代的状态，内心充满了古时的恐惧，这倒是好事。之后，当然，人们又大声呼吁交通安全，一旦安全受到威胁，又会引起很大的反响，太过可悲。就这种意识薄弱的人道主义来说，布尔乔亚国家内部经济冲突中豺狼般的残酷和卑鄙倒是十分搭配。战争，战争！他赞成战争，世界上对战争普遍的渴望，相对来说，他认为是可取的。

塞塔布里尼先生马上在争论中引用"正义"一词，把这一崇高的原则看成预防国内外政治变动的手段。在他提出这一说法时，纳夫塔还预先表示，精神是一种高不可攀的东西，不能以物质形式体现出来，此时却又对物质怀疑起来，并对精神进行诋毁。正义！它是值得崇拜的信念吗？是第一等的信念吗？是神圣的吗？上帝和自然就不是正义的，他们有自己的喜好，有可以实行自己的选择的权利，对某个人冠以危险的荣誉，对另一方却赐予简单而平凡的命运。那么对于善于行动的人呢——一方面它是瘫软无力的东西，值得自我怀疑，而另一方面，它又是号召我们去投入肆无忌惮的行动的号角声。因此，为了保持自己的道德观，人们常常用第一种意义上的"公正"来修正第二种意义上的"公正"，这样一来，绝对性以及根本性的概念从何谈起呢？不仅如此，一个人是否"公正"，往往用一个标准或另一个标准来判断。其余的便是自由主义——目前没人对这点感兴趣。正义，简言之，是一副充斥着布尔乔亚修辞学的空壳；为了行动，我们要知道我们所用的是哪一种正义，是为了个人利益的正义，还是为了使众人平等的正义。

从他口若悬河的言论中，我们抓住一个他混淆观念的证据。但当他谈起科学时，情况更糟糕了——他不相信科学。他不信科学，他说，因为信不信都自便。像其他东西一样，它是一种信仰，糟糕的是，它比其他的东西更显愚蠢；"科学"一词是最愚蠢的现实主义的表现，它恬不知耻地认为客观事实在人类智力上投影的东西是真实的；通过所谓科学，强加在人性上的最无聊、最死气沉沉的教条产生了。难道一个存在的物质世界是所有自我矛盾概念中最可笑的吗？但近代的自然科学，作为教条来说，都是建立在形而上学的假设之上的，即空间、因果关系和认知形式，都是确实存在的现象，不依赖我们对它们的认知而存在。这种一元论的立场是对精神的一种侮辱。空间、时间以及因果关系，用一元论的语言来说，就是演变，是思想自由的中心教条，是无神论的，是虚假的宗教。借助于这种虚假的宗教，人们驳斥摩西的《第一书》，用纯粹的知识之光来反对愚蠢的寓言——好像法克尔 [1] 在创造世界时在场似的！

经验主义！宇宙中的以太真的能够精准地计算出来吗？原子，这个最小的、看不见的物质粒子，只不过是数学上的一个玩笑——真的能够证明它确凿无疑是存在的吗？时间和空间的无限性的学说，是否是以经验为基础？事实上，一个人只需有一点儿逻辑性，便能在空间和时间的无限性和现实性理论里找到乐趣，并且获得结果，也就是一片虚无的结果，正是基于这样的观点，现实主义才是真正的虚无主义。为何呢？很简单，因为你所假定的任何大小与无限的关系都是零。在无限的概念里，没有什么大小；在永恒里，也没有期限或改变。在空间的无限性里，每一段距离在数学上都是零，因此两个点之间是不能靠近的，两个物体就不用说了，运动就更不必说了。

他，纳夫塔，指出这点是为了对抗唯物主义科学的自负态度，竟把天文学上的胡扯和有关宇宙的夸夸其谈称为绝对的认知。可怜的人类，在获得一大堆毫无意义的数字之后，竟把自己看得一文不值，还损耗了

---

[1] 德国生物学家。

对自我重要性的强调观念！如果人类将理性和知识限定在尘世间的事物上面，并在此范围内把主观的事物看成实实在在的经验，这倒是可以理解。但假若超出了这一界限，纠结于永恒这一谜底，并探寻所谓的宇宙论和宇宙起源，那简直不是开玩笑了，它的自负程度简直到了登峰造极的境地。如果每颗星星到地球的距离都以万亿公里或光年计算，并设想人们用这样一个异想天开的数字就能洞察无限和永恒的本质，那就是亵渎神明的无稽之谈了。无限的概念与大小毫无关联，而无限的意义与时间的期限及距离也毫不相关。它们与自然科学没有任何共同之处，而且是对于我们称之为自然的那个东西的扬弃！确实，天真的孩子以为星星就是天幕上的洞口，永恒之光从这些洞口照射下来，在他们看来，这样的看法比一元论科学对宇宙那套空洞无物、荒谬而又狂妄的胡扯好上一千倍。

塞塔布里尼问纳夫塔，对于星星，他本人是否也抱着同样的信念。对此他回答说，他还是表现得谦逊些，并保留自己怀疑的自由。从这一点可以看出他所谓的自由为何，而且要将这样一个概念引向何处去。假如只有塞塔布里尼先生担心汉斯·卡斯托普发现这一切值得倾听就好了！

纳夫塔心怀恶意，伺机探寻出人类在征服自然后取得的进步的弱点，笃信这种进步的代表和开拓者已经陷入不可理喻的境地中去。航空者和飞行员，他说，大多是恶劣而不可信的人，他们都极度迷信。这些人在飞机上佩戴吉祥物，如吉祥猪或乌鸦一类的物什，他们朝着不同的方向吐三次唾沫，佩戴幸运的飞行员戴过的手套。这种原始的反理性现象，怎么能与他们的职业赖以为基础的世界观调和呢？这种矛盾让他感到高兴，他很久以来都对此感到十分满意。但纳夫塔表现出恶意的例子数不胜数——现在我们就来用具体的例子举证一下。

二月的某个下午，绅士们计划到曼施泰因去远足，乘雪橇到村里大约要一个半小时光景。参加者有纳夫塔、塞塔布里尼、汉斯·卡斯托普、菲尔戈及维泽尔。 他们乘坐的是两辆由单匹马拉的雪橇，汉斯·卡斯托普和那位人文主义者并坐一起，纳夫塔和菲尔戈及维泽尔坐一起，维泽尔坐在马车夫旁边。 大约下午三点他们从杂货铺那儿出发，所有人都把衣服裹得严严实实，一路上马车响着美妙亲切的铃声，回荡在飘满白雪的空气中，让人心旷神怡。 他们沿着右边的一条路，经过弗洛恩基尔希和克拉里斯，一路往南驶去。 厚重的乌云很快朝着那个方向蜂拥而去，转瞬间便只看到雷蒂肯山脉上方的天空中留下一条蓝色的纹带。 寒冷刺入骨髓，山林弥漫在一片雾气中。 窄窄的车道在悬崖和深渊之间蜿蜒，旁边没有围栏，马车沿着陡坡驶入一片杉树林中。 马车一步一步走得很慢。 沿途遇到滑雪下山的人们，每当遇到迎面而来的雪橇，他们不得不从车上下来。 有时候山路曲折，雪橇驶来的时候，他们会听到清晰而带有警告性的铃声；在狭长的车道上，双联马车驶来的时候，规避起来要十分小心。 在目的地附近，他们能眺望到齐根斯特拉塞岩壁上的美景。 他们脱下身上裹着的衣物，在曼施泰因小旅馆前下车，旅馆的名字是疗养地旅馆。 不消几步路，便能看到西南方的斯图尔塞格拉特风光。 巨大的墙高达三千米，上面烟雾弥漫。 某一处凸起一块高耸入云的岩石，屹立在迷雾里，耸向天空，超凡脱俗，如同瓦尔哈拉殿堂一般遥远而不可接近。 汉斯·卡斯托普看后也惊叹不已，并要求其他人表现出同样的感觉。 也正是汉斯提出了"不可接近"一词，因而塞塔布里尼先生又找准机会，表示这块奇特的巨岩常有人攀登。大体上来说，几乎没有什么地方无人驻足。 这未免有些言过其实，纳夫塔反驳道，他提到了埃非尔士峰，它冷若冰霜，不肯向人类的征服之旅低头，而且似乎以后也会继续这样下去。 人文主义者被惹怒了。 于是几人回到疗养地旅馆，那儿除了他们的雪橇外，还停着另外几辆别人的雪橇。

大家可以在这里住下来，楼上有许多房间，此外还有餐室，颇具民俗风情，暖气也开得很足。 他们从热心的老板娘那里点了些东西，有咖啡、蜂蜜、白面包和梨子面包，这是当地一种带甜味的特产，另外还给马车夫端去了红酒。其他桌子上坐着来自瑞士和荷兰的游客。

让我们高兴的是，我们的朋友们喝了醇香浓郁的热咖啡后，身子暖了，精神也好了许多，因而开始高谈阔论起来。但这样表达并不准确。因为在别人说了几句话后，谈话就变成了纳夫塔的独白。从社交的角度看，独白的方式非常奇特，冒犯之意非常明显，因为这位曾经的耶稣会士漫不经心地转过头，背对着塞塔布里尼先生，认真而又亲切地对汉斯·卡斯托普教导起来，对另外两位先生则置之不顾。

对于他究竟谈了什么主题，我们很难命名。汉斯·卡斯托普只是一边听，一边时不时点点头，好像表示部分赞同。我们可以假定，他谈的不是连贯性的话题，而是漫无边际的学术上的话题，大体上关乎精神生活现象死气沉沉、模棱两可的性质，以及在此基础上推断出的变幻的性质和善变的不可靠性，并指出，绝对概念是如何披着彩虹般绚丽的外衣在世界上出现的。

不管怎么说，我们从他的长篇大论中知道，他谈论的是自由，但他谈论时的表达混乱不清。他还提到了十九世纪初浪漫主义运动及其两面性，并指出在此之前，反动和革命的概念如果没有联合成为一个更新、更高的结合体，那么它们便会垮掉。因为仅仅把革命与进步和代表胜利的进步的启蒙运动结合在一起，是十分可笑的。说到底，欧洲的浪漫主义运动是一场宣扬解放的运动，反对传统，反对学术，反对法国古典主义以及理性的古老学派，把其卫护者讽刺为油头粉面、戴了假发的理性主义者。

接着，纳夫塔又谈起了自由战争，谈起费希特[1]号召民众高唱战歌，奋起反抗不堪忍受的暴政的那份激情，遗憾的是——他嘿嘿笑了两声——自由，即革命性的想法，在当时已经成形。十分可笑的是，他

---

[1] 德国哲学家、爱国主义者。

们高唱战歌，是为了拥护反动的王侯政权而起身击溃革命的专政——这就是他们所谓的自由。

年轻的旁听者能够认清外部自由和内部自由的区别，同时也看出了一个十分棘手的问题——嘿嘿，不自由与一个国家的荣誉是极其不调和的。

事实上，与其说自由是一个启蒙的概念，倒不如说是一个浪漫的概念。因为浪漫主义不可避免地限制人类扩张的冲动，两者虽宣扬个人主义，但同样也有抑制的性质。对自由主义的渴求，产生了对国民主义的怀旧和对浪漫性的狂热崇拜，就其性质上来说与崇尚战争相似，这一点被崇尚自由主义的人道主义者称为阴险，虽然后者同样鼓吹个人主义，只是方式稍有不同罢了。个人主义带有浪漫的、中世纪的色彩，它信奉个体无限的、宇宙性的重要性，由此产生了灵魂不朽说和地心说，以及占星术。但另一方面，个人主义还有自由化的人文主义特点，容易走向无政府主义，不遗余力地保护个人喜爱的个体，以免变成大众的牺牲品。这就是个人主义的两面性——所有事物都有多面性。

但我们必须承认，对自由的热情产生了最反对自由主义的敌人，即传统的睿智骑士，他们同亵渎神明、妄图摧毁一切的进步行为进行斗争。纳夫塔举出了阿恩特[1]，他诅咒工业化主义，赞美贵族主义，另外还举出了格雷斯[2]，他写就了有关基督教神秘性的书。那么神秘主义与自由就毫无关系吗？难道它不是反学术、反教条、反僧侣的吗？诚然，人们不得不承认，等级制度中存在一种为自由而生的力量，它对无节制而狂妄自大的君主制度起到了遏制的作用。不过中世纪末期的神秘主义，在宗教改革的先驱面前显出其自由主义的性质来。宗教改革，嘿嘿，反过来又变成了一块让自由和中世纪主义在其中无法分割又纠缠不

---

[1] 德国作家。

[2] 德国作家，著有《基督教神秘主义》。

休的网。

哎呀，没错，路德的行为——其优点将这一行为本身，以及总的行为中可疑的性质粗暴而生动地显示出来。纳夫塔的聆听者是否知晓这是什么行为呢？举例说，其中一项行为就是德国学生社团[1]神学院学生桑特谋杀了枢密院议员柯策布[2]。在犯罪学上，这种迫使年轻的桑特拿起手中的武器的行为叫什么呢？当然，是对自由的热情。但是仔细研究一下，倒不如说是对道德的狂热以及对异教徒轻浮的憎恨更为妥当。柯策布曾受雇于俄国，为神圣同盟服务，因而桑特或许是受自由驱使而将其谋杀。但话说回来，桑特有几位密友是耶稣会士，这也是有可能的。总而言之，不管这是什么事业，无论采取这种阴险的手段如何让人捉摸不透，对于澄清精神方面的问题也起不了作用。

"恕我冒昧，请问您的刻薄话什么时候结束呢？"

塞塔布里尼先生冷冷地问道。他原先便一直用手敲着桌面，到后来还捋起了胡子。但现在，他实在忍无可忍了，他的耐心已经耗尽。于是他站直身子，或者不只是站直了身子，可以说，他坐在那儿，脚尖踮起，只有腿还靠着椅子，他那闪闪发光的黑眼睛紧紧盯着敌人。这时候纳夫塔故作惊讶地转过来面对着他。

"请问，您这话是什么意思？"纳夫塔反问。

"我想说，"意大利人吞吞吐吐地说，"我想说的是，我想阻止您继续干扰这个没人保护的年轻人，跟他说一些模棱两可的话。"

"我请您，先生，注意一下自己的言辞。"

"先生，这没必要，我一直很注意自己的用词。如果我说您的话不仅误导了那位未定型的年轻人，还扭曲并破坏了他的道德观和智力，这

---

[1] 德国一种特殊性质的学生社团，倡导自由和爱国主义，一八一五年六月十二日始创于德国的耶拿。

[2] 德国剧作家、小说家。

817

是非常不光彩的，我的话并不足以惩罚，那么我这么说也是完全符合事实的。”

说到“不光彩”一词时，塞塔布里尼用手掌在桌上猛击了一下，并把桌子推向后面，站了起来。这是一个信号，其余人也都跟着站了起来。其他桌子上的人全都向这边看过来——实际上，只剩下一张桌子的人了，瑞典人早已离开，荷兰人那一桌则饶有兴致地听着他们的争辩。

如今这张桌子上的人都僵硬地站在那儿，汉斯·卡斯托普和两个对手在一边，对面则是菲尔戈和维泽尔。五个人全都面色惨白，眼睛睁得很大，嘴唇在抽搐。难道这三个旁观者未曾试过说几句戏谑的话让两个唇枪舌剑的人冷静下来，心平气和地将事情解决吗？他们未曾做过这样的尝试，蔓延在疗养院的那种风气阻止了他们。他们站着，浑身发抖，不由自主地握紧了拳头。就连菲尔戈那种与高深思想无缘，从一开始就不愿对这起纠纷的严肃性做评判的人——即便是他，也确信这是一场你死我活的争吵，除了让它顺其自然，别的什么也不能做。他那好脾气的胡子也激烈地上下抖动起来。

大厅内鸦雀无声，只听得纳夫塔牙齿咯咯作响。对汉斯·卡斯托普来说，他经历过维德曼那件令人毛发直竖的事，他原本以为这只是一次争论，不会真的引起纠纷。但现在，纳夫塔不发一言地咬着牙齿，伴有某种可怕的、不高兴的、粗野的、令人难以置信的声音，同时又是一种自我遏制的可怕讯息。他没有发作，而是一边伴着几声干笑，一边轻声说起来：

“不光彩？惩罚？啊，难道连嗷嗷乱叫的胆小鬼也要咬人了？难道我们这位道德卫士非要拿起武器来厮杀吗？这是一种成功，但我得说，这个成功来得也太容易了，因为一个无伤大雅的挑衅竟然让我们的道德卫士拿起了武器！至于其他的会顺其自然，包括所谓的惩罚。我希望您那些文明的原则不会妨碍您知道您欠了我什么——否则，我就要采取强制性手段，去考验您的那些原则了……"

塞塔布里尼挺直了身子，示意纳夫塔继续说下去。

"我想，目前的争吵毫无必要。既然你我水火不相容——很好，我们以后再找个合适的地方来解决我们之间的分歧吧。目前只有一件事——对于雅各宾革命所做的经院哲学的诠释，您无病呻吟地表示担忧，担心我的观点会使年轻人产生怀疑，将范畴抛至九霄云外，剥夺学术尊严的概念，这简直是教育式的犯罪。您的担忧是有理由的，因为如此一来，您的人道主义就完了，彻彻底底完蛋了，因为人道主义在当今快要灭迹，它是过去的遗风，是精神上的无稽之谈，只会叫人哈欠连天。亲爱的先生，我们即将发动一场新的革命，将这些东西一扫而光，假如我们散布怀疑的种子，其程度比最先进的自由思想更为深刻，那么我们便会知道自己在做什么。只有激进的怀疑和道德的混乱中，才能产生绝对观念，即时代需要的神圣的恐怖。它适用于您的解说及我的辩论，至于其他的，则是另外一回事了。我会告诉您的。"

"我必定洗耳恭听，先生。"塞塔布里尼在他后面说道。而耶稣会士已经离开了他的座位，急匆匆地走到挂衣架处，穿上了外套。共济会会员颓然地倒在他的硬椅子上，两只手放在嘴边，说出了心里的话：

"Distruttore！ Cane arrabbiato！ Bisogna ammazzarlo！（意大利语，意为：破坏分子！疯狗！得杀了他！）"他气急败坏地吼出来。

其余人依旧站在桌边。菲尔戈的胡子还在上下抖动，维泽尔的下颌扭曲了，汉斯·卡斯托普仿照祖父一贯的动作，因为他的脖子在瑟瑟发抖。他们谁也没料到这次远足会引起如此后果。所有人，甚至是塞塔布里尼先生，都感到他们乘了两辆雪橇来简直太幸运了。这样，回程就简单多了。但以后呢？

"他向您发起挑战了。"汉斯·卡斯托普忧心忡忡地说。

"毫无疑问是这样。"塞塔布里尼先生回答，同时向旁边的人瞥了一眼，紧接着又背过去，用手托着脑袋。

"您接受挑战吗？"维泽尔想知道。

"怎么问这个？"塞塔布里尼问道，向他瞟了一眼。

"先生们，"他坐直身子，恢复了冷静的样子，同时说道，"很遗憾这次远足出了这种事，但生活中每个人都料不到会出怎样的事。理论上，我不赞成决斗，我是个遵纪守法的人，但实践上又是另一回事。在某些场合下——我不赞成这个——总而言之，我悉听尊便。幸好我年轻时学过一些剑术，现在只消练上几个小时，手腕就能恢复灵活。我们该走了吗？决斗地点以后再定。我相信那位先生应该已经发布命令，让马拉起雪橇了。"

回院途中，汉斯·卡斯托普有好多次被眼前这件事弄得头昏脑涨，尤其是纳夫塔要求不用剑术一较高下，而是用手枪决斗。作为受辱的一方，他有权选择武器。我们知道，汉斯·卡斯托普在某种程度上能够让自己从山上这种混乱的精神状态里摆脱出来，并告诉自己，这是一种丧心病狂的行为，必须加以阻止。

"即便这是真正的侮辱，那又如何？"汉斯·卡斯托普对塞塔布里尼先生、菲尔戈及维泽尔大声说道。回家途中，纳夫塔已经把维泽尔请过去做他决斗时的助手，而汉斯则作为决战双方的中间人。"这又不是纯粹的民事和社会性的侮辱！假若其中某个人玷污对方的名声，或者是为了争一个女人，或者是为了其他更严重的原因，这才不会有和解的可能性！而这样的情况下，决斗是最后的解决方法，当名誉得到补偿，事情圆满解决，两个水火不容的冤家和平分手，那么，在某些错综复杂的问题上，这就算得上是一个很好的方法，既有效，又实用。我不是在卫护他，只是想问问，他到底哪里侮辱了您，他无非只是把是非的区别推翻了，就像您说的那样，剥夺了他们学术尊严的概念。而您却觉得受了侮辱——这倒也有些道理，让我们假定——"

"假定？"塞塔布里尼先生盯着他，反问了一遍。

"嗯，有道理，很有道理！他冒犯了您，却没有侮辱您，两者有些区别。容我说一句，这是一个抽象的问题，是学术上的分歧。在学术话题上他或许可以冒犯您，却没有侮辱您。这一点是不言自明的，我以上帝的名义向您保证，任何名誉裁判都会这样判决。而您回答他时所说的'不光彩'和'惩罚'也算不得侮辱，因为这是从精神意义上来说的，但整个事件都是关乎精神的，与个人没有任何关联，而侮辱只能是针对个人的。精神方面的问题不可能是私人性的，这是对这一原则的解释，因此——"

"您错了，我的朋友，"塞塔布里尼回答，接着闭上了眼睛，"您假定精神问题不带有精神的因素，从一开始就错了。您不能这样看待问题。"他脸上泛起了奇特而苦涩的笑。"您主要是在精神问题的评判上出了错误。您把问题看得太轻了，以为它们之间不至于产生冲突和激情，这种激情太过强烈，导致在现实生活中不得不采取暴力的方式来解决，除此之外，别无他法。您好好考虑这一点吧。"他说，"All'incontro（意大利语，意为：相反），抽象的东西，纯粹的东西，理想的东西，同时也是绝对的东西——它原本就是严肃的，其中包含了更多深刻而激进的憎恨的可能性，以及更多无条件的、不可调节的敌意，这比其他的社会关系所引起的问题更为严重。它会激起敌对关系，引起搏斗、决斗以及身体肉搏，这种关系更为直接，也更不近人情，您感到震惊吗？决斗，我的朋友，它不像其他的手段。这是一种回复到自然状态的、最原始的方法，只是在性质上带有骑士风格，其粗暴性质才有所缓和，但它又是非常肤浅的方式。它的基本性质依旧是原始的、肉搏式的，每个人，不管这个人多文明，他都保持了这种特质，每一天都可能将其发挥出来。谁不能以他本人、他的手臂以及他的鲜血为理想而战斗，他就不值得拥有这些东西。一个人，不管他在精神上多完美，他依旧有义务保持作为一个人的能力。"

汉斯·卡斯托普被斥责了一顿。他该怎么做呢？他只是闷闷不乐地沉思着，不发一言。塞塔布里尼先生的话富有逻辑性，而且说得泰然自若，只是这些话从他口中说出来有些怪异。这些想法并非他本人的，他自己也从未想过要决斗。这些都是他从那个矮小的、带着威胁口气的纳夫塔那里接受过来的。他的话也是那严重盛行的风气的反映，塞塔布里尼先生细腻的理解力成了它的奴仆和工具。什么？难道正因为精神问题是严肃的，就必须引起无情的兽性，必须用身体搏斗来解决吗？汉斯·卡斯托普不同意这点，或者至少他试图去反对过，只是他惊恐地发现，即便是他，对此也无能为力。他也严重地受到山上这种风气的浸染，他也不能全身而退。他大脑的某个角落，依旧记得维德曼和素嫩沙恩像野兽般扭打在一起的场景，让他惊惧的是，他发现所有东西都保持着肉体性质，除了牙齿和指甲。没错，他们必定要决斗一场不可，因为只有这样，原始状态的缓和至少可以通过骑士的方式获得弥补。汉斯·卡斯托普自愿做塞塔布里尼先生决斗时的助手。

他的要求遭到拒绝。不，这么做不适合，也不该这样做，这是他得到的答复。先是塞塔布里尼先生带着有些意味深长而悔恨的笑容拒绝了他，接着，稍加考虑过后，菲尔戈和维泽尔虽也举不出什么具体的理由，但也认为此种做法欠妥，汉斯·卡斯托普不该介入这场纷争。倒是可以作为中间人——有这样一个人在场，或许能像方才说的，通过骑士氛围缓解一下这种兽性行为。甚至是纳夫塔，也通过助手表达了自己持有相同的想法，对此汉斯·卡斯托普也表示满意。作为见证者也好，中间人也好，他都可以对决斗的细节施加影响——这一影响是很有必要的。

纳夫塔提出的要求十分出格。他要求两人之间隔着五步的距离，必要时候可以开枪三次。决斗的那天晚上，他通过维泽尔把自己这一疯狂的想法传达给众人。维泽尔纯粹成了纳夫塔这一疯狂想法的代言者，一方面因为他是纳夫塔的代表，但另一方面也因为这符合他本人的意向，他一再坚持。塞塔布里尼当然没什么可反对的。但作为助手的菲尔戈以及作为中间人的汉斯·卡斯托普却非常气愤，汉斯甚至对可怜的维泽尔大骂了一番。对于这场不存在羞辱、纯粹是抽象的对决，他们居然想采取这种丧心病狂、惨无人道的手段，难道他问心无愧吗？不觉得自己无理取闹吗？手枪已经够严重了，他们竟然又增加了杀人的规定！这还何谈骑士的缓和？索性还是隔一层手绢来开枪了事！他，维泽尔，可不能在五步这么近的距离开枪——这样血腥的事他真做得出来！诸如此类的话。维泽尔耸耸肩，表示这只是在极端情况下的权宜之计，汉斯·卡斯托普也放松下来，此后慢慢忘了这回事。不过最后他还是说服了其他人——次日谈判，开枪次数由三次改为一次，至于两人间的距离问题，规定决斗者之间隔开十五步，开枪的人有权在开枪前上前五步。但要达到这样的让步，还必须做出这样的承诺——不要试图规劝双方和解。另外，他们还没有手枪。

阿尔宾先生有，他除了一把亮锃锃的、用来吓唬女人的小左轮手枪外，还有一对从比利时带来的军官用的手枪，装在一只天鹅绒匣子里。这是一把布朗宁自动手枪，棕色的枪托上面是弹仓，机械部分用青色的钢材制成，枪筒锃亮，上面有个精细小巧的瞄准器。汉斯·卡斯托普曾在阿尔宾房里见过，他并非出于个人意愿，而只是受气氛影响，主动去借来了这对手枪。他没有隐瞒手枪的用途，不过要求这个狂妄自大的年轻人以自己的名义保证对此保守秘密，阿尔宾先生教他怎样上子弹，并且用两把手枪对着天空试放了两次空枪。

这些都需要时间——从争吵到会面，过去了三天两夜。场地是汉斯·卡斯托普选择的，是一个风景如画、繁花盛开的地方，他自己曾在那儿沉思默想。决斗就在这里进行。第三天清晨，待到天一亮，事情便可见分晓。那之前的一晚，已是深夜，汉斯·卡斯托普才想起来应带一名大夫到场。

他即刻把这一想法告知菲尔戈，对方认为很难办到。拉达曼提斯是学生会的前辈，但让疗养院负责人支持这种非法的活动是不可能的，何况还是两个病人之间的决斗。想要找出一位插手两个病人手枪对决行为的医生，几乎是不可能的。至于克罗科夫斯基大夫，大家不确定他在处理伤口方面是否内行。

在场的维泽尔声明，纳夫塔已经表明过，他自己不需要什么大夫。他去那个地方不是去被人救治、去扎绷带的，而是去决斗的，而且是非常认真地去决斗。虽然他的话听上去极为严肃，但汉斯·卡斯托普还是想解释一下，即纳夫塔觉得请大夫是没有必要的。塞塔布里尼先生不是也代劳菲尔戈传达他的话，表示这个问题先撇开不谈，他对此毫无兴趣吗？双方都希望这不是一场流血战争，这也不是没有理由的。自他们吵架起，两个夜晚过去了，还需等一个晚上。时间会使他们冷静下来，使他们头脑清晰起来。经历这么长的时间，也许决斗的兴致也所剩无几了；清晨，当两个人手持武器时，也许他们就不再像吵架那晚那么激动了。两个人或许只是为了名誉，机械地去执行这一任务，而不像原先那样坚守着内心的想法、欲望及信念；如果他们否定实际的自我，多想想过去的那个自我，或许就能够被阻止了。

汉斯·卡斯托普的想法并非没有道理，不过这些事他做梦也不敢想。到目前为止，塞塔布里尼也曾考虑过这个问题，他的想法完全正确。不过如果他预料到莱奥·纳夫塔在关键时刻或是事先就改变了方向，那么即便是起到主宰作用的疗养院的气氛也不能迫使他参与到这件事里来。

次日七时，太阳迟迟不肯从山峦后面露面，但天色依旧在一片迷雾中费劲地破晓了。汉斯·卡斯托普过了一个惴惴不安的夜晚，清晨，他离开了山庄疗养院，前往决斗地点。大厅里打扫的女仆疑惑不解地看着他。疗养院大门没有关上，毋庸置疑，菲尔戈和维泽尔肯定已经出去了，不是单独便是结伴而行，在决斗场上，一方是塞塔布里尼的助手，另一方则是纳夫塔的。只有他，汉斯，踽踽独行，他扮演的仅是中间人的角色，因而不被允许依附于任意一方。

一方面出于荣誉心的驱使，一方面则是受山上的气氛所迫，他机械地走在路上。他有必要在决斗的地方出现，这是无须多言的。让他置之不顾或是在床上等待结果，这绝对做不到，因为首先——但他迫不及待地要撇开第一点不谈，第二个原因是，他不能让它自行其是。谢天谢地，截至目前，还没有什么太过糟糕的事发生，也不太可能有什么事发生。因为他们清晨便要打开电灯，早早起床，来不及吃早餐，在迷雾中赶到约定地点。不过一旦到了那里，事情就会因他——汉斯·卡斯托普的到场，而出现转机，朝着好的方向发展——这是无法预见的，也无须猜测。经验告诉我们，即便是最平凡的事，往往也会与事先预想的方向背道而驰。

尽管如此，那也是汉斯记忆里最不愉快的一个早晨。他感到非常疲乏，十分憔悴，牙齿打起寒战来，他内心深处感到无法控制自己了。那些时刻非常奇特：那个因与裁缝吵架而毁了健康的明斯克女人，那个暴怒的学生，维德曼和素嫩沙恩，波兰人打耳光事件——想到这些，他感到不寒而栗。他无法想象两个人在他面前暴跳如雷，甚至要开枪，把对方打到鲜血直流。但一想到维德曼和素嫩沙恩两个人扭打的场景，他又开始不相信自己，不相信整个世界，裹在毛皮夹克里的身子瑟瑟发抖起来。但与此同时，这些场景又带着异乎寻常的、有些变态的性质，加上早晨清新的空气，他突然感到精神振奋起来。

在天色渐明的晨曦中，他思绪万千，思潮起伏，他从村庄尽头处沿着雪橇滑道，往山坡上狭长的小径爬上去，到了树木成荫积雪很深的森林里，穿过跑道上方架设的小小的木桥，踏上了两边都是树干的小道，这里没有人铲过雪，雪道是人们走出来的。他加快步伐，很快便赶上了塞塔布里尼和菲尔戈，后者拿着那只装有手枪的小匣子。汉斯·卡斯托普毫不犹豫地与他们同行，刚走到他们身边，就看到纳夫塔和维泽尔在前方仅几步之遥的地方。

"早晨真冷啊，至少有零下十八度。"他为了缓和气氛，脱口而出，不过想到自己的话未免有些轻浮，因此又加了一句："先生们，我相信——"

其他人都沉默不语，菲尔戈好脾气的胡子一上一下抖动着。过了一会儿，塞塔布里尼停住脚步，抓住汉斯·卡斯托普的一只手，把自己的一只手按在上面，说：

"我的朋友，我不会杀死他，不会这么做的。我让自己面对他的子弹，这是受荣誉所驱。但我不会杀死他的，请您相信。"

他放开年轻人的手，继续前行。汉斯·卡斯托普深受感动，走了几步后，说道："您太善良了，塞塔布里尼先生。现在——从另一方面看——他，如果他——-"

塞塔布里尼只是摇摇头。汉斯·卡斯托普想到，如果一方不开枪，另一方必定也就不会开了。想到这里，他的心忽而明朗起来。一切都发展良好，他的预言或许将得到证实了。

他们从峡谷上的木桥走过去，瀑布安静地倾泻而下。纳夫塔和维泽尔在那条覆着厚厚的白雪的长椅前走来走去。汉斯·卡斯托普还记得某次他躺在那上面，等着鼻血止住。那么久远的记忆，他现在想起依旧如此清晰。纳夫塔点起一支烟来，汉斯·卡斯托普在心里自问了一下，发现毫无抽烟的欲望，在他看来，对方抽烟无非只是装模作样而已。他过去一直对这个地方抱有好感，如今再次看着冰雪覆盖的这块地方，感觉并不逊色于繁花似锦的季节时它的样子。高大的枞树映入眼帘，树干和树枝上都盖着厚厚的雪。

"早上好。"他愉快地问候道，满心以为这样的口气可以营造出一种自然的氛围，有助于驱走恶魔，但他并不交好运，因为没人回答。问候因此变成了无声的欠身，动作太过僵硬，几乎无法察觉。不过，他决心把在冰冷的空气中快速行走所带来的那种热量毫不迟疑地发挥出来，因此他又开口道：

"先生们，我深信——"

"您还是把您的深信留到下一次吧。"纳夫塔冷冷地打断他，"如果可以，请把武器拿出来。"他又加了一句，语气依旧傲慢无比。汉斯·卡斯托普吃了闷棍，只看到菲尔戈把那只要命的匣子从斗篷下拿了出来，把手枪递给维泽尔，再由他递给纳夫塔。塞塔布里尼从菲尔戈手里接过另一把枪。菲尔戈嘟嘟囔囔地要求画出一块地，开始衡量距离。他用鞋跟在雪地上画出外侧的界线，内侧的则用两根手杖画出，一根是他自己的，另外一根是塞塔布里尼的。

至于那位好心的受苦受难的人，他在做什么呢？汉斯·卡斯托普简直不敢相信自己的眼睛。菲尔戈的腿很长，跨出的步子大，因此十五步是一段非常长的距离——但因为有那两根可恶的手杖隔着，也算不上很远。可以肯定的是，他的做法非常诚恳。但他在采取这一意义重大的举措时，精神处于非常模糊的状态。

纳夫塔把他的毛皮斗篷放在地上，露出了貂皮衬里。他拿起手枪，走到用脚跟画出的外侧界线上，那时菲尔戈正画着另一条线。画好后，塞塔布里尼也走到自己的位置上，敞开自己破旧的皮大衣。汉斯·卡斯托普从麻痹状态中清醒过来，飞跑到两人中间。

"先生们，"他气喘吁吁地说，"别着急。无论如何，我的义务——"

"别说了！"纳夫塔声音尖厉地呵斥道，"我要的是信号。"

但没有人发出信号，事先没有商定。当然，也许某个人也可以宣布"开枪吧"，但没人意识到这是中间人的任务，应当由他发出信号——但至少，没有人提及这件事。汉斯·卡斯托普保持沉默，也没有人代替他。

"我们开始吧！"纳夫塔宣布道，"先生，您往前走，然后开枪吧！"他大声朝对手喊道，同时自己也开始往前走，把枪抬到手臂处，对准了塞塔布里尼——简直叫人难以置信。塞塔布里尼也是同样的动作。当他走到第三步时——纳夫塔已经走到边界那儿，但是没有开枪——意大利人把手枪高高举起，扣动扳机。枪声激起一阵回声，声音此起彼伏，在山谷里回荡。汉斯·卡斯托普以为人们会闻声跑来。

"您朝着天空开了枪。"纳夫塔冷静地说道，同时把自己的武器放下来。

塞塔布里尼回答：

"我爱朝哪儿开，就朝哪儿开。"

"再来一次吧！"

"我没打算这么干，该您啦。"塞塔布里尼先生仰起脸看着天空，身子稍稍扭向一边，并未正视对方。这一幕叫人感动不已，他知道不应该朝着对手的胸口扣动扳机，他遵循这一规则行事。

"胆小鬼！"纳夫塔尖声叫道，他颤抖的嗓音已经表明，向自己开枪比向别人开枪需要更大的勇气。他举起枪，并没有朝着对方开，而是对着自己的脑袋扣下了扳机。

这景象叫人痛心而难忘。枪声在山谷里回响，好像在进行传球游戏。纳夫塔踉踉跄跄地向后走了几步，或者说摇摇欲坠地向后倒下去，双腿颤颤巍巍地跪下去，整个身子倒进雪地里，脸埋在雪中。众人呆呆地站在那里。片刻后，塞塔布里尼猛地扔下手中的武器，第一次跑到纳夫塔身边。

"Infelice（意大利语，意为：不幸的人）！"他叫道，"Che cosa fai，per l'amor di Dio（意大利语，意为：老天爷，你做了什么）？"

汉斯·卡斯托普帮着把他的身子翻过来，在他的太阳穴处有一个暗红色的小洞。他们凝视着他的脸，他胸前的口袋里有一块丝质手帕，他们就用这块手帕盖上了他的脸。

晴天霹雳

汉斯·卡斯托普在山上住了七年。 对于拥护十进制的人来说，"七"不是一个完整的数字，却是一个方便的、如画般的、神话般的数字，它甚至比"六"那种枯燥无味的数字更能叫人在精神上得到满足。 我们的主人公每年都会换一张餐桌，最后一年坐到了"下等"俄国人桌上。同坐的有两个亚美尼亚人，两个芬兰人，一个布哈里[1]人，一个库尔德人。 他坐在那边，金色的胡子修剪得很是时兴，我们不得不将这看成他对外界保持大度而冷漠的态度的一种讯号。 不错，我们还得继续说下去，提一提他本人对周围事物不以为意的态度，以及别人对他的漠不关心。 院方已经不再为他定制调剂生活的娱乐项目了。 顾问大夫除了简明扼要地问他是否睡得好以外，不会再说别的话；而阿德丽亚蒂卡·冯·米伦东克——在我们叙述这些的时候，她的麦粒肿已经非常成熟了——如今隔好几天也不来问他一次，远没有过去频繁了。 他们叫他顺其自然。 他就像是一个再也不会被提问的悠然自得的学生一样，不必做作业，自己坐在座位上即可，因为他已被忽视这一事实是成立的，不会再有人来烦扰他了——这是一种放荡不羁的自由，但我们要扪心自问，是否还有其他形式的自由。 无论如何，院方再也不会监督他，因为有一点可以确定，那就是在他的心里再也不会有什么狂放不羁、不守规则的想法。 他已经"定性"了，不会再改变。 很久之前他就已经

---

[1] 即布哈拉汗国。

停止思考自己何去何从，而且很早便不打算回到平原上去了。把他安排到"下等"俄国人的餐桌上，难道不也是一种漠视吗？倒不是说这个桌子上的人就是地位低下的，这七张桌子，每一张都各有利弊。我们敢说，桌子的安排是民主的，每一张都享有同样的名誉，这张餐桌上提供的菜肴与其他桌上的一样。拉达曼提斯本人偶尔也会叉着硕大的双手，坐到这张桌子一端为大夫留的专座上，这张桌子上的人虽不懂拉丁语，却都是受人尊敬的成员，用餐时也不会过分讲究。

时间不像火车站的大钟，大钟的指针每隔五分钟就猛然跳过一格，时间则是钟表上慢慢移动的微小的指针，我们几乎看不到它在动，就像地上的草，根本察觉不到它的生长，直到某一天它长成的事实摆在面前。时间是一条由多个连续的没有大小的点组合起来的线——已故的纳夫塔也不会再问，为何这些没有尺寸的点会组成这样一条线。时间以看不见的、运动的方式偷偷前进着，并引起了变化。举例说，小男孩泰迪有一天——并不是"某一天"，而是从某个可以确定的日子开始——便不再是一个小男孩了。太太们再也不能把他抱在膝上，他从被窝里爬出来，脱下睡衣，换上了运动服，然后走下楼去。日子一页页翻过去。如今，他偶尔能把女士们抱在膝上，这使双方都很高兴，或者说，比以往更叫人欢欣。他成了一个小伙子——或者不能说他已经变成小伙子，但他确实长高了。汉斯·卡斯托普并未留意到他的变化，但某天，突然他却发现了。不过，身体的发育对泰迪并无益处，他对此并不适应。在二十一岁的时候，他安然地离开了人世。在他死后，院方把房间打扫干净，并消了毒。我们之所以说得如此平静，是因为他还活着时的人世间与他要奔赴的死后世界并没什么区别。

然而有些人的死讯却更为重要，也就是来自平原上的死讯，它让我们的主人公内心为之动容，或者说过去曾为之震动更为确切。我们想到老议员蒂恩纳佩尔最近染了病，他是汉斯·卡斯托普的舅公和养父，如今却在汉斯的记忆里慢慢淡去。他小心翼翼地避开不利的条件和气压，让詹姆斯舅舅上山出丑，但他最终还是因为中风而去世了。某一天，当汉斯·卡斯托普躺在那把优质的椅子上时，接到一封舅公辞世的电报——电报简短而委婉，与其说是对逝者的悼念，倒不如说是考虑到获悉这一消息的生者的感受。汉斯·卡斯托普拿了几张黑边纸，给舅舅们写起信来——如今，他第三次成了孤儿，这让他悲痛不已，尤其让他伤心的是，疗养院不允许他中途出院，因此也不能去见舅公最后一面。

要说伤心也只是美化他的行为。但最近这些日子，汉斯·卡斯托普的双眼确实蒙上了比以往更富于沉思的神色。他对舅公的辞世并未有太大触动，在过了几年与世隔绝的生活之后，这件事已经不会在他心里引起太大的波澜。只是这又割断了他与山下生活的一个纽带，使汉斯理所当然地在山上享受他称为自由的东西。在我们叙述的同时，他与平原的关系已经终止了。他往后不再往山下写信，也没有收到任何书信。他不再从山下订购马利亚·曼契尼雪茄烟，并在山上找到了喜爱的牌子，他对这种烟的喜爱不亚于曼契尼雪茄。这种烟甚至可以让北极探险家熬过最艰苦的时光，有了它，汉斯·卡斯托普可以像当初在海边时那样，悠然地躺在椅子上。这是一种名叫亚细亚之光的烟，用烟草茎秆处最细腻的烟叶制成，比曼契尼更敦实，鼠灰色的烟身，蓝色镶边，味道柔和温顺，烧完后是雪白色的烟灰，茎秆的脉络清晰可见，燃时平稳而均匀，对汉斯来说就像一只沙漏，此后都无须随身佩戴怀表了。那只怀表某天从他的床头柜上掉下来，已经不会走动，他也不再给它上发条。或许是出于同样的缘由，他已经很久没用日历了，他早已放弃每日撕去一张，也不想知道最近有什么节日，究其原因也只是为了他所谓的自由。他以"永恒"和"在海滨上漫步"为荣，他乐于接受这种与世隔绝的魔力，这也成了他生活中富有冒险性质的主题，在这里，这个用简单的材料进行的化学实验完整地展现出来。

他就这样躺着，正是盛夏时节，新的一年再次到来。这已是他在山上的第七个年头，而他自己却浑然不知。

接着，响起了一阵轰雷声——

但上帝一直制止着我们，让我们羞于把响雷声完完整整地说出来！不过我们在这里也别太过吹嘘，还是压低声音，把我们所知道的情况描述一下吧。这承载着激情和怒气的雷声让人震耳欲聋。这是历史的响雷，说起它，我们不得不屏气凝神，它让整个土地都为之一震。但对我们来说，它震动了大地的根基，炸开了魔山，把我们这位沉睡不醒的年轻人赶出了门外。他神思恍惚地坐在长草地上，揉着眼睛——即便受了多次警告，他却一直懒得看报纸。

这一声响雷震醒了他。他那位地中海的朋友兼导师过去一直煞费苦心地帮助他，义不容辞地引导他，关怀备至地叫他多了解山下的情况，但做学生的从未认真听从。确实，年轻的汉斯一直沉浸在自己的冥思苦想里，总以为客观的东西都带着阴影，对真实的东西却往往不屑一顾，在物质方面，他以为只有阴影。针对这一点，我们也无须苛责，因为物质和阴影这两者之间的关系一直未被定义。

过去塞塔布里尼先生常常走进他房里，一下子打开灯，坐在卧疗的汉斯旁边，与他谈论生命和死亡，试图对他施加影响和引导。但如今，这个学生只是双手交叉放在膝间，坐在人文主义者一旁，或是长沙发不远处——沙发放在那间幽静舒适的书房里，书房带有双层斜顶，里面还有那位烧炭党党员的水瓶和坐过的椅子——彬彬有礼地听他谈欧洲局势。因为这些日子，洛多维科先生已经不再常常走动了。纳夫塔悲惨的结局，那个绝望的对手所做的恐怖之事，让他原本就敏感的神经大为受挫，受此打击后也不能再振作起来了。他身子日渐虚弱，整个人都病恹恹的。此外，他也再不能胜任《苦难之社会学》一书的编撰工作，协会原本想出一部百科全书，里面收纳所有以人类苦难为主题的名作，现在却空等一场。洛多维科先生对这一进步组织的贡献仅限于口头。 若不是汉斯·卡斯托普的访问，或许他连口头贡献的机会都没有了。

他谈起人类精神如何通过社会的途径来达到自我完善，声音虽然微弱，却满怀信心，说得很多，很漂亮。 这些话像鸽子的翅膀一样轻柔，从洛多维科先生的嘴里吐出来。 接着，他又谈起了获得自由的民族如何团结起来争取共同的幸福，说这些话时，还夹杂着雄鹰振翅的声音——他不知道，也不想这样。 祖父遗传的政治家素养及父亲遗传的文学家素养，两者结合起来，就使他具备了一个文学家的素质——这正如人文主义和政治在文明崇高的理想里得到结合一样，它既有鸽子的温柔，也有雄鹰的勇猛。 这样的理想等待着有朝一日得到实现，等待着各民族出现曙光，那时反抗原则将被推翻，而市民民主的神圣同盟将会取而代之。 是的，这些话自相矛盾。 因为塞塔布里尼先生既是人文主义者，但可以看出，他也是一个好战的人。 与纳夫塔的那次决斗，他表现得像个男子汉。 但大体上来说，当人文主义那喷涌而出的激情和政治结合起来，形成一种胜利的、对世界文明起着主宰作用的概念，而当人们把市民的长枪献给人类的祭坛时，他的立场便模糊不清起来。 那时，他是否还能收回自己沾满鲜血的手，这倒很值得怀疑。 确实，山上盛行的这种风气对意大利人的心理和观点的影响越来越大，而他性格里雄鹰的勇猛成分也日渐增强，鸽子的温柔却慢慢减少。

他对已有的重要政治形势的态度时常前后矛盾，因受疑虑干扰而不知所措。 他的国家与奥地利之间的外交关系以及在阿尔巴尼亚的合作，在他的谈话中也常常提到——这是一场反对非拉丁语系的半个亚洲的合作，它反对暴力统治和施吕瑟尔堡。 这种怀着仇恨，以保守和民族奴役为目的的错误的联盟让他感到苦恼。 去年秋天，法国为了在波兰修建铁路，向俄国借下巨额债款，这件事同样引起他的不安。 因为塞塔布里尼先生是本国的亲法派成员，当他回忆起祖父认为七月革命的日子同创世纪的日子一样美好时，他并不会感到惊奇。但是看到那个开化的共和国竟和拜占庭式的斯堪的纳维亚民族达成一致意见，他心里很不好受，胸口发堵，可一想到铁路的战略价值时，他呼吸加快，转而又充满希望和愉悦。接着是塞拉耶佛刺杀亲王事件[1]，除了这个沉睡七年的德国人之外，这件事在每个人看来都是暴风雨来袭的预兆，对消息灵通的人尤其如此，我们把塞塔布里尼也算作一个。汉斯·卡斯托普看到，他作为一个公民，在这一恐怖行为前也全身战栗，不过当塞塔布里尼知道这一行为旨在为他所反对的城堡取得民族自由时，他的胸脯鼓起，松了一口气。另一方面，这或许也是莫斯科运动的结果，这一点让他心绪难安。但这并不妨碍他——在三周后，他把塞尔维亚王朝的极端行为斥为一出丑恶的犯罪以及对人性尊严的侮辱。他必定会看到这一结果，对此他感到异常激动。

总而言之，塞塔布里尼的感情是错综复杂的，就像他堆积起来的灾难一样。他试图用隐晦或暗示性的话把这些灾难给学生指出来，但民族的礼仪和良心不能让他把自己的感情一吐为快。在最初动员以及宣战的那几天，他总习惯在学生来访时，双手紧握住他的手，这倒是打动了这个傻瓜的心，只是他的脑子并不开窍。"我的朋友，"意大利人开口，"火药、印刷术，没错，这些都是他们发明的。但您倒是想一想，如果我们反对他们，向法国大革命进军……Caro……"

在这些欧洲的战争打得热火朝天的日子里，汉斯·卡斯托普没有见到塞塔布里尼先生。记载着纷争战乱的报纸送到山上，出现在汉斯的阳台上，让疗养院陷入一片混乱中。餐厅里充满了硫黄气味，甚至渗透到了病重垂危的病人房中，空气闷得叫人窒息。那个沉睡了七年的人被吵醒后，从草地上慢慢爬起来，揉了揉眼睛——这样的描写就到此

---

[1] 奥匈帝国亲王费迪南大公受到塞尔维亚秘密团体的迫害，于一九一四年六月二十八日在塞拉耶佛被暗杀，此次刺杀事件也引发了第一次世界大战。

为止吧，以便对我们这位主人公的内心活动公正地进行描写。他伸伸腿站了起来，四下环顾。他看到自己解放了，从梦魇里抽身而出——但这并非凭借他自己的力量，而是凭借外力的作用，这一点他不怯于承认。相比之下，他的解放是次要的。但即便他的小命运面对这个整体的大命运时显得暗淡无光，上帝的善良和正义就不能就他个人赐予慈悲和恩典吗？生活是否还会接纳那个犯了错误的、需要照料的孩子——这次不是以轻而易举的方式，而是以冷峻严肃的态度，让已然悔悟的他回到生活的怀抱。对这个有罪的人来说，这一次的回归意义或许不是生活，而是三声礼炮。因此他跪了下来，仰起脸望向天空。他看到的是一片黑暗，空气中依旧充满了硫黄的气味，只是再也不是那个罪恶的山顶上阴沉沉的洞窟了。

塞塔布里尼正是汉斯处在这样的状态时去找他的——不言而喻，这是十分形象的说法，因为我们很清楚，我们这位思想保守的主人公身上不会出现这样戏剧性的状况。事实上，塞塔布里尼去找汉斯时，发现他正在收拾行李箱。自汉斯·卡斯托普醒来后，他就发现自己也在急匆匆、乱糟糟地准备擅自离院的人流中，这都是由那声惊雷引起的。山庄疗养院这个"家"里的人像热锅上的蚂蚁一样，一片混乱。山上人头攒动，五千只脚蜂拥向苦难深重的平地。他们挤满了小小的火车，连火车踏板也站上了人。有的人甚至连行李也不要了，行李堆在高高的月台上，月台上人山人海，灼热的气息仿若从地底升腾而起。汉斯·卡斯托普跟着人流前行。在一片喧嚣混乱里，洛多维科拥抱了他，准确地说，把他搂在怀里，像南方人一样——或者像俄国人那样——吻了吻他的双颊。这一举动让我们这位擅自离院的旅行者大吃一惊，同时也羞愧不已。不过，当最后一刻塞塔布里尼用意大利语直呼他的名字，同时放弃西方文化里惯用的"您"，而以"你"相称时，他几乎不能自持。

"E cosìin giù（意大利语，意为：就这样下山了）。"他说，"Così

vai in giù finalmente！ Addio, Giovanni mio（意大利语，意为：终于下来了——再见了，我亲爱的乔凡尼）。 我曾想过你离开的情景。 但不管怎么说，这是诸神决定的事情，也没别的办法了。 而今，你就要同战士们一起去战斗了。 我的天啊，去参加战斗的竟然是你，而不是你的表哥、我们的少尉！生活真是一场戏。 那么，去吧，去需要你的地方勇敢地献出你的热血吧。 一个男人能做的也只有这样了。 我会用我的余生推动我的祖国在精神和神圣的利己主义指引下投入战斗，请原谅我。别了！"

汉斯·卡斯托普从挤着十来个脑袋的小窗口探出头来。 他挥了挥手，塞塔布里尼也挥着右手，同时用左手无名指轻轻地擦了擦眼角。

这是什么？我们在哪里？梦把我们引向了哪里？黄昏，下着雨，路上一片泥泞。 昏暗的天空燃起了火焰，雷声嘶吼不断。 潮湿的空气里夹杂着尖厉的歌声和哀号声，地狱里恶犬的狂吠声，撕裂声和破碎声，以及噼噼啪啪的爆裂声；此外，还杂合着呻吟声、尖叫声以及震耳的喇叭声，鼓点越来越快……那边有一片小树林，颜色单调的人们从里面流泻而出，有的前进，有的倒下，有的从地上跳起来继续前行——那边有一条连绵的丘陵，后面是一片火光，火花有时连成熊熊燃烧的大火。我们四周是波浪起伏的农田，现在已经被炸得泥土翻飞。 前面横着一条泥泞的马路，上面铺满了折断的树枝，从这里迄去，又是一条深而泥泞的田间小路，弯弯曲曲，一直通往远处的山丘。 树木光秃秃的，树枝全没有了，寒冷的雨点落下来。

这里有一个路标，不过因为天色昏暗，加上它已经碎裂，上面的内容已经无法辨认。 是东方，还是西方？这里是平原，这里正在打仗。我们是路边躲躲闪闪的影子，而影子是安全的，我们不想自吹自擂，只是一本正经地讲故事，在人群中找出了一个我们多年来所熟知的人，过去我们常常听到的声音，这是个善良的罪人，此刻正跟着灰色的战友们从远处林中跑出来，随着鼓声往前冲去。 人群中有人奔跑，有人磕磕绊绊。 在他消失之前，让我们再看一看他纯朴的脸。

　　战斗已经持续了一整天。 战士们还需奉命继续往前冲，最后决战一场，把那边的山丘及山丘后的村庄夺回来，村庄是在两天前被敌人占领的。 这是一个志愿者组成的军团，都是血气方刚的年轻人，大部分还是学生，上战场的时间还不算久。 他们半夜便被叫醒出发，乘火车到达时正好是清晨，他们在泥泞的路上冒雨前进——事实上根本没有路，因为路已经被阻塞了，他们花了七个小时在沼泽地和田地里前进，身上的衣服湿透了。 此次行军并不轻松。 每个人都要留意不让脚上的鞋子掉下来，没几步就得停下，弯下身子，用手抓住鞋子，从咯咯作响的泥地里把鞋拔出来。 因此他们花了一个小时的时间才走到一块草地上来。 最后总算来到了指定的地点，每个人都筋疲力尽，但年轻的身体中存留的精力让他们兴奋不已，不要求食物，也无须睡眠。 他们湿漉漉的、沾满污泥的脸在灰色外壳的钢盔下涨得通红，一方面是因为行军途中的劳累，另一方面也是因为在穿过沼泽林时遭遇伤亡。 敌人知道他们前来，因此在他们来时的路上集中布下榴霰弹和大口径的榴弹。他们穿过林子时，子弹在人群中炸裂，燃起熊熊大火来，这片广阔的农耕地里火花四溅。

　　他们必须突破，作为增援队的这三千个热血沸腾的年轻人，必须用刺刀向燃烧着的村庄以及连绵的丘陵的前后战壕拼死突击。 他们必须遵照上级指令达到某一地点。 总共有三千人，到达丘陵及村庄一带后还剩下两千人，这就是这个数字的意义。 即便受到重创，他们这一支队伍依旧可以用余下的战斗力取得胜利，最后还能有一千人为成功欢呼——那些落在队伍后面的人不计在内。 行军途中，很多人掉了队，有些人因为太过年轻或是身体虚弱，一路上脸色越发惨白，脚步蹒跚，牙齿打紧，艰难地拖着步子——即便如此，最后还是掉了队。 不一会儿他们被落在了部队后面，又被一队又一队人超越过去，最后倒在地上，倒在了不该倒下的地方。 他们来到了子弹纷飞的树林，从林子冲出来的士兵还是那么多，在血雨腥风的战斗中他们依旧活了下来，组成一支人数不少的队伍。他们已经蜂拥越过了被雨水洗刷过的平地，越过了马路、田间的小路和泥泞的农耕地。我们这些影子则站在他们中间，与他们一起战斗。在树林边缘，他们熟练地把刺刀握在手里，嘹亮的号角响起，鼓声如雷，他们冲上去，踉踉跄跄，他们嘶喊着，脚步无比沉重，脚下的泥土粘住了他们的鞋子。

他们在子弹呼啸而来前匍匐在地，之后又跳起来快速前进，一边奔跑，一边发出年轻而嘶哑的叫喊声，因为他们没有被子弹射中。有的人却被射中了，他们倒在地上，胳膊还在挥舞着。子弹射中他们的前额，他们的腹部，他们倒下来，脸陷进沼泽地里，一动不动。他们倒下来，行军包把他们的后背托上去，后脑勺压进泥地里，手伸向空中。但树林里又冲出新的士兵，他们卧倒，跳起，有的在叫喊，有的在沉默，跌跌撞撞地从倒下的人身上跨过去。

唉，这些满腔热血、背着行军包和刺刀的年轻人，他们的军靴和衣服已经沾满了污泥！我们从人文主义和美学的角度出发，把这想象成另外一幅场景：阳光晴朗的海滨，年轻人把水浇在马儿身上，给马儿洗刷身子；与心爱的人沿着沙滩漫步，亲吻着未婚妻的耳朵；或是与对手愉快地交流剑术。但他们却躺在这里，鼻子陷进火红的灰土里。尽管他们感到无尽的痛苦，心中是无法言说的思乡情，但他们乐于待在这个战场上。这是一件高尚而羞耻的事情——但他们走到这一步，并没有什么理由。

这就是我们的朋友，这就是汉斯·卡斯托普！我们从远处就认出了他，从他坐在"下等"俄国人餐桌上时蓄的胡子就认出来了。和其他人一样，他全身也湿透了，脸上泛着红光。瞧！他从一位倒下的同志的手上踏了过去，用他那打上钉子的军靴把那只手深深地踩进了黏糊糊的、满是树枝的泥土里。怎么，他竟唱起歌来了。他像一个凝视前方、不知不觉唱起歌来的人那样，上气不接下气地低声唱了出来——

> 我曾在树枝上，
>
> 刻下那些甜蜜的诗句……[1]

他被绊倒了，不，他匍匐倒地，一只来自地狱的恶犬狂吠而来，一颗巨大的手榴弹炸开，像是地府里的宝塔糖块。他倒在那儿，脸埋进冷冰冰的污泥里，双腿摊开，双脚扭曲，鞋跟翻着。这个载着死亡的变态的科学产物落在他面前三十步远的斜坡处，插进地里，在那里炸开，爆发出可怕的力量，在空中炸起像房子那么高的，混杂着灰土、铁、铅以及人的残骸的尘烟。在它落下的地方，倒着两个年轻人，他们是患难与共的好友——如今，他们糅合在一起，然后消失了。

我们这些安全的影子真是惭愧！算了吧！但我们的朋友怎么样了，他被击中了吗？眼下他以为自己中弹了。有一大块泥土击中他的胫骨，一定很痛，但他只是笑了笑。他站起身来，拖着沾满污泥的双脚蹒跚前行，同时不知不觉地唱了起来——

> 好似听见那树叶响，
>
> 轻声地把我召唤。

就这样，在一片喧闹中，在雨中，在黄昏里，他在我们眼前消失了。

别了，忠诚的汉斯·卡斯托普，别了，生活中需要照料的孩子，你的故事就说完了。我们已经把故事讲完。不管它是长是短，这是一个与世隔绝者的故事。我们讲这个故事，是为了它本身，而非为了你，因为你是单纯的。但无论如何，这是你的故事，它发生在你的身上，而有关你的事肯定比我们知道的更多吧。我们不否认，在讲述的过程

---

[1] 出自舒伯特的《菩提树》。

中喜欢对你进行教诲，一想到今后将再也看不到你，再也听不到你的声音，我们真想抬起手轻轻地擦拭眼角。

别了——但愿你还活着或是存在着！你的前景并不乐观。你卷入的这段群魔乱舞的罪恶岁月还会持续很多年，我们不敢担保你能幸免。坦白说，我们不打算回答这个问题，不会对此操什么心。肉体和精神上的种种冒险，提高了你的单纯品性，你在肉体上未曾做过的事情，在精神上却经历过了。过去曾有一些时刻，你出于对死亡的恐惧和对肉体的反抗，以冥思默想的方式萌生出爱情的美梦。而今，在这场世界性的死亡盛宴里，从点燃下着冷雨的夜空的这股强烈的欲火中，是否有朝一日还会升起那样的爱呢？